중고생이 꼭 읽어야 할

# 한국단편소설
## 50

초판 1쇄 발행 2021년 10월 1일
초판 3쇄 발행 2023년 12월 1일

**지은이** 김동인 외
**엮은이** 성낙수, 박찬영, 김형주
**펴낸이** 박찬영
**편집** 안주영, 정예림, 김지은, 김솔지
**디자인** 박민정, 이은정
**삽화** 윤이슬, 박민정
**마케팅** 조병훈, 박민규, 최진주, 김도언
**낭송** MBC 성우 채의진

**발행처** (주)리베르스쿨
**주소** 서울특별시 성동구 왕십리로 58 서울숲포휴 11층
**등록신고번호** 제2013-16호
**전화** 02-790-0587, 0588
**팩스** 02-790-0589
**홈페이지** www.liber.site
**커뮤니티** blog.naver.com/liber_book(블로그)
www.facebook.com/liberschool(페이스북)
**e-mail** skyblue7410@hanmail.net

ISBN 978-89-6582-314-8 (43810)

리베르(Liber 전원의 신)는 자유와 지성을 상징합니다.

중고생이 꼭 읽어야 할

# 한국 단편 소설 50

김동인 외 지음 | 성낙수 · 박찬영 · 김형주 엮음

㈜리베르스쿨

# 머리말 -------------------------------------------------

현대인들은 대체로 규격화된 생활을 한다. 집, 학교, 직장이라는 울타리를 맴돌며 틀에 맞춘 공부와 일을 한다. 여행을 할 때도 정해진 코스를 거친다. 편리한 생활을 누리되 사무치는 경험이 없다. 그만큼 우리 사회가 안정되었다는 증거이다. 하지만 안정이란 보호막은 다양한 인생 경험의 통로를 막기도 한다. 과잉 보호와 대학 입시라는 틀에 매여 있는 청소년들이 부조리한 국면에 처했을 때 혼란에 빠지거나 도덕적으로 해이해지는 현상을 보일 수 있다.

청소년들이 경험의 세계를 확대하는 가장 좋은 방법은 한국인의 정신적 고향을 담고 있는 한국 단편 소설을 읽는 것이다. 청소년들은 자신과 밀접한 관계를 맺고 있는 부모와 조부모 세대의 이야기를 읽음으로써 세대 간의 격차를 뛰어넘는 성숙한 정신세계를 가꿀 수 있을 것이다. 소설 읽기를 통한 다양한 간접 경험은 눈앞의 논술 고사나 수능 시험에 도움을 줄 뿐 아니라 과거와 미래의 삶을 통찰하는 데도 큰 도움을 줄 것이다. 청소년은 물론 성인들도 반드시 읽어야 할 『한국단편소설 50』의 선정 기준과 장점을 밝혀 둔다.

1. 『한국단편소설 50』은 문학사적 의의, 예술성, 대중성을 작품 선정의 준거로 삼았다.

   발표 시기를 기준으로 삼아 1900년대에서 2010년대까지의 작품을 선정했다. 일반적으로 춘원 이광수의 『무정』이 발표된 1917년을 한국 현대 소설의 시작으로 잡지만, 1921년에 발표된 김동인의 「배따라기」로도 볼 수 있다. 「배따라기」는 현대 소설의 특징을 고루 갖추었으며 내용 대부분이 한글로 집필되었다는 의미가 있다. 한국 소설은 일제 강점기와 전후 상황을 거쳐 1960년대에 와서 완숙기에 접어든다.

2. 문학 교과서에 수록된 작품을 면밀히 검토했다.

수능 출제 가능성이 높은 작품들을 한 권으로 압축하기 위해 작품 선정에 고민을 거듭했다. 선정 위원들이 여러 차에 걸쳐 재검토 작업에 들어가기도 했다. 한 작가의 작품 중에서도 시대성과 예술성을 지닌 대표작을 고르되 기준에 부합되면 여러 작품을 골랐다.

3. 해설은 '작가와 작품 세계, 작품 정리, 구성과 줄거리, 생각해 볼 문제'로 나누어 작품의 완전한 이해를 도모했다.

소설 구성 단계(발단, 전개, 위기, 절정, 결말)에 따라 줄거리를 구분해 작품을 빠르고 정확하게 파악하도록 했다. '생각해 볼 문제'는 수능 시험, 수행 평가, 논술 고사에 대비해 창의적인 생각을 유도한다. 50편이란 최다 작품을 수록하면서도 전문을 실어 완전한 감상을 할 수 있도록 했다.

4. 작중 등장인물의 관계를 한눈에 확인할 수 있는 '인물 관계도'를 넣었다.

소설 50편을 모두 읽다 보면 작품마다 어떤 인물이 어떤 모습으로 등장했는지 기억하기 어려울 수 있다. 소설 내용이 간략히 정리된 그림, 등장인물의 시점으로 요약된 줄거리는 작품을 보다 쉽게 이해하도록 돕는다. 또한 인물 간의 관계가 소설 전개에 어떤 영향을 주었는지 생각해 보도록 유도한다.

5. 어려운 어휘는 간략한 주석을 달아 내용을 바로 이해할 수 있도록 배려했다.

기존의 현대 소설 작품집은 고전 문학보다 쉽다는 선입견 때문에 주석에 소홀한 면이 있었다. 그러나 문학 작품에는 일반인이 잘 모르는 토속어, 방언, 전문어 등이 자주 나온다. 이러한 어휘를 모르고 보면 감상의 중요 포인트를 놓쳐 버릴 수 있다.

엮은이 씀

# 시대별 주요 작품 소개

이 책에 수록된 작품의 개요를 살펴본다. 아울러 시대별 소설의 경향도 간략하게 소개한다. 수록 작품 50편의 해설을 통해 한국 단편 소설의 흐름을 한눈에 살펴볼 수 있을 것이다.

## ✎ \<개화기\>

개화기는 갑오개혁(1894)에서 한일 병합 조약(1910)에 이르는 시기로, '신문학기', '애국 계몽기' 등으로도 불린다. 이 시기에는 서구 열강의 침략에 맞서 민족의 자주권을 확립하고, 인습과 전통의 구속에서 벗어나려는 움직임이 싹트기 시작했다. 개화와 계몽, 자주독립, 애국 등을 주제로 한 작품들이 많이 발표되었고, 신소설 등이 창작되었다.

> **안국선** 금수회의록 | **이해조** 자유종, 빈상설, 화의 혈 | **이인직** 혈의 누, 은세계, 치악산 | **신채호** 꿈 하늘 | **최찬식** 추월색, 안의 성

### • 금수회의록 안국선(1908)

1인칭 관찰자인 '나'는 꿈속에서 '금수회의소'라는 회의장에 들어간다. 회의가 개최되자, 여덟 짐승이 나와 인간의 악행을 비판한다. 수치감을 느낀 '나'는 인간의 반성과 회개를 촉구한다. 다른 신소설들이 권선징악의 주제나 이야기 서술에 치우친 반면, 1인칭 관찰자 시점과 현실 비판적 주제 의식을 확보했다는 평가를 받는다.

## ✎ \<1920년대\>

3·1 운동 이후 일제의 유화적인 문화 정책에 힘입어 문학 창작 활동이 활발해지면서 한국 문학은 큰 전환점을 맞는다. 이 시기의 작품들은 주로 일제 강점기의 암울한 현실을 배경으로 한다. 1920년대 초반에는 감상적이고 퇴폐적인 낭만주의 소설이 유행했고, 후반기에는 러시아 혁명의 영향으로 신경향파 문학이 주류를 이룬다.

**김동인** 배따라기, 감자 | **현진건** 술 권하는 사회, 운수 좋은 날, B사감과 러브레터, 빈처, 할머니의 죽음, 고향 | **염상섭** 표본실의 청개구리, 만세전 | **나도향** 벙어리 삼룡이, 물레방아, 뽕 | **전영택** 화수분 | **최서해** 탈출기, 홍염

### • 배따라기 김동인(1921)

유토피아를 꿈꾸는 '나'는 '배따라기'를 부르는 '그'를 만나 사연을 듣는다. 그는 쥐를 잡다 옷매무새가 흐트러진 동생과 아내의 관계를 오해한다. 결국 아내는 죽고 동생은 유랑에 나선다. 액자 소설의 형태를 갖춤으로써 한국 현대 소설사에서 단편 소설의 미학을 본격적으로 보여 준 작품이다.

### • 감자 김동인(1925)

왕 서방의 정부 노릇을 하던 복녀는 왕 서방이 어떤 처녀를 아내로 사 오자 강한 질투심을 느낀다. 복녀는 신방에 뛰어들어 덤벼들다 도리어 왕 서방의 손에 죽고 만다. 인간의 존엄성이 극빈한 삶 속에서 파괴될 수밖에 없다는 환경 결정론이 작품을 받쳐 주고 있지만, 일제 강점기하의 민족의 빈곤에 대한 구체적 대안은 제시하지 못하고 있다.

### • 술 권하는 사회 현진건(1921)

동경 유학을 다녀온 지식인 남편은 식민지 조선의 현실에 절망해 술을 벗 삼아 살아간다. 그런 그에 대해 전통적 사고방식을 지닌 아내는 "그 몹쓸 사회가 왜 술을 권하는고!"라며 한탄한다. 사회의 모순에 저항하는 방식이 좌절과 자조로 일관된 점이 한계로 지적되지만 남편의 소극적인 모습은 당시의 억압적인 상황을 대변한다.

### • 운수 좋은 날 현진건(1924)

인력거꾼 김 첨지는 오랜만에 많은 돈을 벌게 되었지만 뜻하지 않은 행운에 불안해한다. 김 첨지는 아내를 위해 설렁탕을 사 가지고 집으로 돌아가지만 싸늘한 시신만이 그를 맞이한다. 일제 강점기 도시 하층민의 궁핍상을 사실적으로 그려 낸 작품으로 반어적 기법을 통해 비극성을 고조시킨다.

## • B사감과 러브레터 현진건(1925)

B사감은 기숙사로 면회 오는 남자와 학생들에게 오는 연애편지를 극도로 싫어한다. 어느 날 세 학생은 B사감이 러브레터를 읽으며 감미로운 연애 장면을 혼자 열연하는 장면을 목격한다. 반어적 대립과 사건의 반전을 통해 인간의 이중성을 희극적으로 묘사한 심리주의 소설로, 아이러니의 이원적 대조는 현진건 문학의 구조적 미학으로 평가된다.

## • 빈처 현진건(1921)

가난한 무명작가인 '나'의 아내는 생활비를 얻기 위해 전당포에 물건을 맡긴다. '나'는 처갓집에서 만난 처형의 모습을 보고 자격지심을 느낀다. 무명작가 부부의 생활고와 부부애를 다룬 이 작품은 1920년대 한국 단편 소설의 시작이라는 문학사적 의의를 갖는다.

## • 고향 현진건(1926)

'나'는 서울행 기차 안에서 우연히 만난 그에게 호기심을 갖는다. 기이한 차림새를 한 그는 고향을 떠나 유랑 생활을 하던 과거 이야기를 풀어 놓는다. '나'는 그에게 연민과 동정을 느끼며 술을 마신다. 액자식 구성을 취한 이 작품은 1920년대 중반 일제의 수탈로 황폐해진 농촌의 현실을 그렸다.

## • 벙어리 삼룡이 나도향(1925)

주인에게 철저히 복종하는 벙어리 삼룡이는 오 생원의 아들이 주인아씨를 학대하고 자신에게 가혹한 행위를 하자 점차 반항하게 된다. 끝내는 주인집에 불을 지른 뒤 주인아씨를 안고 지붕으로 올라간다. 삼룡이는 타오르는 불꽃 속에서 행복한 미소를 짓는다. 주인아씨를 향한 벙어리의 사랑과 극적인 죽음은 작품의 낭만성을 고조시킨다.

## • 물레방아 나도향(1925)

방원은 욕심 많은 지주인 신치규 집에서 막일을 하며 살아간다. 어느 날 신치규와 아내의 간음을 목격한 방원은 신치규를 구타해 감옥살이를 한다. 방원은 출옥한 뒤 자신을 배신한 아내를 살해하고 자결한다. 인간의 욕망과 애정 관계에까지 뿌리 깊이 스며 있는 봉건 사회의 모순이 비극적으로 형상화되어 있다.

### • 화수분 진영태(1925)

'나'는 행랑채에 살게 된 화수분 내외의 궁핍한 삶을 관찰한다. 화수분은 다친 형을 돕기 위해 양평으로 간다. 아내는 돌아오지 않는 남편을 찾아 나서고 서울로 향하던 화수분은 고개에서 딸과 아내를 발견하고 끌어안는다. 이튿날 지나가던 나무장수가 얼어 죽은 화수분 내외를 발견하고 딸만 데리고 길을 떠난다. 절망적인 상황을 그리면서도 작가의 인도주의적 정신이 빛을 발한다.

### • 탈출기 최서해(1925)

박 군은 자신이 집을 떠난 이유를 김 군에게 편지로 밝힌다. '나(박 군)'는 부농의 꿈을 안고 간도로 이주하지만 가난은 더욱 심해지고 민족적 차별에도 시달린다. 결국 '나'는 무장투쟁 단체에 가입하게 된다. 일제 강점기 하층민의 생활을 사실적으로 그려 낸 신경향파 소설로 '빈궁 문학'의 대표작으로 꼽힌다.

### • 홍염 최서해(1927)

문 서방은 경기도에서 소작인 생활을 하다가 서간도로 이주한다. 하지만 문 서방은 흉년 때문에 중국인 지주 인가에게 빚을 지게 되고 결국 딸을 빼앗긴다. 아내는 딸을 빼앗긴 슬픔 때문에 병이 들어 죽는다. 다음 날 문 서방은 인가의 집에 불을 지른 뒤 뛰쳐나오는 인가를 죽이고 만다. 식민지 시대를 살던 유랑민의 비애와 극심한 궁핍을 사실적으로 그려 낸 작품이다.

### ✎ <1930~1944년>

1930년대는 조선을 대륙 침략을 위한 병참 기지로 삼으려는 일제가 억압과 수탈을 일삼았던 때다. 일제가 조선문학가동맹을 해체하고 이와 관계된 작가들을 검거함으로써 현실 비판적인 소설 창작은 급격히 위축된다. 이 과정에서 작가들은 순수 소설, 농촌 소설, 역사 소설을 집필해 활로를 모색한다. 하지만 태평양 전쟁의 발발과 함께 한국 소설은 암흑기로 접어든다. 우리말 말살 정책으로 인해 1940년대 초반에는 한글 소설이 거의 발표되지 못했다.

**김동인** 붉은 산, 광염소나타, 광화사 I **이태준** 달밤, 꽃나무는 심어 놓고, 돌다리, 까마귀, 복덕방 I **박영준** 모범 경작생 I **계용묵** 백치 아다다 I **주요섭** 사랑손님과 어머니 I **유진오** 김 강사와 T교수 I **김유정** 만무방, 금 따는 콩밭, 봄봄, 동백꽃, 소낙비, 땡볕 I **이상** 날개, 종생기 I **이효석** 메밀꽃 필 무렵, 산, 돈(豚), 사냥 I **심훈** 상록수 I **이광수** 흙 I **김동리** 바위, 무녀도 I **김정한** 사하촌 I **박태원** 소설가 구보씨의 일일, 천변풍경 I **채만식** 치숙, 레디메이드 인생, 왕치와 소새와 개미, 탁류, 태평천하 I **현덕** 하늘은 맑건만, 고구마, 나비를 잡는 아버지 I **황순원** 별

### • 붉은 산 김동인(1932)

'나'는 조선인들이 모여 사는 만주의 한 마을에서 '삵'이라는 별명으로 불리는 청년을 알게 된다. 마을 사람들은 험상궂게 생기고 행동이 불량스러운 '삵'을 쫓아내려고 한다. 어느 날 아침, '삵'이 지주의 부당한 폭행에 항의하다 피투성이가 되고, 마을 사람들은 죽어 가는 '삵'을 위해 애국가를 부른다. 1인칭 관찰자인 '나'의 눈을 통해 '삵'의 극적인 성격 변화를 묘사한 이 작품은 민족의 동질성과 조국에 대한 사랑을 그린다.

### • 광염소나타 김동인(1930)

예술 지상주의자 K씨가 사회 질서를 옹호하는 모씨에게 광기에 사로잡힌 천재 예술가 백성수에 관한 이야기를 들려준다. 백성수는 음악의 영감을 얻기 위해 범죄를 저지르다 경찰에 붙잡혀 정신 병원에 갇히고 만다. 예술적 영감을 위해 반사회적 행위를 하는 것이 정당한지에 대한 문제의식을 일깨우는 작품으로 김동인의 예술 지상주의적인 문학관이 잘 드러나 있다.

### • 광화사 김동인(1935)

소설가 '여'는 인왕산에 올라 흐르는 물을 감상하며 소설 한 편을 구상한다. 추한 얼굴을 가진 솔거라는 화공이 세상에서 가장 아름다운 얼굴을 그리기 위해 미인을 찾아 나선다. 솔거는 소경 처녀의 얼굴에서 자신이 찾던 아름다움을 발견하고 하룻밤을 보낸다. 다음 날 처녀의 눈에서 순수의 빛이 사라지자 솔거는 처녀를 밀어 죽인다. 개연성의 결여라는 한계에도 불구하고,「광화사」와 함께 김동인의 유미주의적 경향을 보여 주는 대표적인 작품으로 꼽힌다.

## • 달밤 이태준(1933)

성북동으로 이사 온 '나'는 정식 신문 배달원이 되길 원하는 보조 신문 배달원 '황수건'을 안쓰럽게 여긴다. 천진하고 순박하지만 어수룩해서 하는 일마다 실패하기 때문이다. 1930년대 서울 성북동을 배경으로 각박한 현실을 그리면서도, 따뜻한 인정미의 소중함을 강조한 작품이다.

## • 꽃나무는 심어 놓고 이태준(1933)

방 서방네 가족은 지주의 착취를 견디지 못해 무작정 서울로 향한다. 방 서방의 아내는 일자리를 구하던 중에 어느 노파의 꾐에 빠져 술집으로 팔려 가고 어린 딸은 죽는다. 1930년대 일제의 잔혹한 수탈과 이로 인해 파괴된 한 가정의 비참한 삶이 사실적으로 그려진다.

## • 돌다리 이태준(1943)

의사인 '창섭'은 병원을 확장하기 위해 아버지에게 땅을 팔고 서울로 올라올 것을 권유한다. 아버지는 창섭의 제안을 거절한다. 창섭은 자신과 아버지의 세계가 결별함을 실감하고 서울로 올라간다. 아버지는 장마 때 무너진 돌다리를 고치고, 그 돌다리에 나가 세수를 하면서 땅을 지키는 삶을 되새긴다. '돌다리'와 '땅'을 통해 물질 중심주의에 대한 비판적인 시각을 보여 준다.

## • 복덕방 이태준(1937)

안 초시는 부동산 투기 실패로 딸의 재산을 축내자 스스로 목숨을 끊는다. 딸은 아버지의 죽음 앞에서도 자신의 사회적 명예가 훼손될 것만을 염려한다. 일제 강점기 근대화의 물결 속에서 소외된 노인 세대의 좌절을 그리면서 젊은 세대의 위선적 삶을 비판한다. 근대화 초기에도 부동산 투기가 사회 문제화되었음을 보여 주는 이 작품은 오늘날에도 시사하는 바가 크다.

## • 백치 아다다 계용묵(1935)

백치이자 벙어리인 아다다는 지참금을 가지고 시집을 가지만 집안 사정이 좋아지자 남편이 새장가를 든다. 노총각 수롱이와 함께 외딴 섬으로 가게 된 아다다는 돈이 불행을 가져다준다고 생각한 나머지 남편의 돈을 바다에 던져 버린다. 이에 화가 난 수롱이는 아다다를 바다에 밀어 넣어 죽게 만든다. 제대로 저항도 할 수 없는 아다다를 죽음으로 몰고 감으로써 물질 만능의 세태를 통렬히 비판한다.

### • 사랑손님과 어머니 주요섭(1935)

어느 날 '우리 집'에 낯선 손님이 나타나 사랑방에서 하숙을 하게 된다. 손님은 돌아가신 아버지의 친구였다고 한다. 옥희라는 여섯 살 난 어린아이의 눈을 통해 사랑방 손님과 어머니가 나누는 절제된 사랑이 섬세하게 묘사된다.

### • 금 따는 콩밭 김유정(1935)

홀로 김을 매고 있는 영식에게 수재가 콩밭에 금이 있으니 파 보자고 제안한다. 몇 차례 거절 끝에 응낙을 하지만 콩밭 하나만 망치고 만다. 별 소득이 없사 수재는 황토 흙을 보이며 금줄이 터졌다고 거짓말을 한다. 일제 강점기 농촌 사회의 열악성과 일확천금을 꿈꾸는 헛된 생각을 우회적으로 꼬집고 있다.

### • 봄봄 김유정(1935)

데릴사위인 '나'는 점순과의 결혼을 조건으로 머슴살이를 하지만 장인은 혼례를 자꾸 미룬다. 참을 수 없게 된 '나'는 장인과 몸싸움을 벌이지만, 내 편을 들 줄 알았던 점순이 아버지의 편을 든다. 결국 장인은 가을에 혼례를 시켜 주겠다고 약속한다. 김유정의 단편 가운데 가장 해학성이 넘치는 작품이다.

### • 동백꽃 김유정(1936)

'나'에 대한 관심을 감자로 표현하려다 실패한 점순은 닭싸움으로 애정과 복수가 뒤엉킨 행동을 시도한다. 화가 난 '나'가 점순네 닭을 죽이고 울어 버린다. 점순이 '나'를 달래 주고 함께 동백꽃 속으로 쓰러진다. 짧고 간결한 문장, 속도감 있는 사건 전개, 토속적인 어휘 구사가 돋보이는 김유정의 대표작이다.

### • 소낙비 김유정(1935)

노름으로 일확천금을 노리는 춘호는 돈을 가져오라고 아내를 닦달한다. 아내는 쇠돌네 집에 갔다가 이 주사에게 몸을 허락하고 돈을 받는다. 다음 날, 춘호는 직접 아내를 단장시켜 이 주사에게 보낸다. 춘호 부부의 모습을 통해 식민지 농촌의 타락한 현실과 유랑 농민의 애환을 그린다.

### • 날개 이상(1936)

삶의 의욕을 상실한 '나'는 방 안에서 뒹굴며 지낸다. 아내는 내객이 찾아온 후에는 '나'에게 은화를 준다. 어느 날 '나'는 외출을 나갔다가 비를 맞고 감기에 걸린다. 아내가 아스피린을 주지만 '나'는 그 약이 수면제라는 것을 알고 충격에 빠진다. '나'는 미쓰꼬시 백화점 옥상에 올라가서 날개가 돋기를 염원한다. 여기서 날개는 자유와 이상을 상징한다.

### • 메밀꽃 필 무렵 이효석(1936)

조 선달을 따라 충줏집에 간 허 생원은 충줏댁과 수작을 벌이는 동이의 뺨을 때린다. 달빛 환한 산길을 세 사람이 동행하게 되고 허 생원은 물레방앗간에서 성 서방네 처녀와 함께 지냈던 추억을 이야기한다. 냇물에 빠져 동이의 등에 업히게 된 허 생원은 동이가 자신과 같은 왼손잡이라는 점을 발견한다. 메밀꽃이 핀 밤길에 대한 묘사는 한국 현대 소설의 백미로 꼽힌다.

### • 돈(豚) 이효석(1933)

식이는 온갖 정성을 다해 기른 암퇘지를 종묘장에 끌고 가 접을 붙이지만 실패한다. 그 와중에 식이는 구경꾼들의 음담을 들으며 달아나 버린 분이를 생각한다. 접붙이기에 성공하고 돌아오는 길, 암퇘지는 기차에 치어 흔적도 없이 사라진다. 원시적인 욕정을 통해 인간 생활의 애환을 잘 그려 낸 작품이다.

### • 사냥 이효석(미상)

노루잡이에 동원된 학보는 친구들과 함께 산으로 가서 노루를 쫓는다. 이때 학보를 향해 달려오던 노루가 달아나자, 친구들은 노루를 놓친 학보를 비난한다. 마침내 포수가 잡은 노루를 보고 학보는 불쾌함을 느낀다. 인간이 자연의 일부라는 관점에서 자연과 생명에 대한 경외를 표현하고 있다.

### • 치숙 채만식(1938)

일본인 상점의 종업원인 '나'는 사회주의 운동을 하다 옥살이를 하고 나온 오촌 고모부의 생활 방식을 비판한다. 이 소설은 '나'를 통해 '아저씨'를 희화적으로 묘사하지만 실제로 풍자의 대상은 '나' 자신이다. 일제의 검열을 피하기 위한 수단이었던 것으로 추측된다.

### • 레디메이드 인생 채만식(1934)

인텔리 출신의 고등실업자 P는 신문사 취업에 실패한 후 방황한다. P는 고학력 실업자가 되기보다 생활인이 되는 게 낫다며 아들을 인쇄소에 취직시킨다. 제목 '레디메이드 인생'은 지식인들이 사회로 나갈 준비는 갖춰졌지만, 누군가에게 선택되어 팔려 나가기를 기다리는 기성품 같은 존재라는 것을 의미한다.

### • 왕치와 소새와 개미 채만식(1941)

왕치와 소새와 개미는 각자 잔치를 열기로 한다. 부지런한 소새와 개미는 잔치를 무사히 치르지만, 게으른 왕치는 잉어에게 잡아먹힌다. 왕치를 찾아 나선 소새와 개미가 잉어를 잡고, 잉어 배 속에서 왕치가 튀어나온다. 가까스로 살아난 왕치는 자신이 잉어를 잡아 왔다고 너스레를 떤다. 왕치와 소새와 개미의 신체적 특징과 행동을 통해 세상사를 풍자하는 우화 소설이다.

### • 하늘은 맑건만 현덕(1938)

문기는 받아야 할 거스름돈보다 많은 돈을 받아 수만과 함께 써 버린다. 수만은 돈을 가져오지 않으면 소문을 낸다며 문기를 괴롭힌다. 문기는 학교 선생님을 찾아가지만 자신의 잘못을 고백하지 못하고, 돌아오는 길에 교통사고를 당한다. 정신을 차린 문기는 작은 아버지에게 그동안의 일을 고백한다. 성장기의 내적 갈등이 도둑질과 양심의 가책이라는 소재를 통해 잘 드러난다.

### • 고구마 현덕(1939)

가난해서 도둑으로 몰리는 수만에 관한 이야기를 담았다. 농업 실습용 고구마가 몇 개 없어지자 아이들은 수만을 의심한다. 수만이 점심시간에 양복 주머니에 무언가를 숨긴 채 밖으로 나가자, 아이들이 따라 나가 수만의 양복 주머니를 뒤진다. 하지만 고구마가 아닌 누룽지가 나온다. '용서해라'라는 기수의 마지막 말은 극적 반전의 효과를 극대화시킨다.

### • 나비를 잡는 아버지 현덕(미상)

바우는 서울로 공부하러 갔다가 방학 때 집에 내려온 경환이 영 못마땅하다. 경환이 나비를 잡겠다고 바우네가 부쳐 먹는 참외밭을 망쳐 놓자, 화가 난 바우는 경환과 몸싸움을 벌인다. 바우는 아버지에게 크게 혼이 나고 나비를 잡아 경환에게 갖다 주라는 말을 듣는다. 바우는 부모에게 야속함을 느끼지만, 자신 대신 나비를 잡고 있는 아버지를 보자 마음이 풀린다. 고달픈 삶을 살아가는 소작농 아버지의 자식에 대한 사랑이 잘 나타난 작품이다.

## ✐ <1945~1949년>

광복 직후에서 6·25 전쟁까지 우리 문학계는 민족 문학의 건설이란 공동의 목표를 설정했지만 극심한 이데올로기의 갈등 양상을 보인다. 계급 이념 문학을 주도하던 임화 중심의 조선문학가동맹과 민족주의 이념을 내세운 박종화, 김동리 중심의 전조선문필가협회 사이의 대립이 표면화되었다. 하지만 1947년 조선문학가동맹 작가들이 월북함으로써 양대 진영의 대립은 종료된다. 이 시기에는 광복 이후의 사회적 혼란상을 다룬 작품들이 주류를 이룬다.

> **채만식** 논 이야기, 미스터 방, 이상한 선생님 | **김동리** 역마 | **염상섭** 두 파산, 임종
> **황순원** 목넘이 마을의 개 | **박종화** 홍경래 | **이태준** 해방 전후

### • 미스터 방 채만식(1946)

신기료장수 출신 방삼복은 미군 장교의 통역이 되어 출셋길에 오른다. 친일파 백 주사는 광복이 된 후 군중의 습격을 받아 재산을 빼앗긴다. 방삼복은 복수를 원하는 백 주사의 청탁을 수락하지만, 양칫물을 S소위의 얼굴에 떨어뜨리는 바람에 턱을 가격당한다. 이 작품은 광복 직후 권력을 좇아 이익을 추구하는 기회주의적인 인물들을 비판하고 있다. 방삼복이 하루아침에 부와 권세를 거머쥐고 친일파 백 주사가 몰락해 방삼복에게 굽실거리는 모습은 당시 혼란한 사회상을 여실히 보여 준다.

### • 이상한 선생님 채만식(1949)

박 선생님은 조선말을 하는 학생을 보면 혼내고, 일본을 추앙한다. 반면에 강 선생님은 조선말을 하는 학생을 혼내지 않고, 조선말을 사용하기도 한다. 광복 후 강 선생님은 교장이 되지만 빨갱이라는 소문 때문에 파면되고, 박 선생님이 교장이 된다. 학생들은 미국을 찬양하는 박 선생님을 이상한 선생님이라

고 여긴다. 일제 강점기와 광복을 거치면서 기회주의적 면모를 보인 당시 지식인들을 비판한 소설이다.

### • 역마 김동리(1948)

주막을 운영하며 아들 성기와 함께 사는 옥화에게 체 장수 영감이 딸 계연을 맡기고 떠난다. 성기와 계연의 사랑은 두 사람이 조카와 이복 이모 관계라는 사실이 밝혀지면서 좌절된다. 한곳에 정착하지 못하는 운명인 역마살을 소재로 한국인의 집단 무의식을 그렸다.

## ✎ <1950~1959년>

1950년부터 1953년까지 벌어진 6 · 25 전쟁은 남북한 양측에게 많은 피해를 주었다. 또한, 전쟁에 대한 체험은 인간에게 정신적 · 육체적으로 씻을 수 없는 상처를 남겼다. 1950년대는 6 · 25 전쟁을 배경으로 민족 분단의 비극적 상황과 전쟁 후의 가치관 혼란을 형상화한 작품들이 많이 발표되었다. 전후의 혼란으로 야기된 부조리한 상황과 현실 참여 문제가 주로 다루어졌지만, 인간의 본질적 문제를 형상화한 순수 소설이 창작되기도 했다.

**황순원** 독 짓는 늙은이, 소나기, 학, 카인의 후예 | **오상원** 유예, 죽음에의 훈련 **하근찬** 수난이대 | **박경리** 불신 시대 | **이범선** 학마을 사람들, 오발탄 | **안수길** 제3인간형, 북간도 | **손창섭** 비 오는 날, 잉여 인간 | **김성한** 바비도 | **선우휘** 불꽃 | **오영수** 갯마을 | **장용학** 요한시집

### • 소나기 황순원(1953)

소년은 서울에서 온 윤 초시의 손녀딸을 우연히 만난다. 소년과 소녀는 함께 놀다가 소나기를 만나고, 소년은 소녀를 업고 개울물을 건넌다. 그 뒤 소년은 소녀가 부모님을 따라 이사 간다고 하자 상심한다. 소녀가 이사 가기 전날, 소년은 아버지로부터 소녀가 죽었다는 이야기를 듣는다. 향토적인 배경 묘사와 절제된 문체를 통해 소년 소녀의 풋풋한 사랑 이야기를 아름답게 그린 작품이다.

## • 수난이대 하근찬(1957)

일제의 징용에 끌려가 왼팔을 잃은 만도는 6 · 25 전쟁에서 돌아온 아들이 한 다리를 잃은 것을 보고 절망한다. 아버지와 아들이 서로를 의지해 외나무다리를 건너는 장면은 전후 소설의 비극적 미학이 돋보인다. 이 작품은 2대에 걸친 수난을 통해 역사적 비극과 이를 극복하려는 우리 민족의 의지를 보여 준다.

## • 오발탄 이범선(1959)

계리사 사무실 서기인 철호는 실성한 어머니, 만삭이 된 아내, 양공주 생활을 하는 여동생, 전쟁에서 부상당한 동생 영호를 생각하면 마음이 어둡다. 그런 와중에 동생 영호는 권총 강도 짓을 벌이다 경찰서에 갇히고, 아내는 출산 중에 목숨을 잃는다. 철호는 가족의 거듭된 불행에 삶의 방향을 잃고 방황한다. 제목 '오발탄'은 궁핍한 현실에서 비롯된 방향성 상실을 상징한다.

## • 비 오는 날 손창섭(1953)

원구는 비가 오는 날이면 동욱 남매의 음울한 모습이 떠오른다. 동욱은 여동생 동옥이 그린 초상화를 미군 부대에 팔아 생활하고, 동옥은 불편한 다리 때문에 세상에 대해 적개심을 가지고 있다. 어느 날 원구는 남매의 집을 찾았다가 그들이 떠났다는 소식을 듣는다. 손창섭의 초기 단편 소설로, 6 · 25 전쟁 직후의 부산을 배경으로 동욱 남매의 절망과 무기력함을 그린다.


## ✐ <1960~1970년대>

1960년대와 1970년대는 독재 정권의 경제 성장 정책으로 인간 소외와 빈부 격차가 심화되었다. 산업화에 소외된 민중의 삶을 그린 작품이 주류를 이루는 가운데 감각적 문체의 새로운 작품들도 대거 선보였다.

**강신재** 젊은 느티나무 | **김동리** 등신불 | **전광용** 꺼삐딴 리 | **김승옥** 무진기행, 서울, 1964년 겨울 | **김정한** 모래톱 이야기, 수라도 | **최인훈** 광장 | **이청준** 병신과 머저리, 서편제, 눈길 | **황순원** 나무들 비탈에 서다 | **황석영** 아우를 위하여, 삼포 가는 길 | **이범선** 표구된 휴지 | **윤흥길** 장마 | **최일남** 노새 두 마리 | **조세희** 뫼비우스의 띠, 난장이가 쏘아올린 작은 공 | **이문구** 관촌수필

### • 등신불 김동리(1961)

'나'는 일제 말기 태평양 전쟁에 학병으로 끌려갔다가 대학 선배인 진기수의 도움을 받아 극적으로 탈출한다. '나'는 정원사에 안치된 '만적'이라는 스님의 등신불을 보고 그 역사와 소신공양에 대해 생각한다. '나'의 혈서와 '만적'의 소신공양을 통해 인간 고뇌의 종교적 구원이라는 주제를 형상화한다.

### • 표구된 휴지 이범선(1972)

어느 날 은행에 다니는 친구가 '나'에게 편지를 가져와 표구해 줄 것을 부탁한다. 편지는 친구의 은행에 저금하러 온 지게꾼 청년이 동전을 싸 가지고 온 종이다. 편지에는 아들에 대한 아버지의 그리움, 걱정, 안부 등이 쓰여 있다. 신변잡기적이고 사소하고 일상적인 소재를 사용해 마치 수필과 같은 효과를 준다.

### • 난장이가 쏘아 올린 작은 공 조세희(1976)

'난장이'라고 불리는 아버지 그리고 어머니, 영수, 영호, 영희는 아파트 재개발 사업으로 집이 철거될 위기에 처한다. 결국 투기업자에게 입주권을 팔지만 가족에게 남은 돈은 없고 끝내 아버지는 자살한다. 소외된 도시 빈민을 상징하는 '난장이'는 계층 간의 대립 구조를 극명하게 보여 주기 위한 장치로 볼 수 있다.

### 🖉 <1980~2010년대>

정치적·사회적으로 급변하는 시기였던 1980년대는 5·18 민주화 운동 이후 분노와 죄의식, 원한 등을 내용으로 하는 작품들이 주로 발표되었다. 산업화 속에서 소외된 노동자를 그린 작품과 6·25 전쟁의 원인을 밝히려는 내용의 분단 문학도 나왔다. 1990년대에는 1980년대를 거치면서 정치적·사회적 이념을 상실한 허무에서 출발하는 후일담 문학이 등장했다. 또한, '이념' 대신 문화와 취향의 문제를 중요시해 작품의 양상이 보다 다원화되었다.

**정화진** 쇳물처럼 | **방현석** 새벽 출정 | **조정래** 태백산맥 | **이문열** 영웅시대 | **김원일** 불의 제전 | **박완서** 엄마의 말뚝, 그 여자네 집 | **윤후명** 돈황의 사랑 | **양귀자** 원미동 사람들 | **오정희** 바람의 넋, 소음 공해 | **신경숙** 풍금이 있던 자리 | **윤대녕** 은어낚시통신 | **은희경** 새의 선물 | **윤흥길** 종탑 아래에서 | **성석제** 아무도 모르라고

## • 그 여자네 집 박완서(1998)

'나'는 김용택의 시「그 여자네 집」을 읽고 만득이와 곱단이의 사랑 이야기를 회상한다. 연인 사이였던 만득이와 곱단이는 일제 강점기 때 강제 징병과 정신대 문제 때문에 헤어지게 된다. 6 · 25 전쟁 후 남북이 분단되면서 둘은 영원히 보지 못한다. 개인의 아픔과 상처를 통해 일제의 만행과 전쟁, 그리고 분단으로 이어지는 민족사적 비극과 불행을 그렸다.

## • 소음 공해 오정희(1993)

심신장애인 시설에 자원 봉사 활동을 다녀온 '나'는 위층에서 들리는 소음에 신경이 날카로워진다. '나'는 경비원을 통해 항의해도 소음이 멈추지 않자 슬리퍼를 들고 위층에 직접 찾아간다. '나'는 위층 여자가 휠체어를 타는 장애인임을 알게 되어 부끄러움을 느낀다. 대외적으로 품위와 예절을 지키고자 하지만 정작 이웃에게는 무관심한 현대인의 모순적인 태도를 비판하는 작품이다.

## • 종탑 아래에서 윤흥길(2003)

'나'는 익산 군수 관사의 철책 안에서 노는 시각 장애인 소녀 명은을 만난다. '나'는 소녀의 외할머니에게 소녀에게 하지 말아야 할 세 가지 이야기를 전해 듣는다. '나'가 전쟁 이야기를 들려주자 명은은 소리를 지르며 고통스러워한다. '나'는 그제야 소녀의 외할머니가 전한 당부를 떠올린다. '나'는 교회에서 명은에게 종소리를 들려주고 다음 날 명은을 데리고 밤에 종지기 몰래 종을 친다. '나'는 종지기에게 맞으면서도 밧줄을 놓지 않고 명은에게 소원을 빌라고 말한다. 6 · 25를 직접 경험한 작가가 6 · 25 당시의 어린이 시점으로 이야기를 그린다.

## • 아무도 모르라고 성석제(2010)

고등학교 때 '나'의 음악 선생님은 노래를 잘하고 재미있는 이야기를 많이 들려주었다. 어느 날 봄 소풍에서 한 친구가 노래를 불렀는데, 실력이 무척 뛰어나 모든 학생들이 놀랐다. '나'는 이 친구가 음악 선생님께 노래 실력을 키워 달라고 부탁하여 열심히 노력했음을 알게 된다. '나'는 '열렬히 바라고 간절히 노력하면 밝은 미래가 찾아온다'고 말했던 음악 선생님의 말씀을 마음에 새기게 된다. 삶의 인상적인 한 장면을 유머 있게 표현하여 주제를 전달하는 점이 특징인 작품이다.

## 차례

* 표시된 작품은 줄거리와 해설을 담은 MP3 파일이 제공됩니다. 리베르 출판사 블로그(http://blog.naver.com/liber_book)에서 다운받으실 수 있습니다.

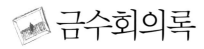 # 금수회의록

## ✎ 작가와 작품 세계

**안국선**(1878~1926)

호는 천강(天江). 경기도 양지군 봉촌(지금의 안성시 고삼면 봉산리) 출생. 월북 작가 안회남의 아버지다. 1895년 게이오기주쿠대학을 거쳐 도쿄전문학교(지금의 와세다대학)에서 정치학을 공부하고 1899년 졸업했다. 1907년부터 강단에서 정치·경제 등을 강의하면서『외교통의』,『정치원론』등을 저술했다. 한편 〈야뢰〉, 〈대한협회보〉, 〈기호흥학회월보〉 등에 정치·경제·시사에 관한 논설도 발표했다. 개화기의 대표적 지식인이며 신소설 작가인 안국선은 초기에는 민족의식을 고취한 작품을 썼으나 뒤에는 친일 성향을 드러냈다.

1908년 2월에 발표한「금수회의록」은 동물을 내세워 당시의 현실을 비판하고 국권 수호와 자주 의식을 고취하는 작품이었다. 그러나 치안을 방해한다는 이유로 우리나라 최초의 판매 금지 소설이 되었다. 소설로는「금수회의록」,「공진회」외에 필사본으로『발섭기(跋涉記)』상·하 2권과『됴염전』이 있다고 하지만 전해지지 않는다. 그의 작품은 대부분 유교적 윤리와 기독교적 윤리 사상이 바탕이 되는데, 이는 당대의 혼란한 국가와 사회를 바로잡고자 한 그의 현실관에서 나온 것이다.

## ✎ 작품 정리

**갈래** : 신소설, 우화 소설, 정치 소설, 풍자 소설, 액자 소설
**배경** : 시간 – 개화기 / 공간 – '나'의 꿈과 현실 세계
**시점** : 내화 – 1인칭 관찰자 시점
　　　　외화 – 1인칭 주인공 시점
**주제** : 인간 세계의 모순과 비리, 타락상에 대한 비판
**출전** :『금수회의록』(1908)

## ✏️ 구성과 줄거리 --------------------------------------------------

**도입 '나'는 꿈속에서 동물들이 인간을 성토하는 자리에 참석하게 됨**

인류 사회가 악해짐을 한탄하던 '나'는 꿈속에서 청산을 찾아들어 갔다가 우연히 '금수회의소'란 현판이 붙은 곳에 다다른다. 그곳에는 온갖 길짐승, 날짐승, 벌레, 물고기 등이 모여 회의를 개최하려 하고 있었다. 회의의 내용은 인간 사회의 부도덕과 비합리, 모순 등을 낱낱이 드러내어 비판하자는 것이다.

**전개 여덟 동물이 차례로 나와 인간을 비판하는 연설을 함**

회장이 개회를 선언하자 금수들이 하나씩 등장해 제각기 인간을 비판하고 조소하는 연설을 한다. 까마귀는 '반포지효(反哺之孝 까마귀 새끼가 자란 후 그 부모에게 먹이를 물어다 주는 일에서 비롯된 말)'를 강조하며 인간의 불효를 비난한다. 여우는 '호가호위(狐假虎威 여우가 목숨을 구하기 위해 호랑이의 권세를 빌림)'를 들면서 인간의 간사함을 성토한다. 개구리는 '정와어해(井蛙語海 우물 안 개구리가 바다에 대해 말한다는 뜻)'의 예를 들어 분수도 모르고 잘난 척하는 인간을, 벌은 '구밀복검(口蜜腹劍 입에 꿀이 있고 배에 칼이 있음)'의 예를 들어 인간의 이중성을, 게는 '무장공자(無腸公子 창자가 없다는 뜻으로 게를 일컫는 말)'의 예를 들어 외세에 의존하려는 인간의 태도를 비판한다. 또 파리는 '영영지극(營營之極 '영영하다'는 것은 세력이나 이익 따위를 얻기 위해 몹시 분주하고 바쁜 모양을 나타내는 말)'을 예로 들어 인간의 욕심을, 호랑이는 '가정이맹어호(苛政而猛於虎 가혹한 정치는 호랑이보다 더 무섭다는 말)'를 예로 들어 인간의 흉악한 점을, 원앙은 '쌍거쌍래(雙去雙來 항상 함께 다님을 이르는 말)'를 예로 들어 인간의 더럽고 괴악(怪惡 말이나 행동이 이상야릇하고 흉악함)한 심성을 비난한다.

**결말 회의가 끝나고 '나'는 인간으로서 부끄러움을 느낌**

회의는 '인간이란 동물이 세상에서 제일 어리석고 더럽고 괴악하다'라는 결론을 내리고 끝난다. 회의 참석자들이 모두 돌아간 후 '나'는 인간으로서 수치를 느끼며 금수로부터 업신여김을 받게 된 인간을 구할 방법이 없는지 생각한다. 그러다가 하느님은 아직도 사람을 사랑한다 하니 인간에게도 구원의 길이 있다는 희망을 가진다.

## 🖉 생각해 볼 문제

### 1. 이 작품의 구성상 특징은 어떠한가?

이 작품은 도입, 전개(연설 부분), 결말의 액자식 3단 구성으로 이루어졌고, 까마귀, 여우, 개구리, 벌, 게, 파리, 호랑이, 원앙 등 여덟 종류의 동물이 인간의 악행을 성토하는 우화 형식을 취한다. 동물들의 연설은 각각 고사성어로 된 소제목을 가지고 있고, 그 내용은 당시의 잘못된 개화사상을 바로잡으려는 의지가 강하게 반영되어 있다. 1인칭 관찰자인 '나'는 꿈속에서 동물들의 연설을 듣게 된다. 이는 액자 소설의 형태인 동시에 '몽유록계 소설'과의 연속적 관계를 말해 준다.

### 2. 이 소설은 개화기의 소설로서 어떠한 시대적 요구를 반영하는가?

개화기는 지배층과 피지배층의 갈등, 개화파와 수구파의 대립, 열강의 세력 침투 등 정치·사회적으로 격동과 혼란의 시기였다. 이러한 위기 상황을 타개하기 위해 개화와 계몽 운동이 전개되었고, 문학도 이 대열에 합류하게 되었다. 그러나 신소설은 불행하게도 시대적 사명을 잊고 대중 문학으로 전락했는데, 이 작품은 당대의 시대상을 해박한 지식을 통해 비판하고 민중 계몽이라는 시대적 요구에 부응했다는 점에서 그 의의가 인정된다.

### 3. 풍자 소설로서 이 작품이 지닌 한계는 무엇인가?

이 작품은 부도덕하고 타락한 당시 사회를 강하게 비판하는 풍자 소설이다. 그러나 결말 부분에서 이제까지 제기한 문제들을 기독교에 의존해 해결하려는 안이한 태도를 보여 준다. 이는 우리나라가 외세에 침탈당하던 때에 실질적인 도움을 줄 수 없었다. 한편에서는 이를 한때 친일파로 변절한 작가의 역사 인식으로 보기도 한다.

### 4. 이 작품이 다른 신소설과 다른 점은 무엇인가?

이 작품은 '나'가 꿈속에서 인간 사회를 성토하는 동물들의 회의장에 들어가 회의 내용을 전달하는 방식을 취하고 있다. 또 내용상으로 다른 신소설들이 갖는 소재와 주제의 한계를 넘어선다. 즉, 권선징악적 주제나 이야기 서술에서 벗어나 현실 비판적 주제 의식과 1인칭 관찰자 시점으로 구체성을 확보했다고 볼 수 있다.

꿈속에서 저(나)는 금수회의소에 찾아갔어요. 각종 동물들이 모여 인간의 여러 특성을 비판하는 회의를 하고 있었지요. 까마귀는 불효를, 여우는 간사함을, 개구리는 잘난 척을, 벌은 이중성을 지탄했어요. 게는 외세에 의존하려는 태도를, 파리는 욕심을, 호랑이는 흉악함을, 원앙은 괴악한 심성을 비난했지요. 저는 인간으로서 너무 부끄러웠어요.

# 금수회의록

머리를 들어 하늘을 우러러보니 해와 달과 별이 오랜 세월의 빛을 잃지
않고, 눈을 떠서 땅을 굽어보니 강과 바다와 산이 먼 옛날의 형상을 바꾸지
않는다. 어느 봄에 꽃이 피지 않으며, 어느 가을에 잎이 떨어지지 아니할까.

우주는 의연히 백대(百代)에 걸쳐 한결같거늘, 사람의 일은 어찌하여 고금
(古今)이 다른 것인가? 지금 세상 사람을 살펴보니 애달프고 불쌍하여 탄식하
고 통곡할 만하다.

전인(全人 지·정·의를 모두 갖춘 사람)의 말씀을 듣든지 역사를 보든지 옛적 사람은
양심이 있어 천리(天理)를 순종하여 하느님께 가까웠거늘, 지금 세상은 인문
(人文 인륜의 질서)이 결딴나서 도덕도, 의리도, 염치도, 절개도 없어져 사람마다
더럽고 흐린 풍랑에 빠져 헤어나올 줄을 모른다. 온 세상이 다 악해졌으니
옳고 그름을 분별치 못하여 악독하기로 유명한 도척(盜跖 중국 춘추 시대의 대도적) 같
은 도적놈은 백주에 국도(國都 수도)를 거리낌 없이 돌아다녀도 이상히 여기지
않고, 안자(顔子 공자의 수제자로서 빈궁한 처지에도 높은 학덕을 성취한 인물)같이 착한 사람이 더
러운 거리에서 거지들처럼 한 도시락밥을 먹고 한 표주박 물을 마시며 견
디지 못할 고생을 해도 한 사람 불쌍히 여기는 이가 없으니 슬프다! 착한 사
람과 악한 사람이 거꾸로 되고 충신과 역적이 바뀌었으니, 천리가 어긋나
고 도덕이 없어져 더럽고, 어둡고, 어리석고, 악독하여 금수(禽獸 날짐승과 길짐승)
만도 못한 이 세상을 장차 어찌하면 좋을까?

나도 또한 인간의 한 사람이라, 우리 인류 사회가 이같이 악하게 됨을 근
심하여 늘 성현의 글을 읽고 그 마음을 본받으려 하였다. 마침 한가롭고 여
유로운 마음에 곤히 잠이 들었는데, 꿈속에서 봄바람에 유흥(遊興 흥겹게 놂)을
금치 못하여 죽장망혜(竹杖芒鞋 대지팡이와 짚신. 간편한 차림새를 말함)로 청산을 찾아가 한
곳에 다다르게 되었다. 사면에 고운 꽃과 풀이 우거졌고 시냇물 소리는 종
종하며 인적이 고요한데, 흰 구름 푸른 수풀 사이에 현판(懸板) 하나가 달려
있는 것이었다. 자세히 보니 '금수회의소'라는 다섯 글자가 씌어 있고, 그 옆

에 '인류를 논박할 일'이라는 문제가 걸려 있었다. 또 광고를 붙였는데, '하늘과 땅 사이에 무슨 물건이든지 의견이 있거든 의견을 말하고 방청을 하려거든 방청하되 각기 자유롭게 하라'라는 것이었다.

그곳에는 길짐승·날짐승·버러지·물고기·풀·나무·돌 등등 모든 물(物)이 다 모여 있었다. 혼자 마음속으로 가만히 생각해 보니, 무릇 사람은 만물 중에 가장 귀하고 제일 신령하여 천지의 화육(化育 천지자연의 이치로 만물을 만들어 기름)을 도우며 하느님을 대신해 금수·초목까지도 다 맡아 다스리는 권능이 있지 않은가. 또 사람이 만일 흉악한 일을 하면 천히 여겨 금수 같은 행위라 하며, 어리석고 하는 일이 없으면 초목같이 아무 생각도 없는 물건이라고 욕하지를 않는가. 그러면 금수·초목은 천하고 사람은 귀하며 금수·초목은 아무것도 모르고 사람은 신령하거늘, 지금 세상은 바뀌어서 금수·초목이 도리어 사람의 무두(無道) 패덕(도덕이나 의리 또는 올바른 도리에 어긋남)함을 공격히려 하는 것이 아닌가. 괴상하고 부끄럽고 절통(切痛)하여 열었던 입을 다물지도 못하고 정신없이 서 있을 뿐이었다.


개회 취지(開會趣旨)


별안간 뒤에서 무엇이 와락 떠다밀며 재촉했다.

"어서 들어갑시다. 시간 되었소."

하고 바삐 들어가는 기세에 나도 따라 들어가서 방청석에 앉아 보니, 각색 길짐승·날짐승·모든 버러지·물고기 들이 꾸역꾸역 들어와서 그 안에 빽빽하게 서고 앉아 있었다. 모인 물건은 형형색색이나 좌석은 정숙하고 질서가 정연한데, 곧 개회하려는지 방망이 소리가 똑똑 들렸다. 회장인 듯한 한 물건이 머리에는 금색이 찬란한 큰 관을 쓰고, 몸에는 오색이 영롱한 의복을 입은 이상한 모습으로 회장석에 올라섰다. 그러고는 허리를 구부려 절하더니 엄숙하고 단정하게 서서 여러 회원을 향해 말하였다.

"여러분, 내가 지금 여러분을 청하여 만고에 없던 일대 회의를 열고자 합니다. 한마디로 개회 취지를 말하려 하오니 재미있게 들어주시기를 바라오.

무릇 우리들이 사는 이 세상은 당초부터 있던 것이 아니라, 지극히 거룩하시고 전능하신 하느님께서 조화로 만드셨습니다. 세상 만물을 창조하신

조화주를 곧 하느님이라 하니, 하느님께서 세계를 만드시고 또 만물을 만들어 각색 물건이 세상에 생기게 하신 것입니다. 이같이 만드신 목적은 그 영광을 나타내어 모든 생물로 하여금 인자한 은덕을 베풀어 영원한 행복을 받게 하려 함이었습니다. 그러므로 세상에 있는 모든 물건은 사람이든지 짐승이든지 초목이든지 무슨 물건이든지 다 귀하고 천한 분별이 없는 즉, 어떤 것은 높고 어떤 것은 낮다 할 이치가 있을 리 없습니다. 다 각각 천지의 기운을 타고 생겨나서 이 세상에 사는 것이지요. 이들은 다 천지 본래의 이치만 좇아서 하느님의 뜻대로 본분을 지키고, 한편으로는 제 몸의 행복을 누리고, 또 한편으로는 하느님의 영광을 나타낼 것입니다. 그중에도 사람이라 하는 물건은 당초에 하느님이 만드실 때에 특별히 영혼과 도덕심을 넣어서 다른 물건과 다르게 하셨으니, 사람들은 더욱 하느님의 뜻에 순종하여 천리(天理)를 지키고 착한 행실과 아름다운 일로 하느님의 영광을 나타내어야 합니다.

그런데 지금 세상 사람이 하는 행위를 보니 그 하는 일이 모두 악하고 부정하여 하느님의 영광을 드러내기는 고사하고, 도리어 하느님의 영광을 더럽게 하고 은혜를 배반하여 여러 가지 악한 일들을 일삼습니다. 외국 사람에게 아첨하여 벼슬만 하려 하고, 제 나라가 다 망하든지 제 동포가 다 죽든지 거들떠보지 않는 역적 놈도 있습니다. 임금을 속이고 백성을 해롭게 하여 나랏일을 결딴내는 소인 놈도 있으며, 부모는 자식을 사랑하지 않고, 자식은 부모를 효도로 섬기지 않으며, 형제간에 재물로 인하여 서로 해치고 죽이는 일도 벌어집니다. 또 부부간에 음란한 생각으로 화목지 않는 사람이 많으니, 이 같은 인류에게 좋은 영혼과 제일 귀한 특권을 주어 무엇 하겠습니까. 하느님을 섬기던 천사도 악한 행실을 하다가 떨어져서 마귀가 된 일이 있거든, 하물며 사람이야 더 말할 것이 없지요. 태곳적 맨 처음 하느님이 사람을 만드실 때 영혼과 덕의심을 주셔서 만물 중에 제일 귀한 특권을 주셨으나, 저희들이 그 권리를 내버리고 그 성품을 잃어버리니 몸은 비록 사람의 형상이라도 만물 중에 가장 귀하다 할 수 있는 인류의 자격은 있다 할 수가 없습니다.

여러분은 금수라, 초목이라 하여 사람보다 천하다 하나, 하느님이 정하신 법대로 행하여 기는 자는 기고, 나는 자는 날고, 굴에서 사는 자는 깃들이는 (주로 조류가 보금자리를 만들어 그 속에 들어 사는) 자를 해치지 않으며, 깃들인 자는 굴을 빼앗지 않고, 봄에 생겨서 가을에 죽으며, 여름에 나와서 겨울에 들어가니, 하느님의 법을 지키고 천지 이치대로 행하여 정도에 어김이 없었습니다. 따라서 지금 여러분 금수·초목과 사람을 비교해 보면 사람이 도리어 낮고 천하며, 여러분이 도리어 귀하고 높은 지위에 있다 할 수 있습니다. 사람이 이같이 제 자격을 잃고도 거만한 마음으로 오히려 만물 중에 제가 가장 귀하다, 높다, 신령하다 하여 우리 족속 여러분을 멸시하니, 우리가 어찌 그 횡포를 참아 내겠습니까. 내가 여러분의 생각에 찬동하여 하느님께 아뢰고 본회의를 소집하였는데, 이 회의에서 결의할 안건은 세 가지입니다.

> 제일, 사람 된 자의 책임을 의논하여 분명히 하는 일
> 제이, 사람의 행위를 들어서 옳고 그름을 의논하는 일
> 제삼, 지금 세상 사람 중에 인류의 자격이 있는 자와 없는 자를 조사하는 일

이 세 가지 문제를 토론하여 여러분과 사람의 관계를 분명히 하고, 사람들이 여전히 악한 행위를 하여 회개하지 않으면 사람이라는 이름을 빼앗고 이등 마귀라는 이름을 주기로 하느님께 아뢸 터이니, 여러분은 이 뜻을 받들어 이 회의에서 결의한 일을 진행하시기를 바랍니다."

회장이 개회 취지를 연설하고 회장석에 앉으니, 한 모퉁이에서 까마귀가 우렁찬 소리로 회장을 부르고 일어서서 연단으로 올라갔다.


제일석 까마귀, 반포지효(反哺之孝)

프록코트(보통 검은색이며 저고리 길이가 무릎까지 내려오는 남자용의 서양식 예복)를 입어서 전신이 새까맣고 똥그란 눈이 말똥말똥한데, 물 한 잔 조금 마시고 연설을 시작했다.

"나는 까마귀올시다. 지금 인류에 대하여 마음에 품은 회포를 진술할 터인데, '반포의 효'라는 문제를 가지고 잠깐 말씀 드리겠소. 사람들은 만물 중에 제가 제일이라 하지마는, 그 행실을 살펴보면 다 천리(天理)에 어긋나 하나도 그 취할 것이 없소. 사람들의 옳지 못한 일을 모두 다 말하려면 너무 지루하겠기에 오늘은 불효함만을 말하겠소이다. 옛날 동양 성인들이 말씀

하기를, 효도는 덕의 근본이라 하였소. 효도는 백 가지 행실의 근원이며, 효도로써 천하를 다스린다 하였고, 예수교 계명에도 부모를 효도로 섬기라 하였으니, 효도라 하는 것은 자식 된 자가 당연히 행해야 할 일이올시다.

우리 까마귀 족속은 먹을 것을 물고 돌아와 어버이에게 효성을 극진히 하여 망극한 은혜를 갚고, 하느님이 정하신 본분을 지키어 자자손손이 천만 대를 내려가도록 가법(家法)을 지켜 왔소. 그런 이유로 옛적에 백낙천(白樂天 백거이(772~846). 자는 낙천. 5세부터 시를 지었으며 15세가 지나자 모두가 놀랄 만한 시재를 보였다고 함)이라 하는 분이 우리를 가리켜 새 중의 증자(曾子)라 하였고, 『본초강목(本草綱目 한방에서 약재나 약학에 대해 연구하는 학문인 본초학의 연구서)』에는 자조(慈鳥 새끼가 어미에게 먹이를 물어다 주는 인자한 새)라 일컬었지요. 증자라 하는 양반은 부모에게 효도 잘하기로 유명한 사람이요, 자조의 뜻은 사랑하는 새를 말하는 것이니, 우리는 '부모는 자식을 사랑하고 자식은 부모에게 효도하라'는 하느님의 법을 한 치도 어기지 아니하오.

그런데 지금 세상 사람들은 말하는 것을 보면 모두 효자 같으나, 실상 하는 행실을 보면 주색잡기(酒色雜技 술과 여자와 노름)에 혹하여 부모의 뜻을 어기며, 형제간에 재물로 다투어 부모의 마음을 상하게 하고, 제 한 몸만 생각하여 부모가 주리더라도 돌보지를 않소. 여편네는 학식이라도 조금 있으면 주제넘은 마음이 생겨서 온화, 유순한 부덕을 잊어버리고 시부모를 아무것도 모르는 어리석은 물건같이 대접하고, 심하면 원수같이 미워하기도 하지요. 그러니 인류 사회에 효도가 사라지는 것이 지금 세상보다 더 심한 때가 없었소. 사람들이 이렇듯 모든 행실의 근본이 되는 효도를 알지 못하니 다른 것은 더 말할 게 무엇 있겠소? 우리는 천성이 효도를 주장하는 고로 효성이 있는 사람이면 감동하여 노래자(老萊子 중국 춘추 시대 초나라의 효자)를 도와서 종일토록 그 부모를 즐겁게 하여 주며, 증자의 갓 위에 모여서 효자의 아름다운 이름을 천추에 전하게 하였고, 또 우리가 효도만 극진할 뿐 아니라 『사기(史記)』에 빛난 일이 한두 가지가 아니니 대강 말씀 드리오리다.

우리가 떼를 지어 논밭으로 내려갈 때는 곡식을 해치는 버러지를 없애려고 가는 것인데, 사람들은 미련한 생각에 그 곡식을 파먹는 줄로 알고 있소! 서양 책력 일천팔백칠십사 년에 미국 조류 학자 피어르라 하는 사람이 까마귀 이천이백오십팔 마리를 잡아다가 배를 가르고 오장을 해부한 뒤 말하기를 '까마귀는 곡식을 해하지 않고 곡식에 해되는 버러지를 잡아서 먹는다' 하였소. 따라서 우리가 곡식밭에 가는 것은 곡식에 이로우면 이로웠지 해롭지 않은 게 분명하오. 또 우리가 밤중에 우는 것은 공연히 우는 것이 아니오. 그것은 나라의 법령이 아름답지 못하여 백성이 도탄에 빠지고 천하에 큰 병화(兵禍 전쟁으로 인한 재앙)가 일어날 징조가 있으면 우리가 울어서 사람들이 깨닫고 허물을 고쳐서 세상이 태평무사하기를 희망하고 권고하는 것이오. 강소성(江蘇省 장쑤성) 한산사(寒山寺)에서 달은 넘어가고 서리 친 밤에 쇠북(鐘)을 주둥이로 쪼아 소리를 내서 대망에게 죽을 것을 살려 준 은혜를 갚았고, 한나라 효무제(孝武帝)가 아홉 살 되었을 때 왕망(王莽)의 난리에 부모를 잃고 혼자 달아나다 길을 잃자 우리들이 가서 인도하였으며, 연(燕) 태사 단이 진(秦)나라에 볼모로 잡혀 있을 때 우리가 머리를 희게 하여 그 나라로 돌아가게 하였소. 또 진나라의 문공(文公)이 개자추(介子推 중국 춘추 시대의 은자)를 찾으려고 면산(緜山)에 불을 놓자 우리가 연기를 에워싸고 타지 못하게 하였더니, 그 후에 진나라 사람이 그 산에 '은연대'라 하는 집을 짓고 우리의 은덕을 기념하였소.

당나라 이의부는 글을 짓되 상림에 나무를 심어 우리를 준다 하였고 또 물병에 돌을 던지니 이솝이 상을 주고 탁자의 포도주를 다 먹어도 프랭클린이 사랑하도다. 우리 까마귀의 사적(事蹟)이 이러하거늘, 사람들이 까마귀 우리 소리를 흉한 징조라 함은 저희들 마음대로 하는 말이요, 우리와는 상관없는 일이오. 사람의 일이 흉하든지 길하든지 우리가 울 일이 무엇이겠소? 그것은 사람들이 무식하고 어리석어서 저희들이 좋지 않을 때 흉하게 듣고 하는 말일 뿐이오. 사람이 염병이나 괴질을 앓아서 죽게 된 때에 우리가 어찌하여 그 근처에 가서 울면, 사람들은 저희가 약도 잘못 쓰고 위생도 잘못하여 죽는 줄은 알지 못하고 우리가 울어서 죽는 줄로만 알지요. 또 욕설을 할 때 염병에 까마귀 소리라 하니, 사람같이 어리석은 것이 세상에 또 어디 있겠소. 요순(堯舜 요임금과 순임금) 적에도 봉황이 나왔고 왕망 때도 봉황이 나오매, 요순 때의 봉황은 상서로운 것이요 왕망 때의 봉황은 흉조처럼 알았으니 무슨 소리든지 사람이 근심 있을 때에 들으면 흉조로 듣고, 좋은 일 있을 때에 들으면 상서롭게 듣는 것이라. 무엇을 알고 하는 말은 아니지만 길하다 흉하다 하는 것은 듣는 저희에게 있는 것이지 우리에게 있는 것이 아니오. 그런데 까마귀는 흉한 일이 생길 때에 와서 우는 것이라 하여 듣기 싫어하니, 사람들은 이렇듯 이치를 알지 못하는 어리석은 동물이라 책망하여 무엇하겠소.

또 우리는 아침 일찍 해 뜨기 전에 집을 떠나서 사방으로 날아다니며 먹을 것을 구하여 부모 봉양도 하고, 나뭇가지를 물어다가 집도 짓고, 곡식에 해되는 버러지도 잡아서 하느님 뜻을 받들다가, 저녁이 되면 반드시 내 집으로 돌아가되 나가고 돌아올 때에 일정한 시간을 어기는 법이 없소. 헌데 사람들은 점심때까지 자빠져 잠을 자며, 한 번 집을 나가면 협잡질하기(옳지 않은 방법으로 남을 속이기), 술 마시기, 계집의 집 뒤지기, 노름하기에 세월 가는 줄을 모르고, 저희 부모가 진지를 잡수었는지 처자가 기다리는지를 모르고 쏘다니니 어찌 우리 까마귀 족속만 하리요. 사람은 일하지 않고 놀면서 잘 입고 잘 먹기를 좋아하되, 우리는 제가 벌어 제가 먹는 것이 옳은 줄을 아니, 결단코 우리는 사람들이 하는 행위는 하지 않소. 여러분도 다 아시거니와 우리가 사람에게 업신여김을 받을 까닭이 없음을 살피시오."

손뼉 소리에 까마귀가 연단을 내려가니, 또 한편에서 여우가 아리땁고도 밉살스러운 소리로 회장을 부르면서 강똥강똥 연설단을 향하여 올라갔다. 그 어여쁜 태도는 남을 가히 호릴 만하고 갸웃거리는 모양은 본색이 드러났다.


제이석 여우, 호가호위(狐假虎威)


여우가 연단에 올라서서 기생이 시조를 부르려고 목을 가다듬는 것처럼 기침 한 번 캑 하더니 간사한 목소리로 연설을 시작하였다.

"나는 여우올시다. 점잖으신 여러분 모이신 데 감히 나와 연설하기가 방자한 듯하오나, 저 인류에 대하여 하고 싶은 말이 있기에 호가호위라는 문제를 가지고 두어 마디 하려 하오. 비록 학문은 없는 말이나 용서하고 들어주시기 바랍니다.

사람들이 옛적부터 우리 여우를 가리켜 요망한 것이라, 간사한 것이라 하여 저희들 중에도 요망하거나 간사한 자를 보면 여우 같은 사람이라 해 왔지요. 이렇듯 우리가 더럽고 괴악한 이름을 듣고는 있으나 실제로 요망하고 간사한 것은 우리가 아니라 사람들이오. 지금 우리와 사람의 행위를 비교하여 보면 사람과 우리와 명칭을 바꾸는 것이 옳겠소.

사람들이 우리를 간교하다 하는 것은 다름 아니라『전국책(戰國策 중국 춘추 전국 시대에 활약한 책사와 모사들의 문장을 기록한 책)』이라 하는 책에 기록된 것을 가지고 그런 것이오. 호랑이가 일백 짐승을 잡아먹으려 할 때 먼저 여우를 얻은지라, 여우가 호랑이더러 말하였소. '하느님이 나로 하여금 모든 짐승의 어른이 되게 하였으니, 지금 자네가 나의 말을 못 믿겠거든 내 뒤를 따라와 보라. 모든 짐승이 나를 보면 다 두려워하느니라.' 호랑이가 여우의 뒤를 따라가니, 과연 모든 짐승이 보고 벌벌 떨며 두려워하는지라 여우의 말을 정말로 알고 잡아먹지 못하였다는 것이오. 이는 저들이 여우를 보고 두려워한 것이 아니라 여우 뒤의 호랑이를 보고 두려워한 것이니, 여우가 호랑이의 위엄을 잠시 빌린 것뿐인데, 사람들은 우리 여우더러 간사하니 교활하니 하는 것이오. 하지만 남이 나를 죽이려 하면 어떻게 하든지 죽지 않으려고 애쓰는 것은 당연한 일이며, 호랑이가 아무리 산중 영웅이라 하지마는 우리에게 속은 것이 어리석을 뿐이니, 속인 우리야 무슨 잘못이 있으리오.

지금 세상 사람들은 당당한 하느님의 위엄을 빌려야 할 터인데, 외국의 세력을 빌려 몸을 보전하고 벼슬을 얻으려 하며, 줏대 없이 타국 사람을 좇아 제 나라를 망하게 하고 제 동포를 압박하니, 그것이 우리 여우보다 나은 일이오? 결단코 우리 여우만 못한 물건들이라 할 수 있소. (손뼉 소리가 천지에 진동)

또 대포와 총의 힘을 빌려서 남의 나라를 위협하여 속국도 만들고 보호국도 만드니, 불한당이 칼이나 총을 가지고 남의 집에 들어가서 재물을 탈취하고 부녀를 겁탈하는 것이나 다를 것이 무엇 있소? 각국이 평화를 보전한다 하여도 하느님의 위엄을 빌려서 도덕상으로 평화를 유지할 생각은 조금도 없고, 병장기의 위엄으로 평화를 보전하려 하니 우리 여우가 호랑이의 위엄을 빌려서 죽음을 면한 것과 비교해 어떤 것이 옳고 어떤 것이 그르오? 또 세상 사람들이 구미호(九尾狐)를 요망하다 하나, 그것은 대단히 잘못 알고 있는 것이오. 옛적 책을 보면 꼬리 아홉 있는 여우는 상서(祥瑞 복되고 길한 일이 일어날 조짐)라 하였소.『잠학거류서』라는 책에는 '구미호가 도(道) 있으면 나타나고, 나올 적에는 글을 물어 상서를 주문에 지었다' 하였고, 왕포『사자강덕론』이라는 책에는 주(周)나라 문왕(文王)이 구미호를 응하여 동편 오랑캐를 돌아오게 하였다 하였고,『산해경(山海經)』이라는 책에는 '청구국(靑丘國)에 구미호가 있어서 덕이 있으면 오느니라' 하였으니, 이를 보더라도 우리 여우를 요망한 것이라 할 까닭이 없소. 단지 사람들이 무식하여 이런 것은 알지 못하고 여우가 천 년을 묵으면 요사스러운 여편네로 변한다, 옛적에 음란한 계집이 죽어서 여우로 태어났다 하니, 이런 거짓말이 어디 또 있으리오.

사람들은 음란하여 별일이 많지만 우리 여우는 그렇지 않소. 우리는 분수를 지켜서 다른 짐승과 교통하는(남녀 사이에 서로 사귀거나 육체적 관계를 가지는) 일이 없고, 우리뿐 아니라 여러분이 다 그러하시되 사람이라 하는 것들은 음란하기가 짝이 없소. 어떤 나라 계집은 개와 통간한 일도 있고, 말과 통간한 일도 있으니, 이런 일은 천하만국에 한두 사람뿐이겠지마는, 한 숟가락에 뜬 국으로 온 솥에 있는 국 맛을 알 것이오. 근래에 덕의가 끊어지고 인도(人道)가 없어져서 세상이 결딴난 일을 이루 다 말할 수 없소. 사람의 행위가 이러하되 오히려 하느님을 두려워하지 아니하며, 짐승을 부끄러워하지 아니하오. 대갓집 규중 여자가 갈보로 놀아나서 이 사람 저 사람 호리기와 관청에서 기생 불러 놀음 놀기, 앞길이 만 리 같은 각 학교 학도들이 기생집에 다니기, 제 혈육으로 난 자식을 돈 몇 푼에 갈보로 내어놓기, 이런 행위를 볼라치면 말하는 내 입이 다 더러워지오. 에이 더러워, 천지간에 더럽고 요망하고 간사한 것은 사람이오. 우리 여우는 그렇지 않소. 그런데도 저희들끼리 간사한 사람을 보면 여우라 하니, 그렇다면 지금 세상 사람 중에 여우 아닌 사람이 몇 명이나 있겠소? 또 저희는 서로 여우 같다 하여도 가만히 듣고 있지만, 만일 우리더러 사람 같다 하면 우리는 그 이름이 더러워서 받아들일 수가 없소. 내 소견 같으면 이후로는 사람을 사람이라 하지 말고 여우라 하고, 우리 여우를 사람이라 하는 것이 옳은 줄로 압니다."


제삼석 개구리, 정와어해(井蛙語海)


여우가 연설을 마치고 할금할금 돌아보며 제자리로 내려가니, 또 한편에서 개구리가 회장을 부르며 아장아장 걸어와서 연단 위로 깡충 뛰어올라 갔다. 눈은 톡 불거지고 배는 똥똥하고 키는 작달막한데, 눈을 깜작깜작하며 입을 벌죽벌죽하고 연설을 시작하였다.

"나의 성명은 말을 하지 않아도 여러분이 다 아시리다. 나는 출입이라고는 미나리꽝(미나리를 심는 논)밖에 못 가 보아 세계 형편도 모르고, 또 맹꽁이를 이웃하여 살아 구학문의 맹자 왈 공자 왈은 대강 들었으나 신학문은 아는 것이 변변치 않으오. 그러나 지금 정와어해라 하는 문제로 인류 사회를 논란코자 합니다.

사람들은 거만한 마음이 많아서 저희가 천하에 제일이라고, 만물 중에 가장 귀하다고 자칭하지만, 제 나랏일도 잘 모르면서 큰소리 탕탕하고 주제넘은 말을 하는 게 우습디다. 그들은 우리 개구리를 가리켜 말하기를 우물 안 개구리와 바다 이야기 할 수 없다고 하지요. 그러나 항상 우물 안에 있는 개구리는 우물이 좁은 줄만 알고 바다에는 가 보지 못하여 바다가 큰지 작은지, 넓은지 좁은지, 긴지 짧은지, 깊은지 얕은지 알지 못하나 못 본 것을 아는 체는 하지 않습니다. 그런데 사람들은 좁은 소견으로 외국 형편도 모르고 천하대세도 살피지 못하면서, 공연히 떠들고 아는 체하고 나라는 다 망해 가건만 썩은 생각으로 갑갑한 말만 합니다. 또 어떤 사람들은 제 나라 일도 다 알지 못하면서 보지도 듣지도 못한 다른 나라 일을 다 아노라고 하니 가증스럽고 우습기만 하오. 몇 해 전 어느 나라 어떤 대신이 외국 대관을 만나서 말을 서로 주고받는데 그때 외국 대관이 물었소.

'대감이 지금 내부대신(內部大臣 조선 후기에 내무행정을 맡아보던 벼슬)으로 있으니 전국의 인구와 호수가 얼마나 되는지 아시오?'

대신이 아무 대답도 못하자 외국 대관이 또 물었소.

'대감이 전에 탁지대신(度支大臣 대한 제국 때에 둔, 탁지부의 으뜸 관직. 국가 전반의 재정(財政)을 맡아보던 중앙 관청)을 지내었으니 전국의 결총(結總 토지세 징수의 기준이 된 논밭 면적의 전체 수)과 국고의 세출 · 세입이 얼마나 되는지 아시오?'

한데 대신이 또 아무 말도 못하는지라 그 외국 대관이 탄식하는 것이었소.

'대감이 이 나라의 정부 대신으로 이같이 모르니 귀국을 위하여 안타까운 마음 금할 수가 없구려.'

또 작년에 어느 나라 내부에서 각 읍에 훈령하여 부동산을 조사해 보라 하였더니, 어떤 군수가 '이 고을에는 부동산이 없다'라고 고하여 웃음거리가 되었다 하오. 이같이 제 나라 일도 크나 작으나 도무지 아는 것 없는 것들이 일본이 어떠하니, 아라사(러시아)가 어떠하니, 구라파(유럽)가 어떠하니, 아메리카가 어떠하니 제가 가장 잘 아는 듯이 지껄이니 기가 막히오. 무릇 천지의 이치는 무궁무진하여 만물의 주인 되시는 하느님밖에 아는 이가 없소. 하여 『논어(論語)』에 말하기를 하느님께 죄를 지으면 빌 곳이 없다 하였는데, 그 주(註)에 '하느님은 곧 이치라' 하였으니 하느님이 곧 이치요, 만물의 주인인 것이오. 그런고로 하느님은 곧 조화주요 천지 만물의 대주제시니 천지 만물의 이치를 다 아시려니와, 사람은 다만 천지간의 한 물건인데 어찌 이치를 알 수 있으리오. 좀 아는 것이 있거든 그 아는 대로 세상에 유익하게 아름다운 사업을 영위할 것이거늘, 조금 남보다 먼저 알았다고 그 지식을 이용하여 남의 나라 빼앗기와 남의 백성 학대하기와 군함·대포를 만들어서 악한 일에 종사하니, 그런 나라 사람들은 당초에 사람 되는 영혼을 주지 아니 하였더라면 도리어 좋을 뻔하였소.

또 더욱 도리에 어긋나는 일이 있으니, 나의 지식이 남보다 조금 낫다고 하면 남을 가르쳐 준다면서 실상은 해롭게 하고, 남을 인도하여 준다 하고 제 욕심만 채우는 것이오. 어떤 사람은 제 나라 형편도 모르면서 타국 형편을 아노라며 외국 사람을 부동하여 임금을 속이고 나라를 해치며 백성을 위협하여 재물을 도둑질하고 벼슬을 도둑질하며 개화하였다 자칭하고 양복 입고, 단장 짚고, 궐련(卷煙 얇은 종이로 말아 놓은 담배) 물고, 시계 차고, 살죽경 쓰고, 인력거나 자행거(자전거의 옛말) 타고, 제가 외국 사람인 체하여 제 나라 동포를 압제하기도 하오. 혹은 외국 사람과 상종하는 것을 영광으로 알고 아첨하며, 제 나라 일을 변변히 알지도 못하면서 가르쳐 주기 잘하오. 또 월급 몇 푼이나 벼슬 한자리 얻으려고 남의 나라 정탐꾼이 되어 애매한 사람 모함하기, 어리석은 사람 위협하기를 능사로 삼으니, 이런 사람들은 아는 것이 도리어 큰 병이 아니겠소?

우리 개구리 족속은 우물에 있으면 우물에 있는 분수를 지키고, 미나리꽝에 있으면 미나리꽝에 있는 분수를 지키고, 바다에 있으면 바다에 있는 분수를 지키니, 그러면 우리는 사람보다 상등이 아니오리까. (손뼉 소리 짤각짤각)

또 무슨 동물이든지 자식이 아비 닮는 것은 하느님의 정하신 뜻이오. 우리 개구리는 대대로 자식이 아비 닮고 손자가 할아비를 닮되, 형용도 똑같고 성품도 똑같아서 추호도 틀리지 않거늘, 사람의 자식은 제 아비 닮는 것이 별로 없소. 요임금의 아들이 요임금을 닮지 아니하고, 순임금의 아들이 순임금과 같지 아니하고, 하우씨와 은왕 성탕(成湯)은 성인이로되, 그 자손 중에 포악하기로 유명한 걸(桀) · 주(紂) 같은 이가 났고, 왕건(王建) 태조는 영웅이로되 왕우(王偶) · 왕창(王昌)이 생겼으니, 이렇게 보면 개구리 자손은 개구리를 닮되 사람의 새끼는 사람을 닮지 않는 것이오. 이러한즉 천지자연의 이치를 지키는 것은 우리를 사람에게 비교할 것이 아니요, 만일 아비를 닮지 아니한 자식을 마귀의 자식이라 한다면 사람의 자식은 다 마귀의 자식이라 하겠소.

또 우리는 관가 땅에 있으면 관가를 위하여 울고, 개인 땅에 있으면 그 주인을 위하여 울거늘, 사람은 한 번만 벼슬자리에 오르면 붕당(朋黨)을 세워서 권리를 다투고 권문세가에 아첨하러 다니기 바쁘오. 그뿐 아니라 백성을 잡아다가 주리 틀고 돈 빼앗기, 무슨 일을 당하면 뒤로 부탁을 받고 뇌물 받기, 나랏돈 도적질하기와 인민의 고혈을 빨아먹기에 종사하니, 날더러 도적놈 잡으라 하면 벼슬하는 관인들은 거지반 다 감옥소 감이오. 또 우리들은 울 때에 울고, 길 때에 기고, 잠잘 때에 자는 것이 천지 이치에 합당하거늘, 불란서(프랑스)라는 나라의 양반들이 우리 개구리의 우는 소리를 듣기 싫다고 백성들을 불러 개구리를 다 잡으라 하다가 마침내 혁명당이 일어나서 난리가 되었으니, 사람같이 무도한 것이 세상에 또 있으리오. 당나라 때에 한 사람이 우리를 두고 글을 짓되, '개구리가 도의 맛을 아는 것 같아 연꽃 깊은 곳에서 운다' 하였으니, 우리의 도덕심 있는 것은 사람도 아는 것이라, 우리가 어찌 사람에게 굴복하리오. 동양 성인 공자께서 말씀하시기를, '아는 것은 안다 하고 알지 못하는 것은 알지 못한다 하는 것이 정말 아는 것이라' 하였으니, 사람들은 천박한 지식으로 남을 속이기를 능사로 알고 천하만사를 모두 아는 체하지만 우리는 거짓말은 하지 않으오. 사람이란 것은 하느님의 이치를 알지 못하고 악한 일만 많이 해 그대로 둘 수 없으니, 차후는 사람이라 하는 명칭을 주지 않는 것이 옳은 줄로 생각하오."

넙죽넙죽하는 말이 소진 · 장의(蘇秦 · 張儀 중국 전국 시대의 사람들로 말솜씨가 매우 좋았다고 함)가 오더라도 당치 못할 듯하였다. 말을 그치고 내려오니 또 한편에서 벌이 회장을 부르며 나는 듯이 연설단에 올라갔다.

## 제사석 벌, 구밀복검(口蜜腹劍)

허리는 잘록하고 체격은 조그마한데 두 어깨를 떡 벌리고 맑고 명랑한 소리로 머리를 까딱까딱하면서 연설하였다.

"나는 벌이올시다. 지금 구밀복검이라는 문제를 가지고 잠깐 두어 마디 말할 터인데, 먼저 서양에서 들은 이야기를 잠깐 하오리다. 당초에 천지개벽할 때에 하느님이 에텐동산에다 갖가지 초목과 짐승을 두고 사람을 만들어 거기서 살게 하시니, 그 사람의 이름은 아담이라 하고 그 아내는 하와라 하였는데 둘은 지금 온 세상 사람들의 조상이었소. 사람의 모양과 마음을 특별히 하느님과 같게 한 것은 곧 하느님의 아들임을 잊지 말고 그 마음을 본받아 지극히 착하게 되라고 한 것인데, 아담과 하와는 죄를 짓고 에텐동산에서 쫓겨난 것이외다. 우리 벌의 조상은 죄도 짓지 않고 하느님의 뜻대로 순종하여 각색 초목의 꽃으로 우리의 전답을 삼고 꿀을 농사하여 양식을 만들어 복락을 누리니, 조상 적부터 우리가 사람보다 나은 것이지요.

세상이 오래되어 갈수록 사람은 하느님과 더욱 멀어지고, 오늘날 와서는 거죽은 사람의 모습이 그대로 있으나 실상은 시랑(豺狼 승냥이와 이리)과 마귀라 할 수 있소. 서로 싸우고, 서로 죽이고, 서로 잡아먹어서 약한 자의 고기는 강한 자의 밥이 되고, 큰 것은 작은 것을 압제하여 남의 권리와 재산을 강제로 빼앗으며 남의 토지를 앗아 가며, 남의 나라를 위협하여 망하게 하니, 그 흉측하고 악독한 것을 무엇이라 이르겠소? 사람들이 우리 벌을 독한 사람에게 비유하여 말하기를 '입에 꿀이 있고 배에 칼이 있다' 하나, 우리 입의 꿀은 남을 꾀려 하는 것이 아니라 우리 양식을 만드는 것이요, 우리 배의 칼은 남을 공연히 쏘거나 찌르는 것이 아니라 남이 나를 해치려 할 때 정당방위로 쓰는 칼이지요. 사람처럼 입으로는 꿀같이 말을 달게 하고 배에는 칼 같은 마음을 품은 우리가 아니오. 또 우리의 입은 항상 꿀만 있으되 사람의 입은 변화무쌍하여 꿀같이 단 때도 있고, 고추같이 매운 때도 있고, 칼같이 날카로운 때도 있고, 비상(毒)같이 독한 때도 있어서, 마주 대하였을 때에는 꿀을 들어붓는 것같이 달게 말하다가 돌아서면 흉보고, 욕하고, 노여워하고, 악담을 합니다. 또 좋아지낼 때에는 깨소금 항아리같이 고소하고 맛있게 행동하다가, 조금만 마음에 들지 않으면 죽일 놈 살릴 놈 하며 무성포가 있으면 곧 놓아 죽이려 드니 그런 악독한 것이 어디 또 있으리오. 에, 여러

분, 여보시오, 그래, 우리 짐승 중에 사람들처럼 그렇게 악독한 것들이 있단 말이오? (손뼉 소리에 귀가 먹먹)

사람들이 서로 욕설하는 소리를 들으면 차마 귀로 들을 수 없을 만큼 별 흉악망측한 말이 많소. '빠가', '갓뎀' 같은 욕설은 아무것도 아니오. '네밀 붙을 놈', '염병에 땀을 못 낼 놈' 하는 욕설을 제 입만 더럽히고 제 마음 악한 줄도 모르고 함부로 하니 얼마나 흉악한 일이오. 에, 사람들은 도덕상 좋은 말은 별로 않고 못된 소리만 쓸데없이 지저귀니 그것들이 사람이라고? 그것들이 만물 중에 가장 귀한 것이라고? 우리는 천지간의 미물이로되 그렇지는 않소. 또 우리는 임금을 섬기되 충성을 다하고, 장수를 뫼시되 군령이 분명하여, 다 각각 자기 일만 부지런히 하여 주리지 아니하지요. 그런데 어떤 나라 사람들은 제 임금을 죽이고 역적의 일을 하며, 제 장수의 명령을 복종치 않고 바라구도 되며, 백성들은 게을러서 아무 일도 하지 않고 공연히 쏘다니며 놀고먹기만 좋아하오. 술 먹고, 노름하고, 계집의 집이나 찾아다니고, 협잡이나 하고, 그렁저렁 세월을 보내 집이 구차하고 나라가 가난하니, 사람으로 생겨나서 우리 벌들보다 나은 것이 무엇이오? 서양의 어느 학자가 우리를 두고 노래를 지었는데 한번 들어 보시오.

아침 이슬 저녁 별에
이 꽃 저 꽃 찾아가서
부지런히 꿀을 물고
제 집으로 돌아와서
반은 먹고 반은 두어
겨울 양식 저축하여
무한 복락 누릴 때에
하느님의 은혜라고
빛난 날개 좋은 소리
아름답게 찬미하네

그래, 사람 중에 사람다운 것이 몇이나 있소? 우리는 사람들에게 시비 들을 것 조금도 없소. 사람들의 악한 행위를 말하려면 끝이 없겠으나 시간이 부족하여 그만둡니다."

## 제오석 게, 무장공자(無腸公子)

벌이 연설을 마치고 미처 연단에 내려서기도 전에 또 한편에서 회장을 부르고 나오는 것이 있었다. 모양이 기괴하고 눈에 영채(映彩 환하게 빛나는 고운 빛깔)가 감도는데, 힘센 장수같이 두 팔을 쩍 벌리고 어깨를 추썩추썩하며(어깨를 자꾸 가볍게 추켜올렸다 내렸다 하며) 연설을 시작하였다.

"나는 게올시다. 지금 무장공자라 하는 문제로 연설할 터인데, 무장공자는 창자 없는 물건을 뜻하는 말이니 옛적에 포박자(抱朴子)라는 사람이 우리 게의 족속을 가리켜 무장공자라 한 것은 대단히 무례한 말이오. 그래, 우리는 창자가 없고 사람들은 창자가 있소. 그런데 시방 세상 사는 사람 중에 옳은 창자 가진 사람이 몇 명이나 되겠소? 사람의 창자는 참으로 썩었고 흐리고 더럽소. 의복은 비단 명주로 잘 입어서 외양은 좋아도 다 가죽만 사람이지 그 속에는 똥밖에 아무것도 없소. 좋은 칼로 배를 가르고 그 속을 보면, 구린내가 물큰물큰 나오.

지금 어떤 나라 정부를 보면 깨끗한 창자라고는 아마 몇 개 없으리다. 신문에서 그렇게 나무라고, 사회에서 그렇게 시비하고, 백성이 그렇게 원망하고, 외국 사람이 그렇게 욕들을 하여도 모르는 체하니 이것이 창자 있는 사람들이오? 그 정부에 옳은 마음먹고 벼슬하는 사람 누가 있소? 한 사람이라도 있거든 있다고 하시오. 오직 크게 마음먹고 일을 계획한다는 것이 임금 속일 생각, 백성 잡아먹을 생각, 나라 팔아먹을 생각밖에 아무 생각이 없소. 이같이 썩고 더럽고 똥만 들어서 구린내가 물큰물큰 나는 창자라면 차라리 우리처럼 없는 것이 도리어 낫소.

또 욕을 보아도 성낼 줄도 모르고, 좋은 일을 보아도 기뻐할 줄 모르는 사람이 많이 있소. 남의 압제를 받아 살 수 없는 지경에 이르렀는데 분한 마음이 없고, 남에게 그렇게 욕을 보아도 노여워할 줄 모르고 종노릇 하기만 달게 여기며, 관리에 무례한 압박을 당하여도 자유를 찾을 생각이 도무지 없으니, 이것이 창자 있는 사람들이라 하겠소? 우리는 창자가 없어도 남이 나를 해치려 하면 죽더라도 가위로 집어 한 놈 물고 죽소. 어느 나라에서 외국 병정 하나가 지나가다 그 나라 부인을 건드려 젖통을 만지려 하는데, 그 부인이 소리를 지르고 욕을 하자 그 병정이 발로 차고 손으로 때리며 악행을 저지르는 것이었소. 그런데도 그 나라 사람은 그것을 구경만 하고 한 사람도 대들어 그 부인을 도와주고 구해 주는 이가 없었소. 그 부인이 외국 사람에게 당하는 것을 자기와 상관없는 일로 알아서 그랬는지 겁이 나서 그랬는지 알 수 없으나, 결단코 남의 일이 아니라 제 동포가 당하는 일이니 저희가 당하는 것이나 매한가지 아니겠소? 그런데 그것을 보고 화낼 줄도 모르고 도리어 웃고 구경만 하니, 그 부인이 당한 욕을 내일 제 어미나 제 아내가 똑같이 당할 줄을 알지 못하는가? 이런 것들이 창자 있다고 사람이라 으스대니 허리가 아파 못 살겠소. 창자 없는 우리 게는 어찌하면 좋겠소? 나라에 경사가 있어도 기뻐할 줄 모르고 국기 하나 내어 꽂을 줄 모르니 그것이 창자 있는 것이오? 그런 창자는 부럽지 않소.

창자 없는 우리 게가 행한 사적을 좀 들어 보시오. 송나라 때 추호라는 사람이 채경에서 사로잡혀 소주로 귀양 갈 때 우리가 구원하였고, 산주구세라 하는 때에 한 처녀가 죽게 된 것을 살려 내느라고 큰 뱀을 우리 가위로 잘라 죽였으며, 산신과 싸워서 호인의 배를 구원하였고, 객사한 송장을 드러내어 음란한 계집의 죄를 발각하였으니, 우리가 행한 일은 다 옳고 아름다운 일이오. 우리는 사람같이 더러운 일은 하지 않소. 또 사람들도 우리의 행위를 자세히 아는즉, '게도 제 구멍이 아니면 들어가지 아니 한다'라는 속담이 있소. 참 그러하지요. 우리는 암만 급하더라도 들어갈 구멍이라야 들어가지, 부당한 구멍에는 들어가지 않소. 사람들을 보면 부당한 데로 들어가는 사람이 많소. 부모처자를 내버리고 중이 되어 산속으로 들어가는 이도 있고, 여염(閭閻)집(일반 백성의 살림집) 부인네들은 음란한 생각으로 불공을 드린다, 핑계하고 절간 초막으로 들어가는 이도 있소. 명예 있는 신사라 자칭하고 쓸데없는 돈 내버리러 기생집에 들어가는 이도 있고, 옳은 길 내버리고 그른 길로 들어가는 사람, 옳은 종교 싫다 하고 이단으로 들어가는 사람, 돌을 안고 못으로 들어가는 사람, 섶을 지고 불로 들어가는 사람, 이루 다 말할 수 없소. 당연히 들어갈 데와 못 들어갈 데를 분별치 못하고 못 들어갈 데를 들어가서 화를 당하고 패를 보고 해를 끼치니, 이런 사람들이 무슨 창자가 있다고 우리의 창자 없는 것을 비웃소? 지금 사람들을 보면 그 창자가 다 썩어서 얼마 안 있어 모두 무장공자(無腸公子 창자가 없는 동물. 곧 게)가 될 것이니, 이다음에는 사람더러 무장공자라 불러야 옳겠소."

## 제육석 파리, 영영지극(營營之極)

게가 입에서 거품이 부걱부걱 나오며 수용산출(水湧山出 풍부한 시상으로 시문을 짓는 재주가 뛰어남을 비유해 이르는 말)로 하던 말을 그치고 엉금엉금 기어 내려가니, 파리가 또 회장을 부르고 나는 듯이 연단에 올라가 두 손을 싹싹 비비면서 말을 하였다.

"나는 파리올시다. 사람들이 우리 파리를 가리켜 말하기를 '파리는 간사한 소인이라' 하니, 대저 사람이라 하는 것들은 제 흉은 모르고 남의 말만 잘하는 것들이오. 간사한 소인의 성품과 태도를 가진 것들은 우리가 아니라 사람들이오. 우리는 결단코 소인의 성품과 태도를 가진 것이 아니오. 『시전(詩傳)』이라는 책에 말하기를 '영영한 푸른 파리가 횃대에 앉았다' 하였으니, 이것은 우리를 가리켜 한 말이 아니라 사람들을 비유한 말이오. 또 옛글에 '방에 가득한 파리를 쫓아도 없어지지 않는다' 하는 말도 우리를 두고 한 말이 아니라 사람 중의 간사한 소인을 가리켜 한 말이오. 우리는 결코 간사한 일은 하지 않았소마는 인간에는 참 소인이 많습디다.

사슴을 가리켜 말이라 하여 임금을 속인 것이 비단 조고(중국 진나라의 음모에 능했던 환관) 한 사람뿐 아니라, 지금 망해 가는 나라 조정을 보면 온 정부가 다 조고 같은 간신이오. 또한 천자를 끼고 제후에게 호령함이 또한 조조(曹操) 한 사람뿐 아니라, 지금은 도덕이 떨어지고 효박(淆薄 인정이나 풍속이 아주 각박함)한 풍기를 보면 온 세계가 다 조조 같은 소인이오. 이러하니 웃음 속에 칼이 있고 말속에 총이 있어 친구라고 사귀다가 저 잘되면 차 버리기, 동지라고 상종하다가 남 죽이고 저 잘되기, 빈천지교(貧賤之交 빈천할 때 가깝게 사귄 벗) 저버리고 조강지처 내쫓기, 뜻있는 이를 고발하여 감옥소에 몰아넣고 저 잘되기를 희망하니, 그것도 사람인가? 쓸개에 가 붙고 간에 가 붙어 요리조리 알씬알씬 하는 사람들 정말 밉기도 밉습디다. 여러분도 다 아시거니와 그래 공평한 말로 말하자면 우리가 소인이오, 사람들이 간물이오?

또 우리는 먹을 것을 보면 혼자 먹는 법 없소. 여러 족속을 청하고 여러 친구를 불러서 화락한 마음으로 똑같이 먹지요. 그런데 사람들은 조금의 이해관계만 있으면 형제간에도 의가 상하고, 일가 간에도 정이 없어지며, 심한 자는 혈육끼리도 서로 싸우기를 예사로 아니 참 기가 막히오. 동포끼리 서로 사랑하고 구제하는 것은 하느님의 이치거늘, 사람들은 과연 저희 동포끼리 서로 사랑하오? 저희끼리 서로 빼앗고, 서로 싸우고, 서로 시기하고, 서로 흉보고, 서로 총을 쏘아 죽이고, 서로 칼로 찔러 죽이고, 서로 피를 빨아 마시고, 서로 살을 깎아 먹지요. 그러나 우리는 그렇지 않소. 세상에 제일 더러운 것은 똥이라 하지만, 우리는 똥을 눌 때 남이 다 보고 알도록 흰 데는 검게 누고 검은 데는 희게 누어서 남을 속일 생각은 하지 않소. 사람들은 똥보다 더 더러운 일을 많이 하지만 혹 남의 눈에 보일까, 남의 입에 오르내릴까 겁을 내어 은밀히 하지만, 무소부지(無所不知 모르는 것이 없음)하신 하느님은 먼저 알고 계시오.

옛적에 유형이라 하는 사람은 부채를 들고 참외에 앉은 우리를 쫓고, 왕사라 하는 사람은 칼을 빼어 먹을 먹는 우리를 쫓았는데, 사람들은 그렇게 쫓아도 우리가 도로 온다며 성내고 미워하니 저희가 쫓을 것은 쫓지 않고 쫓지 않을 것은 쫓는 줄을 모르오. 우리를 쫓으려 할 것이 아니라 불가불 쫓아야 할 것이 있으니, 사람들아, 부채를 놓고 칼을 던지고 잠깐 내 말을 들어라. 너희들이 당연히 쫓을 것은 너희 마음을 괴롭게 하는 마귀니라. 사람들아 사람들아, 너희 마음속에 있는 물욕을 쫓아 버려라. 너희 머릿속에 있는 썩은 생각을 내쫓으라. 너희 조정에 있는 간신들을 쫓아 버려라. 너희 세상에 있는 소인들을 내쫓으라. 참외가 다 무엇이며, 먹이 다 무엇이냐? 사람들아 사람들아, 우리 수억만 마리 파리가 일제히 손을 비비고 비나니, 우리를 미워하지 말고 하느님이 미워하시는 너희를 해치는 여러 마귀를 쫓으라. 손으로만 빌어서 안 들으면 발로라도 빌겠다."

파리는 의기양양하여 사람을 저희 똥만치도 못하게 나무라고, 겸하여 충고의 말로 권고하고 내려갔다.


제칠석 호랑이, 가정맹어호(苛政猛於虎)


다음은 호랑이가 웅장한 소리로 회장을 부르니 산천이 울리었다. 연단에 올라서서 머리를 설레설레 흔들고 좌중을 내려다보니 눈알이 등불 같고 위풍이 늠름한데, 주홍 같은 입을 떡 벌리고 어금니를 부지직 갈며 연설을 시작하자 좌중이 조용하였다.

"본원의 이름은 호랑이인데 별호는 산군이올시다. 여러분 중에도 혹 아시는 이가 있을 듯하오. 지금 '가정이 맹어호'라 하는 문제를 가지고 두어 마디 할 터인데, 이것은 여러분 아시는 것과 같이 옛적 유명한 성인 공자님이 하신 말씀이오. 가정이 맹어호라 하는 뜻은 '까다로운 정사(政事)가 호랑이보다 무섭다' 함이니, 양자(楊子)라 하는 사람도 이와 같은 말로 '혹독한 관리는 날개 있고 뿔 있는 호랑이와 같다'라고 하였소. 세상 사람들이 말하기를 제일 포악하고 무서운 것은 호랑이라 하였으니, 자고 이래로 사람들이 우리에게 해를 받은 자가 몇 명이나 되오? 도리어 사람이 사람에게 해를 당하며 살육을 당한 자가 몇억만 명인지 알 수 없소. 우리는 설사 포악한 일을 할지라도 깊은 산과 깊은 골과 깊은 수풀 속에서만 횡행할 뿐이요, 사람처럼 백주에 왕궁 국도에서는 하지 않소. 그러나 사람들은 대낮에 사람을 죽이고 재물을 빼앗으며 죄 없는 백성을 감옥서에 몰아넣어서 돈 바치면 내어놓고 세 없으면 죽이지요. 또 임금은 아무리 인자하여 사전(赦典 국가적인 경사가 있을 때 죄인을 용서해 놓아주던 일)을 내리더라도 법관이 공평치 못하게 죄인을 조종하고, 돈을 받고 벼슬을 내어서 그 벼슬한 사람이 밑천을 뽑으려고 음흉한 수단으로 정사를 까다롭게 하여 백성을 못 견디게 하니, 사람들의 악독한 일을 호랑이에게 비하면 몇만 배가 되는지 알 수 없소.

또 우리는 다른 동물을 잡아먹더라도 하느님이 만들어 주신 발톱과 이빨로 하느님의 뜻을 받아 천성의 행위를 행할 뿐이오. 그런데 사람들은 학문을 이용하여 화학이니 물리학이니 배워서 사람의 도리에 유익한 옳은 일에 쓰는 것은 별로 없고, 각색 병기를 발명하여 군함이니 대포니 총이니 탄환이니 화약이니 칼이니 활이니 하는 온갖 병기를 만들어서 재물을 무한히 내버리고 사람을 무수히 죽여서 나라를 만들 때의 만반 경륜은 다 남을 해하려는 마음뿐이라. 그런고로 영국 문학 박사 판스라 하는 사람이 말하기를, '사람이 사람에게 대하여 잔인한 까닭으로 수천만 명 사람이 참혹한 지경에 처했도다' 하였고, 옛날 진회왕이 초회왕을 청하여 초회왕이 진나라에 들어가려 할 때 신하 굴평이 간하되, '진나라는 호랑이 나라이라 가히 믿지 못할지니 가시지 마소서' 하였으니, 호랑이의 나라가 어찌 진나라 하나뿐이리오. 오늘날 오대주(五大洲)를 둘러보면 사람 사는 곳곳마다 욕심 없는 나라가 어디 있으며 포악하지 않은 나라가 어디 있소? 또 어느 인간에 고상한 천리를 말하는 자가 있으며 어느 세상에 진정한 인도를 의논하는 자가 있소? 나라마다 진나라요 사람마다 호랑이요.

세상 사람들이 말하기를 '호랑이는 포악무쌍한 것이라' 하였으나 이것은 잘못된 말이오. 우리는 원래 천품이 은혜를 잘 갚고 의리를 깊이 아니, 글자 읽은 사람은 짐작할 듯하오. 옛적에 진나라 곽무자라 하는 사람이 호랑이 목구멍에 걸린 뼈를 빼내어 주었더니 사슴을 드려 은혜를 갚았고, 영윤 자문을 나서 몽택에 버렸더니 젖을 먹여 길렀으며, 양위의 효성에 감동하여 몸을 물리쳤소. 이런 일을 보면 우리가 은혜에 감동하고 의리를 아는 것 아니겠소? 사람들로 말하면 은혜를 알고 의리를 지키는 사람이 몇몇이나 되겠소? 옛말에 호랑이를 기르면 후환이 된다 하여 지금까지 양호유환(養虎遺患)이라 하는 문자를 쓰지마는, 되지 못한 사람의 새끼를 기르는 것이 도리어 정말 후환이 되는 것이오. 호랑이 새끼를 길러서 덕을 모으는 사람은 있으되, 사람의 자식을 길러서 덕을 보는 사람은 별로 없소.

또 속담에 이르기를 '호랑이는 죽어서 가죽을 남기고 사람은 죽어서 이름을 남긴다'라고 하였는데, 지금 세상에 정말 명예 있는 사람이 몇 명이나 있소? 인생 칠십 고래희(人生 七十 古來稀 예로부터 사람이 칠십을 살기는 매우 드문 일)라, 한세상 살 기간이 얼마 안 되니 옳은 일만 해도 다 못 하고 죽을 것이오. 그럼에도 꿈결 같은 이 세상을 구차하게 살려 하고 못된 일을 할 생각만 시꺼멓게 있어서, 앞문으로 호랑이를 막고 뒷문으로 승냥이를 불러들이는 자도 있으니 어찌 불쌍타 하지 않겠소. 옛날 사람은 호랑이 가죽을 쓰고 도적질하였으나, 지금 사람들은 껍질은 사람의 껍질을 쓰고 마음은 호랑이 마음을 가졌으니 더욱 험악하고 더욱 흉포하오. 하느님은 지극히 공평하고 조금도 사사로움이 없는 분이시니, 이같이 험악하고 흉포한 것들에게 제일 귀하고 신령하다는 권리를 줄 까닭이 무엇이오? 사람으로 못된 일 하는 자의 종자를 없애는 것이 좋은 줄로 생각합니다."


제팔석 원앙, 쌍거쌍래(雙去雙來)


호랑이가 연설을 마치고 내려가니, 또 한편에서 단정한 모습에 태도가 신중한 어여쁜 원앙새가 연단에 올라서서 구슬픈 목소리로 말을 하였다.

"나는 원앙이올시다. 여러분이 인류의 악행을 공격하는 것이 다 지당한 말씀이로되, 인류의 제일 괴악한 일은 음란한 것이오. 하느님이 사람을 내실 때에 한 남자에 한 여인을 내셨으니, 한 사나이와 한 여편네가 서로 저버리지 아니함은 천리에 정한 인륜입니다. 그러므로 사나이도 계집을 여럿 두는 것이 옳지 않고 여편네도 서방을 여럿 두는 것이 옳지 않거늘, 세상에는 계집을 많이 두고 호강하는 것이 좋은 줄 알고 처첩을 두셋씩 두는 사람도 있으며, 어떤 사람은 오륙 명 두는 자도 있소. 혹은 장가든 뒤에 그 아내를 돌아다보지 않고 두 번 세 번 장가드는 자도 있으며, 혹은 아내를 소박하고 첩을 사랑하다가 패가망신하는 자도 있으니, 사나이가 두 계집을 두는 것은 천리에 어긋나는 일이오. 계집이 두 사나이를 두면 변고로 알고 사나이가 두 계집을 두는 것은 예사로 아니 어찌 그리 편벽되며, 사나이가 남의 계집 도적질함은 꾸짖지 않고 계집이 남의 사나이와 상관하면 큰 변인 줄 아니 어찌 그리 불공평하오?

하느님의 이치로 말하자면 사나이는 아내 한 사람만 두고 여편네는 남편 한 사람만 좇는 것이 당연지사요. 지금 세상 사람들은 괴악하고 음란하여 길가의 한 가지 버들을 꺾기 위해 백년해로하려던 사람을 잊어버리고, 동산의 한 송이 꽃을 보기 위해 조강지처를 내쫓으며, 남편이 병들어 누웠는데 의원과 간통하는 일도 있고, 복을 빌어 불공한다 거짓 핑계를 대고 중을 서방 삼는 일과 남편 죽어 사흘도 못 되어 새 서방을 찾는 일도 있으니, 사람들은 계집이나 사나이나 인정도 없고 의리도 없고 다만 음란한 생각뿐이라밖에 말할 수 없소. 우리 원앙새는 천지간에 지극히 작은 물건이나 사람같이 더러운 행실은 하지 않소. 남녀의 법이 유별하고 부부의 윤리와 기강이 지중한 줄을 아는 고로 음란한 일은 결코 없소.

사람들도 우리 원앙새의 역사를 알고 이야기하는 말이 있소. 옛날에 한 사냥꾼이 원앙새 한 마리를 잡았더니 암원앙새가 수원앙새를 잃고 수절하여 과부로 있은 지 일 년 만에 또 그 사냥꾼의 화살에 맞은 것이었소. 사냥꾼이 원앙새를 잡아 가지고 집으로 돌아와서 털을 뜯었더니 날개 아래 무엇이 있는데, 자세히 보니 지난해에 자기가 잡아온 수원앙새의 대가리였더란 말이오. 이것은 암원앙새가 수원앙새와 같이 있다가 수원앙새가 사냥꾼의 화살에 맞아서 떨어졌을 때, 그 경황 중에도 암원앙새가 수원앙새의 대가리를 집어 가지고 숨어서 짝 잃은 한을 잊지 않았던 것이오. 이렇듯 서방의 대가리를 날개 밑에 끼고 슬피 세월을 보내다 또한 사냥꾼에게 잡히었으니, 그 사냥꾼이 이것을 보고 정절이 지극한 새라 하여 먹지 않고 정결한 땅에 장사를 지내 주었소. 그 후로부터 사냥꾼은 다시는 원앙새를 잡지 않았다 하니, 우리 원앙새는 짐승이로되 절개를 지킴이 이러하오. 사람들의 행위를 보면 추하고 비루(鄙陋)하고 음란하여 우리보다 귀하다 할 것이 조금도 없소.

사람들의 행사를 대강 말할 터이니 잠깐 들어 보시오. 부인이 죽으면 불쌍히 여기는 남편이 몇이나 되겠소? 상처한 후에 사나이 수절하였다는 말은 들어 보도 못하였소. 낱낱이 재취(再娶)를 하든지 첩을 얻든지, 자식에게 못할 노릇 하고 집안에 화근을 일으켜 가정의 화목을 해치오. 계집으로 말하면 남편 죽은 후에 수절하는 사람은 많으나 속으로 서방질 다니며 상을 당한 지 며칠이 못 되어 개가할 길 찾느라고 분주한 계집도 있고, 또 자식을 낳아서 개구멍이나 다리 밑에 내버리는 것도 있소. 심한 계집은 간통한 남자에게 혹하여 산 서방을 두고 도망질하거나 약을 먹여 죽이는 일까지 있으니, 사람의 별별 괴악한 일은 이루 다 말할 수 없소. 세상에 제일 더럽고 괴악한 것은 사람이라, 다 말하려면 내 입이 더러워질 터이니 그만두겠소."

원앙새가 연설을 마치고 연단에서 내려오니, 회장이 다시 일어나서 말했다.

폐회

"여러분 하시는 말씀을 들으니 다 옳으신 말씀이오. 대저 사람이라 하는 동물은 세상에 제일 귀하다 신령하다 하지마는, 사실을 말하자면 제일 어리석고 제일 더럽고 제일 괴악하오. 그 행위를 들어 말하자면 한정이 없고, 또 시간이 다하였으니 그만 폐회하오."

회의가 끝나자 그 안에 모였던 짐승이 일시에 나는 자는 날고, 기는 자는 기고, 뛰는 자는 뛰고, 우는 자는 울고, 짖는 자는 짖고, 춤추는 자는 춤추며 다 각각 돌아갔다.

슬프다! 여러 짐승의 연설을 듣고 가만히 생각하여 보니, 세상에 불쌍한 것은 바로 사람이 아닌가. 내가 어찌하여 사람으로 태어나서 이런 욕을 보는가! 사람은 만물 중에 귀하기로 제일이요, 신령하기도 제일이요, 재주도 제일이요, 지혜도 제일이라 하여 동물 중에 제일 좋다 하더니, 오늘날 보면 제일 악하고 제일 흉괴하고 제일 음란하고 제일 간사하고 제일 더럽고 제일 어리석은 것은 사람이구나. 까마귀처럼 효도할 줄도 모르고, 개구리처럼 분수를 지킬 줄도 모르고, 여우보다도 간사하고, 호랑이보다도 포악하고, 벌과 같이 정직하지도 못하고, 파리같이 동포 사랑할 줄도 모르고, 창자 없는 것은 게보다 심하고, 부정한 행실은 원앙새 보기가 부끄럽다. 여러 짐승이 연설할 때 나는 사람을 위해 변명 연설을 하리라 몇 번이나 생각하였으나 무슨 말로도 변명할 수가 없고, 반대를 하려 하였으나 능변을 가지고도 쓸데가 없었다. 사람이 떨어져서 짐승의 아래가 되고, 짐승이 도리어 사람보다 상등이 되었으니, 어찌하면 좋을까? 예수 씨의 말씀을 들으니 하느님이 아직도 사람을 사랑하시며 사람들이 악한 일을 많이 하였을지라도 회개하면 구원 얻는 길이 있다 하였으니, 이 세상에 있는 여러 형제자매는 깊이 깊이 생각하시오.

# 배따라기

✎ 작가와 작품 세계 ------------------------------------------

**김동인**(1900~1951)

호는 금동(琴童). 평안남도 평양 출생. 일본 메이지학원대학 중학부를 졸업하고, 화가가 되기 위해 가와바타 미술 학교를 다니다 중퇴했다. 1919년 주요한, 전영택 등과 함께 최초의 문학 동인지 〈창조〉를 발간하고, 창간호에 최초의 자연주의 작품으로 알려진 「약한 자의 슬픔」을 발표했다.

자연주의적 사실주의 계열에 속하는 「배따라기」, 「감자」, 「태형」, 「발가락이 닮았다」 등과, 탐미주의적 계열에 속하는 「광염소나타」, 「광화사」, 민족주의적 색재를 보이는 「붉은 산」 등 다양한 단편 소설을 발표했다. 『젊은 그들』, 『운현궁의 봄』, 『대수양』 등 후기의 장편 소설들은 상업적이면서 통속적인 경향을 보여 준다. 이는 방탕한 생활과 사업 실패로 가산을 탕진한 후 생활고를 해결하기 위해 소설 쓰기에 진력한 것과 무관치 않다. 평론에도 일가견이 있었는데, 특히 「춘원 연구」는 역작으로 평가된다.

김동인은 문학에서의 계몽주의의 청산, 소설의 구어체 문장 확립, 순수 문학 정신 및 근대 사실주의의 도입, 근대적 문예 비평 개척 등 한국 문학사에 큰 공적을 남겼다. 시점의 도입, 과거 시제의 사용, 액자 형태의 스토리 구성등을 통해 한국 단편 소설의 한 전형을 이룩했다는 평가를 받는다.

✎ 작품 정리 ------------------------------------------

> **갈래** : 액자 소설, 낭만주의 소설, 유미주의 소설
> **배경** : 시간 – 일제 강점기 / 공간 – 평양과 영유
> **시점** : 외화 – 1인칭 관찰자 시점
> 　　　　내화 – 1인칭 관찰자 시점, 전지적 작가 시점
> **주제** : 오해와 질투가 빚은 비극적 운명
> **출전** : 〈창조〉(1921)

## 🖋 구성과 줄거리 --------------------------------------------------

**도입**
**(외화)** **'배따라기'를 부르는 그를 만나 사연을 듣게 됨**

어느 화창한 봄날, '나'는 대동강으로 봄 경치를 구경 갔다가 유토피아의 꿈에 젖는다. 그때 영유 배따라기의 애절한 가락이 들려온다. 노랫소리가 들리는 곳으로 가 보니 어떤 사내가 있었다. 그는 '나'에게 고향에 가지 않고 떠도는 사연을 이야기한다.

**발단**
**(내화)** **그에게는 예쁜 아내와 착한 아우가 있었음**

그의 부모는 모두 돌아갔고 남은 사람이라곤 곁집에 딴살림하는 아우 부처와 아내뿐이었다. 그의 아내는 촌에서는 드물도록 예쁘게 생겼다. 늙은이들은 계집에게 혹하지 말라고 그에게 권고한다.

**전개**
**(내화)** **그는 아우에게 질투심을 느낌**

그는 아내와 사이가 좋았지만 아내를 시기했다. 아내의 성격이 쾌활해 아무에게나 말 잘하고 애교를 잘 부렸기 때문이다. 아내는 아우에게도 친절했다. 그럴 때마다 그는 질투심에 못 이겨 아내를 때리거나 사다 준 물건을 빼앗았다.

**위기**
**(내화)** **그는 아우와 아내가 쥐 잡는 것을 보고 오해함**

아내에게 줄 거울을 사 들고 집에 온 그는 놀라운 광경을 목격한다. 동생은 옷매무새가 흐트러져 있었고, 아내는 옷고름이 풀려 있었던 것이다. 아우가 쥐를 잡느라고 그렇게 되었다고 말했지만 그는 아내를 때리고 동생과 함께 내쫓는다.

**절정**
**(내화)** **아내는 스스로 목숨을 끊고 아우는 집을 나감**

저녁때 방에 들어와 불을 켜려고 성냥을 찾던 그는 옷 뭉치에서 쥐가 튀어나오는 것을 본다. 그는 자신이 옹졸한 행동을 했다는 것을 깨닫는다. 집을 나간 아내는 그다음 날 시체로 발견된다. 아내의 장사를 지낸 이틀 날 동생은 집을 나가 자취를 감춘다.

**결말**
**(내화)** **그는 10년 후 아우를 보게 되지만 아우는 다시 떠남**

그는 뱃사람이 되어 유랑하는 동생을 찾아 나선다. 10년 뒤 어느 날, 그는 배가 난파하는 바람에 물 위에 떠돌고 있었다. 그가 밤에 정신을 차려 보니 곁에서 아우가 자신을 간호하고 있었다. 아우는 "형님, 그저 다 운명이외다."라는 말만 남기고 떠난다. 그 후 그는 동생을 만나지 못한다.

**종결**
**(외화)** **그는 다시 배따라기를 불러 줌**

그는 다시 한 번 '나'를 위해 배따라기를 불렀다. 그날 밤 집에 와서도 그의 숙명적인 경험담이 귀에 쟁쟁했다. 배따라기가 들릴 때마다 그곳으로 가 보았지만 그는 없었다.

*✎* **생각해 볼 문제** --------------------------------------

**1. 이 작품에 나타난 자연주의적 특징과 유미주의적 특징을 지적해 보자.**

등장인물의 야수성, 성격 결함에 따른 비극적 파국, 간음이라는 비도덕적 모티브 등은 자연주의의 특징을 잘 보여 주고 있다. '나'는 진시황이야말로 가장 인간다운 인간이었다고 생각한다. 진시황이 인간의 욕망을 극단적으로 발현한 사람이었다는 점에서 '나'의 생각은 유미주의 또는 예술 지상주의와 밀접한 관련이 있다.

**2. '배따라기'라는 민요는 어떤 역할을 하고 있는가?**

'배떠나기'의 방언으로 알려져 있는 '배따라기'는 평안도 민요의 하나다. 뱃사람들의 고달픈 생활을 노래한 배따라기는 외화와 내화를 매개해 주는 역할을 한다. '그'의 비극적 운명이 배따라기의 애절한 곡조 속에 아름답게 승화되고, '나'의 '미의 낙원'에 대한 추구도 함께 어우러진다.

**3. 이 작품의 서사 구조는 어떻게 이루어져 있는가?**

내용은 자연주의적 특징을 보이고, 형식은 액자 소설의 구조를 갖추고 있다. 액자 형식을 취하면서도 외화인 '나'의 이야기와 내화인 '그'의 이야기가 동시에 존재한다. 서술자는 '나'이며 '그'의 이야기 역시 '나'의 시점을 통해 전달되고 있다. 외화는 도입부의 역할을 할 뿐 아니라 내화의 주제와 대응하고 있다.

그 (둘 사이 오해) 아내

형님, 거저 다 운명이외다.

아우 아우 아내

부모님이 돌아가시고 저(그)에게 남은 사람은 아내와 아우 부부뿐이었어요. 저는 아우에게 친절한 아내를 보면 질투가 났지요. 어느 날, 아우와 아내가 쥐 잡는 것을 오해한 저는 둘을 내쫓았어요. 다음 날 아내는 시체로 발견되었지요. 10년 뒤 아우를 만났지만 아우는 "형님, 그저 다 운명이외다."라는 말만 남기고 떠났답니다.

# 배따라기

좋은 일기이다.

좋은 일기라도, 하늘에 구름 한 점 없는—우리 '사람'으로서는 감히 접근 못할 위엄을 가지고, 높이서 우리 조고만 '사람'을 비웃는 듯이 내려다보는, 그런 교만한 하늘은 아니고, 가장 우리 '사람'의 이해자인 듯이 낮추 뭉글뭉글 엉기는 분홍빛 구름으로서 우리와 서로 손목을 잡자는—그런 하늘이다. 사랑의 하늘이다.

나는, 잠시도 멎지 않고 푸른 물을 황해로 부어내리는 대동강을 향한, 모란봉(牧丹峰) 기슭 새파랗게 돋아나는 풀 위에 뒹굴고 있었다.

이날은 삼월 삼질(음력 삼월 초사흗날. 강남 갔던 제비가 돌아온다는 따뜻한 날), 대동강에 첫 뱃놀이하는 날이다. 까맣게 내려다보이는 물 위에는, 결결이 반짝이는 물결을 푸른 놀잇배들이 타고 넘으며, 거기서는 봄 향기에 취한 형형색색의 선율이, 우단보다도 부드러운 봄 공기를 흔들면서 날아온다. 그리고 거기서 기생들의 노래와 함께 날아오는 조선 아악(雅樂)은 느리게, 길게, 유창하게, 부드럽게, 그리고 또 애처롭게, 모든 봄의 정다움과 끝까지 조화하지 않고는 안 두겠다는 듯이, 대동강에 흐르는 시커먼 봄물, 청류벽에 돋아나는 푸른 풀어음, 심지어 사람의 가슴속에 봄에 뛰노는 불붙는 핏줄기까지라도, 습기 많은 봄 공기를 다리 놓고 떨리지 않고는 두지 않는다.

봄이다. 봄이 왔다.

부드럽게 부는 조고만 바람이, 시커먼 조선 솔을 꿰며, 또는 돋아나는 풀을 스치고 지나갈 때의 그 음악은, 다른 데서는 듣지 못할 아름다운 음악이다.

아아, 사람을 취케 하는 푸르른 봄의 아름다움이여! 열다섯 살부터의 동경(東京) 생활에, 마음껏 이런 봄을 보지 못하였던 나는, 늘 이것을 보는 사람보다 곱 이상의 감명을 여기서 받지 않을 수 없다.

평양성 내에는, 겨우 툭툭 터진 땅을 헤치면 파릇파릇 돋아나는 나무새기와 돋아나려는 버들의 어음으로 봄이 온 줄 알 뿐 아직 완전히 봄이 안 이르렀지만, 이 모란봉 일대와 대동강을 넘어 보이는 가나안 옥토를 연상시키는 장림(長林 길게 뻗쳐 있는 숲)에는 마음껏 봄의 정다움이 이르렀다.

그리고 또 꽤 자란 밀보리들로 새파랗게 장식한 장림의 그 푸른빛! 만족한 웃음을 띠고 그 벌에 서서 내다보는 농부의 모양은, 보지 않아도 생각할수가 있다.

구름은 자꾸 하늘을 날아다니는 모양이다. 그 밀 위에 비치었던 구름의 그림자는 그 구름과 함께 저편으로 물러가며, 거기는 세계를 아까 만들어놓은 것 같은 새로운 녹빛이 퍼져 나간다. 바람이나 조금 부는 때는 그 잘자란 밀들은 물결같이 누웠다 일어났다 일록일청(一綠一靑 한 번은 녹색으로, 한 번은 청색으로)으로 춤을 춘다. 그리고 봄의 한가함을 찬송하는 솔개들은, 높은 하늘에서 동그라미를 그리면서 더욱더 아름다운 봄에 향기로운 정취를 더한다.

"다스한 봄 정에 솟아나리다. 다스한 봄 정에 솟아나리다."

나는 두어 번 소리 나게 읊은 뒤에 담배를 붙여 물었다. 담뱃내는 무럭무럭 하늘로 올라간다.

하늘에도 봄이 왔다.

하늘은 낮았다. 모란봉 꼭대기에 올라가면 넉넉히 만질 수가 있으리만큼하늘은 낮다. 그리고 그 낮은 하늘보다는 오히려 더 높이 있는 듯한 분홍빛구름은 뭉글뭉글 엉기면서 이리저리 날아다닌다.

나는 이러한 아름다운 봄 경치에 이렇게 마음껏 봄의 속삭임을 들을 때는 언제든 유토피아를 아니 생각할 수 없다. 우리가 시시각각으로 애를 쓰며 수고하는 것은, 그 목적은 무엇인가? 역시 유토피아 건설에 있지 않을까? 유토피아를 생각할 때는 언제든 그 '위대한 인격의 소유자'며 '사람의 위대함을 끝까지 즐긴' 진나라 시황(始皇)을 생각지 않을 수 없다.

우리가 어찌하면 죽지를 아니할까 하여, 소년 삼백을 배에 태워 불사약을 구하러 떠나보내며, 예술의 사치를 다하여 아방궁을 짓고, 매일 신하 몇천명과 잔치로써 즐기며, 이리하여 여기 한 유토피아를 세우려던 시황은, 몇만의 역사가가 어떻다고 욕을 하든, 그는 참말로 인생의 향락자이며 역사 이후의 제일 큰 위인이라고 할 수가 있다. 그만한 순전한 용기 있는 사람이 있고야 우리 인류의 역사는 끝이 날지라도 한 '사람'을 가졌었다고 할 수 있다.

"큰사람이었었다."

하면서 나는 머리를 흔들었다.

이때다. 기자묘 근처에서 무슨 슬픈 음률이 봄 공기를 진동시키며 날아오는 것이 들렸다.

나는 무심코 귀를 기울였다.

'영유 배따라기'다. 그것도 웬만한 광대나 기생은 발꿈치에도 미치지 못하리만큼, 그만큼 그 배따라기의 주인은 잘 부르는 사람이었다.

비나이다, 비나이다.
산천후토(山天后土 하늘과 산의 신령) 일월성신(日月星辰 해와 달과 별) 하나님전 비나이다.
실낱 같은 우리 목숨 살려 달라 비나이다.
에―야, 어그여지야.

여기까지 이르렀을 때에 저편 아래 물에서 장고 소리와 함께 기생의 노래가 울리어 오며 배따라기는 그만 안 들리게 되었다.

나는 이 년 전 한여름을 영유서 지내 본 일이 있다. 배따라기의 본고장인 영유를 몇 달 있어 본 사람은 그 배따라기에 대하여 언제든 한 속절없는 애처로움을 깨달을 것이다.

영유, 이름은 모르지만 ×산에 올라가서 내다보면 앞은 망망한 황해이니, 그곳 저녁때의 경치는 한 번 본 사람은 영구히 잊을 수가 없으리라. 불덩이 같은 커다란 시뻘건 해가 남실남실 넘치는 바다에 도로 빠질 듯 도로 솟아오를 듯 춤을 추며, 거기서 때때로 보이지 않는 배에서 '배따라기'만 슬프게 날아오는 것을 들을 때엔 눈물 많은 나는 때때로 눈물을 흘렸다. 이로 보아서, 어떤 원의 아내가 자기의 모든 영화를 낡은 신같이 내어던지고 뱃사람과 정처 없는 물길을 떠났다 함도 믿지 못할 말이랄 수가 없다.

영유서 돌아온 뒤에도 그 '배따라기'는 내 마음에 깊이 새기어져 잊으려야 잊을 수가 없었고, 언제 한번 다시 영유를 가서 그 노래를 한 번 더 들어보고 그 경치를 다시 한 번 보고 싶은 생각이 늘 떠나지를 않았다.

장고 소리와 기생의 노래는 멎고 배따라기만 구슬프게 날아온다. 결결이 부는 바람으로 말미암아 때때로는 들을 수가 없으되, 나의 기억과 곡조를 종합하여 들은 배따라기는 이 대목이다.

강변에 나왔다가

나를 보더니만

혼비백산하여

꿈인지 생시인지

와르륵 달려들어

섬섬옥수로 부쳐잡고

호천망극(昊天罔極 하늘이 드넓어 끝이 없음과 같이 어버이의 은혜가 크고 다함이 없음을 이름)하는 말이

'하늘로서 떨어지며

땅으로서 솟아났나

바람결에 묻어 오고

구름길에 쌔여 왔나'

이리 서로 붙들고 울음 울 제

인리제인(隣里諸人 이웃 마을 모든 사람들)이며

일가친척이 모두 모여

　

여기까지 들은 나는 마침내 참지 못하고 벌떡 일어서서 소나무 가지에 걸었던 모자를 내려 쓰고, 그곳을 찾으러 모란봉 꼭대기에 올라섰다. 꼭대기는 좀 더 노랫소리가 잘 들린다. 그는, 배따라기의 맨 마지막, 여기를 부른다.

　

밥을 빌어서

죽을 쑬지라도

제발 덕분에

뱃놈 노릇은 하지 마라.

에―야, 어그여지야.

　

그의 소리로써 방향을 찾으려던 나는 그만 그 자리에 섰다.

"어딘가? 기자묘? 혹은 을밀대?"

그러나 나는 오래 서 있을 수가 없었다. 어떻든 찾아보자 하고, 현무문으로 가서 문밖에 썩 나섰다. 기자묘의 깊은 솔밭은 눈앞에 쫙 퍼진다.

"어딘가?"

나는 또 물어 보았다.

이때에 그는 또다시 배따라기를 시초부터 부른다. 그 소리는 윈편에서 온다.

윈편이구나 하면서, 소리 나는 곳을 더듬어서 소나무 틈으로 한참 돌다가, 겨우, 기자묘치고는 그중 하늘이 넓고 밝은 곳에 혼자서 뒹굴고 있는 그를 찾아내었다. 나의 생각한 바와 같은 얼굴이다. 얼굴, 코, 입, 눈, 몸집이 모두 네모나고 그의 이마의 굵은 주름살과 시커먼 눈썹은 고생 많이 함과 순진한 성격을 나타낸다.

그는 어떤 신사가 자기를 들여다보는 것을 보고 노래를 그치고 일어나 앉는다.

"왜? 그냥 하지요."

하면서 나는 그의 곁에 가 앉았다.

"머……."

할 뿐 그는 눈을 들어서 터진 하늘을 쳐다본다.

좋은 눈이었다. 바다의 넓고 큼이 유감없이 그의 눈에 나타나 있다. 그는 뱃사람이라 나는 짐작하였다.

"고향이 영유요?"

"예, 머, 영유서 나기는 했디만 한 이십 년 영윤 가 보디두 않았시요."

"왜, 이십 년씩 고향엘 안 가요?"

"사람의 일이라니 마음대로 됩데까?"

그는, 왜 그러는지, 한숨을 짓는다.

"거저, 운명이 데일 힘셉디다."

운명의 힘이 제일 세다는 그의 소리는 삭이지 못할 원한과 뉘우침이 섞여 있다.

"그래요?"

나는 다만 그를 건너다볼 뿐이다.

한참 잠잠하니 있다가 나는 다시 말하였다.

"자, 노형의 경험담이나 한번 들어 봅시다. 감출 일이 아니면 한번 이야기해 보소."

"머, 감출 일은……."

"그럼, 어디 들어 봅시다그려."

그는 다시 하늘을 쳐다보았다. 그러나 좀 있다가,

"하디요."

하면서 내가 담배를 붙이는 것을 보고 자기도 담배를 붙여 물고 이야기를 꺼낸다.

"십구 년 전 팔월 열하룻날 일인데요."

하면서 그가 이야기한 바는 대략 이와 같은 것이다.

그의 살던 마을은 영유 고을서 한 이십 리 떠나 있는, 바다를 향한 조고만 어촌이다. 그의 살던 조고만(서른 집쯤 되는) 마을에서 그는 꽤 유명한 사람이었다.

그의 부모는 모두 열댓에 났을 때 돌아갔고, 남은 사람이라고는 곁집에 딴살림하는 그의 아우 부처와 그 자기 부처뿐이었다. 그들 형제가 그 마을에서 제일 부자이고 또 제일 고기잡이를 잘하였으며 그중 글이 있었고 배따라기도 그 마을에서 빼나게 잘 불렀다. 말하자면 그 형제가 그 동네의 대표적 사람이었다.

팔월 보름은 추석 명절이다. 팔월 열하룻날 그는 명절에 쓸 장도 볼 겸, 그의 아내가 늘 부러워하는 거울도 하나 사 올 겸, 장으로 향하였다.

"당손네 집에 있는 것보다 큰 것이요. 잊디 말구요."

그의 아내는 길까지 따라 나오면서 잊지 않도록 부탁하였다.

"안 잊어."

하면서 그는 떠오르는 새빨간 햇빛을 앞으로 받으면서 자기 마을을 나섰다.

이렇게 말하기는 우습지만 그는 아내를 고와했다. 그의 아내는 촌에는 드물도록 연연하고도 예쁘게 생겼다. 그는 나에게 이렇게 말하였다.

"성내(평양) 덴줏골(갈보촌)을 가두 그만한 거 쉽디 않갔시요."

그러니까 촌에서는, 그리고 그 당시에는 남에게 우습게 보이도록 그 내외의 새는 좋았다. 늙은이들은 계집에게 혹하지 말라고 흔히 그에게 권고하였다.

부처의 새는 좋았지만, 아니 오히려 좋으므로 그는 아내에게 샘을 많이 하였다. 그러고 그의 아내는 시기를 받을 일을 많이 하였다. 품행이 나쁘다는 것이 아니라, 그의 아내는 대단히 천진스럽고 쾌활한 성질로서 아무에게나 말 잘하고 애교를 잘 부렸다.

그 동네에서는 무슨 명절이나 되면, 집이 그중 정결함을 핑계삼아 젊은

이들은 모두 그의 집에 모이고 하였다. 그 젊은이들은 모두 그의 아내에게 '아즈마니'라 부르고, 그의 아내는 '아즈바니, 아즈바니' 하며 그들과 지껄이고 즐기며, 그 웃기 잘하는 입에는 늘 웃음을 흘리고 있었다. 그럴 때마다 그는 한편 구석에서 눈만 힐근거리며 있다가 젊은이들이 돌아간 뒤에는 불문곡직(不問曲直 옳은지 그른지를 묻지 않음)하고 아내에게 덤벼들어 발길로 차고 때리며, 이전에 사다 주었던 것을 모두 걷어올린다. 싸움을 할 때에는 언제든 곁집에 있는 아우 부처가 말리러 오며, 그렇게 되면 언제든 그는 아우 부처까지 때려 주었다.

그가 아우에게 그렇게 구는 데는 이유가 있었다. 그의 아우는, 시골 사람에게는 쉽지 않도록 늠름한 위엄이 있었고, 맨날 바닷바람을 쐬었지만 얼굴이 희었다. 이것뿐으로도 시기가 된다 하면 되지만, 특별히 아내가 그의 아우에게 친절히 하는 데는, 그는 속이 끓어 못 견디었다.

그가 영유를 떠나기 반 년 전쯤, 다시 말하자면 그가 거울을 사러 장에 갈 때부터 반 년 전쯤, 그의 생일날이었다. 그의 집에서는 음식을 차려서 잘 먹었는데, 그에게는 괴상한 버릇이 있었으니, 맛있는 음식은 남겨 두었다가 좀 있다 먹고 하는 것이 습관이었다. 그의 아내도 이 버릇은 잘 알 터인데 그의 아우가 점심때쯤 오니까, 아까 그가 아껴서 남겨 두었던 그 음식을 아우에게 주려 하였다. 그는 눈을 부릅뜨고 '못 주리라'고 암호하였지만 아내는 그것을 보았는지 못 보았는지 그의 아우에게 주어 버렸다. 그는 마음속이 자못 편치 못하였다. '트집만 있으면 이년을⋯⋯' 하고 그는 마음먹었다.

그의 아내는 시아우에게 상을 준 뒤에 물러오다가 그만 그의 발을 조금 밟았다.

"이년!"

그는 힘껏 발을 들어서 아내를 냅다 찼다. 그의 아내는 상 위에 거꾸러졌다가 일어난다.

"이년, 사나이 발을 짓밟는 년이 어디 있어!"

"거 좀 밟아서 발이 부러졌쉐까?"

아내는 낯이 새빨개져서 울음 섞인 소리로 고함친다.

"이년! 말대답이⋯⋯."

그는 일어서서 아내의 머리채를 휘어잡았다.

"형님! 왜 이리십니까."

아우가 일어서면서 그를 붙잡았다.

"가만있거라, 이놈의 자식."

하며 그는 아우를 밀친 뒤에 아내를 되는 대로 내리찧었다.

"죽일 년, 이년! 나가거라!"

"죽에라, 죽에라! 난, 죽어도 이 집에선 못 나가!"

"못 나가?"

"못 나가디 않구. 뉘 집이게……."

이때다. 그의 마음에는 그 '못 나가겠다'는 아내의 마음이 푹 들이박혔다. 그 이상 때리기가 싫었다. 우두커니 눈만 흘기고 있다가 그는,

"망할 년, 그럼 내가 나갈라."

하고 그만 문밖으로 뛰어나와서,

"형님, 어디 갑니까?"

하는 아우의 말에는 대답도 안 하고, 곁동네 탁주집으로 뒤도 안 돌아보고 가서, 거기 있는 술 파는 계집과 술상 앞에 마주 앉았다.

그날 저녁 얼근히 취한 그는 아내를 위하여 떡을 한 돈어치 사 가지고 집으로 돌아왔다.

이리하여 또 서너 달은 평화가 이르렀다. 그러나 이 평화가 언제까지든 계속될 수가 없었다. 그의 아우로 말미암아 또 평화는 쪼개져 나갔다.

오월 초승부터 영유 고을 출입이 잦던 그의 아우는, 오월 그믐께부터는 고을서 며칠씩 묵어 오는 일이 많았다. 함께, 고을에 첩을 얻어 두었다는 소문이 퍼졌다. 이 소문이 있은 뒤 아내는 그의 아우가 고을 들어가는 것을 벌레보다도 더 싫어하고, 며칠 묵어나 오는 때면 곧 아우의 집으로 가서 그와 담판을 하며 심지어 동서 되는 아우의 처에게까지 못 가게 하지 않는다고 싸우는 일이 있었다. 칠월 초승께 그의 아우는 고을에 들어가서 열흘쯤 묵어 온 일이 있었다. 이때도 전과 같이 그의 아내는 그의 아우며 제수와 싸우다 못하여, 마침내 그에게까지 와서 아우가 그런 못된 데를 다니는 것을 그냥 둔다고, 해보자 한다. 그 꼴을 곱게 보지 않았던 그는 첫마디로 고함을 쳤다.

"네게 상관이 무에가? 듣기 싫다."

"못난둥이. 아우가 그런 델 댕기는 걸 말리디두 못하구!"

분김에 이렇게 그의 아내는 고함쳤다.

"이년, 무얼?"

그는 벌떡 일어섰다.

"못난둥이!"

그 말이 채 끝나기 전에 그의 아내는 악 소리와 함께 그 자리에 거꾸러졌다.

"이년! 사나이에게 그따윗 말버릇 어디서 배완!"

"에미네 때리는 건 어디서 배왔노! 못난둥이."

그의 아내는 울음소리로 부르짖었다.

"샹년 그냥? 나갈, 우리 집에 있디 말구 나갈."

그는 내리쩧으면서 부르짖었다. 그리고 문을 열고 아내를 밀쳤다.

"나가디 않으리!"

하고 그의 아내는 울면서 뛰어나갔다.

"망할 년!"

토하는 듯이 중얼거리고 그는 그 자리에 주저앉았다.

그의 아내는 해가 져서 어두워져도 돌아오지 않았다. 일단 내어 쫓기는 하였지만 그는 아내의 돌아옴을 기다리고 있었다. 어두워져서도 그는 불도 안 켜고 성이 나서 우들우들 떨면서 아내의 돌아오기를 기다렸다. 그러나 그의 아내의 참 기쁜 듯이 웃는 소리가 그의 아우의 집에서 밤새도록 울리었다. 그는 움쩍도 안 하고 그 자리에 앉아서 밤을 새운 뒤에, 새벽 동터 올 때 아내와 아우를 죽이려고 부엌에 가서 식칼을 가지고 들어와서 문을 벌컥 열었다.

그의 아내로서 만약 근심스러운 얼굴을 하고 그 문밖에 우두커니 서서 문을 들여다보고 있지 않았다면, 그는 아내와 아우를 죽이고야 말았으리라.

그는 아내를 보는 순간 마음에 가득 차는 사랑을 깨달으면서, 칼을 내던지고 뛰어나가서 아내의 머리채를 휘어잡고, 이년 하면서 들어와서 뺨을 물어뜯으면서 함께 이리저리 자빠져서 뒹굴었다.

그런 이야기를 다 하려면 끝이 없으되 다만 '그', '그의 아내', '그의 아우' 세 사람의 삼각관계는 대략 이와 같았다.

각설(화제를 돌릴 때 말 첫머리에 쓰는 접속부사)—

거울은 마침 장에 마음에 맞는 것이 있었다. 지금 것과 대 보면 어떤 때는 코도 크게 보이고 입이 작게도 보이는 것이지만, 그 당시에는, 그리고 그런 촌에서는 둘도 없는 귀물이었다.

거울을 사 가지고 장을 본 뒤에 그는 이 거울을 아내에게 주면 그 기뻐할 모양을 생각하며, 새빨간 저녁 햇빛을 받는 넘치는 듯한 바다를 안고, 자기 집으로, 늘 들러 오던 탁주집에도 안 들러서 돌아왔다.

그러나 그가 그의 집 방 안에 들어설 때에는 뜻도 안 하였던 광경이 그의 눈에 벌리어 있었다.

방 가운데는 떡상이 있고, 그의 아우는 수건이 벗겨져서 목 뒤로 늘어지고 저고리 고름이 모두 풀어져 가지고 한편 모퉁이에 서 있고, 아내도 머리채가 모두 뒤로 늘어지고 치마가 배꼽 아래 늘어지도록 되어 있으며, 그의 아내와 아우는 그를 보고 어찌할 줄을 모르는 듯이 움쩍도 안 하고 서 있었다.

세 사람은 한참 동안 어이가 없어서 서 있었다. 그러나 좀 있다가 마침내 그의 아우가 겨우 말했다.

"그놈의 쥐 어디 갔니?"

"흥! 쥐? 훌륭한 쥐 잡댔구나!"

그는 말을 끝내지도 않고 짐을 벗어던지고 뛰어가서 아우의 멱살을 끌어 잡았다.

"형님! 정말 쥐가……."

"쥐? 이놈! 형수하고 그런 쥐 잡는 놈이 어디 있니?"

그는 아우를 따귀를 몇 대 때린 뒤에 등을 밀어서 문밖에 내어던졌다. 그런 뒤에 이제 자기에게 이를 매를 생각하고 우들우들 떨면서 아랫목에 서 있는 아내에게 달려들었다.

"이년! 시아우와 그런 쥐 잡는 년이 어디 있어!"

그는 아내를 거꾸러뜨리고 함부로 내리찧었다.

"정말 쥐가……. 아이 죽겠다."

"이년! 너두 쥐? 죽어라!"

그의 팔다리는 함부로 아내의 몸 위에 오르내렸다.

"아이, 죽갔다. 정말 아까 적온이(시아우)가 왔기에 떡 먹으라구 내놓았더니……."

"듣기 싫다! 시아우와 붙은 년이 무슨 잔소릴……."

"아이, 아이, 정말이야요. 쥐가 한 마리 나……."

"그냥 쥐?"

"쥐 잡을래다가……."

"상년! 죽어라! 물에래두 빠데 죽얼!"

그는 실컷 때린 뒤에, 아내도 아우처럼 등을 밀어 내어 쫓았다. 그 뒤에 그의 등으로,

"고기 배때기에 장사해라!"

하고 토하였다.

분풀이는 실컷 하였지만, 그래도 마음속이 자못 편치 못하였다. 그는 아랫목으로 가서 바람벽을 의지하고 실신한 사람같이 우두커니 서서 떡상만 들여다보고 있었다.

한 시간······, 두 시간······.

서편으로 바다를 향한 마을이라 다른 곳보다는 늦게 어둡지만, 그래도 술시(戌時 십이시의 열한째 시. 오후 일곱 시부터 아홉 시까지)쯤 되어서는 깜깜하니 어두웠다. 그는 불을 커려고 바람벽에서 떠나서 성냥을 찾으러 돌아갔다.

성냥은 늘 있던 자리에 있지 않았다. 그래서 여기저기 뒤적이노라니까, 어떤 낡은 옷 뭉치를 들칠 때에 문득 쥐 소리가 나면서 무엇이 후덕덕 뛰어 나온다. 그리하여 저편으로 기어서 도망간다.

"역시 쥐댔구나!"

그는 조그만 소리로 부르짖었다. 그리고 그만 그 자리에 맥없이 덜썩 주저앉았다.

아까 그가 보지 못한 때의 광경이 활동사진과 같이 그의 머리에 지나갔다.

아우가 집에를 온다. 아우에게 친절한 아내는 떡을 먹으라고 아우에게 떡상을 내놓는다. 그때에 어디선가 쥐가 한 마리 뛰어나온다. 둘이서는 쥐를 잡노라고 돌아간다. 한참 성화시키던 쥐는 어느 구석에 숨어 버린다. 그들은 쥐를 찾느라고 뒤룩거린다('두리번거리다'의 방언). 그럴 때에 그가 집에 들어선 것이다.

"상년, 좀 있으믄 안 들어오리······."

그는 억지로 마음먹고 그 자리에 드러누웠다.

그러나 아내는 밤이 가고 날이 밝기는커녕 해가 중천에 올라도 돌아오지를 않았다. 그는 차차 걱정이 나서 찾아보러 나섰다.

아우의 집에도 없었다. 동네를 모두 찾아보아도 본 사람도 없다 한다.

그리하여, 낮쯤 한 삼사 리 내려가서 바닷가에서 겨우 아내를 찾기는 찾

았지만 그 아내는 이전 같은 생기로 찬 산 아내가 아니요, 몸은 물에 불어서 곱이나 크게 되고, 이전에 늘 웃음을 흘리던 예쁜 입에는 거품을 잔뜩 문, 죽은 아내였다.

그는 아내를 업고 집으로 돌아오기까지 정신이 없었다.

이튿날 간단하게 장사를 하였다. 뒤에 따라오는 아우의 얼굴에는,

"형님, 이게 웬일이오니까."

하는 듯한 원망이 있었다.

장사를 지낸 이튿날부터 아우는 그 조그만 마을에서 없어졌다. 하루 이틀은 심상히 지냈지만, 닷새 엿새가 지나도 아우는 돌아오지 않았다. 그래서 알아보니까, 꼭 그의 아우같이 생긴 사람이 오륙 일 전에 멧산자 보따리를 하여 진 뒤에 시뻘건 저녁 해를 등으로 받고 더벅더벅 동쪽으로 가더라 한다. 그리하여 열흘이 지나고 스무 날이 지났지만 한번 떠난 그의 아우는 돌아올 길이 없고, 혼자 남은 아우의 아내는 매일 한숨으로 세월을 보내게 되었다.

그도 이것을 잠자코 보고 있을 수가 없었다. 그 불행의 모든 죄는 죄다 그에게 있었다.

그도 마침내 뱃사람이 되어, 적으나마 아내를 삼킨 바다와 늘 접근하며 가는 곳마다 아우의 소식을 알아보려고, 어떤 배를 얻어 타고 물길을 나섰다.

그는 가는 곳마다 아우의 이름과 모습을 말하여 물었으나, 아우의 소식은 알 수가 없었다.

이리하여 꿈결같이 십 년을 지내서 구 년 전 가을, 탁탁히 낀 안개를 꿰며 연안(延安 황해도에 있는 읍) 바다를 지나가던 그의 배는, 몹시 부는 바람으로 말미암아 파선을 하여, 벗 몇 사람은 죽고, 그는 정신을 잃고 물 위에 떠돌고 있었다.

그가 겨우 정신을 차린 때는 밤이었다. 그리고 어느덧 그는 뭍에 올라와 있었고 그를 말리느라고 새빨갛게 피워 놓은 불빛으로 자기를 간호하는 아우를 보았다.

그는 이상히도 놀라지도 않고 천연하게 물었다.

"너, 어떻게 여기 완?"

아우는 잠자코 한참 있다가 겨우 대답하였다.

"형님, 거저 다 운명이외다."

따뜻한 불기운에 깜빡 잠이 들려다가 그는 화닥닥 깨면서 또 말했다.

"십 년 동안에 되게 파랬구나."

"형님, 나두 변했거니와 형님두 몹시 늙으셨쉐다."

이 말을 꿈결같이 들으면서 그는 또 혼혼히(정신이 아득해 가물가물한 모양) 잠이 들었다. 그리하여 두어 시간, 꿀보다도 단 잠을 잔 뒤에 깨어 보니, 아까같이 새빨간 불은 피어 있지만 아우는 어디로 갔는지 없어졌다. 곁엣사람에게 물어 보니까, 아우는 형의 얼굴을 물끄러미 한참 들여다보고 있다가 새빨간 불빛을 등으로 받으면서 터벅터벅 아무 말 없이 어둠 가운데로 스러졌다 한다.

이튿날 아무리 알아보아야 그의 아우는 종적이 없어지고 알 수 없으므로 그는 하릴없이(어찌할 도리 없이) 다른 배를 얻어 타고 또 물길을 떠났다. 그리하여 그의 배가 해주에 이르렀을 때, 그는 해주 장에 들어가서 무엇을 사려다가 저편 맞은편 가게에 얼핏 그의 아우 같은 사람이 있으므로 뛰어가서 보니 그는 벌써 없어졌다. 배가 해주에는 오래 머물지 않으므로 그의 마음은 해주에 남겨 두고 또다시 바닷길을 떠났다.

그 뒤 삼 년을 이리저리 돌아다녔어도 아우는 다시 볼 수가 없었다.

그리하여 삼 년을 지내서 지금부터 육 년 전에, 그가 탄 배가 강화도를 지날 때에, 바다를 향한 가파른 뫼켠에서 바다를 향하여 날아오는 '배따라기'를 들었다. 그것도 어떤 구절과 곡조는 그의 아우 특식으로 변경된, 그의 아우가 아니면 부를 사람이 없는, 그 '배따라기'였다.

배가 강화도에는 머무르지 않아서 그저 지나갔으나, 인천서 열흘쯤 머무르게 되었으므로, 그는 곧 내려서 강화도로 건너가 보았다. 거기서 이리저리 찾아다니다가 어떤 조그만 객줏집에서 물어 보니, 이름도 그의 아우요 생긴 모습도 그의 아우인 사람이 묵어 있기는 하였으나, 사나흘 전에 도로 인천으로 갔다 한다. 그는 곧 돌아서서 인천으로 건너와 찾아보았지만, 그 조그만 인천서도 그의 아우를 찾을 바가 없었다.

그 뒤에 눈 오고 비 오며 육 년이 지났지만, 그는 다시 아우를 만나 보지 못하고 아우의 생사까지도 알 수가 없다.

말을 끝낸 그의 눈에는 저녁 해에 반사하여 몇 방울의 눈물이 반득인다.

나는 한참 있다가 겨우 물었다.

"노형 계수는?"

"모르디요. 이십 년을 영유는 안 가 봤으니깐요."

"노형은 이제 어디루 갈 테요?"

"것두 모르디요. 덩처가 있나요? 바람 부는 대로 몰려댕기디요."

그는 다시 한 번 나를 위하여 배따라기를 불렀다. 아아, 그 속에 잠겨 있는 삭이지 못할 뉘우침, 바다에 대한 애처로운 그리움!

노래를 끝낸 다음에 그는 일어서서 시뻘건 저녁 해를 잔뜩 등으로 받고 을밀대로 향하여 더벅더벅 걸어간다. 나는 그를 말릴 힘이 없어서 멀거니 그의 등만 바라보고 앉아 있었다.

그날 밤, 집에 돌아와서도 그 배따라기와 그의 숙명적 경험담이 귀에 쟁쟁히 울리어서 잠을 못 이루고, 이튿날 아침 깨어서 조반도 안 먹고 기자묘로 뛰어가서 또다시 그를 찾아보았다. 그가 어제 깔고 앉았던, 풀은 모두 한편으로 누워서 그가 다녀감을 기념하되, 그는 그 근처에 보이지 않았다. 그러나, 그러나 배따라기는 어디선가 쟁쟁히 울리어서 모든 소나무들을 떨리지 않고는 안 두겠다는 듯이 날아온다.

"모란봉이다. 모란봉에 있다."

하고 나는 한숨에 모란봉으로 뛰어갔다. 모란봉에는 사람이 하나도 없다. 부벽루에도 없다.

"을밀대다."

하고 나는 다시 을밀대로 갔다. 을밀대에서 부벽루를 연한, 지옥까지 연한 듯한 골짜기에 물 한 방울을 안 새이리라고 빽빽이 난 소나무의 그 모든 잎잎은 떨리는 배따라기를 부르고 있지만, 그는 여기도 있지 않다. 기자묘의, 하늘을 향하여 퍼져 나간 그 모든 소나무의 천만의 잎잎도, 그 아래쪽 퍼진 천만의 풀들도, 모두 그 배따라기를 슬프게 부르고 있지만, 그는 이 조고만 모란봉 일대에서 찾을 수가 없었다.

강가에 나가서 알아보니 그의 배는 오늘 새벽에 떠났다 한다.

그 뒤에 여름과 가을이 가고 일 년이 지나서 다시 봄이 이르렀으되, 잠깐 평양을 다녀간 그는 그 숙명적 경험담과 슬픈 배따라기를 남겨 두었을 뿐, 다시 조고만 모란봉에 나타나지 않는다.

모란봉과 기자묘에 다시 봄이 이르러서, 작년에 그가 깔고 앉아서 부러졌던 풀들도 다시 곧게 대가 나서 자줏빛 꽃이 피려 하지만, 끝없는 뉘우침을 다만 한낱 '배따라기'로 하소연하는 그는, 이 조고만 모란봉과 기자묘에서 다시 볼 수가 없었다. 다만 그가 남기고 간 '배따라기'만 추억하는 듯이, 기념하는 듯이 모든 잎잎이 속삭이고 있을 따름이다.

# 감자

## ✏️ 작품 정리

**작가** : 김동인(50쪽 '작가와 작품 세계' 참조)
**갈래** : 순수 소설, 사실주의 소설, 자연주의 소설
**배경** : 시간 – 1920년대 식민지 치하 / 공간 – 칠성문 밖 빈민굴
**시점** : 3인칭 작가 관찰자 시점
**주제** : 가난이 빚어 낸 한 여인의 비극
**출전** : 〈조선문단〉(1925)

## ✏️ 구성과 줄거리

**발단** **복녀가 홀아비에게 시집을 가게 됨**

복녀는 가난하지만 정직한 농가에서 반듯하게 자란 처녀이다. 열다섯 나던 해 복녀는 홀아비에게 팔십 원에 팔려 시집을 간다. 그녀는 남편의 게으름과 무능력 때문에 칠성문 밖 빈민굴에서 살게 된다.

**전개** **송충이 잡이에 나간 이후 복녀의 타락이 시작됨**

복녀는 당국에서 벌인 송충이 잡이에 나선다. 감독이 복녀에게 딴짓을 한 이후 복녀는 일하지 않고도 삯을 받는다. 복녀의 남편은 복녀가 돈을 벌어 오는 것을 반긴다.

**위기** **복녀가 왕 서방의 새 아내에게 질투를 느낌**

칠성문 밖 사람들은 중국인 채마밭의 감자를 도둑질하곤 한다. 복녀도 감자를 훔쳤는데, 어느 날 왕 서방에게 들켜 그의 집으로 끌려간다. 그후 왕 서방은 수시로 복녀를 찾는다. 그러던 어느 날 왕 서방이 처녀를 아내로 사 오자 복녀는 강한 질투를 느낀다.

**절정** **복녀가 왕 서방에게 덤벼들다 죽임을 당함**

왕 서방의 신방에 뛰어든 복녀가 왕 서방을 잡아끌자 왕 서방은 복녀를 뿌리친다. 복녀는 낫을 들고 덤벼들다 오히려 왕 서방의 손에 죽는다.

**결말** **복녀는 뇌일혈로 죽었다는 진단을 받고 공동묘지로 실려 감**

복녀가 죽은 지 사흘이 지나자 시체 앞에 왕 서방, 복녀 남편, 한의사가 둘러앉는다. 왕 서방은 복녀 남편과 한의사에게 돈을 건넨다. 이튿날 복녀는 뇌일혈로 죽었다는 진단을 받고 공동묘지로 실려 간다.

✍ **생각해 볼 문제** -----------------------------------------------------

**1. 이 작품은 어떤 자연주의적 특징을 보여 주고 있는가?**

과학적 태도로 세밀한 묘사를 하는 자연주의 소설의 주된 특징으로 '환경 결정론'을 들 수 있다. 김동인은 환경 결정론을 나름대로 소화해 '인형 조종술'이란 소설 작법을 고안해 냈다. 작가는 신의 위치에서 인물의 운명과 행동을 인형을 조종하듯 결정한다. 가난으로 인한 인간의 타락을 그린 이 작품은 자연주의적 경향을 잘 드러내지만, 일제 강점하의 민족의 궁핍과 그 원인을 그리는 데는 부족함이 있다.

**2. '감자'는 소설의 주제와 어떤 연관성이 있는가?**

복녀는 가난 때문에 감자를 훔치고 그로 인해 타락의 수렁으로 빠져든다. 감자는 복녀의 타락을 상징적으로 보여 주는 매개물이다.

**3. 복녀라는 이름은 무엇을 상징하는가?**

복녀는 한자로 '福女'이므로 '복이 있는 여자'를 의미한다. 복녀의 비극적 운명을 생각하면 복녀라는 이름이 반어적 성격을 띠고 있음을 알 수 있다. 가난한 삶 때문에 결국 죽음을 맞는 복녀는 복이 있는 여자가 아니라 오히려 박복한 여자이다.

**4. 칠성문이란 공간적 배경이 지닌 의미는 무엇인가?**

칠성문 밖은 평양으로부터 멀리 떨어져 있어 통제가 어려운 공간이다. 싸움, 간통, 살인 등 부도덕한 일이 연이어 일어나는 범죄의 온상이다. 칠성문은 이 작품의 비극적 결말을 이끌어 내는 데 중요한 배경이 된다.

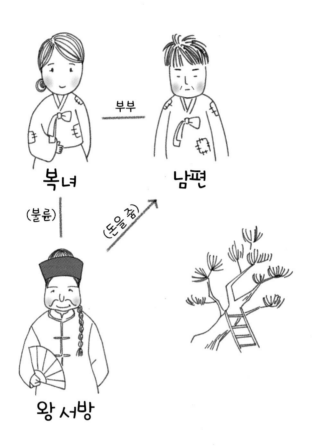

복녀 ── 부부 ── 남편

(불륜)

(돈을 줌)

왕 서방

저(복녀)는 나이 열다섯에 가난한 홀아비에게 시집을 갔답니다. 송송이 잡이를 갔다가 인생관이 변했고, 중국인 지주인 왕 서방과 인연을 맺었어요. 그런데 왕 서방이 돈을 주고 새 색시를 데려온다고 하지 뭐예요? 화가 난 저는 신방에 뛰쳐 들어갔어요. 도대체 어떻게 해야 할까요?

# 감자

　싸움, 간통, 살인, 도적, 구걸, 징역 이 세상의 모든 비극과 활극의 근원지인, 칠성문 밖 빈민굴로 오기 전까지는, 복녀의 부처는 사농공상의 제2위에 드는 농민이었었다.

　복녀는, 원래 가난은 하나마 정직한 농가에서 규칙 있게 자라난 처녀였었다. 이전 선비의 엄한 규율은 농민으로 떨어지자부터 없어졌다 하나, 그러나 어딘지는 모르지만 딴 농민보다는 좀 똑똑하고 엄한 가율이 그의 집에 그냥 남아 있었다. 그 가운데서 자라난 복녀는 물론 다른 집 처녀들과 같이 여름에는 벌거벗고 개울에서 목 감고, 바짓바람으로 동리를 돌아다니는 것을 예사로 알기는 알았지만, 그러나 그의 마음속에는 막연하나마 도덕이라는 것에 대한 저품('두려움'의 옛말)을 가지고 있었다.

　그는 열다섯 살 나는 해에 동리 홀아비에게 팔십 원에 팔려서 시집이라는 것을 갔다. 그의 새서방(영감이라는 편이 적당할까)이라는 사람은 그보다 이십 년이나 위로서, 원래 아버지의 시대에는 상당한 농군으로서 밭도 몇 마지기가 있었으나, 그의 대로 내려오면서는 하나둘 줄기 시작하여서 마지막에 복녀를 산 팔십 원이 그의 마지막 재산이었다. 그는 극도로 게으른 사람이었었다. 동리 노인들의 주선으로 소작 밭깨나 얻어 주면, 종자만 뿌려 둔 뒤에는 후치질(극쟁이질. 극쟁이는 쟁기와 흡사한 농기구의 일종)도 안 하고 김도 안 매고 그냥 내버려 두었다가는, 가을에 가서는 되는 대로 거두어서 '금년은 흉년이네' 하고 전주집에는 가져도 안 가고 자기 혼자 먹어 버리고 하였다. 그러니까 그는 한 밭을 이태를 연하여 부쳐 본 일이 없었다. 이리하여 몇 해를 지내는 동안 그는 그 동리에서는 밭을 못 얻으리만큼 인심을 잃고 말았다.

　복녀가 시집을 간 뒤 한 삼사 년은 장인의 덕택으로 이렁저렁 지나갔으나, 이전 선비의 꼬리인 장인은 차차 사위를 밉게 보기 시작하였다. 그들은 처가에까지 신용을 잃게 되었다.

　그들 부처는 여러 가지로 의논하다가 하릴없이 평양성 안으로 막벌이로 들어왔다. 그러나 게으른 그에게는 막벌이나마 역시 되지 않았다. 하루 종일 지게를 지고 연광정에 가서 대동강만 내려다보고 있으니, 어찌 막벌이인들 될까. 한 서너 달 막벌이를 하다가, 그들은 요행 어떤 집 막간(행랑. 대문간에 붙어 있는 방)살이로 들어가게 되었다.

그러나 그 집에서도 얼마 안 하여 쫓겨 나왔다. 복녀는 부지런히 주인집 일을 보았지만 남편의 게으름은 어찌할 수가 없었다. 매일 복녀는 눈에 칼을 세워 가지고 남편을 채근하였지만, 그의 게으른 버릇은 개를 줄 수는 없었다.

"뱃섬 좀 치워 달라우요."

"남 졸음 오는데. 님자 치우시관."

"내가 치우나요?"

"이십 년이나 밥 먹구 그걸 못 치워!"

"에이구, 칵 죽구나 말디."

"이년, 뭘."

이러한 싸움이 그치지 않다가, 마침내 그 집에서도 쫓겨 나왔다.

이젠 어디로 가나? 그들은 하릴없이 칠성문 밖 빈민굴로 밀리어 나오게 되었다.

칠성문 밖을 한 부락으로 삼고 그곳에 모여 있는 모든 사람들의 정업(직업. 생업)은 거라지요, 부업으로는 도적질과 자기네끼리의 매음, 그밖에 이 세상의 모든 무섭고 더러운 죄악이었다. 복녀도 그 정업으로 나섰다.

그러나 열아홉 살의 한창 좋은 나이의 여편네에게 누가 밥인들 잘 줄까.

"젊은 거이 거랑질은 왜."

그런 소리를 들을 때마다 그는 여러 가지 말로, 남편이 병으로 죽어 가거니 어쩌거니 핑계는 대었지만, 그런 핑계에는 단련된 평양 시민의 동정은 역시 살 수가 없었다. 그들은 이 칠성문 밖에서도 가장 가난한 사람 가운데 드는 편이었다. 그 가운데서 잘 수입되는 사람은 하루에 오 리짜리 돈뿐으로 일 원 칠팔십 전의 현금을 쥐고 돌아오는 사람까지 있었다. 극단으로 나가서는 밤에 돈벌이 나갔던 사람은 그날 밤 사백여 원을 벌어 가지고 와서 그 근처에서 담배 장사를 시작한 사람까지 있었다.

복녀는 열아홉 살이었다. 얼굴도 그만하면 빤빤하였다. 그 동리 여인들의 보통 하는 일을 본받아서 그도 돈벌이 좀 잘하는 사람의 집에라도 간간 찾아가면 매일 오륙십 전은 벌 수가 있었지만, 선비의 집안에서 자라난 그는 그런 일은 할 수가 없었다.

그들 부처는 역시 가난하게 지냈다. 굶는 일도 흔히 있었다.

기자묘 솔밭에 송충이가 끓었다. 그때, 평양'부'에서는 은혜를 베푸는 뜻으로 그 송충이를 잡는 데 칠성문 밖 빈민굴의 여인들을 인부로 쓰게 되었다.

빈민굴 여인들은 모두 다 지원을 하였다. 그러나 뽑힌 것은 겨우 오십 명쯤이었다. 복녀도 그 뽑힌 사람 가운데 한 사람이었었다.

복녀는 열심으로 송충이를 잡았다. 소나무에 사다리를 놓고 올라가서는, 송충이를 집게로 집어서 약물에 잡아넣고 잡아넣고, 그의 통은 잠깐 새에 차고 하였다. 하루에 삼십이 전씩의 공전이 그의 손에 들어왔다.

그러나 대엿새 하는 동안에 그는 이상한 현상을 하나 발견하였다. 그것은 다른 것이 아니라, 젊은 여인부 한 여남은 사람은 언제나 송충이는 안 잡고 아래서 지절거리며 웃고 날뛰기만 하고 있는 것이었다. 뿐만 아니라, 그 놀고 있는 인부의 공전은 일하는 사람의 공전보다 팔 전이나 더 많이 내어 주는 것이다.

감독은 한 사람뿐이지만 감독도 그들의 놀고 있는 것을 묵인할 뿐 아니라, 때때로는 자기까지 섞여서 놀고 있었다.

어떤 날 송충이를 잡다가 점심때가 되어서, 나무에서 내려와서 점심을 먹고 다시 올라가려 할 때에 감독이 그를 찾았다.

"복네, 애 복네."

"왜 그럽네까?"

그는 약통과 집게를 놓은 뒤에 돌아섰다.

"좀 오나라."

그는 말없이 감독 앞에 갔다.

"애, 너, 음…… 데 뒤 좀 가 보디 않갔니?"

"뭘 하레요?"

"글쎄, 가야……."

"가디요, 형님."

그는 돌아서면서 인부들 모여 있는 데로 고함쳤다.

"형님두 갑세다 가레."

"싫다, 애. 둘이서 재미나게 가는데, 내가 무슨 맛에 가갔니?"

복녀는 얼굴이 새빨갛게 되면서 감독에게로 돌아섰다.

"가 보자."

감독은 저편으로 갔다. 복녀는 머리를 수그리고 따라갔다.

"복네 좋갔구나."

뒤에서 이러한 고함 소리가 들렸다. 복녀의 숙인 얼굴은 더욱 발갛게 되었다.

그날부터 복녀도 '일 안 하고 공전 많이 받는 인부'의 한 사람으로 되었다.

복녀의 도덕관 내지 인생관은 그때부터 변하였다.

그는 아직껏 딴 사내와 관계를 한다는 것을 생각하여 본 일도 없었다. 그것은 사람의 일이 아니요 짐승의 하는 짓으로만 알고 있었다. 혹은 그런 일을 하면 탁 죽어지는지도 모를 일로 알았다.

그러나 이런 이상한 일이 어디 다시 있을까! 사람인 자기도 그런 일을 한 것을 보면, 그것은 결코 사람으로 못 할 일이 아니었다. 게다가 일 안 하고도 돈 더 받고, 긴장된 유쾌가 있고, 빌어먹는 것보다 점잖고…….

일본 말로 하자면 '삼박자(三拍子)' 같은 좋은 일은 이것뿐이었었다. 이것이야말로 삶의 비결이 아닐까. 뿐만 아니라, 이 일이 있은 뒤부터, 그는 치음으로 한 개 사람이 된 것 같은 자신까지 얻었다.

그 뒤부터는, 그의 얼굴에는 조금씩 분도 바르게 되었다.


일 년이 지났다.

그의 처세의 비결은 더욱더 순탄히 진척되었다. 그의 부처는 이제는 그리 궁하게 지내지는 않게 되었다.

그의 남편은 이것이 결국 좋은 일이라는 듯이 아랫목에 누워서 벌신벌신 웃고 있었다.

복녀의 얼굴은 더욱 이뻐졌다.

"여보, 아즈바니. 오늘은 얼마나 벌었소?"

복녀는 돈 좀 많이 번 듯한 거라지를 보면 이렇게 찾는다.

"오늘은 많이 못 벌었쉐다."

"얼마?"

"도무지 열서너 냥."

"많이 벌었쉐다가레, 한 댓 냥 꿰 주소고래."

"오늘은 내가…….."

어쩌고 어쩌고 하면, 복녀는 곧 뛰어가서 그의 팔에 늘어진다.

"나한테 들킨 댐에는 꿰구야 말아요."

"난 원 이 아즈마니 만나문 야단이더라. 자, 꿰 주디. 그 대신 응? 알아 있디?"

"난 몰라요. 해해해해."

"모르문, 안 줄 테야."

"글쎄, 알았대두 그런다."

그의 성격은 이만큼까지 진보되었다.


가을이 되었다.

칠성문 밖 빈민굴의 여인들은 가을이 되면 칠성문 밖에 있는 중국인의 채마밭에 감자며 배추를 도적질하러 밤에 바구니를 가지고 간다. 복녀도 감자깨나 잘 도적질하여 왔다.

어떤 날 밤, 그는 감자를 한 바구니 잘 도적질하여 가지고, 이젠 돌아오려고 일어설 때에, 그의 뒤에 시꺼먼 그림자가 서서 그를 꽉 붙들었다. 보니, 그것은 그 밭의 소작인인 중국인 왕 서방이었었다. 복녀는 말도 못 하고 멀진멀진 발아래만 내려다보고 있었다.

"우리 집에 가."

왕 서방은 이렇게 말하였다.

"가재문 가디. 흰, 것두 못 갈까."

복녀는 엉덩이를 한번 홱 두른 뒤에 머리를 젖히고 바구니를 저으면서 왕 서방을 따라갔다.

한 시간쯤 뒤에 그는 왕 서방의 집에서 나왔다. 그가 밭고랑에서 길로 들어서려 할 때에, 문득 뒤에서 누가 그를 찾았다.

"복네 아니야?"

복녀는 홱 돌아서 보았다. 거기는 자기 곁집 여편네가 바구니를 끼고 어두운 밭고랑을 더듬더듬 나오고 있었다.

"형님이댔쉐까? 형님두 들어갔댔쉐까?"

"님자두 들어갔댔나?"

"형님은 뉘 집에?"

"나? 눅 서방네 집에. 님자는?"

"난 왕 서방네……. 형님 얼마 받았소?"

"눅 서방네 그 깍쟁이놈, 배추 세 페기……."

"난 삼 원 받았디."

복녀는 자랑스러운 듯이 대답하였다.

십 분쯤 뒤에 그는 자기 남편과, 그 앞에 돈 삼 원을 내어놓은 뒤에, 아까 그 왕 서방의 이야기를 하면서 웃고 있었다.

그 뒤부터 왕 서방은 무시로 복녀를 찾아왔다.

한참 왕 서방이 눈만 멀진멀진 앉아 있으면, 복녀의 남편은 눈치를 채고 밖으로 나간다. 왕 서방이 돌아간 뒤에는 그들 부처는, 일 원 혹은 이 원을 가운데 놓고 기뻐하고 하였다.

복녀는 차차 동리 거지들한테 애교를 파는 것을 중지하였다. 왕 서방이 분주하여 못 올 때가 있으면 복녀는 스스로 왕 서방의 집까지 찾아갈 때도 있었다.

복녀의 부처는 이제 이 빈민굴의 한 부자였다.

그 겨울도 가고 봄이 이르렀다.

그때 왕 서방은 돈 백 원으로 어떤 처녀를 하나 마누라로 사 오게 되었다.

"흥."

복녀는 다만 코웃음만 쳤다.

"복녀, 강짜(질투)하갔구만."

동리 여편네들이 이런 말을 하면, 복녀는 흥 하고 코웃음을 웃고 하였다.

"내가 강짜를 해?" 그는 늘 힘 있게 부인하고 하였다. 그러나 그의 마음에 생기는 검은 그림자는 어찌할 수가 없었다.

"이놈 왕 서방, 네 두고 보자."

왕 서방의 색시를 데려오는 날이 가까웠다. 왕 서방은 아직껏 자랑하던 기다란 머리를 깎았다. 동시에 그것은 새색시의 의견이라는 소문이 쫙 퍼졌다.

"흥."

복녀는 역시 코웃음만 쳤다.

마침내 색시가 오는 날이 이르렀다. 칠보단장에 사인교를 탄 색시가, 칠성문 밖 채마밭 가운데 있는 왕 서방의 집에 이르렀다.

밤이 깊도록, 왕 서방의 집에는 중국인들이 모여서 별한 악기를 뜯으며 별한 곡조로 노래하며 야단하였다.

복녀는 집 모퉁이에 숨어 서서 눈에 살기를 띠고 방 안의 동정을 듣고 있었다.

다른 중국인들은 새벽 두 시쯤 하여 돌아갔다. 그 돌아가는 것을 보면서 복녀는 왕 서방의 집 안에 들어갔다. 복녀의 얼굴에는 분이 하얗게 발리어 있었다.

신랑 신부는 놀라서 그를 쳐다보았다. 그것을 무서운 눈으로 흘겨보면서, 그는 왕 서방에게 가서 팔을 잡고 늘어졌다. 그의 입에서는 이상한 웃음이 흘렀다.

"자, 우리 집으로 가요."

왕 서방은 아무 말도 못 하였다. 눈만 정처 없이 두룩두룩하였다. 복녀는 다시 한 번 왕 서방을 흔들었다.

"자, 어서."

"우리, 오늘 밤 일이 있어 못 가."

"일은 밤중에 무슨 일."

"그래두, 우리 일이……."

복녀의 입에 아직껏 떠돌던 이상한 웃음은 문득 없어졌다.

"이까짓 것."

그는 발을 들어서 치장한 신부의 머리를 찼다.

"자, 가자우, 가자우."

왕 서방은 와들와들 떨었다. 왕 서방은 복녀의 손을 뿌리쳤다.

복녀는 쓰러졌다. 그러나 곧 다시 일어섰다. 그가 다시 일어설 때는, 그의 손에는 얼른얼른하는 낫이 한 자루 들리어 있었다.

"이 되놈, 죽어라, 죽어라. 이놈, 나 때렸디! 이놈아, 아이구, 사람 죽이누나."

그는 목을 놓고 처울면서 낫을 휘둘렀다. 칠성문 밖 외딴 밭 가운데 홀로 서 있는 왕 서방의 집에서는 일장의 활극이 일어났다. 그러나 그 활극도 곧 잠잠하게 되었다. 복녀의 손에 들리어 있던 낫은 어느덧 왕 서방의 손으로 넘어가고, 복녀는 목으로 피를 쏟으면서 그 자리에 고꾸라져 있었다.

복녀의 송장은 사흘이 지나도록 무덤으로 못 갔다. 왕 서방은 몇 번을 복녀의 남편을 찾아갔다. 복녀의 남편도 때때로 왕 서방을 찾아갔다. 둘의 새에는 무슨 교섭하는 일이 있었다. 사흘이 지났다.

밤중에 복녀의 시체는 왕 서방의 집에서 남편의 집으로 옮겨졌다.

그리고 그 시체에는 세 사람이 둘러앉았다. 한 사람은 복녀의 남편, 한 사람은 왕 서방, 또 한 사람은 어떤 한방 의사. 왕 서방은 말없이 돈주머니를 꺼내어, 십원짜리 지폐 석 장을 복녀의 남편에게 주었다. 한방의의 손에도 십 원짜리 두 장이 갔다.

이튿날 복녀는 뇌일혈로 죽었다는 한방의의 진단으로 공동묘지로 실려 갔다.

# 광염소나타

## 📖 작품 정리

**작가** : 김동인(50쪽 '작가와 작품 세계' 참조)
**갈래** : 액자 소설, 탐미주의 소설, 유미주의 소설
**배경** : 시간과 공간의 제한을 받지 않는 곳
**시점** : 1인칭 관찰자 시점('백성수'가 서술하는 경우 - 1인칭 주인공 시점)
**주제** : 예술을 향한 한 음악가의 광기 어린 열정
**출전** : 〈중외일보〉(1930)

## 📖 구성과 줄거리

**도입** **서술자는 이 이야기가 어디에서나 있을 수 있다고 전제함**

독자는 이제 쓰려는 이야기를 이 세상 어떤 곳에서 생긴 일이라고 생각해도 좋다. 주인공 되는 백성수를 어떤 사람이라고 생각해도 좋다. 서술자는 이러한 전제로 이야기를 시작한다.

**외화** **음악 비평가와 사회 교화자가 대화를 나눔**

음악 비평가 K가 사회 교화자 모씨에게 천재가 범죄라는 기회를 통해 천재성을 발현하는 것이 정당한지에 대해 질문하면서 백성수에 관한 이야기를 시작한다.

**내화** **영감을 얻기 위해 범죄 행위를 한 백성수는 정신 병원에 갇힘**

백성수의 아버지는 광포한 천재 음악가였다. 술에 절어 살던 그는 양가의 처녀를 아내로 맞이했으나 심장마비로 죽고 만다. 30년 세월이 흐른다. 재작년 예배당에서 명상을 즐기던 K는 이상한 소리를 듣는다. 밖을 내다보니 집이 불타고 있다. K는 불타는 것에 묘한 흥미를 느끼면서 피아노를 치려 한다. 그때 예배당 문을 열고 한 사나이가 들어온다. 사나이는 불타는 광경을 한참 바라보다가 피아노를 발견하고는 연주를 시작한다. 사나이의 야성적 연주에 매료된 K는 오선지에 악보를 쓰기 시작한다. K는 그의 얼굴이 백○○와 너무나 닮았다고 느낀다.

그날 밤 백성수는 K에게 지난날의 사연을 털어놓는다. 홀어머니는 자신을 제대로 키우기 위해 애를 썼으며, 여섯 살 때 피아노를 장만해 주기도 했다. 10여 년이 지난 후 어머니가 몹쓸 병에 걸리게 되고, 성수는 돈을 마련하기 위해 담배 가게를 털다가 붙잡혀 감옥살이를 한다. 출옥한 그는 어머니가 자신을 기다리다 길에 나와 죽었다는 소식을 듣는다. 성수는 복수심으로 담배 가게에 불을 지른 뒤 예배당에 들어왔다는 것이다.

백성수는 K의 배려로 음악에 정진하지만 방화, 살인, 시체 간음 등의 범죄 행위를 통해 작품 창작의 영감을 얻는다. 결국 백성수는 경찰에 붙잡혀 정신 병원에 갇힌다.

**외화** **천재 예술가를 놓고 K와 모씨의 견해가 엇갈림**

편지를 다 읽고 난 뒤 K는 사회 교화자의 의견을 묻는다. 사회 교화자가 죗값은 치러야 한다고 말하자, K는 천재 예술가를 구하는 것이 옳다고 말하며 눈물을 흘린다.

## ✎ 생각해 볼 문제

**1. 이 작품은 액자식으로 구성되어 있다. 일반적인 액자 소설과 다른 점은 무엇인가?**

이 소설은 액자 소설의 형식을 띠고 있으면서도 삼중 구조로 이루어져 있다. 첫째, 작가의 도입 부분이 K와 사회 교화자의 대화를 액자로 둘러싸고 있다. 둘째, K가 보여 준 편지에는 백성수의 사연이 담겼으므로 K의 이야기는 백성수의 이야기를 액자로 둘러싸고 있다.

**2. K의 예술관에는 어떤 문제점이 있는가?**

K는 범죄를 통해 예술을 승화시킬 수도 있다고 본다. K는 작가의 입장을 대변하고 있기도 하다. 그의 극단적 예술관은 반사회적이므로 용인되기 힘들다. 예술은 삶의 일부이지 삶이 예술의 수단은 아니기 때문이다.

**3. 백성수가 방화 후 예배당에 들어가 연주하는 것은 무엇을 상징하는가?**

예배당은 영혼과 도덕을 상징하고, 백성수는 예술적 광기를 상징한다. 예배당은 백성수의 광기를 더욱 부각시키는 효과를 준다.

저(K)는 백성수의 아버지와 알던 사이였습니다. 그는 음악 천재였지만, 일찍 세상을 떠났지요. 삼십 년 뒤에 저는 화재가 일어난 인가 근처의 예배당에서 피아노를 연주하는 백성수를 만나 그의 음악에 매료되었습니다. 모씨는 백성수가 화염과 범죄에서 영감을 얻는 것이 잘못되었다고 하지만 정말로 잘못된 일일까요? 범죄보다 예술이 더 중요하지 않나요?

# 광염소나타

독자는 이제 내가 쓰려는 이야기를, 유럽의 어떤 곳에 생긴 일이라고 생각하여도 좋다. 혹은 사십, 오십 년 뒤에 조선을 무대로 생겨날 이야기라고 생각하여도 좋다. 다만, 이 지구상의 어떠한 곳에 이러한 일이 있었는지도 모르겠다, 있는지도 모르겠다, 혹은 있을지도 모르겠다, 가능성만은 있다— 이만치 알아두면 그만이다.

그런지라, 내가 여기 쓰려는 이야기의 주인공 되는 백성수(白性洙)를 혹은 알벨트라 생각하여도 좋을 것이요, 짐이라 생각하여도 좋을 것이요, 또는 호모(胡某)나 기무라모(木村某)로 생각하여도 괜찮다. 다만 사람이라 하는 동물을 주인공 삼아 가지고 사람의 세상에서 생겨난 일인 줄만 알면…….

이러한 전제로써, 자 그러면 내 이야기를 시작하자.

"기회라고 하는 것이 사람을 망하게도 하고, 흥하게도 하는 것을 아시오?"
"네, 새삼스러이 연구할 문제도 아닐걸요."
"자, 여기 어떤 상점이 있다 합시다. 그런데 마침 주인도 없고 사환도 없고 온통 비었을 적에 우연히 그 앞을 지나가던 신사가—그 신사는 재산도 있고 명망도 있는 점잖은 사람인데—그 신사가 빈 상점을 들여다보고 혹은 이렇게 생각할 수도 있지 않아요? '통 비었으니깐 도적놈이라도 넉넉히 들어갈 게다, 들어가서 훔치면 아무도 모를 테다, 집을 왜 이렇게 비워 둔담…….' 이런 생각 끝에 혹은 그, 그 뭐랄까 그 돌발적 변태 심리로써 변변 치도 않고 욕심도 안 나는 조그만 물건 하나를 집어서 주머니에 넣는 경우가 있을지도 모르지 않겠습니까?"
"글쎄요."
"있습니다, 있어요."
어떤 여름날 저녁이었다. 도회를 떠난 교외 어떤 강변에 두 노인이 앉아서 이런 이야기를 하고 있었다. 그 기회론을 주장하는 사람은 유명한 음악 비평가 K씨였었다. 듣는 사람은 사회 교화자 모씨였다.
"글쎄 있을까요?"

"있어요. 좌우간 있다 가정하고 그러한 경우에는 그 책임은 어디 있습니까?"

"동양 속담 말에 외밭서는 신 끈도 다시 매지 말랬으니 그 신사가 책임을 질까요?"

"그래 버리면 그뿐이지만 그 신사는 점잖은 사람으로서 그런 절대적 기묘한 찬스만 아니더라면 그런 마음은커녕 염(念 생각)도 내지도 않을 사람이라 생각하면 어찌 됩니까?"

"······."

"말하자면 죄는 '기회'에 있는데 '기회'라는 무형물은 벌은 할 수가 없으니깐 그 신사를 가해자로 인정할 수밖에는 지금은 없지요."

"그렇습니다."

"또 한 가지, 사람의 천재라 하는 것도 경우에 따라서는 어떤 '기회'가 없으면 영구히 안 나타나고 마는 일이 있는데, 그 '기회'란 것이 어떤 사람에게서 그 사람의 '천재'와 '범죄 본능'을 한꺼번에 끌어내었다면 우리는 그 '기회'를 저주하여야겠습니까, 축복하여야겠습니까?"

"글쎄요."

"선생은 백성수라는 사람을 아시오?"

"백성수? 자, 기억이 없는데요."

"작곡가로서 그······."

"네, 생각납니다. 유명한 '광염(狂炎)소나타'의 작가 말씀이지요?"

"네, 그 사람이 지금 어디 있는지 아십니까?"

"모릅니다. 뭐 발광했단 말이 있었는데······."

"네, 지금 ××정신 병원에 감금돼 있는데 그 사람의 일대기를 이야기할 터이니 들으시고 사회 교화자로서의 의견을 말씀해 주십쇼."

내가 이제 이야기하려는 백성수의 아버지도 또한 천분(天分 타고난 재질이나 직분) 많은 음악가였습니다. 나와는 동창생이었는데 학생 시대부터 벌써 그의 천분은 넉넉히 볼 수가 있었습니다. 그는 작곡을 전공하였는데 때때로 스스로 작곡을 하여서는 밤중에 혼자서 피아노를 두드리고 하여서 우리들로 하여금 뜻하지 않고 일어나게 하고 하였습니다. 그리고 우리는 그 밤중에 울리어 오는 야성적 선율에 몸을 소스라치고 하였습니다.

그는 야인(野人 교양이 없고 예절을 모르는 사람)이었습니다. 광포스런 야성은 때때로 비위에 틀리면 선생을 두들기기가 예사이며 우리 학교 근처의 술집이며 모든 상점 주인들은 그에게 매깨나 안 얻어맞은 사람이 없었습니다. 그러한 야성은 그의 음악 속에 풍부히 잠겨 있어서 오히려 그 야성적 힘이 그의 예술을 더 빛나게 하는 것이었습니다.

그러나 그가 학교를 졸업하고 난 뒤에는 그 야성은 다른 곳으로 발전되고 말았습니다. 술! 술! 무서운 술이었습니다. 아침부터 저녁까지, 저녁부터 아침까지, 술잔이 그의 입에서 떠나지를 않았습니다. 그리고 술을 먹고는 여편네들에게 행패를 하고, 경찰서에 구류를 당하고, 나와서는 또 같은 일을 하고…….

작품? 작품이 다 무엇이외까! 술을 먹은 뒤에 취흥에 겨워 때때로 피아노에 앉아서 즉흥으로 탄주를 하고 하였는데 지금 생각하면 그 귀기(鬼氣)가 사람을 엄습하는 힘과 야성, 베토벤 이래로 근대 음악가에게서 발견할 수 없던, 그런 보물이라 하여도 좋을 것이 많았지만 우리들은 각각 제 길 닦기에 바쁜 사람이라 주정꾼의 즉흥악을 일일이 베껴 둔다든가 그런 일은 꿈에도 생각하지 않았습니다.

우리는 그의 장래를 생각하여 때때로 술을 삼가기를 권고하였지만 그런 야인에게 친구의 권고가 무슨 소용이 있겠습니까!

"술? 술은 음악이다!"

하고는 하하하하 웃어 버리고 다시 술집으로 달아나고 합니다.

그러한 지 칠팔 년이 지난 뒤에 그는 아주 폐인이 되고 말았습니다. 술이 안 들어가면 그의 손은 떨렸습니다. 눈에는 눈곱이 꼈습니다. 그리고 술이 들어가면, 술이 들어가면 그는 그 광포성을 발휘하였습니다. 누구를 막론하고 붙잡고는 입에 술을 부어 넣어 주었습니다. 그러다가는 장소를 불문하고 아무 데나 누워서 잡니다.

사실 아까운 천재였습니다. 우리들 새에는 때때로 그의 천분을 생각하고 아깝게 여기는 한숨이 있었지만 세상에서는 그 '장래가 무서운 한 천재'가 있었다는 것은 몰랐었습니다.

그러는 동안에 그는 어떤 양가의 처녀를 어떻게 관계를 맺어서 애까지 뱄습니다. 그러나 그 애의 출생을 보지 못하고 아깝게도 심장 마비로 죽어 버리고 말았습니다.

그 유복자로 세상에 나온 것이 백성수였습니다.

그러나 우리는 백성수가 세상에 출생되었다는 풍문만 들었지, 그 애 아버지가 죽은 뒤부터는 그 애의 소식이며 그 애 어머니의 소식은 일절 몰랐습니다. 아니, 몰랐다는 것보다, 그 집안의 일은 우리의 머리에서 온전히 잊혀지고 말았습니다.

삼십 년이라는 세월이 흘렀습니다.

십 년이면 산천도 변한다 하는데 삼십 년 새의 변천을 어찌 이루 다 말하겠습니까! 좌우간 그동안에 나는 내 이름을 닦아 놓았습니다. 아시다시피 지금 K라 하면 이 나라에서 첫 손가락을 꼽는 음악 비평가가 아닙니까! 견실한 지도적 비평가 K라면 이 나라의 음악계의 권위이며, 이 나의 한마디는 음악가의 가치를 결정하는 판결문이라 하여도 옳을 만치 되었습니다. 많은 음악가가 내 손 아래서 자랐으며 많은 음악가가 내 지도로써 이름을 날렸습니다.

재작년 이른 봄 어떤 날이었습니다.

그때 나는 조용한 밤중의 몇 시간씩을 ○○예배당에 가서 명상으로 시간을 보내는 것이 습관이 되어 있었습니다. 언덕 위에 홀로 서 있는 집으로서 조용한 밤중에 혼자 앉아 있노라면 때때로 들보에서 놀라 깬 비둘기의 날개 소리와 간간이 기둥에서 뚝뚝 하는 소리밖에는 아무 소리도 들리지 않는, 말하자면 나 같은 괴상한 성미를 가진 사람이 아니면 돈을 주면서 들어가래도 들어가지 않을 음침한 집이었습니다. 그러나 나 같은 명상을 즐기는 사람에게는 다른 데서 구하기 힘들도록 온갖 것을 가진 집이었습니다. 외딸고 조용하고 음침하며 간간이 알지 못할 신비한 소리까지 들리며 멀리서는 때때로 놀란 듯한 기적 소리도 들리는…… 이것뿐으로도 상당한데, 게다가 이 예배당에는 피아노도 한 대 있었습니다. 예배당에는 오르간은 있을지나 피아노가 있는 곳은 쉽지 않은 것으로서 무슨 흥이나 날 때에는 피아노에 가서 한 곡조 두드리는 재미도 또한 괜찮았습니다.

아마 두 시는 지났을걸요. 그날 밤도 그 예배당에서 혼자서 눈을 감고 조용한 맛을 즐기고 있노라는데, 갑자기 저편 아래에서 재재 하는 소리가 납니다. 그래서 눈을 번쩍 뜨니까 화광이 충천하였는데, 내다보니까 언덕 아래 어떤 집이 불이 붙으며 사람들이 왔다 갔다 야단이었습니다.

이렇게 말하면 어떨지 모르지만 그다지 멀지 않은 곳에서 불붙는 것을 바라보는 맛도 괜찮은 것이었습니다. 일어서는 불길이며 퍼져 나가는 연기, 불씨의 날아나는 양, 그 가운데 거뭇거뭇 보이는 기둥, 집의 송장, 재재거리는 사람의 무리, 이런 것은 어떻게 생각하면 과연 시도 될 것이며 음악도 될 것이었습니다. 옛날에 네로가 로마의 불붙는 것을 바라보면서, 자기는 비파를 들고 노래를 하였다는 것도 음악가의 견지로 보면 그다지 나무랄 것이 아니었습니다.

나도 그때에 그 불을 보고 차차 흥이 났습니다.

……네로를 본받아서 나도 즉흥으로 한 곡조 두드려 볼까. 어렴풋이 이런 생각을 하며 나는 그 불을 정신없이 바라보고 있었습니다.

그때였습니다. 갑자기 덜컥덜컥하는 소리가 들리더니 예배당 문이 열리며 웬 젊은 사람이 하나 낭패한 듯이 뛰어 들어왔습니다. 그리고 무엇에 놀란 사람같이 두리번두리번 사면을 살피더니 그래도 내가 있는 것은 못 보았는지 저편에 있는 창 안에 가서 숨어 서서 아래서 붙는 불을 내다봅니다.

나도 꼼짝을 못하였습니다. 좌우간 심상스런 사람은 아니요, 방화범이나 도적으로밖에는 인정할 수 없지 않겠습니까? 그래서 꼼짝을 못하고 서 있노라니까 그 사람은 한숨을 쉽니다. 그리고 맥없이 두 팔을 늘이고 도로 나가려고 발을 떼려다가 자기 곁에 피아노가 놓인 것을 보더니 교의를 끌어다 놓고 피아노 앞에 주저앉고 말겠지요. 나도 거기는 그만 직업적 흥미에 끌렸습니다. 그래서 무엇을 하나 보자 하고 있노라니까 뚜껑을 열더니 한 번 뚱 하고 시험을 해 보아요. 그리고 조금 있더니 다시 뚱뚱 하고 시험을 해 보겠지요.

이때부터 그의 숨소리가 차차 높아 가기 시작했습니다. 씩씩거리며 몹시 흥분된 사람같이 몸을 떨다가 벼락같이 양손을 키 위에 갖다가 덮었습니다. 그다음 순간으로 C샤프 단음계의 알레그로(allegro 악보에서 빠르고 경쾌하게 연주하기를 지시하는 말)가 시작되었습니다.

처음에는 다만 흥미로써 그의 모양을 엿보고 있던 나는 그 알레그로가 울리어 나오는 순간 마음은 끝까지 긴장되고 흥분되었습니다.

그것은 순전한 야성적 음향이었습니다. 음악이라 하기에는 너무 힘 있고 무기교(無技巧)이었습니다. 그러나 음악이 아니라기에는 거기는 너무 괴롭고도 무겁고 힘 있는 '감정'이 들어 있었습니다. 그것은 마치 야반의 종소리와도 같이 사람의 마음을 부겁고 음침하게 하는 음향인 동시에 맹수의 부르짖음과 같이 사람으로 하여금 소름 돋치게 하는 무서운 감정의 발현이었습니다. 아아, 그 야성적 힘과 남성적 부르짖음, 그 아래 감추어 있는 침통한 주림과 아픔, 순박하고도 아무 기교가 없는 그 표현!

나는 털썩 그 자리에 주저앉고 말았습니다. 그리고 음악가의 본능으로써 뜻하지 않고 주머니에서 오선지와 연필을 꺼내었습니다. 피아노의 울리어 나아가는 소리에 따라서 나의 연필은 오선지 위에서 뛰놀았습니다.

좀 급속도로 시작된 빈곤, 거기 연하여 주림, 꺼져 가는 불꽃과 같은 목숨, 그러한 것을 지나서 한참 연속되는 완서조(緩徐調 느린 곡조)의 압축된 감정, 갑자기 튀어져 나오는 광포, 거기 연한 쾌미(快味 쾌감) 홍소(哄笑 입을 크게 벌리고 떠들썩하게 웃음)......, 이리하여 주화조(主和調 평화로운 곡조)로 탄주는 끝이 났습니다. 더구나 그 속에 나타나 있는 압축된 감정이며 주림 또는 맹렬한 불길 등이 사람의 마음에 주는 그 처참함이며 광포성은 나로 하여금 아직 '문명'이라 하는 것의 은택에 목욕하여 보지 못한 야인을 연상케 하였습니다.

탄주가 다 끝이 난 뒤에도 나는 정신을 못 차리고 망연히 앉아 있었습니다. 물론 조금이라도 음악의 소양이 있는 사람일 것 같으면 이제 그 소나타를 음악에 대하여 정통으로 아무러한 수양도 받지 못한 사람이 다만 자기의 천재적 즉흥뿐으로 탄주한 것임을 알 것입니다. 해결이 없이 감칠도 화현(減七度和絃)이며 증육도 화현(增六度和絃)을 범벅으로 섞어 놓았으며 금칙(禁則)인 병행 오팔도(並行五八度)까지 집어넣은 것으로서, 더구나 스케르초(scherzo 해학곡. 경쾌하고 해학적인 느낌의 빠른 3박자의 곡)는 온전히 뽑아 먹은, 대담하다면 대담하고 무식하다면 무식하달 수도 있는 방분 자유한 소나타였습니다.

이때에 문득 내 머리에 떠오른 것은 삼십 년 전에 심장마비로 죽은 백○○였습니다. 그의 음악으로서 만약 정통적 훈련만 뽑고 거기다가 야성을 더 집어넣으면 지금 내 눈앞에 있는 그 음악가의 것과 같은 것이 될 것이었습니다. 귀기가 사람을 엄습하는 듯한 그 힘과 방분스런 표현과 야성, 이것은 근대 음악가에게 구하기 힘든 보물이었습니다.

그 소나타에 취하여 한참 정신이 어리둥절히 앉았던 나는 고즈넉이 일어서서, 그 피아노 앞에 가서 그의 어깨에 가만히 손을 얹었습니다. 한 곡조를 타고 나서 아주 곤한 듯이 정신이 없이 앉아 있던 그는 펄떡 놀라며 일어서서 내 얼굴을 보았습니다.

"자네 몇 살 났나?"

나는 그에게 이렇게 첫 말을 물었습니다. 가슴이 답답한 나로서는 이런 말밖에는 갑자기 다른 말이 생각 안 났습니다. 그는 높은 창에서 들어오는 달빛을 받고 있는 내 얼굴을 한순간 쳐다보고 머리를 돌이키고 말았습니다.

"배고프나?"

나는 두 번째 그에게 물었습니다.

그는 시끄러운 듯이 벌떡 일어섰습니다. 그리고 달빛이 비친 내 얼굴을 정면으로 바라보다가,

"아, K선생님 아니세요?"

하면서 나를 붙들었습니다. 그래서 그렇노라고 하니깐,

"사진으로는 늘 뵀습니다마는……."

하면서 다시 맥없이 나를 놓으며 머리를 돌렸습니다.

그 순간, 그가 머리를 돌이키는 순간 달빛에 얼핏, 나는 그의 얼굴을 처음으로 보았습니다. 그리고 나는 거기서 뜻밖에 삼십년 전에 죽은 벗 백○○의 모습을 발견하였습니다.

"자, 자네 이름이 뭣인가?"

"백성수……."

"백성수? 그 백○○의 아들이 아닌가? 삼십 년 전에, 자네가 나오기 전에 세상 떠난……."

그는 머리를 번쩍 들었습니다.

"네? 선생님 어떻게 아세요?"

"백○○의 아들인가? 같이두 생겼다. 내가 자네의 아버지와 동창이네. 아아, 역시 그 애비의 아들이다."

그는 한숨을 길게 쉬며 머리를 수그려 버렸습니다.


나는 그날 밤 그 백성수를 데리고 집으로 돌아왔습니다. 그리고 비록 작곡상 온갖 법칙에는 어그러진다 하나 그만치 힘과 정열과 야성으로 찬 소나타를 거저 버리기가 아까워서 다시 한 번 피아노에 올라앉기를 명하였습니다. 아까 예배당에서 내가 베낀 것은 알레그로가 거의 끝난 곳부터였으므로 그 전 것을 베끼기 위해서였습니다.

그는 피아노를 향하여 앉아서 머리를 기울였습니다. 몇 번 손으로 키를 두드려 보나가는 다시 머리를 기울이고 생각하고 하였습니다. 그러나 다섯 번 여섯 번을 다시 하여 보았으나 아무 효과도 없었습니다. 피아노에서 울려 나오는 음향은 규칙 없고 되지 않은 한낱 소음에 지나지 못하였습니다. 야성? 힘? 귀기? 그런 것은 없었습니다. 감정의 재뿐이 있었습니다.

"선생님, 잘 안 됩니다."

그는 부끄러운 듯이 연하여 고개를 기울이며 이렇게 말하였습니다.

"두 시간도 못 되어서 벌써 잊어버린담?"

나는 그를 밀어 놓고 내가 대신하여 피아노 앞에 앉아서 아까 베낀 그 음보를 펴 놓았습니다. 그리고 내가 베낀 곳부터 다시 시작하였습니다.

화염! 화염! 빈곤, 주림, 야성적 힘, 기괴한 감금당한 감정! 음보를 보면서 타던 나는 스스로 흥분이 되었습니다. 미상불(未嘗不 아닌 게 아니라 과연) 그때 내 눈은 미친 사람같이 번득였으며 얼굴은 흥분으로 새빨갛게 되었을 것이었습니다.

즉, 그때에 그가 갑자기 달려들더니 나를 떠밀쳐 버렸습니다. 그리고 자기가 대신하여 앉았습니다.

의자에서 떨어진 나는 너무 흥분되어 다시 일어날 힘도 없이 그 자리에 앉은 대로 그의 양을 쳐다보았습니다. 그는 나를 밀쳐 버린 다음에 그 음보를 들고서 읽기 시작하였습니다. 아아 그의 얼굴! 그의 숨소리가 차차 높아지면서 눈은 미친 사람과 같이 빛을 내기 시작하였습니다. 그러더니 그 음보를 홱 내어던지며 문득 벼락같이 그의 두 손을 피아노 위에 얹었습니다.

'C샤프 단음계'의 광포스런 '소나타'는 다시 시작되었습니다. 폭풍우같이 또는 무서운 물결같이 사람으로 하여금 숨막히게 하는 그 힘, 그것은 베토벤 이래로 근대 음악가에게서 보지 못하던 광포스런 야성이었습니다. 무섭고도 참담스런 주림, 빈곤, 압축된 감정, 거기서 튀어져 나온 맹염(猛炎), 공포, 홍소…… 아아, 나는 너무 숨이 답답하여 뜻하지 않고 두 손을 홰홰 내저었습니다.

그날 밤이 새도록, 그는 흥분이 되어서 자기의 과거를 일일이 다 이야기하였습니다. 그 이야기에 의지하면 대략 그의 경력이 이러하였습니다.

그의 어머니는 그를 밴 뒤에 곧 자기의 친정에서 쫓겨 나왔습니다. 그때부터 그의 가난함은 시작되었습니다.

그러나 교양이 있고 어진 그의 어머니는 품팔이를 할지언정 성수는 곱게 길렀습니다. 변변치는 않으나마 오르간 하나를 준비하여 두고, 그가 잠자려 할 때에는 슈베르트의 '자장가'로써 그의 잠을 도왔으며, 아침에 깰 때는 하루 종일 유쾌히 지내게 하기 위하여 도 랜드의 '세컨드 왈츠'로써 그의 원기를 돋우었습니다.

그는 세 살 났을 적에 어머니의 품에 안겨서 오르간을 장난하여 보았습니다. 이 오르간을 장난하는 것을 본 어머니는 근근이 돈을 모아서 그가 여섯 살 나는 해에 피아노를 하나 샀습니다.

아침에는 새소리, 바람에 버석거리는 포플러 잎, 어머니의 사랑, 부엌에서 국 끓는 소리, 이러한 모든 것이 이 소년에게는 신비스럽고도 다정스러워 그는 피아노에 향해 앉아서 생각나는 대로 키를 두드리고 하였습니다.

이러한 가운데 고이 소학과 중학도 마치었습니다. 그러는 동안에 음악에 대한 동경은 그의 가슴에 터질 듯이 쌓였습니다.

중학을 졸업한 뒤에는 인젠 어머니를 위하여 그는 학업을 중지하지 않을 수가 없었습니다. 그는 어떤 공장의 직공이 되었습니다. 그러나 어진 어머니의 교육 아래서 길러 난 그는 비록 직공은 되었다 하나 아주 온량한 사람이었습니다.

그리고 음악에 대한 집착은 조금도 줄지 않았습니다. 비록 돈이 없어서 정식으로 음악 교육은 못 받을망정 거리에서 손님을 끄느라고 틀어 놓은 유성기 앞이며 또는 일요일날 예배당에서 찬양대의 노래에 젊은 가슴을 뛰놀리던 그이었습니다. 집에서는 피아노 앞을 떠나 본 일이 없었습니다.

때때로 비상한 감흥으로 오선지를 내어놓고 음보를 그려 본 적도 한두 번이 아니었습니다. 그러나 이상한 것은 그만치 뛰놀던 열정과 터질 듯한 감격도 음보로 그려 놓으면 아무 긴장도 없는 싱거운 음계가 되어 버리고 하였습니다. 왜? 그만치 천분이 있고, 그만치 열정이 있던 그에게서 왜 그런 재와 같은 음악만 나왔느냐고 물으실 테지요. 거기 대하여서는 이따가 설명하리다.

감격과 불만, 열정과 재, 비상한 흥분과 그 흥분에 대한 반비례되는 시원치 않은 결과, 이러한 불만의 십 년이 지났습니다.

그의 어머니는 문득 몹쓸 병에 걸렸습니다.

자양과 약값, 그의 몇 해를 근근이 모았던 돈은 차차 줄기 시작하였습니다. 조금이라도 안락한 생활이 되기만 하면 정식으로 음악에 대한 교육을 받으려고 보아 두었던 저금은 그의 어머니의 병에 다 들어갔습니다. 그러나 그의 어머니의 병은 차도가 보이지 않았습니다.

그리하여 그와 내가 그 예배당에서 만나기 전해 여름 어떤 날, 그의 어머니는 도저히 회복할 가망이 없는 중태에까지 빠지게 되었습니다. 그러나 그때는 벌써 그에게 돈이라고는 다 떨어진 때였습니다.

그날 아침, 그는 위독한 어머니를 버려두고 역시 공장에를 갔습니다. 그러나 아무리 하여도 마음이 놓이지 않아서 일을 중도에 그만두고 집으로 돌아왔습니다. 그때 어머니는 벌써 혼수상태에 빠져 있었습니다. 가슴이 덜컥 내려앉은 그는 황급히 다시 뛰어나갔습니다. 그러나 어디로? 무얼 하러? 뜻 없이 뛰어나와서 한참 달음박질하다가, 그는 문득 정신을 차리고 의사라도 청할 양으로 히끈<sup>(얼른)</sup> 돌아섰습니다.

그때였습니다. 아까 내가 말한 바 '기회'라는 것이 그때에 그의 앞에 나타났습니다. 그것은 조그만 담배 가게 앞이었는데 가게와 안방 새의 문은 닫겨 있고 안에는 미상불 사람이 있을지나 가게를 보는 사람은 눈에 안 띄었습니다. 그리고 그 담배 상자 위에는 오십 전짜리 은전 한 닢과 동전 몇 닢이 놓여 있었습니다.

그는 자기로도 무엇을 하는지 몰랐습니다. 의사를 청하여 오려면, 다만 몇십 전이라도 돈이 있어야겠단 어렴풋한 생각만 가지고 있던 그는, 한번 사면을 살핀 뒤에 벼락같이 그 돈을 쥐고 달아났습니다.

그러나 그는 이십 간도 뛰지 못하여 따라오는 그 집 사람에게 붙들렸습니다.

그는 몇 번을 사정하였습니다. 마지막에는 자기의 어머니가 명재경각<sup>(命在頃刻 거의 죽게 되어 숨이 곧 넘어갈 지경에 이름)</sup>이니, 한 시간만 놓아 주면 의사를 어머니에게 보내고 다시 오마고까지 하여 보았습니다. 그러나 그런 말은 모두 헛소리로 돌아가고, 그는 마침내 경찰서로 가게 되었습니다.

경찰서에서 재판소로, 재판소에서 감옥으로……, 이러한 여섯 달 동안에 그는 이를 갈면서 분해하였습니다. 자기 어머니의 운명이 어찌 되었나? 그는 손과 발을 동동 구르면서 안타까워했습니다. 만약 세상을 떠났다 하면 떠나는 순간에 얼마나 자기를 찾았겠습니까! 임종에도 물 한 잔 떠 넣어 줄 사람이 없는 어머니였습니다. 애타 하는 그 모양, 목말라하는 그 모양을 생각하고는 그 어머니에게 지지 않게 자기도 애타 하고 목말라했습니다.

반년 뒤에 겨우 광명한 세상에 나와서 자기의 오막살이를 찾아가매 거기는 벌써 다른 사람이 들어 있었으며 그의 어머니는 반년 전에 아들을 찾으며 길에까지 기어 나와서 죽었다 합니다. 공동묘지를 가 보았으나 분묘조차 발견할 수가 없었습니다.

이리하여 갈 곳이 없이 헤매던 그는 그날도 역시 잘 곳을 찾으러 헤매다가 그 예배당(나하고 만난)까지 뛰쳐 들어온 것이었습니다.

여기까지 이야기해 오던 K씨는 문득 말을 끊었다. 그리고 마도로스 파이프를 꺼내어 담배를 피워 가지고 빨면서 모씨에게 향하였다.

"선생은 이제 내가 이야기한 가운데 모순된 점을 발견 못하셨습니까?"

"글쎄요."

"그럼 내가 대신 물으리다. 백성수는 그만치 천분이 많은 음악가였었는데 왜 그 광염소나타(그날 밤의 소나타를 '광염소나타'라고 그랬습니다)를 짓기 전에는 그만치 흥분되고 긴장되었다가도 일단 음보로 만들어 놓으면 아주 힘없는 것이 되어 버리고 했겠습니까?"

"그게야 미상불 그때의 흥분이 '광염소나타'를 지을 때의 흥분만 못한 연고겠지요."

"그렇게 해석하세요? 듣고 보니 그것은 한 해석이 되기는 합니다. 그러나 나는 그렇게 해석 안 하는데요."

"그럼 K씨는 어떻게 해석하십니까?"

"나는, 아니, 내 해석을 말하는 것보다 그 백성수한테서 내게로 온 편지가 한 장 있는데, 그것을 보여 드리리다. 선생은 오늘 바쁘시지 않으세요?"

"일은 없습니다."

"그러면 우리 집까지 잠깐 같이 가 보실까요?"

"가지요."

두 노인은 일어섰다.

도회와 교외의 경계에 달린 K씨의 집에까지 두 노인이 이른 때는 오후 너덧 시가 된 때였었다.

두 노인은 K씨의 서재에 마주 앉았다.

"이것이 이삼 일 전에 백성수한테서 내게로 온 편지인데 읽어 보세요."

K씨는 서랍에서 기다란 편지 뭉치를 꺼내어 모씨에게 주었다. 모씨는 받아서 폈다.

"가만, 여기서부터 보세요. 그 전에는 쓸데없는 인사이니까."

……그리하여 그날도 또한 이제 밤을 지낼 집을 구하느라고 돌아다니던 저는 우연히 그 집, 제가 전에 돈 오십여 전을 훔친 집 앞에까지 이르렀습니다. 깊은 밤 사면은 고요한데 그 집 앞에서 잘 곳을 구하느라고 헤매던 저는 문득 마음속에 무서운 복수의 생각이 일어났습니다. 이 집만 아니었더면, 이 집 주인이 조금만 인정이라는 것을 알았더면, 저는 그 불쌍한 제 어머니로서 길에까지 기어 나와서 세상을 떠나게 하지는 않았겠습니다. 분묘가 어디인지조차 알지 못하여 꽃 한 번 갖다가 꽂아 보지 못한 이러한 불효도 이 집 때문이외다. 이러한 생각에 참지를 못하여, 그 집 앞에 가려 있는 볏짚에다가 불을 놓았습니다. 그리고 거기 서서 불이 집으로 옮아가는 것을 다 본 뒤에 갑자기 무서운 생각이 나서 달아났습니다.

좀 달아나다 보매 아래서는 벌써 사람이 꾀어들기 시작한 모양인데 이때에 저의 머리에 타오르는 생각은 통쾌하다는 생각과 달아나려는 생각뿐이었습니다. 그리하여 저는 몸을 숨기기 위하여 앞에 보이는 예배당 안으로 뛰어 들어갔습니다.

거기서 불이 다 꺼지도록 구경을 한 뒤에 나오려다가 피아노를 보고…….

"이 보세요."

K씨는 편지를 보는 모씨를 찾았다.

"비상한 열정과 감격은 있어두 그것이 그대로 표현 안 된 것이 그것 때문이었습니다. 즉, 성수의 어머니는 몹시 어진 사람으로서 어렸을 때부터 성수의 교육을 몹시 힘을 들여서 착한 사람이 되도록, 이렇게 길렀습니다그려. 그 어진 교육 때문에 그가 하늘에서 타고난 광포성과 야성이 표면상에 나타나지를 못하였습니다. 그 타오르는 야성적 열정과 힘이 음보로 그려 놓으면 아주 힘없는, 말하자면 김빠진 술과 같이 되고 하는 것이 모두 그 때문이었습니다그려. 점잖고 어진 교훈이, 그의 천분을 못 발휘하게 한 셈이지요."

"흠."

"그것이, 그 사람 성수가, 감옥 생활을 할 동안에 한 번 씻기기는 하였으나, 그러나 사람의 교양이라 하는 것은 온전히 씻기지는 못하는 것이외다.

그러다가, 그 '원수'의 집 앞에서 갑자기, 말하자면 돌발적으로 야성과 광포성이 나타나서 불을 놓고 예배당 안에 숨어 서서 그 야성적 광포적 쾌미를 한껏 즐긴 다음에, 그에게서 폭발하여 나온 것이 그 '광염소나타'였소이다.

일어서는 불길, 사람의 비명, 온갖 것을 무시하고 퍼져 나가는 불의 세력, 이런 것은 사실 야성적 쾌미 가운데 으뜸이 되는 것이니간요."

"……."

"아셨습니까? 그러면 그다음에 그 편지의 여기부터 또 보세요."

……저는 그날의 일이 아직 눈앞에 어리는 듯하외다. 선생님이 저를 세상에 소개하시기 위하여 늙으신 몸이 몸소 피아노에 앉으셔서 초대한 여러 음악가들 앞에서 제 '광염소나타'를 탄주하시던 그 광경은 지금 생각하여도 제 눈에서 눈물이 나오려 합니다. 그때에 그 손님 가운데 부인 손님 두 분이 기절을 한 것은 결코 '광염소나타'의 힘뿐이 아니고 선생의 그 탄주의 힘이 많이 섞인 것을 뉘라서 부인하겠습니까! 그 뒤에 여러 사람 앞에 저를 내어 세우고,

"이 사람이 '광염소나타'의 작자이며 삼십 년 전에 우리를 버려두고 혼자 간 일대의 귀재 백○○의 아들이외다."

라고 소개를 하여 주신 그때의 그 감격은 제 일생에 어찌 잊사오리까!

그 뒤에 선생님께서 저를 위하여 꾸며 주신 방도 또한 제 마음에 가장 맞는 방이었습니다. 널따란 북향 방에 동남쪽 귀에 든든한 참나무 침대가 하나, 서북쪽 귀에 아무 장식 없는 참나무 책상과 의자, 피아노가 하나씩, 그밖에는 방 안에 장식이라고는 서남쪽 벽에 커다란 거울이 하나 있을 뿐, 덩더렇게 넓은 방은 사실 밤에 전등 아래 앉아 있노라면 저절로 소름이 끼치도록 무시무시한 방이었습니다. 게다가 방 안은 모두 꺼먼 칠을 하고, 창밖에 늙은 회나무 고목이 한 그루 서 있는 것도 과연 귀기가 돌았습니다. 이러한 가운데서 선생님은 저로 하여금 방분스러운(제멋대로 나아가 거침이 없는 듯한) 음악을 낳도록 애써 주셨습니다.

저도 그런 환경 아래서 좋은 음악을 낳아 보려고 얼마나 애를 썼겠습니

까? 어떤 날 선생님께 작곡에 대한 계통적 훈련을 원할 때에 선생님은 이렇게 대답하셨습니다.

"자네에게는 그러한 교육이 필요가 없어. 마음대로 나오는 대로 하게. 자네 같은 사람에게 계통적 훈련이 들어가면 자네의 음악은 기계화해 버리고 말아. 마음대로 온갖 규칙과 규범을 무시하고 가슴에서 터져 나오는 대로……."

저는 이 말씀의 뜻을 똑똑히는 몰랐습니다. 그러나 대략한 의미만은 통하였습니다. 그리하여 저는 마음대로 한껏 자유스러운 음악의 경지를 개척하려 하였습니다.

그러나 그동안에 제가 산출한 음악은 모두 이상히도 저의 이전, 제 어머니가 아직 살아 계실 때의 것과 마찬가지로 아무러한 힘도 없는 음향의 유희에 지나지 못하였습니다.

저는 얼마나 초조하였겠습니까? 때때로 선생님께서 채근 비슷이 하시는 말씀은 저로 하여금 더욱 초조하게 하였습니다. 그리고 마음이 초조하면 초조할수록 제게서 생겨나는 음악은 더욱 나약한 것이 되었습니다.

저는 때때로 그 불붙던 광경을 생각하여 보았습니다. 그리고 그때에 통쾌하던 감정을 되풀이하여 보려 하였습니다. 그러나 그것 역시 실패로 돌아갔습니다.

때때로 비상한 열정으로 음보를 그려 놓은 뒤에 몇 시간이 지나서 다시 한 번 읽어 보면 거기는 아무 힘이 없는 개념만 있고 하였습니다.

저의 마음은 차차 무거워지기 시작하였습니다. 그리고 큰 기대를 가지고 계신 선생님께도 미안하기가 짝이 없었습니다.

"음악은 공예품과 달라서 마음대로 만들고 싶은 때에 되는 것이 아니니 마음 놓고 천천히 감흥이 생긴 때에……."

이러한 선생님의 위로의 말씀이 듣기가 제 살을 깎아 먹는 듯하였습니다. 그러나 제 마음상은 인제는 제게서 다시 힘 있는 음악이 나올 기회가 없는 것같이만 생각되었습니다.

이러는 동안에 무위의 몇 달이 지났습니다.

어떤 날 밤중, 가슴이 너무 무겁고 가슴속에 무엇이 가득 찬 것같이 거북하여서, 저는 산보를 나섰습니다. 무거운 머리와 무거운 가슴과 무거운 다리를 지향 없이 옮기면서 돌아다니다가 저는 어떤 곳에서 커다란 볏짚 낟

가리를 발견하였습니다.

이때의 저의 심리를 어떻게 형용하였으면 좋을지 저는 모르겠습니다. 저는 무슨 무서운 적을 만난 것같이 긴장되고 흥분되었습니다. 저는 사면을 한번 살펴보고, 그 낟가리에 달려가서 불을 그어서 놓았습니다. 그리고 갑자기 무서움증이 생겨서 돌아서서 달아나다가, 멀찌가니까지 달아나서 돌아보니까, 불길은 벌써 하늘을 찌를 듯이 일어났습니다. 왁, 왁, 꺄, 꺄, 사람들이 부르짖는 소리도 들렸습니다. 저는 다시 그곳까지 가서, 그 무서운 불길에 날아 올라가는 볏짚이며, 그 낟가리에 연달아 있는 집을 헐어 내는 광경을 구경하다가 문득 흥분되어서 집으로 돌아왔습니다.

그날 밤에 된 것이 '성난 파도'이었습니다.

그 뒤에 이 도회에서 일어난, 알지 못할 몇 가지의 불은, 모두 제가 질러 놓은 것이었습니다. 그리고 불이 있던 날 밤마다 저는 한 가지의 음악을 얻었습니다. 며칠을 연하여 가슴이 몹시 무겁다가 그것이 마침내 식체(食滯먹은 음식물이 잘 소화되지 않은 증상을 이르는 말)와 같이 거북하고 답답하게 되는 때는 저는 뜻없이 거리를 나갑니다. 그리고 그러한 날은 한 가지의 방화 사건이 생겨나며 그날 밤에는 한 곡의 음악이 생겨났습니다.

그러나 그것도 번수가 차차 많아 갈 동안, 저의, 그 불에 대한 흥분은 반비례로 줄어졌습니다. 온갖 것을 용서하지 않는 불꽃의 잔혹함도, 그다지 제 마음을 긴장시키지 못하였습니다.

"차차, 힘이 적어져 가네."

선생님께서 제 음악을 보시고 이렇게 말씀하신 것이 그러한 때였습니다.

그러나 저는 게서 더할 도리가 없었습니다. 하는 수 없이 저는 한동안 음악을 온전히 잊어버린 듯이 내버려 두었습니다.


모씨가 성수의 마지막 편지를 여기까지 읽었을 때에, K씨가 찾았다.

"재작년 봄에서 가을에 걸쳐서, 원인 모를 불이 많지 않았습니까? 그것이 죄 성수의 장난이었습니다그려."

"K씨는 그것을 온전히 모르셨습니까?"

"나요? 몰랐지요. 그런데 그 어떤 날 밤이구려. 성수는 기대에 반해서, 우리집으로 온 지 여러 달이 됐지만, 한 번도 힘 있는 것을 지어 본 일이 없겠지요. 그래서 저 사람에게 무슨 흥분될 재료를 줄 수가 없나 하고 혼자 생각하며 있더랬는데, 그때에 저—편—."

K씨는 손을 들어 남편 쪽 창을 가리켰다.

"저—편 꽤 멀리서 불붙는 것이 눈에 뜨입디다그려. 그래서 저것을 성수에게 보이면, 혹 그때의 감정(그때는, 나는 그 담배 장수네 집에 불이 일어난 것도 성수의 장난인 줄은 꿈에도 생각 안 했구료)을 부활시킬지도 모르겠다, 이렇게 생각하구 성수의 방으로 올라가려는데, 문득 성수의 방에서 피아노 소리가 울려 나옵니다그려. 나는 올라가려던 발을 부지중 멈추고 말았지요. 역시 C샤프 단음계로서, 제일곡은 뽑아 먹고, 아다지오에서 시작되는데, 고요하고 잔잔한 바다, 수평선 위로 넘어가려는 저녁 해, 이러한 온화한 것이 차차 스케르초로 들어가서는 소낙비, 풍랑, 번개질, 무서운 바람 소리, 우레질, 전복되는 배, 곤해서 물에 떨어지는 갈매기, 한 번 뒤집어지면서 해일에 쓸려 나가는 동네 사람의 부르짖음, 흥분에서 흥분, 광포에서 광포, 야성에서 야성, 온갖 공포와 포학한 광경이 눈앞에 어릿거리는데, 이 늙은 내가 그만 흥분에 못 견디어, 뜻하지 않고 '그만두어 달라'고 고함친 것만으로도 짐작하시겠지요. 그리고 올라가서 보니깐, 그는 탄주를 끝내고 피곤한 듯이 피아노에 기대어 앉아 있고, 이제 탄주한 것은 벌써 '성난 파도'라는 제목 아래 음보로 되어 있습디다."

"그러면 성수는 불을 두 번 놓고, 두 음악을 얻었다는 말씀이지요?"

"그렇지요. 그리고 그 뒤부터는 한 십여 일 건너서는 하나씩 지었는데, 그것이 지금 보면, 한 가지의 방화 사건이 생길 때마다 생겨난 것이었습니다. 그러나 그의 편지마따나, 얼마 지나서부터는 차차 그 힘과 야성이 적어지기 시작했지요. 그래서……."

"가만 계십쇼. 그 사람이 그다음에도 '피의 선율'이나 그 밖에 유명한 곡조를 여러 개 만들지 않았습니까?"

"글쎄 말이외다. 거기 대한 설명은 그 편지를 또 보십쇼. 여기서부터 또 보시면 알리다."

……××다리 아래로서 나오려는데, 무엇이 발길에 채는 것이 있었습니다. 성냥을 그어 가지고 보니깐, 그것은 웬 늙은이의 송장이었습니다. 저는 그것이 무서워서 달아나려다가, 돌아서려던 발을 다시 돌이켰습니다.

선생님은 이제 제가 쓰는 일을 이해하여 주실는지요. 그것은 너무도 기괴한 일이라 저로서도 믿어지지 않는 일이었습니다. 그 송장을 타고 앉았습니다. 그리고 그 송장의 옷을 모두 찢어서 사면으로 내어던진 뒤에, 그 벌거벗은 송장을, (제 힘이라 생각되지 않는) 무서운 힘으로써 높이 쳐들어서, 저편으로 내어던졌습니다. 그런 뒤에는, 마치 고양이가 알을 가지고 놀듯, 다시 뛰어가서 그 송장을 들어서, 도로 이편으로 던졌습니다. 이렇게 몇 번을 하여 머리가 깨지고, 배가 터지고—그 송장은 보기에도 참혹스러이 되었습니다. 그리하여 그 송장을 다시 만질 곳이 없이 된 뒤에, 저는 그만 곤하여 그 자리에 앉아서 쉬려다가 갑자기 마음이 긴장되고 흥분되어서, 집으로 달려왔습니다.

그날 밤에 된 것이 '피의 선율'이었습니다.


"선생은 이러한 심리를 아시겠습니까?"

"글쎄요."

"아마, 모르실걸요. 그러나 예술가로서는 능히 머리를 끄덕일 수 있는 심리외다. 그리고 또 여기를 읽어 보십시오."


……그 여자가 죽었다는 것은 제게는 사실 뜻밖이었습니다.

저는, 그날 밤 혼자 몰래 그 여자의 무덤을 찾아갔습니다. 그리고 칠팔 시간 전에 묻어 놓은 그의 무덤의 흙을 다시 파서 그의 시체를 꺼내어 놓았습니다.

푸르른 달빛 아래 누워 있는 아름다운 그의 모양은 과연 선녀와 같았습니다. 가볍게 눈을 닫고 있는 창백한 얼굴, 곧은 콧날, 풀어헤친 검은 머리……. 아무 표정도 없는 고요한 얼굴은 더욱 처염함(처절하도록 아름다움)을 도왔습니다. 이것을 정신이 없이 들여다보고 있던 저는 갑자기 흥분이 되어, 아아, 선생님 저는 이 아래를 쓸 용기가 없습니다. 재판소의 조서를 보시면 저절로 아실 것이올시다.

그날 밤에 된 것이 '사령(死靈 죽은 사람의 영혼)'이었습니다.


"어떻습니까?"

"……."

"네?"

"……."

"언어도단(言語道斷 말이 안 됨)이에요? 선생의 눈으로는 그렇게 뵈시리다. 또 여기를 읽어 보십죠."

……이리하여 저는 마침내 사람을 죽인다 하는 경우에까지 이르렀습니다. 그리고 한 사람이 죽을 때마다 한 개의 음악이 생겨났습니다. 그 뒤부터 제가 지은 그 모든 것은 모두 다 한 사람씩의 생명을 대표하는 것이었습니다.

"인전 더 보실 것이 없습니다. 그런데 그만큼 보셨으면 성수에 대한 대략한 일은 아셨을 터인데, 거기 대한 의견이 어떻습니까?"

"……."

"네?"

"어떤 의견 말씀이오니까?"

"어떤 '기회'라는 것이 어떤 사람에게서, 그 사람의 가지고 있는 천재와 함께, '범죄 본능'까지 끌어내었다 하면, 우리는 그 '기회'를 저주하여야겠습니까, 혹은 축복하여야겠습니까? 이 성수의 일로 말하자면 방화, 사체 모욕, 시간(屍姦 시체를 간음함), 살인, 온갖 죄를 다 범했어요. 우리 예술가협회에서 별수단을 다 써서 정부에 탄원하고 재판소에 탄원하고 해서 겨우 성수를 정신병자라 하는 명목 아래 정신 병원에 감금했지, 그렇지 않으면 당장에 사형이 아닙니까? 그런데 이제 그 편지를 보셔도 짐작하시겠지만 통상시에는 그 사람은 아주 명민하고 점잖고 온화한 청년입니다. 그러나 때때로 그, 뭐랄까, 그 흥분 때문에 눈이 아득하여져서 무서운 죄를 범하고 그 죄를 범한 다음에는 훌륭한 예술을 하나씩 산출합니다. 이런 경우에 우리는 그 죄를 밉게 보아야 합니까, 혹은 그 범죄 때문에 생겨난 예술을 보아서 죄를 용서하여야 합니까?"

"그게야 죄를 범치 않고 예술을 만들어 냈으면 더 좋지 않습니까?"

"물론이지요. 그러나 이 성수 같은 사람도 있는 것이니깐 이런 경우엔 어떻게 해결하려니까?"

"죄를 벌해야지요. 죄악이 성하는 것을 그냥 볼 수는 없습니다."

K씨는 머리를 끄덕였다.

"그렇겠습니다. 그러나 우리 예술가의 견지로는 또 이렇게 볼 수도 있습니다. 베토벤 이후로는 음악이라 하는 것이 차차 힘이 빠져 가서 꽃이나 계집이나 찬미할 줄 알고 연애나 칭송할 줄 알아서 선이 굵은 것은 볼 수가 없이 되었습니다. 게다가 엄정한 작곡법이 있어서 그것은 마치 수학의 방정식과 같이 작곡에 대한 온갖 자유스런 경지를 제한해 놓았으니깐 이후에 생겨나는 음악은 새로운 길을 개척하기 전에는 한 기술이 될 것이지 예술이 될 수는 없습니다. 예술가에게는 이것이 쓸쓸해요. 힘 있는 예술, 선이 굵은 예술, 야성으로 충일된 예술……, 우리는 이것을 기다린 지 오래됐습니다. 그럴 때에, 백성수가 나타났습니다. 사실 말이지 백성수의 그새의 예술은 그 하나하나가 모두 우리의 문화를 영구히 빛낼 보물입니다. 우리 문화의 기념탑입니다. 방화? 살인? 변변치 않은 집개, 변변치 않은 사람개는 그의 예술 하나가 산출되는 데 희생하라면 결코 아깝지 않습니다. 천 년에 한 번, 만 년에 한 번 날지 못 날지 모르는 큰 천재를, 몇 개의 변변치 않은 범죄를 구실로 이 세상에서 없이하여 버린다 하는 것은 더 큰 죄악이 아닐까요. 적어도 우리 예술가에게는 그렇게 생각됩니다."

K씨는 마주 앉은 노인에게서 편지를 받아서 서랍에 집어넣었다. 새빨간 저녁 해에 비치어서 그의 늙은 눈에는 눈물이 반득였다.

 # 붉은 산

## 작품 정리

**작가** : 김동인(50쪽 '작가와 작품 세계' 참조)
**갈래** : 민족주의 소설, 액자 소설
**배경** : 시간 – 일제 강점기 / 공간 – 만주
**시점** : 1인칭 관찰자 시점
**주제** : 민족의 동질성과 조국에 대한 사랑
**출전** : 〈삼천리〉(1932)

## 구성과 줄거리

**도입** 질병 조사차 만주로 간 '여(余)'가 ××촌에서 겪은 일을 적음

여는 만주의 풍속을 살피고 그들에게 퍼져 있는 병도 조사할 겸 만주를 돌아본 적이 있다. 그때 ××촌에서 겪은 일을 수기로 적는다.

**발단** '삵'이란 별명을 가진 부랑자 정익호가 ××촌에 찾아옴

광막한 만주 벌판에 자리 잡은 ××촌에는 정직하고 글깨나 읽은 조선인 소작인이 이십여 호 모여 산다. 이 마을에 '삵'이라는 별명을 가진 정익호가 찾아든다. 익호의 고향이 어딘지는 아무도 모르지만 여러 지방의 사투리를 쓰고, 중국 말, 일본 말, 간단한 러시아 말까지 할 줄 아는 것으로 보아 그가 여러 곳을 전전해 왔음을 짐작할 수 있다. 그는 독하고 민첩하게 생긴 외모 때문에 남의 미움을 산다. 그는 투전을 일삼고 싸움 잘하고 트집 잘 잡고 칼부림 잘하고 색시에게 덤벼들기를 잘한다.

**전개** 마을 사람들이 '삵'을 내쫓고자 하나 속수무책임

'삵'이 아무리 행패를 부려도 마을 사람들은 두려워서 대항하지 못한다. 아무리 일손이 부족한 때라도 젊은 사람 몇 명은 '삵'으로부터 동네의 부녀자를 지키기 위해 마을 안에 머물러 있는다. 동네 사람들은 그를 쫓아내기로 여러 번 결의하지만, 정작 나설 사람이 없어 삵은 별 탈 없이 동네에 머무른다.

**위기** **지주에게 갔던 송 첨지가 죽지만 누구 하나 나서지 않음**

여가 ××촌을 떠나기 전날의 일이다. 그해 소출을 나귀에 싣고 만주인 지주 집에 간 송 첨지가 소출이 좋지 못하다는 이유로 초주검이 되어 돌아와 끝내 죽는다. ××촌 젊은이들은 흥분했지만 누구 하나 앞장서지 않는다.

**절정** **지주에게 항거하러 갔던 '삵'이 초주검이 되어 돌아옴**

여는 의사로서 송 첨지의 시체를 부검한다. 돌아오는 길에 '삵'을 만나자 여는 그에게 송 첨지의 죽음을 알린다. 이야기를 들은 '삵'의 얼굴에는 비장함이 감돈다. 이튿날 '삵'이 죽어간다고 깨우러 온 마을 사람들의 소리에 여는 눈살을 찌푸리면서 일어난다. 여는 허리가 기역 자로 부러져 동구 밖에 버려져 있는 '삵'을 응급조치한다. '삵'은 지주에게 항거하다가 그 지경이 된 것이다.

**결말** **마을 사람들이 애국가를 부르는 가운데 '삵'이 죽어 감**

'삵'은 죽어 가면서 붉은 산과 흰옷을 찾으며 애국가를 불러 달라고 간청한다. 밥버러지 '삵'의 죽음을 애도하는 노래가 엄숙하게 울려 퍼지는 가운데 '삵'의 몸은 점점 식어 간다.

### ✎ 생각해 볼 문제

**1. '삵'이란 명칭과 '익호'와의 관련성에 대해 설명해 보자.**

익호는 독하고 교활한 성격을 가진 데다 몸놀림도 민첩하다. 작가는 '쥐 같은 얼굴, 날카로운 이빨, 발록한 코에 긴 코털' 등 외양 묘사를 통해 성격을 암시하는 간접 묘사 방법을 쓴다. 살쾡이를 의미하는 '삵'이란 말은 익호의 겉모습을 표현하기에 적절하다. 이렇게 소설에서 인물의 성격이 이름과 밀접히 연관되는 명명법을 사용하는 일은 흔하다.

**2. '삵'과 '붉은 산'은 무엇을 상징하는가?**

'삵'은 정익호의 별명이지만 '고국을 떠나 유랑하는 우리 민족'을 상징하기도 한다. '삵'은 죽음을 앞둔 순간에 '붉은 산'과 '흰옷'을 보고 싶다는 말과 함께 애국가를 불러 달라고 간청한다. '삵'이 보고 싶다는 '붉은 산'은 우리 국토를, '흰옷'은 겨레를 상징한다.

3. **이 작품은 민족주의적 경향을 보이면서도 감상적 측면이 강하다. 주인공 정익호가 밥버러지에서 민족주의자로 바뀌는 과정을 통해 그것을 설명해 보자.**

소설의 전반부에서 정익호는 싸움 잘하고 트집 잘 잡고 칼부림 잘하고 색시에게 덤벼들기를 잘하는 '암종'으로 묘사된다. 그런데 후반부에서는 송첨지의 죽음을 계기로 정익호에게 극적인 성격 변화가 일어난다. 이는 조국과 민족에 대한 애정이라는 주제 의식을 부각하기 위한 장치로 볼 수 있다. 그러나 변화를 가져온 실마리나 개연성이 제시되지 않아 감상적이고 작위적이라는 지적을 받기도 한다.

4. **이 작품은 실제 있었던 사건이 창작 동기라고 추측된다. 당시의 어떤 사건이 토대가 되었는가?**

이 소설은 1931년 7월 2일 중국 지린성 만보산 지역에서 일어난 조선인과 중국인 사이의 유혈 사태인 만보산 사건이 창작 토대가 되었다. 일제 강점기 때 조선인 농민들이 만주 등지로 이주했고, 일제는 이주한 조선인을 중국 침략에 이용하기 위한 구실로 삼았다. 일제는 만주 지방에 세력을 형성한 중국 민족 운동 세력과 조선 민족 운동 세력의 반일 공동 전선 투쟁을 분열시키려 했다. 이러한 일제의 음모로 인해 중국 농토를 사이에 둔 조선인과 중국인 사이의 감정이 점점 악화되어 만보산 사건이 일어났다. 작가는 조선인 '삵'의 행동을 통해 일제에 대한 분노와 나라를 잃은 상실감을 표출했다.

의사인 저(여)는 질병 조사차 만주의 한 마을에 갔어요. 조선인 소작 농들이 모여 사는 그 마을에는 '삵'이라 불리는 무법자 정익호가 있었 어요. 어느 날 중국인 지주에게 갔던 송 첨지가 두들겨 맞아서 죽고 말 았어요. '삵'이 지주에게 항의하러 갔다가 자신도 초주검이 되어 돌아 왔지요. 마을 사람들이 애국가를 부르는 가운데 '삵'의 몸은 점점 식 어 갔지요.

# 붉은 산

그것은 여(余 '나'를 뜻하는 1인칭 대명사)가 만주를 여행할 때의 일이었다. 만주의 풍속도 좀 살필 겸 아직껏 문명의 세례를 받지 못한 그들의 새에 퍼져 있는 병(病)을 좀 조사할 겸 해서 일 년의 기한을 예산하여 가지고 만주를 시시콜콜히 다 돌아온 적이 있었다. 그때에 ××촌이라 하는 조그만 촌에서 본 일을 여기에 적고자 한다.

××촌은 조선 사람 소작인만 사는 한 이십여 호 되는 작은 촌이었다. 사면을 둘러보아도 한 개의 산도 볼 수가 없는 광막한 만주의 벌판 기운데 놓여 있는 이름도 없는 작은 촌이었다.

몽고 사람 종자(從者 남에게 종속되어 따라다니는 사람)를 하나 데리고 노새를 타고 만주의 촌촌을 돌아다니던 여가 그 ××촌에 이른 때는 가을도 다 가고 어느덧 광포(狂暴 미치광이처럼 매우 거칠고 사나움)한 북국의 겨울이 만주를 찾아온 때였다.

만주의 어느 곳이나 조선 사람이 없는 곳은 없지만 이러한 오지(奧地)에서 한 동리가 죄(모두) 조선 사람뿐으로 되어 있는 곳을 만나니 반가웠다. 더구나 그 동리는 비록 모두가 중국인의 소작인이라 하나 사람들이 비교적 온량하고 정직하며 장성한 이들은 그래도 모두 천자문 한 권쯤은 읽은 사람들이었다. 살풍경한(메마르고 스산한) 만주, 그 가운데서 살풍경한 살림을 하는 중국인이며 조선 사람의 동리를 근 일 년이나 돌아다니다가 비교적 평화스러운 이런 동리를 만나면 그것이 비록 외국인의 동리라 하여도 반갑겠거든 하물며 우리 같은 동족의 동리임에랴. 여는 그 동리에서 한 십여 일 이상을 일없이 매일 호별(戶別) 방문을 하며 그들과 이야기로 날을 보내며 오래간만에 맛보는 평화적 기분을 향락하고 있었다.

'삵'이라는 별명을 가지고 있는 정익호라는 인물을 본 것이 여기서이다.

익호라는 인물의 고향이 어디인지는 ××촌에서 아무도 몰랐다. 사투리로 보아서 경기 사투리인 듯하지만 빠른 말로 죄죄거릴(빠르게 지껄일) 때에는 영남 사투리가 보일 때도 있고 싸움이라도 할 때에는 서북 사투리가 보일 때도 있었다. 그런지라 사투리로써 그의 고향을 짐작할 수가 없었다. 쉬운 일본 말도 알고 한문 글자도 좀 알고 중국 말은 물론 꽤 하고 쉬운 러시아 말도 할 줄 아는 점 등등 이곳저곳 숱하게 주워 먹은 것은 짐작이 가지만 그의 경력을 똑똑히 아는 사람은 없었다.

그는 여가 ××촌에 가기 일 년 전쯤 빈손으로 이웃이라도 오듯 후덕덕 ××촌에 나타났다 한다. 생김생김으로 보아서 얼굴이 쥐와 같고 날카로운 이빨이 있으며 눈에는 교활함과 독한 기운이 늘 나타나 있으며 바룩한<sup>(밖으로 벌어져 있는)</sup> 코에는 코털이 밖으로까지 보이도록 길게 났고 몸집은 작으나 민첩하게 되었고 나이는 스물다섯에서 사십까지 임의로 볼 수가 있으며 그 몸이나 얼굴 생김이 어디로 보든 남에게 미움을 사고 근접지 못할 놈이라는 느낌을 갖게 한다.

그의 장기는 투전이 일쑤며 싸움 잘하고 트집 잘 잡고 칼부림 잘하고 색시들에게 덤비어들기 잘하는 것이라 한다.

생김생김이 벌써 남에게 미움을 사게 되었고 게다가 하는 행동조차 변변치 못한 일만이라, ××촌에서도 아무도 그를 대척하는<sup>(마주 응하거나 맞서는)</sup> 사람이 없었다. 사람들은 모두 그를 피하였다. 집이 없는 그였으나 뉘 집에 잠이라도 자러 가면 그 집주인은 두말없이 다른 방으로 피하고 이부자리를 준비하여 주고 하였다. 그러면 그는 이튿날 해가 낮이 되도록 실컷 잔 뒤에 마치 제집에서 일어나듯 느직이 일어나서 조반을 청하여 먹고는 한마디의 사례도 없이 나가 버린다.

그리고 만약 누구든 그의 이 청구에 응하지 않으면 그는 그것을 트집으로 싸움을 시작하고 싸움을 하면 반드시 칼부림을 하였다.

동리의 처녀들이며 젊은 색시들은 익호가 이 동리에 들어온 뒤로부터는 마음 놓고 나다니지를 못하였다. 철없이 나갔다가 봉변을 한 사람도 몇이 있었다.

'삵.'

이 별명은 누가 지었는지 모르지만 어느덧 ××촌에서는 익호를 익호라 부르지 않고 '삵'이라고 부르게 되었다.

"삵이 뉘 집에서 묵었나?"

"김 서방네 집에서."

"다른 봉변은 없었다나?"

"요행히 없었다네."

그들은 아침에 깨면 서로 인사 대신으로 삶의 거취를 알아보고 하였다.

'삶'은 이 동리에는 커다란 암종(癌腫 악성 종양)이었다. '삶' 때문에 아무리 농사에 사람이 부족한 때라도 젊고 든든한 몇 사람은 동리의 젊은 부녀를 지키기 위하여 동리 안에 머물러 있지 않을 수가 없었다. '삶' 때문에 부녀와 아이들은 아무리 더운 여름 저녁이라도 길에 나서서 마음 놓고 바람을 쏘여 보지를 못하였다. '삶' 때문에 동리에서는 닭의 가리(싸리나무로 엮어 둥글게 만든 닭장)며 도야지(돼지) 우리를 지키기 위하여 밤을 새우지 않을 수가 없었다.

동리의 노인이며 젊은이들은 몇 번을 모여서 삶을 이 동리에서 내쫓기를 의논하였다. 물론 합의는 되었다. 그러나 내쫓는 데 선착수(先着手 남보다 먼저 손을 댐)할 사람이 없었다.

"첨지가 선착수하면 뒤는 내 담당하마."

"뒤는 걱정 말고 형님 먼저 말해 보시오."

제각기 삶에게 먼저 달려들기를 피하였다.

이리하여 동리에서는 합의는 되었으나 삶은 그냥 태연히 이 동리에 묵어 있게 되었다.

"며늘 년들이 조반이나 지었나?"

"손주 놈들이 잠자리나 준비했나?"

마치 그 동리의 모두가 자기의 집안인 것같이 삶은 마음대로 이 집 저 집을 드나들었다.

××촌에서는 사람이라도 죽으면 반드시 조상(弔喪 남의 상사에 대해 조의를 표함) 대신으로,

"삶이나 죽지 않고."

하는 한마디의 말을 잊지 않고 하였다.

누가 병이라도 나면,

"에잇, 이놈의 병 삶한테로 가거라."

고 하였다.

암종. 누구든 삶을 동정하거나 사랑하는 사람이 없었다.

삶도 남의 동정이나 사랑은 벌써 단념한 사람이었다. 누가 자기에게 아무런 대접을 하든 탓하지 않았다. 보이는 데서 보이는 푸대접을 하면 그 트집으로 반드시 칼부림까지 하는 그였었지만 뒤에서 아무런 말을 할지라도, 그리고 그것이 삶의 귀에까지 갈지라도 탓하지 않았다.

"흥……."

이 한마디는 그의 가장 커다란 처세 철학이었다.

흔히 곁 동리 중국인들의 투전판에 가서 투전을 하였다. 때때로 두들겨 맞고 피투성이가 되어 돌아오는 일도 있었다. 그러나 그 하소연을 하는 일이 없었다. 한다 할지라도 들을 사람도 없거니와, 아무리 무섭게 두들겨 맞은 뒤라도 하루만 샘물에 상처를 씻고 절룩절룩한 뒤에는 또 그 이튿날은 천연히 나다녔다.

여가 ××촌을 떠나기 전날이었다.

송 첨지라는 노인이 그해 소출(所出 논밭에서 나는 곡식)을 나귀에 실어 가지고 중국인 지주가 있는 촌으로 갔다. 그러나 돌아올 때는 그는 송장이 되었다. 소출이 좋지 못하다고 두들겨 맞아서 부러져 꺾어진 송 첨지는 나귀 등에 몸이 결박되어서 겨우 ××촌으로 돌아왔다. 그리고 놀란 친척들이 나귀에서 몸을 내릴 때에 절명되었다.

××촌에서는 와작하였다.

"원수를 갚자!"

명 아닌 목숨을 끊은 송 첨지를 위하여 동리의 젊은이며 늙은이는 모두 흥분되었다. 제각기 이제라도 들고 일어설 듯하였다.

그러나 그뿐이었다. 누구든 앞장을 서려는 사람이 없었다. 만약 이때에 누구든 앞장을 서는 사람만 있었다면 그들은 곧 그 지주에게로 달려갔을지 모른다. 그러나 제가 앞장을 서겠노라고 나서는 사람은 없었다. 제각기 곁 사람을 돌아보았다.

발을 굴렀다. 부르짖었다. 학대받는 인종의 고통을 호소하며 울었다. 그러나 그뿐이었다. 남의 일로 지주에게 반항하여 제 밥자리까지 떼이기를 꺼림인지 어쩐지는 여로는 모를 배로되(모르는 바이지만) 용감히 앞서서 나가는 사람은 없었다.

의사라는 여의 직업상 송 첨지의 시체를 검분(檢分 검시)을 한 뒤에 돌아오는 길에 여는 삵을 만났다. 키가 작은 삵을 여는 내려다보았다. 삵은 여를 쳐다보았다.

'가련한 인생아. 인종의 거머리야. 가치 없는 생명아. 밥버러지야. 기생충아.'

여는 삵에게 말하였다.

"송 첨지가 죽은 줄 아우?"

여의 말에 아직껏 여를 쳐다보고 있던 삵의 눈이 아래로 떨어졌다. 그리고 여가 발을 떼려는 순간 얼핏 삵의 얼굴에 나타난 비창(悲愴 마음이 몹시 상하고 슬픔)한 표정을 여는 넘길 수가 없었다.

고향을 떠난 만 리 밖에서 학대받는 인종의 가엾음을 생각하고 그 밤은 여도 잠을 못 이루었다. 그 억분(抑憤 억울하고 분한 마음)함을 호소할 곳도 못 가진 우리의 처지를 생각하고 여도 눈물을 금치를 못하였다.

이튿날 아침이었다. 여를 깨우러 달려오는 사람의 소리에 여는 반사적으로 일어났다. 삵이 동구(洞口) 밖에서 피투성이가 되어 죽어 있다는 것이었다.

여는 삵이라는 말에 눈살을 찌푸렸다. 그러나 의사라는 직업상 곧 가방을 수습하여 가지고 삵이 넘어진 데까지 달려갔다. 송 첨지의 장례 때문에 모였던 사람 몇은 여의 뒤로 따라왔다.

여는 보았다. 삵이 허리가 기역 자로 뒤로 부러져서 밭고랑 위에 넘어져 있는 것을. 여는 달려가 보았다. 아직 약간의 온기는 있었다.

"익호! 익호!"

그러나 그는 정신을 못 차렸다. 여는 응급수단을 하였다. 그의 사지는 무섭게 경련되었다.

이윽고 그가 눈을 번쩍 떴다.

"익호! 정신 드나?"

그는 여의 얼굴을 보았다. 끝이 없이 한참을 쳐다보았다.

그의 동자가 움직였다. 겨우 의의(意義 말이나 글의 속뜻)를 깨달은 모양이었다.

"선생님, 저는 갔었습니다."

"어디를?"

"그놈, 지주 놈의 집에."

무얼? 여는 눈물이 나오려는 눈을 힘 있게 닫았다. 그리고 턱석 그의 벌써 식어 가는 손을 잡았다. 잠시의 침묵이 계속되었다. 그의 사지에서는 무서운 경련이 끊임없이 일었다. 그것은 죽음의 경련이었다.

듣기 힘든 작은 그의 소리가 또 그의 입에서 나왔다.

"선생님."

"왜?"

"보구 싶어요. 전 보구 시……"

"뭐이?"

그는 입을 움직이었다. 그러나 말이 안 나왔다. 기운이 부족한 모양이었다. 잠시 뒤 그는 또다시 입을 움직이었다. 무슨 소리가 그의 입에서 나왔다.

"무얼?"

"보구 싶어요. 붉은 산이…… 그리구 흰옷이!"

아아, 죽음에 임하여 그는 고국과 동포가 생각난 것이었다. 여는 힘 있게 감았던 눈을 고즈넉이 떴다. 그때에 삶의 눈도 번쩍 띄었다. 그는 손을 들려 하였다. 그러나 이미 부러진 그의 손은 들리지 않았다. 그는 머리를 돌이키려 하였다. 그러나 그 힘이 없었다.

그의 마지막 힘을 혀끝에 모아 가지고 그는 다시 입을 열었다.

"선생님!"

"왜?"

"저것…… 저것…….."

"무얼?"

"저기 붉은 산이, 그리고 흰옷이…… 선생님 저게 뭐예요."

여는 돌아보았다. 그러나 거기는 황막한 만주의 벌판이 전개되어 있을 뿐이다.

"선생님, 창가 불러 주세요. 마지막 소원…… 창가를 해 주세요. 동해물과 백두산이 마르고 닳도록…….."

여는 머리를 끄덕이고 눈을 감았다. 그리고 입을 열었다. 여의 입에서는 창가가 흘러나왔다. 여는 고즈넉이 불렀다.

"동해물과 백두산이…….."

고즈넉이 부르는 여의 창가 소리에 뒤에 둘러섰던 다른 사람의 입에서도 숭엄한 코러스는 울리어 나왔다.

"……무궁화 삼천리 화려 강산…….."

광막한 겨울의 만주 벌 한편 구석에서는 밥버러지 익호의 죽음을 조상하는 숭엄한 노래가 차차 크게 엄숙하게 울리었다. 그 가운데서 익호의 몸은 점점 식었다.

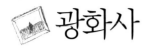 # 광화사

## ✎ 작품 정리

> **작가** : 김동인(50쪽 '작가와 작품 세계' 참조)
> **갈래** : 순수 소설, 액자 소설
> **배경** : 외화: 시간 – 일제 강점기 / 공간 – 인왕산
>       내화: 시간 – 조선 세종 때 / 공간 – 인왕산. 아름다움을 추구할 수 있
>            는 탈속의 자연환경
> **시점** : 외화 – 1인칭 관찰자 시점
>       내화 – 3인칭 전지적 작가 시점
> **주제** : 한 화공의 일생을 통해 나타난 현실(세속)과 이상(예술) 세계의 괴리
> **출전** : 〈야담〉(1935)

## ✎ 구성과 줄거리

**도입** **'여(余)'는 인왕산에 올라 한 편의 이야기를 꾸며 봄**
**(외화)**  '여'는 인왕산에 올라 골짜기와 흐르는 물을 감상하면서 감흥에 젖는다.
'여'는 암굴 하나 때문에 불쾌한 공상에 빠지기 시작한다. '여'는 불쾌한
공상보다 좀 더 아름다운 이야기가 꾸며지지 않을까 하고 이야기 한 편
을 꾸민다.

**발단** **추한 얼굴을 가진 화공 솔거는 사람을 피해 그림 그리기에 몰두함**
**(내화)**  솔거라는 화공은 얼굴이 매우 흉해 대낮에는 다니지 않는다. 솔거는 열
여섯 살에 장가를 들었지만 처녀는 솔거의 흉한 얼굴을 보고 놀라서 달
아났다. 다시 장가를 들었지만 두 번째 처녀도 마찬가지였다. 이후 여인
에게 소모되지 않은 정력이 솔거의 머리로 모이게 되고, 다시 손끝으로
가서 마침내 수천 점의 그림을 완성한다.

**전개** **솔거는 생동하는 얼굴을 그리기 위해 미인을 찾아 나섬**
**(내화)**  솔거는 기존의 그림에 만족하지 않고 색다른 표정의 얼굴을 그리고 싶
어 한다. 솔거는 세상에서 가장 아름다운 얼굴을 그리리라 다짐한다. 솔

거는 장안을 쏘다니기도 하고 뽕밭에서 궁녀의 얼굴을 훔쳐보기도 하지만 자신이 바라던 얼굴을 찾지 못하자 점차 괴팍해져 간다.

**위기** **솔거는 소경 처녀의 표정에서 자신이 찾던 아름다움을 발견함**
(내화)

어느 가을 솔거는 물가에 앉은 소경 처녀를 본다. 온갖 공상과 정열과 환희가 담긴 처녀의 절묘한 미소를 보고 솔거는 자신이 찾던 미녀를 발견했다고 생각한다. 처녀를 오두막으로 데려온 솔거는 용궁 이야기를 들려주면서 그림을 그린다. 그는 그림의 눈동자만 남겨둔 채 처녀와 하룻밤을 보낸다.

**절정** **그림을 완성한 솔거는 광인이 되어 죽음을 맞이함**
**결말**
(내화)

다음 날 솔거는 눈동자를 그리려고 하지만 처녀의 눈에는 자신이 바라던 아름다운 눈빛이 나타나지 않는다. 화가 난 솔거가 처녀를 다그치며 멱살을 잡고 흔드는 바람에 처녀는 넘어지면서 목숨을 잃는다. 순간 벼루에서 먹물이 튀고, 그림 속에 원망의 빛을 담은 눈동자가 찍힌다. 수일 후에 한양 성내에 여인의 화상을 들고 음울한 얼굴로 돌아다니는 광인이 나타난다. 솔거는 수년 동안 방황하다가 돌베개를 베고 죽는다.

**종결** **저녁 무렵 '여'는 몸을 일으켜 멀리 산의 모습을 바라봄**
(외화)

'여'는 지팡이를 짚고 일어선다. 석양이 비치는 천고의 계곡 위로 산새가 날고 있다.

✎ **생각해 볼 문제** - - - - - - - - - - - - - - - - - - - - - - - - - - - - - - - - - - - - -

**1. '솔거'라는 이름에서 보이는 작가의 의식은 어떠한가?**

'솔거'라는 이름은 화가의 범칭(두루 쓰이는 이름)으로 쓰였다. 따라서 현대 소설의 관점에서 보면 '솔거'라는 이름은 화공의 개성을 드러내지는 못한다. 즉, 작가는 한 화가의 기묘하고 천재적인 예술 행각에 초점을 두었을 뿐 인물의 개성 창조에는 큰 관심을 두지 않았다.

**2. 솔거의 내면 심리를 어머니와 소녀에 대한 애정과 어떻게 연관 지을 수 있는가?**

이 작품의 주제는 화공으로서의 열정이다. 솔거의 내면 의식을 추적해 볼 때 그의 열정은 오이디푸스 콤플렉스에서 연유한다. 유복자로 태어난 솔거는 어려서 어머니를 잃는 바람에 어머니의 영상만 마음에 남아 있다. 이러한 모성의 결핍은 솔거가 무의식적으로 고착되었다. 아름답고 황홀한 어머니의 눈빛을 처녀가 계속 지녀 주기를 갈망하는 것은 모성에 대한 살망으로 설명할 수 있다. 솔거는 처녀와 하룻밤을 보낸 후에는 처녀로부터 더 이상 이상적인 모습을 찾지 못한다. 이 작품에서 제시된 아름다움은 쾌락이 아닌 순수함에서 나온다.

### 3. 솔거가 미녀의 얼굴을 그리는 것에 집착하는 이유는 무엇인가?

솔거는 흉한 외모 때문에 두 번이나 결혼하고도 모두 여자로부터 버림을 받는다. 여자와 함께하는 것이 불가능하다고 생각한 솔거는 세상에 대해 반발심을 느낀다. 세상 사람들에 대한 적개심은 솔거가 이 세상의 모든 아름다움을 비웃을 수 있을 만한 아름다움을 표현하는 원동력이 된다.

### 4. 솔거를 통해 드러나는 김동인의 예술가상에 대해 말해 보자.

「광화사」는 「광염소나타」와 함께 작가 김동인의 유미주의적 경향이 짙게 나타난 작품이다. 솔거의 예술에 대한 열정, 예술적 대상에 대한 그의 심미안, 밤을 함께 지내고 난 후 소경 처녀의 눈빛에 일어난 변화, 처녀에 대한 안타깝고 절망적인 분노 등은 작가의 예술 지상주의적 경향을 극명하게 보여 준다. 소경 처녀가 죽으면서 엎은 벼루의 먹 방울이 튀어 그림의 눈동자를 이루고, 그 눈동자가 죽은 처녀의 원망의 눈으로 나타난다. 화공이 미치게 되는 작품의 마지막 부분은 거의 악마적인 분위기를 느끼게 한다. 「광화사」는 모든 것의 희생 위에서 희귀한 예술이 완성된다는, 즉 예술적 완성은 모든 가치에 우선한다는 작가의 예술 지상주의적 경향을 반영한다. 서구의 유미주의자들이 완벽한 형식미를 작품에 구현하고자 한 데 반해, 김동인은 개연성과 같은 소설의 필수 요소조차 무시하는 경향을 보인다. 절세 미녀인 어머니를 둔 솔거가 추남이라는 설정, 먹이 튀어 눈동자가 완성되는 등 비상식적인 설정이 그것이다.

**솔거**
(미녀상 그림)

(아름다움이 사라져 죽임)

**소경 처녀**

**여**(솔거 이야기를 만듦)

저(여)는 인왕산에 올라 화공 솔거의 이야기를 만들었어요. 미녀상을 그리고 싶었던 솔거는 소경 처녀를 만났어요. 그는 눈동자만 그리면 되는 상태로 그림을 남겨 두고 처녀를 아내로 맞이했습니다. 그러나 처녀의 아름다움은 사라져 버렸고 솔거는 광인이 되어 처녀를 죽이고 말았어요. 그때 먹물이 튀어 그림 속 미인의 눈동자가 되었답니다.

# 광화사

인왕(仁王).

바위 위에 잔솔(어린 소나무)이 서고 아래는 이끼가 빛을 자랑한다.

굽어보니 바위 아래는 몇 포기 난초가 노란 꽃을 벌리고 있다. 바위에 부딪치는 잔바람에 너울거리는 난초 잎.

여(余)는 허리를 굽히고 스틱으로 아래를 휘저어 보았다. 그러나 아직 난에서는 사오 척의 거리가 있다. 눈을 옮기면 계곡.

전면이 소나무의 잎으로 덮인 계곡이다. 틈틈이는 철색(鐵色 검푸르고 약간 흰빛이 도는 빛깔)의 바위도 보이기도 하나 나무 밑의 땅은 볼 길이 없다. 만약 그 자리에 한번 넘어지면 소나무의 잎 위로 굴러서 저편 어디인지 모를 골짜기까지 떨어질 듯하다.

여의 등 뒤에도 이십삼 장(丈 한 장은 약 3미터에 해당)이 넘는 바위다. 그 바위에 올라서면 무학(舞鶴)재로 통한 커다란 골짜기가 나타날 것이다. 여의 발아래도 장여(丈餘 한 길 남짓한 길이. 한 길은 약 2.4미터 또는 3미터에 해당)의 바위다.

아래는 몇 포기 난초, 또 그 아래는 두세 그루의 잔솔, 잔솔 넘어서는 또 바위, 바위 위에는 도라지꽃. 그 바위 아래로부터는 가파른 계곡이다.

그 계곡이 끝나는 곳에는 소나무 위로 비로소 경성 시가의 한편 모퉁이가 보인다. 길에는 자동차의 왕래도 가맣게(헤아릴 수 없이 많게) 보이기는 한다. 여전한 분요(紛擾 어수선하고 소란스러움)와 소란의 세계는 그곳에 역시 전개되어 있기는 할 것이다.

그러나 여가 지금 서 있는 곳은 심산이다. 심산이 가져야 할 온갖 조건을 구비하였다. 바람이 있고 암굴이 있고 산초 산화가 있고 계곡이 있고 생물이 있고 절벽이 있고 난송(亂松)이 있고…… 말하자면 심산이 가져야 할 유수미(幽邃味 그윽하고 깊은 맛)를 다 구비하였다.

본시는 이 도회는 심산 중의 한 계곡이었다. 그것을 오백 년간을 닦고 갈고 지어서 오늘날의 경성부를 이룬 것이다.

이러한 협곡에 국도(國都 수도)를 창건한 이태조의 본의가 어디 있었는지는 알 길이 없다. 그러나 오늘날의 한 산보객의 자리에서 보자면 서울은 세계에 유례가 없는 미도(美都)일 것이다.

　도회에 거주하며 식후의 산보로서 풀대님(바지나 고의를 입고서 대님을 매지 않고 그대로 터놓음) 채로 이러한 유수한(그윽하고 깊숙한) 심산에 들어갈 수 있다는 점으로 보아서 서울에 비길 도회가 세계에 어디 다시 있으랴.

　회흑색(灰黑色)의 지붕 아래 고요히 누워 있는 오백 년의 도시를 눈 아래 굽어보는 여의 사위(四圍 사방의 둘레)에는 온갖 고산 식물이 난성(亂盛 어지럽게 무성함)하고, 계곡에 흐르는 물소리와 눈 아래 날아드는 기조(奇鳥)들은 완연히 여로 하여금 등산객의 정취를 느끼게 한다.

　여는 스틱을 바위틈에 꽂아 놓았다. 그리고 굴러떨어지기를 면키 위하여 바위와 잔솔의 새에 자리 잡고 비스듬히 앉았다. 담배를 피우고 싶었으나 잠시의 산보로 여기고 담배도 안 가지고 나온 발이 더듬더듬 여기까지 미쳤으므로 담배도 없다.

　시야(視野)의 한편에는 이삼 장(丈)의 바위, 다른 한편에는 푸르른 하늘, 그 끝으로는 솔잎이 서너 개 어렴풋이 보인다. 그윽이 코로 몰려 들어오는 송진 내음새. 소나무에 불리는 바람 소리.

　유수키 짝이 없다. 여가 지금 앉아 있는 자리는 개벽 이래로 과연 몇 사람이나 밟아 보았을까. 이 바위 생긴 이래로 혹은 여가 맨처음 발 대어 본 것이 아닐까. 아까 바위를 기어서 이곳까지 올라오느라고 애쓰던 그런 맹랑한 노력을 하여 본 바보가 여 이외에 몇 사람이나 있었을까. 그런 모험을 맛보기 위하여 심산을 찾는 용사는 많을 것이로되 결사적 인왕 등산을 한 사람은 그리 많으리라고 생각되지 않는다.

　등 뒤 바위에는 암굴이 있다.

　뱀이라도 있을까 무서워서 들어가 보지는 않았지만 스틱으로 휘저어 본 결과로 두세 사람은 넉넉히 들어가 앉아 있음직하다. 이 암굴은 무엇에 이용할 수가 없을까. 음모(陰謀)의 도시 한양은 그새 오백 년간 별별 음흉한 사건이 연출되었다. 시가 끝에서 반시간 미만에 넉넉히 올 수 있는 이런 가까운 거리에 뚫린 암굴은, 있는 줄 알기만 하였으면 혹은 음모에 이용되지 않았을까.

공상!

유수한 맛에 젖어 있던 여는 이 암굴 때문에 차차 불쾌한 공상에 빠지기 시작하려 한다. 온갖 음모, 그 뒤를 잇는 살육, 모함, 방축(放逐 자리에서 쫓아냄), 이조 오백 년간의 추악한 모양이 여로 하여금 불쾌한 공상에 빠지게 하려 한다. 여는 황망히 이런 불쾌한 공상에서 벗어나려고 또 주머니에 담배를 뒤적이었다. 그러나 담배는 여전히 있을 까닭이 없었다.

다시 눈을 들어서 안하(眼下 눈 아래)를 굽어보면 일면에 깔린 송초(松梢)!

반짝!

보매 한 줄기의 샘이다. 소나무 틈으로 보이는 그 샘은 아마 바위틈을 흐르는 샘물인 듯. 똘똘똘똘 들리는 것은 아마 바람 소리겠지. 저렇듯 멀리 아래 있는 샘의 소리가 이곳까지 들릴 리가 없다.

샘물! 저 샘물을 두고 한 개 이야기를 꾸미어 볼 수가 없을까. 흐르는 모양도 아름답거니와 흐르는 소리도 아름답고 그 맛도 아름다운 샘물을 두고 한 개 재미있는 이야기가 여의 머리에 생겨나지 않을까. 암굴을 두고 생겨나려던 음모 살육의 불쾌한 공상보다 좀 더 아름다운 다른 이야기가 꾸미어지지 않을까.

여는 바위틈에 꽂았던 스틱을 도로 뽑았다. 그 스틱으로써 여의 발아래 바위를 가볍게 두드리면서 한 개 이야기를 꾸미어 보았다.

한 화공(畵工)이 있다.

화공의 이름은? 지어내기가 귀찮으니 신라 때의 화성(畵聖)의 이름을 차용(借用 물건을 빌리거나 돈을 꾸어 씀)하여 솔거(率居)라 하여 두자.

시대는? 시대는 이 안하에 보이는 도시가 가장 활기 있고 아름답던 시절인 세종 성주(聖主 성군(聖君))의 대쯤으로 하여 둘까.

백악이 흘러내리다가 맺힌 곳. 거기는 한양의 정기를 한 몸에 지닌 경복궁 대궐이 있다. 이 대궐의 북문인 신무문(神武門) 밖 우거진 뽕밭 새에 한 중로(中老 중늙은이)의 사나이가 오뇌(懊惱 뉘우쳐 한탄하고 번뇌함)스러운 얼굴을 하고 숨어 있다.

화공 솔거였다.

무르익은 여름 뜨거운 볕은 뽕잎이 가려 준다 하나 훈훈한 기운은 머리 위 뽕잎과 땅에서 우러나서 꽤 무더운 이 뽕밭 속에 숨어 있는 화공. 자그마한 보따리에는 점심까지 싸 가지고 온 것으로 보아서 저녁까지 이곳에 있을 셈인 모양이다.

그러나 무얼 하는지. 단지 땀을 펑펑 흘리며 오뇌 어린 얼굴로 앉아 있을 뿐이다.

왕후 친잠(王后親蠶 양잠업을 장려하는 의미로 왕후가 몸소 누에를 치던 일)에 쓰이는 이 뽕밭은 잡인들이 다니지 못할 곳이다. 하루 종일을 사람의 그림자 하나 얼씬하지 않는다.

때때로 바람이 우수수하니 통나무 위로 불기는 하나 솔거가 숨어 있는 곳에는 한 점의 바람도 들어오지 않는다. 이 무더운 속에 솔거는 바람이 불 적마다 몸을 흠칫흠칫 놀라며 그러면서도 무엇을 기다리는 듯이 뽕나무 그루 아래로 저편 앞을 주시하곤 한다.

이윽고 석양이 무악을 넘고 이 도시도 황혼이 들었다.

날이 어둡기를 기다려서 이 화공은 몸을 숨겨 가지고 거기서 나왔다.

"오늘은 헛길, 내일이나 다시 볼까."

한숨을 쉬면서 제 오막살이를 찾아 돌아가는 화공. 날이 벌써 꽤 어두웠지만 그래도 아직 저녁빛이 약간 남은 곳에 내어놓은 이 화공은 세상에 보기 드문 추악한 얼굴의 주인이었다. 코가 질병(질흙으로 구워 만든 병) 자루 같다. 눈이 통방울(품질이 낮은 놋쇠로 만든 방울) 같다. 귀가 박죽('밥주걱'의 방언) 같다. 입이 나발통(나발) 같다. 얼굴이 두꺼비 같다. 소위 추한 얼굴을 형용하는 온갖 형용사를 한 얼굴에 지닌 흉한 얼굴의 주인으로서 그 얼굴이 또한 굉장히도 커서 멀리서 볼지라도 그 존재가 완연하리만 하다.

이 얼굴을 가지고는 백주(白晝 대낮)에는 나다니기가 스스로 부끄러울 것이다.


아닌 게 아니라 솔거는 철이 든 아래 아직껏 백주에 사람 틈에 나다닌 일이 없었다.

일찍이 열여섯 살에 스승의 중매로써 어떤 양가 처녀와 결혼을 하였지만 그 처녀는 솔거의 얼굴을 보고 기절을 하고 기절에서 깨어나서는 그냥 집으로 도망쳐 버리고,

그다음에 또 한 번 장가를 들어 보았지만 그 색시 역시 첫날밤만 정신 모르고 치른 뒤에는 이튿날은 무서워서 죽어도 같이 못 살겠노라고 부모에게 떼를 써서 두 번째의 비극을 겪고,

이러한 두 가지의 사변을 겪고 난 뒤에는 솔거는 차차 여인이라는 것을 보기를 피하여 오다가 그 괴벽이 점점 자라서 나중에는 일체로 사람이란 것의 얼굴을 대하기가 싫어졌다.

사람을 피하기 위하여—그리고 또한 일방으로는 화도(畵道 그림을 그리는 올바른 도리)에 정진하기 위하여 인가를 떠나서 백악의 숲속에 조그만 오막살이를 하나 틀고 거기 숨은 지 근 삼십 년, 생활에 필요한 물건 혹은 그림에 필요한 물건을 구하기 위하여 부득이 거리에 나가야 할 필요가 있을 때는 반드시 밤을 택하였다. 피할 수 없이 낮에 나갈 때는 방립(方笠 방갓. 예전에 상제(喪制)가 밖에 나갈 때 쓰던 갓)을 쓰고 그 위에 얼굴을 베로 가리었다.

화도에 발을 들여놓은 지 근 사십 년, 부득이한 금욕 생활 부득이한 은둔 생활을 경영한 지 삼십 년, 여인에게로 소모되지 못한 정력은 머리로 모이고 머리로 모인 정력은 손끝으로 벋어서 종이에 비단에 갈겨 던진 그림이 벌써 수천 점. 처음에는 그 그림에 대하여 아무 불만도 느껴 보지 않았다.

하늘에서 타고난 천분과 스승에게서 얻은 훈련과 저축된 정력의 소산인 한 장의 그림이 생겨날 때마다 그것을 보면서 스스로 만족히 여기고 스스로 자랑스레 여기던 그였다.

그러나 그런 과정을 밟기 이십 년에 차차 그의 마음에 움 돋은 불만, 그것은 어떻게 보자면 화도에는 이단적인 생각일는지도 모를 것이다.

좀 다른 것은 그릴 수가 없는가.

산이다. 바다다. 나무다. 시내다. 지팡이 잡은 노인이다. 다리다. 혹은 돛단배다. 꽃이다. 과즉 달이다. 소다. 목동이다.

이 밖에 그가 아직 그려 본 것이 무엇이었던가.

유원(幽遠 심오하여 아득함)한 맛, 단 한 가지밖에 없는 전통적 그림보다 좀 더 다른 것을 그려 보고 싶다. 아직껏 스승에게 배운 바의 백발 백념의 노옹이나 피리 부는 목동 이외에 좀 더 얼굴에 움직임이 있는 사람을 그려 보고 싶다. 표정이 있는 얼굴을 그려 보고 싶다.

이리하여 재래의 수법을 아낌없이 내어던진 솔거는 그로부터 십 년간을 사람의 표정을 그리느라고 세월을 보냈다.

그러나 사람의 세상을 멀리 떠나서 따로 사는 이 화공에게는 사람의 표정이 기억에 가맣다.

상인(商人)들의 간특(奸慝 보기에 간사하고 사악함)한 얼굴, 행인들의 무표정한 얼굴, 새꾼('나무꾼'의 방언)들의 싱거운 얼굴. 그새 보고 지금도 대할 수 있는 얼굴은 이런 따위뿐이다. 좀 더 색채 다른 표정은 없느냐.

색채 다른 표정!

색채 다른 표정!

이 욕망이 화공의 마음에 익고 커 가는 동안 화공의 머리에 솟아오르는 몽롱한 기억이 있다.

이 화공의 어머니의 표정이다.

지금은 거의 그의 기억에서 사라졌지만 어린 시절에 자기를 품에 안고 눈물 글썽글썽한 눈으로 굽어보던 어머니의 표정이 가끔 한순간씩 그의 기억의 표면까지 뛰어올랐다.

그의 어머니는 희세(稀世 세상에 드묾)의 미녀였다. 대대로 이후의 자손의 미까지 모두 미리 빼앗았던지 세상에 드문 미인이었다.

화공은 이 미녀의 유복자였다.

아비 없는 자식을 가슴에 붙안고(두 팔로 부둥켜 안고) 눈물 머금은 눈으로 굽어보던 표정.

철이 든 이래로 자기를 보는 얼굴에서는 모두 경악과 공포밖에는 발견하지 못한 이 화공에게는 사십여 년 전의 어머니의 사랑의 아름다운 얼굴이 때때로 몸서리치도록 그리웠다.

그것을 그려 보고 싶었다.

커다란 눈에 그득히 담긴 눈물. 그러면서도 동경과 애무로서 빛나던 눈. 입가에 떠오르던 미소.

번개와 같이 순간적으로 심안(心眼 사물을 살펴 분별하는 마음의 작용)에 나타났다가는 사라지는 이 환영을 화공은 그려 보고 싶었다.

세상을 피하고 세상에서 숨어 살기 때문에 차차 비뚤어진 이 화공의 괴벽(乖僻 성격 따위가 이상야릇하고 까다로움)한 마음에는 세상을 그리는 정열이 또한 그만치 컸다. 그리고 그것이 크면 크니만치 마음속으로 늘 울분과 분만(憤懣 억울하고 원통한 마음이 가득함)이 차 있었다.

지금도 세상에서는 한창 계집 사내들이 서로 부둥켜안고 좋다고 야단할 것을 생각하고는 음울한 얼굴로 화필을 뿌리는 화공.

이러한 가운데서 나날이 괴벽하여 가는 이 화공은 한 개 미녀상(美女像)을 그려 보고자 노심하였다.

처음에는 단지 아름다운 표정을 가진 미녀를 그려 보고자 하였다.

그러나 미녀를 가까이 본 일이 없는 이 화공이 마음대로 되지 않는 붓끝에 역정을 내며 애쓰는 동안 차차 어느덧 미녀상에 대한 관념이 달라져 갔다.

자기의 아내로서의 미녀상을 그려 보고 싶어졌다.

세상은 자기에게 아내를 주지 않는다.

보면 한 마리의 곤충 한 마리의 날짐승도 각기 짝을 찾아 즐기고 짝을 찾아 좋아하거늘 만물의 영장인 사람이 짝 없이 오십 년을 보냈다 하는 데 대한 분만이 일어났다.

세상 놈들은 자기에게 한 짝을 주지 않고 세상 계집들은 자기에게 오려는 자가 없이 홀몸으로 일생을 보내다가 언제 죽는지도 모르게 이 산골에서 죽어 버릴 생각을 하면 한심하기보다 도리어 이렇듯 박정한 사람의 세상이 미웠다.

세상이 주지 않는 아내를 자기는 자기의 붓끝으로 만들어서 세상을 비웃어 주리라.

이 세상에 존재한 가장 아름다운 계집보다도 더 아름다운 계집을 자기 붓끝으로 그리어서 못나고도 아름다운 체하는 세상 계집들을 웃어 주리라.

덜난 계집을 아내로 맞아 가지고 천하의 절색이라 믿고 있는 사내놈들도 깔보아 주리라.

사오 명의 처첩을 거느리고 좋다구나고 춤추는 헌놈들도 굽어보아 주리라.

미녀! 미녀!

눈을 감고 생각하고 눈을 뜨고 생각하고 머리를 움켜쥐고 생각해 보나 미녀의 얼굴이 어떤 것인지 알 수가 없었다.

무론(無論 물론) 얼굴에 철요(凸凹 요철. 오목함과 볼록함)가 없고 이목구비가 제대로 놓였으면 세상 보통의 미인이라 한다. 그런 얼굴에 연지나 그리고 눈에 미소나 그려 놓으면 더 아름다워지기는 할 것이다. 이만 것은 상상의 눈으로도 볼 수가 있는 자며 붓끝으로 그릴 수도 없는 바가 아니다.

그러나 가만 어린 시절의 어머니의 얼굴을 순영(瞬影 순간적으로 떠오른 모습)적으로나마 기억하는 이 화공으로서는 그런 미녀로는 만족할 수가 없었다.

오뇌와 분만 중에서 흐르는 세월은 일 년 또 일 년 무위(無爲 아무 것도 하는 일이 없음)히 흘러간다.


미녀의 아랫동아리는 그려진 지 벌써 수 년. 그 아랫동아리 위에 올려 놓일 얼굴은 어떻게 하여야 할지 짐작도 가지 않았다.

화공의 오막살이 방 안에 들어서면 맞은편에 걸려 있는 한 폭 그림은 언제든 어서 목과 얼굴을 그려 주기를 기다리듯이 화공을 힐책한다.

화공은 이것을 보기가 거북하였다.

특별한 일이라도 있기 전에는 낮에 거리에 다니지를 않던 이 화공이 흔히 얼굴을 싸매고 장안을 돌아다녔다.

행여나 길에서라도 미녀를 만날까 하는 요행심으로였다. 길에서 순간적으로라도 마음에 드는 미녀를 볼 수만 있으면 그것을 머리에 똑똑히 캐치하여 그 기억으로써 화상을 그릴까 하는 요행심으로…….

그러나 내외(內外 외간 남녀 간에 얼굴을 바로 대하지 않고 피함) 법이 심한 이 도회에서 대낮에 양가의 부녀가 얼굴을 내놓고 길을 다니지 않았다. 계집이라는 것은 하인배나 하류배뿐이었다.

하인배 하류배에도 때때로 미녀라 일컬을 자가 있기는 있었다. 그러나 아무리 산뜻한 미를 갖기는 했다 하나 얼굴에 흐르는 표정이 더럽고 비열하여 캐치할 만한 자가 없었다.

얼굴을 싸매고 거리로 방황하며 혹은 계집들이 많이 모이는 우물가며 저자를 비슬비슬 방황하며 어찌어찌하여 약간 예쁜 듯한 계집이라도 보이면 따라가면서 얼굴을 연구해 보고 했으나 마음에 드는 미녀를 지금껏 얻어내지를 못하였다.


혹은 심규(深閨 여자가 거처하는, 깊숙이 들어앉은 집이나 방)에는 마음에 드는 계집이라도 있을까. 심규! 심규! 한번 심규의 계집들을 모조리 눈앞에 벌여 세우고 얼굴 검사를 하여 보았으면…….

초조하고 성가신 가운데서 날을 보내고 날을 맞으면서 미녀를 구하던 화공은 마지막 수단으로 친잠 상원(桑園 뽕밭)에 들어가서 채상(採桑 뽕을 땀)하는 궁녀의 얼굴을 얻어보려('찾다'의 방언) 하였다. 그러나 불행히도 화공의 모험도 헛길로 돌아가고 그날은 채상을 하러 오지도 않았다.

그러나 때 바야흐로 누에 시절이라 견딜성 있게 기다리노라면 궁녀가 오는 날도 있을 것이다. 미녀─아내의 얼굴을 그리려는 욕망에 열이 오르고 독이 난 이 화공은 그 이튿날도 또 뽕밭에 들어가 숨었다. 숨어 기다리지 않을 수가 없었다.


그로부터 한 달, 화공은 나날이 점심을 싸 가지고 상원으로 갔다. 그러나 저녁때 제 오막살이로 돌아올 때는 언제든 그의 입에서는 기다란 탄식성이 나왔다.

궁녀를 못 본 바가 아니었다.

마치 여기 숨어 있는 화공에게 선보이려는 듯이 나날이 궁녀들은 번갈아 왔다. 한 떼씩 밀려와서는 옷소매 치맛자락을 펄럭이며 뽕을 따 갔다. 한 달 동안에 합계 사오십 명의 궁녀를 보았다.

모두 일률로(한결같이) 미녀들이었다. 그리고 길가 우물가에서 허투루 볼 수 있는 미녀들보다 고아(高雅 고상하고 우아함)한 얼굴에는 틀림이 없었다.

그러나 그 눈. 화공이 보는 바는 눈이었다.

그 눈에 나타난 애무와 동경이었다. 철철 넘어 흐르는 사랑이었다. 그것이 궁녀에게는 없었다. 말하자면 세상 보통의 미녀였다.

자기에게 계집을 주지 않는 고약한 세상에게 보복하는 의미로 절세의 미녀를 차지하고자 하는 이 화공의 커다란 야심으로서는 그만 따위의 미녀로 만족할 수가 없었다.

오막살이로 돌아올 때마다 그의 입에서 나오는 기다란 한숨, 이런 한숨을 쉬기 한 달─그는 다시 상원에 가지 않았다.


가을 하늘 맑고 푸르른 어떤 날이었다.

마음속에 분만과 동경을 가득히 담은 이 화공은 저녁쌀을 씻으러 소쿠리를 옆에 끼고 시내로 더듬어 갔다.

가다가 문득 발을 멈추었다.

우거진 소나무 틈으로 보이는 시냇가 바위 위에 웬 처녀가 하나 앉아 있다. 솔가지 틈으로 내리비추이는 얼룩지는 석양을 받고 망연히 앉아서 흐르는 시냇물을 내려다보고 있다.

웬 처녀일까.

인가에서 꽤 떨어진 이곳. 사람의 동리보다 꽤 높은 이곳. 길도 없는 이곳—아직껏 삼십 년간을 때때로 초부나 목동의 방문은 받아 본 일이 있지만 다른 사람의 자취를 받아 보지 못한 이곳에 웬 처녀일까.

화공도 망연히 서서 바라보았다. 바라볼 동안 가슴에 차차 무거운 긴장을 느꼈다.

한 걸음 두 걸음 화공은 발소리를 감추고 나아갔다. 차차 그 상거(相距 떨어져 있는 두 곳의 거리)가 가까워 감을 따라서 분명하여 가는 처녀의 얼굴.

화공의 얼굴에는 피가 떠올랐다.

세상에 드문 미녀였다. 나이는 열일여덟(열일고여덟). 그 얼굴 생김이 아름답다기보다 얼굴 전면에 나타난 표정이 놀랄 만치 아름다웠다.

흐르는 시내에 눈을 부었는지 귀를 기울였는지 하여간 처녀의 온 주의력은 시내에 모여 있다. 커다랗게 뜨인 눈은 깜박일 줄도 잊은 듯이 황홀한 눈으로 시내를 굽어보고 있다.

남벽(藍碧 남빛을 띤 짙은 푸른색)의 시냇물에는 용궁(龍宮)이 보이는가. 소나무 그루에 부딪쳐서 튀어나는 바람에 앞머리를 약간 날리면서 처녀가 굽어보고 있는 것은 무엇인가.

처녀의 공상과 정열과 환희가 한꺼번에 모인 절묘한 미소를 눈과 입에 띠고 일심불란히(한 가지에 마음을 집중해 혼란스럽지 아니하게) 처녀가 굽어보는 것은 무엇인가.

아아.

화공은 드디어 발견하였다. 그새 십 년간을 여항(閭巷 여염(閭閻). 인가가 모여 있는 곳)의 길거리에서 혹은 우물가에서 내지는 친잠 상원에서 발견하여 보려고 애쓰다가 종내 달하지 못한 놀랄 만한 아름다운 표정을 화공은 뜻 안 한 여기서 발견하였다.

화공은 걸음을 빨리하였다. 자기의 얼굴이 얼마나 더럽게 생겼는지 이 처녀가 자기를 쳐다보면 얼마나 놀랄지 이 점을 온전히 잊고 걸음을 빨리하여 처녀의 쪽으로 갔다.

처녀는 화공의 발소리에 머리를 번쩍 들었다. 화공을 바라보았다. 그 무한히 먼 곳을 바라보는 듯한 기묘한 눈을 들어서.

"아."

가슴이 무득하여 무슨 말을 하여야 할지 방설이며 화공이 반벙어리 같은 소리를 할 때에 처녀가 먼저 입을 열었다.

"여기가 어디오니까."

여기가 어디?

"여기는 인왕산록 이름도 없는 곳이지만 너는 웬 색시냐?"

"네……."

문득 떠오르는 적적한 표정.

"더듬더듬 시내를 따라왔습니다."

화공은 머리를 기울였다. 몸을 움직여 보았다. 무한히 먼 곳을 바라보는 듯한 처녀의 눈은 그냥 움직임 없이 커다랗게 뜨여 있기는 하지만 어디를 보는지 무엇을 보는지 알 수가 없다. 드디어 화공은 부르짖었다.

"너 앞이 보이느냐?"

"소경이올시다."

소경이었다. 눈물 머금은 소리로 하는 이 대답을 듣고 화공은 좀 더 가까이 갔다.

"앞도 못 보면서 어떻게 무얼 하려 예까지 왔느냐?"

처녀는 머리를 푹 수그렸다. 무슨 대답을 하는 듯하였으나 화공은 알아듣지 못하였다. 그러나 화공으로 하여금 적이 호기심을 잃게 한 것은 처녀의 얼굴에 아까와 같은 놀라운 매력 있는 표정이 없어진 것이었다.

그만하면 보기 드문 미인임에는 틀림이 없다. 그러나 아까 화공이 그렇듯 놀란 것은 단지 미인인 탓이 아니었다. 그 얼굴에 나타난 놀라운 매력에 끌린 것이었다.

"불쌍도 하지. 저녁도 가까워 오는데 어둡기 전에 집으로 내려가거라."

이만치 하여 화공은 처녀를 포기하려 하였다. 이 말에 처녀가 응하였다.

"어두운 것은 탓하지 않습니다마는 황혼이 매우 아름답다지요?"

"그럼. 아름답구말구."

"어떻게 아름답습니까."

"황금빛이 서산에서 줄기줄기 비추이는구나. 거기 새빨갛게 물든 천하……
푸른 소나무도 남빛 바위도 검붉은 나무그루도 모두 황금빛에 잠겨서……."

"황금빛은 어떤 것이고 새빨간 빛과 붉은빛이며 남빛은 모두 어떤 빛이

오니까? 밝은 세상이라지만 밝은 빛과 붉은빛이 어떻게 다릅니까? 이 산 경치가 아름답다는 소문을 듣고 더듬어 왔습니다마는 바람 소리 돌물<sup>(일정한 곳</sup>에서 소용돌이치는 물의 흐름) 소리 귀로 들리는 소리밖에는 어디가 아름다운지 알 수가 없습니다."

차차 다시 나타나는 미묘한 표정. 커다랗게 뜨인 눈에 비치는 동경의 물결. 일단 사라졌던 아름다운 표정은 다시 생기가 비롯하였다.

화공은 드디어 처녀의 맞은편에 가 앉았다.

"이 샘 줄기를 따라 내려가면 바다가 있구 바닷속에는 용궁이 있구나. 칠색 비단을 감은 기둥과 비취를 아로새긴 댓돌이며 황금으로 만든 풍경. 진주로 꾸민 문설주……."

마주 앉아서 엮어 내리는 이 화공의 이야기에 각일각<sup>(시간이 지나갈수록)</sup> 더욱 황홀하여 가는 처녀의 눈이었다. 화공은 드디어 이 처녀를 자기의 오막살이로 데리고 돌아갈 궁리를 하였다.

"내 용궁 이야기를 들려주마. 너의 집에서 걱정만 안 하실 것 같으면."

화공이 이렇게 꾀일 때에 처녀는 그의 커다란 눈을 들어서 유원히 하늘을 우러러보면서 자기네 부모는 병신 딸 따위는 없어져도 근심을 안 한다고 쾌히 화공의 뒤를 따랐다.

일사천리로 여기까지 밀려오던 여의 공상은 문득 중단되었다.

이야기를 어떻게 진전시키나?

잡념이 일어난다. 동시에 여의 귀에 들리어 오는 한 절의 유행가.

여는 머리를 들었다. 저편 뒤 어디 잡인들이 온 모양이다. 그 분요가 무의식중에 귀로 들어와서 여의 집중되었던 머리를 헤쳐 놓는다.

귀찮은 가사<sup>(歌師)</sup>들이여. 저주 받을 가사들이여.

이 저주 받을 가사들 때문에 중단된 이야기는 좀체 다시 모이지 않았다.

그러나 결말 없는 이야기가 어디 있으랴. 되었던 결말은 지어야 할 것이 아닌가.

그러면 그 화공은 처녀를 데리고 제 오막살이로 돌아와서 용궁 이야기를 들려주면서 그동안에 처녀의 얼굴을 그대로 그려서 십 년래의 숙망<sup>(宿望 오랫동안 품은 소망)</sup>을 성취하였다는 결말로 맺어 버릴까?

그러나 이런 싱거운 결말이 어디 있으랴? 결말이 되기는 되었지만 이따위 결말을 짓기 위하여 그런 서두는 무의미한 것이다.

그러면?

그럼 다르게 결말을 맺어 볼까?

화공은 처녀를 제 오막살이로 데리고 돌아왔다. 그리고 처녀에게 용궁 이야기를 들려주었다. 그러나 아까 용궁 이야기로 초벌 들은 처녀는 이번은 그렇듯 큰 감흥도 느끼지 않는 모양으로 그다지 신통한 표정도 보이지 않았다. 화공의 계획은 수포로 돌아갔다. 화공은 그 그림을 영 미완품 채로 남기지 않을 수 없었다.

역시 마음에 들지 않는 결말이다.

그럼 또다시…….

화공은 처녀를 데리고 돌아왔다. 돌아와서 처녀를 보면 볼수록 탐스러워서 그림은 집어던지고 처녀를 아내로 삼아 버렸다. 앞을 못 보는 처녀는 이 추하게 생긴 화공에게도 아무 불만이 없이 일생을 즐겁게 보냈다. 그림으로나 아내를 얻으려던 화공은 절세의 미녀를 아내로 얻게 되었다.

역시 불만이다.

귀찮고 성가시다. 저주받을 유행 가사여.


여는 일어났다. 감흥을 잃은 이 자리에 그냥 앉아 있기가 싫었다. 그냥 들리는 유행가. 그것이 안 들리는 곳으로 자리를 옮기자.

굽어보매 저 멀리 소나무 틈으로 한 줄기 번득이는 것은 아까의 샘물이다. 그 샘물로, 가장 이 이야기의 원천이 된 그 샘으로 내려가자.

벼랑을 내려가기는 올라가기보다 더 힘들었다. 올라가는 것은 올라가다가 실수하여 떨어지면 과즉('기껏해야'를 예스럽게 이르는 말) 제자리에 내린다. 그러나 내려가다가 발을 실수하면 어디까지 굴러갈지 예측할 길이 없다. 잘못하다가는 청운동(淸雲洞) 어구까지 굴러갈는지도 모를 일이다. 게다가 올라갈 때에는 도움이 되던 스틱조차 내려갈 때에는 귀찮기 짝이 없다.

반각(시간의 단위. 1각은 약 15분 동안)이나 걸려서 여는 드디어 그 샘가에 도달하였다.

샘가에는 과연 한 개의 바위가 사람 하나 앉기 좋을 만한 자리가 있다. 이 바위가 화공이 쌀 씻던 바위일까. 처녀가 앉아서 공상하던 바위일까. 그 아래를 깊은 남벽으로 알았더니 겨우 한 뼘 미만의 얕은 물로서 바위 위를 기운 없이 뚤뚤 흐르고 있다.

그러나 이 골짜기는 고요하기 짝이 없었다. 바람 소리도 멀리 위에서만 들린다. 그리고 소나무와 바위에 둘러싸여서 꽤 음침한 이 골짜기는 옛날 세상을 피한 화공이 즐겨 하였음직하다.

자, 그러면 이 골짜기에서 아까 그 이야기의 꼬리를 마저 지을까.

화공은 처녀를 데리고 오막살이로 돌아왔다.

그의 마음은 너무도 긴장되고 또한 기뻐서 저녁도 짓기 싫었다. 들어와 보매 벌써 여러 해를 멀리 달리기를 기다리는 족자의 여인의 몸집조차 흔연히 화공을 맞는 듯하였다.

"자, 거기 앉아라."

수년간 화공을 힐책하던 머리 없는 그림이 화공의 앞에 펴졌다. 단청도 준비되었다.

터질 듯 울렁거리는 마음으로 폭 앞에 자리를 잡은 화공은 빛이 비치도록 남향하여 처녀를 앉히고 손으로는 붓을 적시며 이야기를 꺼내었다.

벌써 황혼은 인제 얼마 남지 않은 오늘 해로써 숙망을 달하려 하는 것이었다. 십 년간을 벼르기만 하면서 착수를 못 하기 때문에 저축되었던 화공의 힘은 손으로 모였다.

"그러구— 알겠지?"

눈으로는 처녀의 얼굴을 보며 입으로는 용궁 이야기를 하며 손은 번개같이 붓을 둘렀다.

"용궁에는 여의주(如意珠)라는 구슬이 있구나. 이 여의주라는 구슬은 마음에 있는 바는 다 달할 수 있는 보물로서 그 구슬을 네 눈 위에 한번 굴리면 너도 광명한 일월을 보게 된다."

"네? 그런 구슬이 있습니까?"

"있구말구. 네가 내 말을 잘 듣고 있기만 하면 수일 내로 너를 데리고 용궁에 가서 여의주를 빌려서 네 눈도 고쳐 주마."

"그러면 저도 광명한 일월을 볼 수가 있겠습니까."

"그럼. 광명한 일월, 무지개라는 칠색이 영롱한 기묘한 것, 아름다운 수

풀, 유수한 골짜기 무엇인들 못 보랴."

"아이구, 어서 그 여의주를 구해서."

아아. 놀라운 아름다운 표정이었다. 화공은 처녀의 얼굴에 나타나 넘치는 이 놀라운 표정을 하나도 잃지 않고 화폭 위에 옮겼다.

황혼은 어느덧 밤으로 변하였다. 이때는 그림의 여인에게는 단지 눈동자가 그려지지 않을 뿐 그 밖의 것은 죄 완성이 되었다.

동자까지 그리고 싶었다. 그러나 이 그림의 생명을 좌우할 눈동자를 그리기에는 날은 너무도 어두웠다.

눈동자 하나쯤이야 밝은 날로 남겨 둔들 어떠랴. 하여간 십 년 숙망을 겨우 달한 화공의 심사는 무엇에 비기지 못하도록 기뻤다.

"아—아."

이 탄성은 오래 벼르던 일이 끝난 때에 나는 기쁨의 소리였다.

이 일단의 안심과 함께 화공의 마음에는 또 다른 긴상과 정열이 솟아올랐다.

꽤 어두운 가운데서 처녀의 얼굴을 유심히 보기 위하여 화공이 잡은 자리는 처녀의 무릎과 서로 닿을 만치 가까웠다. 그림에 대한 일단의 안심과 함께 화공의 코로 몰려들어 오는 강렬한 처녀의 체취와 전신으로 느끼는 처녀의 접근 때문에 화공의 신경은 거의 마비될 듯싶었다. 차차 각일각(刻一刻 각각(刻刻)으로. 시간이 지남에 따라 점점) 몸까지 떨리기 시작하였다. 어두움 가운데서 황홀하게 빛나는 처녀의 커다란 눈과 정열로 들먹거리는 입술은 화공의 정신까지 혼미하게 하였다.


밝는 날 화공과 소경 처녀의 두 사람은 벌써 남이 아니었다.

"오늘은 동자를 완성시키리라."

삼십 년의 독신 생활을 벗어 버린 화공은 삼십 년간을 혼자 먹던 조반을 소경 처녀와 같이 먹고 다시 그림 폭 앞에 앉았다.

"용궁은?"

기쁨으로 빛나는 처녀의 눈.

그러나 화공의 심미안(審美眼)에 비친 그 눈은 어제의 눈이 아니었다.

아름답기는 다시없는 아름다운 눈이었다. 그러나 그 눈은 사내의 사랑을 구하는 '여인의 눈'이었다. 병신이라 수모받던 전생을 벗어 버리고 어젯밤 처음으로 인생의 봄을 맞본 처녀는 인제는 한 개의 그 지어미의 눈이요 한 개의 애욕의 눈이었다.

"용궁은?"

"용궁에 어서 가서 여의주를 얻어서 제 눈을 뜨게 해 주세요. 밝은 천지도 천지려니와 당신이 어서 눈뜨고 보고 싶어."

어젯밤 잠자리에서 자기는 스물네 살 난 풍신 좋은 사내라고 자랑한 화공의 말을 그대로 믿는 소경 처녀였다.

"응, 얻어 주지. 그 칠색이 영롱한!"

"그 칠색도 어서 보고 싶어요."

"그래그래, 좌우간 지금 머리로 생각해 보란 말이야."

"네, 참 어서 보고 싶어서."

굽어보면 무릎 앞의 그림은 어서 한 점 동자를 찍어 주기를 기다리고 있다.

그러나 소경의 눈에 나타난 것은 아름답기는 아름다우나 그것은 애욕의 표정에 지나지 못하였다. 그런 눈을 그리려고 십 년을 고심한 것이 아니었다.

"자, 용궁을 생각해 봐"

"생각이나 하면 뭘 합니까? 어서 이 눈으로 보아야지."

"생각이라도 해 보란 말이야."

"짐작이 가야 생각도 하지요."

"어제 생각하던 대로 생각을 해 봐."

"네……."

화공은 드디어 역정을 내었다.

"자 용궁, 용궁!"

"네……."

"용궁을 생각해 봐! 그래 용궁이 어때?"

"칠색이 영롱하구요."

"그래 또."

"또 황금 기둥, 아니 비단으로 싼 기둥이 있구요. 또 푸른 진주가……."

"푸른 진주가 아냐! 푸른 비취지."

"비취 추녀던가 문이던가."

"에익! 바보!"

화공은 커다란 양손으로 콱 소경의 어깨를 잡았다. 잡고 흔들었다.

"자 다시 곰곰이. 용궁은."

"용궁은 바닷속에……."

겁에 띠어서 어릿거리는 소경의 양에 화공은 손으로 소경의 따귀를 갈기지 않을 수가 없었다.

"바보!"

이런 바보가 어디 있으랴. 보매 그 병신 눈은 깜박일 줄도 모르고 허공을 바라보고 있다. 그 천치 같은 눈을 보매 화공의 노염은 더욱 커졌다. 화공은 양손으로 소경의 멱을 잡았다.

"에이 바보야. 천치야. 병신아."

생각나는 저주의 말을 연하여 퍼부으면서 소경의 멱을 잡고 흔들었다. 그리고 병신답게 멀겋게 뜨인 눈자위에 원망의 빛깔이 나타나는 것을 보고 더욱 힘 있게 흔들었다.

흔들다가 화공은 탁 그 손을 놓았다. 소경의 몸이 너무도 무거워졌으므로.

화공의 손에서 놓인 소경의 몸은 손을 뒤솟은('뒤어쓰다'의 방언. 눈알이 위쪽으로 몰려서 흰자위만 나타나게 뜬) 채 번뜻 나가넘어졌다. 넘어지는 서슬에 벼루가 전복되었다. 뒤집어진 벼루에서 튀어난 먹 방울이 소경의 얼굴에 덮였다.

깜짝 놀라서 흔들어 보매 소경은 벌써 이 세상의 사람이 아니었다.

화공은 어찌할 줄을 몰랐다. 망지소조(罔知所措 너무 당황하거나 급해 어찌할 바를 모르고 갈팡질팡함)하여 허든거리던(다리에 힘이 없어 중심을 잃고 이리저리 헛디디던) 화공은 눈을 뜻 없이 자기의 그림 위에 던지다가 소리를 내며 자빠졌다.

그 그림의 얼굴에는 어느덧 동자가 찍히었다. 자빠졌던 화공이 좀 정신을 가다듬어 가지고 몸을 겨우 일으켜서 다시 그림을 보매 두 눈에는 완연히 동자가 그려진 것이었다.

그 동자의 모양이 또한 화공으로 하여금 다시 덜썩 엉덩이를 붙이게 하였다. 아까 소경 처녀가 화공에게 먹을 잡혔을 때에 그의 얼굴에 나타났던 원망의 눈! 그림의 동자는 완연히 그것이었다.

소경이 넘어지는 서슬에 벼루를 엎는다는 것은 기이할 것도 없고 벼루가 엎어질 때에 먹 방울이 튄다는 것도 기이하달 수도 없지만 그 먹 방울이 어떻게 그렇게도 기묘하게 떨어졌을까? 먹이 떨어진 동자로부터 먹물이 번진 홍채에 이르기까지 어찌도 그렇게 기묘하게 되었을까?

한편에는 송장, 한편에는 송장의 화상을 놓고 망연히 앉아 있는 화공의 몸은 스스로 멈출 수 없이 와들와들 떨었다.

수일 후부터 한양성 내에는 괴상한 여인의 화상을 들고 음울한 얼굴로 돌아다니는 늙은 광인(狂人) 하나가 생겼다. 그의 내력을 아는 사람이 없었고 그의 근본을 아는 사람이 없었다. 그 괴상한 화상을 너무도 소중히 여기므로 사람들이 보고자 하면 그는 기를 써서 보이지 않고 도망하여 버리고 한다. 이렇게 수년간을 방황하다가 어떤 눈보라치는 날 돌베개를 베고 그의 일생을 마감하였다. 죽을 때도 그는 그 족자는 깊이 품에 품고 죽었다.

늙은 화공이여. 그대의 쓸쓸한 일생을 여는 조상하노라(명복을 비노라).
여는 지팡이로써 물을 두어 번 저어 보고 고즈넉이 몸을 일으켰다.
우러러보매 여름의 석양은 벌써 백악 위에서 춤추고, 이 천고의 계곡을 산새가 남북으로 건넌다.

# 술 권하는 사회

✎ **작가와 작품 세계** --------------------------------------------

**현진건**(1900~1943)

호는 빙허(憑虛). 경북 대구 출생. 일본 도쿄 독일어학교를 졸업하고 중국 상하이 외국어학교에서 수학했다. 1920년 〈개벽〉에 단편 소설 「희생화」를 발표하면서 등단했다. 1921년 자전적 소설 「빈처」에 이어 「술 권하는 사회」를 발표해 작가로서 주목받기 시작했다. 1922년 〈백조〉 동인으로 활동하며 「타락자」, 「운수 좋은 날」, 「불」 등을 발표했다. 김동인과 함께 근대 단편 소설의 선구자로 꼽히고, 염상섭과 함께 사실주의를 개척한 작가로 평가받는다. 1935년 〈동아일보〉 사회부장 재직 당시 일장기 말살 사건으로 1년간 복역하기도 했다.

대표작으로 「할머니의 죽음」, 「B사감과 러브레터」 등의 단편과 『적도』, 『무영탑』, 『흑치상지』(미완) 등의 장편이 있다. 현진건의 소설에는 식민지 치하에서 핍박받는 우리 민족의 참상과 일제에 대한 저항 의식이 은연중에 담겨 있다. 그는 사실주의 작가로서 정확하고 섬세한 묘사체의 문체를 구사했으며 긴밀한 극적 구성법과 탁월한 반전의 기법으로 단편 소설의 기교를 확립했다.

✎ **작품 정리** --------------------------------------------

**갈래** : 사실주의 소설

**배경** : 시간 – 1920년대 / 공간 – 서울

**시점** : 3인칭 작가 관찰자 시점

**주제** : 일제 강점기의 부조리한 사회를 살아가는 지식인의 고뇌

**출전** : 『개벽』(1921)

**발단** **아내가 바느질을 하며 남편을 기다림**

바느질하던 아내는 바늘에 찔려 손가락에서 피가 나오자 화가 치밀어 오른다. 새벽 1시가 넘었는데도 남편은 돌아오지 않는다.

**전개** **아내는 결혼 후 남편과 같이 있을 시간이 거의 없었음(아내의 회상)**

7, 8년 전 남편은 결혼하자마자 곧 동경으로 유학을 갔다. 남편이 일본에서 대학을 마치고 돌아왔지만 아내와 같이 있을 시간은 거의 없었다. 남편이 돌아오면 잘살 수 있을 것이란 생각으로 오랜 시간을 기다려 온 아내는 지금도 기다리며 살아간다. 남편은 돈벌이는커녕 오히려 집에 있는 돈을 쓰며 돌아다니기만 한다. 집에 있을 때는 책을 읽거나 밤새 글을 쓴다. 때때로 한숨을 쉬며 책상머리에서 울기도 한다.

**위기** **남편이 만취가 되어 돌아옴**

새벽 2시께 행랑 할멈이 부르는 소리에 나가 보니 남편은 만취가 된 상태로 돌아와 있었다. 남편은 행랑 할멈의 도움을 거절하며 간신히 방에 들어와 벽에 기대어 쓰러진다.

**절정** **남편은 부조리한 사회가 술을 권한다고 한탄함**

아내는 남편의 옷을 벗기려 하지만 잘 벗겨지지 않자 남편에게 술을 권하는 사람들을 원망한다. 남편은 사회가 자신의 머리를 마비시키지 않으면 안 되게 하므로 술을 마신다고 말한다. 자신에게 술을 권하는 것은 현재의 부조리한 조선 사회라는 것이다. 그러나 아내는 남편의 말을 이해하지 못한다.

**결말** **남편은 아내가 말 상대가 되지 않는다며 집을 나감**

남편은 아내가 말 상대가 되지 않는다고 답답해 하며 아내의 만류에도 불구하고 집을 나간다. 아내가 절망스럽게 중얼거린다. "그 몹쓸 사회가 왜 술을 권하는고!"

## ✎ 생각해 볼 문제

**1. 이 작품에서 '술'은 어떤 의미를 지니고 있는가?**

주인공은 서울에서 중학교를 마치고 일본 유학을 다녀온 지식인이지만 막상 조국에서는 뜻을 펼칠 만한 곳이 없다. 주인공은 사회에 진출할 준비는 갖추었지만 자아를 실현할 출구를 찾지 못하자 술에 의존해 울분을 달랜다. 아내의 말을 빌리면 몹쓸 사회가 술을 권하고 있는 것이다.

**2. 남편을 통해 나타난 무기력한 지식인상을 비판해 보자.**

소설 속의 남편은 사회 모순의 원천이 일제의 식민지 수탈 정책에 있다는 점을 알고 있지만 그 모순을 타개할 의지가 부족하다. 주인공은 사회의 부조리에 저항하는 방식으로 울분을 터뜨리거나 좌절하는 소극적인 모습만 보여 주고 있는 것이다. 작가는 당시의 검열을 의식해 조선 지식인 사회를 비판함으로써 일제 식민 정책을 간접적으로 비판하고 있다.

**3. 아내와 남편의 대화가 서로 겉도는 이유는 무엇인가?**

아내와 남편은 교육 수준의 차이로 원활하게 의사소통하지 못한다. 아내는 사회의 구조적 모순을 이해하지 못하고 구체적인 대상으로만 바라본다. 이런 상황에서 독자는 아내의 생각과 일정한 거리를 두고 남편의 말과 행동을 해석해야 한다.

**4. 작가 현진건의 자전적 체험이라고 할 수 있는 부분을 지적해 보자.**

「술 권하는 사회」의 주인공은 일본에서 공부하고 귀국한 후 무위도식하며 생활한다. 현진건 역시 중국에서 독문학을 공부하고 귀국한 후 어려운 생활을 하는 가운데 이 작품을 썼다. 따라서 이 작품은 「빈처」와 마찬가지로 작가의 체험이 드러난 대표적인 소설이라고 할 수 있다.

아내  ←——✕——→  남편
(의사소통 안 됨)

그 몹쓸 사회가, 왜 술을 권하는고!

새벽 1시가 넘었는데 남편은 왜 오지 않을까요? 남편은 새벽 2시가 넘어서야 만취해서 돌아왔어요. 저(아내)는 남편에게 술을 권하는 사람들을 원망했지요. 남편은 자신에게 술을 권하는 것은 현재의 부조리한 조선 사회라고 말했어요. 제가 말을 이해하지 못하자 남편은 답답해하며 집을 나가더군요. 저는 몹쓸 사회가 왜 술을 권하느냐며 중얼거렸지요.

# 술 권하는 사회

"아이그, 아야."

홀로 바느질을 하고 있던 아내는 얼굴을 살짝 찌푸리고 가늘고 날카로운 소리로 부르짖었다. 바늘 끝이 왼손 엄지손가락 손톱 밑을 찔렀음이다. 그 손가락은 가늘게 떨고 하얀 손톱 밑으로 앵두 빛 같은 피가 비친다. 그것을 볼 사이도 없이 아내는 얼른 바늘을 빼고 다른 손 엄지손가락으로 그 상처를 누르고 있다. 그러면서 하던 일가지를 팔꿈치로 고이고이 밀어 내려 놓았다. 이윽고 눌렀던 손을 떼어 보았다. 그 언저리는 인제 다시 피가 아니 나려는 것처럼 혈색이 없다. 하더니, 그 희던 꺼풀 밑에 다시금 꽃물이 차츰차츰 밀려온다. 보일 듯 말 듯한 그 상처로부터 좁쌀낟 같은 핏방울이 송송 솟는다. 또 아니 누를 수 없다. 이만하면 그 구멍이 아물었으려니 하고 손을 떼면 또 얼마 아니 되어 피가 비치어 나온다.

인제 헝겊 오락지(오라기. 새끼나 종이 따위의 좁고 긴 조각)로 처매는 수밖에 없다. 그 상처를 누른 채 그는 바느질고리에 눈을 주었다. 거기 쓸 만한 오락지는 실패 밑에 있다. 그 실패를 밀어내고 그 오락지를 두 새끼손가락 사이에 집어 올리려고 한동안 애를 썼다. 그 오락지는 마치 풀로 붙여 둔 것 같이 고리 밑에 착 달라붙어 세상 집혀지지 않는다. 그 두 손가락은 헛되이 그 오락지 위를 긁적거리고 있을 뿐이다.

"왜 집혀지지를 않아!"

그는 마침내 울듯이 부르짖었다. 그리고 그것을 집어 줄 사람이 없나 하는 듯이 방 안을 둘러보았다. 방 안은 텅 비어 있다. 어느 뉘 하나 없다. 호젓한 허영(虛影 빈 그림자)만 그를 휩싸고 있다. 바깥도 죽은 듯이 고요하다. 시시로 퐁퐁 하고 떨어지는 수도의 물방울 소리가 쓸쓸하게 들릴 뿐, 문득 전등불이 광채를 더하는 듯하였다. 벽상에 걸린 괘종의 거울이 번들하며, 새로 한 점(셈이나 계산의 단위. 여기서는 시간을 나타냄)을 가리키려는 시침이 위협하는 듯이 그의 눈을 쏜다. 그의 남편은 그때껏 돌아오지 않았었다.

아내가 되고 남편이 된 지는 벌써 오랜 일이다. 어느덧 7, 8년이 지났으리라. 하건만 같이 있어 본 날을 헤아리면 단 일 년이 될락 말락 한다. 막 그의 남편이 서울서 중학을 마쳤을 제 그와 결혼하였고, 그러자마자 고만 동경에 부급(負笈 유학)한 까닭이다. 거기서 대학까지 졸업을 하였다. 이 길고 긴 세월에 아내는 얼마나 괴로웠으며 외로웠으랴! 봄이면 봄, 겨울이면 겨울, 웃는 꽃을 한숨으로 맞았고 얼음 같은 베개를 뜨거운 눈물로 데웠다. 몸이 아플 때, 마음이 쓸쓸할 제, 얼마나 그가 그리웠으랴! 하건만 아내는 이 모든 고생을 이를 악물고 참았었다. 참을 뿐이 아니라 달게 받았었다. 그것은 남편이 돌아오기만 하면! 하는 생각이 그에게 위로를 주고 용기를 준 까닭이었다. 남편이 동경에서 무엇을 하고 있나? 공부를 하고 있다. 공부가 무엇인가? 자세히 모른다. 또 알려고 애쓸 필요도 없다. 어찌하였든지 이 세상에서 제일 좋고 제일 귀한 무엇이라 한다. 마치 옛날이야기에 있는 도깨비의 부자 방망이 같은 것이려니 한다. 돈 나오라면 돈 나오고, 밥 나오라면 밥 나오고, 돈 나오라면 돈 나오고……, 저 하고 싶은 무엇이든지 청해서 아니 되는 것이 없는 무엇을, 동경에서 얻어 가지고 나오려니 하였었다. 가끔 놀러 오는 친척들이 비단옷 입은 것과 금지환(金指環 금가락지) 낀 것을 볼 때에 그 당장엔 마음 그윽이 부러워도 하였지만 나중엔 '남편만 돌아오면……' 하고 그것에 경멸하는 시선을 던지었다.

남편이 돌아왔다. 한 달이 지나가고 두 달이 지나간다. 남편의 하는 행동이 자기의 기대하던 바와 조금 배치(背馳 반대쪽으로 향해 어긋남)되는 듯하였다. 공부 아니 한 사람보다 조금도 다른 것이 없었다. 아니다, 다르다면 다른 점도 있다. 남은 돈벌이를 하는데 그의 남편은 도리어 집안 돈을 쓴다. 그러면서도 어디인지 분주히 돌아다닌다. 집에 들면 정신없이 무슨 책을 보기도 하고, 또는 밤새도록 무엇을 쓰기도 하였다.

"저러는 것이 참말 부자 방망이를 맨드는 것인가 보다."

아내는 스스로 이렇게 해석한다.

또 두어 달 지나갔다. 남편의 하는 일은 늘 한 모양이었다. 한 가지 더한 것은 때때로 깊은 한숨을 쉬는 것뿐이었다. 그리고 무슨 근심이 있는 듯이 얼굴을 펴지 않았다. 몸은 나날이 축이 나 간다.

"무슨 걱정이 있는고?"

아내는 따라서 근심을 하게 되었다. 하고는 그 여윈 것을 보충하려고 갖가지로 애를 썼다. 곧 될 수 있는 대로 그의 밥상에 맛난 반찬가지를 붙게 하며 또 고음(膏飮 고기나 생선을 진한 국물이 나오도록 푹 삶은 곰국) 같은 것도 만들었다. 그런 보람도 없이 남편은 입맛이 없다 하며 그것을 잘 먹지도 않았다.

또 몇 달이 지나갔다. 인제 출입을 뚝 끊고 늘 집에 붙어 있다. 걸핏하면 성을 낸다. 입버릇 모양으로 화난다, 화난다 하였다.

어느 날 새벽, 아내가 어렴풋이 잠을 깨어, 남편의 누웠던 자리를 더듬어 보았다. 쥐이는 것은 이불자락뿐이다. 잠결에도 조금 실망을 아니 느낄 수 없었다. 잃은 것을 찾으려는 것처럼, 눈을 부시시 떴다. 책상 위에 머리를 쓰러뜨리고 두 손으로 그것을 움켜쥐고 있는 남편을 보았다. 흐릿한 의식이 돌아옴에 따라, 남편의 어깨가 덜석덜석 움직임도 깨달았다. 흑, 흑 느끼는 소리가 귀를 울린다. 아내는 정신을 바짝 차리었다. 불현듯이 몸을 일으켰다. 이윽고 아내의 손은 가볍게 남편의 등을 흔들며 목에 걸리고 나오지 않은 소리로,

"왜 이러고 계셔요."

라고 물어 보았다.

"……."

남편은 아무 대답이 없다. 아내는 손으로 남편의 얼굴을 괴어 들려고 할 즈음에, 그것이 뜨뜻하게 눈물에 젖는 것을 깨달았다.

또 한 두어 달 지나갔다. 처음처럼 다시 출입이 잦아졌다. 구역이 날 듯한 술 냄새가 밤늦게 돌아오는 남편의 입에서 나게 되었다. 그것은 요사이 일이다. 오늘 밤에도 지금까지 돌아오지 않았다. 초저녁부터 아내는 별별 생각을 다 하면서 남편을 고대고대하고 있었다. 지루한 시간을 속히 보내려고 치웠던 일가지를 또 꺼내었다. 그것조차 뜻같이 아니 되었다. 때때로 바늘이 헛되이 움직이었다. 마침내 그것에 찔리고 말았다.

"어데를 가서 이때껏 오시지 않아!"

아내는 이제 아픈 것도 잊어버리고 짜증을 내었다. 잠깐 그를 떠났던 공상과 환영이 다시금 그의 머리에 떠돌기 시작하였다. 이상한 꽃을 수놓은, 흰 보 위에 맛난 요리를 담은 접시가 번쩍인다. 여러 친구와 술을 권커니 잡거니 하는 광경이 보인다. 그의 남편은 미친 듯이 껄껄 웃는다. 나중에는 검은 휘장이 스르르 하는 듯이 그 모든 것이 사라져 버리더니 낭자한<sup>(여기저기 흩어져 어지러운)</sup> 요리상만이 보이기도 하고, 술병만 희게 빛나기도 하고, 아까 그 기생이 한 팔로 땅을 짚고 진저리를 쳐 가며 웃는 꼴이 보이기도 하였다. 또 한 남편이 길바닥에 쓰러져 우는 것도 보이었다.

"문 열어라!"

문득 대문이 덜컥하고 혀가 꼬부라진 소리로 부르는 듯하였다.

"네."

저도 모르게 대답을 하고 급히 마루로 나왔다. 잘못 신은, 발에 아니 맞는 신을 질질 끌면서 대문으로 달렸다. 중문은 아직 잠그지도 않았고 행랑방에 사람이 없지 않지마는 으레 깊은 잠에 떨어졌을 줄 알고 자기가 뛰어나감이었다. 가느름한 손이 어둠 속에서 희게 빗장을 잡고 한참 실랑이를 한다. 대문은 열렸다.

밤바람이 선득하게 얼굴에 안친다. 문밖에는 아무도 없다! 온 골목에 사람의 그림자도 볼 수 없다. 검푸른 밤빛이 허연 길 위에 그믈그믈 깃들었을 뿐이었다.

아내는 무엇에 놀란 사람 모양으로 한참 멀거니 서 있었다. 문득 급거히 대문을 닫친다. 마치 그 열린 사이로 악마나 들어올 것처럼…….

"그러면 바람 소리였구먼."

하고 싸늘한 뺨을 쓰다듬으며 해쭉 웃고 발길을 돌리었다.

"아니 내가 분명히 들었는데…… 혹 내가 잘못 보지를 않았나? ……길바닥에나 쓰러져 있었으면 보이지도 않을 터야……."

중간 문까지 다다르자 별안간 이런 생각이 그의 걸음을 멈추게 하였다.

"대문을 또 좀 열어 볼까? ……아니야, 내가 헛들었지. 그래도 혹…… 아니야, 내가 헛들었지."

망설거리면서도 꿈꾸는 사람 모양으로 저도 모를 사이에 마루까지 올라왔다. 매우 기묘한 생각이 번개같이 그의 머리에 번쩍인다.

"내가 대문을 열었을 제 나 몰래 들어오지나 않았나……?"

과연 방 안에 무슨 소리가 나는 것 같았다. 확실히 사람의 기척이 있다. 어른에게 꾸중 모시러 가는 어린애처럼 조심조심 방문 앞에 왔다. 그리고 문간 아래로 손을 대며 하염없이 웃는다. 그것은 제 잘못을 용서해 줍시사 하는 어린애 같은 웃음이었다. 조심조심 방문을 열었다. 이불이 어째 움직움직하는 듯하였다.

"나를 속이려고 이불을 쓰고 누웠구먼."

하고 마음속으로 소곤거렸다. 가만히 내려앉는다. 그 모양이 이것을 건드려서는 큰일이 나지요 하는 듯하였다. 이불을 펄쩍 쳐들었다. 빈 요가 하얗게

드러난다. 그제야 확실히 아니 온 줄 안 것처럼,

"아니 왔구먼, 안 왔어!"

라고 울듯이 부르짖었다.

　남편이 돌아오기는 새로 두 점이 훨씬 지난 뒤였다. 무엇이 털썩 하는 소리가 들리고 잇달아,

"아씨, 아씨!"

라고 부르는 소리가 귀를 때릴 때에야 아내는 비로소 아직도 앉았을 자기가 이불 위에 쓰러져 있음을 깨달았다. 기실, 잠귀 어두운 할멈이 대문을 열었으리만큼 아내는 깜박 잠이 깊이 들었었다. 하건만 그는 몽경(夢境 꿈속)에서 방황하는 정신을 당장에 수습하였다. 두어 번 얼굴을 쓰다듬자마자 불현듯 밖으로 나왔다.

　남편은 한 다리를 마루 끝에 걸치고 한 팔을 베고 옆으로 누워 있다. 숨소리가 씨근씨근한다. 막 구두를 벗기고 일어나 할멈은 검붉은 상을 찡그려 붙이며,

"어서 일어나 방으로 들어가세요."

라고 한다.

"응, 일어나지."

　나리는 혀를 억지로 돌리어 코와 입으로 대답을 하였다. 그래도 몸은 꿈쩍도 않는다. 도리어 그 개개풀린 눈을 자려는 것처럼 스르르 감는다. 아내는 눈만 비비고 서 있다.

"어서 일어나셔요. 방으로 들어가시라니까."

　이번에는 대답조차 아니 한다. 그 대신 무엇을 잡으려는 것처럼 손을 내어젓더니,

"물, 물, 냉수를 좀 주어."

라고 중얼거렸다.

　할멈은 얼른 물을 따라 이취자(泥醉者 술이 많이 취한 사람)의 코밑에 놓았건만, 그 사이에 벌써 아까 청(請 부탁)을 잊은 것같이 취한 이는 물을 먹으려고도 않는다.

"왜 물을 아니 잡수셔요."

　곁에서 할멈이 깨우쳤다.

"응, 먹지, 먹어."

하고, 그제야 주인은 한 팔을 짚고 고개를 든다. 한꺼번에 물 한 대접을 다 들이켜 버렸다. 그러고는 또 쓰러진다.

"에그, 또 눕네."

하고, 할멈은 우물로 기어드는 어린애를 안으려는 모양으로 두 손을 내어 민다.

"할멈은 고만 가 자게."

주인은 귀찮다는 듯이 말을 한다.

이를 어찌해 하는 듯이 멀거니 서 있는 아내도, 할멈이 고만 갔으면 하였 다. 남편을 붙들어 일으킬 생각이야 간절하였지마는, 할멈이 보는데 어찌 그럴 수 없는 것 같았다. 혼인한 지가 7, 8년이 되었으니 그런 파수(破羞 기간)야 되었으련만 같이 있어 본 날을 꼽아 보면 그는 아직 갓 시집온 색시였다.

"할멈은 가 자게."

란 말이 목까지 올라왔지만 입술에서 사라지고 말았다. 마음 그윽히 할멈 이 돌아가기만 기다릴 뿐이었다.

"좀 일으켜 드려야지."

가기는커녕 이런 말을 하고 할멈은 선웃음을 치면서 마루로 부득부득 올 라온다. 그 모양은 마치 '주인 나리가 약주가 취하시거든, 방에까지 모셔다 드려야 제 도리에 옳지요' 하는 듯하였다.

"자아, 자아."

할멈은 아씨를 보고 히히 웃어 가며, 나리의 등 밑으로 손을 넣는다.

"왜 이래, 왜 이래. 내가 일어날 테야."

하고, 몸을 움직이더니, 정말 주인이 부스스 일어난다. 마루를 쾅쾅 눌러 디 디며, 비틀비틀, 곧 쓰러질 듯한 보조(步調 걸음걸이의 속도나 모양 따위의 상태)로 방문을 향하여 걸어간다. 와지끈 하며 문을 열어젖히고는 방 안으로 들어간다. 아 내도 뒤따라 들어왔다. 할멈은 중간 턱을 넘어설 제, 몇 번 혀를 차고는, 저 갈 데로 가 버렸다.

벽에 엇비슷하게 기대어 있는 남편은 무엇을 생각하는 듯이 고개를 숙 이고 있다. 그의 말라붙은 관자놀이에 펄떡거리는 푸른 맥을 아내는 걱정 스럽게 바라보면서 남편 곁으로 다가온다. 아내의 한 손은 양복 깃을, 또 한 손은 그 소매를 잡으며 화(和 부드러운)한 목성으로,

"자아, 벗으셔요."

하였다.

　남편은 문득 미끄러지는 듯이 벽을 타고 내려 앉는다. 그의 쭉 뻗친 발끝에 이불자락이 저리로 밀려간다.

　"에그, 왜 이리 하셔요. 벗자는 옷은 아니 벗으시고."

　그 서슬에 넘어질 뻔한 아내는 애달프게 부르짖었다. 그러면서도 같이 따라 앉는다. 그의 손은 또 옷을 잡았다.

　"옷이 구겨집니다. 제발 좀 벗으셔요." 라고 아내는 애원을 하며 옷을 벗기려고 애를 쓴다. 하나, 취한 이의 등이 천 근같이 벽에 척 들러붙었으니 벗겨질 리가 없다. 애를 쓰다 쓰다 옷을 놓고 물러앉으며,

　"원 참, 누가 술을 이처럼 권하였노."

라고 짜증을 낸다.

　"누가 권하였노? 누가 권하였노? 흥, 흥."

　남편은 그 말이 몹시 귀에 거슬리는 것처럼 곱씹는다.

　"그래, 누가 권했는지 마누라가 좀 알아내겠소?"

하고 낄낄 웃는다. 그것은 절망의 가락을 띤, 쓸쓸한 웃음이었다. 아내도 따라 방긋 웃고는 또 옷을 잡으며,

　"자아, 옷이나 먼저 벗으셔요. 이야기는 나중에 하지요. 오늘 밤에 잘 주무시면 내일 아침에 알으켜 드리지요."

　"무슨 말이야, 무슨 말이야. 왜 오늘 일을 내일로 미루어. 할 말이 있거든 지금 해!"

　"지금은 약주가 취하셨으니, 내일 약주가 깨시거든 하지요."

　"무엇? 약주가 취해서?"

하고 고개를 쩔레쩔레 흔들며,

　"천만에, 누가 술에 취했단 말이오. 내가 공연히 이러지, 정신은 말뚱말뚱하오. 꼭 이야기하기 좋을 만해. 무슨 말이든지……, 자아."

　"글쎄, 왜 못 잡수시는 약주를 잡수셔요. 그러면 몸에 축이 나지 않아요."

하고 아내는 남편의 이마에 흐르는 진땀을 씻는다.

　이취자는 머리를 흔들며,

　"아니야, 아니야. 그런 말을 듣자는 것이 아니야."

하고 아까 일을 추상하는 것처럼, 말을 끊었다가 다시금 말을 이어,

　"옳지, 누가 나에게 술을 권했단 말이요? 내가 술이 먹고 싶어서 먹었단

말이요?"

"자시고 싶어 잡수신 건 아니지요. 누가 당신께 약주를 권하는지 내가 알아낼까요? 저…… 첫째는 화증이 술을 권하고, 둘째는 하이칼라<sup>(high collar 서양식 유행을 따르는 일 또는 그런 사람)</sup>가 약주를 권하지요."

아내는 살짝 웃는다. 내가 어지간히 알아맞혔지요 하는 모양이었다.

남편은 고소<sup>(苦笑 어이없는 웃음)</sup>한다.

"틀렸소, 잘못 알았소. 화증이 술을 권하는 것도 아니고, 하이칼라가 술을 권하는 것도 아니오. 나에게 술을 권하는 것은 따로 있어. 마누라가, 내가 어떤 하이칼라한테나 홀려 다니거나, 그 하이칼라가 늘 내게 술을 권하거니 하고 근심을 했으면 그것은 헛걱정이지. 나에게 하이칼라는 아무 소용도 없소. 나의 소용은 술뿐이오. 술이 창자를 휘돌아, 이것저것을 잊게 만드는 것을 나는 취할 뿐이오."

하더니, 홀연 어조를 고쳐 감개무량하게,

"아아, 유위유망<sup>(有爲有望 일을 할 만한 능력이 있고 앞으로 잘될 싹수나 희망이 있음)</sup>한 머리를 알코올로 마비 아니 시킬 수 없게 하는 그것이 무엇이란 말이오."

하고, 긴 한숨을 내어 쉰다. 물큰물큰한 술 냄새가 방 안에 흩어진다.

아내에게는 그 말이 너무 어려웠다. 고만 묵묵히 입을 다물었다. 눈에 보이지 않는 무슨 벽이 자기와 남편 사이에 깔리는 듯하였다. 남편의 말이 길어질 때마다 아내는 이런 쓰디쓴 경험을 맛보았다. 이런 일은 한두 번이 아니었다. 이윽고 남편은 기막힌 듯이 웃는다.

"흥, 또 못 알아듣는군. 묻는 내가 그르지, 마누라야 그런 말을 알 수 있겠소. 내가 설명해 드리지. 자세히 들어요. 내게 술을 권하는 것은 화증도 아니고 하이칼라도 아니오, 이 사회란 것이 내게 술을 권한다오. 이 조선 사회란 것이 내게 술을 권한다오. 알았소? 팔자가 좋아서 조선에 태어났지, 딴 나라에 났더면 술이나 얻어먹을 수 있나……."

사회란 무엇인가? 아내는 또 알 수가 없었다. 어찌하였든 딴 나라에는 없고 조선에만 있는 요릿집 이름이려니 한다.

"조선에 있어도 아니 다니면 그만이지요."

남편은 또 아까 웃음을 재우친다<sup>(빨리 몰아치거나 재촉하다)</sup>. 술이 정말 아니 취한 것같이 또렷또렷한 어조로,

"허허, 기막혀. 그 한 분자<sup>(分子 어떤 특성을 가진 인간 개체)</sup>된 이상에야 다니고 아니

다니는 게 무슨 상관이야. 집에 있으면 아니 권하고, 밖에 나가야 권하는 줄 아는가 보아. 그런 게 아니야. 무슨 사회란 사람이 있어서 밖에만 나가면 나를 꼭 붙들고 술을 권하는 게 아니야…… 무어라 할까…… 저 우리 조선 사람으로 성립된 이 사회란 것이, 내게 술을 아니 못 먹게 한단 말이오. …… 어째 그렇소? ……또 내가 설명을 해 드리지. 여기 회(會)를 하나 꾸민다 합시다. 거기 모이는 사람놈 치고 처음은 민족을 위하느니, 사회를 위하느니 그러는데, 제 목숨을 바쳐도 아깝지 않으니 아니 하는 놈이 하나도 없어. 하다가 단 이틀이 못 되어 단 이틀이 못 되어…….”

한층 소리를 높이며 손가락을 하나씩 둘씩 꼽으며,

“되지 못한 명예 싸움, 쓸데없는 지위 다툼질, 내가 옳으니 네가 그르니, 내 권리가 많으니 네 권리 적으니…… 밤낮으로 서로 찢고 뜯고 하지, 그러니 무슨 일이 되겠소. 회뿐이 아니라, 회사이고 조합이고…… 우리 조선 놈들이 조직한 사회는 다 그 조각이지. 이런 사회에서 무슨 일을 한단 말이오. 하려는 놈이 어리석은 놈이야. 적이 정신이 바로 박힌 놈은 피를 토하고 죽을 수밖에 없지. 그렇지 않으면 술밖에 먹을 게 도무지 없지. 나도 전자에는 무엇을 좀 해 보겠다고 애도 써 보았어. 그것이 모두 수포야. 내가 어리석은 놈이었지. 내가 술을 먹고 싶어 먹는 게 아니야. 요사이는 좀 낫지마는 처음 배울 때에는 마누라도 알다시피 죽을 애를 썼지. 그 먹고 난 뒤에 괴로운 것이야 겪어 본 사람이 아니면 알 수 없지. 머리가 지끈지끈 아프고 먹은 것이 다 돌아 올라오고…… 그래도 아니 먹은 것 보담 나았어. 몸은 괴로워도 마음은 괴롭지 않았으니까. 그저 이 사회에서 할 것은 주정꾼 노릇밖에 없어…….”

“공연히 그런 말 말아요. 무슨 노릇을 못해서 주정꾼 노릇을 해요! 남이라서…….”

아내는 부지불식간(不知不識間)에 흥분이 되어 열기 있는 눈으로 남편을 바라보고 불쑥 이런 말을 하였다. 그는 제 남편이 이 세상에 가장 거룩한 사람이려니 한다. 따라서 어느 뉘보다 제일 잘될 줄 믿는다. 몽롱하나마 그의 목적이 원대하고 고상한 것도 알았다. 얌전하던 그가 술을 먹게 된 것은 무슨 일이 맘대로 아니 되어 화풀이로 그러는 줄도 어렴풋이 깨달았다. 그러나 술은 노상 먹을 것이 아니다. 그러면 패가망신하고 만다. 그러므로 하루바삐 그 화가 풀리었으면, 또다시 얌전하게 되었으면 하는 생각이 그의 머리를 떠날 때가 없었다. 그리고 그날이 꼭 올 줄 믿었다. 오늘부터는, 내일부터는…… 하건만, 남편은 어제도 술이 취하였다. 오늘도 한 모양이다. 자기의 기대는 나날이 틀려 간다. 좇아서 기대에 대한 자신도 엷어 간다. 애달프고 원통한 생각이 가끔 그의 가슴을 누른다. 더구나 수척해 가는 남편의 얼굴을 볼 때에 그런 감정을 걷잡을 수 없었다. 지금 저도 모르게 흥분한 것이 또한 무리가 아니었다.

"그래도 못 알아듣네그려. 참, 사람 기막혀. 본정신 가지고는 피를 토하고 죽든지, 물에 빠져 죽든지 하지, 하루라도 살 수가 없단 말이야. 흉장(胸腸 가슴)이 막혀서 못 산단 말이야. 에엣, 가슴 답답해."

라고 남편은 소리를 지르고 괴로워서 못 견디는 것처럼 얼굴을 찌푸리며 미친 듯이 제 가슴을 쥐어뜯는다.

"술 아니 먹는다고 흉장이 막혀요?"

남편의 하는 짓은 본체만체하고 아내는 얼굴을 더욱 붉히며 부르짖었다.

그 말에 몹시 놀랜 것처럼 남편은 어이없이 아내의 얼굴을 바라보더니 그 다음 순간에는 말할 수 없는 고뇌의 그림자가 그의 눈을 거쳐 간다.

"그르지, 내가 그르지. 너 같은 숙맥(菽麥 콩과 보리. 콩과 보리도 구별하지 못하는 사람)더러 그런 말을 하는 내가 그르지. 너한테 조금이라도 위로를 얻으려는 내가 그르지. 후후."

스스로 탄식한다.

"아아, 답답해!"

문득 기막힌 듯이 외마디 소리를 치고는 벌떡 몸을 일으킨다. 방문을 열고 나가려 한다. 왜 내가 그런 말을 하였던고? 아내는 불시에 후회하였다. 남편의 저고리 뒷자락을 잡으며 안타까운 소리로,

"왜 어디로 가서요? 이 밤중에 어디를 나가서요? 내가 잘못하였습니다. 인제는 다시 그런 말을 아니 하겠습니다. ……그러게 내일 아침에 말을 하자니까……."

"듣기 싫어. 놓아, 놓아요."

하고 남편은 아내를 떠다 밀치고 밖으로 나간다. 비틀비틀 마루 끝까지 가서는 털썩 주저앉아 구두를 신기 시작한다.

"에그, 왜 이리 하셔요. 인제 다시 그런 말을 아니 한대도……."

아내는 뒤에서 구두 신으려는 남편의 팔을 잡으며 말을 하였다. 그의 손

은 떨고 있었다. 그의 눈에는 단박에 눈물이 쏟아질 듯하였다.

"이건 왜 이래, 저리로 가!"

배앝는 듯이 말을 하고 획 뿌리친다. 남편의 발길이 뚜벅뚜벅 중문에 다다랐다. 어느덧 그 밖으로 사라졌다. 대문 빗장 소리가 덜컥 하고 난다. 마루 끝에 떨어진 아내는 헛되어 몇 번,

"할멈! 할멈!"

하고 불렀다. 고요한 밤공기를 울리는 구두 소리는 점점 멀어 간다. 발자취는 어느덧 골목 끝으로 사라져 버렸다. 다시금 밤은 적적히 깊어 간다.

"가 버렸구면, 가 버렸어!"

그 구두 소리를 영구히 아니 잃으려는 것처럼 귀를 기울이고 있는 아내는 모든 것을 잃었다 하는 듯이 부르짖었다. 그 소리가 사라짐과 함께 자기의 마음도 사라지고, 정신도 사라진 듯하였다. 심신(心身)이 텅 비어진 듯하였다. 그의 눈은 하염없이 검은 밤안개를 물끄러미 바라보고 있다. 그 사회란 독한 꼴을 그려 보는 것같이…….

쏠쏠한 새벽바람이 싸늘하게 가슴에 부딪친다. 그 부딪치는 서슬에 잠 못 자고 피곤한 몸이 부서질 듯이 지긋하였다.

죽은 사람에게서나 볼 수 있는 해쓱한 얼굴이 경련적으로 떨며 절망한 어조로 소곤거렸다.

"그 몹쓸 사회가, 왜 술을 권하는고!"

# 운수 좋은 날

✐ **작가와 작품 세계** - - - - - - - - - - - - - - - - - - - - - - - - - - - - - - - - - - - - - -

> **작가** : 현진건(132쪽 '작가와 작품 세계' 참조)
> **갈래** : 사실주의 소설
> **배경** : 시간 – 일제 강점기 어느 비 오는 겨울날 / 공간 – 서울 빈민가
> **시점** : 3인칭 전지적 작가 시점(일부는 3인칭 작가 관찰자 시점)
> **주제** : 일제 강점기 하층민의 비참한 생활상
> **출전** : 〈개벽〉(1924)

✐ **구성과 줄거리** - - - - - - - - - - - - - - - - - - - - - - - - - - - - - - - - - - - - - - - -

**발단** 인력거꾼 김 첨지는 돈을 많이 벌게 되어 기뻐함

비가 추적추적 오는 어느 날, 김 첨지에게 행운이 잇달아 찾아온다. 아침부터 손님을 둘이나 태운 것이다. 김 첨지는 아픈 아내에게 설렁탕 국물을 사줄 수 있다는 생각에 기뻐한다.

**전개** 잇단 행운에 불안해진 김 첨지는 귀가를 서두름

집으로 돌아 가려던 김 첨지는 많은 돈을 받고 학생 손님까지 태운다. 엄청난 행운에 신나게 인력거를 끌면서도 아픈 아내 생각에 사로잡힌다. 내친 김에 손님 한 명을 더 태우게 된다.

**위기** 김 첨지는 술자리에서도 불안함을 감추지 못함

잇단 행운에 불안해진 김 첨지는 선술집에 들른다. 취기가 오른 김 첨지는 불길한 생각을 떨쳐 버리려고 미친 듯이 울고 웃는다.

**절정** 설렁탕을 사들고 왔지만 아내는 아무런 반응이 없음

김 첨지는 설렁탕을 사들고 집에 왔지만 집에는 정적만이 감돈다. 김 첨지는 문을 왈칵 연다. 그는 마냥 누워만 있을 거냐며 아내를 발로 걷어차지만 반응이 없다. 불길한 침묵에 맞서 아내의 머리를 흔들며 말을 하라고 고함을 지른다.

**결말** **아내의 죽음을 확인하고 눈물을 흘림**

김 첨지는 아내가 죽었다는 것을 확인한 뒤 닭똥 같은 눈물을 흘리며 오늘 괴상하게 운수가 좋았다고 한탄한다.


## ✐ 생각해 볼 문제 ----------------------------------------

**1. 이 작품의 제목인 '운수 좋은 날'의 속뜻은 무엇인가?**

표면적으로는 여느 날과 달리 돈을 많이 번 날을 의미하지만 심층적으로는 병든 아내가 세상을 떠난 날을 의미한다. '운수 좋은 날'이란 제목은 병든 아내가 죽은 슬픈 날에 대한 반어적 표현이다.

**2. 설렁탕이 지니는 상징적 의미는 무엇인가?**

설렁탕은 하층민의 가난한 현실을 극적으로 보여 주는 상징물이다. 아픈 아내는 설렁탕이 먹고 싶다고 했지만 김 첨지는 돈이 없어서 설렁탕을 사 주지 못했다. 김 첨지가 설렁탕을 사올 수 있게 되자 이제는 아내가 이 세상에 없다. 설렁탕은 이 작품에서 비극적 상황을 더욱 고조시키는 역할을 하고 있다.

**3. 이 소설에서 죽음과 돈은 어떤 관계를 맺고 있는가?**

돈은 죽음을 초래하는 가난을 극복하게 해 주는 도구다. 그러나 김 첨지는 정작 돈을 많이 벌자 오히려 아내의 죽음을 예감한다.

**4. 김 첨지가 집으로 빨리 돌아가지 않고 선술집에 들러 돈을 쓴 이유는 무엇인가?**

김 첨지는 아내의 죽음에 대한 불안감을 떨치기 위해 오히려 술을 마시는 데 돈을 쓴다. 아내의 죽음과 돈의 관계가 무의식적으로 떠올랐을지도 모른다.

친구

치삼

김 첨지

아내

개똥이

인력거꾼인 저(김 첨지)는 아침부터 손님을 둘이나 태웠어요. 아픈 아내가 먹고 싶어 한 설렁탕을 드디어 사 줄 수 있게 되어 기뻤지요. 그런데 행운이 계속되자 불안해진 저는 선술집에 들러 친구 치삼과 술을 마셨어요. 설렁탕을 사 들고 집에 들어갔는데 누워있는 아내는 죽었는지 대답이 없어요. 어쩐지 오늘 운수가 좋더라니, 눈물이 나네요.

# 운수 좋은 날

　새침하게 흐린 품이 눈이 올 듯하더니 눈은 아니 오고 얼다가 만 비가 추적추적 내리는 날이었다. 이날이야말로 동소문 안에서 인력거꾼 노릇을 하는 김 첨지에게는 오래간만에도 닥친 운수 좋은 날이었다.

　문안에, 거기도 문밖은 아니지만 들어간답시는 앞집 마나님을 전찻길까지 모셔다 드린 것을 비롯하여 행여나 손님이 있을까 하고 정류장에서 어정어정하며 내리는 사람 하나하나에게 거의 비는 듯한 눈길을 보내고 있다가 마침내 교원인 듯한 양복쟁이를 동광학교까지 태워다 주기로 되었다.

　첫 번에 삼십 전, 둘째 번에 오십 전─아침 댓바람(아주 이른 시간)에 그리 흉치 않은 일이었다. 그야말로 재수가 옴 붙어서 근 열흘 동안 돈 구경도 못한 김 첨지는 십 전짜리 백동화 서 푼, 또는 다섯 푼이 찰깍 하고 손바닥에 떨어질 제 거의 눈물을 흘릴 만큼 기뻤었다. 더구나 이날 이때에 이 팔십 전이라는 돈이 그에게 얼마나 유용한지 몰랐다. 컬컬한 목에 모주 한잔도 적실 수 있거니와 그보다도 앓는 아내에게 설렁탕 한 그릇도 사다 줄 수 있음이다.

　그의 아내가 기침으로 쿨룩거리기는 벌써 달포가 넘었다. 조밥도 굶기를 먹다시피 하는 형편이니 물론 약 한 첩 써 본 일이 없다. 구태여 쓰려면 못쓸 바도 아니로되 그는 병이란 놈에게 약을 주어 보내면 재미를 붙여서 자꾸 온다는 자기의 신조에 어디까지 충실하였다. 따라서 의사에게 보인 적이 없으니 무슨 병인지는 알 수 없으나, 반듯이 누워 가지고 일어나기는커녕 새로 모로도 못 눕는 걸 보면 중증은 중증인 듯. 병이 이대도록 심해지기는 열흘 전에 조밥을 먹고 체한 때문이다. 그때도 김 첨지가 오래간만에 돈을 얻어서 좁쌀 한 되와 십 전짜리 나무 한 단을 사다 주었더니 김 첨지의 말에 의지하면 그 오라질 년이 천방지축(天方地軸 못난 사람이 종작없이 덤벙대는 일)으로 냄비에 대고 끓였다. 마음은 급하고 불길은 달지 않아 채 익지도 않은 것을 그 오라질 년이 숟가락은 고만두고 손으로 움켜서 두 뺨에 주먹덩이 같은 혹이 불거지도록 누가 빼앗을 듯이 처박질하더니만 그날 저녁부터 가슴이 당긴다, 배가 켕긴다 하고 눈을 홉뜨고 지랄병을 하였다. 그때 김 첨지는 열화와 같이 성을 내며,

"에이, 오라질 년, 조랑복(짧게 타고난 복력)은 할 수가 없어, 못 먹어 병, 먹어서 병! 어쩌란 말이야! 왜 눈을 바루 뜨지 못해!"
하고 앓는 이의 뺨을 한 번 후려갈겼다. 홉뜬 눈은 조금 바루어졌건만 이슬이 맺히었다. 김 첨지의 눈시울도 뜨끈뜨끈하였다.

이 환자가 그러고도 먹는 데는 물리지 않았다. 사흘 전부터 설렁탕 국물이 마시고 싶다고 남편을 졸랐다.

"이런 오라질 년! 조밥도 못 먹는 년이 설렁탕은. 또 처먹고 지랄병을 하게."
라고 야단을 쳐 보았건만, 못 사 주는 마음이 시원치는 않았다.

인제 설렁탕을 사 줄 수도 있다. 앓는 어미 곁에서 배고파 보채는 세 살 먹이 개똥이에게 죽을 사 줄 수도 있다. 팔십 전을 손에 쥔 김 첨지의 마음은 푼푼하였다(모자람이 없이 넉넉하다).

그러나 그의 행운은 그걸로 그치지 않았다. 땀과 빗물이 섞여 흐르는 목덜미를 기름 주머니가 다 된 왜목(倭木 광목) 수건으로 닦으며, 그 학교 문을 돌아 나올 때였다. 뒤에서 "인력거!" 하고 부르는 소리가 난다. 자기를 불러 멈춘 사람이 그 학교 학생인 줄 김 첨지는 한 번 보고 짐작할 수 있었다. 그 학생은 다짜고짜로,

"남대문 정거장까지 얼마요."
라고 물었다. 아마도 그 학교 기숙사에 있는 이로 동기 방학을 이용하여 귀향하려 함이리라. 오늘 가기로 작정은 하였건만 비는 오고, 짐은 있고 해서 어찌할 줄 모르다가 마침 김 첨지를 보고 뛰어나왔음이리라. 그렇지 않으면 왜 구두를 채 신지 못해서 질질 끌고, 비록 '고구라' 양복일망정 노박이로 비를 맞으며 김 첨지를 뒤쫓아 나왔으랴.

"남대문 정거장까지 말씀입니까."
하고 김 첨지는 잠깐 주저하였다. 그는 이 우중에 우장도 없이 그 먼 곳을 철벅거리고 가기가 싫었음일까? 처음 것, 둘째 것으로 고만 만족하였음일까? 아니다, 결코 아니다. 이상하게도 꼬리를 맞물고 덤비는 이 행운 앞에 조금 겁이 났음이다. 그리고 집을 나올 제 아내의 부탁이 마음에 켕기었다. 앞집 마나님한테서 부르러 왔을 제 병인은 그 뼈만 남은 얼굴에 유월의 생물 같은 유달리 크고 움푹한 눈에 애걸하는 빛을 띠며,

"오늘은 나가지 말아요. 제발 덕분에 집에 붙어 있어요. 내가 이렇게 아픈

데⋯⋯."

라고, 모기 소리같이 중얼거리고 숨을 걸그렁걸그렁하였다. 그때에 김 첨지는 대수롭지 않은 듯이,

"아따, 젠장맞을 년, 별 빌어먹을 소리를 다 하네. 맞붙들고 앉았으면 누가 먹여 살릴 줄 알아."

하고 훌쩍 뛰어나오려니까 환자는 붙잡을 듯이 팔을 내저으며,

"나가지 말라도 그래, 그러면 일찍이 들어와요."

하고, 목메인 소리가 뒤를 따랐다.

정거장까지 가잔 말을 들은 순간에 경련적으로 떠는 손, 유달리 큼직한 눈, 울 듯한 아내의 얼굴이 김 첨지의 눈앞에 어른어른하였다.

"그래 남대문 정거장까지 얼마란 말이오?"

하고 학생은 초조한 듯이 인력거꾼의 얼굴을 바라보며 혼잣말같이,

"인천 차가 열한 점에 있고 그다음에는 새로 두 점이던가."

라고 중얼거린다.

"일 원 오십 전만 줍시오."

이 말이 저도 모를 사이에 불쑥 김 첨지의 입에서 떨어졌다. 제 입으로 부르고도 스스로 그 엄청난 돈 액수에 놀랐다. 한꺼번에 이런 금액을 불러라도 본 지가 그 얼마 만인가! 그러자 그 돈 벌 용기가 병자에 대한 염려를 사르고 말았다. 설마 오늘 내로 어떠랴 싶었다. 무슨 일이 있더라도 제일 제이의 행운을 곱친 것보다도 오히려 갑절이 많은 이 행운을 놓칠 수 없다 하였다.

"일 원 오십 전은 너무 과한데."

이런 말을 하며 학생은 고개를 기웃하였다.

"아니올시다. 잇수로 치면 여기서 거기가 시오 리가 넘는답니다. 또 이런 진 날은 좀 더 주셔야지요."

하고 빙글빙글 웃는 차부의 얼굴에는 숨길 수 없는 기쁨이 넘쳐흘렀다.

"그러면 달라는 대로 줄 터이니 빨리 가요."

관대한 어린 손님은 이런 말을 남기고 총총히 옷도 입고 짐도 챙기러 갈 데로 갔다.

그 학생을 태우고 나선 김 첨지의 다리는 이상하게 거뿐하였다. 달음질을 한다느니보다 거의 나는 듯하였다. 바퀴도 어떻게 속히 도는지 구른다

느니보다 마치 얼음을 지쳐 나가는 스케이트 모양으로 미끄러져 가는 듯하였다. 언 땅에 비가 내려 미끄럽기도 하였지만.

이윽고 끄는 이의 다리는 무거워졌다. 자기 집 가까이 다다른 까닭이다. 새삼스러운 염려가 그의 가슴을 눌렀다.

'오늘은 나가지 말아요. 내가 이렇게 아픈데…….'

이런 말이 잉잉 그의 귀에 울렸다. 그리고 병자의 움쑥 들어간 눈이 원망하는 듯이 자기를 노리는 듯하였다. 그러자 엉엉하고 우는 개똥이의 곡성을 들은 듯싶다. 딸국딸국하고 숨 모으는 소리도 나는 듯싶다.

"왜 이러우, 기차 놓치겠구면."

하고 탄 이의 초조한 부르짖음이 간신히 그의 귀에 들어왔다. 언뜻 깨달으니 김 첨지는 인력거를 쥔 채 길 한복판에 엉거주춤 멈춰 있지 않은가.

"예, 예."

하고, 김 첨지는 또다시 달음질하였다. 집이 차차 멀어갈수록 김 첨지의 걸음에는 다시금 신이 나기 시작하였다. 다리를 재게 놀려야만 쉴 새 없이 자기의 머리에 떠오르는 모든 근심과 걱정을 잊을 듯이.

정거장까지 끌어다 주고 그 깜짝 놀란 일 원 오십 전을 정말 제 손에 쥠에, 제 말마따나 십 리나 되는 길을 비를 맞아 가며 질퍽거리고 온 생각은 아니하고 거저나 얻은 듯이 고마웠다. 졸부나 된 듯이 기뻤다. 제 자식뻘밖에 안 되는 어린 손님에게 몇 번 허리를 굽히며,

"안녕히 다녀옵시오."

라고 깍듯이 재우쳤다(빨리 몰아치거나 재촉하다).

그러나 빈 인력거를 털털거리며 이 우중에 돌아갈 일이 꿈밖이었다. 노동으로 하여 흐른 땀이 식어지자 굶주린 창자에서, 물 흐르는 옷에서 어슬어슬 한기가 솟아나기 비롯하매 일 원 오십 전이란 돈이 얼마나 괜찮고 괴로운 것인 줄 절절히 느끼었다. 정거장을 떠나는 그의 발길은 힘 하나 없었다. 온몸이 옹송그려지며 당장 그 자리에 엎어져 못 일어날 것 같았다.

"젠장맞을 것, 이 비를 맞으며 빈 인력거를 털털거리고 돌아를 간담. 이런 빌어먹을, 제 할미를 붙을 비가 왜 남의 상판을 딱딱 때려!"

그는 몹시 화증을 내며 누구에게 반항이나 하는 듯이 게걸거렸다. 그럴 즈음에 그의 머리엔 또 새로운 광명이 비쳤나니, 그것은 '이러구 갈 게 아니라 이 근처를 빙빙 돌며 차 오기를 기다리면 또 손님을 태우게 될는지도 몰

라'란 생각이었다. 오늘 운수가 괴상하게도 좋으니까 그런 요행이 또 한 번 없으리라고 누가 보증하랴. 꼬리를 굴리는 행운이 꼭 자기를 기다리고 있다고 내기를 해도 좋을 만한 믿음을 얻게 되었다. 그렇다고 정거장 인력거꾼의 등쌀이 무서우니 정거장 앞에 섰을 수는 없었다. 그래 그는 이전에도 여러 번 해 본 일이라 바로 정거장 앞 전차 정류장에서 조금 떨어지게 사람 다니는 길과 전찻길 틈에 인력거를 세워 놓고 자기는 그 근처를 빙빙 돌며 형세를 관망하기로 하였다. 얼마 만에 기차는 왔고 수십 명이나 되는 손이 정류장으로 쏟아져 나왔다. 그중에서 손님을 물색하는 김 첨지의 눈엔 양머리에 뒤축 높은 구두를 신고 망토까지 두른 기생 퇴물인 듯, 난봉 여학생인 듯한 여편네의 모양이 눈에 띄었다. 그는 슬근슬근 그 여자의 곁으로 다가들었다.

"아씨, 인력거 아니 타시랍시오?"

그 여학생인지 뭔지가 한참은 매우 태깔(거만한 태도)을 빼며 입술을 꼭 다문 채 김 첨지를 거들떠보지도 않았다. 김 첨지는 구걸하는 거지나 무엇같이 연해연방 그의 기색을 살피며,

"아씨, 정거장 애들보담 아주 싸게 모셔다 드리겠습니다. 댁이 어디신가요?"

하고 추근추근하게도 그 여자가 들고 있는 일본식 버들고리짝에 제 손을 대었다.

"왜 이래, 남 귀찮게."

소리를 벽력같이 지르고는 돌아선다. 김 첨지는 어랍시오 하고 물러섰다.

전차는 왔다. 김 첨지는 원망스럽게 전차 타는 이를 노리고 있었다. 그러나 그의 예감은 틀리지 않았다. 전차가 빡빡하게 사람을 싣고 움직이기 시작하였을 제 타고 남은 손 하나가 있었다. 굉장하게 큰 가방을 들고 있는 걸 보면 아마 붐비는 차 안에 짐이 크다 하여 차장에게 밀려 내려온 눈치였다. 김 첨지는 대어 섰다.

"인력거를 타실랍시오?"

한동안 값으로 승강이를 하다가 육십 전에 인사동까지 태워다 주기로 하였다. 인력거가 무거워지매 그의 몸은 이상하게도 가벼워졌고 그리고 또 인력거가 가벼워지니 몸은 다시금 무거워졌건만 이번에는 마음조차 초조해 온다. 집의 광경이 자꾸 눈앞에 어른거리어 인제 요행을 바랄 여유도 없

었다. 나무등걸이나 무엇 같고 제 것 같지도 않은 다리를 연해 꾸짖으며 갈 팡질팡 뛰는 수밖에 없었다. 저놈의 인력거꾼이 저렇게 술이 취해 가지고 이 진땅에 어찌 가노, 라고 길 가는 사람이 걱정을 하리만큼 그의 걸음은 황급하였다. 흐리고 비 오는 하늘은 어둠침침하게 벌써 황혼에 가까운 듯하다. 창경원 앞까지 다다라서야 그는 턱에 닿은 숨을 돌리고 걸음도 늦추잡았다. 한 걸음 두 걸음 집이 가까워 올수록 그의 마음조차 괴상하게 누그러졌다. 그런데 이 누그러움은 안심에서 오는 게 아니요 자기를 덮친 무서운 불행을 빈틈없이 알게 될 때가 박두한 것을 두려워하는 마음에서 오는 것이다.

그는 불행에 다닥치기(일이나 사건 따위가 가까이 이르기) 전 시간을 얼마쯤이라도 늘리려고 버르적거렸다. 기적에 가까운 벌이를 하였다는 기쁨을 할 수 있으면 오래 지니고 싶었다. 그는 두리번두리번 사면을 살피었다. 그 모양은 마치 자기 집, 곧 불행을 향하고 달려가는 제 다리를 제 힘으로는 도저히 어찌 할 수 없으니 누구든지 나를 좀 잡아다고, 구해다고 하는 듯하였다.

그럴 즈음에 마침 길가 선술집에서 그의 친구 치삼이가 나온다. 그의 우글우글 살찐 얼굴에 주홍이 덧는 듯, 온 턱과 뺨에 시커멓게 구렛나룻이 덥였거늘 노르탱탱한 얼굴이 바짝 말라서 여기저기 고랑이 패이고 수염도 있대야 턱밑에만 마치 솔잎 송이를 거꾸로 붙여 놓은 듯한 김 첨지의 풍채하고는 기이한 대상을 짓고 있었다.

"여보게 김 첨지, 자네 문안 들어갔다 오는 모양일세그려. 돈 많이 벌었을 테니 한잔 빨리게."

뚱뚱보는 말라깽이를 보던 맡에 부르짖었다. 그 목소리는 몸집과 딴판으로 연하고 싹싹하였다. 김 첨지는 이 친구를 만난 게 어떻게 반가운지 몰랐다. 자기를 살려 준 은인이나 무엇같이 고맙기도 하였다.

"자네는 벌써 한잔한 모양일세그려. 자네도 오늘 재미가 좋아 보이."
하고 김 첨지는 얼굴을 펴서 웃었다.

"아따, 재미 안 좋다고 술 못 먹을 낸가. 그런데 여보게, 자네 왼몸이 어째 물독에 빠진 새앙쥐 같은가. 어서 이리 들어와 말리게."

선술집은 훈훈하고 뜨뜻하였다. 추어탕을 끓이는 솥뚜껑을 열 적마다 뭉게뭉게 떠오르는 흰 김, 석쇠에서 뻐지짓뻐지짓 구워지는 너비아니 구이며 제육이며 간이며 콩팥이며 북어며 빈대떡…… 이 너저분하게 늘어놓은 안주 탁자에 김 첨지는 갑자기 속이 쓰려서 견딜 수 없었다. 마음대로 할 양이면 거기 있는 모든 먹음 먹이를 모조리 깡그리 집어삼켜도 시원치 않았다 하되 배고픈 이는 위선 분량 많은 빈대떡 두 개를 쪼이기로 하고 추어탕을 한 그릇 청하였다. 주린 창자는 음식 맛을 보더니 더욱더욱 비어지며 자꾸자꾸 들이라 들이라 하였다. 순식간에 두부와 미꾸리 든 국 한 그릇을 그냥 물같이 들이키고 말았다. 셋째 그릇을 받아 들었을 제 데우던 막걸리 곱빼기 두 잔이 더웠다. 치삼이와 같이 마시자 원원이(원래부터, 처음부터) 비었던 속이라 찌르르 하고 창자에 퍼지며 얼굴이 화끈하였다. 눌러 곱배기 한 잔을 또 마셨다.

김 첨지의 눈은 벌써 개개풀리기 시작하였다. 석쇠에 얹힌 떡 두 개를 숭덩숭덩 썰어서 볼을 불룩거리며 또 곱배기 두 잔을 부어라 하였다.

치삼은 의아한 듯이 김 첨지를 부며,

"여보게 또 붓다니, 벌써 우리가 넉 잔씩 먹었네, 돈이 사십 전일세."

라고 주의시켰다.

"아따 이놈아, 사십 전이 그리 끔찍하냐. 오늘 내가 돈을 막 벌었어. 참 오늘 운수가 좋았느니."

"그래 얼마를 벌었단 말인가."

"삼십 원을 벌었어, 삼십 원을! 이런 젠장맞을 술을 왜 안 부어……. 괜찮다, 괜찮아. 막 먹어도 상관이 없어. 오늘 돈 산더미같이 벌었는데."

"어, 이 사람 취했군, 그만두세."

"이놈아, 그걸 먹고 취할 내냐, 어서 더 먹어."

하고는 치삼의 귀를 잡아 치며 취한 이는 부르짖었다. 그리고 술을 붓는 열다섯 살 됨직한 중대가리에게로 달려들며,

"이놈, 오라질 놈, 왜 술을 붓지 않어."

라고 야단을 쳤다. 중대가리는 희희 웃고 치삼을 보며 문의하는 듯이 눈짓을 하였다. 주정꾼이 이 눈치를 알아보고 화를 버럭 내며,

"에미를 붙을 이 오라질 놈들 같으니, 이놈 내가 돈이 없을 줄 알고."

하자마자 허리춤을 훔칫훔칫하더니 일 원짜리 한 장을 꺼내어 중대가리 앞에 펄쩍 집어던졌다. 그 사품에 몇 푼 은전이 잘그랑하며 떨어진다.

"여보게 돈 떨어졌네, 왜 돈을 막 끼었나."

이런 말을 하며 일변 돈을 줍는다. 김 첨지는 취한 중에도 돈의 거처를 살

피는 듯이 눈을 크게 떠서 땅을 내려다보다가 불시에 제 하는 짓이 너무 더럽다는 듯이 고개를 소스라치자 더욱 성을 내며,

"봐라 봐! 이 더러운 놈들아, 내가 돈이 없나, 다리 뼉다구를 꺾어 놓을 놈들 같으니."

하고 치삼이 주워 주는 돈을 받아,

"이 원수엣 돈! 이 육시(戮屍 이미 죽은 사람의 시체에 다시 목을 베는 형벌)를 할 돈!"

하면서 풀매질을 친다. 벽에 맞아 떨어진 돈은 다시 술 끓이는 양푼에 떨어지며 정당한 매를 맞는다는 듯이 쨍하고 울었다.

곱배기 두 잔은 또 부어질 겨를도 없이 말려 가고 말았다. 김 첨지는 입술과 수염에 붙은 술을 빨아들이고 나서 매우 만족한 듯이 그 솔잎 송이 수염을 쓰다듬으며,

"또 부어, 또 부어."

라고 외쳤다.

또 한 잔 먹고 나서 김 첨지는 치삼의 어깨를 치며 문득 껄껄 웃는다. 그 웃음소리가 어떻게 컸던지 술집에 있는 이의 눈은 모두 김 첨지에게로 몰리었다. 웃는 이는 더욱 웃으며,

"여보게 치삼이, 내 우스운 이야기 하나 할까. 오늘 손을 태우고 정거장에 가지 않았겠나."

"그래서."

"갔다가 그저 오기가 안됐데그려. 그래 전차 정류장에서 어름어름하며 손님 하나를 태울 궁리를 하지 않았나. 거기 마침 마나님이신지 여학생이신지(요새야 어디 논다니와 아가씨를 구별할 수가 있던가) 망토를 잡수시고 비를 맞고 서 있겠지. 슬근슬근 가까이 가서 인력거 타시랍시오 하고 손가방을 받으랴니까 내 손을 탁 뿌리치고 홱 돌아서더니만 '왜 남을 이렇게 귀찮게 굴어!' 그 소리야말로 꾀꼬리 소리지, 허허!"

김 첨지는 교묘하게도 정말 꾀꼬리 같은 소리를 내었다. 모든 사람은 일시에 웃었다.

"빌어먹을 깍쟁이 같은 년, 누가 저를 어쩌나, '왜 남을 귀찮게 굴어!' 어이구 소리가 처신도 없지, 허허."

웃음소리들은 높아졌다. 그러나 그 웃음소리들이 사라지기도 전에 김 첨지는 훌쩍훌쩍 울기 시작하였다.

치삼은 어이없이 주정뱅이를 바라보며,

"금방 웃고 지랄을 하더니 우는 건 또 무슨 일인가."

김 첨지는 연해 코를 들이마시며,

"우리 마누라가 죽었다네."

"뭐, 마누라가 죽다니, 언제?"

"이놈아 언제는, 오늘이지."

"예끼 미친놈, 거짓말 말아."

"거짓말은 왜, 참말로 죽었어, 참말로…… 마누라 시체를 집에 빼들쳐 놓고 내가 술을 먹다니, 내가 죽일 놈이야, 죽일 놈이야."

하고 김 첨지는 엉엉 소리를 내어 운다.

치삼은 흥이 조금 깨어지는 얼굴로,

"원 이 사람이, 참말을 하나 거짓말을 하나. 그러면 집으로 가세, 가."

하고 우는 이의 팔을 잡아당기었다.

치삼이 끄는 손을 뿌리치더니 김 첨지는 눈물이 글썽글썽한 눈으로 싱그레 웃는다.

"죽기는 누가 죽어."

하고 득의가 양양.

"죽기는 왜 죽어, 생떼(당치도 않은 일에 억지를 부리는 때)같이 살아만 있단다. 그 오라질 년이 밥을 죽이지. 인제 나한테 속았다."

하고 어린애 모양으로 손뼉을 치며 웃는다.

"이 사람이 정말 미쳤단 말인가. 나도 아주먼네가 앓는단 말은 들었는데."

하고 치삼이도 어느 불안을 느끼는 듯이 김 첨지에게 또 돌아가라고 권하였다.

"안 죽었어, 안 죽었대도그래."

김 첨지는 화증을 내며 확신 있게 소리를 질렀으되 그 소리엔 안 죽은 것을 믿으려고 애쓰는 가락이 있었다. 기어이 일 원어치를 채워서 곱배기 한 잔씩 더 먹고 나왔다. 궂은 비는 의연히 추적추적 내린다.

김 첨지는 취중에도 설렁탕을 사 가지고 집에 다다랐다. 집이라 해도 물론 셋집이요 또 집 전체를 세든 게 아니라 안과 뚝 떨어진 행랑방 한 칸을 빌려 든 것인데 물을 길어 대고 한 달에 일 원씩 내는 터이다. 만일 김 첨지가 주기를 띠지 않았던들 한 발을 대문에 들여놓았을 제 그곳을 지배하는 무시무시한 정적, 폭풍우가 지나간 뒤의 바다 같은 정적에 다리가 떨렸으리라. 쿨룩거리는 기침 소리도 들을 수 없다. 그르렁거리는 숨소리조차 들을 수 없다. 다만 이 무덤 같은 침묵을 깨뜨리는, 깨뜨린다느니보다 한층 더 침묵을 깊게 하고 불길하게 하는, 빡빡하는 그윽한 소리, 어린애의 젖 빠는 소리가 날 뿐이다. 만일 청각이 예민한 이 같으면 그 빡빡 소리는 빨 따름이요, 꿀떡꿀떡하고 젖 넘어가는 소리가 없으니 빈 젖을 빤다는 것도 짐작할는지 모르리라.

혹은 김 첨지도 이 불길한 침묵을 짐작했는지도 모른다. 그렇지 않으면 대문에 들어서자마자 전에 없이,

"이 난장(亂杖 고려·조선 시대에, 신체의 부위를 가리지 아니하고 마구 매로 치던 고문) 맞을 년, 남편이 들어오는데 나와 보지도 않아, 이 오라질 년."

이라고 고함을 친 게 수상하다. 이 고함이야말로 제 몸을 엄습해 오는 무시무시한 증을 쫓아버리려는 허장성세(虛張聲勢 실력이 없으면서 허세로 떠벌림)인 까닭이다.

하여간 김 첨지는 방문을 왈칵 열었다. 구역을 나게 하는 추기(추깃물. 송장이 썩어서 흐르는 물), 떨어진 삿자리(갈대를 엮어서 만든 자리) 밑에서 나온 먼지내, 빨지 않은 기저귀에서 나는 똥내와 오줌내, 가지각색 때가 켜켜이 앉은 옷내, 병인의 땀 썩은 내가 섞인 추기가 무던 김 첨지의 코를 찔렀다.

방 안에 들어서며 설렁탕을 한구석에 놓을 사이도 없이 주정꾼은 목청을 있는 대로 다 내어 호통을 쳤다.

"이런 오라질 년, 주야장천(晝夜長川 밤낮으로 쉬지 않고 연달아) 누워만 있으면 제일이야! 남편이 와도 일어나지를 못해."

라는 소리와 함께 발길로 누운 이의 다리를 몹시 찼다. 그러나 발길에 채이는 건 사람의 살이 아니고 나무등걸과 같은 느낌이 있었다. 이때에 빡빡 소리가 응아 소리로 변하였다. 개똥이가 물었던 젖을 빼어 놓고 운다. 운대도 온 얼굴을 찡그려 붙여서 운다는 표정을 할 뿐이다. 응아 소리도 입에서 나는 게 아니고 마치 뱃속에서 나는 듯하였다. 울다가 울다가 목도 잠겼고 또 울 기운조차 시진(澌盡 기운이 쑥 빠져 없어짐)한 것 같다.

발로 차도 그 보람이 없는 걸 보자 남편은 아내의 머리맡으로 달려들어 그야말로 까치집 같은 환자의 머리를 꺼들어 흔들며,

"이년아, 말을 해, 말을! 입이 붙었어, 이 오라질 년!"

"……"

"으응, 이것 봐, 아무 말이 없네."

"……"

"이년아, 죽었단 말이냐, 왜 말이 없어."

"……"

"으응, 또 대답이 없네. 정말 죽었나 버이."

이러다가 누운 이의 흰 창을 덮은 위로 치뜬 눈을 알아보자마자,

"이 눈깔! 이 눈깔! 왜 나를 바라보지 못하고 천장만 보느냐, 응."

하는 말끝엔 목이 멨다. 그러자 산 사람의 눈에서 떨어진 닭의 똥 같은 눈물
이 죽은 이의 뻣뻣한 얼굴을 어룽어룽 적시었다. 문득 김 첨지는 미친 듯이
제 얼굴을 죽은 이의 얼굴에 한데 비벼대며 중얼거렸다.

"설렁탕을 사다 놓았는데 왜 먹지를 못하니, 왜 먹지를 못하니…… 괴상
하게도 오늘은 운수가, 좋더니만……"

#  B사감과 러브레터

## ✏ 작품 정리

**작가** : 현진건(132쪽 '작가와 작품 세계' 참조)
**갈래** : 사실주의 소설
**배경** : 시간 – 1920년대 / 공간 – C여학교 기숙사
**시점** : 3인칭 전지적 작가 시점
**주제** : 이율배반적인 인간성 풍자
**출전** : 〈조선문단〉(1925)

## ✏ 구성과 줄거리

**발단** **못생긴 노처녀 B사감은 학생들에게 엄격함**

C여학교 기숙사 사감 B여사는 못생긴 노처녀다. 독신주의자이자 기독교 신자인 그녀는 학생들에게 매우 엄격했다.

**전개** **B사감은 러브레터와 남학생의 면회를 가장 싫어함**

B여사가 제일 싫어하는 것은 여학생들에게 오는 '러브레터'다. 그녀는 하루에도 수십 통씩 배달되는 러브레터를 대할 때마다 해당 여학생을 불러 추궁한다. 그녀의 문초는 하학 후에 대개 두 시간 이상 계속된다. 그녀가 두 번째로 싫어하는 것은 남학생의 면회다. 가족을 포함해 남자들의 면회를 허용하지 않자 학생들은 동맹 휴학을 한다. 교장이 타이르기도 했으나 B사감의 버릇은 고쳐지지 않는다.

**위기** **새벽에 난데없는 웃음과 속삭이는 말이 새어 나옴**

가을 들어 기숙사에서 이상한 일이 발생한다. 학생들이 곤히 잠든 새벽 1시경에 난데없이 깔깔대는 웃음소리와 속삭이는 듯한 말소리가 새어 흐른다. 어느 날 한방을 쓰는 세 학생이 함께 깨어나 이 소리를 듣는다. 세 학생은 사내 애인이 사랑을 호소하기 위해 기숙사 담을 넘어 온 것이라고 생각한다. 세 학생은 현장으로 다가간다.

**절정 결말** **세 학생은 B사감이 러브레터를 읽는 장면을 목격함**

소리 나는 곳은 놀랍게도 B사감의 방이었다. 방 안에서는 여전히 사내의 사랑 고백이 되풀이되고 있었다. 한 처녀가 대담스럽게 그 방문을 빠끔히 열었다. 그렇게 엄격하던 B사감이 여학생에게 온 러브레터를 품에 안고 남녀가 사랑을 고백하는 장면을 연출하고 있었던 것이다. 첫째 처녀가 놀라자, 둘째 처녀는 미쳤다고 말한다. 셋째 처녀는 때 모르는 눈물을 씻는다.

### 🖉 생각해 볼 문제 ----------------------------------------------------------

**1. B사감이 가진 두 개의 자아를 비교해 보자.**

B사감은 낮 시간의 자아와 밤 시간의 자아를 동시에 지니고 있다. 타인과의 관계를 맺는 낮에는 사회적 자아가 발동하고, 자신만의 시간을 가지는 밤에는 개인적 자아가 발동한다. 이 두 자아의 상이성이 아이러니를 유발한다. 권위 의식에 사로잡혀 본능을 억누르고 사는 B사감은 혼자 있는 밤에는 애정을 원하는 본능을 드러낸다.

**2. B사감의 이율배반적 심리 상태는 어디에서 기인하는가?**

못생긴 B사감은 남자들 앞에 나설 자신도 없고 남자들의 구애도 받지 못하자 본의 아니게 독신주의자가 되었다. 반면 젊고 생기 있는 기숙사 여학생들은 뭇 남학생들로부터 러브레터를 받는다. B사감은 자신의 열등감과 질투심을 감추기 위해 육체적 순결과 정신의 고매함을 강조한다. B사감은 열등감 때문에 자신의 본능과 배치되는 위선적 모습을 보이는 것이다.

**3. 이 작품의 휴머니즘에 대해 말해 보자.**

B사감의 위선적 심리 상태는 보통 사람들에게도 나타날 수 있다. B사감은 이성에 대한 표현을 억누르는 우리의 모습이기도 하다. B사감의 기괴한 행동을 본 세 여학생은 조소하기보다는 오히려 동정과 연민을 보인다. 이는 이율배반적인 한 인간의 심리를 단순히 매도하지 않고 감싸 안는 작가의 인간적인 면모를 보여 주는 것이라고 할 수 있다.

(엄격히 감독)

B사감       세 처녀

(동정)

저(처녀)는 한밤중에 화장실에 가려다가 이상한 소리를 들었어요. 친구들을 깨워 함께 들어보니 남녀가 연애하는 소리였어요. 호기심이 일어 소리가 나는 곳으로 찾아갔어요. 그런데 평소에 학생들이 연애하는 것을 싫어한 B여사의 방이 아니겠어요? B여사가 학생들에게 온 러브레터를 자신이 받은 러브레터인 것처럼 하나하나 소리 내어 읽고 있더라고요. 그 모습이 참 안타까웠어요.

# B사감과 러브레터

C여학교에서 교원 겸 기숙사 사감(舍監) 노릇을 하는 B여사라면 딱장대(온화한 맛이 없고 성질이 딱딱한 사람)요, 독신주의자요, 찰진 야소꾼(예수꾼, 기독교인)으로 유명하다. 사십에 가까운 노처녀인 그는 주근깨투성이 얼굴이 처녀다운 맛이란 약에 쓰려도 찾을 수 없을 뿐 아니라, 시들고 거칠고 마르고 누렇게 뜬 품이 곰팡 슬은 굴비를 생각나게 한다.

여러 겹 주름이 잡힌 훌렁 벗겨진 이마라든지, 숱이 적어서 법대로 쪽찌거나 틀어 올리지를 못하고 엉성하게 그냥 빗어 넘긴 머리꼬리가 뒤통수에 염소 똥만 하게 붙은 것이라든지, 벌써 늙어 가는 자취를 감출 길이 없었다. 뾰족한 입을 앙다물고 돋보기 너머로 쌀쌀한 눈이 노릴 때엔 기숙생들이 오싹하고 몸서리를 치리만큼 그는 엄격하고 매서웠다.

이 B여사가 질겁하다시피 싫어하고 미워하는 것은 소위 '러브레터'였다. 여학교 기숙사라면 으레 그런 편지가 많이 오는 것이지만 학교로도 유명하고 또 아름다운 여학생이 많은 탓인지 모르되 하루에도 몇 장씩 죽느니 사느니 하는 사랑 타령이 날아들어 왔다. 기숙생에게 오는 사신을 일일이 검사하는 터이니까 그 따위 편지도 물론 B여사의 손에 떨어진다. 달짝지근한 사연을 보는 족족 그는 더할 수 없이 흥분되어서 얼굴이 붉으락푸르락, 편지 든 손이 발발 떨리도록 성을 낸다.

아무 까닭 없이 그런 편지를 받은 학생이야말로 큰 재변이었다. 하학하기가 무섭게 그 학생은 사감실로 불리어 간다. 분해서 못 견디겠다는 사람 모양으로 쌔근쌔근하며 방 안을 왔다 갔다 하던 그는, 들어오는 학생을 잡아먹을 듯이 노리면서 한 걸음 두 걸음 코가 맞닿을 만치 바싹 다가들어 서서 딱 마주선다. 웬 영문인지 알지 못하면서도 선생의 기색을 살피고 겁부터 집어먹은 학생은 한동안 어쩔 줄 모르다가 간신히 모기만한 소리로,

"저를 부르셨어요?"

하고 묻는다.

"그래 불렀다. 왜!"

꽉 무는 듯이 한마디 하고 나서 매우 못마땅한 것처럼 교의(交椅 의자)를 우

당퉁탕 당겨서 철썩 주저앉았다가 학생이 그저 서 있는 걸 보면,

"장승이냐? 왜 앉지를 못해."

하고 또 소리를 빽 지르는 법이었다.

스승과 제자는 조그마한 책상 하나를 새에 두고 마주 앉는다. 앉은 뒤에도,

"네 죄상을 네가 알지!"

하는 것처럼 아무 말없이 눈살로 쏘기만 하다가 한참만에야 그 편지를 끄집어내어 학생의 코앞에 동댕이치며,

"이건 누구한테 오는 거냐?"

하고 문초를 시작한다.

앞 장에 제 이름이 쓰였는지라,

"저한테 온 것이야요."

하고 대답 않을 수 없다. 그러면 발신인이 누구인 것을 채쳐(재촉해) 묻는다.

그런 편지의 항용(恒用 항상. 드물거나 귀할 것 없이 보통임)으로 발신인의 성명이 똑똑지 않기 때문에 주저주저하다가 자세히 알 수 없다고 내대일 양이면,

"너한테 오는 것을 네가 모른단 말이냐."

하고 불호령을 내린 뒤에 또 사연을 읽어 보라 하여 무심한 학생이 나즉나즉하나마 꿀 같은 구절을 입술에 올리면, B여사의 역정은 더욱 심해져서 어느 놈의 소위인 것을 기어이 알려 한다. 기실 보도 듣도 못한 남성의 한 노릇이요, 자기에게는 아무 죄도 없는 것을 변명하여도 곧이듣지를 않는다. 바른대로 아뢰어야 망정이지 그렇지 않으면 퇴학을 시킨다는 둥, 제 이름도 모르는 여자에게 편지할 리가 만무하다는 둥, 필연 행실이 부정한 일이 있으리라는 둥…….

하다 못해 어디서 한번 만나기라도 하였을 테니 어찌해서 남자와 접촉을 하게 되었느냐는 둥, 자칫 잘못하여 학교에서 주최한 음악회나 바자에서 혹 보았는지 모른다고 졸리다 못해 주워댈 것 같으면 사내의 보는 눈이 어떻더냐, 표정이 어떻더냐, 무슨 말을 건네더냐, 미주알고주알 캐고 파며 어르고 볶아서 넉넉히 십년감수는 시킨다.

두 시간이 넘도록 문초를 한 끝에는 사내란 믿지 못할 것, 우리 여성을 잡아먹으려는 마귀인 것, 연애가 자유이니 신성이니 하는 것도 모두 악마의 지어 낸 소리인 것을 입에 침이 없이 열에 떠서 한참 설법을 하다가 닦지

도 않은 방바닥(침대를 쓰기 때문에 방이라 해도 마룻바닥이다)에 그대로 무릎을 꿇고 기도를 올린다. 눈에 눈물까지 글썽거리면서 말끝마다 하느님 아버지를 찾아서 악마의 유혹에 떨어지려는 어린 양을 구해 달라고 뒤삶고 곱삶는 법이었다.

그리고 둘째로 그의 싫어하는 것은 기숙생을 남자가 면회하러 오는 일이었다. 무슨 핑계로 하든지 기어이 못 보게 하고 만다. 친부모, 친동기간이라도 규칙이 어떠니, 상학(上學 학교에서 그날의 공부를 시작함) 중이니, 무슨 핑계를 하든지 따돌려 보내기가 일쑤다. 이로 말미암아 학생이 동맹휴학을 하였고 교장의 설유(說諭 말로 잘 타이름)까지 들었건만 그래도 그 버릇은 고치려 들지 않았다.

이 B사감이 감독하는 그 기숙사에 금년 가을 들어서 괴상한 일이 '생겼다'느니보다 '발각되었다'는 것이 마땅할는지 모르리라. 왜 그런고 하면 그 괴상한 일이 언제 '시작된' 것은 귀신밖에 모르니까.

그것은 다른 일이 아니라 밤이 깊어서 새로 한 점이 되어 모든 기숙생들이 달고 곤한 잠에 떨어졌을 제 난데없는 깔깔대는 웃음과 속살속살하는 말낱이 새어 흐르는 일이었다. 하룻밤이 아니고 이틀 밤이 아닌 다음에야 그런 소리가 잠귀 밝은 기숙생의 귀에 들리기도 하였지만, 자던 잠결이라 뒷동산에 구르는 마른 잎의 노래로나, 달빛에 날개를 번뜩이며 울고 가는 기러기의 소리로나 흘려들었다. 그렇지 않으면 도깨비의 장난이나 아닌가 하여 무시무시한 증이 들어서 동무를 깨웠다가 좀처럼 동무는 깨지 않고 제 생각이 너무나 어림없고 어이없음을 깨달으면, 밤소리 멀리 들린다고, 학교 이웃집에서 이야기를 하거나 또 딴 방에 자는 제 동무들의 잠꼬대로만 여겨서 스스로 안심하고 그대로 자 버리기도 하였다.

그러나 이 수수께끼가 풀릴 때는 왔다. 이때 공교롭게 한방에 자던 학생 셋이 한꺼번에 잠을 깨었다. 첫째 처녀가 소변을 보러 일어났다가 그 소리를 듣고, 둘째 처녀와 셋째 처녀를 깨우고 만 것이다.

"저 소리를 들어 보아요. 아닌 밤중에 저게 무슨 소리야."

하고 첫째 처녀는 호동그래진 눈에 무서워하는 빛을 띤다.

"어제 밤에 나도 저 소리에 놀랐었어. 도깨비가 났단 말인가?"

하고, 둘째 처녀도 잠 오는 눈을 비비며 수상해 한다. 그중에 제일 나이 많을 뿐더러(많아 보았자 열여덟밖에 아니 되지만) 장난 잘 치고 짓궂은 짓

잘하기로 유명한 셋째 처녀는 동무 말을 못 믿겠다는 듯이 이윽히<sup>(한참)</sup> 귀를 기울이다가,

"딴은 수상한걸. 나도 언젠가 한번 들어 본 법도 하구먼. 무얼 잠 아니 오는 애들이 이야기를 하는 게지."

이때에 그 괴상한 소리는 깩깩 웃었다. 세 처녀는 으쓱하며 귀를 소스라쳤다. 적적한 밤 가운데 다른 파동 없는 공기는 그 수상한 말마디를 곁에서나 나는 듯이 또렷또렷이 전해 주었다.

"오, 태훈 씨! 그러면 작히<sup>(오죽이나)</sup> 좋을까요."

간드러진 여자의 목소리다.

"경숙 씨가 좋으시다면 내야 얼마나 기쁘겠습니까! 아아, 오직 경숙 씨에게 바친 나의 타는 듯한 가슴을 인제야 아셨습니까!"

정열에 뜨인 사내의 목청이 분명하였다. 한동안 침묵…….

"인제 고만 놓아요. 키스가 너무 길지 않아요. 행여 남이 보면 어떡해요."

아양 떠는 여자 말씨.

"길수록 더욱 좋지 않아요. 나는 내 목숨이 끊어질 때까지 키스를 하여도 길다고는 못 하겠습니다. 그래도 짧은 것을 한하겠습니다."

사내의 피를 뿜는 듯한 이 말 끝은 계집의 자지러진 웃음으로 묻혀 버렸다.

그것은 묻지 않아도 사랑에 겨운 남녀의 허물어진 수작이다. 감금이 지독한 이 기숙사에 이런 일이 생길 줄이야! 세 처녀는 얼굴을 마주 보았다. 그들의 얼굴은 놀랍고 무서운 빛이 없지 않았으되 점점 호기심에 번쩍이기 시작하였다. 그들의 머릿속에는 한결같이 로맨틱한 생각이 떠올랐다. 이 안에 있는 여자 애인을 보려고 학교 근처를 뒤돌고 곰돌던 사내 애인이, 타는 듯한 가슴을 걷잡다 못하여 밤이 이슥하기를 기다려 담을 뛰어넘었는지 모르리라.

모든 불이 다 꺼지고 오직 밝은 달빛이 은가루처럼 서리인 창문이 소리 없이 열리며 여자 애인이 흰 수건을 흔들어 사내 애인을 부른지도 모르리라.

활동사진에 보는 것처럼 기나긴 피류를 내리어서 하나는 위에서 당기고 하나는 밑에 매달려 디룽디룽하면서 올라가는 정경이 있었는지 모르리라.

그래서 두 애인은 만나 가지고 저와 같이 사랑의 속살거림에 잦아졌는지 모르리라……. 꿈결 같은 감정이 안개 모양으로 부시게 세 처녀의 몸과 마

음을 휩싸 돌았다.

그들의 뺨은 후끈후끈 달았다. 괴상한 소리는 또 일어났다.

"난 싫어요. 난 싫어요. 당신 같은 사내는 난 싫어요."

이번에는 매몰스럽게 내어대는 모양.

"나의 천사, 나의 하늘, 나의 여왕, 나의 목숨, 나의 사랑, 나를 살려 주어요, 나를 구해 주어요."

사내의 애를 졸리는 간청…….

"우리 구경 가 볼까?"

짓궂은 셋째 처녀는 몸을 일으키며 이런 제의를 하였다. 다른 처녀들도 그 말에 찬성한다는 듯이 따라 일어섰으되 의아와 공구(恐懼 몹시 두려움)와 호기심이 뒤섞인 얼굴을 서로 교환하면서 얼마쯤 망설이다가 마침내 가만히 문을 열고 나왔다. 쌀벌레 같은 그들의 발가락은 가장 조신성 많게 소리 나는 곳을 향해서 곰실곰실 기어간다. 컴컴한 복도에 자다가 일어난 세 처녀의 흰 모양은 그림자처럼 소리 없이 움직였다.

소리 나는 방은 어렵지 않게 찾을 수 있었다. 찾고는 나무로 깎아 세운 듯이 주춤 걸음을 멈출 만큼 그들은 놀랐다. 그런 소리의 출처야말로 자기네 방에서 몇 걸음 안 되는 사감실일 줄이야! 그렇듯이 사내라면 못 먹어 하고 침이라도 뱉을 듯하던 B여사의 방일 줄이야. 그 방에 여전히 사내의 비대발괄(딱한 사정을 하소연하면서 간절히 청해 빎)하는 푸념이 되풀이되고 있다…….

나의 천사, 나의 하늘, 나의 여왕, 나의 목숨, 나의 사랑, 나의 애를 말려 죽이실 테요. 나의 가슴을 뜯어 죽이실 테요. 내 생명을 맡으신 당신의 입술로…….

셋째 처녀는 대담스럽게 그 방문을 빠끔히 열었다. 그 틈으로 여섯 눈이 방 안을 향해 쏘았다. 이 어쩐 기괴한 광경이냐. 전등불은 아직 끄지 않았는데 침대 위에는 기숙생에게 온 소위 '러브레터'의 봉투가 너저분하게 흩어졌고 그 알맹이도 여기저기 두서없이 펼쳐진 가운데 B여사 혼자—아무도 없이 제 혼자 일어나 앉았다. 누구를 끌어당길 듯이 두 팔을 벌리고 안경을 벗은 근시안으로 잔뜩 한곳을 노리며 그 굴비쪽 같은 얼굴에 말할 수 없이 애원하는 표정을 짓고는, 키스를 기다리는 것같이 입을 쭝긋이 내어 민 채 사내의 목청을 내어 가면서 아깟말을 중얼거린다. 그러다가 그 넋두리가 끝날 겨를도 없이 급작스레 앵돌아지는 시늉을 내며 누구를 뿌리치는 듯이

연해 손짓을 하면서 이번에는 톡톡 쏘는 계집의 음성을 지어,

　"난 싫어요. 당신 같은 사내는 난 싫어요."

　하다가 제물에<sup>(저 혼자 스스로 하는 김에)</sup> 자지러지게 웃는다. 그러더니 문득 편지 한 장(물론 기숙생에게 온 '러브레터'의 하나)을 집어 들어 얼굴에 문지르며,

　"정<sup>(정말로, 참으로)</sup> 말씀이야요. 나를 그렇게 사랑하셔요. 당신의 목숨같이 나를 사랑하셔요? 나를, 이 나를."

하고 몸을 추스르는데 그 음성은 분명히 울음의 가락을 띠었다.

　"에그머니, 저게 웬일이야!"

　첫째 처녀가 소곤거렸다.

　"아마 미쳤나 보아, 밤중에 혼자 일어나서 왜 저리고 있을꾸."

　둘째 처녀가 맞방망이를 친다…….

　"에그 불쌍해!"

하고 셋째 처녀는 손으로 고인, 때 모르는 눈물을 씻었다…….

빈처

✏ **작품 정리** --------------------------------------------------------

> **작가** : 현진건(132쪽 '작가와 작품 세계' 참조)
> **갈래** : 순수 소설, 사실주의 소설
> **배경** : 시간 – 1920년대 / 공간 – 서울 종로
> **시점** : 1인칭 주인공 시점
> **주제** : 가난한 무명작가 부부의 생활고와 부부애
> **출전** : 〈개벽〉(1921)

✏ **구성과 줄거리** --------------------------------------------------------

**발단** 아내는 전당포에 물건을 맡겨 가난한 살림을 꾸림

아내는 아침거리를 장만하기 위해 전당포에 잡힐 모본단 저고리를 찾는다. '나'는 아내와 16세 때 결혼한 후 곧 집을 떠나 중국과 일본을 떠돌다가 거지 같은 행색으로 집에 돌아왔다. 무명작가인 '나' 때문에 아내는 결국 세간과 의복에 손을 대 돈을 마련한다. 이런 고생을 하면서도 아내는 '나'의 성공을 굳게 믿는다.

**전개** T의 양산 자랑을 계기로 '나'와 아내가 갈등을 빚음

처량한 생각이 든 '나'는 불현듯 한성은행에 다니는 T가 공일이라고 찾아온 일을 생각한다. T가 제 처에게 줄 양산을 샀다고 자랑하자 아내는 매우 부러워하는 눈치였다. 가난한 예술가의 처 노릇을 잘해 오던 아내가 "당신도 살 도리를 좀 하세요."라고 핀잔을 준다. '나'는 불쾌한 생각을 억제하지 못하고 "예술가의 처가 다 뭐야!" 하고 소리를 꽥 지른다.

**위기** '나'는 처형과 비교되는 아내의 모습을 보고 자격지심을 느낌

'나'와 아내는 장인의 생일이라는 전갈을 받고 처가에 간다. 처형은 돈을 잘 버는 남편을 만나 비단옷을 입고 있다. 처형의 얼굴에는 부유한 태가

흐르지만 눈 위에는 시퍼런 멍이 있다. 초라한 몰골의 '나'를 얕잡아 보는 것 같아 '나'는 괴로운 생각을 잊으려고 술을 취하도록 마신다.

**절정** **처형의 불행을 통해 '나'와 아내는 정신적 행복에 만족하려 함**

처가에서 가져온 음식으로 저녁을 먹은 후 '나'와 아내는 처형에 대해 이야기한다. 처형의 남편은 주야로 기생집을 다니면서 이를 탓하는 처형을 걸핏하면 때린다고 한다. "없더라도 의좋게 지내는 것이 행복"이란 아내의 말에 '나'는 흡족해한다. 이틀 뒤에 처형이 아내에게 새 신발을 하나 주며 한바탕 남편 욕을 한다. 아내가 처형이 사 온 신발을 보며 좋아하자 '나'는 정신적인 행복에만 만족하려 해도 기실 부족하다고 생각한다.

**결말** **아무도 인정해 주지 않는 '나'를 믿고 따른 아내의 허리를 껴안음**

무명작가인 '나'를 믿고 눈살 한번 찌푸리지 않는 아내에게 고마움을 느낀 '나'는 두 팔로 덥석 아내의 허리를 잡아 안는다. 두 사람의 눈에는 그렁그렁 눈물이 넘쳐흐른다.

✎ **생각해 볼 문제** - - - - - - - - - - - - - - - - - - - - - - - - - - - - - - - - - - - - - - -

**1. 이 작품에서 부부간의 갈등은 어디에서 비롯되는가?**

'나'와 아내의 갈등은 부부간의 문제에서 오는 것이 아니라 사회적 가치의 대립에서 오는 것이다. 이러한 갈등은 결국 가정의 행복을 깨뜨리는 요인으로 작용한다. 소설의 마지막 부분에서 애정의 회복을 통해 부부간의 갈등을 극복하는 모습이 나오지만, 애정만으로 가난의 고통이 치유될 수는 없다. 그렇지만 이들이 척박한 식민지의 토양에서 합리적 대안을 마련하기는 어려웠을 것이다.

**2. 이 작품에는 장인의 생일에 모인 처형과 아내가 선명하게 대비된다. 두 인물의 외형과 그것이 상징하는 바는 무엇인가?**

처형은 비단옷을 입은 화려한 여인이고, 아내는 돈 없는 무명작가의 아내다. 처형은 '이글이글 만발한 꽃'이고 아내는 '시들어 말라빠진 낙엽'과 같다. 부유하지만 늘 불만족스럽게 살아가는 처형은 현실적인 보상을 주는 물질적인 면을 상징하고, 가난하지만 장래의 기대 속에 살아가는 아내는 현실적인 보상이 없는 정신적인 면을 상징한다.

3. '나'는 어떤 자아의 소유자인지 설명해 보자. 또 '나'가 당대 지식인의 전형이라고 한다면, 당대 지식인의 내면 풍경은 어떠한 것인지 말해 보자.

'나'는 작가로서의 자부심을 지니고 있으며 청빈함을 미덕으로 여긴다. 그리고 근대적 자아상을 가진 인물인 동시에 아내에게는 남편의 권위를 내세우는 전근대적 자아상을 지니고 있다. 또 경제적인 초라함 때문에 열등감에 시달리며 아내로부터 끊임없이 위로를 받는 '유아적 자아상'을 보이기도 한다. 즉, '나'가 문사로서 자부심을 강조하는 이면에는 생활인으로서의 열등감이 숨어 있는 것이다. 이처럼 당대 지식인들은 생활적인 면에서 무능력한 모습을 보인다. 그들은 전통에서 근대로 넘어가는 변혁기의 어중간한 위치에 서 있다. 따라서 근대적 정신을 지향하면서도 전통적 의식에서 벗어나지 못하는 모순된 점을 보인다. 이런 점은 당대 지식인들의 공통적인 내면 풍경이라고 할 수 있다.

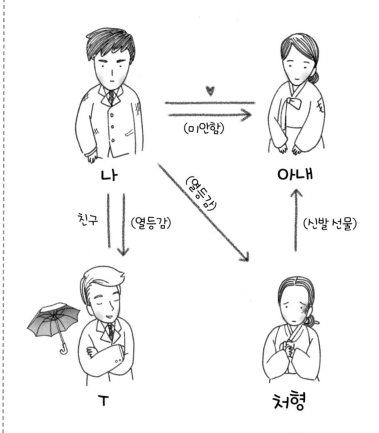

## 인물 관계도

**나** → (미안함) → **아내**

**나** → (열등감) → **T** (친구)

**나** → (열등감) → **처형**

**처형** → (신발 선물) → **아내**

아내는 가난한 작가인 저(나)를 굳게 믿어 주는 사람이에요. 그런데 제 친구 T가 자기 아내에게 줄 양산을 자랑하는 걸 보고는 순간 서운 한 말을 하더라고요. 처형도 부잣집에 시집을 갔는데, 저는 그걸 보니 아내에게 부끄럽고 미안했어요. 하지만 아내는 남편에게 맞고 사는 처 형의 처지를 이야기하며 저를 위로하고, 계속 제게 믿음을 보여 주고 있답니다.

# 빈처

1

"그것이 어째 없을까?"

아내가 장문을 열고 무엇을 찾더니 입안말로 중얼거린다.

"무엇이 없어?"

나는 우두커니 책상머리에 앉아서 책장만 뒤적뒤적하다가 물어보았다.

"모본단(模本緞 본래 중국에서 난 비단의 하나. 품질이 정밀하고 윤이 나며 무늬가 아름다움) 저고리가 하나 남았는데……."

"……."

나는 그만 묵묵하였다. 아내가 그것을 찾아 무엇하려는 것을 앎이라. 오늘 밤에 옆집 할멈을 시켜 잡히려 하는 것이다.

이 2년 동안에 돈 한 푼 나는 데는 없고 그대로 주리면 시장할 줄 알아 기구(器具 세간, 도구, 기계 따위)와 의복을 전당국 창고(典當局倉庫)에 들이밀거나 고물상 한구석에 세워 두고 돈을 얻어 오는 수밖에 없었다. 지금 아내가 하나 남은 모본단 저고리를 찾는 것도 아침거리를 장만하려 함이라.

나는 입맛을 쩍쩍 다시고 폈던 책을 덮으며 후— 한숨을 내쉬었다.

봄은 벌써 반이나 지났건마는 이슬을 실은 듯한 밤기운이 방구석으로부터 슬금슬금 기어 나와 사람에게 안기고 비가 오는 까닭인지 밤은 아직 깊지 않건만 인적조차 끊어지고 온 천지가 빈 듯이 고요한데 투닥투닥 떨어지는 빗소리가 한없는 구슬픈 생각을 자아낸다.

"빌어먹을 것 되는대로 되어라."

나는 점점 견딜 수 없어 두 손으로 흐트러진 머리카락을 쓰다듬어 올리며 중얼거려 보았다. 이 말이 더욱 처량한 생각을 일으킨다. 나는 또 한 번, "후—" 한숨을 내쉬며 왼팔을 베고 책상에 쓰러지며 눈을 감았다.

이 순간에 오늘 지낸 일이 불현듯 생각이 난다.

늦게야 점심을 마치고 내가 막 궐련 한 개를 피워 물 적에 한성은행(漢城銀行) 다니는 T가 공일이라고 놀러 왔었다.

친척은 다 멀지 않게 살아도 가난한 꼴을 보이기도 싫고 찾아갈 적마다 무엇을 꾸어 내라고 조르지도 아니하였건만 행여나 무슨 구차한 소리를 할까 봐서 미리 방패막이를 하고 눈살을 찌푸리는 듯하여 나도 발을 끊고 따라서 찾아오는 이도 없었다. 다만 이 T는 촌수가 가까운 까닭인지 자주 우리를 방문하였다.

그는 성실하고 공순하며 소소한 소사(小事)에 슬퍼하고 기뻐하는 인물이었다. 동년배(同年輩)인 우리 둘은 늘 친척 간에 비교(比較)거리가 되었었다. 그리고 나의 평판이 항상 좋지 못했다.

"T는 돈을 알고 위인이 진실해서 그 애는 돈푼이나 모을 것이야! 그러나 K(내 이름)는 아무짝에도 못 쓸 놈이야. 그 잘난 언문(諺文) 섞어서 무어라고 끼적거려 놓고 제 주제에 무슨 조선에 유명한 문학가가 된다니! 시러베아들(실없는 사람을 낮잡아 이르는 말. 시러베자식) 놈!"

이것이 그네들의 평판이었다. 내가 문학인지 무엇인지 하는 소리가 까닭 없이 그네들의 비위에 틀린 것이다. 더군다나 나는 그네들의 생일이나 혹은 대사(大事) 때에 돈 한 푼 이렇다는 일이 없고 T는 소위 착실히 돈벌이를 하여 가지고 국수 밥소라(밥·떡국·국수 등을 담는 큰 놋그릇)나 보조를 하는 까닭이다.

"얼마 아니 되어 T는 잘살 것이고 K는 거지가 될 것이니 두고 보아!"

오촌 당숙은 이런 말씀까지 하였다 한다. 입 밖에는 아니 내어도 친부모 친형제까지라도 심중(心中)으로는 다 이렇게 생각할 것이다. 그래도 부모는 달라서 화가 나시면,

"네가 그리하다가는 말경(末境)에 비렁뱅이가 되고 말 것이야."

라고 꾸중은 하셔도,

"사람이란 늦복 모르느니라."

"그런 사람은 또 그렇게 되느니라."

하시는 것이 스스로 위로하는 말씀이고 또 며느리를 위로하는 말씀이었다. 이것을 보아도 하는 수 없는 놈이라고 단념을 하시면서 그래도 잘되기를 바라시고 축원하시는 것을 알겠더라.

여하간 이만하면 T의 사람됨을 가히 알 수가 있다. 그리고 그가 우리 집에 올 것 같으면 지어서 쾌활하게 웃으며 힘써 재미스러운 이야기를 하였다. 단둘이 고적(孤寂)하게 그날그날을 보내는 우리에게는 더할 수 없이 반가웠다.

오늘도 그가 활발하게 집에 쑥 들어오더니 신문지에 싼 기름한 것을 '이것 봐라' 하는 듯이 마루 위에 올려놓고 분주히 구두끈을 끄른다.

"이것은 무엇인가!"

나는 물어보았다.

"저— 제 처의 양산이야요. 쓰던 것이 벌써 다 낡았고 또 살이 부러졌다나요."

그는 구두를 벗고 마루에 올라서며 나오는 웃음을 참지 못하여 벙글벙글하면서 대답을 한다. 그는 나의 아내를 보며 돌연히,

"아주머니 좀 구경하시렵니까?"

하더니 싼 종이와 집을 벗기고 양산을 펴 보인다. 흰 비단 바탕에 두어 가지 매화를 수놓은 양산이었다.

"검정이는 좋은 것이 많아도 너무 칙칙해 보이고…… 회색이나 누렁이는 하나도 그것이야 싫은 것이 없어서 이것을 산걸요."

그는 '이것보다 더 좋은 것을 살 수가 있나' 하는 뜻을 보이려고 애를 쓰며 이런 발명(發明 변명)까지 한다.

"이것도 퍽 좋은데요."

이런 칭찬을 하면서 양산을 펴 들고 이리저리 홀린 듯이 들여다보고 있는 아내의 눈에는, '나도 이런 것을 하나 가졌으면' 하는 생각이 역력히 보인다.

나는 갑자기 불쾌한 생각이 와락 일어나서 방으로 들어오며 아내의 양산 보는 양을 빙그레 웃고 바라보고 있는 T에게,

"여보게, 방에 들어오게그려, 우리 이야기나 하세."

T는 따라 들어와 물가 폭등에 대한 이야기며, 자기의 월급이 오른 이야기며, 주권(株券 주주의 출자에 대해 교부하는 유가 증권)을 몇 주 사 두었더니 꽤 이익이 남았다든가, 이번 각 은행 사무원 경기회(競技會)에서 자기가 우월한 성적을 얻었다든가 이런 것 저런 것 한참 이야기하다가 돌아갔었다.

T를 보내고 책상을 향하여 짓던 소설의 결미를 생각하고 있을 즈음에,

"여보!"

아내의 떠는 목소리가 바로 내 귀 곁에서 들린다. 핏기 없는 얼굴에 살짝 붉은빛이 돌며 어느 결에 내 곁에 바싹 다가앉았더라.

"당신도 살 도리를 좀 하셔요."

"……."

나는 또 '시작하는구나' 하는 생각이 번개같이 머리에 번쩍이며 불쾌한

생각이 벌컥 일어난다. 그러나 무어라고 대답할 말이 없어 묵묵히 있었다.

"우리도 남과 같이 살아 보아야지요!"

아내가 T의 양산에 단단히 자극을 받은 것이다. 예술가의 처 노릇을 하려는 독특한 결심이 있는 그는 좀처럼 이런 소리를 입 밖에 내지 아니하였다. 그러나 무엇에 상당한 자극만 받으면 참고 참았던 이런 소리를 하게 되는 것이다. 나도 이런 소리를 들을 적마다 '그럴 만도 하다'는 동정심이 없지 아니하나 심사가 어쩐지 좋지 못하였다. 이번에도 '그럴 만도 하다'는 동정심이 없지 아니하되 또한 불쾌한 생각을 억제키 어려웠다. 잠깐 있다가 불쾌한 빛을 드러내며,

"급작스럽게 살 도리를 하라면 어찌할 수가 있소? 차차 될 때가 있겠지!"

"아이구, 차차란 말씀 그만두구려, 어느 천년에⋯⋯."

아내의 얼굴에 붉은빛이 짙어지며 전에 없던 흥분한 어조로 이런 말까지 하였다. 자세히 보니 두 눈에 은은히 눈물이 괴었더라.

나는 잠시 멍멍하게 있었다. 성낸 불길이 치받쳐 올라온다. 나는 참을 수 없다.

"막벌이꾼한테 시집을 갈 것이지 누가 내게 시집을 오랬어! 저 따위가 예술가의 처가 다 뭐야!"

사나운 어조로 몰풍스럽게(성격이나 태도가 정이 없고 냉랭하며 퉁명스럽게) 소리를 꽥 질렀다.

"에그⋯⋯!"

살짝 얼굴빛이 변해지며 어이없이 나를 보더니 고개가 점점 수그러지며 한 방울 두 방울 방울방울 눈물이 장판 위에 떨어진다.

나는 이런 일을 가슴에 그리며 그래도 내일 아침거리를 장만하려고 옷을 찾는 아내의 심중을 생각해 보니, 말할 수 없는 슬픈 생각이 가을바람과 같이 설렁설렁 심골(心骨 마음속)을 분지르는 것 같다.

쓸쓸한 빗소리는 굵었다 가늘었다 의연(依然)히 적적한 밤공기에 더욱 처량히 들리고 그을음 앉은 등피(燈皮 등불이 꺼지지 않도록 바람을 막고 불빛을 밝게 하기 위해 남포등에 씌우는 유리로 만든 물건) 속에서 비추는 불빛은 구름에 가린 달빛처럼 우는 듯 조는 듯 구차히 얻어 산 몇 권 양책(洋冊)의 표제(表題) 금자가 번쩍거린다.

## 2

장 앞에 초연히 서 있던 아내가 무엇이 생각났는지 고개를 끄덕끄덕하며 들릴 듯 말 듯 목 안의 소리로,

"오호…… 옳지 참 그날……."

"찾았소!"

"아니야요, 벌써…… 저 인천 사시는 형님이 오셨던 날……."

"……."

아내가 애써 찾던 그것도 벌써 전당포의 고운 먼지가 앉았구나! 종지 하나라도 차근차근 아랑곳하는 아내가 그것을 잡혔는지 아니 잡혔는지 모르는 것을 보면 빈곤이 얼마나 그의 정신을 물어뜯었는지 가히 알겠다.

"……."

"……."

한참 동안 서로 아무 말이 없었다. 가슴이 어쩌 답답해지며 누구하고 싸움이나 좀 해 보았으면 소리껏 고함이나 질러 보았으면 실컷 울어 보았으면 하는 일종 이상한 감정이 부글부글 피어오르며, 전신에 이가 스멀스멀 기어 다니는 듯 옷이 어쩌 몸에 끼여 견딜 수가 없다.

나는 이런 감정을 노골적으로 드러내며,

"점점 구차한 살림에 싫증이 나서 못 견디겠지?"

아내는 무엇을 생각하는지 모르게 정신을 잃고 섰다가 그 게슴츠레한 눈이 둥그레지며,

"네에? 어째서요?"

"무얼 그렇지!"

"싫은 생각은 조금도 없어요."

이렇게 말이 오락가락함을 따라 나는 흥분의 도(度)가 점점 짙어 간다.

그래서 아내가 떨리는 소리로,

"어째 그런 줄 아셔요?"

하고 반문할 적에,

"나를 숙맥(菽麥 사리 분별을 못하고 세상 물정을 잘 모르는 사람)으로 알우?"

라고, 격렬하게 소리를 높였다.

아내는 살짝 분한 빛이 눈에 비치며 물끄러미 나를 들여다본다. 나는 괘씸하다는 듯이 흘겨보며,

"그러면 그것 모를까! 오늘날까지 잘 참아 오더니 인제는 점점 기색이 달라지는걸 뭐! 물론 그럴 만도 하지마는!"

이런 말을 하는 내 가슴에는 지난 일이 활동사진 모양으로 얼른얼른 나타난다.

육 년 전에(그때 나는 십육 세이고 저는 십팔 세였다) 우리가 결혼한 지 얼마 아니 되어 지식에 목마른 나는 지식의 바닷물을 얻어 마시려고 표연히 집을 떠났었다. 광풍에 나부끼는 버들잎 모양으로 오늘은 지나(支那 중국 본토의 다른 명칭) 내일은 일본으로 굴러다니다가 금전의 탓으로 지식의 바닷물도 흠씬 마셔 보지도 못하고 반거들충이(무엇을 배우다가 중도에 그만두어 다 이루지 못한 사람)가 되어 집에 돌아오고 말았다. 내게 시집올 때에는 방글방글 피려는 꽃봉오리 같던 아내가 어느 결에 이울어 가는 꽃처럼 두 뺨에 선연한 빛이 스러지고 이마에는 벌써 두어 금 가는 줄이 그리어졌다.

처가 덕으로 집칸도 장만하고 세간도 얻어 우리는 소위 살림을 하게 되었다. 처음에는 그럭저럭 지내었지마는 한 푼 나는 데 없는 살림이라 한 달 가고 두 달 갈수록 점점 곤란해질 따름이었다. 나는 보수 없는 독서와 가치 없는 창작으로 해가 지고 날이 새며 쌀이 있는지 나무가 있는지 망연케 몰랐다. 그래도 때때로 맛있는 반찬이 상에 오르고 입은 옷이 과히 추하지 아니함은 전혀 아내의 힘이었다. 전들 무슨 벌이가 있으리요, 부끄럼을 무릅쓰고 친가에 가서 눈치를 보아 가며 구차한 소리를 하여 가지고 얻어 온 것이었다. 그것도 한 번 두 번 말이지 장구한 세월에 어찌 늘 그럴 수가 있으랴! 말경에는 아내가 가져온 세간과 의복에 손을 대는 수밖에 없었다. 잡히고 파는 것도 나는 알은체도 아니하였다. 그가 애를 쓰며 퉁명스러운 옆집 할멈에게 돈푼을 주고 시켰었다.

이런 고생을 하면서도 그는 나의 성공만 마음속으로 깊이깊이 믿고 빌었었다. 어느 때에는 내가 무엇을 짓다가 마음에 맞지 아니하여 쓰던 것을 집어던지고 화를 낼 적에,

"왜 마음을 조급하게 잡수셔요! 저는 꼭 당신의 이름이 세상에 빛날 날이 있을 줄 믿어요. 우리가 이렇게 고생을 하는 것이 장래에 잘될 근본이야요."

하고 그는 스스로 흥분되어 눈물을 흘리며 나를 위로한 적도 있었다.

내가 외국으로 돌아다닐 때에 소위 신풍조(新風潮)에 띄어 까닭 없이 구식 여자가 싫었었다. 그래서 나의 일찍이 장가든 것을 매우 후회하였다. 어떤

남학생과 어떤 여학생이 서로 연애를 주고받고 한다는 이야기를 들을 적마다 공연히 가슴이 뛰놀며 부럽기도 하고 비감(悲感)스럽기도 하였었다.

그러나 낫살이 들어갈수록 그런 생각도 없어지고 집에 돌아와 아내를 겪어 보니 의외에 그에게 따뜻한 맛과 순결한 맛을 발견하였다. 그의 사랑이야말로 이기적 사랑이 아니고 헌신적 사랑이었다. 이런 줄을 점점 깨닫게 될 때에 내 마음이 얼마나 행복스러웠으랴! 밤이 깊도록 다듬이를 하다가 그만 옷 입은 채로 쓰러져 곤하게 자는 그의 파리한 얼굴을 들여다보며,

"아아, 나에게 위안을 주고 원조를 주는 천사여!"

하고 감격이 극하여 눈물을 흘린 일도 있었다.

내가 알다시피 내가 별로 천품(天稟 타고난 기품)은 없으나 어쨌든 무슨 저작가(著作家)로 몸을 세워 보았으면 하여 나날이 창작과 독서에 전심력을 바쳤다. 물론 아직 남에게 인정될 가치는 없는 것이다. 그 영향으로 자연 일상생활이 말유(末由 방법이 없음)하게 되었다.

이런 곤란에 그는 근 이 년 견디어 왔건마는 나의 하는 일은 오히려 아무 보람이 없고 방 안에 놓였던 세간이 줄어 가고 장롱에 찼던 옷이 거의 다 없어졌을 뿐이다.

그 결과 그다지 견딜성 있던 저도 요사이 와서는 때때로 쓸데없는 탄식을 하게 되었다. 손잡이를 잡고 마루 끝에 우두커니 서서 하염없이 먼 산만 바라보기도 하며 바느질을 하다 말고 실심(失心 근심 걱정으로 맥이 빠지고 마음이 산란함)한 사람 모양으로 멍멍히 앉았기도 하였다. 창경(窓鏡 창문에 단 유리)으로 비치는 어스름한 햇빛에 나는 흔히 그의 눈물 머금은 근심 있는 눈을 발견하였다. 이럴 때에는 말할 수 없는 쓸쓸한 생각이 들며 일없이,

"마누라!"

하고 부르면 그는 몸을 흠칫하고 고개를 저리로 돌리어 치맛자락으로 눈물을 씻으며,

"네에?"

하고 울음에 떨리는 가는 대답을 한다. 나는 등에 찬물을 끼얹는 듯 몸이 으쓱해지며 처량한 생각이 싸늘하게 가슴에 흘렀었다. 그렇지 않아도 자비(自卑 스스로를 낮춤)하기 쉬운 마음이 더욱 심해지며,

'내가 무자격한 탓이다.'

하고 스스로 멸시를 하고 나니 더욱 견딜 수 없다.

'그럴 만도 하다.'

는 동정심이 없지 아니하되 그래도 그만 불쾌한 생각이 일어나며,

'계집이란 할 수 없어.'

혼자 이런 불평을 중얼거리었다.

환등(幻燈) 모양으로 하나씩 둘씩 이런 일이 가슴에 나타나니 무어라고 말할 용기조차 없어졌다. 나의 유일의 신앙자이고 위로자이던 저까지 인제는 나를 아니 믿게 되고 말았다.

그는 마음속으로,

'네가 육 년 동안 내 살을 깎고 저미었구나! 이 원수야!'

할 것이다. 이렇게 생각하매 그의 불같던 사랑까지 엷어져 가는 것 같았다. 아니 흔적도 없이 사라지고 만 것 같았다. 나는 감상적으로 허둥허둥하며,

"낸들 마누라를 고생시키고 싶어 시켰겠소! 비단옷도 해 주고 싶고 좋은 양산도 사 주고 싶어요! 그러길래 온종일 쉬지 않고 공부를 아니 하우. 남 보기에는 편편히 노는 것 같아도 실상은 그렇지 않아! 본들 모른단 말이오."

나는 점점 강한 가면을 벗고 약한 진상을 드러내며 이와 같은 가소로운 변명까지 하였다.

"온 세상 사람이 다 나를 비소(非笑 남을 비방하거나 비난해 웃음. 또는 그런 미소)하고 모욕하여도 상관이 없지만 마누라까지 나를 아니 믿어 주면 어찌한단 말이오."

내 말에 스스로 자극이 되어 마침내,

"아아!"

길이 탄식을 하고 그만 쓰러졌다. 이 순간에 고개를 숙이고 아마 하염없이 입술만 물어뜯고 있던 아내가 홀연,

"여보!"

울음소리를 떨면서 무너지는 듯이 내 얼굴에 쓰러진다.

"용서……."

하고는 북받쳐 나오는 울음에 말이 막히고 불덩이 같은 두 뺨이 내 얼굴을 누르며 흑흑 느끼어 운다. 그의 두 눈으로부터 샘솟듯 하는 눈물이 제 뺨과 내 뺨 사이를 따뜻하게 젖어 퍼진다.

내 눈에서도 눈물이 흘러내린다. 뒤숭숭하던 생각이 다 이 뜨거운 눈물에 봄눈 슬듯 스러지고 말았다.

한참 있다가 우리는 눈물을 씻었다. 내 속이 얼마큼 시원한 듯하였다.

"용서하여 주셔요! 그렇게 생각하실 줄은 참 몰랐어요."

이런 말을 하는 아내는 눈물에 불어 오른 눈꺼풀을 아픈 듯이 꿈적거린다.

"암만 구차하기로니 싫증이야 날까요! 나는 한번 먹은 마음이 있는데……."

가만가만히 변명을 하는 아내의 눈물 흔적이 어룽어룽한 얼굴을 물끄러미 바라보며 겨우 심신이 가든하였다<sup>(마음이 가볍고 상쾌하였다)</sup>.


### 3

어제 일로 심신이 피곤하였던지 그 이튿날 늦게야 잠을 깨니 간밤에 오던 비는 어느 결에 그치었고 명랑한 햇발이 미닫이에 높았더라. 아내가 다시금 장문을 열고 잡힐 것을 찾을 즈음에 누가 중문을 열고 들어온다. 우리는 누군가 하고 귀를 기울일 적에 밖에서,

"아씨!"

하는 소리가 들렸다.

아내는 급히 방문을 열고 나갔다. 그는 처가에서 부리는 할멈이었다. 오늘이 장인 생신이라고 어서 오라는 말을 전한다.

"오늘이야! 참 옳지, 오늘이 이월 열엿샛날이지, 나는 깜빡 잊었어!"

"원 아씨는 딱도 하십니다. 어쩌면 아버님 생신을 잊으신단 말씀이요. 아무리 살림이 재미가 나시더래도……."

시큰둥한 할멈은 선웃음<sup>(우습지도 않은데 꾸며서 웃는 웃음)</sup>을 쳐 가며 이런 소리를 한다.

가난한 살림에 골몰하느라고 자기 친부의 생신까지 잊었는가 하매 아내의 정지<sup>(情地 딱한 사정에 있는 처지)</sup>가 더욱 측연하였다.

"오늘이 본가 아버님 생신이라요. 어서 오시라는데……."

"어서 가구려……."

"당신도 가셔야지요. 우리 같이 가셔요."

하고 아내는 하염없이 얼굴을 붉힌다.

나는 처가에 가기가 매우 싫었다. 그러나 아니 가는 것도 내 도리가 아닐 듯하여 하는 수 없이 두루마기를 입었다.

아내는 머뭇머뭇하며 양미간을 보일 듯 말 듯 찡그리다가 곁눈으로 살짝 나를 엿보더니 돌아서서 급히 장문을 연다.

'흥, 입을 옷이 없어서 망설거리는구나.'

나도 슬쩍 돌아서며 생각하였다. 우리는 서로 등지고 섰건만 그래도 아내가 거의 다 빈 장 안을 들여다보며 입을 만한 옷이 없어 눈살을 찌푸린 양이 눈앞에 선연함을 어찌할 수가 없었다.

"자아, 가셔요."

무엇을 생각는지 모르게 정신을 잃고 섰다가 아내의 부르는 소리를 듣고 나는 기계적으로 고개를 돌리었다. 아내는 당목 옷을 갈아입고 내 마음을 알았던지 나를 위로하는 듯이 방그레 웃었다. 나는 더욱 쓸쓸하였다.

우리 집은 천변 배다리 곁에 있고 처가는 안국동에 있어 그 거리가 꽤 멀었다. 나는 천천히 가느라고 가고 아내는 속히 오느라고 오건마는 그는 늘 뒤떨어졌었다. 내가 한참 가다가 뒤를 돌아보면 그는 꽤 멀리 떨어져 나를 따라오려고 애를 쓰며 주춤주춤 걸어온다. 길가에 다니는 어느 여자를 보아도 거의 다 비단옷을 입고 고운 신을 신었는데 아내만 당목(唐木 가는 실로 되게 꼰 무명실로 폭이 넓고 발이 곱게 짠 피륙)옷을 허술하게 차리고 청목당혜(울이 깊고 작은, 앞뒤에 당문 따위를 새긴 가죽신의 하나)로 타박타박 걸어오는 양이 나에게 얼마나 애연(哀然)한 생각을 일으켰는지!

한참 만에 나는 넓고 높은 처가 대문에 다다랐다. 내가 안으로 들어갈 적에 낯선 사람들이 나를 흘끔흘끔 본다. 그들의 눈에,

'이 사람이 누구인가. 아마 이 집 하인인가 보다.'

하는 경멸히 여기는 빛이 있는 것 같았다. 안대청 가까이 들어오니 모두 내게 분분히 인사를 한다. 그 인사하는 소리가 내 귀에는 어째 비소하는 것 같기도 하고 모욕하는 것 같기도 하여 공연히 가슴이 두근거리고 얼굴이 후끈거리었다.

그중에 제일 내게 친숙하게 인사하는 사람이 있다. 그는 아내보다 삼 년 맏이인 처형이었다. 내가 어려서 장가를 들었으므로 그때 그는 나를 못 견디게 시달렸다. 그때는 그가 싫기도 하고 밉기도 하더니 지금 와서는 그때 그러한 것이 도리어 우리를 무관하고 정답게 만들었다. 그는 인천 사는데 자기 남편이 기미(期米 현물 없이 쌀을 거래하는 일)를 하여 가지고 이번에 돈 십만 원이나 착실히 땄다 한다. 그는 자기의 잘사는 것을 자랑하고자 함인지 비단을 내리감고 치감고 얼굴에 부유한 태(態)가 질질 흐른다. 그러나 분으로 숨기려고 애쓴 보람도 없이 눈 위에 퍼렇게 멍든 것이 내 눈에 띄었다.

"왜 마누라는 어쩌고 혼자 오셔요!"

그는 웃으며 이런 말을 하다가 중문 편을 바라보더니,

"그러면 그렇지! 동부인 아니하고 오실라구!"

혼자 주고받고 한다.

나도 이 말을 듣고 슬쩍 돌아다보니 아내가 벌써 중문 안에 들어섰더라. 그 수척한 얼굴이 더욱 수척해 보이며 눈물 고인 듯한 눈이 하염없이 웃는다. 나는 유심히 그와 아내를 번갈아 보았다. 처음 보는 사람은 분간을 못 하리만큼 그들의 얼굴은 혹사(酷似 아주 비슷)하다. 그런데 얼굴빛은 어쩌면 저렇게 틀리는지(다른지)! 하나는 이글이글 만발한 꽃 같고 하나는 시들시들 마른 낙엽 같다. 아내를 형이라 하고, 처형을 아우라 하였으면 아무라도 속을 것이다. 또 한 번 아내를 보며 말할 수 없는 쓸쓸한 생각이 다시금 가슴을 누른다. 딴 음식은 별로 먹지도 아니하고 못 먹는 술을 넉 잔이나 마시었다. 그래도 바늘방석에 앉은 것처럼 앉아 견딜 수가 없다. 집에 가려고 나는 몸을 일으켰다. 골치가 띵하며 내가 선 방바닥이 마치 폭풍에 도도(滔滔 막힘이 없고 기운참)하는 파도같이 높았다 낮았다 어질어질해서 곧 쓰러질 것 같다. 이 거동을 보고 장모가 황망히 일어서며,

"술이 저렇게 취해 가지고 어데로 갈라구. 여기서 한잠 자고 가게."

나는 손을 내저으며,

"아니에요. 집에 가겠어요."

취한 소리로 중얼거리었다.

"저를 어쩌나!"

장모는 걱정을 하시더니,

"할멈! 어서 인력거 한 채 불러오게."

한다.

취중에도 인력거를 태우지 말고 그 인력거 삯을 나를 주었으면 책 한 권을 사 보련만 하는 생각이 있었다. 인력거를 타고 얼마 아니 가서 그만 잠이 들고 말았다.

한참 자다가 잠을 깨어 보니 방 안에 벌써 남폿불이 키었는데 아내는 어느 결에 왔는지 외로이 앉아 바느질을 하고 화로에서는 무엇이 끓는 소리가 보글보글하였다. 아내가 나의 잠 깬 것을 보더니 급히 화로에 얹은 것을 만져 보며,

"인제 그만 일어나 진지를 잡수셔요."

하고 부리나케 일어나 아랫목에 파묻어 둔 밥그릇을 꺼내어 미리 차려 둔 상에 얹어서 내 앞에 갖다 놓고 일변 화로를 당기어 더운 반찬을 집어 얹으며,

"자아 어서 일어나셔요."

나는 마지못하여 하는 듯이 부스스 일어났다. 머리가 오히려 아프며 목이 몹시 말라서 국과 물을 연해 들이켰다.

"물만 잡수셔서 어째요. 진지를 좀 잡수셔야지."

아내는 이런 근심을 하며 밥상머리에 앉아서 고기도 뜯어 주고 생선뼈도 추려 주었다. 이것은 다 오늘 처가에서 가져온 것이다. 나는 맛나게 밥 한 그릇을 다 먹었다. 내 밥상이 나매 아내가 밥을 먹기 시작한다. 그러면 지금껏 내 잠 깨기를 기다리고 밥을 먹지 아니하였구나 하고 오늘 처가에서 본 일을 생각하였다. 어제 일이 있은 후로 우리 사이에 무슨 벽이 생긴 듯하던 것이 그 벽이 점점 엷어져 가는 듯하며 가엾고 사랑스러운 생각이 일어났었다. 그래서 우리는 정답게 이런 이야기 저런 이야기를 하게 되었다. 우리의 이야기는 오늘 장인 생신 잔치로부터 처형 눈 위에 멍든 것에 옮겨 갔다.

처형의 남편이 이번 그 돈을 딴 뒤로는 주야 요리점과 기생집에 돌아다니더니 일전에 어떤 기생을 얻어 가지고 미쳐 날뛰며 집에만 들면 집안사람을 들볶고 걸핏하면 처형을 친다 한다. 이번에도 별로 대단치 않은 일에 처형에게 밥상으로 냅다 갈겨 바로 눈 위에 그렇게 멍이 들었다 한다.

"그것 보아 돈푼이나 있으면 다 그런 것이야."

"정말 그래요. 없으면 없는 대로 살아도 의좋게 지내는 것이 행복이야요."

아내는 충심으로 공명(共鳴 남의 사상이나 감정, 행동 따위에 공감해 찬성함)해 주었다.

이 말을 들으매 내 마음은 말할 수 없이 만족해지며 무슨 승리자나 된 듯이 득의양양하였다.

그리고 마음속으로,

'옳다, 그렇다. 이렇게 지내는 것이 행복이다.'

하였다.

## 4

이틀 뒤 해 어스름에 처형은 우리 집에 놀러 왔었다. 마침 내가 정신없이 무엇을 생각하고 있을 즈음에 쓸쓸하게 닫혀 있는 중문이 찌그덩하며(단단한 물건이 서로 여기저기 쓸리면서 듣기 거북한 소리가 나며) 비단옷 소리가 사르륵사르륵 들리더니 아랫목은 내게 빼앗기고 윗목에서 바느질을 하고 있던 아내가 문을 열고 나간다.

"아이고 형님 오셔요."

아내의 인사하는 소리가 들리더니 처형이 계집 하인에게 무엇을 들리고 들어온다.

나도 반갑게 인사를 하였다.

"그날 매우 욕을 보셨지요. 못 잡숫는 술을 무슨 짝에 그렇게 잡수셔요."

그는 이런 인사를 하다가 급작스럽게 계집 하인이 든 것을 빼앗더니 그 속에서 신문지로 싼 것을 끄집어내어 아내를 주며,

"내 신 사는데 네 신도 한 켤레 샀다. 그날 청목당혜를……."

말을 하려다가 나를 곁눈으로 흘끗 보고 그만 입을 닫친다.

"그것을 왜 또 사셨어요."

해쓱한 얼굴에 꽃물을 들이며 아내가 치사하는 것도 들은 체 만 체 하고 처형은 또 이야기를 시작한다.

"올 적에 사랑양반을 졸라서 돈 백 원을 얻었겠지. 그래서 오늘 종로에 나와서 옷감도 바꾸고 신도 사고……."

그는 자랑과 기쁨의 빛이 얼굴에 퍼지며 싼 보를 끌러,

"이런 것이야!"

하고 우리 앞에 펼쳐 놓는다.

자세히는 모르나 여하간 값 많은 품 좋은 비단일 듯하다.

무늬 없는 것, 무늬 있는 것, 회색·옥색·초록색·분홍색이 갖가지로 윤이 흐르며 색색이 빛이 나서 나는 한참 황홀하였다. 무슨 칭찬을 해야 되겠다 싶어서,

"참 좋은 것인데요."

이런 말을 하다가 나는 또 쓸쓸한 생각이 일어난다. 저것을 보는 아내의 심중이 어떠할까? 하는 의문이 문득 일어남이라.

"모다 좋은 것만 골라 샀습니다그려."

아내는 인사를 차리느라고 이런 칭찬은 하나마 별로 부러워하는 기색이 없다.

나는 적이 의외의 감이 있었다.

처형은 자기 남편의 흉을 보기 시작하였다. 그 밉살스럽다는 둥 그 추근 추근하다는 둥 말끝마다 자기 남편의 불미한 점을 들다가 문득 이야기를 끊고 일어선다.

"왜 벌써 가시려고 하셔요. 모처럼 오셨다가 반찬은 없어도 저녁이나 잡 수셔요."

하고 아내가 만류를 하니,

"아니 곧 가야지. 오늘 저녁차로 떠날 것이니까 가서 짐을 매어야지. 아 직 차 시간이 멀었어? 아니 그래도 정거장에 일찍이 나가야지 만일 기차 를 놓치면 오죽 기다리실라구. 벌써 오늘 저녁차로 간다고 편지까지 했 는데……."

재삼 만류함도 돌아보지 아니하고 그는 홀홀히 나간다. 우리는 그를 보 내고 방에 들어왔다.

나는 웃으며 아내에게,

"그까짓 것이 기다리는데 그다지 급급히 갈 것이 무엇이야."

아내는 하염없이 웃을 뿐이었다.

"그래도 옷감 바꿀 돈을 주었으니 기다리는 것이 애처롭기는 하겠지."

밉살스러우니 추근추근하니 하여도 물질의 만족만 얻으면 그것으로 위 로하고 기뻐하는 그의 생활이 참 가련하다 하였다.

"참, 그런가 보아요."

아내도 웃으며 내 말을 받는다. 이때에 처형이 사 준 신이 그의 눈에 띄었 는지 (혹은 나를 꺼려, 보고 싶은 것을 참았는지 모르나) 그것을 집어 들고 조심조심 펴 보려다가 말고 머뭇머뭇한다. 그 속에 그를 해케 할 무슨 위험 품이나 든 것같이.

"어서 펴 보구려."

아내가 하도 머뭇머뭇하기로 보다 못하여 내가 재촉을 하였다.

아내는 이 말을 듣더니,

'작히('어찌 조금만큼만', '얼마나'의 뜻으로 희망이나 추측을 나타내는 말) 좋으랴.'

하는 듯이 활발하게 싼 신문지를 헤친다.

"퍽 예쁜걸요."

그는 근일에 드문 기쁜 소리를 치며 방바닥 위에 사뿐 내려놓고 버선을 당기며 곱게 신어 본다.

"어쩌면 이렇게 맞어요!"

연해연방 감탄사를 부르짖는 그의 얼굴에 흔연한 희색이 넘쳐흐른다.

"……."

묵묵히 아내의 기뻐하는 양을 보고 있는 나는 또다시,

'여자란 할 수 없어!'

하는 생각이 들며,

'조심하였을 따름이다!'

하매 밤빛 같은 검은 그림자가 가슴을 어둡게 하였다.

그러면 아까 처형의 옷감을 볼 적에도 물론 마음속으로는 부러워하였을 것이다. 다만 표면에 드러내지 않았을 따름이다. 겨우,

"어서 펴 보구려."

하는 한마디에 가슴에 숨겼던 생각을 속임 없이 나타내는구나 하였다.

내가 무엇을 생각하고 있는지 저는 모르고 새 신 신은 발을 조금 쳐들며,

"신 모양이 어때요?"

"매우 예뻐!"

겉으로는 좋은 듯이 대답을 하였으나 마음은 쓸쓸하였다. 내가 제게 신 한 켤레를 사 주지 못하여 남에게 얻은 것으로 만족하고 기뻐하는도다……

웬일인지 이번에는 그만 불쾌한 생각이 일어나지 아니하였다. 처형이 동서(同壻 자매의 남편끼리 또는 형제의 아내끼리의 호칭)를 믿다거니 무엇이니 하면서도 기차를 놓치면 남편이 기다릴까 염려하여 급히 가던 것이 생각난다. 그것을 미루어 아내의 심사도 알 수가 있다. 부득이한 경우라 하릴없이 정신적 행복에만 만족하려고 애를 쓰지마는 기실(其實) 부족한 것이다. 다만 참을 따름이다. 그것은 내가 생각해야 된다. 이런 생각을 하니 전날 아내에게 그런 말을 한 것이 후회가 난다.

'어느 때라도 제 은공을 갚아 줄 날이 있겠지!'

나는 마음을 좀 너그럽게 먹고 이런 생각을 하며 아내를 보았다.

"나도 어서 출세를 하여 비단신 한 켤레쯤은 사 주게 되었으면 좋으련만……"

아내가 이런 말을 듣기는 참 처음이다.

"네에?"

아내는 제 귀를 못 미더워 하는 듯이 의아한 눈으로 나를 보더니 얼굴에 살짝 열기가 오르며,

"얼마 안 되어 그렇게 될 것이야요!"

라고 힘 있게 말하였다.

"정말 그럴 것 같소?"

나는 약간 흥분하여 반문하였다.

"그러문요, 그렇고말고요."

아직 아무도 인정해 주지 않은 무명작가인 나를 다만 저 하나가 깊이깊이 인정해 준다. 그러기에 그 강한 물질에 대한 본능적 요구도 참아 가며 오늘날까지 몹시 눈살을 찌푸리지 아니하고 나를 도와준 것이다.

'아아, 나에게 위안을 주고 원조를 주는 천사여!'

마음속으로 이렇게 부르짖으며 두 팔로 덥석 아내의 허리를 잡아 내 가슴에 바싹 안았다. 그다음 순간에는 뜨거운 두 입술이…….

그의 눈에도 나의 눈에도 그렁그렁한 눈물이 물 끓듯 넘쳐흐른다.

# 고향

✎ **작품 정리**

> **작가** : 현진건(132쪽 '작가와 작품 세계' 참조)
> **갈래** : 사실주의 소설
> **배경** : 시간 – 1920년대 일제 강점기 / 공간 – 서울행 열차 안
> **시점** : 1인칭 관찰자 시점(서술자의 직접적 개입이 부분적으로 엿보임)
> **주제** : 일제의 수탈로 인한 우리 민족의 비참한 삶
> **출전** : 〈조선일보〉(1926)

✎ **구성과 줄거리**

**발단** **서울행 기차 안에서 만난 그는 기이한 차림새로 '나'의 주목을 끎**

'나'는 서울행 기차간에서 그와 마주 앉게 된다. 그는 한 · 중 · 일 동양 삼국의 옷을 한 몸에 감은 듯한 기이한 복장을 하고 있다. 그는 옆에 앉아 있던 중국인, 일본인과 대화를 하려다 여의치 않자 '나'에게 말을 걸어온다.

**전개** **그에게 동정을 느낀 '나'는 그의 사정을 들음**

'나'는 처음에는 그에 대해 경멸적인 태도를 가지지만 그의 찌든 모습에 동정을 느끼고 호기심을 갖는다. '나'는 그의 신세타령을 듣게 된다.

**위기** **고향을 떠나 유랑 생활을 하던 그의 과거 이야기가 펼쳐짐**

그는 대구 근교의 평화로운 농촌에서 남부럽지 않게 살았으나 동양척식 주식회사에게 농토를 빼앗겼다. 9년 전 그는 일제의 핍박과 수탈을 피해 서간도로 갔다. 거기서도 생활은 비참했으며 부모까지 잃었다. 일본으로 건너가 탄광과 철공소에서 일하며 돈벌이를 했지만, 가진 것 없이 폐허가 된 고향으로 돌아왔다.

**절정** **고향에 와서 다시 만난 옛 애인도 비참한 과거를 지녔음**

무덤과 해골을 연상하게 하는 고향을 둘러보고 나오던 그는 고향 사람을 만난다. 열네 살 때 혼인 말이 있던 여자였다. 열일곱 살 때 아버지에

의해 유곽으로 팔려 갔던 그녀는 고향에서 일본인의 집에 기거하며 식모살이를 한다고 했다.

**결말 이야기를 마친 그는 술에 취해 노래를 흥얼거림**

'나'는 더 이상 그런 이야기가 듣기 싫어 술을 마시고, 그는 취흥에 겨워 어릴 때 멋모르고 부르던 노래를 읊조린다.


### 🖊 생각해 볼 문제 ----------------------------------------

**1. 이 작품의 구성을 세 부분으로 나누어 보자.**

이 작품은 액자형 소설이다. 이야기를 듣는 사람은 '나'(지식인)이고 이야기를 하는 사람은 '그'(민중)다. 이 소설의 첫 부분은 '나'가 그의 신세타령을 듣게 된 경위를 서술한 부분이고, 중간 부분은 고향을 떠난 그의 9년간의 비참한 유랑 생활을 서술한 부분이고, 마지막 부분은 술에 취한 그가 신민요를 부르는 부분이다.


**2. 결말 부분의 민요는 어떤 의미를 지니는가?**

"바른말 하는 지식인은 감옥에 가고 인물 좋은 계집은 창기가 될 수밖에 없다."라는 신민요의 내용은 일제 강점기에 억압받고 수탈당하던 우리 민족의 모습을 보여 준다. 또한, 작품에 현실감을 더하는 역할도 한다.


**3. 1920년대 시대 상황에 비추어 볼 때 제목 '고향'은 무엇을 상징하는가?**

1920년대는 일제의 농촌 수탈 정책이 본격화된 시기다. 일제는 농업 생산력 증대 및 농촌 근대화를 명분으로 토지 조사 사업을 벌인다. 이 과정에서 빼앗은 토지를 동양척식주식회사가 관리한다. 제목인 '고향'은 그의 고향을 말한다. 고향을 떠나 유랑하는 그를 우리라고 볼 때, 그의 고향은 우리 모두의 고향, 즉 잃어버린 조국이라고 할 수 있다.


**4. 그의 3개국 복장은 무엇을 상징하는가?**

그가 한곳에 정착하지 못하고 떠돌이 생활을 했다는 것을 말해 준다. 누덕누덕 기워지고 조잡하게 얽힌 옷은 그의 모습이자 조국의 모습이다.

## ✏️인물 관계도

옛 연인
(비참한 과거)

나
(기차에서 만남)

그(유랑 생활을 함)

서울행 기차에서 만난 그는 조선, 일본, 중국의 복식이 뒤섞인 이상한 차림을 하고 있었어요. 그는 저(나)에게 자신의 이야기를 털어놓았어요. 그는 간도와 일본을 떠돌며 살다가 고향으로 돌아갔다고 해요. 고향에서 옛날에 알던 여자를 만났는데 그 사람도 힘들게 살았대요. 이 이야기를 듣고 있으니까 너무 씁쓸했어요.

# 고향

　대구에서 서울로 올라오는 차중에서 생긴 일이다. 나는 나와 마주앉은 그를 매우 흥미 있게 바라보고 또 바라보았다. 두루마기 격으로 기모노를 둘렀고, 그 안에서 옥양목 저고리가 내어 보이며, 아랫도리엔 중국식 바지를 입었다. 그것은 그네들이 흔히 입는 유지 모양으로 번질번질한 암갈색 피륙으로 지은 것이었다. 그리고 발은 감발을 하였는데 짚신을 신었고, 고부가리로 깎은 머리엔 모자도 쓰지 않았다. 우연히 이따금 기묘한 모임을 꾸미는 것이다. 우리가 자리를 잡은 찻간에는 공교롭게 세 나라 사람이 다 모였으니, 내 옆에는 중국 사람이 기대었다. 그의 옆에는 일본 사람이 앉아 있었다. 그는 동양 삼국 옷을 한 몸에 감은 보람이 있어 일본 말로 곧잘 철철대이거니와 중국말에도 그리 서툴지 않은 모양이었다.

　"도꼬마데 오이데 데수까<sup>(어디까지 가십니까)</sup>." 하고 첫마디를 걸더니만 동경이 어떠니 대판이 어떠니 조선 사람은 고추를 끔찍이 많이 먹는다는 등 일본 음식은 너무 싱거워서 처음에는 속이 뉘엿거린다는 등 횡설수설 지껄이다가 일본 사람이 엄지와 곤지 손가락으로 짧게 끊은 꼿꼿한 윗수염을 비비면서 마지못해 까땍까땍하는 고개와 함께 "소오데수까<sup>(그렇습니까)</sup>."란 한마디로 코대답을 할 따름이요 잘 받아 주지 않으매 그는 또 중국인을 붙들고서 실랑이를 한다. "니쌍나올취—." "니씽섬마." 하고 덤벼 보았으나 중국인 또한 그 기름 낀 뚜우한<sup>(말수가 적고 묵직한)</sup> 얼굴에 수수께끼 같은 웃음을 띨 뿐이요 별로 대꾸를 하지 않았건만, 그래도 무에라도 연해 웅얼거리면서 나를 보고 웃어 보였다.

　그것은 마치 짐승을 놀리는 요술쟁이가 구경꾼을 바라볼 때처럼 훌륭한 제 재주를 갈채해 달라는 웃음이었다. 나는 쌀쌀하게 그의 시선을 피해 버렸다. 그 주적대는<sup>(아는 체하며 요란스럽게 떠들어대는)</sup> 꼴이 어쭙지 않고 밉살스러웠다. 그는 잠깐 입을 닫치고 무료한 듯이 머리를 덕억덕억 긁기도 하며 손톱을 이로 물어뜯기도 하고 멀거니 창밖을 내다보기도 하다가 암만해도 지절대지 않고는 못 참겠던지 문득 나에게로 향하며 "어디꺼정 가는기오."라고 경상도 사투리로 말을 붙인다.

"서울까지 가오."

"그런기오. 참 반갑구마. 나도 서울꺼정 가는데. 그러면 우리 동행이 되겠구마."

나는 이 지나치게 반가워하는 말씨에 대하여 무어라고 대답할 말도 없고 또 굳이 대답하기도 싫기에 덤덤히 입을 닫쳐 버렸다.

"서울에 오래 살았는기오?"

그는 또 물었다.

"육칠 년이나 됩니다."

조금 성가시다 싶었으되 대꾸 않을 수도 없었다.

"에이구, 오래 살았구마. 나는 처음 길인데 우리 같은 막벌이꾼이 차를 내려서 어디로 찾아가야 되겠는기오? 일본으로 말하면 '기진야도' 같은 것이 있는기오."

하고 그는 답답한 제 신세를 생각했던지 찡그려 보였다. 그때 나는 그의 얼굴이 웃기보다 찡그리기에 가장 적당한 얼굴임을 발견하였다. 군데군데 찢어진 경성드뭇한 눈썹이 올올이 일어서며 아래로 축 처지는 서슬에 양미간에는 여러 가닥 주름이 잡히고 광대뼈 위로 뺨살이 실룩실룩 보이자 두 볼은 쪽 빨아든다. 입은 소태나 먹은 것처럼 왼편으로 삐뚤어지게 찢어 올라가고 조이던 눈엔 눈물이 괸 듯, 삼십 세밖에 안 되어 보이는 그 얼굴이 십 년가량은 늙어진 듯하였다. 나는 그 신산스러운 표정에 얼마쯤 감동이 되어서 그에 대한 반감이 풀리는 듯하였다.

"글쎄요, 아마 노동 숙박소란 것이 있지요."

노동 숙박소에 대해서 미주알고주알 묻고 나서,

"시방 가면 무슨 일자리를 구하겠는기요."

라고 그는 매달리는 듯이 또 재우쳤다.

"글쎄요, 무슨 일자리를 구할 수 있을는지요."

나는 내 대답이 너무 냉랭하고 불친절한 것이 죄송스러웠다. 그러나 일자리에 대하여 아무 지식이 없는 나로서는 이 외에 더 좋은 대답을 해 줄 수가 없었던 것이다. 그 대신 나는 은근하게 물었다.

"어디서 오시는 길입니까."

"흥, 고향에서 오누마."

하고 그는 휘 한숨을 쉬었다. 그러자 그의 신세타령의 실마리는 풀려 나왔다. 그의 고향은 대구에서 멀지 않은 K군 H란 외딴 동리였다. 한 백 호 남짓한 그곳 주민은 전부가 역둔토(역의 급전으로 준 둔토)를 파먹고 살았는데 역둔토로 말하면 사삿집(개인이 살림하는 집) 땅을 붙이는 것보다 떨어지는 것이 후하였다. 그러므로 넉넉지는 못할망정 평화로운 농촌으로 남부럽지 않게 지낼 수 있었다. 그러나 세상이 뒤바뀌자 그 땅은 전부가 동양척식회사의 소유에 들어가고 말았다. 직접으로 회사에 소작료를 바치게나 되었으면 그래도 나으련만 소위 중간 소작인이란 것이 생겨나서 저는 손에 흙 한번 만져 보지도 않고 동척엔 소작인 노릇을 하며 실작인에게는 지주 행세를 하게 되었다. 동척(동양척식회사)에 소작료를 물고 나서 또 중간 소작인에게 긁히고 보니 실작인의 손에는 소출(所出 논밭에서 나는 곡식)의 삼 할도 떨어지지 않았다. 그 후로 '죽겠다', '못 살겠다' 하는 소리는 중이 염불하듯 그들의 입길에서 오르내리게 되었다. 남부여대(男負女戴 남자는 짐을 등에 지고 여자는 짐을 머리에 인다는 뜻. 가난한 사람이 떠돌아다님을 이르는 말)하고 타처로 유리하는 사람만 늘고 동리는 점점 쇠진해 갔다.

지금으로부터 구 년 전 그가 열일곱 살 되던 해 봄에 (그의 나이는 실상 스물여섯이었다. 가난과 고생이 얼마나 사람을 늙히는가) 그의 집안은 살기 좋다는 바람에 서간도로 이사를 갔다. 쫓겨 가는 운명이거든 어디를 간들 신신(아주 신선함)하랴. 그곳의 비옥한 전야도 그들을 위하여 열려질 리 없었다. 조금 좋은 땅은 먼저 간 이가 모조리 차지를 하였고 황무지는 비록 많다 하나 그곳 당도하던 날부터 아침거리 저녁거리 걱정이라 무슨 행세로 적어도 일 년이란 장구한 세월을 먹고 입어 가며 거친 땅을 풀 수가 있으랴. 남의 밑천을 얻어서 농사를 짓고 보니 가을이 되어 얻는 것은 빈주먹뿐이었다. 이태 동안을 사는 것이 아니라 억지로 버티어 갈 제 그의 아버지는 우연히 병을 얻어 타국의 외로운 혼이 되고 말았다. 열아홉 살밖에 안 된 그가 홀어머니를 모시고 악으로 악으로 모진 목숨을 이어 가는 중 사 년이 못 되어 영양 부족한 몸이 심한 노동에 지친 탓으로 그의 어머니 또한 죽고 말았다.

"모친꺼정 돌아갔구마." "돌아가실 때 흰 죽 한 모금 못 자셨구마." 하고 이야기하던 이는 문득 말을 뚝 끊는다. 그의 눈이 번들번들함은 눈물이 쏟아졌음이리라. 나는 무엇이라고 위로할 말을 몰랐다. 한동안 머뭇머뭇이 있다가 나는 차를 탈 때에 친구들이 사 준 정종병 마개를 뺐다. 찻잔에 부어서 그도 마시고 나도 마셨다. 악착한 운명이 던져 준 깊은 슬픔을 술로 녹이려는 듯이 연거푸 다섯 잔을 마신 그는 다시 말을 계속하였다. 그 후 그는 부모 잃은 땅에 오래 머물기 싫었다. 신의주로 안동현으로 품을 팔다가 일본으로 또 벌이를 찾아가게 되었다. 구주 탄광에 있어도 보고 대판 철공장에도 몸을 담아 보았다. 벌이는 조금 나았으나 외롭고 젊은 몸은 자연히 방탕해졌다. 돈을 모으려야 모을 수 없고 이따금 울화만 치받치기 때문에 한곳에 주접(住接 한때 머물러 삶)을 하고 있을 수 없었다. 화도 나고 고국산천이 그립기도 하여서 훌쩍 뛰어나왔다가 오래간만에 고향을 둘러보고 벌이를 구할 겸 서울로 올라가는 길이라 한다.

"고향에 가시니 반가워하는 사람이 있습디까?"

나는 탄식하였다.

"반가워하는 사람이 다 뭐기오, 고향이 통 없어졌더마."

"그렇겠지요. 구 년 동안이면 퍽 변했겠지요."

"변하고 뭐고 간에 아무것도 없더마. 집도 없고 사람도 없고 개 한 마리도 얼씬을 않더마."

"그러면 아주 폐농이 되었단 말씀이오?"

"흥, 그렇구마. 무 지다가 담만 즐비하게 남았즈마. 우리 살던 집도 터야 안 남았겠는기오."

하고 그의 짜는 듯한 목은 높아졌다.

"썩어 넘어진 서까래, 뚤뚤 구르는 주추는! 꼭 무덤을 파서 해골을 헐어 젖혀 놓은 것 같더마. 세상에 이런 일도 있는기오? 백여 호 살던 동리가 십 년이 못 되어 통 없어지는 수도 있는기오, 후!"

하고 그는 한숨을 쉬며 그때의 광경을 눈앞에 그리는 듯이 멀거니 먼 산을 보다가 내가 따라 준 술을 꿀꺽 들이켜고,

"참! 가슴이 터지드마, 가슴이 터져."

하자마자 굵직한 눈물 두 방울이 뚝뚝 떨어진다.

나는 그 눈물 가운데 음산하고 비참한 조선의 얼굴을 똑똑히 본 듯싶었다.

이윽고 나는 이런 말을 물었다.

"그래, 이번 길에 고향 사람은 하나도 못 만났습니까."

"하나 만났구마, 단지 하나."

"친척 되시는 분이던가요."

"아니구마, 한이웃에 살던 사람이구마."

하고 그의 얼굴은 더욱 침울해진다.

"여간 반갑지 않으셨겠지요."

"반갑다마다, 죽은 사람을 만난 것 같더마. 더구나 그 사람은 나와 까닭도 좀 있던 사람인데……."

"까닭이라니?"

"나와 혼인 말이 있던 여자구마."

"하?!"

나는 놀란 듯이 벌린 입이 닫히지 않았다.

"그 신세도 내 신세만이나 하구마."

하고 그는 또 이야기를 계속하였다. 그 여자는 자기보다 나이 두 살 위였는데 한 이웃에 사는 탓으로 같이 놀기도 하고 싸우기도 하며 자라났다. 그가 열네 살 적부터 그들 부모 사이에 혼인 말이 있었고 그도 어린 마음에 매우 탐탁하게(마음에 들게 흐뭇하게) 생각하였었다. 그런데 그 처녀가 열일곱 살 된 겨울에 별안간 간 곳을 모르게 되었다. 알고 보니 그 아비 되는 자가 이십 원을 받고 대구 유곽(창녀들이 모여서 몸을 팔던 집이나 그 구역)에 팔아먹은 것이었다. 그 소문이 퍼지자 그 처녀 가족은 그 동리에서 못 살고 멀리 이사를 갔는데 그 후로는 물론 피차에 한 번 만나 보지도 못하였다. 이번에야 빈터만 남은 고향을 구경하고 돌아오는 길에 읍내에서 그 아내 될 뻔한 댁과 마주치게 되었다. 처녀는 어떤 일본 사람 집에서 아이를 보고 있었다. 궐녀(그녀, 그 여자)는 이십 원 몸값을 십 년을 두고 갚았건만 그래도 주인에게 빚이 육십 원이나 남았었는데 몸에 몹쓸 병이 들고 나이 늙어져서 산송장이 되니까 주인 되는 자가 특별히 빚을 탕감해 주고 작년 가을에야 놓아 준 것이었다. 궐녀도 자기와 같이 십 년 동안이나 그리던 고향에 찾아오니까 거기에는 집도 없고 부모도 없고 쓸쓸한 돌무더기만 눈물을 자아낼 뿐이었다. 하루해를 울어 보내고 읍내로 들어와서 돌아다니다가 십 년 동안에 한 마디 두 마디 배워 두었던 일본 말 덕택으로 그 일본 집에 있게 되었던 것이었다.

"암만(아무리) 사람이 변하기로 어째 그렇게도 변하는기오? 그 숱 많던 머리가 훌렁 다 벗어졌더마. 눈은 푹 들어가고 그 이들이들하던 얼굴빛도 마치 유산을 끼얹은 듯하더마."

"서로 붙잡고 많이 우셨겠지요."

"눈물도 안 나오드마. 일본 우동집에 들어가서 둘이서 정종만 열 병 따라

뉘고 헤어졌구마."

하고 가슴을 짜는 듯이 괴로운 한숨을 쉬더니만 그는 지낸 슬픔을 새록새록이 자아내어 마음을 새기기에 지쳤음이더라.

"이야기를 다 하면 무얼 하는기오."

하고 쓸쓸하게 입을 다문다. 나 또한 너무도 참혹한 사람살이를 듣기에 쓴물이 났다.

"자, 우리 술이나 마저 먹읍시다."

하고 우리는 서로 주거니 받거니 한 되 병을 다 말리고 말았다. 그는 취흥에 겨워서 우리가 어릴 때 멋모르고 부르던 노래를 읊조렸다.

> 볏섬이나 나는 전토는
> 신작로가 되고요─.
> 말마디나 하는 친구는
> 감옥소로 가고요─.
> 담뱃대나 떠는 노인은
> 공동묘지 가고요─.
> 인물이나 좋은 계집은
> 유곽으로 가고요─.

# 벙어리 삼룡이

## 작가와 작품 세계

**나도향**(1902~1926)

본명은 경손(慶孫). 호는 도향(稻香). 서울 출생. 배재고등보통학교를 졸업하고 경성의학전문학교에 다니다가 일본으로 건너갔으나 학비를 마련할 길이 없어 귀국했다. 1922년 〈백조〉 창간호에 「젊은이의 시절」을 발표하면서 등단했다. 이상화, 현진건, 박종화와 함께 〈백조〉 동인으로 참가했다. 1923년 〈동아일보〉에 19세의 나이로 장편 『환희』를 연재해 주목받았다. 「벙어리 삼룡이」, 「물레방아」, 「뽕」 등을 발표함으로써 초기의 주관적 감상을 극복하고 객관적인 사실주의적 경향을 보여 준다. 작가로서 완숙의 경지에 접어들려 할 때 25세의 나이로 아깝게 요절했다.

그에 대한 평가는 김동인의 논평이 잘 말해 준다. "젊어서 죽은 도향은 가장 촉망되는 소설가였다. 그는 사상도, 필치도 미성품(未成品 완성되지 못한 물건)이었다. 그러면서도 그에게는 열이 있었다. 예각적으로 파악된 인생이 지면 위에 약동했다. 미숙한 기교 아래는 그래도 인생의 일면을 붙드는 긍지가 있었다. 아직 소년의 영역을 벗어나지 못한 도향이었으며 그의 작품에서 다분의 센티멘털리즘을 발견하는 것은 아까운 가운데도 당연한 일이지만, 그러나 그 센티멘털리즘에 지배되지 않을 만한 침착도 그에게는 있었다."

## 작품 정리

> **갈래** : 낭만주의 소설, 사실주의 소설
> **배경** : 시간 – 일제 강점기 / 공간 – 남대문 밖 연화봉 마을
> **시점** : 1인칭 관찰자 시점 → 3인칭 전지적 작가 시점
> **주제** : 육체적 불구자인 벙어리의 사랑과 분노
> **출전** : 〈여명〉(1925)

**발단 인심 많은 오 생원은 헌신적인 벙어리 하인을 두고 있음**

남대문에서 바로 내려다보이는 연화봉에서 살던 오 생원은 마을 사람들로부터 존경받는 인물이다. 그는 삼룡이라는 헌신적인 벙어리 하인 하나를 두고 있었다. 오 생원은 삼룡을 아낀다.

**전개 오 생원의 아들이 삼룡이와 새색시를 괴롭힘**

열일곱 살 된 오 생원의 아들은 삼룡이를 심하게 학대한다. 삼룡이는 스물세 살이 되기까지도 이성과 접촉할 기회가 없었다. 그해 가을 오 생원은 거금을 주고 자기 아들을 영락한 양반의 딸과 결혼시킨다. 버릇없이 자란 새서방은 아름답고 착한 새색시를 시기해 학대하기 시작한다. 삼룡이는 매를 맞고 지내는 주인아씨를 동정한다.

**위기 주인아씨가 만들어 준 부시 쌈지 때문에 삼룡이가 내쫓김**

어느 날 삼룡이는 술에 만취해 길에 자빠진 어린 주인을 업어다가 누인다. 이를 본 주인아씨는 삼룡이의 충직한 마음에 감동해 비단 헝겊으로 부시 쌈지 하나를 만들어 준다. 새서방은 이 비단 쌈지를 보고 삼룡이와 새색시의 관계를 오해한다. 그는 새색시를 마당에 내동댕이치고 부시 쌈지를 갈가리 찢는다. 분개한 삼룡이는 새서방을 내던지고 주인아씨를 둘러맨 채 주인 영감에게 달려가 하소연을 한다. 이튿날 아침 새서방은 삼룡이를 채찍으로 마구 갈긴다. 어느 날 삼룡이는 안방으로 뛰어들어 자살하려던 주인아씨를 말리다 오해를 산다. 그 이튿날 어린 주인은 쇠몽둥이로 피투성이가 될 정도로 삼룡이를 때려서 밖으로 내쫓는다.

**절정 불길 속으로 뛰어든 삼룡이가 주인아씨를 안고 지붕 위로 올라감**

삼룡이는 믿고 의지한 모든 것이 자기의 원수라고 생각한다. 그날 밤 오 생원의 집이 화염에 휩싸인다. 삼룡이는 주인을 구한 뒤에 주인아씨를 구하기 위해 불길 속으로 뛰어든다. 마침내 불 속에서 주인아씨를 찾은 삼룡이는 나갈 곳이 없어 지붕 위로 올라간다.

**결말 주인아씨를 안은 삼룡이는 화염 속에서 행복한 미소를 지음**

주인아씨를 가슴에 안았을 때 그는 처음으로 살아난 듯했다. 자신의 몸이 자유롭지 못한 것을 알게 된 삼룡이는 주인아씨를 내려놓는다. 그의 입가에는 평화롭고 행복한 웃음이 엷게 나타난다.

1. **착하고 충직한 삼룡이가 어린 주인에게 반항하게 되는 계기는 무엇인가?**

   삼룡이는 자신의 불행한 처지를 남의 탓으로 돌리지 않고 신분적 굴레를 인정하는 충직한 하인이다. 삼룡이는 주인 아들에게 학대를 받으며 살아오는 동안 정욕 또한 억제되어 있었다. 주인아씨의 출현으로 삼룡이는 이성에 대해 눈뜰 뿐 아니라 주변의 부당한 대우에 반항하게 된다.

2. **이 소설의 낭만적 경향은 어디에서 나타나는가?**

   벙어리 삼룡은 추한 외모를 지녔지만 영혼만은 순결하다. 그런 삼룡이와 주인아씨 사이에는 엄연한 신분적인 벽이 존재한다. 하지만 삼룡이의 순결한 사랑은 이 벽을 넘는다. 삼룡은 불속에서 타 죽으려고 이불을 쓰고 있는 주인아씨를 구해 내고 행복한 미소를 띤 채 죽는다. 그의 죽음에는 일반적인 죽음이 갖는 고통 대신 사랑이 완성되는 짧은 희열의 순간이 존재한다. 찰나의 희열은 짧은 만큼 짙은 낭만성을 띠게 된다.

3. **주인아씨와 삼룡에게는 어떤 동질성이 있는가?**

   두 사람 모두 오 생원의 아들로부터 학대당하는 피해자이며 순결한 영혼의 소유자다. 두 사람 사이의 동류의식은 인간적 애정으로 이어질 가능성이 높다. 주인아씨가 시집을 옴으로써 두 사람은 주인과 하인의 관계가 되고, 주인아씨가 부시 쌈지를 만들어 줌으로써 두 사람은 친밀감을 느끼게 되며, 삼룡이 주인아씨를 안고 죽어 감으로써 사랑의 합일에 이른다.

4. **이 작품에서 '불'은 어떤 상징성을 지니는가?**

   삼룡의 가슴속에 타오르는 열정은 휴화산처럼 잠재하고 있다. 나중에 이 불길은 걷잡을 수 없는 연모의 감정으로 번진다. 현실에 절망한 삼룡은 억압된 감정을 불로 해소한다. 불은 연정과 울분, 생성과 소멸, 불행과 해탈의 의미를 동시에 지니고 있다.

오 생원

(충직함)

(아껴 줌)

삼룡

부자

(괴롭힘)

어린 주인

(혼인)

주인아씨

저(삼룡)는 오 생원 댁에서 하인으로 일을 하고 있었어요. 오 생원의 아들인 어린 주인님은 성품이 나쁘기로 유명하답니다. 어린 주인님의 새색시인 주인아씨는 제게 부시 쌈지를 만들어 주실 정도로 곱고 착하답니다. 어린 주인님은 저와 주인아씨 사이를 오해해서 주인아씨를 학대하고 저를 쫓아냈어요. 그날 밤 집에 불이 났을 때 저는 불길 속에서 아씨를 찾아 안아 들었답니다.

# 벙어리 삼룡이

1

내가 열 살이 될락말락 한 때이니까 지금으로부터 십사오 년 전 일이다.

지금은 그곳을 청엽정이라 부르지만 그때는 연화봉이라고 이름하였다. 즉 남대문에서 바로 내려다보면은 오정포(午正砲 낮 열두 시를 알리는 대포)가 놓여 있는 산둥성이가 있으니 그 산둥성이 이쪽이 연화봉이요, 그 새에 있는 동네가 역시 연화봉이다.

지금은 그곳에 빈민굴이라고 할 수밖에 없이 지저분한 촌락이 생기고 노동자들밖에 살지 않는 곳이 되어 버렸으나 그때에는 자기네 딴은 행세한다는 사람들이 있었다.

집이라고는 십여 호밖에 있지 않았고 그곳에 사는 사람들은 대개 과목밭(과수원)을 하고, 또는 채소를 심거나, 아니면 콩나물을 길러서 생활을 하여 갔었다.

여기에 그중 큰 과목밭을 갖고 그중 여유 있는 생활을 하여 가는 사람이 하나 있었는데, 그의 이름은 잊어버렸으나 동네 사람들이 부르기를 오 생원이라고 불렀다.

얼굴이 둥탕하고 목소리가 마치 여름에 버드나무에 앉아서 길게 목 늘여 우는 매미 소리같이 저르렁저르렁하였다.

그는 몹시 부지런한 중년 늙은이로 아침이면 새벽 일찍이 일어나서 앞뒤로 뒷짐을 지고 돌아다니며 집안일을 보살피는데 그 동네에는 그가 마치 시계와 같아서 그가 일어나는 때가 동네 사람이 일어나는 때였다. 만일 그가 아침에 돌아다니며 잔소리를 하지 않으면 동네 사람들이 이상하여 그의 집으로 가 보면 그는 반드시 몸이 불편하여 누웠었다. 그러나 그와 같은 때는 일 년 삼백육십 일에 한 번 있기가 어려운 일이요, 이태나 삼 년에 한 번 있거나 말거나 하였다.

그가 이곳으로 이사를 온 지는 얼마 되지는 아니하나 언제든지 감투를 쓰고 다니므로 동네 사람들은 양반이라고 불렀고, 또 그 사람도 동네 사람들에게 그리 인심을 잃지 않으려고 섣달이면 북어쾌(북어 스무 마리를 한 줄에 꿰어 놓은 것), 김 톳(김을 묶어 세는 단위. 한 톳은 김 100장임)을 동네 사람에게 나눠 주며 농사 때에 쓰는 연장도 넉넉히 장만한 후 아무 때나 동네 사람들이 쓰게 하므로 그 동네에서는 가장 인심 후하고 존경을 받는 집인 동시에 세력 있는 집이다.

그 집에는 삼룡이라는 벙어리 하인 하나가 있으니 키가 본시 크지 못하여 땅딸보로 되었고 고개가 빼지 못하여 몸뚱이에 대강이(머리의 속된 말)를 갖다가 붙인 것 같다. 거기다가 얼굴이 몹시 얽고(얼굴에 우묵우묵한 마맛자국이 생기고) 입이 크다. 머리는 전에 새 꼬랑지 같은 것을 주인의 명령으로 깎기는 깎았으나 불밤송이 모양으로 언제든지 푸 하고 일어섰다. 그래 걸어 다니는 것을 보면, 마치 옴두꺼비가 서서 다니는 것 같이 숨차 보이고 더디어 보인다. 동네 사람들이 부르기를 삼룡이라고 부르는 법이 없고 언제든지 '벙어리, 벙어리'라고 하든지 그렇지 않으면 '앵모, 앵모' 한다. 그렇지만 삼룡이는 그 소리를 알지 못한다.

그도 이 집 주인이 이리로 이사를 올 때에 데리고 왔으니 진실하고 충성스러우며 부지런하고 세차다. 눈치로만 지내 가는 벙어리지마는 듣는 사람보다 슬기로운 적이 있고 평생 조심성이 있어서 결코 실수한 적이 없다.

아침에 일어나면 마당을 쓸고, 소와 돼지의 여물을 먹이며, 여름이면 밭에 풀을 뽑고 나무를 실어 들이고 장작을 패며, 겨울이면 눈을 쓸며 장 심부름과 진일 마른일 할 것 없이 못하는 일이 없다.

그럴수록 이 집 주인은 벙어리를 위해 주며 사랑한다. 혹시 몸이 불편한 기색이 있으면 쉬게 하고, 먹고 싶어하는 듯한 것은 먹이고, 입을 때 입히고 잘 때 재운다.

그런데 이 집에는 삼대독자로 내려오는 그 집 아들이 있다. 나이는 열일곱 살이나 아직 열네 살도 되어 보이지 않고 너무 귀엽게 기르기 때문에 누구에게든지 버릇이 없고 어리광을 부리며 사람에게나 짐승에게 잔인 포악한 짓을 많이 한다.

동네 사람들은,

"후레자식(배운 데 없이 제풀로 막되게 자라 교양이나 버릇이 없는 사람을 낮잡아 이르는 말)! 아비 속상하게 할 자식! 저런 자식은 없는 것만 못해."

하고 욕들을 한다. 그래서 그의 어머니는 아들이 잘못할 때마다 그의 영감을 보고,

"그 자식을 좀 때려 주구려. 왜 그런 것을 보고 가만두?"

하고 자기가 대신 때려 주려고 나서면,

"아뇨, 아직 철이 없어 그렇지. 저도 지각(知覺 사물의 이치나 도리를 분별하는 능력)이 나면 그렇지 않을 것이 아뇨."

하고 너그럽게 타이른다.

그러면 마누라는 왜가리처럼 소리를 지르며,

"철이 없긴 지금 나이가 몇이오. 낼모레면 스무 살이 되는데, 또 며칠 아니면 장가를 들어서 자식까지 날 것이 그래 가지고 무엇을 한단 말이오."

하고 들이대며,

"자식은 꼭 아버지가 버려 놓았습니다. 자식 귀여운 것만 알았지 버릇 가르칠 줄은 모르니까……."

이렇게 싸움만 시작하려 하면 영감은 아무 말도 하지 않고 바깥으로 나가 버린다.

그 아들은 더구나 벙어리를 사람으로 알지도 않는다. 말 못하는 벙어리라고 오고 가며 주먹으로 허구리(허리 양쪽 갈비뼈 아래의 잘쏙한 부분)를 지르기도 하고 발길로 엉덩이도 찬다.

그러면 그 벙어리는 어린것이 철없이 그러는 것이 도리어 귀엽기도 하고 또는 그 힘없는 팔과 힘없는 다리로 자신의 무쇠 같은 몸을 건드리는 것이 우습기도 하고 앙증하기도 하여 돌아서서 방그레 웃으면서 툭툭 털고 다른 곳으로 몸을 피해 버린다.

어떤 때는 낮잠 자는 벙어리 입에다가 똥을 먹인 때도 있었다. 또 어떤 때는 자는 벙어리 두 팔 두 다리를 살며시 동여매고 손가락과 발가락 사이에 화승(火繩 화약을 터뜨리기 위해 불을 붙이는 데 쓰던 노끈) 불을 붙여 놓아 질겁하고 일어나다가 발버둥질을 하고 죽으려는 사람처럼 괴로워하는 것을 보고 기뻐하였다.

이러할 때마다 벙어리의 가슴에는 비분한 마음이 꽉 들어찼다. 그러나 그는 주인의 아들을 원망하는 것보다도 자기가 병신인 것을 원망하였으며 주인의 아들을 저주한다는 것보다 이 세상을 저주하였다.

그러나 그는 결코 눈물을 흘리지 않았다. 그의 눈물은 나오려 할 때 아주 말라붙어 버린 샘물과 같이 나오려 하나 나오지를 아니하였다. 그는 주인의 집을 버릴 줄 모르는 개 모양으로 자기가 있어야 할 곳은 여기밖에 없고 자기가 믿을 것도 여기 있는 사람들밖에 없을 줄 알았다. 여기서 살다가 여기서 죽는 것이 자기의 운명인 줄밖에 알지 못하였다. 자기의 주인 아들이 때리고 지르고 꼬집어 뜯고 모든 방법으로 학대할지라도 그것이 자기에게 으레 있을 줄밖에 알지 못하였다. 아픈 것도 그 아픈 것이 으레 자기에게 돌아올 것이요, 쓰린 것도 자기가 받지 않아서는 안 될 것으로 알았다. 그는 이 마땅히 자기가 받아야 할 것을 어떻게 해야 면할까 하는 생각을 한 번도 하여 본 일이 없었다.

그가 이 집에서 떠나가려거나 또는 그의 생활환경에서 벗어나려는 생각은 한 번도 해 보지 못하였다 할지라도 그는 언제든지 그 주인 아들이 자기를 학대하고 또는 자기를 못살게 굴 때 그는 자기의 주먹과 또는 자기의 힘을 생각하여 보았다.

주인 아들이 자기를 때릴 때 그는 주인 아들 하나쯤은 넉넉히 제지할 힘이 있는 것을 알았다.

어떠한 때는 아픔과 쓰림이 자기의 몸으로 스미어들 때면 그의 주먹은 떨리면서 어린 주인의 몸을 치려 하다가는 그것을 무서운 고동과 함께 꽉 참았다.

그는 속으로,

'아니다, 그는 나의 주인의 아들이다. 그는 나의 어린 주인이다.'

하고 꾹 참았다.

그러고는 그것을 얼핏 잊어버렸다. 그러다가도 동넷집 아이들과 혹시 장난을 하다가 주인 아들이 울고 들어올 때에는 그는 황소같이 날뛰면서 주인을 위하여 싸웠다. 그래서 동네에서도 어린애들이나 장난꾼들이 벙어리를 무서워하여 감히 덤비지를 못하였다. 그리고 주인 아들도 위급한 경우에는 언제든지 벙어리를 찾았다. 벙어리는 얻어맞으면서도 기어드는 충견 모양으로 주인의 아들을 위하여 싫어하지 않고 힘을 다하였다.

## 2

벙어리가 스물세 살이 될 때까지 그는 물론 이성과 접촉할 기회가 없었다. 동네의 처녀들이 저를 '벙어리', '벙어리' 하며 괴상한 손짓과 몸짓으로 놀려먹음을 받을 적에 분하고 골나는 중에도 느긋한 즐거움을 느끼어 본 일은 있었으나 그가 결코 사랑으로써 어떠한 여자를 대해 본 일은 없었다.

그러나 정욕을 가진 사람인 벙어리도 그의 피가 차디찰 리는 없었다. 혹 그의 피는 더욱 뜨거웠을는지도 알 수 없었다. 뜨겁다 뜨겁다 못하여 엉기어 버린 엿과 같을지도 알 수 없었다. 만일 그에게 볕을 주거나 다시 뜨거운 열을 준다면 그의 피는 다시 녹을는지도 알 수 없었다.

그가 깜박깜박하는 기름 등잔 아래에서 밤이 깊도록 짚신을 삼을 때면 남모르는 한숨을 아니 쉬는 것도 아니지마는 그는 그것을 곧 억제할 수 있을 만큼 정욕에 대하여 벌써부터 단념을 하고 있었다.

마치 언제 폭발이 될는지 알지 못하는 휴화산 모양으로 그의 가슴속에는 충분한 정열을 깊이 감추어 놓았으나 그것이 아직 폭발될 시기가 이르지 못한 것이었다. 비록 폭발이 되려고 무섭게 격동함을 벙어리 자신도 느끼지 않는 바는 아니지마는 그는 그것을 폭발시킬 조건을 얻기 어려웠으며 또는 자기가 여태까지 능동적으로 그것을 나타낼 수가 없을 만큼 외계의 압축을 받았으며, 그것으로 인한 이지(理智 본능이나 감정에 지배되지 않고 지식과 윤리에 따라 사물을 분별하고 깨닫는 능력)가 너무 그에게 자제력을 강대하게 하여 주는 동시에 또한 너무 그것을 단념만 하게 하여 주었다.

속으로, '나는 벙어리다' 자기가 생각할 때 그는 몹시 원통함을 느끼는 동시에 나는 말하는 사람들과 똑같은 자유와 똑같은 권리가 없는 줄 알았다. 그는 이와 같은 생각에서 언제든지 단념 않으려야 단념하지 않을 수 없는 그 단념이 쌓이고 쌓이어 지금에는 다만 한 개의 기계와 같이 이 집에 노예가 되어 있으면서도 그것을 자기의 천직으로 알고 있을 뿐이요, 다시는 자기가 살아갈 세상이 없는 것 같이밖에 알지 못하게 된 것이다.


3

그해 가을이다. 주인의 아들이 장가를 들었다. 색시는 신랑보다 두 살 위인 열아홉 살이다. 주인이 본시 자기가 언제든지 문벌이 얕은 것을 한탄하여 신부를 구할 때에 첫째 조건이 문벌이 높아야 할 것이었다. 그러나 문벌 있는 집에서는 그리 쉽게 색시를 내놓을 리가 없다. 그러므로 하는 수 없이 그 어떠한 영락(零落 세력이나 살림이 줄어들어 보잘것없이 됨)한 양반의 딸을 돈을 주고 사오다시피 하였으니, 무남독녀의 딸을 둔 남촌 어떤 과부를 꿀을 발라서 약혼을 하고 혹시나 무슨 딴소리가 있을까 하여 부랴부랴 성례식을 시켜버렸다.

혼인할 때의 비용도 그때 돈으로 삼만 냥을 썼다. 그리고 아들의 처갓집에 며느리 뒤 보아 주는 바느질삯, 빨래삯이라는 명목으로 한 달에 이천오백 냥씩을 대어 주었다.

신부는 자기 아버지가 돌아가기 전까지 상당히 견디기도 하고 또는 금지옥엽같이 기른 터이라, 구식 가정에서 배울 것 읽힐 것 못하는 것이 없고 게다가 또는 인물이라든지 행동거지에 조금도 구김이 있지 아니하다.

신부가 오자 신랑의 흠절(부족하거나 잘못된 점)이 생기기 시작하였다.

"신부에게다 대면 두루미와 까마귀지."

"아직도 철딱서니가 없어."

"색시에게 쥐여 지내겠지."

"신랑에겐 과하지."

동넷집 말 좋아하는 여편네들이 모여 앉으면 이렇게 비평들을 한다. 어떠한 남의 걱정 잘하는 마누라님은 간혹 신랑을 보고는 그대로 세워 놓고,

"글쎄, 인제는 어른이 되었으니 셈이 좀 나요, 저리구 어떻게 색시를 거느려 가누. 색시 방에 들어가기가 부끄럽지 않담."

하고 늘이대다시피 하는 일이 있다.

이럴 적마다 신랑의 마음은 그 말하는 이들이 미웠다. 일부러 자기를 부끄럽게 하려고 하는 것 같아서 그 후에 그를 만나면 말도 안 하고 인사도 하지 아니한다.

또 그의 고모 되는 이가 와서 자기 조카를 보고,

"인제는 어른이야. 너도 그만하면 지각이 날 때가 되지 않았니. 네 처가 부끄럽지 아니하냐."

하고 타이를 적마다 그의 마음은 그 말하는 사람이 부끄럽다는 것보다도 자기를 이렇게 하게 한 자기 아내가 더욱 밉살머리스러웠다.

"여편네가 다 무엇이냐? 저 빌어먹을 년이 들어오더니 나를 이렇게 못살게들 굴지."

혼인한 지 며칠이 못 되어 그는 색시 방에 들어가지를 않았다. 집안에서는 야단이 났다. 마치 돼지나 말 새끼를 혼례시키려는 것 같이 신랑을 색시 방으로 집어넣으려 하나 막무가내였다. 그럴 때마다 신랑은 손에 닥치는 대로 집어 때려서 자기의 외사촌 누이의 이마를 뚫어서 피까지 나게 한 일이 있었다. 집안 식구들이 하는 수가 없어 맨 나중에는 아버지에게 밀었다. 그러나 그것도 소용이 없을 뿐더러 풍파를 더 일으키게 하였다. 아버지께 꾸중을 듣고 들어와서는 다짜고짜로 신부의 머리채를 쥐어 잡아 마루 한복판에 태질(세차게 메어치거나 내던지는 짓)을 쳤다.

그러고는,

"이년, 네 집으로 가거라. 보기 싫다. 내 눈앞에는 보이지도 마라."

하였다. 밥상을 가져오면 그 밥상이 마당 한복판에서 재주를 넘고, 옷을 가져오면 그 옷이 쓰레기통으로 나간다.

이리하여 색시는 시집오던 날부터 팔자 한탄을 하고서 날마다 밤마다 우는 사람이 되었다.

울면 요사스럽다고 때린다. 또 말이 없으면 빙충맞다(똑똑하지 못하고 어리석으며 수줍음을 탄다)고 친다. 이리하여 그 집에는 평화스러운 날이 하루도 없었다.

이것을 날마다 보는 사람 가운데 알 수 없는 의혹을 품게 된 사람이 하나 있으니 그는 곧 벙어리 삼룡이었다.

그렇게 예쁘고 유순하고 그렇게 얌전한, 벙어리의 눈으로 보아서는 감히 손도 대지 못할 만큼 선녀 같은 주인아씨를 때리는 것은 자기의 생각으로는 도저히 풀 수 없는 의심이었다.

보기에도 황홀하고 건드리기도 황홀할 만큼 숭고한 여자를 그렇게 하대한다는 것은 너무나 세상에 있지 못할 일이다. 자기는 주인 새서방에게 개나 돼지같이 얻어맞는 것이 마땅한 이상으로 마땅하지마는, 선녀와 짐승의 차가 있는 주인아씨와 자기가 똑같이 얻어맞는 것은 너무 무서운 일이다. 어린 주인이 천벌이나 받지 않을까 두렵기까지 하였다.

어떠한 달밤, 사면은 고요적막하고 별들은 드문드문 눈들만 깜박이며 반달이 공중에 뚜렷이 달려 있어 수은으로 세상을 깨끗하게 닦아 낸 듯이 청명한데, 삼룡이는 검둥개 등을 쓰다듬으며 바깥 마당 멍석 위에 비슷이 드러누워 하늘을 쳐다보며 생각하여 보았다.

주인아씨를 생각하면 공중에 있는 달보다도 더 곱고 별들보다도 더 깨끗하였다. 주인아씨를 생각하면 달이 보이고 별이 보였다. 삼라만상을 씻어 내는 은빛보다도 더 흰 달이나 별의 광채보다도 그의 마음이 아름답고 부드러운 듯하였다. 마치 달이나 별이 땅에 떨어져 주인아씨가 된 것도 같고 주인아씨가 하늘에 올라가면 달이 되고 별이 될 것 같았다.

더구나 자기를 어린 주인이 때리고 꼬집을 때 감히 입 벌려 말은 하지 못하나 측은하고 불쌍히 여기는 정이 그의 두 눈에 나타나는 것을 다시 생각할 때 그는 부들부들한 개 등을 어루만지면서 감격을 느꼈다. 개는 꼬리를 치며 자기를 귀여워하는 줄 알고 벙어리의 손을 핥았다.

삼룡이의 마음은 주인아씨를 동정하는 마음으로 가득 찼다. 또는 그를 위하여서는 자기의 목숨이라도 아끼지 않겠다는 의분에 넘치었다. 그것은 마치 살구를 보면 입속에 침이 도는 것 같이 본능적으로 느껴지는 감정이었다.

4

주인아씨가 온 뒤에 다른 사람들은 자유로운 안 출입을 금하였으나 벙어리는 마치 개가 맘대로 안에 출입할 수 있는 것 같이 아무 의심 없이 출입할 수가 있었다.

하루는 어린 주인이 먹지 않던 술이 잔뜩 취하여 무지한 놈에게 맞아서 길에 자빠진 것을 업어다가 안으로 들여다 누인 일이 있었다. 그때에 아무도 안에 있지 않고 다만 주인아씨 혼자 빙에서 바느질을 하고 있다가 이 꼴을 보고 벙어리의 충성된 마음이 고마워서, 그 후에 쓰던 비단 헝겊조각으로 부시 쌈지(부싯돌을 넣는 쌈지) 하나를 만들어 준 일이 있었다.

이것이 새서방님의 눈에 띄었다. 그래서 주인아씨는 어떤 날 밤 자던 몸으로 마당 복판에 머리를 푼 채 내동댕이쳐졌다. 그리고 온몸에 피가 맺히도록 얻어맞았다.

이것을 본 벙어리는 또다시 의분의 마음이 뻗쳐 올라왔다. 그래서 미친 사자와 같이 뛰어 들어가 새서방님을 내어던지고 주인아씨를 둘러메었다. 그리고 나는 수리와 같이 바깥 사랑 주인 영감 있는 곳으로 뛰어가 그 앞에 내려놓고 손짓과 몸짓을 열 번 스무 번 거푸하며 하소연하였다.

그 이튿날 아침에 그는 주인 새서방님에게 물푸레로 얼굴을 몹시 얻어맞아서 한쪽 뺨이 눈을 얼러서 피가 나고 주먹같이 부었다. 그 때릴 적에 새서방의 입에서 나오는 말은,

"이 흉측한 벙어리 같으니, 내 여편네를 건드려!"
하고 부시 쌈지를 빼앗아 갈가리 찢어서 뒷간에 던졌다.

"그리고 이놈아! 인제는 주인도 몰라보고 막 친다. 이런 것은 죽여야 해!"
하고 채찍으로 그의 뒷덜미를 갈겨서 그 자리에 쓰러지게 하였다.

벙어리는 다만 두 손으로 빌 뿐이었다. 말도 못 하고 고개를 몇백 번 코가 땅에 닿도록 그저 용서해 달라고 빌기만 하였다. 그러나 그의 가슴에는 비로소 숨겨 있던 정의감이 머리를 들기 시작하였다. 그는 아픈 것을 참아 가

면서도 북받치는 분노를 억제하였다.

그때부터 벙어리는 안방에 들어가지 못하였다. 이 들어가지 못하는 것이 더욱 벙어리로 하여금 궁금증이 나게 하였다. 그 궁금증이라는 것이 묘하게 빛이 변하여 주인아씨를 뵈옵고 싶은 심정으로 변하였다. 뵈옵지 못하므로 가슴이 타올랐다. 몹시 애상의 정서가 그의 가슴을 저리게 하였다. 한 번이라도 아씨를 뵈올 수가 있으면 하는 마음이 나더니 그의 마음의 넋은 느끼기를 시작하였다. 센티멘털한 가운데에서 느끼는 그 무슨 정서는 그에게 생명 같은 희열을 주었다. 그것과 자기의 목숨이라도 바꿀 수 있을 것 같았다. 어떤 때는 그대로 대강이로 담을 뚫고 들어가고 싶도록 주인아씨를 뵈옵고 싶은 것을 꾹 참을 때도 있었다.

그 후부터는 밥을 잘 먹을 수가 없었다. 일도 손에 잡히지 않았다. 틈만 있으면 안으로만 들어가고 싶었다.

주인이 전보다 많이 밥과 음식을 주고 더 편하게 하여 주었으나 그것이 싫었다. 그는 밤에 잠을 자지 않고 집 가장자리를 돌아다녔다.


## 5

하루는 주인 새서방님이 술이 취하여 들어오더니 집안이 수선수선하여지며 계집 하인이 약을 사러 갔다 들어오는 것을 보고 그 계집 하인을 붙잡았다. 그리고 무엇이냐고 물었다.

계집 하인은 한 주먹을 뒤통수에 대고 얼굴을 쓰다듬으며 둘째 손가락을 내밀었다. 그것은 그 집 주인은 엄지손가락이요, 둘째 손가락은 새서방이라는 뜻이요, 주먹을 뒤통수에 대는 것은 여편네라는 뜻이요, 얼굴을 문지르는 것은 예쁘다는 뜻으로 벙어리에게 쓰는 암호다.

그런 뒤에 다시 혀를 내밀고 눈을 뒤집어쓰는 형상을 하고 두 팔을 싹 벌리고 뒤로 자빠지는 꼴을 보이니, 그것은 사람이 죽게 되었거나 앓을 적에 하는 말 대신의 손짓이다.

벙어리는 눈을 크게 뜨고 계집 하인에게 한 발자국 가까이 들어서며 놀라는 듯이 멀거니 한참이나 있었다.

그의 가슴은 무섭게 격동하였다. 자기의 그리운 주인아씨가 죽었다는 말이 아닌가, 그는 두 주먹을 마주치며 한숨을 쉬었다. 그러고는 자기 방에서 무엇을 생각하는 것처럼 두어 시간이나 두 눈만 껌벅껌벅하고 앉았었다.

그는 밤이 깊어 갈수록 궁금증 나는 사람처럼 일어섰다 앉았다 하더니 두 시나 되어서 바깥으로 나가서 뒤로 돌아갔다.

그는 도둑놈처럼 조심스럽게 바로 건넌방 뒤 미닫이 앞 담에 서서 주저 주저하더니 담을 넘었다. 가까이 창 앞에 서서 문틈으로 안을 살피다가 그는 진저리를 치며 물러섰다.

어두운 밤에 그의 손과 발이 마치 그 뒤에 서 있는 감나무 잎같이 떨리더니 그대로 문을 박차고 뛰어 들어갔을 때, 그의 팔에는 주인아씨가 한 손에는 기다란 명주 수건을 들고서 한 팔로 벙어리의 가슴을 밀치며 뻗디디었다. 벙어리는 다만 눈이 뚱그래서 '에헤' 소리만 지르고 그 수건을 뺏으려 애쓸 뿐이다.

집안이 야단났다.

"집안이 망했군!"

"어디 사내가 없어서 벙어리를!"

"어떻든 알 수 없는 일이야!"

하는 소리가 이 구석 저 구석에서 수군댄다.

6

그 이튿날 아침에 벙어리는 온몸이 짓이긴 것이 되어 마당에 거꾸러져 입에서 피를 토하며 신음하고 있었다. 그 곁에서는 새서방이 쇠줄 몽둥이를 들고서 문초를 한다.

"이놈!"

하고는 음란한 흉내는 모조리 하여 가며 건넌방을 가리킨다. 그러나 벙어리는 손을 내저을 뿐이다. 또 몽둥이에는 살점이 묻어 나왔다. 그리고 피가 흘렀다.

벙어리는 타들어 가는 목으로 소리도 못 내며 고개만 내젓는다. 그는 피를 토하며 거꾸러지며 이마를 땅에 비비며 고개를 내흔든다. 땅에는 피가 스며든다. 새서방은 채찍 끝에 납 뭉치를 달아서 가슴을 훔쳐 갈겼다가 힘껏 잡아 뽑았다. 벙어리는 그대로 거꾸러지며 말이 없었다.

새서방은 그래도 시원치 못하였다. 그는 어제 벙어리가 새로 갈아 놓은 낫을 들고 달려왔다. 그는 그 시퍼렇게 날선 낫을 번쩍 들었다. 그래서 벙어리를 찌르려 할 때 벙어리는 한 팔로 그것을 받았고, 집안사람들은 달려들었다. 벙어리는 낫을 뿌리쳐 저리로 내던졌다.

주인은 집안이 망하였다고 사랑에 누워서 모든 일을 들은 체 만 체 문을 닫고 나오지를 아니하며, 집안에서는 색시를 쫓는다고 야단이다. 그날 저녁에 벙어리는 다시 끌려 나왔다. 그때에는 주인 새서방이 그의 입던 옷과 신짝을 주며 눈을 부릅뜨고 손을 멀리 가리키며,

"가! 인제는 우리 집에 있지 못한다."

하였다. 이 소리를 듣는 벙어리는 기가 막혔다. 그에게는 이 집 외에 다른 집이 없다. 살 곳이 없었다. 자기는 언제든지 이 집에서 살고 이 집에서 죽을 줄밖에 몰랐다. 그는 새서방님의 다리를 껴안고 애걸하였다. 말도 못 하는 것을 몸짓과 표정으로 간곡한 뜻을 표하였다. 그러나 새서방님은 발길로 지르고 사람을 불렀다.

"이놈을 좀 내쫓아라."

벙어리가 죽은 개 모양으로 끌려 나갔다. 그리고 대갈빼기를 개천 구석에 들이박히면서 나가 곤드라졌다가 일어서서 다시 들어오려 할 때에는 벌써 문이 닫혀 있었다. 그는 문을 두드렸다. 그의 마음으로는 주인 영감을 찾았으나 부를 수가 없었다. 그가 날마다 열고 날마다 닫던 문이 자기가 지금은 열려 하나 자기를 내어 쫓고 열리지를 않는다. 자기가 건사하고 자기가 거두던 모든 것이 오늘에는 자기의 말을 듣지 않는다. 어려서부터 지금까지 모든 정성과 힘과 뜻을 다하여 충성스럽게 일한 값이 오늘에는 이것이다.

그는 비로소 믿고 바라던 모든 것이 자기의 원수란 것을 알았다. 그는 모든 것을 없애 버리고 자기도 또한 없어지는 것이 나은 것을 알았다.

그날 저녁 밤은 깊었는데 멀리서 닭이 우는 소리와 함께 개 짖는 소리만이 들린다. 난데없는 화염이 벙어리 있던 오 생원 집을 에워쌌다. 그 불을 미리 놓으려고 준비하여 놓았는지 집 가장자리 쪽 돌아가며 흩어 놓은 풀에 모조리 돌라붙어(둘레나 가장자리를 따라가며 붙어) 공중에서 내려다보면 집의 윤곽이 선명하게 보일 듯이 타오른다.

불은 마치 피 묻은 살을 맛있게 잘라 먹는 요마(妖魔 요망하고 간사스러운 마귀)의 혓바닥처럼 날름날름 집 한 채를 삽시간에 먹어 버리었다. 이와 같은 화염 속으로 뛰어 들어가는 사람이 하나 있으니 그는 다른 사람이 아니라 낮에 이 집을 쫓겨난 삼룡이다. 그는 먼저 사랑에 가서 문을 깨뜨리고 주인을 업어

다가 밭 가운데 놓고 다시 들어가려 할 제 그의 얼굴과 등과 다리가 불에 데어 쭈그러저 드는 것을 알지 못하였다.

그는 건넌방으로 뛰어들었다. 그러나 색시는 없었다. 다시 안방으로 뛰어들었다. 그러나 또 없고 새서방이 그의 팔에 매달리어 구원하기를 애원하였다. 그러나 그는 그것을 뿌리쳤다. 다시 서까래에 불이 시뻘겋게 타면서 그의 머리에 떨어졌다. 그러나 그는 그것을 몰랐다. 부엌으로 가 보았다. 거기서 나오다가 문설주가 떨어지며 왼팔이 부러졌다. 그러나 그것도 몰랐다. 그는 다시 광으로 가 보았다. 거기도 없었다. 그는 다시 건넌방으로 들어갔다. 그때야 그는 색시가 타 죽으려고 이불을 쓰고 누워 있는 것을 보았다. 그는 색시를 안았다. 그러고는 길을 찾았다. 그러나 나갈 곳이 없었다. 그는 하는 수 없이 지붕으로 올라갔다. 그는 비로소 자기의 몸이 자유롭지 못한 것을 알았다. 그러나 그는 자기가 여태까지 맛보지 못한 즐거운 쾌감을 자기의 가슴에 느끼는 것을 알았다. 색시를 자기 가슴에 안았을 때 그는 이제 처음으로 살아난 듯하였다. 그는 자기의 목숨이 다한 줄 알았을 때, 그 색시를 내려놓을 때는 그는 벌써 목숨이 끊어진 뒤였다. 집은 모조리 타고 벙어리는 색시를 무릎에 뉘고 있었다. 그의 울분은 그 불과 함께 사라졌을는지! 평화롭고 행복스러운 웃음이 그의 입 가장자리에 엷게 나타났을 뿐이다.

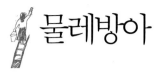

# 물레방아

## ✍ 작품 정리 --------------------------------------------------

> **작가** : 나도향(199쪽 '작가와 작품 세계' 참조)
> **갈래** : 순수 소설, 낭만주의 소설
> **배경** : 성적 에로티시즘을 상징적으로 나타내는 물레방앗간
> **시점** : 전지적 작가 시점
> **주제** : 물질 만능주의와 도덕성의 결여로 인한 인간성의 타락
> **출전** : 〈조선문단〉(1925)

## ✍ 구성과 줄거리 ------------------------------------------

**발단** **이방원이 신치규의 집에서 막실살이를 함**

마을에서 가장 부자인 신치규의 집에서 막실살이를 하는 이방원은 아내와 함께 그날그날을 지낸다. 마을의 세력가인 신치규는 이방원의 아내에게 눈독을 들인다.

**전개** **신치규가 이방원의 아내를 유혹함**

달이 유난히 밝은 가을밤, 물레방앗간 옆에서 어떤 남자(신치규)가 달래는 투로 젊은 여자(방원의 아내)를 꾀고 있다. 신치규는 대를 이을 자식 하나 낳아 주면 자신의 것이 모두 그녀 것이 된다고 말한다. 여자는 감언이설에 혹해 신치규와 함께 물레방앗간으로 들어간다. 사흘이 지난 뒤 신치규는 방원에게 다른 좋은 집을 찾아보라고 한다. 방원은 애걸을 해보지만 소용이 없자 아내에게 안주인께 사정해 보라고 부탁한다. 아내는 오히려 앞으로 자신을 어떻게 먹여 살릴 거냐며 앙탈을 부린다. 방원은 홧김에 아내를 때린다.

**위기** **이방원은 신치규와 아내가 물레방앗간에서 나오는 것을 목격함**

그날 밤 방원은 아내에게 사과할 생각을 하지만 아내는 집에 없다. 그는 옆집 아주머니로부터 아내가 물레방앗간으로 가더라는 말을 듣는다. 그는 신치규와 아내가 방앗간에서 나오는 것을 목격한다.

**절정** **이방원은 신치규를 구타해 석 달간 복역함**

신치규가 오히려 방원에게 호통을 치자 화가 난 방원은 신치규의 멱살을 잡고 넘어뜨린 후 목을 조른다. 방원은 순경의 구두 소리를 듣고 옆에 있는 아내에게 어서 도망치자고 잡아끌지만 아내는 거부한다. 결국 방원은 순경의 포승에 묶인 채 주재소로 끌려간다.

**결말** **출감한 이방원은 아내를 살해하고 자살함**

석 달 후 출감한 방원은 칼을 품고 신치규의 집으로 달려간다. 아내의 목소리를 오랜만에 들은 방원은 아내를 물레방앗간 옆으로 데리고 가서 같이 도망갈 것을 제의하나 계집은 차라리 죽이라며 대든다. 방원은 계집의 옆구리를 칼로 힘껏 찌른 뒤 그 칼을 빼어 들어 자신의 가슴을 찌른다.


### ✐ 생각해 볼 문제 - - - - - - - - - - - - - - - - - - - - - - - - - - - - -

**1. '물레방아'는 무엇을 상징하는가?**

마을에서 외따로 떨어져 있어 밀회 장소로 애용되었던 물레방앗간은 토속적인 애욕의 세계를 연상시킨다. 물레방아가 돌고 돌아가는 모습은 반복되는 인생을, 한 자리에서 맴도는 것은 운명적인 굴레를 상징하기도 한다.

**2. 이방원의 살인은 당대의 신경향파 소설이 보여 주는 살인과 어떤 점에서 다른가?**

신경향파 소설은 계급에 따른 적대 관계나 경제적 궁핍을 원인으로 살인이나 방화라는 결말을 내는 경우가 많다. 그러나 방원의 살인은 지주와의 계급적 대립 관계가 아닌 치정 관계에서 비롯되었다. 작가는 가진 자(신치규)와 못 가진 자(이방원)의 갈등을 그리지만 본능적인 육욕(신치규)과 물질에 대한 탐욕(이방원의 아내)이 빚어낸 인간성의 타락을 주제로 삼았다.

**3. 창부형인 방원의 아내가 신치규를 선택하게 되는 이유는 무엇인가?**

아내에 비해 방원은 순수한 애정관을 지니고 있다. 도덕성이 결여된 아내는 방원의 애정보다는 신치규의 돈과 성(性)을 선택한다. 이 작품은 금전 만능주의에 의해 인간성이 상실될 수 있음을 경고하고 있다.

## 🖊️인물 관계도

마을에서 제일가는 부자인 신치규 집에서 막실살이를 하던 저(이방원)는 갑자기 쫓겨나게 되었어요. 그 일로 아내가 타박을 하기에 홧김에 아내를 때렸지요. 사과를 하려고 마음 먹었는데 신치규와 아내가 방앗간에서 나오는 걸 봤어요. 저는 그걸 보자마자 신치규를 때리고 감옥에 들어갔어요. 출감하고 아내를 찾아갔지만 아내는 저를 따라올 생각이 없다고 해 함께 죽기로 했어요.

# 물레방아

1

덜컹덜컹 홈통에 들었다가 다시 쏟아져 흐르는 물이 육중한 물레방아를 번쩍 쳐들었다가 쿵 하고 확 속으로 내던질 제 머슴들의 콧소리는 허연 겻가루가 켜켜 앉은 방앗간 속에서 청승스럽게 들려 나온다.

쌀 쌀 쌀, 구슬이 되었다가 은가루가 되고 댓줄기같이 뻗치었다가 다시 쾅 쾅 쏟아져 청룡이 되고 백룡이 되어 용솟음쳐 흐르는 물이 저쪽 산모퉁이를 십 리나 두고 돌고, 다시 이쪽 들 복판을 오 리쯤 꿰뚫은 뒤에 이방원이가 사는 동네 앞 기슭을 스쳐 지나가는데 그 위에 물레방아 하나가 놓여 있다.

물레방아에서 들여다보면 동북간으로 큼직한 마을이 있으니 이 마을의 가장 부자요, 가장 세력이 있는 사람으로 이름을 신치규라고 부른다. 이방원이라는 사람은 그 집의 막실살이를 하여 가며 그의 땅을 경작하여 자기 아내와 두 사람이 그날그날을 지내 간다.

어떠한 가을밤 유난히 밝은 달이 고요한 이 촌을 한적하게 비칠 때 그 물레방앗간 옆에 어떠한 여자 하나와 어떤 남자 하나가 서서 이야기를 하는 소리가 들리었다.

그 여자는 방원의 아내로 지금 나이가 스물두 살, 한참 정열에 타는 가슴으로 가장 행복스러울 나이의 젊은 여자요, 그 남자는 오십이 반이 넘어 인생으로서 살아올 길을 다 살고서 거의거의 쇠멸의 구렁이를 향하여 가는 늙은이다.

그의 말소리는 마치 그 여자를 달래는 것같이,

"얘, 내 말이 조금도 그를 것이 없지? 쇤네 할멈에게도 자세한 말을 들었을 터이지마는 너 생각해 보아라. 네가 허락만 하면 무엇이든지 네가 하고 싶다는 것은 내가 전부 해 줄 터이란 말야. 그까짓 방원이 녀석하고 네가 몇 백 년 살아야 언제든지 막실 구석을 면하지 못할 터이니. 허허, 사람이란 젊어서 호강해 보지 못하면 평생 호강 한 번 하여 보지 못하고 죽을 것이 아니냐. 내가 말하는 것이 조금도 잘못하는 것이 없느니라! 대강 너의 말을 쇤네 할멈에게 듣기는 들었으나 그래도 너에게 한 번 바로 대고 듣는 것만 못해서 이리로 만나자고 한 것이다. 너의 마음은 어떠냐? 어디 허허, 내 앞이라고 조금도 어떻게 알지 말고 이야기해 봐, 응?"

이 늙은이는 두말할 것 없이 신치규다. 그는 탐욕스러운 눈으로 방원의 계집을 들여다보며 한 손으로 등을 두드린다.

새침한 얼굴이 파르족족하고 기다란 눈썹과 검푸른 두 눈 가장자리에 예쁜 입, 뾰로통한 뺨이며 콧날이 오뚝한 데다가 후리후리한 키에 떡벌어진 엉덩이가 아무리 보더라도 무섭게 이지적인 동시에 또는 창부형(娼婦型)으로 생긴 여자이다.

계집은 아무 말이 없이 서서 짐짓 부끄러운 태를 지으며 매혹적인 웃음을 생긋 웃고는 고개를 돌렸다. 그 웃음이 얼마나 짐승 같은 신치규의 만족을 사게 되었으며, 또는 마음을 충동시켰는지 희끗희끗한 수염이 거의 계집의 뺨에 닿도록 더 가까이 와서,

"응? 왜 대답이 없니? 부끄러워서 그러니? 그렇게 부끄러워할 일은 아닌데."

하고 계집의 손을 잡으며,

"손도 이렇게 예쁜 줄은 여태까지 몰랐구나. 참 분결 같다. 이렇게 얌전히 생긴 애가 방원 같은 천한 놈의 계집이 되어 일평생을 그대로 썩는다는 것은 너무 가엾고 아깝지 않으냐? 얘."

계집은 몸을 돌리려고 하지도 않고 영감이 하는 대로 내버려 두며 눈으로 땅만 내려다보고 섰다가 가까스로 입을 떼는 듯하더니,

"제 말야 모두 쇤네 할멈이 여쭈었지요. 저에게는 너무 분수에 과한 말씀이니까요."

"온, 천만의 소리를 다 하는구나. 그게 무슨 소리냐? 너도 알다시피 내가 너를 장난삼아 그러는 것도 아니겠고 후사가 없어 그러는 것이니까 네가 내 아들이나 하나 낳아 주렴. 그러면 내 것이 모두 네 것이 되지 않겠니? 자아, 그러지 말고 오늘 허락을 하렴. 그러면 내일이라도 방원이란 놈을 내쫓고 너를 불러들일 터이니."

"어떻게 내쫓을 수가 있어요."

"허어, 그것이 그리 어려울 것이 무엇 있니. 내가 나가라는데 제가 나가지 않고 배길 줄 아니?"

"그렇지만 너무 과하지 않을까요?"

"무엇? 저런 생각을 하니까 네가 이 모양으로 이때까지 있었지. 어떻단 말이냐? 그런 짓은 조금도 염려하지 말구. 자! 또 네 서방에게 들킬라, 어서 들어가자."

"먼저 들어가세요."

"왜?"

"남이 보면 수상히 알게요."

"무얼 나하고 가는데 수상히 알 게 무어야. 어서 가자."

계집은 천천히 두어 걸음 따라가다가,

"영감!"

하고 무춤하고 서 있다.

"왜 그러니?"

계집은 다시 말이 없이 서 있다가,

"아니에요."

하고,

"먼저 들어가세요."

하며 돌아선다. 영감이 간이 달아서 계집의 손을 잡으며,

"가자, 집으로 들어가자."

그의 가슴은 두근거리는지 숨소리가 잦아진다. 계집은 손을 빼려 하며,

"점잖으신 어른이 이게 무슨 짓이에요."

하면서도 그의 몸짓에는 모든 것을 허락한다는 뜻이 보였다. 영감은 계집의 몸을 끌어안더니 방앗간 뒤로 돌아 들어섰다. 계집은 영감 가슴에 안겨서 정욕이 가득한 눈으로 그를 보면서,

"영감."

말 한마디 하고 침 한 번 삼키었다.

"영감이 거짓말은 안 하시지요."

"아니."

그의 말은 떨리었다. 계집은 영감의 팔을 한 손으로 잡고 또 한 손으로는 방앗간 속을 가리켰다.

"저리로 들어가세요."

영감과 계집은 방앗간에서 이삼십 분 후에 다시 나왔다.

## 2

사흘이 지난 뒤에 신치규는 방원이를 자기 집 사랑 마당 앞으로 불렀다.

"얘."

방원은 상전이라 고개를 숙이고,

"네."

공손하게 대답을 하였다.

"네가 그간 내 집에서 정성스럽게 일을 한 것은 고마운 일이지마는……"

점잖과 주짜를 빼면서 신치규는 말을 꺼내었다. 방원의 가슴은 이 '마는'이라는 말 뒤에 이어질 말을 미리 깨달은 듯이 온 전신의 피가 가슴으로 모여드는 듯하더니 다시 터럭이라는 터럭은 전부 거꾸로 일어서는 듯하였다.

"오늘부터는 우리 집에 사정이 있어 그러니 내 집에 있지 말고 다른 곳에 좋은 곳을 찾아가 보아라."

아무 조건도 없다. 또한 이곳에서도 할 말이 없다. 죽으라고 하면 죽는 시늉이라도 해야 하는 것이다. 주인은 돈 가지고 사람을 사고팔 수도 있는 것이다.

방원은 가슴이 답답하였다. 자기 혼자 몸 같으면 어디 가서 어떻게 빌어먹더라도 살 수가 있지마는 사랑하는 아내를 구해 갈 길이 막연하다. 그는 고개를 굽히고, 허리를 굽히고, 나중에는 마음을 굽히어 사정도 하여 보고 애걸도 하여 보았다. 그러나 그것은 헛된 일이다. 주인의 마음은 쇠나 돌보다도 더 굳었다.

그는 하는 수 없이 자기 아내에게 그 이야기를 하였다. 그리고 아내더러 안주인 마님께 사정을 좀 하여 얼마간이라도 더 있게 하여 달라고 하여 보라 하였다. 그러나 아내는 방원의 말을 들을 리가 없었다. 도리어,

"그러면 어떻게 한단 말이오. 이제부터는 나를 어떻게 먹여 살릴 터이오?"

"너는 그렇게도 먹고 살 수 없을까 봐 겁이 나니?"

"겁이 나지 않고. 생각을 해 보구려. 인제는 꼼짝할 수 없이 죽지 않았소?"

"죽어?"

"그럼 임자가 나를 데리고 이곳까지 올 때에 무어라고 하였소. 어떻게 해서든지 너 하나야 먹여 살리지 못하겠느냐고 하였지요."

"그래."

"그래, 얼마나 나를 잘 먹여 살리고 나를 호강시켰소. 여태까지 이태나 되

도록 끌구 돌아다닌다는 것이 남의 집 행랑이었지요?"

"얘, 그것을 내가 모르고 하는 말이냐? 내가 하려고 하지 않아서 그렇게 된 것이냐? 차차 살아가는 동안에 무슨 일이든지 생기겠지. 설마 요대로 늙어 죽기야 하겠니?"

"듣기 싫소! 뿔 떨어지면 구워 먹지 어느 천년에."

방원이는 가뜩이나 내어 쫓기고 화가 나는데 계집까지 그리하니까 속에서 열화가 치밀어 올라왔다.

"이 육시를 하고도 남을 년! 왜 남의 마음을 글컹거리니."

"왜 사람에게 욕을 해."

"이년아, 욕 좀 하면 어떠냐?"

"왜 욕을 해!"

계집이 얼굴이 노래지며 대든다.

"이년이 발악인가?"

"누가 발악이야. 계집년 하나 건사 못 하는 위인이 계집보고 욕만 하고 한 게 무어야? 그래 은가락지 은비녀나 한 벌 사 주어 보았어? 내가 임자 하자고 하는 대로 하지 않은 것은 없지!"

"이년아! 은가락지 은비녀가 그렇게 갖고 싶으냐, 이 더러운 년아."

"무엇이 더러워? 너는 얼마나 정한 놈이냐!"

계집의 입속에서는 '놈' 소리가 나오기 시작한다.

"이년 보게! 누구더러 놈이래."

하고 손길이 계집의 낭자(여자의 예장에 쓰는 딴머리의 하나. 쪽 찐 머리 위에 덧얹고 긴 비녀를 꽂음)를 휘어잡더니 그대로 집어 들고 두어 번 주먹으로 등줄기를 후리었다.

"이 주릿대(주리를 트는 데 쓰는 두 개의 붉은 막대)를 안길 년!"

발길이 엉덩이를 두어 번 지르니까 계집은 그대로 거꾸러졌다가 다시 일어났다. 풀어 헤뜨린 머리가 치렁치렁 끌리고 씰룩한 눈에는 독기가 섞이었다.

"왜 사람을 치니? 이놈! 죽여라 죽여. 어디 죽여 보아라. 이놈 나 죽고 너 죽자!"

하고 달려드는 계집을 후려서 거꾸러뜨리고서,

"이년이 죽으려고 기를 쓰나!"

방원이가 계집을 치는 것은 그것이 주먹을 가지고 하는 일종의 농담이다. 그는 주먹이나 발길이 계집의 몸에 닿을 때 거기에 얻어맞는 계집의 살이 아픈 것보다 더 찌르르하게 가슴 한복판을 찌르는 아픔을 방원은 깨닫는 것이다. 홧김에 계집을 치는 것이 실상은 자기의 마음을 자기의 이빨로 물어뜯는 것이나 다름이 없는 것이다. 때리는 그에게는 몹시 애처로움이 있고 불쌍함이 있는 것이다. 그러나 자기의 화풀이를 받아 주는 사람은 아직까지도 계집밖에는 없었다. 제일 만만하다는 것보다도 가장 마음 놓고 화풀이할 수 있음이다. 싸움한 뒤, 하루가 못 되어 두 사람이 베개를 나란히 하고 서로 꼭 끼고 잘 때에는 그렇게 고맙고 그렇게 감격이 일어나는 위안이 또다시 없음이다. 계집을 치고 화풀이를 하고 난 뒤에 다시 가슴을 에는 듯한 후회와 더 뜨거운 포옹으로 위로를 받을 그때에는 두 사람 아니라 방원에게는 그만큼 힘 있고 뜨거운 믿음이 또다시 없는 까닭이다.

계집은 일부러 소리를 높여서 꺼이꺼이 운다.

온 마을 사람이 거의 귀를 기울였으나,

"응, 또 사랑싸움을 하는군!"

하고 도리어 그 싸움을 부러워하였다. 옆집 젊은것이 와서 싱글싱글 웃으면서 들여다보며,

"인제 고만두라고."

하며 말리는 시늉을 한다. 동네 아이들만 마당 앞에 죽 늘어서서 눈들이 똥그래서 구경을 한다.


## 3

그날 저녁에 방원은 술이 얼근하여 돌아왔다. 아까 계집을 차던 마음은 어느덧 풀어지고 술로 흥분된 마음에 그는 계집의 품이 몹시 그리워져서 자기 아내에게 사과를 할 마음까지 생기었다. 본시 사람이 좋고 마음이 약하고 다정한 그는 무식하게 자라난 까닭에 무지한 짓을 하기는 하나 그것은 결코 그의 성격을 말하는 무지함이 아니다.

그는 비척거리면서 집으로 향하는 길에 거슴츠레하게 풀린 눈을 스르르 내리감고 혼잣소리로,

"빌어먹을 놈! 나가라면 나가지 무서운가? 제 집 아니면 살 곳이 없는 줄 아는 게로군! 흥, 되지 않게 다 무엇이냐? 돈만 있으면 제일이냐? 이놈, 네가 그러다가는 이 주먹맛을 언제든지 볼라. 그대로 곱게 뒈질 줄 아니?"

하고 개천 하나를 건너뛴 후에,

"돈! 돈이 무엇이냐."

한참 생각하다가,

"에후."

한숨을 쉬고 나서,

"돈이 사람 죽이는구나! 돈! 돈! 흥, 사람 나고 돈 났지, 돈 나고 사람 났니?"

또 징검다리를 비척비척하고 건넌 뒤에,

"고 배라먹을 년이 왜 고렇게 포달(암상이 나서 악을 쓰고 함부로 주위대는 말)을 부려서 장부의 마음을 긁어 놓아!"

그의 목소리에는 말할 수 없이 다정한 맛이 있었다. 그는 자기 계집을 생각하면 모든 불평이 스러지는 듯이, 숙였던 고개를 쳐들어 하늘을 보면서,

"허어, 저도 고생은 고생이지."

하고 다시 고개를 숙인 후,

"내가 너무해, 너무 그럴 게 아닌데."

그는 자기 집에 와서 문고리를 붙잡고 잡아 흔들면서,

"얘! 자니! 자!"

그러나 대답이 없고 캄캄하다.

"이년이 어디를 갔어!"

그는 문짝을 깨어지라 하고 닫은 후에 다시 길거리로 나와 그 옆집으로 가서,

"여보 아주머니! 우리 집 색시 어디 갔는지 보았소?"

밥들을 먹던 옆엣집 내외(內外)는,

"어디서 또 취했소그려! 애 어머니가 아까 머리 단장을 하더니 저 방아께로 갑디다."

"방아께로?"

"네."

"빌어먹을 년! 방아께로는 무얼 먹으러 갔누!"

다시 혼자 방아를 향하여 가면서 혼자 중얼거린다.

그는 방앗간을 막 뒤로 돌아서자 신치규와 자기 아내가 방앗간에서 나오는 것을 보았다.

"아!"

그는 너무 뜻밖의 일이므로 아무 말도 하지 못하고 그대로 한참이나 멀거니 서서 보기만 하였다.

그의 눈에서는 쌍심지가 거꾸로 섰다. 열이 올라와서 마치 주홍을 칠한 듯이 그의 눈은 붉어지고 번개 같은 광채가 번뜩거리었다.

그는 한참이나 사지를 떨었다. 두 이가 서로 맞혀서 달그락달그락하여졌다. 그의 주먹은 부서질 것같이 단단히 쥐어졌었다.

계집과 신치규는 방원이 와 선 것을 보고서 처음에는 조금 간담이 서늘하여졌으나 다시 태연하게 내려 앉혔다. 일이 이렇게 되었으매 할 대로 하라는 뜻이다.

방원은 달려들어서 계집의 팔목을 잡았다. 그리고 이를 악물고 부르르 떨었다.

"나는 네가 이럴 줄은 몰랐다."

계집은,

"무얼 이럴 줄을 몰라?"

하며 파란 눈을 흘겨보더니,

"나중에는 별꼴을 다 보겠네. 으레 그럴 줄을 인제 알았나? 놔요! 왜 남의 팔을 잡고 요 모양이야. 오늘부터는 나를 당신이 그리 함부로 하지는 못해요! 더러운 녀석 같으니! 계집이 싫다고 그러면 국으로(제 생긴 그대로, 잠자코) 물러 갈 일이지, 이게 무슨 사내답지 못한 일야! 놔요!"

팔을 뿌리쳤으나 분노가 전신에 가득 찬 그는 그렇게 쉽게 손을 놓지 않았다.

"애! 네가 이것이 정말이냐?"

"정말 아니구 비싼 밥 먹고 거짓말할까?"

"네가 참으로 환장을 하였구나!"

"아니 누구더러 환장을 했대? 온 기가 막혀 죽겠지! 놔요! 놔! 왜 추근추근하게 이 모양이야? 놔."

하고서 힘껏 뿌리치는 바람에 계집의 손이 쑥 빠지었다. 계집은 손목을 주무르면서 암상궂게(남을 미워하고 샘을 잘 내는 마음이나 태도가 있게) 돌아섰다.

이때까지 이 꼴을 멀찌가니 서서 보고 있던 신치규는 두어 발자국 나서더니 기침 한 번을 서투르게 하고서,

"애! 네가 술이 취하였으면 일쩍 들어가 자든지 할 것이지 웬 짓이냐? 네

눈깔에는 아무것도 보이는 것이 없단 말이냐? 너희 연놈이 싸우는 것은 너희 연놈이 어디든지 가서 할 일이지 여기 누가 있는지 없는지 눈깔에 보이는 것이 없어?"

짐짓 소리를 높여 호령을 하였다.

"엣, 괘씸한 놈!"

눈깔을 부라리었다. 방원은 한참이나 쳐다보고서 말이 없었다. 생각대로 하면 한주먹에 때려눕힐 것이지마는 그래도 그의 머릿속에는 아까까지의 상전이라는 관념이 남아 있었다. 번갯불같이 그 관념이 그의 입과 팔을 얽어 놓았다. 어려서부터 오늘날까지 남을 섬겨 보기만 한 그의 마음은 상전이라면 모두 두려워하는 성질을 깊이깊이 뿌리를 박아 놓았다. 그러나 오늘부터는 신치규가 자기의 상전도 아니요, 자기가 신치규의 종도 아니다. 다만 똑같은 사람으로 마주 섰을 뿐이다. 아니다, 지금부터는 신치규는 방원의 원수였다. 그의 간을 씹어 먹어도 오히려 나머지 한이 있는 원수다.

신치규는 똑바로 쳐다보는 방원을 마주 쳐다보며,

"똑바로 보면 어쩔 터이냐? 온 세상이 망하려니까 별 해괴한 일이 다 많거든. 어째 이놈아?"

"이놈아?"

방원은 한 걸음 들어섰다. 나무같이 힘센 다리가 성큼 하고 나설 때 신치규는 머리끝이 으쓱하였다. 쇠몽둥이 같은 두 주먹이 쑥 앞으로 닥칠 때 그의 가슴은 덜컥 내려앉았다.

"네 입에서 이놈이라는 소리가 나오니? 이 사지를 찢어 발겨도 오히려 시원치 못할 놈아! 네가 내 계집을 뺏으려고 오늘 날더러 나가라고 그랬지?"

"어허, 이거 그놈이 눈깔이 삐었군. 얘, 나는 먼저 들어가겠다. 너는 네 서방하고 나중 들어오너라!"

신치규는 형세가 위험하니까 슬금슬금 꽁무니를 빼려고 돌아서서 들어가려 하니까 방원은 돌아서는 신치규의 먹살을 잔뜩 쥐어 한 팔로 바싹 치켜들고,

"이놈, 어디를 가? 네가 이때까지 맛을 몰랐구나?"

하며 한 번 집어쳐 땅바닥에다가 태질을 한 뒤에 그대로 타고 앉아서 목줄띠를 누르니까, 마치 뱀이 개구리 잡아먹을 적 모양으로 깩깩 소리가 나며 말 한마디도 하지 못한다.

"이놈, 너 죽고 나 죽으면 고만 아니냐?"

하고 방원은 주먹으로 사정없이 닥치는 대로 들이팬다. 나중에는 주먹이 부족하여 옆에 있는 모루 돌멩이를 집어서 죽어라 하고 내리친다. 그의 팔, 그의 온몸에는 끓어오르는 분노가 극도에 달하자 사람의 가슴속에 본능적으로 숨어 있는 잔인성이 조금도 남지 않고 그대로 나타났다. 그의 눈은 마치 펄떡펄떡 뛰는 미끼를 가로차고 앉은 승냥이나 이리와 같이 뜨거운 피를 보고야 만족하다는 듯이 무섭게 번쩍거렸다. 그에게는 초자연의 무서운 힘이 그의 팔과 다리에 올라왔다.

이 꼴을 보는 계집은 무서웠다. 끔찍끔찍한 일이 목전에 생길 것이다. 그의 맥이 풀린 다리는 마음대로 놓여지지 아니하였다.

"아! 사람 살류! 사람 살류!"

적적한 밤중의 쓸쓸한 마을에는 처참한 여자 목소리가 으스스하게 울리었다. 이 소리를 들은 방원은 더욱 힘을 주어서 눈을 딱 감고 죽어라 내리짓찧었다. 뼈가 돌에 맞는 소리가 살이 을크러지는 소리와 함께 퍽퍽 하였다. 피 묻은 돌이 여기저기 흩어지고 갈가리 찢긴 옷에는 살점이 묻었다.

동네 편 쪽에서 수군수군하더니 구두 소리가 나며 칼 소리가 덜거덕거리었다. 방원의 머리에는 번갯불같이 무엇이 보이었다. 그는 손에 주먹을 쥔 채 잠깐 정신을 차려 그쪽으로 귀를 기울였다.

"순검."

그는 신치규의 배를 타고 앉아서 순검의 구두 소리를 듣자 비로소 자기가 무슨 짓을 하였는지 깨달았다.

그는 미친 사람처럼 일어났다. 그러고는 옆에 서서 벌벌 떠는 계집에게로 갔다.

"얘! 가자! 도망가자! 너하고 나하고 같이 가자! 자! 어서, 어서!"

계집은 자기에게 또 무슨 일이 있을까 하여 겁을 내어 도망을 하려 한다. 방원은 계집을 따라가며,

"얘! 얘! 네가 이렇게도 나를 몰라주니? 내가 너를 어떻게 생각하는지 알지를 못하니? 자! 어서, 도망가자, 어서 어서. 뒤에서 순검이 쫓아온다."

계집은 그대로 서서 종종걸음을 치며,

"싫소! 임자나 가구려! 나는 싫어요, 싫어."

"가자! 웅! 가!"

그는 미친 사람처럼 계집의 팔을 붙잡고 끌었다. 그때 누구인지 그의 두 팔을 마치 형틀에 매다는 것같이 꽉 뒤로 껴안는 사람이 있었다.

"이놈아! 어디를 가?"

그는 뒤를 돌아보지 않고도 그가 누구인지 알았다. 그는 온 전신에 맥이 풀리어 그대로 뒤로 자빠지려 할 때 어느덧 널판 같은 주먹이 그의 뺨을 사정없이 갈겼다.

"정신 차려."

"네."

그는 무의식하게 고개가 숙여지고 말소리가 공손하여졌다.

땅바닥에서는 신치규가 꿈지럭거리며 이리저리 뒹군다. 청승스러운 비명이 들린다.

방원은 포승 지인 채 주재소로 끌려가고, 계집은 그대로, 신치규는 머슴들이 업어 들였다.


4


석 달이 지났다. 상해죄로 감옥에서 복역을 하던 방원은 만기가 되어 출옥을 하였다. 그러나 신치규는 아무 일 없이 자기 집에서 치료하고 방원의 계집을 데려다 산다. 신치규는 온몸이 나은 뒤에 홀로 생각하였다.

'죽는 줄 알았더니 그래도 이렇게 살아 있으니!'

하고 얼굴에 흠이 진 곳을 만져 보며,

'오히려 그놈이 그렇게 한 것이 나에게는 다행이지, 얼굴이 아프기는 좀 하였으나! 허어.'

'어떻게 그놈을 떼어 버릴까 하고 그렇지 않아도 걱정을 하던 차에 잘되었지. 그놈 한 십 년 감옥에서 콩밥을 먹었으면 좋겠다.'

방원은 감옥 속에서 생각하기를 나가기만 하면 연놈을 죽여 버리고 제가 죽든지 요절을 내리라 하였다.

집에서 내어 쫓기고 계집까지 빼앗기고, 그것을 생각하면 이가 갈리고 치가 떨리었다. 그것이 모두 자기가 돈 없는 탓인 것을 생각하매 더욱 분한 생각이 났다.

'에 더러운 년.'

그는 홍바지에 쇠사슬을 차고서 일을 할 때에도 가끔 침을 땅에다 뱉으면서 혼자 중얼거리었다.

'사람이 이러고서야 살아서 무엇하나? 멀쩡한 놈이 계집 빼앗기고 생으로 콩밥까지 먹으니……'

그가 감옥에서 나올 때에는 감옥소를 다시 한 번 둘러보고, 그가 여기서 마지막으로 목숨을 잃어버리든지 그렇지 않으면 그가 그 손으로 그의 목을 찔러 죽든지, 무슨 요절이 날 것을 생각하고, 다시 온몸에 힘을 주고 쓸쓸한 웃음을 웃었다.

그는 이백 리나 되는 길을 걸어서 계집이 사는 촌에를 왔다.

그러나 아무도 그를 아는 척하는 사람이 없었다. 전에 친하게 지내던 사람들도 그를 보고 피해 갔다.

마치 문둥병자나 마찬가지 대우를 하였다. 감옥에서 나온 뒤로부터는 더욱 이 세상이 차디차졌다. 자기가 상상하던 것보다도 더 무정하여졌다. 그는 하는 수 없이 밤이 될 때까지 그 근처 산속으로 돌아다녔다. 그래서 깊은 밤에 촌으로 내려왔다. 그는 그 방앗간을 다시 지나갔다. 석 달 전 생각이 났다. 자기가 여기서 잡혀갔다는 것을 생각할 때 더욱 억울하고 분한 생각이 치밀어 올라왔다. 그는 한참이나 거기 서서 그때 일을 생각하고 몸서리를 친 후에 다시 그전 집을 찾아갔다.

날이 몹시 추워지고 눈이 쌓였다. 옷은 입은 것이 가을에 입고 감옥에 들어갔던 그것이므로 살을 에는 듯한 것이로되 그는 분한 생각과 흥분된 마음에 그것도 몰랐다.

'연놈을 모두 처치를 해 버려?'

혼자 속으로 궁리를 하다가,

'그렇지, 그까짓 것들은 살려 두어 쓸데없는 인생들이야.'

하면서 옆구리에 지른 기름한 단도를 다시 만져 보았다. 그는 감격스런 마음으로 그것을 쓰다듬었다.

그는 신치규의 집 울을 넘어 들어갔다. 그의 발은 전에 다닐 적같이 익숙하였다. 그는 사랑을 엿보고 다시 뒤로 돌아서 건넌방 창 밑에 와 섰다. 귀를 기울였으나 아무 말도 들리지 않았다. 그는 손에 칼을 빼들었다. 그러고는 일부러 뒤 창문을 달각달각 흔들었다.

"그 뉘?"

하고 계집의 머리가 쑥 나오며 문이 열리었다. 그는 얼른 비켜섰다. 문은 다시 닫히고 계집은 들어갔다.

방원의 마음은 이상하게 동요가 되었다. 어여쁜 계집의 목소리가 오래간만에 귀에 들릴 때, 마치 자기가 감옥에서 꿈을 꿀 적 모양으로 요염하고도 황홀하게 그의 마음을 꾀는 것 같았다. 그는 꿈속에 다시 만난 것 같고 오래간만에 그를 만나 보매 모든 결심은 얼음같이 녹는 듯하였다. 그래도 계집이 설마 나를 영영 잊어버리랴 하고 옛날의 정리를 생각할 때 그것이 거짓말이 아니고 무엇이냐는 생각이 났다.

아무리 자기를 감옥에까지 가게 하였다 하더라도 그는 감히 칼을 들어 죽이려는 용기가 단번에 나지 않아서 주저하기 시작했다.

'아니다, 다시 한 번만 물어 보자!'

그는 들었던 칼을 다시 집고 생각하였다.

'거짓말이다. 거짓말이다! 그럴 리가 없다.'

그는 반신반의하였다.

'그렇다. 한 번만 다시 물어 보고 죽이든 살리든 하자!'

그는 다시 문을 달각달각하였다. 계집은 이번에 다시 문을 열고 사면을 둘러보더니 헌 짚신짝을 신고 나왔다.

"뉘요?"

그는 방원이 서 있는 집 모퉁이를 돌아서려 할 제,

"내다!"

하고 입을 틀어막고 칼을 가슴에 대었다.

"떠들면 죽어!"

방원은 계집의 입을 수건으로 틀어막고 결박을 한 후 들춰 업고서 번개같이 달음질하였다. 그는 어느 결에 계집을 업어다가 물레방아 앞에 내려 놓은 후 결박을 풀었다. 그리고 한숨을 쉬었다.

"나를 모르겠니?"

캄캄한 그믐밤에 얼굴을 바짝 계집의 코앞에 들이대었다. 계집은 얼굴을 자세히 보더니,

"아!"

소리를 지르더니 뒤로 물러섰다.

"조금도 놀랄 것이 없다. 오늘 네가 내 말을 들으면 살려 줄 것이요, 그렇지 않으면 이것이야!"

하고 시퍼런 칼을 들이대었다. 계집은 다시 태연하게,

"말요? 임자의 말을 들으렬 것 같으면 벌써 들었지요, 이때까지 있겠소? 임자도 남의 마음을 알요? 임자와 나와 이 년 전에 이곳으로 도망해 올 적에도 전남편이 나를 죽이겠다고 칼로 허리를 찔러 그 흠이 있는 것을 날마다 밤에 당신이 어루만지었지요? 내가 그까짓 칼쯤을 무서워서 나 하고 싶은 짓을 못 한단 말이오? 힝, 이게 무슨 비겁한 짓이오, 사내자식이. 자! 찌르려거든 찔러 보아요. 자, 자."

계집은 두 가슴을 벌리고 대들었다. 방원은 너무 계집의 태도가 대담하므로 들었던 칼이 도리어 뒤로 움찔할 만큼 기가 막혔다. 그는 무의식하게,

"정말이냐?"

하고 한 걸음 더 가까이 나섰다.

"정말이 아니고? 내가 비록 여자이지마는 당신같이 겁쟁이는 아니라오! 이것이 도무지 무엇이오?"

계집은 그래도 두려웠던지 방원의 손에 든 칼을 뿌리쳐 땅에 떨어뜨리었다.

이 칼이 땅에 떨어지자 방원은 여태까지 용사와 같이 보이던 계집이 몹시 비겁스럽고 더러워 보이어 다시 칼을 집어 들고 덤비었다.

"에잇! 간사한 년! 어쩔 터이냐? 나하고 당장에 멀리멀리 가지 않을 터이냐? 자아, 가자!"

그는 눈물이 어린 눈으로 타일러 보기도 하고 간청도 하여 보았다.

"자아, 어서 옛날과 같이 나하고 멀리멀리 도망을 가자! 나는 참으로 나의 칼로 너를 죽일 수는 없다!"

계집의 눈에는 독이 올라왔다. 광채가 어두운 밤의 번개같이 번쩍거리며,

"싫어요. 나는 죽으면 죽었지 가기는 싫어요. 이제 나는 고만 그렇게 구차하고 천한 생활을 다시 하기는 싫어요. 고만 물렀어요."

"너의 입으로 정말 그런 말이 나오느냐? 너는 나를 우리 고향에 다시 돌아가지도 못하게 만들어 놓고 나의 모든 것을 다 잃어버리게 한 후에 또 나중에는 세상에서 지옥이라고 하는 감옥소에까지 가게 하였지! 그러고도 나의 맨 마지막 원을 들어주지 않을 터이냐?"

"나는 언제든지 당신 손에 죽을 것까지도 알고 있소! 자! 오늘 죽으나 내일 죽으나 언제든지 죽기는 일반, 이렇게 된 이상 나를 죽이시오."

"정말이냐? 정말이야?"

"정말요!"

계집은 결심한 뜻을 나타내었다. 방원의 손은 떨리었다. 그리고 그는 눈을 꽉 감고,

"에, 여우 같은 년!"

하고 칼끝을 계집의 옆구리를 향하여 힘껏 내밀었다. 계집은 이를 악물고,

"사람 죽인다!"

소리 한 번에 그 자리에 거꾸러졌다. 칼자루를 든 손이 피가 몰리는 바람에 우르르 떨리더니 피가 새어 나왔다. 방원은 그 칼을 빼어 들더니 계집 위에 거꾸러져서 가슴을 찌르고 절명하여 버렸다.

# 화수분

## 🖋 작가와 작품 세계 --------------------------------------

**전영택**(1894~1968)

호는 추호(秋湖) · 늘봄. 평양 출생. 평양 대성학교를 거쳐 일본 아오야마학원 신학부를 졸업. 1930년 미국으로 건너가 버클리의 퍼시픽신학교를 수료했다. 귀국한 후에 교회 목사 · 기독신문 주간을 지냈다. 1919년 김동인, 주요한 등과 함께 〈창조〉 동인이 되면서 작품 활동을 시작했다. 〈창조〉 첫 호에 단편 「혜선의 사(死)」를 발표한 이후 계속 「천치 · 천재」, 「운명」, 「사진」, 「화수분」, 「흰 닭」 등을 발표했다. 일제 강점기 말에는 붓을 꺾고 울분을 달래다가 8 · 15광복 후에 다시 창작 활동을 시작, 38선의 비극을 그린 단편 「소」를 비롯해 「새봄의 노래」, 「강아지」, 「아버지와 아들」, 「쥐」 등을 발표했다.

현대 소설 초기 작가들에게 찾아보기 힘든 간결한 문체를 구사한 전영택의 작품은 대체로 인도주의적 경향을 띠고 있다. 작중 인물들은 이 땅 어디에서나 만날 수 있는 가난하고 착한 사람들로 일관되어 있다는 특징을 지닌다. 이런 경향은 후기로 접어들면서 더욱 두드러지는데, 이는 목사라는 그의 신분과 기독교적 영향에 기인한 것으로 보인다.

## 🖋 작품 정리 --------------------------------------

**갈래** : 액자 소설, 자연주의 소설, 인도주의 소설
**배경** : 시간 – 일제 강점기의 겨울 / 공간 – 서울과 양평 일대
**시점** : 1인칭 관찰자 시점
　　　　행랑어멈의 이야기 부분 – 1인칭 주인공 시점
　　　　화수분 부부의 죽음 부분 – 전지적 작가 시점
**주제** : 가난한 부부의 비참한 삶과 자식에 대한 고귀한 사랑
**출전** : 〈조선문단〉(1925)

## 🖊 구성과 줄거리 --------------------------------------

**발단** 나는 행랑아범 화수분 내외의 궁핍한 삶을 관찰함

어느 추운 겨울 밤, '나'와 아내는 행랑채에 사는 아범이 흐느끼는 소리를 듣고 의아해한다. 아범은 금년 구월에 아내와 어린것 둘을 데리고 우리 집 행랑방에 들었다. 그들은 가진 것 없이 무척 힘겹게 살아갔다.

**전개** 큰딸이 남에게 가게 되자 화수분은 자신의 무능을 자탄함

이튿날 아침 아내가 어멈에게 지난 밤 울음에 대한 사연을 듣는다. '쌀집 마누라가 큰딸애를 누가 키우겠다고 한다기에 거기에 두고는 남편과 의논하기 위해 찾아다니다 만나지 못하고 돌아오니 딸애는 벌써 데려간 뒤여서 그만 그렇게 슬피 울었다'는 것이다. 행랑아범의 고향은 양평이며 큰형은 죽고 작은형이 시골에서 농사를 짓고 있다는 사정까지 알게 된다.

**위기** 화수분의 아내가 화수분을 찾아 양평으로 떠남

며칠 뒤 화수분은 형이 발을 다쳐서 농사일을 못 하게 되었다는 편지를 받고 식구들을 부탁한 뒤 양평으로 떠난다. 겨울이 되도록 소식이 없자 어멈은 작은딸을 업고 화수분을 찾아 시골로 내려간다.

**절정** 화수분은 고갯길에서 얼어 죽어 가는 아내와 딸을 발견함

얼마 후 '나'는 여동생 S로부터 화수분네의 행적을 듣는다. 화수분은 원래 S의 시댁 추천으로 우리 집에 오게 되었다. 고향에 간 화수분은 아픈 형 대신에 일을 하다 몸살이 났는데, 그때도 남의 집에 간 딸아이를 부르더라는 것이다. 그리고 아내가 내려온다는 편지를 받고 아내를 찾아 눈길을 달려 나갔다는 것이다. 화수분은 높은 고개를 넘다 어멈이 옥분이를 안은 채 떨고 있는 것을 발견한다. 어멈은 눈은 떴으나 말을 못한다. 화수분과 어멈은 어린 것을 가운데 두고 껴안은 채 밤을 지새운다.

**결말** 부부의 시체와 딸아이를 발견한 나무장수가 어린애만 데리고 떠남

이튿날 아침 나무장수가 지나가다 어린애가 부모의 시체를 툭툭 치고 있는 것을 발견하고는 어린것만 소에 싣고 길을 간다.

## 1. '화수분'이라는 제목은 무엇을 의미하는가?

화수분은 물건을 넣어 두면 새끼를 쳐서 물건이 끝없이 나온다는 전설 속의 단지다. 화수분은 주인공의 이름으로 사용되었다. 주인공의 형도 각각 장자와 거부라는 거창한 이름을 가지고 있다. 하지만 이들의 실제 생활은 궁핍하다. 작가는 그들의 궁핍한 삶을 부각시키기 위해 반의적 명명법을 사용했다.

## 2. 이 작품은 사실주의적 특징을 지니고 있지만 일반적인 사실주의 계열의 작품과 다른 점은 무엇인가?

작가는 화수분 일가의 궁핍한 삶을 있는 그대로 사실적으로 묘사한다. 등장인물의 성품이 선량하다는 점과 화수분 내외가 동사하고도 아이가 생존한 점은 인도주의적 특징을 보여 주는 대목이다. 전반적인 작품 경향을 정리하면 기법상으로는 사실주의, 서술 태도로 보면 자연주의, 주제 의식으로 보면 인도주의로 볼 수 있다.

## 3. 서술자인 '나'의 의식에 대해 비판해 보자.

'나'는 화수분 가족을 충분히 도울 수 있는 입장에 있지만 아무런 행동을 취하지 않는다. 작가가 자연주의적 입장을 견지하려는 데서 비롯된 것으로 보인다. 막연한 연민과 동정심만으로는 문제를 근본적으로 해결할 수 없다는 작가의 생각이 깔려 있을 수도 있다.

## 4. 이 작품의 서술 방식과 문체에서 문제점을 지적해 보자.

우연적인 요소에 지나치게 의존하다 보니 서술자의 위치가 부적절하다는 문제점이 노출된다. 서술자는 사건에 직접 접근하지 못하고 아내와 동생을 통해 간접적으로 접근하고 있다. 독자의 호기심을 유발하는 역행적 구성은 긍정적으로 평가할 수 있다.

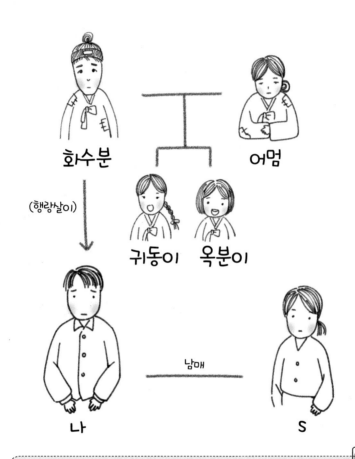

화수분

(행랑살이)

어멈

귀동이   옥분이

나

남매

S

저(나)는 어느 날 행랑에 사는 화수분이 우는 소리를 들었어요. 어멈이 딸을 남의 집에 보내라는 말을 듣고 고민하다가 잠시 자리를 비웠는데, 그 사이에 큰딸을 데려가 버렸대요. 며칠 뒤 화수분은 형이 다쳤다는 말에 집을 떠났고, 어멈도 날이 풀리자 길을 떠났어요. 나중에 두 사람이 꼭 끌어안은 시체로 발견되었다는 소식을 동생 S가 전해 주었어요.

# 화수분

1

첫겨울 추운 밤은 고요히 깊어 간다. 뒤뜰 창 바깥에 지나가는 사람 소리도 끊어지고 이따금씩 찬바람 부는 소리가 휘익 우수수 하고 바깥의 춥고 쓸쓸한 것을 알리면서 사람을 위협하는 듯하다.

"만주노 호야 호오야."

길게 그리고도 힘없이 외치는 소리로, 보지 않아도 추워서 수그리고 웅크리고 가는 듯한 사람이 몹시 처량하고 가엾어 보인다. 어린애들은 모두 잠들고 학교 다니는 아이들은 눈에 졸음이 잔뜩 몰려서 입으로만 소리를 내어 글을 읽는다. 나는 누워서 손만 내놓아 신문을 들고 소설을 보고, 아내는 이불을 들쓰고 어린애 저고리를 짓고 있다.

"누가 우나?"

일하던 아내가 말다.

"아니야요. 그 절름발이가 지나가며 무슨 소리를 지껄이면서 그러나 보아요."

공부하던 애가 말한다. 우리들은 잠시 그 소리를 들으려고 귀를 기울였으나 다시 각각 그 하던 일을 계속하여 다시 주의도 하지 아니다. 그러다가 우리는 모두 잠이 들어 버렸다.

나는 자다가 꿈결같이 '으 으 으 으 으 으' 하는 소리를 들었다. 잠깐 잠이 반쯤 깨었으나 다시 잠들었다. 잠이 들려고 하다가 또 깜짝 놀라서 깨었다. 그리고 아내에게 물었다.

"저게 누구 울지 않소?"

"아범이구려."

나는 벌떡 일어나서 귀를 기울였다. 과연 아범의 우는 소리다. 행랑에 있는 아범의 우는 소리다.

'어찌하여 우는가, 사나이가 어찌하여 우는가. 자기 시골서 무슨 슬픈 상사의 기별을 받았나? 무슨 원통한 일을 당하였나?'

나는 생각하였다.

'어이 어이' 느껴 우는 소리를 들으면서 아내에게 물었다.

"아범이 왜 울까?"

"글쎄요, 왜 울까요?"

2

아범은 금년 구월에 그 아내와 어린 계집애 둘을 데리고 우리 집 행랑방에 들었다. 나이는 한 서른 살쯤 먹어 보이고 머리에 상투가 그냥 달라붙어 있고 키가 늘씬하고 얼굴은 기름하고 누르퉁퉁하고 눈은 좀 큰데 사람이 퍽 순하고 착해 보였다. 주인을 보면 어느 때든지 그 방에서 고달픈 몸으로 밥을 먹다가도 얼른 일어나서 허리를 굽혀 절한다. 나는 그것이 너무 미안해서 그러지 말라고 이르려고 하면서 늘 그냥 지내었다. 그 아내는 키가 자그마하고 몸이 뚱뚱하고, 이마가 좁고, 항상 입을 다물고 아무 말이 없다. 적은 돈은 회계할 줄 알아도 '원'이나 '백 냥' 넘는 돈은 회계할 줄 모른다. 그리고 어멈은 날짜 회계할 줄을 모른다. 그러기에 저 낳은 아이들의 생일을 아범이 그 전날 내일이 생일이라고 일러주지 않으면 모른다고 한다. 그러나 결코 속일 줄을 모르고 무슨 일이든가 하라는 대로 하기는 하나 얼른 대답을 시원히 하지 않고 꾸물꾸물 오래 하는 것이 흠이다. 그래도 아침에는 일찍이 일어나서 기름을 발라 머리를 곱게 빗고 빨간 댕기를 드려 쪽을 찌고 나온다.

그들에게는 지금 입고 있는 단벌 홑옷과 조그만 냄비 하나밖에 아무것도 없다. 세간도 없고 물론 입을 옷도 없고 덮을 이부자리도 없고 밥 담아 먹을 그릇도 없고 밥 먹을 숟가락 한 개가 없다. 있는 것이라고는 보기 싫게 생긴 딸 둘과 작은애를 업는 홑 누더기와 띠, 아범이 벌이하는 지게가 하나, 이것뿐이다. 밥은 우선 주인집에서 내어간 사발과 숟가락으로 먹고 물은 역시 주인집 어린애가 먹고 비운 가루 우유 통을 갖다가 떠먹는다.

아홉 살 먹은 큰 계집애는 몸이 좀 뚱뚱하고 얼굴은 컴컴한데 이마는 어미 닮아서 좁고 볼은 아비 닮아서 축 늘어졌다. 그리고 이르는 말은 하나도 듣는 법이 없다. 그 어미가 아무리 욕하고 때리고 하여도 볼만 부어서 까딱 없다. 도리어 어미를 욕한다. 꼭 서서 어미보고 눈을 부르대고 "조 깍정이가 왜 야단야단이야." 하고 욕을 한다. 먹을 것이 생기면 자식 먹이고 남편 대접하고 자기는 늘 굶는 어미가 헛입 노릇이라도 하는 것을 보게 되면 "저 망할 계집년이 무얼 혼자만 처먹어?" 하고 욕을 한다. 다만 자기 어미나 아비의 말을 아니 들을 뿐 아니라, 주인 마누라나 주인 나리가 무슨 말을 일러도 아니 듣는다. 먼 데 있는 것을 가까이 오게 하려면 손수 붙들어 와야 하고, 가까이 있는 것을 비키게 하려면 붙들어다 치워야 한다.

다음에 작은 계집애는 돌을 지나 세 살을 먹은 것인데 눈이 커다랗고 입술이 삐죽 나오고 걸음은 겨우 삐뚤삐뚤 걷는다. 그러나 여태 말도 도무지 못하고 새벽부터 하루 종일 붙들어 매여 끌려가는 돼지 소리 같은 크고 흉한 소리를 내어 울어서 해를 보낸다. 울지 않는 때라고는 먹는 때와 자는 때뿐이다. 그러나 먹기는 썩 잘 먹는다. 먹을 것이라도 눈앞에 보이기만 하면 죄다 빼앗아다가 두 다리 사이에 넣고 다리와 팔로 웅크리고 웅웅 소리를 내면서 혼자서 먹는다. 그렇게 심술 사나운 큰 계집애도 다 빼앗기고 졸연(猝然 갑작스럽게)해서 얻어먹지 못한다. 이렇기 때문에 작은 것은 늘 어미 뒷잔등에 업혀 있다. 만일 내려놓아 버려두면 땅바닥을 벗은 몸으로 두 다리를 턱 내뻗치고 묶여 가는 돼지 소리로 동리가 요란하도록 냅다 지른다.

그래서 어멈은 밤낮 작은 것을 업고 큰 것과 싸움을 하면서 얻어먹지도 못하고, 물 긷고 걸레질하고 빨래하고 서서 돌아간다. 작은 것에게는 젖을 먹이고 큰 것의 욕을 먹고 성화 받고 사나이에게 웅얼웅얼하는 잔말을 듣는다. 밥 지을 쌀도 없는데 밥 안 짓는다고 욕을 한다. 그리고 아범은 밝기도 전에 지게를 지고 나갔다가 밤이 어두워서 들어오지만 하루에 두 끼니를 못 끓여 먹고 대개는 벌이가 없어서 새벽에 나갔다가도 오정(午正 정오) 때나 되면 돌아온다. 들어와서는 흔히 잔다. 이런 때는 온종일 그 이튿날 아침까지 굶는다. 그때마다 말없던 어멈이 옹알옹알 바가지 긁는 소리가 들린다.

어멈이 그 애들 때문에 그렇게 애쓰고, 그들의 살림이 그렇게 어려운 것을 보고 나는 이따금 이렇게 생각하였다.

아내에게도 말을 한다.

"저 애들을 누구를 주기나 하지."

위에 말한 것은 아범과 그 식구의 대강한 정형이다. 그러나 밤중에 그렇게 섧게 운 까닭은 무엇인가?

# 3

그 이튿날 아침이다. 마침 일요일이기 때문에 나에게는 한가한 틈이 있어서 어멈에게 그 내용을 들을 기회가 있었다.

"지난밤에 아범이 왜 그렇게 울었나?"

하는 아내의 말에 어멈의 대답은 대강 이러하였다.

"어멈이 늘 쌀을 팔러 댕겨서 저 뒤의 쌀가게 마누라를 알지요. 그 마누라가 퍽 고맙게 굴어서 이따금 앉아서 이야기도 했어요. 때때로 그 애들을 데리고 어떻게나 지내나 하고 물어요. 그럴 적마다 '죽지 못해 살지요' 하고 아무 말도 아니했어요. 그랬는데 한번은 가니까 큰애를 누구를 주면 어떠냐고 그래요. 그래서 '제가 데리고 있다가 먹이면 먹이고, 죽이면 죽이고 하지, 제 새끼를 어떻게 남을 줍니까? 그리고 워낙 못생기고 아무 철이 없어서 어미 애비나 기르다가 죽이더라도 남은 못 주어요. 남이 가져갈 새 못 됩니다. 그것을 데려가시는 댁에서는 길러 무엇 합니까. 돼지면 잡아서 먹지요' 하고 저는 줄 생각도 아니했어요.

그래도 그 마누라는 '어린것이 다 그렇지 어떤가. 어서 좋은 댁에서 달라니 보내게. 잘 길러 시집보내 주신다네. 그리고 여태 젊은이들이 벌어먹고 살아야지. 애들을 다 데리고 있다가는 인제 차차 날도 추워 오는데, 모두 한꺼번에 굶어 죽지 말고……' 하시면서 여러 말로 대구<sup>(계속해 자꾸)</sup> 권하셔요.

말을 들으니까 그랬으면 좋을 듯도 하기에 '그럼 저이 아범보고 말을 해 보지요' 했지요. 그랬더니 그 마누라가 부쩍 달라붙어서 '내일 그 댁 마누라가 우리 집으로 오실 터이니 그 애를 데리고 오게' 하셔요. 해서 저는 '글쎄요' 하고 돌아왔지요.

돌아와서 그날 밤에, 그젯밤이올시다. 그젯밤 아니라 어제 아침이올시다. 요새 저는 정신이 하나 없어요. 그래 밤에는 들어와서 반찬 없다고 밥도 안 먹고 곤해서 쓰러져 자길래 그런 말을 못하고 어제 아침에야 그 이야기를 했지요. 그랬더니 '내가 아나, 임자 마음대로 하게그려' 그러고 일어서 지게를 지고 나가 버리겠지요.

그러고는 저 혼자서 온종일 요리조리 생각을 해 보았지요. 아무려나 제 자식을 남을 주고 싶지는 않지만 어떻게 합니까. 아씨 아시듯이 이제 새끼 또 하나 생깁니다그려. 지금도 어려운데 어떻게 둘씩 셋씩 기릅니까. 그래서 차마 발길이 안 나가는 것을 오정 때가 되어서 데리고 갔지요. 짐승 같은 계집애는 아무런 것도 모르고 따라나서요. 앞서 가는 것을 뒤로 보면서 생각을 하니까 어째 마음이 안되었어요."

하면서 어멈은 울먹울먹한다. 눈물이 핑 돈다.

"그런 것을 데리고 갔더니 참말 웬 알지 못하는 마누라님이 앉아 계셔요. 그 마누라가 이걸 호떡이라 군밤이라 감이라 먹을 것을 사다 주면서 '나하고 우리 집에 가 살자. 이쁜 옷도 해 주고 맛난 밥도 먹고 좋지. 나하고 가자' 하시니까 이것은 먹기에 미쳐서 대답도 아니하고 앉았어요."

이 말을 들을 때에 나는 그 계집애가 우리 마루 끝에 서서 우리 집 어린애가 감 먹는 것을 바라보다가 내버린 감꼭지를 쳐다보면서 집어 가지고 나가던 것이 생각났다.

어멈은 다시 이야기를 이어,

"그래, 제가 어쩌나 보려고 '그럼 너 저 마님 따라가 살련? 나는 집에 갈 터이니' 했더니 저는 본체만체하고 머리를 끄덕끄덕해요. 그래도 미심해서 '정말 갈 테야, 가서 울지 않을 테야?' 하니까, 저를 한 번 흘끗 노려보더니 '그래, 걱정 말고 가요' 하겠지요. 하도 어이가 없어서 내버리고 집으로 돌아왔지요.

그러고 돌아와서 저 혼자 가만히 생각하니까, 아범이 또 무어라고 할는지 몰라, 어째 안 되겠어요. 그래 바삐 아범이 일하러 댕기는 데를 찾아갔지요. 한번 보기나 하려고 염천교 다리로 남대문 통으로 아무리 찾아야 있어야지요. 몇 시간을 애써 찾아댕기다가 할 수 없이 그 댁으로 도루 갔지요. 갔더니 계집애도 그 마누라도 벌써 떠나가 버렸겠지요. 그 댁 마님 말씀이 저녁 여섯 시 차에 광핸지 광한지로 떠났다고 하셔요. 가시면서 보고 싶으면 설 때에나 와 보고 와 살려면 농사짓고 살라고 하셨대요. 그래 하는 수가 있습니까. 그냥 돌아왔지요. 와서 아무 생각이 없어서 아범 저녁 지어 줄 생각도 아니하고 공연히 밖에 나가서 왔다갔다 돌아댕기다가 들어왔지요. 저는 어째 눈물도 안 나요.

그러다가 밤에 아범이 들어왔기에 그 말을 했더니, 아무 말도 아니하고 그렇게 통곡을 했답니다. 저녁도 안 먹고 우는 것이 가여워서 좁쌀 한 줌 있던 것 끓이고 댁에서 주신 찬밥 어린것 먹다가 남은 것을 먹으라고 했더니 그것도 아니 먹고 돌아앉아서 그렇게 울었답니다.

여북하면 (언짢거나 안타까운 마음이면) 제 자식을 꿈에도 보지 못하던 사람에게 주겠어요. 할 수가 없어서 그렇지요. 집에 두고 굶기는 것보다 나을까 해서 그 랬지요. 아범이 본래는 저렇게는 못살지 않았답니다. 저이 아버지 살았을 때는 벼 백 석이나 하고, 삼 형제가 양평 시골서 남부럽지 않게 살았답니다. 이름들도 모두 좋지요. 맏형은 '장자'요, 둘째는 '거부'요, 아범이 셋쩬데 '화 수분'이랍니다. 그런 것이 제가 간 후부터 시아버님이 돌아가시고, 그리고 맏아들이 죽고 농사 밑천인 소 한 마리를 도적맞고 하더니, 차차 못살게 되 기 시작해서 종내 저렇게 거지가 되었답니다. 지금도 시골 큰댁엘 가면 굶 지나 아니할 것을 부끄럽다고 저러고 있지요. 사내 못생긴 건 할 수 없어요."

우리는 이제야 비로소 아범이 어제 울던 까닭을 알았고 이때에 나는 비 로소 아범의 이름이 '화수분'인 것을 알았고, 양평 사람인 줄도 알았다.


4

그런 지 며칠이 지난 어느 날 아침이다.

화수분은 새 옷을 입고 갓을 쓰고 길 떠날 행장을 차리고 안으로 들어온 다. 그것을 보니까 지난밤에 아내에게서 들은 말이 생각난다. 시골 있는 형 거부가 일하다가 발을 다쳐서 일을 못 하고 누워 있기 때문에, 가뜩이나 흉 년인데다가 일을 못 해서 모두 굶어 죽을 지경이니, 아범을 오라고 하니 가 보아야 하겠다는 말을 듣고 나는 "가 보아야겠군." 하니까, 아내는 "김장이 나 해 주고 가야 할 터인데." 하기에 "글쎄, 그럼 그렇게 이르지." 한 일이 있 었다.

아범은 뜰에서 허리를 한 번 굽히고 말한다.

"나리, 댕겨오겠습니다. 제 형이 일하다가 도끼로 발을 찍어서 일을 못하 고 누워 있다니까 가 보아야겠습니다. 가서 추수나 해 주고는 곧 오겠습니 다. 거저 나리 댁만 믿고 갑니다."

나는 어떻게 대답을 했으면 좋을지 몰라서

"잘 댕겨오게."

하였다.

아범은 다시 한 번 절을 하고

"안녕히 계십시오."

하면서 돌아서 나갔다.

"저렇게 내버리고 가면 어떡합니까? 우리도 살기 어려운데 어떻게 불 때 주고 먹이고 입히고 할 테요? 그렇게 곧 오겠소?"

이렇게 걱정하는 아내의 말을 듣고 나는 바삐 나가서 화수분을 불러서

"곧 댕겨오게, 겨울을 나서는 안 되네."

하였다.

"암, 곧 댕겨옵지요."

화수분은 뒤를 돌아보고 이렇게 대답을 하고 달아난다.

<h2 style="text-align:center">5</h2>

화수분은 간 지 일주일이 되고 열흘이 되고 보름이 지나도 아니 온다. 어멈은 아범이 추수해서 쌀말이나 가지고 돌아오기를 밤낮 기다려도 종내 오지 아니하였다. 김장때가 다 지나고 입동이 지나고 정말 추운 겨울이 되었다. 하루 저녁은 바람이 몹시 불고 그 이튿날 새벽에는 하얀 눈이 펑펑 내려 쌓였다.

아침에 어멈이 들어와서 화수분의 동네 이름과 번지 쓴 종잇조각을 내어 놓으면서 어서 오지 않으면 제가 가겠다고 편지를 써 달라고 하기에 곧 써서 부쳐까지 주었다.

그다음 날부터는 며칠 동안 날이 풀려서 꽤 따뜻하였다. 그래도 화수분의 소식은 없다. 어멈은 본래 어린애가 딸려서 일을 잘 못하는 데다가 다릿병이 있어 다리를 잘 못 쓰고 더구나 며칠 전에 손가락을 다쳐서 일을 하지 못하는 것을 퍽 미안하게 생각한다. 그리고 추운 겨울에 혼자 살아갈 길이 막연하여, 종내 아범을 따라 시골로 가기로 결심을 한 모양이다.

"그만 아씨, 시골로 가겠습니다."

"몇 리나 되나?"

"몇 린지 사나이들은 일찍 떠나면 하루에 간다고 해두, 저는 이틀에나 겨우 갈걸요."

"혼자 가겠나?"

"물어 가면 가기야 가지요."

아내와 이런 문답이 있는 다음 날, 아침 바람 불고 추운 날 아침에 어멈은 어린것을 업고 돌아볼 것도 없는 행랑방을 한 번 돌아보면서 아창아창 떠나갔다.

그날 밤에도 몹시 추웠다. 우리는 문을 꼭꼭 닫고 문틈을 헝겊으로 막고

이불을 둘씩 덮고 꼭꼭 붙어서 일찍 잤다.

나는 자면서, 잘 갔나, 얼어 죽지나 않았나, 하는 생각이 났다.

화수분도 가고 어멈도 하나 남은 것을 업고 간 뒤에는 대문간은 깨끗해지고 시꺼먼 행랑방 방문은 닫혀 있었다. 그리고 우리 집에는 다시 행랑 사람도 안 들이고 식모도 아니 두었다. 그래서 몹시 추운 날, 아내는 손수 어린것을 등에 지고 이웃집의 우물에 가서 배추와 무를 씻어서 김장을 대강하였다. 아내는 혼자서 김장을 하면서 눈물을 흘리고 어멈 생각을 하였다.

6

김장을 다 마친 어느 날, 추위가 풀려서 따뜻한 날 오후에, 동대문 밖에 출가해 사는 동생 S가 오래간만에 놀러 왔다. S에게 비로소 화수분의 소식을 듣고 우리는 놀랐다. 그들은 본래 S의 시댁에서 천거해 보낸 것이다. 그 소식은 대강 이렇다.

화수분이 시골 간 후에 형 거부는 꼼짝 못하고 누워 있기 때문에 형 대신 겸 두 사람의 일을 하다가 몸이 지쳐 몸살이 나서 넘어졌다. 열이 몹시 나서 정신없이 앓았다. 정신없이 앓으면서도 귀동이(서울서 강화 사람에게 준 큰 계집애)를 부르며 늘 울었다.

"귀동아, 귀동아, 어델 갔니? 잘 있니……."

그러다가는 흐득흐득 느끼면서,

"그렇게 먹고 싶어하는 사탕 한 알 못 사 주고 연시 한 개 못 사 주고……."

하고 소리를 내어 어이어이 운다.

그럴 때에 어멈의 편지가 왔다. 뒷집 기와집 진사 댁 서방님이 읽어 주는 편지 사연을 듣고,

"아이구, 옥분아(작은 계집애를 이름), 옥분이 에미!"

하고 또 어이어이 운다. 울다가 벌떡 일어나서 서울서 넝마전에서 사 입고 간 새 옷을 입고 갓을 썼다. 집안 사람들이 굳이 말리는 것을 뿌리치고 화수분은 서울을 향하여 어멈을 데리러 떠났다. 싸리문 밖에를 나가 화수분은 나는 듯이 달아났다.

화수분은 양평에서 오정이 거의 되어서 떠나서 해져 갈 즈음에서 백 리를 거의 와서 어떤 높은 고개에 올라섰다. 칼날 같은 바람이 뺨을 친다. 그

는 고개를 숙여 앞을 내려다보다가 소나무 밑에 희끄무레한 사람의 모양을 보았다. 그것에 곧 달려가 보았다. 가 본즉 그것은 옥분과 그의 어머니다. 나무 밑 눈 위에 나뭇가지를 깔고, 어린것 업은 흩누더기를 쓰고 한끝으로 어린것을 꼭 안아 가지고 웅크리고 떨고 있다. 화수분은 왁 달려들어 안았다. 어멈은 눈은 떴으나 말은 못한다. 화수분도 말을 못한다. 어린것을 가운데 두고 그냥 껴안고 밤을 지낸 모양이다.

　이튿날 아침에 나무장사가 지나다가 그 고개에 젊은 남녀의 껴안은 시체와, 그 가운데 아직 막 자다 깨인 어린애가 등에 따뜻한 햇볕을 받고 앉아서 시체를 툭툭 치고 있는 것을 발견하여 어린것만 소에 싣고 갔다.

 탈출기

**최서해**(1901~1932)

본명은 학송. 호는 서해. 함경북도 성진 출생. 3년 정도 보통학교에 다닌 것이
학력의 전부다. 불우한 가정에서 태어난 그는 어려서부터 각지로 전전하며 밑
바닥 생활을 뼈저리게 체험했다. 1917년에 간도로 이주해 극도로 궁핍한 생활
을 했다. 1924년 단편 「고국」이 〈조선문단〉에 추천되면서 등단했다. 이어서
「탈출기」, 「기아와 살육」, 「홍염」을 발표하면서 신경향파 문학의 기수로 각광
받았다. 특히 「탈출기」는 신경향파 문학의 대표작으로 평가된다. 그의 작품은
모두 체험을 토대로 해 호소력을 지니지만, 예술적 형상화가 미흡해 초기의 인
기를 지속하지는 못했다.

그는 1925년 카프에 가입해 빈궁(貧窮) 문학을 사상에 접목시키려는 시도를
했다. 그러나 고통받는 민족에게 애정을 가진 그는 고정된 이데올로기를 지향
하는 프롤레타리아 문학의 생리와는 어울리지 않았다. 1929년 카프에서 탈퇴
한 그는 차츰 인도주의적 경향의 소설을 쓰기 시작했다. 그해 발표된 「인정」,
「무명」 등이 그 예다.

✐ 작품 정리 ----------------------------------------------

> **갈래** : 신경향파 소설, 서간체 소설, 고백체 소설
> **배경** : 시간 – 일제 강점기 / 공간 – 만주의 간도
> **시점** : 1인칭 주인공 시점
> **주제** : 식민지 시절 만주 이주민의 궁핍한 생활상과 저항 의식
> **출전** : 〈조선문단〉(1925)

## ✐ 구성과 줄거리 ----------------------------------------

**발단** **'나(박 군)'는 집을 나간 이유를 친구인 김 군에게 편지로 밝힘**

'나'는 김 군으로부터 집으로 돌아가라는 내용의 편지를 받고 답신에서 충정을 받아들일 수 없는 이유를 밝힌다.

**전개** **'나'는 간도로 이주했지만 날품팔이로 전전함**

'나'는 5년 전 극심한 가난에서 벗어나기 위해 어머니와 아내를 데리고 간도로 간다. '나'의 꿈은 농사를 지어 배불리 먹고, 깨끗한 초가에서 글이나 읽으며 무지한 농민들을 가르치는 것이었다. 간도에 정착한 지 한 달도 못 되어 '나'의 꿈은 물거품이 된다. 간도의 H라는 시골에서 셋방살이를 시작하게 된 '나'는 농사를 지으려고 밭을 구하지만 빈 땅이 없다. 일자리를 얻지 못한 '나'는 닥치는 대로 아무 일이나 한다. 어머니와 아내는 삯방아를 찧고 강가에서 나뭇개비를 주워 연명한다.

**위기** **두부 장수로 연명하지만 가난과 민족적 차별에 시달림**

일거리를 찾아 헤매다가 집에 돌아온 '나'는 임신한 아내가 부엌 앞에서 무엇인가를 먹고 있는 장면을 목격한다. '나'는 어머니보다는 자신을 먼저 생각하는 아내의 행동에 배신감을 느낀다. '나'는 아내가 뛰쳐나간 뒤 아궁이를 뒤져 보다가 귤껍질을 발견하고 눈물을 흘린다. 가을이 되자 '나'는 대구어 장사를 해 바꾸어 온 콩 열 말로 두부를 만든다. 산후 몸조리를 해야 할 아내는 힘든 맷돌질을 한다. 두부를 만들기 위해 산 임자 몰래 땔나무를 하다가 잡혀간 적도 한두 번이 아니다.

**절정** **절박한 상황에서 삶에 대한 분노가 꿈틀댐**

겨울이 깊어 가고 일자리는 없다. '나'는 지금까지 사회 제도의 희생자로 살아온 삶에 대한 분노가 치솟아 오른다.

**결말** **민중의 의무를 이행하려는 마음으로 ××단에 가입함**

'나'는 궁핍한 현실을 타파하려는 생각으로 ××단에 가입한다. 김 군은 집으로 돌아와서 어머니와 처자를 구하라는 내용의 편지를 여러 차례 보낸다. '나'는 집에서 나와 어떤 단체에 가입하게 된 경위를 밝히는 내용의 편지를 김 군에게 보낸다.

## 🖊 생각해 볼 문제 ----------------------------------------------

1. '나(박 군)'가 집을 나가기까지의 의식 변화 과정을 짚어 보자.
   (1) 집을 나가기 전에는 생계 유지를 위해 발버둥치지만 모두 죽는 수밖에
       없다는 극단적인 심리 상태에 이른다.
   (2) 가난에서 벗어나기 위해서는 세상과 제도를 바꾸는 길밖에 없다는 것
       을 깨닫는다.
   (3) 그는 집을 나가 사회 변혁을 지향하는 ××단에 가입한다.

2. 이 작품과 같은 소설의 형식이 지닌 장점은 무엇인가?
   서간체 소설은 이야기를 간결하면서도 충실하게 진행할 수 있는 장점이 있
   다. 상대에게 친근감을 드러내며 화자의 내면 심리를 설득력 있게 전달할
   수도 있다. 작가는 허구성보다는 서간문이 지닌 사실성에 중점을 두어 주
   제를 전달한다.

3. 이 작품의 문학사적 의의는 무엇인가?
   이 소설은 초기 프로 문학의 대표작으로 리얼리즘을 구현했다. 민족 문제
   를 주제로 한 민족주의 문학의 표본이 된다는 점에서도 문학사적 의의가
   있다.

4. 신경향파 문학의 발생 배경과 소멸 과정을 설명해 보자.
   신경향파 문학은 1920년대 초 백조파의 퇴폐적 낭만주의에 대한 반동으로
   박영희, 김기진, 주요섭 등을 중심으로 주창된 문학 사조다. 최서해는 신경
   향파 문학의 기수로 평가받는다. 신경향파 문학의 특징은 주로 궁핍한 삶
   을 다루며 대개 살인이나 방화 등으로 결말을 맺는다는 점을 들 수 있다.
   1920년대 후반 이 용어는 자취를 감추기 시작하고 대신 프로 문학, 카프 문
   학이 혼용되었다. 신경향파 문학이 자연 발생적이라면 카프 문학은 사회주
   의 성향이 더욱 강해진 경향을 보인다. 카프 문학파는 계급보다는 민족을
   강조하는 염상섭, 양주동의 국민 문학파와 대립했다. 카프는 내부 분쟁이
   커지고 조직원들이 대거 검거됨으로써 1935년 정식 해산되었다.

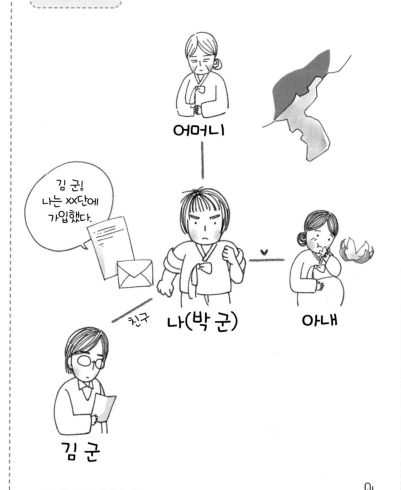

인물 관계도

김 군은 저(박 군)에게 여러 번 집으로 돌아가라는 편지를 보냈어요. 저는 김 군에게 간도에서 우리가 어떻게 생활했는지를 설명하는 편지를 보냈지요. 아내와 어머니는 간도에 이주한 이후로 가난과 차별을 겪으며 살아야 했어요. 저는 사회 제도에 화가 나서 XX단에 가입했어요. 집에 돌아가지 않고 민중의 의무를 다 할 거예요.

# 탈출기

1

김 군! 수삼 차 편지는 반갑게 받았다. 그러나 나는 한 번도 회답하지 못하였다. 물론 군의 충정에는 나도 감사를 드리지만 그 충정을 나는 받을 수 없다.

─박 군! 나는 군의 탈가(脫家 일정한 조건이나 환경, 구속 따위에서 벗어나기 위해 자기 집에서 나감)를 찬성할 수 없다. 음험한 이역에 늙은 어머니와 어린 처자를 버리고 나선 군의 행동을 나는 찬성할 수 없다.

박 군! 돌아가라. 어서 집으로 돌아가라. 군의 부모와 처자가 이역 노두에서 방황하는 것을 나는 눈앞에 보는 듯싶다. 그네들이 의지할 곳은 오직 군의 품밖에 없다. 군은 그네들을 구하여야 할 것이다.

군은 군의 가정에서 동량(棟樑 기둥)이다. 동량이 없는 집이 어디 있으랴? 조그마한 고통으로 집을 버리고 나선다는 것이 의지가 굳다는 박 군으로서는 너무도 박약한 소위이다.

군은 ××단에 몸을 던져 ×선에 섰다는 말을 일전 황 군에게서 듣기는 하였으나 그렇다 하여도 나는 그것을 시인할 수 없다. 가족을 못 살리는 힘으로 어찌 사회를 건지랴.

박 군! 나는 군이 돌아가기를 충정으로 바란다. 군의 가족이 사람들 발아래서 짓밟히는 것을 생각할 때! 군의 가슴인들 어찌 편하랴.

김 군! 군은 이러한 말을 편지마다 썼지? 나는 군의 뜻을 잘 알았다. 내 사랑하는 나의 가족을 위하여 동정하여 주는 군에게 내 어찌 감사치 않으랴? 정다운 벗의 충고에 나는 늘 울었다. 그러나 그 충고를 들을 수 없다. 듣지 않는 것이 군에게는 고통이 될는지? 분노가 될는지? 나에게 있어서는 행복일지도 알 수 없는 까닭이다.

김 군! 나도 사람이다. 정애(情愛 따뜻한 사랑)가 있는 사람이다. 나의 목숨 같은 내 가족이 유린받는 것을 내 어찌 생각지 않으랴? 나의 고통을 제삼자로서는 만분의 일이라도 느낄 수 없을 것이다.

나는 이제 나의 탈가한 이유를 군에게 말하고자 한다. 여기에 대하여 동정과 비난은 군의 자유이다. 나는 다만 이러하다는 것을 군에게 알릴 뿐이다. 나는 이것을 군이 아니면 다른 사람에게라도 알리지 않고는 견딜 수 없는 충동을 받는 까닭이다.

그러나 나는 단언한다. 군도 사람이어니 나의 말하는 것을 부인치는 못하리라.


## 2

김 군! 내가 고향을 떠난 것은 오 년 전이다. 이것은 군도 아는 사실이다. 나는 그때에 어머니와 아내를 데리고 떠났다. 내가 고향을 떠나 간도로 간 것은 너무도 절박한 생활에 시들은 몸이, 새 힘을 얻을까 하여 새 희망을 품고 새 세계를 동경하여 떠난 것도 군이 아는 사실이다.

간도는 천부금탕(天賦金湯 하늘이 준 좋은 땅)이다. 기름진 땅이 흔하여 어디를 가든지 농사를 지을 수 있고 농사를 잘 지으면 쌀도 흔할 것이다. 삼림이 많으니 나무 걱정도 될 것이 없다.

농사를 지어서 배불리 먹고 뜨뜻이 지내자. 그리고 깨끗한 초가나 지어 놓고 글도 읽고 무지한 농민들을 가르쳐서 이상촌을 건설하리라. 이렇게 하면 간도의 황무지를 개척할 수도 있다.

이것이 간도 갈 때의 내 머릿속에 그리었던 이상이었다. 이때에 나는 얼마나 기뻤으랴! 두만강을 건 고 오랑캐령을 넘어서 망망한 평야와 산천을 바라볼 때 청춘의 내 가슴은 이상의 불길에 탔다. 구수한 내 소리와 헌헌한 내 행동에 어머니와 아내도 기뻐하였다.

오랑캐령을 올라서니 서북으로 쏠려 오는 봄 세찬 바람이 어떻게 뺨을 갈기는지,

"에그, 춥구나! 여기는 아직도 겨울이로구나."

어머니는 수레 위에서 이불을 뒤집어썼다.

"무얼요, 이 바람을 많이 맞아야 성공이 올 것입니다."

나는 가장 씩씩하게 말하였다. 이처럼 나는 기쁘고 활기로웠다.


## 3

김 군! 그러나 나의 이상은 물거품으로 돌아갔다. 간도에 들어서서 한 달이 못 되어서부터 거친 물결은 우리 세 생령(生靈 살아 있는 넋, 생명)의 앞에 기탄없

이 몰려왔다.

나는 농사를 지으려고 밭을 구하였다. 빈 땅은 없었다. 돈을 주고 사기 전에는 일 평의 땅이나마 손에 넣을 수 없었다. 그렇지 않으면 지나인(支那人 중국인)의 밭을 도조(賭租 남의 논밭을 부치고 그 세로 해마다 내는 벼)나 타조(打租 타작한 후에 그 수량에 따라 지주가 분량을 정하고 도조로 빼앗아 가는 제도)로 얻어야 된다. 일 년 내 중국 사람에게서 양식을 꾸어 먹고 도조나 타조를 지으면 가을 추수는 빚으로 다 들어가고 또 처음 꼴이 된다. 그러나 농사라고 못 지어 본 내가 도조나 타조를 얻는대야 일 년 양식 빚도 못 될 것이고 또 나 같은 시로도(아마추어)에게는 밭을 주지 않았다.

생소한 산천이요, 생소한 사람들이니, 어디가 어쩌면 좋을는지 의논할 사람도 없었다. H라는 촌 거리에 셋방을 얻어 가지고 어름어름하는 새에 보름이 지나고 한 달이 넘었다. 그새에 몇 푼 남았던 돈은 다 불려 먹고 밭은 ㄱ 사하고 일자리도 못 얻었다.

나는 팔을 걷고 나섰다. 이리저리 돌아다니면서 구들도 고쳐 주고 가마도 붙여 주었다. 이리하여 호구(糊口 입에 풀칠을 함)하게 되었다. 이때 H장에서는 나를 온돌장이(구들 고치는 사람)라고 불렀다. 갈아입을 의복이 없는 나는 늘 숯검정이 꺼멓게 묻은 의복을 벗을 새가 없었다.

H장은 좁은 곳이다. 구들 고치는 일도 늘 있지 않았다. 그것으로 밥 먹기는 어려웠다. 나는 여름 불볕에 삯김도 매고 꼴도 베어 팔았다. 그리고 어머니와 아내는 삯방아 찧고 강가에 나가서 부스러진 나뭇개비를 주워서 겨우 연명하였다.

김 군! 나는 이때부터 비로소 무서운 인간고(人間苦 사람이 세상살이에서 받는 고통)를 느꼈다. 아아, 인생이란 과연 이렇게도 괴로운 것인가 하는 것을 나는 생각하게 되었다. 나는 나에게 닥치는 풍파 때문에 눈물 흘린 일은 이때까지 없었다. 그러나 어머니가 나무를 줍고 아내가 삯방아를 찧을 때! 나의 피는 끓었으며 나의 눈은 눈물에 흐려졌다.

"에구, 차라리 내가 드러누워 앓고 있지, 네 괴로워하는 꼴은 차마 못 보겠다."

이것은 언제 내가 병들어 신음할 때에 어머니가 울면서 하신 말씀이다. 이것을 무심히 들었던 나는 이때에야 이 말의 참뜻을 느꼈다.

'아아, 차라리 나의 고기가 찢어지고 뼈가 부서지는 것은 참을 수 있으나,

내 눈앞에서 사랑하는 늙은 어머니와 아내가 배를 주리고 남의 멸시를 받는 것은 참으로 견디기 어렵구나!'

나는 이렇게 여러 번 가슴을 쳤다. 나는 밤이나 낮이나, 비 오나 바람이 치나 헤아리지 않고 삯김, 삯심부름, 삯나무, 무엇이든지 가리지 않았다.

"오늘도 배고프겠구나, 아침도 변변히 못 먹고……. 나는 너 배 주리잖는 것을 보았으면 죽어도 눈을 감겠다."

내가 삯일을 하다가 늦게 돌아오면 어머니는 우실 듯이 말씀하셨다. 그러나 나는 흔연하게,

"배는 무슨 배가 고파요."

대답하였다.

내 아내는 늘 별 말이 없었다. 무슨 일이든지 시키는 대로 소곳하고 아무 소리 없이 순종하였다. 나는 그것이 더욱 불쌍하게 생각되었다. 나는 어머니보다는 아내 보기가 퍽 부끄러웠다.

'경제의 자립도 못 되는 내가 왜 장가를 들었누?'

이것이 부모의 한 일이지만 나는 이렇게도 탄식하였다. 그럴수록 아내에게 대하여 황공하였고 존경하였다.

어떻게 하면 살 수 있을까? ……이러한 생각은 이때 내 머리를 몹시 때렸다. 이때 나에게는 부지런한 자에게 복이 온다 하는 말이 거짓말로 생각되었다. 그 말을 지상의 격언으로 굳게 믿어 온 나는 그 말에 도리어 일종의 의심을 품게 되었고 나중은 부인까지 하게 되었다.

부지런하다면 이때 우리처럼 부지런함이 어디 있으며, 정직하다면 이때 우리 식구같이 정직함이 어디 있으랴? 그러나 빈곤은 날로 심하였다. 이틀 사흘 굶은 적도 한두 번이 아니었다. 한번은 이틀이나 굶고 일자리를 찾다가 집으로 들어가니 부엌 앞에서 아내가(아내는 이때 아이를 배어서 배가 남산만 하였다) 무엇을 먹다가 깜짝 놀란다. 그리고 손에 쥐었던 것을 얼른 아궁이에 집어넣는다. 이때 불쾌한 감정이 내 가슴에 떠올랐다.

'……무얼 먹을까? 어디서 무엇을 얻었을까? 무엇이기에 어머니와 나 몰래 먹누? 아! 여편네란 그런 것이로구나! 아니 그러나 설마…… 그래도 무엇을 먹던데…….'

나는 이렇게 아내를 의심도 하고 원망도 하고 밉게도 생각하였다. 아내는 아무 말 없이 어색하게 머리를 숙이고 앉아서 씩씩하다가 밖으로 나간

다. 그 얼굴은 좀 붉었다.

아내가 나간 뒤에 나는 아내가 먹다가 던진 것을 찾으려고 아궁이를 뒤졌다. 싸늘하게 식은 재를 막대기에 뒤져 내니 벌건 것이 눈에 띄었다. 나는 그것을 집었다. 그것은 귤껍질이다. 거기엔 베 먹은 잇자국이 났다. 귤껍질을 쥔 나의 손은 떨리고 잇자국을 보는 내 눈에는 눈물이 괴었다.

김 군! 이때 나의 감정을 어떻게 표현하면 적당할까?

'오죽 먹고 싶었으면 오죽 배고팠으면, 길바닥에 내던진 귤껍질을 주워 먹을까! 더욱 몸비잖은<sup>(임신한)</sup> 그가! 아아, 나는 사람이 아니다. 그러한 아내를 나는 의심하였구나! 이놈이 어찌하여 그러한 아내에게 불평을 품었는가? 나 같은 간악한 놈이 어디 있으랴. 내가 양심이 부끄러워서 무슨 면목으로 아내를 볼까……?'

이렇게 생각하면서 나는 느껴 가며 눈물을 흘렸다. 귤껍질을 쥔 채로 이를 악물고 울었다.

"야, 어째 우느냐? 일어나거라. 우리도 살 때 있겠지, 늘 이렇겠느냐."
하면서 누가 어깨를 친다. 나는 그것이 어머니인 것을 알았다. 나는,

"아이구 어머니, 나는 불효외다."
하면서 어머니의 발을 안고 자꾸자꾸 울고 싶었다. 그러나 나는 아무 소리 없이 가슴을 부둥켜안고 밖으로 나왔다.

'내가 왜 우누? 울기만 하면 무엇하나? 살자! 살자! 어떻게든지 살아 보자! 내 어머니와 내 아내도 살아야 하겠다. 이 목숨이 있는 때까지는 벌어 보자!'

나는 이를 갈고 주먹을 쥐었다. 그러나 눈물은 여전히 흘렀다. 아내는 말 없이 울고 서 있는 내 곁에 와서 손으로 치마끈을 만지작거리며 눈물을 떨어뜨린다. 농삿집에서 길러 난 아내는 지금도 어찌 수줍은지 내가 울면 같이 울기는 하여도 어떻게 말로 위로할 줄은 모른다.

4

김 군! 세월은 우리를 위하여 여름을 항상 주지 않았다.

서풍이 불고 서리가 내리기 시작하였다. 찬 기운은 헐벗은 우리를 위협하였다.

가을부터 나는 대구어 장사를 하였다. 삼 원을 주고 대구 열 마리를 사서

등에 지고 산골로 다니면서 콩과 바꾸었다. 그러나 대구 열 마리는 등에 질 수 있었으나, 대구 열 마리를 주고받은 콩 열 말은 질 수 없었다. 나는 하는 수 없이 삼사십 리나 되는 곳에서 두 말씩 두 말씩 사흘 동안이나 져 왔다. 우리는 열 말 되는 콩을 자본 삼아 두부 장사를 시작하였다.

아내와 나는 진종일 맷돌질을 하였다. 무거운 맷돌을 돌리고 나면 팔이 뚝 떨어지는 듯하였다. 내가 이렇게 괴로울 적에 해산한 지 며칠 안 되는 아내의 괴로움이야 어떠하였으랴? 그는 늘 낯이 부석부석하였다. 그래도 나는 무슨 불평이 있는 때면 아내를 욕하였다. 그러나 욕한 뒤에는 곧 후회하였다.

콩구멍만 한 부엌방에 가마를 걸고 맷돌을 놓고 나무를 들이고 의복가지를 걸고 하면 사람은 겨우 비비고 들어앉게 된다. 뜬 김에 문창은 떨어지고 벽은 눅눅하다. 모든 것이 후줄근하여 의복을 입은 채 미지근한 물속에 들어앉은 듯하였다. 어떤 때는 애써 갈아 놓은 비지가 이 뜬 김 속에서 쉬어 버렸다. 두붓물이 가마에서 몹시 끓어 번질 때에 우윳빛 같은 두붓물 위에 버터 빛 같은 노란 기름이 엉기면(그것은 두부가 잘될 징조다) 우리는 안심한다. 그러나 두붓물이 희멀끔해지고 기름기가 돌지 않으면 거기에만 시선을 쏘고 있는 아내의 낯빛부터 글러 가기 시작한다. 초를 쳐 보아서 두붓발이 서지 않고 매캐지근하게 풀려질 때에는 우리의 가슴은 덜컥한다.

"또 쉰 게로구나! 저를 어쩌누?"

젖을 달라고 빽빽 우는 어린아이를 안고 서서 두붓물만 들여다보시던 어머니는 목메인 말씀을 하시면서 우신다. 이렇게 되면 온 집안은 신산(辛酸 맛이 맵고 심. 세상살이가 힘들고 고생스러움을 비유적으로 이르는 말)하여 말할 수 없는 울음, 비통, 처참, 소조한(호젓하고 쓸쓸한) 분위기에 싸인다.

"너 고생한 게 애달프구나! 팔이 부러지게 갈아서……. 그거(두부) 팔아서 장을 보려고 태산같이 바랐더니……."

어머니는 그저 가슴을 뜯으면서 운다. 아내도 울듯 울듯이 머리를 숙인다. 그 두부를 판대야 큰돈은 못 된다. 기껏 남는대야 이십 전이나 삼십 전이다. 그것으로 우리는 호구를 한다. 이십 전이나 삼십 전에 어머니는 운다. 아내도 기운이 준다. 나까지 가슴이 바짝바짝 조인다.

그날은 하는 수 없이 쉰 두붓물로 때를 메우고 지낸다. 아이는 젖을 달라고 밤새껏 빽빽거린다. 우리의 살림에는 어린것도 귀찮았다.

## 5

울면서 겨자 먹기로 괴로운 대로 또 두부를 하지 않으면 안 된다. 그러나 이번에는 땔나무가 없다. 나는 낫을 들고 떠난다. 내가 낫을 들고 떠나면 산후 여독으로 신음하는 아내도 낫을 들고 말없이 나를 따라 나선다. 어머니와 나는 굳이 만류하나 아내는 듣지 않는다.

내 손으로 하는 나무이건만 마음 놓고는 못 한다. 산 임자에게 들키면 여간한 경을 치지 않는다. 그러므로 우리는 황혼이면 산에 가서 도적나무를 하여 지고 밤이 깊어서 돌아온다. 아내는 이고 나는 지고 캄캄한 밤에 산비탈로 내려오다가 발이 미끄러지거나 돌에 채면 곤두박질을 하여 나뭇짐 속에 든다. 아내는 소리 없이 이었던 나무를 내려놓고 나뭇짐에 눌려서 버둥거리는 나를 겨우 끄집어 일으킨다. 그러나 내가 나뭇짐을 지고 일어나면 아내는 혼자 나뭇짐을 이지 못한다. 또 내가 나뭇짐을 벗고 아내에게 이워 주면 나는 추어 주는 이 없이는 나뭇짐을 질 수 없다. 하는 수 없이 나는 후에 지기 편하도록 어떤 높은 바위에 벗어 놓고 아내에게 이워 준다. 이리하여 산비탈을 내려오면, 언제 왔는지 어머니는 애를 업고 우들우들 떨면서 산 아래서 기다리시다가도,

"인제 오니? 나는 너 또 붙들리지나 않는가 하여 혼이 났다."

하신다. 이때마다 내 가슴은 저렸다. 나는 이렇게 나무 도적질을 하다가 중국 경찰서에까지 잡혀가서 여러 번 맞았다.

이때 이웃에서는 우리를 조소하고 경찰에서는 우리를 의심하였다.

"흥, 신수가 멀쩡한 연놈들이 그 꼴이야, 어디 가 일자리도 구하지 않구. 그 눈이 누래서 두부 장사 하는 꼬락서니는 참 더러워서 못 보겠네. 불알을 달고 나서 그렇게야 살리……?"

이것은 이웃 남녀가 비웃는 소리였다. 그리고 어떤 산 임자가 나무 잃은 고발을 하면 경찰서에서는 불문곡직하고 우리 집부터 수색하고 질문하면서 나를 때린다. 그러나 나는 호소할 곳이 없었다.

## 6

김 군! 이러구러 겨울은 점점 깊어 가고 기한은 점점 박두하였다. 일자리는 없고……, 그렇다고 손을 털고 앉아 있을 수는 없었다. 모든 식구가 퍼러 퍼레서(시퍼레서) 굶고 앉은 꼴을 나는 그저 볼 수 없었다. 시퍼런 칼이라도 들

고 하루라도 괴로운 생을 모면하도록 그네들을 쿡쿡 찔러 없애고 나까지 없어지든지, 그렇지 않으면 칼을 들고 나서서 강도질이라도 하여서 기한을 면하든지 하는 수밖에는 더 도리가 없게 절박하였다. 일이 없으면 없느니 만치, 고통이 닥치면 닥치느니 만치 내 번민은 컸다. 나는 어떤 날은 거의 얼빠진 사람처럼 눈을 감고 깊은 생각에 잠긴 일이 있었다.

이때 내 머릿속에서는 머리를 움실움실 드는 사상이 있었다. 오늘날에 생각하면 그것은 나의 전 운명을 결정할 사상이었다. 그 생각은 누구의 가르침에 일어난 것도 아니려니와 일부러 일으키려고 애써서 일어난 것도 아니다. 봄 풀싹같이 내 머릿속에서 점점 머리를 들었다.

나는 여태까지 세상에 대하여 충실하였다. 어디까지든지 충실하려고 하였다. 내 어머니, 내 아내까지도 뼈가 부서지고 고기가 찢기더라도 충실한 노력으로 살려고 하였다. 그러나 세상은 우리를 속였다. 우리의 충실을 받지 않았다. 도리어 충실한 우리를 모욕하고 멸시하고 학대하였다. 우리는 여태까지 속아 살았다. 포악하고 허위스럽고 요사한 무리를 용납하고 옹호하는 세상인 것을 참으로 몰랐다. 우리뿐 아니라 세상의 모든 사람들도 그것을 의식하지 못하였을 것이다. 그네들은 그러한 세상의 분위기에 취하였었다. 나도 이때까지 취하였었다. 우리는 우리로서 살아온 것이 아니라 어떤 험악한 제도의 희생자로서 살아왔었다.

김 군! 나는 사람들을 원망치 않는다. 그러나 마주(魔酒 정신을 흐리게 하는 술)에 취하여 자기의 피를 짜 바치면서도 깨지 못하는 사람을 그저 볼 수 없다. 허위와 요사와 표독과 게으른 자를 옹호하고 용납하는 이 제도는 더욱 그저 둘 수 없다.

이 분위기 속에서는 아무리 노력하여도, 충실하여도, 우리는 우리의 생의 만족을 느낄 날이 없을 것이다. 어찌하여 겨우 연명을 한다 하더라도 죽지 못하는 삶이 될 것이요, 그 영향은 자식에게까지 미칠 것이다. 나는 어미 품속에서 빽빽 하는 어린것의 장래를 생각할 때면 애잡짤한 감정과 분함을 금할 수 없다. 내가 늘 이 상태면(그것은 거의 정한 이치다) 그에게는 상당한 교양은 고사하고, 다리 밑이나 남의 집 문간에 버리게 될 터이니, 아! 삶을 받은 한 생령을 죄 없이 찌그러지게 하는 것이 어찌 애닯잖으며 분치 않으랴? 그렇다 하면 그것을 나의 죄라 할까?

김 군! 나는 더 참을 수 없었다. 나는 나부터 살리려고 한다. 이때까지는 최면술에 걸린 송장이었다. 제가 죽은 송장으로 남(식구들)을 어찌 살리랴? 그래서 나는 나에게 최면술을 걸려는 무리를, 힘익한 이 공기의 원류를 쳐부수려고 하는 것이다.

나는 이것을 인간의 생의 충동이며 확충이라고 본다. 나는 여기서 무상의 법열(法悅 설법을 듣고 마음속에 일어나는 기쁨)을 느끼려고 한다. 아니 벌써부터 느껴진다. 이 사상이 드디어 나로 하여금 집을 탈출케 하였으며, ××단에 가입하게 하였으며, 비바람 밤낮을 헤아리지 않고 벼랑 끝보다 더 험한 ×선에 서게 한 것이다.

김 군! 거듭 말한다. 나도 사람이다. 양심을 가진 사람이다. 애정을 가진 사람이다. 내가 떠나는 날부터 식구들은 더욱 곤경에 들 줄도 나는 알았다. 자칫하면 눈 속이나 어느 구렁에서 죽는 줄도 모르게 굶어 죽을 줄도 나는 잘 안다. 그러므로 나는 이곳에서도 남의 집 행랑어멈이나 아범이며, 노두에 방황하는 거지를 무심히 보지 않는다. 아! 나의 식구도 그럴 것을 생각할 때면 자연히 흐르는 눈물과 뿌직뿌직 찢기는 가슴을 덮쳐잡는다. 그러나 나는 이를 갈고 주먹을 쥔다. 눈물을 아니 흘리려고 하며 비애에 상하지 않으려고 한다. 울기에는 너무도 때가 늦었으며 비애에 상하는 것은 우리의 박약을 너무도 표시하는 듯싶다. 어떠한 고통이든지 참고 분투하려고 한다.

김 군! 이것이 나의 탈가한 이유를 대략 적은 것이다. 나는 나의 목적을 이루기 전에는 내 식구에게 편지도 하지 않으려고 한다. 그네가 죽어도, 내가 또 죽어도…….

나는 이러다가 성공 없이 죽는다 하더라도 원한이 없겠다. 이 시대, 이 민중의 의무를 이행한 까닭이다.

아아, 김 군아! 말을 다하였으나 정은 그저 가슴에 넘치누나!

 홍염

## ✎ 작품 정리

> **작가** : 최서해(246쪽 '작가와 작품 세계' 참조)
> **갈래** : 신경향파 소설
> **배경** : 시간 – 1920년대 일제 강점기
>       공간 – 중국 서간도 빼허, 조선인 이주민 마을
> **시점** : 3인칭 전지적 작가 시점
> **주제** : 간도로 이주한 조선인들의 비참한 삶과 악덕 지주에 대한 저항
> **출전** : 〈조선문단〉(1927)

## ✎ 구성과 줄거리

**발단** **소작인 문 서방은 서간도로 이주해 인가의 소작인이 됨**

백두산 서북편 서간도 한 귀퉁이에 있는 가난한 촌락 '빼허(白河)'에 겨울이 찾아든다. 이곳에는 조선인들의 귀틀집 다섯 채가 이리저리 흩어져 있다. 몹시 추운 날 아침, 문 서방은 죽어 가는 아내의 애원을 생각하면서 되놈 사위가 사는 달리소로 향한다.

**전개** **문 서방은 소작료를 체납해 인가에게 딸 용례를 빼앗김**

문 서방은 본래 경기도에서 소작인 생활을 해 왔는데 10년이 되도록 겨죽만 먹다가 서간도로 이주했다. 그는 이곳에 와서도 흉년으로 소작료를 갚지 못해서 매까지 맞은 일을 생각하며 자신의 신세를 한탄한다. 마당에서 깨를 떨던 아내는 인가가 오는 것을 보고 걱정한다. 인가가 빚을 갚으라고 고래고래 소리를 지르며 문 서방을 때리자 아내는 인가의 팔에 매달리며 살려 달라고 애원한다. 인가가 문 서방의 아내를 끌고 가려 하자 방 안에서 바느질을 하던 용례는 달려가서 인가의 손을 물어뜯는다. 용례를 본 인가는 문 서방의 아내 대신 용례를 데려간다. 용례를 인가에게 빼앗긴 문 서방의 아내는 시름시름 앓는다.

**위기  문 서방은 인가를 찾아가지만 인가는 딸을 보여 주는 것을 거절함**

용례가 끌려간 지 며칠 후 문 서방은 인가로부터 땅날갈이를 받고 지금의 빼허로 쫓기듯 이주한다. 그 이후 인가는 용례를 문 서방 부부에게 절대 보여 주지 않는다. 문 서방은 인가를 찾아가 딸아이를 보게 해 달라고 간절히 사정하지만 인가는 얼마간의 돈을 주고 그냥 가라고 한다.

**절정  아내는 용례를 부르다 마침내 피를 토하고 죽음**

문 서방이 집에 돌아오니 아내가 누덕이불에 싸여 누워 있다. 문 서방은 아내의 손을 잡는다. 딸에 대한 죄책감으로 실성한 아내는 용례를 부르다가 피를 토하며 쓰러진다. 한씨는 경문을 외며 은동침을 꺼내 아내의 인중을 눌러 댄다. 아내의 몸은 점점 식어 간다.

**결말  문 서방은 인가의 집에 방화를 한 뒤 인가를 죽임**

문 서방의 아내가 죽은 이튿날 밤, 그림자 하나가 눈발을 헤치고 달리소 언덕으로 올라가 인가의 집 울타리 뒤로 돌아간다. 그림사(문 서방)가 보리 짚더미에 불을 붙이자 불은 울타리를 타고 집으로 옮겨 붙는다. 인가가 도망치는 것을 발견한 문 서방은 인가를 도끼로 찍어 죽인 후 딸을 부둥켜안고 운다.

---

### ✐ 생각해 볼 문제

**1. 이 작품의 제목인 '홍염'은 무엇을 상징하는가?**

'홍염(紅焰, 붉은 불꽃)'은 기존 질서에 대한 분노와 저항의 의미를 담고 있다. 모순된 현실에 대한 저항 정신은 방화와 살인이라는 극단적 행동으로 불꽃처럼 퍼진다. 주인공 문 서방은 가난 때문에 딸을 빼앗기는 처참한 상황에 이르고 이로 말미암아 아내까지 죽는다. 이 순간 문 서방의 누적된 울분이 폭발해 '불꽃'으로 타오른 것이다. 불길이 치솟는 가운데 문 서방은 딸을 안고 뜨거운 눈물을 흘린다. 그의 희열은 단지 딸을 보았다는 데서 오는 것이 아니라 작다고 믿었던 자신의 힘이 철옹성을 무너뜨려 욕구를 채웠다는 데서 오는 것이다. 즉, '불꽃'은 세속적인 현실의 고통을 정화하는 의미도 지닌다.

2. **이 소설의 결말과 「탈출기」의 결말은 어떤 차이점이 있는가?**

   작가는 이 작품에서 문제의 해결책을 '살인과 방화'에서 찾고 있다. 이것은
   사회의 구조적 모순에 따른 폭력에 지극히 개인적이고 감정적 차원에서 항
   거하는 것이다. 그러나 「탈출기」에서는 이런 개인적 차원의 대응이 아니라
   조직적 차원의 대응 방안을 모색한다. 「탈출기」에서 주인공이 민중의 의무
   를 이행하겠다는 마음으로 ××단에 가입하는 것은 사회적 · 집단적 차원
   의 대응 방식이라고 볼 수 있다.

3. **이 소설의 결말 부분이 갖는 소설 구성상의 한계점에 대해 지적해 보자.**

   일반적인 소설의 결말에서는 갈등이 해소되지지만 이 소설의 결말에서는
   문 서방이 자신의 분노를 극단적인 행동으로 표출하는 데 그친다. 문 서방
   은 방화와 살인을 통해 무한한 희열을 느끼지만 그것이 근본적인 해결책은
   되지 못한다. 즉, 「홍염」은 착취 계급과 피착취 계급 사이의 갈등을 해소할
   방법을 제시하지는 못한다는 점에서 한계를 지닌다고 볼 수 있다.

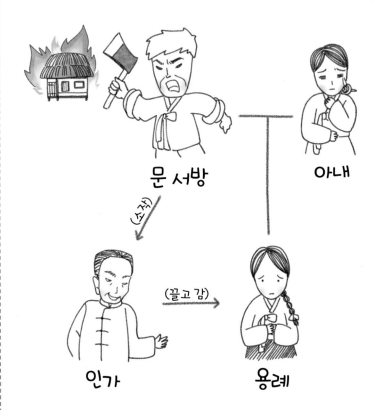

문 서방    아내

(소작)

인가    용례

(끌고 감)

원래 경기도에 살던 저(문 서방)는 서간도로 이주해서 중국인 인가의 소작인이 되었어요. 인가는 빚을 갚으라고 행패를 부리다가 제 딸 용례를 끌고 갔지요. 딸을 보여 달라고 찾아가 빌어도 인가는 절대 허락하지 않았고, 아내는 시름에 잠겨 세상을 떠나 버렸어요. 저는 인가의 집에 불을 지르고 인가를 도끼로 찍어 버렸답니다.

# 홍염

겨울은 이 가난한—백두산 서북편 서간도 한 귀퉁이에 있는 이 가난한 촌락 빼허(白河 백하. 서간도의 가난한 촌락 이름)에도 찾아들었다. 겨울이 찾아들면 조그 만 강을 앞에 끼고 큰 산을 등진 빼허는 쓸쓸히 눈 속에 묻혀서 차디찬 좁 은 하늘을 치어다보게 된다.

눈보라는 북국의 특색이다. 빼허의 겨울에도 그러한 특색이 있다. 이것이 빼허의 생령(生靈 생명)들을 괴롭게 하는 것이다.

오늘도 눈보라가 친다.

북극의 얼음 세계나 거쳐 오는 듯한 차디찬 바람이 우 하고 몰려오는 때 면 산봉우리와 엉성한 가지 끝에 쌓였던 눈들이 한꺼번에 휘날려서 이 좁 은 산골은 뿌연 눈안개 속에 들게 된다. 어떤 때는 강골 바람에 빙판에 덮였 던 눈이 산봉우리로 불리게 된다. 이렇게 교대로 산봉우리의 눈이 들로 내 리고 빙판의 눈이 산봉우리로 올리달려(아래에서 위로 향해 달려) 서로 엇바뀌는 때면 그런대로 관계치 않으나, 하늬(天風 하늬바람. 북풍)와 강바람이 한꺼번에 불 어서 강으로부터 올리닫는 눈과 봉우리로부터 내리닫는 눈이 서로 부딪치 고 어우러지게 되면 눈보라와 바람 소리에 빼허의 좁은 골짜기는 터질 듯 한 동요를 받는다.

등진 산과 앞으로 낀 강 사이에 게딱지(여기서는 '게의 등딱지'처럼 아주 볼품없고 작은 상태 를 말함)처럼 끼어 있는 것이 이 빼허의 촌락이다. 통틀어서 다섯 호밖에 되지 않는 집이나마 밭을 따라서 이리저리 흩어져 있다. 모두 커다란 나무를 찍 어다가 우물 정(井) 자로 틀을 짜 지은 집인데 여기 사람들은 이것을 '귀틀집' 이라 한다. 지붕은 대개 조짚(조나 피 따위의 낟알을 떨어낸 짚)이요, 혹은 나무껍질로도 이었다. 그 꼴은 마치 우리 내지(간도서는 조선을 내지라 한다)의 거름집(堆肥舍 두엄을 넣어 두 는 헛간)과 같다. 심하게 말하는 이는 돼지굴과 같다고 한다.

이것이 남부여대로 서간도 산골을 찾아들어서 사는 조선 사람의 집들이 다. 빼허의 집들은 그러한 좋은 표본이다.

험악한 강산, 세찬 바람과 뿌연 눈보라 속에 게딱지처럼 붙어서 위태롭 게 침묵을 지키고 있는 이 모든 집에도 어느 때든—공도(公道 공평하고 바른 도리)가

위대한 공도가 어그러지지 않으면, 언제든지 꼭 한때는 따뜻한 봄볕이 지내리라. 그러나 이렇게 눈빌이 닐리고 바람이 우짖으면 그 어실궂은 집 속에 의지 없이 들어박힌 사람들은 자기네로도 알 수 없는 공포에 몸을 부르르 떨게 된다.

이렇게 몹시 춥고 두려운 날 아침에 문 서방은 집을 나섰다. 산산이 흐트러진 머리카락을 뿌연 상투에 휘휘 거둬 감고 수건으로 이마를 질끈 동인 위에 까맣게 그은 대패밥 모자를 끈 달아 썼다. 부대처럼 툭툭한 토수래(베실을 삶아서 짠 것) 바지저고리는 언제 입은 것인지 뚫어지고 흙투성이 되었는데 바람에 무겁게 흩날린다.

"문 서뱅이 발써 갔소?"

문 서방은 짚신에 들막(들메. 신이 벗어지지 않도록 신을 발에 동여매는 끈)을 단단히 하고 마당에 내려서려다가 부르는 소리에 머리를 돌렸다. 펄쩍 문을 열면서 때가 지덕지덕한 늙은 얼굴을 내미는 것은 한 관청(관청은 직함)이었다.

"왜 그러시우?"

경기 말씨가 그저 남아 있는 문 서방은 한 발로 마당을 밟고 한 발로 흙마루를 밟은 채 한 관청을 보았다.

"엑, 바름두…… 저, 엑 흑……."

한 관청은 몰아치는 바람이 아즈러운지 연방 흑흑 느끼면서,

"저, 일절 욕을 마오! 그게…… 엑, 워쩐 바름이 이런구. 그게 되놈(胡人 '만주 사람'을 일컫는 말)인데, 부모두 모르는 되놈인데……."

하는 양은 경험 있는 늙은 사람의 말을 깊이 들으라는 어조이다.

"나는 또 무슨 말씀이라구! 아 그늠이 이번두 그러면 그저 둔단 말이요?"

문 서방의 소리는 좀 분개하였다.

눈을 몰아치는 바람은 또 몹시 마당으로 몰아들었다. 그 판에 문 서방은 바람을 등지고 돌아서고 한 관청의 머리는 창틀 안으로 자라목처럼 움츠러들었다.

"글쎄 이 늙은 거 말을 듣소! 그늠이 제 가새비('장인'을 낮잡아 이르는 말)를 잘 알겠소? 흥……."

한 관청은 함경도 사투리로 뇌면서 다시 머리를 내밀었다.

"염려 마슈! 좋게 하죠."

문 서방은 더 들을 말 없다는 듯이 바람을 안고 획 돌아섰다.

"그새 무슨 일이나 없을까?"

밭 가운데로 눈을 헤치면서 나가던 문 서방은 주춤하고 돌아다보면서 혼자 뇌었다.

눈보라 때문에 눈도 뜰 수 없거니와 지척을 분간할 수 없이 되어서 집은 커녕 산도 보이지 않았다.

"그새 무슨 일이 날라구!"

그는 또 이렇게 혼자 뇌고 저고리 섶을 단단히 여미면서 강가로 내려가다가 발을 돌려서 언덕길로 올라섰다. 강 얼음을 타고 가는 것이 빠르지만 바람이 심하면 빙판에서 걷기가 거북하여 언덕길을 취하였다. 하도 다니던 길이니 짐작으로 걷지 눈에 묻히어서 길이 보이지 않았다.

언덕길에 올라서니 바람은 더욱 심하였다. 우와— 하고 가슴을 쳐서 뒤로 휘딱 자빠질 것은 고사하고 눈발이 아츠럽게 낯을 치어서 눈도 뜰 수 없고 숨도 바로 쉴 수 없었다. 뻣뻣하여 가는 사지에 억지로 힘을 주어 가면서 이를 악물고 두 마루턱이나 넘어서 '달리소' 강가에 이르니 가슴에서는 잔나비가 뛰노는 것 같고 등골에는 땀이 흘렀다. 그는 서리가 뿌연 수염을 씻으면서 빙판을 건 갔다. 빙판에는 개가죽 모자 개가죽 바지에 커다란 울레<sup>(신)</sup>를 신은 중국 파리<sup>(썰매)</sup>꾼들이 기다란 채찍을 휘휘 두르면서,

"뚜—어, 뚜—어, 딱딱."

하고 말을 몰아간다.

"꺼울리 날춰(저 조선 거지 어디 가나)?"

중국 파리꾼들은 문 서방을 보면서 욕을 하였으나 문 서방은 허둥허둥 빙판을 걸어서 높다란 바위 모퉁이를 지나 언덕에 올라섰다.

여기가 문 서방이 목적하고 온 '달리소'라는 땅이다. 이 땅 주인은 인<sup>(殷)</sup>가라는 중국 사람인데 그 인가는 문 서방의 사위이다. 저편 밭 가운데 굵은 나무로 울타리를 한 것이 인가의 집이다. 그 밖으로 오류 호나 되는 게딱지같은 귀틀집은 지팡살이<sup>(광복 전 만주 땅에서 성행하던 소작 제도의 하나)</sup>하는 조선 사람들의 집이다. 문 서방은 바위 모퉁이를 돌아 언덕에 오르니 산이 서북을 가리어서 바람이 좀 잠잠하여 좀 푸근한 느낌을 받았으나, 점점 인가—사위의 집 용마루가 보이고 울타리가 보이고 그 좌우의 같은 조선 사람의 집이 보이니 스스로 다리가 움츠러지면서 걸음이 떠지었다<sup>(속도가 더디어졌다)</sup>.

"엑 더러운 놈! 되놈에게 딸 팔아먹는 놈!"

그것은 자기 스스로 한 일은 아니지만 어디선지 이런 소리가 귓청을 징 징 치는 것 같은 동시에 개기름이 번지르르하여 핏발이 올올한 눈을 흉악 하게 굴리는 인가—사위의 꼴이 언뜻 눈앞에 떠올라서 그는 발끝을 돌릴까 말까 하고 주저하였다. 그러다가도,

"여보 용례(딸의 이름)가 왔소? 용례 좀 데려다 주구려."

하고 죽어 가는 아내의 애원하던 소리가 귓가에 울려서 다시 앞을 향하였다.

"이게 문 서뱅이! 또 딸 집을 찾아가옵느마?"

머리를 수굿하고 걷던 문 서방은 불의의 모욕이나 받는 듯이 어깨를 툭 떨어뜨리면서 머리를 들었다. 그것은 길옆에서 돼지우리를 치던 지팡살이 꾼의 한 사람이었다.

"네! 아아니……."

문 서방은 대답도 아니요 변명도 아닌 이러한 말을 하고는 얼른얼른 인 가의 집으로 향하였다. 온 동리가 모두 나서서 자기의 뒤를 비웃는 듯해서 곁눈질도 못하였다.

여기는 서북이 가리어서 빼허처럼 바람이 심하지 않았다. 흐릿하나마 볕 도 엷게 흘렀다.

2

"여보! 저 인가가 또 오는구려!"

가을볕이 쨍쨍한 마당에서 깨를 떨던 아내는 남편 문 서방을 보면서 근 심스럽게 말하였다.

"오면 어쩌누? 와도 하는 수 없지!"

뒤주간(곡식을 보관하기 위해 나무로 지은 창고) 앞에서 옥수수 껍질을 바르던 문 서방 은 기탄없이 말하였다.

"엑 그 단련을 또 어찌 받겠소?"

아내의 찌푸린 낯은 스스로 흐리었다.

"참 되놈이란 오랑캐……."

"여보, 여기 왔소."

문 서방의 높은 소리를 주의시키던 아내는 뒤주간 저편을 보면서,

"아, 오셨소?"

하고 어색한 웃음을 웃었다.

"예 왔소? 장구재(주인) 있소?"

지주 인가는 어설픈 웃음을 지으면서 마당에 들어서다가 뒤주간 앞에 앉은 문 서방을 보더니,

"응, 저기 있소!"

하고 손가락질을 하면서 그 앞에 가 수캐처럼 쭈그리고 앉았다.

서천에 기운 태양은 인가의 이마에 번지르르 흘렀다.

"어디 갔다 오슈?"

문 서방은 의연히 옥수수를 바르면서 하기 싫은 말처럼 힘없이 끄집어내었다.

"문 서방! 그래 오레두 비들(빚을) 못 가프겠소?"

인가는 문 서방 말과는 딴전을 치면서 담뱃대를 쌈지에 넣는다.

"허허 어제두 말했지만 글쎄 곡식이 안 된 거 어떡하오?"

"안 돼! 안 돼! 곡시기 자르 되고 모 되구 내가 아르오? 오늘은 받아 가지구야 가겠소!"

인가는 담배를 피우면서 버티려는 수작인지 땅에 펑덩 들어앉았다.

"내년에는 꼭 갚아드릴게 올만 참아 주오! 장구재도 알지만 흉년이 되어서 되지두 않은 이것(곡식)을 모두 드리면 우리는 어떻게 겨울을 나라구 응? ……자 내년에는 꼭, 하하…….."

인가를 보면서 넋이 없는 웃음을 치는 문 서방의 눈에는 애원하는 빛이 흘렀다.

"안 되우! 안 돼! 통퉁디(모두) 주! 우리두 많이 부족이오."

"부족이 돼두 하는 수 없지. 글쎄 뻔히 보시면서 어떡하란 말이오? 휴…….."

"어째 어부소(없소)? 응 니디 어째 어부소! 응 니디 어째 어부소! 마리해! 울리 쌀리디, 울리 소금이디, 울리 강냉이디…… 니디 입이(그는 입을 가리키면서) 디 안 먹어? 어째 어부소, 응?"

인가는 낯빛이 거무락푸르락해서 소리를 고래고래 질렀다. 문 서방은 더 말이 나오지 않았다.

언제나 이놈의 소작인 노릇을 면하여 볼까? 경기도에서도 소작인 생활 십 년에 겨죽(쌀의 속겨로 쑨 죽)만 먹다가 그것도 자유롭지 못하여 남부여대로 딸 하나 앞세우고 이 서간도로 찾아들었더니 여기서도 그네를 맞아 주는 것

은 지팡살이었다. 이름만 달랐지 역시 소작인이다. 들어오던 해는 풍년이었으나 늦게 들어와서 얼마 심지 못하였고 그 이듬해에는 흉년으로 말미암아 일 년 내 꾸어 먹은 것도 있거니와 소작료도 못 갚아서 인가에게 매까지 맞고 금년으로 미뤘더니 금년에도 흉년이 졌다. 다른 사람들도 빚을 지지 않은 바가 아니로되 유독이 문 서방을 조르는 것은 음흉한 인가의 가슴속에 문 서방의 용례(금년 열일곱)가 걸린 까닭이었다. 문 서방은 벌써 그 눈치를 알아채었으나 차마 양심이 허락지 않았다. 인가의 욕심만 채우면 밭맥⁽¹⁾(¹맥은 10일경=1일경은 약 천 평(坪))이나 단단히 생겨 한평생 기탄없을 것을 모르지는 않지만 무남독녀로 고이 기른 딸을 되놈에게 주기는 머리에 벼락이 내릴 것 같아서 죽으면 그저 굶어 죽었지 차마 할 수 없었다. 그는 그런 것 저런 것 생각할 때마다 도리어 내지—쪼들려도 나서 자란 자기 고향에서 쪼들리던 옛날이—삼 년 전의 그 옛날이 그리웠다. 그러나 그것도 한 꿈이었다. 그 꿈이 실현되기에는 그네의 경제적인 기초가 너무나도 없었다. 빈 마음만 흐르는 구름에 부쳐서 내지로 보낼 뿐이었다.

"어째서 대답이 어부소, 응? 그래 울리 비디디 안 가파? 창우니! 빠피야(이놈 껍질 벗긴다)."

인가는 담뱃대를 꽁무니에 찌르면서 일어나 앉더니 팔을 걷는다. 그것을 본 문 서방 아내는 낯빛이 파랗게 질려서 부들부들 떨면서 이편만 본다. 문 서방도 낯빛이 까맣게 죽었다.

"자, 그러면 금년 농사는 온통 드리지요."

문 서방의 목소리는 힘없이 떨렸다. 마치 종아리채를 든 초학 훈장의 앞에 엎드린 어린애의 소리처럼…….

"부요우(싫어)…… 퉁퉁디…… 모모 모두 우리 가져가두 보미(옥수수) 쓰단(四石), 쌔옌(소금) 얼씨진(20斤), 쑈미(좁쌀) 디 빠단(八石) 디유아(있다)…… 니디 자리 알라 있소! 그거 안 줘?"

검붉은 인가의 뺨은 성난 두꺼비 배처럼 불떡불떡 하였다.

"나머지는 내년에 갚지요."

문 서방은 머리를 뚝 떨어뜨렸다.

"슴마(무엇)? 창우니 빠피야!"

인가의 억센 손이 문 서방의 멱살을 잡았다. 문 서방은 가만히 받았다. 정신이 아찔하였다.

"에구, 장구재…… 흑흑…… 장구재…… 제발 살려 줍쇼! 제발 살려 주시면 뼈를 팔아서라두 갚겠습니다. 장구재 제발!"

문 서방의 아내는 부들부들 떨면서 인가의 팔에 매달렸다. 그의 애걸하는 소리는 벌써 울음에 떨렸다.

"내 보미 워디 소금이 닐라! 아니 줬소? 아니 줬소? 어 어쩨니 줬소?"

인가의 주먹은 문 서방의 귓벽을 울렸다.

"아이구!"

문 서방은 땅에 쓰러졌다.

"엑 에구…… 웅웅웅…… 에구 장구재! 제발 제제…… 흑 제발 살려 줍소……. 웅."

쓰러지는 문 서방을 붙잡던 아내는 인가를 보면서 땅에 엎드려서 손을 비빈다.

"이 상느므 샛지(상놈의 자식)…… 니디 로포(아내) 워디(내가) 가져 가!"

하고 인가는 문 서방을 차더니 엎디어서 손이야 발이야 비는 문 서방의 아내의 손목을 잡아끌었다.

"니디 울리 집이 가! 오늘리부터 니디 울리 에미네(아내)!"

"장구재…… 제발…… 아이구 웅……?"

"에구 엄마."

집 안에서 바느질하던 용례가 내달았다. 인가는 문 서방의 아내를 사정없이 끌고 자기 집으로 향한다.

"나를 잡아가라! 나를……."

쓰러졌던 문 서방은 인가의 팔을 잡았다.

"타마나(상소리)!"

하는 소리와 함께 인가의 발길은 문 서방의 불걸음(불두덩. 생식기 언저리의 불룩한 부분)으로 들어갔다. 문 서방은 거꾸러졌다.

"아이구 어머니! 왜 울 어머니를 잡아가요? 웅웅…… 흑."

용례는 어머니의 팔목을 잡은 중국인의 손을 물어뜯었다. 용례를 본 인가는 문 서방의 아내는 놓고 문 서방의 딸 용례를 잡았다.

"이 개새끼야! 이것 놔라…… 웅웅 흑…… 아이구 아버지…… 엄마!"

억센 장정 인가에게 티끌같이 연연한(가냘프고 약한) 처녀는 몸부림을 하면서 발악을 하였다.

"용례야! 아이구 우리 용례야!"

"에이구 응……너를 이 땅에 데리구 와서 개 같은 놈에게……."

문 서방의 내외는 허둥지둥 달려갔다.

낯빛이 파랗게 질린 흰옷 입은 사람들은 쭉 나와서 섰건마는 모두 시체같이 서 있을 뿐이었다. 여편네 몇몇은 치맛자락으로 눈물을 씻었다.

의연히 제 걸음을 재촉하는 볕은 서산에 뉘엿뉘엿하였다. 앞강으로 올라오는 찬바람은 스르르 스쳐 가는데 석양에 돌아가는 까마귀 울음은 의지 없는 사람의 넋을 호소하는 듯 처량하였다.

"에구 용례야! 부모를 못 만나서 네 몸을 망치는구나! 에구 이놈의 돈이 우리를 죽이는구나!"

문 서방 내외는 그 밤을 인가의 집 울타리 밖에서 새었다. 누구 하나 들여다보지도 않는데 인가의 집에서 내놓은 개들은 두 내외를 잡아먹을 듯이 짖으며 덤벼들었다.

이리하여 용례는 영영 인가의 손에 들어갔다. 며칠 후에 인가는 지금 문 서방이 있는 빼허에 땅날갈이(소를 데리고 하루 낮 동안에 갈 수 있는 밭의 넓이)나 있는 것을 문 서방에게 주어서 그리로 이사시켰다.

문 서방은 별별 욕과 애원을 하였으나 나중에 인가는 자기 집 일꾼들을 불러서 억지로 몰아내었다. 이리하여 문 서방은 차마 생목숨을 끊기 어려워서 원수가 주는 땅을 파먹게 되었다. 그것이 작년 가을이었다. 그 뒤로 인가는 절대로 용례를 밖으로 내보내지 않을 뿐만 아니라 그 어버이 되는 문 서방 내외에게도 보이지 않았다.

'용례는 매일 밥도 안 먹고 어머니 아버지만 부르고 운다.'

하는 희미한 소식을 인가의 집에 가까이 드나드는 중국인들에게서 들을 때마다 문 서방은 가슴을 치고 그 아내는 피를 토하였다.

이리하여 문 서방의 아내는 늦은 여름부터 아주 병석에 드러누웠다. 그는 병석에서 매일 용례만 부르고 용례만 보여 달라고 졸랐다. 그래서 문 서방은 벌써 세 번이나 인가를 찾아가서 말했으나 효과가 없었다.

이번까지 가면 네 번째다. 이번은 어떻게 성사가 될는지?

(간도에 있는 중국인들은 조선 여자를 빼앗아 가든지 좋게 사 가더라도 밖에 내보내지도 않고 그 부모에게까지 흔히 면회를 거절한다. 중국인은 의심이 많아서 그런다고 들었다.)

문 서방은 울긋불긋한 채필로 관운장과 장비를 무섭게 그려 붙인 집 대문 앞에 섰다. 문밖에서 뼈다귀를 핥던 얼룩개 한 마리가 웡웡 짖으면서 달려들더니 이 구석 저 구석에서 개무리가 우 하고 덤벼들었다. 어떤 놈은 으르렁 으르고, 어떤 놈은 꼬리를 뒷다리 사이에 바싹 끼면서 금방 물듯이 송곳 같은 이빨을 악물었고, 어떤 놈은 대들었다가는 뒷걸음치고 뒷걸음을 쳤다가는 대들면서 산천이 무너지게 짖고, 어떤 놈은 소리도 없이 코만 실룩실룩하면서 달려들었다. 그 여러 놈들이 문 서방을 가운데 넣고 죽 돌아서서 각각 제 재주대로 날뛴다. 그렇지 않아도 지금 개 때문에 대문 밖에서 기웃거리던 문 서방은 이 사면초가를 어떻게 막으면 좋을지 몰랐다. 이러는 판에 한 마리가 획 들어와서 문 서방의 바짓가랑이를 물었다.

"으악…… 꺼우디(개를)!"

문 서방이 소리를 치면서 돌멩이를 찾느라고 엎드리는 것을 보더니 개들은 일시에 뒤로 물러났으나 또다시 덤벼들었다.

"창우니 타마나가비(상소리다)!"

안에서 개가죽 모자를 쓰고 뛰어나오는 일꾼은 기단 호미 자루를 휘두르면서 개를 쫓았다. 개들은 몰려가면서도 몹시 짖었다.

문 서방은 수수깡이 지저분하게 널려 있는 방문으로 들어갔다. 누릿하고 퀴퀴한 더운 기운이 후끈 낯을 스칠 때 얼었던 두 눈은 뿌연 더운 안개에 스르르 흐리어서 어디가 어디인지 잘 분간할 수 없었다.

"윈따야 랠라마(문 영감 오셨소)?"

캉(구들)에서 지껄이는 중국인 중에서 누군지 첫인사를 붙였다.

"에헤 랠라 장구재 유(있소)?"

문 서방은 어색한 웃음을 지었다. 얼었던 몸은 차차 녹고 흐리었던 눈앞도 점점 밝아졌다.

"쨍캉바(구들로 올라오시오)!"

구들 위에서 나는 틱틱한 소리는 인가였다. 그는 일꾼들과 무슨 의논을 하던 판인가? 지껄이던 일꾼들은 고요히 앉아서 담배를 피우면서 호기심에 번득이는 눈을 인가와 문 서방에게 보내었다. 어느 천년에 지은 집인지, 거미줄이 얼키설키 서린 천장과 벽은 아궁이 속같이 까만데 벽에 붙여 놓은 삼국풍진도(三國風塵圖)며 춘야도리원도(春夜桃李園圖)는 이리저리 찢기고 그을었

다. 그을음과 담배 연기에 싸여서 눈만 반짝반짝하는 무리들은 아귀도(餓鬼道
삼악도의 하나. 아귀들이 모여 사는 세계로 늘 굶주리고 매를 맞는다고 함)를 생각케 한다. 문 서방은 무
시무시한 기분에 몸을 부르르 떨었다.

"추엔바(담배 잡수시오)?"

인가는 웬일인지 서투른 대로 곧잘 하던 조선말은 하지 않고 알아도 못
듣는 중국말을 쓰면서 담뱃대를 문 서방 앞에 내밀었다.

"여보 장구재! 우리 로포가 딸을 못 봐서 죽겠으니 좀 보여 주 응……?"

문 서방은 담뱃대를 받으면서 또 전처럼 애걸하였다. 인가는 이마를 찡
그리면서 볼을 불렸다.

"저게(아내) 마지막 죽어 가는데 철천지한(徹天之恨 하늘에 사무치는 크나큰 원한)이
나 풀어야 하잖겠소, 응? 한 번만 보여 주! 어서 그러우! 내가 용례를 만나
면 꼬일까 봐…… 그럴 리 있소! 이렇게 된 바에야…… 한 번만…… 낯이
나…… 저 죽어 가는 제 에미 낯이나 한 번 보게 해 수! 네? 제발……!"

"안 되우! 보내지 모하겠소. 우리 지비 문바께 로포(용례를 가리키는 말) 나갔소.
재미어부소."

배짱을 부리는 인가의 모양은 마치 전당포 주인과 같은 점이 있었다. 문
서방의 가슴은 죄였다. 아쉽고 안타깝고 슬픔이 어우러지더니 분한 생각이
났다. 부뚜막에 놓은 낫을 들어서 인가의 배를 왁 긁어 놓고 싶었으나 아직
도 행여나 하는 바람과 삶에 대한 애착심이 그 분을 제어하였다.

"그러지 말고 제발 보여 주오! 그러면 내 아내를 데리구 올까? 아니 바람
을 쏘여서는…… 엑 죽어두 원이나 끄고 죽게 내가 데리고 올게 낯만 슬쩍
보여 주오, 네? 흑…… 끅…… 제발……."

이십 년 가까이 손끝에서 자기 힘으로 기른 자기 딸을 억지로 빼앗긴 것
도 원통한데 그나마 자유로 볼 수도 없이 되는 것을 생각하니! 더구나 그 우
악한(무지하고 포악한) 인가에게 가슴과 배를 사정없이 눌리이는 연연한 딸의 버
둥거리는 그림자가 눈앞에 언뜻 하여(갑자기 떠올라) 가슴이 꽉 막히고 사지가
부르르 떨리면서 주먹이 쥐어졌다. 그러나 뒤따라 병석의 아내가 떠오를
때 그의 주먹은 풀리고 머리는 숙었다.

"넬리 또 왔소 이애기하오! 오늘리디 울리디 일이디 푸푸디! 많이 있소!"

인가는 문 서방을 어서 가라는 듯이 자기 먼저 캉(구들)에서 내려섰다.

"제발 그러지 말구! 으흑 흑…… 제제 제발 단 한 번만이라두 낯만……

으흑흑 응!"

문 서방은 인가를 따라 밖으로 나오면서 울었다. 등 뒤에서는 웃음소리가 들렸다. 그러나 그 웃음소리는 이때의 문 서방에게는 아무러한 자극도 주지 못하였다.

"자— 이거 적지만……."

마당에 한참이나 서서 무엇을 생각하던 인가는 백조(百弔)짜리 관체(官帖 돈) 석 장을 문 서방의 손에 쥐었다. 문 서방은 받지 않으려고 했다. 더러운 놈의 더러운 돈을 받지 않으려 하였다. 그러나 지금 붙어먹는 밭도 인가의 밭이다. 잠깐 사이 분과 설움에 어리어서 튀기던 돈은…… 돈 힘은 굶고 헐벗은 문 서방을 누르지 않을 수 없었다. 그는 못 이기는 것처럼 삼백 조를 받아 넣고 힘없이 나오다가,

'저 속에는 용례가 있으려니!'

생각하면서 바른편에 놓인 조그마한 집을 바라볼 때 자기도 모르게 발길이 도로 돌아섰다. 마치 거기서는 용례가 울면서 자기를 부르는 것 같았다. 그러나 인가는 문 서방을 문밖에 내보내고 문을 닫아 잠갔다.

문밖에 나서니 천지가 아득하였다. 발길이 돌아서지 않았다. 사생을 다투는 아내를 생각하면 아니 가든 못할 일이고 이 울타리 속에는 용례가 있거니 생각하면 눈길이 다시금 울타리로 갔다.

그가 바위 모퉁이 빙판에 올 때까지 개들은 쫓아 나와 짖었다. 그는 제 분김에 한 마리 때려잡는다고 얼른 돌맹이를 집어 들었다가, 작년 가을에 어떤 조선 사람이 어떤 중국 사람의 개를 때려죽이고 그 사람이 주인에게 총 맞아 죽은 일이 생각나서 들었던 돌맹이를 헛뿌렸다.

돌아 떨어지는 겨울 해는 어느새 강 건너 봉우리 엉성한 가지 끝에 걸렸다. 바람은 좀 자고 날씨는 맑으나 의연히 추워서 수염에는 우물가처럼 얼음 보쿠지(여러 겹으로 얼어붙은 얼음)가 졌다.

4

눈웃 입은 산봉우리 나뭇가지 끝에 남았던 붉은 석양볕이 스르르 자취를 감추고 먼 동쪽 하늘가에 차디찬 연자주빛이 싸르르 돌더니 그마저 스러지고 쌀쌀한 하늘에 찬 별들이 내려다보게 되면서부터 어둑한 황혼빛이 뻬허의 좁은 골에 흘러들어서 게딱지 같은 집 속까지 흐리기 시작하였다.

까만 서까래가 드러난 수수깡 천장에는 그은 거미줄이 흐늘흐늘 수없이 드리우고, 빈대 죽인 자리는 수목으로 댓잎(竹葉)을 그린 듯이 흙벽에 빈틈이 없는데 먼지가 수북한 구들에는 구름 깔개(참나무를 엷게 밀어서 결은 자리)를 깔아 놓았다. 가마 저편 바당(부엌)에는 장작개비가 흩어져 있고 아궁이에서는 뻘건 불이 훨훨 붙는다.

뜨끈뜨끈한 부뚜막에는 문 서방의 아내가 누덕이불에 싸여 누웠고 문 앞과 윗목에는 이웃집 사람들이 모여 앉았는데 지금 막 달리소 인가의 집에서 돌아온 문 서방은 신음하는 아내의 가슴에 손을 얹고 앉았다. 등잔걸이에 켜 놓은 등불은 환하게 이 실내의 모든 사람을 비췄다.

"용례야! 용례야! 용례야!"

고요히 누웠던 문 서방의 아내는 마지막 소리를 좀 크게 질렀다. 문 서방은 아내의 가슴을 지그시 눌렀다.

"에구, 우리 용례! 우리 용례를 데려다 주구려!"

그는 눈을 번쩍 뜨면서 몸을 흔들었다.

"여보 왜 이러우. 용례가 지금 와요. 금방 올걸!"

어린애를 어르듯 하면서 땀내가 께저분한 아내의 얼굴을 내려다보는 문 서방의 눈은 흐렸다.

"에구, 몹쓸 놈두! 저런 거 모르는 체하는가? 쩻!"

윗목에 앉은 늙은 부인은 함경도 사투리로 구슬피 뇌었다.

"허 그러게 되놈이라지! 그놈들께 인륜(人倫)이 있소?"

문 앞에 앉았던 한 관청은 받아쳤다.

"용례야! 용례야! 흥 저기 저기 용례가 오네!"

문 서방의 아내는 쑥 꺼진 두 눈을 모들떠서(두 눈동자를 안 으로 몰아 뜨서) 천장을 뚫어지게 보면서 보기에 아츠러운(보거나 듣기에 견디기 어려울 정도로 거북한) 웃음을 웃었다.

"어디? 아직은 안 오. 여보, 왜 이러우? 응?"

문 서방의 목소리는 떨렸다.

"저기 엑…… 용 용례……."

그는 눈을 더 크게 뜨고 두 뺨의 근육을 경련적으로 움직이면서 번쩍 일어났다. 문 서방은 아내의 허리를 안았다. 그는 또 정신에 착오를 일으켰는지, 창문을 바라보고 뛰어나가려고 하면서,

"용례야! 용례 용례…… 저 저기 저기 용례가 있네! 용례야! 어디 가느냐, 응?"

고함을 치고 눈물 없는 울음을 우는 그의 눈에서는 파란 불빛이 번쩍하였다. 좌중은 모진 짐승의 앞에나 앉은 듯이 모두 숨을 죽이고 손을 틀었다. 문 서방은 전신의 힘을 내어서 아내의 허리를 안았다.

"하하하(그는 이상한 소리를 내어 웃다가 다시 성을 잔뜩 내면서)…… 용례, 용례가 저리로 가는구나! 으응…… 저놈이 저놈이 웬 놈이냐?"

하면서 한참 이를 악물고 창문을 노려보더니,

"저 저…… 이놈아! 우리 용례를 놓아라! 저 되놈이, 저 되놈이 용례를 잡아가네! 이놈 놔라! 이놈 모가지를 빼놓을 이 이……."

그의 눈앞에는 용례를 인가에게 빼앗기던 그때가 떠올랐는지, 이를 뿍 갈면서 몸을 번쩍 일으켜 창문을 향하고 내달았다.

"여보 정신을 차리오! 여보 왜 이러우? 아이구 응……."

쫓아 나가면서 아내의 허리를 안아서 뒤로 끌어 들이는 문 서방의 소리는 눈물에 젖었다.

"이늠아! 이게 웬 놈이 남을 붙잡니? 응? 으윽."

그는 두 손으로 남편의 가슴을 밀다가도 달려들어서 남편의 어깨를 물어 뜯으면서,

"이것 놔라! 에그 용례야, 저게 웬 놈이…… 에구구…… 저놈이…… 에구구…… 저놈이 용례를 깔고 앉네!"

하고 몸부림을 탕탕하는 그의 눈에는 핏발이 서고 낯빛은 파랗게 질렸다.

이때 한 관청 곁에 앉았던 젊은 사람은 얼른 일어나서 문 서방을 조력하였다. 끌어 들이려거니 뛰어나가려거니 하여 밀치고 당기는 판에 등잔걸이가 넘어져서 등불이 펄렁 죽어 버렸다. 방 안이 갑자기 깜깜하여지자 창문만 히슥하였다(색깔이 조금 허옇다).

"조심들 하라니! 엑 불두!"

한 관청은 등을 화로에 대이고 푸푸 불면서 툭턱툭턱하는 사람들께 주의를 시켰다. 불은 번쩍하고 켜졌다.

"우우 쏴— 스르르륵."

문을 치는 바람 소리가 요란하였다.

"엑 또 바람이 나는 게로군! 날쎄두 폐릅(괴상하)다."

한 관청은 이렇게 뇌면서 등잔걸이에 등을 꽂고 몸부림하는 문 서방 내외와 젊은 사람을 피하여 앉았다.

"이것 놓아 주오! 아이구, 우리 용례가 죽소! 저 흉한 되놈에게 깔려서…… 액 저저…… 저것 봐라! 이놈, 네 이놈아! 에이구 용례야! 용례야! 사람 살려 주오! (소리를 더욱 높여서) 우리 용례를 살려 주! 응 으윽 에엑 끅……."

그는 마지막으로 오장육부가 쏟아지게 소리를 지르다가 검붉은 핏덩이를 왈칵 토하면서 앞으로 거꾸러졌다.

"으윽!"

"응 끔직두 한 게!"

하면서 여러 사람들은 거꾸러진 문 서방의 아내 앞에 모여들었다.

"여보! 여보소! 아이구 정신 좀……."

떨려 나오는 문 서방의 소리는 절반이나 울음으로 변하였다.

거불거불하는 등불 속에 검붉은 피를 한 말이나 토하고 쓰러진 그는 낯이 파랗게 되어서 숨결이 없었다.

"허! 잡싱(雜神)이 붙었는가?"

"으흠 웅! 으흠 홍! 각황제방 심미기, 두우열로 구슬벽……."

여러 사람들과 같이 문 서방의 아내를 부뚜막에 고요히 뉘어 놓고 한 관청은 귀신을 쫓는 경문(기도할 때 외는 글)이라고 발음도 바로 못 하는 이십팔 수를 줄줄줄 읽었다.

"으응응…… 흑흑…… 여여보!"

문 서방의 목메인 울음을 받는 그 아내는 한 관청의 서투른 경문 소리를 듣는지 마는지, 손발은 점점 식어 가고 낯은 파랗게 질렸는데, 무엇을 보려고 애쓰던 눈만은 멀거니 뜨고 그저 무엇인지 노리고 있다. 경문을 읽던 한 관청은,

"액 인제는 늙어 가는 사람이 울기는? 우지 마오! 살아날 꺼!"

하고 문 서방을 나무라면서 문 서방의 아내 앞에 다가앉더니 주머니에서 은동침(어느 때에 얻어 둔 것인지?)을 꺼내 문 서방 아내의 인중(人中)을 꾹 찔렀다. 그러나 점점 식어 가는 그는 이마도 찡기지 않았다. 다시 콧구멍에 손을 대어 보았으나 숨결은 없었다.

바람은 우우 쏴— 하고 문에 눈을 들이쳤다. 여러 사람은 약속이나 한 듯

이 두려운 빛을 띤 눈으로 창을 바라보았다.

"으응 에이구! 여보! 끝끝내 용례를 못 보고 죽었구려…… 잉잉…… 흑."

문 서방은 울기 시작하였다. 그 울음소리는 고요한 방 안 불빛 속에 바람 소리와 함께 처량하게 흘렀다.

"에구 못된 놈도 있는게!"

"에구 참 불쌍하게두!"

"흥 우리두 다 그 신세지!"

무시무시한 기분에 싸여서 낯빛이 푸르러 가는 여러 사람들은 각각 한 마디씩 뇌었다. 그 소리는 모두 갈 데 없는 신세를 호소하는 듯하게 구슬프고 힘없었다.


## 5

문 서방의 아내가 죽은 그 이튿날 밤이었다. 그날 밤에도 바람이 몹시 불었다. 그 바람은 강바람이어서 서북에 둘린 산 때문에 좀한(어지간하고 웬만한) 바람은 움쩍도 못하던 달리소까지 범하였다. 서북으로 산을 등지고 앞으로 강 건너 높은 절벽을 대하여 강골밖에 터진 데 없는 달리소는 강바람이 들어차면 빠질 데는 없고 바람과 바람이 부딪쳐서 흔히 회오리바람이 일게 된다. 이날 밤에도 그 모양으로, 달리소에는 회오리바람이 일어서 낟가리가 날리고 지붕이 날리고 산천이 울려서 혼돈이 배판(벌려서 차림)할 때 빙세계나 트는 듯한 판이라 사람은커녕 개와 돼지도 굴속에서 꿈쩍 못하였다.

밤이 퍽 깊어서였다.

차디찬 별들이 총총한 하늘 아래, 우렁찬 바람에 휘날리는 눈발을 무릅쓰고 달리소 앞강 빙판을 건너서 달리소 언덕으로 올라가는 그림자가 있다. 모진 바람이 스치는 때마다 혹은 엎드리고 혹은 우뚝 서기도 하면서 바삐바삐 가던 그 그림자는 게딱지 같은 지팡살이 집 근처에서부터 무엇을 꺼리는지 좌우를 슬몃슬몃 보면서 자취를 숨기고 걸음을 느리게 하여 저편으로 돌아가 인가의 집 높은 울타리 뒤로 돌아갔다.

"으르릉 월월."

하자 어느 구석에서인지 개가 한 마리, 두 마리, 세 마리 뒤이어 나와서 짖으면서 그 그림자를 쫓아간다. 그 개소리는 처량한 바람 소리 속에 싸여 흘러서 건너편 산을 즈르렁즈르렁 울렸다.

"꽝! 꽝꽝."

인가의 집에서는 개 짖음에 홍우재<sup>(마적)</sup>나 돌아오는가 믿었던지 헛총질을 네댓 방이나 하였다. 그 소리도 산천을 울렸다. 그 바람에 슬근슬근 가던 그림자는 휙 돌아서서 손에 들었던 보자기를 개 앞에 던졌다. 보자기는 터지면서 둥글둥글한 것이 우루루 쏟아졌다. 짖으면서 달려오던 개들은 짖기를 그치고 거기 모여들어서 서로 물고 뜯고 빼앗아 먹는다. 그러는 사이에 그림자는 인가의 울타리 뒤에 산같이 쌓아 놓은 보릿짚 더미에 가서 성냥을 쭉 긋더니 뒷산으로 올리닫는다.

처음에는 바람 속에서 판득판득하던 불이 삽시간에 그 산 같은 보릿짚 더미에 붙었다.

"훠쓰(불이야)!"

하는 고함과 함께 사람의 소리는 요란하였다. 모진 바람에 하늘하늘 일어서는 불길은 어느새 보릿짚 더미를 살라 버리고 울타리를 살라 버리고 울타리 안에 있는 집에 옮았다.

"푸우 우루루루 쏴아……."

동풍이 몹시 이는 때면 불기둥은 서편으로, 서풍이 몹시 부는 때면 불기둥은 동으로 쏠려서 모진 소리를 치고 검은 연기를 뿜다가도 동서풍이 어울치면<sup>(어울려서 불어치면)</sup> 축융<sup>(火神 불을 맡은 신)</sup>의 붉은 혓발은 하늘하늘 염염히<sup>(불꽃이 활활 타오르는 모양)</sup> 타올라서 차디찬 별─억만년 변함이 없을 듯하던 별까지 녹아내릴 것같이 검은 연기는 하늘을 덮고 붉은빛은 깜깜하던 골짜기에 차 흘러서 어둠을 기회로 모아들었던 온갖 요귀<sup>(妖鬼)</sup>를 몰아내는 것 같다. 불을 질러 놓고 뒷숲 속에 앉아서 내려다보는 그 그림자…… 딸과 아내를 잃은 문 서방은,

"하하하……."

시원스럽게 웃고 가슴을 만지면서 한 손으로 꽁무니에 찼던 도끼를 만져 보았다.

일 동리 사람들과 인가의 집 일꾼들은 불붙는 데 모여들었으나 모두 어쩔 줄을 모르고 떠들고 덤비면서 달려가고 달려올 뿐이었다.

그러는 사이에 울타리는 물론 울타리 속에 엉큼히 서 있던 큰 집 두 채도 반이나 타서 쓰러졌다.

이런 불 속으로부터 여러 사람이 오고 가는 밭 가운데로 튀어나가는 두

그림자가 있었다. 하나는 커다란 장정이요, 하나는 작은 여자이다. 뒷산 숲에서 이것을 본 문 서방은 그 두 그림자를 향하여 내리뛰었다. 그는 천방지방(天方地方 천방지축. 몹시 급해 방향을 모르고 함부로 날뛰는 모양) 내리뛰었다. 독살이 잔뜩 올라서 불빛에 번쩍이는 그의 눈에는 이 두 그림자밖에는 아무것도 보이지 않았다.

"으윽 끅."

문 서방이 여러 사람을 헤치고 두 그림자 앞에 가 섰을 때 앞에 섰던 장정의 그림자는 땅에 거꾸러졌다. 그때는 벌써 문 서방의 손에 쥐었던 도끼가 장정 인가의 머리에 박혔다. 도끼를 놓은 문 서방의 품에는 어린 여자의 그림자가 안겼다. 용례가…….

그 바람에 모여 섰던 사람들은 혹은 허둥지둥 뛰어 버리고 혹은 뒤로 자빠져서 부르르 떨었다. 용례도 거꾸러지는 것을 안았다.

"용례야! 놀라지 마라! 나다! 아버지다! 용례야!"

문 서방은 딸을 품에 안으니 이때까지 악만 찼던 가슴이 스르르 풀리면서 독살이 올랐던 눈에서 뜨거운 눈물이 떨어졌다. 이렇게 슬픈 중에도 그의 마음은 기쁘고 시원하였다. 하늘과 땅을 주어도 그 기쁨을 바꿀 것 같지 않았다.

그 기쁨! 그 기쁨은 딸을 안은 기쁨만이 아니었다. 작다고 믿었던 자기의 힘이 철통같은 성벽을 무너뜨리고 자기의 요구를 채울 때 사람은 무한한 기쁨과 충동을 받는다.

불길은—그 붉은 불길은 의연히 모든 것을 태워 버릴 것처럼 하늘하늘 올랐다.

# 백치 아다다

## 📝 작가와 작품 세계 --------------------------------------------

**계용묵**(1904~1961)

본명은 하태용. 평안북도 선천군 출생. 1928년에 일본으로 건너가 도요대학 동양학과에서 수학했다. 1927년 단편 「최서방」을 〈조선문단〉에 발표하고, 1928년 「인두지주」를 〈조선지광〉에 발표하면서 본격적으로 작품 활동을 시작했다. 1935년에 대표작 「백치 아다다」를 〈조선문단〉에 발표해 주목을 끌었다. 그 후 「청춘도」, 「유앵기(流鶯記)」, 「신기루(蜃氣樓)」 등을 발표했다. 광복 후에는 「별을 헨다」, 「바람은 그냥 불고」, 「물매미」 등을 발표했다.

　그는 일제 밀기의 다른 작가들과 마찬가지로 4, 5년산은 거의 작품 활동을 하지 않았다. 해방 후 발표한 작품들은 대체로 1930년대의 경향을 그대로 발전시켜 나간 것이다. 콩트풍의 단편만을 썼으나 짧은 작품일수록 예술적인 정교함이 풍부하다. 계용묵의 작품은 인간의 선량함과 순수성을 옹호하면서 삶의 의미를 추구하는 경향이 강하다. 현실과의 적극적인 대결을 꾀하지는 않아 담담한 세태 묘사에 머물렀다는 평가를 받기도 한다.

## 📝 작품 정리 --------------------------------------------

> **갈래** : 순수 소설
> **배경** : 시간 – 1930년대 / 공간 – 평안도 어느 마을과 신미도
> **시점** : 3인칭 전지적 작가 시점(3인칭 작가 관찰자 시점이 간혹 보임)
> **주제** : 물질 중심주의 사회에서 희생되는 한 여인의 비극적인 삶
> **출전** : 〈조선문단〉(1935)

## 🖉 구성과 줄거리 ----------------------------------------------

**발단** **아다다가 어머니의 구박을 받으며 친정에서 쫓겨남**

아다다는 괜찮은 집안에서 태어났지만 벙어리이면서 백치여서 시집을 못 가다가 열아홉 살이 되어서야 논 한 섬지기를 붙여 주는 조건으로 가난뱅이 노총각에게 시집을 간다. 먹고살 것을 가져온 아다다는 처음에는 시집 식구들의 사랑을 받았다. 살림에 여유가 생기자 남편이 아다다를 구박하기 시작하더니 끝내 딴 여자를 얻는다. 결국 아다다는 친정으로 쫓겨 간다. 아다다는 친정에서도 구박을 받고 쫓겨난다.

**전개** **아다다가 노총각 수롱이를 찾아감**

아다다는 평소에 자신에게 관심을 보여 온 노총각 수롱이를 찾아간다. 수롱이는 일 년 전부터 아다다에게 마음을 두었지만 초시의 딸인 그녀를 어쩌지 못하고 눈치만 보아 오던 차였다. 가난 때문에 장가를 가지 못한 수롱이는 아다다를 반갑게 맞이한다. 수롱이는 아다다를 데리고 마을 사람들의 눈을 피해 신미도라는 섬으로 간다.

**위기** **수롱이가 아다다에게 밭을 사겠다며 돈을 보여 줌**

농사만 짓고 살던 수롱이는 모아 둔 돈 백오십 원을 아다다에게 자랑스럽게 내보이며 밭을 사자고 한다. 돈 때문에 시집에서 겪었던 불행을 떠올린 아다다는 돈이 자신에게 또 불행을 가져다줄 것이라고 생각한다.

**절정** **밭을 살 돈을 아다다가 바다에 던져 버림**

아다다는 수롱이가 잠든 틈을 타서 새벽녘에 바다로 나가 돈을 물결 위에 뿌려 버린다.

**결말** **수롱이가 아다다를 바다에 밀어 넣어 죽임**

뒤따라온 수롱이는 물속으로 뛰어들어 돈을 건지려 하나 소용이 없다. 화가 난 수롱이는 아다다를 발로 차서 바다에 밀어 넣어 죽인다.

1. **이 작품은 무엇을 비판하고 있는가?**

   작가는 아다다를 통해 물질 만능의 세태를 비판한다. '인생파 작가'로 불리는 계용묵의 문학은 물질문명 때문에 상실된 인간성을 회복하는 데 작품의 지향점을 두고 있다. 이 작품에서도 물질적 소유를 지향하고 있는 수룡이의 삶과 진실한 행복을 추구하는 아다다의 삶을 대비해 참다운 삶의 가치에 대한 질문을 던진다.

2. **아다다의 성실한 모습이 사람들에게는 어떻게 보여지고 있는가?**

   아다다는 천성이 착하고 성실하지만 천치이기 때문에 실수를 자주 저지른다. 사람들은 아다다가 천치라는 것만 인식하고 성실한 모습은 제대로 보지 못한다. 아다다는 구박과 천대 속에서 정신적 행복을 추구하며 살다가 결국 비극적인 결말을 맞는다. 작가는 아다다를 통해 인간의 편견이 불행을 부를 수도 있다는 것을 경고한다.

3. **아다다에게 돈은 어떤 의미인가?**

   작품 속에서 돈은 불행을 행복으로, 행복을 불행으로 만드는 원인이 된다. 아다다의 첫 번째 남편은 지참금 때문에 그녀를 데리고 왔다가 살림에 여유가 생기자 그녀를 내쫓는다. 돈과 사랑의 배타적인 관계를 경험으로 아는 아다다는 사랑을 지속하기 위해 돈을 버린다.

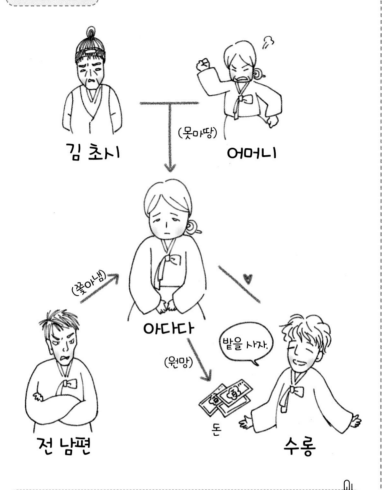

백치이자 벙어리인 저(아다다)는 시집의 살림이 좋아지자 쫓겨나 친정으로 돌아와야 했어요. 집에서도 구박받던 저는 저를 좋아하는 수롱이와 함께 섬으로 가서 행복하게 지냈지요. 그런데 어느 날 수롱이가 밭을 살 거라며 돈을 보여 주지 않겠어요? 돈은 불행을 가져오는 물건이라고 생각하여 몰래 버렸는데, 그만 들켜 버렸지 뭐예요.

# 백치 아다다

질그릇이 땅에 부딪치는 소리가 났다고 들렸는데, 마당에는 아무도 없다. 부엌에 쥐가 들었나? 샛문을 열어 보려니까,

"아 아 아이 아아 아야!"

하는 소리가 뒤란 곁으로 들려온다. 샛문을 열려던 박 씨는 뒷문을 밀었다.

장독대 밑, 비스듬한 켠 아래, 아다다가 입을 헤 벌리고 넙적 엎더져, 두 다리만을 힘없이 버지럭거리고 있다.

그리고 머리 편으로 한 발쯤 나가선 깨어진 동이 조각이 질서 없이 너저분하게 된장 속에 묻혀 있다.

"아이구메나! 무슨 소린가 했더니 이년이 동애('동이'의 평안도 방언)를 또 잡았구나! 이년아! 너더러 된장 푸래든! 푸래?"

어머니는 딸이 어딘가 다쳤는지 일어나지도 못하고 아파하는 데 가는 동정심보다 깨어진 동이만이 아깝게 눈에 보였던 것이다.

"어 어마! 아다아다 아다 아다다……."

모닥불을 뒤집어쓰는 듯한 끔찍한 어머니의 음성을 또다시 듣게 되는 아다다는 겁에 질려 얼굴에 시퍼런 물이 들며 넘어진 연유를 말하여 용서를 빌려는 기색이지만 말이 되지를 않아 안타까워한다.

아다다는 벙어리였던 것이다. 말을 하렬 때에는 한다는 것이, 아다다 소리만이 연거푸 나왔다. 어찌어찌 가다가 말이 한마디씩 제법 되어 나오는 적도 있었으나, 그것은 쉬운 말에 그치고 만다.

그래서 이것을 조롱 삼아 확실이라는 뚜렷한 이름이 있었지만, 누구나 그를 부르는 이름은 '아다다'였다. 그리하여 이것이 자연히 이름으로 굳어져, 그 부모네까지도 그렇게 부르게 되었거니와, 그 자신조차도 '아다다!' 하고 부르면 마땅히 이름인 듯이 대답을 했다.

"이년까타나 끌('머리'의 방언)이 세누나! 시켠('시집'의 방언)엘 못 갔으문 오늘은 어드메든지 나가서 뒈디고 말아라, 이년아! 이년아! 아, 이년아!"

어머니는 눈알을 가로세워 날카롭게도 흰자위만으로 흘기며 성큼 문턱을 넘어선다.

아다다는 어머니의 손길이 또 자기의 끌채('머리채'의 방언)를 감아쥘 것을 연상하고 몸을 겨우 뒤채 비꼬아 일어서서 절룩절룩 굴뚝 모퉁이로 피해 가며 어쩔 줄을 모르고 일변 고개를 좌우로 둘러 살피며 아연하게도,

"아다 어 어마! 아다 어마! 아다다다다!"

하고 부르짖는다. 다시는 일을 아니 저지르겠다는 듯이, 그리고 한 번만 용서를 하여 달라는 듯싶게. 그러나 사정 모르는 체 기어이 쫓아간 어머니는,

"이년! 어서 뒈데라. 뒈디기 싫건 시집으로 당장 가거라. 못 가간?"

그리고 주먹을 귀 뒤에 넌지시 얼메고(올러메다. 위협적인 언동으로 위협해서 억누르다) 마주 선다.

순간, '주먹이 떨어지면?' 하는, 두려운 생각에 오싹 하고 끼치는 소름이 튀해(새나 짐승의 털을 뽑기 위해 끓는 물에 잠깐 넣었다가 꺼내) 놓은 닭같이 전신에 돋아나는 두드러기를 느끼는 찰나, '턱' 하고 마침내 떨어지는 주먹은 어느새 끌채를 감아쥐고 갈지자로 흔들어 댄다.

"아다 어어 어마! 아 아고 어 어마!"

아다다는 떨며 빌며 손을 몬다.

그러나 소용이 없다. 한번 손을 댄 어머니는 그저 죽어 싸다는 듯이 자꾸만 흔들어 댄다. 하니, 그렇지 않아도 가꾸지 못한 텁수룩한 머리는 물결처럼 흔들리며 구름같이 피어나선 얼크러진다.

그래도 아다다는 그저 빌 뿐이요, 조금도 반항하려고는 않는다. 이런 일은 거의 날마다 지나 보는 것이기 때문에 한대야, 그것은 도리어 매까지 사는 것이 됨을 아는 것이다. 집에 일이 아무리 밀려 돌아가더라도 나 모르는 체 손 싸매고 들어앉았으면 오히려 이런 봉변은 아니 당할 것이, 가만히 앉았지는 못했다.

선천적으로 타고난 천치에 가까운 그의 성격은 무엇엔지 힘에 부치는 노력이 있어야 만족을 얻는 듯했다. 시키건, 안 시키건, 헐하나, 힘차나 가리는 법이 없이 하여야 될 일로 눈에 띄기만 하면 몸을 아끼는 일이 없이 하는 것이 그였다. 그래서 집안의 모든 고된 일은 실로 아다다가 혼자서 치워 놓게 된다.

그러나 어머니는 그것이 반갑지 않았다. 둔한 지혜로 마련 없이 뼈가 부러지도록 몸을 돌보지 않고, 일종 모험에 가까운 짓을 하게 되므로, 그 반면에 따르는 실수가 되레 일을 저질러 놓게 되어, 그릇 같은 것을 깨쳐 먹는

일은 거의 날마다 있다 하여도 옳을 정도로 있었다.

그래도 아다다의 힘을 빌리지 않고는 집안일을 못 치겠다면 모르지만, 그는 참례를 하지 않아도 행랑에서 차근차근히 다 해 줄 일을 쓸데없이 가로맡아선 일을 저질러 놓고 마는 데에 그 어머니는 속이 상했다.

본시 시집을 보내기 전에도 그 버릇은 지금이나 다름이 없어 벙어리인데다 행동까지 그러하였으므로 내용 아는 인근에서는 그를 얻어 가려는 사람이 없었다. 그리하여 열아홉 고개를 넘기도록 처묻어 두고 속을 태우다 못해 깃부(지참금. 신부가 시집갈 때 가지고 가는 재물)로 논 한 섬지기를 처넣어 똥 치듯 치워 버렸던 것이, 그만 오 년이 멀다 다시 쫓겨 와, 시집에는 아예 갈 생각도 아니 하고 하루 같은 심화를 올렸다. 그래서 어머니는 역겨운 마음에 아다다가 실수를 할 때마다 주릿대(주리를 트는 데 쓰는 두 개의 막대기)를 내리고 참례를 말라건만 그는 참는다는 것이 그 당시뿐이요, 남이 일을 하는 것을 보면 속이 쏘는 듯이 슬그머니 나와서 곁을 슬슬 돌다가는 손을 대고 만다.

바로 사흘 전엔가도 무명닝(피륙 따위를 잿물에 담갔다가 솥에 삶는 일)을 할 때 활짝 단솥뚜껑을 마련 없이 맨손으로 열다가 뜨거움을 참지 못해 되는 대로 집어 엎는 바람에 그만 자배기(둥이만 한 부피에 약간 얕고 넓적하게 만든 오지그릇)를 깨쳐서 욕과 매를 한바탕 겪고 났었건만 어제저녁 행랑 색시더러 오늘은 묵은 된장을 옮겨 담아야 되겠다고 이르는 말을 어느 결에 들었던지 아다다는 아침밥이 끝나자 어느새 나가서 혼자 된장을 퍼 나르다가 그만 또 실수를 한 것이었다.

"못 가간? 시집이! 못 가간? 이년! 못 가갔음 죽어라!"

움켜쥐었던 머리를 힘차게 획 두르며 밀치는 바람에 손에 감겼던 머리카락이 끊어지는지 빠지는지 무뚝 묻어나며 아다다는 비칠비칠 서너 걸음 물러난다.

순간 정신이 어쩔해진 아다다는 넘어지지 않으려고 애써 버지럭거리며 삐치는 다리에 겨우 진정을 얻어 세우자,

"아다 어마! 아다 어마! 아다 아다!"

하고, 다시 달려들듯이 눈을 흘기고 섰는 어머니를 향하여 눈물 글썽한 눈을 끔벅 한 번 감아 보이고, 그리고 북쪽을 손가락질하여, 어머니의 말대로 시집으로 가든지 그렇지 않으면 죽어라도 버리겠다는 뜻으로 고개를 주억이며 겁에 질려 어쩔 줄을 모르고 허청허청 대문 밖으로 몸을 이끌어 냈다.

나오기는 나왔으나 갈 곳이 없는 아다다는 마당귀를 돌아서선 발길을 더 내놓지 못하고 우뚝 섰다.

시집으로 간다고 하였으나, 아무리 생각해도 남편의 매는 어머니의 그것보다 무섭다. 그러면 다시 집으로 들어가나? 이번에는 외상 없는 매가 떨어질 것 같다. 어디로 가야 하나? 갈 곳 없는 갈 곳을 뒤쫘 보자니 눈물이 주는 위로밖에 쓸데없는 오 년 전 그 시집이 참을 수 없이 그립다.

추울세라, 더울세라, 힘이 들까, 고단할까, 알뜰살뜰히 어루만져 주던 시부모, 밤이면 품속에 꼭 껴안아 피로를 풀어 주던 남편. 아! 얼마나 시집에서는 자기를 위하여 정성을 다하던 것인가?

참으로, 아다다가 처음 시집을 가서의 오 년 동안은 온 집안의 사랑을 한 몸에 받아 왔던 것이 사실이다.

벙어리라는 조건이 귀에 들어맞는 것은 아니었으나, 돈으로 아내를 사지 아니 하고는 얻어 볼 수 없는 처지에서 스물여덟 살에 아직 장가를 못 들고 있는 신세로 목구멍조차 치기 어려운 형세이었으므로, 아내를 얻게 되기의 여유를 기다리기까지에는 너무도 막연한 앞날이었다. 벙어리나마 일생을 먹여 줄 것까지 가지고 온다는 데 귀가 번쩍 띄어 그 자리를 앗기울까 두렵게 혼사를 지었던 것이니, 그로 의해서 먹고살게 되는 시집에서는 아다다를 아니 위할 수가 없었던 것이다. 그러한 가운데 또한 아다다는 못 하는 일이 없이 일 잘하고, 고분고분 말 잘 듣고, 조금도 말썽을 부리는 일이 없었다. 그래서 생활고가 주는 역겨움이 쓸데없이 서로 눈독을 짓게 하여 불쾌한 말만으로 큰소리가 끊일 새 없이 오고 가던 가족은 일시에 봄비를 맞는 동산같이 화락한 웃음의 꽃을 피웠다.

원래 바른 사람이 못 되는 아다다에게는 실수가 없는 것이 아니었으나, 그로 인해서 밥을 먹게 된 시집에서는 조금도 역겹게 안 여겼고, 되레 위로를 하고 허물을 감추기에 서로 힘을 썼다.

여기에 아다다가 비로소 인생의 행복을 느끼며, 시집가기 전 지난날 어머니 아버지가 쓸데없는 자식이라는 구실 밑에, 아니, 되레 가문을 더럽히는 앙화(殃禍 지은 죄의 갚음으로 받는 온갖 재앙) 자식이라고 사람으로서의 푼수에도 넣어 주지 않고 박대하던 일을 생각하고는 어머니 아버지를 원망하는 나머지 명절 목이나 제향 때이면 시집에서는 그렇게도 가 보라는 친정이었건만 이를 악물고 가지 않고, 행복 속에 묻혀 살던 지나간 그날이 아니 그리울 수가 없었다.

그러나 그닐은 안타깝게도 다시 못 올 영원한 꿈속에 흘러가고 말았다.

해를 거듭하며 생활의 밑바닥에 깔아 놓았던 한 섬지기라는 거름이 차츰 그들을 여유한 생활로 이끌어, 몇백 원이란 돈이 눈앞에 굴게 되니, 까닭 없이 남편 되는 사람은 벙어리로서의 아내가 미워졌다.

조그만 실수가 있어도 눈을 흘겼다. 그리고 매를 내렸다. 이 사실을 아는 아버지는 그것은 들어오는 복을 차 버리는 짓이라고 타이르나, 듣지 않았다. 그리하여 부자간에 충돌이 때때로 일어났다. 이럴 때마다 아버지에게는 감히 하고 싶은 행동을 못 하는 아들은 그 분을 아내에게로 돌려 풀기가 일쑤였다.

"이년, 보기 싫다! 네 집으로 가거라."

그리고 다음에 따르는 것은 매였다. 그러나 아다다는 참아 가며 아내로서의, 그리고 며느리로서의 임무를 다했다.

이것이 시부모로 하여금 더욱 아다다를 귀엽게 만드는 것이어서, 아버지에게서는 움직일 수 없는 며느리인 것을 깨닫게 된 아들은 가정적으로 불만을 느끼게 되어 한 해의 농사를 지은 추수를 온통 팔아 가지고 집을 떠나서 마음의 위안을 찾아 돌다가 주색에 돈을 다 탕진하고 동무들과 물거품 같이 밀리어 안동현으로 건너갔다.

그리하여 이 투기적인 도시에서 뒹굴며 노동의 힘으로 밑천을 얻어선 '양화'와 '은뗴루'에 투기하여 황금을 꿈꾸어 오던 것이 기적적으로 맞아 나기 시작하여 이태 만에는 이만 원에 가까운 돈을 손에 쥐게 되었다. 그리하여 언제나 불만이던 완전한 아내로서의 알뜰한 사랑에 주렸던 그는 돈에 따르는 무수한 여자 가운데서 마음대로 흡족히 골라 가지고 집으로 돌아왔다.

그리고는, 새로운 살림을 꿈꾸는 일변 새로이 가옥을 건축함과 동시에 아다다를 학대함이 전에 비할 정도가 아니었다. 이에는, 그 아버지도 명민하고 인자한 남부끄럽지 않은 뻐젓한 새며느리에게 마음이 쏠리는 나머지, 이미 생활은 걱정이 없이 되었으니, 아다다의 깃부로써가 아니라도 유족할 앞날의 생활을 돌아볼 때 아들로서의 아다다에게 대하는 태도는 소모도 마음에 걸리는 것이 없었다. 그리하여 시부모의 눈에서까지 벗어나게 된 아다다는 호소할 곳조차 없는 사정에 눈감은 남편의 매를 견디다 못해 집으로 쫓겨 오게 되었던 것이니, 생각만 하여도 옛 매 자리가 아픈 그 시집은 죽으면 죽었지 다시는 찾아갈 생각이 없었던 것이다.

그래서 집에 있게 되니 그것보다는 좀 헐할망정, 어머니의 매도 결코 견디기에 족한 것이 아니다. 그리고 그것은 날마다 더 심해만 왔다. 오늘도 조금만 반항이 있었던들, 어김없이 매는 떨어지고 말았을 것이다.

그러나 어디로 가나? 아무리 생각을 해 보아야 그저 이 세상에서는 수롱이네 집밖에 또 찾아갈 곳은 없었다.

수롱은 부모 동생조차 없이 삼십이 넘은 총각으로, 누구보다도 자기를 사랑하여 준다고 믿는 단 한 사람이었다. 그리하여 쫓기어날 때마다 그를 찾아가선 마음의 위안을 얻어 오던 것이다.

아다다는 문득 발걸음을 떼어 아지랑이 얼른거리는 마을 끝 산턱 아래 떨어져 박힌 한 채의 오막살이를 향하여 마당귀를 꺾어 돌았다.


수롱은 벌써 일 년 전부터 아다다를 꾀어 왔다. 시집에서까지 쫓겨난 병어리였으나, 김 초시의 딸이라, 스스로도 낮추 보이는 자신으로서는 거연히 염을 내지 못하고 뜻있는 마음을 건너 볼 길이 없어 속을 태워 가며 눈치만 보아 오던 것이, 눈치에서보다는 베풀어진 동정이 마침내, 아다다의 마음을 사게 된 것이었다.

아이들은 아다다를 보기만 하면 따라다니며 놀렸다. 아니, 어른까지도 '아다다, 아다다' 하고 골을 올려서 분하나, 말을 못 하고 이상한 시늉을 하며 두덜거리는 것을 보므로 좋아라고 손뼉을 치며 웃었다.

그래서 아다다는 사람을 싫어하였다. 집에 있으면 어머니의 욕과 매, 밖에 나오면 뭇사람들의 놀림, 그러나 수롱이만은 자기를 사랑하는 것이었다. 아이들이 따라다닐 때에도 남 아니 말려 주는 것을 그는 말려 주고, 그리고 매에 터질 듯한 심정을 풀어 주는 것이었다.

그리하여 아다다는 마음이 불편할 때마다 수롱을 생각해 오던 것이, 얼마 전부터는 찾아다니게까지 되어 동네의 눈치에도 이미 오른 지 오랬다.

그러나 아다다의 집에서도 그 아버지만이 지처(地處 지체 대대로 전해 내려오는 사회적 신분이나 지위)를 가지기 위하여 깔맵게 아다다의 행동을 경계하는 듯하고, 그 어머니는 도리어 수롱이와 배가 맞아서 자기 눈앞에 보이지 아니하고, 어디로든지 달아났으면 하는 눈치를 알게 된 수롱이는 지금에 와서는 어느 정도까지 내어놓다시피 그를 사귀어 온다.

아다다는 제 집이나처럼 서슴지도 않고 달리어 오자마자 수롱이네 집 문을 벌컥 열었다.

"아, 아다다!"

수롱은 의외에 벌떡 일어섰다.

"너 또 울었구나!"

울었다는 것이 창피하긴 하였으나, 숨길 차비가 아니다. 호소할 길 없는 가슴속에 꽉 찬 설움은 수롱이의 따뜻한 위무가 어떻게도 그리웠는지 모른다.

방 안에 들어서기가 바쁘게 쫓기어난 이유를 언제나 같이 낱낱이 말했다.

"그러기 이젠 아야, 다시는 집으로 가지 말구 나하구 둘이서 살아, 응?"

그리고 수롱은 의미 있는 웃음을 벙긋벙긋 웃어 가며 아다다의 등을 척척 두드려 달랬다. 오늘은 어떻게 해서든지 자기의 것을 영원히 만들어 보고 싶은 욕망에 불탔던 것이다.

그러나 아다다는,

"아다 무 무서! 아바 무 무서! 아다아다다다!"

하고, 그렇게 한다면 큰일 난다는 듯이 눈을 둥그렇게 뜬다. 집에서 학대를 받고 있느니보다는 수롱의 사랑 밑에서 살았으면 오죽이나 행복되랴! 다시 집으로는 아니 들어가리라는 생각이 없었던 바도 아니었으나, 정작 이런 말을 듣고 보니, 무엇엔지 차마 허하지 못할 것이 있는 것 같고 그렇지 않은지라 눈을 부릅뜨고 수롱이한테 다니지 말라는 아버지의 이르던 말이 연상될 때 어떻게도 그 말은 엄한 것이었다.

"우리 둘이 달아났음 그만이디 무섭긴 뭐이 무서워?"

"……."

아다다는 대답이 없다.

딴은 그렇기도 한 것이다. 당장 쫓기어난 몸이 갈 곳이 어딘고? 다시 생각을 더듬어 볼 때 어머니의 매는 아버지의 그 눈총보다도 몇 배나 더한 두려움으로 견딜 수 없이 아픈 것이다. 그러마고 대답을 못 하고 거역한 것이 금시 후회스러웠다.

"안 그래? 무서울 게 뭐야. 이젠 아야 집으루 가지 말구 나하구 있어, 응?"

"응, 아다 이 있어, 아다 아다."

하고, 아다다는 다시 있자는 수롱이의 말이 나오기를 기다렸던 듯이, 그리고 살길은 이제 찾았다는 듯이, 한숨과 같이 빙긋 웃으며 있겠다는 뜻을 명백히 보이기 위하여 고개를 주억이며 삿('삿자리'의 줄임말. 갈대를 엮어서 만든 자리) 바닥을 손으로 툭툭 뚜드려 보인다.

"그렇지 그래. 정 있어야 돼, 응?"

"응, 이서 이서 아다 아다."

"정말이야?"

"으, 응 저 정 아다 아다."

단단히 강문을 받고 난 수롱이는 은근히 솟아나는 미소를 금할 길이 없었다.

벙어리인 아다다가 흡족할 이치는 없었지만, 돈으로 사지 아니하고는 아내라는 것을 얻어 볼 수 없는 처지였다. 그저 생기는 아내는 벙어리였어도 족했다. 그저 자기의 하는 일이나 도와주고 아들딸이나 낳아 주었으면 자기는 게서 더 바랄 것이 없었다. 아내를 얻으려고 십여 년 동안을 불피풍우(不避風雨 비바람을 무릅쓰고) 품을 팔아 궤 속에 꽁꽁 묶어 둔 일백오십 원이란 돈이 지금에 와서는, 아내 하나를 얻기에 그리 부족할 것은 아니나, 장가를 들지 아니하고 아다다를 꼬여 온 이유도, 아다다를 꼬임으로 돈을 남겨서, 그 돈으로는 살림의 밑천을 만들어 가정의 마루를 얹자는 데서였던 것이다. 이제 그 계획이 은근히 성공에 가까워 오매 자기도 남과 같이 가정을 이루어 보게 되누나 하니 바라지도 못하였던 인생의 행복이 자기에게도 이제 찾아오는 것 같았다.

"우리 아다다."

수롱이는 아다다의 등에 손을 얹으며 빙그레 웃었다.

"아다 다."

아다다도 만족한 듯이 히쭉 입이 벌어졌다.


그날 밤을 수롱의 품안에서 자고 난 아다다는 이미 수롱의 아내 되기에 수줍음조차 잊었다. 아니, 집에서 자기를 받들어 들인다 하더라도 수롱을 떨어져서는 살 수 없으리만큼 마음은 굳어졌다. 수롱이가 주는 사랑은 이 세상에서는 더 찾을 수 없는 행복이리라 느끼어졌던 것이다.

그러나 영원한 행복을 위하여 이 자리에 그대로 박혀서는 누릴 수 없을 것이 다음에 남은 근심이었다. 수롱이와 같이 살자면, 첫째 아버지가 허하지 않을 것이요, 동네 사람도 부끄럽지 않은 노릇이 아니다. 이것은 수룡이도 짐짓 근심이었다. 밤이 깊도록 의논을 하여 보았으나 동네를 피하여 낯모르는 곳으로 감쪽같이 달아나는 수밖에 다른 묘책이 없었다.

예식 없는 가약을 그들은 서로 맹세하고 그날 새벽으로 그 마을을 떠나, '신미도'라는 섬으로 흘러가서, 그곳에 안주를 정하였다. 그러나 생소한 곳이므로, 직업을 찾을 길이 없었다. 고기를 잡아먹고 사는 섬이라, 뱃놀음을 하는 것이 제 길이었으나, 이것은 아다다가 한사코 말렸다. 몇 해 전에 자기네 동네에서도 농토를 잃은 몇몇 사람이 이 섬으로 들어와 첫 배를 타다가 그만 풍랑에 몰살을 당하고 만 일이 있던 것을 잊지 못하는 때문이었다.

그렇지 않은지라, 수룡이조차도 배에는 마음이 없었다. 섬으로 왔다고는 하지만 땅을 파서 먹는 것이 조마구<sup>(주먹)</sup> 빨 때부터 길러 온 습관이요, 손익은 일이었기 때문에 그저 그 노릇만이 그리웠다.

그리하여 있는 돈으로 어떻게, 밭날갈이나 사서 조 같은 것이나 심어 가지고 겨울의 시탄<sup>(柴炭 땔나무와 숯)</sup>과 양식을 대게 하고 짬짬이 조개나 굴, 낙지, 이런 것들을 캐어서 그날그날을 살아갔으면 그것이 더할 수 없는 행복일 것만 같았다.

그러지 않아도 삼십 반생에 자기의 소유라고는 손바닥만 한 것조차 없어, 어떻게도 몽매에 그리던 땅이었는지 모른다. 완전한 아내를 사지 아니하고 아다다를 꾀어 온 것도 이 소유욕에서였다. 아내가 얻어진 이제, 비록 많지는 않은 땅이나마 가져 보고 싶은 마음도 간절하였거니와, 또는 그만한 소유를 가지는 것이 자기에게 향한 아다다의 마음을 더욱 굳게 하는 데도 보다 더한 수단일 것 같았기 때문이다.

그런데다 본시 뱃놀음판인 섬인데, 작년에 놀구지가 잘되었다 하여 금년에 와서 더욱 시세를 잃은 땅은 비록 때가 기경시<sup>(起耕時 논밭을 경작하는 시기)</sup>라 하더라도 용이히 살 수까지 있는 형편이었으므로, 그렇게 하리라 일단 마음을 정하니, 자기도 땅을 마침내 가져 보누나 하는 생각에 더할 수 없는 행복을 느끼며 아다다에게도 이 계획을 말하였다.

"우리 밭을 한 뙈기 사자. 그래두 농살 허야 사람 사는 것 같디. 내가 덛담을 살라구 묶어 둔 돈이 있거든."

하고 수룡이는 봐라는 듯이 시렁<sup>(물건을 얹어 두기 위해 방이나 마루의 벽에 건너질러 놓은 두 개의 긴 나무)</sup> 위에 얹힌 석유통 궤 속에서 지전 뭉치를 뒤져 내더니, 손끝에다 침을 발라 가며 펄딱펄딱 뒤져 보인다.

그러나 그 돈을 본 아다다는 어쩐지 갑자기 화기가 줄어든다.

수룡이는 그것이 이상했다. 돈을 보면 기꺼워할 줄 알았던 아다다가 도리어 화기를 잃은 것이다. 돈이 있다니 많은 줄 알았다가 기대에 틀림으로써인가?

"이거 봐! 그래 봐두, 이게 일천오백 냥(백오십 원)이야. 지금 시세에 밭 이천 평은 한참 놀다가두 떡 먹두룩 살 건데."

그래도 아다다는 아무 대답이 없다. 무엇 때문엔지 수심의 빛까지 역연히 얼굴에 떠오른다.

"아니 밭이 이천 평이문 조를 심는다 하구, 잘만 가꿔 봐, 조가 열 섬에 조짚이 백여 목 날 터이야. 그래, 이걸 개지구 겨울 한동안이야 못 살아? 그럭허구 둘이 맞붙어 몇 해만 벌어 봐? 그 적엔 논이 또 나오는 거야. 이건 괜히 생……."

아다다는 말없이 머리를 흔든다.

"아니, 내레 이게, 거즈뿌레기야? 아, 열 섬이 못 나?"

아다다는 그래도 머리를 흔든다.

"아니, 고롬 밭은 싫단 말인가?"

"아다 시 싫어."

그리고 힘없이 눈을 내리깐다.

아다다는 수룡이에게 돈이 있다 해도 실로 그렇게 많은 돈이 있는 줄은 몰랐다. 그래서 그 많은 돈으로 밭을 산다는 소리에, 지금까지 꿈꾸어 오던 모든 행복이 여지없이도 일시에 깨어지는 것만 같았던 것이다. 돈으로 인해서 그렇게 행복할 수 있던 자기의 신세는 남편(전남편)의 마음을 악하게 만들므로, 그리고, 시부모의 눈까지 가리는 것이 되어, 필야엔 쫓겨나지 아니치 못하게 되던 일을 생각하면, 돈 소리만 들어도 마음은 좋지 않던 것인데, 이제 한 푼 없는 알몸인 줄 알았던 수룡이에게도 그렇게 많은 돈이 있어 그것으로 밭을 산다고 기꺼워하는 것을 볼 때, 그 돈의 밑천은 장래 자기에게 행복을 가져다주기보다는 몽둥이를 가져다주는 데 지나지 못하는 것 같았고, 밭에다 조를 심는다는 것은 불행의 씨를 심는다는 것만 같았기 때문이다.

아다다는 그저 섬으로 왔거니 조개나 굴 같은 것을 캐어서 그날그날을 살아가야 할 것만이 수롱의 사랑을 받는 데 더할 수 없는 살림인 줄만 안다. 그래서 이러한 살림이 얼마나 즐거우랴! 혼자 속으로 축복을 하며 수롱을 위하여 일층 벌기에 힘을 써야 할 것을 생각해 오던 것이다.

"고롬 논을 사재나? 밭이 싫으문?"

수롱은 아다다의 의견을 알고 싶어 이렇게 또 물었다.

그러나 아다다는 그냥 힘없는 고개만 주억일 뿐이었다. 논을 산대도 그것은 똑같은 불행을 사는 데 있을 것이다. 돈이 있는 이상 어느 것이든지 간에 사기는 반드시 사고야 말 남편의 심사이었음에 머리를 흔들어 대 봤자 소용이 없을 것이었다. 그리하여 그 근본 불행인 돈을 어찌할 수 없는 이상엔 잠시라도 남편의 마음을 거슬리므로 불쾌하게 할 필요는 없다고 아는 때문이었다.

"흥! 논이 좋은 줄은 너두 아누나! 그러나 가난한 놈에겐 밭이 논보다 나았디 나아."

하고, 수롱이는 기어이 밭을 사기로, 그 달음에 거간('거간꾼'의 줄임말. 흥정을 붙이는 일을 업으로 삼는 사람)을 내세웠다.


그날 밤.

아다다는 자리에 누웠으나 잠이 오지 않았다.

남편은 아무런 근심도 없는 듯이 세상모르고 씩씩 초저녁부터 자 내건만, 아다다는 그저 돈 생각을 하면 장차 닥쳐올 불길한 예감에 잠을 이룰 수가 없었다. 이불을 붙안고 밤새도록 쥐어틀며 아무리 생각을 해야 그 돈을 그대로 두고는 수롱의 사랑 밑에서 영원한 행복을 누릴 수 있으리라고는 믿기지 않았다.

짧은 봄밤은 어느덧 새어 새벽을 알리는 닭의 울음소리가 사방에서 처량히 들려온다.

밤이 벌써 새누나 하니, 아다다의 마음은 더욱 조급하게 탔다. 이 밤으로 그 돈에 대한 처리를 하지 못하는 한, 내일은 기어이 거간이 밭을 흥정하여 가지고 올 것이다. 그러면 그 밭에서 나는 곡식은 해마다 돈을 불려 줄 것이다. 그때면 남편은 늘어 가는 돈에 따라 차차 눈은 어둡게 되어 점점 정은 멀어만 가게 될 것이다. 그 다음에는? 그 다음에는 더 생각하기조차 무서웠다.

닭의 울음소리에 따라 날은 자꾸만 밝아 온다. 바라보니 어느덧 창은 희끄스럼하게 비친다. 아다다는 더 누워 있을 수가 없었다. 옆에 누운 남편을 지그시 팔로 밀어 보았다. 그러나 움쩍하지도 않는다. 그래도 못 믿기는 무엇이 있는 듯이 남편의 코에다 가까이 귀를 가져다 대고 숨소리를 엿들었다. 씨근씨근 아직도 잠은 분명히 깨지 않고 있다. 아다다는 슬그머니 이불 속을 새어 나왔다. 그리고 시렁 위의 석유통을 휩쓸어 그 속에다 손을 넣었다. 그리하여 마침내 지전 뭉치를 더듬어서 손에 쥐고는 조심조심 발자국 소리를 죽여 가며 살그머니 문을 열고 부엌으로 내려갔다.

그러고는 일찍이 아침을 지어 먹고 나무새기('남새'의 방언. 무·배추 따위와 같이 심어 가꾸는 푸성귀)를 뽑으러 간다고 바구니를 끼고 바닷가로 나섰다. 아무도 보지 못하게 깊은 물속에다 그 돈을 던져 버리자는 것이다.

솟아오르는 아침 햇발을 받아 붉게 물들며 잔뜩 밀린 조수는 거품을 부걱부걱 토하며 바람결조차 철썩철썩 해안에 부딪힌다.

아다다는 바구니를 내려놓고 허리춤 속에서 지전 뭉치를 쥐어 들었다. 그러고는 몇 겹이나 쌌는지 알 수 없는 헝겊 조각을 둘둘 풀었다. 헤집으니 일 원짜리, 오 원짜리, 십 원짜리 무수한 관 쓴 영감들이 나를 박대해서는 아니 된다는 듯이, 모두들 마주 바라본다. 그러나 아다다는 너 같은 것을 버리는 데는 아무런 미련도 없다는 듯이, 넘노는 물결 위에다 휙 내어 뿌렸다. 세찬 바닷바람에 채인 지전은 바람결 쫓아 공중으로 올라가 팔랑팔랑 허공에서 재주를 넘어 가며 산산이 헤어져, 멀리, 그리고 가깝게 하나씩하나씩 물 위에 떨어져서는 넘노는 물결조차 잠겼다 떴다 소꾸막질을 한다.

어서 물속으로 가라앉든지, 그렇지 않으면 흘러 내려가든지 했으면 하고 아다다는 멀거니 서서 기다리나, 너저분하게 물 위를 덮은 지전 조각들은 차마 주인의 품을 떠나기가 싫은 듯이 잠겨 버렸는가 하면 다시 기웃거리며 솟아올라서는 물 위를 빙글빙글 돈다.

하더니, 썰물이 잡히자부터야 할 수 없는 듯이 슬금슬금 밑이 떨어져 흐르기 시작한다.

아다다는 상쾌하기 그지없었다. 밀려 내려가는 무수한 그 지전 조각들은 자기의 온갖 불행을 모두 거두어 가지고 다시 돌아올 길이 없는 끝없는 한 바다로 내려갈 것을 생각할 때 아다다는 춤이라도 출 듯이 기꺼웠다.

그러나 그 돈이 완전히 눈앞에 보이지 않게 흘러 내려가기까지는 아직도 몇 분 동안을 요하여야 할 것인데, 뒤에서 허덕거리는 발자국 소리가 들리기에 돌아다보니 뜻밖에도 수롱이가 헐떡이며 달려오는 것이 아닌가.

"야! 야! 아다다야! 너, 돈, 돈 안 건새핸? 돈, 돈 말이야, 돈?"

청천의 벽력같은 소리였다.

아다다는 어쩔 줄을 모르고 남편이 이까지 이르기 전에 어서어서 물결은 휩쓸려 돈을 모두 거둬 가지고 흘러 버렸으면 하나, 물결은 안타깝게도 그 닐그닐 한가히 돈을 이끌고 흐를 뿐, 아다다는 그 돈이 어서 자기의 눈앞에서 자취를 감추어 버리는 것을 보기 위하여 거덜거리고 있는 돈 위에다 쏘아 박은 눈을 떼지 못하고 쩔쩔매는 사이, 마침내 달려오게 된 수롱이 눈에도 필경 그 돈은 띄고야 말았다.

뜻밖에도 바다 가운데 무수하게 지전 조각이 널려서 앞서거니 뒤서거니 둥둥 떠내려가는 것을 본 수롱이는 아다다에게 그 연유를 물을 필요도 없이 미친 듯이 옷을 훨훨 벗고 첨버덩 물속으로 뛰어들었다.

그러나 헤엄을 칠 줄 모르는 수롱이는 돈이 엉키어 도는 한복판으로 들어갈 수가 없었다. 겨우 가슴패기까지 잠기는 깊이에서 더 들어가지 못하고 흘러 내려가는 돈더미를 안타깝게도 바라보며 허우적허우적 달려갔다. 차츰 물결은 휩쓸려 떠내려가는 속력이 빨라진다. 돈들은 수롱이더러 어디 달려와 보라는 듯이 획획 소꾸막질('무자맥질'의 방언. 물속에서 팔다리를 놀리며 떴다 잠겼다 하는 짓)을 하며 흐른다. 그러나 물결이 세어질수록 더욱 걸음발은 자유로 놀릴 수가 없게 된다. 더퍽더퍽 물과 싸움이나 하듯 엎어졌다가는 일어서고, 일어섰다가는 다시 엎어지며 달려가나 따를 길이 없다. 그대로 덤비다가는 몸조차 물속으로 휩쓸려 들어갈 것 같아 멀거니 서서 바라보니 벌써 지전 조각들은 가물가물하고 물거품인지도 분간할 수 없으리만큼 먼 거리에서 흐르고 있다. 그러나 그것도 한순간이었다. 눈앞에는 아무것도 보이는 것이 없다. 획획 하고 밀려 내려가는 거품진 물결뿐이다.

수롱이는 마지막으로 돈을 잃고 말았다고 아는 정도의 물결 위에 쏘아진 눈을 돌릴 길이 없이 정신 빠진 사람처럼 그냥그냥 바라보고 섰더니, 쏜살같이 언덕켠으로 달려오자 아무런 말도 없이 벌벌 떨고 서 있는 아다다의 중동(사물의 중간이 되는 부분이나 가운데 부분)을 사정없이 발길로 제겼다.

"흥앗!"

소리가 났다고 아는 순간, 철썩 하고 감탕(아주 곤죽이 된 진흙)이 사방으로 튀자

보니, 벌써 아다다는 해안의 감탕판에 등을 지고 쓰러져 있다.

"이—이—이……."

수롱이는 무슨 말인지를 하려고는 하나, 너무도 기에 차서 말이 되지를 않는 듯 입만 너불거리다가 아다다가 움쩍하는 것을 보더니 아직도 살았느냐는 듯이 번개같이 쫓아 내려가 다시 한번 발 길로 제겼다.

"푹!"

하는 소리와 같이 아다다는 가파른 언덕을 떨어져 덜덜덜 굴러서 물속에 잠긴다.

한참 만에 보니 아다다는 복판도 한복판으로 밀려가서 솟구어 오르며 두 팔을 물 밖으로 허우적거린다. 그러나 그 깊은 파도 속을 어떻게 헤어나랴! 아다다는 그저 물 위를 둘레둘레 굴며 요동을 칠 뿐, 그러나 그것도 한순간이었다. 어느덧 그 자체는 물속에 사라지고 만다.

주먹을 부르쥔 채 우상같이 서서, 굽실거리는 물결만 그저 뚫어져라 쏘아보고 서 있는 수롱이는 그 물속에 영원히 잠들려는 아다다를 못 잊어함인가? 그렇지 않으면, 흘러 버린 그 돈이 차마 아까워서인가?

짝을 찾아 도는 갈매기 떼들은 눈물겨운 처참한 인생 비극이 여기에 일어난 줄도 모르고 '끼약끼약' 하며 흥겨운 춤에 훨훨 날아다니는 깃 치는 소리와 같이 해안의 풍경만 돕고 있다.

# 달밤

✎ **작가와 작품 세계** --------------------------------------------------------

**이태준**(1904~?)

호는 상허(尙虛). 강원도 철원에서 출생. 휘문고등보통학교를 나와 일본 조치(上智)대학에서 수학했다. 〈시대일보〉에 「오몽녀」를 발표하면서 문단에 등단했다. 〈문장〉을 주관하다 8 · 15 광복 직전 철원에서 칩거했다. 광복 이후에는 조선 문학가동맹에 포섭되어 활약하다 월북했다. 단편 「해방 전후」(1946)에서 이러한 문학적 변모를 확인할 수 있다.

「까마귀」, 「달밤」, 「복덕방」 등의 단편 소설에서 선보인 내관적(內觀的) 인물 묘사, 완결된 구성법에 힘입어 이태준은 한국 현대 소설의 기법적인 바탕을 이룩한 작가로 평가된다. 작중 인물들은 회의적 · 감상적 · 패배적인 성격을 띠고 있지만 허무와 서정의 세계 속에서도 현실과 밀착된 시대정신을 추구한다.

미문가인 이태준은 예술적 정취가 짙은 단편에 탁월한 면모를 보여 주었다. 그는 예술 지상주의적인 이효석, 현실 개혁과 거리를 둔 박태원과는 달리 허무와 서정 속에서도 시대정신을 지니고 있었다.

✎ **작품 정리** ------------------------------------------------------------------

**갈래** : 풍속 소설
**배경** : 시간 - 1930년대 / 공간 - 서울 성북동
**시점** : 1인칭 관찰자 시점
**주제** : 각박한 현실에 부딪혀 아픔을 겪는 못난이의 삶의 모습
**출전** : 〈중앙〉(1933)

## ✏ 구성과 줄거리 --------------------------------------------------

**발단** **'나'와 황수건의 첫 만남**

성북동으로 이사 온 '나'는 '여기는 정말 시골이구나' 하는 생각을 한다. 시냇물 소리와 솔바람 소리 때문이 아니라 우둔하고 천진스러운 황수건이라는 사람을 만났기 때문이다.

**전개** **보조 신문 배달원 황수건은 정식 배달원이 되는 것이 소원임**

어느 날 황수건은 자신이 신문 배달을 하는데 사흘 동안이나 '나'의 집을 찾지 못하다 겨우 오늘 알았다면서 말을 건넨다. 다음 날 늦게 배달을 온 황수건은 신문 배달을 하게 된 경위, 자신은 원 배달원이 아니라 보조 배달원이라는 사실, 가족 관계 등을 늘어놓는다. 그는 정식 배달원이 떼어 주는 20여 부의 신문을 배달하고 매월 3원 정도를 받는 보조 배달원이다. 그의 유일한 희망은 원 배달원이 되는 것이다.

**위기** **황수건은 보조 배달원에서 쫓겨나 '나'의 도움으로 참외 장사를 시작함**

황수건은 아내와 함께 형님의 집에 얹혀살면서 학교 급사로 일하던 중 일 처리를 잘못하는 바람에 쫓겨난다. 황수건은 따로 하나의 배달 구역을 얻지만 '똑똑하지 못해' 보조 배달원 자리조차 지키지 못하고 쫓겨난다. 황수건의 하소연을 들은 '나'는 그의 처지가 하도 딱해서 참외 장사라도 해 보라고 돈 3원을 준다.

**절정** **황수건은 참외 장사에 실패하고 아내는 가출함**

참외 장사는 장마 때문에 실패하고 그의 아내는 동서의 등쌀을 견디지 못해 달아난다. 황수건은 여름 내내 우리 집에 얼씬도 하지 않다가 어느 날 포도를 들고 나를 찾아온다. 하지만 그것은 훔친 것이고 '나'가 주인에게 포도값을 물어 주고 보니 황수건은 사라지고 없다.

**결말** **황수건은 달을 쳐다보며 우수에 잠긴 채 길을 걸어감**

늦은 밤, 황수건은 달을 쳐다보면서 노래의 첫 줄만 계속 부르며 성북동 길을 걷는다. 전에는 보지 못한 담배까지 피우고 있다. '나'는 황수건을 부르려다 그가 무안해할까 봐 얼른 나무 그늘에 숨는다.

## 🖉 생각해 볼 문제

### 1. '나'에게 성북동과 황수건은 어떤 의미가 있는가?

성북동의 자연은 메마른 도심과는 달리 여유와 안식을 주는 공간이다. 황수건의 천진난만한 모습 역시 사람들에게 여유를 안겨 준다. 도시 사람들의 영악성과 메마른 심성에 지쳐 있는 '나'는 약간 모자라지만 착하고 인정 있는 황수건의 모습을 보고 마음을 준다. '나'가 한적한 시골 같은 성북동에 이사 온 것은 가정 형편이 나빠졌음을 의미하기도 하지만 '나'는 자연과 순박한 황수건을 통해 사람다운 삶을 체험한다.

### 2. 황수건이 노래를 부르는 대목에서 발견할 수 있는 그의 진짜 모습은 무엇인가?

황수건은 포도를 훔친 후 붙잡혀 얻어맞았으면서도 달밤의 정취에 취해 노래를 부를 정도로 낙천적이다. 그는 약간 어수룩한 인물이지만 평화로운 삶을 누리고 있다.

### 3. 황수건을 통해 작가가 보여 주고자 하는 것은 무엇인가?

작가는 우둔하고 천진한 품성을 지닌 황수건과 같은 인물이 제대로 살아갈 수 없는 세상에 대한 안타까움을 작품을 통해 보여 준다. 이 세상은 약삭빠르고 경쟁에서 이기는 사람만이 살 수 있는 곳이다. 정식 신문 배달원이 목표이면서도 어느 한 집에서 지체되면 밤이 되어서야 배달하는 황수건 같은 사람은 도태되게 마련이다. 작가는 황수건을 통해 '반편'도 하나의 인격체로서 살아갈 권리가 있지만 제대로 살아갈 수 있는 방법이 없음을 안타까워하고 있다.

원 배달원이 되고 싶습죠.

(신문, 참외, 포도)

(도와줌)

황수건                                    나

성북동으로 이사 온 저(나)는 황수건을 만나게 되었어요. 보조 신문 배달원이었던 황수건의 소원은 원 배달원이 되는 것이었어요. 하지만 황수건은 보조 배달원 자리에서 쫓겨났지요. 제가 참외 장사라도 해 보라고 돈을 주었지만 그것도 실패했어요. 어느 날 황수건이 훔친 포도를 들고 저를 찾아왔어요. 주인에게 포돗값을 물어 주고 보니 황수건이 사라지고 없네요.

# 달밤

    성북동으로 이사 나와서 한 대엿새 되었을까, 그날 밤 나는 보던 신문을 머리맡에 밀어 던지고 누워 새삼스럽게,

    "여기도 정말 시골이로군!"

하였다.

    무어 바깥이 컴컴한 걸 처음 보고 시냇물 소리와 쏴 하는 솔바람 소리를 처음 들어서가 아니라 황수건이라는 사람을 이날 저녁에 처음 보았기 때문이다.

    그는 말 몇 마디 사귀지 않아서 곧 못난이란 것이 드러났다. 이 못난이는 성북동의 산들보다, 물들보다, 조그만 지름길들보다 더 나에게 성북동이 시골이란 느낌을 풍겨 주었다.

    서울이라고 못난이가 없을 리야 없겠지만 대처(大處 도회지)에서는 못난이들이 거리에 나와 행세를 하지 못하고, 시골에선 아무리 못난이라도 마음 놓고 나와 다니는 때문인지, 못난이는 시골에만 있는 것처럼 흔히 시골에서 잘 눈에 뜨인다. 그리고 또 흔히 그는 태고 때 사람처럼 그 우둔하면서도 천진스러운 눈을 가지고, 자기 동리에 처음 들어서는 손에게 가장 순박한 시골의 정취를 돋워 주는 것이다.

    그런데 그날 밤 황수건이는 열 시나 되어서 우리 집을 찾아왔다.

    그는 어두운 마당에서 꽥 지르는 소리로,

    "아, 이 댁이 문안서……."

하면서 들어섰다. 잡담 제하고 큰일이나 난 사람처럼 건넌방 문 앞으로 달려들더니,

    "저, 저 문안 서대문 거리라나요, 어디선가 나오신 댁입쇼?"

한다.

    보니 핫비(가게 이름이나 상표 등을 등이나 옷깃에 나타낸 겉옷을 이르는 일본 말)는 안 입었으되 신문을 들고 온 것이 신문 배달부다.

    "그렇소, 신문이오?"

    "아, 그런 걸 사흘이나 저, 저 건너 쪽에만 가 찾았습죠. 제기……."

하더니 신문을 방에 들이뜨리며,

"그런뎁쇼, 왜 이렇게 죄꼬만 집을 사구 와 곕쇼. 아, 내가 알았더면 이 아래 큰 개와집('기와집'의 방언)도 많은걸입쇼……."

한다. 하도 말이 황당스러워 유심히 그의 생김을 내다보니 눈에 얼른 두드러지는 것이 **빡빡** 깎은 머리로되 보통 크다는 정도 이상으로 골이 크다. 그런 데다 옆으로 보니 장구 대가리다.

"그렇소? 아무튼 집 찾느라고 수고했소."

하니 그는 큰 눈과 큰 입이 일시에 히죽거리며,

"뭘입쇼, 이게 제 업인뎁쇼."

하고 날래 물러서지 않고 목을 길게 빼어 방 안을 살핀다. 그러더니 묻지도 않는데,

"저는입쇼, 이 동네 사는 황수건이라 합니다……."

하고 인사를 붙인다. 나도 깍듯이 내 성명을 대었다. 그는 또 싱글벙글하면서,

"댁엔 개가 없구먼입쇼."

한다.

"아직 없소."

하니,

"개 그까짓 거 두지 마십쇼."

한다.

"왜 그렇소?"

물으니 그는 얼른 대답하는 말이,

"신문 보는 집엔입쇼, 개를 두지 말아야 합니다."

한다. 이것 재미있는 말이다 하고 나는,

"왜 그렇소?"

하고 또 물었다.

"아, 이 뒷동네 은행소에 댕기는 집엔입쇼, 망아지만 한 개가 있는뎁쇼, 아, 신문을 배달할 수가 있어얍죠."

"왜?"

"막 깨물랴고 덤비는걸입쇼."

한다. 말 같지 않아서 나는 웃기만 하니 그는 더욱 신을 낸다.

"그눔의 개, 그저 한번, 양떡을 멕여 대야(뺨을 때려야) 할 텐데……."

하면서 주먹을 부르대는데 보니, 손과 팔목은 머리에 비기어 반비례로 작

고 가느다랗다.

"어서 곤할 텐데 가 자시오."

하니 그는 마지못해 물러서며,

"선생님, 참 이 선생님 편안히 주뭅쇼. 제 집은 여기서 얼마 안되는 걸입쇼."

하더니 돌아갔다.

그는 이튿날 저녁, 집을 알고 오는데도 아홉 시가 지나서야,

"신문 배달해 왔습니다."

하고 소리를 치며 들어섰다.

"오늘은 왜 늦었소?"

물으니,

"자연 그럽죠."

하고 다른 이야기를 꺼냈다.

자기는 워낙 이 아래 있는 삼산 학교에서 일을 보다 어떤 선생하고 뜻이 덜 맞아 나왔다는 것, 지금은 신문 배달을 하나 원 배달이 아니라 보조 배달이라는 것, 저희 집엔 양친과 형님 내외와 조카 하나와 저희 내외까지 식구가 일곱이라는 것, 저희 아버지와 저희 형님의 이름은 무엇 무엇이며, 자기 이름은 황가인데다가 목숨 수(壽) 자하고 세울 건(建) 자로 황수건이기 때문에, 아이들이 노랑 수건이라고 놀리어서 성북동에서는 가가호호에서 노랑 수건 하면, 다 자긴 줄 알리라고 자랑스럽게 이야기하다가 이날도,

"어서 그만 다른 집에도 신문을 갖다 줘야 하지 않소?"

하니까 그때서야 마지못해 나갔다.

우리 집에서는 그까짓 반편(半偏 지능이 보통 사람보다 모자라는 사람을 낮잡아 이르는 말)과 무얼 대꾸를 해 가지고 그러느냐 하되, 나는 그와 지껄이기가 좋았다.

그가 아무것도 아닌 것을 가지고 열심스럽게 이야기하는 것이 좋았고, 그와는 아무리 오래 지껄이어도 힘이 들지 않고, 또 아무리 오래 지껄이고 나도 웃음밖에는 남는 것이 없어 기분이 거뜬해지는 것도 좋았다. 그래서 나는 무슨 일을 하는 중만 아니면 한참씩 그의 말을 받아 주었다.

어떤 날은 서로 말이 막히기도 했다. 대답이 막히는 것이 아니라 무슨 말을 해야 할까 하고 막히었다. 그러나 그는 늘 나보다 빠르게 이야깃거리를 잘 찾아냈다.

오뉴월인데도 "꿩고기를 잘 먹느냐?"고도 묻고, "양복은 저고리를 먼저

입느냐 바지를 먼저 입느냐?"고도 묻고 "소와 말과 싸움을 붙이면 어느 것이 이기겠느냐?"는 둥, 아무튼 그가 얘깃거리를 취재하는 방면은 기상천외로 여간 범위가 넓지 않은 데는 도저히 당할 수가 없었다. 하루는 나는 "평생 소원이 무엇이냐?"고 그에게 물어보았다. 그는 "그까짓 것쯤 얼른 대답하기는 누워서 떡 먹기."라고 하면서 평생 소원은 자기도 원 배달이 한번 되었으면 좋겠다는 것이었다.

남이 혼자 배달하기 힘들어서 한 이십 부 떼어 주는 것을 배달하고, 월급이라고 원 배달에게서 한 삼 원 받는 터이라, 월급을 이십여 원을 받고, 신문사 옷을 입고, 방울을 차고 다니는 원 배달이 제일 부럽노라 하였다. 그리고 방울만 차면 자기도 뛰어다니며 빨리 돌 뿐 아니라 그 은행소에 다니는 집 개도 조금도 무서울 것이 없겠노라 하였다.

그래서 나는 "그럴 것 없이 아주 신문사 사장쯤 되었으면 원 배달도 바랄 것 없고 그 은행소에 다니는 집 개도 상관할 바 없지 않겠느냐?" 한즉 그는 뚱그래지는 눈알을 한참 굴리며 생각하더니 "딴은 그렇겠다."고 하면서, 자기는 경난이 없어 거기까지는 바랄 생각도 못하였다고 무릎을 치듯 가슴을 쳤다.

그러나 신문 사장은 이내 잊어버리고 원 배달만 마음에 박혔던 듯, 하루는 바깥마당에서부터 무어라고 떠들어 대며 들어왔다.

"이 선생님? 이 선생님 곕쇼? 아, 저도 내일부턴 원 배달이올시다. 오늘 밤만 자면입쇼……."

한다. 자세히 물어보니 성북동이 따로 한 구역이 되었는데, 자기가 맡게 되었으니까 내일은 배달복을 입고 방울을 막 떨렁거리면서 올 테니 보라고 한다.

그리고

"사람이란 게 그렇게 무어든지 끝을 바라고 붙들어야 한다."

고 나에게 일러 주면서 신이 나서 돌아갔다.

우리도 그가 원 배달이 된 것이 좋은 친구가 큰 출세나 하는 것처럼 마음속으로 진실로 즐거웠다. 어서 내일 저녁에 그가 배달복을 입고 방울을 차고 와서 쭐럭거리는 것을 보리라 하였다.

그러나 이튿날 그는 오지 않았다. 밤이 늦도록 신문도 그도 오지 않았다. 그다음 날도 신문도 그도 오지 않다가 사흘째 되는 날에야, 이날은 해도 지기 전인데 방울 소리가 요란스럽게 우리 집으로 뛰어들었다.

"어디 보자!"

하고 나는 방에서 뛰어나갔다.

　그러나 웬일일까, 정말 배달복에 방울을 차고 신문을 들고 들어서는 사람은 황수건이가 아니라 처음 보는 사람이다.

　"왜 전엣사람은 어디 가고 당신이오?"

　물으니 그는,

　"제가 성북동을 맡았습니다."

한다.

　"그럼, 전엣사람은 어디를 맡았소?"

하니 그는 픽 웃으며,

　"그까짓 반편을 어딜 맡깁니까? 배달부로 쓸랴다가 똑똑지가 못하니까 안 쓰고 말았나 봅니다."

한다.

　"그림 보조 배달도 떨어졌소?"

하니,

　"그럼요, 여기가 따루 한 구역이 된걸이오."

하면서 방울을 울리며 나갔다.

　이렇게 되었으니 황수건이가 우리 집에 올 길은 없어지고 말았다. 나도 가끔 문안엔 다니지만 그의 집은 내가 다니는 길옆은 아닌 듯 길가에서도 잘 보이지 않았다.

　나는 가까운 친구를 먼 곳에 보낸 것처럼, 아니 친구가 큰 사업에나 실패하는 것을 보는 것처럼, 못 만나서 섭섭뿐이 아니라 마음이 아프기도 하였다. 그 당자와 함께 세상의 야박함이 원망스럽기도 하였다.

　한데 황수건은 그의 말대로 노랑 수건이라면 온 동네에서 유명은 하였다. 노랑 수건 하면 누구나 성북동에서 오래 산 사람이면 먼저 웃고 대답하는 것을 나는 차츰 알았다.

　내가 잠깐씩 며칠 보기에도 그랬거니와 그에겐 우스운 일화도 한두 가지가 아니었다.

　삼산 학교에 급사로 있을 시대에 삼산 학교에다 남겨 놓고 나온 일화도 여러 가지라는데, 그중에 두어 가지를 동네 사람들의 말대로 옮겨 보면, 역시 그때부터도 이야기하기를 대단 즐기어 선생들이 교실에 들어간 새 손님이 오면 으레 손님을 앉히고는 자기도 걸상을 갖다 떡 마주 놓고 앉는 것은 물론, 마주 앉아서는 곧 자기류의 만담 삼매로 빠지는 것인데, 한번은 도 학무국(學務局 대한 제국 때 학부에 속해 각 학교와 외국 유학생을 맡아보던 관청)에서 시학관이 나온 것을 이따위로 대접하였다. 일본 말을 못하니까 만담은 할 수 없고 마주 앉아서 자꾸 일본 말을 연습하였다.

"센세이 히, 오하요고자이마스카(선생님, 안녕하세요)? ……히히 아메가 후리마스(비가 옵니다). 유키가 후리마스카(눈이 옵니까)? 히히……."

시학관도 인정이라 처음엔 웃었다. 그러나 열 번 스무 번을 되풀이하는 데는 성이 나고 말았다. 선생들은 아무리 기다려도 종소리가 나지 않으니까, 한 선생이 나와 보니 종 칠 것도 잊어버리고 손님과 마주 앉아서 "오하요 유키가 후리마스카……." 하는 판이다.

그날 수건이는 선생들에게 단단히 몰리고 다시는 안 그러겠노라고 했으나, 그 버릇을 고치지 못해서 그예 쫓겨 나오고 만 것이다.

그는,

"너의 색시 달아난다."

하는 말을 제일 무서워했다 한다. 한번은 어느 선생이 장난말로,

"요즘 같은 따뜻한 봄날엔 옛날부터 색시들이 달아나기를 좋아하는데 어제도 저 아랫말에서 둘이나 달아났다니까 오늘은 이 동리에서 꼭 달아나는 색시가 있을걸……."

했더니 수건이는 점심을 먹다 말고 눈이 휘둥그레졌다 한다. 그리고 그날 오후에는 어서 바삐 하학을 시키고 집으로 갈 양으로 오십 분 만에 치는 종을 이십 분 만에, 삼십 분 만에 함부로 다가서 쳤다는 이야기도 있다.

하루는 나는 거의 그를 잊어버리고 있을 때,

"이 선생님 곕쇼?"

하고 수건이가 찾아왔다. 반가웠다.

"선생님, 요즘 신문이 거르지 않고 잘 옵쇼?"

하고 그는 배달 감독이나 되어 온 듯이 묻는다.

"잘 오, 왜 그류?"

한즉 또,

"늦지도 않굽쇼, 일쯕이 제때마다 꼭꼭 옵쇼?"

한다.

"당신이 돌 때보다 세 시간은 일쯕이 오고 날마다 꼭꼭 잘 오."

하니 그는 머리를 벅적벅적 긁으면서,

"하루라도 걸르기만 해라. 신문사에 가서 대뜸 일러바치지……."

하고 그 빈약한 주먹을 부르댄다.

"그런뎁쇼, 선생님?"

"왜 그류?"

"삼산 학교에 말씀예요, 그 제 대신 들어온 급사가 저보다 근력이 세게 생겼습죠?"

"나는 그 사람을 보지 못해서 모르겠소."

하니 그는 은근한 말소리로 히죽거리며,

"제가 거길 또 들어가 볼랴굽쇼, 운동을 합죠."

한다.

"어떻게 운동을 하오?"

"그까짓 거 날마당 사무실로 갑죠. 다시 써 달라고 졸라 댑죠. 아, 그랬더니 새 급사란 녀석이 저보다 크기도 무척 큰뎁쇼, 이 녀석이 막 불근댑니다 그려. 그래 한번 쌈을 해야 할 턴뎁쇼, 그 녀석이 근력이 얼마나 센지 알아야 뎀벼들 턴뎁쇼 …… 허."

"그렇지, 멋모르고 대들었다 매만 맞지."

하니 그는 한 걸음 다가서며 또 은근한 말을 한다.

"그래섭쇼, 엊저녁엔 큰 돌멩이 하나를 굴려다 삼산 학교 대문에다 놨습죠. 그리구 오늘 아침에 가 보니깐 없어졌는뎁쇼. 이 녀석이 나처럼 억지루 굴려다 버렸는지, 뻔쩍 들어다 버렸는지 그만 못 봤거든입쇼, 제ㅡ길……."

하고 머리를 긁는다. 그러더니 갑자기 무얼 생각한 듯 손뼉을 탁 치더니,

"그런뎁쇼, 제가 온 건입쇼, 댁에선 우두를 넣지 마시라구 왔습죠."

한다.

"우두를 왜 넣지 말란 말이오?"

한즉,

"요즘 마마가 다닌다구 모두 우두들을 넣는뎁쇼, 우두를 넣으면 사람이 근력이 없어지는 법인뎁쇼."

하고 자기 팔을 걷어 올려 우두 자리를 보이면서,

"이걸 봅쇼. 저두 우두를 이렇게 넣었기 때문에 근력이 줄었습죠."

한다.

"우두를 넣으면 근력이 준다고 누가 그립디까?"

물으니 그는 싱글거리며,

"아, 제가 생각해 냈습죠."

한다.

"왜 그렇소?"

하고 캐니,

"뭘 …… 저 아래 윤금보라고 있는데 기운이 장산뎁쇼. 아 삼산 학교 그 녀석두 우두만 넣었다면 그까짓 것 무서울 것 없는뎁쇼, 그걸 모르겠거든 입쇼……."

한다. 나는,

"그렇게 용한 생각을 하고 일러 주러 왔으니 아주 고맙소."

하였다. 그는 좋아서 벙긋거리며 머리를 긁었다.

"그래 삼산 학교에 다시 들기만 기다리고 있소?"

물으니 그는,

"돈만 있으면 그까짓 거 누가 고즈카이(잔심부름을 하는 남자 고용인을 이르는 일본 말) 노릇을 합쇼. 밑천만 있으면 삼산 학교 앞에 가서 뻐젓이 장사를 할 턴뎁쇼."

한다.

"무슨 장사?"

"아, 방학될 때까지 차미(참외) 장사도 하굽쇼, 가을부턴 군밤 장사, 왜떡 장사, 습자지, 도화지 장사 막 합죠. 삼산 학교 학생들이 저를 어떻게 좋아하겝 쇼. 저를 선생들보다 낫게 치는뎁쇼."

한다.

나는 그날 그에게 돈 삼 원을 주었다. 그의 말대로 삼산 학교 앞에 가서 뻐젓이 참외 장사라도 해 보라고. 그리고 돈은 남지 못하면 돌려 오지 않아도 좋다 하였다.

그는 삼 원 돈에 덩실덩실 춤을 추다시피 뛰어나갔다. 그리고 그 이튿날,

"선생님 잡수시라굽쇼."

하고 나 없는 때 참외 세 개를 갖다 두고 갔다.

그러고는 온 여름 동안 그는 우리 집에 얼른하지 않았다.

들으니 참외 장사를 해 보긴 했는데 이내 장마가 들어 밑천만 까먹었고, 또 그까짓 것보다 한 가지 놀라운 소식은 그의 아내가 달아났던 것이다. 저

희끼리 금슬은 괜찮았건만 동서가 못 견디게 굴어 달아난 것이라 한다. 남편만 남 같으면 따로 살림 나는 날이나 기다리고 살 것이나 평생 동서 밑에 살아야 할 신세를 생각하고 달아난 것이라 한다.

그런데 요 며칠 전이었다. 밤인데 달포(한 달이 조금 넘는 기간) 만에 수건이가 우리 집을 찾아왔다. 웬 포도를 큰 것으로 대여섯 송이를 종이에 싸지도 않고 맨손에 들고 들어왔다. 그는 벙긋거리며,

"선생님 잡수라고 사 왔습죠."

하는 때였다. 웬 사람 하나가 날쌔게 그의 뒤를 따라 들어오더니 다짜고짜로 수건이의 멱살을 움켜쥐고 끌고 나갔다. 수건이는 그 우둔한 얼굴이 새하얗게 질리며 꼼짝 못하고 끌려 나갔다.

나는 수건이가 포도원에서 포도를 훔쳐 온 것을 직각(直覺 보거나 듣는 즉시 곧바로 깨달음)하였다. 쫓아 나가 매를 말리고 포도 값을 물어 수었다. 포도 값을 물어 주고 보니 수건이는 어느 틈에 사라지고 보이지 않았다.

나는 그 다섯 송이의 포도를 탁자 위에 얹어 놓고 오래 바라보며 아껴 먹었다. 그의 은근한 순정의 열매를 먹듯 한 알을 가지고도 오래 입안에 굴려 보며 먹었다.

어제다. 문안에 들어갔다 늦어서 나오는데 불빛 없는 성북동 길 위에는 밝은 달빛이 깁(명주실로 바탕을 조금 거칠게 짠 비단)을 깐 듯하였다.

그런데 포도원께를 올라오노라니까 누가 맑지도 못한 목청으로,

"사…… 케…… 와 나…… 미다카 다메이…… 키…… 카……(술은 눈물인가 한숨인가)."

를 부르며 큰길이 좁다는 듯이 휘적거리며 내려왔다. 보니까 수건이 같았다. 나는,

"수건인가?"

하고 아는 체하려다 그가 나를 보면 무안해할 일이 있는 것을 생각하고 획 길 아래로 내려서 나무 그늘에 몸을 감추었다.

그는 길은 보지도 않고 달만 쳐다보며, 노래는 그 이상은 외우지도 못하는 듯 첫 줄 한 줄만 되풀이하면서 전에는 본 적이 없었는데 담배를 다 픽픽 빨면서 지나갔다.

달밤은 그에게도 유감한 듯하였다.

# 꽃나무는 심어 놓고

✎ **작품 정리** - - - - - - - - - - - - - - - - - - - - - - - - - - - - - - - - - - - -

> **작가** : 이태준(298쪽 '작가와 작품 세계' 참조)
> **갈래** : 농민 소설
> **배경** : 시간 – 1930년대 / 공간 – 시골과 서울
> **시점** : 3인칭 전지적 작가 시점
> **주제** : 일제 강점기에 터전을 잃고 방황하는 농민의 비참한 삶
> **출전** : 〈신동아〉(1933)

✎ **구성과 줄거리** - - - - - - - - - - - - - - - - - - - - - - - - - - - - - - - - - -

**발단 방 서방 가족이 서울로 떠남**

방 서방은 새 일본인 지주의 착취를 견디지 못하고, 군청에서 나누어 준 벚꽃(사쿠라) 나무를 심어 놓고 무작정 서울로 향한다.

**전개 방 서방 부부가 타향에서 고생함**

서울에 도착한 방 서방 부부는 다리 밑에 임시 거처를 정하고, 일자리를 구하기 위해 노력하지만 뜻대로 되지 않는다.

**위기 길을 잃은 방 서방의 아내에게 노파가 접근함**

방 서방의 아내 김 씨는 남편이 잠든 사이에 구걸을 나섰다가 길을 잃는다. 그때 멀끔한 얼굴의 김씨를 본 노파가 돈을 벌 속셈으로 접근한다. 노파는 길을 찾아주겠다면서 김씨를 엉뚱한 곳으로만 끌고 다닌다.

**절정 아이가 죽음**

결국 김씨는 다리 밑으로 돌아오지 못하고, 방 서방은 아내가 자신과 어린 딸을 버리고 도망간 것으로 오해한다. 굶주림과 추위를 견디지 못한 아이는 끝내 숨을 거둔다.

**결말 방 서방은 슬픈 세상에 한탄함**

이듬해 봄날, 방 서방은 벚꽃을 보고 고향을 생각한다. 술집에서 술을 마신 방 서방은 분노와 비애에 젖어 세상을 원망한다.

## 🖊 생각해 볼 문제 --------------------------------------------

### 1. 방 서방에게 고향은 어떤 의미가 있는가?

소설 속의 고향은 단순한 공간적 배경이 아니다. 현실의 고통에서 벗어나 어린 시절로 돌아가고자 하는 도피의 공간, 일상에서 벗어나 한가롭게 시간을 보낼 수 있는 휴식의 공간이다. 또한 토지를 둘러싸고 지주와 소작농이 첨예하게 대립하는 투쟁의 공간이기도 하다. 이 작품에서는 일본인 지주의 횡포로 한 개인이, 고향이, 또 농촌 사회가 어떻게 파괴되는지 그 과정을 그리고 있다.

### 2. 이 작품에서 나타나는 반어적 요소는 무엇인가?

일본인 땅 주인의 횡포 때문에 마을 사람들이 고향을 떠나려고 하자, 군청에서는 벚꽃 나무를 주어 심게 한다. 꽃이 피어 만발하면 고향을 떠나지 않을 거라는 속셈 때문이다. 실제로 일세는 일본을 상상하는 사쿠라를 심게 해 애국을 강요하고, 일제에 순응하고 충성하게 했다. 하지만 고향을 떠난 방 서방 가족은 고향에 심어 놓은 벚꽃 나무가 만개해도 이를 즐길 수가 없었다. 이 작품은 이런 방 서방 가족의 상황을 통해 당시 조선인 농민의 슬픔과 고통을 반어적으로 표현했다.

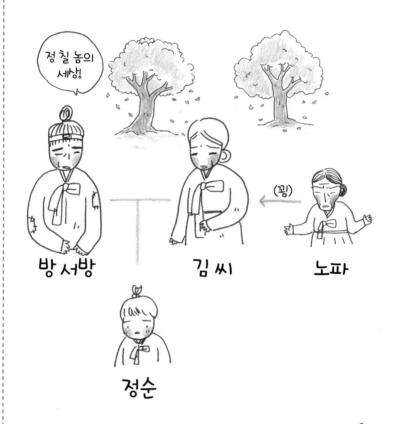

## 인물 관계도

정 칠 놈의
세상

방 서방

김 씨

노파

(꾐)

정순

저(방 서방)는 가족과 함께 무작정 서울로 향했어요. 일본인 지주의 착취가 너무 심했거든요. 서울에서도 일자리를 구하기가 힘들었지요. 그런데 아내(김 씨)가 저와 어린 정순을 두고 도망가 버렸어요. 정순은 결국 숨을 거두었지요. 이듬해 봄날, 고향 생각이 나더군요. 고향에도 꽃이 피었겠죠? 세상이 원망스럽고 아무 데나 주저앉아 울고 싶더군요.

# 꽃나무는 심어 놓고

"자꾸 돌아본 뭘 해. 어서 바람을 졌을 때 횡하니 걸어야지……."

하면서 아내를 돌아보는 그도 말소리는 천연스러우나 눈에는 눈물이 다시 핑그르 돌았다. 이 고갯마루만 넘어서면 저 동리는 다시 보려야 안 보이려니 생각할 때 발도 천 근이나 무거워지는 것 같았다.

이 고개, 집에서 오 리밖에 안 되는 고개, 나무를 해 지고 이 고개턱을 넘어설 때마다 제일 먼저 눈에 띄곤 하던 저 우리 집, 집에서 연기가 떠오르는 것을 볼 때마다 허리띠를 조르고 다시 나뭇짐을 지고 일어서곤 하던 이 고개, 이 고개에선 넘어가는 햇볕에 우리 집 울타리에 뻘아 넌 아내의 치마까지 빤히 보이곤 했다. 이젠 이 고개에서 저 집, 저 노랗게 갓 깐 병아리처럼 새로 이엉을 인 저 집을 바라보는 것도 마지막이로구나!

그는 고개 마루턱에 올라서더니 질빵(짐 따위를 질 수 있도록 어떤 물건 따위에 연결한 줄)을 치키며, 다시 한 번 돌아서서 동네를 바라보았다. 아무 델 가도 저런 동네는 없을 것이다. 읍엘 갔다 와도 성황당 턱만 내려서면 바람 한 점 없이 아늑하고, 빨래하기 좋고 먹어도 좋은 앞 개울물이며, 날이 추우면 뒷산에 올라 솔잎만 긁어도 며칠씩은 염려 없이 때더니……, 이젠 모두 남의 동네 이야기로구나!

"어서 갑시다."

하면서 이번에는 뒤에 떨어졌던 아내가 눈물, 콧물을 풀어 던지며 앞을 섰다.

그들은 고개를 넘어서선 보잘것없이 달아났다. 사내는 이불보, 옷 꾸러미, 솥부등갱이(밥을 해 먹을 때 사용하는 도구), 바가지쪽 해서 한 짐 꾸역꾸역 걸머지고, 여편네는 어린애를 머리도 안 보이게 이불에 꿍쳐서(조금 세게 동이거나 묶어서) 업은 데다 무슨 기름병 같은 것을 들고 앞서거니 뒤서거니 하여 도랑이면 건너뛰고 굽은 길이면 논틀밭틀(논두렁과 밭두렁 사이로 난 꼬불꼬불한 길)로 질러가면서 귀에서 바람이 씽씽 나게 달아났다.

장날이 아니라 길에는 만나는 사람도 별로 없었다. 이따금 발밑에서 모초리('메추라기'의 방언)가 포드득하고 날고 밭고랑에서 꿩이 놀라서 꺽꺽거리며 산으로 달아나는 것밖에 아무것도 없었다.

"길이나 잘못 들면 어째……."

"밤낮 나무 다니던 데를 모를까……."

조그만 갈래길을 지날 때 이런 말을 주고받은 것뿐. 다시는 입이 붙은 듯 묵묵히 걸어 그들은 점심때가 훨씬 지나서야 서울 가는 큰길에 들어섰다.

큰길에는 바람이 제법 세차게 불었다. 전봇줄(전깃줄)이 앵앵 울었다. 동지가 내일인가 모렌가 하는 때라 얼음같이 날카로운 바람결에 그들의 옷깃은 다시금 떨리었다.

바람이 차서도 떨리었거니와 그보다도 길고 어마어마하게 넓은 길, 그리고 눈이 모자라게 아득하니 깔려 있는 긴 길, 그 길은 그들에게 눈에도 설거니와(익숙하지 않거니와) 발에도, 마음에도 선 길이었다. 논틀과 밭둑으로 올 때에는 그래도 그런 줄은 몰랐는데 척 신작로에 올라서니 그젠 정말 낯선 데로 가는 것 같고 허턱(뚜렷한 이유나 근거 없이 함부로) 살길을 찾아 떠나는 불안스러운 걱정이 와짝(갑자기 확) 치밀었던 것이다. 그래서 앵앵하는 전봇줄 소리도 멧새나 꿩의 소리보다는 엄청나게 무서웠다. 서로 말은 하지 않았어도 사내나 아내나 다 같이 그랬다.

그들은 그 길을 그저 십 리, 이십 리 걸어 나가는 수밖에 없었다. 자동차가 지날 때는 물론, 자전차만 때르릉 하고 와도 허둥거리고 한데 모여 길 아래로 내려서면서 서울을 향하고 타박타박 걸을 뿐이었다.


그들은 세 식구였다. 저희 내외, 방 서방과 김 씨와 김 씨의 등에 업혀 가는 두 돌 되는 딸애 정순이었다. 며칠 전까지는 방 서방의 아버지 한 분까지 네 식구로서 그가 나서 서른두 해 동안 살아온, 이번에는 떠나는 그 동리에서 그리운 게 없이 살았었다. 남의 땅이나마 몇 대째 눌러 부쳐 오던 김 진사네 땅은 내 땅이나 다름없이 알고 마음 놓고 부쳐 먹었다. 김 진사 당내(자신이 살아 있는 동안)에는 온 동리가 텃세 한 푼도 물지 않고 지냈으며 김 진사가 돌아간 후에도 다른 지방에 대면 그리 심한 지주는 아니었다. 김 진사의 아들 김 의관도 돌아간 아버지의 덕성을 본받아 작인(作人 소작인)네가 혼상(婚喪 혼인과 초상에 관한 일)간에 큰일을 치르는 해면 으레 타작에서 두 섬, 석 섬씩은 깎아 주었다. 이렇게 착한 김 의관이 무엇에 써 버리느라고 그 좋은 땅들을 잡혀 버렸는지, 작인들의 무딘 눈치로는 내용을 알 수가 없었다. 더러 읍엣 사람들이 지껄이는 소리에 무슨 일본 사람과 금광을 했느니, 회사를 했느니 하는 것을 들은 사람은 있고, 또 아닌 게 아니라 한동안 일본 사람과 양복쟁이 몇이 김 의관네 집을 드나들이 김 의관네 큰 개 누 마리가 늘 컹컹거리고 짖던 것은 지금도 어저께 같은 일이었다.

아무튼 김 의관네가 안성인가 어디로 떠나가고, 지주가 일본 사람의 회사로 갈린 다음부터는 제 땅마지기나 따로 가진 사람 전에는 배겨 나기가 어려웠다. 텃세가 몇 갑절이나 올라가고 논에는 금비(金肥 돈을 주고 사서 쓰는 거름)를 써라 하고, 그것을 대어 주고는 가을에 비싼 이자를 쳐서 벼는 헐값으로 따져 가고 무슨 세납 무슨 요금 하고 이름도 모르던 것을 다 물리어 나중에 따지고 보면 농사 진 품값은커녕 도리어 빚을 지게 되었다. 그들이 지는 빚은 달리 도리가 없었다. 소가 있으면 소를 팔고 집이 있으면 집을 팔아 갚는 것밖에. 그래서 한 집 떠나고 두 집 떠나고 하는 것이 삼 년 안에 오륙 호가 떠난 것이었다.

군정에서는 이것을 매우 걱정하였다. 전에는 모범촌으로 치던 동리가 폐동(廢洞 동리를 없애는 일)이 될 징조를 보이는 것은 군으로서 마땅히 대책을 세워야 될 일이었다.

그래서 지난봄에는 군으로부터 이 동리에 사쿠라 나무 이백여 주가 나왔다. 집집마다 두 나무씩 나눠 주고 길에도 심고 언덕에도 심어 주었다. 그래서 그 사쿠라 나무들이 꽃이 구름처럼 피면 무지한 이 동리 사람들이라도 자기 동리를 사랑하는 마음이 깊어져서 함부로 타관(他官 타향)으로 떠나가지 않으리라 생각했던 것이다.

사쿠라 나무들은 몇 나무 죽지 않고 모두 잘 살아났다. 방 서방네가 심은 것도 앞마당엣것 뒷동산엣것 모두 싱싱하게 잘 자랐다. 군에서 나와 보고 내년이면 모두 꽃이 피리라 했다.

그러나 떠날 사람은 자꾸 떠나고야 말았다.

방 서방네도 허턱(아무런 이유도 없이) 타관으로 떠나기는 처음부터 싫었다. 동리를 사랑하는 마음, 자연을 사랑하는 것이나 이웃을 사랑하는 것이나 모두 사쿠라를 심어 주는 그네들보다는 몇 배 더 간절한 뱃속에서 우러나는 것이었다. 사쿠라 나무를 심었을 때도 혹시 죽는 나무나 있을까 하여 조석(朝夕 아침저녁)으로 들여다보면서 애를 쓴 사람들이요, 그것들이 가지에 윤이 나고 싹이 트는 것을 볼 때는 자연 속에 묻혀 사는 그들로서도 그때처럼 자연의 신비, 봄의 희열을 느껴 본 적은 일찍 없었던 것이다.

"내년이면 꽃이 핀다지?"

"글쎄, 꽃이 어떤지 몰라?"

"아무튼 이놈의 꽃이 볼 만은 하다는데."

"글쎄 그렇대……."

그러나 떠날 사람은 자꾸 떠나고야 말았다. 올겨울에 들어서도 방 서방 네가 두 집째다.

그들은 사흘 만에야 부르튼 다리를 절룩거리며 희끗희끗 나부끼는 눈발 속으로 저녁연기에 싸인 서울을 바라보았다. 그들은 날이 아주 어두워서야 서울 문안에 들어섰다.

서울에는 그들을 반가이 맞아 주는 사람이 없지도 않았다.

"어디서 오십니까? 어디로 가시는 길입니까? 우리 여관으로 가십시다."

그러나,

"돈이 있나요, 어디……."

하면 그 친절하던 사람들은 벌에 쏘인 것처럼 달아나곤 했다.

돈이 아주 없지는 않았다. 집을 팔아 빚을 갚고 남은 것이 몇 원은 되었 다. 그러나 그 돈이 편안히 여관에 들어 밥을 사 먹을 돈은 아니었다.

고달픈 다리를 끌고 교통 순사들에게 핀잔을 맞으며 정처 없이 거리에서 거리로 헤매던 그들은 밤이 훨씬 늦어서야 한곳에 짐을 벗어 놓았다. 아무 리 찾아다니어도 그들을 위해서 눈발을 가려 주는 데는 무슨 다리인지 이 름은 몰라도 이 다리 밑밖에는 없었다.

"그년을 젖을 좀 물리구려."

"그까짓 빈 젖을 물려선 뭘 하오."

아이가 하(몹시) 우니까 지나던 사람들이 다리 아래를 기웃거려 보기 때문 이었다.

그들은 어두움 속에서 짐을 끄르고 굳은 범벅(곡식 가루를 풀처럼 쑨 음식)과 삶은 달 걀을 물도 없이 먹었다. 그리고 그 저리고 쑤시는 다리오금을 한번 펴 볼 데 도 없이 앉아서, 정 못 견디겠으면 일어서서 어정거리며 긴 밤을 밝히었다.

이튿날은 그래도 거기를 한데(집 바깥)보다는 낫답시고, 거적을 사다 두르 고 냄비를 걸고 쌀을 사들이고 물을 길어 들이고 나무도 사들였다. 그리고 세 식구가 우선 하루를 푹 쉬었다.

눈발은 이날도 멎지 않았다. 밤이 되어서는 함박송이로 쏟아지기 시작했다. 방 서방은 쏟아지는 눈을 바라보고 이 눈이 그치고는 무서운 추위가 오려니 생각했다. 그리고 또 싸리비를 한 자루 가져왔다면 하고도 생각했다.

그는 새벽같이 일어났다. 발등이 묻히는 눈 위로 한참 찾아다녀서 다람쥐 꽁지만 한 싸리비 하나를 그것도 오 전이나 주고 사기는 했다. 그리고 큰 밑천이나 잡은 듯이 집집마다 다니며 아직 열지도 않은 대문을 두드렸다.

"댁에 눈 쳐 드릴까요?"

"우리 칠 사람 있소."

"댁에 눈 안 치시렵니까?"

"어련히 칠까 봐 걱정이오."

방 서방은 어이가 없어,

"허! 마당도 없는 녀석이 괜히 비만 샀군!"

하고 다리 밑으로 돌아오고 말았다.

그는 직업소개소도 가 보았다. 행랑도 구해 보았다. 지게를 지고 삯짐도 져 보려고 싸다녀 보았으나 지게를 부르는 사람은 없었다. 한 학생이 고리짝을 지고 정거장까지 가자고 했지만, 막상 닥뜨리고 보니 나중에 저 혼자 다리 밑으로 찾아올 수가 있을까가 걱정되었다. 그래서,

"거기 갔다가 제가 여기까지 혼자 찾아올까요!"

하고 어름거렸더니 그 학생은 무어라고 일본 말로 핀잔을 주며 가 버린 것이었다.

하루는 다리 밑으로 순사가 찾아왔다. 거기로 호구 조사를 온 것은 아니었다.

"다리 밑에서 불을 때면 어떻게 할 테야, 응. 날마다 이 밑에서 연기가 났어……. 다시 불을 때다가는 이 밑에서 자지도 못하게 할 터이니 그리 알어……."

정말 그날 저녁부터는 연기가 나지 않았다. 끓일 것만 있으면 다리 밖에 나가서라도 못 끓일 바 아니었지만 그날은 아침부터 양식이 떨어진 것이다.

"어떡하우?"

아내는 맥이 풀려 울 기운도 없었다. 어린것만이 빈 젖을 물고 두어 번 빨아 보다가 울곤 울곤 하였다. 방 서방은 아무런 대답도 없이 앉았다가 이따금,

"정 칠('경을 치다'의 방언. 무엇이 못마땅할 때 사용하는 말) 놈의 세상!"

하고 입맛을 다실 뿐이었다.

　이튿날 이른 아침, 어린것은 아범의 품에서 잘 때다. 초저녁엔 어멈이 품속에 넣고 자다가 오줌을 싸면 그다음엔 아범이 새 품을 헤치고 안고 자는 것이었다. 밤새도록 궁리에 묻혀 잠을 이루지 못하던 아범이 새벽녘에야 잠이 들어 어린것과 함께 쿨쿨 잘 때였다.
　김 씨는 남편이 한없이 불쌍해 보였다. 술 한 잔 허투루 먹는 법 없고 담배도 일하는 날이나 일꾼들을 주려고만 살 줄 알던 남편이 어쩌다 저 지경이 되었나 생각할 때 세상이 원망스러울 뿐이었다. 그리고 굶고 앉았더라도 그 집만 팔지 말고 그냥 두었던들 하고, 고향에만 돌아가고 싶은 생각뿐이었다.
　김 씨는 생각다 못해 바가지를 집어 든 것이다. 고향을 떠날 때 이웃집에서,
　"서울 가면 이런 것도 산다는데."
하고 짐에 달아 주던, 잘 굽고 커다란 새 바가지였다.
　그는 서울 와서 다리 밑을 처음 나선 것이다. 그리고 바가지를 들고 나서기는 생전 처음이었다. 다리가 후들후들하였다. 꼭 일주야(一晝夜 하루 밤낮)를 굶었고 어린것에게 시달린 그의 눈엔 다 밝은 하늘에서 뻔쩍뻔쩍하는 별이 보였다. 그러나 눈을 가다듬으면서 그는 부잣집을 찾았다. 보매 모두 부잣집 같았으나 모두 대문이 굳게 닫혀 있었다. 대문을 연 집, 그는 이것을 찾고 헤매기에 그만 뒤를 돌아다보지 못하고 이 골목 저 골목으로 앞으로만 나간 것이었다. 다행히 문을 연 집이 있었고, 그런 집 중에도 다 주는 것이 아니었지만 열 집에 한 집으로 식은 밥, 더운밥 해서 한 바가지를 얻었을 때는 돌아올 길을 잃어버리고 만 것이다. 이 길로 나가 보아도 딴 거리, 저 길로 나가 보아도 딴 세상, 어디로 가야 그 개천 그 다리가 나올는지 알 재주가 없었다. 기가 막히었다. 물어볼 행인은 많았으나, 개천 이름이나 다리 이름을 모르고는 헛일이었다. 해가 높아 갈수록 길에는 사람이 들끓었고 그럴수록 김 씨는 마음과 다리가 더욱 갈팡질팡하고 있을 때 한 노파가 친절한 손길로 김 씨의 등을 두드렸다.
　"어딜 찾소?"
　김 씨는 울음부터 왈칵 나왔다.

"염려할 것 없소. 내 서울 장안엔 모르는 데가 없소, 내 찾아 주지……."

그 친절한 노파는 김 씨를 데리고 곧 그 앞에 있는 제 집으로 들어가 뜨끈한 숭늉에 조반까지 먹으라 했다.

"염려 말고 좀 자시우. 그새 내 부엌을 좀 치고 같이 나갑시다."

김 씨는 서울도 사람 사는 데라 인정이 있구나 하고, 그 노파만 하늘 같이 믿고 감격한 눈물을 밥상에 떨구며 사양하지 않고 밥술을 들었다. 그러나 굶은 남편과 어린것을 두고 제 목에만 밥이 넘어가지 않았다. 숭늉만 두어 모금 마시고 이내 술을 놓고 노파를 따라나섰다.

그러나 친절한 노파는 김 씨를 당치 않은 곳으로만 끌고 다녔다. 진고개로 백화점으로 개천이라도 당치 않은 개천으로만 한나절 끌고 다니고는,

"오늘은 다리가 아프니 내일 찾읍시다."

하였다. 김 씨는 가슴이 찢어지는 것 같았으나, 그 친절한 노파의 힘을 버리고 혼자 나설 자신은 없었다. 밤을 꼬박 앉아 새우고 은근히 재촉을 하여 이튿날 아침에도 또 일찌거니 나섰으나 노파는 그저 당치 않은 데로만 끌고 다녔다.

노파는 애초부터 계획이 있었던 것이다. 김 씨의 멀끔한 얼굴과 살의 젊음을 그는 삵<sup>(살쾡이)</sup>이 살찐 암탉을 본 격으로 보았던 것이다.

'어떻게 돈냥이나 만들어 써 볼 거리가 되면…….'

이것이 그 노파가 김 씨를 발견하자 세운 뜻이었다.


김 씨는 다시 다리 밑으로 돌아올 리가 없었다. 방 서방은 눈에서 불이 났다.

"쥑일 년이다! 이 어린것을 생각해선들 달아나다니! 고약한 년! 찢어 쥑일 년."

하고 이를 갈았다.

방 서방은 이틀이나 굶은 아이를 보다 못해 안고 나서서, 매운 것 짠 것 할 것 없이 얻는 대로 주워 먹였다. 날은 갑자기 추워졌다. 어린애는 감기가 들고 설사까지 났다.

밤새도록 어두움 속에서 오줌똥을 받은 이불과 아범의 저고리 섶, 바지 자락은 얼어서 왈가닥거리고<sup>(작고 단단한 것들이 서로 부딪쳐 소리가 나고)</sup>, 그 속에서도 어린애 몸은 들여다보는 눈이 뜨겁게 펄펄 달았다.

"어쩌하나! 하느님, 이렇게 무심하십니까?"

하고 중얼거려도 보았으나 새벽 찬바람만 윙 하고 뺨을 갈길 뿐이었다.

날이 밝기를 기다려 아이를 꾸려 안고 병원을 물어서 찾아갔다.

"이 애 좀 살려 주십시오."

"선생님이 아직 안 나오셨소. 그런데 왜 이렇게 되도록 두었소. 진작 데리고 오지?"

"돈이 있어야죠니까……."

"지금은 있소?"

"없습니다. 그저 살려만 주시면 그거야 제 벌어서 갚지요. 그걸 안 갚겠습니까!"

"다른 큰 병원에 가 보시우……."

방 서방은 이렇게 병원 집 문간으로만 한나절을 돌아다니다가 그냥 다리 밑으로 돌아오고 말았다.

방 서방은 또 배가 고팠다. 그러나 앓는 것을 혼자 두고 단 한 걸음이 나가지지 않았다. 그래도 저녁때가 되어서는 그냥 밤을 새울 수는 없어, 보지 않으리라는 듯이 눈을 딱 감고 일어서 나왔던 것이다.

방 서방이 얼마 만에 찬밥 몇 술을 얻어먹고 부랴부랴 돌아왔을 때는 날이 아주 어두웠다. 다리 밑은 캄캄한데 한참 들여다보니 아이는 자리에서 나와 언 맨땅에 목을 늘어뜨리고 흐득흐득 느끼었다. 끌어안고 다리 밖으로 나가 보니 경련이 일어나 눈을 뒤집어쓰고 있는 것이었다.

"죽을 테면 진작 죽어라! 고약한 년! 네년이 이걸 버리고 가 얼마나 잘되겠니……."

방 서방은 몇 번이나,

"어서 죽어라!"

하고 아이를 밀어 던지었다가도 얼른 다시 끌어당겨 들여다보곤 했다. 그럴 때마다 아이의 숨소리는 자꾸 가빠만 갔다.

그러나 야속한 것은 잠. 어느 때쯤 되었을까 깜박 잠이 들었다가 놀라 깨었을 제는 그동안이 잠시 같았으나 주위에는 큰 변화가 생기었다. 날이 환하게 새고 아이에게서는 그 가쁘게 일어나던 숨소리가 똑 그쳐 있었다. 겨우 겨드랑 밑에만 미온이 남았을 뿐, 그 불덩어리 같던 얼굴과 손발은 어느 틈에 언 생선처럼 싸늘하였다.

봄이 왔다. 그렇게 방 서방을 춥게 굴던 겨울은 다 지나가고 그 대신 방 서방을 슬프게는 더 구는 봄이 왔다. 진달래와 개나리 꽃가지들은 전차마다 자동차마다 젊은 새악시들처럼 오락가락하고, 남산과 창경원엔 사쿠라 꽃이 구름처럼 핀 때였다. 무딘 힘줄로만 얼기설기한 방 서방의 가슴에도 그 고향, 그 딸, 그 아내를 생각하기에는 너무나 슬픈 시인이 되게 하는 때였다.

하루 아침, 그날따라 재수는 있어 식전바람에 일본 사람의 짐을 지고 남산정 막바지까지 가서 어렵지 않게 오십 전 한 닢이 들어왔다. 부리나케 술집을 찾아 내려오느라니 일본 집 뜰 안마다 가지가 휘어지게 열린 사쿠라 꽃송이. 그는 그림을 구경하듯 멍하니 서서 바라보았다. 불현듯 고향 생각이 난 것이었다.

'우리가 심은 사쿠라 나무도 저렇게 피었으려니…… 동네가 온통 꽃 투성이려니…….'

그때 마침 일본 여자 하나가 꽃그늘에서 거닐다가 방 서방과 눈이 마주쳤다. 방 서방은 무슨 죄나 지은 듯이 움찔하고 돌아섰다. 꽃 결같이 빛나는 그 젊은 여자의 얼굴! 방 서방은 찌르르하고 가슴을 진동시키는 무엇을 느끼며 내려왔다.

우선 단골집으로 가서 얼근한 술국에 곱빼기로 두어 잔 들이켰다. 그리고 늙수그레한 주모와 몇 마디 농담까지 주거니 받거니 하다 나서니, 세상은 슬프다면 온통 슬픈 것도 같고 즐겁다면 온통 즐거운 것 같기도 했다.

그러나 술만 깨면 역시 세상은 견딜 수 없이 슬픈 세상이었다.

"정 칠 놈의 세상 같으니!"

하고 아무 데나 주저앉아 다리를 뻗고 울고 싶었다.

 복덕방

## ✎ 작품 정리

**작가** : 이태준(298쪽 '작가와 작품 세계' 참조)

**갈래** : 순수 소설

**배경** : 시간 – 1930년대 / 공간 – 서울 어느 복덕방

**시점** : 3인칭 전지적 작가 시점

**주제** : 소외된 노인들의 삶과 죽음

**출전** : 〈조광〉(1937)

## ✎ 구성과 줄거리

**발단  소외된 노인들이 복덕방에 모여 소일함**

안 초시와 박희완 영감은 서 참의가 주인으로 있는 복덕방에 거의 매일 들른다. 구한말 군관 출신인 서 참의는 합병 후 가옥 중개업을 한다. 박 희완 영감은 대서소를 차리겠다며 국어 독본을 열심히 공부한다. 안 초 시는 무용가인 딸 안경화에게 겨우 용돈이나 얻어 쓰는 처지지만 나름 대로 야심이 있는 노인이다.

**전개  안 초시는 박희완 영감을 통해 개발 정보를 입수함**

안 초시는 박희완 영감으로부터 황해 연안의 축항 용지에 대한 이야기 를 듣고 딸을 부추긴다. 안경화는 정혼한 남자를 내세워 땅을 구입한다. 안 초시는 일이 제대로 되면 얼마간의 돈이 자기 수중에 떨어질 것이라 고 생각하며 기뻐한다.

**위기  부동산 투자 실패에 대한 비난이 안 초시에게 돌아감**

1년이 지나도 개발 소식이 들리지 않는다. 개발 계획이 취소된 땅을 산 것이다. 이 일로 안 초시는 크게 낙담한다. 이제는 딸에게 단돈 오십 전 을 얻기도 어려워진다.

**절정  절망에 빠진 안 초시가 자살함**

안 초시는 결국 복덕방에서 자살한다. 서 참의는 안 초시의 죽음을 딸에

게 알린다. 안경화는 자신의 명예를 의식해 관청에 알리지 말아 달라고 간청한다. 서 참의는 고인에게 좋은 수의를 해 입히고 평생 소원이던 속 셔츠도 입혀 주라고 주문한다.

**결말** 장례식에 참석한 서 참의와 박희완 영감은 울분에 찬 눈물을 흘림

영결식은 딸의 무용 연구소 앞마당에서 열린다. 서 참의는 죽으니 이런 호사를 한다면서 안경 걱정할 필요도 없으니 얼마나 좋으냐고 조사(弔辭: 죽은 사람을 슬퍼하며 조문의 뜻을 표하는 글이나 말)를 한다. 박희완 영감은 그만 울음을 터뜨린다. 영결식에 온 사람들을 탐탁지 않게 생각한 두 사람은 묘지에 가지 않고 술집으로 내려오고 만다.

### 🖉 생각해 볼 문제

**1. 서 참의와 안 초시의 성격을 비교해 보자.**

훈련원 참의를 지냈다가 복덕방을 운영하는 서 참의는 긍정적이고 낙천적인 인생관을 가진 인물이다. 물론 자신의 신세를 한탄하며 훈련원 시절을 그리워하기도 한다. 이에 반해 현실에 만족하지 못하는 안 초시는 말끝마다 "젠장."이라고 덧붙인다. 그는 부동산 투자가 결국 실패로 끝나자 자살이라는 극단적인 선택을 하는 비관적인 인물이다.

**2. 서 참의가 안 초시의 딸에게 장례를 후하게 치르라고 명한 이유는 무엇인가?**

서 참의는 안 초시의 죽음을 초래한 원인 가운데 하나가 딸이라고 생각한다. 그래서 안 초시의 딸에게 살아서 못다 한 호사를 해 드리라고 강권한다. 서 참의는 안 초시에 대한 연민과 안타까움을 장례를 통해 해소하고 있다.

**3. 이 작품에 나타난 세대 간의 대립 양상을 비교해 보자.**

세 노인은 전통적 윤리와 가치관을 추구하지만 근대 사회에 적응하지 못하고 소외된 생활을 하고 있다. 이에 반해 안경화(일설에 의하면 월북한 무용가 최승희를 모델로 했다고도 함)와 그 주변 인물들은 근대적 가치관을 추구하며 새로운 사회를 이끌어 간다. 작가는 영결식에 참석한 노인들의 탄식을 통해 시대의 변화에 적응하지 못하는 계층의 모습을 극적으로 드러내고, 새로운 세대에 대한 비판적 태도를 보여 준다.

복덕방

(축항 이야기) →     ← (시체 발견)

박희완          안 초시          서 참의

(돈을 얻어 씀) ↕ (백안시)

제 명예를 위해 관청에는 아버지 자살을 알리지 마세요.

안경화

복덕방을 운영하는 저(서 참의)에게는 친구인 안 초시와 박희완이 매일 찾아와요. 어느 날 박희완이 안 초시에게 항구 개발 사업 이야기를 꺼냈어요. 그 말을 듣고 안 초시의 딸 경화가 투자를 했는데 그게 사기였다지 뭐예요. 딸의 눈치를 보며 살던 안 초시는 극단적인 선택을 했어요. 시체를 발견한 건 저였지요. 딸은 아비를 자살로 몰아가 놓고 자기 명예를 찾네요.

# 복덕방

철석, 앞집 판장 밑에서 물 내버리는 소리가 났다. 주먹구구에 골독했던 안 초시에게는 놀랄 만한 폭음이었던지, 다리 부러진 돋보기 너머로, 똑 모이를 쪼으려는 닭의 눈을 해 가지고 수챗구멍을 내다본다. 뿌연 뜨물에 휩쓸려 나오는 것이 여러 가지다. 호박 꼭지, 계란 껍질, 거피해 버린 녹두 껍질.

"녹두 빈자떡을 부치는 게로군, 흥……."

한 오륙 년째 안 초시는 말끝마다 '젠―장……'이 아니면 '흥!' 하는 코웃음을 잘 붙이었다.

"추석이 벌써 낼모레지! 젠―장……."

안 초시는 저도 모르게 입맛을 다시었다. 기름내가 코에 풍기는 듯 대뜸 입안에 침이 흥건해지고 전에 괜찮게 지낼 때, 충치니 풍치니 하던 것은 거짓말이었던 것처럼 아래윗니가 송곳 끝같이 날카로워짐을 느끼었다.

안 초시는 그 날카로워진 이를 빈 입인 채 빠드득 소리가 나게 한번 물어 보고 고개를 들었다.

하늘은 천 리같이 트였는데 조각구름들이 여기저기 널리었다. 어떤 구름은 깨끗이 바래 말린 옥양목처럼 흰빛이 눈이 부시다. 안 초시는 이내 자기의 때 묻은 적삼 생각이 났다. 소매를 내려다보는 그의 얼굴은 날래 들리지 않는다. 거기는 한 조박의 녹두 빈자나 한 잔의 약주로써 어쩌지 못할, 더 슬픔과 더 고적함이 품겨 있는 것 같았다.

혹혹 소매 끝을 불어 보고 손끝으로 튀겨 보기도 하다가 목침을 세우고 눕고 말았다.

"이사는 팔하고 사오는 이십이라 천이 되지…… 가만…… 천이라? 사로 했으니 사천이라 사천 평…… 매 평에 아주 줄여 잡아 오 환씩만 하게 돼두 사 환 칠십오 전씩이 남으니, 그럼…… 사사는 십륙 일만 육천 환하구……."

안 초시가 다시 주먹구구를 거듭해서 얻어 낸 총액이 일만 구천 원, 단 천원만 들여도 일만 구천 원이 되리라는 셈속이니, 만 원만 들이면 그게 얼만가? 그는 벌떡 일어났다. 이마가 화끈했다. 도사렸던 무릎을 얼른 곧추세우고 뒤나 보려는 사람처럼 쪼그렸다. 마코 갑이 번연히 빈 것인 줄 알면서도 다시 집어다 눌러 보았다. 주머니에는 단돈 십 전, 그도 안경다리를 고친다고 벌써 세 번짼가 네 번째 딸에게서 사오십 전씩 얻어 가지고는 번번이 담뱃값으로 다 내어보내고 말던 최후의 십 전, 안 초시는 주머니에 손을 넣어 그것을 집어내었다. 백통화 한 푼을 얹은 야윈 손바닥, 가만히 떨리었다. 서 참의의 투박한 손을 생각하면 너무나 얇고 잔망스러운 손이거니 하였다. 그러나 이따금 술잔은 얻어먹고, 이렇게 내 방처럼 그의 복덕방(福德房)에서 잠까지 빌려 자건만, 한 번도 집 거간이나 해 먹는 서 참의의 생활이 부럽지는 않았다. 그래도 언제든지 한 번쯤은 무슨 수가 생기어 다시 한번 내 집을 쓰게 되고, 내 밥을 먹게 되고, 내 힘과 내 낯으로 다시 한번 세상에 부딪혀 보려니 믿어졌다.

초시는 전에 어떤 관상쟁이의 '엄지손가락을 안으로 넣고 주먹을 쥐어야 재물이 나가지 않는다'는 말이 생각났다. 늘 그렇게 쥐노라고는 했지만 문득 생각이 나 내려다볼 때는, 으레 엄지손가락이 얄밉도록 밖으로만 쥐어져 있었다. 그래 드팀전(예전에 온갖 피륙을 팔던 가게)을 하다가도 실패를 하였고, 그래 집까지 잡혀서 장전(欌廛 장롱 따위의 세간을 만들어 파는 가게)을 내었다가도 그만 화재를 보았거니 하는 것이다.

"이놈의 엄지손가락아, 안으로 좀 들어가아, 젠장."

하고 연습 삼아 엄지손가락을 먼저 안으로 넣고 아프도록 두 주먹을 꽉 쥐어 보았다. 그리고 당장 내어보낼 돈이면서도 그 십 전짜리를 그렇게 쥔 주먹에 단단히 넣고 담배 가게로 나갔다.


이 복덕방에는 흔히 세 늙은이가 모이었다.

언제, 누가 와, 집 보러 가잘지 몰라, 늘 갓을 쓰고 앉아서 행길을 잘 내다보는, 얼굴 붉고 눈방울 큰 노인은 주인 서 참의다. 참의로 다니다가 합병 후에는 다섯 해를 놀면서 시기를 엿보았으나 별수가 없을 것 같아서 이럭저럭 심심파적으로 갖게 된 것이 이 가옥 중개업이었다. 처음에는 겨우 굶지 않을 만한 수입이었으나 대정 팔구 년(1919~1920년) 이후로는 시골 부자들이 세금에 몰려, 혹은 자녀들의 교육을 위해 서울로만 몰려들고, 그런데다 돈은 흔해져서 관철동, 다옥정 같은 중앙 지대에는 그리 고옥만 아니면 만원대를 예사로 훌훌 넘었다. 그 판에 봄가을로 어떤 달에는 삼사백 원 수입이 있어, 그러기를 몇 해를 지나 가회동에 수십 간 집을 세웠고, 또 몇 해 지

나지 않아서는 창동 근처에 땅을 장만하기 시작하였다. 지금은 중개업자
도 많이 늘었고 건양사 같은 큰 건축 회사가 생기어서 당자끼리 직접 팔고
사는 것이 원칙처럼 되어 가기 때문에 중개료의 수입은 전보다 훨씬 준 셈
이다. 그러나 이십여 간 집에 학생을 치고 싶은 대로 치기 때문에 서 참의
의 수입이 없는 달이라고 쌀값이 밀리거나 나뭇값에 졸릴 형편은 아니다.

"세상은 먹구살게는 마련야……."

서 참의가 흔히 하는 말이다. 칼을 차고 훈련원에 나서 병법을 익힐 제는,
한번 호령만 하고 보면 산천이라도 물러설 것 같던, 그 기개와 오늘의 자기,
한낱 가쾌(家儈 집주릅. 집 흥정을 붙이는 일을 직업으로 가진 사람)로 복덕방 영감으로 기생, 갈
보 따위가 사글셋방 한 간을 얻어 달래도 네, 네 하고 따라나서야 하는, 만
인의 심부름꾼인 것을 생각하면 서글픈 눈물이 아니 날 수도 없는 것이다.
워낙 술을 즐기기도 하지만 어떤 때는 남몰래 이런 감회를 이기지 못해서
술집에 들어선 석도 여러 번이다.

그러나 호반(虎班 무인(武人))들의 기개란 흔히 혈기에서 나오는 것이기 때문
인지 몸에서 혈기가 줄어듦에 따라 그런 감회를 일으킴조차 요즘은 적어
지고 말았다. 하루는 집에서 점심을 먹다 듣노라니 무슨 장사치의 외는 소
리인데 아무래도 귀에 익은 목청이다. 자세히 귀를 기울이니 점점 가까이
오는 소리인데 제법 무엇을 사라는 소리가 아니라 '유리병이나 간장통 팔
거—쏘—' 하는 소리이다. 그런데 그 목청이 보면 꼭 알 사람 같아 일어서
마루 들창으로 내어다 보니, 이번에는 '가마니나 신문 잡지나 팔거—쏘—'
하면서 가마니 두어 개를 지고 한 손에는 저울을 들고 중노인이나 된 사나
이가 지나가는데 아는 사람은 확실히 아는 사람이다. 그러나 그를 어디서
알았으며 성명이 무엇이며 애초에는 무엇을 하던 사람인지가 감감해지고
말았다.

"오라! 그렇군…… 분명…… 저런!"

하고 그는 한참 만에 고개를 끄덕이었다. 그 유리병과 간장통을 외는 소리
가 골목 안으로 사라져 갈 즈음에야 서 참의는 그가 누구인 것을 깨달아 낸
것이다.

"동관(同官 한 관아에서 일하는 같은 등급의 관리나 벼슬아치) 김 참의…… 허!"

나이는 자기보다 훨씬 연소하였으나 학식과 재기가 있는 데다 호령 소리
가 좋아 상관에게 늘 칭찬을 받던 청년 무관이었었다. 이십여 년 뒤에 들어

도 갈데없이 그 목청이요 그 모습이었다. 전날의 그를 생각하고 오늘의 그를 보니 적이 감개에 사무치어 밥숟가락을 멈추고 냉수만 거듭 마시었다.

그러나 전에 혈기 있을 때와 달라 그런 기분이 오래가지는 않았다. 중학교 졸업반인 둘째 아들이 학교에 갔다 들어서는 것을 보고, 또 싸전에서 쌀값 받으러 와 마누라가 선선히 시퍼런 지전을 내어 헤는 것을 볼 때 서 참의는 이내 속으로,

'거저 살아야지 별수 있나. 저렇게 개가죽을 쓰고 돌아다니는 친구도 있는데…… 에헴.'

하였을 뿐 아니라 그런 절박한 친구에다 대면 자기는 얼마나 훌륭한 지체냐 하는 자존심도 없지 않았다.

'지난 일 그까짓 생각할 건 뭐 있나. 사는 날까지…… 허허.'

여생을 웃으며 살 작정이었다. 그래 그런지 워낙 좀 실없는 티가 있는데다 요즘 와서는 누구에게나 농지거리가 늘어 갔다. 그래 늘 눈이 달리고 뾰로통한 입으로는 말끝마다 젠—장 소리만 나오는 안 초시와는 성미가 맞지 않았다.

"쫌보<small>(졸보. 재주 없고 졸망한 사람)</small>야, 술 한잔 사 주랴?"

쫌보라는 말이 자기를 업신여기는 것 같아서 안 초시는 이내 발끈해 가지고,

"네깟 놈 술 더러 안 먹는다."

한다.

"화투패나 밤낮 떼면 너이 어멈이 살아온다덴?"

하고 서 참의가 발끝으로 화투장들을 밀어 던지면 그만 얼굴이 새빨개져서 쌔근쌔근하다가 부채면 부채, 담뱃갑이면 담뱃갑, 자기의 것을 냉큼 집어 들고 다시 안 올 듯이 새침해 나가 버리는 것이다.

"조게 계집이문 천생 남의 첩감이야."

하고 서 참의는 껄껄 웃어 버리나 안 초시는 이렇게 돼서 올라가면 한 이틀씩 보이지 않았다.

한번은 안 초시의 딸의 무용회 날 밤이었다. 안경화라고, 한동안 토월회<small>(土月會 우리나라의 신극 극단)</small>에도 다니다가 대판<small>(大阪 일본 오사카)</small>에 가 있으니 동경에 가 있으니 하더니 오륙 년 뒤에 무용가로 이름을 날리며 서울에 나타났다. 바로 제일 회 공연 날 밤이었다. 서 참의가 조르기도 했지만, 안 초시도 딸의

사진과 이야기가 신문마다 나는 바람에 어깨가 으쓱해서 공표를 얻을 수 있는 대로 얻어 가지고 서 참의뿐 아니라 여러 친구를 돌라줬던 것이다.

"허! 저기 한가운데서 지금 한창 다릿짓하는 게 자네 딸인가?"

남은 다 멍멍히 앉았는데 서 참의가 해괴한 것을 보는 듯 마땅치 않은 어조로 물었다.

"무용이란 건 문명국일수록 벗구 한다네그려."

약기는 한 안 초시는 미리 이런 대답으로 막았다.

"모르겠네 원…… 지금 총각 놈들은 모두 등신인가 봐……."

"왜?"

하고 이번에는 다른 친구가 탄하였다.

"우린 총각 시절에 저런 걸 보문 그냥 못 배기네."

"빌어먹을 녀석…… 나잇값을 못 하구, 개아 저건 개……."

벌써 안 초시는 분통이 발끈거려서 나오는 소리였다.

한 가지가 끝나고 불이 환하게 켜졌을 때다.

"도루, 차라리 여배우 노릇을 댕기라구 그래라. 여배운 그래두 저렇게 넓적다린 내놓구 덤비지 않더라."

"그 자식 오지랖 경치게 넓네. 네가 안방 건넌방이 몇 칸이요나 알았지 뭘 쥐뿔이나 안다구 그래? 보기 싫건 나가렴."

하고 안 초시는 화를 발끈 내었다. 그러니까 서 참의도 안방 건넌방 말에 화가 나서 꽤 높은 소리로,

"넌 또 뭘 아니? 요 쫌보야."

하고 일어서 버리었다.

이 일이 있은 후 안 초시는 거의 달포나 서 참의의 복덕방에 나오지 않았었다. 그런 걸 박희완 영감이 가서 데리고 왔었다.


박희완 영감이란 세 영감 중의 하나로 안 초시처럼 이 복덕방에 와 자기까지는 안 하나 꽤 쏠쏠히 놀러 오는 늙은이다. 아니 놀러 오기만 하는 것이 아니라 와서는 공부도 한다. 재판소에 다니는 조카가 있어 대서업(代書業 남을 대신해 관청 행정이나 법률 행위에 필요한 서류를 작성해 주고 보수를 받는 직업) 운동을 한다고 『속수국어독본(速修國語讀本)』을 노상 끼고 와 그 『삼국지』 읽던 투로,

"긴— 상 도코—에 유키이마스카."

어쩌고를 외고 있는 것이다.

그러나 『속수국어독본』 뚜껑이 손때에 절고, 또 어떤 때는 목침 위에 받쳐 베고 낮잠도 자서 머리때까지 새까맣게 절어 조선총독부편찬이란 잔글자들은 보이지 않게 되도록, 대서업 허가는 의연히 나오지 않는 모양이었다.

"너나 내나 다 산 것들이 업은 가져 뭘 허니. 무슨 세월에…… 흥!"

하고 어떤 때, 안 초시는 한나절이나 화투패를 떼다 안 떨어지면 그 화풀이로 박희완 영감이 들고 중얼거리는 『속수국어독본』을 톡 채어 행길로 팽개치며 그랬다.

"넌 또 무슨 재술 바라구 밤낮 화투패나 떨어지길 바라니?"

"난 심심풀이지."

그러나 속으로는 박희완 영감보다 더 세상에 대한 야심이 끓었다. 딸이 평양으로 대구로 다니며 지방 순회까지 하여서 제법 돈냥이나 걷힌 것 같으나 연구소를 내느라고 집을 뜯어고친다, 유성기를 사들인다, 교제를 하러 돌아다닌다 하느라고, 더구나 귀찮게만 아는 이 애비를 위해 쓸 돈은 예산에부터 들지 못하는 모양이었다.

"얘? 낡은 솜이 돼 그런지, 삶바느질이 돼 그런지 바지 솜이 모두 치어서 어떤 덴 홑옷이야. 암만해두 샤쓸 한 벌 사 입어야겠다."

하고 딸의 눈치만 보아 오다 한번은 입을 열었더니,

"어련히 인제 사 드릴라구요."

하고 딸은 대답은 선선하였으나 샤쓰는 그해 겨울이 다 지나도록 구경도 못 하였다. 샤쓰는커녕 안경다리를 고치겠다고 돈 일 원만 달래도 일 원짜리를 군이 바꿔다가 오십 전 한 닢만 주었다. 안경은 돈을 좀 주무르던 시절에 장만한 것이라 테만 오륙 원 먹은 것이어서 오십 전만으로 그런 다리는 어림도 없었다. 오십 전짜리 다리도 있지만 살 바에는 조촐한 것을 택하던 초시의 성미라 더구나 면상에서 짝짝이로 드러나는 것을 사기가 싫었다. 차라리 종이 노끈인 채 쓰기로 하고 오십 전은 담뱃값으로 나가고 말았다.

"왜 안경다린 안 고치셨어요?"

딸이 그날 저녁으로 물었다.

"흥……."

초시는 말은 하지 않았다. 딸은 며칠 뒤에 또 오십 전을 주었다. 그러면서

어떻게 들으라고 하는 소리인지,

"아버지 보험료만 해두 한 달에 삼 원 팔십 전씩 나가요."

하였다. 보험료나 타 먹게 어서 죽어 달라는 소리로도 들리었다.

"그게 내게 상관 있니?"

"아버지 위해 들었지 누구 위해 들었게요 그럼?"

초시는 '정말 날 위해 하는 거문 살아서 한 푼이라두 다우. 죽은 뒤에 내가 알 게 뭐냐' 소리가 나오는 것을 억지로 참았다.

"오십 전이문 왜 안경다릴 못 고치세요?"

초시는 설명하지 않았다.

"지금 아버지가 좋고 낮은 걸 가리실 처지야요?"

그러나 오십 전은 또 마코 값으로 다 나갔다. 이러기를 아마 서너 번째다.

"자식도 소용없어. 너구나 딸자식…… 그저 내 수중에 돈이 있어야……."

초시는 돈의 긴요성을 날로 날로 더욱 심각하게 느끼었다.

"돈만 가지면야 좀 좋은 세상인가!"

심심해서 운동 삼아 좀 나다녀 보면 거리마다 짓느니 고층 건축들이요, 동네마다 느느니 그림 같은 문화 주택들이다. 조금만 정신을 놓아도 물에서 갓 튀어나온 메기처럼 미끈미끈한 자동차가 등덜미에서 소리를 꽥 지른다. 돌아다보면 운전수는 눈을 부릅떴고 그 뒤에는 금시계 줄이 번쩍거리는, 살진 중년 신사가 빙그레 웃고 앉았는 것이었다.

"예순이 낼모레…… 젠—장 할 것."

초시는 늙어 가는 것이 원통하였다. 어떻게 해서나 더 늙기 전에 적게 돈만 원이라도 붙들어 가지고 내 손으로 다시 한번 이 세상과 교섭해 보고 싶었다. 지금 이 꼴로서야 문화 주택이 암만 서기로 내게 무슨 상관이며 자동차, 비행기가 개미 떼나 파리 떼처럼 퍼지기로 나와 무슨 인연이 있는 것이냐, 세상과 자기와는 자기 손에서 돈이 떨어진, 그 즉시로 인연이 끊어진 것이라 생각되었다.

"그러면 송장이나 다름없지 뭔가?"

초시는 이런 질문을 자신에게 던지는 지가 이미 오래였다.

"무슨 수가 없을까?"

또,

"무슨 그루테기가 있어야 비비지!"

그러다가도,

"그래도 돈냥이나 엎질러 본 녀석이 벌기도 하는 게지."

하고 그야말로 무슨 그루터기만 만나면 꼭 벌기는 할 자신이었다.

그러다가 박희완 영감에게서 들은 말이었다. 관변에 있는 모 유력자를 통해 비밀리에 나온 말인데 황해 연안에 제이의 나진(羅津 함경북도에 있는 항구 도시)이 생긴다는 말이었다. 지금은 관청에서만 알 뿐이나 축항 용지(築港用地 항구를 구축하기 위한 용지)는 비밀리에 매수되었으므로 불원하여 당국자로부터 공표가 있으리라는 것이다.

"그럼, 거기가 황무진가? 전답들인가?"

초시는 눈이 뻘개 물었다.

"밭이라데."

"밭? 그럼 매 평 얼마나 간다나?"

"좀 올랐대. 관청에서 사는 바람에 아무리 시굴 사람들이기루 그만 눈치 없겠나. 그래두 무슨 일루 관청서 사는진 모르거든……."

"그래?"

"그래, 그리 오르진 않았대…… 아마 평당 이십오륙 전씩이면 살 수 있다 나 보데. 그러니 화중지병이지 뭘 허나 우리가……."

"음……."

초시는 관자놀이가 욱신거렸다. 정말이기만 하면 한 시각이라도 먼저 덤비는 놈이 더 먹는 판이다. 나진도 오륙 전 하던 땅이 한번 개항된다는 소문이 나자 당년으로 오륙 전의 백 배 이상이 올랐고 삼사 년 뒤에는, 땅 나름이지만 어떤 요지는 천 배 이상이 오른 데가 많다.

'다 산 나이에 오래 끌 건 뭐 있나. 당년으로 넘겨두 최소한도 오 환씩야 무려할 테지…….'

혼자 생각한 초시는,

"대관절 어디란 말야, 거기가?"

하고 나앉으며 물었다.

"그걸 낸들 아나?"

"그럼?"

"그 모씨라는 이만 알지. 그리게 날더러 단 만 원이라도 자본을 운동하면 자기는 거기서도 어디어디가 요지라는 걸 설계도를 복사해 낸 사람이니까 그 요지만 산단 말이지, 그리구 많이두 바라지 않어, 비용 죄다 제치구 순이익의 이 할만 달라는 거야."

"그럴 테지…… 누가 그런 자국을 일러 주구 구경만 하자겠나…… 이 할이라…… 이 할……."

초시는 생각할수록 이것이 훌륭한, 그 무슨 그루터기가 될 것 같았다. 나진의 선례도 있거니와 박희완 영감 말이 만주국이 되는 바람에 중국과의 관계가 미묘해지므로 황해 연안에도 으레 나진과 같은 사명을 갖는 큰 항구가 필요할 것은 우리 상식으로도 추측할 바이라 하였다. 초시의 상식에도 그것을 믿을 수 있었다.

오늘은 오래간만에 피죤(1930년대 조선총독부에서 만든 담배 중 하나)을 사서, 거기서 아주 한 대를 피워 물고 왔다. 어째 박희완 영감이 종일 보이지 않는다. 다른 데로 자금 운동을 다니나 보다 하였다. 서 참의는 점심 전에 나간 사람이 어디서 흥정이 한자리 떨어지느라고인지 아직 돌아오지 않는다. 안 초시는 미닫이틀 위에서 낡은 화투를 꺼내었다.

"허, 이거 봐라!"

여간해선 잘 떨어지지 않던 거북패가 단번에 뚝 떨어진다. 누가 옆에 있어 좀 보아 줬으면 싶었다.

"아무래두 이게 심상치 않어…… 이제 재수가 티나 부다!"

초시는 반도 타지 않은 담배를 행길로 내어던졌다. 출출하던 판에 담배만 몇 대를 피고 나니 목이 컬컬해진다. 앞집 수채에는 뜨물에 떠내려가다 막힌 녹두 껍질이 그저 누렇게 보인다.

"오냐, 내년 추석엔……."

초시는 이날 저녁에 박희완 영감에게서 들은 이야기를 딸에게 하였다. 실패는 했을지라도 그래도 십수 년을 상업계에서 논 안 초시라 출자(出資 자금을 내는 일)를 권유하는 수작만은 딸이 듣기에도 딴사람인 듯 놀라웠다. 딸은 즉석에서는 가부를 말하지 않았으나 그의 머릿속에서도 이내 잊혀지지는 않았던지 다음 날 아침에는, 딸 편이 먼저 이 이야기를 다시 꺼내었고, 초시가 박희완 영감에게 묻던 이상으로 시시콜콜히 캐어물었다. 그러면 초시는 또 박희완 영감 이상으로 손가락으로 가리키듯 소상히 설명하였고 일 년

안에 청장(淸帳 장부를 청산한다는 뜻으로, 빚 따위를 깨끗이 갚음을 이르는 말)을 하더라도 최소한도로 오십 배 이상의 순이익이 날 것이라 장담 장담하였다.

딸은 솔깃했다. 사흘 안에 연구소 집을 어느 신탁 회사에 넣고 삼천 원을 돌리기로 하였다. 초시는 금시 발복(發福 운이 틔어 복이 닥침)이나 된 듯 뛰고 싶게 기뻤다.

"서 참의 이놈, 날 은근히 멸시했것다. 내 군이 널 시켜 네 집보다 난 집을 살 테다. 네깟 놈이 천생 가쾌지 별거냐……."

그러나 신탁 회사에서 돈이 되는 날은 웬 처음 보는 청년 하나가 초시의 앞을 가리며 나타났다. 그는 딸의 청년이었다. 딸은 아버지의 손에 단 일 전도 넣지 않았고 꼭 그 청년이 나서 돈을 쓰며 처리하게 하였다. 처음에는 팩 나오는 노염을 참을 수가 없었으나 며칠 밤을 지내고 나니, 적어도 삼천 원의 순이익이 오륙만 원은 될 것이라, 만 원 하나야 어디로 가랴 하는 타협이 생기어서 안 초시는 으슬으슬 그, 이를테면 사위 녀석 격인 청년의 뒤를 따라나섰다.


일 년이 지났다.

모두 꿈이었다. 꿈이라도 너무 악한 꿈이었다. 삼천 원어치 땅을 사 놓고 날마다 신문을 훑어보며 수소문을 하여도 거기는 축항이 된단 말이 신문에도, 소문에도 나지 않았다. 용당포(龍塘浦 황해도 해주시의 포구)와 다사도(多獅島 평안북도 용천군의 섬)에는 땅값이 삼십 배가 올랐느니 오십 배가 올랐느니 하고 졸부들이 생겼다는 소문이 있어도 여기는 감감소식일 뿐 아니라, 나중에 역시, 이 것도 박희완 영감을 통해 알고 보니 그 관변(官邊 관청 측. 정부 측) 모씨에게 박희완 영감부터 속아 떨어진 것이었다. 축항 후보지로 측량까지 하기는 하였으나 무슨 결점으로인지 중지되고 마는 바람에 너무 기민하게 거기다 땅을 샀던, 그 모씨가 그 땅 처치에 곤란하여 꾸민 연극이었다.

돈을 쓸 때는 일 원짜리 한 장 만져도 못 봤지만 벼락은 초시에게 떨어졌다. 서너 끼씩 굶어도 밥 먹을 정신이 나지도 않았거니와 밥을 먹으러 들어 갈 수도 없었다.

"재물이란 친자 간의 의리도 배추 밑 도리듯 하는 건가?"

탄식할 뿐이었다. 밥보다는 술과 담배가 그리웠다. 물론 안경다리는 그저 못 고쳤다. 그러나 이제는 오십 전짜리는커녕 단 십 전짜리도 얻어 볼 길이 없다.

추석 가까운 날씨는 해마다의 그때와 같이 맑았다. 하늘은 천 리같이 트였는데 조각구름들이 여기저기 널리었다. 어떤 구름은 깨끗이 바래 말린 옥양목처럼 흰빛이 눈이 부시다. 안 초시는 이번에도 자기의 때 묻은 적삼 생각이 났다. 그러나 이번에는 소매 끝을 불거나 떨지는 않았다. 고요히 흘러내리는 눈물을 그 더러운 소매로 닦았을 뿐이다.


여름이 극성스럽게 덥더니, 추위도 그럴 징조인지 예년보다 무서리(그해의 가을 들어 처음 내리는 묽은 서리)가 일찍 내리었다. 서 참의가 늘 지나다니는 식은관사에는 울타리가 넘게 피었던 코스모스들이 끓는 물에 데쳐 낸 것처럼 시커멓게 무르녹고 말았다.

참의는 머리가 띵―하였다. 요즘 와서 울기 잘하는 안 초시를 한번 위로해 주려, 엊저녁에는 데리고 나와 청요릿집으로, 추어탕 집으로 새로 두 점을 치도록 돌아다닌 때문 같았다. 조반이라고 몇 술 뜨기는 했으나 혀도 그냥 뻑뻑하다. 안 초시도 그럴 것이니까 해는 벌써 오정 때지만 끌고 나와 해장술이나 먹으리라 하고 부지런히 내려와 보니, 웬일인지 복덕방이라고 쓴 베 발이 아직 내어 걸리지 않았다.

"이 사람 봐아…… 어느 땐 줄 알구 코만 고누……."

그러나 코 고는 소리는 들리지 않았다. 미닫이를 밀어 젖힌 서 참의는 정신이 번쩍 났다. 안 초시의 입에는 피, 얼굴은 잿빛이다. 방 안은 움 속처럼 음습한 바람이 횡― 끼친다.

"아니?"

참의는 우선 미닫이를 닫고 눈을 비비고 초시를 들여다보았다. 안 초시는 벌써 아니요, 안 초시의 시체일 뿐, 둘러보니 무슨 약병인 듯한 것 하나가 굴려져 있다.

참의는 한참만에야 이 일이 슬픈 일인 것을 깨달았다.

"허!"

파출소로 갈까 하다 그래도 자식한테 먼저 알려야겠다 하고 말만 들던 그 안경화 무용 연구소를 찾아가서 안경화를 데리고 왔다. 딸이 한참 울고 난 뒤다.

"관청에 어서 알려야지?"

"아니야요. 앗으세요."

딸은 펄쩍 뛰었다.

"앗으라니?"

"저……."

"저라니?"

"제 명예도 좀……."

하고 그는 애원하였다.

"명예? 안 될 말이지, 명옐 생각하는 사람이 애빌 저 모양으루 세상 떠나게 해?"

"……."

안경화는 엎드려 다시 울었다. 그러다가 나가려는 서 참의의 다리를 끌어안고 놓지 않았다. 그리고,

"절 살려 주세요."

소리를 몇 번이나 거듭하였다.

"그럼, 비밀은 내가 지킬 테니 나 하자는 대루 할까?"

"네."

서 참의는 다시 앉았다.

"부친 위해 보험 든 거 있지?"

"네, 간이 보험이야요."

"무슨 보험이든…… 얼마나 타게 되누?"

"사백팔십 원요."

"부친 위해 들었으니 부친 위해 다 써야지?"

"그럼요."

"에헴, 그럼…… 돌아간 이가 늘 속샤쓸 입구퍼 했어. 상등 털샤쓰를 사다 입히구, 그 우에 진견(進絹 품질이 좋은 비단)으로 수의 일습(一襲 옷, 그릇, 기구 따위의 한 벌) 구색 맞춰 짓게 허구…… 선산이 있나, 묻힐 데가?"

"웬걸요, 없어요."

"그럼 공동묘지라도 특등지루 널찍하게 사구…… 장례식을 장―하게 해야 말이지 초라하게 해 버리면 내가 그저 안 있을 게야. 알아들어?"

"네에."

하고 안경화는 그제야 핸드백을 열고 눈물 젖은 얼굴을 닦았다.

안 초시의 소위 영결식이 그 딸의 연구소 마당에서 열리었다.

서 참의와 박희완 영감은 술이 거나하게 취해 갔다. 박희완 영감이 무얼 잡혀서 가져왔다는 부의(賻儀 상가에 부조로 보내는 돈이나 물품) 이 원을 서 참의가,

"장례비가 넉넉하니 자네 돈 그 계집애 줄 거 없네."

하고 우선 술집에 들러 거나하게 곱빼기들을 한 것이다.

영결식장에는 제법 반반한 조객들이 모여들었다. 예복을 차리고 온 사람도 두엇 있었다. 모두 고인을 알아 온 것이 아니요, 무용가 안경화를 보아 온 사람들 같았다. 그중에는, 고인의 슬픔을 알아 우는 사람인지, 덩달아 기분으로 우는 사람인지 울음을 삼키느라고 끽끽 하는 사람도 있었다. 안경화도 제법 눈이 젖어 가지고 신식 상복이라나 공단 같은 새까만 양복으로 관 앞에 나와 향불을 놓고 절하였다. 그 뒤를 따라 한 이십 명 관 앞에 와 꾸벅거리었다. 그리고 무어라고 지껄이고 나가는 사람도 있었다.

그들의 분향이 거의 끝난 듯하였을 때,

"에헴!"

하고 얼굴이 시뻘건 서 참의도 한마디 없을 수 없다는 듯이 나섰다. 향을 한 움큼이나 집어 놓아 연기가 시커멓게 올려 솟더니 불이 일어났다. 후— 후— 불어 불을 끄고, 수염을 한번 쓰다듬고 절을 했다. 그리고 다시,

"헴……"

하더니 조사를 하였다.

"나 서참일세, 알겠나? 흥…… 자네 참 호살세 호사야…… 잘 죽었느니. 자네 살았으문 이만 호살 해 보겠나? 인전(이제는) 안경다리 고칠 걱정두 없구…… 아무튼지……."

하는데 박희완 영감이 들어서더니,

"이 사람 취했네그려."

하며 서 참의를 밀어냈다.

박희완 영감도 가슴이 답답하였다. 분향을 하고 무슨 소리를 한마디 했으면 속이 후련히 트일 것 같아서 잠깐 멈칫하고 서 있어 보았으나,

"으흐윽……."

하고 울음이 먼저 터져 그만 나오고 말았다.

서 참의와 박희완 영감도 묘지까지 나갈 작정이었으나 거기 모인 사람들이 하나도 마음에 들지 않아 도로 술집으로 내려오고 말았다.

# 돌다리

## ✎ 작품 정리

> **작가** : 이태준(298쪽 '작가와 작품 세계' 참조)
> **갈래** : 순수 소설
> **배경** : 시간 – 1930년대 / 공간 – 농촌 마을
> **시점** : 3인칭 전지적 작가 시점
> **주제** : 땅의 가치에 대한 인식과 물질 만능 사회에 대한 비판
> **출전** : 〈국민문학〉(1943)

## ✎ 구성과 줄거리

**발단** **아버지의 뜻을 어기고 의사가 된 창섭이 고향을 찾아옴**

농업 학교로 진학하라는 아버지의 뜻을 어기고 의사가 된 창섭은 맹장 수술 분야의 권위자가 된다. 창섭은 아버지에게 병원 증설 자금을 얻기 위해 고향을 찾는다. 고향 어귀에 들어선 창섭은 의사의 오진으로 일찍 생을 마감한 누이 창옥의 묘를 보며 좋은 병원을 지을 기대에 부푼다.

**전개** **창섭은 자금을 얻기 위해 아버지를 설득함**

동네에서 근검하기로 소문난 창섭의 아버지는 논밭을 가꾸는 일에 모든 정성을 들인다. 창섭이 마을에 들어섰을 때 아버지는 장마 때 내려앉은 돌다리를 고치고 있었다. 부모를 서울로 모시고 올 생각을 굳힌 창섭은 땅을 팔아 병원을 지으면 큰 이득이 남는다고 아버지를 설득한다.

**위기** **아버지는 땅을 지키며 살겠다는 의지를 밝힘**

조상들과 연계된 땅에 얽힌 이야기를 털어놓는 아버지는 땅이란 천지 만물의 근거라며 땅에 대한 애착을 보인다.

**절정** **아버지는 훗날 땅을 진심으로 소중히 여기는 사람에게 팔겠다고 함**

아버지는 땅을 돈으로 여기지 않고 진심으로 소중히 여기는 사람에게 팔겠다고 말한다. 아버지는 자신의 신념을 무시하지 말아 달라는 당부를 하고 자리에서 일어나 다리 고치러 나간다. 아버지에게 존경심을 느낀

창섭은 자신의 계획이 무산된 것을 당연히 여기면서도 아버지와 자신의 세계가 격리되는 결별의 심사를 체험한다.

**결말 아버지는 고쳐 놓은 돌다리에 나가 땅의 소중함을 되새김**

창섭은 아버지가 정성을 다해 고친 돌다리를 건너 서울로 올라가고 아버지는 그런 창섭의 뒷모습을 안타까운 마음으로 바라본다.

---

## ✏️ 생각해 볼 문제

### 1. '돌다리'는 무엇을 상징하는가?

'돌다리'는 아버지 세대의 자연 중심적 가치관을 상징한다. 즉, 농촌 공동체가 지니고 있었던 전통적 세계를 의미한다. 이 작품에서 아버지는 돌다리를 단순한 다리가 아닌 가족사의 일부로 생각한다. 그 돌다리는 아버지가 글을 배우러 다니던 다리이자 어머니가 시집올 때 가마를 타고 건넌 다리이다. 또한 조상의 상돌을 옮긴 다리이면서 아버지 자신이 죽어서 건널 다리이기도 하다. 이처럼 아버지에게 돌다리는 과거, 현재, 미래를 연결해 주는 매개체 역할을 한다.

### 2. 돌다리를 보수하는 아버지의 행위는 무엇을 상징하는가?

아버지가 돌다리를 고치는 행위에는 과거의 전통이 후대까지 이어지기를 바라는 마음이 담겨 있다. 당시의 시대 상황을 고려할 때 일제 강점하의 어려운 현실 속에서도 꿋꿋이 민족성을 지켜 내려는 의지의 표현으로도 볼 수 있다. 땅과 고향에 대한 아버지의 애착을 담고 있는 돌다리는 아버지가 아들의 제안을 거절할 것이라는 복선 역할을 하기도 한다.

### 3. 땅을 바라보는 창섭과 아버지의 입장을 비교해 보자.

섭은 땅을 돈벌이의 수단으로 생각한다. 일생 동안 농사만 지어 온 아버지는 물질보다는 인정과 의리를 소중히 여기는 인물이다. 땅은 돈을 벌어서 다시 사면 된다는 창섭의 생각은 땅을 만물의 근원으로 여기는 아버지의 생각과 정면으로 대립된다. 작가는 아버지의 입장을 통해 땅의 본래적 가치보다 금전적인 가치만 중시하는 근대 자본주의 사회의 가치관을 비판한다.

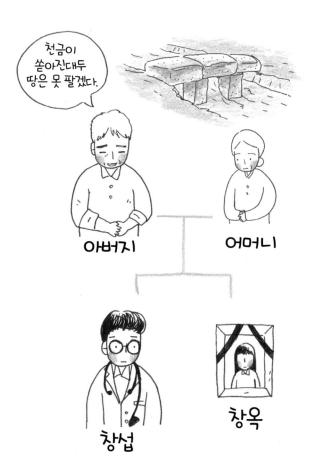

의사인 저(창섭)는 고향을 찾았어요. 의사의 오진으로 세상을 떠난 누이(창옥)의 묘를 보며 좋은 병원을 지어야겠다고 다짐했지요. 저는 아버지에게 서울로 모시고 가겠다며 땅을 팔아 달라고 설득했어요. 하지만 땅에 대한 아버지의 애착은 변함이 없었지요. 저는 아버지에 대한 존경심을 품고 돌다리를 건너 서울로 돌아왔답니다.

# 돌다리

정거장에서 샘말 십 리 길을 내려오노라면 반이 될락 말락 한 데서부터 샘말 동네보다는 그 건너편 산기슭에 놓인 공동묘지가 먼저 눈에 뜨인다.

창섭은 잠깐 걸음을 멈추고까지 바라보았다.

봄에 올 때 보면, 진달래가 불붙듯 피어 올라가는 야산이다. 지금은 단풍 철도 지나고 누르테테한 가닥나무('떡갈나무'의 방언)들만 묘지를 둘러, 듣지 않아도 적막한 버스럭 소리만 울릴 것 같았다. 어느 것이라고 집어낼 수는 없어도, 창옥의 무덤이 어디쯤이라고는 짐작이 된다. 창섭은 마음으로 '창옥아' 불러 보며 묵례(默禮 말없이 고개만 숙이는 인사)를 보냈다.

다만 오뉘뿐으로 나이가 훨씬 떨어진 누이였다. 지금도 눈에 선—하다. 자기가 마침 방학으로 와 있던 여름이었다. 창옥은 저녁 먹다 말고 갑자기 복통으로 뒹굴었다. 읍으로 뛰어 들어가 의사를 청해 왔다. 의사는 주사를 놓고 들어갔다. 그러나 밤새도록 열은 내리지 않았고 새벽녘엔 아파하는 것도 더해 갔다. 다시 의사를 데리러 갔으나 의사는 바쁘다고 환자를 데려오라 하였다. 하라는 대로 환자를 데리고 들어갔으나 역시 오진(誤診 병을 그릇되게 진단함)을 했었다. 다시 하루를 지나 고름이 터지고 복막이 절망적으로 상해 버린 뒤에야 겨우 맹장염인 것을 알아낸 눈치였다.

그때 창섭은, 자기도 어른이기만 했으면 필시 의사의 멱살을 들었을 것이었다. 이런, 누이의 허무한 주검에서 창섭은 뜻을 세워, 아버지가 권하는 고농(高農 '고등 농림 학교'를 줄여 이르는 말)을 마다하고 의전(醫專 '의학 전문학교'를 줄여 이르는 말)으로 들어갔고, 오늘에 이르러는, 맹장 수술로는 서울서도 정평이 있는 한 권위가 된 것이다.

'창옥아, 기뻐해 다구. 이번에 내 병원이 좋은 건물을 만나 커지는 거다. 개인 병원으론 제일 완비한 수술실이 실현될 거다! 입원실 부족도 해결될 거다. 네 사진을 확대해 내 새 진찰실에 걸어 노마……'

창섭은 바람도 쌀쌀할 뿐 아니라 오후 차로 돌아가야 할 길이라 걸음을 재우쳤다(빨리 몰아치거나 재촉하다).

길은 그전보다 넓어도 졌고 바닥도 평탄하였다. 비나 오면 진흙에 헤어날 수 없었는데 복판으로는 자갈이 깔리고 어떤 목은 좁아서 소바리(등에 짐을 실은 소. 또는 그 짐)가 논으로 미끄러져 들어가기 십상이었는데 바위를 갈라내어서까지 일매지게(모두 다 고르고 가지런하게) 넓은 길로 닦아졌다. 창섭은, '이럴 줄 알았더면 정거장에서 자전거라도 빌려 타고 올걸' 하였다.

눈에 익은 정자나무 선 논이며 돌각 담(돌로 쌓은 담)을 두른 밭들도 나타났다. 자기 집 논과 밭들이었다. 논둑에 선 정자나무는 그전부터 있은 것이나 밭에 돌각 담들은 아버지께서 손수 쌓으신 것이다.

창섭의 아버지는 근검(勤儉)으로 근방에 소문난 영감이다. 그러나 자기 대에 와서는 밭 하루갈이도 늘쿠지는 못한 것으로도 소문난 영감이다. 곡식 값보다는 다른 물가들이 높아졌을 뿐 아니라 전대(前代)에는 모르던 아들의 유학이란 것이 큰 부담인 데다가,

"할아버니와 아버니께서 나를 부자 소린 못 들어도 굶는단 소린 안 듣고 살도록 물려주시구 가셨다. 드럭드럭 탐내 모아선 뭘 허니, 할아버니께서 쇠똥을 맨손으로 움켜다 넣시던 논, 아버니께서 멍덜(자갈밭)을 손수 이룩허신 밭을 더 건(기름진) 논으로 더 기름진 밭이 되도록, 닦달만 해 가기에도 내겐 벅찬 일일 게다."

하고 절용(節用 아껴 씀)해 쓰고 남는 돈이 있으면 그 돈으로는 품을 몇씩 들여서까지 비뚠 논배미를 바로잡기, 밭에 돌을 추려 바람맞이로 담을 두르기, 개울엔 둑막이하기, 그러다가 아들이 의사가 된 후로는, 아들 학비로 쓰던 몫까지 들여서 동네 길들은 물론, 읍 길과 정거장 길까지 닦아 놓았다. 남을 주면 땅을 버린다고 여간 근실한 자국이 아니면 소작을 주지 않았고, 소를 두 필이나 매고 일꾼을 세 명씩이나 두고 적지 않은 전답을 전부 자농(自農 자작농)으로 버티어 왔다. 실속이 타작(打作 거둔 곡물을 지주와 소작인이 일정한 비율에 따라 나누어 가지는 소작 제도)만 못하다는 둥, 일꾼 셋이 저희 농사 해 가지고 나간다는 둥 이해만을 따져 비평하는 소리가 많았으나 창섭의 아버지는 땅을 위해서는 자기의 이해(利害 이익과 손해)만으로 타산하려 하지 않았다. 이와 같은 임자를 가진 땅들이라 곡식은 거둔 뒤 그루만 남은 논과 밭이되, 그 바닥들의 고름, 그 언저리들의 바름, 흙의 부드러움이 마치 시루떡 모판이나 대하는 것처럼 누구의 눈에나 탐스럽게 흐뭇해 보였다.

이런 땅을 팔기에는, 아무리 수입은 몇 배 더 나은 병원을 늘쿠기 위해서나 아버지께 미안하지 않을 수 없었다. 그러나 잡히거나 해 가지고는 삼만

원 돈을 만들 수가 없었고, 서울서 큰 양관(洋館 양옥, 서양식의 집)을 손에 넣기란 돈만 있다고도 아무 때나 될 일이 아니었다.

'아버지께선 내년이 환갑이시다! 어머니께선 겨울이면 해마다 기침이 도지신다. 진작부터 내가 모셔야 했을 거다. 그런데 내가 시골로 올 순 없고, 천생 부모님이 서울로 가시어야 한다. 한동네서도 땅을 당신만치 못 거둘 사람에겐 소작을 주지 않으셨다. 땅 전부를 소작을 내어 맡기고는 서울 가 편안히 계실 날이 하루도 없으실 게다. 아버님의 말년을 편안히 해 드리기 위해서도 땅은 전부 없애 버릴 필요가 있는 거다!'

창섭은 샘말에 들어서자 동구에서 이내 아버지를 뵐 수가 있었다. 아버지는, 가에는 살얼음이 잡힌 찬물에 무릎까지 걷고 들어서서 동네 사람들을 축추겨(부추기어) 돌다리를 고치고 계시었다.

"어떻게 갑재기 오느냐?"

"네, 좀 급히 여쭤 봐야 할 일이 생겼습니다."

"그래? 먼저 들어가 있거라."

동네 사람 수십 명이 쇠고삐(소의 굴레에 매단 줄) 두 기장은 흘러 내려간 다릿돌(개울이나 도랑을 건널 때 디디기 위해 띄엄띄엄 놓은 돌)을 동아줄에 얽어 끌어올리고 있었다. 개울은 동네 복판을 흐르고 있어 아래위로 징검다리는 서너 군데나 놓였으나 하룻밤 비에도 일쑤 넘치어 모두 이 큰 돌다리로 통행하던 것이었다. 창섭은 어려서 아버지께 이 큰 돌다리의 내력을 들은 것이 아직도 기억에 남아 있다.

"너희 증조부님 돌아가시어서다. 산소에 상돌(무덤 앞에 제물을 차려 놓기 위해 넓적한 돌로 만들어 놓은 상)을 해 오시는데 징검다리로야 건네 올 수가 있니? 그래 너희 조부님께서 다리부터 이렇게 넓구 튼튼한 돌루 노신 거란다."

그 후 오륙십 년 동안 한 번도 무너진 적이 없었는데 몇 해 전 어느 장마엔 어찌 된 셈인지 가운데 제일 큰 장이 내려앉아 떠내려갔던 것이다. 두께가 한 자는 실하고 폭이 여섯 자, 길이는 열 자가 넘는 자연석 그대로라 여간 몇 사람의 힘으로는 손을 댈 염두부터 나지 못하였다. 더구나 불과 수십 보 이내에 면(面)의 보조를 얻어 난간까지 달린 한다한 나무다리가 놓인 뒤에 일이라 이 돌다리는 동네 사람들에게 완전히 잊힌 채 던져져 있던 것이었다.

집에 들어가니, 어머니는 다리 고치는 사람들 점심을 짓느라고, 역시 여러 명의 동네 여편네들과 허둥거리고 계시었다.

"웬일인데 어째 혼자만 오느냐?"

어머니는 손자 아이들부터 보이지 않음을 물으신다.

"오늘루 가야겠어서 아무두 안 데리구 왔습니다."

"오늘루 갈 걸 뭘 허 오누?"

"인전 어머니서껀 서울로 모셔 갈 채빌 허러 왔다우."

"서울루! 제발 아이들허구 한데서 살아 봤음 원이 없겠다."

하고 어머니는 땅보다, 조상님들 산소나 사당보다 손자 아이들에게 더 마음이 끌리시는 눈치였다. 그러나 아버지만은 그처럼 단순히 들떠질 마음이 아니었다.

아버지는 아들의 뒤를 쫓아 이내 개울에서 들어왔다. 아들은, 의사인 아들은, 마치 환자에게 치료 방법을 이르듯이, 냉정히 차근차근히 이야기를 시작하였다. 외아들인 자기가 부모님을 진작 모시지 못한 것이 잘못인 것, 한집에 모이려면 자기가 병원을 버리기보다는 부모님이 농토를 버리시고 서울로 오시는 것이 순리인 것, 병원은 나날이 환자가 늘어 가나 입원실이 부족되어 오는 환자의 삼분지 일밖에 수용 못하는 것, 지금 시국에 큰 건물을 새로 짓기란 거의 불가능의 일인 것, 마침 교통 편한 자리에 삼 층 양옥이 하나 난 것, 인쇄소였던 집인데 전체가 콘크리트여서 방화 방공으로 가치가 충분한 것, 삼 층은 살림집과 직공들의 합숙실로 꾸미었던 것이라 입원실로 변장하기에 용이한 것, 각층에 수도·가스가 다 들어온 것, 그러면서도 가격은 염한(값이 싼) 것, 염하기는 하나 삼만 이천 원이라, 지금의 병원을 팔면 일만 오천 원쯤은 받겠지만 그것은 새집을 고치는 데와, 수술실의 기계를 완비하는 데 다 들어갈 것이니 집값 삼만 이천 원은 따로 있어야 할 것, 시골에 땅을 둔대야 일 년에 고작 삼천 원의 실리가 떨어질지 말지 하지만 땅을 팔아다 병원만 확장해 놓으면, 적어도 일 년에 만 원 하나씩은 이익을 뽑을 자신이 있는 것, 돈만 있으면 땅은 이담에라도, 서울 가까이라도 얼마든지 좋은 것으로 살 수 있는 것…… 아버지는 아들의 의견을 끝까지 잠잠히 들었다. 그리고,

"점심이나 먹어라. 나두 좀 생각해 봐야 대답허겠다."

하고는 다시 개울로 나갔고, 떨어졌던 다릿돌을 올려놓고야 들어와 그도 점심상을 받았다.

점심을 자시면서었다.

"원, 요즘 사람들은 힘두 줄었나 봐! 그 다리 첨 놀 제 내가 어려서 봤는데 불과 여남은이서 거들던 돌인데 장정 수십 명이 한나잘을 씨름을 허다니!"

"나무다리가 있는데 건 왜 고치시나요?"

"너두 그런 소릴 허는구나. 나무가 돌만 허다든? 넌 그 다리서 고기 잡던 생각두 안 나니? 서울루 공부 갈 때 그 다리 건너서 떠나던 생각 안 나니? 시체(時體 요즘) 사람들은 모두 인정이란 게 사람헌테만 쓰는 건 줄 알드라! 내 할아버니 산소에 상돌을 그 다리루 건네다 모셨구, 내가 천잘(천자문을) 끼구 그 다리루 글 읽으러 댕겼다. 네 어미두 그 다리루 가말 타구 내 집에 왔어. 나 죽건 그 다리루 건네다 묻어라……. 난 서울 갈 생각 없다."

"네?"

"천금이 쏟아진대두 난 땅은 못 팔겠다. 내 아버님께서 손수 이룩허시는 걸 내 눈우루 본 밭이구, 내 할아버님께서 손수 피땀을 흘려 모신 돈으루 장만허신 논들이야. 돈 있다고 어디가 느르지 논 같은 게 있구, 독시장 밭 같은 걸 사? 느르지 논둑에 선 느티나문 할아버님께서 심으신 거구, 저 사랑 마당엣 은행나무는 아버님께서 심으신 거다. 그 나무 밑에를 설 때마다 난 그 어룬들 동상(銅像)이나 다름없이 경건한 마음이 솟아 우러러보군 헌다. 땅이란 걸 어떻게 일시 이해를 따져 사구팔구 허느냐? 땅 없어 봐라, 집이 어딨으며 나라가 어딨는 줄 아니? 땅이란 천지 만물의 근거야. 돈 있다구 땅이 뭔지두 모르구 욕심만 내 문서 쪽으로 사 모기만 하는 사람들, 돈놀이처럼 변리(邊利 남에게 돈을 빌려 쓴 대가로 치르는 일정한 비율의 돈)만 생각허구 제 조상들과 그 땅과 어떤 인연이란 건 도시(都무지) 생각지 않구 헌신짝 버리듯 하는 사람들, 다 내 눈엔 괴이한 사람들루밖엔 뵈지 않드라."

"……."

"네가 뉘 덕으루 오늘 의사가 됐니? 내 덕인 줄만 아느냐? 내가 땅 없이 뭘루? 밭에 가 절하구 논에 가 절해야 쓴다. 자고로 하눌 하눌 허나 하눌의 덕이 땅을 통허지 않군 사람헌테 미치는 줄 아니? 땅을 파는 건 그게 하눌을 파나 다름없는 거다."

"……."

"땅을 밟구 다니니까 땅을 우섭게들 여기지? 땅처럼 응과(應果 결과)가 분명헌 게 무어냐? 하눌은 차라리 못 믿을 때두 많다. 그러나 힘들이는 사람에겐 힘들이는 만큼 땅은 반드시 후헌 보답을 주시는 거다. 세상에 흔해 빠진 지주들, 땅은 작인들헌테나 맡겨 버리구, 떡 도회지에 가 앉어 소출<sup>(所出 논밭에서 나는 곡식)</sup>은 팔어다 모다 도회지에 낭비해 버리구, 땅 가꾸는 덴 단돈 일 원을 벌벌 떨구, 땅으루 살며 땅에 야박한 놈은 자식으로 치면 후레자식 셈이야. 땅이 말을 할 줄 알어 봐라? 배가 고프단 땅이 얼마나 많을 테냐? 해마다 걷어만 가구, 땅은 자갈밭이 되니 아나? 둑이 떠나가니 아나? 거름 한 번을 제대로 넣나? 정 급허게 돼 작인이 우는소리나 해야 요즘 너희 신의<sup>(新醫 '양의'를 이르는 말)</sup>들 주사침 놓듯, 애꿎인 금비<sup>(金肥 화학 비료. 돈을 주고 사서 쓰는 거름)</sup>만 갖다 털어 넣지. 그렇게 땅을 홀댈<sup>(푸대접)</sup>허군 인제 죽어서 땅이 무서서 어디루들 갈 텐구!"

창섭은 입이 얼어 버리었다. 손만 부비었다. 자기의 생각은 너무나 자기 본위였던 것을 대뜸 깨달았다. 땅에는 이해를 초월한 일종 종교적 신념을 가진 아버지에게 아들의 이단적<sup>(異端的)</sup>인 계획이 용납될 리 만무였다. 아버지는 상을 물리고도 말을 계속하였다.

"너루선 어떤 수단을 쓰든지 병원부터 확장허려는 게 과히 엉뚱헌 욕심은 아닐 줄두 안다. 그러나 욕심을 부런 못쓰는 거다. 의술은 예로부터 인술<sup>(仁術)</sup>이라지 않니? 매살<sup>(모든 일을)</sup> 순탄허게 진실허게 해라."

"……."

"네가 가업을 이어 나가지 않는다군 탄허지<sup>(나무라지)</sup> 않겠다. 넌 너루서 발전헐 길을 열었구, 그게 또 모리지배<sup>(謀利之輩 온갖 수단과 방법으로 남 생각은 않고 자신의 이익만을 꾀하는 사람. 또는 그런 무리)</sup>의 악업이 아니라 활인<sup>(活人 사람의 목숨을 살림)</sup>허는 인술이구나! 내가 어떻게 불평을 말허니? 다만 삼사 대 집안에서 공들여 이룩해 논 전장<sup>(田莊 논밭)</sup>을 남의 손에 내맡기게 되는 게 저윽<sup>(꽤)</sup> 애석헌 심사가 없달 순 없구……."

"팔지 않으면 그만 아닙니까?"

"나 죽은 뒤에 누가 거두니? 너두 이제두 말했지만 너두 문서 쪽만 쥐구 서울 앉어 지주 노릇만 허게? 그따위 지주허구 작인 틈에서 땅들만 얼말 곯는지 아니? 안 된다. 팔 테다. 나 죽을 임시<sup>(臨時 무렵)</sup>엔 다 팔 테다. 돈에 팔 줄 아니? 사람헌테 팔 테다. 건너 용문이는 우리 느르지 논 같은 건 한 해만 부쳐 보구 죽어두 농군으로 태났던 걸 한허지 않겠다구 했다. 독시장 밭을 내 논다구 해 봐라, 문보나 덕길이 같은 사람은 길바닥에 나앉드라두 집을 팔아 살려구 덤빌 게다. 그런 사람들이 땅 임자 안 되구 누가 돼야 옳으냐? 그러니 아주 말이 난 김에 내 유언이다. 그런 사람들 무슨 돈으로 땅값을 한몫 내겠니? 몇몇 해구 그 땅 소출을 팔아 연년이 갚어 나가게 헐 테니 너두 땅값을랑 그렇게 받어 갈 줄 미리 알구 있거라. 그리구 네 모(母 어머니)가 먼저 가면 내가 묻을 거구, 내가 먼저 가게 되면 네 모만은 네가 서울루 그때 데려 가렴. 난 샘말서 이렇게 야인(野人)으로나 죄 없는 밥을 먹다 야인인 채 묻힐 걸 흡족히 여긴다.”

“……”

“자식의 젊은 욕망을 들어 못 주는 게 애비 된 맘으루두 섭섭허다. 그러나 이 늙은이헌테두 그만 신념쯤 지켜 오는 게 있다는 걸 무시하지 말어 다구.”

아버지는 다시 일어나 담배를 피우며 다리 고치는 데로 나갔다. 옆에 앉았던 어머니는 두 눈에 눈물을 쭈루루 흘리었다.

“너이 아버지가 여간 고집이시냐?”

“아뇨, 아버지가 어떤 어룬이신 건 오늘 제가 더 잘 알았습니다. 우리 아버진 훌륭헌 인물이십니다.”

그러나 창섭도 코허리가 찌르르하였다. 자기가 계획하고 온 일이 실패한 것쯤은 차라리 당연하게 생각되었고, 아버지와 자기와의 세계가 격리되는 일종의 결별(訣別)의 심사를 체험하는 때문이었다.

아들은 아버지가 고쳐 놓은 돌다리를 건너 저녁차를 타러 가 버리었다. 동구 밖으로 사라지는 아들의 뒷모양을 지키고 섰을 때, 아버지의 마음도, 정말 임종에서 유언이나 하고 난 것처럼 외롭고 한편 불안스러운 심사조차 설레었다.

아버지는 종일 개울에서 허덕였으나 저녁에 잠도 달게 오지 않았다. 젊어서 서당에서 읽던 백낙천(白樂天 중국 당나라의 시인 백거이)의 시가 다 생각이 났다. 늙은 제비 한 쌍을 두고 지은 노래였다. 제 배 속이 고픈 것은 참아 가며 입에 얻어 문 것은 새끼들부터 먹여 길렀으나, 새끼들은 자라서 나래에 힘을 얻자 어디로인지 저희 좋을 대로 다 날아가 버리어, 야위고 늙은 어버이 제비 한 쌍만 가을바람 소슬한 추녀 끝에 쭈그리고 앉아 있는 광경을 묘사하였고, 나중에는, 그 늙은 어버이 제비들을 가리켜, 새끼들만 원망하지 말고, 너희들이 새끼 적에 역시 그러했음도 깨달으라는 풍자(諷刺)의 시였다.

‘흥!’

노인은 어두운 천장을 향해 쓴웃음을 짓고 날이 밝기를 기다려 누구보다도 먼저 어제 고쳐 놓은 돌다리를 보러 나왔다.

　　흙탕이라고는 어느 돌 틈에도 남아 있지 않았다. 첫 곬으로도, 가운뎃곬으로도 끝엣곬으로도 맑기만 한 소담한(넉넉해 부족함이 없는) 물살이 우쭐우쭐 춤추며 빠져 내려갔다. 가운뎃장으로 가 쾅 굴러 보았다. 발바닥만 아플 뿐 끄떡이 있을 리 없다. 노인은 쭈루루 집으로 들어와 소금 접시와 낯 수건을 가지고 나왔다. 제일 낮은 받침돌에 내려앉아 양치를 하고 세수를 하였다. 나중에는 다시 이가 저린 물을 한입 물어 마시며 일어섰다. 속에 모든 게 씻기는 듯 시원하였다. 그리고 수염에 물을 닦으며 이렇게 생각하였다.

　　'비가 아무리 쏟아져도 어떤 한정을 넘는 법은 없다. 물이 분수없이 늘어 떠내려갔던 게 아니라 자갈이 밀려 내려와 물구멍이 좁아졌든지, 그렇지 않으면, 어느 받침돌의 밑이 물살에 궁굴려 쓰러졌던 그런 까닭일 게다. 미리 바닥을 치고 미리 받침돌만 제대로 보살펴 준다면 만년을 간들 무너질 리 없을 게다. 그저 늘 보살펴야 허는 거다. 사람이란 하눌 밑에 사는 날까진 하루라도 천리(天理)에 방심을 해선 안 되는 거다……'

# 봄봄

📎 **작가와 작품 세계** --------------------------------------------

**김유정**(1908~1937)

강원도 춘천 실레 마을에서 출생. 휘문고등보통학교를 거쳐 연희전문학교 문과를 중퇴했다. 한때는 일확천금을 꿈꾸며 금광에 몰두하기도 했다. 1935년 소설 「소낙비」가 〈조선일보〉 신춘문예에, 「노다지」가 〈중외일보〉 신춘문예에 각각 당선되어 등단했다. 폐결핵으로 29세에 요절하기까지 불과 2년 동안 30여 편에 가까운 작품을 남겼다. 대표작으로 「산골 나그네」, 「노다지」, 「금 따는 콩밭」, 「봄봄」, 「동백꽃」, 「땡볕」 등이 있다.

김유정의 작품은 대부분 빈곤에 시달리던 1930년대 식민지 시대의 현실을 바탕으로 하고 있다. 주요 등장인물은 가난 속에서도 웃음을 잃지 않는 소작인, 노동자, 여급 등이다. 한국 현대 작가 가운데 김유정만큼 해학적이고 토속적인 문장을 농도 있게 구사한 작가는 드물다. 김유정의 소설이 어두운 현실을 그리고 있으면서도 생기가 넘치는 것은 그의 해학적인 문체 때문이다. 하지만 농촌의 문제점을 이지적인 현실 감각으로 바라보지 않고 희화화했다는 지적을 받기도 한다.

📎 **작품 정리** --------------------------------------------

> **갈래** : 순수 소설, 농촌 소설
> **배경** : 시간 - 1930년대 / 공간 - 강원도 농촌
> **시점** : 1인칭 주인공 시점
> **주제** : 순박한 데릴사위와 영악한 장인 사이의 갈등과 대립
> **출전** : 〈조광〉(1935)

**발단** '나'는 변변한 대가 없이 장인을 위해 머슴살이를 함

　　배 참봉 댁 마름인 봉필은 머슴 대신 데릴사위를 열이나 갈아 치웠다가 재작년 가을에 맏딸을 시집보냈다. '나'는 점순의 세 번째 데릴사위다. '나'는 사경 한 푼 안 받고 일한 지 벌써 삼 년하고 일곱 달이 되었지만 장인(봉필)은 점순이의 키를 핑계로 성례를 미루기만 한다.

**전개** 혼례를 미루는 장인을 구장에게 끌고 가 중재를 요청함

　　'나'는 장인에게 대들고 싶지만 남을 의식해 그렇게 할 수도 없다. 점순도 아버지를 졸라 보라고 은근히 채근한다. '나'는 장인을 끌고 구장에게 가 보지만 장인에게 땅을 붙이고 있는 그는 장인의 편에 서서 "농번기에 농사일을 망치면 감옥에 간다."라고 말할 뿐이다. 점순은 구장 댁에 갔다가 그냥 오는 법이 어디 있느냐면서 토라진다.

**절정** '나'와 장인이 대판 몸싸움을 벌임

　　'나'는 일터로 나가려다 말고 바깥마당 공석 위에 드러눕는다. 화가 난 장인은 지게막대기로 배를 찌르고 발길질을 한다. 점순이 엿보고 있는 것을 의식한 '나'는 벌떡 일어나서 장인의 수염을 잡아챈다. 약이 바짝 오른 장인은 '나'의 사타구니를 잡고 늘어진다. '나'가 거의 까무러치자 장인은 '나'의 사타구니를 놓아준다.

**결말** '나'와 장인의 희극적인 싸움이 끝남(절정 부분에 포함됨)

　　이번에는 '나'가 장인의 사타구니를 잡고 늘어진다. 장인이 '할아버지'라고 외치다가 점순을 부른다. 점순과 장모가 뛰어나온다. 장모는 그렇더라도 '나'의 편으로 알았던 점순까지 '나'에게 달려들자 '나'는 어이가 없어서 점순의 얼굴을 멀거니 들여다본다.

∅ **생각해 볼 문제** - - - - - - - - - - - - - - - - - - - - - - - - - - - - - - - - - - - - - - - - - - - - - -

**1. 나와 장인의 갈등의 원천은 무엇인가?**

　　성례가 '나'와 장인 사이의 갈등을 유발시키는 직접적인 원인이다. '나'는 하루빨리 점순과 성례를 치르고 싶지만 장인은 '나'를 머슴으로 부려 먹기 위해 성례를 미룬다. 장인이 욕심 많은 인물로 그려지고 있지만 악인으로

설정되어 있지는 않으므로 두 사람 사이의 갈등은 웃음을 자아낸다.

## 2. 점순이 아버지 편을 드는 것은 무엇을 의미하는가?

아직 성례를 올리지 않은 '나'의 편을 들기보다 아버지의 편을 드는 것은 어찌 보면 당연한 일이다. '나'는 점순이의 말을 곧이들었다가 낭패를 당한 것이다.

## 3. 이 작품은 시간 순서대로 사건을 나열하고 있지 않다. 줄거리를 시간 순서대로 재구성해 보자.

점순이 혼인 승낙을 재촉 → 아프다며 일하지 않자 장인이 화를 냄 → 구장에게 판결을 요구하다 회유당함 → 점순이 바보라고 핀잔을 줌 → 결판을 지으려고 멍석에 드러누움 → 장인과 사타구니를 잡고 싸움 → 점순이 장인 편을 들자 넋을 잃음 → 장인이 다독거리자 일하러 나감.

## 4. 절정에 해당하는 부분이 마지막에 나오는 이유는 무엇인가?

시간 순서에 따르면 이 작품의 결말은 장인이 '나'의 상처를 치료하고 두 사람이 화해하는 장면이다. 작가는 이 작품의 긴장과 해학성을 높이기 위해 의도적으로 절정 부분을 소설의 끝에 제시해 놓았다.

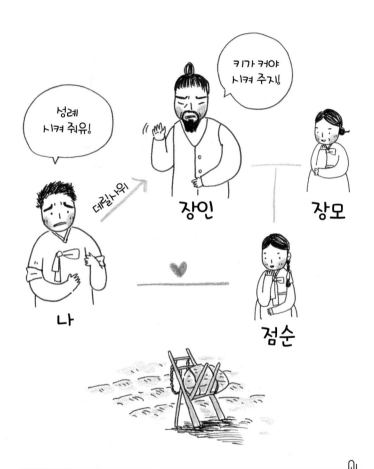

저(나)는 점순과 혼인하기로 하고 데릴사위로 대가 없이 일하고 있어요. 그런데 장인님은 점순이 키가 덜 컸다는 이유로 성례를 자꾸 미루시네요. 더는 참을 수 없어서 장인님과 대판 몸싸움을 벌였어요. 결국 장인님은 가을에 성례를 올려 주겠다고 약속하셨지요. 이제 장인님 말씀 잘 듣고 더 열심히 일해야겠어요.

# 봄봄

"장인님! 인제 저⋯⋯."

내가 이렇게 뒤통수를 긁고, 나이가 찼으니 성례(成禮 혼인의 예식을 지냄)를 시켜 줘야 하지 않겠느냐고 하면 대답이 늘,

"이 자식아! 성례구 뭐구 미처 자라야지!"

하고 만다.

이 자라야 한다는 것은 내가 아니라 내 아내가 될 점순이의 키 말이다.

내가 여기에 와서 돈 한 푼 안 받고 일하기를 삼 년하고 꼬박 일곱 달 동안을 했다. 그런데도 미처 못 자랐다니까 이 키는 언제야 자라는 겐지 짜장 영문 모른다. 일을 좀 더 잘해야 한다든지, 혹은 밥을 많이 먹는다고 노상 걱정이니까 좀 덜 먹어야 한다든지 하면 나도 얼마든지 할 말이 많다. 허지만 점순이가 아직 어리니까 더 자라야 한다는 여기에는 어째 볼 수 없이 고만 빙빙하고 만다.

이래서 나는 애초 계약이 잘못된 걸 알았다. 이태면 이태, 삼 년이면 삼 년, 기한을 딱 작정하고 일을 했어야 할 것이다. 덮어놓고 딸이 자라는 대로 성례를 시켜 주마, 했으니 누가 늘 지키고 서 있는 것도 아니고, 그 키가 언제 자라는지 알 수 있는가. 그리고 난 사람의 키가 무럭무럭 자라는 줄만 알았지 붙박이 키에 모로만 벌어지는 몸도 있는 것을 누가 알았으랴. 때가 되면 장인님이 어련하랴 싶어서 군소리 없이 꾸벅꾸벅 일만 해 왔다. 그럼 말이다. 장인님이 제가 다 알아채서,

"어 참, 너 일 많이 했다. 고만 장가들어라."

하고 살림도 내주고 해야 나도 좋을 것이 아니냐.

시치미를 딱 떼고 도리어 그런 소리가 나올까 봐서 지레 펄펄 뛰고 이 야단이다. 명색이 좋아 데릴사위지 일하기에 성겁기도 할 뿐더러 이건 참 아무것도 아니다.

숙맥이 그걸 모르고 점순이의 키 자라기만 까맣게 기다리지 않았나.

언젠가는 하도 갑갑해서 자를 가지고 덤벼들어서 그 키를 한번 재 볼까 했다. 마는 우리는 장인님이 내외를 해야 한다고 해서 마주 서 이야기도 한

마디 하는 법 없다. 우물길에서 언제나 마주칠 적이면 겨우 눈어림으로 재 보고 하는 것인데 그럴 적마다 나는 저만큼 가서 '제 에미 키두!' 하고 논둑 에다 침을 퉤, 뱉는다. 아무리 잘 봐야 내 겨드랑(다른 사람보다 좀 크긴 하 지만) 밑에서 넘을락 말락 밤낮 요 모양이다.

개돼지는 푹푹 크는데 왜 이리도 사람은 안 크는지, 한동안 머리가 아프 도록 궁리도 해 보았다.

'아하, 물동이를 자꾸 이니까 뼉다귀가 움츠러드나 보다' 하고 내가 넌지 시 그 물을 대신 길어도 주었다. 뿐만 아니라 나무를 하러 가면 서낭당에 돌 을 올려놓고 '점순이의 키 좀 크게 해 줍소사. 그러면 담엔 떡 갖다 놓고 고 사 드립죠' 하고 치성도 한두 번 드린 것이 아니다. 어떻게 돼먹은 키인지 이래도 막무가내니…….

그래 내 어저께 싸운 것이지 결코 장인님이 밉다든가 해서가 아니다.

모를 붓다(밭이나 논에 못자리를 만들고 씨를 촘촘하게 뿌리다)가 가만히 생각을 해 보니까 또 싱겁다. 이 벼가 자라서 점순이가 먹고 좀 큰다면 모르지만 그렇지도 못 한 걸 내 심어서 뭘 하는 거냐. 해마다 앞으로 축 불거지는 장인님의 아랫배 (가 너무 먹는 걸 모르고 냉병이라나, 그 배)를 불리기 위하여 심곤 조금도 싫지 않다.

"아이구 배야!"

난 모를 붓다 말고 배를 쓰다듬으면서도 그대루 논둑으로 기어올랐다. 그 리고 겨드랑에 꼈던 벼 담긴 키(곡식 따위를 까부르는 기구)를 그냥 땅바닥에 털썩 떨 어치며 나도 털썩 주저앉았다. 일이 암만 바빠도 나 배 아프면 고만이니까. 아픈 사람이 누가 일을 하느냐. 파릇파릇 돋아 오른 풀 한 줌을 뜯어 들고 다리의 거머리를 쑥쑥 문대며 장인님의 얼굴을 쳐다보았다.

논 가운데서 장인님도 이상한 눈을 해 가지고 한참 날 노려보더니,

"너 이 자식, 왜 또 이래, 응?"

"배가 좀 아파서유!"

하고 풀 위에 슬며시 쓰러지니까 장인님은 약이 올랐다. 저도 논에서 철벙 철벙 둑으로 올라오더니 잡은 참 내 멱살을 움켜잡고 뺨을 치는 것이 아닌 가…….

"이 자식. 일허다 말면 누굴 망해 놀 속셈이냐. 이 대가릴 까놀 자식?"

우리 장인님은 약이 오르면 이렇게 손버릇이 아주 못됐다. 또 사위에게

이 자식 저 자식 하는 이놈의 장인님은 어디 있느냐. 오죽해야 우리 동리에서 누굴 물론하고 그에게 욕을 안 먹는 사람은 명이 짧다 한다. 조그만 아이들까지도 그를 돌려세워 놓고 욕필이(본 이름이 봉필이니까) 욕필이, 하고 손가락질을 할 만치 두루 인심을 잃었다. 허나 인심을 정말 잃었다면 욕보다 읍의 배 참봉 댁 마름(지주의 위임을 받아 소작권을 관리하는 사람)으로 더 잃었다. 번히 마름이란 욕 잘하고, 사람 잘 치고, 그리고 생김 생기길 호박개(뼈대가 굵고 털이 북슬북슬한 개) 같아야 쓰는 거지만 장인님은 외양이 똑 됐다. 장인에게 닭 마리나 좀 보내지 않는다든가 애벌논(첫 번 김매기를 한 논) 때 품을 좀 안 준다든가 하면 그해 가을에는 영락없이 땅이 뚝뚝 떨어진다. 그러면 미리부터 돈도 먹고 술도 먹이고 안달재신(몹시 속을 태우면서 여기저기를 다니는 사람)으로 돌아치던 놈이 그 땅을 슬쩍 돌려 안는다. 이 바람에 장인님 집 외양간에는 눈깔 커다란 황소 한 놈이 절로 엉금엉금 기어들고, 동리 사람들은 그 욕을 다 먹어 가면서도 그래도 굽실굽실 하는 게 아닌가…….

그러나 내겐 장인님이 감히 큰소리할 계제가 못 된다.

뒷생각은 못하고 뺨 한 개를 딱 때려 놓고는 장인님은 무색해서 덤덤히 쓴 침만 삼킨다. 난 그 속을 퍽 잘 안다.

조금 있으면 갈(떡갈나무)도 꺾어야 하고 모도 내야 하고, 한창 바쁜 때인데 나 일 안 하고 우리 집으로 그냥 가면 고만이니까.

작년 이맘때도 트집을 좀 하니까 늦잠 잔다구 돌멩이를 집어 던져서 자는 놈의 발목을 삐게 해 놨다. 사날씩이나 건성 끙끙, 앓았더니 종당에는 거반 울상이 되지 않았는가…….

"얘, 그만 일어나 일 좀 해라. 그래야 올 갈에 벼 잘되면 너 장가들지 않니."

그래 귀가 번쩍 띄어서 그날로 일어나서 남이 이틀 품 들일 논을 혼자 삶아(논밭의 흙을 써레로 썰고 나래로 골라 노글노글하게 만듦) 놓으니까 장인님도 눈깔이 커다랗게 놀랐다. 그럼 정말로 가을에 와서 혼인을 시켜 줘야 원 경우가 옳지 않겠나. 볏섬을 척척 들여쌓아도 다른 소리는 없고 물동이를 이고 들어오는 점순이를 담배통으로 가리키며,

"이 자식아, 미처 커야지 조걸 무슨 혼인을 한다구 그러니 원!"

하고 남 낯짝만 붉혀 주고 고만이다.

골김에(홧김에) 그저 이놈의 장인님, 하고 댓돌에다 메어꽂고 우리 고향으로 내뺄까 하다가 꾹꾹 참고 말았다.

참말이지 난 이 꼴 하고는 집으로 차마 못 간다. 장가를 들러 갔다가 오죽 못났어야 그대로 쫓겨 왔느냐고 손가락질을 받을 테니까…….

논둑에서 벌떡 일어나 한풀 죽은 장인님 앞으로 다가서며,

"난 갈 테야유. 그동안 사경(私耕 새경. 농가에서 머슴에게 주는 연봉) 쳐 내슈."

"너 사위로 왔지, 어디 머슴 살러 왔니?"

"그러면 얼찐 성례를 해 줘야 안 하지유. 밤낮 부려만 먹구 해 준다, 해 준다…….."

"글쎄, 내가 안 하는 거냐, 그년이 안 크니까."

하고 어름어름 담배만 담으면서 늘 하는 소리를 또 늘어놓는다.

이렇게 따져 나가면 언제든지 늘 나만 밀지고 만다. 이번엔 안 된다, 하고 대뜸 구장님한테로 판단 가자고 소맷자락을 내끌었다.

"아, 이 자식이 왜 이래 어른을."

안 간다구 뻗디디구 이렇게 호령은 제 맘대로 하지만 장인님 제가 내 기운은 못 당한다. 막 부려먹고 딸은 안 주고, 게다 땅땅 치는 건 다 뭐야…….

그러나 내 사실 참, 장인님이 미워서 그런 것은 아니다. 그 전날, 왜 내가 새고개 맞은 봉우리 화전 밭을 혼자 갈고 있지 않았느냐. 밭 가생이('가장자리'의 방언)로 돌 적마다 야릇한 꽃내가 물컥물컥 코를 찌르고 머리 위에서 벌들은 가끔 붕, 붕, 소리를 친다. 바위틈에서 샘물 소리밖에 안 들리는 산골짜기니까 맑은 하늘의 봄볕은 이불 속같이 따스하고 꼭 꿈꾸는 것 같다. 나는 몸이 나른하고 몸살(병을 아직 모르지만)이 나려구 그러는지 가슴이 울렁울렁하고 이랬다.

"어러이! 말이! 맘 마 마……."

이렇게 노래를 하며 소를 부리면 여느 때 같으면 어깨가 으쓱으쓱한다. 웬일인지 밭을 반도 갈지 않아서 온몸이 맥이 풀리고 대구 짜증만 난다. 공연히 소만 들입다 두들기며……,

"안야! 안야!(밭갈이 하는 중에 소가 이랑에서 벗어났을 때 하는 말) 이 망할 자식의 소(장인님의 소니까) 대리('다리'의 방언)를 꺾어 들라."

그러나 내 속은 정말 안야 때문이 아니라 점심을 이고 온 점순이의 키를 보고 울화가 났던 것이다.

점순이는 뭐 그리 썩 예쁜 계집애는 못 된다. 그렇다구 또 개떡이냐 하면 그런 것도 아니고, 꼭 내 아내가 돼야 할 만치 그저 툽툽하게 생긴 얼굴이

다. 나보다 십년이 아래니까 올해 열여섯인데 몸은 남보다 두 살이나 덜 자랐다. 남은 잘도 훤칠히들 크건만 이건 위아래가 뭉툭한 것이 내 눈에는 하릴없이 감참외(참외의 하나로 속살이 잘 익은 감빛 같고 맛이 좋음) 같다. 참외 중에는 감참외가 제일 맛 좋고 예쁘니까 말이다. 둥글고 커다란 눈은 서글서글하니 좋고 좀 지쳐 찢어졌지만 입은 밥술이나 톡톡히 먹음직하니 좋다. 아따, 밥만 많이 먹게 되면 팔자는 고만 아니냐. 헌데 한 가지 과가 있다면 가끔가다 몸이 (장인님이 이걸 채신이 없이 들까분다고 하지만) 너무 빨리빨리 논다. 그래서 밥을 나르다가 때 없이 풀밭에서 깨빡을 쳐서 흙투성이 밥을 곧잘 먹인다. 안 먹으면 무안해 할까 봐서 이걸 씹고 앉았노라면 으적으적 소리만 나고 돌을 먹는 겐지 밥을 먹는 겐지…… 그러나 이날은 웬일인지 성한 밥 채루 밭머리에 곱게 내려놓았다. 그리고 또 내외를 해야 하니까 저만큼 떨어져 이쪽으로 등을 향하고 웅크리고 앉아서 그릇 나기를 기다린다.

내가 다 먹고 물러섰을 때, 그릇을 챙기는데 난 깜짝 놀라지 않았느냐. 고개를 푹 숙이고 밥함지에 그릇을 포개면서 날더러 들으라는지, 혹은 제 소린지,

"밤낮 일만 하다 말 텐가!"

하고 혼자서 쫑알거린다. 고대 잘 내외하다가 이게 무슨 소린가, 하고 난 정신이 얼떨떨했다. 그러면서도 한편 무슨 좋은 수가 있나 없는가 싶어서 나도 공중을 대고 혼잣말로,

"그럼 어떡해?"

하니까,

"성례시켜 달라지 뭘 어떡해."

하고 되알지게(몹시 올차고 여무지게) 쏘아붙이고 얼굴이 빨개져서 산으로 그저 도망친다.

나는 잠시 동안 어떻게 되는 심판인지 맥을 몰라서 그 뒷모양만 덤덤히 바라보았다.

봄이 되면 온갖 초목이 물이 오르고 싹이 트고 한다. 사람도 아마 그런가 보다, 하고 며칠 내에 부쩍 (속으로) 자란 듯싶은 점순이가 여간 반가운 것이 아니다. 이런 걸 멀쩡하게 아직 어리다구 하니까……

우리가 구장님을 찾아갔을 때 그는 싸리문 밖에 있는 돼지우리에서 죽을 퍼 주고 있었다. 서울엘 좀 갔다 오더니 사람은 점잖아야 한다구 웃 쇰이(얼

른 보면 지붕 위에 앉은 제비 꼬랑지 같다) 양쪽으로 뾰족히 삐치고 그걸 애햄, 하고 늘 쓰다듬는 손버릇이 있다.

우리를 멀뚱히 쳐나보고 미리 알아챘는지,

"왜 일들 허다 말구 그래?"

하더니 손을 올려서 그 애햄을 한 번 후딱 했다.

"구장님! 우리 장인님과 츰('처음'의 방언)에 계약하기를……."

먼저 덤비는 장인님을 뒤로 떠다밀고 내가 허둥지둥 달려들다가 가만히 생각하고, '아니 우리 빙장님과 츰에' 하고 첫 번부터 다시 말을 고쳤다. 장인님은 빙장님, 해야 좋아하고 밖에 나와서 장인님, 하면 괜스레 골을 내려고 든다. 뱀두 뱀이래야 좋으냐구 창피스러우니 남 듣는 데는 제발 빙장님, 빙모님, 하라구 일상 당조짐(정신을 차리도록 단단히 조짐)을 받아 오면서 난 그것두 자꾸 잊는다.

당장두 장인님, 하나 옆에서 내 발등을 꾹 밟고 곁눈질을 흘기는 바람에야 겨우 알았지만……. 구장님도 내 이야기를 자세히 듣더니 퍽 딱한 모양이었다. 하기야 구장님뿐만 아니라 누구든지 다 그럴 게다.

길게 길러 둔 새끼손톱으로 코를 후벼서 저리 탁 튀기며, "그럼 봉필 씨! 얼른 성례를 시켜 주구려, 그렇게까지 제가 하구 싶다는 걸……." 하고 내 짐작대로 말했다. 그러나 이 말에 장인님이 삿대질로 눈을 부라리고, "아, 성례구 뭐구 계집애 년이 미처 자라야 할 게 아닌가?" 하니까 고만 멀쑥해져서 입맛만 쩍쩍 다실 뿐이 아닌가.

"그것두 그래!"

"그래, 거진 사년 동안에도 안 자랐더니 그 킨 언제 자라지유. 다 그만두구 사경 내슈……."

"글쎄, 이 자식! 내가 크질 말라구 그랬니. 왜 날 보구 떼냐?"

"빙모님은 참새만 한 것이 그럼 어떻게 앨 낳지유(사실 빙모님은 점순이보다도 귓배기가 작다)?"

장인님은 이 말을 듣고 껄껄 웃더니(그러나 암만 해두 돌 씹은 상이다) 코를 푸는 척하고 날 은근히 곯리려고 팔꿈치로 옆 갈비께를 퍽 치는 것이다.

더럽다. 나두 종아리의 파리를 쫓는 척하고 허리를 구부리며 그 궁둥이를 꽉 떼밀었다. 장인님은 앞으로 우찔근하고 싸리문께로 쓰러질 듯하다 몸을 바로 고치더니 눈총을 몹시 쏘았다. 이런 쌍년의 자식, 하곤 싶으나 남의 앞이라니 차마 못하고 섰는 그 꼴이 보기에 퍽 쟁그러웠다('징그럽다'의 작은말).

그러나 이밖에는 별반 신통한 귀정(歸正 그릇되었던 일이 바른길로 돌아옴)을 얻지 못하고 도로 논으로 돌아와서 모를 부었다. 왜냐면 장인님이 뭐라구 귓속말로 수군수군하고 간 뒤다. 구장님이 날 위해서 조용히 데리고 아래와 같이 일러 주었기 때문이다(뭉태의 말은 구장님이 장인님에게 땅 두 마지기 얻어 부치니까 그래 꾐었다고 하지만 난 그렇게 생각 않는다).

"자네 말두 하기야 옳지, 암 나이 찼으니 아들이 급하다는 게 잘못된 말은 아니야. 허지만 농사가 한층 바쁜 때 일을 안 한다든가 집으로 달아난다든가 하면 손해죄루 그것두 징역을 가거든!(여기에 그만 정신이 번쩍 났다) 왜 요전에 삼포말서 산에 불 좀 놓았다구 징역 간 거 못 봤나. 제 산에 불을 놓아도 징역을 가는 이 땐데 남의 농사를 버려두니 죄가 얼마나 더 중한가. 그리고 자넨 정장(呈狀 고소장을 관청에 바침)을(사경 받으러 정장 가겠다 했다) 간 대지만 그러면 괜스레 죄를 들쓰고 들어가는걸세. 또 결혼두 그렇지. 법률에 성년이란 게 있는데 스물하나가 돼야지 비로소 결혼을 할 수가 있는걸세. 자넨 물론 아들이 늦을 걸 염려하지만 점순이루 말하면 이제 겨우 열여섯이 아닌가. 그렇지만 아까 빙장님의 말씀이 올 갈에는 열 일을 제치고라두 성례를 시켜 주겠다 하시니 좀 고마울 겐가. 빨리 가서 모 붓든 거나 마저 붓게, 군소리 말구 어서 가."

그래서 오늘 아침까지 끽소리 없이 왔다.

장인님과 내가 싸운 것은 지금 생각하면 전혀 뜻밖의 일이라 안 할 수 없다.

장인님으로 말하면 요즈막 작인(소작인)들에게 행세를 좀 하고 싶다고 해서,

"돈 있으면 양반이지 별게 있느냐!"

하고 일부러 아랫배를 쑥 내밀고 걸음도 뒤틀리게 걷고 하는 이판이다. 이까짓 나쯤 두들기다 남의 땅을 가지고 모처럼 닦아 놓았던 가문을 망친다든가 할 어른이 아니다. 또 나로 논지면(이치를 따져 논하자면) 아무쪼록 잘 뵈서 점순이에게 얼른 장가를 들어야 하지 않느냐…….

이렇게 말하자면 결국 어젯밤 뭉태네 집에 마슬(이웃에 놀러 가는 일) 간 것이 썩 나빴다. 낮에 구장님 앞에서 장인님과 내가 싸운 것을 어떻게 알았는지 대구 빈정거리는 것이 아닌가.

"그래 맞구두 그걸 가만둬?"

"그럼 어떡허니?"

"임마, 봉필일 모판에다 거꾸로 박아 놓지 뭘 어떡해?"

하고 괜히 내 대신 화를 내 가지고 주먹질을 하다 등잔까지 쳤다. 놈이 본시 괄괄은 하지만 그래 놓고 날더러 석유 값을 물라구 막 지다위(남에게 등을 대고 의지하거나 떼를 쓰는 짓)를 붙는다. 난 어안이 벙벙해서 잠자코 앉았으니까 저만 연신 지껄이는 소리가,

"밤낮 일만 해 주구 있을 테냐?"

"영득이는 일 년을 살구두 장갈 들었는데 넌 사 년이나 살구두 더 살아야 해?"

"네가 세 번째 사위 줄이나 아니? 세 번째 사위."

"남의 일이라두 분하다. 이 자식, 우물에 가 빠져 죽어."

나중에는 겨우 손톱으로 목을 따라고까지 하고, 제 아들같이 함부로 훅 닥이었다('욱대이다'의 방언. 울러대어 위협하다). 별의별 소리를 다해서 그대로 옮길 수는 없으나 그 줄거리는 이렇다.

우리 장인님 딸이 셋이 있는데 맏딸은 재작년 가을에 시집을 갔다. 정말 은 시집을 간 것이 아니라 그 딸도 데릴사위를 해 가지고 있다가 내보냈다. 그런데 딸이 열 살 때부터 열아홉, 즉 십 년 동안에 데릴사위를 갈아들이기 를, 동리에선 사위 부자라고 이름이 났지마는 열 놈이란 참 너무 많다.

장인님이 아들은 없고 딸만 있는 고로 그 담('그다음'의 줄임말) 딸을 데릴사위 를 해 올 때까지는 부려먹지 않으면 안 된다. 물론 머슴을 두면 좋지만 그건 돈이 드니까, 일 잘하는 놈을 고르느라고 연방 바꿔 들였다. 또 한편 놈들이 욕만 줄곧 퍼붓고 심히도 부려먹으니까 밸('창자'의 속어. '마음'을 뜻함)이 상해서 달 아나기도 했겠지. 점순이는 둘째 딸인데 내가 일테면 그 세 번째 데릴사위 로 들어온 셈이다. 내 담으로 네 번째 놈이 들어올 것을 내가 일도 잘하고, 그리고 사람이 좀 어수룩하니까 장인님이 잔뜩 붙들고 놓질 않는다. 셋째 딸이 인제 여섯 살, 적어두 열 살은 돼야 데릴사위를 할 테므로 그동안은 죽 도록 부려먹어야 된다. 그러니 인제는 속 좀 채리고 장가를 들여 달라고 떼 를 쓰고 나자빠져라, 이것이다.

나는 겉으로 엉, 엉, 하며 귓등으로 들었다. 뭉태는 땅을 얻어 부치다가 떨어진 뒤로는 장인님만 보면 공연히 못 먹어서 으릉거린다. 그것도 장인 님이 저 달라고 할 적에 제 집에서 위한다는 그 감투(예전에 원님이 쓰던 것이라나. 옆구 리에 뽕뽕 좀먹은 걸레)를 선뜻 주었다면 그럴 리도 없었던걸…….

그러나 나는 뭉태란 놈의 말을 전수히 곧이듣지 않았다. 꼭 곧이들었다면 간밤에 와서 장인님과 싸웠지 무사히 있었을 리가 없지 않은가. 그러면 딸에게까지 인심을 잃은 장인님이 혼자 나빴다.

실토이지 나는 점순이가 아침상을 가지고 나올 때까지는 오늘은 또 얼마나 밥을 담았나, 하고 이것만 생각했다. 상에는 된장찌개하고 간장 한 종지, 조밥 한 그릇, 그리고 밥보다 더 수부룩하게 담은 산나물이 한 대접, 이렇다. 나물은 점순이가 틈틈이 해 오니까 두 대접이고 네 대접이고 멋대로 먹어도 좋으나 밥은 장인님이 한 사발 외엔 더 주지 말라고 해서 안 된다. 그런데 점순이가 그 상을 내 앞에 내려놓으며 제 말로 지껄이는 소리가,

"구장님한테 갔다 그냥 온담 그래!"

하고 엊그제 산에서와 같이 되우 쫑알거린다. 딴은 내가 더 단단히 덤비지 않고 만 것이 좀 어리석었다, 속으로 그랬다.

나도 저쪽 벽을 향하여 외면하면서 내 말로,

"안 된다는 걸 그럼 어떡헌담!"

하니까,

"쇰을 잡아채지 그냥 뒤, 이 바보야!"

하고 또 얼굴이 빨개지면서 성을 내며 안으로 샐쭉하니 튀들어가지 않느냐. 이때 아무도 본 사람이 없었게 망정이지 보았다면 내 얼굴이 에미 잃은 황새 새끼처럼 가엾다 했을 것이다.

사실 이때만치 슬펐던 일이 또 있었는지 모른다. 다른 사람은 암만 못생겼다 해두 괜찮지만 내 아내 될 점순이가 병신으로 본다면 참 신세는 따분하다. 밥을 먹은 뒤 지게를 지고 일터로 가려 하다 도로 벗어 던지고 바깥마당 공석 위에 드러누워서 나는 차라리 죽느니만 같지 못하다 생각했다.

내가 일 안 하면 장인님 저는 나이가 먹어 못하고 결국 농사 못 짓고 만다. 뒷짐으로 트림을 꿀꺽 하고 대문 밖으로 나오다 날 보고서,

"이 자식, 왜 또 이러니."

"관격(關格 급하게 체하여 가슴이 막혀 토하지도 못하고 대소변도 못 보는 위급한 병)이 났어유, 아이구 배야!"

"기껀 밥 처먹구 무슨 관격이야, 남의 농사 버려두면 이 자식 징역 간다 봐라!"

"가두 좋아유, 아이구 배야!"

참말 난 일 안 해서 징역 가도 좋다 생각했다. 일후 아들을 낳아도 그 앞에서 바보, 바보, 이렇게 별명을 들을 테니까 오늘은 열 쪽이 난대도 결정을 내고 싶었다.

장인님이 일어나라고 해도 내가 안 일어나니까 눈에 독이 올라서 저편으로 힝하게 가더니 지게막대기를 들고 왔다. 그리고 그걸로 내 허리를 마치 돌 떠넘기듯이 쿡 찍어서 넘기고 넘기고 했다.

밥을 잔뜩 먹어 딱딱한 배가 그럴 적마다 퉁겨지면서 벨창이 꼿꼿한 것이 여간 켕기지 않았다. 그래도 안 일어나니까 이번에는 배를 지게막대기로 위에서 쿡쿡 찌르고 발길로 옆구리를 차고 했다.

장인님은 원체 심술이 궂어서 그러지만 나도 저만 못하지 않게 배를 채었다. 아픈 것을 눈을 꽉 감고 넌 해라 난 재밌단 듯이 있었으나 볼기짝을 후려갈길 적에는 나도 모르는 결에 벌떡 일어나서 그 수염을 잡아챘다. 마는 내 골이 난 것이 아니라 정말은 아까부터 벽 뒤 울타리 구멍으로 점순이가 우리들의 꼴을 몰래 엿보고 있었기 때문이다.

가뜩이나 말 한마디 톡톡히 못 한다고 바라보는데 매까지 잠자코 맞는 걸 보면 짜장 바보로 알 게 아닌가. 또 점순이도 미워하는 이까짓 놈의 장인님하곤 아무것도 안 되니까 막 때려도 좋지만 사정 보아서 수염만 채고(제 원대로 했으니까 이때 점순이는 퍽 기뻤겠지) 저기까지 잘 들리도록 '이걸 까셀라부다(까스르다. 불에 쬐어 '그을리다'의 방언)!' 하고 소리를 쳤다.

장인님은 더 약이 바짝 올라서 잡은 참 지게막대기로 내 어깨를 그냥 내려 갈겼다. 정신이 다 아찔하다. 다시 고개를 들었을 때 그때엔 나도 온몸에 약이 올랐다. 이 녀석의 장인님을, 하고 눈에서 불이 퍽 나서 그 아래 밭 있는 넝 알로(낭떠러지 아래로) 그대로 떠밀어 굴려 버렸다.

"부려만 먹구 왜 성례 안 하지유!"

나는 이렇게 호령했다. 허지만 장인님이 선뜻 오냐 낼이라두 성례시켜 주마, 했으면 나도 성가신 걸 그만두었을지 모른다. 나야 이러면 때린 건 아니니까 나중에 장인 쳤다는 누명도 안 들을 터이고 얼마든지 해도 좋다.

한번은 장인님이 헐떡헐떡 기어서 올라오더니 내 바짓가랑이를 요렇게 노리고서 단박 움켜잡고 매달렸다. 악, 소리를 치고 나는 그만 세상이 다 팽그르 도는 것이,

"빙장님! 빙장님! 빙장님!"

"이 자식! 잡아먹어라, 잡아먹어!"

"아! 아! 할아버지! 살려 줍쇼, 할아버지!"

하고 두 팔을 허둥지둥 내저을 적에는 이마에 진땀이 쭉 내솟고 인젠 참으로 죽나 보다 했다. 그래두 장인님은 놓질 않더니 내가 기어이 땅바닥에 쓰러져서 거진 까무러치게 되니까 놓는다. 더럽다, 더럽다. 이게 장인님인가? 나는 한참을 못 일어나고 쩔쩔 맸다. 그러나 얼굴을 드니(눈엔 참 아무것도 보이지 않았다) 사지가 부르르 떨리면서 나도 엉금엉금 기어가 장인님의 바짓가랑이를 꽉 움키고 잡아낚았다.

내가 머리가 터지도록 매를 얻어맞은 것이 이 때문이다. 그러나 여기가 또한 우리 장인님이 유달리 착한 곳이다.

여느 사람이면 사경을 주어서라도 당장 내어 쫓았지, 터진 머리를 불 솜으로 손수 지져 주고, 호수머니에 희연 한 봉을 넣어 주고 그리고,

"올 갈엔 꼭 성례를 시켜 주마. 암만 말구 가서 뒷골의 콩밭이나 얼른 갈아라."

하고 등을 뚜덕여 줄 사람이 누구냐. 나는 장인님이 너무나 고마워서 어느덧 눈물까지 났다.

점순이를 남기고 인젠 내쫓기려니 하다 뜻밖의 말을 듣고,

"빙장님! 인제 다시는 안 그러겠어유!"

이렇게 맹세를 하며 부랴부랴 지게를 지고 일터로 갔다. 그러나 이때는 그걸 모르고 장인님을 원수로만 여겨서 잔뜩 잡아당겼다.

"아! 아! 이놈아! 놔라, 놔."

장인님은 헛손질을 하며 솔개미에 챈 닭의 소리를 연해 질렀다. 놓긴 왜, 이왕이면 호되게 혼을 내 주리라 생각하고 짓궂이 더 댕겼다. 마는 장인님이 땅에 쓰러져서 눈에 눈물이 피잉 도는 것을 알고 좀 겁도 났다.

"할아버지! 놔라, 놔, 놔, 놔, 놔라."

그래도 안 되니까,

"얘, 점순아! 점순아!"

이 악장(악을 쓰고 싸움)에 안에 있었던 장모님과 점순이가 헐레벌떡하고 단숨에 뛰어나왔다. 나의 생각에 장모님은 제 남편이니까 역성을 할는지도 모른다. 그러나 점순이는 내 편을 들어서 속으로 고소해 하겠지……. 대체 이게 웬 속인지(지금까지도 난 영문을 모른다) 아버질 혼내 주기는 제가 내래

놓고 이제 와서는 달려들며,

"에그머니! 이 망할 게 아버지 죽이네!"

하고, 귀를 뒤로 잡아당기며 마냥 우는 것이 아니냐. 그만 여기에 기운이 탁
꺾이어 나는 얼빠진 등신이 되고 말았다. 장모님도 덤벼들어 한쪽 귀마저
뒤로 잡아채면서 또 우는 것이다.

이렇게 꼼짝도 못 하게 해 놓고 장인님은 지게막대기를 들어서 사뭇<sup>(거리</sup>
<sup>낌 없이 마구)</sup> 내려 조졌다<sup>(아래로 향해 함부로 때렸다)</sup>. 그러나 나는 구태여 피하려지도 않
고 암만해도 그 속 알 수 없는 점순이의 얼굴만 멀거니 들여다보았다.

"이 자식! 장인 입에서 할아버지 소리가 나오도록 해?"

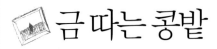# 금 따는 콩밭

## ✏ 작품 정리

**작가** : 김유정(350쪽 '작가와 작품 세계' 참조)
**갈래** : 농촌 소설
**배경** : 시간 – 1930년대 / 공간 – 강원도 산골
**시점** : 3인칭 작가 관찰자 시점
**주제** : 절망적 현실에서 허황된 욕망을 추구하는 인간의 어리석음
**출전** : 〈개벽〉(1935)

## ✏ 구성과 줄거리

**발단** **영식은 금줄을 잡기 위해 열심히 구덩이를 팜**

남의 땅을 소작하는 영식은 곡괭이를 잡고 열심히 콩밭을 파지만 구덩이 속은 무덤처럼 음침하기만 하다.

**전개** **수재의 꼬임과 아내의 부추김으로 결국 콩밭만 망침**

수재의 꼬임에 빠진 영식은 금맥에 대해서는 아무것도 모르면서 농사일을 미루고 구덩이를 팠지만 애꿎은 콩밭 하나만 결딴을 냈다. 마름은 구덩이를 묻지 않으면 징역을 갈 줄 알라고 역정을 낸다. 수재가 금줄이 콩밭까지 뻗어 있으니 캐 보자고 말했지만 순박한 농사꾼 영식은 처음에는 귀담아 듣지 않았다. 수재가 자꾸 찾아와 부추기고 셈이 빠른 아내도 그렇게 해 보자고 하는 바람에 마지못해 응낙을 했던 것이다. 콩밭을 여기저기 파헤쳤지만 금이 나올 기미를 보이지 않자 영식은 초조해진다.

**위기** **산제 후에 영식은 절망에 빠짐**

영식은 산제라도 지내 보자고 아내에게 말하지만 아내는 먹을 것도 없는데 무슨 산제냐고 투덜거린다. 영식은 아내에게 쌀을 꿔다가 떡을 찌게 한 다음 산제를 지낸다. 그러나 열흘이 지나도 금줄은 발견되지 않는다. 아내가 콩밭에서 금을 따는 숙맥도 있냐고 비아냥거리자 영식은 홧김에 아내에게 발길질을 한다.

절정 **수재가 황토를 보이며 금줄을 잡았다고 소리침**

불안해진 수재는 슬그머니 구덩이 속으로 들어가 버린다. 수재는 갑자기 터졌다고 고함친다. 그는 불그죽죽한 황토를 영식에게 보이며 그 속에 금이 있다고 거짓말을 한다.

결말 **수재는 오늘 밤 달아날 궁리를 함**

수재는 거짓말은 오래 못 간다고 생각하며 오늘 밤에는 정녕코 달아나리라 생각한다.

✎ **생각해 볼 문제** - - - - - - - - - - - - - - - - - - - - - - - - - - - - - - - - - - - - -

1. **이 작품에서 '금'은 어떤 양면성을 지니는가?**

금은 주인공이 어려운 현실을 벗어날 수 있는 탈출구이지만 돌이킬 수 없는 파멸로 몰고 가는 함정이기도 하다. 금은 구원과 파멸의 두 가지 모습을 하고 있다. 영식이 금의 유혹에만 빠지지 않았어도 가을걷이의 소박한 기쁨은 누릴 수 있었을 것이다. 영식의 모습은 주변의 꾐에 빠져 주식이나 부동산 투기로 파멸하는 현대인의 모습과 크게 다르지 않다.

2. **영식과 수재를 통해 인간의 어떤 모습을 그리는가?**

영식은 순수한 모습과 황금에 약한 모습을 동시에 지니고 있다. 수재는 잔꾀를 부리다 결국 실패하고 마는 떠돌이다. 일확천금을 꿈꾸다 실패하는 사람들의 대다수는 자신이 영식의 입장에 있다고 생각하는 경향이 있다.

3. **콩밭에 뚫은 구덩이는 무엇을 상징하는가?**

구덩이는 황토 장벽으로 좌우가 꽉 막혀 마치 무덤 속 같은 모습을 하고 있다. 작가는 일제 강점기에 농민들이 처한 절망적인 현실을 구덩이에 빗댄다. 농민들은 희망이 보이지 않는 상황에서 일확천금을 꿈꾸지만 구덩이를 파면 팔수록 더욱 구덩이에 빠질 수밖에 없다.

# 인물 관계도

동리 노인 — (비난) →  영식  ← (부추김) — 아내

(말림) — 마름: "콩밭에서 웬 금이 나온다고 이 지랄들이야."

(꼬드김) — 수재

소작농인 저(영식)는 금맥을 찾기 위해 콩밭을 팠어요. 수재의 꼬드김과 아내의 부추김이 원인이었지요. 마름과 동리 노인은 허튼 짓이라고 말렸지만 저는 열심히 파고 또 팠어요. 산제까지 지냈지만 금이 나오지 않네요. 그런데 수재가 황토를 내보이며 금줄을 발견했다고 외쳤어요. 드디어 저에게도 행운이 찾아온 것일까요?

# 인물 관계도

# 금 따는 콩밭

땅속 저 밑은 늘 음침하다.

고달픈 간드레(광산의 구덩이 안에서 불을 켜들고 다니는 등) 불. 맥없이 푸르끼하다. 밤과 달라서 낮엔 되우 흐릿하였다.

거칠은 황토 장벽으로 앞뒤 좌우가 콕 막힌 좁직한 구뎅이. 흡사히 무덤 속같이 귀중중하다(매우 더럽고 지저분하다). 싸늘한 침묵, 쿠더부레한 흙내와 징그러운 냉기만이 그 속에 자욱하다.

곡괭이는 뻔질 흙을 이르집는다(흙 따위를 파헤치다). 암팡스러이 내려 쪼며,

"퍽 퍽 퍽―."

이렇게 메떨어진(모양이나 말, 행동 따위가 세련되지 못해 어울리지 않고 촌스러운) 소리뿐. 그러나 간간 우수수 하고 벽이 헐린다.

영식이는 일손을 놓고 소맷자락을 끌어당기어 얼굴의 땀을 훑는다. 이놈의 줄이 언제나 잡힐는지 기가 찼다. 흙 한 줌을 집어 코밑에 바싹 들이대고 손가락으로 샅샅이 뒤져 본다. 완연히 버력(광석이나 석탄을 캘 때 나오는, 광물 성분이 섞이지 않은 잡돌)은 좀 변한 듯싶다. 그러나 불통버력이 아주 다 풀린 것도 아니었다. 말똥버력(양과 모양으로 벗겨져 부스러지기 쉬운 버력)이라야 금이 온다는데 왜 이리 안 나오는지.

곡괭이를 다시 집어 든다. 땅에 무릎을 꿇고 궁뎅이를 번쩍 든 채 식식거린다. 곡괭이는 무작정 내려찍는다.

바닥에서 물이 스미어 무르팍이 흥건히 젖었다. 굿(구덩이) 엎은 천판(天盤 천반. 채굴 현장의 천장)에서 흙 방울은 내리며 목덜미로 굴러든다. 어떤 때에는 윗벽의 한쪽이 떨어지며 등을 탕 때리고 부서진다. 그러나 그는 눈도 하나 깜짝하지 않는다. 금을 캔다고 콩밭 하나를 다 잡쳤다. 약이 올라서 죽을 둥 살 둥, 눈이 뒤집힌 이판이다. 손바닥에 침을 탁 뱉고 곡괭이 자루를 한번 꼬나잡더니 쉴 줄 모른다.

등 뒤에서는 흙 긁는 소리가 드윽드윽 난다. 아직도 버력을 다 못 친 모양. 이 자식이 일을 하나, 시조(時調 조선 시대에 확립된 3장 형식의 정형시에 반주 없이 일정한 가락을 붙여 부르는 노래)를 하나. 남은 속이 바직바직 타는데 웬 뱃심이 이리도 좋아.

영식이는 살기 띤 시선으로 고개를 돌렸다. 암말 없이 수재를 노려본다. 그제야 꾸물꾸물 바지게에 흙을 담고 등에 메고 사다리를 올라간다.

굿이 풀리는지 벽이 움찔하였다. 흙이 부서져 내린다. 전날이라면 이곳에서 아내 한번 못 보고 생죽음이나 안 할까 털끝까지 쭈뼛할 게다. 그러나 인젠 그렇게 되고도 싶다. 수재란 놈하고 흙더미에 묻히어 한껍에 죽는다면 그게 오히려 날 게다.

이렇게까지 몹시 몹시 미웠다.

이놈 풍치는(허황하여 믿음성이 없는 말이나 행동을 하는) 바람에 애꿎은 콩밭 하나만 결딴을 냈다. 뿐만 아니라 모두가 낭패다. 세 벌 논도 못 맸다. 논둑의 풀은 성큼 자란 채 어지러이 널려 있다. 이 기미를 알고 지주는 대로(大怒 크게 화를 냄)하였다. 내년부터는 농사질 생각 말라고 발을 굴렀다. 땅은 암만을 파도 지수가 없다. 이만 해도 다섯 길은 훨씬 넘었으리라. 좀 더 지펴야 옳을지 혹은 북으로 밀어야 옳을지, 우두커니 망설거린다. 금점(金店 금광) 일에는 으뜸이다. 입때껏 수재의 지휘를 받아 일을 하여 왔고, 앞으로도 역시 그리해야 금을 딸 것이다. 그러나 그런 칙칙한 짓은 안 한다.

"이리 와 이것 좀 파게."

그는 으쓱 위풍을 보이며 이렇게 분부하였다. 그리고 저는 일어나 손을 털며 뒤로 물러선다.

수재는 군말 없이 고분하였다. 시키는 대로 땅에 무릎을 꿇고 벽채(광산에서 사용하는 연장의 하나)로 군버력을 긁어 낸 다음 다시 파기 시작한다.

영식이는 치다 나머지 버력을 짊어진다. 커다란 걸대를 뒤룩거리며 사다리로 기어오른다. 굿문을 나와 버력더미에 흙을 마악 내치려 할 제,

"왜 또 파. 이것들이 미쳤나 그래!"

산에서 내려오는 마름과 맞닥뜨렸다. 정신이 떠름하여 그대로 벙벙히 섰다. 오늘은 또 무슨 포악을 들으려는가.

"말라니까 왜 또 파는 게야."

하고 영식이의 바지게 뒤를 지팡이로 꽉 찌르더니,

"갈아먹으라는 밭이지, 흙 쓰고 들어가라는 거야, 이 미친 것들아. 콩밭에서 웬 금이 나온다구 이 지랄들이야, 그래."

하고 목에 핏대를 올린다. 밭을 버리면 간수 잘못한 자기 탓이다. 날마다 와서 그 북새를 피우고 금하여도 다음 날 보면 또 여전히 파는 것이다.

"오늘로 이 구뎅이를 도로 묻어 놔야지, 낼로 당장 징역 갈 줄 알게."

너무 감정에 격하여 말도 잘 안 나오고 떠듬떠듬거린다. 주먹은 곧 날아 들 듯이 허구리(허리 양쪽 갈비뼈 아래의 잘쑥한 부분)께서 불불 떤다.

"오늘만 좀 해보고 그만두겠어유."

영식이는 낯이 붉어지며 가까스로 한마디 하였다. 그리고 무턱대고 빌었다. 마름은 들은 척도 안 하고 가 버린다.

그 뒷모양을 영식이는 멀거니 배웅하였다. 그러나 콩밭 낯짝을 들여다보니 무던히 애통터진다. 멀쩡한 밭에 구멍이 사면 풍풍 뚫렸다.

예제없이(여기나 저기나 구별이 없이) 버력은 무더기무더기 쌓였다. 마치 사태 만난 공동묘지와도 같이 귀살쩍고(일이나 물건 따위가 마구 얼크러져 정신이 뒤숭숭하거나 산란하고) 되우 을씨년스럽다. 그다지 잘되었던 콩포기는 거반 버력더미에 다아 깔려 버리고 군데군데 어쩌다 남은 놈들만이 고개를 나풀거린다. 그 꼴을 보는 것은 자식 죽는 걸 보는 게 낫지 차마 못 할 경상이었다.

농토는 모조리 떨어질 것이다. 그러나 대관절 올 밭도지(남의 밭을 빌려서 부치고 그 삯으로 해마다 주인에게 내는 현물) 벼 두 섬 반은 뭐로 해내야 좋을지. 게다 밭을 망쳤으니 자칫하면 징역을 갈는지도 모른다.

영식이가 구뎅이 안으로 들어왔을 때 동무는 땅에 주저앉아 쉬고 있었다. 태연 무심히 담배만 뻑뻑 피우는 것이다.

"언제나 줄을 잡는 거야."

"인제 차차 나오겠지."

"인제 나온다?"

하고 코웃음을 치고 엇먹더니(사리에 맞지 않는 언행으로 비꼬더니) 조금 지나매,

"이 새끼."

흙덩이를 집어 들고 골통을 내려친다.

수재는 어쿠 하고 그대로 폭 엎드린다. 그러다 벌떡 일어선다. 눈에 띄는 대로 곡괭이를 잡자 대뜸 달려들었다. 그러나 강약이 부동. 왁살스러운 팔 뚝에 퉁겨져 벽에 가서 쿵 하고 떨어졌다. 그 순간에 제가 빼앗긴 곡괭이가 정바기('정수리'의 방언)를 겨누고 날아드는 걸 보았다. 고개를 홱 돌린다. 곡괭이 는 흙벽을 퍽 찍고 다시 나간다.

수재 이름만 들어도 영식이는 이가 갈렸다. 분명히 홀딱 속은 것이다.

영식이는 본디 금점에 이력이 없었다. 그리고 흥미도 없었다. 남만 밭고랑에 웅크리고 앉아서 땀을 흘려 가며 꾸벅꾸벅 일만 하였다. 올엔 콩도 뜻밖에 잘 열리고 맘이 좀 놓였다.

하루는 홀로 김을 매고 있노라니까,

"여보게 덥지 않은가, 좀 쉬었다 하게."

고개를 들어 보니 수재다. 농사는 안 짓고 금점으로만 돌아다니더니 무슨 바람에 또 왔는지 싱글벙글한다. 좋은 수나 걸렸나 하고,

"돈 좀 많이 벌었나. 나 좀 꿔 주게."

"벌구말구. 맘껏 먹고 맘껏 쓰고 했네."

술에 거나한 얼굴로 신껏 주적거린다. 그리고 밭머리에 쭈그리고 앉아 한참 객설을 부리더니,

"자네, 돈벌이 좀 안 하려나. 이 밭에 금이 묻혔네, 금이."

"뭐?"

하니까, 바로 이 산 너머 큰골에 광산이 있다, 광부를 삼백여 명이나 부리는 노다지판인데 매일 소출되는 금이 칠십 냥을 넘는다, 돈으로 치면 칠천 원, 그 줄맥이 큰 산허리를 뚫고 이 콩밭으로 뻗어 나왔다는 것이다. 둘이서 파면 불과 열흘 안에 줄을 잡을 게고, 적어도 하루 서 돈씩은 따리라. 우선 삼십 원만 해도 얼마냐. 소를 산대도 반 필이 아니냐고.

그러나 영식이는 귀담아듣지 않았다. 금점이란 칼 물고 뜀뛰기다. 잘되면이거니와 못 되면 신세만 조진다. 이렇게 전일부터 들은 소리가 있어서였다.

그담 날도 와서 꾀송거리다 갔다.

셋째 번에는 집으로 찾아왔는데 막걸리 한 병을 손에 들고 영을 피운다. 몸이 달아서 또 온 것이었다. 봉당에 걸터앉아서 저녁상을 물끄러미 바라보더니 조당수(좁쌀을 물에 불린 다음 갈아서 묽게 쑨 음식)는 몸을 훑는다는 둥 일꾼은 든든히 먹어야 한다는 둥 남들은 논을 사느니 밭을 사느니 떠드는데 요렇게 지내다 그만둘 테냐는 둥 일쩝게(일거리가 되어 귀찮거나 불편하게) 지절거린다.

"아주머니, 이것 좀 먹게 해 주시게유."

그리고 비로소 영식이 아내에게 술병을 내놓는다. 그들은 밥상을 끼고 앉아서 즐겁게 술을 마셨다. 몇 잔이 들어가고 보니 영식이의 생각도 적이 돌아섰다. 딴은 일 년 고생하고 끅 콩 몇 섬 얻어먹느니보다는 금을 캐는 것

이 슬기로운 짓이다. 하루에 잘만 캔다면 한해 줄곧 공들인 그 수확보다 훨씬 이익이다. 올봄 보낼 제 비료 값, 품삯, 빚에 빚진 칠 원 까닭에 나날이 졸리는 이 판이다. 이렇게 지지하게 살고 말 바에는 차라리 가로지나 세로지나 사내자식이 한번 해 볼 것이다.

"낼부터 우리 파 보세. 돈만 있으면이야, 그까진 콩은……."

수재가 안달스리 재우쳐(빨리 몰아치거나 재촉하여) 보채일 제 선뜻 응낙하였다.

"그래 보세, 빌어먹을 거 안 됨 고만이지."

그러나 꽁무니에서 죽을 마시고 있던 아내가 허구리를 쿡쿡 찔렀게 망정이지 그렇지 않았더면 좀 주저할 뻔도 하였다.

아내는 아내대로의 셈이 빨랐다.

시체(時體 그 시대의 풍습이나 유행)는 금점이 판을 잡았다. 섣부르게 농사만 짓고 있다간 결국 비렁뱅이밖에는 더 못 된다. 얼마 안 있으면 산이고 논이고 밭이고 할 것 없이 다 금쟁이 손에 구멍이 뚫리고 뒤집히고 뒤죽박죽이 될 것이다. 그때는 뭘 파먹고 사나. 자, 보아라. 머슴들은 짜기나 한 듯이 일하다 말고 후딱 하면 금점으로들 내빼지 않는가. 일꾼이 없어서 올엔 농사를 질 수 없으니 마느니 하고 동리에서는 떠들썩하다. 그리고 번동 포농이조차 호미를 내던지고 강변으로 개울로 사금을 캐러 달아난다. 그러다 며칠 뒤엔 다비신('양말'의 방언)에다 옥당목(玉唐木 옥양목보다 품질이 낮은 무명의 피륙)을 떨치고 히짜를 뽑는 것이 아닌가.

아내는 콩밭에서 금이 날 줄은 아주 꿈밖이었다. 놀라고도 또 기뻤다. 올에는 노상 침만 삼키던 그놈 코다리(명태)를 짜장 먹어 보겠구나만 하여도 속이 미어질 듯이 짜릿하였다. 뒷집 양근댁은 금점 덕택에 남편이 사다 준 고무신을 신고 나릿나릿 걷는 것이 무척 부러웠다. 저도 얼른 금이나 펑펑 쏟아지면 흰 고무신도 신고 얼굴에 분도 바르고 하리라.

"그렇게 해보지 뭐. 저 양반 하잔 대로만 하면 어련히 잘 될라구."

얼떨하여 앉아 있는 남편을 이렇게 추겼던 것이다.

동이 트기 무섭게 콩밭으로 모였다.

수재는 진언(眞言 비밀스러운 어구)이나 하는 듯이 이리 대고 중얼거리고 저리 대고 중얼거리고 하였다. 그리고 덤벙거리며 이리 왔다가 저리 왔다가 하였다. 제 딴은 땅속에 누운 줄맥을 어림하여 보는 맥이었다.

한참을 밭을 헤매다가 산 쪽으로 붙은 한구석에 딱 서며 손가락을 펴들고 설명한다. 큰 줄이란 본시 산운, 산을 끼고 도는 법이다. 이 줄이 노다지 임에는 필시 이켠으로 버듬히 누웠으리라. 그러니 여기서부터 파들어 가자 는 것이었다.

영식이는 그 말이 무슨 소린지 새기지는 못했다마는, 금점에는 난다는 소재이니 그 말대로 하기만 하면 영락없이 금퇴야 나겠지 하고 그것만 꼭 믿었다. 군말 없이 지시해 받은 곳에다 삽을 푹 꽂고 파헤치기 시작하였다.

금도 금이면 애써 키워 온 콩도 콩이었다. 거진 다 자란 허울 멀쑥한 놈 들이 삽 끝에 으스러지고 흙에 묻히고 하는 것이다. 그걸 보는 것은 썩 속이 아팠다. 애틋한 생각이 물밀 때 가끔 삽을 놓고 허리를 구부려서 콩잎의 흙 을 털어 주기도 하였다.

"아 이 사람아, 맥쩍게(열없고 쑥스럽게) 그건 봐 뭘 해, 금을 캐자니깐."

"아니아, 허리가 좀 아퍼서."

핀잔을 얻어먹고는 좀 열없었다(약간 부끄럽고 계면쩍다). 하기는 금만 잘 터져 나 오면 이까짓 콩밭쯤이야. 이 밭을 풀어 논도 만들 수 있을 것이다. 눈을 감 아 버리고 삽의 흙을 아무렇게나 콩잎 위로 획획 내어던진다.


"국으로(제 주제에 맞게) 땅이나 파먹지 이게 무슨 지랄들이야!"

동리 노인은 뻔질 찾아와서 귀 거친 소리를 하고 하였다.

밭에 구멍을 셋이나 뚫었다. 그리고 대구 뚫는 길이었다. 금인가 난장을 맞을 건가 그것 때문에 농군은 버렸다.

이게 필연코 세상이 망하려는 징조이리라. 그 소중한 밭에다 구멍을 뚫 고 이 지랄이니 그놈이 온전할 겐가.

노인은 제풀 화에 지팡이를 들어 삿대질을 아니 할 수 없었다.

"벼락 맞느니 벼락 맞어!"

"염려 말아유. 누가 알래지유."

영식이는 그럴 적마다 데퉁스레 흙을 되는대로 내꼰지고는 침을 탁 뱉고 구뎅이로 들어간다. 그러나 마음 한구석에는 언제나 끄응 하였다. 줄을 찾 는다고 콩밭을 통히 뒤집어 놓았다. 그리고 줄이 언제나 나올지 아직 까맣 다. 논도 못 매고 물도 못 보고 벼가 어이 되었는지 그것조차 모른다. 밤에 는 잠이 안 와 멀뚱하니 애를 태웠다.

수재는 낙담하는 기색도 없이 늘 하낭이었다. 땅에 웅숭그리고 시적시적

노량으로 땅만 판다.

"줄이 꼭 나오겠나."

하고 목이 말라서 물으면,

"이번에 안 나오거든 내 목을 비게."

서슴지 않고 장담을 하고는 꿋꿋하였다.

이걸 보면 영식이도 마음이 좀 뇌는 듯싶었다. 전들 금이 없다면 무슨 멋으로 이 고생을 하랴. 반드시 금은 나올 것이다. 그제는 이왕 손해는 하릴없거니와 그만두리라는 절망이 스스로 사라지고 다시금 주먹이 쥐어지는 것이었다.

캄캄하게 밤은 어두웠다. 어디선가 뭇 개가 요란히 짖어 댄다.

남편은 진흙투성이를 하고 내려왔다. 풀이 죽어서 몸을 잘 가누지도 못하고 아랫목에 축 늘어진다.

이 꼴을 보니 아내는 맥이 다시 풀린다. 오늘도 또 글렀구나. 금이 터지면 집을 한 채 사간다고 자랑을 하고 왔더니 이내 헛일이었다. 인제 좌지(坐地 계급 따위가 높은 위치)가 나서 낯을 들고 나갈 염의(廉義 염치와 의리)조차 없어졌다.

남편에게 저녁을 갖다 주고 딱하게 바라본다.

"인제 꿔온 양식도 다 먹었는데……."

"새벽에 산제를 좀 지낼 텐데 한 번만 더 꿔와."

남의 말에는 대답 없고 유하게 흘게 늦은 소리뿐. 그리고 드러누운 채 눈을 지그시 감아 버린다.

"죽거리두 없는데 산제는 무슨……."

"듣기 싫어, 요망 맞은 년 같으니."

이 호통에 아내는 그만 멈칫하였다. 요즘 와서는 무턱대고 공연스레 골만 내는 남편이 영 딱하였다. 환장을 하는지 밤잠도 아니 자고 소리만 빽빽 지르며 덤벼들려고 든다. 심지어 어린것이 좀 울어도 이 자식 갖다 내꾼지라고 북새를 피우는 것이다.

저녁을 아니 먹으므로 그냥 치워 버렸다. 남편의 영을 거역키 어려워 양근댁한테로 또다시 안 갈 수 없다. 그간 양식은 줄곧 꾸어다 먹고 갚지도 못하였는데 또 무슨 면목으로 입을 벌릴지 난처한 노릇이었다.

그는 생각다 끝에 있는 염치를 보째 쏟아 던지고 다시 한번 찾아가는 것

이다마는, 딱 맞닥뜨리어 입을 열고,

"낼 산제를 지낸다는데 쌀이 있어야지유."

하자니 영 낯이 화끈하고 모닥불이 날아든다.

그러나 그들은 어지간히 착한 사람이었다.

"암 그렇지요. 산신이 벗나면 죽도 그릅니다."

하고 말을 받으며 그 남편은 빙그레 웃는다. 워낙이 금점에 장구(長久 오랫동안) 닳아난 몸인 만치 이런 일에는 적잖이 속이 틔었다. 손수 쌀 닷 되를 떠다 주며,

"산제란 안 지냄 몰라두 이왕 지내려면 아주 정성껏 해야 됩니다. 산신이 란 노하길 잘하니까유."

하고 그 비방까지 깨쳐 보낸다.

쌀을 받아 들고 나오며 엉식이 저는 고마움보다 먼저 미안에 질리어 얼굴이 다시 빨겠다. 그리고 그들 부부 살아가는 살림이 참으로 참으로 몹시 부러웠다. 양근댁 남편은 날마다 금점으로 감돌며 버력더미를 뒤지고 토록(광맥의 본래 줄기에서 떨어져 다른 잡석과 함께 광맥의 곁으로 드러나 있는 광석)을 주워 온다. 그걸 온종일 장판돌에다 갈면 수가 좋으면 이삼 원, 옥아도(밑져도) 칠팔십 전 꿀은 매일 셈이 되는 것이었다. 그러면 쌀을 산다, 피륙을 끊는다, 떡을 한다, 장리를 놓는다……. 그런데 우리는 왜 늘 요 꼴인지 생각만 하여도 가슴이 메는 듯 맥맥한 한숨이 연발을 하는 것이었다.

아내는 집에 돌아와 떡쌀을 담갔다. 낼은 뭘로 죽을 쑤어 먹을는지. 윗목에 웅크리고 앉아서 맞은쪽에 자빠져 있는 남편을 곁눈으로 살짝 할퀴어 본다. 남들은 돌아다니며 잘도 금을 주워 오련만 저 망나니 제 발 하나를 다 버려도 금 한 톨 못 주워 오나. 에, 에, 변변치도 못한 사나이. 저도 모르게 얕은 한숨이 거푸 두 번을 터진다.

밤이 이슥하여 그들 양주는 떡을 하러 나왔다. 남편은 절구에 쿵쿵 빻았다. 그러나 체가 없다. 동네로 돌아다니며 빌려 오느라고 아내는 다리에 불풍이 났다.

"왜 이리 앉았수, 불 좀 지피지."

떡을 찧다가 얼이 빠져서 멍하니 앉아 있는 남편이 밉살스럽다. 남은 이래저래 애를 죄는데 저건 무슨 생각을 하고 저리 있는 건지. 낫으로 삭정이(산 나무에 붙은 채로 말라 죽은 가지)를 탁탁 조겨서 던져 주며 아내는 은근히 혹닥이

었다.

닭이 두 홰를 치고 나서야 떡은 되었다.

아내는 시루를 이고 남편은 겨드랑에 자리때기를 꼈다. 그리고 캄캄한 산길을 올라간다.

비탈길을 얼마 올라가서야 콩밭은 놓였다. 전면이 우뚝한 검은 산에 둘리어 막힌 곳이었다. 가생이로 느티, 대추나무들은 머리를 풀었다.

밭머리 조금 못미처 남편은 걸음을 멈추자 뒤의 아내를 돌아본다.

"인 내, 그리고 여기 가만히 섰어."

시루를 받아 한 팔로 꺼안고 그는 혼자서 콩밭으로 올라섰다. 앞에 쌓인 것이 모두가 흙더미, 그 흙더미를 마악 돌아서려 할 제 아마 돌을 찼나 보다. 몸이 쓰러지려고 우찔끈하니 아내가 기겁을 하여 뛰어오르며 그를 부축하였다.

"부정 타라구 왜 올라와, 요망 맞은 년."

남편은 몸을 고르잡자 소리를 빽 지르며 아내 얼뺨(얼떨결에 치는 뺨)을 붙인다. 가뜩이나 죽으라 죽으라 하는데 불길하게도 계집년이. 그는 마뜩지 않게 두덜거리며 밭으로 들어간다.

밭 한가운데다 자리를 펴고 그 위에 시루를 놓았다. 그리고 시루 앞에다 공손하고 정성스레 재배를 커다랗게 한다.

"우리를 살려 줍시사. 산신께서 거들어 주지 않으면 저희는 죽을 수밖에 꼼짝 없습니다유."

그는 손을 모으고 이렇게 축원하였다.

아내는 이 꼴을 바라보며 독이 뾰록같이 올랐다. 금점을 합네 하고 금 한 톨 못 캐는 것이 버릇만 점점 글러 간다. 그전에는 없더니 요새로 건듯하면 탕탕 때리는 못된 버릇이 생긴 것이다. 금을 캐랬지 뺨을 치랬나. 제발 덕분에 그놈의 금 좀 나오지 말았으면. 그는 뺨 맞은 앙심으로 맘껏 방자(남에게 재앙이 내리도록 비는 짓)하였다.

하긴 아내의 말 그대로 되었다. 열흘이 썩 넘어도 산신은 깜깜 무소식이었다. 남편은 밤낮으로 눈을 까뒤집고 구덩이에 묻혀 있었다. 어쩌다 집엘 내려오는 때이면 얼굴이 헐떡하고 어깨가 축 늘어지고 거반 병객이었다. 그리고서 잠자코 커다란 몸집을 방고래(방의 구들장 밑으로 나 있는, 불길과 연기가 통하여 나가는 길)에다 쿵 하고 내던지고 하는 것이다.

"제미(몹시 못마땅할 때 욕으로 하는 말) 붙을, 죽어나 버렸으면."

혹은 이렇게 탄식하기도 하였다.


아내는 바가지에 점심을 이고서 집을 나섰다. 젖먹이는 등을 두드리며 좋다고 끽끽거린다.

이젠 흰 고무신이고 코다리고 생각조차 물렸다. 그리고 금 하는 소리만 들어도 입에 신물이 날 만큼 되었다. 그건 고사하고 꿔다 먹은 양식에 졸리지나 말았으면 그만도 좋으리마는.

가을은 논으로 밭으로 누렇게 내리었다. 농군들은 기꺼운 낯을 하고 서로 만나면 흥겨운 농담. 그러나 남편은 애먼 밭만 망치고 논조차 건살 못하였으니 이 가을에는 뭘 거둬들이고 뭘 즐겨 할는지. 그는 동리 사람의 이목이 부끄러워 산길로 돌았다.

솔숲을 나서서 멀리 밭에를 바라보니 둘이 다 나와 있다. 오늘도 또 싸운 모양. 하나는 이쪽 흙더미에 앉았고 하나는 저쪽에 앉았고 서로들 외면하여 담배만 뻑뻑 피운다.

"점심들 잡숫게유."

남편 앞에 바가지를 내려놓으며 가만히 맥을 보았다.

남편은 적삼이 찢어지고 얼굴에 생채기를 내었다. 그리고 두 팔을 걷고 먼산을 향하여 묵묵히 앉았다.

수재는 흙에 박혔다 나왔는지 얼굴은커녕 귓속들이 흙투성이다. 코밑에는 피딱지가 말라붙었고 아직도 조금씩 피가 흘러내린다. 영식이 처를 보더니 열적은 모양. 고개를 돌리어 모로 떨어치며 입맛만 쩍쩍 다신다.

금을 캐라니까 밤낮 피만 내다 마려는가. 빚에 졸리어 남은 속을 볶는데 무슨 호강에 이 지랄들인구. 아내는 못마땅하여 눈가에 살을 모았다.

"산제 지낸다구 꿔온 것은 언제나 갚는다지유?"

뚱하고 있는 남편을 향하여 말끝을 꼬부린다. 그러나 남편은 눈썹 하나 까딱하지 않는다. 이번에는 어조를 좀 돋우며,

"갚지도 못할 걸 왜 꿔오라 했지유!"

하고 얼추 호령이었다.

이 말은 남편의 채 가라앉지도 못한 분통을 다시 건드린다. 그는 벌떡 일어서며 황밤(껍질과 보늬를 벗긴 빛이 누른 밤)주먹을 쥐어 낭창할 만치 아내의 골통을

후렸다.

"계집년이 방정맞게."

다른 것은 모르나 주먹에는 아찔이었다. 멋없이 덤비다간 골통이 부서진다. 암상(남을 시기하고 샘을 잘 내는 마음. 또는 그런 행동)을 참고 바르르 하다가 이윽고 아내는 등에 업은 어린애를 끌어들였다. 남편에게로 그대로 밀어 던지니 아이는 까르륵하고 숨 모는 소리를 친다.

그리고 아내는 돌아서서 혼잣말로,

"콩밭에서 금을 딴다는 숙맥도 있담."

하고 빗대 놓고 비아냥거린다.

"이년아, 뭐!"

남편은 대뜸 달려들며 그 볼치에다 다시 올찬 황밤을 주었다. 적이나하면 계집이니 위로도 하여 주련만 요건 분만 폭폭 질러 노려나. 예이, 빌어먹을 거 이판사판이다.

"너허구 안 산다. 오늘루 가거라."

아내를 와락 떠다밀어 밭둑에 젖혀 놓고 그 허구리를 퍽 질렀다. 아내는 입을 헉 하고 벌린다.

"네가 허라구 옆구리를 쿡쿡 찌를 제는 언제냐, 요 집안 망할 년."

그리고 다시 퍽 질렀다. 연하여 또 퍽.

이 꼴들을 보니 수재는 조바심이 일었다. 저러다가 그 분풀이가 다시 제게로 슬그머니 옮아올 것을 지레 채었다. 인제 걸리면 죽는다. 그는 비슬비슬하다 어느 틈엔가 구뎅이 속으로 시나브로(모르는 사이에 조금씩) 없어져 버린다.

볕은 다사로운 가을 향취를 풍긴다. 주인을 잃고 콩은 무거운 열매를 둥글둥글 흙에 굴린다. 맞은쪽 산 밑에서 벼들을 베며 기뻐하는 농군의 노래.

"터졌네, 터져."

수재는 눈이 휘둥그렇게 굿문을 뛰어나오며 소리를 친다. 손에는 흙 한 줌이 잔뜩 쥐였다.

"뭐?"

하다가,

"금줄 잡았어, 금줄."

"응……."

하고 외마디를 뒤남기자 영식이는 수재 앞으로 살같이 달려들었다. 허겁지

겁 그 흙을 받아 들고 샅샅이 헤쳐 보니 딴은 재래에 보지 못하던 불그죽죽한 황토이었다. 그는 눈에 눈물이 핑 돌며,

"이게 원 줄인가?"

"그럼, 이것이 곱색줄(광맥의 하나. 산화한 황화 광물로 이루어진 붉은빛의 광맥이 길게 뻗치어 박인 줄)이라네. 한 포에 댓 돈씩은 넉넉 잡히네."

영식이는 기쁨보다 먼저 기가 탁 막혔다. 웃어야 옳을지 울어야 옳을지. 다만 입을 반쯤 벌린 채 수재의 얼굴만 멍하니 바라본다.

"이리 와 봐. 이게 금이래."

이윽고 남편은 아내를 부른다. 그리고 내 뭐랬어, 그러게 해보라고 그랬지 하고 설면설면 덤벼 오는 아내가 한결 어여뻤다. 그는 엄지가락으로 아내의 눈물을 지워 주고 그러고 나서 껑충거리며 구뎅이로 들어간다.

"그 흙 속에 금이 있시요?"

영식이 처가 너무 기뻐서 코다리에 고래등 같은 집까지 연상할 제, 수재는 시원스러이,

"네, 한 포대에 오십 원씩 나와유."

하고 대답하고 오늘 밤에는 꼭, 정녕코 꼭 달아나리라 생각하였다.

거짓말이란 오래 못 간다. 뽕이 나서 뼈다귀도 못 추리기 전에 훨훨 벗어나는 게 상책이겠다.

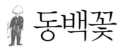 동백꽃

✏️ **작품 정리** ----------------------------------------

> **작가** : 김유정(350쪽 '작가와 작품 세계' 참조)
> **갈래** : 순수 소설, 애정 소설, 농촌 소설
> **배경** : 시간 - 1930년대의 어느 봄날 / 공간 - 강원도의 어느 산골 마을
> **시점** : 1인칭 주인공 시점
> **주제** : 산골 마을 남녀의 순박한 사랑
> **출전** : 〈조광〉(1936)

✏️ **구성과 줄거리** ----------------------------------------

**발단 점순이 닭싸움으로 '나'의 화를 돋움**

소작인 아들인 '나'는 나무를 하려고 나오다가 '나'의 집 수탉이 마름네 수탉에게 쪼이고 있는 장면을 목격한다. 마름의 딸인 점순이 싸움을 붙인 것이다.

**전개 점순이 감자를 건네주었지만 '나'는 받지 않음**

나흘 전에 점순은 울타리를 엮는 '나'의 등 뒤로 와서 감자를 건넸지만 '나'는 받지 않았다. 다음 날 점순은 '나'의 집 씨암탉을 붙들어 놓고 때리기 시작한다. '나'는 화가 치밀었으나 계집애하고 싸울 수도 없어 울타리만 막대기로 내리친다. 점순은 걸핏하면 자기 집의 수탉을 몰고 와서 '나'의 집의 수탉을 괴롭힌다.

**위기 '나'는 수탉에게 고추장을 먹이고 닭싸움에 도전하지만 실패함**

'나'는 자신의 집 수탉이 점순네 닭을 이기도록 하기 위해 고추장을 먹이지만 점순네 닭과 제대로 싸워 보지도 못하고 풀이 죽어 버린다.

**절정 점순네 닭을 죽인 후 울음을 터뜨리자 점순이 '나'를 달래 줌**

'나'는 나무를 하고 산을 내려오다가 '나'의 집 수탉이 점순네 수탉에게 사정없이 쪼이는 것을 보고 화가 치밀어 점순네 수탉을 막대기로 때려서 단번에 죽여 버린다. 큰일을 저질렀다고 느낀 '나'는 점순네에게 땅과

집을 뺏길까 봐 겁이 나서 울음을 터뜨린다. 그러자 점순은 염려하지 말라며 달래 준다.

**결말** **'나'와 점순이 동백꽃 속으로 쓰러짐**

순간 점순이 '나'의 어깨를 짚고 넘어지는 바람에 함께 흐드러진 동백꽃 속에 파묻힌다. '나'는 향긋한 동백꽃 냄새에 정신이 아찔해진다. 이때 점순이 어머니가 점순이를 부르는 소리가 들려온다. 점순은 겁을 먹고 꽃 밑을 기어서 내려가고 '나'는 산으로 내뺀다.

---

### ✍ 생각해 볼 문제 ----------------------------------------------

**1. 이 작품에서 닭싸움은 어떤 역할을 하는가?**

점순은 '나'에게 감자를 건네며 호의를 보이지만 거절당한다. 이에 대한 앙갚음으로 닭싸움을 걸어오는 것이다. 닭싸움은 점순의 충족되지 못한 애정에 대한 역설적 표현이라고 할 수 있다. 결국 닭싸움이 두 사람 간의 화해를 유도하는 역할을 한다.

**2. 이 작품에서 '동백꽃'의 역할은 무엇인가?**

향토적이면서 서정적인 분위기를 연출할 뿐 아니라 '나'와 점순 사이에 화해 분위기를 조성하는 역할을 한다.

**3. 이 작품이 지닌 해학성에 대해 말해 보자.**

'나'는 소극적이고 점순은 적극적인 성격을 지니고 있다. 당시로서는 생각하기 힘든 남녀 간의 역할 전도가 해학성을 고조시킨다. 더구나 등장인물이 비속어, 방언, 의성어, 의태어 등에 의해 희화화되고 있다. '나'의 엉뚱한 반응도 아이러니를 유발해 유쾌한 웃음을 선사한다.

**4. 마지막 장면에서 점순은 아래로 내려가고 '나'는 산으로 내뺀다. 두 사람의 행동에서 어떤 심리를 읽을 수 있는가?**

성애 행위에 부끄러움을 느끼지 않을 만큼 성숙해 있는 점순은 천연덕스럽게 어머니 쪽으로 내려간다. 아직 순진한 '나'는 일단 현장에서 벗어나야겠다는 생각만 한다. 현실적으로는 '나'의 행동이 오히려 의심을 살 수 있다.

**5. 이 작품의 구성상 특징을 밝히고 사건이 일어난 시간 순서대로 줄거리를 요약해 보자.**

이 작품은 점순이 닭싸움을 벌이는 장면부터 시작한다. 이야기는 나흘 전 감자를 받지 않은 사건으로 거슬러 올라간다. 발단 부분에서 두 사람의 갈등을 현재 시점으로 가볍게 처리하고 전개와 위기 부분에서는 발단에서 제시된 갈등의 원인을 밝히고 있다. 현재-과거-현재의 역순으로 구성된 이 작품은 닭싸움을 매개로 현재와 과거가 자연스럽게 연결되고 있다.

● 사건이 일어난 순서(작품 구성 순서 : ③ - ① - ② - ④ - ⑤)

① 점순이 준 감자를 '나'가 거절함(과거)

② '나'가 우리 집 수탉에게 고추장을 먹였는데도 싸움에서 짐(과거)

③ '나'가 나무를 하기 위해 집을 나서자 점순이 또 닭싸움을 붙임

④ 나무를 하고 돌아오는 길에 점순이가 닭싸움을 붙인 것을 보고 점순의 수탉을 때려 죽임

⑤ 점순과 '나'가 화해함

**6. 「봄봄」과 「동백꽃」의 주인공 이름이 모두 점순이인 까닭은 무엇인지 추측해 보자.**

「봄봄」에서 '나'는 데릴사위로 대가 없이 일하고 있다. 「동백꽃」에서 '나'는 소작농의 아들이고 점순이는 마름의 딸이다. 나와 점순이는 두 작품에서 비슷한 입장에 처해 있다. 이런 관계를 점순이라는 이름으로 암시한다고 추측해 볼 수 있다.

저희(나) 부모님은 소작농이고 점순네 부모님은 마름이에요. 그래서 인지 부모님은 항상 저에게 일 저지르지 말라고 당부하시지요. 언젠가 점순이 저에게 감자를 주었는데 자존심이 상해서 받지 않았어요. 그랬더니 점순이 자기네 닭과 우리 닭을 싸움 붙여 놓은 거예요. 화가 난 저는 점순네 닭을 죽이고 말았지요. 점순과는 겨우 화해했답니다.

# 동백꽃

오늘도 또 우리 수탉이 막 쪼이었다. 내가 점심을 먹고 나무를 하러 갈 양으로 나올 때이었다. 산으로 올라서려니까 등 뒤에서 푸드득푸드득, 하고 닭의 횃소리가 야단이다. 깜짝 놀라서 고개를 돌려보니 아니나다르랴, 두 놈이 또 얼리었다(서로 얽히다).

점순네 수탉(은 대강이가 크고 똑 오소리같이 실팍하게(사람이나 물건 따위가 보기에 매우 실하게) 생긴 놈)이 덩저리('덩치'의 속어) 작은 우리 수탉을 함부로 해내는 것이다. 그것도 그냥 해내는 것이 아니라 푸드득하고 면두('볏'의 방언)를 쪼고 물러섰다가 좀 사이를 두고 또 푸드득하고 모가지를 쪼았다. 이렇게 멋을 부려 가며 여지없이 닦아 놓는다. 그러면 이 못생긴 것은 쪼일 적마다 주둥이로 땅을 받으며 그 비명이 킥, 킥 할 뿐이다. 물론 미처 아물지도 않은 면두를 또 쪼이어 붉은 선혈은 뚝뚝 떨어진다.

이걸 가만히 내려다보자니 내 대강이가 터져서 피가 흐르는 것 같이 두 눈에서 불이 번쩍 난다. 대뜸 지게 막대기를 메고 달려들어 점순네 닭을 후려칠까 하다가 생각을 고쳐먹고 헛매질로 떼어만 놓았다.

이번에도 점순이가 쌈을 붙여 났을 것이다. 바짝바짝 내 기를 올리느라고 그랬음에 틀림없을 것이다. 고놈의 계집애가 요새로 들어서서 왜 나를 못 먹겠다고 고렇게 아르렁거리는지 모른다.

나흘 전 감자 쪼간(어떤 사건)만 하더라도 나는 저에게 조금도 잘못한 것은 없다. 계집애가 나물을 캐러 가면 갔지 남 울타리 엮는 데 쌩이질(한창 바쁠 때 쓸데없는 일로 남을 귀찮게 구는 짓)을 하는 것은 다 뭐냐. 그것도 발소리를 죽여 가지고 등 뒤로 살며시 와서,

"얘! 너 혼자만 일하니?"
하고 긴치 않은 수작을 하는 것이다.

어제까지도 저와 나는 이야기도 잘 않고 서로 만나도 본척만척하고 이렇게 점잖게 지내던 터이련만 오늘로 갑작스레 대견해졌음은 웬일인가. 항차(황차(況且) 하물며)망아지만 한 계집애가 남 일하는 놈 보구……

"그럼 혼자 하지 떼루 하디?"

내가 이렇게 내배앝는 소리를 하니까,

"너 일하기 좋니?"

또는,

"한여름이나 되거든 하지 벌써 울타리를 하니?"

잔소리를 두루 늘어놓다가 남이 들을까 봐 손으로 입을 틀어막고는 그 속에서 깔깔댄다. 별로 우스울 것도 없는데 날씨가 풀리더니 이놈의 계집애가 미쳤나 하고 의심하였다. 게다가 조금 뒤에는 제 집께를 할끔할끔 돌아보더니 행주치마의 속으로 꼈던 바른손을 뽑아서 나의 턱밑으로 불쑥 내미는 것이다. 언제 구웠는지 아직도 더운 김이 홱 끼치는 굵은 감자 세 개가 손에 뿌듯이 쥐였다.

"느 집엔 이거 없지?"

하고 생색 있는 큰소리를 하고는 세가 준 섯을 남이 알면 큰일 날 테니 여기서 얼른 먹어 버리란다. 그리고 또 하는 소리가,

"너 봄 감자가 맛있단다."

"난 감자 안 먹는다, 너나 먹어라."

나는 고개도 돌리려 하지 않고 일하던 손으로 그 감자를 도로 어깨너머로 쑥 밀어 버렸다. 그랬더니 그래도 가는 기색이 없고, 뿐만 아니라 쌔근쌔근하고 심상치 않게 숨소리가 점점 거칠어진다. 이건 또 뭐야, 싶어서 그때서야 비로소 돌아다보니 나는 참으로 놀랐다. 우리가 이 동리에 들어온 것은 근 삼 년째 되어 오지만 여태껏 가무잡잡한 점순이의 얼굴이 이렇게까지 홍당무처럼 새빨개진 법이 없었다. 게다 눈에 독을 올리고 한참 나를 요렇게 쏘아보더니 나중에는 눈물까지 어리는 것이 아니냐. 그리고 바구니를 다시 집어 들더니 이를 꼭 악물고는 엎어질 듯 자빠질 듯 논둑으로 휭허케 달아나는 것이다.

어쩌다 동리 어른이,

"너 얼른 시집가야지?"

하고 웃으면,

"염려 마서유. 갈 때 되면 어련히 갈라구!"

이렇게 천연덕스레 받는 점순이었다. 본시 부끄럼을 타는 계집애도 아니려니와 또한 분하다고 눈에 눈물을 보일 얼병이('어리보기'의 방언. 언행이 얼뜬 사람)도 아니다. 분하면 차라리 나의 등어리를 바구니로 한 번 모질게 후려쌔리고

달아날지언정.

그런데 고약한 그 꼴을 하고 가더니 그 뒤로는 나를 보면 잡아먹으려고 기를 복복 쓰는 것이다. 설혹 주는 감자를 안 받아 먹은 것이 실례라 하면, 주면 그냥 주었지 '느 집엔 이거 없지'는 다 뭐냐. 그렇잖아도 저희는 마름(지주를 대리하여 소작권을 관리하는 사람)이고 우리는 그 손에서 배재를 얻어 땅을 부치므로 일상 굽실거린다. 우리가 이 마을에 처음 들어와 집이 없어서 곤란으로 지낼 제, 집터를 빌리고 그 위에 집을 또 짓도록 마련해 준 것도 점순네의 호의였다. 그리고 우리 어머니 아버지도 농사 때 양식이 달리면 점순네한테 가서 부지런히 꾸어다 먹으면서 인품 그런 집은 다시없으리라고 침이 마르도록 칭찬하곤 하는 것이다. 그러면서도 열일곱씩이나 된 것들이 수군수군하고 붙어 다니면 동리의 소문이 사납다고 주의를 시켜 준 것도 또 어머니였다. 왜냐하면 내가 점순이하고 일을 저질렀다가는 점순네가 노할 것이고, 그러면 우리는 땅도 떨어지고 집도 내쫓기고 하지 않으면 안 되는 까닭이었다. 그런데 이놈의 계집애가 까닭 없이 기를 복복 쓰며 나를 말려 죽이려고 드는 것이다.

눈물을 흘리고 간 담날 저녁나절이었다. 나무를 한 짐 잔뜩 지고 산을 내려오려니까 어디서 닭이 죽는 소리를 친다. 이거 뉘 집에서 닭을 잡나, 하고 점순네 울 뒤로 돌아오다가 나는 고만 두 눈이 뚱그래졌다. 점순이가 저희 집 봉당(封堂 안방과 건넌방 사이의 마루를 놓을 자리에 마루를 놓지 않고 흙바닥 그대로 둔 곳)에 홀로 걸터앉았는데 이게 치마 앞에다 우리 씨암탉을 꼭 붙들어 놓고는,

"이놈의 닭! 죽어라, 죽어라."

요렇게 암팡스레 패 주는 것이 아닌가. 그것도 대가리나 치면 모른다마는 아주 알도 못 낳으라고 그 볼기짝께를 주먹으로 콕콕 쥐어박는 것이다.

나는 눈에 쌍심지가 오르고 사지가 부르르 떨렸으나 사방을 한 번 휘돌아보고야 그제서 점순이 집에 아무도 없음을 알았다. 잡은 참 지게막대기를 들어 울타리의 중턱을 후려치며,

"이놈의 계집애! 남의 닭 알 못 낳으라구 그러니?"
하고 소리를 빽 질렀다.

그러나 점순이는 조금도 놀라는 기색이 없고 그대로 의젓이 앉아서 제 닭 가지고 하듯이 또 죽어라, 죽어라 하고 패는 것이다. 이걸 보면 내가 산에서 내려올 때를 겨냥해 가지고 미리부터 닭을 잡아 가지고 있다가 너 보

란 듯이 내 앞에 쉬지르고 있음이 확실하다.

그러나 나는 그렇다고 남의 집에 뛰어 들어가 계집애하고 싸울 수도 없는 노릇이고 형편이 썩 불리함을 알았다. 그래 닭이 맞을 적마다 지게막대기로 울타리나 후려칠 수밖에 별도리가 없다. 왜냐하면 울타리를 치면 칠수록 울섶이 물러앉으며 뼈대만 남기 때문이다. 허나 아무리 생각하여도 나만 밑지는 노릇이다.

"야, 이년아! 남의 닭 아주 죽일 터이냐?"

내가 도끼눈을 뜨고 다시 꽥 호령을 하니까 그제야 울타리께로 쪼르르 오더니 울 밖에 서 있는 나의 머리를 겨누고 닭을 내팽개친다.

"에이, 더럽다! 더럽다!"

"더러운 걸 널더러 입때 끼고 있으랬니? 망할 계집애년 같으니!"

하고 나도 더럽단 듯이 울타리께를 횡허케 돌아내리며 약이 오를 대로 다 올랐다(라고 하는 것은 암탉이 풍기는 서슬에 나의 이마빼기에다 물찌똥을 찍 깔겼는데 그걸 본다면 알집만 터졌을 뿐 아니라 골병은 단단히 든 듯싶다).

그리고 나의 등 뒤를 향하여 나에게만 들릴 듯 말 듯한 음성으로,

"이 바보 녀석아!"

"얘! 너 배냇병신('선천 기형'을 일상적으로 이르는 말)이지?"

그만도 좋으련만,

"얘! 너 느 아버지가 고자라지?"

"뭐? 울 아버지가 그래 고자야?"

할 양으로 열벙거지(매우 급하게 치밀어 오르는 화증)가 나서 고개를 홱 돌리어 바라봤더니 그때까지 울타리 위로 나와 있어야 할 점순이의 대가리가 어디 갔는지 보이지를 않는다. 그러다 돌아서서 오자면 아까에 한 욕을 울 밖으로 또 퍼붓는 것이다. 욕을 이토록 먹어 가면서도 대거리 한마디 못 하는 걸 생각하니 돌부리에 채어 발톱 밑이 터지는 것도 모를 만치 분하고 급기야는 두 눈에 눈물까지 불끈 내솟는다.

그러나 점순이의 침해는 이것뿐이 아니다. 사람들이 없으면 틈틈이 제집 수탉을 몰고 와서 우리 수탉과 쌈을 붙여 놓는다. 제 집 수탉은 썩 험상궂게 생기고 쌈이라면 홰(새장이나 닭장 속에 새나 닭이 올라앉게 가로질러 놓은 나무 막대)를 치는 고로 으레 이길 것을 알기 때문이다. 그래서 툭하면 우리 수탉이 면두며 눈깔이 피로 흐드르 하게 되도록 해 놓는다. 어떤 때에는 우리 수탉이 나오지

를 않으니까 요놈의 계집애가 모이를 쥐고 와서 꾀어내다가 쌈을 붙인다.

이렇게 되면 나도 다른 배차를 차리지 않을 수 없다. 하루는 우리 수탉을 붙들어 가지고 넌지시 장독께로 갔다. 쌈닭에게 고추장을 먹이면 병든 황소가 살모사를 먹고 용을 쓰는 것처럼 기운이 뻗친다 한다. 장독에서 고추장 한 접시를 떠서 닭 주둥아리께로 들이밀고 먹여 보았다. 닭도 고추장에 맛을 들였는지 거스르지 않고 거의 반 접시 턱이나 곧잘 먹는다.

그리고 먹고 금세는 용을 못 쓸 터이므로 얼마쯤 기운이 들도록 홰(여기서는 '닭장'의 뜻으로 쓰임) 속에다 가두어 두었다.

밭에 두엄을 두어 짐 져내고 나서 쉴 참에 그 닭을 안고 밖으로 나왔다. 마침 밖에는 아무도 없고 점순이만 저희 울 안에서 헌옷을 뜯는지 혹은 솜을 터는지 웅크리고 앉아서 일을 할 뿐이다.

나는 점순네 수탉이 노는 밭으로 가서 닭을 내려놓고 가만히 맥을 보았다. 두 닭은 여전히 얼리어 쌈을 하는데 처음에는 아무 보람이 없다. 멋지게 쪼는 바람에 우리 닭은 또 피를 흘리고 그러면서도 날갯죽지만 푸드득푸드득하고 올라 뛰고 뛰고 할 뿐으로 제법 한번 쪼아 보지도 못한다.

그러나 한번은 어쩐 일인지 용을 쓰고 펄쩍 뛰더니 발톱으로 눈을 하비고 내려오며 면두를 쪼았다. 큰 닭도 여기에는 놀랐는지 뒤로 멈씰하며 물러난다. 이 기회를 타서 작은 우리 수탉이 또 날쌔게 덤벼들어 다시 면두를 쪼니 그제서는 감때사나운(억세고 사나운) 그 대강이에서도 피가 흐르지 옷을 수 없었다.

옳다 알았다, 고추장만 먹이면 되는구나, 하고 나는 속으로 아주 쟁그라워(미운 사람의 실수를 보아 아주 고소해) 죽겠다. 그때에는 뜻밖에 내가 닭쌈을 붙여 놓는 데 놀라서 울 밖으로 내다보고 섰던 점순이도 입맛이 쓴지 눈살을 찌푸렸다.

나는 두 손으로 볼기짝을 두드리며 연방,

"잘한다! 잘한다!"

하고 신이 머리끝까지 뻗치었다.

그러나 얼마 되지 옷아서 나는 넋이 풀리어 기둥같이 묵묵히 서 있게 되었다. 왜냐하면 큰 닭이 한 번 쪼인 앙갚음으로 호들갑스레 연거푸 쪼는 서슬에 우리 수탉은 찔끔 못하고 막 곯는다. 이걸 보고서 이번에는 점순이가 깔깔거리고 되도록 이쪽에서 많이 들으라고 웃는 것이다.

나는 보다 못하여 덤벼들어서 우리 수탉을 붙들어 가지고 도로 집으로 들어왔다. 고추장을 좀 더 먹였더라면 좋았을걸, 너무 급하게 쌈을 붙인 것이 퍽 후회가 난다. 장독께로 돌아와서 다시 턱밑에 고추장을 들이댔다. 흥분으로 말미암아 그런지 당최 먹질 않는다.

나는 하릴없이 닭을 반듯이 누이고 그 입에다 궐련 물부리를 물리었다. 그리고 고추장 물을 타서 그 구멍으로 조금씩 들이부었다. 닭은 좀 괴로운지 킥킥하고 재채기를 하는 모양이나 그러나 당장의 괴로움은 매일같이 피를 흘리는 데 댈 게 아니라 생각하였다.

그러나 한 두어 종지가량 고추장 물을 먹이고 나서는 나는 고만 풀이 죽었다. 성성하던 닭이 왜 그런지 고개를 살며시 뒤틀고는 손아귀에서 뻐드러지는 것이 아닌가. 아버지가 볼까 봐서 얼른 홰에다 감추어 두었더니 오늘 아침에서야 겨우 정신이 든 모양 같다.

그랬던 걸 이렇게 오다 보니까 또 쌈을 붙여 놓으니 이 망할 계집애가 필연 우리 집에 아무도 없는 틈을 타서 제가 들어와 홰에서 꺼내 가지고 나간 것이 분명하다.

나는 다시 닭을 잡아다 가두고 염려스러우나 그렇다고 산으로 나무를 하러 가지 않을 수도 없는 형편이었다.

소나무 삭정이를 따며 가만히 생각해 보니 암만해도 고년의 목쟁이를 돌려놓고 싶다. 이번에 내려가면 망할 년 등줄기를 한번 되게 후려치겠다 하고 싱둥겅둥 나무를 지고는 부리나케 내려왔다.

거지반(거의 절반 가까이) 집에 다 내려와서 나는 호드기(버들가지 껍질이나 밀짚으로 만든 피리의 일종) 소리를 듣고 발이 딱 멈추었다. 산기슭에 널려 있는 굵은 바윗돌 틈에 노란 동백꽃이 소보록하니 깔리었다.

그 틈에 끼어 앉아서 점순이가 청승맞게시리 호드기를 불고 있는 것이다. 그보다도 더 놀란 것은 그 앞에서 또 푸드득푸드득하고 들리는 닭의 홰소리다. 필연코 요년이 나의 약을 올리느라고 또 닭을 집어내다가 내가 내려올 길목에다 쌈을 시켜 놓고 저는 그 앞에 앉아서 천연스레 호드기를 불고 있음에 틀림없으리라.

나는 약이 오를 대로 다 올라서 두 눈에서 불과 함께 눈물이 퍽 쏟아졌다. 나무 지게도 벗어 놀 새 없이 그대로 내동댕이치고는 지게막대기를 뻗치고 허둥지둥 달려들었다.

가까이 와 보니 과연 나의 짐작대로 우리 수탉이 피를 흘리고 거의 빈사지경(瀕死地境 거의 죽게 된 지경)에 이르렀다. 닭도 닭이려니와 그러함에도 불구하고 눈 하나 깜짝 없이 고대로 앉아서 호드기만 부는 그 꼴에 더욱 치가 떨린다. 동리에서도 소문이 났거니와 나도 한때는 걱실걱실히(성질이 너그러워 말과 행동이 시원스럽게) 일 잘하고 얼굴 예쁜 계집애인 줄 알았더니 시방 보니까 그 눈깔이 꼭 여우 새끼 같다.

나는 대뜸 달려들어서 나도 모르는 사이에 큰 수탉을 단매로 때려 엎었다. 닭은 푹 엎어진 채 다리 하나 꼼짝 못하고 그대로 죽어 버렸다. 그리고 나는 멍하니 섰다가 점순이가 매섭게 눈을 흡뜨고 닥치는 바람에 뒤로 벌렁 나자빠졌다.

"이놈아! 너 왜 남의 닭을 때려죽이니?"

"그럼 어때?"

하고 일어나다가,

"뭐 이 자식아! 누 집 닭인데?"

하고 복장을 떼미는 바람에 다시 벌렁 자빠졌다. 그리고 나서 가만히 생각하니 분하기도 하고 무안스럽기도 하고 또 한편 일을 저질렀으니 인젠 땅이 떨어지고 집도 내쫓기고 해야 될는지 모른다. 나는 비슬비슬 일어나며 소맷자락으로 눈을 가리고는 얼김에 엉 하고 울음을 놓았다. 그러다 점순이가 앞으로 다가와서,

"그럼, 너 이담부턴 안 그럴 테냐?"

하고 물을 때에야 비로소 살길을 찾은 듯싶었다. 나는 눈물을 우선 씻고 뭘 안 그러는지 명색도 모르건만,

"그래!"

하고 무턱대고 대답하였다.

"요담부터 또 그래 봐라, 내 자꾸 못살게 굴 테니."

"그래 그래, 인젠 안 그럴 테야."

"닭 죽은 건 염려 마라. 내 안 이를 테니."

그리고 뭣에 떠밀렸는지 나의 어깨를 짚은 채 그대로 퍽 쓰러진다. 그 바람에 나의 몸뚱이도 겹쳐서 쓰러지며 한창 피어 퍼드러진 노란 동백꽃 속으로 폭 파묻혀 버렸다.

알싸한 그리고 향긋한 그 냄새에 나는 땅이 꺼지는 듯이 온 정신이 고만

아찔하였다.

"너 말 마라?"

"그래!"

조금 있더니 요 아래서,

"점순아! 점순아! 이년이 바느질을 하다 말구 어딜 갔어?"

하고 어딜 갔다 온 듯싶은 그 어머니가 역정이 대단히 났다.

점순이가 겁을 잔뜩 집어먹고 꽃 밑을 살금살금 기어서 산 아래로 내려간 다음 나는 바위를 끼고 엉금엉금 기어서 산 위로 치빼지 않을 수 없었다.

# 소낙비

✏ **구성과 줄거리** --------------------------------------------

**발단** **자연 묘사를 통해 주인공들의 운명을 암시함**

음산한 검은 구름이 모여드는 것이 금시라도 비가 내릴 듯하면서도 짓궂은 햇발이 산골 마을을 달구고 있다. 바람은 논밭 간의 나무들을 뒤흔들고, 매미 소리는 거칠어 가는 농촌을 읊는 듯하다.

**전개** **춘호는 처에게 돈을 구해 올 것을 강요함**

춘호는 감자를 씻고 있는 아내를 노려본다. 그는 아내에게 노름 돈으로 이 원을 꿔 오라고 윽박지른다. 젊고 반반한 아내는 들은 체도 않는다. 화가 난 춘호가 지게막대기로 아내의 허리를 후려치자 아내는 눈물을 흘리면서 싸리문 밖으로 내달린다.

**위기** **춘호 처는 쇠돌 엄마 집에서 이 주사에게 몸을 허락함**

춘호 처는 쇠돌 엄마 집으로 향한다. 춘호 처가 쇠돌 엄마 집으로 가는 길에 소낙비가 퍼붓는다. 쇠돌 엄마는 집에 없고 춘호 처는 젖은 몸으로 쇠돌 엄마를 기다린다. 이때 언덕에서 사람 소리가 들린다. 춘호 처는 나무에 몸을 숨기고, 이 주사가 쇠돌네 집으로 향하는 것을 본다. 천연덕스럽게 쇠돌네 봉당에 들어선 춘호 처는 이 주사에게 끌려 들어가 관계를 갖고 이 원을 받기로 한다.

**절정** 춘호 처가 돌아와 돈을 구하게 되었음을 알림

뿌루퉁하니 앉아 있던 춘호는 아내가 들어오자 다시 매를 잡으려고 한다. 춘호 처가 돈이 되었다고 하자 춘호의 태도는 돌변한다. 춘호는 이 원을 가지고 노름을 해서 돈을 딴 뒤, 아내와 함께 서울로 가서 안락한 생활을 할 기대에 부푼다.

**결말** 춘호는 아내를 단장시켜 이 주사에게 보냄

밤새도록 내리던 비가 아침에야 그치고 점심때는 생기로운 볕까지 든다. 춘호는 아내를 곱게 단장시키고 이 주사에게 보낸다.

### 🖋 생각해 볼 문제 ------------------------------------------

**1. 이 작품은 비극적이다. 그럼에도 그런 분위기가 희석되는 이유는 무엇인가?**

이 소설은 웃음의 원천인 아이러니에 바탕을 두고 있다. 일확천금을 노리는 춘호는 노름 밑천을 구하기 위해 아내를 매춘으로 내몬다. 아내는 매춘 자체의 비윤리성을 모르고 남편은 정조가 돈보다 귀하다는 의식이 없다. 하지만 춘호가 악한이 아닌 어리석고 순박한 인물로 그려지기 때문에 독자는 잔잔한 비애감마저 느끼게 된다. 즉, 김유정 문학의 특징인 '모자라고 어수룩한 인물들'이 비윤리적으로 행동함으로써 아이러니를 유발하고 있는 것이다.

**2. '검은 구름', '소낙비', '생기로운 볕'의 상관관계를 설명해 보자.**

'검은 구름'은 춘호 부부의 운명을 나타내는 복선 역할을 한다. 춘호 처가 쇠돌 엄마 집으로 가는 길에 '소낙비'를 만나 몸의 윤곽이 드러날 정도로 흠뻑 젖는 것은 이 주사와의 관계를 암시한다. 아내가 돈을 받는 날에는 '생기로운 볕'이 들어 춘호의 근심도 사라진다. '검은 구름', '소낙비', '볕'은 춘호 부부의 처지와 심리가 변화하는 과정을 암시적으로 보여 준다. 작가는 자연의 변화와 인간 심리의 변화를 대비해 인간도 자연의 한 부분임을 말하고 있다.

**3. 이 소설의 당대 현실을 충실하게 반영하고 있다면 어떤 점에서 그러한가?**

이 작품은 〈조선일보〉 신춘문예 당선작으로 원제목은 '따라지 목숨'이다. 궁핍한 농촌을 배경으로 순박하고 어리석은 사람들의 삶의 애환을 그린 이 작품은 춘호 부부를 통해 흉작으로 빚에 쪼들려 고향을 버리고 타관으로 떠도는 1930년대 유랑 농민의 서글픈 단면을 진지하게 다루고 있다.

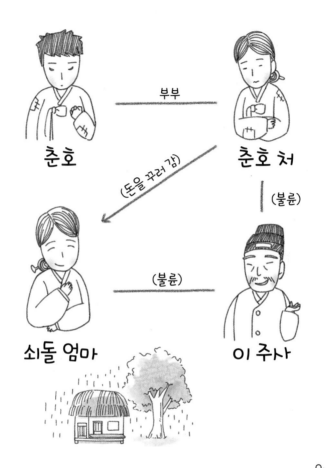

인물 관계도

부부

춘호 ——— 춘호 처

(돈을 꾸러 감)

(불륜)

(불륜)

쇠돌 엄마 ——— 이 주사

남편인 춘호가 저(춘호 처)를 때리면서 돈을 달라고 해 내키진 않지만 쇠돌 엄마를 찾아가기로 했지요. 쇠돌 엄마가 집에 없어 소낙비를 맞으며 기다리고 있는데 이 주사가 들어가지 뭐예요. 저는 따라 들어가 이 주사와 관계를 맺었지요. 남편에게 안 맞고 살기만 하면 이런 일쯤은 괜찮아요. 돈도 생기니 남편은 저를 곱게 치장시켜 보내더랍니다.

# 소낙비

음산한 검은 구름이 하늘에 뭉게뭉게 모여드는 것이 금시라도 비 한 줄기 할 듯하면서도 여전히 짓궂은 햇발은 겹겹 산속에 묻힌 외진 마을을 통째로 자실 듯이 달구고 있었다. 이따금 생각나는 듯 산매(山魅 요사스러운 산 귀신) 들린 바람은 논밭 간의 나무들을 뒤흔들며 미쳐 날뛰었다.

산 밖으로 농군들을 멀리 품앗이로 내보낸 안말의 공기는 쓸쓸하였다. 다만 맷맷한(생김새가 매끈하게 곧고 긴) 미루나무 숲에서 거칠어 가는 농촌을 읊는 듯 매미의 애끊는 노래…….

매—음! 매—음!

춘호는 자기 집—올봄에 오 원을 주고 사서 든 묵삭은(오래되어 썩은 것처럼 된) 오막살이집—방문턱에 걸터앉아서 바른 주먹으로 턱을 괴고는 봉당에서 저녁으로 때울 감자를 씻고 있는 아내를 묵묵히 노려보고 있었다. 그는 사날 밤이나 눈을 안 붙이고 성화를 하는 바람에 농사에 고리삭은(젊은이다운 활발한 기상이 없고 하는 짓이 늙은이 같은) 그의 얼굴은 더욱 해쓱하였다.

아내에게 다시 한 번 졸라 보았다. 그러나 위협하는 어조로,

"이봐, 그래 어떻게 돈 이 원만 안 해 줄 테여?"

아내는 역시 대답이 없었다. 갓 잡아 온 새댁 모양으로 씻는 감자나 씻을 뿐 잠자코 있었다.

되나 안 되나 좌우간 이렇다 말이 없으니 춘호는 울화가 터져서 죽을 지경이었다. 그는 타곳에서 떠돌아 온 몸이라 자기를 믿고 장리를 주는 사람도 없고 또는 그 알량한 집을 팔려 해도 단 이삼 원의 작자도 내닫지 않으므로 앞뒤가 꼭 막혔다마는, 그래도 아내는 나이 젊고 얼굴 똑똑하것다, 돈 이 원쯤이야 어떻게라도 될 수 있겠기에 묻는 것인데 들은 체도 안 하니 썩 괘씸한 듯싶었다.

그는 배를 튀기며 다시 한 번,

"돈 좀 안 해 줄 테여?"

하고 소리를 빽 질렀다.

그러나 대꾸는 역시 없었다. 춘호는 노기충천하여 불현듯 문지방을 떠다

밀며 벌떡 일어섰다. 눈을 홉뜨고 벽에 기댄 지게막대를 손에 잡자 아내의 옆으로 바람같이 달려들었다.

"이년아, 기집 좋다는 게 뭐여. 남편의 근심도 덜어 주어야지, 끼고 자자는 기집이여?"

지게막대는 아내의 연한 허리를 모질게 후렸다. 까부라지는 비명은 모지락스레(보기에 억세고 모질게) 찌그러진 울타리 틈을 벗어 나간다. 잼처(어떤 일에 바로 뒤이어 거듭. 되잡아) 지게막대는 앉은 채 고꾸라진 아내의 발뒤축을 얼러 볼기를 내리갈겼다.

"이년아, 내가 언제부터 너에게 조르는 게여?"

범같이 호통을 치며 남편이 지게막대를 공중으로 다시 올리며 모질음(어떤 고통을 견뎌 내려고 모질게 쓰는 힘)을 쓸 때 아내는,

"에구머니!"

하고 외마디를 질렀다. 연하여 몸을 뒤치자 거반 엎어질 듯이 싸리문 밖으로 내달렸다. 얼굴에 눈물이 흐른 채 황그리는(욕될 만큼 매우 낭패를 당한) 걸음으로 문 앞의 언덕을 내려와 개울을 건너고 맞은쪽에 뚫린 콩밭 길로 들어섰다.

"너, 네가 날 피하면 어딜 갈 테여?"

발길을 막는 듯한 의미 있는 호령에 달아나던 아내는 다리가 멈칫하였다. 그는 고개를 돌리어 싸리문 안에 아직도 지게막대를 들고 서 있는 남편을 바라보았다. 어른에게 죄진 어린애같이 입만 쫑긋쫑긋하다가 남편이 뛰어나올까 겁이 나서 겨우 입을 열었다.

"쇠돌 엄마 집에 좀 다녀올게유."

쭈뼛쭈뼛 변명을 하고는 가던 길을 다시 횡하게 내걸었다. 아내라고 요새 이 돈 이 원이 금시로 필요함을 모르는 바도 아니었다마는, 그의 자격으로나 노동으로나 돈 이 원이란 감히 땅띔(무거운 것을 들어 땅에서 뜨게 하는 일)도 못해 볼 형편이었다. 벌이래야 하잘것없는 것—아침에 일어나기가 무섭게 남에게 뒤질까 영산이 올라 산으로 빼는 것이다. 조그만 종댕이(종다래끼. 작은 바구니)를 허리에 달고 거한 산중에 드문드문 박혀 있는 도라지, 더덕을 찾아가는 일이었다. 깊은 산속으로 우중충한 돌 틈바귀로 잔약한 몸으로 맨발에 짚신짝을 끌며 강파른(가파른) 산등을 타고 돌려면 젖 먹던 힘까지 녹아내리는 듯 진땀이 머리로 발끝까지 쭉 흘러내린다.

아랫도리를 단 외겹으로 두른 낡은 치맛자락은 다리로, 허리로 척척 엉

기어 걸음을 방해하였다. 땀에 붙은 종아리는 거친 숲에 긁혀 그 쓰라림이 말이 아니다. 게다가 무거운 흙내는 숨이 탁탁 막히도록 가슴을 찌른다. 그러나 삶에 발버둥치는 순진한 그의 머리는 아무 불평도 일지 않았다.

가뭄에 콩 나기로 어쩌다 도라지 순이라도 어지러운 숲속에 하나 둘 뾰족이 뻗어 오른 것을 보면 그는 그래도 기쁨에 넘치는 미소를 띠었다.

때로는 바위도 기어올랐다. 정히 못 기어오를 그런 험한 곳이면 칡덩굴에 매달리기도 하는 것이었다. 땟국에 전 무명 적삼은 벗어서 허리춤에다 꾹 찌르고는 호랑이 숲이라 이름난 강원도 산골에 매달려 기를 쓰고 허비적거린다. 골바람은 지날 적마다 알몸을 두른 치맛자락을 공중으로 날린다. 그제마다 검붉은 볼기짝을 사양 없이 내보이는 칡덩굴이 그를 본다면, 배를 움켜쥐어도 다 못 볼 것이다마는, 다행히 그윽한 산골이라 그 꼴을 비웃는 놈은 뻐꾸기뿐이었다.

이리하여 해동갑(해가 질 때까지의 동안. 어떤 일을 해가 질 때까지 계속한다는 뜻)으로 헤갈(허둥지둥 헤맴)을 하고 나면 캐어 모은 도라지, 더덕을 얼러 사발 가웃, 혹은 두어 사발 남짓하게 되는 것이다. 그러면 동리로 내려와 주막거리에 가서 그걸 내주고 보리쌀과 사발 바꿈을 하였다. 그러나 요즘엔 그나마도 철이 겨워 소출이 없다. 그 대신 남의 보리방아를 온종일 찧어 주고 보리밥 그릇이나 얻어다가는 집으로 돌아와 농토를 못 얻어 뻔뻔히 노는 남편과 같이 나누는 것이 그날 하루하루의 생활이었다.

그러고 보니 돈 이 원은커녕 당장 목을 딴대도 피도 나올지가 의문이었다.

만약 돈 이 원을 돌린다면 아는 집에서 보리라도 꾸어 파는 수밖에는 다른 도리가 없다. 그리고 온 동리의 아낙네들이 치맛바람에 팔자 고쳤다고 쑥덕거리며 은근히 시새우는 쇠돌 엄마가 아니고는 노는 보리를 가진 사람이 없다. 그런데 도둑이 제 발 저리다고 그는 자기 꼴 주제에 제물에 눌려서 호사로운 쇠돌 엄마에게는 죽어도 가고 싶지 않았다. 쇠돌 엄마도 처음에는 자기와 같이 천한 농부의 계집이련만 어쩌다 하늘이 도와 동리의 부자 양반 이 주사와 은근히 배가 맞은 뒤로는 얼굴도 모양내고, 옷치장도 하고, 밥 걱정도 안 하고 하여 아주 금방석에 뒹구는 팔자가 되었다. 그리고 쇠돌 아버지도 이게 웬 땡이냔 듯이 아내를 내어놓은 채 눈을 살짝 감아 버리고 이 주사에게서 나온 옷이나 입고 주는 쌀이나 먹고 연년이 신통치 못한 자기 농사에는 한 손을 떼고는 희짜를 뽑는(희짜뽑다. 가진 것이 없으면서 짐짓 분수에 넘치게 구

<sup>는)</sup> 것이 아닌가!

사실 말인즉, 춘호 처가 쇠돌 엄마에게 죽어도 아니 가려는 그 속 까닭은 정작 여기 있었다.

바로 지난 늦은 봄, 달이 뚫어지게 밝은 어느 밤이었다. 춘호가 보름 계추<sup>(보름에 여는 계 모임)</sup>를 보러 산모퉁이로 나간 것이 이슥하여도 돌아오지 않으므로 집에서 기다리던 아내가 이젠 자고 오려나 생각하고는 막 드러누워 잠이 들려니까 웬 난데없는 황소 같은 놈이 뛰어들었다. 허둥지둥 춘호 처를 마구 깔다가 놀라서 으악 소리를 지르는 바람에 그냥 달아난 일이 있었다. 어수룩한 시골 일이라 별반 풍설<sup>(風說 실상이 없이 떠돌아다니는 말. 풍문)</sup>도 아니 나고 쓱 싹 되었으나 며칠이 지난 뒤에야 그것이 동리의 부자 이 주사의 소행임을 비로소 눈치채었다.

그런 까닭으로 해서 춘호 처는 쇠돌 엄마와 직접 관계는 없대도 그를 대하면 공연스레 얼굴이 뜨뜻하여지고 무슨 죄나 진 듯이 몹시 어색하였다.

그리고 더욱이 쇠돌 엄마가,

"새댁, 나는 속곳이 세 개구, 버선이 네 벌이구 행."

하며 아주 좋다고 한들대는 꼴을 보면 혹시 자기에게 함정을 두고서 비아냥거리는 거나 아닌가, 하는 옥생각<sup>(순탄하게 생각하지 않고 옹졸하게 하는 생각)</sup>으로 무안해서 고개를 못 들었다. 한편으로는 자기도 좀만 잘했다면 지금쯤은 쇠돌 엄마처럼 호강을 할 수 있었을 그런 갸륵한 기회를 깝살려<sup>(찾아온 사람을 따돌려 보내 기회를 놓쳐)</sup> 버린 자기 행동에 대한 후회와 애탄으로 말미암아 마음을 괴롭히는 그 쓰라림도 적지 않았다.

그러나 아무러한 욕을 보더라도 나날이 심해 가는 남편의 무지한 매보다는 그래도 좀 헐할 게다.

오늘은 한맘 먹고 쇠돌 엄마를 찾아가려는 것이었다.

춘호 처는 이번 걸음이 헛발이나 안 칠까 일념으로 심화를 하며 수양버들이 쭉 늘어박힌 논두렁길로 들어섰다. 그는 시골 아낙네로는 용모가 매우 반반하였다. 좀 야윈 듯한 몸매는 호리호리한 것이 소위 동리의 문자로 외입<sup>(外入 오입. 아내가 아닌 여자와 성관계하는 일)</sup>깨나 하염직한 얼굴이었으되 추레한 의복이며 퀴퀴한 냄새는 거지를 볼 지른다<sup>(빰친다)</sup>. 그는 왼손, 바른손으로 겨끔내기<sup>(서로 번갈아 하기)</sup>로 치맛귀를 여며 가며 속살이 삐질까 조심조심 걸었다.

감사나운(억세고 사나워서 휘어잡기 힘든) 구름송이가 하늘 신폭을 휘덮고는 차츰차츰 지면으로 처져 내리더니 그에 산봉우리에 엉기어 살풍경(殺風景 자연 풍경 따위가 운치가 없고 메마름)이 되고 만다. 먼 데서 개 짖는 소리가 앞뒷산을 한적하게 울린다. 빗방울은 하나둘 떨어지기 시작하더니 차차 굵어지며 무더기로 퍼부어 내린다.

춘호 처는 길가에 늘어진 밤나무 밑으로 뛰어들어가 비를 그으며(비를 잠시 피해 그치기를 기다리며) 쇠돌 엄마 집을 멀리 바라보았다. 북쪽 산기슭 높직한 울타리로 뺑 돌려 두르고 앉아 있는 오목하고 맵시 있는 집이 그 집이었다. 그런데 싸리문이 꼭 닫힌 걸 보면 아마 쇠돌 엄마가 농군청에 저녁 제누리(곁두리. 농사꾼이나 일꾼들이 끼니 외에 참참이 먹는 음식)를 나르러 가서 아직 돌아오지 않은 모양이었다.

그는 쇠돌 엄마 오기를 지켜보며 우두커니 서서 기다리고 있었다.

나뭇잎에서 빗방울은 뚝뚝 떨어지며 그의 뺨을 흘러 젖가슴으로 스며든다. 바람은 지날 적마다 냉기와 함께 굵은 빗발을 몸에 들이친다.

비에 쪼르륵 젖은 치마가 몸에 찰싹 휘감기어 허리로, 궁둥이로, 다리로, 살의 윤곽이 그대로 비쳐 올랐다.

무던히 기다렸으나 쇠돌 엄마는 오지 않았다. 하도 진력이 나서 하품을 하여 가며 정신없이 서 있노라니 왼편 언덕에서 사람 오는 발자국 소리가 들린다. 그는 고개를 돌려 보았다. 그러나 날쌔게 나무 틈으로 몸을 숨겼다.

동이배(동이처럼 불룩하게 나온 배)를 가진 이 주사가 지우산(紙雨傘 대오리로 만든 살에 기름종이를 바른 우산)을 받쳐 쓰고는 쇠돌네 집을 향하여 엉덩이를 껍죽거리며 내려가는 길이었다. 비록 키는 작달막하나 숱 좋은 수염이라든지, 온 동리를 털어야 단 하나뿐인 탕건(宕巾 예전에, 벼슬아치가 갓 아래에 받쳐 쓰던 관)이든지, 썩 풍채 좋은 오십 전후의 양반이다. 그는 싸리문 앞으로 가더니 자기 집처럼 거침없이 문을 떠다밀고는 속으로 버젓이 들어가 버린다.

이것을 보니 춘호 처는 다시금 속이 편치 않았다. 자기는 개돼지같이 무시로 매만 맞고 돌아치는(나대며 여기저기 다니는) 천덕구니(천대를 받는 사람이나 물건. 천더기. 천덕꾸러기)다. 안팎으로 귀염을 받으며 간들대는 쇠돌 엄마와 사람 된 치수가 두드러지게 다름을 그는 알 수가 있었다. 쇠돌 엄마의 호강을 너무나 부럽게 우러러보는 반동으로 자기도 잘만 했더라면 하는 턱없는 희망과 후회가 전보다 몇 갑절 쓰린 맛으로 그의 가슴을 찌부러뜨렸다. 쇠돌네 집을 하염없이 건너다보다가 어느덧 저도 모르게 긴 한숨이 굴러 내린다.

언덕에서 쏠려 내리는 사태 물이 발등까지 개흙으로 덮으며 소리쳐 흐른다. 빗물에 푹 젖은 몸뚱어리는 점점 떨리기 시작한다.

그는 가볍게 몸서리를 쳤다. 그리고 당황한 시선으로 사방을 경계하여 보았다. 아무도 보이지 않았다. 다시 시선을 돌리어 그 집을 쏘아보며 속으로 궁리하여 보았다. 안에는 확실히 이 주사뿐일 게다. 그때까지 걸렸던 싸리문이라든지 또는 울타리에 넌 빨래를 여태 안 걷어 들이는 것을 보면 어떤 맹세를 두고라도 분명히 이 주사 외의 다른 사람은 하나도 없을 것이다.

그는 마음 놓고 비를 맞아 가며 그 집으로 달려들었다. 봉당으로 선뜻 뛰어오르며,

"쇠돌 엄마 기슈?"

하고 인기척을 내보았다.

물론 당자의 대답은 없었다. 그 대신 그 음성이 나자 안방에서 이 주사가 번개같이 머리를 내밀었다. 자기 딴은 꿈밖이란 듯 눈을 두리번두리번하더니 옷 위로 불거진 춘호 처의 젖가슴, 아랫배, 넓적다리, 발등까지 슬쩍 음충히 훑어보고는 거나한 낯으로 빙그레한다. 그리고 자기도 봉당으로 주춤주춤 나오며,

"쇠돌 엄마 말인가? 왜 지금 막 나갔지. 곧 온댔으니 안방에 좀 들어가 기다렸으면……."

하고 매우 일이 딱한 듯이 어름어름한다.

"이 비에 어딜 갔에유?"

"지금 요 밖에 좀 나갔지, 그러나 곧 올걸……."

"있는 줄 알고 왔는디……."

춘호 처는 이렇게 혼잣말로 낙심하며 섭섭한 낯으로 머뭇머뭇하다가 그냥 돌아갈 듯이 봉당 아래로 내려섰다. 이 주사를 쳐다보며 물 차는 제비같이 산드러지게(태도가 맵시 있고 경쾌하게),

"그럼 요담에 오겠어유, 안녕히 계시유."

하고 작별의 인사를 올린다.

"지금 곧 온댔는데, 좀 기다리지……."

"담에 또 오지유."

"아닐세, 좀 기다리게. 여보게, 여보게, 이봐!"

춘호 처가 간다는 바람에 이 주사는 체면도 모르고 기가 올랐다. 허둥거

리며 재간껏 만류하였으나 암만해도 안 될 듯싶다. 춘호 처가 여기에 찾아온 것도 큰 기적이려니와 뇌성벽력(雷聲霹靂 천둥소리와 벼락)에 구석진 곳이것다 이렇게 솔깃한 기회는 두 번 다시 못 볼 것이다. 그는 눈이 뒤집히어 입에 물었던 장죽(長竹 긴 담뱃대)을 쑥 뽑아 방 안으로 치뜨리고는 계집의 허리를 뒤로 다짜고짜 끌어안아서 봉당 위로 끌어올렸다.

계집은 몹시 놀라며,

"왜 이러서유, 이거 노세유."

하고 몸을 뿌리치려고 앙탈을 한다.

"아니 잠깐만."

이 주사는 그래도 놓지 않으며 허겁스러운(야무지거나 당차지 못하고 겁이 많은) 눈짓으로 계집을 달랜다. 흘러내리는 고의춤(고의나 바지의 허리를 접어서 여민 사이)을 왼손으로 연신 치우지며 바른팔로는 계집을 잔뜩 움켜잡고 엄두를 못 내어 쩔쩔매다가 간신히 방 안으로 끙끙 몰아넣었다. 안으로 문고리는 재빠르게 채이었다.

밖에서는 모진 빗방울이 배춧잎에 부딪히는 소리, 바람에 나무 떠는 소리가 요란하다. 가끔 양철통을 내려 굴리는 듯 거푸진(거쿨진. 몸집이 크고 말이나 하는 짓이 씩씩한) 천둥소리가 방고래(방 구들장 밑으로 불길과 연기가 통해 나가는 고랑)를 울리며 날은 점점 침침하였다.

얼마쯤 지난 뒤였다. 이만하면 길이 들었으려니, 안심하고 이 주사는 날숨을 후— 하고 돌린다. 실없이 고마운 비 때문에 발악도 못 치고 앙살도 못 피우고 무릎 앞에 고분고분 늘어져 있는 계집을 대견히 바라보며 빙긋이 얼러 보았다. 계집은 온몸에 진땀이 쭉 흐르는 것이 꽤 더운 모양이다. 벽에 걸린 쇠돌 엄마의 적삼을 꺼내어 계집의 몸을 말쑥하게 훌닦기 시작한다. 발끝서부터 얼굴까지—.

"너, 열아홉이라지?"

하고 이 주사는 취한 얼굴로 얼근히 물어보았다.

"니에."

하고 메떨어진(모양이나 말, 행동 따위가 촌스러운) 대답. 계집은 이 주사 손에 눌리어 일어나도 못 하고 죽은 듯이 가만히 누워 있다.

이 주사는 계집의 몸뚱이를 다 씻기고 나서 한숨을 내뿜으며 담배 한 대를 턱 피워 물었다.

"그래, 요새도 서방에게 주리경을 치느냐?"

하고 묻다가 아무 대답도 없으매,

"원 그래서야 어떻게 산단 말이냐, 하루 이틀이 아니고, 사람의 일이란 알수 있는 거냐? 그러다 혹시 맞아 죽으면 정장(訴狀(소장)을 관청에 냄) 하나 해볼 곳 없는 거야. 허니, 네 명이 아까우면 덮어놓고 민적(民籍 '호적(戶籍)'의 구칭)을 가르는 게 낫겠지."

하고 계집의 신변을 위하여 염려를 마지않다가 번뜻 한 가지 궁금한 것이 있었다.

"너 참, 아이 낳았다 죽었다더구나?"

"니에."

"어디 난 듯이나 싶으냐?"

계집은 얼굴이 홍당무가 되어지며 아무 말 못 하고 고개를 외면하였다.

이 주사도 그까짓 것 더 묻지 않았다. 그런데 웬 녀석의 냄새인지 무 생채썩는 듯한 시크무레한 악취가 불시로 코청을 찌르니 눈살을 찌푸리지 않을수 없다. 처음에야 그런 줄은 소통 몰랐더니 알고 보니까 비위가 족히 역하였다. 그는 빨고 있던 담배통으로 계집의 배꼽께를 똑똑히 가리키며,

"얘, 이 살의 때꼽 좀 봐라. 그래 물이 흔한데 이것 좀 못 씻는단 말이냐?"

하고 모처럼의 기분이 상한 것이 앵하단(기회를 놓치거나 손해를 보아서 분하고 아까운) 듯이 꺼림한 기색으로 혀를 찼다. 하지만 계집이 참다못해 이내 무안에 못 이기어 일어나 치마를 입으려 하니 그는 역정을 벌컥 내었다. 옷을 빼앗아 구석으로 동댕이치고는 다시 그 자리에 끌어 앉혔다. 그리고 자기 딸이나 책하듯이 아주 대범하게 꾸짖었다.

"왜 그리 계집이 달망대니? 좀 듬직지가 못하구……."

춘호 처가 그 집을 나선 것은 들어간 지 약 한 시간 만이었다. 비가 여전히 쭉쭉 내린다. 그는 진땀을 있는 대로 흠뻑 쏟고 나왔다. 그러나 의외로, 아니 천행으로 오늘 일은 성공이었다. 그는 몸을 솟치며 생긋하였다. 그런 모욕과 수치는 난생 처음 당하는 봉변으로, 지랄 중에도 몹쓸 지랄이었으나 성공은 성공이었다. 복을 받으려면 반드시 고생이 따르는 법이니 이까짓 거야 골백번 당한대도 남편에게 매나 안 맞고 의좋게 살 수만 있다면 그는 사양치 않을 것이다. 이 주사를 하늘같이, 은인같이 여겼다. 남편에게 부쳐 먹을 농토를 줄 테니 자기의 첩이 되라는 그 말도 죄송하였으나 더욱이

돈 이 원을 줄 게 내일 이맘때 쇠돌네 집으로 넌지시 만나자는 그 말은 무엇보다도 고마웠고 벅찬 짐이나 푼 듯 마음이 홀가분하였다. 다만 애 켜이는 것은 자기의 행실이 만약 남편에게 발각되는 나절에는 대매<sup>(단 한 번 때리는 매)</sup>에 맞아 죽을 것이다. 그는 일변 기뻐하며 일변 애를 태우며 자기 집을 향하여 세차게 쏟아지는 빗속을 가분가분 내리달았다.

춘호는 아직도 분이 못 풀리어 뿌루퉁하니 홀로 앉았다. 그는 자기의 고향인 인제를 등진 지 벌써 삼 년이 되었다. 해를 이어 흉작에 농작물은 잘못되고 따라 빚쟁이들의 위협과 악다구니는 날로 심하였다. 마침내 하릴없이 집 세간살이를 그대로 내버리고 알몸으로 밤도주하였던 것이다. 살기 좋은 곳을 찾는다고 나 어린 아내의 손목을 이끌고 이 산 저 산을 넘어 표랑<sup>(漂浪 떠돌아다님)</sup>하였다. 그러나 우정 찾아든 곳이 고작 이 마을이나 산속은 역시 일반이다. 이ᄂ 신골엘 가 호미를 잡아 보아도 정은 조그만큼도 안 붙었고, 기기에는 오직 쌀쌀한 불안과 굶주림이 품을 벌려 그를 맞을 뿐이었다. 터무니없다 하여 농토를 안 준다. 일 구멍이 없으매 품을 못 판다. 밥이 없다. 결국에 그는 피폐하여 가는 농민 사이를 감도는 엉뚱한 투기심에 몸이 달떴다<sup>(마음이 가라앉지 아니하고 조금 흥분되었다)</sup>. 요사이 며칠 동안을 두고 요 너머 뒷산 속에서 밤마다 큰 노름판이 벌어지는 기미를 알았다. 그는 자기도 한몫 보려고 끼룩거렸으나 좀체 밑천을 만들 수가 없었다.

이 원! 수나 좋아서 이 이 원이 조화만 잘한다면 금시 발복<sup>(發福 운이 틔어 복이 닥침)</sup>이 못 된다고 누가 단언할 수 있으랴! 삼, 사십 원 따서 동리의 빚이나 대충 가리고 옷 한 벌 지어 입고는 진저리나는 이 산골을 떠나려는 것이 그의 배포였다. 서울로 올라가 아내는 안잠을 재우고<sup>(안잠자고. 남의 집에서 먹고 자며 그 집안일을 도와주고)</sup> 자기는 노동을 하고, 둘이서 다부지게 벌면 안락한 생활을 할 수가 있을 텐데, 이런 산 구석에서 굶어 죽을 맛이야 없었다. 그래서 젊은 아내에게 돈 좀 해 오라니까 요리 매낀 조리 매낀 매만 피하고 곁들어 주지 않으니 그 소행이 여간 괘씸한 것이 아니다.

아내가 물에 빠진 생쥐 꼴을 하고 집으로 달려들자 미처 입도 벌리기 전에 남편은 이를 악물고 주먹뺨을 냅다 붙인다.

"너 이년, 매만 살살 피하고 어디 가 자빠졌다 왔니?"

볼치 한 대를 얻어맞고 아내는 오기가 질리어 벙벙하였다. 그래도 직성이 못 풀리어 남편이 다시 매를 손에 잡으려 하니 아내는 질겁을 하여 살려 달라고 두 손으로 빌며 개신개신 입을 열었다.

"낼 되유…… 낼. 돈, 낼 되유."

하며 돈이 변통됨을 삼가 아뢰는 그의 음성은 절반이 울음이었다.

남편이 반신반의하여 눈을 찌긋하다가,

"낼?"

하고 목청을 돋웠다.

"네, 낼 된다유."

"꼭 되어?"

"네, 낼 된다유."

남편은 시골 물정에 능통하니만치 난데없는 돈 이 원이 어디서 어떻게 되는 것까지는 추궁해 물으려 하지 않았다. 그는 적이 안심한 얼굴로 방문 턱에 걸터앉으며 담뱃대에 불을 그었다. 그제야 비로소 아내도 마음을 놓고 감자를 삶으러 부엌으로 들어가려 하니 남편이 곁으로 걸어오며 측은한 듯이 말리었다.

"병나, 방에 들어가 어여 옷이나 말리여. 감자는 내 삶을게."

먹물같이 짙은 밤이 내리었다. 비는 더욱 소리를 치며 앙상한 그들의 방 벽을 앞뒤로 울린다. 천장에서 비는 새지 않으나 집 지은 지가 오래되어 방 고래가 물러앉았다시피 된 방이라 도배를 못 한 방바닥에는 물이 스며들어 귀축축하다. 거기다 거적 두 닢만 덩그렇게 깔아 놓은 것이 그들의 침소였다. 석유 불은 없어 캄캄한 바로 지옥이다. 벼룩은 사방에서 마냥 스멀거린다.

그러나 등걸잠(옷을 입은 채 덮개 없이 아무 데나 쓰러져 자는 잠)에 익달한 그들은 천연스 럽게 나란히 누워 줄기차게 퍼붓는 밤비 소리를 귀담아듣고 있었다. 가난 으로 인하여 부부간의 애틋한 정을 모르고 나날이 매질로 불평과 원한 중에 서 복대기던(정신을 차릴 수 없을 만큼 서둘러 죄어치거나 몰아치던) 그들도 이 밤에는 불시로 화목하였다. 단지 남의 품에 든 돈 이 원을 꿈꾸어 보고도…….

"서울 언제 갈라유?"

남편의 왼팔을 베고 누웠던 아내가 남편을 향하여 응석 비슷이 물어보았 다. 그는 남편에게 서울의 화려한 거리며 후한 인심에 대하여 여러 번 들은 바 있어 일상 안타까운 마음으로 몽상은 하여 보았으나 실지 구경은 못하였 다. 얼른 이 고생을 벗어나 살기 좋은 서울로 가고 싶은 생각이 간절하였다.

"곧 가게 되겠지, 빚만 좀 없어도 가뜬하련만."

"빚은 낭중<sup>(나중)</sup> 갚더라도 얼핀 갑세다유."

"염려 없어. 이달 안으로 꼭 가게 될 거니까."

남편은 썩 쾌히 승낙하였다. 딴은 그는 동리에서 일컬어 주는 질꾼<sup>(길꾼. 노름 따위에 길이 익어 능숙한 사람)</sup>으로 투전장의 가보<sup>(노름판에서 아홉 끗을 일컬음)</sup>쯤은 시루에서 콩나물 뽑듯 하는 능수<sup>(能手 일에 능란한 솜씨. 또는 그런 사람)</sup>였다. 내일 밤 이 원을 가지고 벼락같이 노름판에 달려가서 있는 돈이란 깡그리 모집어 올 생각을 하니 그는 은근히 기뻤다. 그리고 교묘한 자기의 손재간을 홀로 뽐내었다.

"이번이 서울 처음이지?"

하며 그는 서울 바람 좀 한번 쐬었다고 큰 체를 하며 팔로 아내의 머리를 흔들어 물어보았다. 성미가 워낙 겁겁한지라 지금부터 서울 갈 준비를 착착 하고 싶었다.

그가 제일 걱정되는 것은 둠 구석에서 내자라먹은<sup>(배운 것 없이 막되게 큰)</sup> 아내를 데리고 가면 서울 사람에게 놀림도 받을 게고 거리끼는 일이 많을 듯싶었다. 그래서 서울 가면 꼭 지켜야 할 필수 조건을 아내에게 일일이 설명치 않을 수 없었다.

첫째, 사투리에 대한 주의부터 시작되었다. 농민이 서울 사람에게, '꼬라리'라는 별명으로 감잡히는<sup>(남과 시비를 다툴 때 약점을 잡히는)</sup> 그 이유는 무엇보다도 사투리에 있을지니 사투리는 쓰지 말며, '합세'를 '하십니까'로, '하게유'를 '하오'로 고치되 말끝을 들지 말지라. 또 거리에서 어릿어릿하는 것은 내가 시골뜨기요 하는 얼뜬 짓이니 갈 길은 재게 가고 볼 눈을 또릿또릿이 볼지라— 하는 것들이었다.

아내는 그 끔찍한 설교를 귀담아들으며 모기 소리로 '네, 네'를 하였다. 남편은 뒤 시간 가량을 샐 틈 없이 꼼꼼하게 주의를 다져 놓고는 서울의 풍습이며 생활 방침 등을 자기의 의견대로 그럴싸하게 이야기하여 오다가 말끝이 어느덧 화장술까지 이르게 되었다. 시골 여자가 서울에 가서 안잠을 잘 자 주면 몇 해 후에는 집까지 얻어 갖는 수가 있는데, 거기에는 얼굴이 예뻐야 한다는 소문을 일찍 들은 바 있어 하는 소리였다.

"그래서 날마다 기름도 바르고, 분도 바르고, 버선도 신고 해서 줜 마음에 썩 들어야……."

한참 신바람이 올라 주워섬기다가 옆에서 쌔근쌔근 소리가 들리므로 고개를 돌려 보니 아내는 이미 곯아떨어져 잠이 깊었다.

"이런 망할 거, 남 말하는데 자빠져 잔담."

남편은 혼자 중얼거리며 바른팔을 들어 이마 위로 흐트러진 아내의 머리칼을 뒤로 쓰다듬어 넘긴다. 세상에 귀한 것은 자기의 아내! 이 아내가 만약 없었던들 자기는 홀로 어떻게 살 수 있었으려는가! 명색이 남편이며 이날까지 옷 한 벌 변변히 못 해 입히고 고생만 짓시킨 그 죄가 너무나 큰 듯 가슴이 뻐근하였다. 그는 왁살스러운 팔로 아내의 허리를 꼭 껴안아 자기의 앞으로 바특이<sup>(조금 바투)</sup> 끌어당겼다.

밤새도록 줄기차게 내리던 빗소리가 아침에 이르러서야 겨우 그치고 점심때에는 생기로운 볕까지 들었다. 쿨렁쿨렁 논물 나는 소리는 요란히 들린다. 시내에서 고기 잡는 아이들의 고함이며, 농부들의 희희낙락한 메나리<sup>(농부들이 논일하며 부르는 농가(農歌)의 하나)</sup>도 기운차게 들린다.

비는 춘호의 근심도 씻어 간 듯 오늘은 그에게도 즐거운 빛이 보였다.

"저녁 제누리 때 되었을걸, 얼른 빗고 가 봐—."

그는 갈증이 나서 아내를 대고<sup>(무리하게 자꾸. 계속해 자꾸)</sup> 재촉하였다.

"아직 멀었어유."

"먼 게 뭐냐, 늦었어."

아내는 남편의 말대로 벌써부터 머리를 빗고 앉았으나 원체 달포나 아니 가리어<sup>(머리를 대강 빗어)</sup> 엉클어진 머리가 시간이 꽤 걸렸다. 그는 호랑이 같은 남편과 오래간만에 정다운 정을 바꾸어 보니 근래에 볼 수 없는 희색이 얼굴에 떠돌았다. 어느 때에는 맥쩍게<sup>(열없고 쑥스럽게)</sup> 생글생글 웃어도 보았다.

아내가 꼼지락거리는 것이 보기에 퍽이나 갑갑하였다. 남편은 아내 손에서 얼레빗<sup>(빗살이 굵고 성긴 큰 빗)</sup>을 쑥 뽑아 들고는 시원스레 쭉쭉 내려 빗긴다. 다 빗긴 뒤, 옆에 놓인 밥사발의 물을 손바닥에 연신 칠해 가며 머리에다 번지르하게 발라 놓았다. 그래 놓고 위에서부터 머리칼을 재워 가며 맵시 있게 쪽을 딱 찔러 주더니, 오늘 아침에 한사코 공을 들여 삼아 놓았던 짚신을 아내의 발에 신기고 주먹으로 자근자근 골을 내 주었다.

"인제 가 봐!"

하다가,

"바루 곧 와, 응?"

하고 남편은 그 이 원을 고이 받고자 손색없도록, 실패 없도록 아내를 모양내 보냈다.

# 메밀꽃 필 무렵

## ✎ 작가와 작품 세계

**이효석**(1907~1942)

호는 가산(可山). 강원도 평창에서 출생. 경성제1고등보통학교를 거쳐 경성제국대학 법문학부 영문과를 졸업했다. 1928년 〈조선지광〉에 단편 「도시와 유령」을 발표하면서 동반작가로 데뷔했다. 「행진곡」, 「기우」 등을 발표하면서 동반작가를 청산한다. 구인회(九人會)에 참여, 「돈(豚)」, 「수탉」 등 향토색이 짙은 작품을 발표했다. 이효석은 1933년 단편 「돈」을 발표하면서 초기의 신경향파 노선에서 벗어나 자연주의와 심미주의로 옮겨간다.

1934년 평양 숭실전문대학 교수가 된 후 「산」, 「들」 등 자연과의 교감을 수필적인 필체로 유려하게 묘사한 작품들을 발표했다. 1936년에는 한국 단편 소설의 걸작으로 꼽히는 「메밀꽃 필 무렵」을 발표했다. 그 후 서구적인 분위기를 풍기는 「장미 병들다」, 장편 『화분』 등을 통해 성 본능과 개방을 추구하는 작품을 선보였다. 이효석 문학의 핵심 모티브는 애욕의 예찬이다. 그의 에로티시즘은 자연주의와 마찬가지로 사회로부터의 도피라는 한계를 지닌다.

## ✎ 작품 정리

**갈래** : 순수 소설, 서정 소설
**배경** : 시간 – 1920년대 어느 여름날 낮에서 밤까지
　　　　공간 – 강원도 봉평에서 대화 장터로 가는 길
**시점** : 3인칭 전지적 작가 시점
**주제** : 떠돌이 삶의 애환과 혈육의 정
**출전** : 〈조광〉(1936)

**✐ 구성과 줄거리** ---------------------------------------------------

**발단 허 생원이 충줏집에서 동이의 뺨을 때림**

봉평의 어느 여름 장날. 여름장이라서 그런지 해가 중천인데 벌써 파장이다. 허 생원과 조 선달은 짐을 챙겨 충줏집으로 향한다. 허 생원은 그곳에서 여자들과 농지거리를 하고 있는 동이를 보고 까닭모를 화가 치밀어 따귀를 갈긴다. 허 생원은 별 대꾸 없이 물러가는 동이에게 미안한 생각을 가진다. 동네 각다귀들의 장난에 허 생원의 나귀가 놀라 날뛰는 것을 동이가 달려와 알려 준다.

**전개 허 생원이 성 서방네 처녀와의 추억을 이야기함**

세 사람은 대화장을 향해 길을 떠난다. 허 생원이 봉평장을 빠뜨린 적은 없다. 장에서 장으로 가는 아름다운 자연은 장돌뱅이 허 생원에게는 고향이나 다름없었다. 여자와는 인연이 먼 그에게도 잊을 수 없는 일이 한 번 있었다. 달밤의 분위기에 젖은 허 생원은 조 선달에게 그 이야기를 시작한다. 이렇게 달빛이 흐드러진 밤, 허 생원은 목욕을 하기 위해 옷을 벗으러 물방앗간에 들어갔다가 성 서방네 처녀와 마주친다. 그녀와 하룻밤을 함께 지낸 뒤 다시는 만나지 못했다는 것이다.

**절정 동이가 자신의 어머니에 대해 이야기함**

길을 가면서 허 생원은 동이에게 충줏집에서의 일을 사과한다. 동이도 자신의 이야기를 들려준다. 어머니가 달도 차기 전에 자신을 낳고 집에서 쫓겨나 아버지의 얼굴도 모르고 자랐다는 것이다. 그 이후 어머니는 술집을 하면서 의부와 함께 살았지만 자신은 망나니 같은 의부를 떠나 장을 떠돈다고 털어놓았다. 어머니의 고향이 봉평이라는 말도 듣게 된다. 허 생원이 개울을 건너다 물에 빠지자 동이가 업어서 건네준다. 등 위에서 어머니가 아비를 찾지 않느냐고 물어보니 동이는 늘 만나고 싶어 한다는 말을 한다.

**결말 허 생원은 동이가 왼손잡이라는 점을 발견하고 놀람**

다시 길을 떠난다. 허 생원은 내일 대화장을 보고는 동이의 어머니가 있다는 제천으로 가겠다고 말한다. 왼손잡이인 허 생원은 동이가 왼손으로 채찍을 드는 것을 보고 놀란다.

## 🖊 생각해 볼 문제 --------------------------------------------------------

### 1. 나귀의 상징적 의미는 무엇인가?

허 생원과 불가분의 관계이며 정서적으로 융합되어 있다. 자연과 인간의 합일이라는 작가의 주제 의식과도 밀접한 관련을 맺는다. 장돌뱅이 생활 20년을 함께한 나귀는 허 생원과 외모와 신세가 비슷한 것으로 설정되어 있다.

### 2. 허 생원에게 성 서방네 처녀는 어떤 의미를 지니고 있는가?

허 생원은 젊었을 때 봉평에 있는 어느 물방앗간에서 성 서방네 처녀와 우연히 만나 하룻밤을 지낸 뒤 다시는 그녀를 만나지 못한다. 평생 홀아비로 지낸 허 생원에게 성 서방네 처녀는 마음속에 자리한 구원의 여인으로서 정신적 위안을 삼는 대상이 된다.

### 3. 이 소설의 배경 중 달밤, 개울, 산길은 어떤 기능을 하고 있는가?

· 달밤은 서정적이고 신비로운 분위기를 연출하고, 성씨네 처녀와의 인연을 환기시켜 주는 역할을 한다.
· 개울은 허 생원과 동이가 혈육임을 암시해 주는 공간이다. 허 생원이 물에 흠뻑 젖은 채 동이의 등에 업혀 육체적 교감을 나누는 것은 혈육의 정을 암시한다.
· 산길은 장돌뱅이 삶의 행로를 상징적으로 이미지화한다.

### 4. 동이가 왼손잡이라는 사실은 무엇을 암시하는가?

허 생원과 동이가 부자간이라는 사실을 드러낸다. 과학적으로 왼손잡이가 유전되는 것은 아니지만, 허 생원은 여러 정황을 토대로 동이가 아들임을 확신한다.

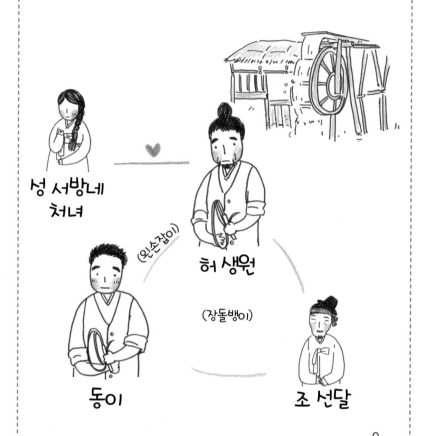

성 서방네
처녀

(왼손잡이)

허 생원

(장돌뱅이)

동이

조 선달

장돌뱅이인 저(허 생원)는 조 선달, 동이와 함께 봉평 장에서 대화 장으로 이동했어요. 달밤에 메밀밭을 지나니 봉평에서 있었던 성 서방네 처녀와의 추억이 자연스레 떠오르더군요. 물방앗간에서의 하룻밤 인연이었지만요. 길을 가면서 동이 어머니의 친정도 봉평이라는 이야기를 들었어요. 그런데 동이도 저처럼 왼손잡이더라고요.

# 메밀꽃 필 무렵

　여름 장이란 애시당초에 글러서, 해는 아직 중천에 있건만 장판은 벌써 쓸쓸하고 더운 햇발이 벌여 놓은 전(廛 물건을 벌여 놓고 파는 곳) 휘장 밑으로 등줄기를 훅훅 볶는다. 마을 사람들은 거지반 돌아간 뒤요, 팔리지 못한 나무꾼 패가 길거리에 궁싯거리고(어찌할 바를 몰라 이리저리 머뭇거리고)들 있으나 석유병이나 받고 고기 마리나 사면 족할 이 축들을 바라고 언제까지든지 버티고 있을 법은 없다. 츱츱스럽게(보기에 너절하고 염치없는 데가 있게) 날아드는 파리 떼도 장난꾼 각다귀(짐승의 피를 빨아먹고 사는 모기과의 곤충. 여기서는 장난꾸러기 아이들을 가리킴)들도 귀찮다. 얼금뱅이(얼굴이 얽둥얽둥 얽은 사람을 낮잡아 이르는 말)요 왼손잡이인 드팀전(온갖 피륙을 팔던 가게)의 허 생원은 기어코 동업의 조 선달을 낚구어 보았다.

　"그만 거둘까?"

　"잘 생각했네. 봉평 장에서 한번이나 흐뭇하게 사 본 일 있을까. 내일 대화 장에서나 한몫 벌어야겠네."

　"오늘 밤은 밤을 새서 걸어야 될걸?"

　"달이 뜨렷다?"

　절렁절렁 소리를 내며 조 선달이 그날 산(물건을 팔아서 바꾼) 돈을 따지는 것을 보고 허 생원은 말뚝에서 넓은 휘장을 걷고 벌여 놓았던 물건을 거두기 시작하였다. 무명필과 주단바리가 두 고리짝에 꼭 찼다. 멍석 위에는 천 조각이 어수선하게 남았다.

　다른 축들도 벌써 거진 전들을 걷고 있었다. 약빠르게 떠나는 패도 있었다. 어물 장수도, 땜장이도, 엿장수도, 생강 장수도 꼴들이 보이지 않았다. 내일은 진부와 대화에 장이 선다. 축들은 그 어느 쪽으로든지 밤을 새며 육칠십 리 밤길을 타박거리지 않으면 안 된다. 장판은 잔치 뒷마당같이 어수선하게 벌어지고, 술집에는 싸움이 터져 있었다. 주정꾼 욕지거리에 섞여 계집의 앙칼진 목소리가 찢어졌다. 장날 저녁은 정해 놓고 계집의 고함 소리로 시작되는 것이다.

　"생원, 시침을 떼두 다 아네…… 충줏집 말야."

　계집 목소리로 문득 생각난 듯이 조 선달은 비죽이 웃는다.

“화중지병(畵中之餠 그림의 떡)이지. 연소패(연소배. 나이가 어린 무리)들을 적수로 하구야 대거리(상대편에게 맞서서 대듦. 또는 그런 말이나 행동)가 돼야 말이지.”

“그렇지두 않을걸. 축들이 사족을 못 쓰는 것두 사실은 사실이나, 아무리 그렇다군 해두 왜 그 동이 말일세, 감쪽같이 충줏집을 후린 눈치거든.”

“무어, 그 애송이가? 물건 가지구 나꾸었나 부지. 착실한 녀석인 줄 알았더니.”

“그 길만은 알 수 있나…… 궁리 말구 가 보세나그려. 내 한턱 씀세.”

그다지 마음이 당기지 않는 것을 쫓아갔다. 허 생원은 계집과는 연분이 멀었다. 얽금뱅이 상판을 쳐들고 대어 설 숫기도 없었으나 계집 편에서 정을 보낸 적도 없었고, 쓸쓸하고 뒤틀린 반생이었다. 충줏집을 생각만 하여도 철없이 얼굴이 붉어지고 발밑이 떨리고 그 자리에 소스라쳐 버린다. 충줏집 문을 들어서서 술좌석에서 짜장 동이를 만났을 때에는 어찌된 서슬엔지 발끈 화가 나 버렸다. 상 위에 붉은 얼굴을 쳐들고 제법 계집과 농탕치는 것을 보고서야 견딜 수 없었던 것이다. 녀석이 제법 난질꾼(술과 여자에 빠져 행실이 바르지 못한 사람)인데 꼴사납다. 머리에 피도 안 마른 녀석이 낮부터 술 처먹고 계집과 농탕이야. 장돌뱅이 망신만 시키고 돌아다니누나. 그 꼴에 우리들과 한몫 보자는 셈이지.

동이 앞에 막아서면서부터 책망이었다. 걱정두 팔자요 하는 듯이 빤히 쳐다보는 상기된 눈망울에 부딪칠 때, 얼결 김에 따귀를 하나 갈겨 주지 않고는 배길 수 없었다. 동이도 화를 쓰고 팩하고 일어서기는 하였으나, 허 생원은 조금도 동색하는 법 없이 마음먹은 대로는 다 지껄였다.

“어디서 주워 먹은 선머슴인지는 모르겠으나, 네게도 아비 어미 있겠지. 그 사나운 꼴 보면 맘 좋겠다. 장사란 탐탁하게 해야 되지, 계집이 다 무어야. 나가거라, 냉큼 꼴 치워.”

그러나 한마디도 대거리하지 않고 하염없이 나가는 꼴을 보려니, 도리어 측은히 여겨졌다. 아직두 서름서름한 사인데 너무 과하지 않았을까 하고 마음이 섬뜩해졌다.

“주제도 넘지, 같은 술손님이면서두 아무리 젊다구 자식 낳게 된 것을 붙들고 치고 닦아 셀 것은 무어야 원.”

충줏집은 입술을 쫑긋하고 술 붓는 솜씨도 거칠었으나, 젊은 애들한테는 그것이 약이 된다나 하고 그 자리는 조 선달이 얼버무려 넘겼다.

"너 녀석한테 반했지? 애숭이를 빨면 죄 된다."

한참 법석을 친 후이다. 담도 생긴 데다가 웬일인지 흠뻑 취해 보고 싶은 생각도 있어서 허 생원은 주는 술잔이면 거의 다 들이켰다. 거나해짐을 따라 계집 생각보다도 동이의 뒷일이 한결같이 궁금해졌다. 내 꼴에 계집을 가로채서는 어쩔 작정이었누 하고 어리석은 꼬락서니를 모질게 책망하는 마음도 한편에 있었다. 그렇기 때문에 얼마나 지난 뒤인지 동이가 헐레벌떡거리며 황급히 부르러 왔을 때에는, 마시던 잔을 그 자리에 던지고 정신없이 허덕이며 충줏집을 뛰어나간 것이다.

"생원 당나귀가 바(볏집이나 삼으로 세 가닥을 꼬아 만든 줄)를 끊구 야단이에요."

"각다귀들 장난이지, 필연코."

짐승도 짐승이려니와 동이의 마음씨가 가슴을 울렸다. 뒤를 따라 장판을 달음질하려니 거슴츠레한 눈이 뜨거워질 것 같다.

"부락스런 녀석들이라 어쩌는 수 있어야죠."

"나귀를 몹시 구는 녀석들은 그냥 두지는 않을걸."

반평생을 같이 지내온 짐승이었다. 같은 주막에서 잠자고, 같은 달빛에 젖으면서 장에서 장으로 걸어 다니는 동안에 이십 년의 세월이 사람과 짐승을 함께 늙게 하였다. 까스러진(잔털 따위가 거칠게 일어난) 목 뒤 털은 주인의 머리털과도 같이 바스러지고, 개진개진 젖은 눈은 주인의 눈과 같이 눈곱을 흘렸다. 몽당비처럼 짧게 쏠린 꼬리는, 파리를 쫓으려고 기껏 휘저어 보아야 벌써 다리까지는 닿지 않았다. 닳아 없어진 굽을 몇 번이나 도려내고 새 철을 신겼는지 모른다. 굽은 벌써 더 자라나기는 틀렸고 닳아 버린 철 사이로는 피가 빼짓이 흘렀다. 냄새만 맡고도 주인을 분간하였다. 호소하는 목소리로 야단스럽게 울며 반겨 한다.

어린아이를 달래듯이 목덜미를 어루만져 주니 나귀는 코를 벌름거리고 입을 투르르거렸다. 콧물이 튀었다. 허 생원은 짐승 때문에 속도 무던히는 썩었다. 아이들의 장난이 심한 눈치여서 땀 배인 몸뚱어리가 부들부들 떨리고 좀체 흥분이 식지 않는 모양이었다. 굴레가 벗어지고 안장도 떨어졌다. 요 몹쓸 자식들, 하고 허 생원은 호령을 하였으나 패들은 벌써 줄행랑을 논 뒤요 몇 남지 않은 아이들이 호령에 놀라 비슬비슬 멀어졌다.

"우리들 장난이 아니우. 암놈을 보고 저 혼자 발광이지."

코흘리개 한 녀석이 멀리서 소리를 쳤다.

"고 녀석 말투가······."

"김 첨지 당나귀가 가 버리니까 온통 흙을 차고 거품을 흘리면서 미친 소
같이 날뛰는걸. 꼴이 우스워 우리는 보고만 있었다우. 배를 좀 보지."

아이는 앵돌아진 투로 소리를 치며 깔깔 웃었다. 허 생원은 모르는 결에
낯이 뜨거워졌다. 뭇시선을 막으려고 그는 짐승의 배 앞을 가리어 서지 않
으면 안 되었다.

"늙은 주제에 암샘(짐승의 발정기에 수컷이 암컷에게 끌리는 본능적인 행동)을 내는 셈이야.
저놈의 짐승이."

아이의 웃음소리에 허 생원은 주춤하면서 기어코 견딜 수 없어 채찍을
들더니 아이를 쫓았다.

"쫓으려거든 쫓아 보지. 왼손잡이가 사람을 때려."

줄달음에 달아나는 각다귀에는 당하는 재주가 없었다. 왼손잡이는 아이
하나도 후릴 수 없다. 그만 채찍을 던졌다. 술기도 돌아 몸이 유난스럽게 화
끈거렸다.

"그만 떠나세. 녀석들과 어울리다가는 한이 없어. 장판의 각다귀들이란
어른보다도 더 무서운 것들인걸."

조 선달과 동이는 각각 제 나귀에 안장을 얹고 짐을 싣기 시작하였다. 해
가 꽤 많이 기울어진 모양이었다.


드팀전 장돌림을 시작한 지 이십 년이나 되어도 허 생원은 봉평 장을 빼
논 적은 드물었다. 충주, 제천 등의 이웃 군에도 가고, 멀리 영남 지방도 헤
매기는 하였으나 강릉쯤에 물건하러 가는 외에는 처음부터 끝까지 군내를
돌아다녔다. 닷새만큼씩의 장날에는 달보다도 확실하게 면에서 면으로 건
너간다. 고향이 청주라고 자랑삼아 말하였으나 고향에 돌보러 간 일도 있
는 것 같지는 않았다. 장에서 장으로 가는 길의 아름다운 강산이 그대로 그
에게는 그리운 고향이었다. 반날 동안이나 뚜벅뚜벅 걷고 장터 있는 마을
에 거지반 가까워졌을 때 거친 나귀가 한바탕 우렁차게 울면(더구나 그것
이 저녁녘이어서 등불들이 어둠 속에 깜박거릴 무렵이면) 늘 당하는 것이
건만 허 생원은 변치 않고 언제든지 가슴이 뛰놀았다.

젊은 시절에는 알뜰하게 벌어 돈푼이나 모아 본 적도 있기는 있었으나,
읍내에 백중(百中 백중날. 음력 칠월 보름날)이 열린 해, 호탕스럽게 놀고 투전을 하고

하여 사흘 동안에 다 털려 버렸다. 나귀까지 팔게 된 판이었으나 애끓는 정분에 그것만은 이를 물고 단념하였다. 결국 도로아미타불로 장돌림을 다시 시작할 수밖에는 없었다. 짐승을 데리고 읍내를 도망해 나왔을 때에는 너를 팔지 않기 다행이었다고 길가에서 울면서 짐승의 등을 어루만졌던 것이었다. 빚을 지기 시작하니 재산을 모을 염(念 무엇을 하려고 하는 생각이나 마음)은 당초에 틀리고 간신히 입에 풀칠을 하러 장에서 장으로 돌아다니게 되었다.

호탕스럽게 놀았다고는 하여도 계집 하나 후려 보지는 못하였다. 계집이란 쌀쌀하고 매정한 것이었다. 평생 인연이 없는 것이라고 신세가 서글퍼졌다. 일신에 가까운 것이라고는 언제나 변함없는 한 필의 당나귀였다.

그렇다고는 하여도 꼭 한 번의 첫 일을 잊을 수는 없었다. 뒤에도 처음에도 없는 단 한 번의 괴이한 인연! 봉평에 다니기 시작한 젊은 시절의 일이었으나 그것을 생각할 적만은 그도 산 보람을 느꼈다.

"달밤이었으나 어떻게 해서 그렇게 됐는지 지금 생각해도 도무지 알 수 없어."

허 생원은 오늘 밤도 또 그 이야기를 끄집어내려는 것이다. 조 선달은 친구가 된 이래 귀에 못이 박히도록 들어왔다. 그렇다고 싫증을 낼 수도 없었으나 허 생원은 시치미를 떼고 되풀이할 대로는 되풀이하고야 말았다.

"달밤에는 그런 이야기가 격에 맞거든."

조 선달 편을 바라는 보았으나 물론 미안해서가 아니라 달빛에 감동하여서였다. 이지러는 졌으나 보름을 갓 지난 달은 부드러운 빛을 흐뭇이 흘리고 있다. 대화까지는 팔십 리의 밤길, 고개를 둘이나 넘고 개울을 하나 건너고 벌판과 산길을 걸어야 된다. 길은 지금 긴 산허리에 걸려 있다. 밤중을 지난 무렵인지 죽은 듯이 고요한 속에서 짐승 같은 달의 숨소리가 손에 잡힐 듯이 들리며, 콩 포기와 옥수수 잎새가 한층 달에 푸르게 젖었다. 산허리는 온통 메밀밭이어서 피기 시작한 꽃이 소금을 뿌린 듯이 흐뭇한 달빛에 숨이 막힐 지경이다. 붉은 대궁이 향기같이 애잔하고 나귀들의 걸음도 시원하다. 길이 좁은 까닭에 세 사람은 나귀를 타고 외줄로 늘어섰다. 방울 소리가 시원스럽게 딸랑딸랑 메밀밭께로 흘러간다. 앞장선 허 생원의 이야기 소리는 꽁무니에 선 동이에게는 확적히는 안 들렸으나, 그는 그대로 개운한 제멋에 적적하지는 않았다.

"장이 선 꼭 이런 날 밤이었네. 객줏집 토방이란 무더워서 잠이 들어야지. 밤중은 돼서 혼자 일어나 개울가에 목욕하러 나갔지. 봉평은 지금이나 그제나 마찬가지. 보이는 곳마다 메밀밭이어서 개울가나 어디 없이 하얀 꽃이야. 돌밭에 벗어도 좋을 것을, 달이 너무나 밝은 까닭에 옷을 벗으러 물방앗간으로 들어가지 않았나. 이상한 일도 많지. 거기서 난데없는 성 서방네 처녀와 마주쳤단 말이네. 봉평서야 제일가는 일색이었지…….”

“팔자에 있었나 부지.”

아무렴 하고 응답하면서 말머리를 아끼는 듯이 한참이나 담배를 빨 뿐이었다. 구수한 자줏빛 연기가 밤기운 속에 흘러서는 녹았다.

“날 기다린 것은 아니었으나 그렇다고 달리 기다리는 놈팽이가 있는 것두 아니었네. 처녀는 울고 있단 말야. 짐작은 대고 있으나 성 서방네는 한참 어려워서 들고날 판인 때였지. 한집안 일이니 딸에겐들 걱정이 없을 리 있겠나? 좋은 데만 있으면 시집도 보내련만 시집은 죽어도 싫다지……. 그러나 처녀란 울 때같이 정을 끄는 때가 있을까. 처음에는 놀라기도 한 눈치였으나 걱정 있을 때는 누그러지기도 쉬운 듯해서 이럭저럭 이야기가 되었네……. 생각하면 무섭고도 기막힌 밤이었어.”

“제천인지로 줄행랑을 놓은 건 그다음 날이렷다.”

“다음 장도막(장날과 장날 사이의 동안)에는 벌써 온 집안이 사라진 뒤였네. 장판은 소문에 발끈 뒤집혀 고작해야 술집에 팔려가기가 상수라고 처녀의 뒷공론이 자자들 하단 말이야. 제천 장판을 몇 번이나 뒤졌겠나. 허나 처녀의 꼴은 꿩 구워 먹은 자리야(일을 감쪽같이 처리해 흔적도 남지 않을 때 이르는 말). 첫날밤이 마지막 밤이었지. 그때부터 봉평이 마음에 든 것이 반평생을 두고 다니게 되었네. 반평생인들 잊을 수 있겠나.”

“수 좋았지. 그렇게 신통한 일이란 쉽지 않어. 항용(恒用 흔히 늘) 못난 것 얻어 새끼 낳고, 걱정 늘고 생각만 해두 진저리가 나지……. 그러나 늘그막바지까지 장돌뱅이로 지내기도 힘든 노릇 아닌가? 난 가을까지만 하구 이 생계와두 하직하려네. 대화쯤에 조그만 전방이나 하나 벌이구 식구들을 부르겠어. 사시장천 뚜벅뚜벅 걷기란 여간이래야지.”

“옛 처녀나 만나면 같이나 살까……. 난 거꾸러질 때까지 이 길 걷고 저 달 볼 테야.”

산길을 벗어나니 큰길로 튀어졌다. 꽁무니의 동이도 앞으로 나서 나귀들은 가로 늘어섰다.

"총각두 젊겠다, 지금이 한창 시절이렷다. 충줏집에서는 그만 실수를 해서 그 꼴이 되었으나 섧게 생각 말게."

"처, 천만에요. 되려 부끄러워요. 계집이란 지금 웬 제격인가요. 자나 깨나 어머니 생각뿐인데요."

허 생원의 이야기로 실심(失心 근심 걱정으로 맥이 빠지고 마음이 산란하여짐)해 한 끝이라 동이의 어조는 한풀 수그러진 것이었다.

"아비 어미란 말에 가슴이 터지는 것도 같았으나 제겐 아버지가 없어요. 피붙이라고는 어머니 하나뿐인걸요."

"돌아가셨나?"

"당초부터 없어요."

"그런 법이 세상에……."

생원과 선달이 야단스럽게 껄껄들 웃으니, 동이는 정색하고 우길 수밖에는 없었다.

"부끄러워서 말하지 않으려 했으나 정말예요. 제천 촌에서 달도 차지 않은 아이를 낳고 어머니는 집을 쫓겨났죠. 우스운 이야기나, 그러기 때문에 지금까지 아버지 얼굴도 본 적 없고, 있는 고장도 모르고 지내와요."

고개가 앞에 놓인 까닭에 세 사람은 나귀를 내렸다. 둔덕은 험하고 입을 벌리기도 대근하여(견디기 힘들어) 이야기는 한동안 끊겼다. 나귀는 건듯하면 미끄러졌다. 허 생원은 숨이 차 몇 번이고 다리를 쉬지 않으면 안 되었다. 고개를 넘을 때마다 나이가 알렸다. 동이 같은 젊은 축이 그지없이 부러웠다. 땀이 등을 한바탕 쪽 씻어 내렸다.

고개 너머는 바로 개울이었다. 장마에 흘러 버린 널다리가 아직도 걸리지 않은 채로 있는 까닭에 벗고 건너야 되었다. 고의를 벗어 띠로 등에 얽어매고 반 벌거숭이의 우스꽝스런 꼴로 물속에 뛰어들었다. 금방 땀을 흘린 뒤였으나 밤물은 뼈를 찔렀다.

"그래 대체 기르긴 누가 기르구?"

"어머니는 하는 수 없이 의부를 얻어 가서 술장사를 시작했죠. 술이 고주(고주망태)래서 의부라고 전(완전히) 망나니예요. 철들어서부터 맞기 시작한 것이 하룬들 편한 날 있었을까. 어머니는 말리다가 채이고 맞고 칼부림을 당하고 하니 집 꼴이 무어겠소. 열여덟 살 때 집을 뛰쳐나서부터 이 짓이죠."

"총각 낫세론 심이 무던하다고 생각했더니 듣고 보니 딱한 신세로군."

물은 깊어 허리까지 찼다. 속 물살도 어지간히 센 데다가 발에 차이는 돌멩이도 미끄러워 금시에 훌칠 듯하였다(물체가 바람 따위를 받아서 휘우듬하게 쏠리다). 나귀와 조 선달은 재빨리 거의 건넜으나 동이는 허 생원을 붙드느라고 두 사람은 훨씬 떨어졌다.

"모친의 친정은 원래부터 제천이었던가?"

"웬걸요. 시원스레 말은 안 해 주나 봉평이라는 것만은 들었죠."

"봉평, 그래 그 아비 성은 무엇이구?"

"알 수 있나요. 도무지 듣지를 못했으니까."

"그, 그렇겠지."

하고 중얼거리며 흐려지는 눈을 까물까물하다가 허 생원은 경망하게도 발을 빗디디었다. 앞으로 고꾸라지기가 바쁘게 몸째 풍덩 빠져 버렸다. 허우적거릴수록 몸을 걷잡을 수 없어 동이가 소리를 치며 가까이 왔을 때에는 벌써 꽤나 흘렀다. 옷째 쫄딱 젖으니 물에 젖은 개보다도 참혹한 꼴이었다. 동이는 물속에서 어른을 해깝게(가볍게'의 방언) 업을 수 있었다. 젖었다고는 하여도 여윈 몸이라 장정 등에는 오히려 가벼웠다.

"이렇게까지 해서 안됐네. 내 오늘은 정신이 빠진 모양이야."

"염려하실 것 없어요."

"그래 모친은 아비를 찾지는 않는 눈치지?"

"늘 한 번 만나고 싶다고는 하는데요."

"지금 어디 계신가?"

"의부와도 갈라져 제천에 있죠. 가을에는 봉평에 모셔 오려고 생각 중인데요. 이를 물고 벌면 이럭저럭 살아갈 수 있겠죠."

"아무렴, 기특한 생각이야. 가을이랬다?"

동이의 탐탁한 등어리가 뼈에 사무쳐 따뜻하다. 물을 다 건넜을 때에는 도리어 서글픈 생각에 좀 더 업혔으면서도 하였다.

"진종일 실수만 하니 웬일이요, 생원."

조 선달이 바라보며 기어코 웃음이 터졌다.

"나귀야. 나귀 생각하다 실족을 했어. 말 안 했던가. 저 꼴에 제법 새끼를 얻었단 말이지. 읍내 강릉집 피마(성장한 암말)에게 말일세. 귀를 쫑긋 세우고 달랑달랑 뛰는 것이 나귀새끼같이 귀여운 것이 있을까. 그것 보러 나는 일부러 읍내를 도는 때가 있다네."

"사람을 물에 빠뜨릴 제, 딴은 대단한 나귀새끼군."

허 생원은 젖은 옷을 웬만큼 짜서 입었다. 이가 덜덜 갈리고 가슴이 떨리며 몹시도 추웠으나 마음은 알 수 없이 둥실둥실 가벼웠다.

"주막까지 부지런히들 가세나. 뜰에 불을 피우고 훗훗이(훈훈하게) 쉬어. 나귀에겐 더운 물을 끓여 주고, 내일 대화 장 보고는 제천이다."

"생원도 제천으로……?"

"오래간만에 가 보고 싶어. 동행하려나, 동이?"

나귀가 걷기 시작하였을 때, 동이의 채찍은 왼손에 있었다. 오랫동안 아둑시니(어둑시니. 어둠의 귀신) 같이 눈이 어둡던 허 생원도 요번만은 동이의 왼손잡이가 눈에 띄지 않을 수 없었다.

걸음도 해깝고 방울 소리가 밤 벌판에 한층 청청하게 울렸다.

달이 어지간히 기울어졌다.

 돈(豚)

**작가** : 이효석(408쪽 '작가와 작품 세계' 참조)

**갈래** : 순수 소설

**배경** : 시간 – 1930년대 / 공간 – 종묘장에서 건널목에 이르는 길

**시점** : 3인칭 전지적 작가 시점

**주제** : 원시적인 욕정을 통해 드러나는 인간 생활의 애환

**출전** : 〈조선문학〉(1933)

✐ **구성과 줄거리** --------------------------------------------

**발단** **식이는 암퇘지 접붙이기를 쉽게 성공하지 못함**

식이는 푼푼이 모은 돈으로 돼지 한 쌍을 기른다. 수놈은 죽고 암놈만 겨우 살아남는다. 식이는 방에 지푸라기를 깔고 자기 밥그릇에 먹이를 담아 주는 등 온갖 정성을 들여 암놈을 기른다. 여섯 달이 지난 후 식이는 10리가 넘는 종묘장까지 끌고 가서 접을 붙인다. 그러나 돼지가 너무 어려 실패한다.

**전개** **식이는 암퇘지를 접붙이는 동안 도망간 분이 생각에 열중함**

달포가 지나서 또 접붙이기를 시도하나 실패하고 한참 뒤에야 가까스로 성사된다. 식이는 암퇘지를 접붙이는 동안 구경꾼들의 낄낄거리는 음담(淫談)을 들으며 달아난 분이를 생각한다. 식이는 지나가는 버스 안을 살펴보며 분이의 모습을 찾는다. 어쩌면 버스 차장이 되었을지도 모를 일이다.

**절정 결말** **식이의 돼지가 기차에 치여 흔적도 없이 날아감**

식이는 돼지를 팔아 노자를 만든 뒤 분이를 찾고 싶어 한다. 식이는 분이와 함께 살면 얼마나 좋을까 하는 공상에 사로잡혀 정신없이 기찻길을 건넌다. 순간 돼지가 기차에 치여 흔적도 없이 사라지고 만다.

## 🖉 생각해 볼 문제 --------------------------------------------

**1. 이 작품에서 에로티시즘은 어떻게 나타나는가?**

이 소설은 분이에 대한 식이의 애욕을 돼지의 교접 행위와 대비하면서 그 동질성을 암시하고 있다. 자칫 추하게 느껴질 수도 있는 성적 내용이 인간의 내면에 잠재한 의식과 연결되어 자연스러운 상황을 연출한다. 하지만 작품에서 대담하게 다뤄진 성 문제가 사회적 의미로까지는 연결되지 못하고 있다.

**2. 결말에서 돼지가 기차에 치이는 것은 식이에게 어떤 의미가 있는가?**

기차 때문에 돼지가 흔적도 없이 사라진 것은 분이가 상실될 것을 의미한다. 식이에게 돼지는 분이와 함께 살게 해 줄 유일한 희망이었기 때문이다.

분이(도망감)

식이

암돼지(기차에 치임)    수돼지(일찍 죽음)

저(식이)는 지난여름에 돈을 모아 돼지 한 쌍을 샀어요. 얼마 안 가 수놈이 죽어 버렸고 암놈은 교접을 위해 돈이라도 내서 새끼를 배게 하려고 했는데 잘 되지가 않네요. 그러고 있으니 도망간 분이가 자꾸 생각나요. 나도 이곳을 떠나면 분이를 다시 만날 수 있을까요? 이런 생각을 하고 있는데 갑자기 돼지가 달아나 기차에 치여 버렸네요.

# 돈(豚)

옛성 모롱이 버드나무 까치 둥우리 위에 푸르뎅뎅한 하늘이 얕게 드리웠다. 토끼우리에서는 하얀 양토끼가 고슴도치 모양으로 까칠하게 웅크리고 있다. 능금나무 가지를 간들간들 흔들면서 벌판을 불어오는 바닷바람이 채녹지 않은 눈 속에 덮인 종묘장(種苗場 식물의 씨앗이나 모종, 묘목 따위를 심어서 기르는 곳) 보리밭에 휩쓸려 돼지우리에 모질게 부딪친다.

우리 밖 네 귀의 말뚝 안에 얽어 매인 암퇘지는 바람을 맞으면서 유난히 소리를 친다. 말뚝을 싸고도는 종묘장 종돈(種豚 씨를 받으려고 기르는 돼지. 씨돼지)은 시뻘건 입에 거품을 품으면서 말뚝의 뒤로 돌아 그 위에 덥석 앞다리를 걸었다. 시꺼먼 바위 밑에 눌린 자라 모양인 암퇘지는 날카로운 비명을 울리며 전신을 요동한다. 미끄러진 종돈은 게걸떡거리며 다시 말뚝을 싸고돈다. 앞뒤 우리에서 응하는 돼지들 고함에 오후의 종묘장 안은 떠들썩하다.

반시간이 넘어도 여의치 않았다. 둘러싸고 보던 사람들도 흥이 식어서 주춤주춤 움직인다. 여러 번째 말뚝 위에 덮쳤을 때에 육중한 힘에 말뚝이 와싹 무지러지면서 그 바람에 밑에 깔렸던 돼지는 말뚝의 테두리가 벗어지자 뛰어나갔다.

"어려서 안 되겠군."

종묘장 기수가 껄껄 웃는다.

"황소 앞에 암탉 같으니 쟁그라워서 볼 수 있나."

"겁을 먹고 달아나는데."

농부는 날쌔게 우리 옆을 돌아 뛰어가는 돼지의 앞을 막았다.

"달포(한 달이 조금 넘는 기간) 전에 한 번 왔다 갔으나 씨가 붙지 않아서 또 끌고 왔는데요."

식이는 겸연쩍어서 얼굴이 붉어졌다.

"아무리 짐승이기로 저렇게 어리구야 씨가 붙을 수 있나."

농부의 말에 식이는 다시 얼굴을 붉혔다.

"빌어먹을 놈의 짐승."

무안도 무안이려니와 귀찮게 구는 짐승에 식이는 화를 버럭 내면서 농부의 부축을 하여 달아나는 돼지의 뒤를 쫓는다. 고무신이 진창에 빠지고 바지춤이 흘러내린다.

돼지의 허리를 맨 바를 붙들었을 때에 그는 홧김에 바를 뒤로 잡아 낚으며 기운껏 매질한다. 어린 짐승은 바들바들 떨면서 비명을 울린다. 농가 일년의 생명선—좀 있으면 나올 제일기분 세금과 첫여름 감자가 나올 때까지의 가족 양식의 예산 부담을 맡은 이 어린 짐승에 대한 측은한 뉘우침이 나중에는 필연코 나런마는 종묘장 사람들 숲에서의 무안을 못 이겨 식이의 흔드는 매는 자연 가련한 짐승 위에 잦게 내렸다.

"그만 갖다 매시오."

말뚝을 고쳐 든든히 박고 난 농부는 식이에게 손짓한다.

겁과 불안에 떨며 허둥거리는 짐승을 이번에는 한결 더 든든히 말뚝 안에 우겨 넣고 나뭇대를 가로질러 배까지 떠받쳐 올려 꿈짝 요동하지 못하게 탐탁하게 얽어매었다.

털 몸을 근실근실 부딪치며 그의 곁을 궁싯궁싯 감도는 종돈은 미처 식이의 손이 떨어지기도 전에 화차와도 같이 말뚝 위를 엄습한다. 시뻘건 입이 욕심에 목메어서 풀무같이 요란히 울린다. 깔린 암돼지는 목이 찢어져라 날카롭게 고함친다.

둘러선 좌중은 일제히 웃음소리를 멈추고 일시 농담조차 잊은 듯하다.

문득 분이의 자태가 눈앞에 떠오른다. 식이는 말뚝에서 시선을 돌려 딴전을 보았다.

'분이 고것 지금 넌 어디 가 있는구.'

제이기분은 새로 일기분 세금조차 밀려오는 농가의 형편에 돼지보다 나은 부업이 없었다. 한 마리를 일 년 동안 충실히 기르면 세금도 세금이려니와 잔돈푼의 가용 돈은 훌륭히 우러나왔다. 이 돼지의 공용을 잘 아는 식이다. 푼푼이 모은 돈으로 마을 사람들의 본을 받아 종묘장에서 갓난 양돼지한 자웅(雌雄 암수)을 사 온 것이 지난여름이었다. 기름이 자르르 흐르는 새까만 자웅을 식이는 사람보다도 더 귀히 여겨 갓 사 왔던 무렵에는 우리에 넣기가 아까워 그의 방 한구석에 짚을 펴고 그 위에 재우기까지 하던 것이 젖이 그리워서인지 한 달도 못 돼서 수놈이 죽었다. 나머지의 암놈을 식이는 애지중지하여 단 한 벌의 그의 밥그릇에 물을 받아 먹이기까지 하였다. 물도 먹지 않고 꿀꿀 앓을 때에는 그는 나무하러 가는 것도 그만두고 종일 짐승의 시중을 들었다. 여섯 달을 기르니 겨우 암퇘지 티가 났다. 달포 전에 식이는 첫 시험으로 십 리가 넘는 읍내 종묘장까지 끌고 왔었다. 피 같은 돈 오십 전이나 내서 씨를 받은 것이 종시 붙지 않았다. 식이는 화가 났다. 때 마침 정을 두고 지내던 이웃집 분이가 어디론지 도망을 갔다. 식이는 속이 상해서 며칠 동안 일이 손에 잡히지 않았다. 늘 뾰로통해서 쌀쌀하게 대꾸 하더니 그 고운 살을 한 번도 허락하지 않고 늙은 아비를 혼자 둔 채 기어코 도망을 가 버렸구나 생각하니 분이가 괘씸하였다. 그러나 속 깊은 박 초시 의 일이니 자기 딸 조처에 무슨 꿍꿍이수작을 대었는지 도무지 모를 노릇 이었다. 청진으로 갔느니 서울로 갔느니 며칠 전에 박 초시에게 돈 십 원이 왔느니 소문은 갈피갈피였으나 하나도 종잡을 수 없었다. 이래저래 상할 대로 속이 상했다. 능금꽃 같은 두 볼을 잘강잘강 씹어 먹고 싶던 분이인만 큼 식이는 오늘까지 솟아오르는 심화를 억제할 수 없었다.

"다 됐군."

딴전만 보고 섰던 식이는 농부의 목소리에 그쪽을 보았다. 종돈은 만족 한 듯이 여전히 꿀꿀 짖으면서 그곳을 떠나지 않고 빙빙 돈다.

파장(罷場 과장(科場) · 백일장(白日場) · 시장 따위가 파함) 후의 광경이건만 분이의 그림자 가 눈앞에 어른거리는 식이는 몹시도 겸연쩍었다. 잠자코 서 있는 까칠한 암퇘지와 분이의 자태가 서로 얽혀서 그의 머릿속에 추근하게 떠올랐다. 음란한 잡담과 허리 꺾는 웃음소리에 얼굴이 더한층 붉어졌다. 환영을 떨 쳐 버리려고 애쓰면서 식이는 얽어매었던 돼지를 풀기 시작하였다. 농부는 여전히 게걸떡거리며 어른어른 싸도는 욕심 많은 종돈을 몰아 우리 속에 가두었다.

"이번에는 틀림없겠지."

장부에 이름을 올리고 오십 전을 치러 주고 종묘장을 나오니 오후의 해 가 느지막하였다.

능금밭 건 편 양옥 관사의 지붕이 흐린 석양에 푸르뎅뎅하게 빛난다. 옛 성 어귀에는 성안으로 드나드는 장꾼의 그림자가 어른어른한다. 성안에서 한 채의 버스가 나오더니 폭 넓은 이등 도로(지방도)를 요란히 달려온다. 돼지 를 몰고 길 왼편 가로 피한 식이는 퍼뜩 지나는 버스 안을 흘끗 살펴본다. 분이를 잃은 후로부터는 그는 달아나는 버스 안까지 조심스럽게 살피게 되 었다. 일전에 나남에서 버스 차장 시험이 있었다더니 그런 데로나 뽑혀 들어가지 않았을까? 분이의 간 길을 이렇게도 상상하여 보았기 때문이다.

'장이나 한 바퀴 돌아올까?'

북문 어귀 성 밑 돌 틈에 돼지를 매 놓고 식이는 성을 들어가 남문 거리로 향하였다.

분이가 없는 이제 장꾼의 눈을 피하여 으슥한 가게 앞에 가서 겸연쩍은 태도로 매화분을 살 필요도 없어진 식이는 석유 한 병과 마른 명태 몇 마리를 사 들고 장판을 오르락내리락하였다. 한 동리 사람의 그림자도 눈에 띄지 않기에 그는 곧게 성밖으로 나와 마을로 향하였다.

어기적거리며 돼지의 걸음이 올 때만큼 재지 못하였다. 그러나 이제 매질할 용기는 없었다.

철로를 끼고 올라가 정거장 앞을 지나 오촌포 한길에 나서니 장 보고 돌아가는 사람의 그림자가 드문드문 보인다. 산모롱이가 바닷바람을 막아 아늑한 저녁 빛이 한길 위를 덮었다. 먼 산 위에는 전기의 고가선이 솟고 산 밑을 물줄기가 돌아내렸다. 온천 가는 넓은 도로가 철로와 나란히 누워서 남쪽으로 줄기차게 뻗쳤다. 저물어 가는 강산 속에 아득하게 뻗친 이 두 줄의 길이 새삼스럽게 식이의 마음을 끌었다. 걸어가는 그의 등 뒤에서는 산모롱이를 돌아오는 기차 소리가 아련히 들린다. 별안간 식이에게는 이상한 생각이 들었다.

'이 길로 아무 데로나 달아날까.'

장에 가서 돼지를 팔면 노자가 되겠지, 차 타고 노자 자라는 곳까지 달아나면 그곳에 곧 분이가 있지 않을까. 어디서 들었는지 공장에 들어가기가 분이의 소원이더니, 그곳에서 여직공 노릇 하는 분이와 만나 나도 노동자가 되어 같이 살면 오죽 재미있을까. 공장에서 버는 돈을 달마다 고향에 부치면 아버지도 더 고생하실 것 없겠지. 돼지를 방에서 기르지 않아도 좋고 세금 못 냈다고 면소 서기들한테 밥솥을 뺏길 염려도 없을 터이지. 농사같이 초라한 업이 세상에 또 있을지. 아무리 부지런히 일해도 못살기는 일반이니…… 분이 있는 곳이 어디인가…… 돼지를 팔면 얼마나 받을까. 암퇘지 양돼지…….

"앗!"

날카로운 소리에 번쩍 정신이 깨었다.

찬바람이 휙 앞을 스치고 불시에 일신이 딴 세상에 뜬 것 같았다. 눈 보이지 않고, 귀 들리지 않고―잠시간 전신이 죽고 감각이 없어졌다. 캄캄하던 눈앞이 차차 밝아지며 거물거물 움직이는 것이 보이고 귀가 뚫리며 요란한 음향이 전신을 쓸어 없앨 듯이 우렁차게 들렸다―우레 소리가…… 바닷소리가…… 바퀴 소리가……. 별안간 눈앞이 환해지더니 열차의 마지막 바퀴가 쏜살같이 눈앞을 달아났다.

"앗, 기차!"

다 지나간 이제 식이는 정신이 아찔하며 몸이 부르르 떨린다.

진땀이 나는 대신 소름이 쪽 돋는다. 전신이 불시에 빈 듯이 거뿐하다. 글자대로 전신은 비었다. 한쪽 팔에 들었던 석유병도 명태 마리도 간 곳이 없고 바른손으로 이끌던 돼지도 종적이 없다.

"아, 돼지!"

"돼지구 무어구 미친놈이지, 어디라구 후미키리(긴널목)를 막 건너."

따귀를 철썩 맞고 바라보니 철로 망보는 사람이 성난 얼굴로 그를 노리고 섰다.

"돼지는 어찌 됐단 말이오."

"어젯밤 꿈 잘 꾸었지. 네 몸 안 치인 것이 다행이다."

"아니 그럼 돼지가 치었단 말요."

"다음부터 차에 주의해!"

독하게 쏘아붙이면서 철로 망꾼은 식이의 팔을 잡아 낚아 후미키리 밖으로 끌어냈다.

"아 돼지가 치었다니 두 번이나 종묘장에 가서 씨받은 내 돼지 암퇘지 양 돼지……."

엉겁결에 외치면서 훑어보았으나 피 한 방울 찾아볼 수 없다. 흔적조차 없다니―기차가 달랑 들고 간 것 같아서 아득한 철로 위를 바라보았으나 기차는 벌써 그림자조차 없다.

"한방에서 잠재우고, 한 그릇에 물 먹여서 기른 돼지, 불쌍한 돼지……."

정신이 아찔하고 일신이 허전하여서 식이는 금시에 그 자리에 푹 쓰러질 것도 같았다.

사냥

## ✎ 작품 정리

> **작가** : 이효석(408쪽 '작가와 작품 세계' 참조)
> **갈래** : 순수 소설
> **배경** : 시간 – 구체적 시간은 나오지 않음 / 공간 – 산
> **시점** : 3인칭 전지적 작가 시점
> **주제** : 생명 경시 풍조에 대한 비판
> **출처** : 미상

## ✎ 구성과 줄거리

**발단** **학보는 노루 사냥에 동원됨**

노루잡이에 동원된 학보는 친구들과 함께 산으로 가서 노루를 쫓는다. 여러 사람이 무리를 지어 노루 사냥을 한다.

**전개** **노루잡이를 비판적으로 생각함**

학보는 노루를 잡는 것이 무의미하고 미친 짓이라고 생각한다. 인간은 자기 생각밖에 하지 못하는 잔인한 동물이고, 노루잡이는 무의미한 연중 행사라고 여긴다.

**위기** **학보가 자기 앞으로 온 노루를 놓침**

송아지만 한 노루가 학보 앞으로 달려오다가 달아난다. 친구들은 학보를 비난하고, 학보는 부끄럽게 생각한다.

**절정** **죽은 노루를 보고 회의함**

포수가 잡은 죽은 노루를 보고 학보는 불쾌해진다. 그리고 다시 인간 중심주의에 깊은 회의를 느낀다.

**결말** **자신이 먹은 고기가 노루였음을 알고 괴로워함**

며칠 후, 한동안 노루 생각에 입맛을 잃었던 학보는 고기를 먹는다. 그러나 자신이 먹은 고기가 노루 고기였음을 어머니에게 듣고 학보는 짜증을 낸다.

## 🖉 생각해 볼 문제

1. **노루 사냥꾼의 입장에서 학보의 생각을 비판하는 편지를 써 보자.**

   학보야, 너는 우리가 노루를 사냥하는 행동이 무의미하고 이기적이라고 생각하고 있지? 인간을 위해 동물의 생명을 빼앗는다는 점에서 보자면, 너의 지적도 옳다고 할 수 있겠지. 하지만 그런 잔인한 살생이 인간의 역사에서 거듭되어 왔기 때문에 오늘날 인간이 생존할 수 있었고, 나아가서는 이 정도의 문명을 이루었다는 것에 대해서도 한번 생각해 보렴. 열매를 따 먹고 곡식을 길러 먹는 것만으로는 부족하기 때문에 우리는 필요에 의해 살생을 저지르는 것이지, 재미 삼아 아무 이유 없이 노루를 죽이는 것은 아니란다. 물론 네가 느낀 것과 같은 이유에서, 아니면 또 다른 이유에서 동물의 고기를 먹지 않고 채식을 하는 사람들도 많단다. 우리가 그들을 비난하지 않듯이 너도 필요에 따른 사냥에 대해서는 관용적인 태도로 바꾸어 보는 것은 어떨까?

2. **머리 북친(Murray Bookchin)은 "인간에 의한 자연 지배는 인간에 의한 인간 지배로부터 비롯된다."라고 지적했다. 이 말의 의미는 무엇인가?**

   머리 북친은 대표적인 사회 생태주의 이론가다. 그는 사회 속에 존재하는 인간 개개인 간의 편차(계급적 차이, 소수자에 대한 억압 등)를 무시한 근본 생태주의를 비판했다. 사회 구조적 모순을 고려하지 않고 자연 파괴의 책임을 모든 인간에게서 찾는 것은 옳지 않다는 것이다. 이러한 입장에 따르면 억압적인 사회 구조의 변화가 문제 해결의 기본이라고 할 수 있다.

학보

노루

(불쌍해하지만 고기를 먹음)

(조롱)

(잡음)

친구들

포수

수백 명의 학생들이 노루 사냥에 동원되었어요. 대체 이걸 왜 하는지 모르겠어요. 저(학보)는 제 쪽으로 뛰어 왔던 노루를 놓쳐서 친구들에게 놀림 받았지요. 포수는 노루를 잡았더라고요. 피 흘리는 노루가 너무 불쌍했어요. 그런데 며칠 뒤에 어머니가 준 맛있는 고기가 사실은 노루 고기였어요. 고기를 먹지 말아야 하는 걸까요?

# 사냥

연달아 총 소리가 두어 번 산속에서 울렸다. 몰이꾼의 행렬은 산등을 넘어, 골짜기를 향하여 차차 죄어들어 왔다. 발밑에서 요란히 버석거리는 떡 갈잎, 가랑잎의 어지러운 소리에, 산을 싸고도는 동무들의 고함 소리도 귀 밖에 멀다. 상기된 눈앞에 늘씬한 자작나무의 허리통이 유난스럽게도 희끗 희끗 어린다.

수백 명의 학생이 한 줄로 늘어서서, 멀리 산을 둘러싸고 노루를 골짜기로 모조리 내리몰고 있다. 골짜기 어귀에는 대여섯 명의 포수가 미리 기다리고 서 있다. 노루를 놓칠 염려는 포수 편보다도 늘 몰이꾼 편에 있다. 시끄러운 책임을 모면하기 위하여, 몰이꾼들은 물샐틈없는 계획과 담력으로 맡은 목을 한결같이 경계해야 된다.

"학년 사이의 연락을 긴밀히! 1학년 우익 급속 전진!"

전령이 차례차례로 전해 온다.

일제히 내닫는 바람에 온 산이 가랑잎 밟히는 소리에 묻혀 버렸다. 낙엽 속은 걷기 힘들다. 숨들이 차다.

학년의 앞장을 선 학보도 양쪽 동무와의 간격을 고르게 지키면서 헐레벌떡거린다. 참나무 휘추리(가늘고 긴 나뭇가지)가 사정없이 손등과 얼굴을 갈긴다. 발이 낙엽 속에 빠진다. 홧김에, 손에 든 몽둥이로 나뭇가지를 후려치기도 멋없다.

"미친 짓이다. 노루는 잡아서 무엇한담."

아까부터, 실상은 처음부터, 이런 생각이 마음속에 맴돌았다. 노루잡이가 그다지 훈련이 될 듯도 싶지 않으며, 쓸모없는 애매한 짐승을 일없이 잡는 것이 도무지 뜻 없는 일 같다. 소풍이면 소풍, 그저 하루를 산속에서 뛰고 노는 편이 더 즐겁지 않은가?

"인간이란 제 생각밖에 하지 못하는 잔인한 동물이다. 노루잡이는 무의미한 연중행사에 지나지 않는다."

기어이 입 밖에 내서까지 중얼거리게 되었다. 땀이 흘러 등이 끈끈하다. 별안간 포위선이 어지럽게 움직이더니, 몽둥이가 날며, 날쌔게들 뛰어든다.

고함 소리가 산을 뒤흔든다.

"노루! 노루! 노루!"

"우익 주의!"

개암나무 숲에 가리어, 노루의 꼬리도 못 본 채 어안이 벙벙해 서 있는데, 송아지만 한 노루가 학보의 곁을 쏜살같이 지나 포위선을 뚫었다. 학보는 거의 반사적으로 몽둥이를 휘두르며 쫓았으나, 날쌘 짐승은 순식간에 산등성이를 넘어 버렸다.

"또 한 마리! 놓치지 마라!"

고함 소리와 함께 둘째 노루가 어느 결엔지 껑충껑충 뛰어온다. 겨누고 있는 학보의 모양을 보더니, 옆으로 빗뛰어가(자세가 비뚤어지게 뛰어가) 이것도 약삭빠르게 뒷산으로 달아나 버렸다.

날씬한 귀여운 짐승—극히 짧은 찰나의 생각이나, 학보는 놓친 것이 못내 아까웠다.

동시에, 겸연쩍고 부끄러운 느낌이 들었다. 놀리는 동무들의 말소리가 얼굴을 달아오르게 하였다.

"바보, 노루 두 마리 찾아내라."

이런 말을 들을 때, 확실히 몽둥이로 한 마리라도 두들겨 잡았더라면 얼마나 버젓했을까(번듯했을까), 하는 생각이 들었다. 이 골 안에는 이미 짐승은 더 없다. 동무들의 조롱을 하는 수 없이 참으면서, 힘없이 산을 내려가는 수밖에 없었다.

요행히 잡은 것은 있었다. 망아지만 한 노루 한 마리가 배에 총알을 맞고 쓰러져 있었다.

쏜 포수는 쏠 때의 형편을 거듭 말하며, 은근히 오늘의 솜씨를 자랑하는 눈치였다. 다른 포수들은 잠자코 있었다. 소득이 있으므로 동무들의 책망은 덜해졌으나, 학보는 검붉은 피를 흘리고 쓰러진 가엾은 짐승을 볼 때, 문득 일종의 반항심이 솟아오르며, 소득을 기뻐하는 무리가 한없이 밉고, 쏜 포수의 잔등이를 총개머리(개머리판. 나무나 플라스틱으로 만든 총의 아랫부분)로 쳐서 거꾸러뜨리고 싶은 충동이 솟았다.

품 안에 들어온 두 마리의 짐승을 놓친 것이 얼마나 다행인가! 위대한 공같이도 생각되었다. 잃어버린 동무 한 마리를 찾느라고, 애달픈 노루 떼가 이 밤에 얼마나 산속을 헤맬까를 생각하니, 뼈가 저렸다. 인간의 잔인성이 갑절로 미워지며, 인정 없는 인간 중심주의의 사상에 다시 침을 뱉고 싶었다.

　죽은 짐승을 생각하고, 며칠 동안 마음이 언짢았다. 삼사 일이 지난 후에야 겨우 입맛이 돌았다. 학보는 며칠이 지난 어느 날, 저녁상에 놓인 맛있는 고기가 무엇인지를 기어이 물어보았다.
　"장에 났더라. 노루 고기다."
　어머니의 대답에 불현듯 입맛이 없어져서 숟가락을 놓았다.
　"노루 고긴 왜 사요?"
　퉁명스런 짜증에 어머니는 도리어 어안이 벙벙한 모양이었다. 학보는 먹은 것도 모두 게우고 싶었다. 결국 고기를 먹지 말아야 옳을까? 하기는, 다시 더 생각이 날 것 같지노 않았다.

# 사랑손님과 어머니

## ✏ 작가와 작품 세계 --------------------------------------------------

**주요섭**(1902~1972)

호는 여심(餘心). 평안남도 평양 출생. 시인 주요한의 동생이다. 1918년 숭실중학교 3학년 때 일본으로 건너가 도쿄 아오야마학원 중학부에 편입했다. 3·1운동 후에 귀국해 등사판 지하신문을 발간하다가 10개월간 옥고를 치르고 중국으로 망명했다. 1927년 상하이 후장대학교를 졸업하고, 이듬해 미국으로 건너가 스탠퍼드대학원에서 교육학 석사 과정을 이수했다. 그 후 〈신동아〉 주간, 〈코리아타임스〉 주필, 경희대학교 교수를 역임했다.

　1921년 〈대한매일신문〉에 단편 소설 「깨어진 항아리」, 〈개벽〉에 「추운 밤」을 발표하면서 등단했다. 이어서 발표한 「인력거꾼」, 「살인」에서 프로 문학의 특성인 하층민의 생활상과 그들의 반항 의식을 그려 신경향파 작가로 불렸다. 1930년대 이후 「사랑손님과 어머니」, 「아네모네 마담」 등을 발표하면서 서정적이고 사실주의적인 문학 세계로 옮겨간다. 대표작으로는 「추운 밤」, 「인력거꾼」, 「아네모네 마담」, 「추물」, 『구름을 잡으려고』가 있다.

## ✏ 작품 정리 ----------------------------------------------------------

**갈래** : 순수 소설, 애정 소설
**배경** : 시간 – 1930년대
　　　　공간 – 예배당과 유치원, 학교가 있는 어느 소도시
**시점** : 1인칭 관찰자 시점
**주제** : 사랑손님과 어머니의 애틋한 사랑과 이별
**출전** : 〈조광〉(1935)

## 📎 구성과 줄거리

**발단**  **나(옥희)의 가족 관계와 가정 형편 소개**

'나'는 과부인 어머니와 외삼촌과 함께 살고 있는 여섯 살 난 여자아이이다. 아버지는 '나'가 태어나기 전에 돌아가셨고, 어머니는 아버지가 남긴 유산과 바느질로 생계를 꾸려가고 있다.

**전개**  **사랑방에 머물게 된 아저씨가 어머니에게 관심을 보임**

외삼촌이 데리고 온 낯선 손님이 사랑채에 머물게 된다. 아버지의 친구인 아저씨는 이 동리의 학교 선생님으로 오신 것이다. '나'는 아저씨와 금방 친해진다. 어느 날 아저씨와 뒷동산에 올라갔다가 돌아오는 길에 '나'는 아저씨가 우리 아빠라면 좋겠다고 말한다. 아저씨는 얼굴을 붉히며 '나'를 나무란다. 다음 날 예배당에서 마주친 어머니와 아저씨는 서로 얼굴을 붉힌다.

**위기**  **'나'가 거짓말로 준 꽃으로 인해 어머니는 마음이 흔들림**

'나'가 유치원 꽃을 몰래 가져다 아저씨가 준 거라고 거짓말을 하자 어머니는 당황하면서도 그 꽃을 풍금 위에 놓아둔다. 그날 밤 어머니는 한 번도 타지 않던 풍금을 연주하며 눈물을 흘린다. 그러면서 "너 하나면 된다."라고 말한다.

**절정**  **아저씨의 구애와 어머니의 거절**

어머니는 아저씨가 밥값이라고 준 봉투를 보고 안절부절못한다. 어느 날 어머니가 아저씨에게 손수건을 갖다 드리라고 한다. 종이 같은 것이 들어있는 손수건을 받아든 아저씨는 얼굴이 파래진다.

**결말**  **아저씨가 떠나자 어머니는 마른 꽃을 갖다 버리라고 함**

여러 날 뒤, 아저씨는 짐을 챙겨 떠난다. "다시 오시냐."라는 나의 질문에는 대답을 하지 않는다. 오후에 산에 올라간 어머니는 기차가 완전히 사라질 때까지 바라본다. 산에서 내려온 후 어머니는 꽃을 끼워 두었던 찬송가책에서 꽃을 꺼내 버리라고 말한다.

### ✎ 생각해 볼 문제 ----------------------------------------

**1. 서술자가 여섯 살 난 어린 소녀이기 때문에 생기는 장단점은 무엇인가?**

자칫 통속적으로 흐를 수 있는 내용이 과장 없이 순수하게 그려질 수 있는 것은 천진난만한 어린아이를 서술자로 설정했기 때문이다. 반면에 인습과 사랑의 갈등이라는 주제가 뚜렷이 부각되지 못한다는 단점도 있다. 작가는 어머니와 사랑손님의 감정을 어느 정도 알 수 있는 장면에서도 인물의 내면을 직접 드러내지 않고 '모르겠다'라는 말로 얼버무림으로써 작품의 묘미를 극대화하는 효과를 노리고 있다.

**2. 옥희는 어머니와 아저씨 사이에서 어떤 역할을 하고 있는가?**

아저씨는 자신의 방에 자주 놀러오는 옥희에게 어머니에 관한 질문을 자주 한다. 아저씨에게 옥희는 연정의 대상인 어머니의 대리인이다. 어머니는 옥희의 사랑방 출입을 자제시키면서도 굳이 말리지는 않는다. 오히려 더 곱게 단장시켜서 보낸다. 어머니에게도 옥희는 자신의 대리인이다. 이처럼 사랑손님과 어머니는 옥희를 통해 서로의 관심을 간접적으로 표현하고 있다.

**3. 이 작품에서 달걀이 가지는 상징적 의미는 무엇인가?**

달걀은 등장인물의 감정적 관계를 매개하는 역할을 한다. 아저씨도 '나'처럼 삶은 달걀을 좋아한다는 것을 알게 되자 '나'는 아저씨에게 강한 호감을 느낀다. 어머니는 아저씨가 삶은 달걀을 좋아한다는 말을 듣고 그것을 많이 사기 시작한다. 그러다 아저씨가 떠나자 달걀을 더 이상 사지 않는다. 달걀은 어머니의 아저씨에 대한 감정을 표현하는 소재로 사용되고 있다.

**4. 이 작품에서 상징적으로 사용되고 있는 색채 이미지에는 어떤 것이 있는가?**

붉은색과 흰색이 남녀의 심리를 대변해 주고 있다. 붉은색은 정열적인 사랑을 의미하고 흰색은 순수한 사랑을 의미한다. 어머니는 붉은 꽃을 받아 들고 얼굴이 붉어진다. 사랑의 감정에 들떴기 때문이다. 어머니는 아저씨로부터 흰 봉투를 받고 흰 쪽지가 든 흰 손수건을 보낸다. 어머니와 아저씨의 순수한 마음이 교차되면서 들뜬 사랑이 제자리를 찾아간다.

친구

아저씨

아버지

어머니

아저씨가
우리 아빠면
좋겠다!

옥희

돌아가신 아빠의 친구인 아저씨가 엄마랑 외삼촌, 그리고 제(옥희)가
사는 집에 하숙하러 오셨어요. 저는 아저씨랑 금방 친해졌고, 아저씨
가 우리 아빠였으면 좋겠다고 생각했지요. 유치원에서 가져온 꽃을 아
저씨가 주었다며 엄마에게 드린 날, 엄마는 풍금을 연주하며 눈물을
흘리셨어요. 아저씨가 떠나자 엄마는 꽃을 버리셨답니다.

# 사랑손님과 어머니

　나는 금년 여섯 살 난 처녀애입니다. 내 이름은 박옥희이구요. 우리 집 식구라고는 세상에서 제일 이쁜 우리 어머니와 단 두 식구뿐이랍니다. 아차 큰일났군, 외삼촌을 빼놓을 뻔했으니.

　지금 중학교에 다니는 외삼촌은 어디를 그렇게 싸돌아다니는지 집에는 끼니때나 외에는 별로 붙어 있지를 않아, 어떤 때는 한 주일씩 가도 외삼촌 코빼기도 못 보는 때가 많으니까요, 깜빡 잊어버리기도 예사지요, 무얼.

　우리 어머니는, 그야말로 세상에서 둘도 없이 곱게 생긴 우리 어머니는, 금년 나이 스물네 살인데 과부랍니다. 과부가 무엇인지 나는 잘 몰라도 하여튼 동리 사람들은 날더러 '과부 딸'이라고들 부르니까 우리 어머니가 과부인 줄을 알지요. 남들은 다 아버지가 있는데 나만은 아버지가 없지요. 아버지가 없다고 아마 '과부 딸'이라나 봐요.

　외할머니 말씀을 들으면 우리 아버지는 내가 이 세상에 나오기 한 달 전에 돌아가셨대요. 우리 어머니하고 결혼한 지는 일 년 만이고요. 우리 아버지의 본집은 어디 멀리 있는데, 마침 이 동리 학교에 교사로 오게 되었기 때문에 결혼 후에도 우리 어머니는 시집으로 가지 않고 여기 이 집을 사고(바로 이 집은 우리 외할머니 댁 옆집이지요) 여기서 살다가 일 년이 못 되어 갑자기 돌아가셨대요. 내가 세상에 나오기도 전에 아버지는 돌아가셨다니까 나는 아버지 얼굴도 못 뵈었지요. 그러기에 아무리 생각해 보아도 아버지 생각은 안 나요. 아버지 사진이라는 사진은 나두 한두 번 보았지요. 참말로 훌륭한 얼굴이야요. 아버지가 살아 계시다면 참말로 이 세상에서 제일가는 잘난 아버지일 거야요. 그런 아버지를 보지도 못한 것은 참으로 분한 일이야요. 그 사진도 본 지가 퍽 오래되었는데, 이전에는 그 사진을 늘 어머니 책상 위에 놓아두시더니 외할머니가 오시면 오실 때마다 그 사진을 치우라고 늘 말씀하셨는데, 지금은 그 사진이 어디 있는지 없어졌어요. 언젠가 한번 어머니가 나 없는 동안에 몰래 장롱 속에서 무엇을 꺼내 보시다가 내가 들어오니까 얼른 장롱 속에 감추는 것을 내가 보았는데, 그것이 아마 아버지 사진인 것 같았어요.

아버지가 돌아가시기 전에 우리가 먹고살 것을 남겨 놓고 가셨대요. 작년 여름에, 아니로군, 가을이 다 되어서군요. 하루는 어머니를 따라서 저 여기서 한 십 리나 가서 조그만 산이 있는 데를 가서 거기서 밤도 따먹고 또 그 산 밑에 초가집에 가서 닭고깃국을 먹고 왔는데, 거기 있는 땅이 우리 땅이래요. 거기서 나는 추수로 밥이나 굶지 않게 된다고요. 그래도 반찬 사고 과자 사고 할 돈은 없대요. 그래서 어머니가 다른 사람의 바느질을 맡아서 해 주지요. 바느질을 해서 돈을 벌어서 그걸로 청어도 사고 달걀도 사고 또 내가 먹을 사탕도 사고 한다고요.

그리고 우리 집 정말 식구는 어머니와 나와 단둘뿐인데, 아버님이 계시던 사랑방이 비어 있으니까 그 방도 쓸 겸 또 어머니의 잔심부름도 좀 해줄 겸해서 우리 외삼촌이 사랑방에 와 있게 되었대요.


금년 봄에는 나를 유치원에 보내 준다고 해서 나는 너무나 좋아서 동무 아이들한테 실컷 자랑을 하고 나서 집으로 돌아오노라니까, 사랑에서 큰외삼촌이(우리 집 사랑에 와 있는 외삼촌의 형님 말이야요) 웬 낯선 사람 하나와 앉아서 이야기를 하고 있었습니다. 큰외삼촌이 나를 보더니 '옥희야.' 하고 부르겠지요.

"옥희야, 이리 온. 와서 이 아저씨께 인사드려라."

나는 어째 부끄러워서 비슬비슬하니까, 그 낯선 손님이,

"아, 그 애기 참 곱다. 자네 조카딸인가?"

하고 큰외삼촌더러 묻겠지요. 그러니까 큰외삼촌은,

"응, 내 누이의 딸…… 경선 군의 유복녀(遺腹女 태어나기 전에 아버지를 여읜 딸) 외딸일세."

하고 대답합니다.

"옥희야, 이리 온, 응! 그 눈은 꼭 아버지를 닮았네그려."

하고 낯선 손님이 말합니다.

"자, 옥희야, 커단 처녀가 왜 저 모양이야. 어서 와서 이 아저씨께 인사해라. 너의 아버지의 옛날 친구신데 오늘부터 이 사랑에 계실 텐데 인사 여쭙고 친해 두어야지."

나는 이 낯선 손님이 사랑방에 계시게 된다는 말을 듣고 갑자기 즐거워졌습니다. 그래서 그 아저씨 앞에 가서 사붓이 절을 하고는 그만 안마당으로 뛰어 들어왔지요. 그 낯선 아저씨와 큰외삼촌은 소리를 내서 크게 웃더군요.

나는 안방으로 들어오는 나름으로 어머니를 붙들고,

"엄마, 사랑방에 큰삼촌이 아저씨를 하나 데리구 왔는데에, 그 아저씨가 아, 이제 사랑에 있는대."

하고 법석을 하니까,

"응, 그래."

하고 어머니는 벌써 안다는 듯이 대수롭잖게 대답을 하더군요. 그래서 나는,

"언제부텀 와 있나?"

하고 물으니까,

"오늘부텀."

"에구 좋아."

하고 내가 손뼉을 치니까 어머니는 내 손을 꼭 붙잡으면서,

"왜 이리 수선이야."

"그럼 작은외삼촌은 어디루 가나?"

"외삼촌두 사랑에 계시지."

"그럼 둘이 있나?"

"응."

"한 방에 둘이 있어?"

"왜, 장지문(방과 방 사이나 방과 마루 사이에 가려 막은 미닫이같이 생긴 문) 닫구 외삼촌은 아랫방에 계시구 그 아저씨는 윗방에 계시구, 그러지."

나는 그 아저씨가 어떠한 사람인지는 몰랐으나 첫날부터 내게는 퍽 고맙게 굴고 나도 그 아저씨가 꼭 마음에 들었어요. 어른들이 저희끼리 말하는 것을 들으니까 그 아저씨는 돌아가신 우리 아버지와 어렸을 적 친구라고요. 어디 먼 데 가서 공부를 하다가 요새 돌아왔는데, 우리 동리 학교 교사로 오게 되었대요. 또 우리 큰외삼촌과도 동무인데, 이 동리에는 하숙도 별로 깨끗한 곳이 없고 해서 우리 사랑으로 와 계시게 되었다고요. 또 우리도 그 아저씨한테서 밥값을 받으면 살림에 보탬도 좀 되고 한다고요.

그 아저씨는 그림책들을 얼마든지 가지고 있어요. 내가 사랑방으로 나가면 그 아저씨는 나를 무릎에 앉히고 그림책들을 보여 줍니다. 또 가끔 과자도 주고요.

어느 날은 점심을 먹고 이내 살그머니 사랑에 나가 보니까 아저씨는 그때에야 점심을 잡수셔요. 그래 가만히 앉아서 점심 잡숫는 걸 구경하고 있

노라니까, 아저씨가,

"옥희는 어떤 반찬을 제일 좋아하누?"

하고 묻겠지요. 그래 삶은 달걀을 좋아한다고 했더니 마침 상에 놓인 삶은 달걀을 한 알 집어 주면서 나더러 먹으라고 합니다. 나는 그 달걀을 벗겨 먹으면서,

"아저씨는 무슨 반찬이 제일 맛나우?"

하고 물으니까, 그는 한참이나 빙그레 웃고 있더니,

"나두 삶은 달걀."

하겠지요. 나는 좋아서 손뼉을 짤깍짤깍 치고,

"아, 나와 같네. 그럼, 가서 어머니한테 알려야지."

하면서 일어서니까, 아저씨가 꼭 붙들면서,

"그리지 말어."

그러시겠지요. 그래도 나는 한번 맘을 먹은 다음엔 꼭 그대로 하고야마는 성미지요. 그래 안마당으로 뛰쳐 들어가면서,

"엄마, 엄마, 사랑 아저씨두 나처럼 삶은 달걀을 제일 좋아한대."

하고 소리를 질렀지요.

"떠들지 말어."

하고 어머니는 눈을 흘기십니다.

그러나 사랑 아저씨가 달걀을 좋아하는 것이 내게는 썩 좋게 되었어요. 그것은 그다음부터는 어머니가 달걀을 많이씩 사게 되었으니까요. 달걀 장수 노파가 오면 한꺼번에 열 알도 사고 스무 알도 사고 그래선 두고두고 삶아서 아저씨 상에도 놓고 또 으레 나도 한 알씩 주고 그래요. 그뿐만 아니라 아저씨한테 놀러 나가면 가끔 아저씨가 책상 서랍 속에서 달걀을 한두 알 꺼내서 먹으라고 주지요. 그래 그담부터는 나는 아주 실컷 달걀을 많이 먹었어요.

나는 아저씨가 아주 좋았어요마는, 외삼촌은 가끔 툴툴하는 때가 있었어요. 아마 아저씨가 마음에 안 드나 봐요. 아니, 그것보다도 아저씨 잔 심부름을 꼭 외삼촌이 하게 되니까 그것이 싫어서 그러나 봐요. 한번은 어머니와 외삼촌이 말다툼하는 것까지 내가 들었어요. 어머니가,

"야, 또 어디 나가지 말구 사랑에 있다가 선생님 들어오시거든 상 내가야지."

하고 말씀하시니까, 외삼촌은 얼굴을 찡그리면서,

"제길, 남 어디 좀 볼일이 있는 날은 으레 끼니때에 안 들어오고 늦어

지니……."

하고 툴툴하겠지요. 그러니까 어머니는,

"그러니 어쩌갔니? 너밖에 사랑 출입할 사람이 어디 있니?"

"누님이 좀 상 들구 나가구려. 요새 세상에 내외합니까!"

어머니는 갑자기 얼굴이 발개지시고 아무 대답도 없이 그냥 외삼촌에게 향하여 눈을 흘기셨습니다. 그러니까 외삼촌은 흥흥 웃으면서 사랑으로 나갔지요.

나는 유치원에 가서 창가도 배우고 댄스도 배우고 하였습니다. 유치원 여자 선생님이 풍금을 아주 썩 잘 타요. 그런데 우리 유치원에 있는 풍금은 우리 예배당에 있는 풍금과는 아주 다른데, 퍽 조그마한 것이지마는 소리는 썩 좋아요. 그런데 우리 집 윗간에도 유치원 풍금과 꼭 같이 생긴 것이 놓여 있는 것이 갑자기 생각이 났어요. 그래 그날 나는 집으로 오는 길로 어머니를 끌고 윗간으로 가서,

"엄마, 이거 풍금 아니우?"

하고 물으니까, 어머니는 빙그레 웃으시면서,

"그렇단다. 그건 어찌 알았니?"

"우리 유치원에 있는 풍금이 이것과 꼭 같은데 무얼. 그럼 엄마두 풍금 탈 줄 아우?"

하고 나는 다시 물었습니다. 그것은 내가 입때껏 한 번도 어머니가 이 풍금 앞에 앉은 것을 본 일이 없기 때문입니다.

어머니는 아무 대답도 아니하십니다.

"엄마, 이 풍금 좀 타 봐!"

하고 재촉하니까, 어머니 얼굴은 약간 흐려지면서,

"그 풍금은 너의 아버지가 날 사다 주신 거란다. 너의 아버지 돌아가신 후에는 그 풍금은 이때까지 뚜껑두 한 번 안 열어 보았다……."

이렇게 말씀하시는 어머니 얼굴을 보니까 금방 또 울음보가 터질 것만 같아 보여서 나는 그만,

"엄마, 나 사탕 주어."

하면서 아랫방으로 끌고 내려왔습니다.

아저씨가 사랑방에 와 계신 지 벌써 여러 밤을 잔 뒤입니다. 아마 한 달이나

되었지요. 나는 거의 매일 아저씨 방에 놀러 갔습니다. 어머니는 나더러 그렇게 가서 귀찮게 굴면 못쓴다고 가끔 꾸지람을 하시지만 정말인즉 나는 조금도 아저씨를 귀찮게 굴지는 않았습니다. 도리어 아저씨가 나를 귀찮게 굴었지요.

"옥희 눈은 아버지를 닮았다. 고 고운 코는 아마 어머니를 닮았지, 고 입하고! 응, 그러냐, 안 그러냐? 어머니도 옥희처럼 곱지, 응?"

이렇게 여러 가지로 물을 적도 있었습니다. 그래서 나는,

"아저씨, 입때 우리 엄마 못 봤수?"

하고 물었더니, 아저씨는 잠잠합니다. 그래 나는,

"우리 엄마 보러 들어갈까?"

하면서 아저씨 소매를 잡아당겼더니, 아저씨는 펄쩍 뛰면서,

"아니, 아니, 안 돼. 난 지금 분주해서."

하면서 나를 잡아끌었습니다. 그러나 정밀로는 무슨 그리 분주하지도 않은 모양이었어요. 그러기에 나더러 가란 말도 않고 그냥 나를 붙들고 앉아서 머리도 쓰다듬어 주고 뺨에 입도 맞추고 하면서,

"요 저고리 누가 해 주지? ……밤에 엄마하구 한자리에서 자니?"

라는 둥 쓸데없는 말을 자꾸만 물었지요!

그러나 웬일인지 나를 그렇게도 귀애해 주던 아저씨도 아랫방에 외삼촌이 들어오면 갑자기 태도가 달라지지요. 이것저것 묻지도 않고 나를 꼭 껴안지도 않고 점잖게 앉아서 그림책이나 보여 주고 그러지요. 아마 아저씨가 우리 외삼촌을 무서워하나 봐요.

하여튼 어머니는 나더러 너무 아저씨를 귀찮게 한다고, 어떤 때는 저녁 먹고 나서 나를 꼭 방 안에 가두어 두고 못 나가게 하는 때도 더러 있었습니다. 그러나 조금 있다가 어머니가 바느질에 정신이 팔리어서 골몰하고 있을 때 몰래 가만히 일어나서 나오지요. 그런 때에는 어머니는 내가 문 여는 소리를 듣고서야 퍼뜩 정신을 차려서 쫓아와 나를 붙들지요. 그러나 그런 때는 어머니는 골은 아니 내시고,

"이리 온, 이리 와서 머리 빗고……."

하고 끌어다가 머리를 다시 곱게 땋아 주시지요.

"머리를 곱게 땋고 가야지. 그렇게 되는 대루 하구 가문 아저씨가 숭보시지 않니?"

하시면서, 또 어떤 때에는 머리를 다 땋아 주시고는,

"응, 저고리가 이게 무어냐?"

하시면서 새 저고리를 내어 주시는 때도 있었습니다.

어떤 토요일 오후였습니다. 아저씨는 나더러 뒷동산에 올라가자고 하셨습니다. 나는 너무나 좋아서 가자고 그러니까, 아저씨가,

"들어가서 어머님께 허락 맡고 온."

하십니다. 참 그렇습니다. 나는 뛰쳐 들어가서 어머니께 허락을 맡았습니다. 어머니는 내 얼굴을 다시 세수시켜 주고 머리도 다시 땋고 그리고 나서는 나를 아스러지도록 한번 몹시 껴안았다가 놓아 주었습니다.

"너무 오래 있지 말고, 응."

하고 어머니는 크게 소리치셨습니다. 아마 사랑 아저씨도 그 소리를 들었을 거야요.

뒷동산에 올라가서는 정거장을 한참 내려다보았으나 기차는 안 지나갔습니다. 나는 풀잎을 쭉쭉 뽑아 보기도 하고 땅에 누운 아저씨의 다리를 꼬집어 보기도 하면서 놀았습니다. 한참 후에 아저씨가 손목을 잡고 내려오는데 유치원 동무들을 만났습니다.

"옥희가 아빠하구 어디 갔다 온다, 응."

하고 한 동무가 말하였습니다. 그 아이는 우리 아버지가 돌아가신 줄을 모르는 아이였습니다. 나는 얼굴이 빨개졌습니다. 그때 나는 얼마나 이 아저씨가 정말 우리 아버지였더라면 하고 생각했는지 모릅니다. 나는 정말로 한 번만이라도,

"아빠!"

하고 불러 보고 싶었습니다. 그리고 그날 그렇게 아저씨하고 손목을 잡고 골목골목을 지나오는 것이 어찌도 재미가 좋았는지요.

나는 대문까지 와서,

"난 아저씨가 우리 아빠래문 좋겠다."

하고 불쑥 말했습니다. 그랬더니 아저씨는 얼굴이 홍당무처럼 빨개져서 나를 몹시 흔들면서,

"그런 소리 하문 못써."

하고 말하는데 그 목소리가 몹시 떨렸습니다. 나는 아저씨가 몹시 성이 난 것처럼 보여서 아무 말도 못 하고 안으로 뛰어 들어갔습니다. 어머니가,

"어디까지 갔던?"

하고 나와 안으며 묻는데, 나는 대답도 못 하고 그만 훌쩍훌쩍 울었습니다. 어머니는 놀라서,

"옥희야, 왜 그러니? 응?"

하고 자꾸만 물었으나 나는 아무 대답도 못하고 울기만 했습니다.

이튿날은 일요일인 고로 나는 어머니와 함께 예배당에를 가려고 차리고 나서 어머니가 옷을 갈아입는 동안 잠깐 사랑에를 나가 보았습니다. '아저씨가 아직두 성이 났나?' 하고 가만히 방 안을 들여다보았더니 책상에 앉아서 무엇을 쓰고 있던 아저씨가 내다보면서 빙그레 웃었습니다. 그 웃음을 보고 나는 마음을 놓았습니다. 아저씨가 지금은 성이 풀린 것이 확실하니까요. 아저씨는 나를 이리 보고 저리 보고 훑어보더니,

"옥회 오늘 어디 가노? 저렇게 곱게 채리구."

하고 물었습니다.

"엄마하고 예배당에 가."

"예배당에?"

하고 나서 아저씨는 잠시 나를 멍하니 바라다보더니,

"어느 예배당에?"

하고 물었습니다.

"요 앞에 예배당에 가지 뭐."

"응? 요 앞이라니?"

이때 안에서,

"옥희야."

하고 부드럽게 부르는 어머니 목소리가 들리었습니다. 나는 얼른 안으로 뛰어 들어오면서 돌아다보니까, 아저씨는 또 얼굴이 빨갛게 성이 났겠지요. 내 원, 참으로 무슨 일로 요새는 아저씨가 그렇게 성을 잘 내는지 알 수 없었습니다.

예배당에 가서 찬미하고 기도하다가 기도하는 중간에 갑자기 나는, '혹시 아저씨두 예배당에 오지 않았나?' 하는 생각이 나서 눈을 뜨고 고개를 들어 남자석을 바라다보았습니다. 그랬더니 하, 바로 거기에 아저씨가 와 앉아 있겠지요. 그런데 아저씨는 어른이면서도 눈 감고 기도하지 않고 우리 아이들처럼 눈을 번히 뜨고 여기저기 두리번두리번 바라봅니다. 나는 얼

른 아저씨를 알아보았는데 아저씨는 나를 못 알아보았는지 내가 방그레 웃어 보여도 웃지도 않고 멀거니 보고만 있겠지요. 그래 나는 손을 흔들었지요. 그러니까 아저씨는 얼른 고개를 숙이고 말더군요. 그때에 어머니가 내가 팔 흔드는 것을 깨닫고 두 손으로 나를 붙들고 끌어당기더군요. 나는 어머니 귀에다 입을 대고,

"저기 아저씨두 왔어."

하고 속삭이니까 어머니는 흠칫하면서 내 입을 손으로 막고 막 끌어잡아다가 앞에 앉히고 고개를 누르더군요. 보니까 어머니가 또 얼굴이 홍당무처럼 빨개졌군요.

그날 예배는 아주 젬병(형편없는 것을 속되게 이르는 말)이었어요. 웬일인지 예배가 다 끝날 때까지 어머니는 성이 나서 강대만 향하여 앞으로 바라보고 앉았고, 이전 모양으로 가끔 나를 내려다보고 웃는 일이 없었어요. 그리고 아저씨를 보려고 남자석을 바라다보아도 아저씨도 한 번도 바라다보아 주지 않고 성이 나서 앉아 있고, 어머니는 나를 보지도 않고 공연히 꽉꽉 잡아당기지요. 왜 모두들 그리 성이 났는지! 나는 그만 으아 하고 한번 울고 싶었어요. 그러나 바로 멀지 않은 곳에 우리 유치원 선생님이 앉아 있는 고로 울고 싶은 것을 아주 억지로 참았답니다.

내가 유치원에 입학한 후 처음 얼마 동안은 유치원에 갈 때나 올 때나 외삼촌이 바래다주었습니다. 그러나 여러 밤을 자고 난 뒤에는 나 혼자서도 넉넉히 다니게 되었어요. 그러나 언제나 내가 유치원에서 돌아오는 때면 어머니가 옆 대문(우리 집에는 대문이 사랑 대문과 옆 대문 둘이 있어서 어머니는 늘 이 옆 대문으로만 출입하시는 것이었습니다) 밖에 기다리고 섰다가 내가 달음질쳐 가면, 안고 집 안으로 들어가곤 하는 것이었습니다.

그런데 하루는 어쩐 일인지 어머니가 대문간에 보이지를 않겠지요. 어떻게도 화가 나던지요. 물론 머릿속으로는, '아마 외할머니 댁에 가셨나 부다' 하고 생각했지마는 하여튼 내가 돌아왔는데 문간에서 기다리지 않고 집을 떠났다는 것이 몹시 나쁘게 생각되더군요. 그래서 속으로, '오늘 엄마를 좀 곯려야겠다' 하고 생각하고 있는데, 옆 대문 밖에서,

"아이고, 얘가 원 벌써 왔나?"

하는 어머니 목소리가 들리더군요. 그 순간 나는 얼른 신을 벗어 들고 안방

으로 뛰어 들어가서 벽장문을 열고 그 속에 들어가서 숨어 버렸습니다.

"옥희야, 옥희 너, 여태 안 왔니?"

하는 어머니 목소리가 바로 뜰에서 나더니,

"여태 안 왔군."

하면서 밖으로 나가는 모양이었습니다. 나는 재미가 나서 혼자 흐흥흐흥 웃었습니다.

한참을 있더니 집에서는 온통 야단이 났습니다. 어머니 목소리도 들리고 외할머니 목소리도 들리고 외삼촌 목소리도 들리고!

"글쎄, 하루 종일 집이라곤 안 떠났다가 옥희 유치원 파하고 오문 멕일 과자가 없기에 어머님 댁에 잠깐 갔다 왔는데 고 동안에 이런 변이 생긴 걸……."

하는 것은 어머니 목소리.

"글쎄 유치원에서 벌써 이십 분 전에 떠났다는데 원 중간에서……."

하는 것은 외할머니 목소리.

"하여튼 내 나가서 돌아댕겨 볼게다. 원 고것이 어딜 갔담?"

하는 것은 외삼촌의 목소리.

이윽고 어머니의 울음소리가 가늘게 들렸습니다. 외할머니는 무어라고 중얼중얼 이야기하는 모양이었습니다. '이젠 그만하고 나갈까?' 하고도 생각했으나, '지난 주일날 예배당에서 성냈던 앙갚음을 해야지' 하는 생각이 나서 나는 그냥 벽장 안에 누워 있었습니다. 벽장 안은 답답하고 더웠습니다. 그래서 이윽고 부지중(不知中 알지 못하는 동안)에 나는 슬며시 잠이 들고 말았습니다.

얼마 동안이나 잤는지요? 이윽고 잠을 깨어 보니 아까 내가 벽장 안으로 들어왔던 것은 잊어버리고 참 이상스러운 데에 내가 누워 있거든요. 어두컴컴하고 좁고 덥고……. 나는 갑자기 무서운 생각이 나서 엉엉 울기 시작했지요. 그러자 갑자기 어디 가까운 데서 어머니의 외마디 소리가 나더니 벽장문이 벌컥 열리고 어머니가 달려들어서 나를 안아 내렸습니다.

"요 망할 것아."

하면서 어머니는 내 엉덩이를 댓 번 때렸습니다. 나는 더욱더 소리를 내서 울었습니다. 그때에는 어머니는 나를 끌어안고 어머니도 따라 울었습니다.

"옥희야, 옥희야, 응 인젠 괜찮다. 엄마 여기 있지 않니, 응, 울지 마라, 옥희야. 엄마는 옥희 하나문 그뿐이다. 옥희 하나만 바라구 산다. 난 너 하나문 그뿐이야. 세상 다 일이 없다. 옥희만 있으문 바라고 산다. 옥희야, 울지 마라. 응, 울지 마라."

이렇게 어머니는 나더러 자꾸 울지 말라고 하면서도 어머니는 그치지 않고 그냥 자꾸자꾸 울었습니다. 외할머니는,

"원 고것이 도깨비가 들렸단 말일까, 벽장 속엔 왜 숨는담."

하고 앉아 있고, 외삼촌은,

"에, 재수, 메유다."

하면서 밖으로 나갔습니다.

이튿날 유치원을 파하고 집으로 오게 될 때 나는 갑자기 어제 벽장 속에 숨었다가 어머니를 몹시 울게 했던 생각이 나서 집으로 돌아가기가 어쩐지 부끄러워졌습니다. '오늘은 어머니를 좀 기쁘게 해 드려야 할 텐데……. 무얼 갖다 드리면 기뻐할까?' 하고 생각했습니다. 그러자 문득 유치원 안에 선생님 책상 위에 놓여 있던 꽃병 생각이 났습니다. 그 꽃병에는 나는 이름도 모르나 곱고 빨간 꽃이 꽂히어 있었습니다. 그 꽃은 개나리도 아니고 진달래도 아니었습니다. 그런 꽃은 나도 잘 알고 또 그런 꽃은 벌써 피었다가 져 버린 후였습니다. 무슨 서양 꽃이려니 하고 나는 생각하였습니다. 나는 우리 어머니가 꽃을 사랑하는 줄을 잘 압니다. 그래서 그 꽃을 갖다가 드리면 어머니가 몹시 기뻐하려니 하고 생각하였습니다.

그래서 나는 도로 유치원 방 안으로 들어갔습니다. 마침 방 안에는 아무도 없었습니다. 선생님도 잠깐 어디를 가셨는지 보이지 않았습니다. 그래 나는 그 꽃을 두어 개 얼른 빼들고 달음질쳐 나왔지요.

집에 오니 어머니는 문간에서 기다리고 있다가 나를 안고 들어왔습니다.

"그 꽃은 어디서 났니? 퍽 곱구나."

하고 어머니가 말씀하셨습니다. 그러나 나는 갑자기 말문이 막혔습니다. '이걸 엄마 드릴라구 유치원서 가져왔어' 하고 말하기가 어째 몹시 부끄러운 생각이 들었습니다. 그래 잠깐 망설이다가,

"응, 이 꽃! 저, 사랑 아저씨가 엄마 갖다 주라구 줘."

하고 불쑥 말했습니다. 그런 거짓말이 어디서 그렇게 툭 튀어나왔는지 나도 모르지요.

꽃을 들고 냄새를 맡고 있던 어머니는 내 말이 끝나기가 무섭게 무엇에

몹시 놀란 사람처럼 화닥닥하였습니다. 그러고는 금시에 어머니 얼굴이 그 꽃보다도 더 빨갛게 되었습니다. 그 꽃을 든 어머니 손가락이 파르르 떠는 것을 나는 보았습니다. 어머니는 무슨 무서운 것을 생각하는 듯이 방 안을 휘 한 번 둘러보시더니,

"옥희야, 그런 걸 받아 오문 안 돼."

하고 말하는 목소리는 몹시 떨렸습니다. 나는 꽃을 그렇게도 좋아하는 어머니가 이 꽃을 받고 그처럼 성을 낼 줄은 참으로 뜻밖이었습니다. 어머니가 그렇게도 성을 내는 것을 보니까 그 꽃을 내가 가져왔다고 그러지 않고, 아저씨가 주더라고 거짓말을 한 것이 참 잘 되었다고 나는 속으로 생각했습니다. 어머니가 성을 내는 까닭을 나는 모르지만 하여튼 성을 낼 바에는 내게 내는 것보다 아저씨에게 내는 것이 내게는 나았기 때문입니다. 한참 있더니 어머니는 나를 방 안으로 데리고 들어와서,

"옥희야, 너 이 꽃 얘기 아무보구두 하지 말아라, 응."

하고 타일러 주었습니다. 나는,

"응."

하고 대답하면서 고개를 여러 번 까닥까닥했습니다.

어머니가 그 꽃을 곧 내버릴 줄로 나는 생각했습니다마는 내버리지 않고 꽃병에 꽂아서 풍금 위에 놓아두었습니다. 아마 퍽 여러 밤 자도록 그 꽃은 거기 놓여 있어서 마지막에는 시들었습니다. 꽃이 다 시들자 어머니는 가위로 그 대는 잘라내 버리고 꽃만은 찬송가 갈피에 곱게 끼워 두었습니다.

내가 어머니께 꽃을 갖다 주던 날 밤에 나는 또 사랑에 놀러 나가서 아저씨 무릎에 앉아서 그림책을 보고 있었습니다. 갑자기 아저씨 몸이 흠칫하였습니다. 그러고는 귀를 기울입니다. 나도 귀를 기울였습니다.

풍금 소리!

그 풍금 소리는 분명 안방에서 흘러나오는 것이었습니다.

"엄마가 풍금 타나 부다."

하고 나는 벌떡 일어나서 안으로 뛰어왔습니다. 안방에는 불을 켜지 않았었습니다. 그러나 그때는 음력으로 보름께나 되어서 달이 낮같이 밝은데 은빛 같은 흰 달빛이 방 한 절반 가득히 차 있었습니다. 나는 흰옷을 입은 어머니가 풍금 앞에 앉아서 고요히 풍금을 타는 것을 보았습니다.

나는 나이 지금 여섯 살밖에 안 되었지마는 하여튼 어머니가 풍금을 타

시는 것을 보는 것은 오늘이 처음이었습니다. 어머니는 우리 유치원 선생님보다도 풍금을 더 잘 타시는 것이었습니다. 나는 어머니 곁으로 갔습니다마는 어머니는 내가 곁에 온 것도 깨닫지 못하는지 그냥 까딱 아니하고 앉아서 풍금을 탔습니다. 조금 있더니 어머니는 풍금 곡조에 맞추어서 노래를 부르기 시작하였습니다. 어머니의 목소리가 그렇게도 아름다운 것도 나는 이때까지 모르고 있었습니다. 어머니는 참으로 우리 유치원 선생님보다도 목소리가 훨씬 더 곱고 또 노래도 훨씬 더 잘 부르시는 것이었습니다. 나는 가만히 서서 어머니 노래를 들었습니다. 그 노래는 마치 은실을 타고 저 별나라에서 내려오는 노래처럼 아름다웠습니다. 그러나 얼마 오래지 않아 목소리는 약간 떨리기 시작하였습니다. 가늘게 떨리는 노랫소리, 그에 따라 풍금의 가는 소리도 바르르 떠는 듯했습니다. 노랫소리는 차차 가늘어지더니 마지막에는 사르르 없어져 버렸습니다. 풍금 소리도 사르르 없어졌습니다. 어머니는 고요히 풍금에서 일어나시더니 옆에 서 있는 내 머리를 쓰다듬었습니다. 그다음 순간 어머니는 나를 안고 마루로 나오셨습니다. 어머니는 아무 말씀도 없이 그냥 나를 꼭꼭 껴안는 것이었습니다. 달빛을 함빡 받는 내 어머니 얼굴은 몹시도 새하얗다고 생각되었습니다. 우리 어머니는 참으로 천사 같다고 나는 생각하였습니다.

우리 어머니의 새하얀 두 뺨 위로 쉴 새 없이 두 줄기 눈물이 줄줄 흘러내리고 있는 것을 나는 보았습니다. 그것을 보니 나도 갑자기 울고 싶어졌습니다.

"어머니, 왜 울어?"

하고 나도 훌쩍거리면서 물었습니다.

"옥희야."

"응?"

한참 동안 어머니는 아무 말씀도 없었습니다. 그러나 한참 후에,

"옥희야, 난 너 하나문 그뿐이다."

"엄마."

어머니는 다시 대답이 없으셨습니다.

하루는 밤에 아저씨 방에서 놀다가 졸려서 안방으로 들어가려고 일어서니까 아저씨가 하얀 봉투를 서랍에서 꺼내어 내게 주었습니다.

"옥희, 이거 갖다가 엄마 드리고 지나간 달 밥값이라구, 응."

나는 그 봉투를 갖다가 어머니에게 드렸습니다. 어머니는 그 봉투를 받

아 들자 갑자기 얼굴이 파랗게 질렸습니다. 그 전날 달밤에 마루에 앉았을 때보다도 더 새하얗다고 생각되었습니다. 어머니는 그 봉투를 들고 어쩔 줄을 모르는 듯이 초조한 빛이 나타났습니다. 나는,

"그거 지나간 달 밥값이래."

하고 말을 하니까 어머니는 갑자기 잠자다 깨나는 사람처럼 '응?' 하고 놀라더니 또 금시에 백지장같이 새하얗던 얼굴이 발갛게 물들었습니다. 봉투 속으로 들어갔던 어머니의 파들파들 떨리는 손가락이 지전을 몇 장 끌고 나왔습니다. 어머니는 입술에 약간 웃음을 띠면서 후 하고 한숨을 내쉬었습니다. 그러나 그것도 잠깐, 다시 어머니는 무엇에 놀랐는지 흠칫하더니 금시에 얼굴이 다시 새하얘지고 입술이 바르르 떨렸습니다. 어머니의 손을 바라다보니 거기에는 지전 몇 장 외에 네모로 접은 하얀 종이가 한 장 잡혀 있는 것이었습니다.

어머니는 한참을 망설이는 모양이었습니다. 그러더니 무슨 결심을 한 듯이 입술을 악물고 그 종이를 차근차근 펴 들고 그 안에 쓰인 글을 읽었습니다. 나는 그 안에 무슨 글이 씌어 있는지 알 도리가 없었으나 어머니는 그 글을 읽으면서 금시에 얼굴이 파랬다 발갰다 하고 그 종이를 든 손은 이제는 바들바들이 아니라 와들와들 떨리어서 그 종이가 부석부석 소리를 내게 되었습니다.

한참 후에 어머니는 그 종이를 아까 모양으로 네모지게 접어서 돈과 함께 봉투에 도로 넣어 반짇고리에 던졌습니다. 그러고는 정신 나간 사람처럼 멀거니 앉아서 전등만 쳐다보는데 어머니 가슴이 불룩불룩합니다. 나는 어머니가 혹시 병이나 나지 않았나 하고 염려가 되어서 얼른 가서 무릎에 안기면서,

"엄마, 잘까?"

하고 말했습니다.

엄마는 내 뺨에 입을 맞추어 주었습니다. 그런데 어머니의 입술이 어쩌면 그리도 뜨거운지요. 마치 불에 달군 돌이 볼에 와 닿는 것 같았습니다.

한잠을 자고 나서 잠이 채 깨지는 않았으나 어렴풋한 정신으로 옆을 쓸어 보니 어머니가 없었습니다. 가끔가다가 나는 그런 버릇이 있어요. 어렴풋한 정신으로 옆을 쓸면 어머니의 보드라운 살이 만져지지요. 그러면 다시 나는 잠이 들어 버리곤 하는 것이었습니다.

어머니가 자리에 없다는 것을 알게 되자 나는 갑자기 무서워졌습니다. 그래서 잠은 다 달아나고 눈을 번쩍 뜨고 고개를 돌려 살펴보았습니다. 방 안에는 불은 안 켰지만 어슴푸레하게 밝습니다. 뜰로 하나 가득한 달빛이 방 안에까지 희미한 밝음을 던져 주는 것이었습니다. 윗목을 보니 우리 아버지의 옷을 넣어 두고 가끔 어머니가 꺼내서 쓸어 보시는 그 장롱 문이 열려 있고, 그 아래 방바닥에는 흰옷이 한 무더기 널려 있습니다. 그리고 그 옆에는 장롱을 반쯤 기대고 자리옷(잠옷)만 입은 어머니가 주춤하고 앉아서 고개를 위로 쳐들고 눈은 감고 무엇이라고 입술로 소곤소곤 외고 있는 것이 보였습니다. 아마 기도를 하나 보다 하고 나는 생각했습니다. 나는 자리에서 일어나 기어가서 어머니 무릎을 뻐개고 기어 들어갔습니다.

"엄마, 무얼 해?"

어머니는 소곤거리기를 그치고 눈을 떠서 나를 한참이나 물끄러미 들여다보십니다.

"옥희야."

"응?"

"가서 자자."

"엄마두 같이 자."

"응, 그래 엄마두 같이 자."

그 목소리가 어째 싸늘하다고 내게 생각되었습니다.

어머니는 돌아가신 아버지의 옷들을 한 가지씩 들고는 가만히 손바닥으로 쓸어 보고는 장롱 안에 넣었습니다. 하나씩 하나씩 쓸어 보고는 장롱에 넣곤 하여 그 옷을 다 넣은 때 장롱 문을 닫고 쇠를 채우고 그러고 나서 나를 안고 자리로 돌아왔습니다.

"엄마, 우리 기도하고 자?"

하고 나는 물었습니다. 어머니는 나를 밤마다 재워 줄 때마다 반드시 기도를 하는 것이었습니다. 내가 할 줄 아는 기도는 주기도문뿐이었습니다. 그 뜻은 하나도 모르지만 어머니를 따라서 자꾸자꾸 해 보아서 지금에는 나도 주기도문을 잘 욉니다. 그런데 웬일인지 어젯밤 잘 때에는 어머니가 기도할 것을 잊어버리고 그냥 잤던 것이 지금 생각이 났기 때문에 나는 그렇게 물었던 것입니다. 어젯밤 자리에 들 때 내가,

'기도할까?'

하고 말하고 싶었으나 어머니가 너무도 슬픈 빛을 띠고 있는 고로 그만 나도 가만히 아무 소리 없이 잠이 들고 말았던 것입니다.

"응, 기도하자."

하고 어머니가 고요히 대답했습니다.

"엄마가 기도해."

하고 나는 갑자기 어머니의 기도하는 보드라운 음성이 듣고 싶어져서 말했습니다.

"하늘에 계신 우리 아버지시여."

어머니는 고요히 기도를 시작하였습니다.

"이름을 거룩하게 하옵시며 나라에 임하옵시며 뜻이 하늘에서 이루어진 것처럼 땅에서도 이루어지이다. 오늘날 우리에게 일용할 양식을 주옵시고 우리가 우리에게 죄지은 자를 용서하여 준 것처럼 우리 죄를 사하여 주옵시고, 우리를 시험에 들지 말게 하옵시고…… 우리를 시험에 들지 말게 하옵시고…… 시험에 들지 말게…… 시험에 들지 말게……."

이렇게 어머니는 자꾸 되풀이하였습니다. 나도 지금은 막히지 않고 줄줄 외는 주기도문을 글쎄 어머니가 막히다니 참으로 우스운 일이었습니다.

"시험에 들지 말게…… 시험에 들지 말게……."

하고 자꾸만 되풀이하는 것을 나는 참다 못해서,

"엄마, 내 마저 할게."

하고,

"다만 악에서 구하옵소서. 대개 나라와 권세와 영광이 아버지께 영원히 있사옵나이다."

하고 내가 끝을 마쳤습니다. 어머니는 한참이나 가만있다가 오랜 후에야 겨우,

"아멘."

하고 속삭이었습니다.


요새 와서 어머니의 하는 일이란 참으로 알 수가 없는 노릇입니다. 어떤 때는 어머니도 퍽 유쾌하셨습니다. 밤에 때로는 풍금도 타고 또 때로는 찬송가도 부르고 그러실 때에는 나는 너무도 좋아서 가만히 어머니 옆에 앉아서 듣습니다. 그러나 가끔가끔 그 독창은 소리 없는 울음으로 끝을 맺는 때가 많은데, 그런 때면 나도 따라서 울었습니다. 그러면 어머니는 나를 안

고 내 얼굴에 돌아가면서 무수히 입을 맞추어 주면서,

"엄마는 옥희 하나문 그뿐이야, 응, 그렇지……."

하시면서 언제까지나 언제까지나 우시는 것이었습니다.

어떤 일요일 날, 그렇지요, 그것은 유치원 방학하고 난 그 이튿날이었어요. 그날 어머니는 갑자기 머리가 아프시다고 예배당에를 그만두었습니다. 사랑에서는 아저씨도 어디 나가고 외삼촌도 나가고 집에는 어머니와 나와 단둘이 있었는데, 머리가 아프다고 누워 계시던 어머니가 갑자기 나를 부르시더니,

"옥희야, 너 아빠가 보고 싶니?"

하고 물으십니다.

"응, 우리두 아빠 하나 있으문."

하고 나는 혀를 까불고 어리광을 좀 부려 가면서 대답을 했습니다. 한참 동안을 어머니는 아무 말씀도 아니하시고 천장만 바라다보시더니,

"옥희야, 옥희 아버지는 옥희가 세상에 나오기도 전에 돌아가셨단다. 옥희두 아빠가 없는 건 아니지. 그저 일찍 돌아가셨지. 옥희가 이제 아버지를 새로 또 가지면 세상이 욕을 한단다. 옥희는 아직 철이 없어서 모르지만 세상이 욕을 한단다. 사람들이 욕을 해. 옥희 어머니는 화냥년이다 이러구 세상이 욕을 해. 옥희 아버지는 죽었는데 옥희는 아버지가 또 하나 생겼대, 참 망측두 하지. 이러구 세상이 욕을 한단다. 그리 되문 옥희는 언제나 손가락질받구. 옥희는 커두 시집두 훌륭한 데 못 가구. 옥희가 공부를 해서 훌륭하게 돼두 에 그까짓 화냥년의 딸, 이러구 남들이 욕을 한단다."

이렇게 어머니는 혼잣말 하시듯 드문드문 말씀하셨습니다. 그러고는 한참 있더니,

"옥희야."

하고 또 부르십니다.

"응?"

"옥희는 언제나, 언제나, 내 곁을 안 떠나지. 옥희는 언제나, 언제나 엄마하구 같이 살지. 옥희는 엄마가 늙어서 꼬부랑 할미가 되어두 그래두 옥희는 엄마하구 같이 살지. 옥희가 유치원 졸업하구 또 소학교 졸업하구, 또 중학교 졸업하구, 또 대학교 졸업하구, 옥희가 조선서 제일 훌륭한 사람이 돼두 그래두 옥희는 엄마하구 같이 살지. 응! 옥희는 엄마를 얼만큼 사랑하나?"

"이만큼."

하고 나는 두 팔을 짝 벌리어 보였습니다.

"응? 얼마만큼? 응! 그만큼! 언제나, 언제나, 옥희는 엄마만 사랑하지. 그리구 공부두 잘하구, 그리구 훌륭한 사람이 되구……."

나는 어머니의 목소리가 떨리는 것으로 보아 어머니가 또 울까 봐 겁이 나서,

"엄마, 이만큼, 이만큼."

하면서 두 팔을 짝짝 벌리었습니다.

어머니는 울지 않으셨습니다.

"응, 그래, 옥희 엄마는 옥희 하나문 그뿐이야. 세상 다른 건 다 소용없어, 우리 옥희 하나문 그만이야. 그렇지, 옥희야."

"응!"

어머니는 나를 당기어서 꼭 껴안고 내 가슴이 막혀 들어올 때까지 자꾸만 껴안아 주었습니다.

그날 밤 저녁밥 먹고 나니까 어머니는 나를 불러 앉히고 머리를 새로 빗겨 주었습니다. 댕기도 새 댕기를 드려 주고, 바지, 저고리, 치마 모두 새것을 꺼내 입혀 주었습니다.

"엄마, 어디 가?"

하고 물으니까,

"아니."

하고 웃음을 띠면서 대답합니다. 그러더니 풍금 옆에서 새로 다린 하얀 손수건을 내리어 내 손에 쥐어 주면서,

"이 손수건, 저 사랑 아저씨 손수건인데, 이것 아저씨 갖다 드리구 와, 응. 오래 있지 말구 손수건만 갖다 드리구 이내 와, 응."

하고 말씀하셨습니다.

손수건을 들고 사랑으로 나가면서 나는 그 접어진 손수건 속에 무슨 발각발각하는 종이가 들어 있는 것처럼 생각되었습니다마는 그것을 펴 보지 않고 그냥 갖다가 아저씨에게 주었습니다.

아저씨는 방에 누워 있다가 벌떡 일어나서 손수건을 받는데, 웬일인지 아저씨는 이전처럼 나보고 빙그레 웃지도 않고 얼굴이 몹시 파래졌습니다. 그러고는 입술을 질근질근 깨물면서 말 한마디 아니하고 그 수건을 받더군요.

나는 어째 이상한 기분이 들어서 아저씨 방에 들어가 앉지도 못하고 그냥 뒤돌아서 안방으로 들어왔지요. 어머니는 풍금 앞에 앉아서 무엇을 그리 생각하는지 가만히 있더군요. 나는 풍금 옆으로 가서 가만히 그 옆에 앉아 있었습니다. 이윽고 어머니는 조용조용히 풍금을 타십니다. 무슨 곡조인지는 몰라도 어째 구슬프고 고즈넉한 곡조야요.

밤이 늦도록 어머니는 풍금을 타셨습니다. 그 구슬프고 고즈넉한 곡조를 계속하고 또 계속하면서.

여러 밤을 자고 난 어떤 날 오후에 나는 오래간만에 아저씨 방엘 나가 보았더니 아저씨가 짐을 싸느라고 분주하겠지요. 내가 아저씨에게 손수건을 갖다 드린 다음부터는 웬일인지 아저씨가 나를 보아도 언제나 퍽 슬픈 사람, 무슨 근심이 있는 사람처럼 아무 말도 없이 나를 물끄러미 바라다만 보고 있는 고로 나도 그리 자주 놀러 나오지 않았던 것입니다. 그랬었는데 이렇게 갑자기 짐을 꾸리는 것을 보고 나는 놀랐습니다.

"아저씨, 어데 가우?"

"응, 멀리루 간다."

"언제?"

"오늘."

"기차 타구?"

"응, 기차 타구."

"갔다가 언제 또 오우?"

아저씨는 아무 대답도 없이 서랍에서 이쁜 인형을 하나 꺼내서 내게 주었습니다.

"옥희, 이것 가져, 응. 옥희는 아저씨 가구 나문 아저씨 이내 잊어버리구 말겠지!"

나는 갑자기 슬퍼졌습니다. 그래서,

"아니."

하고 얼른 대답하고 인형을 안고 안으로 들어왔습니다.

"엄마, 이것 봐. 아저씨가 이것 나 줬다우. 아저씨가 오늘 기차 타구 먼 데루 간대."

하고 내가 말했으나 어머니는 대답이 없으십니다.

"엄마, 아저씨 왜 가우?"

"학교 방학했으니깐 가지."

"어디루 가우?"

"아저씨 집으루 가지, 어디루 가."

"갔다가 또 오우?"

어머니는 대답이 없으십니다.

"난 아저씨 가는 거 나쁘다."

하고 입을 쫑긋했으나, 어머니는 그 말은 대답 않고,

"옥희야, 벽장에 가서 달걀 몇 알 남았나 보아라."

하고 말씀하셨습니다.

나는 깡총깡총 방 안으로 들어갔습니다. 달걀은 여섯 알이 있었습니다.

"여스 알."

하고 나는 소리쳤습니다.

"응, 다 가지구 이리 나오너라."

어머니는 그 달걀 여섯 알을 다 삶았습니다. 그 삶은 달걀 여섯 알을 손수건에 싸 놓고 또 반지(半紙 얇고 흰, 질 좋은 일본 종이)에 소금을 조금 싸서 한 귀퉁이에 넣었습니다.

"옥희야, 너 이것 갖다 아저씨 드리구, 가시다가 찻간에서 잡수시랜다구, 응."

그날 오후에 아저씨가 떠나간 다음 나는 방에서 아저씨가 준 인형을 업고 자장자장 잠을 재우고 있었습니다. 어머니가 부엌에서 들어오시더니,

"옥희야, 우리 뒷동산에 바람이나 쐬러 올라갈까?"

하십니다.

"응, 가, 가."

하면서 나는 좋아 덤비었습니다.

잠깐 다녀올 터이니 집을 보고 있으라고 외삼촌에게 이르고 어머니는 내 손목을 잡고 나섰습니다.

"엄마, 나 저, 아저씨가 준 인형 가지고 가?"

"그러렴."

나는 인형을 안고 어머니 손목을 잡고 뒷동산으로 올라갔습니다. 뒷동산에 올라가면 정거장이 빤히 내려다보입니다.

"엄마, 저 정거장 봐. 기차는 없군."

어머니는 아무 말씀도 없이 가만히 서 계십니다. 사르르 바람이 와서 어머니 모시 치맛자락을 산들산들 흔들어 주었습니다. 그렇게 산 위에 가만히 서 있는 어머니는 다른 때보다도 더한층 이쁘게 보였습니다.

저편 산모퉁이에서 기차가 나타났습니다.

"아, 저기 기차 온다."

하고 나는 좋아서 소리쳤습니다.

기차는 정거장에 잠시 머물더니 금시에 빽 하고 소리를 지르면서 움직였습니다.

"기차 떠난다."

하면서 나는 손뼉을 쳤습니다. 기차가 저편 산모퉁이 뒤로 사라질 때까지, 그리고 그 굴뚝에서 나는 연기가 하늘 위로 모두 흩어져 없어질 때까지, 어머니는 가만히 서서 그것을 바라다보았습니다.

뒷동산에서 내려오자 어머니는 방으로 들어가시더니 이때까지 뚜껑을 늘 열어 두었던 풍금 뚜껑을 닫으십니다. 그러고는 거기 쇠를 채우고 그 위에다가 이전 모양으로 반짇고리를 얹어 놓으십니다. 그러고는 그 옆에 있는 찬송가를 맥없이 들고 뒤적뒤적하시더니 빼빼 마른 꽃송이를 그 갈피에서 집어내시더니,

"옥희야, 이것 내다 버려라."

하고 그 마른 꽃을 내게 주었습니다. 그 꽃은 내가 유치원에서 갖다가 어머니께 드렸던 그 꽃입니다. 그러자 옆 대문이 삐걱 하더니,

"달걀 사소."

하고 매일 오는 달걀 장수 노파가 달걀 광주리를 이고 들어왔습니다.

"인젠 우리 달걀 안 사요. 달걀 먹는 이가 없어요."

하시는 어머니 목소리는 맥이 한 푼어치도 없었습니다.

나는 어머니의 이 말씀에 놀라서 떼를 좀 써보려 했으나 석양에 빨히 비치는 어머니 얼굴을 볼 때 그 용기가 없어지고 말았습니다. 그래서 아저씨가 주신 인형 귀에다가 내 입을 갖다 대고 가만히 속삭이었습니다.

"얘, 우리 엄마가 거짓부리 썩 잘하누나. 내가 달걀 좋아하는 줄 잘 알문성 생 먹을 사람이 없대누나. 떼를 좀 쓰구 싶다만 저 우리 엄마 얼굴을 좀 봐라. 어쩌문 저리두 새파래졌을까? 아마 어디가 아픈가 보다."

라고요.

# 날개

✏ **작가와 작품 세계** ------------------------------------

**이상**(1910~1937)

본명 김해경. 서울 출생. 보성고등보통학교를 거쳐 경성고등공업학교 건축과를 나온 후 총독부 건축과에서 근무했다. 1931년 처녀작으로 시 「이상한 가역 반응」, 「파편의 경치」를 〈조선과 건축〉지에 발표했다. 1932년 시 「건축무한 육면각체」를 이상(李箱)이라는 이름으로 발표했다. 1933년 객혈로 직장을 그만두고 폐병에서 오는 절망을 이기기 위해 본격적으로 문학 활동을 시작했다.

요양지에서 알게 된 기생 금홍과 함께 귀경한 그는 1934년 시 「오감도」를 〈조선중앙일보〉에 연재하기 시작했으나 난해하다는 독자들의 빗발치는 항의로 중단했다. 다방, 카페 등을 운영했지만 잇달아 실패하고 애정 파탄으로 깊은 실의에 빠졌다. 1936년 〈조광〉에 「날개」를 발표해 큰 화제를 일으켰다. 같은 해에 「동해」, 「봉별기」 등을 발표하면서 삶의 전환을 시도한다. 폐결핵과 가난을 극복하기 위해 동경으로 건너가지만 불온사상 혐의로 일본 경찰에 체포된다. 그는 석방된 후 건강이 악화되어 27세의 나이로 요절한다. 이상의 문학은 극단적인 내향성을 띤 자의식의 문학이다. 의식의 흐름을 나타내는 그의 작품에서 일상적 감정이나 전통적 규범은 철저히 무시된다. 플롯이나 띄어쓰기를 무시함으로써 자의식의 고백을 독특한 기법으로 형상화하기도 했다.

✏ **작품 정리** ------------------------------------

**갈래** : 심리주의 소설, 초현실주의 소설
**배경** : 시간 – 1930년대
　　　　 공간 – 서울의 33번지 구석방, 거리, 역 대합실, 산, 옥상
**시점** : 1인칭 주인공 시점
**주제** : 식민지 치하 지식인의 분열된 자의식과 극복 의지
**출전** : 〈조광〉(1936)

**발단** **아내와 다른 방을 쓰고 있는 '나'는 방 안에서 뒹굴며 지냄**

'나'는 생의 의욕을 상실한 채 방 안에서 뒹굴며 지낸다. 장지로 두 칸으로 나누어, 볕이 드는 아랫방은 아내가 쓰고 볕이 안 드는 윗방은 '나'가 쓰고 있다. 아내가 외출하면 '나'는 아내의 방에 들어가 아내의 화장품병을 가지고 논다. 아내에겐 화려한 옷이 많지만 '나'에게 코르덴 양복 한 벌이 전부다. 아내의 직업이 무엇인지 모르지만 자주 외출을 한다.

**전개** **내객이 찾아올 때 아내는 '나'에게 은화를 줌. 어느 날 '나'는 외출을 함**

아내에게 내객이 있는 날은 '나'는 아내의 방에 들어갈 수 없다. 내객이 가거나 외출에서 돌아오면 아내는 '나'의 방으로 들어와 은화를 놓고 간다. '나'는 벙어리(저금통)에 모아 둔 은화를 변소에 버린다. 어느 날 '나'는 아내의 밤 외출을 틈타 거리로 나온다.

**위기** **비를 맞고 감기에 걸린 '나'에게 아내가 아스피린을 줌**

'나'는 이후에도 가끔 외출을 해 경성역 티룸에서 커피를 마신다. 어느 날 비를 맞고 감기에 걸린 '나'는 한 달가량 앓아눕는다. '나'는 아내가 준 아스피린이라는 흰 알약을 먹고 매일 잠만 자게 된다.

**절정** **아내가 준 약이 수면제라는 것을 알고 '나'는 충격에 빠짐**

거울을 보러 아내의 방에 간 '나'는 아스피린처럼 생긴 최면제 아달린을 발견한다. 아내가 '나'를 죽이려고 그런 것이 아닌지 의심하며 집을 나간다. '나'는 집으로 돌아왔을 때 보지 말아야 할 장면을 보고 만다. 절망한 '나'는 다시 집을 나와 배회하다가 미쓰꼬시 백화점 옥상에 올라가 지나간 스물여섯 해를 회고한다.

**결말** **자의식이 깨어난 '나'는 날개가 돋기를 염원함**

불현듯이 겨드랑이에 가려움을 느낀 '나'는 "날개야 다시 돋아라. 날자. 날자. 날자. 한 번만 더 날자꾸나."라고 외친다.

## ✐ 생각해 볼 문제 ------------------------------------------------

**1. '나'와 아내가 대조적으로 묘사된 부분을 찾아보자.**

아내의 방은 화려하고 햇볕이 들지만, '나'의 방은 빈대가 들끓고 어두침침하다. 아내는 화려한 옷에 하루 두 차례 세수를 하고 돈을 벌지만, '나'는 검은색 단벌 양복에 세수도 하지 않고 아내가 주는 돈을 그저 받기만 한다. '나'는 남편임에도 불구하고 경제적, 사회적, 성적으로 아내보다 열등한 위치에 놓여 있다. '나'와 아내를 대조적으로 묘사함으로써 가족적 유대감이 상실된 소외된 인간관계를 보여 준다.

**2. '방'과 '거리'는 '나'에게 각각 어떠한 의미를 주는가?**

방은 사회성이 결여된 유폐된 공간을, 거리는 자아 회복의 공간을 의미한다. 외출하는 것은 폐쇄된 방에서 벗어나 아내의 종속에서 해방되는 것을 상징한다.

**3. 결말 부분의 "날자. 날자. 한 번만 더 날자꾸나."라는 외침은 무엇을 의미하는가?**

대체로 문학 작품에서 날개는 자유와 이상을 의미한다. 날개가 돋아 날기를 바라는 것은 삶의 의미와 자아를 찾아 자유롭게 살아가기를 소망하는 것이라고 할 수 있다.

**4. 이 작품의 사건 구성 및 표현상 특징은 무엇인가?**

사건이 논리적으로 전개된다기보다 의식의 흐름에 따라 서술되므로 사건 자체가 뚜렷하지 않고 사건 간의 인과 관계도 불투명하다. 이 작품에서 쓰인 '의식의 흐름 기법'은 자의식을 그대로 옮겨 놓는 것이기 때문이다. 제임스 조이스의 『율리시즈』, 마르셀 프루스트의 『잃어버린 시간을 찾아서』가 의식의 흐름 기법을 이용한 대표적 소설이다.

나 ⇄ 아내
(얹혀 삶)
(통제)

저(나)는 아내와 함께 살고 있어요. 아내의 직업은 잘 모르겠는데, 손님들이 다녀가면 아내는 내게 찾아와 은화를 주고 가요. 어느 날 저는 외출했다 비를 맞고 들어오는 길에 아내의 손님과 마주쳤어요. 다음 날 아내가 감기약을 주기에 먹었는데, 알고 보니 그게 아스피린이 아니라 수면제 아달린이었어요! 아내는 저를 죽이려 한 걸까요?

# 날개

'박제가 되어 버린 천재'를 아시오? 나는 유쾌하오. 이런 때 연애까지가 유쾌하오.

육신이 흐느적흐느적하도록 피로했을 때만 정신이 은화처럼 맑소. 니코 틴이 내 횟배(회충으로 인한 배앓이) 앓는 뱃속으로 스미면 머릿속에 으레 백지가 준비되는 법이오. 그 위에다 나는 위트와 패러독스를 바둑 포석처럼 늘어 놓소. 가증할 상식의 병이오.

니는 또 여인과 생활을 설계하오. 연애 기법에마저 서먼서먼해진 지성의 극치를 흘깃 좀 들여다본 일이 있는, 말하자면 일종의 정신분일자(精神奔逸者) 말이오. 이런 여인의 반(그것은 온갖 것의 반이오)만을 영수(領受)하는 생활 을 설계한다는 말이오. 그런 생활 속에 한 발만 들여놓고 흡사 두 개의 태양 처럼 마주 쳐다보면서 낄낄거리는 것이오. 나는 아마 어지간히 인생의 제행 (諸行 일체의 유위법)이 싱거워서 견딜 수가 없게끔 되고 그만둔 모양이오. 굿바이.

굿바이, 그대는 이따금 그대가 제일 싫어하는 음식을 탐식하는 아이러니 를 실천해 보는 것도 좋을 것 같소. 위트와 패러독스와……

그대 자신을 위조하는 것도 할 만한 일이오. 그대의 작품은 한 번도 본 일 이 없는 기성품에 의하여 차라리 경편(輕便 가볍고 편하거나 손쉽고 편리함)하고 고매하 리라.

십구 세기는 될 수 있거든 봉쇄하여 버리오. 도스토옙스키 정신이란 자 칫하면 낭비인 것 같소. 위고를 불란서의 빵 한 조각이라고는 누가 그랬는 지 지언(至言 지극히 당연한 말)인 듯싶소. 그러나 인생 혹은 그 모형에 있어서 디테 일 때문에 속는다거나 해서야 되겠소? 화(禍 모든 재앙과 액화)를 보지 마오. 부디 그대께 고하는 것이니……

(테이프가 끊어지면 피가 나오. 생채기도 머지않아 완치될 줄 믿소. 굿바이)

감정은 어떤 포즈(그 포즈의 소<sup>(素 원소)</sup>만을 지적하는 것이 아닌지나 모르겠소), 그 포즈가 부동자세에까지 고도화할 때 감정은 딱 공급을 정지합네다.

나는 내 비범한 발육을 회고하여 세상을 보는 안목을 규정하였소.
**여왕봉**(女王蜂 여왕벌과 교미한 수벌은 반드시 죽는다는 사실에서 남편이 죽고 없는 미망인과 같은 의미를 지님)
과 미망인—세상의 하고많은 여인이 본질적으로 이미 미망인 아닌 이가 있으리까? 아니! 여인의 전부가 그 일상에 있어서 개개 '미망인'이라는 내 논리가 뜻밖에도 여성에 대한 모독이 되오? 굿바이.


그 33번지라는 것이 구조가 흡사 유곽이라는 느낌이 없지 않다. 한 번지에 18가구가 죽— 어깨를 맞대고 늘어서서 창호가 똑같고 아궁이 모양이 똑같다. 게다가 각 가구에 사는 사람들이 송이송이 꽃과 같이 젊다. 해가 들지 않는다. 해가 드는 것을 그들이 모른 체하는 까닭이다. 턱살밑에다 철 줄을 매고 얼룩진 이부자리를 널어 말린다는 핑계로 미닫이에 해가 드는 것을 막아 버린다. 침침한 방 안에서 낮잠들을 잔다. 그들은 밤에는 잠을 자지 않나? 알 수 없다. 나는 밤이나 낮이나 잠만 자느라고 그런 것은 알 길이 없다. 33번지 18가구의 낮은 참 조용하다.

조용한 것은 낮뿐이다. 어둑어둑하면 그들은 이부자리를 걷어 들인다. 전등불이 켜진 뒤의 18가구는 낮보다 훨씬 화려하다. 저물도록 미닫이 여닫는 소리가 잦다. 바빠진다. 여러 가지 내음새가 나기 시작한다. 비웃<sup>(청어)</sup> 굽는 내, 탕고도란<sup>(식민지 시대에 많이 쓰던 화장품의 이름)</sup> 내, 뜨물 내, 비눗내……

그러나 이런 것들보다도 그들의 문패가 제일로 고개를 끄덕이게 하는 것이다. 이 18가구를 대표하는 대문이라는 것이 일각이 져서 외따로 떨어지기는 했으나 있다. 그러나 그것은 한 번도 닫힌 일이 없는 한길이나 마찬가지 대문인 것이다. 온갖 장사치들은 하루 가운데 어느 시간에라도 이 대문을 통하여 드나들 수 있는 것이다. 이네들은 문간에서 두부를 사는 것이 아니라 미닫이만 열고 방에서 두부를 사는 것이다. 이렇게 생긴 33번지 대문에 그들 18가구의 문패를 몰아다 붙이는 것은 의미가 없다. 그들은 어느 사이엔가 각 미닫이 위 백인당<sup>(百忍堂)</sup>이니 길상당<sup>(吉祥堂)</sup>이니 써 붙인 한 곁에다 문패를 붙이는 풍속을 가져 버렸다.

내 방 미닫이 위 한 곁에 칼표 딱지(뜯어서 쓰는 딱지)를 넷에다 낸 것 만한 내, 아니! 내 아내의 명함이 붙어 있는 것도 이 풍속을 좇은 것이 아닐 수 없다.

나는 그러나 그들의 아무와도 놀지 않는다. 놀지 않을 뿐만 아니라 인사도 않는다. 나는 내 아내와 인사하는 외에 누구와도 인사하고 싶지 않았다.

내 아내 외의 다른 사람과 인사를 하거나 놀거나 하는 것은 내 아내 낯을 보아 좋지 않은 일인 것만 같이 생각이 들었기 때문이다. 나는 이만큼까지 내 아내를 소중히 생각한 것이다.

내가 이렇게까지 내 아내를 소중히 생각한 까닭은 이 33번지 18가구 가운데서 내 아내가 내 아내의 명함처럼 제일 작고 제일 아름다운 것을 안 까닭이다. 18가구에 가기 별리 든 송이송이 꽃들 가운데서도 내 아내가 특히 아름다운 한 떨기의 꽃으로 이 함석지붕 밑 볕 안 드는 지역에서 어디까지든지 찬란하였다. 따라서 그런 한 떨기 꽃을 지키고, 아니 그 꽃에 매달려 사는 나라는 존재가 도무지 형언할 수 없는 거북살스러운 존재가 아닐 수 없었던 것은 물론이다.

나는 어디까지든지 내 방이(집이 아니다. 집은 없다) 마음에 들었다. 방 안의 기온은 내 체온을 위하여 쾌적하였고, 방 안의 침침한 정도가 또한 내 안력을 위하여 쾌적하였다. 나는 내 방 이상의 서늘한 방도, 또 따뜻한 방도 희망하지 않았다. 이 이상으로 밝거나 이 이상으로 아늑한 방을 원하지 않았다. 내 방은 나 하나를 위하여 요만한 정도를 꾸준히 지키는 것 같아 늘 내 방에 감사하였고 나는 또 이런 방을 위하여 이 세상에 태어난 것만 같아서 즐거웠다.

그러나 이것은 행복이라든가 불행이라든가 하는 것을 계산하는 것은 아니었다. 말하자면 나는 내가 행복하다고도 생각할 필요가 없었고, 그렇다고 불행하다고도 생각할 필요가 없었다. 그냥 그날그날을 그저 까닭 없이 편둥편둥 게으르게만 있으면 만사는 그만이었던 것이다.

내 몸과 마음에 옷처럼 잘 맞는 방 속에서 뒹굴면서, 축 처져 있는 것은 행복이니 불행이니 하는 그런 세속적인 계산을 떠난, 가장 편리하고 안일한, 말하자면 절대적인 상태인 것이다. 나는 이런 상태가 좋았다.

이 절대적인 내 방은 대문간에서 세어서 똑 일곱째 칸이다. 럭키 세븐의 뜻이 없지 않다. 나는 이 일곱이라는 숫자를 훈장처럼 사랑하였다. 이런 이 방이 가운데 장지로 말미암아 두 칸으로 나뉘어 있었다는 그것이 내 운명의 상징이었던 것을 누가 알랴?

아랫방은 그래도 해가 든다. 아침결에 책보만 한 해가 들었다가 오후에 손수건만 해지면서 나가 버린다. 해가 영영 들지 않는 윗방이 즉 내 방인 것은 말할 것도 없다. 이렇게 볕 드는 방이 아내 방이요, 볕 안 드는 방이 내 방이오 하고 아내와 나 둘 중에 누가 정했는지 나는 기억하지 못한다. 그러나 나에게는 불평이 없다.

아내가 외출만 하면 나는 얼른 아랫방으로 와서 그 동쪽으로 난 들창을 열어 놓고, 열어 놓으면 들이비치는 볕살이 아내의 화장대를 비춰 가지각색 병들이 아롱이 지면서 찬란하게 빛나고 이렇게 빛나는 것을 보는 것은 다시없는 내 오락이다. 나는 쪼끄만 '돋보기'를 꺼내 가지고 아내만이 사용하는 지리가미(휴지)를 그을러 가면서 불장난을 하고 논다. 평행 광선을 굴절시켜서 한 초점에 모아 가지고 그 초점이 따끈따끈해지다가, 마지막에는 종이를 그을리기 시작하고 가느다란 연기를 내면서 드디어 구멍을 뚫어 놓는 데까지에 이르는 고 얼마 안 되는 동안의 초조한 맛이 죽고 싶을 만치 내게는 재미있었다.

이 장난이 싫증이 나면 나는 또 아내의 손잡이 거울을 가지고 여러 가지로 논다. 거울이란 제 얼굴을 비출 때만 실용품이다. 그 외의 경우에는 도무지 장난감인 것이다.

이 장난도 곧 싫증이 난다. 나의 유희심은 육체적인 데서 정신적인 데로 비약한다. 나는 거울을 내던지고 아내의 화장대 앞으로 가까이 가서 나란히 늘어놓인 고 가지각색의 화장품병들을 들여다본다. 고것들은 세상의 무엇보다도 매력적이다. 나는 그중의 하나만을 골라서 가만히 마개를 빼고 병 구멍을 내 코에 가져다 대이고 숨죽이듯이 가벼운 호흡을 하여 본다. 이 국적인 센슈얼한(sensual 관능적인) 향기가 폐로 스며들면 나는 저절로 스르르 감기는 내 눈을 느낀다. 확실히 아내의 체취의 파편이다. 나는 도로 병마개를 막고 생각해 본다. 아내의 어느 부분에서 요 내음새가 났던가를…… 그러나 그것은 분명치 않다. 왜? 아내의 체취는 여기 늘어서 있는 가지각색 향기의 합계일 것이니까.

아내의 방은 늘 화려하였다. 내 방이 벽에 못 한 개 꽂히지 않은 소박한 것인 반대로 아내 방에는 천장 밑으로 쫙 돌려 못이 박히고 못마다 화려한 아내의 치마와 저고리가 걸렸다. 여러 가지 무늬가 보기 좋다. 나는 그 여러 조각의 치마에서 늘 아내의 동체(胴體 몸통)와 그 동체가 될 수 있는 여러 가지 포즈를 연상하고 연상하면서 내 마음은 늘 점잖지 못하다.

그렇건만 나에게는 옷이 없었다. 아내는 내게는 옷을 주지 않았다. 입고 있는 코르덴 양복 한 벌이 내 자리옷이었고 통상복과 나들이옷을 겸한 것이었다. 그리고 하이넥의 스웨터가 한 조각 사철을 통한 내 내의다. 그것들은 하나같이 다 빛이 검다. 그것은 내 짐작 같아서는 즉 빨래를 될 수 있는 데까지 하지 않아도 보기 싫지 않도록 하기 위한 것이 아닌가 한다. 나는 허리와 두 가랑이 세 군데 다 고무 밴드가 끼어 있는 부드러운 사루마다(팬티보다 좀 긴 속옷)를 입고 그리고 아무 소리 없이 잘 놀았다.

어느덧 손수건만 해졌던 볕이 나갔는데 아내는 외출에서 돌아오지 않는다. 나는 요만 일에도 좀 피곤하였고 또 아내가 돌아오기 전에 내 방으로 가 있어야 될 것을 생각하고 그만 내 방으로 건너간다. 내 방은 침침하다. 나는 이불을 뒤집어쓰고 낮잠을 잔다. 한 번도 걷은 일이 없는 내 이부자리는 내 몸뚱이의 일부분처럼 내게는 참 반갑다. 잠은 잘 오는 적도 있다. 그러나 또 전신이 까칫까칫하면서 영 잠이 오지 않는 적도 있다. 그런 때는 아무 제목으로나 제목을 하나 골라서 연구하였다. 나는 내 좀 축축한 이불 속에서 참 여러 가지 발명도 하였고 논문도 많이 썼다. 시도 많이 지었다. 그러나 그것들은 내가 잠이 드는 것과 동시에 내 방에 담겨서 철철 넘치는 그 흐늑흐늑한 공기에 다 비누처럼 풀어져서 온데간데없고 한참 자고 깬 나는 속이 무명 헝겊이나 메밀껍질로 띵띵 찬 한 덩어리 베개와도 같은 한 벌 신경이었을 뿐이고 뿐이고 하였다.

그러기에 나는 빈대가 무엇보다도 싫었다. 그러나 내 방에서는 겨울에도 몇 마리씩의 빈대가 끊이지 않고 나왔다. 내게 근심이 있었다면 오직 이 빈대를 미워하는 근심일 것이다. 나는 빈대에게 물려서 가려운 자리를 피가 나도록 긁었다. 쓰라리다. 그것은 그윽한 쾌감에 틀림없었다. 나는 혼곤히 잠이 든다.

나는 그러나 그런 이불 속의 사색 생활에서도 적극적인 것을 궁리하는 법이 없다. 내게는 그럴 필요가 대체 없었다. 만일 내가 그런 좀 적극적인 것을 궁리해 내었을 경우에 나는 반드시 내 아내와 의논하여야 할 것이고 그러면 반드시 나는 아내에게 꾸지람을 들을 것이고……. 나는 꾸지람이 무서웠다느니보다도 성가셨다. 내가 제법 한 사람의 사회인의 자격으로 일을 해 보는 것도, 아내에게 사설 듣는 것도.

나는 가장 게으른 동물처럼 게으른 것이 좋았다. 될 수만 있으면 이 무의미한 인간의 탈을 벗어 버리고도 싶었다.

나에게는 인간 사회가 스스러웠다<sup>(서로 친하지 않아 조심스럽다)</sup>. 생활이 스스러웠다. 모두가 서먹서먹할 뿐이었다.

아내는 하루에 두 번 세수를 한다. 나는 하루 한 번도 세수를 하지 않는다. 나는 밤중 세 시나 네 시 해서 변소에 갔다 달이 밝은 밤에는 한참씩 마당에 우두커니 섰다가 들어오곤 한다. 그러니까 나는 이 18가구의 아무와도 얼굴이 마주치는 일이 거의 없다. 그러면서도 나는 이 18가구의 젊은 여인네 얼굴들을 거반 다 기억하고 있었다. 그들은 하나같이 내 아내만 못하였다.

열한 시쯤 해서 하는 아내의 첫 번 세수는 좀 간단하다. 그러나 저녁 일곱 시쯤 해서 하는 두 번째 세수는 손이 많이 간다. 아내는 낮에보다도 밤에 더 좋고 깨끗한 옷을 입는다. 그리고 낮에도 외출하고 밤에도 외출하였다.

아내에게 직업이 있었던가? 나는 아내의 직업이 무엇인지 알 수 없다. 만일 아내에게 직업이 없었다면, 같이 직업이 없는 나처럼 외출할 필요가 생기지 않을 것인데……. 아내는 외출한다. 외출할 뿐만 아니라 내객이 많다. 아내에게 내객이 많은 날은 나는 온종일 내 방에서 이불을 쓰고 누워 있어야만 된다. 불장난도 못 한다. 화장품 내음새도 못 맡는다. 그런 날은 나는 의식적으로 우울해 하였다. 그러면 아내는 나에게 돈을 준다. 오십 전짜리 은화다. 나는 그것이 좋았다. 그러나 그것을 무엇에 써야 옳을지 몰라서 늘 머리맡에 던져두고 두고 한 것이 어느 결에 모여서 꽤 많아졌다. 어느 날 이 것을 본 아내는 금고처럼 생긴 벙어리<sup>(저금통)</sup>를 사다 준다. 나는 한 푼씩 한 푼씩 고 속에 넣고 열쇠는 아내가 가져갔다. 그 후에도 나는 더러 은화를 그 벙어리에 넣은 것을 기억한다. 그리고 나는 게을렀다. 얼마 후 아내의 머리 쪽에 보지 못하던 누깔잠(비녀의 일종)이 하나 여드름처럼 돋았던 것은 바로 그 금고형 벙어리의 무게가 가벼워졌다는 증거일까. 그러나 나는 드디어 머리 맡에 놓였던 그 벙어리에 손을 대지 않고 말았다. 내 게으름은 그런 것에 내 주의를 환기시키기도 싫었다.

아내에게 내객이 있는 날은 이불 속으로 암만 깊이 들어가도 비 오는 날 만큼 잠이 잘 오지는 않았다. 나는 그런 때 아내에게는 왜 늘 돈이 있나 왜 돈이 많은가를 연구했다.

내객들은 장지 저쪽에 내가 있는 것을 모르나 보다. 내 아내와 나도 좀 하기 어려운 농을 아주 서슴지 않고 쉽게 해 내던지는 것이다. 그러나 아내의 내객 가운데 서너 사람의 내객들은 늘 비교적 점잖았다고 볼 수 있는 것이 자정이 좀 지나면 으레 돌아들 갔다. 그들 가운데는 퍽 교양이 옅은 자도 있는 듯싶었는데 그런 자는 보통 음식을 사다 먹고 논다. 그래서 보충을 하고 대체로 무사하였다.

나는 우선 내 아내의 직업이 무엇인가를 연구하기에 착수하였으나 좁은 시야와 부족한 지식으로는 이것을 알아내기 힘이 든다. 나는 끝끝내 내 아내의 직업이 무엇인가를 모르고 말려나 보다.

아내는 늘 진솔 버선(한 번도 신지 않은 새 버선)만 신었다. 아내는 밥도 지었다. 아내가 밥 짓는 것을 나는 한 번도 구경한 일은 없으나 언제든지 끼니때면 내 방으로 내 조석(朝夕 아침과 저녁)밥을 날라다 주는 것이다. 우리 집에는 나와 내 아내 외에 다른 사람은 아무도 없다. 이 밥은 분명히 아내가 손수 지었음에 틀림없다.

그러나 아내는 한 번도 나를 자기 방으로 부른 일이 없다. 나는 늘 윗방에서 나 혼자서 밥을 먹고 잠을 잤다. 밥은 너무 맛이 없었다. 반찬이 너무 엉성하였다. 나는 닭이나 강아지처럼 말없이 주는 모이를 넙죽넙죽 받아먹기는 했으나 내심 야속하게 생각한 적도 더러 없지 않다. 나는 안색이 여지없이 창백해 가면서 말라 들어갔다. 나날이 눈에 보이듯이 기운이 줄어들었다. 영양부족으로 하여 몸뚱이 곳곳이 뼈가 불쑥불쑥 내밀었다. 하룻밤 사이에도 수십 차를 돌쳐 눕지 않고는 여기저기가 배겨서 나는 배겨 낼 수가 없었다.

그렇기 때문에 나는 내 이불 속에서 아내가 늘 흔히 쓸 수 있는 저 돈의 출처를 탐색해 보는 일변 장지 틈으로 새어 나오는 아랫방의 음식은 무엇일까를 간단히 연구하였다. 나는 잠이 잘 안 왔다.

깨달았다. 아내가 쓰는 돈은 그, 내게는 다만 실없는 사람들로밖에 보이지 않는 까닭 모를 내객들이 놓고 가는 것에 틀림없으리라는 것을 나는 깨달았다. 그러나 왜 그들 내객은 돈을 놓고 가나, 왜 내 아내는 그 돈을 받아야 되나 하는 예의 관념이 내게는 도무지 알 수 없는 것이었다.

그것은 그저 예의에 지나지 않는 것일까, 그렇지 않으면 혹 무슨 대가일까 보수일까. 내 아내가 그들의 눈에는 동정을 받아야만 할 가엾은 인물로 보였던가.

이런 것들을 생각하노라면 으레 내 머리는 그냥 혼란하여 버리곤 하였다. 잠들기 전에 획득했다는 결론이 오직 불쾌하다는 것뿐이었으면서도 나는 그런 것을 아내에게 물어보거나 한 일이 참 한 번도 없다. 그것은 대체 귀찮기도 하려니와 한잠 자고 일어나면 나는 사뭇 딴사람처럼 이것도 저것도 다 깨끗이 잊어버리고 그만두는 까닭이다.

내객들이 돌아가고, 혹 밤 외출에서 돌아오고 하면 아내는 경편한 것으로 옷을 바꾸어 입고 내 방으로 나를 찾아온다. 그리고 이불을 들치고 내 귀에는 영 생동생동한 몇 마디 말로 나를 위로하려 든다. 나는 조소도 고소도 홍소도 아닌 웃음을 얼굴에 띠고 아내의 아름다운 얼굴을 쳐다본다. 아내는 방그레 웃는다. 그러나 그 얼굴에 떠도는 일말의 애수를 나는 놓치지 않는다.

아내는 능히 내가 배고파 하는 것을 눈치챌 것이다. 그러나 아랫방에서 먹고 남은 음식을 나에게 주려 들지는 않는다. 그것은 어디까지든지 나를 존경하는 마음일 것임에 틀림없다. 나는 배가 고프면서도 적이 마음이 든든한 것을 좋아했다. 아내가 무엇이라고 지껄이고 갔는지 귀에 남아 있을 리가 없다. 다만 내 머리맡에 아내가 놓고 간 은화가 전등불에 흐릿하게 빛나고 있을 뿐이다.

고 금고형 벙어리 속에 고 은화가 얼마큼이나 모였을까. 나는 그러나 그것을 쳐들어 보지 않았다. 그저 아무런 의욕도 기원도 없이 그 단추 구멍처럼 생긴 틈바구니로 은화를 떨어뜨려 둘 뿐이었다.

왜 아내의 내객들이 아내에게 돈을 놓고 가나 하는 것이 풀 수 없는 의문인 것같이 왜 아내는 나에게 돈을 놓고 가나 하는 것도 역시 나에게는 똑같이 풀 수 없는 의문이었다. 내 비록 아내가 내게 돈을 놓고 가는 것이 싫지 않았다 하더라도 그것은 다만 고것이 내 손가락에 닿는 순간에서부터 고 벙어리 주둥이에서 자취를 감추기까지의 하잘것없는 짧은 촉각이 좋았달 뿐이지 그 이상 아무 기쁨도 없다.

어느 날 나는 고 벙어리를 변소에 갖다 넣어 버렸다. 그때 벙어리 속에는 몇 푼이나 되는지는 모르겠으나 고 은화들이 꽤 들어 있었다.

나는 내가 지구 위에 살며 내가 이렇게 살고 있는 지구가 질풍신뢰(疾風迅雷 심한 바람과 번개라는 뜻으로, 빠르고 심하게 변하는 상태를 이르는 말)의 속력으로 광대무변(廣大無邊 한 없이 넓어 끝이 없음)의 공간을 날리고 있다는 것을 생각했을 때 참 허망하였다. 나는 이렇게 부지런한 지구 위에서는 현기증도 날 것 같고 해서 한시바삐 내려 버리고 싶었다.

이불 속에서 이런 생각을 하고 난 뒤에는 나는 고 은화를 고 벙어리에 넣고 넣고 하는 것조차도 귀찮아졌다. 나는 아내가 손수 벙어리를 사용하였으면 하고 희망하였다. 벙어리도 돈도 사실에는 아내에게만 필요한 것이지 내게는 애초부터 의미가 전연 없는 것이었으니까 될 수만 있으면 그 벙어리를 아내는 아내 방으로 가져갔으면 하고 기다렸다. 그러나 아내는 가져가지 않는다. 나는 내가 아내 방으로 가져다 둘까 하고 생각하여 보았으나 그즈음에는 아내의 내객이 원체 많아서 내가 아내 방에 가 볼 기회가 도무지 없었다. 그래서 나는 하는 수 없이 변소에 갖다 집어넣어 버리고 만 것이다.

나는 서글픈 마음으로 아내의 꾸지람을 기다렸다. 그러나 아내는 끝내 아무 말도 나에게 묻지도 하지도 않았다. 않았을 뿐 아니라 여전히 돈은 돈대로 내 머리맡에 놓고 가지 않나? 내 머리맡에는 어느덧 은화가 꽤 많이 모였다.

내객이 아내에게 돈을 놓고 가는 것이나 아내가 내게 돈을 놓고 가는 것이나 일종의 쾌감, 그 외의 다른 아무런 이유도 없는 것이 아닐까 하는 것을 나는 또 이불 속에서 연구하기 시작하였다. 쾌감이라면 어떤 종류의 쾌감일까를 계속하여 연구하였다. 그러나 그것은 이불 속의 연구로는 알 길이 없었다. 쾌감, 쾌감, 하고 나는 뜻밖에도 이 문제에 대해서만 흥미를 느꼈다.

아내는 물론 나를 늘 감금하여 두다시피 하여 왔다. 내게 불평이 있을 리 없다. 그런 중에도 나는 그 쾌감이라는 것의 유무를 체험하고 싶었다.

나는 아내의 밤 외출 틈을 타서 밖으로 나왔다. 나는 거리에서 잊어버리지 않고 가지고 나온 은화를 지폐로 바꾼다. 오 원이나 된다. 그것을 주머니에 넣고 나는 목적을 잃어버리기 위하여 얼마든지 거리를 쏘다녔다. 오래간만에 보는 거리는 거의 경이에 가까울 만치 내 신경을 흥분시키지 않고는 마지않았다. 나는 금시에 피곤하여 버렸다. 그러나 나는 참았다. 그리고 밤이 이슥하도록 까닭을 잊어버린 채 이 거리 저 거리로 지향 없이 헤매었다. 돈은 물론 한 푼도 쓰지 않았다. 돈을 쓸 아무 엄두도 나서지 않았다. 나는 벌써 돈을 쓰는 기능을 완전히 상실한 것 같았다.

나는 과연 피로를 이 이상 견디기가 어려웠다. 나는 가까스로 내 집을 찾았다. 나는 내 방으로 가려면 아내 방을 통과하지 아니하면 안 될 것을 알고 아내에게 내객이 있나 없나를 걱정하면서 미닫이 앞에서 좀 거북살스럽게 기침을 한번 했더니 이것은 참 또 너무 암상스럽게<sup>(매섭게)</sup> 미닫이가 열리면서 아내의 얼굴과 그 등 뒤에 낯선 남자의 얼굴이 이쪽을 내다보는 것이다. 나는 별안간 내어 쏟아지는 불빛에 눈이 부셔서 좀 머뭇머뭇했다.

나는 아내의 눈초리를 못 본 것은 아니다. 그러나 나는 모른 체하는 수밖에 없었다. 왜? 나는 어쨌든 아내의 방을 통과하지 아니하면 안 되니…….

나는 이불을 뒤집어썼다. 무엇보다도 다리가 아파서 견딜 수가 없었다. 이불 속에서는 가슴이 울렁거리면서 암만해도 까무러칠 것만 같았다. 걸을 때는 몰랐더니 숨이 차다. 등에 식은땀이 쭉 내배인다. 나는 외출한 것을 후회하였다. 이런 피로를 잊고 어서 잠이 들었으면 좋겠다. 한잠 잘 자고 싶었다.

얼마 동안이나 비스듬히 엎드려 있었더니 차츰차츰 뚝딱거리는 가슴 동기<sup>(動氣 가슴이 두근거리는 일)</sup>가 가라앉는다. 그만해도 우선 살 것 같았다. 나는 몸을 돌쳐 반듯이 천장을 향하여 눕고 쭉 다리를 뻗었다.

그러나 나는 또다시 가슴의 동기를 피할 수 없게 되었다. 아랫방에서 아내와 그 남자의 내 귀에도 들리지 않을 만치 옅은 목소리로 소곤거리는 기척이 장지 틈으로 전하여 왔던 것이다. 청각을 더 예민하게 하기 위하여 나는 눈을 떴다. 그리고 숨을 죽였다. 그러나 그때는 벌써 아내와 남자는 앉았던 자리를 툭툭 털며 일어섰고, 일어서면서 옷과 모자 쓰는 기척이 나는 듯하더니 이어 미닫이가 열리고 구두 뒤축 소리가 나고 그리고 뜰에 내려서는 소리가 쿵 하고 나면서 뒤를 따르는 아내의 고무신 소리가 두어 발자국 찍찍 나고 사뿐사뿐 나나 하는 사이에 두 사람의 발소리가 대문간 쪽으로 사라졌다.

나는 아내의 이런 태도를 본 일이 없다. 아내는 어떤 사람과도 결코 소곤거리는 법이 없다. 나는 윗방에서 이불을 쓰고 누운 동안에도 혹 술이 취해서 혀가 잘 돌아가지 않는 내객들의 담화는 더러 놓치는 수가 있어도 아내의 높지도 얕지도 않은 말소리를 일찍이 한 마디도 놓쳐 본 일이 없다. 더러내 귀에 거슬리는 소리가 있어도 나는 그것이 태연한 목소리로 내 귀에 들렸다는 이유로 충분히 안심이 뇌었다.

그렇던 아내의 이런 태도는 필시 그 속에 여간하지 않은 사정이 있는 듯싶이 생각이 되고 내 마음은 좀 서운했으나 그러나 그보다도 나는 좀 너무 피곤해서 오늘만은 이불 속에서 아무것도 연구치 않기로 굳게 결심하고 잠을 기다렸다. 잠은 좀처럼 오지 않았다. 대문간에 나간 아내도 좀처럼 들어오지 않았다. 그러는 동안에 흐지부지 나는 잠이 들어 버렸다. 꿈이 얼쑹덜쑹 종을 잡을 수 없는 거리의 풍경을 여전히 헤맸다.

나는 몹시 흔들렸다. 내객을 보내고 들어온 아내가 잠든 나를 잡아 흔드는 것이다. 나는 눈을 번쩍 뜨고 아내의 얼굴을 쳐다보았다. 아내의 얼굴에는 웃음이 없다. 나는 좀 눈을 비비고 아내의 얼굴을 자세히 보았다. 노기가 눈초리에 떠서 얇은 입술이 바르르 떨린다. 좀처럼 이 노기가 풀리기는 어려울 것 같았다. 나는 그대로 눈을 감아 버렸다. 벼락이 내리기를 기다린 것이다. 그러나 쌔근 하는 숨소리가 나면서 푸시시 아내의 치맛자락 소리가 나고 장지가 여닫히며 아내는 아내 방으로 돌아갔다. 나는 다시 몸을 돌쳐 이불을 뒤집어쓰고는 개구리처럼 엎드리고, 엎드려서 배가 고픈 가운데서도 오늘 밤의 외출을 또 한 번 후회하였다.

나는 이불 속에서 아내에게 사죄하였다. 그것은 네 오해라고…….

나는 사실 밤이 퍽 이슥한 줄만 알았던 것이다. 그것이 네 말마따나 자정 전인 줄은 나는 정말이지 꿈에도 몰랐다. 나는 너무 피곤하였었다. 오래간만에 나는 너무 많이 걸은 것이 잘못이다. 내 잘못이라면 잘못은 그것밖에 는 없다. 외출은 왜 하였느냐고?

나는 그 머리맡에 저절로 모인 오 원 돈을 아무에게라도 좋으니 주어 보고 싶었던 것이다. 그뿐이다. 그러나 그것도 내 잘못이라면 나는 그렇게 알겠다. 나는 후회하고 있지 않나?

내가 그 오 원 돈을 써 버릴 수가 있었던들 나는 자정 안에 집에 돌아올 수 없었을 것이다. 그러나 거리는 너무 복잡하였고 사람은 너무도 들끓었다. 나는 어느 사람을 붙들고 그 오 원 돈을 내주어야 할지 갈피를 잡을 수가 없었다. 그러는 동안에 나는 여지없이 피곤해 버리고 말았던 것이다.

나는 무엇보다도 좀 쉬고 싶었다. 눕고 싶었다. 그래서 나는 하는 수 없이 집으로 돌아온 것이다. 내 짐작 같아서는 밤이 어지간히 늦은 줄만 알았는데 그것이 불행히도 자정 전이었다는 것은 참 안된 일이다. 미안한 일이다. 나는 얼마든지 사죄하여도 좋다. 그러나 종시 아내의 오해를 풀지 못하였다 하면 내가 이렇게까지 사죄하는 보람은 그럼 어디 있나? 한심하였다.

한 시간 동안을 나는 이렇게 초조하게 굴지 않으면 안 되었다. 나는 이불을 홱 젖혀 버리고 일어나서 장지를 열고 아내 방으로 비칠비칠 달려갔던 것이다. 내게는 거의 의식이라는 것이 없었다. 나는 아내 이불 위에 엎드러지면서 바지 포켓 속에서 그 돈 오 원을 꺼내 아내 손에 쥐어 준 것을 간신히 기억할 뿐이다.

이튿날 잠이 깨었을 때 나는 내 아내 방 아내 이불 속에 있었다. 이것이 이 33번지에서 살기 시작한 이래 내가 아내 방에서 잔 맨 처음이었다.

해가 들창에 훨씬 높았는데 아내는 이미 외출하고 벌써 내 곁에 있지는 않다. 아니! 아내는 엊저녁 내가 의식을 잃은 동안에 외출한 것인지도 모른다. 그러나 나는 그런 것을 조사하고 싶지 않았다. 다만 전신이 찌뿌드드한 것이 손가락 하나 꼼짝할 힘조차 없었다. 책보보다 좀 작은 면적의 볕이 눈이 부시다. 그 속에서 수없는 먼지가 흡사 미생물처럼 난무한다. 코가 칵 막히는 것 같다. 나는 다시 눈을 감고 이불을 푹 뒤집어쓰고 낮잠을 자기에 착수하였다. 그러나 코를 스치는 아내의 체취는 꽤 도발적이었다. 나는 몸을 여러 번 여러 번 비비 꼬면서 아내의 화장대에 늘어선 고 가지각색 화장품 병들과 고 병들의 마개를 뽑았을 때 풍기던 내음새를 더듬느라고 좀처럼 잠은 들지 않는 것을 나는 어찌하는 수도 없었다.

견디다 못하여 나는 그만 이불을 걷어차고 벌떡 일어나서 내 방으로 갔다. 내 방에는 다 식어 빠진 내 끼니가 가지런히 놓여 있는 것이다. 아내는 내 모이를 여기다 주고 나간 것이다. 나는 우선 배가 고팠다. 한 숟갈을 입에 떠넣었을 때 그 촉감은 참 너무도 냉회(冷灰 불이 꺼져서 차가워진 재)와 같이 써늘하였다. 나는 숟갈을 놓고 내 이불 속으로 들어갔다. 하룻밤을 비워 버린 내 이부자리는 여전히 반갑게 나를 맞아 준다. 나는 내 이불을 뒤집어쓰고 이번에는 참 늘어지게 한잠 잤다. 잘—.

내가 잠을 깬 것은 전등이 켜진 뒤다. 그러나 아내는 아직도 돌아오지 않았나 보다. 아니! 들어왔다 또 나갔는지도 알 수 없다. 그러나 그런 것을 삼고(三考 여러 번 생각함)하여 무엇하나?

정신이 한결 난다. 나는 지난밤 일을 생각해 보았다. 그 돈 오 원을 아내 손에 쥐어 주고 넘어졌을 때에 느낄 수 있었던 쾌감을 나는 무엇이라고 설명할 수가 없었다. 그러니 내객들이 내 아내에게 돈 놓고 가는 심리며 내 아내가 내게 돈 놓고 가는 심리의 비밀을 나는 알아낸 것 같아서 여간 즐거운 것이 아니다. 나는 속으로 빙그레 웃어 보았다. 이런 것을 모르고 오늘까지 지내 온 나 자신이 어떻게 우스꽝스러워 보이는지 몰랐다. 나는 어깨춤이 났다.

따라서 나는 또 오늘 밤에도 외출하고 싶었다. 그러나 돈이 없다. 나는 엊저녁에 그 돈 오 원을 한꺼번에 아내에게 주어 버린 것을 후회하였다. 또 고 벙어리를 변소에 갖다 처넣어 버린 것도 후회하였다. 나는 실없이 실망하면서 습관처럼 그 돈이 들어 있던 내 바지 포켓에 손을 넣어 한번 휘둘러 보았다. 뜻밖에도 내 손에 쥐어지는 것이 있었다. 이 원밖에 없다. 그러나 많아야 맛은 아니다. 얼마간이고 있으면 된다. 나는 그만한 것이 여간 고마운 것이 아니었다.

나는 기운을 얻었다. 나는 그 단벌 다 떨어진 코르덴 양복을 걸치고 배고픈 것도, 주제 사나운 것도 다 잊어버리고 활갯짓을 하면서 또 거리로 나섰다. 나서면서 나는 제발 시간이 화살 닫듯 해서 자정이 어서 획 지나 버렸으면 하고 조바심을 태웠다. 아내에게 돈을 주고 아내 방에서 자 보는 것은 어디까지든지 좋았지만 만일 잘못해서 자정 전에 집에 들어갔다가 아내의 눈총을 맞는 것은 그것은 여간 무서운 일이 아니었다. 나는 저물도록 길가 시계를 들여다보고 들여다보고 하면서 또 지향 없이 거리를 방황하였다. 그러나 이날은 좀처럼 피곤하지는 않았다. 다만 시간이 좀 너무 더디게 가는 것만 같아서 안타까웠다.

경성역 시계가 확실히 자정을 지난 것을 본 뒤에 나는 집을 향하였다. 그
날은 그 일각대문에서 아내와 아내의 남자가 이야기하고 섰는 것을 만났
다. 나는 모른 체하고 두 사람 곁을 지나서 내 방으로 들어갔다. 뒤이어 아
내도 들어왔다. 와서는 이 밤중에 평생 안 하던 쓰레질(비로 쓸어 집 안을 청소하는 일)
을 하는 것이다. 조금 있다가 아내가 눕는 기척을 엿듣자마자 나는 또 장지
를 열고 아내 방으로 가서 그 돈 이 원을 아내 손에 덥석 쥐어 주고 그리고
(하여간 그 이 원을 오늘 밤에도 쓰지 않고 도로 가져온 것이 참 이상하다
는 듯이 아내는 내 얼굴을 몇 번이고 엿보고) 아내는 드디어 아무 말도 없
이 나를 자기 방에 재워 주었다. 나는 이 기쁨을 세상의 무엇과도 바꾸고 싶
지는 않았다. 나는 편히 잘 잤다.

이튿날도 내가 잠이 깨었을 때는 아내는 보이지 않았다. 나는 또 내 방으
로 가서 피곤한 몸이 낮잠을 잤다.
내가 아내에게 흔들려 깨었을 때는 역시 불이 들어온 뒤였다. 아내는 자
기 방으로 나를 오라는 것이다. 이런 일은 또 처음이다. 아내는 끊임없이 얼
굴에 미소를 띠고 내 팔을 이끄는 것이다. 나는 이런 아내의 태도 이면에 엔
간치 않은 음모가 숨어 있지나 않은가 하고 적이 불안을 느끼지 않을 수 없
었다.
나는 아내의 하자는 대로 아내 방으로 끌려갔다. 아내 방에는 저녁 밥상
이 조촐하게 차려져 있는 것이다. 생각하여 보면 나는 이틀을 굶었다. 나는
지금 배고픈 것까지도 긴가민가 잊어버리고 어름어름하던 차다.
나는 생각하였다. 이 최후의 만찬을 먹고 나자마자 벼락이 내려도 나는
차라리 후회하지 않을 것을. 사실 나는 인간 세상이 너무나 심심해서 못 견
디겠던 차다. 모든 일이 성가시고 귀찮았으나 그러나 불의의 재난이라는
것은 즐거웁다.
나는 마음을 턱 놓고 조용히 아내와 마주 이 해괴한 저녁밥을 먹었다. 우
리 부부는 이야기하는 법이 없었다. 밥을 먹은 뒤에도 나는 말이 없이 그냥
부스스 일어나서 내 방으로 건너가 버렸다. 아내는 나를 붙잡지 않았다. 나
는 벽에 기대어 앉아서 담배를 한 대 피워 물고 그리고 벼락이 떨어질 테거

든 어서 떨어져라 하고 기다렸다.

오 분! 십 분!

그러나 벼락은 내리지 않았다. 긴장이 차츰 늘어지기 시작한다. 나는 어느덧 오늘 밤에도 외출할 것을 생각하고 있었다. 돈이 있었으면 하고 생각하고 있었다.

그러나 돈은 확실히 없다. 오늘은 외출하여도 나중에 올 무슨 기쁨이 있나. 나는 앞이 그냥 아뜩하였다. 나는 화가 나서 이불을 뒤집어쓰고 이리 뒹굴 저리 뒹굴 굴렀다. 금시 먹은 밥이 목으로 자꾸 치밀어 올라온다. 메스꺼웠다.

하늘에서 얼마라도 좋으니 왜 지폐가 소낙비처럼 퍼붓지 않나, 그것이 그저 한없이 야속하고 슬펐다. 나는 이렇게밖에 돈을 구하는 아무런 방법도 알지는 못했다. 나는 이불 속에서 좀 울었나 보다. 돈이 왜 없냐면서…….

그랬더니 아내가 또 내 방에를 왔다. 나는 깜짝 놀라 아마 인제서야 벼락이 내리려나 보다 하고 숨을 죽이고 두꺼비 모양으로 엎디어 있었다. 그러나 떨어진 입을 새어 나오는 아내의 말소리는 참 부드러웠다. 정다웠다. 아내는 내가 왜 우는지를 안다는 것이다. 돈이 없어서 그러는 게 아니냔다. 나는 실없이 깜짝 놀랐다. 어떻게 저렇게 사람의 속을 환하게 들여다보는구 해서 나는 한편으로 슬그머니 겁도 안 나는 것은 아니었으나 저렇게 말하는 것을 보면 아마 내게 돈을 줄 생각이 있나 보다. 만일 그렇다면 오죽이나 좋은 일일까. 나는 이불 속에 뚤뚤 말린 채 고개도 들지 않고 아내의 다음 거동을 기다리고 있으니까, 옜소 하고 내 머리맡에 내려뜨리는 것은 그 가뿐한 음향으로 보아 지폐에 틀림없었다. 그리고 내 귀에다 대고, 오늘일랑 어제보다도 좀 더 늦게 들어와도 좋다고 속삭이는 것이다. 그것은 어렵지 않다. 우선 그 돈이 무엇보다도 고맙고 반가웠다.

어쨌든 나섰다. 나는 좀 야맹증이다. 그래서 될 수 있는 대로 밝은 거리를 골라서 돌아다니기로 했다. 그러고는 경성역 일이등 대합실 한 결 티룸에 들렀다. 그것은 내게는 큰 발견이었다. 거기는 우선 아무도 아는 사람이 안 온다. 설사 왔다가도 곧 가니까 좋다. 나는 날마다 여기 와서 시간을 보내리라 속으로 생각하여 두었다.

제일 여기 시계가 어느 시계보다도 정확하리라는 것이 좋았다. 섣불리

서투른 시계를 보고 그것을 믿고 시간 전에 집에 돌아갔다가 큰코다쳐서는 안 된다.

나는 한 부스에 아무것도 없는 것과 마주 앉아서 잘 끓은 커피를 마셨다. 총총한 가운데 여객들은 그래도 한 잔 커피가 즐거운가 보다. 얼른얼른 마시고 무얼 좀 생각하는 것같이 담벼락도 좀 쳐다보고 하다가 곧 나가 버린다. 서글프다. 그러나 내게는 이 서글픈 분위기가 거리 티룸들의 그 거추장스러운 분위기보다는 절실하고 마음에 들었다. 이따금 들리는 날카로운 혹은 우렁찬 기적 소리가 모차르트보다도 더 가깝다. 나는 메뉴에 적힌 몇 가지 안 되는 음식 이름을 치읽고 내리읽고 여러 번 읽었다. 그것들은 아물아물한 것이 어딘가 내 어렸을 때 동무들 이름과 비슷한 데가 있었다.

거기서 얼마나 내가 오래 앉았는지 정신이 오락가락하는 중에, 객이 슬며시 뜸해지면서 이 구석 저 구석 걷어치우기 시작하는 것을 보면 아마 닫을 시간이 된 모양이다. 열한 시가 좀 지났구나, 여기도 결코 내 안주의 곳은 아니구나, 어디 가서 자정을 넘길까, 두루 걱정을 하면서 나는 밖으로 나섰다. 비가 온다. 빗발이 제법 굵은 것이 우비도 우산도 없는 나를 고생을 시킬 작정이다. 그렇다고 이런 괴이한 풍모를 차리고 이 홀에서 어물어물하는 수는 없고, 에이 비를 맞으면 맞았지 하고 나는 그냥 나서 버렸다.

대단히 선선해서 견딜 수가 없다. 코르덴 옷이 젖기 시작하더니 나중에는 속속들이 스며들면서 추근거린다. 비를 맞아 가면서라도 견딜 수 있는 데까지 거리를 돌아다녀서 시간을 보내려 하였으나 인제는 선선해서 이 이상은 더 견딜 수가 없다. 오한이 자꾸 일어나면서 이가 딱딱 맞부딪는다.

나는 걸음을 재우치면서 생각하였다. 오늘 같은 궂은 날도 아내에게 내객이 있을라구, 없겠지, 하는 생각이 드는 것이다. 집으로 가야겠다. 아내에게 불행히 내객이 있거든 내 사정을 하리라. 사정을 하면 이렇게 비가 오는 것을 눈으로 보고 알아주겠지.

부리나케 와 보니까 그러나 아내에게는 내객이 있었다. 나는 그만 너무 춥고 척척해서 얼떨결에 노크하는 것을 잊었다. 그래서 나는 보면 아내가 좀 덜 좋아할 것을 그만 보았다. 나는 감발(버선 대신 발에 감는 좁고 긴 무명) 자국 같은 발자국을 내면서 덤벙덤벙 아내 방을 디디고 그리고 내 방으로 가서 쭉 빠진 옷을 활활 벗어 버리고 이불을 뒤썼다. 덜덜덜덜 떨린다. 오한이 점점 더 심해 들어온다. 여전 땅이 꺼져 들어가는 것만 같았다. 나는 그만 의식을 잃어버리고 말았다.

이튿날 내가 눈을 떴을 때 아내는 내 머리맡에 앉아서 제법 근심스러운 얼굴이다. 나는 감기가 들었다. 여전히 으스스 춥고 또 골치가 아프고 입에 군침이 도는 것이 쌉쓸하면서 다리팔이 척 늘어져서 노곤하다.

아내는 내 머리를 쓱 짚어 보더니 약을 먹어야지 한다. 아내 손이 이마에 선뜩한 것을 보면 신열이 어지간한 모양인데, 약을 먹는다면 해열제를 먹어야지 하고 속생각을 하자니까 아내는 따뜻한 물에 하얀 정제약 네 개를 준다. 이것을 먹고 한잠 푹— 자고 나면 괜찮다는 것이다. 나는 널름 받아먹었다. 쌉싸래한 것이 짐작 같아서는 아마 아스피린인가 싶다. 나는 다시 이불을 쓰고 단번에 그냥 죽은 것처럼 잠이 들어 버렸다.

나는 콧물을 훌쩍훌쩍하면서 여러 날을 앓았다. 앓는 동안에 끊이지 않고 그 정제약을 먹었다. 그러는 동인에 감기도 나았다. 그러나 입맛은 여전히 소태처럼 썼다.

나는 차츰 또 외출하고 싶은 생각이 났다. 그러나 아내는 나더러 외출하지 말라고 이르는 것이다. 이 약을 날마다 먹고 그리고 가만히 누워 있으라는 것이다. 공연히 외출을 하다가 이렇게 감기가 들어서 저를 고생을 시키는 게 아니냔다. 그도 그렇다. 그럼 외출을 하지 않겠다고 맹세하고 그 약을 연복(連服 계속 복용)하여 몸을 좀 보해 보리라고 나는 생각하였다.

나는 날마다 이불을 뒤집어쓰고 밤이나 낮이나 잤다. 유난스럽게 밤이나 낮이나 졸려서 견딜 수가 없는 것이다. 나는 이렇게 잠이 자꾸만 오는 것은 내가 몸이 훨씬 튼튼해진 증거라고 굳게 믿었다.

나는 아마 한 달이나 이렇게 지냈나 보다. 내 머리와 수염이 좀 너무 자라서 후틋해서 견딜 수가 없어서 내 거울을 좀 보리라고 아내가 외출한 틈을 타서 나는 아내 방으로 가서 아내의 화장대 앞에 앉아 보았다. 상당하다. 수염과 머리가 참 산란하였다. 오늘은 이발을 좀 하리라 생각하고 겸사겸사고 화장품병들 마개를 뽑고 이것저것 맡아 보았다. 한동안 잊어버렸던 향기 가운데서는 몸이 배배 꼬일 것 같은 체취가 전해 나왔다. 나는 아내의 이름을 속으로만 한번 불러 보았다. '연심(蓮心 이상이 동거했던 기생 금홍의 본명이라고 함)이' 하고……

오래간만에 돋보기 장난도 하였다. 거울 장난도 하였다. 창에 든 볕이 여간 따뜻한 것이 아니었다. 생각하면 오월이 아니냐.

나는 커다랗게 기지개를 한번 켜 보고 아내 베개를 내려 베고 벌떡 자빠져서는 이렇게도 편안하고도 즐거운 세월을 하느님께 흠씬 자랑하여 주고 싶었다. 나는 참 세상의 아무것과도 교섭을 가지지 않는다. 하느님도 아마 나를 칭찬할 수도 처벌할 수도 없는 것 같다.

그러나 다음 순간, 실로 세상에도 이상스러운 것이 눈에 띄었다. 그것은 최면약 아달린 갑이었다. 나는 그것을 아내의 화장대 밑에서 발견하고 그것이 흡사 아스피린처럼 생겼다고 느꼈다. 나는 그것을 열어 보았다. 똑 네 개가 비었다.

나는 오늘 아침에 네 개의 아스피린을 먹은 것을 기억하고 있었다. 나는 잤다. 어제도 그제도 그끄제도, 나는 졸려서 견딜 수가 없었다. 나는 감기가 다 나았는데도 아내는 내게 아스피린을 주었다. 내가 잠이 든 동안에 이웃에 불이 난 일이 있다. 그때에도 나는 자느라고 몰랐다. 이렇게 나는 잤다. 나는 아스피린으로 알고 그럼 한 달 동안을 두고 아달린을 먹어 온 것이다. 이것은 좀 너무 심하다.

별안간 아뜩하더니 하마터면 나는 까무러칠 뻔하였다. 나는 그 아달린을 주머니에 넣고 집을 나섰다. 그리고 산을 찾아 올라갔다. 인간 세상의 아무것도 보기가 싫었던 것이다. 걸으면서 나는 아무쪼록 아내에 관계되는 일은 일체 생각하지 않도록 노력하였다. 길에서 까무러치기 쉬우니까. 나는 어디라도 양지가 바른 자리를 하나 골라서 자리를 잡아 가지고 서서히 아내에 관하여서 연구할 작정이었다. 나는 길가의 돌창, 핀 구경도 못 한 진개나리꽃, 종달새, 돌멩이도 새끼를 까는 이야기, 이런 것만 생각하였다. 다행히 길가에서 나는 졸도하지 않았다.

거기는 벤치가 있었다. 나는 거기 정좌하고 그리고 그 아스피린과 아달린에 관하여 연구하였다. 그러나 머리가 도무지 혼란하여 생각이 체계를 이루지 않는다. 단 오 분이 못 가서 나는 그만 귀찮은 생각이 번쩍 들면서 심술이 났다. 나는 주머니에서 가지고 온 아달린을 꺼내 남은 여섯 개를 한꺼번에 질경질경 씹어 먹어 버렸다. 맛이 익살맞다. 그러고 나서 나는 그 벤치 위에 가로 기다랗게 누웠다. 무슨 생각으로 내가 그 따위 짓을 했나? 알 수가 없다. 그저 그러고 싶었다. 나는 게서 그냥 깊이 잠이 들었다. 잠결에도 바위틈을 흐르는 물소리가 졸졸 하고 귀에 언제까지나 어렴풋이 들려 왔다.

내가 잠을 깨었을 때는 날이 환-히 밝은 뒤다. 나는 거기서 일주야를 잔

것이다. 풍경이 그냥 노-랗게 보인다. 그 속에서도 나는 번개처럼 아스피린과 아달린이 생각났다.

아스피린, 아달린, 아스피린, 아달린, 맑스(마르크스. 독일의 경제학자, 정치학자, 철학자), 말사스(맬서스. 영국의 고전파 경제학자), 마도로스, 아스피린, 아달린.

아내는 한 달 동안 아달린을 아스피린이라고 속이고 내게 먹였다. 그것은 아내 방에서 이 아달린 갑이 발견된 것으로 미루어 증거가 너무나 확실하다.

무슨 목적으로 아내는 나를 밤이나 낮이나 재웠어야 됐나?

나를 밤이나 낮이나 재워 놓고 그리고 아내는 내가 자는 동안에 무슨 짓을 했나?

나를 조금씩 조금씩 죽이려던 것일까?

그러니 또 생각하여 보면, 내가 한 달을 두고 먹어 온 것은 아스피린이었는지도 모른다. 아내는 무슨 근심되는 일이 있어서 밤이면 잠이 잘 오지 않아서 정작 아내가 아달린을 사용한 것이나 아닌지, 그렇다면 나는 참 미안하다. 나는 아내에게 이렇게 큰 의혹을 가졌다는 것이 참 안됐다.

나는 그래서 부리나케 거기서 내려왔다. 아랫도리를 홰홰 내어저으면서 어찔어찔한 것을 나는 겨우 집을 향하여 걸었다. 여덟 시 가까이였다.

나는 내 잘못된 생각을 죄다 일러바치고 아내에게 사죄하려는 것이다. 나는 너무 급해서 그만 또 말을 잊어버렸다.

그랬더니 이건 참 너무 큰일 났다. 나는 내 눈으로는 절대로 보아서 안 될 것을 그만 딱 보아 버리고 만 것이다. 나는 얼떨결에 그만 냉큼 미닫이를 닫고 그리고 현기증이 나는 것을 진정시키느라고 잠깐 고개를 숙이고 눈을 감고 기둥을 짚고 서 있자니까 일 초 여유도 없이 홱 미닫이가 다시 열리더니 매무새를 풀어 헤친 아내가 불쑥 내밀면서 내 멱살을 잡는 것이다. 나는 그만 어지러워서 게서 그냥 나동그라졌다. 그랬더니 아내는 넘어진 내 위에 덮치면서 내 살을 함부로 물어뜯는 것이다. 아파 죽겠다. 나는 사실 반항할 의사도 힘도 없어서 그냥 넙죽 엎디어 있으면서 어떻게 되나 보고 있자니까 뒤이어 남자가 나오는 것 같더니 아내를 한 아름에 덥석 안아 가지고 방으로 들어가는 것이다. 아내는 아무 말 없이 다소곳이 그렇게 안겨 들어가는 것이 내 눈에 여간 미운 것이 아니다. 밉다.

아내는 너 밤새워 가면서 도둑질하러 다니느냐, 계집질하러 다니느냐고 발악이다. 이것은 참 너무 억울하다. 나는 어안이 벙벙하여 도무지 입이 떨어지지를 않았다.

너는 그야말로 나를 살해하려던 것이 아니냐고 소리를 한번 꽥 질러 보고도 싶었으나 그런 긴가민가한 소리를 섣불리 입 밖에 내었다가는 무슨 화를 볼는지 알 수 있나. 차라리 억울하지만 잠자코 있는 것이 우선 상책인 듯싶은 생각이 들기에 나는 이것은 또 무슨 생각으로 그랬는지 모르지만 툭툭 털고 일어나서 내 바지 포켓 속에 남은 돈 몇 원 몇십 전을 가만히 꺼내서는 몰래 미닫이를 열고 살며시 문지방 밑에다 놓고 나서는 그냥 줄 달음박질을 쳐서 나와 버렸다.

여러 번 자동차에 치일 뻔하면서 나는 그대로 경성역을 찾아갔다. 빈자리와 마주 앉아서 이 쓰디쓴 입맛을 거두기 위하여 무엇으로나 입가심을 하고 싶었다.

커피. 좋다. 그러나 경성역 홀에 한 걸음을 들여놓았을 때 나는 내 주머니에는 돈이 한 푼도 없는 것을, 그것을 깜빡 잊었던 것을 깨달았다. 또 아뜩하였다. 나는 어디선가 그저 맥없이 머뭇머뭇하면서 어쩔 줄을 모를 뿐이었다. 얼빠진 사람처럼 그저 이리 갔다 저리 갔다 하면서…….

나는 어디로 어디로 들입다 쏘다녔는지 하나도 모른다. 다만 몇 시간 후에 내가 미쓰꼬시(종각에 있던 백화점) 옥상에 있는 것을 깨달았을 때는 거의 대낮이었다.

나는 거기 아무 데나 주저앉아서 내 자라 온 스물여섯 해를 회고하여 보았다. 몽롱한 기억 속에서는 이렇다는 아무 제목도 불거져 나오지 않았다.

나는 또 나 자신에게 물어 보았다. 너는 인생에 무슨 욕심이 있느냐고. 그러나 있다고도 없다고도, 그런 대답은 하기가 싫었다. 나는 거의 나 자신의 존재를 인식하기조차도 어려웠다.

허리를 굽혀서 나는 그저 금붕어나 들여다보고 있었다. 금붕어는 참 잘들도 생겼다. 작은 놈은 작은 놈대로 큰 놈은 큰 놈대로 다 싱싱하니 보기 좋았다. 내리비치는 오월 햇살에 금붕어들은 그릇 바탕에 그림자를 내려뜨렸다. 지느러미는 하늘하늘 손수건을 흔드는 흉내를 낸다. 나는 이 지느러미 수효를 헤어 보기도 하면서 굽힌 허리를 좀처럼 펴지 않았다. 등허리가 따뜻하다.

나는 또 오탁(汚濁 더럽고 흐림)의 거리를 내려다보았다. 거기서는 피곤한 생활이 똑 금붕어 지느러미처럼 흐늑흐늑 허비적거렸다. 눈에 보이지 않는 끈적끈적한 줄에 엉켜서 헤어나지들을 못한다. 나는 피로와 공복 때문에 무너져 들어가는 몸뚱이를 끌고 그 오탁의 거리 속으로 섞여 들어가지 않는 수도 없다 생각하였다.

나서서 나는 또 문득 생각하여 보았다. 이 발길이 지금 어디로 향하여 가는 것인가를…….

그때 내 눈앞에는 아내의 모가지가 벼락처럼 내려 떨어졌다. 아스피린과 아달린.

우리들은 서로 오해하고 있느니라. 설마 아내가 아스피린 대신에 아달린 정량을 나에게 먹여 왔을까? 나는 그것을 믿을 수가 없다. 아내가 대체 그럴 까닭이 없을 것이니 그러면 나는 날밤을 새면서 도적질을, 계집질을 하였나? 정말이지 아니다.

우리 부부는 숙명적으로 발이 맞지 않는 절름발이인 것이다. 내가 아내나 제 거동에 로직(logic 논리)을 붙일 필요는 없다. 변해(辯解 말로 풀어 자세히 밝힘)할 필요도 없다. 사실은 사실대로 오해는 오해대로 그저 끝없이 발을 절뚝거리면서 세상을 걸어가면 되는 것이다. 그렇지 않을까?

그러나 나는 이 발길이 아내에게로 돌아가야 옳은가 이것만은 분간하기가 좀 어려웠다. 가야 하나? 그럼 어디로 가나?

이때 뚜— 하고 정오 사이렌이 울렸다. 사람들은 모두 네 활개를 펴고 닭처럼 푸드덕거리는 것 같고 온갖 유리와 강철과 대리석과 지폐와 잉크가 부글부글 끓고 수선을 떨고 하는 것 같은 찰나, 그야말로 현란을 극한 정오다.

나는 불현듯이 겨드랑이가 가렵다. 아하 그것은 내 인공의 날개가 돋았던 자국이다. 오늘은 없는 이 날개, 머릿속에서는 희망과 야심의 말소된 페이지가 딕셔너리(dictionary 사전) 넘어가듯 번뜩였다.

나는 걷던 걸음을 멈추고 그리고 어디 한번 이렇게 외쳐 보고 싶었다.

날개야 다시 돋아라.

날자. 날자. 날자. 한 번만 더 날자꾸나.

한 번만 더 날아 보자꾸나.

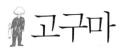# 고구마

## ✏️ 작가와 작품 세계

**현덕**(1909~?)

본명은 현경윤. 서울 출생. 인천 대부공립보통학교를 중퇴하고, 중동학교 속성 과를 마쳤다. 1925년 제일고등보통학교에 입학했으나 집안 사정으로 1년 만 에 중퇴했다. 이어 일본으로 건너가 교토·오사카 등지에서 신문 배달과 페인 트공 등 막노동을 하다가 귀국했다. 1932년 〈동아일보〉 신춘문예에 동화 「고 무신」이 뽑혀 등단했다. 이후 소설가 김유정과의 만남을 계기로 창작 활동에 전념했고, 1938년 〈조선일보〉 신춘문예에 소설 「남생이」가 당선되었다.

1946년 소년 소설집 『집을 나간 소년』과 동화집 『포도와 구슬』을, 1947년 소설집 『남생이』와 동화집 『토끼 삼형제』를 간행했다. 6·25 전쟁 중 월북해 1951년 종군 작가단에 참여했고, 북한에서 단편 소설집 『수확의 날』을 출간 했다.

그의 작품은 일제 강점기라는 고통스러운 시간 속에서도 웃고, 꿈꾸고, 고민 하고, 갈등하며, 성장해 가는 아이들을 그리고 있다. 또한, 소설·동화·소년 소설 등 작품 전반에 불합리하고 폭력적인 사회에 대한 비판 의식이 강하게 배어 있다.

## ✏️ 작품 정리

**갈래** : 성장 소설

**배경** : 시간 – 일제 강점기 / 공간 – 학교

**시점** : 3인칭 전지적 작가 시점

**주제** : 가난한 소년의 비애

**출전** : 〈소년〉(1939)

**발단** **농업 실습용 고구마가 없어지자 아이들은 수만을 의심함**

농업 실습용 고구마가 사라지자, 인환은 수만이 범인이라고 생각한다. 아이들은 매일 학교에 일찍 오고 가난한 수만을 의심하는 인환의 말에 동조한다. 그렇지만 기수는 수만의 결백을 주장한다.

**전개** **수만이 주머니에 무엇인가를 넣고 나타남**

아이들 앞에 나타난 수만의 옷 주머니에 무엇인가 들어 불룩하다. 아이들은 그것이 무엇이냐고 묻고, 수만은 운동모자라고 한다. 하지만 당황하는 수만의 태도에 아이들의 의심은 더욱 커진다.

**위기** **기수가 수만에게 실망하고, 아이들은 수만을 놀림**

기수는 수만과 대화하면서 수만이 고구마를 훔쳤다고 생각한다. 수만을 믿고 있던 기수는 실망한다. 아이들은 수만이 도둑이라고 생각하고 놀린다.

**절정** **수만이 숨긴 것이 누룽지임이 드러남**

수만이 무엇인가를 먹는 것을 발견한 아이들은 수만의 손에서 그것을 빼앗는다. 그것은 고구마가 아닌 누룽지임이 밝혀진다.

**결말** **기수가 수만에게 사과함**

기수는 수만에게 미안하다고 말하며 고개를 숙인다.

✏ **생각해 볼 문제** - - - - - - - - - - - - - - - - - - - - - - - - - - - - - - - - - - -

1. 이 작품에서 '누룽지'라는 소재의 의미와 기능은 무엇인가?

수만은 반 친구들에게 고구마 도둑으로 몰리면서도 입을 굳게 다문다. 도시락을 싸 올 수 없어 어머니가 일하고 얻어 온 누룽지로 끼니를 때우는 사정을 말하기가 싫었기 때문이다. 여기서 누룽지는 가난으로 인해 괴로움을 겪어야 하는 소년의 비애를 드러내는 소재이다. 수만을 고구마 도둑으로 생각하는 아이들의 괴롭힘은 심해져만 가고, 수만은 아이들에게 둘러싸인 채 강제로 주머니를 털어 보이게 된다. 작품 속 인물뿐만 아니라 독자들 역시 결말 직전까지 수만의 주머니에 있던 것이 고구마라고 여기게 된다. 그러나 주머니에서 나온 건 다름 아닌 뻣뻣하게 마른 누룽지였다. 이와 같은 극적 반전은 주제를 보다 효과적으로 드러낸다.

**2. 기수의 심리 변화 과정을 순서대로 설명해 보자.**

아이들이 모두 인환의 말에 따라 수만이 고구마를 훔친 범인이라고 생각할 때에도 기수는 수만의 결백을 신뢰한다. 그러나 주머니에 무엇인가를 숨기고 당황한 모습을 보이는 수만에게 기수도 점점 의혹을 품게 되고, 떳떳하지 못한 수만의 행동을 보며 수만에게 실망하게 된다. 하지만 기수는 아버지가 돌아가신 뒤 어려워진 집안 형편 때문에 고구마를 훔쳤을 것이라고 생각하면서 수만을 동정한다. 결국 수만의 주머니에서 고구마 대신 누룽지가 나오자 미안함과 죄책감을 느끼며 수만에게 사과한다.

**3. 이 작품은 마지막 부분에서 더 이상 설명하지 않고 결말을 맺는다. 그 이유는 무엇인가?**

기수는 수만이 고구마를 훔쳤다고 단정하고 호주머니를 뒤진다. 결국 주머니에서 나온 것은 고구마가 아닌 누룽지다. 자신의 치부를 드러낸 수만과 수만을 의심했던 아이들이 아무 말도 하지 못하고 있을 때, 기수의 "용서해라."라는 마지막 말은 독자로 하여금 생각할 거리를 준다. 즉, 극적인 상황에서 일어난 반전과 기수의 한마디는 깊은 여운과 함께 감동을 주기 위한 짧은 끝맺음이다.

## 🖉 인물 관계도

수만

기수

인환

농업 실습용 고구마가 없어졌어요. 인환은 수만이 범인이라고 의심했지만 저(기수)는 수만을 믿었지요. 수만의 옷 주머니가 불룩한 것을 보고 친구들이 무엇이 들었느냐고 물었어요. 수만은 대답하지 않고 당황해했지요. 저도 조금씩 수만을 의심하게 되었어요. 하지만 수만의 주머니에 있던 것은 누룽지였답니다. 친구를 의심한 제 자신이 너무 부끄러웠어요.

# 고구마

　농업 실습으로 심은 고구마밭이었다. 더욱이 6학년 갑조 을조가 각기 한 고랑씩 맡아 가지고 경쟁적으로 가꾸는 그 밭 한 모퉁이 넝쿨 밑의 흙이 어지러이 헤집어지고 누구의 짓인지, 못 돼도 서너 개는 고구마를 캐냈을 성싶다.

　"거 누가 그랬을까?"

하고 밭 기슭에 둘러섰는 아이들 등 뒤에서 넘어다보고 섰던 기수가 입을 열자 "흥!" 하고 인환이는 코웃음을 웃으며 다 알고 있다는 얼굴을 한다.

　"누구란 말야?"

　"누구란 말야?"

하고 인환이 편으로 눈이 모이며 아이들은 제각기 한마디씩 묻는다. 인환이는 여전히 그런 웃음을 얼굴에 지으며 말이 없이 섰더니

　"누구긴 누구야."

하고 통명스럽게 한마디 하고, 그리고 음성을 낮추어서

　"수만이지, 뭐."

　"뭐, 수만이야?"

하고 기수는 의외라는 듯 눈을 크게 뜬다.

　"그건 똑똑히 네 눈으로 보고 하는 말이냐?"

　"보지 않아도 뻔하지, 뭐. 설마 조무래기들이 그랬을 리는 없고 우리들 중에서 그런 짓 할 애가 누구야. 수만이밖에."

　"그렇지만 똑똑한 증거 없인 함부로 말할 수 없지 않어?"

　그러나 인환이는 피이 하는 표정으로 입을 삐쭉한다.

　"똑똑한 증건, 남 오지 않는 아침에 일찍 학교에 오는 놈이 한 짓이지 뭐야. 어제 난 소제 당번으로 맨 나중에 돌아갈 제 보았을 땐 아무렇지도 않었는데."

하고 인환이는 틀림없이 수만이라는 듯 아주 자신 있는 얼굴을 한다. 그리고 다른 아이들도 인환이 말에 응해서 제각기들 아무도 없을 때 오는 놈이 한 짓이라고 입을 모아 말한다.

하긴 수만이는 매일 아침 교장선생님 댁의 마당도 쓸고 물도 긷고 하고, 거기서 나는 것으로 월사금(다달이 내던 수업료)을 내가는 터이라, 남보다 일찍이 학교엘 왔다. 그러나 아이들이 수만이에게 의심을 두기는 다만 아무도 없는 때 학교엘 온다는 이 까닭만이 아니다. 보다는 지나치게 가난한 그 집 형편과 헐벗은 그 주제꼴이 아이들로 하여금 말은 아니하나 까닭 모르게 이번 일과 수만이를 부합해 보게 되는 은근한 원인이 되었다.

그러나 기수만은 아니라는 뜻으로 머리를 젓는다.

"학교엘 먼저 온다는 이유만으로는 정녕 수만이가 그랬단 증거가 못 돼. 그리고 수만이는 내가 잘 알지만 그런 짓 할 애가……."

하고 아니라는 말도 하기 전에 인환이는 듣기 싫다는 듯 손을 젓는다.

"수만이를 잘 알긴 누가 잘 알어?"

하고 기수 앞으로 가까이 다가서며

"그 애 집 근처에 사는 내가 잘 알겠니, 한 동네 떨어져 사는 늬가 더 잘 알겠니?"

그리고 인환이는 전에 수만이 누이동생이 남의 집 밭의 감자를 캐는 걸 자기 눈으로 보았다는 것, 또는 남의 것 몰래 훔쳐 가기로 동네에서 유명하다는 등을 말하며 수만이까지 한통으로 몰아 인환이는 얼굴에 업신여기는 표를 짓는다. 그리고

"넌 수만이 일이라면 뭐든지 덮어 주려고만 하니, 그 애가 무슨 네 집 상전이냐? 상전이라도 잘하고 못한 건 가려야지."

"뭐, 수만일 덮어 주려고 그러는 게 아냐. 잘허지 못했단 무슨 증거가 없으니까 허는 말이다. 그리고……."

하고 잠시 인환이 얼굴을 쳐다보다가, 기수는 다시 말을 이어

"네 말대루 정말 수만이 동생이 남의 집 밭에 감자를 캤을지 몰라도, 어린 애니까 그러기도 예사고, 또 그걸로 오늘 수만이가 고구마를 캤다는 증거가 될 수는 없지 않느냐 말이다."

그러나 아무리 기수의 말이 경우에 옳다 하더라도, 수만이를 의심하는 아이들의 마음을 풀게 하는 힘이 되지는 못했다. 도리어 아이들은 기수가 수만이 허물을 덮어 주려고 그러는 줄 아는 모양, 아이들은 더욱 인환이 편으로 기울어 간다. 그리고 인환이가

"그럼 넌 수만이의 짓이 아니란 무슨 똑똑한 증거가 있니?"

하고 턱을 대는 데는 기수도 할 말이 없었다. 다만

"수만이 그 애의 인격을 믿고 말이다."

"인격?"

하고 여러 아이들의 비웃음을 받고 말았다.

그러나 다음 하학(下學 학교에서 그날의 수업을 마침) 시간에도 기수는 고구마밭에 헤집어진 자리도 전처럼 매만져 놓고, 그리고 벌써 수만이의 짓이란 것이 드러나기나 한 것처럼 떠드는 아이들의 입을 삼가도록 타이르기에 힘을 쓴다.

"너희들 저렇게 떠들다가 나중에 선생님까지 아시게 되고, 그리고 아니면 어떡헐 셈이냐?"

"겁날 게 뭐야. 수만이가 아닐세 말이지."

"어떻게 넌 네 눈으로 똑똑히 본 것처럼 말하니?"

"그럼 넌 어떻게 수만이가 아닐 걸 네 눈으로 본 것처럼 우기니?"

하고 인환이와 기수는 서로 싸우기나 할 것처럼 얼굴을 붉히며 대들다가 무춤하고 물러선다. 바로 당자인 수만이가 이쪽을 향하고 온다.

아이들은 일시에 조용해졌다. 수만이는 한 손에 찻주전자를 들고 그편으로 고개를 기우듬 땅만 보며 교장선생님 댁에서 나온다. 그 걸음이 밭 가까이 이르러 아이들 옆을 지나치게 되자, 겨우 얼굴을 들어 어색한 웃음을 지어 보이고는 지나간다. 아이들의 가득하게 의심을 품은 여러 눈은 수만이 한 몸에 모여 아래위를 훑어본다. 그 한편 양복 주머니가 유난히 불룩하다. 겉으로 드러난 것만 보아도 고구마나 거기 가까운 것이 들어 있을 성싶다.

밭두둑을 올라 교실을 향해 가는 수만이 등 뒤를 노려보고 있던 인환이는 갑자기 소리를 친다.

"수만이 너, 주머니에 든 게 뭐야?"

"뭐 말야."

"양복 주머니의 불룩한 것 말이다."

"뭐."

하고 주머니를 굽어보며

"운동모자다."

그러나 운동모자가 아닌 것은 갑자기 얼굴빛이 붉어지는 것이며, 끔찍이 당황해하는 것으로 넉넉히 알 수 있다. 그리고 걸음을 빨리 교실 모퉁이를

돌아가는 등 뒤를 향해 인환이는

"먹을 것이거든 나두 좀 주렴."

그리고 또

"그 고구마 혼자만 먹을 테야?"

하고 소리친다. 수만이는 못 들은 척 대꾸도 없이 피해 달아나듯 뒤도 안 돌아본다.

아이들은 다시 와자하고 제각기 입을 열어 떠든다.

"틀림없는 고구마지."

"고구마 아니면 뭐야."

"멀쩡하게 고구마를 운동모자라지."

그리고 인환이는 신이 나서

"내 말이 어때. 수만이래지 않았어."

하고 기수를 향해 오금을 주듯 말한다. 그러나 기수는 이번에도 머리를 젓는다.

"설마 고구마라면 양복 주머니에 넣구 다니겠니? 생각해 봐라."

"그럼, 운동모자란 말야?"

"정말 운동모잔지도 모르지."

"운동모자가 그렇게 통통해?"

"그야 운동모자도 들고 다른 것도 들었으면 그렇지 뭐."

"그렇지, 암 운동모자도 들고 고구마도 들고 말이지."

하고 인환이는 빈정거린다. 끝끝내 기수는 말을 하면 할수록 도리어 아이들로 하여금 더욱 수만이를 의심하게 하는 도움이 되게 하고 말았다.

그리고 그다음 운동장에서 수만이를 만나서 기수 자기 역 얼마큼 수만이를 의심하는 눈으로 고쳐 보지 않을 수 없었다. 교실 모퉁이를 돌아 나오는 수만이 얼굴이 마주치자, 기수는 먼저 수만이 양복 주머니로 갔다. 그리고 기수는 다시금 눈을 크게 떴다.

아까는 통통하던 그 호주머니가 홀쭉해졌다. 그 안에 들었던 걸 꺼낸 모양. 그리고 또 좀 이상한 것은 운동모자 같은 것을 넣었다 꺼냈다면 그다지 어색해할 것이 없을 텐데, 기수의 눈이 자기 호주머니로 가는 것을 알자 수만이는 아주 계면쩍어하며 어색하게도 그 호주머니에 두 손을 찌르고 기수 옆에 와서 모로 선다.

두 소년은 한동안 말이 없이 땅만 내려다보고 섰다. 마침내 기수는 망설이던 입을 열었다.

"너 혹 고구마밭에 누가 손을 댔는지 알겠니?"

"왜?"

하고 수만이는 그걸 왜 내게 묻느냐는 듯한 얼굴을 들더니

"난 몰라."

하고 다시 얼굴을 돌린다.

"누가 서너 개나 캐낸 흔적이 났으니 말야?"

수만이는 고개를 숙인 채 아무 대꾸가 없다. 기수는 다시

"거 누가 그랬을까?"

혼잣말처럼 하고 슬슬 수만이 눈치를 살핀다.

수만이는 여전히 고개를 숙이고 묵묵히 섰다. 차츰 기수는 어떤 의심을 두고 그 수만이 아래위를 흘끔흘끔 본다. 낡고 찌든 양복 주머니에 손을 찌르고 수그린 머리, 약간 찌푸린 미간. 그 언젠가 수만이 누이동생이 남의 고추를 캐다 들키고 주인 앞에 고개를 숙이고 섰던 그 모양과 지금 수만이에게서도 같은 것을 느끼며 기수는

'아무리 집안이 가난하기로 사람이 어쩌면 이처럼 변한단 말이냐.'

하고 자못 업신여겨 보기도 한다.

수만이 아버지가 살아 있고 집안이 넉넉하였을 적 수만이는 퍽 쾌활하고 명랑한 아이였었다. 공부도 잘하고 그리고 기수와도 무척 친하게 지냈다. 그러던 아이가 자기 아버지가 다니던 회사에서 나오게 되고, 그리고 그 진티(일이 잘못되어 가는 빌미나 원인)로 병을 얻어 돌아가시자 갑자기 집안이 어려워져 수만이 어머니는 남의 집 삯바느질이며 부엌일까지 하게 되고, 수만이는 차츰 사람이 달라갔다. 몸에 입은 주제가 남루해지며 따라 풀이 죽어 활기가 없고, 남과 사귀기를 싫어하고 혼자 떨어져 담 밑 같은 데 앉아 생각에 잠기고 하는 사람이 되어 갔다. 그러나 기수만은 전과 다름없이 가까이 대하려 하나 역시 수만이는 벙어리가 된 듯 언제든 다문 입을 열려 하지 않는다.

그래도 지금 자기 옆에 고개를 숙이고 섰는 수만이를 대하고 볼 때 기수는 업신여김이나 미움은 잠시고 보다 가엾은 동정이 앞을 섰다. 그래 넌지시 지금 남들이 고구마 일설로 너를 의심하는 중이니 조심하라고 일러 주

고 싶으면서 어떻게 말을 할지 몰라 주저하고 있는데, 마침 인환이를 선두로 여러 아이들이 우르르 몰려왔다.

수만이를 가운데 두고 아이들은 주르르 둘러선다. 잠시 수만이 아래위만 훑어보고 섰더니 인환이는 말을 건다.

"너 혹시 고구마 누가 캤는지 알겠니?"

"어딨는 거 말이냐."

"저 농업 실습 밭의 것 말이다."

"난 그런 것 지키는 사람이냐? 못 봤다."

"아니, 넌 남보다 일찍이 학교엘 오니 말이다."

수만이는 더는 입을 열지 않고 외면을 한다. 그 성난 듯한 말 없는 얼굴을 인환이는 흘끔흘끔 곁눈질해 보고 섰더니, 갑자기 옆에 섰는 한 아이의 양복 주머니를 가리키며

"너 인마, 그 속에 든 게 뭐야?"

"뭐긴 뭐야, 운동모자지."

"운동모자가 그렇게 퉁퉁해. 고구마 아니냐?"

아마 그 아이는 인환이가 정말 그러는 줄 아는 모양, 주머니 속에서 운동모자를 털어 보인다.

"자, 이것밖에 더 있어?"

그러나 인환이는 그걸 날래게 툭 차 쳐들고

"이게 운동모자야? 고구마지. 아, 멀쩡하다."

그리고 또 한 아이가 인환이 손에서 그 운동모자를 가로차 들고

"고구마, 나도 좀 먹자. 너만 먹니?"

하고 그걸 고구마처럼 먹는 시늉을 하며 가지고 달아난다. 그 뒤를 모자 임자가 쫓아 따라가고 잡힐 듯하게 되면 또 다른 아이에게 던져 주고, 그걸 받은 아이가 또

"아, 그 고구마 맛있다."

하고 맛있는 시늉으로 달아나고 이렇게 모자 임자를 가운데 두고 머리 너머로 던지고 받고 하더니, 인환이 손에 들어가자 그걸 수만이에게 던져 주며

"옜다, 너두 좀 먹어 봐라."

그러나 수만이는 어깨 위에 떨어지는 모자를 못마땅한 듯 "쳇!" 하고 혀

끝을 차며 땅바닥에 집어 버리고는 어슬렁어슬렁 자리를 피해 간다. 그 등 뒤를 향하고 연해 운동모자가 날아간다.

"옜다, 고구마 너두 좀 먹어 봐라."

"옜다, 고구마 너두 좀 먹어 봐라."

하고 제각기 떠들며 수만이 뒤를 따라간다. 그 꼴을 보다 못해 기수는 선두로 선 인환이 앞을 가로막았다. 그리고 수만이가 듣는 앞에서 소리를 크게

"너희들 가만있는 사람 왜 지근덕거리니(성가실 정도로 끈덕지게 자꾸 귀찮게 굴다)?"

그리고 음성을 낮추어

"아, 글쎄 왜들 떠드니? 증거도 없이."

그러나 인환이는 눈을 부릅뜬다.

"증거가 왜 없어?"

하고 바로 수만이 뒤 책상에 앉은 아이를 이끌어 세우며

"증거는 이 애한테 물어봐라."

하고 득의양양한 얼굴을 한다. 그 아이 말인즉, 수만이 책상 속에 고구마 같은 것이 있는 걸 책상 뚜껑을 열 때마다 보았다는 것이다.

그러나 기수는

"그게 정말 고구마라면 어디다 못 둬서 책상 속에다 두겠니? 고구마가 아니다. 아냐."

"책상 속에 못 둘 건 어딨어. 도리어 다른 데 두는 거보다 안전하지."

그래도 기수는 아니라고 머리를 저으니까, 그럼 정말 그건가 아닌가 가서 밝히자고 인환이는 기수의 팔을 잡아끈다. 수만이는 건너편 담 밑에서 양복 주머니에 손을 찌른 그 모양으로 오락가락하며 흘끔흘끔 이편을 본다. 그 수만이가 보는 데서 기수는 그의 책상 뚜껑을 열어 보러 갈 수는 없었다. 인환이에게 팔을 잡아끌리며 주춤주춤하는데, 마침 상학종(학교에서 그날의 공부 시작을 알리는 종)이 울었다.

그리고 그다음 점심시간이었다. 아이들은 각기 책상 뚜껑을 열고 벤또를 꺼낸다. 수만이도 책상 뚜껑을 열었다. 그러나 그가 끄집어낸 것은 벤또가 아니다. 남이 볼까 두려워하는 듯 한번 좌우를 살피고는 검정 책보 밑에서 넌지시 한 덩이 고구마 같은 걸 꺼내 양복 주머니에 넣고는 슬며시 일어난다. 그걸 수만이 뒤에 앉은 아이가 보고 재빨리 인환이에게 눈짓을 한다. 그리고 인환이는 기수에게 또 눈짓을 하고 수만이는 태연히 일어서 교실 밖

으로 나간다. 그가 낭하(복도)로 내려서자 인환이가 뒤를 쫓아 나간다. 그리고 그 뒤를 또 기수 또 누구누구 몇 아이도 따르고.

수만이는 소사실 뒤 언덕으로 올라간다. 그를 멀찍이 두고 아이들은 하나둘 뒤를 밟아 간다. 언덕을 올라서 다복솔(가지가 탐스럽고 소복하게 많이 퍼진 어린 소나무) 밭 사이를 한참 가더니, 수만이는 버드나무 앞에 이르러 두리번두리번 사방을 돌아보고 그 밑에 앉는다. 언덕 이쪽 편 풀섶 사이에 엎드려 거동을 살피는 기수 눈에 돌아앉은 수만이가 무릎 사이에 들고 앉아 먹기 시작한 그것이 정녕 고구마였다. 기수는 자기 눈을 의심할 만큼 놀랐다. 그리고 알 수 없는 노여움에 몸이 떨린다. 그 수만이의 모양이 짝 없이 추하고 밉다. 기수는 자기가 먼저 앞장을 서 나갔다. 그리고 등 뒤에 가까이 이르러

"너 거기서 먹는 게 뭐냐?"

하고 갑자기 소리치자 수만이는 깜짝 놀라 무춤하더니, 얼른 밀던 걸 호주머니에 감추고 입안에 씹던 걸 볼에 문 그대로 고개를 돌린다. 그리고 기수와 인환이 또 여러 아이들의 얼굴을 보자 다시금 놀란다.

기수는 엄한 얼굴로 그 앞에 한 발짝 다가선다.

"너 지금 먹던 거 이리 내놔라."

"……."

"먹던 거 이리 내놔."

수만이는 눈을 끔벅 입안의 걸 삼키고

"대체 뭐 말이냐."

"인마, 저 호주머니에 감춘 거 말야."

하고 인환이가 소리를 친다.

"아무리 먹고 싶어두 인마, 농업 실습으로 심은 고구말 캐 먹어?"

"뭐, 내가 언제 고구말 캐 먹었어?"

"그럼, 저 호주머니에 감춘 건 뭐야?"

"……."

"호주머니에 감춘 건 뭐야?"

"남의 호주머니에 든 게 뭐든 알아 뭐해."

"남의 호주머니?"

하고 인환이는 어이없다는 듯 한 번 웃고

"그 속에 우리가 도둑맞은 물건이 들었으니까 허는 말이다."

"내가 대체 뭘 훔쳤단 말야, 멀쩡한 사람을……."

"뭘 훔쳐? 고구마 말이다, 고구마."

"고구말 내가 훔치는 걸 네 눈으로 봤어?"

"그럼, 저 호주머니에 감춘 건 뭐야."

"……."

"호주머니에 감춘 거 냉큼 못 내놓겠니?"

"……."

"아, 못 내놓겠어?"

수만이는 여전히 입을 봉하고 섰더니, 갑자기 한마디로 딱 끊어서

"못 내놓겠다."

그리고 할 대로 해라 하는 태도로 양복 주머니를 두 손으로 움켜쥔다. 인환이는 좌우로 눈을 찡긋찡긋 군호(軍號 서로 눈짓이나 말 따위로 몰래 연락함)를 하더니 불시에 수만이에게로 달려들어 등 뒤로 허리를 껴안는다. 그리고 우우 대들어 팔을 붙잡고, 다리를 붙잡고, 그래도 몸을 빼치려 가만있지 않는 수만이 호주머니에 기수는 손을 넣었다. 그리고 수만이는 최후의 힘으로 붙잡힌 팔을 빼치자, 동시에 기수는 호주머니 속에 든 걸 끄집어내었다. 그러나 눈앞에 나타난 것은 딱딱하게 마른 눌은밥, 눌은밥 한 덩이였다. 묻지 않아도 수만이 어머니가 남의 집 부엌일을 해 주고 얻어 온 것이리라. 수만이는 무한 남부끄러움에 취해 고개를 들지 못하고 섰다. 그러나 그 수만이보다 갑절 부끄럽기는 인환이였다. 아이들이었다. 기수 자신이었다. 손에 든 한 덩이 눌은밥을 그대로 어찌할 줄을 몰라 멍하니 섰더니, 그걸 두 손으로 수만이 손에 쥐어 주며 다만 한마디 입안의 소리를 외고 그 앞에 깊이 머리를 숙인다.

"용서해라."

#  나비를 잡는 아버지

📝 **작품 정리** --------------------------------------------------------------

> **작가** : 현덕(485쪽 '작가와 작품 세계' 참조)
> **갈래** : 성장 소설
> **배경** : 시간 – 일제 강점기 / 공간 – 농촌 마을
> **시점** : 3인칭 전지적 작가 시점
> **주제** : 깊고 뜨거운 아버지의 사랑
> **출전** : 미상

📝 **구성과 줄거리** --------------------------------------------------------

**발단** **바우는 경환이 나비를 잡는 것을 못마땅하게 여김**

바우의 심기가 좋지 않다. 소학교를 함께 다닌 경환이 여름 방학이 되어 집으로 내려온 것이다. 바우는 상급 학교에 진학한 경환을 볼 때마다 속이 상하고, 나비를 잡는 경환이 못마땅하다.

**전개** **경환이 바우네 참외밭을 망치며 나비를 잡자 싸움이 벌어짐**

바우는 나비를 잡느라고 자기네 참외밭을 망가뜨린 경환에게 화를 낸다. 급기야 바우와 경환은 몸싸움을 벌인다.

**위기** **바우의 부모는 소작이 떨어질까 봐 바우에게 용서를 빌라고 강요함**

어머니는 바우와 경환의 싸움 때문에 마름집에 불려 가고, 아버지는 바우에게 나비를 잡아 가지고 가서 빌라고 한다. 바우는 자존심 때문에 빌러 가지 않고, 아버지는 바우의 그림책을 찢어 버린다.

**절정** **집을 나온 바우는 자기 대신 나비를 잡고 있는 아버지를 발견함**

바우는 자존심을 세워 주지 않는 부모에게 야속함을 느낀다. 집을 나온 바우는 메밀밭 근처에서 나비를 잡고 있는 아버지를 발견한다.

**결말** **바우가 아버지의 사랑을 깨달음**

바우는 아버지에 대한 연민과 사랑을 느끼며 아버지를 부른다.

1. 바우의 그림책을 찢은 아버지의 행동에 담긴 의미를 여러 가지로 해석해 보
   자.

   1) 아버지는 바우가 농사꾼이 되어야 한다고 생각하기 때문이다.

   2) 바우가 그림 그리는 시간에 나비를 잡아 오게 하기 위해서다.

   3) 바우가 그림 때문에 아버지에게 반항한다고 생각했기 때문이다.

   4) 그림 그리는 일은 가난하고 바쁜 생활에는 아무런 도움도 되지 않는 일
      이라고 생각했기 때문이다.

2. **바우가 아버지의 말대로 나비를 잡지 않은 이유는 무엇인가?**

   잘못한 것이 없는데도 경환에게 사과하는 것은 억울하고 자존심 상하는 일
   이기 때문이다. 오히려 경환이 나비를 잡기 위해 소중한 참외 농사를 망치
   는 잘못을 저질렀다. 바우는 경환이 아무리 마름집 아들이라고 해도 그럴
   권리는 없다고 생각한다. 또한, 자신의 입장을 이해해 주지 않는 부모님이
   야속하고 서운했을 것이다.

3. **아버지가 나비를 잡는 이유는 무엇인가?**

   바우는 나비를 잡으러 다니는 동갑내기 부잣집 아들 경환을 시샘한다. 결
   국 나비 잡기 때문에 아이들 싸움이 소작 문제로까지 얽히게 된다. 아버지
   는 바우에게 화를 내며 나비를 잡아 가지고 가서 경환에게 사과하라고 한
   다. 하지만 아버지는 바우를 대신해 나비를 잡는다. 표면적인 이유는 소작
   이 떨어질까 봐 아버지가 직접 나비를 잡은 것으로 볼 수 있다. 하지만 이면
   적으로는 자식에 대한 사랑과 바우의 자존심을 지켜 주기 위한 아버지의
   마음으로 해석할 수 있다.

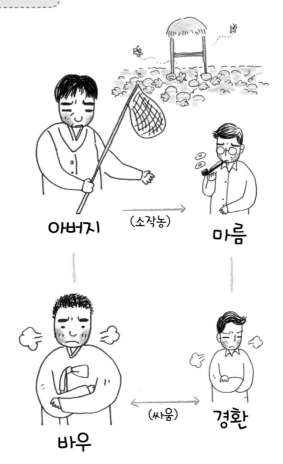

아버지   (소작농) → 마름

아버지 ↓

바우 ←(싸움)→ 경환

저(바우)와 소학교 친구였던 경환이 여름 방학을 맞아 집에 왔어요. 상급 학교에 다니는 걸 자랑하는 것도 싫은데 나비를 잡는다고 참외밭까지 망치자 싸울 수밖에 없었지요. 소작농인 부모님은 마름인 경환네 부모님이 신경 쓰였나 봐요. 나비를 잡아서 용서를 구하라고 하셨는데 너무 억울해서 그러지 않았어요. 그런데 저 대신 아버지가 나비를 잡는 모습을 봤지요. 울음이 터질 뻔했답니다.

# 나비를 잡는 아버지

황혼의 종로로 방향을 돌려서
뻐스는 떠난다. 경쾌하게.

건들어진 노랫소리가 푸른 언덕을 넘어온다. 바우는 송아지를 뜯기며, 밤나무 그늘에 앉아 그림 그리는 책을 펴 들었다. 송아지가 움직이는 대로 자리를 옮겨 왔으며, 옆으로 풀을 뜯는 송아지 모양을 그리느라 열심히 들여다보고 연필을 놀리고 하더니, 잠시 멈추고 귀를 기울인다. 그리고 "흥!" 하고 빈정거리는 웃음을 한번 웃고는, 그 소리가 듣기 싫다는 듯 그편에 등을 대고 돌아앉는다.

'겨우 서울 가서 공부한다고 배워 가지고 온 것이 유행가 나부랭이 하고 나비 잡는 것하구.'

지난해 봄에 바우와 경환이는 한날에 그곳 소학교를 졸업을 하였다. 경환이는 서울로 상급 학교를 가고, 바우 자기는 집에서 꾸벅꾸벅 땅이나 파며 있지 않으면 아니될 때, 바우는 무척 슬퍼하고 억울해 하고, 따라서 경환이를 부러워도 하였다. 바우 자기가 값없이 보내는 그 하루하루에 경환이는 좋은 학교, 훌륭한 선생 아래서 날마다 새로워 가고 높아 갈 것을 생각할 때, 바우는 가만히 있지 못했다. 그 상급 학교에 가지 못하는 벌충을 여기다 하려는 듯이 틈 있는 대로 그림을 그리었고, 그것으로 즐거움이 되었다.

그리고 얼마 전에 그 경환이가 하기휴가를 하고 서울서 집에 돌아왔다. 그러나 전보다 얼굴빛이 희어지고, 바지통이 넓은 양복에 흰 테두리의 모자를 멋있게 쓴 것이 달라졌을 뿐, 하는 일이라고는 고작, 서울이 얼마나 좋고 자기 다니는 학교가 얼마나 훌륭한 곳인가를 자랑하는 것과 활동사진 배우 중 누구는 어떻고 누구는 어쩌고, 그리고 잡된 유행가를 부르고, 동네 어린아이들을 몰고 다니며 나비를 잡는 것이 전부였다. 아마 경환이 자기는 이러는 것으로 전일 보통학교 때 늘 바우에게 성적으로 머리를 눌려 오던 분풀이를 하려는 듯이 뻐기며 다니는 것이다. 바우는 그 꼴이 곱게 보일 수 없었다.

꽃피는 남산으로 방향을 돌려서
뻐스는 떠난다, 가로수 그늘.

노랫소리는 점점 가까워 온다. 그리고 잠시 언덕 너머가 떠들썩하더니, 호랑나비 한 마리가 피로한 나래로 갈팡질팡 날아와 밤나무 가지에 야트막하게 앉는다. 바우는 그 나비를 쉽게 잡을 수 있었다. 그리고 잠깐 그 호사스런 모양, 찬란한 빛깔을 들여다보다가 도로 날려 보내려 할 즈음, 언덕 위로 동네 아이들의 머리가 불쑥불쑥 나타나며, 뒤미처(그 뒤에 곧 잇따라) 경환이가 나비 잡는 채를 휘두르며 뛰어 내려온다. 경환이는 바우가 앉아 있는 밤나무 그늘로 들어서며,

"너, 호랑나비 어디로 날아가는지 봤니?"

하다가는, 바우 손에 잡히어 있는 나비를 보고는 반색을 한다.

"나 다우."

하고 으레 줄 것으로 알고 손을 내미는 것이나, 바우는 그 손을 툭 쳐 버리고 몸을 돌린다.

"넌 무슨 까닭으로 어린애들을 몰고 다니며 앰한(아무 잘못 없이 꾸중을 듣거나 벌을 받아 억울한) 나비를 못살게 하는 거냐?"

"뭐?"

하고 경환이는 뜻하지 않은 말에 잠시 멍하니 바라보다가는

"누가 장난으로 잡는 거냐? 학교서 숙제를 냈어. 동물 표본을 만들어 오라고."

"장난 아니믄, 벌써 너 나비 잡기 시작한 지가 며칠이냐. 그동안에 못 잡아도 백 마리는 잡았겠구나. 거 다 동물 표본 만들고도 모자라서 또 잡는 거냐?"

"모두 못쓰게 잡았으니까 그렇지. 날개가 상하구."

하더니, 경환이는 변색을 하고 한 발자국 다가서며,

"넌 남이 나빌 잡건 말건 무슨 상관이냐, 건방지게."

"나두 상관할 만해서 그런다."

"무슨 상관이야?"

"너 때문에 담부턴 나비 구경을 못 하게 되겠으니까 허는 말이다."

하고, 바우는 경환이 얼굴을 마주 노리다가

"늬가 동물 표본을 만들기 위해 나비가 필요하다면 난 그림 그리는 데 필요한 나비야. 너만 위해서 생긴 나비는 아니지."

그러나 경환이는 "흥!" 하고 코웃음을 친다. 바우는 한층 음성을 높여 계속한다.

"그리고 어린아이들에게 잡된 유행가는 너 왜 가르치는 거냐? 부르고 싶으면 네나 부르지."

이 말엔 매우 패씸한 모양, 경환이는 낯을 붉히며 대든다.

"이 동네서 나 하는 거 시비할 사람 없어. 건방지게 왜 이래?"

하는 그 말 속엔 분명 자기는 마름(지주를 대리해 소작권을 관리하는 사람)집 외아들로서 지위가 높은 몸, 너 같은 소나 뜯기는 놈에게 시비를 받을 몸이 아니라는 빈정거림이 있다. 바우는 썩 비위가 상해서

"흥!"

하고 마주 코웃음을 치고, 그리고 좀 더 골을 올리려고 두 손가락에 날개를 접어 쥔 나비를 이것 너 줄까, 하는 시늉으로 경환이 등을 향해 두어 번 겨누다가 그대로 공중으로 날려 버린다. 나비는, 방향이 없이 어지러이 한 바퀴 맴을 돌더니 언덕 아래로 높았다 낮았다 날아간다. 경환이는 갑자기 몸을 날려 그 나비를 쫓아간다. 그러다가 나비가 아래 논 가운데로 날아가자 뒤돌아서 바우를 무섭게 한번 눈을 흘겨보고 그리고 돌 하나를 집어 근처에서 풀을 뜯고 있는 송아지를 때리고는 언덕 아래로 달아났다.

그러나 경환이의 심술은 이것만으로 고만두지 않았다. 송아지에게 먹을 만치 풀을 뜯기고, 언덕 아래로 몰고 내려와 수수밭 모퉁이를 돌아섰을 때, 바우는 다시금 놀랐다. 개울 건너 바우네 참외밭에서 경환이란 놈이 나비 잡는 채를 휘두르며 날뛰고 있다. 그까짓 송장나비를 잡으려고 그러는 것이 아닐 텐데, 경환이는 그 나비를 쫓아 구두 신은 발로 지금 한창 참외 열기 시작하는 넝쿨을 함부로 질겅질겅 밟으며, 이리 뛰고 저리 뛰고 한다. 일부러 그러는 것이 분명하다. 나비를 잡는 척 참외밭으로 몰아넣고 참외 넝쿨을 결딴내는 것이리라. 바우는 눈이 뒤집혔다. 더욱이 그 참외밭은 장차 햇곡식 나기 전까지의 바우 집 식구들의 식량을 거기다 예산하고 있는 것이요, 바우 자기도 참외가 잘 열면 책 한 권쯤 사 달려고 벼르고 있던 터다. 바우는 나는 듯 개울을 건너 뒤로 쫓아가 등줄기를 한 번 후리고 그리고

"인마, 눈 없어? 이거 못 봐?"

하고 낭자한(여기저기 흩어져 어지러운) 그 자취를 손으로 가리키며,

"넌 남의 집 농사 결딴내두 상관없니, 인마?"

그러나 경환이는,

"우리 집 땅 내가 밟았기로 무슨 상관이야."

하고, 기가 막히다는 듯 "피이!" 하고 고개를 옆으로 돌린다. 그러나 사실 기가 막히기는 바우다.

"우리 집 땅?"

하고, "허 참!" 하늘을 쳐다보고 탄식하고는,

"땅은 너희 집 거라두 참이('참외'의 사투리) 넝쿨은 우리 집 거 아니냐? 누가 너이 집 땅을 밟는대서 말야. 우리 집 참이 넝쿨을 결딴내니까 말이지."

그러니 경환이는 머리에 썼던 운동모자를 벗으며 한 발자국 다가선다.

"너이 집 참이 넝쿨은 그렇게 소중히 알면서, 어째 남의 나비 잡는 건 훼방을 놓는 거냐? 나두 장난으로 잡는 건 아냐."

"장난이 아닌지는 몰라도 넌 나비를 잡는 거고, 우리 집은 참이 닝쿨은 거기서 양식도 팔고 그래야 헐 것이거든. 그래, 나비가 중하냐, 사람 사는 게 중하냐?"

바우는 팔을 저어 시늉하며 어느 것이 소중하냐고 턱을 대는데, 경환이는

"나두 거기 학교 성적이 달린 거야."

하고 "피이!" 하며 업신여기는 웃음을 짓더니,

"너이 집 집안 살림을 내가 알 게 뭐냐."

하고 같은 웃음으로 좌우를 돌라본다. 개울 건너 길가에 동네 아이들이 모여 섰고, 그 뒤로 지게를 진 어른들도 섰다. 바우는 낯이 화끈 달았다.

"뭐, 인마?"

하고 대뜸 상대의 먹살을 잡고

"그래서 남의 참이밭 결딴내는 거냐? 나빈 우리 집 참이밭에만 있구 다른 덴 없어, 인마?"

경환이는 먹살을 잡힌 채 이리저리 목을 저으며,

"이게 유도 맛을 보지 못해 이래. 너, 다 그랬니, 다 그랬어?"

하고 어르다가 날래게 궁둥이를 들이대고 팔을 낚아 넘겨치려 하나 그러나 원체 나무통처럼 버티고 섰는 바우의 몸은 호리호리한 경환의 허리 힘으로는 꺾이지 않았다. 도리어 바우가 슬쩍 딴죽을 걸고 밀자 경환이 자신이 쿵 나둥그러졌다. 그러나 쓰러졌다가 다시 일어설 때 경환이는 손에 돌을 집어 들고 얼굴에 울음을 만들고는

"이 자식아, 남 나비 잡는 사람, 왜 때리고 훼방을 놓는 거야, 왜!"

하고 비겁하게 돌 든 손을 머리 위로 쳐들어 겨누는 것이다. 결국 싸움은 이 때껏 아이들 등 뒤에 입을 벌리고 서서 보고만 있던 동네 어른 하나가 성큼성큼 개울을 건너가 사이를 뜯어 놓고 그리고 경환이를 참외밭 밖으로 이끌어 나간 것으로 끝났으나, 그러나 경환이가 손목을 이끌려 가면서 연해 뒤를 돌아보며, 어디 두고 보자고 벼르던 그 말이 허사가 아니었다.

바우가 자기 집 장독간 앞에서 벌통을 들여다보고 앉았는데, 경환이 집에서 부엌 심부름을 하는 계집아이가 왔다. 바우는 까닭 없이 가슴이 성큼했다.

"바우 어머니, 집에 있수?"

하고, 계집아이는 안방과 부엌을 기웃거리다가 마당에 섰는 바우를 보고,

"너, 우리 집 서울 학생 때렸니?"

하고 쳐다보다가 대답이 없으니까,

"너 야단났다. 우리 집 아씨가 막 역정이 나서 너이 어머니 불러오래, 얘."

마침 우물에서 돌아오는 바우 어머니를 보고 계집아이는 다시 한번 그 말을 옮겨 들리며 함께 문밖으로 사라졌다.

'난 잘못한 거 없으니까.'

하면서 바우는 가슴이 두근거렸다. 일없이 (아무런 까닭이나 실속 없이) 뒤꼍으로 갔다, 마당으로 나왔다 하며 어머니가 돌아올 때를 기다리면서 조마조마한다.

먼저, 아버지가 뒷밭에서 돌아왔다. 이맛살을 찌푸린 얼굴로, 아버지는 기색이 좋지 못하다. 호미를 마당 가운데 던지더니 아버지는 갑자기 큰소리를 냈다.

"참이밭에서 누구하구 싸웠니?"

바우는 벌통 앞에 돌아앉아서 말이 없다.

"너두 눈 있거든 참이밭에 좀 가 봐. 넝쿨 하나 성한 게 있나. 인마, 그 밭에 도지(도조. 남의 논밭을 빌려서 부치고 논밭을 빌린 대가로 해마다 내는 벼)가 을만지 아니? 벼루열 말야. 참이는 안 돼두 낼 것은 내야지. 그리고 허구한 날 먹을 건 먹어야지. 그런 걱정은 없구, 인마, 참이밭에서 싸움이 뭐냐, 싸움이."

바우는 벌통 앞에서 일어서며 볼멘소리로

"누가 싸웠나. 경환이가 나비를 잡는다고 참이밭에서 막 넝쿨을 밟길래 말린 거지."

그러나 아버지는 일층 음성을 거슬렸다.

"내가 뭐랬어. 참외밭 근처서 멀리 떠나지 말고 지키랬지. 그놈의 그림책, 이리 내놔라. 그것만 잡고 앉았으면 정신없다가 참외밭을 결딴내는 것두 몰랐지, 인마."

하고, 그 그림책을 찾는 것처럼 두리번거리고 뒤꼍으로 가며 아버지는 혼잣 말로, 서울 가서 공부한 것이 나비 잡는다고 남의 집 참외밭 결딴내는 거냐고 중얼거리며 울타리에서 호박잎을 따고 있다. 아마 부러진 참외 넝쿨을 그것 으로 이어 보려는 것이리라. 조금 후, 아버지는 호박잎을 따 가지고 나오며,

"너이 어머니 어디 갔니?"

그러나 바우는 경환이 집에서 어머니를 불러 갔다는 말은 아니 나왔다. 묵묵히 바우는 대답이 없다. 하지만 아버지는 더 묻지 않아도 좋았다. 바로 그 어머니가 상기한 얼굴로 대문을 들어섰다.

어머니는 디쩌고찌로 바우에게로 달려가 등줄기를 후리고는

"자식이 어떻게 했으면 어미 망신을 그렇게 시키니. 어서 나비 잡아 가지 고 가서 빌어라, 빌어."

그리고 아버지를 향하고는,

"당신도 가 보우. 바깥사랑에서 부릅디다."

아버지는 어리둥절하여 바우와 어머니를 번갈아 쳐다보다가,

"어떻게 된 일이야, 응?"

그러나 어머니는 바우를 향해서만 또,

"남 나빌 잡거나 말거나 내버려 두지 어쭙잖게 훼방을 놓는 거냐?"

"누가 훼방을 놓았나? 남의 참외밭에 들어가 그러기에 못 하게 말린 거지."

"아, 늬가 밤나뭇골 언덕에서 손에 잡았던 나비까지 날려 보내며 뭐라구 그랬다는데그래."

그리고 어머니는 경환이 집 안주인이 꾸중꾸중하더라는 것, 그리고 바우 가 나비를 잡아 가지고 와서 경환이에게 빌지 않으면 내년부턴 땅 얻어 부 칠 생각을 말라더란 말을 옮기며 또 바우에게

"어서 나비 잡아 가지고 가서 빌어라, 빌어."

아버지는 연해 끙끙 땅이 꺼지는 못마땅한 소리로 뒷짐을 지고 마당을 오락가락하며 무섭게 눈을 흘겨 바우를 본다. 그리고 바우는 어머니가 등 을 미는 대로 부엌으로 뒤꼍으로 피하다가는 대문 밖으로 나갔다. 그러나 담 밑에 붙어 서서 움직이지 않는 바우를 어머니는 쫓아나와 다조진다<sup>(일이나</sup>

.

"이렇게 고집을 부리고 안 가면 어떡헐 셈이냐. 땅 떨어져도 좋겠니? 너두 소견이 있지."

그러나 바우는 어슬렁어슬렁 길로 나가더니 우물 앞 정자나무 앞에 이르자 걸음을 멈추고 동네 노인들이 장기를 두고 앉았는 것을 넋을 놓고 들여다보고 섰다. 장기가 두 판이 끝나고 세 판이 끝나고 모였던 사람이 헤어져도 바우는 자리를 뜨지 않는다. 바우는 다만 자기가 조금도 잘못한 것이 없는 것, 그러니까 누구에게든 머리를 굽힐 까닭이 없다는 고집이 정자나무 통만큼 뻣뻣할 뿐이었다.

해가 저물었다. 지붕 너머로 바우 집 굴뚝에도 연기가 오르고 그리고 그 연기가 잦아든 때에야 바우는 슬슬 눈치를 살피며 대문을 들어섰다. 그러나 건넌방 쪽에 눈이 갔을 때 바우는 크게 놀랐다. 아궁이 앞에 위하던 그림 그리는 책이 조각조각 찢기어 허옇게 흩어져 있다. 바우는 그 앞에 이르러 멍멍히 내려다보고 섰는데 등 뒤에서 아버지 음성이 났다.

"인마, 남은 서울 학교 다녀서 다 나비도 잡고 그러는 건데 건방지게 왜 다니며 훼방을 놓는 거냐, 훼방을."

그리고 바우가 그림 그리는 것과 그것은 아랑곳없는 일일 텐데 아버지는

"담부턴 내 눈앞에 그 그림 그리는 꼴 보이지 말어라. 네깐 놈이 그림 그걸루 남처럼 이름을 내겠니, 먹고살게 되겠니?"

하고, 돌아서 문밖으로 나가려다가 다시 돌아서며 아버지는

"나빈 잡아 갔지?"

하고 다져 묻는다. 바우는 고개를 숙인 채 묵묵하다. 아버지는 기가 막힌 듯 잠시 건너다보기만 하다가 언성을 높였다.

"이때껏 나가서 뭘 했어. 인마, 간 봄에 늙은 아비가 땅 얻어 부치느라고 갖은 애 다 쓰던 것을 네 눈으로도 보았지? 가뜩한데 너까지 말썽일 게 뭐냐. 어서 가서 빌지 못하겠어?"

아버지는 담뱃대 끝으로 바우의 수그린 머리를 찌를 듯 겨눈다. 그러는 대로 바우는 슬금슬금 피할 뿐, 조금도 걸음을 옮기려 하지 않는다.

"그래도 네 고집만 실 테냐. 그럴라거든 아주 나가거라. 아주 나가."

하고, 아버지는 빗자루를 들고 나섰다. 이런 때 어머니가 방에서 나와 그걸 빼앗아 던져 버리고,

"가서 빌기만 허면 뭘 하우. 나빌 잡아 가야지. 그리고 지금은 어두워서 잡겠수? 내일 잡아 가라지."

그리고 어머니는 바우의 등을 밀며

"어서 올라가 저녁이나 먹어라."

하지만 아버지는 여전히 못마땅한 눈으로 흘겨보며,

"저런 놈 저녁은 먹여 뭘 해. 아주 내쫓으라니깐그래."

하고, 자기가 먼저 문밖으로 나간다. 어머니는 그 아버지가 들어오기 전에 어서 저녁을 먹으라고 권한다. 그러나 바우는 섰는 자리에 그대로 고개를 숙이고 어머니가 달랠수록 더 짜증만 낸다. 한종일 아버지 어머니에게 애매한 미움을 받고 또 그림책을 찢기우고 한 그 억울한 심정이 가슴속에 벅차 다른 무엇이 들어갈 여지가 없었다.

이튿날 아침이다. 건넌방 모퉁이서 비우는 아비지와 얼굴이 마주쳤다. 아버지는 어제와 다름없는 그 얼굴 그 음성으로 부엌에서 아침을 짓는 어머니를 향해 소리쳤다.

"오늘도 저놈이 제 고집만 세고 나빌 잡아 가지 않거든, 밥 주지 말어."

그리고 바우를 향해서는

"오늘은 나빌 잡아 가지고 가 봐야 허지. 그러지 않으려거든 영 집에 들어올 생각 말어라, 인마."

아버지가 보이지 않는 곳에 이르자, 어머니는 부엌에서 나와 작은 음성으로 바우를 달랜다.

"아버지 속상하시게 하지 말고, 오늘은 나빌 잡아 가지고 가 봐라. 땅이 떨어지거나 하면 너는 좋겠니? 생각해 봐라."

바우는 여전히 말이 없다. 어머니는 그것을 바우가 순종하는 뜻으로 여긴 모양, 부엌에서 아침을 차리기에 분주하였다.

"얼른 밥 차려 줄게, 먹고 나가 봐."

그러나 바우는 어머니가 밥상을 날라 오기 전에 자기가 먼저 슬며시 집 밖으로 나갔다. 밥을 열 끼를 굶는 한이 있더라도 그 경환이 앞에 나비를 잡아 가지고 가서 머리를 숙이기는 무엇보다 싫었다. 아들의 그만한 체면쯤 보아줄 줄 모르고 자기네 요구만 고집하는 아버지가 그리고 어머니까지 바우는 무척 야속했다. 노여웠다.

바우는 동구 밖 아랫마을로 가는 길가 축동(물을 막기 위해 크게 쌓은 둑), 버드나무 그늘 밑을 고개를 숙여 생각에 잠기며 걷는다. 아침부터 요란스레 매미는 울고, 속상하게 눈에 보이는 것은 여기저기 풀 위로 너풀거리는 나비다. 바우는 그 나비를 피해 가는 듯 문득 걸음을 바꿔 뒷산으로 올라갔다. 거기서 바우는 일상 하던 버릇으로 풀을 베어 널고 그 위에 벌렁 나둥그러져 하늘을 쳐다본다. 집에서보다 갑절 어버이에게 대한 야속함과 노여움이 사무친다.

'아버지 말대로 정말 집을 나오고 말까? 그러면 아버지도 뉘우칠 때가 있겠지. 그리고 서울 같은 도회로 나가서 어떻게 고학(苦學 학비를 스스로 벌어서 고생하며 배움)이라도 해 볼까?'

바우는 정말 그렇게 해 볼 것처럼 벌떡 일어선다. 그리고 걸음 걸리는 대로 따라 산 아래로 내려간다. 산 중턱쯤 이르렀다. 건너다보이는 맞은편 언덕을 너머 메밀밭 두덩에 허연 사람의 그림자가 엎드렸다 일어섰다 하며 무엇을 쫓는 모양으로 움직인다.

'흥! 경환이 저놈이 또 나비를 잡는구나.'

하고, 바우는 입가에 업신여기는 웃음을 짓는다. 산을 또 좀 내려와 바라볼 때 경환이로 본 그것은 어른이 분명했다.

'흥! 경환이란 놈이 저이 집 머슴을 시켜 나비를 잡게 하는구나.'

그리고 바우는 또 한번 같은 웃음을 웃는다.

바우는 산을 내려와 맞은편 언덕 위로 올라섰다. 그리고 가까운 거리에서 메밀밭을 내려다보았을 때, 그는 놀라 벌린 입을 다물지 못했다. 경환이집 머슴으로 본 사람은 남 아닌 바로 자기 아버지였다. 아버지는 농립(農笠帽. 여름에 농사일을 할 때 쓰는 모자)을 벗어 들고 나비를 쫓아 엎드렸다 일어섰다 하며 그 똑똑지 못한 걸음으로 밭두덩을 지척지척 돌고 있다.

바우는 머리를 얻어맞은 듯 멍하니 아래를 바라보고 섰다. 그러다가 갑자기 언덕 모래 비탈을 지르르 미끄러져 내려가며 그렇게 빠른 속력으로 지금까지 잠기어 있던 어둔 마음에서 벗어나 그 아버지가 무척 불쌍하고 정답고 그리고 그 아버지를 위하여서는 어떠한 어려운 일이든지 못할 것이 없을 것 같고, 바우는 울음이 되어 터져 나오려는 마음을 가슴 가득히 참으며 언덕 아래 메밀밭을 향해 소리쳤다.

"아버지!"

"아버지!"

"아버지!"

# 하늘은 맑건만

### 📝 작품 정리 ------------------------------------------------

> **작가** : 현덕(485쪽 '작가와 작품 세계' 참조)
> **갈래** : 성장 소설
> **배경** : 시간 – 일제 강점기 / 공간 – 어느 마을
> **시점** : 3인칭 전지적 작가 시점
> **주제** : 도둑질로 인한 양심의 가책과 솔직함을 통한 갈등 해소
> **출전** : 〈소년〉(1938)

### 📝 구성과 줄거리 ------------------------------------------------

**발단** **문기는 숨겨 둔 공과 쌍안경이 없어진 것을 발견하고 놀람**

　　문기는 숙모와 작은아버지의 눈을 피해 숨겨 둔 공과 쌍안경이 없어진 것을 발견한다. 문기는 작은아버지가 회사에서 돌아오면 큰일이 날 것 같아 불안해한다.

**전개** **심부름 거스름돈을 잘못 받고 그 돈으로 물건을 삼**

　　문기는 숙모의 심부름으로 고깃간에 갔다가 받아야 할 거스름돈의 열 배에 해당하는 돈을 받는다. 친구 수만이 합세해 그 돈으로 사고 싶었던 물건들을 사고, 환등 기계를 사서 용돈을 벌 계획을 세운다.

**위기** **작은아버지의 꾸지람을 듣고 부끄러워함**

　　문기는 작은아버지에게 공과 쌍안경을 수만에게 받았다고 거짓말한다. 작은아버지의 꾸지람과 훈계를 들은 문기는 자신의 잘못을 깨닫고 매우 괴로워한다. 결국 문기는 공과 쌍안경을 길에 버리고, 남은 돈을 고깃간 안마당에 던진다. 수만은 문기의 말을 믿지 못한다.

**절정** **수만이 문기를 괴롭히고, 문기는 돈을 훔쳐 수만에게 줌**

　　수만이 문기를 쫓아다니며 괴롭히고, 문기는 장롱에서 숙모의 돈을 훔쳐 수만에게 준다. 이 때문에 누명을 쓴 아랫집 심부름꾼 점순이 쫓겨난다. 문기의 괴로움은 더 깊어진다. 결국 자신의 죄를 고백하기 위해 선생님을 찾아가지만 말하지 못하고, 돌아오는 길에 교통사고를 당한다.

**결말  모든 것을 고백하고 후련해짐**

　　문기는 정신을 차린 뒤 그동안의 일을 모두 고백하고 마음의 평화를 얻는다.

### ✐ 생각해 볼 문제 ------------------------------------------------

**1. 이 작품에서 문기의 내적 갈등과 외적 갈등을 각각 정리해 보자.**

　　문기의 내적 갈등은 양심과 비양심 사이에서 일어나고 있다. 잘못 거슬러 진 돈을 갖는 것이 부끄러운 일이라는 마음과, 그동안 가지고 싶었던 물건을 사고 앞으로 용돈 벌이의 수단이 될 수 있다는 또 다른 마음이 충돌하면 서 갈등 구조가 형성된다. 문기는 결국 양심을 지키기 위해 공과 쌍안경을 버리고 남은 돈을 고깃간 안마당으로 던진다. 하지만 수만이 이를 믿지 않 고 계속 문기를 괴롭힌다. 문기와 수만과의 관계에서는 인물과 인물 간의 갈등을 통한 외적 갈등이 표출된다. 이 외적 갈등은 작품이 전개될수록 긴 장감을 더한다.

**2. 이 작품의 독자가 주인공인 문기와 같은 또래라고 할 때, 흥미롭게 읽을 수 있는 요소는 무엇인가?**

　　이 작품은 쉽고 간결한 문체를 사용해 문기의 심리적 갈등과 문기를 괴롭 히는 수만의 행동을 생생하게 그리고 있다. 또한, 거짓말로 인한 괴로움이 라는 소재를 사용해서 이야기를 이끌어 가고 있다. 이러한 사건은 성장 과 정에서 한 번쯤 경험할 수 있는 일이기 때문에 독자들의 흥미를 끈다.

**3. 현덕의 작품에 등장하는 아이들의 특징은 어떠한지, 이 작품을 예로 들어 설 명해 보자.**

　　많은 동화에서 아이들은 맑고 순수한 영혼을 지닌 모습으로 그려진다. 그 러나 실제로 아이들은 나쁜 짓을 저지르기도 하고, 그 때문에 고민하고 갈 등하기도 한다. 결국 아이들은 그 경험을 통해 성장해 간다. 현덕의 작품은 아이들의 삶과 심리를 피상적으로 그리는 것이 아니라, 사실적으로 보여 주고 있다는 점에서 의의가 있다.

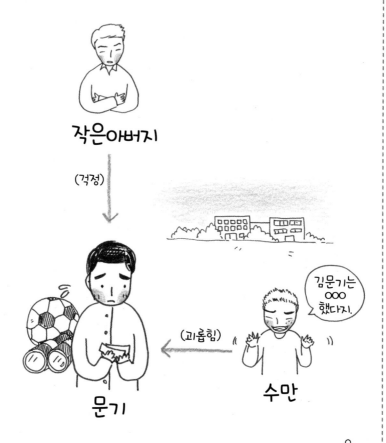

저(문기)는 고깃간에 심부름을 갔는데 주인이 거스름돈을 열 배로 잘
못 주었어요. 전 친구 수만과 함께 사고 싶었던 물건들을 샀지요. 그러
다가 물건의 출처를 묻는 작은아버지에게 꾸지람을 듣고는 부끄러워져
남은 돈은 고깃간 안마당에 던졌어요. 그런데 수만은 계속 돈을 달라
며 저를 괴롭혔고, 전 숙모 돈을 훔치고 말았어요. 저는 괴로워하다가
교통사고를 당하고 나서 모든 사실을 고백했답니다.

# 하늘은 맑건만

중문 안 안반(떡을 칠 때 쓰는 두껍고 넓은 나무 판) 뒤에 숨기어 둔 공이 간 데가 없다. 팔을 넣어 아무리 더듬어도 빈탕이다. 문기는 가슴이 두근거리기 시작하였다.

'혹 동네 아이들이 집어 갔을까?'

도리어 그랬으면 다행이다. 만일에 그 공이 숙모 손에 들어가기나 했으면 큰일이다.

문기는 아무 일 없는 태도로 전일과 다름없이 안마당에서 화초분에 물을 준다. 그러면서 연해 숙모의 눈치를 살핀다. 숙모는 부엌에서 저녁을 짓는다. 마루로 부엌으로 오르고 내릴 때 얼굴이 마주치는 것이나 문기는 자기를 보는 숙모 눈에 별다른 것이 없다 싶었다. 문기는 차츰 생각을 고친다.

'필시 공은 거지나 동네 아이들이 집어 갔기 쉽지. 그렇잖으면 작은어머니가 알고 가만있을 리 있나.'

조금 후 문기는 아랫방으로 내려갔다.

그리고 책상 서랍을 열어 보았을 때 문기는 또 좀 놀랐다. 서랍 속에 깊숙이 간직해 둔 쌍안경이 보이질 않는다. 그것뿐이 아니다. 서랍 안이 뒤죽박죽이고 누가 손을 댔음이 분명하다.

'인제 얼마 안 있으면 작은아버지가 회사에서 돌아오시겠지. 그리고 필시 일은 나고 말리라.'

문기는 책상 앞에 돌아앉아 책을 펴 들었다.

그러나 눈은 아물아물 가슴은 두근두근 도시 글이 읽어지질 않는다.

며칠 전 일이다. 문기는 저녁에 쓸 고기 한 근을 사 오라고 숙모에게 지전 한 장을 받았다. 언제나 그맘때면 사람이 붐비는 삼거리 고깃간이다. 한참을 기다려서 문기 차례가 왔다. 문기는 지전을 내밀었다. 뚱뚱보 고깃간 주인은 그 돈을 받아 둥구미(짚으로 둥글고 울이 깊게 걸어 만든 그릇)에 넣고 천천히 고기를 베어 저울에 단 후 종이에 말아 내밀었다. 그리고 그 거스름돈으로 지전 아홉 장과 그 위에 은전 몇 닢을 얹어 내주는 것이 아닌가. 문기는 어리둥절하였다. 처음 그 돈을 숙모에게 받을 때와 고깃간 주인에게 내밀 때까지도 일 원짜리로만 알았던 것이다. 문기는 돈과 주인을 의심스레 쳐다보았다. 허나 그는 다음 사람의 고기를 베느라 분주하다. 문기는 주뼛주뼛하는 사이 사람에게 밀려 뒷줄로 나오고 말았다. 그러나 다시 생각하면 정말 숙모가 일 원짜리를 준 것인지 아닌지 모르겠다. 아니라면 도리어 큰일이 아닌가. 하여튼 먼저 숙모에게 알아볼 일이었다. 문기는 집을 향해 돌아가면서도 연해 고개를 기웃거리며 그 일을 생각하였다. 내가 잘못 본 것인가, 고깃간 주인이 잘못 본 것인가 하고.

골목 모퉁이를 꺾어 돌아섰다. 서너 간(길이의 단위. 한 간은 약 1.8미터) 앞을 서서 동무 수만이가 간다. 문기는 쫓아가 그와 나란히 서며

"너 집이 인제 가니?"

하고 어깨에 손을 걸고

"이거 이상한 일 아냐?"

"뭐가 말야?"

"고길 사러 갔는데 말야. 난 일 원짜리로 알구 냈는데 십 원으로 거슬러 주니 말야."

"정말야? 어디 봐."

문기는 손바닥을 펴 돈과 또 고기를 보였다. 수만이는 잠시 눈을 끔벅끔벅 무슨 궁리를 하는 듯 문기 얼굴을 보고 섰더니

"너 이렇게 해 봐라."

"어떻게 말야?"

"먼저 잔돈만 너이 작은어머니에게 주거든."

"그리고 어떡해."

"그리고 아무 말 없거든 내게로 나와. 헐 일이 있으니."

"무슨 헐 일?"

"글쎄, 그러구만 나와. 다 좋은 일이 있으니."

마침내 문기는 수만이가 이르는 대로 잔돈만 양복 주머니에서 꺼내 놓았다. 숙모는 그 돈을 받아 두 번 자세히 세 보고 주머니에 넣고는 아무 말 없이 돌아서 고기를 씻는다. 그래도 문기는 한동안 머뭇머뭇 눈치를 보다가 슬며시 밖으로 나갔다. 그리고 문밖엔 수만이가 이상한 웃음으로 그를 맞이하였다.

수만이가 있다던 좋은 일이란 다른 것이 아니었다. 거리에서 보고 지내

던 온갖 가지고 싶고 해 보고 싶은 가지가지를 한번 모조리 돈으로 바꾸어 보자는 것이다.

그러나 문기는

"돈을 쓰면 어떻게 되니."

"염려 없어. 나 하는 대로만 해."

하고 머뭇거리는 문기 어깨에 팔을 걸고 수만이는 우쭐거리며 걸음을 옮긴다.

하긴 문기 역(또한) 돈으로 바꾸고 싶은 것이 없지 않은 터, 그리고 수만이가 시키는 대로 하기만 하면 남이 하래서 하는 것이니까 어떻게 자기 책임은 없는 듯싶었다. 그리고 수만이는 수만이대로 돈은 문기가 만든 돈, 나중에 무슨 일이 난다 하여도 자기 책임은 없으니까 또 안심이었다. 이래서 두 소년은 마침내 손이 맞고 말았다.

그래도 으슥한 골목을 걸을 때에는 알 수 없는 두려움에 가슴이 두근거리었으나 밝은 큰 한길(사람이나 차가 많이 다니는 넓은 길)로 나오자 차차 다른 기쁨으로 변했다. 길 좌우편 환한 상점 유리창 안의 온갖 것이 모두 제 것인 양, 손짓해 부르는 듯했다. 드디어 그들은 공을 샀다. 만년필을 샀다. 쌍안경을 샀다. 만화책을 샀다. 그리고 활동사진 구경도 갔다. 다니며 이것저것 군것질도 했다.

그리고 그 남저지('나머지'의 방언) 돈으로 또 한 가지 즐거운 계획이 있었다. 조 그만 환등 기계(그림, 사진, 실물 따위에 강한 불빛을 비추어 그 반사광을 렌즈로 확대해서 영사하는 조명 기구) 한 틀을 사자는 것이다. 이것을 놀려 아이들에게 일 전씩 받고 구경을 시킨다. 그리고 여기서 나오는 것으로 두고두고 용돈에 주리지 않도록 하자는 계획이다. 하고 오늘 저녁부터 그 첫 착수를 하자는 약조였다.

그러나 이 즐거운 계획을 앞두고 이내 올 것은 오고 말았다. 안방에서 저녁상을 받고 앉았던 삼촌은 문기를 불렀다. 두 번 세 번 문기야, 소리가 아랫방 창을 울린다. 방 안에서 문기는 못 들은 양 대답지 않는다. 그러나 네 번째는 안방 미닫이를 열고 삼촌은

"문기 아랫방에 없니?"

댓돌 위에 신이 놓여 있는데 없는 양 할 수는 없다. 기어이 문기는 그 삼촌 앞에 나가 무릎을 꿇고 앉지 않을 수 없었다. 삼촌은 잠잠히 식사를 계속한다. 그 상 밑에, 안반 뒤에 숨겨두었던 공이 와 있다. 상을 물릴 임시에 삼

촌은 입을 열었다.

"너 요새 학교에 매일 갔었니?"

"네."

삼촌은 상 밑에 그 공을 굴려내며

"이거 웬 공이냐?"

"수만이가 준 공예요."

"이것두?"

하고 삼촌은 무릎 밑에서 쌍안경을 꺼내 들었다.

"네."

"수만이란 얼마나 돈을 잘 쓰는 아인지 몰라두 이 공은 오십 전은 췄겠구나. 이건 못 줘두 일 원은 넘겨 췄겠구."

그리고 삼촌은

"수만이란 뭣하는 집 아이냐?"

문기는 고개를 숙이고 앉아 말이 없다. 삼촌은 숭늉을 마시고 상을 물렸다.

"네 입으로 수만이가 췄다니 네 말이 옳겠지. 설마 늬가 날 속이기야 하겠니. 하지만 남이 준다고 아무것이고 덥적덥적 받는다는 것두 좀 생각해 볼 일이거든."

삼촌은 다시 말을 계속한다.

"말 들으니 너 요샌 저녁두 가끔 나가 먹는다더구나. 그것두 수만이에게 얻어먹는 거냐?"

문기는 벌겋게 얼굴이 달아 수그리고 앉았다. 삼촌은 잠시 묵묵히 건너다만 보고 있더니 음성을 고쳐 엄한 어조로

"어머님은 어려서 돌아가시구 아버지는 저 모양이시구, 앞으로 집안을 일으킬 사람은 너 하나야. 성실치 못한 아이들하고 얼려 다니다 혹 나쁜 데 빠지거나 하면 첫째 네 꼴은 뭐구 내 모양은 뭐냐. 난 너 하나는 어디까지든지 공부도 시키구 사람을 만들어 주려구 앤데 너두 그 뜻을 받아주어야 사람이 아니냐."

그리고 삼촌은 어떻게 뒤뚝 맘 한번 잘못 가졌다가 영 신세를 망치고 마는 예를 이것저것 들어 말씀하고는 이후론 절대 이런 것 받아들이지 말라는 단단한 다짐을 받은 후 문기를 내보냈다.

문기는 아랫방에 내려와 혼자 되자 삼촌 앞에서보다 갑절 얼굴이 달아올랐다. 지금까지 될 수 있는 대로 생각지 않으려고 힘을 써 오던 그편에 정면으로 제 몸을 세워 놓고 보지 않을 수 없었다. 그러자 자기라는 몸은 벌써 삼촌의 이른바 나쁜 데 빠지고 만 것이었다. 그야 자기는 수만이가 시켜서 한 일이니까 잘못이 없다는 것이지만 당초에 그것은 제 허물을 남에게 미루려는 얄미운 구실이 아니고 뭐냐. 그리고 문기는 이미 삼촌을 속이었다. 또 써서는 아니 될 돈을 쓰고 말았다. 아아, 일찍이 어머니를 여의고 아버지란 사람은 일상 천량만량하고 허한 소리만 하면서 남루한 주제에 거처가 없이 시골 서울로 돌아다니는 사람이고, 어려서부터 문기를 길러낸 사람이 삼촌이었다. 그리고 조카의 장래를 자기의 그것보다 더 중히 알고 염려하며 잘되어 주기를 바라는 삼촌이었다. 문기도 그 삼촌의 기대에 어그러지지 않는 인물이 되어 보이겠다고 엊그제도 주먹을 쥐고 결심하던 문기가 아니냐. 생각할수록 낯이 뜨거워지는 일이다.

마침내 문기는 공과 쌍안경을 집어 들고 문밖으로 나갔다. 어둑어둑 저물어 가는 한길이다. 문기는 골목으로 들어섰다. 대낮에 많은 사람 가운데서 거리낌 없이 가지고 놀던 그 공이 지금은 사람이 드문 골목 안에서도 남이 볼까 두려워졌다. 컴컴해질수록 더 허옇게 드러나 보이는 커다란 공을 처치하기에 곤란해 문기는 옆으로 꼈다 뒤로 돌렸다 하며 사람의 눈을 피한다. 쌍안경이 든 불룩한 주머니가 또 성화다. 골목 하나를 돌아서 나올 즈음 문기는 모르고 흘리는 것인 양 슬며시 쌍안경을 꺼내 길바닥에 떨어뜨리었다. 그리고 걸음을 빨리 건너편 골목으로 들어간다. 개천가 앞에 이르렀다. 거기서 문기는 커다란 공을 바지 앞에 품고 앉아서 길 가는 사람 없기를 기다린다.

자전거가 가고 노인이 오고 동(언제부터 언제까지의 동안)이 뜬 그 중간을 타서 문기는 허옇게 흐르는 물 위로 공을 던져 버리었다. 이어 양복 안주머니에 간직해 두었던 남저지 돈을 꺼내 들었다. 그것도 마저 던져 버리려다가 문득 들었던 손을 멈춘다. 그리고 잠시 둥실둥실 물을 따라 떠나가는 공을 통쾌한 듯 바라보다가는 돌아서 걸음을 옮긴다.

문기는 삼거리 고깃간을 향해 갔다. 그리고 골목으로 돌아가 남저지 돈을 종이에 싸서 담 너머로 그 집 안마당을 향해 던졌다.

그제야 문기는 무거운 짐을 풀어 놓은 듯 어깨가 거뜬했다. 아까 물 위로

둥실둥실 떠가던 그 공, 지금은 벌써 십 리고 이십 리고 멀리 떠갔을 듯싶은 그 공과 함께 문기는 자기의 허물도 멀리 사라져 깨끗이 벗어난 듯 속이 후련했다. 그리고

'다시는 다시는.'

하고 문기는 두 번 다시 그런 허물을 범하지 않겠다고 백 번 다지며 집을 향해 돌아간다.

그러나 문기는 그것만으로는 도저히 자기 허물을 완전히 벗을 수 없었다. 그가 자기 집 어귀에 이르렀을 때 뜻하지 않은 것이 기다리고 있다 나타났다.

"너 어디 갔다 오니?"

하고 컴컴한 처마 밑에서 수만이가 튀어나오며 반긴다.

"지금 느이 집 다녀오는 길이다."

그리고 문기 어깨에 팔 하나를 걸고 한길을 향해 돌아서며

"어서 가자."

약조한 환등 틀을 사러 가자는 것이다. 극장 앞 장난감 가게에 있는 조그만 환등 틀을 오고 가는 길에 물건도 보고 금도 보아 두었던 것이다. 그리고 오늘 낮에도 보고 온 것이언만 수만이는

"그새 팔리지나 않았을까?"

하고 걸음을 재촉한다. 문기는 생각 없이 몇 걸음 끌려가다가는 갑자기 그 팔을 쳐 내리며 물러선다.

"난 싫다."

수만이는 어리둥절해 쳐다본다.

"뭐 말야. 환등 틀 사기 싫단 말야?"

"난 인제 돈 가진 것 없다."

"뭐?"

하고 수만이는 의외라는 듯 눈이 둥그레지다가는 금세 능청스런 웃음을 지으며

"너 혼자 두고 쓰잔 말이지? 그러지 말구 어서 가자."

"정말 없어. 지금 고깃간집 안마당으로 던져 주고 오는 길야. 공두 쌍안경두 버리구."

하고 문기는 증거를 보이느라고 이쪽저쪽 주머니를 털어 보이는 것이나 수

만이는 흥 하고 코웃음을 친다.

"누군 너만 못 약을 줄 아니?"

그리고 연신 빈정댄다.

"고깃간집 마당으로 던졌다? 아주 핑계가 됐거든."

"거짓말 아니다. 참말야."

할 뿐, 문기는 어떻게 변명할 줄을 몰라 쳐다보기만 하다가 고개를 떨어뜨리고 울상을 한다.

"오늘 작은아버지에게 막 꾸중 듣구. 그리고 나두 인젠 그런 건 안 헐 작정이다."

"그래두 나구 약조헌 건 실행해야지. 싫으면 너는 빠져도 좋아. 그럼 돈만 이리 내."

하고 턱 밑에 손을 내민다.

"정말 없대두 그래."

수만이는 내밀었던 손으로 대뜸 멱살을 잡는다.

"이게 그래두 느물거든."

이런 때 마침 기침을 하며 이웃집 사람이 골목으로 들어서자 수만이는 슬며시 물러선다. 그러나

"낼은 안 만날 테냐. 어디 두고 보자."

하고 피해 가는 문기 등을 향해 소리쳤다.

이튿날 아침이다. 학교를 가는 길에 문기가 큰 한길로 나오자 맞은편 판장(널빤지)에 백묵으로 커다랗게 '김문기는' 하고 그 밑에 동그라미 셋을 쳐 '○○○ 했다' 하고 써 있다. 그리고 학교 어귀에 이르러 삼거리 잡화상 빈지판('용지판'의 방언. 벽이 무너지지 아니하도록 문지방 옆에 대는 널빤지 조각)에도 같은 것이 쓰여 있는 것이다. 문기는 이번에도 무춤하고(놀라거나 어색한 느낌이 들어 갑자기 하던 짓을 멈추고) 보다가 얼른 모자를 벗어서 이름자만 지워 버렸다. 그러는 것을 건너편 길모퉁이서 수만이가 일그러진 웃음으로 보고 섰다. 그리고 문기가 앞으로 지나가자

"왜, 겁이 나니? 짓게."

하고 뒤를 오면서 작은 소리로

"그래, 정말 돈 너만 두고 쓸 테냐? 그럼 요건 약과다."

그리고 수만이는 추근추근하게 쫓아다니며 은근히 골리었다. 철봉 틀 옆

에 정신없이 선 문기를 불시에 다리오금(무릎 뒤쪽의 오목한 부분)을 쳐 골탕을 먹게 하였다. 단거리경주 연습을 하는 척 달음박질을 하다가는 일부러 문기 앞으로 달려들어 몸째 부딪는다. 그리고 으슥한 곳에서 단둘이 만나는 때면 수만이는

"너, 네 맘대루만 허지. 나두 내 맘대루 헐 테다. 내 안 풍길 줄 아니? 풍길 테야."

하고 손을 들어 꼽는다.

"풍기기만 하면 첫째 학교에서 쫓겨날 것이요, 둘째 너희 집에서 쫓겨날 것이요, 그리고 남의 걸 훔친 거나 일반이니까 또 그런 곳으로 붙들려 갈 것이요."

하고는 또

"풍길 테다."

사실 그다음 시간 교실을 들어갔을 때 문기는 크게 놀랐다. 칠판 한가운데 '김문기는 ○○○ 했다.'가 커다랗게 쓰여 있다. 뒤미처 선생님이 들어왔다. 일은 간단히 선생님이 한번 쳐다보고 누구 장난이냐, 하고 쓱쓱 지워 버리고는 고만이었지만 선생님이 들어오고 그것을 지우기까지의 그동안 문기는 실로 앞이 캄캄했다.

그러나 수만이는 그것으로 고만두지 않았다. 학교를 파해 거리로 나와서는 한층 심했다. 두어 간 문기를 앞세워 놓고 따라오면서 연해 수만이는

"앞에 가는 아이는 공공공했다지."

그리고 점점 더해 나중엔 도적질을 거꾸로 붙여서

"앞에 가는 아이는 질적도했다지."

하고 거리거리 외며 따라오는 것이다.

문기 집 가까이 이르렀다. 수만이는 문기 앞으로 다가서며 작은 음성으로 조졌다(일이나 말이 허술하게 되지 않도록 단단히 단속하다).

"너, 지금으로 가지고 나오지 않으면 낼은 가만 안 둔다. 도적질했다 하구 똑바루 써 놓을 테야."

문기는 여전히 못 들은 척 걸음만 옮긴다. 자기 집 마당엘 들어섰다. 숙모는 뒤꼍에서 화초 모종을 하는지 여기 심어라 저기 심어라 하고 아랫집 심부름하는 아이와 이야기하는 소리가 날 뿐 집 안엔 아무도 없다.

그리고 눈앞에 보이는 붙장(부엌 벽의 안쪽이나 바깥쪽에 붙여 만든 장) 안 앞턱에 잔돈

얼마와 지전 몇 장이 놓여 있다. 그리고 문밖엔 지금 수만이가 돈을 가지고 나오기를 기다리고 섰다. 여기서 문기는 두 번째 허물을 범하고 말았다.

"진작 듣지."

하고 빙그레 웃는 수만이 얼굴에다 뺨을 때리듯 돈을 던져 주고 문기는 달아났다.

급한 걸음으로 문기는 네거리 하나를 지났다. 또 하나를 지났다.

또 하나를 지났다. 걸음은 차차 풀이 죽는다. 그리고 문기는 이런 생각을 하였다.

'자기는 몰래 작은어머니 돈을 축냈다. 그러나 갚으면 고만 아니냐. 그 돈 값어치만큼 밥도 덜 먹고 학용품도 아껴 쓰고 옷도 조심해 입고, 이렇게 갚으면 고만 아니냐.'

몇 번이고 이 소리를 속으로 되뇌며 문기는 떳떳이 얼굴을 들고 집으로 들어갈 수 있을 만한 뱃심을 만들려 한다. 그러나 일없이<sup>(아무런 까닭이나 실속 없이)</sup> 공원으로 거리로 돌며 해를 보낸다.

날이 저물어서 문기는 풀이 죽어 집 마루에 걸터앉았다. 숙모가 방에서 나오다 보고

"너 학교에서 인제 오니?"

그리고 이어

"너 혹 붙장 안의 돈 봤니?"

하다가는 채 문기가 입을 열기 전에 숙모는

"학교서 지금 오는 애가 알겠니. 참 점순이 고년 앙큼헌 년이더라. 낮에 내가 뒤꼍에서 화초 모종을 내고 있는데 집을 간다고 나가더니 글쎄 돈을 집어 갔구나."

문기는 잠잠히 듣기만 한다. 그러나 속으로는 갚으면 고만이지, 소리를 또 한 번 외어 본다.

그날 밤이었다. 아랫방 들창 밑에 홀쩍홀쩍 우는 어린아이 울음소리가 났다. 아랫집 심부름하는 아이 점순이 음성이었다. 숙모가 직접 그 집에 가서 무슨 말을 한 것은 아니로되 자연 그 말이 한 입 건너 두 입 건너 그 집에까지 들어갔고, 그리고 그 집주인 여자는 점순이를 때려 쫓아낸 것이다. 먼저는 동네 아이들이 모여 지껄지껄하더니 차차 하나 가고 둘 가고 홀쩍홀쩍 우는 그 소리만 남는다. 방 안의 문기는 그 밤을 뜬눈으로 새웠다.

이튿날 아침이다. 문기는 밥을 두어 술 뜨다가는 고만둔다. 그 돈을 갚기 위한 그것이 아니다. 도시 입맛이 나지 않았다. 학교엘 갔다. 첫 시간은 수신(修身 악을 물리치고 선을 북돋아서 마음과 행실을 바르게 닦아 수양함. 지금의 '도덕' 과목에 해당) 시간, 그리고 공교로이 제목이 '정직'이다. 선생님은 뒷짐을 지고 교단 위를 왔다 갔다 하며 거짓이라는 것이 얼마나 악한 것이고 정직이 얼마나 귀하고 중한 것인가를 누누이 말씀한다. 그리고 안경 쓴 선생님의 그 눈이 번쩍하고 문기 얼굴에 머물렀다 가고 가고 한다. 그럴 때마다 문기는 가슴이 뜨끔뜨끔해진다. 문기는 자기 한 사람에게만 들리기 위한 정직이요 수신 시간인 듯싶었다. 그만치 선생님은 제 속을 다 들여다보고 하는 말인 듯싶었다.

운동장에서도 문기는 풀이 없다. 사람 없는 교실 뒤 버드나무 옆 그런 데만 찾아다니며 고개를 숙이고 깊은 생각에 잠기거나 팔짱을 찌르고 왔다 갔다 하기도 한다. 그러다 누가 등을 치면 소스라쳐 깜짝깜짝 놀란다.

언제나 다름없이 하늘은 맑고 푸르건만 문기는 어쩐지 그 하늘조차 쳐다보기가 두려워졌다. 자기는 감히 떳떳한 얼굴로 그 하늘을 쳐다볼 만한 사람이 못 된다 싶었다.

언제나 다름없이 여러 아이들은 넓은 운동장에서 마음대로 뛰고 마음대로 지껄이고 마음대로 즐기건만 문기 한 사람만은 어둠과 같이 컴컴하고 무거운 마음에 잠겨 고개를 들지 못한다. 무엇보다도 문기는 전일처럼 맑은 하늘 아래서 아무 거리낌 없이 즐길 수 있는 마음이 갖고 싶다. 떳떳이 하늘을 쳐다볼 수 있는, 떳떳이 남을 대할 수 있는 마음이 갖고 싶었다.

오후 해 저물녘이다. 문기는 책보를 흔들흔들 고개를 숙이고 담임선생님 집 앞을 왔다가는 무춤하고 섰다가 그대로 지나가고 그대로 지나가고 한다. 세 번째는 드디어 그 집 문 안을 들어서서 선생님을 찾았다. 선생님은 문기를 안방으로 맞아들이었다. 학교에서 볼 때 엄하고 딱딱하던 선생님은 의외로 부드러이 웃는 낯으로 문기를 대한다. 문기는 선생님 앞에 엎드려 모든 것을 자백할 결심이었다. 그런데 선생님의 부드러운 태도에 도리어 문기는 말문이 열리지 않았다. 다음은 건넌방에서 어린애가 울어 못했다. 다음은 사모님이 들락날락하고 그리고 다음엔 손님이 왔다. 기어이 문기는 입을 열지 못한 채 물러 나오고 말았다.

먼저보다 갑절 무겁고 컴컴한 마음이었다. 도저히 문기의 약한 어깨로는 지탱하지 못할 무거운 눌림이다. 걸음은 집을 향해 가는 것이지만 반대로 마음은 멀어진다. 장차 집엘 가서 대할 숙모가 두려웠고 삼촌이 두려웠고 더욱이 점순이가 두려웠다.

어느덧 걸음은 삼거리를 건너고 있었다. 문기 등 뒤에서 아주 멀리 뿡뿡 하고 자동차 소리와 비켜라 하는 사람의 소리가 나는 듯하더니 갑자기 귀 밑에서 크게 울린다. 언뜻 돌아다보니 바로 눈앞에 자동차 머리가 달려든 다. 그리고 문기는 으쓱하고 높은 데서 아래로 떨어져 가는 듯싶은 감과 함 께 정신을 잃고 말았다.

얼마 동안을 지났는지 모른다. 문기가 어렴풋이 눈을 떴을 때 무섭게 전 등불이 밝아 눈이 부시었다. 문기는 다시 눈을 감았다. 두 번째 문기는 눈을 뜨자 희미하게 삼촌의 얼굴이 나타나며 그것이 차차 똑똑해지더니 삼촌은

"너 내가 누군 줄 알겠니?"

하고 웃지도 않고 내려다본다. 문기는 이것도 꿈인가 하고 한번 웃어 주려 면서 그대로 맑은 정신이 났다. 문기는 병원 침대 위에 누워 있었다. 어디 아픈 데는 없으면서도 몸을 움직일 수는 없다. 삼촌은 근심스런 얼굴로 내 려다본다.

"작은아버지."

하고 문기는 입을 열었다. 그리고

"저는 마땅히 받아야 할 벌을 받은 거예요."

하고 문기는 눈을 감으며 한마디 한마디 그러나 똑똑하게 처음부터 끝까지 먼저 고깃간 주인이 일 원을 십 원으로 알고 거슬러 준 것, 그 돈을 써 버린 것, 그리고 또 붙장 안의 돈을 자기가 훔쳐 낸 것, 이렇게 하나하나 숨김없 이 자백을 하자 이때까지 겹겹으로 몸을 싸고 있던 허물이 한 꺼풀 한 꺼풀 벗어지면서 따라 마음속의 어둠도 차차 사라지며 맑아지는 것을 문기는 확 실히 깨달을 수 있었다. 마음이 맑아지며 따라 몸도 가뜬해진다. 내일도 해 는 뜨고 하늘은 맑아지리라. 그리고 문기는 그 하늘을 떳떳이 마음껏 쳐다 볼 수 있을 것이다.

#  레디메이드 인생

✐ **작가와 작품 세계** --------------------------------------

**채만식**(1902~1950)

호는 백릉(白菱). 전라북도 옥구(현 군산시) 출생. 중앙고등보통학교를 거쳐 일본 와세다대학교 영문과를 중퇴했다. 귀국 후 〈동아일보〉, 〈조선일보〉 기자를 역임했다. 1925년 단편 「세 길로」가 〈조선문단〉에 추천되면서 등단했다. 그 후 희곡 「사라지는 그림자」, 단편 「화물자동차」, 「부촌」 등 동반작가적 경향의 작품을 발표했다. 1934년에 「레디메이드 인생」, 「인텔리와 빈대떡」 등 풍자적인 작품을 발표해 작가로서의 기반을 굳혔다. 그 뒤 단편 「치숙」, 「소망」, 「예수나 믿었더면」, 「지배자의 무덤」 등 풍자성이 짙은 작품을 계속 발표했다. 중편으로는 『태평천하』가 있고, 장편으로는 『탁류』가 있다.

식민지 시절 채만식의 사회적 관심사는 실직 인텔리들의 고뇌와 궁핍한 생활이었다. 「레디메이드 인생」, 「치숙」 등과 같은 작품에서 인텔리를 양산하면서 그들에게는 기회를 만들어 주지 않는 식민지 정책에 대해 비판한다. 그는 비판적인 글에 대한 일제의 검열을 피하기 위해 풍자라는 우회적 방법을 이용해 부정적인 사회 현실을 작품에 담았다.

✐ **작품 정리** --------------------------------------

**갈래** : 풍자 소설
**배경** : 시간 – 일제의 수탈이 강화되던 1930년대 / 공간 – 경성
**시점** : 3인칭 전지적 작가 시점
**주제** : 식민지 치하 지식인 실업자가 겪는 고통과 좌절
**출전** : 〈신동아〉(1934)

**발단** P는 K사장을 찾아가서 일자리를 부탁했다가 거절당함

고등 교육을 받고도 실업자 신세인 P는 안면이 있는 신문사의 K사장을 찾아가 일자리를 부탁한다. K사장은 빈자리가 없다는 이유로 거절하면서 농촌 운동이나 하라고 충고한다. 그는 당장 먹고살기도 힘든 형편에 문맹 퇴치나 농촌 생활 개선 운동이 웬 말이냐며 반발한다.

**전개** P는 자신과 같은 '레디메이드 인생'을 양산한 사회를 비난함

거리로 나온 P는 자신이 농민이나 노동자였다면 실직하지 않았을 것이라고 생각하며 자신이 인텔리인 것을 한탄한다. 또한, 노동자와 농민의 교육열을 부추겨 자신과 같은 지식인 실업자를 양산해 낸 일제의 교육 정책을 원망한다. 그가 거리를 배회하다 산꼭대기에 있는 셋방으로 돌아오자, 주인 노파가 시골 형이 부친 편지를 건네준다. 편지에는 아들 창선을 거두기가 힘드니 올려 보내겠다고 쓰여 있다.

**위기** P는 M, H와 함께 법률책을 잡히고 술을 마심

마침 비슷한 처지에 있는 M과 H가 P를 찾아온다. 법률을 전공한 M과 경제학을 전공한 H도 빈털터리 실업자다. 세 사람은 M의 법률책을 잡혀서 마련한 돈으로 술을 마신다.

**절정** 아들 창선이 서울로 올라옴

이튿날 P는 아들이 올라온다는 전보를 받는다. 돈을 변통한 그는 풍로, 냄비, 양재기 등을 사 가지고 오는 길에 인쇄소의 문선 과장을 찾아간다. P는 월급은 필요 없으니 자기 아이에게 일만 가르쳐 달라고 조른다. 다음 날 P는 고향 사람과 함께 올라온 창선을 집으로 데리고 온다.

**결말** P는 창선을 인쇄소에 무료 견습공으로 취직시킴

이튿날 창선을 인쇄소에 맡긴 P는 레디메이드 인생이 드디어 임자를 만나 팔렸다고 자조한다.

✐ **생각해 볼 문제** -----------------------------------------------

## 1. 이 작품에서 작가는 무엇을 비판하는가?

일제의 문화 정책과 교육열 때문에 과잉 공급된 지식인들이 아무 쓸모 없는 고등실업자로 전락해 버린 당대의 현실을 신랄하게 비판하고 있다. 작가는 인텔리의 소외를 그리면서도 인텔리의 무능과 허위의식을 동시에 지적하고 있다.

## 2. P가 아홉 살 난 아들을 인쇄소 직공으로 취직시킨 행동은 어떤 의미를 지니고 있는가?

식민지 교육은 물론, 인텔리 계층인 자신까지도 부정하고 있는 P는 아들을 통해 정당한 노동에 대해 새로운 가치를 부여한다. 다만 P 자신은 변하지 못하는 지식인의 한계를 지니고 있다.

## 3. '레디메이드 인생'은 무엇을 상징하는가?

자신의 의지와는 무관하게 사회의 요구에 따라 하나의 부속품처럼 사용되는 존재를 상징한다. 지식인들은 교육을 받고 사회에 나갈 준비를 갖췄지만 누군가에게 선택되어 팔려 나가기만을 기다리는 레디메이드, 즉 기성품 같은 존재라는 것이다. 작가는 일제라는 공장이 우민화를 위해 불필요한 기성품을 과잉 공급했음을 꼬집고 있다.

## 4. P와 K사장에게서 나타나는 이율배반적인 면을 지적해 보자.

P는 식민지 체제에 대한 비판 의식을 갖고 있으나 체면과 허위의식에서 벗어나지 못한다. 지식인이 노동자보다 못하다며 자식을 인쇄소에 취직시키지만, 정작 자신은 노동 현장과 거리를 두는 것이다. K사장은 전형적인 신흥 자본가 계급이지만, 일본의 우민화 정책에 동조해서 직장을 구하는 후배들에게 대안 없이 농촌으로 돌아갈 것을 권하고 있다.

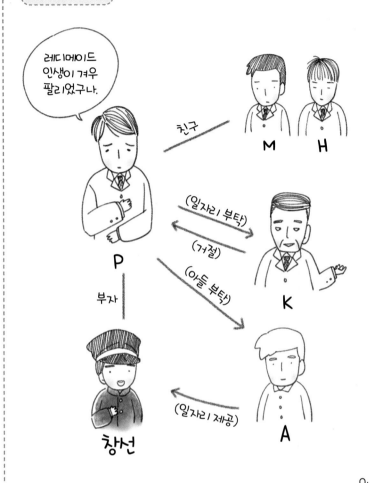

# ✏️ 인물 관계도

저(P)는 일자리를 구하고 있어요. K사장에게 부탁했지만 농촌 계몽 운동이나 하라며 거절당했지요. 대체 저는 공부를 왜 했던 걸까요? 인텔리가 아니라면 노동자가 되어 돈을 벌 수 있었을 텐데. 제 친구들 M과 H도 마찬가지 사정이에요. 저는 제 아들 창선이 저처럼 되지 않기를 바라서 인쇄소에 취업시키기로 했답니다.

# 레디메이드 인생

1

"머, 어데 빈자리가 있어야지."

K사장은 안락의자에 푹신 파묻힌 몸을 뒤로 벌떡 젖히며 하품을 하듯이 시원찮게 대답을 한다. 미상불 그는 두 팔을 쭉— 내뻗고 기지개라도 한번 쓰고 싶은 것을 겨우 참는 눈치다.

이 K사장과 둥근 탁자를 사이에 두고 공손히 마주 앉아 얼굴에는 '나는 선배인 선생님을 극히 존경하고 앙모합니다' 하는 비굴한 미소를 띠고 있는 구변, 없는 구변을 다하여 직업 동냥의 구걸 문구를 기다랗게 늘어놓던 P……. P는 그러나 취직 운동에 백전백패의 노졸인지라 K씨의 힘 아니 드는 한마디의 거절에도 새삼스럽게 실망도 아니 한다. 대답이 그렇게 나왔으니 이제 더 졸라도 별수가 없는 것이지만 헛일 삼아 한마디 더 해 보는 것이다.

"글쎄올시다, 그러시다면 지금 당장 어떻게 해 주십사고 무리하게 조를 수야 있겠습니까마는…… 그러면 이담에 결원이 있다든지 하면 그때는 꼭……."

이렇게 말하고 P는 지금까지 외면하였던 얼굴을 돌리어 K사장을 조심성 있게 바라보았다. 그러나 K사장은 우선 고개를 좌우로 두어 번 흔들고는 여전히 하품 섞인 대답을 한다.

"결원이 그렇게 나나 어데…… 그리고 간혹 가다가 결원이 난다 하더라도 유력한 후보자가 몇십 명씩 밀려 있어서……."

P는 아무 말도 아니 하고 고개를 숙였다. 이제는 영영 틀어진 것이다. '안녕히 계십시오' 하고 일어서는 것밖에는 별수가 없다.

별수가 없이 되었으니 '네 그렇습니까' 하고 선선히 일어서야 할 것이지만 지금까지 은근히 모시고 있던 태도에 비하여 그것이 너무 낮이 간지러운 표변임을 알기 때문에 실망이나 하는 체하고 잠시 더 앉아 있는 것이다.

"거 참, 큰일들 났어."

K사장은 P가 낙심해 하는 것을 보고 별로 밑천이 들지 아니하는 일이라서 알뜰히 걱정을 나누어 준다.

"저렇게 좋은 청년들이 일거리가 없어서 저렇게들 애를 쓰니."

P는 속으로 코똥(콧방귀)을 '홍' 하고 뀌었으나 아무 대답도 아니 하였다. K 사장은 P가 이미 더 조르지 아니하리라고 안심한지라 먼저 하품 섞어 '빈자리가 있어야지' 하던 시원찮은 태도는 버리고 그가 늘 흉중에 묻어 두었다가 청년들에게 한바탕씩 해 들려주는 훈화를 꺼낸다.

"그렇지만 내가 늘 말하는 것인데…… 저렇게 취직만 하려고 애를 쓸 게아니야. 도회지에서 월급 생활을 하려고 할 것만이 아니라 농촌으로 돌아가서……."

"농촌으로 돌아가서 무얼 합니까?"

K는 말중동을 갈라 불쑥 반문하였다. 그는 기왕 취직 운동은 글러진 것이니 속 시원하게 시비라도 해 보고 싶은 것이다.

"허! 저게 다 모르는 소리야…… 조선은 농업국이요, 농민이 전 인구의팔 할이나 되니까 조선 문제는 즉 농촌 문제라고 볼 수가 있는데, 아 지금농촌에서 할 일이 오죽이나 많다구?"

"저는 그 말씀 잘 못 알아듣겠는데요. 저희 같은 사람이 농촌에 가서 할일이 있을 것 같잖습니다."

"그럴 리가 있나! 가령 응…… 저……."

K사장은 '응…… 저……' 하고 더듬으면서 끝내 대답을 하지 못한다. 그것은 무리가 아니다.

그가 구직하러 오는 지식 청년들에게 농촌으로 돌아가 농촌 사업을 하라는 것과 다음에 또 꺼내는 일거리를 만들라는 것은 결코 현실에서 출발한이론적 근거가 있는 것이 아니었다. 그저 지식 계급의 구직꾼이 넘치는것을 보고 막연히 '농촌으로 돌아가라', '일을 만들어라'고 해 왔을 따름이다. 따라서 거기에 대한 구체적 플랜이 있는 것도 아니었었던 것이다. 한편으로는 한 행셋거리로, 또 한편으로는 구직꾼 격퇴의 수단으로 자룡이 헌창 쓰듯 썼을 뿐이다.

그리하여 그동안까지는 대개는 그 막연한 설교를 들은 성 만 성하고 물러가는 것이 그들의 행투였었는데 오늘 이 P에게만은 그렇지가 아니하여불가불 구체적 설명을 해 주어야 하게 말머리가 돌아선 것이다. 그래서 그는 떠듬떠듬 생각해 가면서 생각나는 대로 주워섬기는 것이다.

"가령 응…… 저…… 문맹 퇴치 운동도 있지. 농민의 구 할은 언문도 모른단 말이야! 그리고 생활 개선 운동도 좋고…… 헌신적으로."

"헌신적으로요?"

"그렇지…… 할 테면 헌신적으로 해야지."

"무얼 먹고 헌신적으로 그런 사업을 합니까……? 먹을 것이 있어서 그런 농촌 사업이라도 할 신세라면 이렇게 취직을 못해서 애를 쓰겠습니까?"

"허! 그게 안된 생각이야……. 자기가 먹고 살 재산이 있으면서 사회를 위해서 일도 아니하고 번들번들 논다는 것은 그것은 타락된 생각이야."

P는 K사장이 억단(臆斷 억측으로 판단함)을 내세우는 것을 보고 속으로 싱긋이 웃었다.

"그렇지만 지금 조선 농촌에서는 문맹 퇴치니 생활 개선이니 합네 하고 손끝이 하얀 대학이나 전문학교 졸업생들이 몰려오는 것을 그다지 반겨하기는커녕 머릿살을 앓을 것입니다……. 농민이 우매하다든지 문화가 뒤떨어졌다든지 또 생활이 비참한 것의 근본 원인이 기역니은을 모른나든가 생활 개선을 할 줄 몰라서 그런 것이 아니니까요. 그리고 조선의 지식 청년들이 모두 그런 인도주의자가 되어집니까?"

"되면 되지 안 될 건 무어야?"

"그건 인도주의란 그것이 한 개 공상이니까 그렇겠지요."

"허허……, 그러면 P군은 ××주의잔가?"

"되다가 찌부러진 찌스레깁니다. 철저한 ××주의자라면 이렇게 선생님한테 와서 취직 운동도 아니 합니다."

"못써! 그렇게 과격한 사상으로 기울어서야 쓰나……. 정 농촌으로 돌아가기가 싫거든 서울서라도 몇 사람 맘 맞는 사람이 모여서 무슨 일을, 조선에 신문이 모자라니 신문을 하나 경영하든지 또 조그맣게 하자면 잡지 같은 것도 좋고 또 영리사업도 좋고……. 그러면 취직 운동하는 것보다 훨씬 낫지 않은가?"

"좋은 줄이야 압니다만 누가 돈을 내놓습니까?"

"그거야 성의 있게 하면 자연 돈도 생기는 거지."

P는 엉터리없는 수작을 더 하기가 싫어 웬만큼 말을 끊고 일어섰다.

속에 있는 말을 어느 정도까지 활활 해 준 것이 시원은 하나, 또 취직이 글렀구나 생각하니 입안에서 쓴 침이 괴어 나온다.

복도에서 편집국장 C를 만났다. P는 C와 자별히(친분이 남보다 특별하게) 사이가 가까운 터였었다.

"사장 만나러 왔소?"

C가 묻는 것이다.

"아니."

P는 거짓말을 하였다. 그는 지금 K사장을 만나 거절당한 이야기를 하기가 어쩐지 창피하기도 할 뿐 아니라, 또 전부터 C더러 K사장에게 자기의 취직 운동을 부탁해 왔던 터인데 직접 이렇게 찾아와서 만났다고 하기가 혐의쩍기(마음에 꺼리고 싫어할 만한 점이 있음)도 하여 시치미를 뚝 뗀 것이다.

"아주 단념하오."

C는 자기에게 부탁한 취직 운동을 단념하란 말이다. 그러면 벌써 C가 K사장에게 이야기를 하였고 그 결과 일이 틀어진 것을 P는 모르고 와서 헛노릇을 한바탕한 것이다. P는 먼저 C를 만나 보지 아니하고 K사장을 만난 것을 후회하였다. C는 잠깐 멈췄던 말을 계속한다.

"어제 아침에 사장더러 P군의 사정이 퍽 난처하니 어떻게 생각해 봐 주면 좋겠다고 여러 말을 했다가 코떼었소(무안하도록 핀잔을 들었소). 신문사가 구제 기관이 아닌데 남의 사정 난처한 것을 어떻게 하라느냐고 그럽디다. 하기야 그게 옳은 말이지만……."

신문사가 구제 기관이 아니라고 한다는 그 말이 P의 머리에는 침 끝으로 찌르는 것같이 정신이 들게 울리었다.

"흥! 망할 자식들!"

P는 혼잣말로 이렇게 두덜거리며 C와 작별도 아니 하고 밖으로 나와 버렸다.


2

P는 광화문 네거리의 기념 비각 옆에서 발길을 멈추고 망설였다. 어디로 갈까 하는 것이다.

봄 하늘이 맑게 개었다. 햇볕이 살이 올라 포근히 온몸을 싸고돈다. 덕석(추울 때 소의 등을 덮어 주기 위해 만든 명석 같은 것) 같은 겨울 외투를 벗어 버리고 말쑥말쑥하게 새로 지은 경쾌한 춘추복의 젊은이들이 봄볕처럼 명랑하게 오고 가고 한다.

멋쟁이로 차린 여자들의 목도리가 나비같이 보드랍게 나부낀다. 그 오동보동한 비단 다리를 바라다보노라니 P는 전에 먹던 치킨커틀릿 생각이 났다.

창을 활활 열어젖힌 전차 속의 봄 사람들을 보니 P도 전차를 잡아타고 교외나 나가고 싶었다. 그러나 크림 맛을 못 본 지 몇 달이 된 낡은 구두, 구기적거린 동복 바지, 양편 포켓이 오뉴월 쇠불알같이 축 처진 양복 저고리, 땟국 묻은 와이셔츠와 배배 꼬인 넥타이, 엿장수가 이 전어치 주마던 낡은 모자, 이렇게 아래로부터 훑어 올려 보며 생각하니 교외의 산보는커녕 얼른 돌아가서 차라리 이불을 뒤집어쓰고 드러눕고만 싶었다.

마침 기념비각 앞에 자동차 하나가 머무르더니 서양 사람 내외가 내린다. 그들은 사내가 설명을 하고 여자가 듣고 하면서 기념비각을 앞뒤로 구경한다. 여자는 사진까지 찍는다.

대원군이 만일 이 꼴을 본다면……. 이렇게 생각하매 P는 저절로 미소가 입가에 떠올랐다.


## 3

대원군은 한말(韓末 대한 제국의 마지막 시기)의 돈키호테였다. 그는 바가지를 쓰고 벼락을 막으려 하였다. 바가지는 여지없이 부스러졌다. 역사는 조선이라는 조그마한 땅덩이나마 너무 오래 뒤떨어뜨려 놓지 아니하였다.

갑신정변에 싹이 트기 시작하여 가지고 일한합방의 급격한 역사 변천을 거쳐 자유주의의 사조는 기미년에 비로소 확실한 걸음을 내디뎠다.

자유주의의 새로운 깃발을 내어 걸은 '시민'의 기세는 등등하였다.

"양반? 흥! 누구는 발이 하나기에 너희만 양발(班)이라느냐?"

"법률의 앞에서는 만인이 평등이다."

"돈……, 돈이 있으면 무어든지 할 수 있다."

신흥 부르주아지는 민주주의의 간판을 이용하여 노동자 농민의 등을 어루만지고 경제적으로 유력한 봉건 귀족과 악수를 하는 동시에 지식 계급을 대량으로 주문하였다.

'유자천금 불여교자 일권서(遺子千金 不如敎子 一卷書 자식에게 재산을 남겨 주는 것보다 한 권의 책을 가르치는 것이 낫다)'라는 봉건 시대의 진리가 자유주의의 세례를 받아 일단의 더 발전된 얼굴로 민중을 열광시켰다.

"배워라. 글을 배워라……. 지식만 있으면 누구나 양반이 되고 잘살 수가 있다."

이러한 정열의 외침이 방방곡곡에서 소스라쳐 일어났다.

신문과 잡지가 붓이 닳도록 향학열을 고취하고 피가 끓는 지사들이 향촌으로 돌아다니며 삼촌<sup>(세치)</sup>의 혀를 놀려 권학<sup>(勸學)</sup>을 부르짖었다.

"배워라. 배워야 한다. 상놈도 배우면 양반이 된다."

"가르쳐라. 논밭을 팔고 집을 팔아서라도 가르쳐라. 그나마도 못하면 고학<sup>(苦學)</sup>이라도 해야 한다."

"공자 왈 맹자 왈은 이미 시대가 늦었다. 상투를 깎고 신학문을 배워라."

"야학을 실시하여라."

재등<sup>(齋藤 사이토 마코토. 제3대, 제5대 조선 총독. 형식상의 문화 정책으로 우리 민족에 대한 회유 정책을 씀)</sup> 총독이 문화 정치의 간판을 내어 걸고 골골이 학교를 증설하였다. 보통학교의 교장이 감발<sup>(발감개. 버선이나 양말 대신 발에 칭칭 감는 좁고 긴 무명천)</sup>을 하고 촌으로 돌아다니며 입학을 권유하였다. 생도에게는 월사금을 받기는커녕 교과서와 학용품을 대 주었다.

민간의 유지는 돈을 걷어 학교를 세웠다. 민립 대학도 생기려다가 말았다. 청년회에서 야학을 설치하였다. 갈돕회가 생겨 갈돕만주 외우는 소리가 서울에 신풍경을 이루었고 일반은 고학생을 존경하였다.

여학생이라는 새 숙어가 생기고 신여성이라는 새 여인이 생겨났다.

이와 같이 조선의 관민이 일치되어 민중의 지식 정도를 높이는 데 진력을 하였다. 즉, 그들 관민이 일치하여 계획한 조선의 문화 정도는 급속도로 높아 갔다.

그리하여 민중의 지식 보급에 애쓴 보람은 나타났다.

면 서기를 공급하고, 순사를 공급하고, 군청 고원을 공급하고, 간이 농업학교 출신의 농사 개량 기수를 공급하였다.

은행원이 생기고 회사 사원이 생겼다. 학교 교원이 생기고 교회의 목사가 생겼다.

신문 기자가 생기고 잡지 기자가 생겼다. 민중의 지식 정도가 높았으니 신문 잡지 독자가 부쩍 늘고 의사와 변호사의 벌이가 윤택하여졌다.

소설가가 원고료를 얻어먹고, 미술가가 그림을 팔아먹고, 음악가가 광대의 천호<sup>(賤號 천한 호칭)</sup>에서 벗어났다.

인쇄소와 책 장사가 세월을 만나고 양복점 구둣방이 늘비하여졌다.

연애결혼에 목사님의 부수입이 생기고 문화 주택을 짓느라고 청부업자가 부자가 되었다. 그리하여 부르주아지는 '가보'를 잡고, 공부한 일부의 지식꾼은 진주(투전이나 화투 따위의 노름에서 다섯 끗을 이르는 말)를 잡았다.

그러나 노동자와 농민은 무대(노름판에서 투전의 끗수가 열이나 스물로 되어 쓸 끗수가 아주 없게 된 경우를 말함)를 잡았다. 그들에게는 조선의 문화 향상이나 민족적 발전이나가 도리어 무거운 짐을 지어 주었을지언정 덜어 주지는 아니하였다. 그들은 배 주고 속 얻어먹은 셈이다.

…… (원문 20여 자 탈락) ……

인텔리……, 인텔리 중에도 아무런 손끝의 기술이 없이 대학이나 전문학교의 졸업 증서 한 장을, 또는 그 조그마한 보통 상식을 가진 직업 없는 인텔리……, 해마다 천여 명씩 늘어 가는 인텔리……, 뱀을 본 것은 이들 인텔리다.

부르주아지의 모든 기관이 포화 상태가 되어 더 수요가 아니 되니 그들은 결국 꼬임을 받아 나무에 올라갔다가 흔들리는 셈이다. 개밥의 도토리다.

인텔리가 아니 되었으면 차라리 …… (원문 7~8자 탈락) …… 노동자가 되었을 것인데, 인텔리인지라 그 속에는 들어갔다가도 도로 달아나오는 것이 구십구 퍼센트다. 그 나머지는 모두 어깨가 축 처진 무직 인텔리요, 무기력한 문화 예비군 속에서 푸른 한숨만 쉬는 초상집의 주인 없는 개들이다. 레디메이드 인생이다.

## 4

"제—길!"

P는 혼자 두덜거리며 지금까지 서 있던 기념 비각 옆을 떠났다.

…… (원문 80여 자 탈락) ……

P는 자기 자신이고 세상의 모든 일이고 모두 짜증이 나고 원수스러웠다.

광화문 큰 거리를 총독부 쪽으로 어슬어슬 걸어가노라니 그의 그림자가 짤막하게 앞에 누워 간다. P는 그 자기 그림자를 콱 밟고 싶었다. 그러나 발을 내어 디디면 그림자도 그만큼 앞으로 더 나가곤 한다. 이 그림자와 자기 자신에서, 그리고 그림자를 밟으려는 자기 자신과 앞으로 달아나는 그림자에서 P는 자기의 이중인격의 모순상을 발견하였다.

동십자각 옆에까지 온 P는 그 건너편 담배 가게 앞으로 갔다.

"담배 한 갑 주시오."

하고 돈을 꺼내려니까 담배 가게 주인이,

"네, 마콥니까?"

묻는다.

P는 담배 가게 주인을 한번 거듭떠보고 다시 자기의 행색을 내려 훑어보다가 심술이 버쩍 났다. 그래서 잔돈으로 꺼내려는 것을 일부러 일 원짜리로 꺼내려는데 담배 가게 주인은 벌써 마코 한 갑 위에다 성냥을 받쳐 내어 민다.

"해태 주어요."

P는 돈을 들이밀면서 볼먹은 소리를 질렀다. 그러나 담배 가게 주인은 그저 무신경하게 '네—' 하고는 마코를 해태로 바꾸어 주고 팔십오 전을 거슬러 준다.

P는 저편이 무렴(無廉 염치가 없음)해 하지 아니하는 것이 더욱 얄미웠다.

그는 해태 한 개를 꺼내어 붙여 물고 다시 전찻길을 건너 개천가로 해서 올라갔다. 이제는 포켓 속에 남은 것이 꼭 삼 원하고 동전 몇 푼이다. 엊그제 겨울 외투를 사 원에 잡혀서 생긴 것이다.

방세와 전깃불 값이 두 달 치나 밀렸다. 삼 원은 방세 한 달 치를 주고 일 원에서 전등 삯 한 달 치를 주고도 싶었으나, 그러고 나면 그 나머지로 설렁탕이나 호떡을 사 먹어도 하루밖에는 못 지낸다. 그래 그대로 넣어 두고 한 이틀 지내는 동안에 일 원이 거진 달아났던 판인데 공연한 객기를 부리느라고 당치도 아니한 해태를 샀기 때문에 이제는 일 원 돈은 완전히 달아나고 삼 원만 남은 것이다.

P는 포켓 속에 손을 넣고 잔돈과 지폐를 섞어 삼 원 남은 돈을 만지작거렸다. 그러면서 원편 손으로는 손가락을 꼽아 가며 삼 원을 곱쟁이 처 보았다.

육 원, 십이 원, 이십사 원, 사십팔 원, 구십육 원, 백구십이 원, 팔 원 모자라는 이백 원…… 사백 원, 팔백 원, 일천육백 원, 삼천이백 원, 육천사백 원, 일만 이천팔백 원. 팔백 원은 떼어 버리고 이만 사천 원, 사만 팔천 원, 구만 육천 원, 십구만 이천 원, 삼십팔만 사천 원, 칠십육만 팔천 원, 일백오십삼만 육천 원…….

삼 원을 열여덟 번만 곱집으면 일백오십만 원이 된다. 일백오십만 원 그놈이 있으면…… 이렇게 생각하매 어깨가 으쓱해졌다.

삼 원의 열여덟 곱쟁이가 일백오십만 원이니 퍽 쉬운 것이다……. 그놈만 있으면 백만 원을 들여서 오십 전짜리 십육 페이지 신문을 하나 했으면 우선 K사장의 엉엉 우는 꼴을 볼 수가 있을 것이다.

그러나 아쉬운 대로 십오만 원만 있어도, 일만 오천 원 아니 일천오백 원만 있어도, 아니 일백오십 원만 있어도, 십오 원만 있어도 우선 방세와 전등 삯을 주고 한 달은 살아가겠다.

P는 한숨을 내쉬었다. 한 달? 한 달만 살고 나면 그다음은 어떻게 하나……? 그래도 몇백 원은 있어야지, 아니 몇천 원은, 아니 몇만 원은…….

P는 늘 하는 버릇으로 이런 터무니없는 공상을 되풀이하였다.

그는 최근 이러한 공상을 하면서부터 취직을 시들하게 여겼다. 취직이 된댔자 사오십 원이나 오륙십 원이 월급이다. 그것을 가지고 빠듯빠듯 살아간들 무슨 아기자기한 재미가 있을 턱도 없는 것이다.

가령 근실히 해서 월괘 저금(月掛 貯金 매달 적립하는 저금) 같은 것도 하고 집도 장만하고 여편네도 생기고 사장이나 중역들의 눈에 들어 지위도 부장쯤으로는 올라가고, 그리하여 생활의 근거도 안정이 되고 하면 지금 같은 곤란은 당하지 아니하겠지만, 그러나 P에게는 아직도 젊은 때의 야심이 있어 그러한 고식된 안정이나 명색 없는 생활은 도리어 피하고 싶었던 것이다. 좀 더 남의 눈에 띄고, 좀 더 재미있고 그리고 자유로운 생활.

물론 그는 지금이라도 누가 한 달에 삼십 원만 줄 테니 와서 일을 해 달라면 마치 주린 개가 고기를 보고 덤비듯이 덮어놓고 덤벼들 것이다. 그러나 속으로는 그와 딴판으로 배포를 부리고 있는 것이다.

P가 삼청동으로 올라가느라고 건춘문 앞까지 이르렀을 때 저편에서 말쑥하게 몸치장을 한 여자 하나가 마주 내려왔다. 역시 삼청동 근처에 사는 여자인지 P와는 가끔 마주치는 여자다.

P는 그 여자와 만날 때마다 일부러 눈여겨보지 않는 체하면서도 실상은 고비 살살 관찰을 하였고, 그리고 속으로는 연애라도 좀 했으면 하던 터였었다. 무엇보다도 동그스름한 얼굴에 이목구비가 모두 모지지 아니하고 얼굴의 윤곽이 둥글둥이 모가 나지 아니한 것, 그래서 맘자리(마음의 본바탕)도 그렇게 둥글려니 하는 것이 P의 마음을 끈 것이다.

그 여자는 자주 만나는 이 협수룩한 양복쟁이 P를 먼빛으로도 알아보았는지 처녀다운 조심스런 몸매로 길을 가로 비켜 가까이 왔다.

P는 고개를 꼿꼿이 쳐들고 앞만 쳐다보면서도 속으로는, '저 여자가 지금 내 옆으로 다가와서 조그만 소리로 정답게 구애를 한다면? 사뭇 들여 안긴다면? ……어쩔꼬?'

이런 생각을 하면서 히죽이 웃는데 여자는 벌써 지나쳐 버렸다.

'흥! 어쩌긴 무얼 어째? ……이년아, 일없다는데 왜 이래! 하고 발길로 칵 차 내던지지.'

하고 P는 어깨를 으쓱하였다.

삼청동 꼭대기에 있는 집(집이 아니라 사글세로 든 행랑방)에 돌아왔다. 객지에 혼자 있으니 웬만하면 하숙에 있을 것이로되 방값이 밀리고 그것에 졸릴 것이 무서워 P는 방을 얻어 가지고 있던 것이다.

먹는 것이야 수중에 돈이 있는 데에 따라 호떡도, 설렁탕도, 백화점의 런치도, 그렇잖고 몇 끼씩 굶기도 하여 대중이 없었다.

볕 구경을 잘 못해서 겨울에도 곰팡이가 슬고 이불을 며칠씩 그대로 펴 두는 방바닥에서는 먼지가 풀신풀신 올랐다.

하도 어설퍼 앉으려고도 아니 하고 방 가운데 우두커니 서서 있노라니까 안방 문 여닫는 소리가 들리며 주인 노파가 나와서 캑 하고 기침을 한다. P 는 또 방세 졸릴 일이 아득하였다.

그러나 노파는 방세보다도 우선 편지 한 장을 들이밀어 준다. 고향의 형에게서 온 것이다.

편지를 뜯어 읽고 난 P는 말가웃(한 말 반쯤의 분량)이나 되게 한숨을 푸— 내쉬었다. 그러고는 편지를 박박 찢어 버렸다.

## 5

편지의 요건은 P의 아들에 관한 것이다.

P에게는 연전에 갈린 아내와의 사이에 생긴 창선이라는 아들이 있다. 금년에 아홉 살이다.

아내와 갈릴 때에 저편에서 다만 어린애만이라도 주었으면 그것을 데리고 길러 가는 재미로 혼자 사는 세상에 낙을 붙이겠다고 사정하였다. 그리고 적어도 중학까지는 마치게 하겠다는 것이었다.

그렇게 했으면 P도 한 짐을 덜었을 것이다. 그러나 그는 듣지 아니하였다.

어릴 적부터 소박데기(소박맞은 여자) 어미의 손에서 아비의 원망과 푸념을 들어 가면서 자란 자식은 자란 뒤에 그 아비에게 호감을 가지지 못한다. P는 자식을 꼭 찾고 싶은 것은 아니나 아무튼 장성하면 아비라고 찾아올 터인데 그때에 P는 이미 늙고 자식은 팔팔하게 젊은 놈이 옛날에 제 어미를 소박한 아비라서 아니꼽게 군다면 그것은 차마 못 당할 노릇이다.

이러한 생각으로 P는 창선이를 내주지 아니한 것이다. 그러나 빼앗아 놓고 보니 이제 겨우 네댓 살밖에 아니 먹은 것을 자기 손으로 어찌할 수가 없다. 그리하여 할 수 없이 어렵사리 지내는 그 형에게 맡겨 놓고 다시 서울로 올라온 것이다. 보통학교에 다닐 나이가 되면 서울로 데려오겠다고 해 두고…….

P의 형은 작년에 조카를 보통학교에 입학시켰다. 그러나 극빈 축에 드는 집안인지라 몇 푼 아니 되는 월사금과 학비를 대지 못하여 중도에 퇴학시켰다. 애초에 입학시킬 상의로 P에게 편지를 했을 때에 P는 공부 같은 것은 시켜 봤자 소용이 없으니 차라리 뼈가 보드라운 때부터 생일(특별한 지식이 필요 없는, 몸으로 하는 일)을 시키라고 하였다. P의 형은 그러나 백부의 도리로나 집안의 체면으로나 창선이에게 생일을 시킬 수가 없었다. 차라리 자기 손에 두어 헐벗기고 헐입히면서 공부도 시키지 못하니 제 아비인 P더러 데려가라고 작년부터 편지를 하던 터이다.

금년도 입학 시기가 당하매 P의 형은 P에게 누차 편지를 하였다. 금년에 입학을 시키지 못하면 명년에는 학령이 초과되어 들여 주지 아니할 것이니 어서 데려다가 공부를 시키라는 것이다.

그 어린것이 굶기를 먹듯 하고 재주는 있으면서 남의 집 아이들이 학교에 다니는 것을 부러워하는 꼴은 차마 애처로워 볼 수가 없다. 차라리 이 꼴 저 꼴 보지 않는 것이 속이나 편하겠다.

이번 편지에는 이러한 구절이 있고 끝에 가서,

여비가 몇 원 변통되면 차를 태우고 전보를 칠 테니 정거장에 나와 데려가거라. 나도 웬만하면 객지에 혼자 있는 너에게 어린 자식을 떠맡기듯이 보내겠느냐마는 잘못하다가 그것을 굶겨 죽이겠기에 생각다 못해 단행하는 것이다.

이러한 말이 씌어 있었다.

P는 박박 찢은 편지를 돌돌 뭉쳐 방구석에 내던지고 한숨을 푸— 내쉬었다.

이제는 자식을 데리고 있기가 피할 수 없이 되었는데, 어떻게 했으면 좋을까 하는 것이다. 그는 형이 원망스럽고 아니꼬웠다.

굳이 제 아비를 따라 보낸다는 것이 아니라 부득부득 공부를 시키려는 것 때문이다. 기왕 서울로 보내나 시골서 데리고 있으나 고생시키기는 일반이니 차라리 시골서 일찍부터 생일이나 시켰으면 P에게는 여러 가지로 좋을 것이었다.

"흥! 체면! 공부! 죽여도 인텔리는 만들잖는다."

P는 혼자 이렇게 두덜거렸다.

"집에서 온 편지유? 무슨 걱정이 생겼수?"

말거리를 찾지 못하여 머뭇거리고 섰던 안방 노인이 동정이나 하는 듯이 이렇게 묻는다.

"아니오."

P는 마지못해 코대답을 하였다.

"필경 무슨 걱정이 생긴 게구려!"

노인은 자기의 말거리를 만들려고 아니라는데도 이렇게 걱정을 내어놓는다.

"그게 모다 가난한 탓이지! 저렇게 젊고 똑똑한 이가……. 저게 모다 가난한 탓이야! 어데 구실자리<sup>(일자리)</sup> 말한다더니 아직 아니 됐수?"

"네, 아직……."

"거 큰일 났구려! 어서 돼야 할 텐데……. 나도 꼭 죽겠수……. 이 늙은 것이……! 돈 좀 마련되잖았수?"

"네, 아직 좀……."

"저걸 어쩌나! 오늘은 물값이야 전깃불 값이야 사뭇 받으러 달려들 텐데!"

"메칠만 더 미루십시오. 설마하니 마나님이야 아니 드리겠습니까……."

"아무렴! 실수야 없을 줄 알지만 내가 하도 옹색하니깐 그러는 거지……."

P는 노인이 지껄이게 두어 두고 혼자 생각하였다. 전에 아는 집에서 셋방을 얻어 들었을 때에는 두 달이고 석 달이고 세가 밀려도 조르는 법이 없었다.

밀려도 조르지 아니하는 아는 집……, 이것이 P는 도리어 미안해서 이곳으로 옮겨 온 것이다. 옮겨 와 가지고 막상 졸림질을 당하니 미안해도 졸리지는 아니하던 옛집이 그리워지는 것이다.

노인이 문을 가로막고 서서 수다스런 소리로 더 지껄이려고 하는데 마침 P의 동무 M과 H가 찾아왔다.

"어데 나가나?"

M이 그러잖아도 벌씸한 코를 한 번 더 벌씸하고 사이 벌어진 앞니를 내

어 보이며 싱끗 웃는다.

몸집은 M과 같이 통통하지만 키가 적어 M의 뒤에 가려 섰던 H가 옆으로 나서며,

"안녕합시요."

하고 인사를 한다.

P는 싱끗이 웃었다. 이 M과 H는 같은 하숙에 있는데 두 사람은 곧잘 같이 돌아다닌다. 같이 가는 것을 나란히 세워 놓고 보면 하나는 키가 커서 우뚝하고 하나는 키가 작아서 납작 붙어 가는 것 같다.

얼굴도 M은 우둘부둘한 게 정객 타입으로 생겼고(잘못하면 복싱 링에 내세워도 좋겠고) H는 안존한 게 사무원 타입이다.

일상의 언행을 보아도 H는 무슨 이야기가 자기 전문인 법률에 관한 깃에 다다르면 육법전서의 조목을 따르르 외우면서 이러고저러고 하다고 설명을 하고, M은 동경서 학생 ××에 제휴를 했던 만큼, 그리고 전문이 정경과인만큼 좌익 진영에서 쓰는 어투가 그대로 나온다.

"여전히 모다 동색(冬色)이 창연하군!"

P는 두 사람의 특특한 겨울 양복을 보고, 그리고 자기의 행색을 내려 보며 웃었다.

M이 신을 벗고 들어와 먼지 앉은 책상 위에 걸터앉으며,

"춘래불사춘(春來不似春 봄이 왔지만 봄답지 않다는 뜻)일세."

하고 한마디 외운다. H도 따라 들어와 한편에 앉으며 한마디 한다.

"아직 괜찮아…… 거리에서 보니까 동복 입은 사람이 많데……."

"괜찮기는 무어 괜찮아…… 우리가 길로 돌아다니니까 사방에서 아이구 아야! 소리가 들리데."

"왜?"

"봄이 발밑에서 짓밟히느라고."

"하하하하."

세 사람은 소리를 내어 웃었다.

"참 시험 본 것 어떻게 되었소?"

P는 H가 일전에 총독부에서 본 고원 채용 시험을 생각하고 물어보았다.

"말두 마시우…… 이제는 꼭 들어앉어 공부나 해 갖고 변호사 시험이나 치겠소."

사람이 별로 변통성도 없고 그렇다고 여기저기 반연도 없어 취직이 여의하게 되지 못하는 것을 볼 때에 P는 가엾은 생각이 늘 들곤 하였다.

"가만있게…… 어서 변호사 시험만 패스하게. 그러면 이제 내가 백만 원짜리 주식회사를 조직해 가지고 자네를 법률 고문으로 모셔 옴세."

이것은 M이 늘 농 삼아 하는 농담이다. M도 일 년 동안이나 취직 운동을 하면서 지냈건만 그는 되레 배포가 유하다. 조금 더 재빠르게 했으면 M은 벌써 취직이 되었을는지도 모르나 그는 타고난 배포와 그리고 남에게 아유구용(阿諛苟容 남에게 잘 보이려고 구차스럽게 아첨하는 모양)을 하기 싫어하는 성질로 말하자면 취직 전선의 낙오자다.

별로 만나야 할 일도 없다. 그러나 제각기 혼자 있으면 우울해지니까 이렇게 서로 찾으며 자주 만나게 된다.

만나 앉아서 이야기라도 지껄이면 그동안만은 명랑하여진다. 지금 서울 안에 P니 M이니 H와 매일 만나 하는 일 없이 돌아다니고 주머니 구석에 돈푼 있으면 서로 털어 선술 잔이나 먹고 하는 룸펜(lumpen 독일어로 부랑자, 실업자를 뜻함)의 패가 수없이 많다.

무어나 일을 맡겼으면 불이 번쩍 일게 해낼 팔팔한 젊은 사람들이다. 그렇건만 그들은 몸을 비비 꼬고 있다.

아무 데도 용납지 못하는 사람들이다. ××적 ××에서 그들을 불러들이기에는 ××적 ××의 주관적 정세가 너무도 미약하다. 그것은 그들의 몇 부분이 동경서 학생으로 있을 시절에는 그 속에서 활발하게 ××을 계속하던 것이 조선에 나오면서 탈리되는 것으로 보아 그러한 해석을 내리지 아니할 수가 없다.

그렇다고 부르주아의 기성 문화 기관에 들어가자니 그곳에서는 수요를 찾지 아니한다. 레디메이드로 된 존재들이니 아무 때라도 저편에서 필요해야만 몇씩 사들여 간다.

M이 마코를 꺼내 놓고 붙여 문다. P는 포켓 속에 들어 있는 해태를 차마 내놓기가 낯이 따가워 M의 마코를 집어 당겼다.

…… (원문 80여 자 탈락) ……

P는 설명을 시작한다. P 자신 그러한 장난 비슷한 공상은 하면서 일단 해보라고 하면 주저할 것이지만 어쨌거나 그랬으면 통쾌하리라는 것이다.

"면점 경무국에 들어가서 아주 까놓고 이야기를 한단 말이야. 우리가 지금 대상으로 하는 것은 총독부가 이니라 조선의 소위 민간 측 유지들이니까 산섭을 말어 달라고."

"그러면 관허(官許) 메이데이(May Day 노동절. 5월 1일)로구만."

"그래 관허도 좋아…… 그래 가지고는 기에다가는 무어라고 쓰느냐 하면 '우리에게 향학열을 고취한 놈이 누구냐?'……어때?"

"조—치!"

"인텔리에게 직업을 대라…… 이렇게 노래를 지어 부르거든."

…… (원문 10여 자 탈락) ……

"옹…… 유지와 명사의 가면을 박탈시키라고…… 한 몇십 명이 그렇게 데모를 한단 말이야! 하하하하."

M은 이렇게 웃고 H는 시원찮게 핀잔을 준다.

"듣그럽소(떠드는 소리가 듣기 싫소), 여보…… 아 글쎄, 멀끔멀끔한 양복쟁이들이 종로 네거리로 기를 받고 그렇게 다녀 봐! 애들이 와서 나 광고지 한 장 주, 하잖나."

"하하하하."

"허허허허."

창밖에서 냉이 장수가 싸구려 소리를 외치고 지나간다. M이 그에 응하여,

"이크! 봄을 덤핑하는구나!"

"흥, 경제학자라 다르군……. 참, 우리 하숙에서는 채소를 좀 멕여 주어야지!"

"밥값을 잘 내 보지."

"그도 그렇지만."

"나는 석 달 치 밀렸네."

"나도 그렇게 될걸."

"그러니까 나처럼 이렇게 아파트 생활을 해요."

이것은 P의 말이다. 아파트라고 말해 놓고도 서글퍼서 허허 웃었다.

"조선식 아파트! 그렇지만 우리가 아파트 생활을 했다면 아마 두어 달 전에 굶어 죽었을걸."

"나는 돈을 보면 초면 인사를 해야 되겠네……. 본 지가 하도 오래라서 낯을 잊었어."

"여보게."

하고 M이 의젓하게 H를 달군다.

"돈 구경한 지 오래됐다지?"

"응."

"존 수가 있네."

"뭣?"

"자네 책 좀 삼사(三四) 구락부에 보내세."

"싫으이."

"자네 돈 구경하고…… 구경하고 나서 그놈으로 한잔 먹고…… 한잔 말이 났으니 말이지 요즘 같으면 술이나 실컷 먹고 주정이라도 했으면 속이 시원하겠네."

"그러니까 말이야…… 가세. 가서 다섯 권만 잽혀."

"일없다."

"내가 찾어 주지."

"흥."

"정말이야."

"싫여."

## 6

그날 밤.

P와 M은 H를 졸라 그의 법률 책을 잡혀 돈 육 원을 만들어 가지고 나섰다.

선술집에 가서 엔간히 취하도록 먹은 뒤에 C라는 카페에 가서 술 두 병을 놓고 자정이 되도록 노닥거렸다.

그곳에서 나올 때는 육 원 돈이 이 원 남았다. 이 원의 처치를 생각하던 세 사람은 일제히 동관으로 가기로 하였다.

세 사람이 모두 다리가 비틀거렸다. 그중에도 P는 더욱 취하였다.

늴리리 가락으로 들어박힌 갈봇집.

다 쓰러져 가는 초가집을 세 사람이 아는 집 들어서듯이 쑥쑥 들어서니,

"들어옵시오."

"어서 옵시오."

라고 머리 딴 계집애와 배가 북통 같은 애 밴 계집이 마루로 나선다.

P가 무심결에 해태 갑을 꺼내어 붙여 무니까 머리 딴 계집애가 P의 목을

걸싸 안고 볼에다 입을 쪽 맞추더니,

"나도 하나."

하고 손을 벌린다. P는 기가 막혀 담뱃갑을 내미는데 H와 M은 박수를 하며,

"브라보!"

하고 굉장하게 큰 소리로 외친다.

건넌방에 들어가 앉으니 마루에서 따그락따그락 소리가 난다.

배부른 계집은 푸대접을 받고 머리 딴 계집애가 H와 M의 손으로 옮겨 다니면서 주물린다. 깩깩 소리를 지르고 엄살을 한다. 말을 붙이고 대답을 주고받고 하는 것이 H와 M은 전에 한번 와 본 집인 듯하다.

술상이 들어왔다.

잔은 사발만 한데 술 주전자는 눈알만 하다. 술을 부어 놓으니 M이 척 받아 놓고는 노래를 투정한다. 계집애는 그보다 더 악아 세가 그 술을 쪽 들이마시고는 빈 잔만 M의 입에 대어 준다.

P는 개숫물(음식 그릇을 씻은 물)같이 밍밍한 술을 두어 잔 받아먹는 동안에 비위가 콱 거슬려서 진정하느라고 드러누웠다.

H가 계집애를 무릎에 올려놓고 신이 나게 노래를 부른다. 물론 고저도, 장단도 맞지 아니하는 노래다.

M이 애 밴 계집을 실컷 시달려 주다가 머리 땋은 계집애를 빼앗아 가더니 귀에 대고 무어라고 속삭거린다. 그러면서 둘이서 연해 P를 건너다보며 싱긋벙긋 웃는다.

조금 있다가 계집애가 P에게로 오더니 귀에다 입을 대고 속삭인다.

"저이가 나더러 당신하고 오늘 저녁…… 응, 어때?"

"그래라."

P는 불쑥 성난 것처럼 대답했다.

"아이! 승거워!"

계집애는 P를 한 번 꼬집어 주고 다시 M에게로 달아났다.

M에게로 가서 또 무어라고 속삭거리더니 재차 와 가지고는 귓속말을 한다.

"자고 가, 응."

"그래 글쎄."

"꼭."

"응."

"정말."

"응."

술은 네 주전자가 들어왔는데 세 사람 손님은 두서너 잔씩밖에 아니 먹었다. 그 나머지는 다 저희가 먹었다. 계집애가 술이 곤주가 되게 취해 가지고 해롱해롱 까분다.

술값을 치르는 것을 보고 P도 따라 일어섰다. M이 몸뚱이로 슬쩍 밀어서 방 안으로 들여보내고 뒤에서 계집애가 양복 뒷깃을 잡아당긴다.

"그래라, 자고 간다."

P는 방 가운데 벌떡 드러누웠다.

"이 집이 어디냐?"

계집애가 옆에 와서 앉는 것을 보고 P가 물었다.

"××도 ××."

"언제 왔니?"

"작년에."

P는 몸을 일으켰다. 또 속이 왈칵 뒤집혀 좀더 진정하려고 하는 생각인데 계집애가 콱 밀어뜨린다.

"나이 몇 살이냐?"

"열여덟."

"부모는?"

"부모가 있으면 여기서 이 짓을 해?"

"왜 이 짓이 나쁘냐?"

"흥…… 나도 사람이야."

"에─꾸! 나는 네가 신선인 줄 알았더니 인제 알고 보니까 사람이로구나!"

"드끄러!"

계집애는 눈을 쭉 흘기고는 갑자기 웃으면서 P의 목을 그러안는다.

"자고 가, 응."

"우리 마누라한테 자볼기 맞고 쫓겨난다."

"그러면 나한테 와서 나하고 살지…… 여기 내 빚 팔십 원만 물어 주면……."

"팔십 원이냐?"

“응.”

“가겠다.”

P가 또 일어나려는 것을 계집이 껴안고 놓지 아니한다.

“자고 가…… 내가 반했어.”

“아서라.”

“정말!”

“놓아.”

“아니야, 안 놓아. 자고 가요, 응…… 자고…… 나 돈 좀 주어.”

“돈? 내가 돈이 있어 보이니?”

“돈 소리가 절렁절렁 나는데?”

미상불 P의 포켓 속에서는 아까부터 잔돈 소리가 가끔 잘랑거렸다.

“자고 나 돈 조—꼼 주고 가, 응.”

“얼마나?”

“암만도 좋아…… 오십 전도, 아니 이십 전도.”

계집애의 말이 떨어지기도 전에 P는 불에 덴 것같이 벌떡 일어섰다. 일어서면서 그는 포켓 속에 손을 넣어 있는 대로 돈을 움켜쥐어 방바닥에 홱 내던졌다. 일 원짜리 지전 두 장과 백동전이 방바닥에 요란스럽게 흐트러진다.

“아따 돈!”

해 던지고는 P는 뛰어나왔다. 그의 눈에는 눈물이 괴었다.


## 7

P는 정조(貞操)적으로 순진한 사나이가 아니다. 열네 살 때에 소꿉질 같은 장가를 갔고 그 뒤 동경 가서 있을 동안에 거기 여자와 살림도 하였다.

조선에 돌아와 직업을 가지고 있는 사이에 기생과 사귀어 한동안 죽을 동 살 동 모르게 지내기도 하였다.

그 밖에도 정을 두어 지낸 여자가 두엇 더 있다. 그러나 삼십이 되도록 지금까지 유곽을 가거나 은근짜(몰래 정조를 파는 여자) 집을 가거나 동관의 색주가 집에 가서 잠자리를 한 일은 없다.

그것은 P의 괴벽이다. 어떠한 여자를 막론하고 그가 정이 들지 아니한 여자면 절대로 관계를 아니 한다는 것이다.

그 대신 한번 P의 눈에 들면 따라서 정이 들면 아무것도 돌아보지 아니하고 심각한 열정에 맡기어 완전히 그 여자를 움켜쥐어 버리며 또한 그 여자에게 전부를 내주어 버린다. 그리하여 그는 늘 올 오어 너싱(All or nothing 전부가 아니<sup>면</sup> 아무것도 아님)을 말한다.

이것이 처세상 퍽 이롭지 못한 것을 P도 잘 안다. 또 공연한 승벽(勝癖 이기기를 남달리 즐기는 성벽)이요 고집인 줄 알건만 그는 그것을 고치지 못한다.

이날 밤에도 그는 그 계집애를 조금도 어떻게 하겠다는 생각은 나지 아니하였다.

술 취한 끝에 속이 괴로우니까 진정을 하자는 판인데 '오십 전 아니 이십 전도 좋아' 하는 소리에 버쩍 흥분이 된 것이다.

너무도 인간이 단작스럽고(하는 짓이 보기에 매우 치사스럽고) 악착스러운 것 같았다. P가 노상 보고 듣는 세상이 돈을 중간에 놓고 악착스럽게 아등바등하는 것임을 모르는 바는 아니나 정조 대가로 일금 이십 전을 요구하는 것은 처음 보았다.

P는 그러한 여자가 정조를 파는 데 무신경한 것도 잘 알고 있으며, 따라서 그것이 비도덕이니 어쩌니 하는 것도 아니다. 그의 관점과 해석은 그런 것보다 더 나아간 입장에 있었다.

그러나 '이십 전만 주어도' 소리에는 이것저것 생각하고 헤아릴 나위도 없었다. 더럽고 얄미우면서 그러면서도 눈물이 괴었다. 삼 원쯤 되는 전 재산을 털어 내던지고 정신없이 뛰어나온 것이다.

술 취한 P를 혼자 남겨 둔 H와 M은 골목에 기다리고 서서 있었다. P가 뛰어나오는 것을 보고 그들은 우선 농을 건넨다.

"한턱 하오."

"장가간 턱 하게."

P는 고개를 흔들었다. 그리고 멍하니 서서 생각을 하였다.

다분의 가면 밑에서 꿈틀거리는 인도주의에 몹시 증오를 느끼는 P는 이날 밤 자기의 행동을 어떻게 해석할지 몰라 괴로워하였다.

내일을 굶어야 할 그 돈이지만 돈이 아까운 것이 아니다. 정조 값으로 이십 전을 주어도 좋다는데 왜 정조는 퇴하고 돈만 있는 대로 다 떨어 주었는가? 왜 눈에 눈물은 괴었는가?

　P는 머리가 띵하고 속이 뉘엿거리어 정신을 차릴 수가 없었다. 그는 두 친구에게 인사도 변변히 하지 아니하고 코를 벤 듯이 삼청동으로 올라왔다. 어서 바삐 좀 드러눕고만 싶었던 것이다.

　아무리 방구들은 차고 지저분하게 늘어놓았어도 제 처소는 반가운 것이다. 더구나 몸이 괴로울 때는!

　P는 누더기 양복이나마 벗으려고도 아니 하고 그대로 펴 두었던 이부자리 속에 몸을 파묻었다. 드러누우니 취기가 새삼스레 더하여 영영 옷 벗을 생각도 잊어버리고 그대로 잠이 들었다.

　얼마를 자고 났는지 괴로워 부대끼다 못하여 잠이 깨었을 때는 목이 타는 듯이 말랐다.

　물은 없다. 물이 없어 못 먹는다고 생각하니 목은 더 말랐다.

　밤은 어느 때나 되었는지 짐작할 수가 없다. 전등은 그대로 켜져 있다. 밖에서는 사람 지나다니는 발자국 소리도 들리지 아니한다. 전차 갈리는 소리도 들리지 아니하고 가끔가다가 자동차의 경적이 딴 세상의 소리같이 감감하게 들려온다.

　밤이 깊지 아니했으면 잠긴 안대문을 두드려 주인 노인에게라도 물을 청하겠지만 이 깊은 밤에 그리하기도 미안하다. 그것도 방세나 여일하게(한결같게) 내었을 제 말이지 얼굴 대하기를 이편에서 피하는 판에 차마 못할 일이다.

　물지게장수의 삐득거리는 소리가 들리나 하고 귀를 기울였으나 감감히 소리가 없다.

　목은 더욱더욱 말라 들어온다. 입술이 바싹 마르고 입안이 침기가 없고 목구멍이 바삭바삭 소리가 날 듯이 마르고, 그러고는 창자 속까지 말라 내려가는 듯하다.

　방금 미칠 듯하다. 눈앞에 용용하게 흘러가는 푸른 한강이 어릿어릿하고 쏴— 쏟아지는 수통 꼭지가 보이는 듯하다.

　P는 배고픈 고비는 많이 겪어 보았으나 이대도록 목마른 참은 당하기 처음이다. 배는 고프면 기운이 없고 착 가라앉을 뿐이었지만 목이 극도로 마름에는 금시 미치고 후덕후덕 날뛸 것 같다.

　일어나서 삼청동 꼭대기로 올라가면 산골짜기의 물도 있고 또 우물도 있기는 하다. 그러나 이 어두운 밤에 어디가 어딘지 보이지 아니할 테고 또 우물에는 두레박도 없을 것이다.

　겨우겨우 참아 가며 몇 시간을 삐대었다. 실상 한 시간도 못 되는 동안이지만 P에게는 여러 시간인 듯만 싶었다.

　그런 뒤에 겨우 물지게 소리를 듣고 그는 수통 있는 곳을 찾아 뛰어나갔다.

　사정 이야기도 변변히 하지 아니하고 쏟아지는 수통 꼭지에 매어 달려 한 동이는 되리시피 냉수를 들이켰다. 물장수가 어이가 없어 멀끔히 쳐다보고만 있다가 P의 꾸벅 하고 돌아서는 등 뒤에다 혀를 끌끌 찬다.

　밥보다도 더 다급하게 그립던 물을 실컷 들이켜고 나니 찌뿌듯하게 엉킨 듯 불쾌하던 취기도 적이 걷히고 정신이 말쑥하여졌다.

　P는 새삼스럽게 양복을 벗어 던지고 다시 자리에 파묻혔다. 이제는 잠이 십 리나 달아나고 눈이 초랑초랑하여진다. 그러면서 어젯밤 일이 머리에 떠오른다.

　그것은 마치 못 먹을 것을 먹은 것처럼 께름칙한 기억이다. 아무렇게나 씻어 넘겨 버리재도, 그러나 머리 한구석에 박혀 가지고 사라지려 하지 아니하는 어룽(班點 어룽이. 어룽어룽한 무늬가 있는 점)과 같다. 어떻게 해서라도 시원스러운 해석을 내리고라야 마음이 놓일 것 같다.

　정조 대가로 일금 이십 전을 부르는 여자…….

　방금 세상에는 한 번 정조를 빼앗긴 것으로 목숨을 버려 자살하는 여자가 있다. 그러는 한편 '이십 전도 좋소' 하는 여자가 있다.

　여자의 정조가 그것을 잃었다고 자살을 하도록 그다지도 고귀한 것이라면 '이십 전에도 팔겠소' 하는 여자가 눈을 멀끔멀끔 뜨고 살아 있는 사실은 무엇으로 설명할 것인가?

　또 정조를 '이십 전에도 팔겠소' 하는 여자가 있도록 그것이 아무렇지도 아니한 것이라면 그것을 한 번 빼앗긴 때문에 생명을 내버리는 여자가 있는 것은 무엇으로 설명할 것인가?

　이 두 여자가 모두 건전한 양심의 소유자라고 볼 수는 없다.

　그러나 그 가운데 나무라기로 들면 차라리 정조를 빼앗긴 것으로 자살한 여자를 나무랄 것이지 '이십 전에 팔겠소' 하는 여자는 나무랄 수가 없다.

　열여섯 살부터 시작하여 이래 삼 년이나 색주가 집으로 굴러다니는 여자다.

언제 누구에게 귀 떨어진 도덕관념이나 정당한 인생관을 얻어들은 적이 없을 것이다.

술잔을 들고 앉아 한 잔이라도 오는 손님에게 더 먹여 한 푼어치라도 주인의 수입을 도와주면 칭찬이 오니 그만이다.

"고년 어여쁘다. 나하고 ××."

하고 손님이 말하면 그에 좇아 비록 조발(早發 어떤 꽃이 다른 꽃보다 일찍 핌)일지언정 생리적 만족을 얻는 한편, 그야말로 단돈 이십 전이라도 벌면 그만이다.

옆에서 그것을 시키기는 할지언정 그것이 나쁘다고 가르쳐 주는 사람이 있을 턱이 없는 것이다. 사실 일반 매춘부가 정조적으로 양심을 가진 듯이 보인다는 것은 그 대부분이 되레 한 가식(假飾)에 지나지 못하는 것이다.

그것은 그들에게 있어서 일종의 정당성을 가진 노동인 것이다.

그러니까 그것을 보고 불쌍히다고 여기고 동정을 하는 것은 위문이 폐문이다(위로의 말이 쓸데없는 말이다).

지금 세상은 정당한 성도덕이 서 있는 때도 아니다.

그것은 한 세대에 여러 가지의 시대사조가 헝클어져 있는 때문이다. 그러니까 여자의 정조에 대하여도 일률적으로 선악과 시비를 가릴 수는 없는 것이다.

하룻밤 몸값을 '이십 전도 좋소' 하는 여자, 그에게는 다른 사람이 갖는 성도덕도 없고 따라서 자신을 타락이라서 슬퍼하지도 아니한다.

그 여자 자신을 나무랄 필요도 없는 것이요, 동정을 할 필요도 없는 것이다. 그 여자 자신은 결코 불쌍한 사람이 아니다.

예수의 사랑도 아무리 그 사랑이 크고 넓다 했을지언정 그것은 '불쌍한 사람', '죄 지은 사람'에게 미칠 수 있는 것이다.

'불쌍하지 아니한', '죄 짓지 아니한' 동관의 색주가 계집애에게는 누구의 동정이나 사랑도 일없는 것이다.

'뭣? 관념적이라고?'

그렇다. 관념적이라도 할 수 없다. 그러나 그것은 그 여자의 주관을 객관화한 것이다. 그러니까 그것은 한 엄연한 현실이다.

…… (원문 30여 자 탈락) ……

또 그 병적 현실에 메스를 대는 것은 집단의 역사적 문제이지만 룸펜 인텔리의 결벽과 흥분쯤으로는 문제도 되지 아니한다.

다만 취객이 삼 원 각수(角數 돈을 '원'으로 셀 때 남는 몇 전)를 던져 주었음으로 해서 그 여자는 감격 없는 기쁨을 맛보았을 뿐일 것이다.

'이게 웬 떡이냐…… 어제 저녁에 꿈이 괜찮더니 이런 땡을 잡을 양으로 그랬구나…… 웬 얼간망둥이냐.'

그 계집애는 응당 그렇게밖에는 더 생각되지 아니하였을 것이다. 그것이 결코 무리가 없는 당연한 일이다.

P는 여기까지 생각하고 입맛 쓴 고소를 띠었다.

'흥! 되지 못하게…… 장님이 눈병 앓는 사람더러 불쌍하다고 한 셈인가.'

P는 돌아누우면서 혀를 끌끌 찼다.

9

일천구백삼십사 년의 이 세상에도 기적이 있다.

그것은 P가 굶어 죽지 아니한 것이다. 그는 최근 일주일 동안 돈이 생긴 데가 없다. 잡힐 것도 없었고 어디서 벌이를 한 적도 없다.

그렇다고 남의 집 문 앞에 가서 '밥 한술 주시오' 하고 구걸한 일도 없고 남의 것을 훔치지도 아니하였다.

그러나 그동안 굶어 죽지 아니하였다. 야위기는 하였지만 그래도 멀쩡하게 살아 있다. P와 같은 인생을 이 세상에 하나도 없이 싹 치운다면 근로하는 사람이 조금은 편해질는지도 모른다.

P가 소부르주아 축에 끼이는 인텔리가 아니요 노동자였더라면 그동안 거지가 되었거나 비상수단을 썼을 것이다. 그러나 그에게는 그러한 용기도 없다. 그러면서도 죽지 아니하고 살아 있다. 그렇지만 죽기보다도 더 귀찮은 일은 그를 잠시도 해방시켜 주지 아니한다.

그의 아들 창선이를 올려 보낸다고 어제 편지가 왔고 오늘은 내일 아침에 경성역에 당도한다는 전보까지 왔다.

오정 때 전보를 받은 P는 갑자기 정신이 난 듯이 쩔쩔매고 돌아다니며 돈 마련을 하였다. 최소한도 이십 원은…… 하고 돌아다닌 것이 석양 때 겨우 십오 원이 변통되었다.

종로에서 풍로니 냄비니 양재기니 숟갈이니 무어니 해서 살림 나부랭이를 간단하게 장만하여 가지고 올라오는 길에 전에 잡지사에 있을 때 안 × ×인쇄소의 문선 과장을 찾아갔다.

월급도 일없고 다만 일만 가르쳐 주면 그만이니 어린아이 하나를 써 달라고 졸라 대었다.

A라는 그 문선 과장은 요리조리 칭탈(무엇 때문이라고 핑계를 댐)을 하던 끝에 그는 P가 누구 친한 사람의 집 어린애를 천거하는 줄 알았던 것이다.

"보통학교나 마쳤나요?"

하고 물었다.

"아니요."

P는 솔직하게 대답하였다.

"나이 몇인데?"

"아홉 살."

"아홉 살?"

A는 놀라 반문을 하는 것이다.

"기왕 일을 배울 테면 아주 어려서부터 배워야지요."

"그래도 너무 어려서 원…… 뉘 집 애요?"

"내 자식놈이랍니다."

P는 그래도 약간 얼굴이 붉어짐을 깨달았다. A는 이 말에 가장 놀라운 일을 보겠다는 듯이 입만 벌리고 한참이나 P를 물끄러미 바라다본다.

"왜? 내 자식이라고 공장에 못 보내란 법 있답디까?"

"아니, 정말 그래요?"

"정말 아니고?"

"괜히 실없는 소리……! 자제라고 해야 들어줄 테니까 그러시지?"

"아니, 그건 그렇잖아요. 내 자식놈야요."

"그럼 왜 공부를 시키잖구?"

"인쇄소 일 배우는 것도 공부지."

"그건 그렇지만 학교에 보내야지."

"학교에 보낼 처지도 못 되고 또 보낸댔자 사람 구실도 못 할 테니까……."

"거 참, 모를 일이오……. 우리 같은 놈은 이 짓을 해 가면서도 자식을 공부시키느라고 애를 쓰는데 되려 공부시킬 줄 아는 양반이 보통학교도 아니 마친 자제를 공장엘 보내요?"

"내가 학교 공부를 해 본 나머지 그게 못쓰겠으니까 자식은 딴 공부를 시키겠다는 것이지요."

"글쎄 정 그러시다면 내가 내 자식 진배없이 잘 데리고 있으면서 일이나 착실히 가르쳐 드리리다마는…… 원, 너무 어린데 애차랍잖애요?"

"애차라운 거야 애비 된 내가 더하지요만 그것이 제게는 약이니까……."

P는 당부와 치하를 하고 인쇄소를 나왔다. 한 짐 벗어 놓은 것같이 몸이 거뜬하고 마음이 느긋하였다.

그는 집으로 올라가는 길에 싸전에 쌀 한 말을 부탁하고 호배추도 몇 통 사들였다. 그렁저렁 오 원을 썼다.

십 원 남은 중에 주인 노인에게 육 원을 내어 주니 입이 귀밑까지 찢어진다. 그 끝에 P가 사 온 호배추를 내어 주며 김치를 담가 달라고 하니 선선히 응낙한다. 그리고 자식을 데리고 자취를 하겠다니까 깍두기야 간장이야 된장 같은 것을 아까운 줄 모르고 날라다 주곤 한다.


## 10

이튿날 전에 없이 첫새벽에 일어난 P는 서투른 솜씨로 화롯밥을 지어 놓고 정거장으로 나갔다.

그의 형에게서 온 편지에 S라는 고향 사람이 서울 올라오는 길에 따라 보낸다고 했으니까 P는 창선이보다도 더 낯이 익은 S를 찾았다.

과연 차가 식식거리고 들어서매 인간을 뱉어 내놓는 찻간에서 S가 창선이를 데리고 두리번거리며 내려왔다.

어디서 생겼는지 새까만 고쿠라 양복을 입고 이화표 붙은 학생 모자를 쓰고 거기다가 보따리를 하나 지고 무엇 꾸린 것을 손에 들고 차에서 내리는 어린아이…… 저게 내 자식이니라 생각하니 P는 어쩐지 속으로 얼굴이 붉어지며 한편 가엾기도 하였다.

S가 두 손에 짐을 가득 들고 두리번거리다가 가까이 온 P를 보고 반겨 소리를 지른다. 창선이가 모자를 벗고 학교식으로 경례를 한다. 얼굴을 자세히 보니 너댓 살 적에 보던 것보다 더한층 저의 외가를 닮았다. P는 그것이 몹시 불만이었다.

"그새 재미나 좋았나?"

S의 하는 첫인사다.

"뭘 그저 그렇지……. 괜한 산 짐을 지고 오느라고 애썼네."

P는 이렇게 인사 겸 치하를 하였다.

"원, 천만에……! 그 애가 나이는 어려도 어떻게 속이 찼는지……. 너 늬 아버지 알아보겠니?"

S는 창선이를 돌아보며 웃는다. 창선이는 고개를 숙이고 수줍은지 아무 대답도 아니 한다.

P는 S와 창선이를 데리고 구름다리로 올라왔다.

"저희 외할머니가 저 양복이야 떡이야 모두 해 가지고 자네 댁에까지 오셨더라네……. 오셔서 어제 떠나는데 정거장까지 나오셨는데 여러 가지 신신당부를 하시데…… 자네에게 전하라고."

S는 P가 그다지 듣고 싶지도 아니한 이야기를 뒤따라오며 늘어놓는다. 그의 가슴에는 옛날의 반감이 솟구쳐 올랐다.

"별걱정 다 하던 게로군……. 내 자식 내가 어련히 할까 봐 쫓아다니며 그래!"

"그래도 노인들이야 어데 그런가……. 객지에서 혼자 있는데 데리고 있기 정 불편하거든 당신에게로 도루 보내게 하라고 그러시데……."

"그 집에 내 자식이 무슨 상관이 있어서 보내라는 거야? ……보낼 테면 그때 데려왔을라구……."

P는 그것이 모두 그와 갈린 아내의 조종인 줄 알기 때문에 더구나 심정이 났다. 화가 나는 대로 하면 어린아이가 입고 온 양복도 벗겨 내던지고 싶었으나 꿀꺽 참았다.


## 11

일찍 맛보아 보지 못한 새 살림을 P는 시작하였다.

창선이가 도착한 날 밤.

창선이는 아랫목에서 삭삭 잠을 자고 있다. 외롭게 꿈을 꾸고 있으려니 생각하매 전에 없던 애정이 솟아오르는 듯하였다.

이튿날 아침 일찍 창선이를 데리고 ××인쇄소에 가서 A에게 맡기고 안 내키는 발길을 돌이켜 나오는 P는 혼자 중얼거렸다.

"레디메이드 인생이 비로소 겨우 임자를 만나 팔리었구나."

# 치숙

## 작품 정리

작가 : 채만식(524쪽 '작가와 작품 세계' 참조)
갈래 : 풍자 소설
배경 : 시간 – 일제 강점기 / 공간 – 서울
시점 : 1인칭 관찰자 시점
주제 : 일제에 순응하는 '나'와 사회주의 사상을 가진 아저씨의 갈등
출전 : 〈동아일보〉(1938)

## 구성과 줄거리

**발단** 사회주의 운동으로 옥살이를 한 아저씨는 출옥 후 폐병을 앓음

아저씨는 사회주의 운동을 한 혐의로 징역살이를 했다. 그는 출옥한 후 폐병으로 앓아 누워 있다. 나이가 서른셋이나 되는 아저씨는 일본에서 대학도 다녔지만 아직도 철이 들지 않은 실업자다.

**전개** '나'는 아저씨와 고생하는 아주머니를 모두 답답하게 생각함

아저씨는 착한 아주머니를 소박 맞히고 신여성과 딴살림을 차린다. 소박을 맞은 아주머니는 일곱 살에 부모를 잃은 '나'를 데려다 키워 주셨다. 아주머니 덕에 '나'는 보통학교에도 4년간 다녔다. 그 후 아저씨는 감옥에 붙들려 가서 옥살이를 한다. 아주머니는 식모로 일한 돈을 모아 그 돈으로 집을 장만하고, 5년 만에 감옥에서 풀려난 아저씨를 맞이해 다시 살림을 한다. 아주머니는 이미 폐병 환자가 된 아저씨의 병 수발을 하지만 정작 아저씨는 자리에서 일어나면 또 사회주의 운동을 하겠다고 말한다.

**위기** '나'는 철저히 일본인으로 동화되어 살아가겠다고 다짐함

대학까지 나왔지만 막벌이 노동밖에 할 수 없는 아저씨가 보통학교 4년밖에 다니지 않았지만 앞길이 훤히 트인 '나'보다 나은 것이 없다. 일한 만큼 대가를 받는 것이 아니라 부자의 것을 빼앗을 궁리만 하는 사회주의자들은 틀림없이 불한당이라고 '나'는 생각한다. '나'는 일본인 상점에

서 일하고 있지만 열심히 일해서 일본 여자와 결혼하고 이름도 일본식으로 바꾸고 아이를 낳으면 일본인 학교에 보낼 꿈을 가지고 있다.

**절정** '나'는 아저씨의 한심한 행태에 대해 비판함

'나'는 아저씨가 쓴 '경제'란 글을 보고 사회주의에 대해 반박한다. 돈을 모아서 부자 되는 것이 경제라는 '나'의 주장에 아저씨는 그것은 이재학이지 경제학이 아니라고 반박한다. '나'는 부자의 돈을 빼앗아 쓰는 사회주의를 공부한 아저씨가 대학을 잘못 다녔다고 공박한다. 아저씨는 일본 여자에게 장가들어 잘살아보겠다는 '나'를 도리어 딱하다고 한다.

**결말** '나'는 아저씨 같은 사람은 빨리 없어져야 한다고 생각함

'나'는 세상에 해만 끼치는 아저씨 같은 사람은 죽어 마땅하다고 생각한다.

### ✐ 생각해 볼 문제

**1. '치숙'은 무엇을 의미하는가?**

치숙(痴叔)은 어리석은 아재비를 뜻한다. 화자인 '나'는 아저씨를 어리석고 우둔하다고 생각한다. 소설 전체의 맥락으로 반어적인 표현임을 알 수 있다. 독자는 이 소설을 읽으면서 화자에 대해 비판적인 시각을 갖게 되기 때문이다.

**2. 이 작품에서 작가가 풍자하려고 하는 대상은 누구인가?**

풍자 대상은 '나(화자)'와 아저씨 모두이지만 주된 대상은 화자다. 화자는 전도된 가치를 신봉하고 있으면서도 자신의 문제점을 전혀 모르고 있다. 그런 화자가 아저씨를 신랄하게 비판하는 데서 아이러니가 발생한다. 작가는 화자가 비판하는 아저씨에 대해서도 어느 정도 비판적 태도를 보이고 있다. 아저씨는 무능하고 현실 착오적인 삶을 사는 이상론자이기 때문이다.

**3. 작가는 사회주의에 대해 어떤 시각을 가지고 있는가?**

수준이 낮은 조카의 눈을 통해 사회주의를 비판함으로써 사회주의에 대한 긍정적인 측면을 부각시키는 한편, 이상론에 대해 비판적인 입장도 취하고 있다.

**4. 이 작품의 서술 방식의 특징은 무엇인가?**

「치숙」은 주인공이 직접 독자에게 일러바치듯이 직접 말하는 방식을 취하고 있다. 이야기의 진행이 생동감이 있기 때문에 조롱의 강도는 훨씬 커진다.

아저씨는 사회주의 운동을 하다가 옥살이를 했고 지금은 폐병을 앓고 있어요. 아주머니는 일찍 부모를 잃은 저(나)를 키워 주셨고, 아저씨 병간호를 하고 있지요. 저는 아저씨가 쓴 글을 보고 비판했어요. 하지만 아저씨는 오히려 제가 세상 물정을 모른다며 딱하게 보네요. 아저씨 같은 사람은 빨리 없어져야 하는데 계속 살아 있으니 걱정입니다.

# 치숙

우리 아저씨 말이지요? 아따 저 거시키, 한참 당년에 무엇이냐 그놈의 것, 사회주의라더냐 막걸리라더냐, 그걸 하다 징역 살고 나와서 폐병으로 시방 앓고 누웠는 우리 오촌 고모부 그 양반……

뭐, 말두 마시오. 대체 사람이 어쩌면 글쎄……. 내 원!

신세 간데없지요.

자, 십 년 적공(積功 많은 힘을 들여 애를 씀), 대학교까지 공부한 것 풀어먹지도(써먹지도) 못했지요. 좋은 청춘 어영부영 다 보냈지요, 신분에는 전과자라는 붉은 도장 찍혔지요. 몸에는 몹쓸 병까지 들었지요. 이 신세를 해 가지골랑은 굴 속 같은 오두막집 단칸 셋방 구석에서 사시장철 밤이나 낮이나 눈 따악 감고 드러누웠군요.

재산이 어디 집 터전인들 있을 턱이 있나요. 서 발 막대 내저어야 짚검불 하나 걸리는 것 없는 철빈(鐵貧 더할 수 없이 가난함)인데.

우리 아주머니가, 그래도 그 아주머니가, 어질고 얌전해서 그 알량한 남편 양반 받드느라 삯바느질이야 남의 집 품빨래야 화장품 장사야, 그 칙살스런(하는 짓이나 말 따위가 잘고 더러운 데가 있는) 벌이를 해다가 겨우겨우 목구멍에 풀칠을 하지요.

어디루 대나 그 양반은 죽는 게 두루 좋은 일인데 죽지도 아니해요.

우리 아주머니가 불쌍해요. 아, 진작 한 나이라도 젊어서 팔자를 고치는 게 아니라, 무슨 놈의 수난 후분(後分 늙은 뒤의 운수나 처지)을 바라고 있다가 끝끝내 고생을 하는지.

근 이십 년 소박을 당했지요.

이십 년을 설운 청춘 한숨으로 보내고서 다 늦게야 송장 여대치게 생긴 그 양반을 그래도 남편이라고 모셔다가는 병 수발 들랴, 먹고살랴, 애(마음과 힘의 수고로움)가 진(盡 다하여 없어짐)하고 다니는 걸 보면 참말 가엾어요.

그게 무슨 죄다짐이람? 팔자, 팔자 하지만 왜 팔자를 고치지를 못하고서 그래요. 우리 죄선(조선) 구식 부인네들은 다아 문명을 못하고 깨지를 못해서 그러지.

그 양반이 한시바삐 죽기나 했으면 우리 아주머니는 차라리 신세 편하리다.

심덕 좋겠다, 솜씨 얌전하겠다 하니, 어디 가선들 자기 일신 몸 가누고 편안히 못 지내요?

가만 있자, 열여섯 살에 아저씨네 집으로 시집을 갔다니깐, 그게 내가 세 살 적이니 꼬박 열여덟 해로군. 열여덟 해면 이십 년 아니오.

그때 우리 아저씨 양반은 나이 어리기도 했지만, 공부를 한답시고 서울로 동경으로 십여 년이나 돌아다녔고, 조금 자라서 색시 재미를 알 만하니까는 누가 이쁘달까 봐 이혼하자고 아주머니를 친정으로 쫓고는 통히(전혀) 불고(不顧 돌아보지 않음)를 하고……

공부를 다 마치고 오더니만, 그담에는 그놈의 짓에 들입다 발광해 다니면서 명색 학생 출신이라는 딴 여편네를 얻어 살았지요. 그 여편네는 나도 몇 번 보았지만 상판대기라고 별반 출(내놓을) 수도 없이 생겼습디다. 그 인물로 남의 첩이야? 일색 소박은 있어도 박색 소박은 없다더니, 사실 소박맞은 우리 아주머니가 그 여편네게다 대면 월등 이뻤다우.

그래 그 뒤에, 그 양반은 필경 붙들려 가서 오 년이나 전중이(징역살이하는 사람을 속되게 이르는 말)를 살았지요. 그동안에 아주머니는 시집이고 친정이고 모두 폭 망해서 의지가지없이 됐지요.

그러니 어떻게 해요? 자칫하면 굶어 죽을 판인데.

할 수 없이 얻어먹고 살기도 해야 하려니와, 또 아저씨 나오는 것도 기다려야 한다고 나를 반연(攀緣 무엇에 이르기 위한 연줄로 삼음) 삼아 서울로 올라왔더군요. 그게 그러니까 아저씨가 나오던 그 전해로군.

그때 내가 나이는 어려도 두루 납뛴(날뛴) 보람이 있어서 이내 구라다상네 식모로 들어갔지요.

그 무렵에 참 내가 아주머니더러 여러 번 권면을 했지요. 그러지 말고 개가(改嫁 결혼했던 여자가 남편과 사별하거나 이혼해 다른 남자와 결혼함)를 가라고. 글쎄 어린 소견에도 보기에 퍽 딱하고 민망합디다.

계제(階梯 어떤 일을 할 수 있게 된 형편이나 기회)에 마침 또 좋은 자리가 있었고요. 미네상이라고 미쓰꼬시 앞에서 바나나 다다끼우리(투매(投賣). 손해를 무릅쓰고 주식이나 채권을 싼값에 팔아 버리는 일)를 하는 인데 사람이 퍽 좋아요.

우리 집 다이쇼(주인)도 잘 알고 하는데, 그이가 늘 나더러 죄선 오깜상하고 살았으면 좋겠다고, 중매 서 달라고 그래쌌어요.

돈온 모아 둔 게 없어도 다 벌어먹고 살 만하니까 그런 사람 만나서 살면 아주머니도 신세 편할 게 아니냐구요.

그런 걸 글쎄, 몇 번 말해도 흉한 소리 말라고 듣질 않는 걸 어떡허나요.

아무튼 그런 것 말고라도 참, 흰말(흰소리. 터무니없이 자랑으로 떠벌리거나 거드럭거리며 허풍을 떠는 말)이 아니라 이날 이때까지 내가 그 아주머니 뒤도 많이 보아 주었다우. 또 나도 그럴 만한 은공이 없잖아 있구요.

내가 일곱 살에 부모를 잃었지요. 그러고 나서 의탁할 곳이 없이 됐는데 그때 마침 소박을 맞고 친정살이를 하는 그 아주머니가 나를 데려다가 길러 주었지요.

그때만 해도 그 집이 그다지 군색하게 지내진 않았으니깐요. 아주머니도 아주머니지만 종조(從祖 할아버지의 형 또는 아우) 할머니며 할아버지도 슬하에 딴 자손이 없어서 나를 퍽 귀애하겠지요.

열두 살까지 그 집에서 자랐군요.

사 년이나마 보통학교도 다녔고.

아마 모르면 몰라도 그 집안에 그렇게 치패(致敗 살림이 결딴남)하지만 않았으면 나도 그냥 붙어 있어서 시방쯤은 전문학교까지는 다녔으리라.

이런 은공이 있으니까 나도 그걸 저버리지 않고 그래서 내 깜냥(일을 해내는 얼마간의 힘)에는 갚을 만치 갚노라고 갚은 셈이지요.

허기야 요새도 간혹 아주머니가 찾아와서 양식 없다는 사정을 더러 하곤 하는데 실토정(實吐情 사정이나 심정을 솔직하게 말함) 말이지 좀 성가시기는 해요.

그러는 족족 그 수응을 하자면 내 일을 못 하겠는걸. 그래 대개 잘라 떼기는 하지요.

그렇지만 그 밖에, 가령 양명절 때면 고깃근이라도 사 보낸다든지, 또 오며가며 들러 이야기 낱이라도 한다든지, 그런 건 결단코 범연히(차근차근한 맛이 없이 데면데면히) 하진 않으니까요.

아무튼 그래서, 아주머니는 꼬박 일 년 동안 구라다상네 집 오마니로 있으면서 월급 오 원씩 받는 걸 그대로 고스란히 저금을 하고, 또 틈틈이 삯바느질을 맡다가 조금씩 벌어 보태고, 또 나올 무렵에 구라다상네 양주(兩主 바깥 주인과 안주인, 즉 부부를 말함)가 퍽 기특하다고 돈 칠 원을 상급으로 주고, 그런 게 이럭저럭 돈 백 원이나 존존히 됐지요.

그 돈으로 방 한 칸 얻고 살림 나부랭이도 조금 장만하고 그래 놓고서 마침 그 알량꼴량한 서방님이 놓여나오니까 그리로 모셔 들였지요.

놓여나오는 날 나도 가서 보았지만, 가막소<sup>(감옥)</sup> 문 앞에 막 나서자 아주머니가 기다리고 있으니까 그래도 눈물이 핑 돌던데요.

전에 그렇게도 죽을 동 살 동 모르고 좋아하던 첩년은 꼴도 안 뵈구요. 남의 첩년이란 건 다 그런 거지요, 뭐.

우리 아저씨 양반은 혹시 그 여편네가 오지 않았나 하고 사방을 휘휘 둘러보던데요. 속이 그렇게 없다니까. 여편네는커녕 아주머니하고 나하고 그 외는 어리친 개새끼 한 마리 없더라.

그래 막, 자동차에 올라타려다가 피를 토했지요. 나중에 들었지만 가막소 안에서 달포<sup>(한 달이 조금 넘는 기간)</sup> 전부터 토혈을 했다나 봐요.

그래 다 죽어 가는 반송장을 업어 오다시피 해다가 뉘어 놓고, 그날부터 아주머니는 불철주야로, 할 짓 못할 짓 다 해 가면서 부스대고 날뛴 덕에 병도 차차로 차도가 있고, 그러더니 인제는 완구히 살아는 났지요. 뭐 참 시방은 용 꼴인걸요, 용 꼴.

부인네 정성이 무서운 겝디다.

꼬박 삼 년이군. 나 같으면 돌아가신 부모가 살아오신대도 그 짓 못 해요.

자, 그러니 말이지요. 우리 아저씨라는 양반이 작히나 양심이 있고 다 그럴 양이면, 어허, 내가 어서 바삐 몸이 충실해져서, 어서 바삐 돈을 벌어다가 저 아내를 편안히 거느리고, 이 은공과 전날의 죄를 갚아야 하겠구나…… 이런 맘을 먹어야 할 게 아니냐구요?

아주머니의 은공을 갚자면 발에 흙이 묻을세라 업고 다녀도 참 못다 갚지요.

그러고저러고 간에 자기도 이제는 속 차려야지요. 하기야 속을 차려서 무얼 하재도 전과자니까 관리나 또 회사 같은 데는 들어가지 못하겠지만, 그야 자기가 저지른 일인 걸 누구를 원망할 일도 아니고, 그러니 막 벗어부치고 노동이라도 해야지요.

대학교 출신이 막벌이 노동이란 게 꼴 가관이지만 그래도 할 수 없지, 뭐.

그런 걸 보고 가만히 나를 생각하면, 만약 우리 증조할아버지네 집안이 그렇게 치패를 안 해서 나도 전문학교를 졸업을 했으면, 혹시 우리 아저씨 모양이 됐을지도 모를 테니 차라리 공부 많이 않고서 이 길로 들어선 게 다행이다······ 이런 생각이 들어요.

사실 우리 아저씨 양반은 대학교까지 졸업하고도 이제는 기껏 해먹을 거란 막벌이 노동밖에 없는데, 보통학교 사 년 겨우 다니고서도 시방 앞길이 환히 트인 내게다 대면 고츠카이(소사(小使). 관청이나 회사, 학교, 가게 따위에서 잔심부름을 시키기 위하여 고용한 사람)만도 못하지요.

아, 그런데 글쎄 막벌이 노동을 하고 어쩌고 하기는커녕 조금 바시시 살아날 만하니까 이 주책꾸러기 양반이 무슨 맘보를 먹는고 하니, 내 참 기가 막혀!

아니, 그놈의 것하고는 무슨 대천지원수가 졌단 말인지, 어쨌다고 그걸 끝끝내 하지 못해서 그 발광인고?

그러나마 그게 밥이 생기는 노릇이란 말인지? 명예를 얻는 노릇이란 말인지. 필경은, 붙잡혀 가서 징역 사는 놀음?

아마 그놈의 것이 아편하고 꼭 같은가 봐요. 그렇길래 한번 맛을 들이면 끊지를 못하지요?

그렇지만 실상 알고 보면 그게 그다지 재미가 난다거나 맛이 있다거나 그런 것도 아니더군 그래요. 부랑당(불한당. 때를 지어 다니던 강도)패던데요. 하릴없이 (조금도 틀림이 없이) 부랑당팹디다.

저 서양 어디선가, 일하기 싫어하는 게으름뱅이 몇 놈이 양지쪽에 모여 앉아서 놀고먹을 궁리를 했더라나요. 우리 집 다이쇼가 다 자상하게 이야기를 해 줍디다.

게, 그 녀석들이 서로 구론(口論 구두로 논쟁함)을 하기를, 자, 이 세상에는 부자가 있고 가난한 사람이 있고 하니 그건 도무지 공평한 일이 아니다. 사람이란 건 이목구비하며 사지육신을 꼭 같이 타고났는데, 누구는 부자로 잘살고 누구는 가난하다니 그게 될 말이냐. 그러니 부자가 가진 것을 우리 가난한 사람들하고 다 같이 고르게 나눠 먹어야 경우가 옳다.

야─ 그거 옳은 말이다. 야─ 그 말 좋다. 자─ 나눠 먹자.

아, 이렇게 설도를 해 가지고 우 하니 들고 일어났다는군요.

아─니, 그러니 그게 생 날 부랑당 놈의 짓이 아니고 무어요?

사람이란 것은 제가끔 분지복(分之福 분복. 타고난 복)이 있어서 기수를 잘 타고나든지 부지런하면 부자가 되는 법이요, 복록(福祿 복되고 영화로운 삶을 이르는 말)을 못 타고나든지 게으른 놈은 가난하게 사는 법이요, 다 이렇게 마련인데, 그거야말로 공평한 천리인 것을, 딥다('들입다'의 줄임말. 막 무리하게 힘을 들여) 불공평하다께 될 말이오? 그러고서 억지로 남의 것을 뺏어 먹자고 들다니 그놈들이 부랑 당이지 무어요.

짓이 부랑당 짓일 뿐 아니라, 또 만약에 그러기로 들면 게으른 놈은 점점 더 게으름만 부리고 쫓아다니면서 부자 사람네가 가진 것만 뺏어 먹을 테니 이 세상은 통으로 도적놈의 판이 될 게 아니오? 그나마, 부자 사람네가 모아 둔 걸 다 뺏기고 더는 못 먹여 내는 날이면 그때는 이 세상 망하는 날이 아니오?

저마다 남이 농사지어 놓으면 그걸 뺏어 먹으려고 일 않고 번둥번둥 놀 것이고, 남이 옷감 짜 놓으면 그걸 뺏어다가 입으려고 번둥번둥 놀 것이고 그럴 테니 대체 곡식이며 옷감이며 그런 것이 다 어디서 나올 데가 있어야지요. 세상 망할밖에!

글쎄 그놈의 짓이 그렇게 세상 망쳐 놀 장본인 줄은 모르고서 가난한 놈들, 그중에도 일하기 싫은 게으름뱅이들이 위선 당장 부자 사람네 것을 뺏어 먹는다니까 거기 혹해 가지골랑 너도나도 와 하니 참섭(參涉 어떤 일에 끼어들어 간섭함)을 했다는구려.

바로 저 아라사(러시아의 우리말 표기)가 그랬대요.

그래서 아니나 다를까 농군들이 곡식을 안 만들기 때문에 사람이 수만 명씩 굶어 죽는다는구려. 빤안한 이치지 뭐.

위선 먹기는 곶감이 달다고 그 지랄들을 했다가 잘코사니(미운 사람의 불행을 고소하게 여길 때 하는 말)야!

아 그런데, 그 못된 놈의 풍습이 삽시간에 동서양 각국 안 간 데 없이 퍼져 가지골랑 한동안 내지(內地 외국이나 식민지에서 본국을 이르는 말로 여기서는 일본 본토를 말함)에도 마구 굉장히 드세게 돌아다녔고, 내지가 그러니까 멋도 모르는 죄선 영감상들도 덩달아서 그 흉내를 냈다나요.

그렇지만 시방은 그새 나라에서 엄하게 밝히고 금하고 한 덕에 많이 너끔해졌고 그런 마음먹는 사람은 별반 없다나 봐요.

그럴 게지, 글쎄. 아, 해서 좋을 양이면야 나라에선들 왜 금하며 무슨 원수가 졌다고 붙잡아다가 징역을 살리나요.

좋고 유익한 것이면 나라에서 도리어 장려하고, 잘할라치면 상급도 주고 그러잖아요.

활동사진이며 스모며 만자이(만담)며 또 왓쇼왓쇼(일본 전통 축제의 하나)랄지 세이레이 나가시(일본 전통 행사의 하나)랄지 라디오 체조랄지 그런 건 다 유익한 일이니까 나라에서 설도도 하고 그러잖아요.

나라라는 게 무언데? 그런 걸 다 잘 분간해서 이럴 건 이러고 저럴 건 저러라고 지시하고, 그 덕에 백성들은 제각기 제 분수대로 편안히 살도록 애써 주는 게 나라 아니오?

그놈의 것 사회주의만 하더라도 나라에서 금하질 않고 저희가 하는 대로 두어 두었어 보아? 시방쯤 세상이 무엇이 됐을지…….

다른 사람들도 낭패 본 사람이 많았겠지만, 위선 나만 하더라도 글쎄 어쩔 뻔했어! 아무 일도 다 틀리고 뒤죽박죽이지.

내 이상과 계획은 이렇거든요.

우리 집 다이쇼가 나를 자별히 귀애하고 신용을 하니까 인제 한 십 년만 더 있으면 한밑천 들여서 따로 장사를 시켜 줄 그런 눈치거든요.

그러거들랑 그것을 언덕 삼아 가지고 나는 삼십 년 동안 예순 살 환갑까지만 장사를 해서 꼭 십만 원을 모을 작정이지요. 십만 원이면 죄선 부자로 쳐도 천석꾼이니, 뭐 떵떵거리고 살 게 아니냐구요.

그리고 우리 다이쇼도 한 말이 있고 하니까, 나는 내지인 규수한테로 장가를 들래요. 다이쇼가 다 알아서 얌전한 자리를 골라 중매까지 서 준다고 그랬어요. 내지 여자가 참 좋지요.

나는 죄선 여자는 거저 주어도 싫어요.

구식 여자는 얌전은 해도 무식해서 내지인하고 교제하는 데 안 됐고, 신식 여자는 식자나 들었다는 게 건방져서 못쓰고, 도무지 그래서 죄선 여자는 신식이고 구식이고 다 제에발이야요.

내지 여자가 참 좋지 뭐. 인물이 개개 일자로 이쁘것다, 얌전하것다, 상냥하것다, 지식이 있어도 건방지지 않것다, 좀이나 좋아!

그리고 내지 여자한테 장가만 드는 게 아니라 성명도 내지인 성명으로 갈고, 집도 내지인 집에서 살고, 옷도 내지 옷을 입고, 밥도 내지식으로 먹고, 아이들도 내지인 이름을 지어서 내지인 학교에 보내고…….

내지인 학교라야지 죄선 학교는 너절해서 아이들 버려 놓기나 꼭 알맞지요.

그리고 나도 죄선말은 싹 걷어치우고 국어(일본 말)만 쓰고요.

이렇게 다 생활 법식부텀도 내지인처럼 해야만 돈도 내지인처럼 잘 모으게 되거든요.

내 이상이며 계획은 이래서 그 십만 원짜리 큰 부자가 바로 내다뵈고, 그리로 난 길이 환하게 트이고 해서 나는 시방 열심으로 길을 가고 있는데, 글쎄 그 미처 살기 든 놈들이 세상 망쳐 버릴 사회주의를 하려 드니, 내가 소름이 끼칠 게 아니냐구요? 말만 들어도 끔찍하지!

세상이 망해서 뒤집히면 그래 나는 어쩌란 말인고? 아무것도 다 허사가 될 테니 그런 억울할 데가 있더람?

뭐 참, 우리 집 다이쇼 말이 일일이 지당해요.

여느 절도나 강도나 사기나 그런 죄는 도적이면 도적을 해 가는 그 당장, 그 돈만 축을 내니 오히려 죄가 가볍지만, 그놈의 것 사회주의인지 지랄인지는 온 세상을 뒤죽박죽을 만들어 놓고 나라를 통째로 소란하게 하니까 도저히 용서할 수가 없대요.

용서라니! 나 같으면 그런 놈들은 모조리 쓸어다가 마구 그저 그냥…….

그런 일을 생각하면, 털어놓고 말이지 우리 아저씬가 그 양반도 여간 불측(不測 생각이나 행동 따위가 괘씸하고 엉큼함)스러워 뵐질 않아요. 사실 아주머니만 아니면 내가 무슨 천주학이라고 나쁜 병까지 않는 그 양반을 찾아다니나요. 죽는대도 코도 안 풀어 붙일걸.

그러나마 전자의 죄상을 다 회개를 하고 못된 마음을 씻어 버렸을세 말이지, 뭐 흰 개꼬리 삼 년이라더냐, 종시 그 모양일걸요.

그러니깐 그게 밉살머리스러워서, 더러 들렀다가 혹시 마주 앉아도 위정(일부러) 뼈끝 저린 소리나 내쏘아 주고 말을 다잡아 가지골랑 꼼짝 못하게시리 몰아세워 주곤 하지요.

저번에도 한번 혼을 단단히 내 주었지요. 아, 그랬더니 아주머니더러 한다는 소리가, 그 녀석 사람 버렸더라고, 아무짝에도 못쓰게 길이 들었더라고 그러더라나요.

내 원, 그 소리를 듣고 하도 어처구니가 없어서!

대체 사람도 유만부동(類萬不同 비슷한 것이 많으나 서로 같지 않음)이지, 그 아저씨가 나더러 사람 버렸느니 아무짝에도 못쓰게 길이 들었느니 하더라니, 원 입이 몇 개나 되면 그런 소리가 나오는 구멍도 있누? 죄선 벙어리가 다 말을 해도 나 같으면 할 말 없겠더구먼서도, 하면 다 말인 줄 아나 봐?

이를테면 그게 명색 훈계 비슷한 거렷다? 내게다가 맞대 놓고 그런 소리를 하다가는 되잡혀서 혼이 날 테니까 슬며시 아주머니더러 이르란 요량이던 게지?

기가 막혀서…… 하느님이 사람의 콧구멍을 두 개로 마련하기 참 다행이야.

글쎄 아무려면 내가 자기처럼 다아 공부는 못 하고 남의 집 고조(소승(小僧). 가게 일을 보아 주는 점원)노릇으로, 반또(번두(番頭). 지금의 수위) 노릇으로 이렇게 굴러먹을 값에 이래 보여도 표창을 두 번이나 받은 모범 점원이요, 남들이 똑똑하고 재주 있고 얌전하다고 칭찬이 놀랍고, 앞길이 환히 트인 유망한 청년인데, 그래 자기 눈에는 내가 버린 놈이고 아무짝에도 못 쓰게 길이 든 놈으로 보였단 말이지?

하하, 오옳지! 거 참 그렇겠군. 자기는 자기 하는 짓이 옳으니까 남이 하는 짓은 다 글렀단 말이렷다? 그러니까 나도 자기처럼 그놈의 것 사회주의인지 급살 맞을 것인지나 하다가 징역이나 살고 전과자나 되고 폐병이나 앓고, 다 그랬더라면 사람 버리지도 않고 아무짝에도 못 쓰게 길든 놈도 아니고 그럴 뻔했군그래!

흥! 참……. 제 밑 구린 줄 모르고서 남더러 어쩌구저쩌구 한다는 게, 꼭 우리 아저씨 그 양반을 두고 이른 말인가 봐.

그날도 실상 이랬더라우. 혼을 내주었더니, 아주머니더러 그런 소리를 하더란 그날 말이오.

그날이 마침 내가 쉬는 날이길래 아주머니더러 할 이야기도 있고 해서 아침결에 좀 들렀더니, 아주머니는 남의 혼인집으로 바느질을 해 주러 갔다고 없고, 아저씨 양반만 여전히 아랫목에 가서 드러누웠어요.

그런데 보니깐 어디서 모두 뒤져냈는지, 머리맡에다가 헌 언문 잡지를 수북이 쌓아 놓고는 그걸 뒤져요. 그래 나도 심심 삼아 한 권 집어 들고 떠들어 보았더니, 뭐 읽을 맛이 나야지요. 대체 죄선 사람들은 잡지 하나를 해도 어찌 모두 그 꼬락서니로 해 놓는지.

사진도 없지요, 망가(만화)도 없지요. 그러고는 맨판 까달스런 한문 글자로다가 처박아 놓으니 그걸 누구더러 보란 말인고?

더구나 우리 같은 놈은 언문도 그런대로 뜯어보기는 보아도 읽기에 여간 괴롭지가 않아요.

그러니 어려운 언문하고 까다로운 한문하고를 섞어서 쓴 글은 뜻을 몰라 못 보지요. 언문으로만 쓴 것은 소설 나부랭인데, 읽기가 힘이 들 뿐 아니라 또 죄선 사람이 쓴 소설이란 건 재미가 있어야죠. 나는 죄선 신문이나 죄선 잡지하구는 담쌓고 남 된 지 오랜걸요.

잡지야 뭐 〈킹구〉나 〈쇼넹구라부〉 덮어 먹을 잡지가 있나요. 참 좋아요. 한문 글자마다 가나를 달아 놓았으니 어떤 대문을 척 펴들어도 술술 내리 읽고 뜻을 횅하니 알 수가 있지요.

그리고 어떤 대문을 읽어도 유익한 교훈이나 재미나는 소설이지요.

소설 참 재미있어요. 그중에도 기쿠지 캉(菊池寬) 소설…… . 어쩌면 그렇게도 아기자기하고도 달콤하고도 재미가 있는지. 그리고 요시가와 에이지, 그의 소설은 진찐바라바라(칼싸움) 하는 지다이모노(역사물)인데 마구 어깻바람이 나구요.

소설이 모두 그렇게 재미가 있지요, 망가가 많지요, 사진이 많지요, 그러고도 값은 좀 헐하나요. 십오 전이면 바로 고 전달치를 사 볼 수 있고, 보고 나서는 오 전에 도루 파는데요.

잡지도 기왕 하려거든 그렇게나 해야지, 죄선 사람들은 제엔장 큰소리는 곧잘 하더구면서도 잡지 하나 반반한 거 못 만들어 내니!

그날도 글쎄 잡지가 그 꼴이라, 아예 글은 볼 멋도 없고 해서 혹시 망가나 사진이라도 있을까 하고 책장을 후르르 넘기노라니깐 마침 아저씨 이름이 있겠나요! 하도 신통해서 쓰윽 펴 들고 보았더니 제목이 첫 줄은 경제, 사회…… 무엇 어쩌구 잔주를 달아 놨겠지요.

그것만 보아도 벌써 그럴듯해요. 경제는 아저씨가 대학교에서 경제를 배웠다니까 경제 속은 잘 알 것이고, 또 사회는 그것 역시 사회주의를 했으니까 그 속도 잘 알 것이고, 그러니까 경제하고 사회주의하고 어떻게 서로 관계가 되는 것이며 어느 편이 옳다는 것이며 그런 소리를 썼을 게 분명해요.

뭐, 보나 안 보나 속이야 빠안하지요. 대학교까지 가설랑 경제를 배우고도 돈 모을 생각은 않고서 사회주의만 하고 다닌 양반이라 경제가 그르고 사회주의가 옳다고 우겨댔을 거니까요.

아무렇든 아저씨가 쓴 글이라는 게 신기해서 좀 보아 볼 양으로 쓰윽 훑어봤지요. 그러나 웬걸 읽어 먹을 재주가 있나요. 글자는 아주 어려운 자만 아니면 대강 알기는 알겠는데, 붙여 보아야 대체 무슨 뜻인지를 알 수가 있어야지요.

속이 상하길래 읽어 보자던 건 작파하고서 아저씨를 좀 따잡고 몰아세울 양으로 그 대목을 차악 펴 놨지요.

"아저씨?"

"왜 그러니?"

"아저씨가 여기다가 경제 무어라구 쓰구, 또 사회 무어라구 썼는데, 그러면 그게 경제를 하란 뜻이오? 사회주의를 하란 뜻이오?"

"뭐?"

못 알아듣고 뚜렛뚜렛(어리둥절하여 눈을 이리저리 굴리는 모양)해요. 자기가 쓰고도 오래 돼서 다 잊어버렸거나, 혹시 내가 말을 너무 까다롭게 내기 때문에 섬뻑 대답이 안 나왔거나 그랬겠지요. 그래 다시 조곤조곤 따졌지요.

"아저씨…… 경제란 것은 돈 모아서 부자되라는 것 아니오? 그린데, 사회주의란 것은 모아 둔 부자 사람의 돈을 뺏어 쓰는 것 아니오?"

"이 애가 시방!"

"아니, 들어 보세요."

"너, 그런 경제학, 그런 사회주의 어디서 배웠니?"

"배우나마나, 경제란 건 돈 많이 벌어서 아껴 쓰구 나머지 모아 두는 게 경제 아니오?"

"그건 보통, 경제한다는 뜻으루 쓰는 경제고, 경제학이니 경제적이니 하는 건 또 다르다."

"다를 게 무어요? 경제는 돈 모으는 것이고, 그러니까 경제학이면 돈 모으는 학문이지요."

"아니란다. 혹시 이재학(理財學 나라를 다스리는 데 필요한 자금의 조달, 관리, 운용 따위에 대하여 연구하는 학문)이라면 돈 모으는 학문이라고 해도 근리(近理 이치에 가까움)할지 모르지만 경제학은 그런 게 아니란다."

"아—니, 그렇다면 아저씨 대학교 잘못 다녔소. 경제 못하는 경제학 공부를 오 년이나 했으니 그게 무어란 말이오? 아저씨가 대학교까지 다니면서 경제 공부를 하구두 왜 돈을 못 모으나 했더니, 인제 보니깐 공부를 잘못해서 그랬군요!"

"공부를 잘못했다? 허허, 그랬을는지도 모르겠다. 옳다, 네 말이 옳아!"

이거 봐요 글쎄. 단박 꼼짝 못하잖나. 암만 대학교를 다니고, 속에는 육조를 배포했어도 그렇다니깐 글쎄…….

"아저씨?"

"왜 그러니?"

"그러면 아저씨는 대학교를 다니면서 돈 모아 부자되는 경제 공부를 한 게 아니라 모아 둔 부자 사람네 돈 뺏어 쓰는 사회주의 공부를 했으니 말이지요……."

"너는 사회주의가 무얼루 알구서 그러냐?"

"내가 그까짓 걸 몰라요?"

한바탕 주욱 설명을 했지요.

내 얼굴만 물끄러미 올려다보고 누웠더니 피식 한번 웃어요. 그러고는 그 양반이 하는 소리겠다요.

"그게 사회주의냐? 부랑당이지."

"아―니, 그럼 아저씨두 사회주의가 부랑당인 줄은 아시는구려?"

"내가 언제 사회주의가 부랑당이랬니?"

"방금 그리잖았어요?"

"글쎄, 그건 사회주의가 아니라 부랑당이란 그 말이다."

"거 보시우! 사회주의란 것은 그렇게 날부랑당이어요. 아저씨두 그렇다구 하면서 아니래시오?"

"이 애가 시방 입심 겨룸을 하재나!"

이거 봐요. 또 꼼짝 못하지요? 다아 이래요, 글쎄…….

"아저씨?"

"왜 그러니?"

"아저씨두 맘 달리 잡수시오."

"건 어떻게 하는 말이냐?"

"걱정 안 되시우?"

"나 같은 사람이 걱정이 무슨 걱정이냐? 나는 네가 걱정이더라."

"나는 뭐 버젓하게 요량이 있는걸요."

"어떻게?"

"이만저만한가요!"

또 한바탕 주욱 설명을 했지요. 이야기를 다 듣더니 그 양반 한다는 소리 좀 보아요.

"너두 딱한 사람이다!"

"왜요?"

"……."

"아니, 어째서 딱하다구 그러시우?"

"……."

"네? 아저씨?"

"……."

"아저씨?"

"왜 그래?"

"내가 딱하다구 그러셨지요?"

"아니다, 나 혼자 한 말이다."

"그래두……."

"이 애?"

"네?"

"사람이란 것은 누구를 물론허구 말이다, 아첨하는 것 같이 더러운 게 없느니라."

"아첨이오?"

"저, 위로는 제왕, 밑으로는 걸인, 그 모든 사람이 위선 시방 이 제도의 이 세상에서 말이다, 제가끔 제 분수대루 살아가는 데 있어서 말이다, 제 개성을 속여 가면서꺼정 생활에다가 아첨하는 것 같이 더러운 것이 없고, 그런 사람같이 가련한 사람은 없느니라. 사람이란 건 밥 두 그릇이 하필 밥 한 그릇보다 더 배가 부른 건 아니니까."

"그건 무슨 뜻인데요?"

"네가 일본인 여자와 결혼을 해서 성명까지 갈고 모든 생활 법도를 일본화하겠다는 것이 말이다."

"네, 그게 좋잖아요?"

"그것이 말이다, 진실로 깊은 교양이나 어진 지혜의 판단에서 우러나온 것이라면 그도 모를 노릇이겠지. 그렇지만 나는 보매, 네가 그런다는 것은 다른 뜻으로 그러는 것 같다."

"다른 뜻이라니요?"

"네 주인의 비위를 맞추고, 이웃의 비위를 맞추고 하자고……."

"그야 물론이지요! 다이쇼의 신용을 받아야 하고, 이웃 내지인들 하구도 좋게 지내야지요. 그래야 할 게 아니겠어요?"

"……."

"아저씨는 아직두 세상 물정을 모르시오. 나이는 나보담 많구 대학교 공부까지 했어도 일찌감치 고생살이를 한 나만큼 세상 물정은 모릅니다. 시방이 어느 세상인데 그러시우?"

"이 애?"

"네?"

"네가 방금 세상 물정이랬지?"

"네."

"앞길이 환하니 트였다구 그랬지?"

"네."

"환갑까지 십만 원 모은다구 그랬지?"

"네."

"네가 말하는 세상 물정하구 내가 말하려는 세상 물정하구 내용이 다르기도 하지만, 세상 물정이란 건 그야말로 그리 만만한 게 아니다."

"네?"

"사람이란 건 제아무리 날구 뛰어도 이 세상에 형적(形跡 사물의 형상과 자취를 아울러 이르는 말) 없이 그러나 세차게 주욱 흘러가는 힘, 그게 말하자면 세상 물정이겠는데, 결국 그것의 지배하에서 그것을 따라가지 별수가 없는 거다."

"네?"

"쉽게 말하면 계획이나 기회를 아무리 억지루 만들어 놓아도 결과가 뜻대루는 안 된단 말이다."

"젠장, 아저씨두…… 요전 〈킹구〉라는 잡지에두 보니까, 나폴레옹이라는 서양 영웅이 그랬답디다. 기회는 제가 만든다구. 그리고 불가능이란 말은 바보의 사전에서나 찾을 글자라구요. 아 자꾸자꾸 계획하구 기회를 만들구 해서 분투 노력해 나가면 이 세상 일 안 되는 일이 어디 있나요? 한 번 실패하거든 갑절 용기를 내 가지구 다시 일어서지요. 칠전팔기 모르시오?"

"나폴레옹도 세상 물정에 순응할 때는 성공했어도, 그것에 거슬리다가 실패를 했더란다. 너는 칠전팔기해서 성공한 몇 사람만 보았지, 여덟 번 일어섰다가 아홉 번째 가서 영영 쓰러지구는 다시 일어나지 못한 숱한 사람이 있는 건 모르는구나?"

"그래두 두구 보시우. 나는 천하 없어두 성공하구 말 테니……. 아저씨는 그래서 더구나 못써요. 일해 보기두 전에 안 될 줄로 낙심 먼저 하구……."

"하늘은 꼭 올라가 보구래야만 높은 줄 아니?"

원 마지막 가서는 할 소리가 없으니깐 동에도 닿지 않는 비유를 가져다 둘러대는 걸 보아요. 그게 어디 당한 말인고? 안 올라가 보면 뭐 하늘 높은 줄 모를 천하 멍텅구리도 있을까? 그만해 두려다가 심심하기에 또 말을 시켰지요.

"아저씨?"

"왜 그래?"

"아저씨는 인제 몸 다아 충실해지면 어떡허실려우?"

"무얼?"

"장차……."

"장차?"

"어떡허실 작정이세요?"

"작정이 새삼스럽게 무슨 작정이냐?"

"그럼 아저씨는 아무 작정 없이 살아가시우?"

"없기는?"

"있어요?"

"있잖구?"

"무언데요?"

"그새 지내 오던 대루……."

"그러면 저 거시키 무엇이냐 도루 또 그걸……?"

"그렇겠지."

"아저씨?"

"……."

"아저씨?"

"왜 그래?"

"인젠 그만두시우."

"그만두라구?"

"네."

"누가 심심소일루 그러는 줄 아느냐?"

"그렇잖구요?"

"……"

"아저씨?"

"……"

"아저씨?"

"왜 그래?"

"아저씨 올해 몇이지요?"

"서른셋."

"그러니 인제는 그만큼 해 두고 맘 잡어서 집안일 할 나이두 아니오?"

"집안일은 해서 무얼 하나?"

"그렇기루 들면 그 짓은 해서 또 무얼 하나요?"

"무얼 하려구 하는 게 아니란다."

"그럼, 아무 희망이나 목적이 없으면서 그래요?"

"목적? 희망?"

"네."

"개인의 목적이나 희망은 문제가 다르니까…… 문제가 안 되니까……"

"원, 그런 법도 있나요?"

"법?"

"그럼요!"

"법이라……!"

"아저씨?"

"……"

"아저씨?"

"왜 그래?"

"아주머니가 고맙잖습디까?"

"고맙지."

"불쌍하지요?"

"불쌍? 그렇지, 불쌍하다면 불쌍한 사람이지!"

"그런 줄은 아시느만?"

"알지."

"알면서 그러시우."

"고생을 낙으로, 그 쓰라린 맛을 씹고 씹고 하면서 그것에서 단맛을 알어 내는 사람도 있느니라. 사람도 있는 게 아니라, 사람마다 무슨 일에고 진정 과 정신을 꼬박 거기다가만 쓰면 그렇게 되는 법이니라. 그러니까 그쯤 되면 그때는 고생이 낙이지. 너의 아주머니만 두고 보더라도 고생이 고생이면서 고생이 아니고 고생하는 게 낙이란다."

"그렇다고 아저씨는 그걸 다행히만 여기시우?"

"아니."

"그러거들랑 아저씨두 아주머니한테 그 은공을 더러는 갚어야 옳을 게 아니오?"

"글쎄, 은공을 모르는 건 아니지만……."

"그러니 인제 병이나 확실히 다아 나으신 뒤엘라컨……."

"바뻐서 원……."

글쎄 이 한다는 소리 좀 보지요? 시치미 뚜욱 떼고 누워서 바쁘다는군요!

사람 속 차릴 여망(興望 어떤 개인이나 사회에 대한 많은 사람의 기대를 받음. 또는 그 기대) 없어요. 그저 어디로 대나 손톱만큼도 쓸모는 없고 남한테 사폐만 끼치고, 세상에 해독만 끼칠 사람이니, 뭐 하루바삐 죽어야 해요. 죽어야 하고, 또 죽어서 마땅해요. 그런데 글쎄 죽지를 않고 꼼지락꼼지락 도로 살아나니 성화라구는, 내…….

# 왕치와 소새와 개미

## 📝 작품 정리

**작가** : 채만식(524쪽 '작가와 작품 세계' 참조)
**갈래** : 우화 소설
**배경** : 시간 - 가을 / 공간 - 농촌
**시점** : 3인칭 전지적 작가 시점
**주제** : 조화로운 공동체 생활의 추구, 이기적 태도에 대한 경계
**출전** : 〈문장〉(1941)

## 📝 구성과 줄거리

**발단** 왕치와 소새와 개미의 생김새와 성격을 소개함

왕치는 머리가 벗어지고, 소새는 주둥이가 나오고, 개미는 허리가 잘룩한데는 내력이 있다. 왕치와 개미와 소새는 함께 산다. 개미는 부지런하고 소새는 제 앞가림을 했으나 왕치는 놀고먹기만 해서 눈치를 먹는다.

**전개** 셋은 잔치 계획을 세우고 개미와 소새는 잔치를 치름

어느 가을날 셋은 하루씩 맡아 잔치를 치르기로 한다. 개미는 촌 마누라의 넓적다리를 물어 촌 마누라가 내동댕이친 밥 광주리로 푸짐한 상을 차린다. 다음 날 소새는 물가로 나가 잉어를 잡아 와서 잔치를 치른다.

**위기** 고생만 하고 허탕을 친 왕치가 잉어에게 잡아먹힘

왕치의 차례인 셋째 날 왕치는 들로, 산으로, 잔디밭으로 나가 보았으나 아무것도 잡지 못한다. 물가에 온 왕치는 용기를 내어 잉어를 잡으려다 오히려 잉어에게 잡아먹힌다.

**절정** 소새와 개미가 왕치를 구했지만 오히려 왕치는 큰소리침

개미와 소새는 왕치를 찾으러 나선다. 왕치를 찾지 못하고 돌아오는 길에 소새가 물가에서 잉어를 잡는다. 소새와 개미가 잉어를 먹고 있는데 배속에서 왕치가 뛰어나온다. 왕치는 자신을 구출한 소새와 개미에게 고맙다는 말은커녕, 자기가 잉어를 잡아 온 것처럼 너스레를 떤다.

**결말** 왕치, 소새, 개미의 생김새에 얽힌 내력을 밝힘

소새는 왕치의 닉살에 화가 나서 주둥이가 한 발이나 나왔고, 왕치는 속을 못 차리고 공것을 밝혀 이마가 벗어졌고, 개미는 소새와 왕치를 보고 너무 웃어서 허리가 부러진다.

## ✐ 생각해 볼 문제

### 1. 이 작품에서 민담적 요소는 어떻게 드러나는가?

설화의 하나인 민담에는 여러 특징이 있다. '옛날 옛적에'와 같은 막연한 배경은 그중 하나다. 민담에는 비현실과 현실이 공존할 수 있다. 왕치와 소새와 개미가 함께 사는 것도 같은 맥락이다. 또 민담은 자유로운 반복과 대립으로 흥미를 끈다. 세 동물 이야기의 반복은 줄거리를 기억하게 하며 시와 같은 율농감과 안정감을 준다. 이 소설은 민담적 요소를 많이 지니고 있지만 민담은 아니다. 민담은 입에서 입으로 전승되는 것이지만 이 소설은 작가의 창작물이기 때문이다.

### 2. 왕치와 소새와 개미의 성격은 어떠한가?

매일 놀고먹는 왕치는 체면만 생각해 제 분수를 모르고 이 일 저 일에 경솔하게 뛰어들어 죽을 뻔하다가 가까스로 살아난다. 제 몫을 제대로 해내는 소새는 이기적이어서 제 앞가림을 못하는 왕치를 미워한다. 부지런한 개미는 인정이 많아서 제 앞가림도 못하는 왕치를 측은하게 생각한다.

### 3. 이 소설의 주제는 무엇인가?

서술자가 글의 앞뒤에서 밝힌 내용에 초점을 맞추면 '왕치, 소새, 개미의 생김새에 얽힌 내력'이 주제가 된다. 왕치의 이기적인 모습과 왕치를 죽음으로 몰고 간 소새의 좁은 소견에 초점을 맞추면 '조화로운 공동체 생활 추구'가 주제가 될 수 있다. 허황되게 자신보다 몸집이 큰 송아지나 잉어를 잡으려는 왕치를 볼 때는 '자기 분수를 알아야 한다'는 교훈을 얻을 수 있고, 먹을 것을 챙기고 놀기만 하는 왕치에 초점을 맞추면 '이기심을 버리자'는 교훈을 얻을 수 있다.

**왕치**
(잉어에게 잡아먹혔다가 머리가 벗겨짐)

친구

**소새**(입이 튀어 나옴)          **개미**(허리가 줄어듦)

소새와 개미와 저(왕치)는 돌아가며 음식을 맡아 잔치를 열기로 했어요. 개미는 밥을 들고 왔고, 소새는 잉어를 잡아 왔어요. 저도 잉어를 잡기로 하고 잉어 배 속에 들어갔답니다. 저를 끄집어낸 건 소새와 개미였어요. 소새는 뭐가 불만인지 입이 나왔고, 개미는 웃느라 허리가 줄었어요. 어쩐 일인지 제 이마는 벗겨져 버렸네요.

# 왕치와 소새와 개미

왕치<sup>(방아깨비의 큰 암컷)</sup>는 머리가 훌러덩 벗어지고, 소새<sup>(물새의 한 종류)</sup>라는 새는 주둥이가 뚜우 나오고, 개미는 허리가 잘록 부러졌다. 이 왕치의 대머리와 소새의 주둥이 나온 것과 개미의 허리 부러진 것과는 이만저만찮은 내력이 있다.

옛날 옛적, 거기 어디서, 개미와 소새와 왕치가 한집에서 함께 살고 있었다.

개미는 시방이나 그때나 다름없이 부지런하고 일을 잘했다. 소새도 소갈찌<sup>(소갈머리. 마음이나 속생각을 낮잡아 이르는 말)</sup>는 좀 괴팍하고 박절스런 구석은 있으나, 본이 재치가 있고 바지런바지런해서, 제 앞 하나는 넉넉 꾸려 나가고도 남았다.

딱한 건 왕치였다. 파리 한 마리 건드릴 근력도 없는 약질이었다. 편편 놀고먹어야 했다. 놀고먹으면서도 양 통만 커서, 먹기는 남 갑절이나 먹었다. 놀고먹으면서 양 통만 커 가지고 먹기는 남 갑절이나 먹는 것도 염치 아닌 노릇인데, 속이 없고 빙충맞았다. 희떱고<sup>(실속은 없어도 마음이 넓고 손이 크고)</sup> 비위가 좋았다.

부모 자식이나 동태<sup>(同胎)</sup> 동기간<sup>(同氣間)</sup>이라도 모를 텐데, 타성바지<sup>(자기와 다른 성(姓)을 가진 사람)</sup>의 아무렇지도 않은 남남끼리 한집 한 울안에 모여 살면서 그 모양이니, 눈치는 독판<sup>(독무대)</sup> 먹어 두어야 했다. 개미는 그래도 천성이 너그럽고 낙천가가 되어서 과히 허물을 하지 않았지만, 성미 까슬한<sup>(몹시 거칠고 빳빳한 느낌이 있는)</sup> 소새는 영 아주 왕치를 못 볼 상으로 미워했다. 걸핏하면 꽁해 가지고는 구박을 하고 눈치를 했다.

어느 가을이었다. 백곡이 풍등한<sup>(농사를 지은 것이 아주 잘된)</sup> 식욕의 가을이었다.

가을도 되고 했으니, 우리 잔치나 한번 차리는 게 어떠냐고, 셋이 모여 앉은 자리에서 소새가 발의를 했다.

"거참, 조오흔 말일세!"

잔치도 잔치지만, 일변 저를 끔끔수<sup>(체면이 깎일 일을 당해 갖는 부끄러움)</sup>를 주자는 설도<sup>(舌刀 '칼날 같은 혀'라는 뜻으로, 날카로운 말을 비유적으로 이르는 말)</sup>인 줄은 모르고, 먹을 속 살

가운 왕치가 냉큼 받아서 찬성이었다.

잠자코 있으나, 개미도 이의는 없었다.

사흘 잔치를 하기로 했다.

사흘 동안 계속해서 잔치를 하는데, 차리기는 하나가 하루씩 독담(獨擔 혼자서 담당함)으로 맡아서 차리기로 했다. 가령 첫날은 소새가 잔치를 차리면 둘째 날은 왕치가, 그리고 마지막 날은 개미가…… 이렇게.

왕치는 그렇게 잔치를 하루씩 독담해서 차린다는 데는 속으로 뜨악 걱정스러웠으나, 그렇다고 체면에 나는 못합네 할 수는 없는 터라, 어물어물 코대답(탐탁하지 아니하거나 대수롭지 아니하게 여겨 건성으로 하는 대답)을 해 두었다. 둘이가 먼저 차리거든 우선 먹어 놓고 볼 일이라는 떡심(억세고 질긴 근육. 성질이 매우 질긴 사람을 비유적으로 이르는 말)이었다. 반생을 이런 떡심으로 부지해 왔으니, 별로 새삼스러울 것도 없었다.

첫날은 개미가 나섰다.

들로 나갔다.

들에서는 한참 벼를 거두기가 바빴다. 마침 보니, 촌 마누라 하나가 샛밥('곁두리'의 방언. 농사꾼이나 일꾼들이 끼니 외에 참참이 먹는 음식)을 내가느라고, 한 광주리 목이 오므라들게 해서 이고, 들 가운데로 지나고 있었다.

좋을씨구나. 개미는 뽀르르 쫓아가서 가랑이 속으로 기어올라 가서는, 너벅다리('넓적다리'의 방언)께를 사정없이 꽉 물어 떼었다.

"아이고머닛!"

죽는 소리를 치면서 촌 마누라는 머리의 밥 광주리를 내동댕이치고는, 다리야 날 살리라고 도망을 쳤다.

부—연 입쌀밥(입쌀로 지은 밥)에, 얼큰한 풋김치에, 구수한 된장찌개에, 짭짤한 자반갈치 토막에, 골콤한 새우젓에—.

죄다 집으로 날라다 놓고는, 셋이 모여 앉아서 맛있게 잘 먹었다. 보기 드문, 건(푸짐하고 배부른) 잔치였다.

다음 날은 소새가 나섰다.

물가로 갔다.

바닥이 들여다보이게 맑은 물에서 붕어도 뛰고 가물치도 놀고 했다. 여느 때와는 달라, 소새는 붕어나 가물치나 단치(민물고기의 하나) 따위는 눈도 거들떠보지 않고, 말뚝에 가 오도카니(작은 사람이 넋이 나간 듯이 가만히 한자리에 서 있거나 앉아 있는

<sup>모양)</sup> 앉아서는 기다렸다.

이윽고 싯누런 잉어가 한 놈 꿈틀거리면서 물 위로 머리를 솟구쳤다.

잔뜩 겨냥을 대고 노리던 소새는, 휘익 날면서 주둥이로 잉어의 눈을 꿰어 들었다.

집으로 돌아오니, 개미와 왕치는 손뼉을 치며 맞이했다.

싱싱한 잉어를 놓고 둘러앉아서 먹는 맛은 또한 자별했다.

소새 차례의 둘째 날의 잔치도 그래서 걸게 지났다.

마지막, 셋째 날은 드디어 왔다.

왕치는 무어라고든 핑계를 대고서 뱃심(엉치나 두려움이 없이 제 고집대로 버티는 힘)으로 뭉갤 생각이었으나, 보니 소새의 팽―팽한 눈살이, 안 될 말이었다.

잘 먹은 죄가 이렇게 큰 거라고 생각하면서, 아무 가량(假量 어떤 일에 대해 확실한 계산은 아니나 얼마쯤이나 정도가 되리라고 짐작해 봄)도 없는 채 집을 나섰다.

우선 들로 나가 보았다.

펀한(끝이 아득할 정도로 넓은) 들에는 벼만 가득히 익고, 농군들이 벼를 거두기에 바빴지, 보아야 만만히 건드림 직한 거라곤 없었다. 설마 한들 벼 이삭이나 한 목쟁이('목정강이'의 잘못) 주워 가지고 갈 수는 없고.

막막히 헤매고 다니다가 한 곳을 당도한즉, 애꾸눈이 엿장수가 엿목판을 뚜드리면서

"엿들 사려! 호두엿 사려."

하고 멋들어지게 외우고 지나갔다.

덮어놓고 후룩후룩 날아가서, 엿목판에 가 앉았다. 한 목판 그득 담긴 엿이 또한 먹음직스러웠다.

이걸 송두리째 집으로 가져만 갔으면 걸기도 하고 한바탕 뽐낼 판인데, 그러나 무슨 재주로!

어떻게 했으면 좋을꼬 하고 요리조리 엿목판을 끼웃거리며 궁리를 한다는 게, 무심결에 엿장수의 어깨에 가 앉았던 모양이었다.

"잡것, 재수 없네!"

엿장수가 손바닥으로 탁 치는 바람에, 하마터면 엿장수의 어깨에서 참혹한 죽음을 할 뻔하고는, 혼비백산 질겁하여 도망을 쳤다.

들을 지나서 산 밑으로 가 보았다.

꿩도 날고, 토끼도 기었다. 바위 틈바구니엔 벌집도 있고, 그 단 꿀 냄새

에 회가 동했다. 그러나 모두가 화중지병(畵中之餠 그림의 떡)이었다.

잔디밭에서 송아지 데리고 암소가 놀고 있었다.

어미는 너무 크고, 송아지들한테 가 앉아 보았다. 간지럽다고 강중강중 뛰었다.

요놈을 어떻게 살살 꾀여서 집으로 끌고 갔으면 좋겠는데, 그게 도무지 도리가 없었다.

이마빡으로 옮아앉아서 터럭을 물고 진득이 잡아당겼다. 부룩송아지(아직 길들지 아니한 송아지)니, 대가리를 사뭇 내젓는 통에 저만치 가서 떨어졌다.

이 녀석 어디 보자고 엉덩짝에 가 앉아서는,

"이러! 이러!"

하고 간질여 보았다.

하는 것을 송아지는 파리인 줄 알고, 꼬리를 획 쳐서 옆구리가 끄덕하도록 얻어맞았다.

하릴없이 물가로 와 보았다.

붕어가 뛰고 메기가 놀고, 역시 그럼직한 것이 없는 게 아니나, 잡는 재주가 없었다.

그럭저럭 해는 점심 새때(끼니와 끼니의 중간 되는 때)도 지나, 오래지 않아 날이 저물게 되었다.

그대로 빈손으로 돌아가자니 차마 체모가 아니었다. 그렇다고 해서 언제까지고 이렇게 헤매기만 할 수도 없었다.

답답했다.

엉엉 앉아서 울었다.

막 그럴 즈음, 어저께 소새가 잡아 가지고 온 그런 잉어가 한 놈, 싯누런 몸뚱이를 굼실거리면서 물 위로 떠올랐다.

왕치는 분연히(성을 벌컥 내며 분해하는 기색으로), 울기를 그치고 팔을 부르걷었다(옷의 소매나 바지를 힘차게 걷어 올렸다).

"그래, 사내대장부가 세상에 나서, 온 이래야 옳담매?"

그러면서 단연 그 잉어를 잡을 결심으로, 후르륵 날아, 마침 솟구치는 잉어의 콧등에 오뚝 앉았다.

잉어야 그러잖아도 속이 출출한 판인데, 이게 웬 떡이냐고 날름 혀로 차서는, 씹고 무엇하고 할 것도 없이 그대로 꼴깍 삼켜 버렸다.

아침에 일찍 나간 채 한낮이 겨워도(때가 지나거나 기울어서 늦어도) 왕치는 돌아오지 않아서, 집에서는 소새와 개미는 걱정을 하며 이제나 저제나 까맣게 기다렸다.

그러면서 개미는 소새를 자꾸만 탓을 했다. 부질없이 그런 설도를 해서 그 못난이를 갖다가 못할 노릇을 시켰냐고. 괜히 참, 어디 가서 함부로 넘성거리다가 몸을 다치든지, 아닐 말로 죽든지 하면 저 일을 장차 어떡한단 말이냐고.

소새는 민망하여, 아 작자가 하도 염장(艶粧 예쁘고 아리땁게 단장함)을 못 차리고 보기 싫게 굴기에 좀 그래 보았다고. 그래도 난 못 하겠노라고 아랫목에 앉아서 뭉개든지, 무어라고 핑계를 대고 꾀로 바워 내려니 했지, 누가 그렇게 성큼 나설 줄이야 알았느냐고. 아무려나 어서 무사히 돌아오기나 했으면 좋겠다고. 누누이 발명(發明 죄나 잘못이 없음을 말해 밝힘. 또는 그리해 발뺌하려 함) 겸 후회하기를 마지않았다.

한낮이 겨우고 다시 새때가 되어 오자, 참다못해 둘이는 왕치를 찾으러 나섰다.

개미는 들로 나섰다. 그러나 암만 찾고 다녀도 왕치의 종적은 알 길이 없었다.

소새는 물가로 나갔다. 역시 암만 찾고 다녀도(벌써 잉어의 배 속으로 들어간 뒤라) 왕치는 눈에 뜨이지 않았다.

어느덧 날은 저물어 땅거미가 져서 더 찾을래야 찾을 수도 없고, 소새는 마음만 한껏 초조하면서, 거듭 뉘우쳐 싸면서 하릴없이 집으로 돌아가기로 했다. 혹시 그동안 왕치가 제풀에 돌아와서 있으면 작히 좋으면 하는 일루(一縷 한 오리의 실이라는 뜻으로, 몹시 미약하거나 불확실하게 유지되는 상태를 이르는 말)의 희망을 가지고.

그리하여 마침 수면을 날아 건 는데, 잉어가 한 놈 굼실거리며 물 위로 떠오르는 게 보였다. 이왕이니 사냥이나 해 가지고 갈 생각으로 홱, 몸을 떨어뜨리면서 주둥이로 잉어의 눈을 꿰어 찼다.

집에서는 개미가 먼저 돌아와서 까맣게 혼자 기다리고 있었다.

둘이는 필경 일을 저지른 일이라고 걱정에 땅이 꺼졌으나, 다시 더 찾아본들 날은 이미 저물었고, 밝는 다음 날로 미루는 수밖에 없었다.

하나가 빠졌는데 집 안이 텅 빈 것같이 섭섭한 집 안에서, 둘이는 방금 소새가 잡아 가지고 온 잉어를 먹기 시작했다. 좋은 음식을 대하니, 한결 없는 동무가 생각이 나서 목에 걸렸다.

중간쯤 먹었을 때였다.

별안간 후루룩하더니 둘이가 먹고 있는 잉어 배때기 속에서 왕치가 풀쩍 뛰어나오는 것이었다. 아까, 왕치를 산 채로 먹은 그 잉어를 공교로이 소새가 잡아 온 것이었다.

소새와 개미는(반가운 것도 반가운 것이지만 깜짝 놀라) 뒤로 나가자빠지는데, 풀쩍 그렇게 잉어 배때기 속에서 뛰어나오면서 왕치의 하는 거동이 과연 절창(絶唱 뛰어나게 잘 부름. 또는 그런 노래)이었다.

"휘! 더워! 어서들 먹게! 아, 이놈의 걸 내가 잡느라고 어떻게 그만 애를 썼던지! 에이 덥다! 어서들 먹게!"

이렇게 너스레를 떨면서, 땀 난 이마를 쓱쓱 손바닥으로 씻으면서.

소새는 반가운 것도 놀란 것도 인제는 어디로 가고, 슬그머니 배알이 상했다. 잡기를 번연히 소새 제가 잡아, 그 덕에 생선 배때기 속에서 귀신도 모르게 죽을 것을 살려 냈어, 한 것을, 넉살 좋게, 제가 잡느라고 애를 쓴 건 무어며, 숫제 어서들 먹으라고 연성 생색을 내니, 세상 그런 비위 장도 있더냔 말이었다.

소새는 그래서 주둥이가 한 자나 되게 뚜— 하니 나와 가지고는 샐룩한 눈을 깔아뜨리고 앉아 말이 없었다.

개미가 비로소 정신을 차려 둘이를 다시금 보니, 참 우스워 기절을 하였겠다.

속을 못 차리고 공것을 너무 바치고(무엇을 지나칠 정도로 바라거나 요구하고) 하면 이마가 벗어진다더니, 정말 왕치는 이마의 땀을 쓱쓱 씻는데 보기 좋게 빈대머리(번들번들한 게 빈대 같은 모양이라는 뜻으로 '대머리'를 빗대어 말함)가 홀러덩 단박에 벗어지고 만 것이었다.

소새는 또 주둥이가 한 발이나 쑥— 나와 버렸고.

개미는 하도하도 우습다 못해 대굴대굴 구르다가 그만 허리가 부러지고 말았다.

이래서 그때부터 왕치는 대머리가 벗어진 것이고, 소새는 주둥이가 길어진 것이고, 개미는 허리가 부러진 것이고 했다는 것이다.

미스터 방

## 🖋 작품 정리

**작가** : 채만식(524쪽 '작가와 작품 세계' 참조)
**갈래** : 세태 소설, 풍자 소설
**배경** : 시간 – 광복 직후 / 공간 – 서울
**시점** : 3인칭 전지적 작가 시점
**주제** : 광복 직후 권력을 좇아 개인적 이익을 추구하는 기회주의적 인물들에 대한 비판
**출전** : 〈대조〉(1946)

## 🖋 구성과 줄거리

**발단** 신기료장수 출신 방삼복이 거들먹거리자 백 주사는 못마땅해함

방삼복과 그를 찾아온 백 주사가 함께 맥주를 마신다. 백 주사는 과거의 양쪽 집안 내력에 생각이 미치자 방삼복이 내심 괘씸하기 짝이 없다. 하지만 삼복에게 부탁하러 온 입장이라 그의 허세에 맞장구를 칠 수밖에 없다. 백 주사는 미천한 신분의 방삼복이 하루아침에 부와 권세를 얻은 것이 신기하기도 하고 부럽기도 하다.

**전개** 방삼복은 미군 장교의 통역이 된 이후 부자가 됨

신기료장수를 하던 방삼복은 광복이 되자 미군 장교의 통역이 된다. 호화 주택에 살게 된 방삼복은 청탁하기 위해 찾아오는 사람들로부터 뇌물을 받아 치부(致富 재물을 모아 부자가 됨)를 한다.

**위기** 백 주사는 재산을 뺏긴 사정을 이야기하며 보복을 부탁함

백 주사는 아들 백봉선 덕택에 지주이자 고리대금업자로 치부를 했지만 광복이 된 후 군중의 습격을 받아 재산을 빼앗기고 서울로 피신한다. 그러던 어느 날, 방삼복을 만난 백 주사는 미군 장교의 도움을 받아 복수를 하고자 한다. 백 주사가 방삼복에게 청탁을 하자 방삼복은 부탁을 들어주겠노라 장담한다.

**절정 결말** 방삼복이 뱉은 양칫물이 S소위의 얼굴에 떨어져 턱을 얻어맞음

방삼복이 양치질을 하고 발코니 바깥으로 뱉은 물이 마침 현관으로 들어서던 S소위의 얼굴에 떨어진다. 화가 난 S소위는 방삼복에게 욕을 하고 한 대 갈긴다.

### 🖋 생각해 볼 문제

**1. 이 소설에서 비판과 풍자의 대상은 무엇인가?**

이 작품에서 풍자의 대상이 되는 주된 인물은 미스터 방(방삼복)과 백 주사다. 방삼복은 정관용의 「꺼삐딴 리」에 나오는 이인국과 같이 광복 직후 혼란한 사회에서 발 빠르게 권력을 추구하는 기회주의적 인물을 대표한다. 백 주사는 전형적인 친일파로 광복이 되어 군중에게 재산을 빼앗긴 뒤 방삼복을 찾아와 복수를 청탁한다. 작가는 방삼복과 같은 기회주의자와, 백 주사와 같은 친일파를 비판하고 있다. 나아가 방삼복에게 찾아와 뇌물로 청탁하는 상류층과 이를 용인하는 미군정도 비판의 대상이 되고 있다.

**2. 방삼복은 양칫물이 S소위의 얼굴에 떨어지는 바람에 턱을 가격당한다. 이 같은 상황의 반전이 주는 효과는 무엇인가?**

이 소설은 방삼복이 턱을 가격당하는 상황에서 끝난다. 하지만 독자는 그 이후의 상황, 즉 한순간의 실수로 방삼복의 꿈이 좌절되리라는 것을 충분히 짐작할 수 있다. 이런 반전을 통해 작가는 하루아침에 얻은 부와 권세가 얼마나 허망하게 사라질 수 있는 것인지 분명하게 보여 준다. 또한, 방삼복의 상황을 역전시킴으로써 웃음을 유발한다.

**3. 당시의 사회 현실을 고려할 때 방삼복과 백 주사의 지위 변화는 어떤 의미를 지니는가?**

이 작품은 광복 직후의 사회를 배경으로 방삼복이 '미스터 방'이 되는 과정을 풍자적으로 보여 준다. 초라한 집안 출신의 방삼복이 하루아침에 부와 권세를 거머쥐게 된 것이나, 친일파 백 주사가 하루아침에 몰락해 '미스터 방'에게 굽실거리게 된 것은 광복 직후의 사회상이 얼마나 혼란스러웠는지를 여실히 보여 준다.

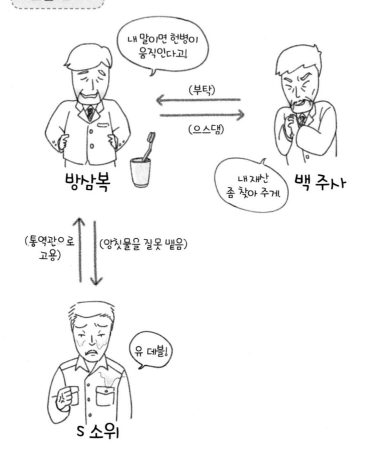

내 말이면 헌병이 움직인다고!

(부탁)

(으스댐)

방삼복

내 재산 좀 찾아 주게.

백 주사

(통역관으로 고용)

(양칫물을 잘못 뱉음)

유 데블!

S 소위

남의 집 머슴살이를 하던 저(방삼복)는 열두 해 전 조선을 떠나 일본, 중국을 떠돌았어요. 결과가 신통치 않아 서울에서 신기료장수 일을 하던 중 광복을 맞고 미군 S소위의 통역사가 되었답니다. 거만하던 백 주사가 부탁을 해 올 정도로 팔자가 폈지요. 백 주사와 술을 마신 김에 양치질을 했는데 양칫물이 S소위의 얼굴에 맞아 버렸어요. 저는 이제 어쩌지요?

# 미스터 방

주인과 나그네가 한가지로 술이 거나하니 취하였다. 주인은 미스터 방<sup>(方)</sup>, 나그네는 주인의 고향 사람 백<sup>(白)</sup> 주사.

주인 미스터 방은 술이 거나하여 감을 따라, 그러지 않아도 이즈음 의기 자못 양양한<sup>(사람의 앞날이 한없이 넓어 발전의 여지가 많은)</sup> 참인데 거기다 술까지 들어간 판이고 보니, 가뜩이나 기운이 불끈불끈 솟고 하늘이 바로 돈짝<sup>(엽전의 크기)</sup>만 한 것 같은 모양이었다.

"내 참, 뭐, 흰 말<sup>(흰소리. 터무니없이 자랑으로 떠벌리는 말)</sup>이 아니라 참, 거칠 것 없어, 거칠 것. 흥, 어느 눔이 아, 어느 눔이 날 뭐라구 허며, 날 괄시헐 눔이 어딨어, 지끔 이 천지에. 흥 참, 어림없지, 어림없어."

누가 옆에서 저를 무어라고를 하며 괄시를 한단 말인지, 공연히 연방 그 툭 나온 눈방울을 부리부리, 왼편으로 삼십 도는 넉넉 삐뚤어진 코를 벌씸 벌씸 해 가면서 그래 쌓는 것이었다.

"내 참, 이래 뵈두, 응, 동양 삼국 물 다 먹어 본 방삼<sup>(方三)</sup>복이우. 청어<sup>(淸語 만주어. 여기서는 중국어)</sup>를 뭇허나, 일얼 뭇허나, 영어야 뭐 말할 것두 없구⋯⋯."

하다가, 생각난 듯이 맥주 컵을 들어 벌컥벌컥 단숨에 다 마신다. 그러고는 시꺼먼 손등으로 입술을 쓱, 손가락으로 김치 쪽을 늘름 한 점, 그러던 버릇이, 미스터 방이요, 신사요, 방 선생으로도 불리어지는 시방도, 무심중 절로 나와, 손등으로 입술의 맥주 거품을 쓱 씻고, 손가락으로 라조기<sup>(닭을 튀겨 만든 중국 요리)</sup> 한 점을 집어다 우둑우둑 씹는다.

"술은 참, 맥주가 술입넨다⋯⋯."

어느 눔이 만일 무어라고 시비를 하거나 괄시를 한다면 당장 그 라조기 를 씹듯이 우둑우둑 잡아 씹기라도 할 듯이 괄괄하던 결기<sup>(발끈하기 잘하는 급한 기질)</sup>가, 그러다 별안간 어디로 가고서 이번엔 맥주 추앙이 나오던 것이다.

"술두 미국 사람네가 문명했죠. 죄선 사람은 안직두 멀었어."

"멀구말구. 아직두 멀었지."

쥐 상호의 대추씨만 한 얼굴에 앙상한 노랑 수염 백 주사가, 병을 들어 주 인의 빈 컵에다 따르면서 그렇게 맞장구를 쳐 보비위<sup>(補脾胃 남의 비위를 잘 맞추어 줌)</sup>

를 한다.

"아, 백 상(『씨』의 일본어)두 좀 드슈."

"난 과해."

"괜히 그리셔. 백 상 주량을 다아 아는데. 만난 진 오랬어두."

"다아 젊었을 적 말이지, 지금은……."

"올에 참 몇이시지?"

"갑술생 마흔여덟 아닌가!"

"그럼 나버담 열한 살 위시군. 그래두 백 상은 안 늙으신 심야. 허허허허."

"안 늙는 게 다 무언가. 머리 신 걸 보게!"

"건 조백(早白 늙기도 전에 머리가 셈. 흔히 마흔 살 안팎의 나이에 머리가 세는 것을 이름)이시지."

백 주사는 흔연히 수작을 하면서 내색은 아니하나, 어심엔(마음속으로는) 미스터 방이 괘씸하기 짝이 없었다.

향리의 예법으로, 십 년 장이면 절하고 뵈어야 한다. 무릎 꿇고 앉아야 하고, 말은 깍듯이 공대를 해야 한다. 그 앞에서 주초(酒草 술과 담배를 아울러 이르는 말)가 당치 않고, 막부득이한 경우면 모로 앉아 잔을 마셔야 한다. 그런 것을, 마치 제 연갑(年甲 연배) 친구나 타관 나그네에게나 하는 것처럼, 백 상이니, 술 드슈, 조백이시지 하고 말버릇이 고약해, 발 개키고 앉아서 정면하고 술을 먹어, 담배 뻐끔뻐끔 피워, 이런 괘씸할 도리가 없었다.

또 나이도 나이려니와, 문벌이나 지체를 가지고 논한다면, 이건 도저히 용서할 수 없는 일이었다.

이래 보여도 나는 삼대조가 진사를 하였고(그 첩지가 시방도 버젓이 있다) 오대조가 호조 판서를 지냈고(족보에 그렇게 분명히 올라 있다) 칠 대조가 영의정을 지냈고(역시 족보에 그렇게 분명히 올라 있다) 이런 명문거족의 집안이었다. 또 내 십이 촌이 ××군수요, 그 십이 촌의 아들이 만주국 ××현 ××촌 촌장이요 하였다. 또 그리고, 시방은 원수의 독립인지 막덕(마르크스주의를 믿는 사람이나 그 행위를 낮추어 이르는 말)인지 때문에 다 그렇게 되었다지만, 아무튼 두 달 전까지도 어느 놈 그 앞에서 기침 한번 크게 못하던 백 부장(백 주사의 아들)—훈팔(八)등에 ××경찰서 경제계 주임이던 백 부장의 어르신네 이 백 주사가 아닌가. 두 달 전 그때만 같았어도,

'이놈!'

하고 호통을 하여 당장 물고(物故 죄를 지은 사람을 죽임)를 내릴만, 그 좋은 세상이 어

디로 가고 이 지경이란 말인지 몰랐다.

하여튼 그만치나 혼란스런 백 주사에다 대면 미스터 방의 근지(根地 자라 온 환경과 경력을 아울러 이르는 말)야 아주 보잘 것이 없었다.

미스터 방의 증조가 타관에서 떠들어온 명색 없는 사람이었다. 그 조부가 고을의 아전을 다녔다. 그 아비가 짚신 장수였다. 칠십에, 고로롱고로롱, 아직도 살아 있지만, 시방도 짚신 곱게 삼기로 고을에서 첫째가는 방 첨지가 바로 그였다. 그리고 이 방삼복이는…… 먹고 자고 꿍꿍 일하고, 자식새끼 만들고 할 줄밖에는 모르는 상일꾼(농부)이었다. 그러나마 삼십을 바라보도록 남의 집 머슴살이로, 이 집 저 집 살고 다니는 코 삐뚤이 삼복이었다. 물론 낫 놓고 기역자도 못 그리는 판무식(일자무식)이었다.

상일꾼일 바엔 남의 세토(貰土 소작) 마지기라도 얻어 제 농사를 짓는 것이 아니라, 삼십을 바라보도록 남의 집 머슴살이만 하고 다니던 코 삐뚤이 삼복이가 하루아침 무슨 생각이 났던지, 돈벌이를 간답시고, 조석(아침과 저녁을 아울러 이르는 말)이 간데없는 부모에게다 처자식 떠맡기고는 훌쩍 일본으로 떠나버렸다. 그것이 열두 해 전.

떠난 지 칠팔 년을 별반 신통한 벌이도 못하는지, 돈 한 푼 보내는 싹도 없더니, 하루는 느닷없이 중국 상해에 와 있노라 기별이 전해져 왔다. 그러고는 감감 소식이 없다가, 삼 년 만에 퍼뜩 고향엘 돌아왔다. 십여 년을, 저의 말마따나 동양 삼국 물 골고루 먹고 다녔으면서, 별로 때가 벗은 것도 없어 보이고, 행색은 해어진 양복 누더기에 볼 꿰어진 구두짝을 꿰고 들어서는 모양이, 군데군데 깁질(기움질)은 하였으나 빨아 다린 무명 고의적삼(여름에 입는 홑바지와 저고리)을 입고 고향을 떠날 적보다 차라리 초라한 것 같았다.

늙은 어미 아비와, 젊은 가속이 뼈품(뼈가 휠 만큼 들이는 품)으로 버는 것을 얻어 먹으며 굶으며 하면서 한 일 년 빈둥거리고 놀더니, 적이 회심(回心 마음을 돌이켜 먹음)이 들었는지, 이번엔 처자식 데리고 서울로 올라왔다. 서울로 올라와서는 현저동 비탈의 다 찌부러진 행랑방을 얻어 살면서, 처음 일 년은 용산 있는 연합군 포로수용소엘 다니며 입에 풀칠을 하였고—이 동안 그는 상해에서 귀로 익힌 토막 영어가 조금 더 진보되었고.

다시 일 년이나는, 그것 역시 상해에서 익힌 것을 밑천 삼아 구두 직공으로 구둣방엘 다니며 그럭저럭 살았고. 그러다 일본이 싸움에 지느라고, 구두를 너무 해트려(닳아서 떨어지게 해) 가죽이 동이 나서, 구둣방이 너나없이 문을 닫는 바람에, 할 수 없이 이번엔 궤짝 한 개 짊어지고 신기료장수(헌 신을 꿰매어 고치는 일을 직업으로 하는 사람)로 나서고 말았다.

골목골목 돌아다니며, 혹은 종로 복판의 행길에 가 앉아 신기료장수를 하자니, 자연 서울 온 고향 사람의 눈에 종종 뜨일밖에. 소식이 고향에 퍼지자, 누구 한 사람 칭찬은 없고 저마다 빈정거리는 소리뿐이었다.

"일본으로, 청국으로, 십여 년 타국 바람 쏘이고 온 놈이 겨우 고거야?"

"부전자전이로구면. 아범은 짚신 장수, 자식은 구두 깁는 장수."

"아마 신발 명당에다 무덤을 썼든감."

이렇듯, 근지는 미천하고, 속에 든 것 없고, 가랑이가 찢어지게 가난하고, 생화(生貨 먹고살아 가는 데 도움이 되는 벌이나 직업)라는 것이 고작 거리에 앉아 오는 사람 가는 사람 해어지고 고린내 나는 구두짝 꿰매어 주고 징 박아 주고 닦아 주고 하는 천업(賤業 천한 직업 또는 영업)이고 하던, 그 코 삐뚤이 삼복이었다.

'흥, 개구리가 올챙이 적을 생각 못한다더니, 발칙한 놈, 고얀 놈.'

백 주사는 생각하자니 속으로 이렇게 분개스럽지 않을 수가 없었다.

그러나 일변으로는, 그러던 코 삐뚤이 삼복이가 그야말로 선영이 명당엘 들었단 말인지, 무슨 조화를 지녔단 말인지, 불과 몇 달 안에 이렇게 훌륭히 되고, 부자가 되고, 미스터 방인지 구리다 방인지가 되고 하여 가지고는, 갖은 호강 다 하며 천하에 무서울 것이 없고 기광(氣狂 극성스레 마구 날뛰는 행동이나 기세)이 나서 막 이러니, 한편 생각하면 신기하기도 하고 부럽기도 하고 또한 안타깝기도 하였다.

'사람의 운수란 참 모를 일이야.'

백 주사는 속으로 절절히 이렇게 탄복도 아니치 못하였다.

코 삐뚤이 삼복의 이 눈부신 발신(發身 천하고 가난한 처지를 벗어나 형편이 훤히 트임)은, 그러나 백 주사가 희한히 여기는 것처럼 무슨 명당 바람이 났다거나 조화를 지녔다거나 그런 신기한 곡절이 있는 바가 아니요, 지극히 간단하고도 수월한 것이었다. 다만 몸에 지닌 재주 가운데 총기가 좀 좋아서 일찍이 영어 마디나 익힌 것을 잊어버리지 아니하였다는, 일종의 특수 조건이 없던 바는 아니지만.

1945년 8월 15일, 역사적인 날. 이날도 신기료장수 방삼복은 종로의 공원 건너편 응달에 앉아서, 구두 징을 박으면서, 해방의 날을 맞이하였다. 그러나 삼복은 감격한 줄도 기쁜 줄도 모르겠었다. 지나가는 행인이, 서로 모르던 사람끼리면서 들쑥 서로 껴안고 기뻐하고 눈물을 흘리고 하는 것이, 삼복은 속을 모르겠고 차라리 쑥스러 보일 따름이었다. 몰려 닫는 군중이 오히려 성가시고, 만세 소리가 귀가 아파 이맛살이 찌푸려질 지경이었다.

몰려다니고 만세를 부르고 하기에 미쳐 날뛰느라고 정신이 없어, 손님이 없어, 손님이 부쩍 줄었다.

"우라질! 독립이 배부른가?"

이렇게 그는 두런거리면서 반감이 솟았다.

이삼 일 지나면서부터야 삼복에게도 삼복에게다운 해방의 혜택이 나누어졌다.

십 전이나 십오 전에 박아 주던 징을, 오십 전을 받아도 눈을 부라리는 순사를 볼 수가 없었다. 순사가 없어졌다면야, 활개를 쳐 가면서 무슨 짓을 하여도 상관이 없고 무서울 것이 없던 것이었다.

"옳아, 그렇다면 독립도 할 만한 건가 보다."

삼복은 징 열 개를 박아 주고 오 원을 받아 넣으면서 이렇게 속으로 중얼거리기까지 하였다.

그러나 며칠이 못 가서 삼복은 다시금 해방을 저주하여야 했다. 삼복이 저 혼자만 돈을 더 받으며, 더 받아 상관이 없는 것이 아니라, 첫째 도가(都家<sup>도매상</sup>)들이 제 맘대로 재료값을 올리던 것이었다. 징, 가죽, 고무, 실 모두가 오 곱 십 곱 비싸졌다. 그러니 신기료장수는 손님한테 아무리 비싸게 받는댔자 재료를 비싼 값으로 사야 하니, 결국 도가만 살찌울 뿐이지 소득은 전과 크게 다를 것이 없었다.

"이런 옘병힐! 그눔에 경제겔 다 어디루 가 뒈졌어. 독립은 우라진다구 독립을 헌담."

석양 때 신기료 궤짝 어깨에 멘 채 홧김에 막걸리청으로 들어가, 서너 사발 들이켜고는 그는 이렇게 게걸거렸다<sup>(품위 낮은 말로 소리치며 불평스럽게 자꾸 떠들었다)</sup>.

그럭저럭 구월도 열흘이 되고, 서울 거리에는 미국 병정이 꼬마 차와 함께 그득히 퍼졌다.

그 미국 병정들이, 거리를 구경하면서 혹은 물건을 사려면서, 말이 서로 통하지를 못하여 답답해하는 양을 보고 삼복은 무릎을 탁 쳤다.

그러나 슬플진저, 땟국과 땀에 찌든 이 누더기를 걸치고는 가망이 없을 말이었다.

'무슨 도리가 없을까?'

반일을 궁리를 하다가 정오 때에야 한 줄기 서광을 얻었다.

총총히 집으로 돌아가, 마누라를 시켜 구두 고치는 연장 일습(一襲 옷, 그릇, 기구 따위의 한 벌)과 재료 남은 것에다 이불이며 헌 옷가지 해서 한 짐을 동네 아는 가게에다 맡기고는 한 달 기한으로 돈 백 원을 서푼 변으로 취해 오게 하였다.

그 돈 백 원을 가지고 삼복은 흔한 넝마전으로 가서 백 원 돈이 꼭 차는 한도에 양복이란 명색 한 벌과 모자를 샀다. 신발은 부득이 안방 사람의 병정 구두 사 신은 것을 이다음 창갈이 거저 해 주겠다는 조건으로, 닷새만 제 것과 바꾸어 신기로 하였다.

이튿날 아침 느지감치, 새로 장만한 헌 양복 헌 모자에 헌 구두로써 궤짝 멘 신기료장수보다는 제법 말쑥하여진 차림을 차리고 마악 나서려는데, 간밤부터 통통 부어 가지고는 시중도 말대꾸도 잘 아니하던 애꾸쟁이 마누라가 와락 양복 뒷자락을 움켜쥐고 늘어진다.

"바른 대루 대요."

"이게 별안간 미쳤나?"

"요 망난아, 반해 가지군 이력허구 찾아가는 고년이 어떤 년야? 응?"

"속을 모르거든 밥값을 내지 말랬어, 요 맹추야."

"날 죽이구 가지, 거전 못 가."

"이년아, 너 이랬단, 내 인제 둔(錢) 벌문, 정말 첩 얻는다."

"오냐 잘한다. 날 죽여라, 날……."

"아, 이 우라 주리 뗄 앵길 년이……."

한주먹 보기 좋게 갈겨 넘어뜨리고는, 찌부러진 오두막집을 나서 종로로 향을 잡았다.

노예도 노예 이전이면 상전을 선택할 자유를 가지는 수도 있다고.

삼복은 종로서 전차를 내려 동쪽으로 천천히 걸으면서 물색(物色 어떤 기준으로 거기에 알맞은 사람이나 물건, 장소를 고르는 일)을 하였다. 생김새가 맘씨 좋아 보이고, 여느 병정이 아니라 장교쯤 가는 이라야 할 것이었다.

청년 회관 앞에서 담뱃대를 사고 있는 하나가, 몸집이 부대하고, 여느 병정은 아닌 듯하고, 얼굴이 사뭇 선량하여 보이는 게 선뜻 마음에 들었다. 구경하는 체하고 넌지시 그 옆으로 가 섰다.

미국 장교는 담뱃대를 집어 들고 기물스러하면서(신기한 물건이나 되는 듯 여기면서)

연방 들여다보다가 값이 얼마냐고,

"하우 머치? 하우 머치?"

하고 묻는다.

담뱃대 장수 영감은, 삼십 원이라고 소래기(소리'의 방언)만 지른다.

알아들을 턱이 없어 고개를 기웃거리면서 다시금 '하우 머치'만 찾는 것을, 기회 좋을시고라고, 삼복이가 나직이,

"더티 원."

하여 주었다.

홱 돌아다보더니,

"오, 캔 유 스피크?"

하면서 사뭇 그러안을 듯이 반가워하는 양이라니. 아스러지도록 손을 잡고 흔드는 데는 질색할 뻔하였다.

직업이 있느냐고 물었다. 방금 실직하였노라고 대답하였다.

그럼, 내 통역이 되어 주겠느냐고 물었다. 그러겠노라고 대답하였다.

이 자리에서 신기료장수 코 삐뚤이 삼복이 미스터 방으로 승차를 하여, S라는 미국 주둔군 소위의 통역이 되었다. 주급 십오 불(이백사십 원)가량의.

거진 매일같이 미스터 방은 S소위를, 낮에는 거리의 구경으로, 밤이면 계집 있는 술집으로 인도하였다.

한번은 탑골 공원의 사리탑을 구경하면서, 얼마나 오랜 것이냐고 S소위가 물었다. 미스터 방은 언젠가, 수천 년 된 것이란 말을 들었기 때문에, '투 사우전드 이얼스'라고 대답하였다.

또 한번은, 경회루를 구경하면서 무엇하던 건물이냐고 물었다. 미스터 방은 서슴지 않고,

"킹 드링크 와인 앤드 댄스 앤드 싱, 위드 댄서."

라고 대답하였다. 임금이 기생 데리고 술 마시고, 춤추고 노래 부르고 하던 집이란 뜻이었다.

내가 보기엔, 조선 여자의 옷이 퍽 아름답고 점잖스럽던데, 어째서 양장을 하는지 모르겠다고 S소위가 물었다. 미스터 방은, 여자들이 서양 사람한테로 시집을 가고파서 그런다고 대답하였다.

서울역을 비롯하여 거리에 분뇨가 범람한 것을 보고, 혹시 조선 가옥에는 변소가 없느냐고 S소위가 물었다. 미스터 방은, 있기야 집집마다 다 있느

니라고 대답하였다.

썩 좋은 조선 그림을 한 장 사고 싶다고 하여서, 문지방 위에다 흔히들 붙이는, 사슴이 불로초를 물고 신선이 앉았고 한 것을 오 원에 한 장 사 주었다.

제일 재미있고 유명한 소설이 무엇이냐고 물어서, 『추월색』이라고 대답하였고, 그럼 그것을 한 권 사고 싶다고 하여서, 여러 날 사러 다니다 못해 동네 노마네 집의 것을 이 원에 사 주었다. 이 밖에도 미스터 방은 S소위에게 조선을 소개한 공로가 여러 가지로 많으나, 대강은 그러하였다.

그 공로에 정비례해서, 미스터 방은 나날이 훌륭하여져 갔다. 8·15 이전에 어떤 은행 중역의 사택이라던 지금의 이 집으로, 현저동 그 집에서 옮아오기는 S소위의 통역이 되고 사흘 후였다. 위아래 층을 다, 양식 절반 일본식 절반으로 꾸민 호화스런 저택이었다. 정원엔 때마침 단풍과 가을 화초가 아름다웠고, 연못에선 잉어가 뛰놀고 하였다.

시방 주객이 앉아 술을 마시는 방은, 앞은 노대(발코니)가 딸리고, 햇볕 잘 들고 밝아서, 여러 방 가운데 제일 좋은 방이었다. 그러나 방 안에는 벽에 그림 한 장 붙어 있는 바 아니요, 방에 알맞은 가구 한 벌 놓여 있는 바 아니요, 단지 방일 따름이어서, 싱겁게 넓기만 하였다. 그렇지만 미스터 방은 실내의 장식 같은 것쯤 그다지 관심할 줄을 아직은 몰랐다.

처음엔 식모를 두었다. 그다음엔 침모(針母 남의 집에 매여 바느질을 맡아 하고 일정한 품삯을 받는 여자)를 두었다. 그다음엔 손심부름할 계집아이를 두었다.

하루에도 방 선생을 찾는 이가 여러 패씩 있었다. 그들의 대개는 자동차를 타고 오고, 인력거짜리도 흔치 않았다. 그렇게 찾아오는 그들은 결단코 빈손으로 오는 법이 드물었다. 좋은 양과자 상자 밑바닥에는 으레 따로 뿌듯한 봉투가 들었곤 하였다.

미스터 방의, 신기료장수 코 삐뚤이 삼복이로부터의 발신 경로란 이렇듯 심히 간단하고 순조로운 것이었다.

주인 미스터 방이 백 주사의 컵에다 술을 따르려고 병을 집어 들다가,

"오이, 기미코."

하고 아래층으로 대고 부른다.

"심부름 갔어요."

애꾸쟁이 마누라의 꼬챙이 같은 대답.

"안주 어떻게 됐어?"

"글쎄, 안주 시키러 갔어요."

"정종(일본식으로 빚어 만든 맑은 술) 있지?"

"……."

충계 밟는 소리가 나더니, 퍼머넌트(파마)한 머리가 나오고, 좁디좁은 이마에 이어서 애꾸눈이 나오고, 분 바른 얼굴이 나오고, 원피스 입은 커다란 젖통의 가슴이 나오고, 마지막 비단 양말 신은 두리기둥(둘레를 둥그렇게 깎아 만든 기둥) 같은 두 다리가 나오고 한다.

"서 주사가 이거 두구 갑디다."

들고 올라온 각봉투 한 장을 남편에게 건네준다.

"어디?"

그러면서 받아 봉을 뜯는다. 소절수(小切手 수표) 한 장이 나온다. 액면 만 원짜리다.

미스터 방은 성을 벌컥 내면서,

"겨우 둔 만 원야?"

하고 소절수를 다다미 바닥에다 홱 내던진다.

"내가 알우?"

"우라질 자식, 어디 보자. 그래 전, 걸 십만 원에 불하 맡다 백만 원 하난 냉겨 먹을 테문서, 그래 겨우 둔 만 원야? 엠병헐 자식, 내가 엠피(MP 헌병)헌테 말 한마디문, 전 어느 지경 갈지 모를 줄 모르구서."

"정종으루 가져와요?"

"내 말 한마디에 죽을 눔이 살아나구, 살 눔이 죽구 허는 줄을 모르구서. 흥, 이 자식 경 좀 쳐 봐라…… 정종 따근허게 데 와. 날두 산산허구 허니."

새로이 안주가 오고, 따끈한 정종으로 술이 몇 잔 더 오락가락하고 나서였다.

백 주사는 마침내, 진작부터 벼르던 이야기를 꺼내었다.

백 주사의 아들 백선봉은, 순사 임명장을 받아 쥐면서부터 시작하여 8·15 그 전날까지 칠 년 동안, 세 곳 주재소와 두 곳 경찰서를 전근하여 다니면서, 이백 석 추수의 토지와, 만 원짜리 저금통장과, 만 원어치가 넘는 옷이며 비단과, 역시 만 원어치가 넘는 여편네의 패물을 장만하였다.

남들은 주린 창자를 졸라맬 때 그의 광에는 옥 같은 정백미가 몇 가마니씩 쌓였고, 반년 일 년을 남들은 구경도 못 하는 고기와 생선이 끼니마다 상에 오르지 않는 날이 없었다.

××경찰서의 경제계 주임으로 있던 마지막 이 년 동안은 더욱더 호화판이었다. 8 · 15 그날 밤, 군중이 그의 집을 습격하였을 때에 쏟아져 나온 물건이 쌀 말고도,

광목 여섯 통
고무신 스물세 켤레
지카다비(노동자용 작업화) 여덟 켤레
빨랫비누 세 궤짝
양말 오십 타
정종 열세 병
설탕 한 부대

이렇게 있었더란다. 만 원어치 여편네의 패물과, 만 원어치의 옷감이며 비단과 만 원짜리 저금통장은 그만두고 말이었다.

물건 하나 없이 죄다 빼앗기고, 집과 세간은 조각도 못 쓰게 산산 다 부시고, 백선봉은 팔이 부러지고, 첩은 머리가 절반이나 뽑히고, 겨우겨우 목숨만 살아 본집으로 도망해 왔다.

일변 고을에서는 백 주사가 자식이 그런 짓을 해서 산 토지를 가지고 동네 사람한테 거만히 굴고, 작인들한테 팔 할 가까운 도지(도조. 남의 논밭을 빌려서 부치고 논밭을 빌린 대가로 해마다 내는 벼)를 받고, 고리대금을 하고 하였대서, 백선봉이 도망해 와 눕는 그날 밤, 그의 본집인 백 주사의 집을 습격하였다.

집과 세간 죄다 부수고, 백선봉이 보낸 통제 배급 물자 숱한 것 죄다 빼앗기고, 가족들은 죽을 매를 맞고, 백선봉은 처가로, 백 주사는 서울로 각기 피신하여 목숨만 우선 보전하였다.

백 주사는 비싼 여관 밥을 사 먹으면서, 울적이 거리를 오락가락, 어떻게 하면 이 분풀이를 할까, 어떻게 하면 빼앗긴 돈과 물건을 도로 다 찾을까 하고 궁리를 하던 것이나, 아무런 묘책도 없었다.

그러자 오늘은 우연히 이 미스터 방을 만났다. 종로를 지향 없이 거니는데, 지나가던 자동차가 스르르 멈추면서, 서양 사람과 같이 탔던 신사 양반 하나가 내려서더니, 어쩌다 눈이 마주치자,

"아, 백 주사 아니신가요?"

하고 반기는 것이었다.

자세히 보니, 무어 길바닥에서 신기료장수를 한다던 코 삐뚤이 삼복이가 분명하였다.

"자네가, 저, 저, 방, 방……."

"네, 삼복입니다."

"아, 건데, 자네가……."

"허, 살 때가 됐답니다."

그러고는 내 집으루 갑시다, 하고 잡아끄는 대로 끌려온 것이었다.

의표(儀表 의용. 몸을 가지는 태도. 또는 차린 모습)하며, 집하며, 식모에 침모에 계집 하인까지 부리면서 사는 것하며, 신수가 훤히 트여 가지고 말도 제법 의젓하여진 것 같은 것이며, 진소위(정말 그야말로) 개천에서 용이 났다고 할 것인지.

옛날의 영화가 꿈이 되고, 일보에 몰락하여 가뜩이나 초상집 개처럼 초라한 자기가 또 한 번 어깨가 옴츠러듦을 느끼지 아니치 못하였다. 그런데다 이 녀석이, 언제 적 저라고 무엄스럽게 굴어 심히 불쾌하였고, 그래서 엔간히 자리를 털고 일어설 생각이 몇 번이나 나지 아니한 것도 아니었다. 그러나 참았다.

보아하니 큰 세도를 부리는 것이 분명하였다. 잘만 하면 그 힘을 빌려, 분풀이와 빼앗긴 재물을 도로 찾을 여망이 있을 듯싶었다. 분풀이를 하고, 더구나 재물을 도로 찾고 하는 것이라면야 코 삐뚤이 삼복이는 말고, 그보다 더한 놈한테라도 머리 숙이는 것쯤 상관할 바 아니었다.

"그러니, 여보게 미씨다 방……."

있는 말 없는 말 보태 가며 일장 경과 설명을 한 후에, 백 주사는 끝을 맺기를,

"어쨌든지 그놈들을 말이네, 그놈들을 한 놈 냉기지 말구섬 죄다 붙잡아다가 말이네, 괴수 놈들일랑 목을 썰어 죽이구, 다른 놈들일랑 뼉다구가 부러지두룩 두들겨 주구. 꿇어앉히구 항복받구. 그리구 빼앗긴 것 일일이 도루 다 찾구. 집허구 세간 처부순 것 말끔 다 물리구……. 그렇게만 해 준다면, 내, 내, 재산 절반 노나 주문세, 절반. 응, 여보게 미씨다 방."

"염려 마슈."

미스터 방은 선뜻 쾌한 대답이었다.

"진정인가?"

"머, 지끔 당장이래두, 내 입 한 번만 떨어진다 치면, 기관총 들멘 엠피가

백 명이구 천 명이구 들끓어 내려가서, 들이 쑥밭을 만들어 놉니다, 쑥밭을."

"고마우이!"

백 주사는 복수하여지는 광경을 선히 연상하면서, 미스터 방의 손목을
듬쑥 잡는다.

"백골난망(白骨難忘 죽어서 백골이 되어도 잊을 수 없다는 뜻으로, 남에게 큰 은덕을 입었을 때 고마움의 뜻으
로 이르는 말)이겠네."

"놈들을 깡그리 죽여 놀 테니, 보슈."

"자네라면야 어련하겠나."

"흰 말이 아니라 참 이승만 박사두 내 말 한마디면 고만 다 제바리(생식기가
불완전한 남자)유."

미스터 방은 그러고는 냉수 그릇을 집어 한 모금 물고 꿀쩍꿀쩍 양치를
한다. 웬 버릇인지, 하여간 그는 미스터 방이 된 뒤로, 술을 먹으면서 양치하
는 버릇이 생겼다.

양치한 물을 처치하려고 휘휘 둘러보다, 일어서서 노대로 성큼성큼 나간
다. 노대는 현관 정통(바로) 위였다.

미스터 방이 그 걸쭉한 양칫물을 노대 아래로 아낌없이 좍 뱉는 바로 그
순간이었다. 그 순간이 공교롭게도, 마침 그를 찾으러 온 S소위가 현관으로
일단 들어서려다 말고(미스터 방이 노대로 나오는 기척이 들렸기 때문에)
뒤로 서너 걸음 도로 물러나,

"헬로."

부르면서 웃는 얼굴을 쳐드는 순간과 그만 일치가 되었다.

"에구머니!"

놀라 질겁하였으나 이미 뱉어진 양칫물은 퀴퀴한 냄새와 더불어 백절 폭
포(여러 번 꺾여 흐르는 모양의 폭포)로 내려 쏟혀, 웃으면서 쳐드는 S소위의 얼굴 정통
에 가 좌르르.

"유 데블!"

이 기급할 자식이라고, S소위는 주먹질을 하면서 고함을 질렀고. 그 주먹
이 쳐든 채 그대로 있다가, 일변 허둥지둥 버선발로 뛰쳐나와 손바닥을 쌱
쌱 비비는 미스터 방의 턱을,

"상놈의 자식!"

하면서 철컥, 어퍼컷(상대방의 턱을 밑에서 위로 올려 치는 권투의 공격법)으로 한 대 갈겼더라고.

# 이상한 선생님

## 🖊 작품 정리

> **작가** : 채만식(524쪽 '작가와 작품 세계' 참조)
> **갈래** : 풍자 소설
> **배경** : 시간 – 일제 강점기에서 광복 직후 / 공간 – 학교
> **시점** : 1인칭 관찰자 시점
> **주제** : 기회주의적이고 순응적인 인물의 부조리한 삶의 모습
> **출전** : 〈어린이 나라〉(1949)

## 🖊 구성과 줄거리

**발단** **박 선생님은 강 선생님과 만나기만 하면 싸움**

'뺌박이'라는 별명을 가진 박 선생님은 작은 키에 큰 머리를 가진 이상한 선생님이다. 키가 크고 잘 웃는 강 선생님과는 만나기만 하면 싸운다.

**전개** **박 선생님은 조선말을 하는 학생들을 무섭게 혼냄**

박 선생님은 조선말을 사용하는 학생들을 발견하면 일본 말을 사용하지 않는다고 무섭게 혼을 내고 벌을 준다. 그러나 강 선생님은 우리가 조선말을 사용해도 혼을 내지 않고, 우리가 일본 말을 해도 다른 선생님이 없을 때에는 조선말을 한다.

**위기** **해방 다음 날 박 선생님의 태도가 달라짐**

일본 천황이 항복을 선언하고, 교장 이하 일본 선생님, 친일파인 박 선생님은 기를 펴지 못한다. 강 선생님은 기뻐하며 만세를 부르고, 박 선생님에게 면박을 주다가 함께 만세를 부르자고 한다. 그 뒤로 박 선생님은 일본을 비판하는 발언을 한다.

**절정** **박 선생님은 미국 말을 열심히 공부함**

강 선생님이 교장이 된 후 박 선생님과의 사이가 안 좋아진다. 강 선생님이 파면된 뒤 박 선생님이 교장이 된다. 박 선생님은 우리나라를 도와준 미국에 대해 알기 위해 미국 말을 열심히 공부한다.

**결말  우리는 박 선생님을 이상하게 생각함**

　　박 선생님은 고마운 나라 미국에 순종해야 한다고 말하고, 우리는 그런
　　박 선생님을 이상하게 여긴다.


### ✐ 생각해 볼 문제 ---------------------------------------------------

**1. 이 작품의 배경이 되는 해방 직후에서 6·25전쟁 직전까지, 한국 문학의 경향에 대해 조사해 보자.**

　　광복 직후 우리 문학계는 민족 문학의 건설이라는 공동 목표를 설정하고
서도 좌우익의 이데올로기 대립 상태를 지속했다. 또한, 이 시기에는 일제
강점기를 반성하고 광복의 참된 의미를 모색하고자 한 채만식의 「논 이야
기」, 『민족의 죄인』, 김동인의 「반역사」, 이태준의 「해방 전후」와 같은 작품
들이 발표되었다. 그 외에도 남과 북에 진주한 미국과 소련의 군정 문제와
분단 문제를 다룬 염상섭의 「삼팔선」, 「이합」 등이 있다.

**2. 이 작품에서 강 선생님은 광복을 맞아 "그동안 지은 죄를 우리 조선 동포 앞에 속죄해야 할 때"라고 말한다. 이 '죄'의 의미가 무엇인지 채만식의 『민족의 죄인』과 연관 지어 설명해 보자.**

　　『민족의 죄인』은 광복 직후 친일 행위자들에 대한 청산 문제가 대두되었을
때 나온 자전적 소설이다. 이 작품에서 화자는 자신의 친일 행위를 반성하
는 동시에 그것이 생계를 위한 불가피한 일이었음을 변명하고 있다. 그러
나 자기합리화에서 그치는 것이 아니라, 도덕성을 버리고 생존의 문제를
택한 것에 죄의식을 느끼고 있음을 고백한다. 「이상한 선생님」에서 강 선생
님은 올바른 역사의식과 민족의식을 지니고 있으면서도 이를 적극적으로
실현하지 못하는 인물이다. 학생들이 조선말을 쓰는 것을 꾸짖지 않고, 자
신도 일본인 교장과 다른 선생님들의 눈을 피해서 조선말을 사용한다는 점
에서 한계를 드러낸다. 『민족의 죄인』의 '나'와 마찬가지로 도덕성과 생존
중에 생존을 택했다는 점에서 민족 앞에 죄를 지었으며, 이에 대한 반성이
필요함을 주장하고 있는 것이다.

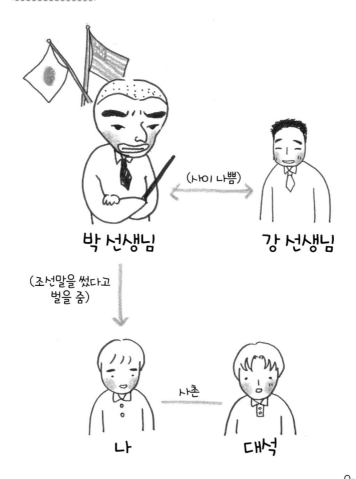

박 선생님

강 선생님

(사이 나쁨)

(조선말을 썼다고
벌을 줌)

나

대석

사촌

박 선생님은 우리가 조선말을 쓰면 일본 말을 쓰라고 혼냈지만 강 선생님은 정반대였어요. 두 분은 사이가 좋지 않았지요. 해방이 되자 저(나)의 사촌인 대석은 일본 천황을 욕했어요. 하지만 선생님들은 예전과 달리 별 꾸중을 하지 않았지요. 이제 박 선생님은 미국에 순종해야 한다며 미국 말을 열심히 공부하신답니다. 정말 이상한 선생님이지요?

# 이상한 선생님

1

우리 박 선생님은 참 이상한 선생님이었다.

박 선생님은 생긴 것부터가 무척 이상하게 생긴 선생님이었다. 키가 한 뼘밖에 안 되어서 뼘생 또는 뼘박이라는 별명이 있는 것처럼, 박 선생님의 키는 작은 사람 가운데서도 유난히 작은 키였다. 일본 정치 때에, 혈서로 지원병에 지원했다 체격 검사에 키가 제 척수(尺數)에 차지 못해 낙방이 되었다면, 그래서 땅을 치고 울었다면, 얼마나 작은 키인지 알 일이다.

그런 작은 키에 몸집은 그저 한 줌만 하고. 이 한 줌만 한 몸집, 한 뼘만 한 키 위에 깜짝 놀랄 만큼 큰 머리통이 위태위태하게 올라앉아 있다. 그래서 박 선생님 또 하나의 별명은 대갈 장군이라고도 했다.

머리통이 그렇게 큰 박 선생님 얼굴은 어떻게 생겼느냐 하면, 또한 여느 사람과는 많이 달랐다.

뒤통수와 앞이마가 툭 내솟고, 내솟은 좁은 이마 밑으로 눈썹이 시꺼멓고, 왕방울 같은 두 눈은 부리부리하니 정기가 있고도 사납고, 코는 매부리코요, 입은 메기입으로 귀 밑까지 넓죽 째지고, 목소리는 쇠꼬챙이로 찌르는 것처럼 쨍쨍하고.

이런 대갈 장군인 뼘생 박 선생님과 아주 정반대로 생긴 이가 강 선생님이었다.

강 선생님은 키가 크고, 몸집도 크고, 얼굴이 너부룻하고, 얼굴이 검기는 해도 순하여 사나움이 든 데가 없고, 눈은 더 순하고, 허허 웃기를 잘 하고, 별로 성을 내는 일이 없고, 아무하고나 장난을 잘 하고……. 강 선생님은 이런 선생님이었다.

뼘박 박 선생님과 강 선생님은 만나면 싸움이었다.

하학을 하고 나서, 우리가 청소를 한 교실을 둘러보다가 또는 운동장에서(그러니까 우리들이 여럿이는 보지 않는 곳에서 말이다) 두 선생님이 만날라치면, 강 선생님은 괜히 장난이 하고 싶어 박 선생님을 먼저 건드리곤 했다.

"뼘박아, 담배 한 대 붙여 올려라."

강 선생님이 그 생긴 것처럼 느릿느릿한 말로 이렇게 장난을 청하고, 그런다치면 박 선생님은 벌써 성이 발끈 나 가지고

"까불지 말아, 죽여 놀 테니."

"얘야, 까불다니, 이 덕집엔 좀 억울하구나…… 아무튼 담배나 한 개 빌리자꾸나."

"나두 뻐젓한 돈 주구 담배 샀어."

"아따 이 사람, 누가 자네더러 담배 도둑질했대나?"

"너두 돈 내구 담배 사 피우란 말야."

"에구 요 재리(매우 인색한 사람을 낮잡아 이르는 말)야! 몸이 요렇게 용잔하게(못생기고 연약하게) 생겼거들랑 속이나 좀 너그럽게 써요."

"몸 크구서 속 못 차리는 건, 볼 수 없더라."

하나는 커다란 몸집을 해 가지고 싱글싱글 웃으면서, 하나는 한 뼘만 한 키에 그 무섭게 큰 머리통을 한 얼굴을 바싹 대들고는 사나움이 졸졸 흐르면서, 그렇게 마주 서서 싸우는 모양은 마치 큰 수캐와 조그만 고양이가 마주 만난 형국이었다.

## 2

다른 학교에서도 다 그랬을 테지만 우리 학교에서도 그때 말로 '국어'라던 일본 말, 그 일본 말로만 말을 하게 하고 엄마 아빠 할 적부터 배운 조선말은 아주 한 마디도 쓰지 못하게 했다.

그러나 주재소의 순사, 면의 면 서기, 도 평의원을 한 송 주사, 또 군이나 도에서 연설하러 온 사람, 이런 사람들이나 조선 사람끼리 만나도 척척 일본 말로 인사를 하고 이야기를 했지, 다른 사람들이야 일본 사람과 만났을 때 말고는 다들 조선말로 말을 하고, 그래서 학교 문밖에만 나가면 만판 조선말로 말을 하는 사람들이요, 더구나 집에 돌아가면 어머니, 아버지, 언니, 누나, 아기 모두들 조선말을 했다. 그러니까 우리도 교실에서 공부를 하고 나와 운동장에서 우리끼리 놀고 할 때에는 암만 해도 일본 말보다 조선말이 더 많이, 더 잘 나왔다.

학교에서고 학교 밖에서고 조선말로 말을 하다 선생님한테 들키는 날이면 경을 치는 판이었다. 선생님들 중에서도 제일 심하게 밝히는 선생님이 뻼박 박 선생님이었다. 교장 선생님이나 다른 일본 선생님은 나무라기만

하고 마는 수가 있어도, 뺌박 박 선생님만은 절대로 용서가 없었다.

나도 여러 번 혼이 나 보았다.

한번은 상준이 녀석과 어떡하다 쌈이 붙었는데 둘이 서로 부둥켜안고 구르면서 이 자식아, 저 자식아, 죽어 봐, 때려 봐, 하면서 한참 때리고 제기고 (팔꿈치나 발꿈치 따위로 지르고) 하는 참이었다.

그런데, 느닷없이

"고랏! 조셍고데 껭까 스루야쓰가 이루까(이놈아! 조선말로 쌈하는 녀석이 어딨어)."

하면서 구둣발길로 넓적다리를 걷어차는 건, 정신 없는 중에도 뺌박 박 선생님이었다.

우리 둘이는 그 자리에서 뺨이 붓도록 따귀를 맞았고, 공부 시간에 들어가지도 못하고 그 시간 동안 변소 청소를 했고, 그리고 조행(태도와 행실을 아울러 이르는 말) 점수를 듬뿍 깎였다.

이렇게 뺌박 박 선생님한테 제일 중한 벌을 받는 때가 언제냐 하면, 조선말로 지껄이다 들키는 때였다.

강 선생님은 그와 반대로 아무 시비가 없었다.

교실에서 공부를 할 때 빼고는 그리고 다른 선생님, 그중에서도 교장 이하 일본 선생님과 뺌박 박 선생님이 보지 않는 데서는, 강 선생님은 우리한테 일본 말로 말을 하지 않았다. 우리가 일본 말을 해도 강 선생님은 조선말을 하곤 했다.

우리가 어쩌다

"선생님은 왜 '국어'로 안 하세요?"

하고 물으면 강 선생님은 웃으면서

"나는 '국어'가 서툴러서 그런다."

하고 대답했다.

그렇지만 우리가 보기에도 강 선생님은 일본 말이 서투른 선생님이 아니었다.

3

해방이 되던 바로 그 이튿날이었다.

여름방학으로 놀던 때라, 나는 궁금해서 학교엘 가 보았다. 다른 아이들도 한 오십 명이나 와 있었다.

우리는 해방이라는 말은 아직 몰랐고, 일본에 전쟁이 지고 항복을 한 것만 알았다.

선생님들이, 그중에서도 뺌박 박 선생님이 그렇게도 일본(우리 대일본 제국)은 결단코 전쟁에 지지 않는다고, 기어코 전쟁에 이기고 천하에 못된 미국, 영국을 거꾸러뜨려 천황 폐하의 위엄을 이 전 세계에 드날릴 날이 머지않았다고, 하루에도 몇 번씩 그런 말을 해 쌓던 그 일본이 도리어 지고 항복을 하다니, 도무지 모를 일이었다.

직원실에는 교장 선생님과 두 일본 선생님 그리고 뺌박 박 선생님, 이렇게 네 분이 모여 앉아서 초상난 집처럼 모두 코가 쑤욱 빠져 가지고 있었다.

우리는 운동장 구석으로 혹은 직원실 앞뒤로 끼리끼리 모여 서서 제가끔 아는 대로 일본이 항복한 이야기를 하고 있었다.

그때 6학년에 다니던 우리 사촌 언니 대석이가 뒤늦게야 몇몇 동무와 함께 떨떨거리고 달려들었다. 대석 언니는 똘똘하고 기운 세고 싸움 잘 하고, 그느라고 선생님들한테 꾸지람과 매는 도맡아 맞고, 반에서 성적은 제일 꼴찌인 천하 말썽꾼이었다. 대석 언니네 집은 읍에서 십 리나 되는 곳이었고, 그래서 오늘 아침에야 소문을 들었노라고 했다.

대석 언니는 직원실을 넌지시 넘겨다보더니 싱끗 웃으면서 처억 직원실 안으로 들어섰다.

직원실 안에 있던 교장 선생님이랑 다른 두 일본 선생님이랑은 못 본 체하고 고개를 숙이고 있는데, 뺌박 박 선생님이 눈을 흘기면서 영락없이 일본 말로

"난다(왜 그래)?"

하고 책망을 했다.

대석 언니는 그러나 무서워하지 않고 한다는 소리가

"선생님, 덴노헤이까가 고오상(천황 폐하가 항복)했대죠?"

하고 묻는 것이다.

뺌박 박 선생님은 성을 버럭 내어 그 큰 눈방울을 부라리면서 여전히 일본 말로

"잠자쿠 있어. 잘 알지두 못하면서…… 건방지게시리."

하고 쫓아와서 곧 한 대 갈길 듯이 을러댔다.

대석 언니는 되돌아 나오면서 커다랗게 소리쳤다.

"덴노헤이까 바가(천황 폐하 망할 자식)!"

"……"

만일 다른 때 누구든지 그런 소리를 했다간 당장 큰일이 날 판이었다. 그러나 교장 선생님이랑 두 일본 선생님은 그대로 못 들은 척 코만 빠뜨리고 앉았고, 뻠박 박 선생님도 잔뜩 눈만 흘기고 있을 뿐이지 아무렇지도 않았다. 그런 걸 보면 정녕 일본이 지고, 덴노헤이까가 항복을 했고, 그래서 인제는 기승을 떨지 못하는 모양인 것 같았다.

마침 강 선생님이 땀을 뻘뻘 흘리면서 헐떡거리고 뛰어왔다. 강 선생님은 본집이 이웃 고을이었다.

"오오, 느이들두 왔구나. 잘들 왔다. 느이들두 다들 알았지? 조선이, 우리 조선이 해방이 된 줄 알았지? 애들아, 우리 조선이 독립이 됐단다, 독립이! 일본은 쫓겨 가구…… 그 지지리 우리 조선 사람을 못 살게 굴구 하시하구 <sub>(남을 얕잡아 낮추고)</sub> 피를 빨아먹구 하던 일본이, 그 왜놈들이 죄다 쫓겨 가구, 우리 조선은 독립이 돼서 우리끼리 잘 살게 됐어, 잘 살게."

의젓하고 점잖던 강 선생님이 그렇게도 들이 날뛰고 덤비고 하는 것은 처음 보았다.

"자아, 만세 불러야지 만세. 독립 만세, 독립 만세 불러야지. 태극기 없니? 태극기, 아무두 안 가졌구나! 느인 참 태극기가 어떻게 생겼는지 구경도 못 했을 게다. 가만있자, 내 태극기 만들어 가지구 나올게."

그러면서 강 선생님은 직원실로 들어갔다.

강 선생님이 직원실로 들어서는 것을 보고 교장 선생님이랑 두 일본 선생님은 인사를 하려고 풀기 없이 일어섰다.

강 선생님은 교장 선생님더러 말을 했다.

"당신들은 인제는 일없어. 어서 집으로 가 있다가 당신네 나라로 돌아갈 도리나 허우."

"……"

아무도 대꾸를 못 하는데, 뻠박 박 선생님이 주저주저하다가

"아니, 자상히 알아보기나 하구서……."

하니까 강 선생님이 버럭 큰소리로 말한다.

"무엇이 어째? 자넨 그래 무어가 미련이 남은 게 있어 왜놈들하고 대가리

맞대구 앉아서 수군덕거리나? 혈서로 지원병 지원 한번 더 해 보고파 그러나? 아따, 그다지 애닲거들랑 왜놈들 쫓겨 가는 꽁무니 따라 일본으로 가서 살지 그러나. 자네 같은 충신이면 일본서두 괄시는 안 하리."

"……."

뺌박 박 선생님은 그만 두말도 못 하고 얼굴이 벌게서 어쩔 줄을 몰라했다. 뺌박 박 선생님이 남한테 이렇게 꼼짝 못하는 것을 보기는 처음이었다.

강 선생님은 반지(얇고 흰, 질 좋은 일본 종이)를 여러 장 꺼내 놓고 붉은 잉크와 푸른 잉크로 태극기를 몇 장이고 그렸다. 그려 내놓고는 또 그리고, 그려 내놓고 또 그리고, 얼마를 그리면서, 그러다 아주 부드럽고 조용한 목소리로

"여보게 박 선생?"

하고 불렀다. 그러고는 잠자코 담배만 피우고 앉아 있는 뺌박 박 선생을 한번 돌려다보고 나서 타이르듯 말했다.

"내가 좀 흥분해서 말이 너무 박절했나(인정이 없고 쌀쌀했나) 보이. 어찌 생각하지 말게……. 그리고 인제는 자네나 나나, 그동안 지은 죄를 우리 조선 동포 앞에 속죄해야 할 때가 아닌가? 물론 이담에, 민족이 우리를 심판하고 죄에 따라 벌을 줄 날이 오겠지. 그러나 장차에 받을 민족의 심판과 벌은 장차에 받을 심판과 벌이고, 시방 당장 조선 민족의 한 사람으로 할 일이 조음 많은 가? 우리 같이 손목 잡구 건국에 도움 될 일을 하세. 자아, 이리 와서 태극기 그리게. 독립 만세부터 한바탕 부르세."

"……."

뺌박 박 선생님은 아무 소리도 않고 강 선생님 옆으로 와서 태극기를 그리기 시작했다.

그 뒤로 강 선생님과 뺌박 박 선생님은 사이가 매우 좋아졌다.

뺌박 박 선생님은 학과 시간마다 우리에게 여러 가지 좋은 이야기를 많이 해 주었다. 일본이 우리 조선을 뺏어 저의 나라에 속국으로 삼던 이야기도 해 주었다.

왜놈들은 천하의 불측한(생각이나 행동 따위가 괘씸하고 엉큼한) 인종이어서 남의 나라와 전쟁하기를 좋아하는 백성이라고 했다. 그래서 임진왜란 때에도 우리 조선에 쳐들어왔고, 그랬다가 이순신 장군이랑 권율 도원수한테 아주 혼이 나서 쫓겨 간 이야기도 해 주었다.

우리 조선은 역사가 사천 년이나 오래되고 그리고 세계의 어떤 나라 못

지않게 훌륭한 문화가 발달된 나라라는 이야기도 해 주었다.

뺌박 박 선생님은 한편으로 열심히 미국 말을 공부했다. 그러면서 우리더러 졸업을 하고 중학교에 가거들랑 미국 말을 무엇보다도 많이 공부하라고, 시방은 미국 말을 모르고는 훌륭한 사람이 되지 못한다고 했다.

뺌박 박 선생님은 한 일 년 그렇게 미국 말 공부를 하더니, 그다음부터는 미국 병정이 오든지 하면 일쑤(흔히 또는 으레 그러는 일) 통역을 하고 했다. 중학교에 다닐 때에 조금 배운 것이 있어서 그렇게 쉽게 체득했다고 했다.

미국 병정은 벼 공출(供出 국민이 국가의 수요에 따라 농업 생산물이나 기물 따위를 의무적으로 정부에 내어놓음)을 감독하러 와서 우리 뺌박 박 선생님을 꼬마 자동차에 태워 가지고 동네동네 돌아다녔다. 뺌박 박 선생님은 미국 양복을 얻어 입고, 미국 담배를 얻어 피우고, 미국 통조림이랑 과자를 얻어먹고 했다.

해방 뒤에 새로 온 김 교장 선생님이 갈려 가고 강 선생님이 교장이 되었다. 강 선생님이 교장이 된 다음부터는, 뺌박 박 선생님은 강 선생님과 도로 사이가 나빠졌다.

우리는 한 번 뺌박 박 선생님이 미국 담배를 피우고 있는 것을, 교장 선생님이

"자넨 그걸 무어라구, 주접스럽게 얻어 피우곤 하나?"

하고 핀잔하는 것을 보았다.

강 선생님은 교장이 된 지 일 년이 못 되어서 파면을 당했다.

어른들 말이, 강 선생님은 빨갱이라고 했다. 그래서 파면을 당했노라고 했다. 또 누구는, 뺌박 박 선생님이 강 선생님을 그렇게 꼬아 댄 것이지, 강 선생님은 하나도 빨갱이가 아니라고도 했다.

강 선생님이 파면을 당한 뒤를 물려받아 뺌박 박 선생님이 교장 선생님이 되었다. 교장이 된 뺌박 박 선생님은 그 작은 키가 으쓱했다.

뺌박 박 선생님은 미국을 침이 마르도록 칭찬했다. 이 세상에 미국같이 훌륭한 나라가 없고, 미국 사람같이 훌륭한 백성이 없다고 했다. 우리 조선은 미국 덕분에 해방이 되었으니까 미국을 누구보다도 고맙게 여기고, 미국이 시키는 대로 순종해야 하느니라고 했다.

우리가 혹시 말 끝에 "미국 놈……."이라고 하면, 뺌박 박 선생님은 단박 붙잡아다 벌을 세우곤 했다. 전에 "덴노헤이까 바가"라고 한 것만큼이나 엄한 벌을 주었다.

"이놈아 아무리 미련한 소견이기로, 자아 보아라. 우리 조선을 독립시켜 주느라구 자기 나라 백성을 많이 죽여 가면서 전쟁을 했지. 그래서 그 덕에 우리 조선이 왜놈의 압제에서 벗어나서 독립이 되질 아니했어? 그뿐인감? 독립을 시켜 주구 나서두 우리 조선 사람들 배 아니 고프구 편안히 잘 살라고 양식이야, 옷감이야, 기계야, 자동차야, 석유야, 설탕이야, 구두야, 무어 죄다 골고루 가져다 주지 않어? 그런데 그런 고마운 사람들더러, 미국 놈이 무어야?"

벌을 세우면서 뺌박 박 선생님은 이렇게 꾸짖곤 했다.

우리는 뺌박 박 선생님더러 미국에도 덴노헤이까가 있느냐고 물었다. 미국에 덴노헤이까가 있지 않고서야 그렇게 일본의 덴노헤이까처럼 우리 조선 사람을 친아들과 같이 사랑하고, 우리 조선 사람들이 잘 살도록 근심을 하며, 온갖 물건을 가져다 주고 할 이치가 없기 때문이었다 (해방 전에 뺌박 박 선생님은, 덴노헤이까는 우리 조선 사람들을 일본 사람들과 같이 사랑하고, 우리 조선 사람들이 잘 살기를 근심하신다고 늘 가르쳐 주곤 했다).

뺌박 박 선생님은 미국에는 덴노헤이까는 없고, 덴노헤이까보다 훌륭한 '돌멩이'라는 양반이 있다고 대답했다.

우리는 그럼 이번에는 그 '돌멩이'라는 훌륭한 어른을 위하여 미국 신민 노세이시<sup>(미국 신민 서사)</sup>를 부르고, 기미가요<sup>(일본의 국가)</sup> 대신 돌멩이 가요를 부르고 해야 하나 보다고 생각했다.

아무튼 뺌박 박 선생님은 참 이상한 선생님이었다.

# 역마

✐ 작가와 작품 세계 --------------------------------------------------

**김동리**(1913~1995)

본명은 시종(始終). 경북 경주 출생. 1929년 경신고등보통학교를 중퇴하고 귀향해 문학 작품을 섭렵했다. 1934년 시 「백로」가 〈조선일보〉에 입선되었다. 단편 「화랑의 후예」가 1935년 〈조선중앙일보〉에 당선되면서 본격적인 소설 창작 활동을 시작했다. 순수 문학과 신인간주의의 문학 사상으로 일관해 온 그는 8·15 광복 직후 민족주의 문학 진영에 가담해 김동석·김병규와 순수 문학에 관한 논쟁을 벌이는 등 좌익 문단에 맞서 우익 측의 민족 문학론을 옹호하기도 했다.

김동리는 휴머니즘을 바탕으로 한 인간 구원의 문제를 주로 다룬다. 그의 문학적 여정은 3기로 나눌 수 있다. 초기에는 토속적, 샤머니즘적, 동양적 신비의 세계를 배경으로 인간의 숙명적 운명을 다룬다. 그 대표작이 「무녀도」와 「황토기」다. 중기에는 6·25 전쟁을 계기로 역사의식과 현실 의식이 강화되면서 보편적 휴머니즘을 추구한다. 「귀환장정」, 「흥남철수」, 「역마」 등이 이 시기의 대표작들이다. 후기에는 보다 근원적인 인간 구원의 문제를 다루면서 현대 문명에 대한 비판 의식을 형상화한다. 『사반의 십자가』, 「목공 요셉」 등이 인간 구원의 문제를 다룬 것이라면 「등신불」, 「원왕생가」 등은 불교적인 인간 해석이 돋보이는 작품이다.

✐ 작품 정리 --------------------------------------------------

**갈래** : 순수 소설
**배경** : 시간 – 구체적 시간은 나오지 않음 / 공간 – 화개장터
**시점** : 3인칭 전지적 작가 시점
**주제** : 한국적 운명관(역마살)에의 순종과 인간성의 구현
**출전** : 〈백민〉(1948)

**발단** **체 장수 영감이 딸 계연을 옥화에게 맡기고 장사를 떠남**

체 장수 영감이 남사당패 우두머리였을 때 하동의 화개장터에서 주막집
홀어머니와 하룻밤 인연을 맺는다. 그는 40여 년 만에 어린 딸 계연을 데
리고 화개에 들른다. 홀어머니 대신 딸 옥화가 그를 맞이한다. 옥화는 아
들 성기와 단둘이 살면서 주막을 하고 있다. 체 장수 영감은 계연을 주막
에 맡기고 장삿길을 떠난다.

**전개** **옥화의 아들 성기와 계연이 서로 사랑하게 됨**

외할아버지와 아버지(떠돌이 중)로부터 역마살을 물려받은 성기는 결
혼에는 관심이 없고 어디론가 떠돌아다니고 싶어 한다. 이를 안 옥화는
아들을 쌍계사에 보내고 장날에만 집에 와 있으면서 장터에서 책을 팔게
한다. 여자에게 관심을 보이지 않던 성기가 계연에게는 관심을 보인다.
아들의 역마살을 없애고 싶었던 옥화는 두 사람을 결혼시키기 위해 서로
가깝게 지내도록 배려한다. 성기와 계연은 칠불사 구경을 가면서 더욱
가까워진다.

**위기** **옥화는 계연이 자신의 동생이라고 예감함**

어느 날 옥화는 계연의 머리를 빗겨 주다가 왼쪽 귓바퀴 위의 조그만 사
마귀를 발견한다. 옥화는 영감이 36년 전에 한번 들른 적이 있다던 이야
기를 떠올린다.

**절정** **계연이 성기의 이복 이모라는 사실이 밝혀짐**

옥화는 화갯골에서 돌아온 영감을 통해 영감이 자신의 아버지이고 계연
이 이복동생임을 확인한다. 성기와 계연의 사이를 우려한 옥화는 계연을
떠나보낸다.

**결말** **성기는 운명에 순응하며 길을 떠남**

계연이 떠나자 성기는 자리에 누워 앓는다. 보다 못한 옥화는 계연이 성
기의 이복 이모라는 사실을 밝힌다. 성기는 마음의 상처를 입지만 홀가
분한 마음으로 엿목판을 메고 하동을 향해 떠난다.

## 🖋 생각해 볼 문제

**1. 이 작품의 무대인 화개장터는 어떤 상징성을 지닌 공간인가?**

전통 사회는 폐쇄성을 띠는 데 반해 장터는 정기적으로 개방되는 열린 공간이다. 만남과 헤어짐이 교차하는 장터에서는 수많은 인연이 맺어진다. 하지만 장터에서의 인간관계는 일시적일 가능성이 크다. 성기의 역마살, 체장수 영감과 계연의 일시적 체류, 계연이 성기의 이복 이모라는 사실 등은 등장인물들이 불안정한 삶을 살고 있다는 것을 말해 준다. 작가는 이 소설의 배경을 화개장터로 설정함으로써 주제의 개연성을 높이고 있다.

**2. 마지막 대목에서 성기가 콧노래를 부른 이유는 무엇인가?**

성기는 역마살이란 자신의 운명에 순응하기로 결심한 순간 어떤 해방감을 느꼈을 것이다. 엿장수가 되어 길을 떠나는 것은 계연과의 비극적인 인연에서 벗어날 수 있는 유일한 방법이자 구원의 길이라고 볼 수 있다. 콧노래에서 홀가분해진 성기의 마음을 읽을 수 있다.

**3. 성기는 집을 떠날 때 왜 하동 쪽으로 향했는가?**

"화개장터의 냇물은 길과 함께 흘러서 세 갈래로 나 있었다." 이 소설의 서두는 이렇게 시작된다. 한 줄기는 구례 쪽에서 오고, 한 줄기는 화개협에서 흘러내려, 서로 합쳐져 하동으로 향한다. 성기가 계연이 떠난 구례, 어머니가 있는 화갯골을 뒤로하고 하동으로 향하는 것은 자신의 운명에 순응하겠다는 의지의 표현으로 이해할 수 있다.

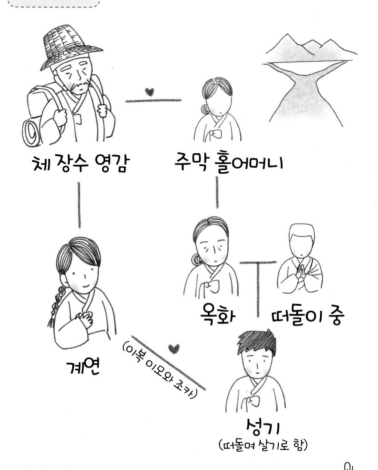

체 장수 영감

주막 홀어머니

옥화     떠돌이 중

계연     (이복 이모와 조카)

성기
(떠돌며 살기로 함)

화개장터에서 주막집을 운영하는 어머니(옥화)에게 체 장수 영감이 계연이라는 여자애를 맡기고 갔지요. 저(성기)는 계연이 좋았어요. 그런데 갑자기 어머니가 계연과 저를 떼어 놓더니 계연을 떠나보냈어요. 계연이 보고 싶어 그리움에 앓아누우니 어머니가 진실을 알려줬지요. 계연이 사실 제 이모였대요. 인생이 이런 걸까요? 저는 엿판을 매고 떠돌며 살기로 했답니다.

# 역마

'화개장터'의 냇물은 길과 함께 흘러서 세 갈래로 나 있었다. 한 줄기는 전라도 구례 쪽에서 오고 한 줄기는 경상도 쪽 화개협에서 흘러내려, 여기서 합쳐서, 푸른 산과 검은 고목 그림자를 거꾸로 비치인 채, 호수같이 조용히 돌아, 경상 전라 양 도의 경계를 그어 주며, 다시 남으로 남으로 흘러내리는 것이, 섬진강 본류였다.

하동, 구례, 쌍계사의 세 갈래 길목이라 오고 가는 나그네로 하여, '화개장터'엔 장날이 아니라도 언제나 흥성거리는 날이 많았다. 지리산 들어가는 길이 고래로 허다하지만, 쌍계사 세이암의 화개협 시오 리를 끼고 앉은 '화개장터'의 이름이 높았다. 경상 전라 양 도 접경이 한두 군데일 리 없지만 또한 이 '화개장터'를 두고 일렀다. 장날이면 지리산 화전민들의 더덕, 도라지, 두릅, 고사리들이 화갯골에서 내려오고, 전라도 황아장수(지난날, 온갖 잡화를 등에 지고 팔러 다니던 장수)들의 실, 바늘, 면경, 가위, 허리끈, 주머니끈, 족집게 골 백분 들이 또한 구렛길에서 넘어오고, 하동길에서는 섬진강 하류의 해물 장수들이 김, 미역, 청각, 명태, 자반조기, 자반고등어들이 올라오곤 하여 산협(山峽 산속의 골짜기)치고는 꽤 성한 장이 서는 것이기도 했으나, 그러나 '화개장터'의 이름은 장으로 하여서만 있는 것이 아니었다.

장이 서지 않는 날일지라도 인근 고을 사람들에게 그곳이 그렇게 언제나 그리운 것은, 장터 위에서 화갯골로 뻗쳐 앉은 주막마다 유달리 맑고 시원한 막걸리와 펄펄 살아 뛰는 물고기의 회를 먹을 수 있기 때문인지도 몰랐다. 주막 앞에 늘어선 능수버들 가지 사이사이로 사철 흘러나오는 그 한 많고 멋들어진 춘향가 판소리 육자배기(남도에서 널리 불리는 잡가의 한 가지)들이 있기 때문인지도 몰랐다. 게다가 가끔 전라도 지방에서 꾸며 나오는 남사당 여사당 협률(協律 고대 중국에서 시를 음악에 맞추던 일) 창극 광대들이 마지막 연습 겸 첫 공연으로 여기서 으레 재주와 신명을 떨고서야 경상도로 넘어간다는 한갓 관습과 전례가 '화개장터'의 이름을 더욱 높이고 그립게 하는 것인지도 몰랐다.

가운데도 옥화(玉花)네 주막은 술맛이 유달리 좋고 값이 싸고 안주인, 즉 옥화의 인심이 후하다 하여 화개장터에서는 가장 이름이 난 주막이었다.

얼마 전에 그 어머니가 죽고 총각 아들 하나와 단 두 식구만으로 안주인 옥화가 돌아올 길 망연한 남편을 기다리며 살아간다는 것이라 하여 그들은 더욱 호의와 동정을 기울이는 것인지도 몰랐다. 혹 노자가 딸린다거나 행장이 불비할 때 그들은 으레 옥화네 주막을 찾았다.

"나 이번에 경상도서 돌아올 때 함께 회계하지라오."

그들은 예사로 이렇게들 말하곤 하였다.

늘어진 버드가지가 강물에 씻기고, 저녁놀에 은어가 번득이고 하는 여름철 석양 무렵이었다.

나이 예순도 훨씬 더 넘어 뵈는 늙은 체 장수 하나가, 쳇바퀴와 바닥 감들을 어깨에 걸머진 채 손에는 지팡이와 부채를 들고 옥화네 주막을 찾아왔다. 바로 그 뒤에는 나이 열대여섯 살쯤 나 뵈는 몸매가 호리호리한 소녀 하나가 조그만 보따리를 옆에 끼고 서 있었다. 그들은 무척 피곤해 보였다.

"저 큰애기까지 두 분입니까?"

옥화는 노인보다 '큰애기'의 얼굴을 바라보며 이렇게 물었다. 노인은 조용히 고개를 끄덕였다.

그날 밤 저녁상을 물린 뒤 노인은 옥화에게 인사를 청했다. 살기는 구례에 사는데 이번엔 경상도 쪽으로 벌이를 떠나온 길이라 하였다. 본시 여수가 고향인데 젊어서 친구를 따라 한때 구례에 와서도 살다가, 그 뒤 목포로 광주로 전전하였고, 나중 진도로 건너가 거기서 열 일여덟 해 사는 동안 그만 머리털까지 세어져서는, 그래 몇 해 전부터 도로 구례에 돌아와 사는 것이라 하였다. 그렇지만 저런 큰애기를 데리고 어떻게 다니느냐고 옥화가 묻는 말에 그렇잖아도 이번에는 죽을 때까지 아무 데도 떠나지 않으려고 했던 것인데 떠나지 않고는 두 식구가 가만히 굶을 판이라 할 수 없었던 것이라 하겠다.

"그럼, 저 큰애기는 하라부지(할아버지) 딸입니까?"

옥화는 '남포불' 그림자가 반쯤 비낀 바람벽 구석에 붙어 앉아 가끔 그 환한 두 눈으로 이쪽을 바라보곤 하는 소녀의 동그스름한 어깨를 바라보며 이렇게 물었다.

노인은 또 고개를 끄덕였다. 그리 평생 객지로만 돌아다니고 나니 이제 고향 삼아 돌아온 곳이래야 또한 객지라 그들 아비 딸이 어디다 힘을 입고 살아가야 할는지 아무데도 의탁할 곳이 없다고 그들의 외로운 신세를 한탄도 했다.

"나도 젊었을 때는 노는 것을 좋아했지라오. 동무들과 광대도 꾸며 갖고 댕겨 봤는듸 젊어서 한번 바람 들어 놓게 평생 못 가기 마련이랑게……. 그것이 스물네 살 때 정초닝게 꼭 서른여섯 해 전일 것이여, 바로 이 장터에서도 하룻밤 논 일이 있었지라오."

노인은 조용히 추억의 실마리를 더듬는 듯, 방 안을 두리번거리며 살펴보곤 하는 것이었다.

"어이유! 참 오래전일세!"

옥화는 자못 놀라운 시늉이었다.

이튿날은 비가 왔다.


화개장날만 책전을 펴는 성기(性騏)는 내일 장 볼 준비도 할 겸 하루를 앞두고 절에서 마을로 내려오고 있었다.

쌍계사에서 화개장터까지는 시오 리가 좋은 길이라 해도, 굽이굽이 벌어진 물과 돌과 산협의 장려한 풍경이 언제보다 그에게 길 덜미를 내지 않게 하였다.

처음엔 글을 배우러 간다고 할머니에게 손목을 끌리다시피 하여 간 곳이 절이었고, 그다음엔 손위 동무들의 사랑에 끌려다니다시피쯤 하여 왔지만 이즘 와서는 매일같이 듣는 북소리, 목탁 소리, 그리고 그 경을 치게 회맑은 은행나무, 염주나무, 이런 것까지 모두 싫증이 났다.

당초부터 어디로 훨훨 가 보고나 싶던 것이 소망이었지만, 그러나 어디로 간다는 건 말만 들어도 당장에 두 눈이 시뻘개져서 역정을 내는 어머니였다.

"서방이 있나, 일가친척이 있나, 너 하나만 믿고 사는 이년의 팔자에 너조차 밤낮 어디로 간다고만 하니 난 누굴 믿고 사냐?"

어머니의 넋두리는 인제 귀에 못이 박일 정도였다.

이러한 어머니보다도 차라리, 열 살 때부터 절에 보내어 중질을 시켰으니, 인제 역마살(驛馬煞 늘 분주하게 이리저리 떠돌아다니게 된 액운)도 거진 다 풀려 갈 것이라고 은근히 마음을 늦추시는 편이던 할머니는, 성기가 세 살 났을 때 보인 그의 사주에 시천역(時天驛)이 들었다 하여 한때는 얼마나 낙담을 했던 것인지 모른다. 하동 산다는 그 키가 나지막한 명주 치마저고리를 입은 할머니가 혹시 갑자을축을 잘못 짚지나 않았나 하여, 큰절(쌍계사)에 있는 어느 노장에게도 가 물어보고 지리산 속에서 도를 닦아 나오던 어떤 키 큰 영감에게도 다시 뵈어 봤지만 시천역엔 조금도 요동이 없었다.

"천성 제 애비 팔자를 따라갈려는 게지."

할머니가 어머니를 좀 비꼬아 하는 말이었으나 거기 깊은 원망이 든 것도 아니었다. 그러나 이런 말엔 각별나게 신경을 쓰는 옥화는,

"부모 안 닮는 자식 없단다. 근본은 다 엄마 탓이지."

도리어 어머니에게 오금을 박고 들었다.

"이년아 에미한테 너무 오금 박지 마라. 남사당을 붙었음, 너를 버리고 내가 그놈을 찾아갔냐, 너더러 찾아 달라 성화를 댔냐?"

그러나 서른여섯 해 전에 꼭 하룻밤 놀다 갔다는 젊은 남사당의 진양조 가락에 반하여 옥화를 배게 된 할머니나, 구름같이 떠돌아다니는 중과 인연을 맺어 성기를 가지게 된 옥화나 다같이 '화개장터' 주막에 태어났던 그녀들로서는 별로 누구를 원망할 턱도 없는 어미 딸이었다. 성기에게 역마살이 든 것은 어머니가 중 서방을 정한 탓이요, 어머니가 중 서방을 정한 것은 할머니가 남사당에게 반했던 때문이라면 성기의 역마운도 결국은 할머니가 장본이라, 이에 할머니는 성기에게 중질을 시켜서 살을 때우려고도 서둘러 보았던 것이고, 중질에서 못다 푼 살을, 이번에는 옥화가 그에게 책장사라도 시켜서 풀어 보려는 속셈인 것이었다. 성기로서도 불경보다는 암만해도 이야기책에 끌리는 눈치요, 중질보다는 차라리 장사라도 해 보고 싶다는 소청이기도 하여, 그러나 옥화는 꼭 화개장만 보기로 다짐까지 받은 뒤, 그에게 책전을 내어 주기로 했던 것이었다.

성기가 마루 앞 축대 위에 올라서는 것을 보자 옥화는 놀란 듯이 자리에서 일어나 앉으며,

"더운데 왜 인저사 내려오냐?"

곁에 있던 수건과 부채를 집어 그에게 주었다.

지금까지 옥화에게 이야기책을 읽어 들려주고 있은 듯한 낯선 계집애는, 책 읽던 것을 멈추고 얼굴을 들어 성기를 바라보았다. 갸름한 얼굴에 흰자위 검은자위가 꽃같이 선연한 두 눈이었다. 순간, 성기는 가슴이 찌르르하며 갑자기 생기 띠어 진눈으로 집 앞에 늘어선 버들가지를 바라보았다.

얼마 뒤, 계집애는 안으로 들어가고, 옥화는 성기의 점심상을 차려 들고 나와서,

"체 장수 딸이다."

하였다. 어머니도 즐거운 얼굴이었다.

"체 장수라니?"

성기는 밥상을 받은 채, 그러나 얼른 숟가락을 들지도 않고, 그의 어머니의 얼굴을 쳐다보았다.

"구례 산다더라. 이번에 어쩌면 하동으로 해서 진주 쪽으로 나가 볼 참이라는데 어제저녁에 화갯골로 들어갔다."

그리고 저 딸아이는 그 체 장수의 무남독녀인데 영감이 화갯골 쪽으로 들어갔다 나와서, 하동 쪽으로 나갈 때 데리고 가겠다고, 하도 간청을 하기에 그동안 좀 맡아 있어 주기로 했다면서, 옥화는 성기의 눈치를 살피듯 그의 얼굴을 물끄러미 바라보았다.

"화갯골에서는 며칠이나 있겠다던고?"

"들어가 보고 재미나면 지리산 쪽으로 깊이 들어가 볼 눈치더라."

그리고 나서, 옥화는 또,

"그래도 그런 사람의 딸같이는 안 뵈지?"

하였다. 계연(契妍)이란 이름이었다.

성기는 잠자코 밥숟가락을 들었다. 그러나 밥은 반도 먹지 않고, 상을 물려 버렸다.

이튿날 성기가 책전에 있으려니까, 그 체 장수 딸이 그의 점심을 이고 왔다. 집에서 장터까지래야 소리 지르면 들릴 만한 거리였지만, 그래도 전날 늘 이고 다니던 '상돌 엄마'가 있을 터인데 이렇게 벌써 처녀티가 나는 남의 큰애기더러 이런 사환을 시켜 미안하단 생각이 들었다. 그러나 정작 그녀 쪽에서는 그러한 빛도 없이, 그 꽃송이같이 화안한 두 눈에 웃음까지 담은 채, 그의 앞에 밥함지를 공손스레 놓고는, 떡과 엿과 참외들을 팔고 있는 음식전 쪽으로 곧장 눈을 팔고 있었다.

"상돌 엄만 어디 갔는듸?"

성기는 계연의 그 아리따운 두 눈에서 흥건한 즐거움을 가슴으로 깨달으며, 그러나 고개는 엉뚱한 방향으로 돌린 채, 차라리 거친 음성으로 이렇게 물었다.

"손님이 마루에 가뜩 찼는듸 상돌 엄마가 혼자사 바삐 서두닝께 어머니가 지더러 갖고 가라 했어요."

그동안 거의 입을 열어 말하는 일이 없었던 계연은, 성기가 묻는 말에, 의외로 생경한 전라도 쪽 토음(土音 방언)으로 이렇게 말했다. 그 가냘프고 갸름한 어깨와 목하며, 어디서 그렇게 힘차고 괄괄한 음성이 울려 나오는 것인지 알 수가 없었다. 한 줌이나 될 듯한 가느다란 허리와 호리호리한 몸매에 비하여 발달된 팔다리와 토실토실한 두 손등과 조그맣게 도톰한 입술을 가진 탓인지도 몰랐다.

"계연아, 오빠 세숫물 놔 드려라."

이튿날 아침에도 옥화는 상돌 엄마를 부엌에 둔 채 역시 계연에게 성기의 시중을 들게 하였다. 세숫물을 놓는 일뿐 아니라 숭늉 그릇을 들고 다니는 것이나 밥상을 차려 오는 것이나 수건을 찾아 주는 것이나 성기에 따른 시중은 모조리 그녀로 하여금 들게 하였다. 그러고는,

"아이가 맘이 컴컴치 않고, 인정이 있고, 얄미운 데가 없어."

옥화는 자랑 삼아 이런 말도 하였다.

"저의 아버지는 웬일인지 반 억지 비슷하게 거저 곧장 나만 믿겠다고, 아주 양딸처럼 나한테다 맡기구 싶은 눈치더라만……."

옥화는 잠깐 말을 끊어서 성기의 낯빛을 살피고 나서 다시,

"그래 너한테도 말을 들어 봐야겠고 해서 거저 대강 들을 만하고 있었잖나……. 언제 한번 데리고 가서 칠불(七佛 일곱 부처) 구경이나 시켜 줘라."

하는 것이, 흡사 성기의 동의를 구하는 모양 같기도 하였다.

그리고 나서 옥화는 계연의 말을 옮겨, 구례 있는 저의 집이래야 구례 읍에서 외따로 떨어진 무슨 산기슭 밑에 이웃도 없이 있는 오막살인가 보더라고도 하였다.

"그럼 살림은 어쩌고 나왔을까?"

"살림이래야 그까진 거 머 방문에 자물쇠 채워 두었으면 그만 아냐, 허지만 그보다도 나그넷길에 데리고 나선 계연이가 걱정이지."

이러한 옥화의 말투로 보아서는 체 장수 영감이 화갯골에서 나오는 대로 계연을 아주 양딸로 정해 둘 생각인 듯이도 보였다. 다만 성기가 꺼릴까 보아 이것만을 저어하는 눈치 같았다. 지금까지 몇 번이나 옥화는 성기더러 장가를 들라고 권했으나 그는 응치 않았고, 집에 술 파는 색시를 몇 차례나

두어도 보았지만 색시 쪽에서 간혹 성기에게 말썽을 내인 적은 있어도 성기가 색시에게 그러한 마음을 두는 일은 한 번도 있은 적이 없어, 이러한 일들로 해서, 이번에도 옥화는 그녀로 하여금 성기의 미움이나 받지 않게 할 양으로 그녀의 좋은 점만 이야기하는 듯한 눈치 같기도 하였다.

아랫집 실과 가게에서 성기가 짚신 한 켤레를 사 들고 오려니까 옥화는 비죽이 웃는 얼굴로 막걸리 한 사발을 그에게 떠 주며,

"오늘 날씨가 너무 덥잖냐?"

고 하였다. 술 거를 때 누구에게나 맛 뵈기 떠 주기를 잘하는 옥화였다. 계연이는 방에서 옷을 갈아입고 있었다.

"계연아, 너도 빨리 나와, 목마를 텐데 미리 좀 마시고 가거라."

옥화는 방을 항헤서도 이렇게 소리를 질렀다.

항라(亢羅 명주실, 모시실, 무명실 따위로 짜는 피륙의 한 가지) 적삼에 가는 삼베 치마를 갈아입고 나오는 계연은 그 선연한 두 눈의 흰자위 검은자위로 인하여 물에 어리인 한 송이 연꽃이 떠오는 듯하였다.

"꼭 스무 해 전에 내가 입었던 거다."

옥화는 유감(有感 느끼는 바가 있음)한 듯이 계연의 옷맵시를 살펴 주며 말했다.

"어제 꺼내서 품을 좀 주여 났더니만 청승스리 맞는고나, 보기 보단 품을 여간 많이 입잖는다, 이 앤…… 자, 얼른 마셔라, 오빠 있음 무슨 내외할 사이냐?"

그러자 계연은 웃는 얼굴로 술잔을 받아 들고 방으로 들어가 마시고 나오는 모양이었다.

성기는 먼저 수양 버드나무 밑에 와서 새 신발에 물을 축이었다. 계연이도 곧 뒤를 따라 나섰다. 어저께 성기가 칠불암까지 책값 수금 관계로 좀 다녀올 일이 있다고 했더니, 옥화가 그러면 계연이도 며칠 전부터 산나물을 캐러 간다고 벼르는 중이고, 또 칠불암 구경은 어차피 한 번 시켜 주어야 할 게고 하니, 이왕이면 좀 데리고 가잖겠느냐고 하였다.

성기는 가슴도 좀 뛰고, 그래서, 나물을 내가 어떻게 아느냐고, 싫다고 했더니 너더러 누가 나물까지 캐라느냐고, 앞에서 길만 끌어 주면 되잖느냐고 우기어, 기승한 어머니에게 성기는 더 항변을 못하고 말았던 것이다.

성기는 처음부터 큰길을 버리고, 사람이 잘 다니지 않는, 수풀 속 산길을

돌아가기로 하였다. 원체가 지리산 밑이요, 또 나뭇길도 본디부터 똑똑히 나 있지 않는 곳이라, 어려서부터 자라난 고장이라곤 하지만 울울한 수풀 속에서 성기는 몇 번이나 길을 잃은 채 헤매곤 하였다.

쳐다보면 위로는 하늘을 찌를 듯한 높은 산봉우리요, 내려다보면 발아래 는 바다같이 뿌우연 수풀뿐, 그 위에 흰 햇살만 물줄기처럼 내리퍼붓고 있 었다. 머루, 다래, 으름은 이제 겨우 파랗게 메아리 쳐 있고, 가지마다 새빨 간 복분자, 오디는 오히려 철이 겨운 듯한 머리 까맣게 먹물이 돌았다.

성기는 제 손으로 다듬은 퍼런 아가위나무 가지로 앞에서 칡덩굴을 헤쳐 가며 가고 있는데, 계연은 뒤에서, 두릅을 꺾는다, 딸기를 딴다, 하며 자꾸 혼자 처지곤 하였다.

"빨리 오잖고 뭘 하나?"

성기가 걸음을 멈추고 서서 나무라면 계연은 딸기를 따다 말고, 두릅을 꺾다 말고, 그 조그맣고 도톰한 입술을 꼭 다물고는 뛰어오는 것인데, 한참 만 가다 보면 또 뒤에 떨어지곤 하였다.

"아이고머니 어쩔꺼나!"

갑자기 뒤에서 계연이가 소리를 질렀다. 돌아다보니 떡갈나무 위에서, 가 지에 치맛자락이 걸려 있다. 하필 떡갈나무에는 뭣 하러 올라갔을 까고, 곁 에 가 쳐다보니, 계연의 손이 닿을 만한 위치에 그 아래쪽 딸기나무 가지가 넘어와 있다. 딸기나무에는 가시가 있고 또 비탈에서 있어 올라갈 수가 없 으니까, 그 딸기나무와 가지가 서로 얽힌 떡갈나무 쪽으로 올라간 모양이 었다. 몸을 구부려 손으로 치맛자락을 벗기려면 간신히 잡고 서 있는 윗가 지에서 손을 놓아야 하겠고, 손을 놓았다가는 당장 나무에서 떨어질 형편 이다. 나무 아래서 쳐다보니 활짝 걷어 올려진 베치마 속에, 정강마루까지 를 채 가루지 못한 짤막한 베고의가 흰한 햇살을 받아 그 안의 뽀오얀 것을 그대로 보여 주고 있었다.

성기는 짚고 있던 생나무 지팡이로 치맛자락을 벗겨 주려 하였으나, 지 팡이가 짧아서 그렇겠지만 제 자신도 모르게, 지팡이 끝은 계연의 그 발가 스레하고 매초롬한 종아리만을 자꾸 건드리고 있었다.

"아이 싫어! 남에서 떨어진당게!"

계연은 소리를 질렀다. 게다가 마침 다람쥐란 놈까지 한 마리 다래 넌출 <sub>(길게 뻗어 나가 너덜너덜 늘어진 식물의 줄기)</sub> 위로 타고 와서, 지금 막 계연이가 잡고 서 있는 떡갈나무 가지 위로 건너뛰려 하고 있다.

"아 곧 떨어진당게! 그 막대로 저 다램이나 때려 줬음 쓰겠는듸."

계연은 배 아래를 거진 햇살에 훤히 드러내인 채 있으면서도 다래 넌출 위에서 이쪽을 건너다보고 그 요망스런 턱주가리를 쫑긋거리고 있는 다람쥐가 더 안타까운 모양으로 또 이렇게 소리를 질렀다.

"요놈의 다램이가……."

성기는 같은 나무 밑둥치에까지 올라가서야 겨우 계연의 치맛자락을 벗겨 주고, 그러고는 막대로 다시 조금 전에 다람쥐가 앉아 있던 다래 넌출도 한 번 툭 쳤다. 이 소리에 놀랐는지 산비둘기 몇 마리가 '푸드득' 하고 아래쪽 머루 넌출 위로 날아갔다.

"샘물이 있어야 쓰겄는듸."

계연은 치맛자락을 걷어 올려 이마의 땀을 씻으며 이렇게 말했다.

모롱이를 돌아 새로운 산줄기를 탈 때마다 연방 더 우악스런 멧부리요, 어두운 수풀을 지나 환하게 열린 하늘을 내다볼 때마다 바다같이 질펀한 골짜기에 차 있느니 머루, 다래 넌출이요, 딸기, 칡의 햇덩굴이다. 산속으로 들어갈수록 여기저기서 난장판으로 뻐꾸기들은 울고, 이따금씩 낄낄거리고 골을 건너 날아가는 꿩 울음소리마저 야지의 가을 벌레 소리 듣는 듯 신산을 더했다.

해는 거진 하늘 한가운데를 돌아 바야흐로 머리에 불을 끼얹고, 어두운 숲 그늘 속에는 해삼 같은 시꺼먼 달팽이들이 허연 진물을 토한 채 땅에 붙어 늘어졌다.

햇살이 따갑고, 땀이 흐르고, 목이 마를수록 성기들은 자꾸 넌출 속으로만 들짐승들처럼 파묻히었다. 나무딸기, 덤불 딸기, 산 복숭아, 아가위, 오디, 손에 닿는 대로 따서 연방 입에 가져가지만 입에 넣으면 눈 녹듯 녹아질 뿐, 떨적지근한 침을 삼키면 그만이었다. 간혹 이에 걸린다는 것이 아직 익지 않은 산 복숭아, 아가위 따위인데, 딸기 녹은 침물로는 그 쓰고 떫은 물에까지 묻어졌다. 먹을수록 목이 마른 딸기를 계연은 그 새파란 산 복숭아 서껀(산 복숭아랑 함께), 둥그런 칡 잎으로 하나 가득 따서 성기에게 주었다. 성기는 두 손바닥 위에다 그것을 받아서는 고개를 수그려 물을 먹듯 입을 대어 먹었다. 먹고 난 칡 잎은 아무렇게나 넌출 위로 던져 버린 채 칡 넌출이 담뿍 감겨 있는 다래 덩굴 위에 비스듬히 등을 대이고 누웠다.

계연은 두 번째 또 칡 잎의 것을 성기에게 주었다. 성기는 성가신 듯이 그냥 비스듬히 누운 채 그것을 그대로 입에 들이부어 한입 가득 물고는 나머지를 그냥 넌출 위로 던졌다. 그리고 그는 곧 코를 골기 시작하였다.

세 번째 칡 잎에다 딸기 알 머루 알을 골라 놓은 계연은 그러나 성기가 어느덧 잠이 들어 있음을 보자 아까 성기가 하듯 하여 이번엔 제가 먹어 치웠다.

"참 잘도 잔당게."

계연은 혼잣말로 중얼거리며 자기도 다래 덩굴에 등을 대이고 비스듬히 드러누워 보았으나 곧 재채기가 났다. 목이 몹시 말랐다. 배도 고팠다.

갑자기 뻐꾸기 소리가 무서웠다.

"덩굴 속에는 샘물이 없는가?"

계연은 덩굴을 헤치고 한참 들어가다 문득 모과나무 가지에 이리저리 얽히고 주렁주렁 열린 으름 덩굴을 발견하였다.

"이것이 익어 있음 쓰겄는듸."

계연은 이렇게 중얼거리며 아직도 파아란 오이를 만지듯 딴딴하고 우들우들한 으름을 제일 큰 놈으로만 세 개를 골라 따 쥐었다. 그리하여 한나절 동안 무슨 열매든지 손에 닿는 대로 마구 따 입에 넣곤 하던 버릇으로 부지중 입에 가져가 한번 덥석 물어 떼었더니 이내 비릿하고 떫직스레한 풀 같은 것이 입에 하나 가득 끼었다.

"아, 풋내 나!"

계연은 입안의 것을 뱉고 나서 성기 곁으로 갔다. 해는 벌써 점심때도 겨운 듯 갈증과 함께 시장기도 들었다.

"일어나 샘물 찾어가장게."

계연은 성기의 어깨를 흔들었다.

성기는 눈을 떴다.

계연은 당황하여, 쥐고 있던 새파란 으름 두 개를 성기의 코끝에 내어 밀었다. 성기는 몸을 일으켜 그녀의 둥그스름한 어깨와 목덜미를 껴안았다. 그러고는 입술이 포개졌다.

그녀의 조그맣고 도톰한 입술에서는 한나절 먹은 딸기, 오디, 산 복숭아, 으름들의 달짝지근한 풋내와 함께, 황토 흙을 찌는 듯한 향긋하고 고수한 고기 냄새가 느껴졌다.

까악까악하고 난데없는 가마귀 한 마리가 그들의 머리 위로 울며 날아 갔다.

"칠불은 아직 멀지라?"

계연은 다래 덩굴에 걸어 두었던 점심을 벗겨 들었다.

화갯골로 들어간 체 장수 영감은 보름이 넘도록 돌아오지 않았다. 떠날 때 한 말도 있고 하니 지리산 속으로 아주 들어간 모양이라고, 옥화와 계연 은 생각하고 있었다.

"산중에서 아주 여름을 내시는 갑네."

옥화는 가끔 이런 말도 하였다. 그리고 그들은 끈기 있게 이야기책을 들 고 앉곤 하였다. 계연의 약간 구성진 전라도 지방 토음은 날이 갈수록 점점 더 맑고 서량한 노래 조로 띠어 왔다.

그동안 옥화와 계연의 사이에 생긴 새로운 사실이 있다면, 옥화가 계연 의 왼쪽 귓바퀴 위에 있는 조그만 사마귀 한 개를 발견한 것쯤이었다.

어느 날 아침, 그녀의 머리를 빗어 땋아 주고 있던 옥화는 갑자기 정신을 잃은 사람처럼 참빗 쥔 손을 부들부들 떨고 있었다.

"어머니, 왜 그리여?"

계연이 놀라 물었으나 옥화는 그녀의 두 눈만 멀거니 바라보고 있을 따 름 말이 없었다.

"어머니, 왜 그러시여?"

계연이 또 한번 물었을 때, 옥화는 겨우 정신이 돌아오는 듯, 긴 한숨을 내쉬며,

"아무것도 아니다."

하고, 다시 빗질을 시작하는 것이었다.

계연은 속으로 이상한 생각이 들었으나 아무것도 아니라는 옥화에게 다 시 더 캐어물을 도리도 없었다.

이튿날 옥화는 악양에 볼일이 좀 있어 다녀오겠노라면서 아침 일찍이 머 리를 빗고 떠났다. 성기는 큰방에서 낮잠을 자고 있었다. 소나기가 왔다. 계 연이가 밖에서 빨래를 걷어 안고 들어오면서,

"어쩔 거나, 어머니 비 만나시겠는듸!"

하였다. 그녀의 치맛자락은 바깥의 신선한 비바람을 묻혀다 성기의 자는

낯을 스쳐 주었다. 성기는 눈을 뜨는 결로 손을 뻗쳐 그녀의 치맛자락을 거머잡았다. 그녀는 빨래를 안은 채 고개를 홱 돌이켜 성기의 얼굴을 가만히 바라보았다. 그녀의 두 볼에 바야흐로 조그만 보조개가 패려 할 때, 밖에서 인기척이 났다.

"어머니, 옷 다 젖겄는듸!"

또 한 번 이렇게 말하며, 계연은 마루로 나갔다. 성기는 어느덧 또 코를 골기 시작하였다.

성기가 다시 잠이 깨었을 때는, 손님들이 마루에서 막걸리를 마시고 있었다. 계연은 그들의 치다꺼리를 해 주고 있는 모양으로 부엌에서,

"명태랑 풋고추밖엔 안주가 없는듸!"

하고 소리가 났다.

나중 손님들이 돌아간 뒤, 성기는 그녀더러,

"어머니 없을 땐 손님 받지 말라고."

약간 볼멘 소리로 이런 말을 하였다.

"허지만 오늘 해 넘김, 이 술은 시어질 것인듸, 그냥 두면 어머니 오셔서 화내시지 않을 것이오?"

계연은 성기에게 타이르듯이 이렇게 말했다. 조금 뒤 그녀는 다시 웃는 낯으로 성기 곁에 다가서며,

"오빠, 날 면경 하나만 사 주시오. 똥그란 놈이 꼭 한 개만 있었음 쓰겄는듸."

하였다. 이튿날이 마침 장날이라 성기는 점심을 가지고 온 그녀에게 미리 사 두었던 조그만 면경 하나와 찰떡을 꺼내 주었다.

"아이고머니!"

면경과 찰떡을 보자, 계연은 놀란 듯이 소리를 질렀다. 그녀는 그 꽃 같은 두 눈에 웃음을 담뿍 담은 채 몇 번이나 면경을 들여다보곤 하더니, 그것을 품속에 넣고는 성기가 점심을 먹고 있는 곁에 돌아앉아 어느덧 짝짝 소리까지 내며 찰떡을 먹고 있었다.

성기는 남이 보지 않게 전 앞에 사람 그림자가 얼씬할 때마다 자기의 몸을 이리저리 움직여서 그것을 가려 주었다. 딴은 떡뿐 아니라 참외고 복숭아고 엿이고 유과고 일체 군것을 유달리 좋아하는 그녀의 성미인 듯하였다. 집 앞으로 혹 참외 장수나 엿장수가 지나가는 것을 보면 계연은 골무를 깁거나 바늘겨레(바늘 꽂아 두는 물건. 바늘방석)를 붙이다 말고, 튀어 일어나 그것들이

시야에서 사라질 때까지 멀거니 바라보며 서 있곤 하였다.

한번은 성기가 절에서 내려오려니까, 어머니는 어디 갔는지 눈에 띄지 않고, 그녀만이 마루 끝에 걸터앉은 채 이웃 주막의 놈팡이 하나와 더불어 참외를 먹고 있었다. 성기를 보자 좀 무안스러운 듯이 얼굴을 약간 붉히며 곧 일어나 반가운 표정을 지어 보였다.

"아, 오빠!"

"……"

그러나 성기는 그러한 그녀를 거들떠도 보지 않고 그대로 자기의 방으로만 들어가 버렸다. 계연은 먹던 참외도 마루 끝에 놓은 채 두 눈이 휘둥그레 성기의 뒤를 따라왔다.

"오빠 왜?"

"……"

"응, 왜 그리여?"

"……"

그러나 성기는 아무런 대꾸도 없었다. 그녀가 두 팔을 성기의 어깨 위에 얹어, 그의 목을 껴안으려 했을 때, 성기는 맹렬히 몸을 뒤틀어 그녀의 팔을 뿌리치고는 돌연히 미친 것처럼 뛰어들어 따귀를 때리기 시작하였다.

처음 그녀는,

"오빠, 오빠!"

하고 찡그린 얼굴로 성기를 쳐다보며 두 손을 내어 밀어 그의 매질을 막으려 하였으나, 두 차례 세 차례 철썩철썩하고, 그의 손이 그녀의 얼굴에 와 닿자 방구석에 가 얼굴을 쿡 처박은 채 얼마든지 그의 매질에 몸을 맡기듯이 하고 있었다.

이튿날 장에 점심을 가지고 온 계연은 그 작고 도톰한 입술을 꼭 다문 채, 말이 없었으나, 그의 꽃같이 선연한 두 눈엔 어저께의 일에 깊은 적의도 원한도 품어 있지 않는 듯하였다.

그날 밤 그녀가 혼자 강가에 나와 있는 것을 보고, 성기는 그녀의 뒤를 쫓아 나갔다. 하늘엔 별이 파랗게 빛나고 있었으나 나무 그늘은 강가를 칠야 같이 뒤덮어 있었다.

"오빠."

계연은 성기가 바로 그녀의 곁에까지 왔을 때 일어나 성기의 턱 앞으로 바싹 다가 들어서며 낮은 목소리로 이렇게 불렀다.

"오빠, 요즘은 어쩌자고 만날 절에만 노 있는 것이여?"

그 몹시도 굴곡이 강렬한 전라도 지방 토음이 이렇게 속삭이었다.

그즈음 성기는 장을 보러 오는 날 이외에는 절에서 일체 내려오지를 않았다. 옥화가 악양 명도에게 갔다 소나기에 젖어 돌아온 뒤부터는, 어쩐지 그와 그녀의 사이를 전과 달리 경계하는 듯한 눈치라, 본래 심장이 약하고 남의 미움 받기를 유달리 싫어하는 그는, 그러한 어머니에 대한 노여움도 있고 하여 기어코 절에서 배겨 내려 했던 것이었다.

이날 밤만 해도 계연의 물음에, 성기가 무어라고 대답도 채 하기 전에, '계연아, 계연아!' 하는, 옥화의 목소리가 또 어느덧 들려오고 있었다. 성기는 콧잔등을 찌푸리며 말을 하려다 말고 입을 다물어 버렸다.

'아, 어머니도 어쩌면 저다지 야속할까?'

성기는 갑자기 목이 뿌듯해졌다.

반딧불이 지나갔다. 계연은 돌 위에 걸터앉아, 손으로 여뀌 풀을 움켜잡으며, 혼잣말같이, 또 무어라 속삭이는 것이었으나 냇물 소리에 가리어 잘 들리지 않았다.

이튿날 아침 일찍이 성기가 방 안으로, 부엌으로 누구를 찾으려는 듯 기웃기웃하다가 좀 실망한 듯한 낯으로 그냥 절로 올라가고 말았을 때, 그녀는 역시 이 여뀌 풀 있는 냇물 가에서 걸레를 빨고 있었던 것이다.


사흘 뒤에 성기가 다시 절에서 내려오니까, 체 장수 영감은 마루 위에서 막걸리를 마시고 있고, 계연은 고개를 떨어버린 채 마루 끝에 걸터앉아 있었다. 머리를 감아 빗고 새옷(새옷이래야 전날의 그 항라 적삼을 다시 빨아 다린 것)을 갈아입고, 조그만 보따리 하나를 곁에 두고, 슬픔에 잠겨 있던 계연은, 성기를 보자 그 꽃같이 선연한 두 눈에 갑자기 기쁨을 띠며 허리를 일으켰다. 그러나 바로 그다음 순간, 그 노기를 띤 듯한 도톰한 입술은 분명히 그들 사이에 일어난 어떤 절박하고 불행한 사실을 전하고 있었다.

막걸리 사발을 들어 영감에게 권하고 있던 옥화는 성기를 보자,

"계연이가 시방 떠난단다."

대번에 이렇게 말했다.

옥화의 말을 들으면, 영감은 그날, 성기가 절로 올라가던 날 저녁때에 돌아왔었더라는 것이었다. 그 이튿날이니까, 즉 어저께, 영감은 그녀를 데리고 떠나려고 하는 것을 하루 더 쉬어 가라고 만류를 해서, 그래 오늘 아침엔 일찍이 떠난다고 이렇게 막 행장을 차려서 나서는 길이라 하였다.

그러나 이것은 실상 모두 나중 다시 들어서 알게 된 것이었고, 처음은 그저 쇠뭉치로 돌연히 머리를 얻어맞은 것같이 골치가 땅하며, 전신의 피가 어느 한곳으로 쫙 모이는 듯한, 양쪽 귀가 머리 위로 쫑긋이 당기어 올라가는 듯한, 혀가 목구멍 속으로 말려 들어가는 듯한, 눈언저리에 퍼러런 불이 번쩍번쩍 일어나는 듯한, 어지러움과 노여움과 조마로움이 한데 뭉치어 발끝에서 머리끝까지의 그의 전신을 어디로 휩쓸어 가는 듯만 하였다. 그는 지금껏 이렇게까지 그녀에게 마음이 가 있어 떨어질 수 없게 되었으리라고는 너무도 뜻밖이었다. 그것이 이제 영원히 헤어지려는 이 순간에 와서야 갑자기 심지에 불을 켜듯 확 타오를 마련이던가, 하는 것이 자꾸만 꿈과 같았다. 자칫하면 체면도 염치도 다 놓고 엉엉 울음이 터질 것만 같이 목이 징징 우는 것을, 그러는 중에서도 이 얼굴을 어머니에게 보여서는 아니 된다는 의식에서 떨리는 입술을 깨물며, 마루 끝에 궁둥이를 찧듯 털썩 앉아 버렸다.

"아들이 참 잘생겼소."

영감은 분명히 성기를 두고 하는 말인 모양이었다. 그러나 성기는 그쪽으로 고개를 돌려 보지 않은 채, 그들에게 무슨 적의나 품은 듯이 앉아 있었다.

옥화는 그동안 또 성기에게 역시 그 체 장수 영감의 이야기를 전해 들려주고 있는 모양이었다. 지리산 속에서 우연히 옛날 고향 친구의 아들이 된다는 낯선 젊은이 하나를 만났다. 그는 영감의 고향인 여수에서 큰 공장을 경영하는 실업가로, 지리산 유람을 들어왔다가 이야기 끝에 우연히 서로 알게 되었다. 그는 영감에게 함께 고향으로 돌아가 살자고 했다. 영감은 문득 고향 생각도 날 겸 그 청년의 도움으로 어떻게 형편이 좀 필 것같이도 생각되어 그를 따라 여수로 돌아가기로 결정을 하고 나오는 길이라……, 옥화가 무어라고 한참 하는 이야기는 대개 이러한 의미인 듯하였으나, 조마롭고 어지럽고 노여움으로 이미 두 귀가 멍멍하여진 그에게는 다만 벌 떼처럼 무엇이 왕왕거릴 뿐 아무것도 분명히 들리지 않았다.

"막걸리 맛이 어찌나 좋은지 배가 부르당게."

그동안 마지막 술잔을 들이키고 난 영감은 부채와 지팡이를 집어 들면서 이렇게 말했다.

"여수 쪽으로 가시게 되면 영영 못 보게 되겠구만요."

옥화도 영감을 따라 일어서며 이렇게 말했다.

"사람 일을 누가 알간듸, 인연 있음 또 볼 터이지."

영감은 커다란 미투리(삼 껍질, 모시 따위로 짚신처럼 삼은 신)에 발을 끼며 말했다.

"아가, 잘 가거라."

옥화는 계연의 조그만 보따리에다 돈이 든 꽃주머니 하나를 정표로 넣어 주며 하직을 하였다.

계연은 애걸하듯 호소하듯 붉은 두 눈으로 한참 동안 옥화의 얼굴을 쳐다보고만 있었다.

"또 오너라."

옥화는 계연의 머리를 쓸어 주며 다만 이렇게 말하였고, 그러자 계연은 옥화의 가슴에다 얼굴을 묻으며 엉엉 소리를 내어 울기 시작하였다.

옥화가 그녀의 그 물결같이 흔들리는 둥그스름한 어깨를 쓸어 주며,

"그만 울어, 아버지가 저기 기다리고 계신다."

하는 음성도 이젠 아주 풀이 죽어 있었다.

"그럼 편히 계시요."

영감은 옥화에게 하직을 하였다.

"하라부지 거기 가 보시고 살기 여의찮거든 여기 와서 우리하고 같이 삽시다."

옥화는 또 한 번 이렇게 당부하는 것이었다.

"오빠, 편히 사시오."

계연은 이미 시뻘겋게 된 두 눈으로 성기의 마지막 시선을 찾으며 하직 인사를 했다.

성기는 계연의 이 말에 꿈을 깬 듯, 마루에서 벌떡 일어나, 계연의 앞으로 당황히 몇 걸음 어뚝어뚝 걸어오다간, 돌연히 다시 정신이 나는 듯 그 자리에 화석처럼 발이 굳어 버린 채, 한참 동안, 장승같이 계연의 얼굴만 멍하게 바라보고 있었다.

"오빠, 편히 사시오."

이렇게 두 번째 하직을 하는 순간까지도, 계연의 그 시뻘건 두 눈은 역시 성기의 얼굴에서 그 어떤 기적과도 같은 구원만을 기다리는 것이었고 그러나, 성기는 그 자리에 그냥 주저앉아 버릴 뻔하던 것을 겨우 버드나무 가지를 움켜잡을 수 있었을 뿐이었다.

계연의 시뻘겋게 상기된 얼굴은, 옥화와 그녀의 아버지가 지켜보고 있다는 것도 잊은 듯이 성기의 얼굴만 뚫어지게 바라보고 있었으나, 버드나무에 몸을 기대인 성기의 두 눈엔 다만 불꽃이 활활 타오를 뿐, 아무런 새로운 명령도 기적도 나타나지 않았다.

"오빠, 편히 사시오."

하고, 거의 울음이 다 된, 마지막 목소리를 남기고 돌아선 계연의 저만치 가고 있는 항라 적삼을, 고운 햇빛과 늘어진 버들가지와 산울림처럼 울려오는 뻐꾸기 울음 속에, 성기는 우두커니 지켜보고 있을 뿐이었다.


성기가 다시 자리에서 일어나게 된 것은 이듬해 우수, 경칩도 다 지나, 청명 무렵의 비가 질금거릴 즈음이었다. 주막 앞에 늘어선 버들가지는 다시 실같이 푸르러지고 살구, 복숭아, 진달래들이 골목 사이로 산기슭으로 울긋불긋 피고 지고 하는 날이었다.

아들의 미음상을 차려 들고 들어온 옥화는 성기가 미음 그릇을 비우는 것을 보자, 이렇게 물었다.

"아직도 너, 강원도 쪽으로 가 보고 싶냐?"

"……."

성기는 조용히 고개를 돌렸다.

"여기서 장가들어 나랑 같이 살겠냐?"

"……."

성기는 역시 고개를 돌렸다.

그해 아직 봄이 오기 전, 보는 사람마다 성기의 회춘을 거의 다 단념하곤 하였을 때, 옥화는 이왕 죽고 말 것이라면, 어미의 맘속이나 알고 가라고 그래, 그 체 장수 영감은, 서른여섯 해 전 남사당을 꾸며 와 이 '화개장터'에 하룻밤을 놀고 갔다는 자기의 아버지임에 틀림이 없었다는 것과, 계연은 그 왼쪽 귓바퀴 위의 사마귀로 보아 자기의 동생임이 분명하더라는 것을, 동정하노라면서, 자기의 왼쪽 귓바퀴 위의 같은 검정 사마귀까지를 그에게 보여 주었다.

"나도 처음부터 영감이 '서른여섯 해 전'이라고 했을 때 가슴이 섬뜩하긴 했다. 그렇지만 설마 했지, 그렇게 남의 간을 뒤집어 놀 줄이야 알았나. 하도 아슬아슬해서 이튿날 악양으로 가 명도까지 불러 봤더니 요것도 남의 속을 빤히 되려다나 보는 듯이 재줄대는구나, 차라리 망신을 했지."

옥화는 잠깐 말을 그쳤다. 성기는 두 눈에 불을 켜듯 한 형형한 광채를 띠고, 그 어머니의 얼굴을 쳐다보고 있었다.

"차라리 몰랐으면 또 모르지만 한번 알고 나서야 인륜이 있는듸 어찌겠냐."

그리고 부디 에미 야속타고나 생각지 말라고 옥화는 아들의 뼈만 남은 손을 눈물로 씻었다. 옥화의 이 마지막 하직같이 하는 통정 이야기에 의외로도 성기는 도로 힘을 얻은 모양이었다. 그 불타는 듯한 형형한 두 눈으로 천장을 한참 바라보고 있던 성기는 무슨 새로운 결심이나 하듯 입술을 지그시 깨물고 있었다.

아버지를 찾아 강원도 쪽으로 가 볼 생각도 없다. 집에서 장가들어 살림을 할 생각도 없다, 하는 아들에게, 그러나, 옥화는 이제 전과 같이 고지식한 미련을 두는 것도 아니었다.

"그럼 어쩔랴나? 너 졸 대로 해라."

"……."

성기는 아무런 말도 없이 도로 자리에 드러누워 버렸다.


그러고 나서 한 달포나 넘어 지난 뒤였다.

성기가 좋아하는 여러 가지 산나물이 화갯골에서 연달아 자꾸 내려오는 이른 여름의 어느 장날 아침이었다. 두릅회에 막걸리 한 사발을 쭉 들이켜고 난 성기는 옥화더러,

"어머니 나 엿판 하나만 맞춰 줘."

하였다.

"……."

옥화는 갑자기 무엇으로 머리를 얻어맞은 듯이 성기의 얼굴을 멍하니 바라보고 있었다.

그런지도 다시 한 보름이나 지나, 뻐꾸기는 또다시 산울림처럼 건드러지

게 울고, 늘어진 버들가지엔 햇빛이 젖어 흐르는 아침이었다. 새벽녘에 잠깐 가는 비가 지나가고, 날은 다시 유달리 맑게 개인 '화개장터' 삼거리 길 위에서, 성기는 그 어머니와 하직을 하고 있었다. 갈아입은 옥양목 고의적삼에, 명주 수건까지 머리에 질끈 동여매고 난 성기는, 새로 맞춘 새하얀 나무 엿판을 질빵 해서 느직하게 엉덩이 즈음에다 걸었다. 위 목판에는 새하얀 가락엿이 반 넘어 들어 있었고, 아래 목판에는 팔다 남은 이야기책 몇 권과 간단한 방물이 좀 들어 있었다.

그의 발 앞에는, 물과 함께 갈리어 길도 세 갈래로 나 있었으나, 화갯골 쪽엔 처음부터 등을 지고 있었고, 동남으로 난 길은 하동, 서남으로 난 길이 구례, 작년 이맘때도 지나 그녀가 울음 섞인 하직을 남기고 체 장수 영감과 함께 넘어간 산모퉁이 고갯길은 퍼붓는 햇빛 속에 지금도 하동 장터 위를 굽이돌아 구례 쪽을 향했으니, 성기는 한참 뒤 몸을 돌렸다. 그리하여 그의 발은 구례 쪽을 등지고 하동 쪽을 향해 천천히 옮겨졌다.

한 걸음, 한 걸음, 발을 옮겨 놓을수록 그의 마음은 한결 가벼워져, 멀리 버드나무 사이에서 그의 뒷모양을 바라보고 서 있을 어머니의 주막이 그의 시야에서 완전히 사라져 갈 무렵 하여서는, 육자배기 가락으로 제법 콧노래까지 흥얼거리며 가고 있는 것이었다.

# 등신불

## ✏ 작품 정리

**작가** : 김동리(610쪽 '작가와 작품 세계' 참조)
**갈래** : 구도 소설, 액자 소설
**배경** : 시간 – 1940년대 태평양 전쟁 당시(액자 내부 – 당나라 때)
　　　　공간 – 양자강 유역의 사찰인 정원사
**시점** : 1인칭 주인공 시점
**주제** : 인간의 세속적 고뇌와 종교적 구원
**출전** : 〈사상계〉(1961)

## ✏ 구성과 줄거리

**도입** '나'는 정원사를 찾은 연유를 밝힘

'나'는 정원사의 등신불에 대해 보고 들은 그대로를 적으려 한다. '나'는 정원사라는 먼 이역의 고찰(古刹)을 찾게 된 연유부터 밝힌다.

**발단** 학병인 '나'는 진기수 씨의 도움으로 탈출해 정원사에 도착함

'나'는 스물세 살 때인 1943년 일본의 대정대학 재학 중에 학병으로 끌려 왔으나 목숨을 건지기 위해 탈출을 결심한다. '나'는 대정대학 유학생 출 신인 불교학자 진기수 씨를 찾아가서 도움을 청한다. 그가 적국의 옷을 입은 '나'를 믿지 않자, '나'는 오른손 식지를 깨물어 혈서를 쓴다. '나'는 절실한 마음으로 그에게 도움을 요청한다.

**전개** 정원사의 금불각에 모셔진 등신불을 본 '나'는 충격을 받음

경암 대사의 뒤를 따라 정원사에 도착한 '나'는 원혜 대사를 배알한다. 경 암이 건넨 진기수 씨의 편지를 본 노승은 "불은이로다."라고 말한다. 원 혜 대사의 시봉인 청운의 안내로 등신불(等身佛)을 접한 '나'는 전율과 충 격에 휩싸인다. 그것은 불상이라고 할 수도 없는 초라하고 애절한 느낌 의 결가부좌상이었다.

**위기** **청운의 이야기를 들은 '나'는 등신불에 대해 의문을 가짐**

    '나'는 청운으로부터 소신공양에 대한 이야기를 들었을 때 몸이 부르르 떨리지만 아무래도 석연치 못한 것을 느낀다. 소신공양으로 성불을 했다면 부처님이 되었어야 하는데, 고뇌와 비원이 서린 듯한 얼굴의 금불은 여전히 '나'를 의문스럽게 만든다.

**절정** **원혜 대사가 만적의 기록을 읽게 하고 그에 대한 이야기를 들려줌**

    그날 저녁 청운과 함께 원혜 대사에게 저녁 인사를 갔을 때 원혜 대사는 '나'에게 「만적선사소신성불기」를 읽으라고 한다. '나'가 기록을 읽고 나니 원혜 대사가 '나'를 불러 등신금불에 대한 이야기를 들려준다.

**결말** **원혜 대사는 소신공양과 '나'가 한 행위의 유사성을 은근히 암시**

    이야기를 마친 원혜 대사는 '나'에게 남경에서 진기수 씨에게 혈서를 바치느라 입으로 살을 물었던 오른손 식지를 들어 보라고 한다. 그러나 대사는 왜 손가락을 들어 보라고 했는지, 식지와 만적의 소신공양이 무슨 관계가 있는지, 더 이상 말이 없다.

 

🖊 **생각해 볼 문제** - - - - - - - - - - - - - - - - - - - - - - - - - - - - - - - - - - - - - - - - -

### 1. 이 작품에서 '등신불'은 무엇을 상징하는가?

    등신불은 사람의 크기 정도로 만든 불상을 뜻한다. 이 소설에서 만적은 앉은 채로 몸을 불살라 소신공양을 한다. 자세를 그대로 유지한 채 타다 군은 만적의 몸에 금이 씌워져 '인간 불상'이 만들어진다. 인체에 금을 입힌 등신불은 자연과 초자연 간의 긴밀한 상관관계를 보여 준다. 이 작품은 불교를 소재로 하고 있지만 불교의 초월적 신앙이 아닌 실존적 인간 경험과 그 정신에 뿌리를 두고 있다. 인간이 자신의 의지와 상관없는 고통과 번뇌로부터 적극 벗어나려 한다는 점에서, 만적의 등신불은 '인간이란 불성과 인성을 동시에 지닌 존재'라는 점을 은연중에 보여 준다.

### 2. '나'가 등신불에 대해 충격을 받은 진짜 이유는 무엇인가?

    '나'가 생각하는 불상의 모습은 세상의 번뇌에서 벗어나 해탈의 경지에 오른 거룩한 모습이었다. 그러나 등신불은 중생에게 자비를 베푸는 온화한 모습을 갖춘 부처님의 모습과는 달리 인간적 비원과 고뇌가 서린 일그러진 모습을 하고 있었다. 이 때문에 '나'는 큰 충격을 받는다. 슬픔과 번뇌가 가득한 등신불의 모습은 '나'의 내면 풍경과 일치하고 있다.

3. **원혜 대사가 '나'에게 식지를 들어 보라고 한 이유는 무엇인가?**

'나'의 단지(斷指) 행위와 만적의 소신공양이 정신적으로 일치함을 암시한다. 불은(佛恩)은 그냥 주어지지 않고 치열한 삶의 결과로 얻어지는 것임을 넌지시 일깨우며, '나'로 하여금 그런 세계로 나아가기를 이심전심으로 전하려는 것이다. '나'는 자신의 살을 스스로 떼어 내는 희생을 치름으로써 죽음의 위기에서 벗어난다. '나'의 혈서는 만적의 소신공양과 대비되어 '자기 희생을 통한 구원'이라는 의미를 갖는다.

4. **만적이 소신공양을 할 때 그의 머리 위에 '보름달 같은 원광'이 씌워져 있었다는 말의 의미는 무엇인가?**

만적이 자신의 육신을 불태울 때 갑자기 비가 쏟아졌지만 그가 가부좌를 하고 앉은 단 위에는 비가 내리지 않는다. 오히려 만적의 머리 위로 더 많은 연기가 피어오르기 시작했고, 그의 머리 위에는 '보름달 같은 원광'이 씌워진다. 이를 지켜본 사람들은 인간의 힘이 극단적인 죽음의 순간에 더 강력하게 발휘되고 있음을 알게 된다. 따라서 '원광'은 극한의 고통을 극복하는 힘을 상징한다.

나

청운

(등신불을 보여줌)

(신변 의탁)

(만적의 등신불 이야기)

만적

원혜 대사

등신불

난징에 주둔하는 일본군 학병이던 저(나)는 목숨을 건지기 위해 손가락을 물어뜯어 혈서를 썼어요. 정원사에 들어간 저는 청운의 안내로 등신불을 보았습니다. 등신불에는 번뇌와 비원이 담긴 듯했어요. 원혜 대사는 그 등신불에 얽힌 만적의 이야기를 해 주고는 제 손가락을 들어 보라고 했지요. 제 손가락과 만적의 소신공양이 어떤 관계가 있는 걸까요?

# 등신불

등신불<sup>(等身佛 사람의 크기와 같게 만든 불상)</sup>은 양자강<sup>(揚子江)</sup> 북쪽에 있는 정원사<sup>(淨願寺)</sup>의 금불각<sup>(金佛閣)</sup> 속에 안치되어 있는 불상의 이름이다. 등신금불<sup>(等身金佛)</sup> 또는 그냥 금불이라고도 불렀다.

그러니까 나는 이 등신불, 등신금불로 불리는 불상에 대해 보고 듣고 한 그대로를 여기다 적으려 하거니와, 그보다 먼저, 내가 어떻게 해서 그 정원사라는 먼 이역의 고찰<sup>(古刹)</sup>을 찾게 되었는지 그것부터 이야기해야겠다.

내가 일본의 대정 대학 재학 중에, 학병(태평양 전쟁)으로 끌려 나간 것은 일구사삼(1943)년 이른 여름, 내 나이 스물세 살 나던 때였다.

내가 소속된 부대는 북경<sup>(北京)</sup>서 서주<sup>(徐州)</sup>를 거쳐 남경<sup>(南京 난징. 중국 장쑤성의 성도)</sup>에 도착되었다. 그리하여 우리는 다른 부대가 당도할 때까지 거기서 머무르게 되었다. 처음에 주둔<sup>(駐屯)</sup>이라기보다 대기<sup>(待機)</sup>에 속하는 편이었으나 다음 부대의 도착이 예상보다 늦어지자 나중은 교체 부대<sup>(交替部隊)</sup>가 당도할 때까지 주둔군<sup>(駐屯軍)</sup>의 임무를 맡게 되었다.

그때 우리는 확실한 정보는 아니지만 대체로 인도지나<sup>(인도차이나)</sup>나 인도네시아 방면으로 가게 된다는 것을 어림으로 짐작하고 있었기 때문에, 하루라도 오래 남경에 머물면 머물수록 그만치 우리의 목숨이 더 연장되는 거와 같이 생각하고 있었다. 따라서 교체 부대가 하루라도 더 늦게 와 주었으면 하고 마음속으로 은근히 빌고 있는 편이기도 했다.

실상은 그냥 빌고 있는 심정만도 아니었다. 더 나아가서 이 기회에 기어이 나는 나의 목숨을 건져 내어야 한다고 결심했다. 나는 이런 기회를 위하여 미리 약간의 준비(조사)까지 해 두었던 것이다. 그것은 중국의 불교 학자로서 일본에 와 유학을 하고 돌아간—특히 대정대학 출신으로—사람들의 명단을 조사해 둔 일이 있었다. 나는 비장<sup>(秘藏)</sup>한 작은 쪽지에서 '남경 진기수<sup>(陣奇修)</sup>'란 이름을 발견했을 때, 야릇한 흥분으로 가슴이 두근거리며 머리 속까지 횅해지는 듯했다.

그러나 낯선 이역의 도시에서, 더구나 나 같은 일본군에 소속된 한국 출신 학병의 몸으로써, 그를 찾고 못 찾고 하는 일이 곧 내가 죽고 사는 판가름이라고 생각하지 않았던들, 또 내가 평소에 나의 책상머리에 언제나 걸어두고 바라보던 관세음보살님의 미소로써 나를 굽어보고 있는 것이라고 믿어지지 않았던들 그때의 그러한 용기와 지혜를 내 속에서 나는 자아내지 못했을는지 모른다.

나는 우리 부대가 앞으로 사흘 이내에 남경을 떠난다고 하는—그것도 확실한 정보가 아니고 누구의 입에선가 새어 나온 말이지만—조마조마한 고비에 정심원(靜心院 남경에 있는 중국인 불교 포교당)에 있는 포교사(布敎師)를 통하여 진기수 씨가 남경 교외의 서공암(棲空庵)이라는 작은 암자에 독거(獨居)하고 있다는 것을 알게 되었다.

그날 내가 서공암에서 진기수 씨를 찾게 된 것은 땅거미가 질 무렵이었다. 나는 그를 보사 합상을 올리며 누수히 머리를 수그림으로써 나의 절박한 사정과 그에 대한 경의를 먼저 표한 뒤 솔직하게 나의 처지와 용건을 털어놓았다.

그러나 평생 처음 보는 타국 청년—그것도 적군의 군복을 입은—에게 그러한 협조를 쉽사리 약속해 줄 사람은 없었다. 그의 두 눈이 약간 찡그러지며 입에서는 곧 거절의 선고가 내릴 듯한 순간, 나는 미리 준비하고 갔던 흰 종이를 끄집어내어 내 앞에 폈다. 그러고는 바른편 손 식지(집게손가락) 끝을 스스로 물어서 살을 떼어 낸 다음 그 피로써 다음과 같이 썼다.

'願免殺生 歸依佛恩'(원면살생 귀의불은, 원컨대 살생을 면하게 하옵시며 부처님의 은혜 속에 귀의코자 하나이다).

나는 이 여덟 글자의 혈서를 두 손으로 받들어 그의 앞에 올린 뒤, 다시 합장을 했다.

이것을 본 진기수 씨는 분명히 얼굴빛이 달라졌다. 그것은 반드시 기쁜 빛이라 할 수는 없었으나 조금 전의 그 거절의 선고만은 가셔진 듯한 얼굴이었다.

잠깐 동안 침묵이 흐른 뒤, 진기수 씨는 나직한 목소리로 입을 열었다.

"나를 따라오게."

나는 곧 자리에서 일어나 그의 뒤를 따라갔다.

깊숙한 골방이었다.

진기수 씨는 나를 그 컴컴한 골방 속에 들여보내고 자기는 문을 닫고 도로 나가 버렸다. 조금 뒤 그는 법의(法衣 승려가 입는 가사나 장삼 따위의 옷) 한 벌을 가져와 방 안으로 디밀며,

"이걸로 갈아입게."

하고 또다시 문을 닫고 나갔다.

나는 한숨이 터져 나왔다. 이제야 사는가 보다 하는 생각이 나의 가슴속을 후끈하게 적셔 주는 듯했다. 내가 옷을 갈아입고 났을 때, 이번에는 또 간소한 저녁상이 디밀어졌다.

나는 말없이 디밀어진 저녁상을 또한 그렇게 말없이 받아서 지체 없이 다 먹어 치웠다.

내가 빈 그릇을 문밖으로 내어놓자 밖에서 기다리고나 있었던 듯 이내 진기수 씨가 어떤 늙은 중 하나를 데리고 들어왔다.

"이분을 따라가게. 소개장은 이분에게 맡겼어. 큰절(本刹)의 내법사 스님한테 가는……."

"……"

나는 무조건 네, 네, 하며 곧장 머리를 끄덕일 뿐이었다. 나를 살려 주려는 사람에게 무조건 나를 맡길 수밖에 없었던 것이다.

"길은 일본 병정들이 알지도 못하는 산속 지름길이야. 한 백 리 남짓 되지만 오늘이 스무 하루니까 밤중 되면 달빛도 좀 있을 게구…… 그럼…… 불연(佛緣) 깊기를…… 나무관세음보살."

그는 나를 향해 합장을 하며 머리를 수그렸다.

"……"

나는 목이 콱 메여 옴을 깨달았다. 눈물이 핑 돈 채 나도 그를 향해 잠자코 합장을 올렸다.


어둡고 험한 산길을 경암(鏡岩)──나를 데리고 가는 늙은 중──은 거침없이 걸었다. 아무리 발에 익은 길이라 하지만 군데군데 나뭇가지가 걸리고 바닥이 파이고 돌이 솟고 게다가 굽이굽이 간수(澗水 골짜기에서 흐르는 물)가 가로지른 초망(草莽 풀숲) 속의 지름길을 칠흑 같은 어둠 속에서 어쩌면 그렇게도 잘 뚫고 나가는지 그저 신기하기만 했다. 내가 믿는 것은 젊음 하나뿐이련만 그는 이십 리나 삼십 리를 걸어도 힘에 부치어 쉬자고 할 기색은 보이지 않았다.

나는 쉴 새 없이 손으로 이마의 땀을 씻어 가며 그의 뒤를 따랐으나 한참씩 가다 보면 어느덧 그를 어둠 속에 잃어버리곤 했다. 나는 몇 번이나 나뭇가지에 얼굴이 긁히고, 돌에 차여 무릎을 깨고 하며 "대사……", "대사……" 그를 불러야만 했다. 그럴 때마다 경암은 혼잣말로 낮게 중얼거리며 나를 기다려 주는 것이나, 내가 가까이 가면 또 아무 말도 없이 그냥 휙 돌아서서 걸음을 옮겨 놓기 시작하는 것이다.

밤중도 훨씬 넘어 조각달이 수풀 사이로 비쳐 들면서 나는 비로소 생기를 얻기 시작했다. 이제부터는 경암이 제아무리 앞에서 달린다 하더라도 두 번 다시 그를 놓치지는 않으리라 맘속으로 다짐했다.

이렇게 정세가 바뀌어졌음을 그도 느끼는지 내가 그의 곁으로 다가서자 그는 나를 흘낏 돌아다보더니, 한쪽 팔을 들어 먼 데를 가리키며 반원을 그어 보이고는 이백 리라고 했다. 이렇게 지름길을 가지 않고 좋은 길로 돌아가면 이백 리 길이라는 뜻인 듯했다.

나는 한마디 얻어들은 중국말로 "쎄 쎄." 하고 장단을 맞추며 고개를 끄덕여 보이곤 했다.

우리가 정원사 산문 앞에 닿았을 때는 이튿날 늦은 아침 녘이었다. 경암은 푸른 수풀 속에 거뭇거뭇 보이는 높은 기와집들을 손가락질로 가리키며 자랑스러운 얼굴로 무어라고 중얼거렸다. 나는 또 고개를 끄덕이며 "하오! 하오!"를 되풀이했다.

산문을 지나 정문을 들어서니 산 무더기 같은 큰 다락이 정면에 버티고 섰다. 현판을 쳐다보니 태허루(太虛樓)라 씌어 있었다.

태허루 곁을 돌아 안마당 어귀에 들어서니 정면 한가운데 높직이 앉아 있는 가장 웅장한 건물이 법당이라고는 짐작이 가나 그 양옆으로 첩첩이 가로세로 혹은 길쭉하게 눕고, 혹은 높다랗게 서고 혹은 둥실하게 앉은 무수한 집들이 모두 무슨 이름에 어떠한 구실을 하는 것들인지 첫눈엔 그저 황홀하고 얼떨떨할 뿐이었다.

경암은 나를 데리고, 그 첩첩이 둘러앉은 집들 사이를 한참 돌더니 청정실(淸淨室)이란 조그만 현판이 붙은 조용한 집 앞에 와서 기척을 했다. 방문이 열리더니 한 스무 살이나 될락 말락한 젊은 중이 얼굴을 내밀며 알은체를 한다. 둘이서(젊은이는 방문 앞에 서고 경암은 뜰아래 선 채) 한참 동안 말을 주고받고 한 끝에 경암이 나를 데리고 집 안으로 들어갔다.

방 안에는 머리가 하얗게 세고 키가 성큼하게 커 뵈는 노승이 미소 띤 얼굴로 경암과 나를 맞아 주었다. 나는 말이 통하지 않으므로 노승 앞에 발을 모으고 서서 정중히 합장을 올렸다. 어저께 진기수 씨 앞에서 연거푸 머리를 수그리던 것과는 달리 이번에는 한 번만 정중하게 머리를 수그려 절을 했던 것이다.

노승은 미소 띤 얼굴로 고개를 끄덕이며 나에게 자리를 가리킨 뒤 경암이 내어 드린 진기수 씨의 편지를 펴 보았다.

"불은(佛恩)이로다."

편지를 읽고 난 노승은 이렇게 말했다(그것도 그때는 알아듣지 못했지만 나중에 가서 알고 보니 그랬다. 그리고 이것도 나중에야 알게 된 일이지만 이 노승이 두어 해 전까지 이 절의 주지를 지낸 원혜 대사(圓慧大師)로 진기수 씨가 말한 자기의 법사(法師) 스님이란 곧 이분이었던 것이다).

그날 저녁 나는 원혜 대사의 주선으로 그가 거처하고 있는 청정실 바로 곁의 조그만 방 한 칸을 혼자서 쓸 수 있게 되었다.

나를 그 방으로 인도해 준 젊은이—원혜 대사의 시봉(侍奉 모서 받듦)—는,

"저와 이웃이죠."

희고 넓적한 이를 드러내 보이며 빙긋이 웃었다. 그리고 자기 이름을 청운(淸雲)이라 부른다고 했다.

나는 방 한 칸을 따로 쓰고 있었지만 결코 방 안에 들어앉아 게으름을 피우지는 않았다. 나를 죽을 고비에서 건져 준 진기수 씨—그의 법명(法名)은 혜운(慧雲)이었다—나 원혜 대사의 은덕을 생각해서라도 나는 결코 남의 입길에 오르내릴 짓을 해서는 안 되리라고 결심했다.

나는 아침 일찍이 일어나 세수를 하고, 예불을 끝내면 청운과 함께 청정실 안팎과 앞뒤의 복도와 뜰을 먼지 티끌 하나 없이 쓸고 닦았다.

뿐만 아니라, 다른 스님들을 따라 산에 가 약도 캐고 식량 준비도 거들었다(이 절에서도 전쟁 관계로 식량이 딸렸으므로 산중의 스님들은 여름부터 식용이 될 만한 풀잎과 나무뿌리 같은 것들을 캐러 산으로 가곤 했었다).

일을 마치고 돌아오면 손발을 깨끗이 씻고 내 방에 꿇어 앉아 불경을 읽거나 그렇지 않으면 청운에게 중국어를 배웠다(이것은 나의 열성에다 청운의 호의가 곁들어서 그런지 의외로 빨리 진척이 되어 사흘 만에 이미 간단

한 말로—물론 몇 마디씩이지만—대화하는 흉내까지 낼 수 있게 되었다).

아무리 방에 혼자 있을 때라도 취침 시간 이외엔 방 안에 번듯이 드러눕지 않도록 내 자신과 씨름을 했다. 그렇게 버릇을 들이지 않으려고 나는 몇 번이나 내 자신에게 다짐을 놓았는지 모른다. 졸음이 와서 정 견디기가 어려울 때는 밖으로 나와 어정대며 바람을 쐬곤 했다.

처음엔 이렇게 막연히 어정대며 바람을 쐬던 것이 얼마 가지 않아 나는 어정대지 않게 되었다. 으레 가는 곳이 정해지게 되었다. 그것은 저 금불각(金佛閣)이었던 것이다.

여기서도 물론 나는 법당 구경을 먼저 했다. 본존(本尊)을 모셔 둔 곳이니만큼 그 절의 풍도나 품격을 가장 대표적으로 보여 주는 곳이라는 까닭으로서보다도 절 구경은 으레 법당이 중심이라는 종래의 습관 때문이라고 하는 편이 옳았는지 모른다. 그러나 내가 법당에서 얻은 감명은 우리나라의 큰 절이나 일본의 그것에 견주어 그렇게 자별(自別 본디부터 남다르고 특별함)하다고 할 것이 없었다. 기둥이 더 굵대야 그저 그렇고, 불상이 더 크대야 놀랄 정도는 아니요, 그 밖에 채색이나 조각에 있어서도 한국이나 일본의 그것에 비하여 더 정교한 편은 아닌 듯했다. 다만 정면 한가운데 높직이 모셔져 있는 세 위(位)의 불상(훌륭히 도금을 입힌)을 그대로 살아 있는 사람으로 간주하고 힘겨룸을 시켜 본다면 한국이나 일본의 그것보다 더 놀라운 힘을 쓸 수 있지 않을까 하는 생각이었다. 그러니까 나로서는 어디까지나 '살아 있는 사람으로 간주하고 힘겨룸을 시켜 본다면' 하는 가정에서 말한 것이지만, 그네의 눈으로써 보면 자기네의 부처님(불상)이 그만큼 더 거룩하게만 보일는지 모를 일이었다. 더 쉽게 말하자면 내가 위에서 말한 더 놀라운 힘이란 체력을 뜻하는 것이지만 그들의 눈에는 그것이 어떤 거룩한 법력이나 도력으로 비칠는지도 모른다는 것이었다.

그리고 내가 특히 이런 생각을 더하게 된 것은 금불을 구경한 뒤였다. 금불각 속에 모셔져 있는 등신불(등신금불)을 보고 받은 깊은 감명이 그 절의 모든 것을, 특히 법당에 모셔져 있는 세 위의 큰 불상을, 거룩하게 느끼게 하는 어떤 압력 같은 것이 되어 나타났다고나 할까.

물론 나는 청운이나 원혜 대사로부터 금불각에 대하여 미리 들은 바는 없었지만 금불각이 앉은 자리라든가 그 집 구조로 보아서 약간 특이한 느낌이 그 안의 불상(등신불)을 구경하기 전에 이미 들지 않았던 것은 아니다. 그것은 무엇보다도 법상 뒤꼍에서 길 반가량 높이의 돌계단을 올라가서, 거기서부터 약 오륙십 미터 거리의 석대(石臺)가 구축되고 그 석대가 곧 금불각에 이르는 길이 되어 있기 때문인지도 몰랐다. 더구나 그 석대가 똑같은 크기의 넓적넓적한 네모 잡이 돌로 쌓아져 있는데 돌 위엔 보기 좋게 거뭇거뭇한 돌옷이 입혀져 있었던 것이다. 말하자면 법당 뒤꼍의 동북쪽 언덕을 보기 좋은 돌로 평평하게 쌓아서 석대를 만들고 그 위에 금불각을 세워 놓은 것이다. 게다가 추녀와 현판을 모두 돌아가며 도금을 입히고 네 벽에 새긴 조상(彫像 조각상)과 그림에 도금을 많이 써서 그야말로 밖에서는 보는 건물 그 자체부터 금빛이 현란했다.

나는 본디 비단이나, 종이나, 나무나, 쇠붙이 따위에 올린 금물이나 금박 같은 것을 왠지 거북해하는 성미라 금불각에 입혀져 있는 금빛에도 그러한 경계심(警戒心)과 반감 같은 것을 품고 대했지만, 하여간 이렇게 석대를 쌓고 금칠을 하고 할 때는 그네들로서 무엇인가 아끼고 위하는 마음의 표시를 하느라고 한 짓임에 틀림없을 것이라고 보지 않을 수 없다.

그러면서도 나는 그 아끼고 위하는 것이 보나마나 대단한 것은 아니리라고 혼자 속으로 미리 단정을 내리고 있었다. 나의 과거 경험으로 본다면 이런 것은 대개 어느 대왕이나 황제의 갸륵한 뜻으로 순금을 많이 넣어서 주조(鑄造)한 불상이라든가 또는 어느 천자가 어느 황후의 명복을 빌기 위해서 친히 불사를 일으킨 연유의 불상이라든가 하는 따위—대왕이나 황제의 권리를 보여 주기 위한 금빛이 십상이었기 때문이었다.

나의 이러한 생각은 그들이 이 금불각의 권위를 높이기 위하여 좀처럼 문을 열어 주지 않는 것을 보고 더욱 굳어졌다. 적어도 은화(銀貨) 다섯 냥 이상의 새전(賽錢 신령이나 부처 앞에 돈을 바침. 또는 그 돈)이 아니면 문을 여는 법이 없다는 것이다. 그렇지 않으면 어느 선남선녀의 큰 불공이 있을 때라야만 한다는 것이다. 그리고 이때—큰 불공이 있을—에도 본사 승려 이외에 금불각을 참례(參禮 예식이나 제사 등에 참여함)하는 자는 또 따로 새전을 내야 한다는 것이다.

그렇다면 더구나 신도들의 새전을 긁어모으기 위한 술책으로 좁쌀만한 언턱거리(남에게 무턱대고 억지로 떼를 쓸 만한 핑계. 또는 사단을 만들 거리)를 가지고 연극을 꾸미고 있는 것임에 틀림이 없으리라고 나는 아주 단정을 하고 도로 내 방으로 돌아왔다가 그때 마침 청운이 중국어를 가르쳐 주려고 왔기에,

"저 금불각이란 게 뭐지?"

아무것도 아닌 것처럼 물어보았다.

"왜요?"

청운이 빙긋이 웃으며 도로 물었다.

"구경 갔더니 문을 안 열어 주던데……."

"지금 같이 가 볼까요?"

"무어, 담에 보지."

"담에라도 그럴 거예요, 이왕 맘 난 김에 가 보시구려."

청운이 은근히 권하는 빛이기도 해서 나는 그렇다면 하고 그를 따라 나갔다.

이번에는 청운이 숫제 금불각을 담당한 노승에게서 쇳대(열쇠)를 빌려 와서 손수 문을 열어 주었다. 그리고 문 앞에 선 채 그도 합장을 올렸다.

나는 그가 문을 여는 순간부터 미묘한 충격에 사로잡힌 채 그가 합장을 올릴 때도 그냥 멍하니 불상만 바라보고 서 있었다. 우선 내가 예상한 대로 좀 두텁게 도금을 입힌 불상임에는 틀림이 없었다. 그러나 그것은 전혀 내가 미리 예상했던 그러한 어떤 불상이 아니었다. 머리 위에 향로를 이고 두 손을 합장한, 고개와 등이 앞으로 좀 수그러진, 입도 조금 헤벌어진, 그것은 불상이라고 할 수도 없는, 형편없이 초라한, 그러면서도 무언지 보는 사람의 가슴을 쥐어짜는 듯한, 사무치게 애절한 느낌을 주는 등신대(等身大 사람의 크기와 같은 크기)의 결가부좌상(結跏趺坐像 완전히 책상다리를 하고 앉는 가부좌상)이었다. 그렇게 정연하고 단아하게 석대를 쌓고 추녀와 현판에 금물을 입힌 금불각 속에 안치되어 있음 직한 아름답고 거룩하고 존엄성 있는 그러한 불상과는 하늘과 땅 사이라고나 할까, 너무도 거리가 먼, 어이가 없는, 허리도 제대로 펴고 앉지 못한, 머리 위에 조그만 향로를 얹은 채 우는 듯한, 웃는 듯한, 찡그린 듯한, 오뇌(懊惱 뉘우쳐 한탄하고 번뇌함)와 비원(悲願 불·보살의 자비심에서 우러난 중생·구제의 소원)이 서린 듯한, 그러면서도 무어라고 형언할 수 없는 슬픔이랄까 아픔 같은 것이 보는 사람의 가슴을 콱 움켜잡는 듯한, 일찍이 본 적도 상상한 적도 없는 그러한 어떤 가부좌상이었다.

내가 그것을 바라보는 순간부터 나는 미묘한 충격에 사로잡히게 되었다고 말했지만 그러나 그 미묘한 충격을 나는 어떠한 말로써도 설명할 길이 없다. 다만 나는 그것을 바라보고 있는 동안 처음 보았을 때 받은 그 경악과 충격이 점점 더 전율과 공포로 화하여 나를 후려갈기는 듯한 어지러움에 휩싸일 뿐이었다고나 할까. 곁에 있던 청운이 나의 얼굴을 들여다보았을 때도 나는 손끝 하나 까딱하지 못하며 정강마루(정강뼈 앞 가죽에 마루가 진 곳)와 아래 턱을 그냥 덜덜덜 떨고 있을 뿐이었다.

'저건 부처님이 아니다! 불상도 아니야!'

나는 내 자신도 모르는 사이에 이렇게 목이 터지도록 소리를 지르고 싶었으나 나의 목구멍은 얼어붙은 듯 아무런 말도 새어 나지 않았다.

이튿날 새벽 예불을 마치고 내가 청운과 더불어 원혜 대사에게 아침 인사를 드리러 갔을 때 스님은,

"어저께 금불각 구경을 갔었니?" 물었다.

내가 겁에 질린 얼굴로 참배했었다고 대답하자 스님은 꽤 만족한 얼굴로,

"불은이로다."

했다.

나는 맘속으로 그건 부처님이 아니었어요, 부처님의 상호가 아니었어요, 하고 소리를 지르고 싶은 충동을 깨달았으나 굳이 입을 닫치고 참을 수밖에 없었다.

이때 스님(원혜 대사)은 내 맘속을 헤아리는 듯,

"그래 어느 부처님이 제일 맘에 들더냐?" 물었다.

나는 실상 그 등신불에 질리어 그 곁에 모신 다른 불상들은 거의 살펴보지도 못했던 것이다.

"다른 부처님은 미처 보지도 못했어요. 가운데 모신 부, 부처님이 어떻게 나 무, 무서운지……."

나는 또 아래턱이 덜덜덜 떨리어 말을 이을 수 없었다.

원혜 대사는 말없이 나의 얼굴(아래턱이 덜덜덜 떨리는)을 가만히 건너다보고만 있었다. 그러자 나는 지금 금방 내 입으로 부처님이라고 말한 것이 생각났다. 왜 그런지 그렇게 말해서는 안 될 것을 말한 듯한 야릇한 반발이 내 속에서 폭발되었다.

"그렇지만…… 아니었어요……. 부처님의 상호(相好 부처의 몸에 갖추어진 훌륭한 용모와 형상) 같지 않았어요."

나는 전신의 힘을 다하여 겨우 이렇게 말해 버렸다.

"왜, 머리에 얹은 것이 화관이 아니고 향로라서 그러니? ……그렇지, 그건 향로야."

원혜 대사는 조금도 나를 꾸짖는 빛이 아니었다. 오히려 나의 그러한 불만에 구미가 당기는 듯한 얼굴이었다.

"……."

나는 잠자코 원혜 대사의 얼굴을 쳐다보고 있었다. 곁에 있던 청운이 두어 번이나 나에게 눈짓을 했을 만큼 나의 두 눈은 스님을 쏘아보듯이 빛나고 있었다.

"자네 말대로 하면 부처님이 아니고 나한(羅漢 아라한. 소승 불교의 수행자 가운데서 가장 높은 경지에 오른 이)님이란 말인가. 그렇지만 나한님도 머리 위에 향로를 쓴 분은 없잖아. 오백나한(五百羅漢)중에도……."

나는 역시 입을 닫친 채 호기심에 가득 찬 눈으로 스님의 얼굴을 쳐다볼 뿐이었다.

그러나 원혜 대사는 더 자세한 이야기를 들려주지 않았다.

"그렇지, 본래는 부처님이 아니야. 모두가 부처님이라고 부르게 됐어. 본래는 이 절 스님인데 성불(成佛 모든 번뇌를 해탈해 불과(佛果)를 얻음)을 했으니까 부처님이라고 부른 게지. 자네도 마찬가지야."

스님은 말을 마치고 가만히 두 손을 모아 합장을 한다.

나도 머리를 숙이며 합장을 올리고 자리에서 일어났다.

그날 아침 공양을 마치고 청정실로 건너올 때 청운은 나에게 턱으로 금불각 쪽을 가리키며

"나도 첨엔 이상했어, 그렇지만 이 절에선 영검(사람의 기원(祈願)에 대한 신불의 영묘(靈妙)한 감응)이 제일 많은 부처님이라오."

"영검이라고?"

나는 이렇게 물었지만 실상은 청운이 서슴지 않고 부처님이라고 부르는 말에 더욱 놀랐던 것이다. 조금 전에도 원혜 대사로부터 '모두가 부처님이라고 부르게 됐다'는 말을 듣긴 했지만 그때까지의 나의 머릿속에 박혀 있는 습관화된 개념으로써는 도저히 부처님과 스님을 혼동할 수 없었던 것이다.

"그럼, 그래서 그렇게 새전이 많다오."

청운의 대답이었다. 그는 계속해서 들려주었다.

—스님의 이름은 잘 모른다. 당(唐)나라 때다. 일천수백 년 전이라고 한다. 소신공양(燒身供養 자기 몸을 불살라 부처 앞에 바침)으로 성불을 했다. 공양을 드리고 있을 때 여러 가지 신이(神異 신기하고 이상한 일)가 일어났다. 이것을 보고 들은 수많은 사람들이 구름같이 모여들어서 아낌없이 새전과 불공을 드렸는데 그들 가운데 영검을 보지 못한 사람은 하나도 없다. 그 뒤에도 계속해서 영검이 있었다. 지금까지 여기 금불각(등신금불)에 빌어서 아이를 낳고 병을 고치고 한 사람의 수효는 수천수만을 헤아린다. 그 밖에도 소원을 성취한 사람은 이루 다 헤아릴 수가 없다—.

나도 청운에게서 소신공양이란 말을 들었을 때 몸이 부르르 떨렸다.

"그러면 그럴 테지……"

나는 무슨 뜻인지 이렇게 중얼거렸다. 그리고 잇달아 눈을 감고 합장을 올렸다. 나무아미타불, 나무아미타불! 나의 입에서는 나도 모르게 염불이 흘러나왔다.

아아, 그 고뇌! 그 비원! 나의 감은 두 눈에서는 눈물이 번져 나왔다. 나무아미타불, 나무아미타불! 나는 발작과도 같이 곧장 염불을 외었다.

"나도 처음 보았을 때는 가슴이 뭉클했다오. 그 뒤에 여러 번 보고 나니까 차츰 심상해지더군요."

청운은 빙긋이 웃으며 나를 위로하듯이 말했다.

그것은 그렇다 하더라도 나에게는 아무래도 석연치 못한 것이 있다—.

소신공양으로 성불을 했다면 부처님이 되었어야 하지 않는가. 부처님이 되었다면 지금까지 모든 불상에서 보아 온 바와 같은 거룩하고 원만하고 평화스러운 상호는 아니라 할지라도 그에 가까운 부처님다움은 있어야 하지 않을까. 거룩하고 부드럽고 평화스러운 맛은 지녔어야 하지 않겠는가. 그러나 금불각의 가부좌상은 어디까지나 인간을 벗어나지 못한 고뇌와 비원이 서린 듯한 얼굴이 아니던가. 그럼에도 불구하고 과거의 어떠한 대각(大覺 도를 닦아 크게 깨달음. 또는 그 사람)보다도 그렇게 영검이 많다는 것은 무슨 까닭인가.

나의 머릿속에서는 잠시도 이러한 의문들이 가셔지지 않았다. 더구나 청운에게서 소신공양으로 성불했다는 이야기를 들은 뒤부터는 금불이 아닌 새까만 숯덩이가 곧잘 눈에 삼삼거려 배길 수 없었다.

사흘 뒤에 나는 다시 금불을 찾았다. 사흘 전에 받은 충격이 어쩌면 나의 병적인 환상의 소치가 아닐까 하는 마음과, 또 청운의 말대로 '여러 번' 봐서 '심상해'진다면 나의 가슴에 사무친 '오뇌와 비원'의 촉수(觸手)도 다소 무디어지리라는 생각에서이다.

문이 열리자, 나는 그날 청운이 하던 대로 이내 머리를 수그리며 합장을 올렸다. 입으로는 쉴 새 없이 나무아미타불을 부르며—눈까풀과 속눈썹이 바르르 떨리며 나의 눈이 열렸을 때 금불은 사흘 전의 그 모양 그대로 향로를 이고 앉아 있었다. 거룩하고 원만한 것의 상징인 듯한 부처님의 상호와는 너무나 거리가 먼, 우는 듯한, 웃는 듯한, 찡그린 듯한, 오뇌와 비원이 서린 듯한, 가부좌상임에는 변함이 없었으나, 그 무어라고 형언할 수 없는 슬픔이랄까 아픔 같은 것이 전날처럼 송두리째 나의 가슴을 움켜잡는 듯한 전율에 휩쓸리시는 않았다. 나의 가슴은 이미 그러한 '슬픔이랄까 아픔 같은 것'으로 메워져 있었고 또, 그에게서 '거룩하고 원만한 것의 상징인 부처님의 상호'를 기대하는 마음은 가셔져 있었기 때문인지도 몰랐다.

나는 다시 눈을 감고 합장을 올리며 입술이 바르르 떨리듯 오랫동안 아미타불을 부른 뒤 그 앞에서 물러났다.

그날 저녁 예불을 마치고 청운과 더불어 원혜 대사에게 저녁 인사(자리에 들기 전의)를 갔을 때 스님은 나를 보고,

"너 금불을 보고 나서 괴로워하는구나?" 했다.

나는 고개를 수그린 채 입을 열지 못하고 있었다.

"그럼, 너 금불각에 있는 그 불상의 기록을 봤느냐?"

스님이 또 물으시기에 내가 못 봤다고 했더니, 그러면 기록을 한번 보라고 했다.

이튿날 내가 청운과 더불어 아침 인사를 드릴 때 원혜 대사는, 자기가 금불각에 일러두었으니 가서 기록을 청해서 보고 오라고 했다.

나는 스님께 합장하고 물러나와 곧 금불각으로 올라갔다. 금불각의 노승이 돌함(石函)에서 내준 폭이 한 뼘 남짓, 길이가 두 뼘 가량 되는 책자를 받아 들었을 때 향기가 코를 찌르는 듯했다(벌레를 막기 위한 향료인 듯). 두터운 표지 위에는 금 글씨로 '만적선사소신성불기(萬寂禪師燒身成佛記)'라 씌어 있고, 책 모서리에는 금물이 먹어져 있었다.

표지를 젖히자 지면은 모두 잿빛 바탕(물감을 먹인 듯)이요, 그 위에 사

연은 금 글씨로 다음과 같이 씌어져 있었다.

萬寂法名俗名曰耆姓曹氏也金陵出生父未詳母張氏改嫁謝公仇之家仇
有一子名曰信年似與耆名十有餘歲一日母給食于二兒秘置以毒信之食
耆偶窺之而按是母貪謝家之財爲我故謀害前室之子以如此耆不堪悲懷
乃自欲將取信之食母見之驚而失色奪之曰是非汝之食也何取信之食也
信與耆默而不答數日後信去自家行蹟渺然耆曰信已去家我必携信然後
歸家卽以隱身而爲僧改稱萬寂以此爲法名住於金陵法林院後移淨願寺
無風庵修法于海覺禪師寂二十四歲之春曰我生非大覺之材不如供養吾
身以報佛恩乃燒身而供養佛前時忽降雨沛然不犯寂之燒身寂光漸明忽
懸圓光以如月輪會衆見之而震感佛恩癒身病衆曰是焚之法力所致競擲
私財賽錢多積以賽鍍金寂之燒身拜之爲佛然後奉置于金佛閣時唐中宗
十六年聖曆二年三月朔日

만적은 법명이요, 속명은 기, 성은 조씨다. 금릉서 났지만 아버지가 어떤 이
인지는 잘 모른다. 어머니 장씨는 사구(謝仇)라는 사람에게 개가를 했는데 사구
에게 한 아들이 있어 이름을 신이라 했다. 나이는 기와 같은 또래로 모두가 여
남은 살씩 되었다. 하루는 어미(장씨)가 두 아이에게 밥을 주는데 가만히 독약
을 신의 밥에 감추었다. 기가 우연히 이것을 엿보게 되었는데 혼자 생각하기를
이는 어머니가 나를 위하여 사씨 집의 재산을 탐냄으로써 전실(前室 남의 전처를 높여
이름) 자식인 신을 없애려고 하는 짓이라 하였다. 기가 슬픈 맘을 참지 못하여 스
스로 신의 밥을 제가 먹으려 할 때 어머니가 보고 크게 놀라 질색을 하며 그것
을 뺏고 말하기를, 이것은 너의 밥이 아니다. 어째서 신의 밥을 먹느냐 했다. 신
과 기는 아무도 대답하지 않았다. 며칠 뒤 신이 자기 집을 떠나서 자취를 감춰
버렸다. 기가 말하기를 신이 이미 집을 나갔으니 내가 반드시 찾아 데리고 돌아
오리라 하고 곧 몸을 감추어 중이 되고 이름을 만적이라 고쳤다. 처음에는 금릉
에 있는 법림원에 있다가 나중은 정원사 무풍암으로 옮겨서, 거기서 해각 선사
에게 법을 배웠다. 만적이 스물네 살 되던 해 봄에, 나는 본래 도(道)를 크게 깨칠
인재가 못 되니 내 몸을 이냥 공양하여 부처님의 은혜에 보답함과 같지 못하다
하고 몸을 태워 부처님 앞에 바치는데, 그때 마침 비가 쏟아졌으나 만적의 타는
몸을 적시지 못할 뿐 아니라, 점점 더 불빛이 환하더니, 홀연히 보름달 같은 원
광(圓光 둥글게 빛나는 빛. 후광)이 비치었다. 모인 사람들이 이것을 보고 크게 불은을 느

끼고 모두가 제 몸의 병을 고치니 무리들이 말하기를, 이는 만적의 법력 소치라 하고 다투어 사재를 던져 새전이 많이 쌓여졌다. 새전으로써 만적의 탄 몸에 금을 입히고 절하여 부처님이라 하였다. 그 뒤 금불각에 모시니 때는 당나라 중종 십육년 성력(연호) 이년 삼월 초하루다.

내가 이 기록을 다 읽고 나서 청정실로 돌아가니 원혜 대사가 나를 불렀다.

"기록을 보고 나니 괴롬이 덜하냐?"

스님이 물었다.

"처음같이 무섭지는 않았습니다마는 그 괴롭고 슬픈 빛은 가셔지지 않았습니다."

내가 대답하사, 스님은 고개를 끄덕이며,

"당연한 일이야, 기록이 너무 간략하고 섬소(纖疏 체격이나 구조가 가냘프고 어설픔)해서……."

했다. 그것이 자기는 그보다 훨씬 많은 것을 알고 있는 듯한 말씨였다.

"그렇지만 천이백 년도 넘는 옛날 일인데 기록 이외에 다른 일을 어떻게 알겠습니까?"

또 내가 물었다.

이에 대하여 원혜 대사는 전해 내려오는 이야기가 있는데 산(절)에서는 그것을 함부로 이야기하지 않는 것으로 알고 있으며, 그러니까 그만치 금불각의 등신불에 대해서는 모두들 그 영검을 두려워하고 있는 셈이라고 정색을 하고 말했다.

원혜 대사가 나에게 들려준 이야기는 다음과 같다. 이것은 물론 천이백 년 간 등신금불에 대하여 절에서 내려오는 이야기를 원혜 대사가 정리해서 간단히 한 이야기이다.

─만적이 중이 되기까지의 이야기는 대개 기록과 같다. 그러나 그가 자기 몸을 불살라서 부처님께 공양을 올린 동기에 대해서는 전해 오는 다른 이야기가 몇 있다. 그것을 차례로 쫓아 이야기하면 다음과 같다.

만적이 처음 금릉 법림원에서 중이 되었는데 그때 그를 거두어 준 스님에 취뢰(吹籟)라는 중이 있었다. 그 절의 공양을 맡아 있는 공양주(供養主 절에서 밥 짓는 사람)

스님이었다. 만적은 취뢰 스님의 상좌(上佐 사승(師僧)의 대를 이을 여러 승려 가운데 가장 높은 사람)로 있으면서 불법을 배우기 시작했다. 그러니까 취뢰 스님이 그에 대한 일체를 돌보아 준 것이다.

만적이 열여덟 살 때—그러니까 그가 법림원에 들어온 지 오년 뒤—취뢰 스님이 열반(涅槃 모든 번뇌에서 벗어난, 영원한 진리를 깨달은 경지. 주로 덕이 높은 승려의 죽음. 입적(入寂))하시게 되자 만적은 스님(취뢰)의 은공을 갚기 위하여 자기 몸을 불전에 헌신할 결의를 했다.

만적이 그 뜻을 법사(법림원의) 운봉 선사(雲峰禪師)에게 아뢰자 운봉 선사는 만적의 그릇(器) 됨을 보고 더 수도를 계속하도록 타이르며 사신(捨身 불사나 불도를 위해 목숨을 버림)을 허락지 않았다.

만적이 정원사의 무풍암에 해각 선사를 찾았다는 것도 운봉 선사의 알선에 의한 것이다. 그가 해각 선사 밑에서 지낸 오 년간의 수도 생활이란 뼈를 깎고 살을 가는 정진(精進 정력을 다해 나아감. 몸을 깨끗이 하고 마음을 가다듬음)이었으나 법력의 경지는 짐작할 길이 없다.

만적이 스물세 살 나던 해 겨울에 금릉 방면으로 나갔다가 전날의 사신(謝信)을 만났다. 열세 살 때 자기 어머니의 모해를 피하여 집을 나간 사신이었다. 그리고 자기는 이 사신을 찾아 역시 집을 나왔다가 그를 찾지 못하고 중이 된 채 어느덧 꼭 십 년 만에 그를 다시 만난 것이다. 그러나 그때 다시 만난 사신을 보고는 비록 속세의 인연을 끊어 버린 만적으로서도 눈물을 금할 수 없었던 것이다. 착하고 어질던 사신이 어쩌면 하늘의 형벌을 받았단 말인고, 사신은 문둥병이 들어 있었던 것이다.

만적은 자기의 목에 걸었던 염주를 벗겨서 사신의 목에 걸어 주고 그길로 곧장 정원사에 돌아왔다.

그때부터 만적은 화식(火食 불에 익히거나 삶은 음식을 먹음. 또는 그 음식)을 끊고 말을 잃었다. 이듬해 봄까지 그가 먹은 것은 하루에 깨 한 접시씩뿐이었다(그때까지의 목욕재계는 말할 것도 없다).

이듬해 이월 초하룻날 그는 법사 스님(운봉 선사)과 공양주 스님 두 분만을 모시고 취단식(就壇式)을 봉행(奉行 웃어른이 시키는 대로 좇아 행함)했다. 먼저 법의를 벗고 알몸이 된 뒤에 가늘고 깨끗한 명주를 발끝에서 어깨까지(목 위만 남겨 놓고) 전신에 감았다. 그러고는 단 위에 올라가 가부좌(跏趺坐)를 개고 앉자 두 손을 모아 합장을 올렸다. 그리하여 그가 염불을 외우기 시작하는 것과 동시에 곁에서 들기름 항아리를 받들고 서 있던 공양주 스님이 그의 어깨에서부터 기름을 들어부었다.

기름을 다 붓고, 취단식이 끝나자 법사 스님과 공양주 스님은 합장을 올리고 그 곁을 떠났다.

기름에 결은 만적은 그때부터 한 달 동안(삼월 초하루까지) 단 위에서 움직이지 않았다. 가부좌를 갠 채, 합장을 한 채, 숨 쉬는 화석이 되어 가고 있었다.

이레(칠 일)에 한 번씩 공양주 스님이 들기름 항아리를 안고 장막(帳幕)(흰 천으로 장막을 치고 있었다) 안으로 들어오면 어깨에서부터 다시 기름을 부어 주고 돌아가는 일밖에 그 누구도 이 장막 안을 엿보지 못했다.

이렇게 한 달이 찬 뒤, 이날의 성스러운 불공에 참여하기 위하여 산중의 스님들은 물론이요, 원근 각처의 선남선녀들이 모여들어, 정원사 법당 앞 넓은 뜰을 메웠다.

대공양(大供養 소신공양을 가리킴)은 오시 초에 장막이 걷히면서부터 시작되었다. 오백을 헤아리는 승려가 단을 향해 합장을 하고 선 가운데 공양주 스님이 불 담긴 향로를 받들고 단 앞으로 나아가 만적의 머리 위에 얹었다. 그와 동시 그 앞에 합장하고 선 승려들의 입에서 일제히 아미타불이 불리기 시작했다.

만적의 머리 위에 화관같이 씌워진 향로에서는 점점 더 많은 연기가 오르기 시작했다. 이미 오랫동안의 정진으로 말미암아 거의 화석이 되어 가고 있는 만적의 육신이지만, 불기운이 그의 숨골(정수리)을 뚫었을 때는 저절로 몸이 움칠해졌다. 그리하여 그때부터 눈에 보이지 않게 그의 고개와 등, 가슴이 조금씩 앞으로 숙여져 갔다.

들기름에 결은 만적의 육신이 연기로 화하여 나가는 시간은 길었다. 그러나 그 앞에 선 오백의 대중(승려)은 아무도 쉬지 않고 아미타불을 불렀다.

신시(辛時 이십사시의 스무째 시. 오후 6시 반에서 7시 반까지) 말(末)에 갑자기 비가 쏟아졌다. 그러나 웬일인지 단 위에는 비가 내리지 않았다. 만적의 머리 위로는 더 많은 연기가 오르기 시작했다. 염불을 올리던 중들과 그 뒤에서 구경하던 신도들이 신기한 일이라고 눈이 휘둥그레져서 만적을 바라보았을 때 그의 머리 뒤에는 보름달 같은 원광이 씌워져 있었다.

이때부터 새전이 쏟아지기 시작하여 그 뒤 삼 년간이나 그칠 날이 없었다. 이 새전으로 만적의 타다가 굳어진 몸에 금을 씌우고 금불각을 짓고 석대를 쌓았다一.

원혜 대사의 이야기를 듣고 있는 동안 나는 맘속으로 이렇게 해서 된 불상이라면 과연 지금의 저 금불각의 등신금불같이 될 수밖에 없으리란 생각이 들었다. 그리고 많은 부처님(불상) 가운데서 그렇게 인간의 고뇌와 슬픔을 아로새긴 부처님(등신불)이 한 분쯤 있는 것도 무방한 일일 듯했다.

그러나 이야기를 다 마치고 난 원혜 대사는 이제 다시 나에게 그런 것을 묻지는 않았다.

"자네 바른손 식지를 들어 보게."

했다.

이것은 지금까지 그가 이야기해 오던 금불각이나 등신불이나 만적의 소신공양과는 아무런 상관도 없는 엉뚱한 이야기가 아닐 수 없다.

나는 달포 전에 남경 교외에서 진기수 씨에게 혈서를 바치느라고 내 입으로 살을 물어 뗀 나의 식지를 쳐들었다.

그러나 원혜 대사는 가만히 그것을 바라보고 있을 뿐 더 말이 없다. 왜 그 손가락을 들어 보이라고 했는지 이 손가락과 만적의 소신공양이 무슨 관계가 있다는 겐지 이제 그만 손을 내리어도 좋다는 겐지 뒷말이 없는 것이다.

"……."

"……."

태허루에서 정오를 아뢰는 큰 북소리가 목어(木魚 목탁)와 함께 으르렁거리며 들려온다.

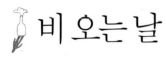

# 비 오는 날

## 📎 작가와 작품 세계 --------------------------------------------

**손창섭**(1922~2010)

평안남도 평양 출생. 젊어서 만주와 일본 등지를 전전하다가 고학으로 일본 니혼대학교를 다니다 중퇴했다. 그 뒤 초등학교 교원, 잡지 편집자 등으로 일했다. 1952년 단편 「공휴일」과 「사연기」를 〈문예〉에 발표하면서 등단했다. 1955년 「혈서」로 〈현대문학〉 신인문학상을 수상했으며, 1959년 작가 자신의 반항적 기질을 담은 「잉여인간」으로 동인문학상을 수상했다. 1961년 자전적 소설인 「신의 희작」을 발표한 이후 거의 작품을 발표하지 않았다. 천성이 비사교적이고 외곬이어서 문단의 기인으로 알려져 있다. 1973년 일본으로 귀화했다.

손창섭 소설의 주제는 왜곡된 인간상의 창조라고 할 수 있다. 소설 속의 인물들은 대부분 비정상적인 성격의 소유자이거나 장애자다. 이러한 인간의 불구성은 인간 자체의 결함이 아니라 전후의 참담한 현실에서 비롯된 것이다. 손창섭은 이러한 기형적 인간형을 사실적인 필치로 그려 내 1950년대의 불안한 사회상을 잘 드러냈다는 평가를 받는다.

## 📎 작품 정리 --------------------------------------------

> **갈래** : 전후 소설, 실존주의적 소설
> **배경** : 시간 – 장마철 비 오는 날
>
> 공간 – 전후의 피난지인 부산 동래 부근의 외딴 마을
> **시점** : 3인칭 전지적 작가 시점
> **주제** : 전쟁 이후 가난하고 무기력한 인간의 삶과 허무 의식
> **출전** : 〈문예〉(1953)

## 🖋 구성과 줄거리 ----------------------------------------------

**발단** 비가 오는 날이면 원구는 동욱 남매의 음산한 생활 풍경을 회상함

비 내리는 날이면 원구의 마음은 무거워진다. 영문학과를 졸업한 친구 동욱과 그의 누이동생 동옥이 비에 젖은 인생을 살았기 때문이다. 어느 날 원구는 거리에서 초라한 몰골의 동욱을 만난다. 동욱은 동옥이 그린 초상화를 미군에게 팔면서 생활한다. 그런 동욱을 보며 원구는 연민을 느낀다.

**전개** 원구는 황폐한 동욱의 집에서 그의 누이동생 동옥을 만남

원구는 폐가나 다름없는 동욱의 집을 찾아간다. 그곳에서 원구는 무표정하게 자신을 바라보는 동옥을 처음 만난다. 동욱을 만나지 못하고 돌아가는 길에 원구는 동욱을 만나 집으로 되돌아간다. 동욱은 음식을 만들면서 동옥에게 마구 욕을 한다. 원구는 빗물 들통이 쏟아질 때 동옥이 절름발이임을 알게 된다.

**위기** 원구에게 마음을 열던 동옥이 초상화 작업을 못하게 됨

원구는 비가 와서 가판 가게를 열 수 없는 날에는 자주 동욱의 집을 찾는다. 동옥의 태도는 조금씩 달라져 미소를 짓기도 한다. 며칠 뒤 원구를 찾아간 동욱은 동옥이 초상화 그리는 일을 그만두게 되었고 자신은 목사의 꿈을 접고 자원입대하고 싶다고 말한다. 그러면서 동옥과 결혼해 달라고 횡설수설한다.

**절정** 동옥이 집주인에게 돈을 떼이고 세 들어 살던 집마저 떠나게 됨

동욱의 집에 잠시 들른 원구는 딱한 사정을 듣는다. 동옥이 번 돈을 집주인 노파에게 빌려 줬는데, 노파가 집을 판 뒤 달아나 돈도 못 받고 새 주인에게 쫓겨나게 되었다는 것이다. 동욱은 악에 받쳐 죽은 사람처럼 누워 있는 동생을 꾸짖는다.

**결말** 원구가 동욱의 집을 방문했을 때 이미 동욱 남매는 떠나고 없음

비가 와서 장사를 못하게 된 원구는 동욱의 집을 방문하지만 새 주인은 두 사람이 모두 집을 나갔다고 말한다. 집을 나서는 원구에게 주인 사내는 동옥은 얼굴이 반반해 몸을 팔아도 죽지는 않을 것이라고 말한다. 원구는 주인이 동옥을 팔아먹었다고 격분하면서 허청거리며 밭둑길을 걸어간다.

## 🖋 생각해 볼 문제 --------------------------------------------

### 1. 이 작품에서 비는 어떤 역할을 하는가?

이 소설에서 비는 전후의 암울한 상황을 암시하는 요소다. 작가는 동욱 남매의 비정상적인 삶을 통해 전쟁이 인간의 삶을 얼마나 황폐화할 수 있는지 보여 준다. 비의 음산하고 우울한 이미지는 등장인물들의 무기력하고 절망적인 삶과 연관되어 비극적인 결말을 암시한다.

### 2. 원구의 위상과 역할은 어떻게 설정되어 있는가?

동욱 남매를 도우려고 하는 원구는 전후의 참담한 현실에서 얼마간 떨어져 있는 인물로 보인다. 하지만 그 역시 가판 장사마저 제대로 되지 않는 곤궁한 상황에 처한다. 원구의 모습이 동욱 남매의 현실에 투영되어 있다는 점에서 그 또한 동욱 남매와 다를 바 없는 내면의 소유자라고 할 수 있다.

### 3. 목사가 되기를 원하면서도 술을 마시는 동욱의 이중적 생활은 어디에서 비롯되는가?

동욱이 목사가 되려는 것은 암담한 현실로부터 조금이나마 벗어나고자 하는 것을 의미한다. 불행한 현실에서 벗어나 안정을 꿈꾸지만 현실에서 벗어나지 못하는 인간의 실존적 모습을 동욱에게서 엿볼 수 있다.

### 4. 동욱 남매에게서 발견되는 폐쇄적 요소를 지적하고 결말과 연관 지어 보자.

허무와 절망의 자의식, 미래가 보이지 않는 무력감, 극도의 경제적 궁핍 등이 동욱 남매를 폐쇄적인 개인으로 내몰고 있다. 참담한 현실은 남매간의 애정도 파괴한다. 동욱이 동생을 사랑하면서도 저주하는 것은 삶을 부정할 때나 가능한 피폐한 정신 상태다. 동욱이 원구의 방문에 무표정한 모습으로 일관하는 것도 지독한 가난과 신체적 불편으로 인해 내면세계에 틀어박힌 자아 때문이다. 결국 폐쇄적인 자아 때문에 동욱 남매는 생활의 터전에서 이탈된다. 동욱은 자원입대로 일상의 삶에서 멀어지고, 동옥도 인간적 삶이 허용되지 않는 곳으로 내몰린다. 이들의 고립은 시대적 상황과 사회의 병리 현상에 의해 유도된 것이다.

친구
(동욱을 부탁)

원구

동욱

남매

집
(남매가 집세를 못 내 떠남)

동옥

동욱과 동옥은 초상화를 팔아 생활하는 가난한 남매예요. 저(원구)는 친구인 동욱을 찾아 갔다가 동옥을 만났지요. 전 절름발이인 동옥과 점점 친해졌는데 동욱은 우리가 결혼하기를 바라는 눈치였어요. 남매는 집세를 내는 것도 힘들어졌다고 해요. 장마가 길어지자 저도 생활이 힘든 탓에 한동안 남매를 만나지 못했어요. 나중에 찾아갔을 때는 남매가 집을 떠났다는 집주인의 말만 들었답니다.

# 비 오는 날

이렇게 비 내리는 날이면 원구의 마음은 감당할 수 없도록 무거워지는 것이었다. 그것은 동욱 남매의 음산한 생활 풍경이 그의 뇌리를 영사막(映寫幕 영화나 환등(幻燈)을 비추는 막)처럼 흘러가기 때문이었다. 빗소리를 들을 때마다 원구에게는 으레 동욱과 그의 여동생 동옥이 생각나는 것이었다. 그들의 어두운 방과 쓰러져 가는 목조 건물이 비의 장막 저편에 우울하게 떠오르는 것이었다. 비록 맑은 날일지라도 동욱의 오뉘(오누이)의 생활을 생각하면, 원구의 귀에는 빗소리가 설레고 그 마음 구석에는 빗물이 스며 흐르는 것 같았다. 원구의 머릿속에 떠오르는 동욱과 동옥은 그 모양으로 언제나 비에 젖어 있는 인생들이었다.

동욱의 거처를 왕방하기(往訪 가서 찾아보기) 전에 원구는 어느 날 거리에서 동욱을 만나 저녁을 같이한 일이 있었다. 동욱은 밥보다도 먼저 술을 먹고 싶어 했다. 술을 마시는 동욱의 태도는 제법 애주가(愛酒家)였다. 잔을 넘어 흘러내리는 한 방울도 아까워서 동욱은 혀끝으로 잔굽(잔 밑바닥에 붙은 나지막한 받침)을 핥았다. 기독교 가정에서 성장했을 뿐 아니라 몇몇 교회에서 다년간 찬양대를 지도해 온 동욱의 과거를 원구는 생각하며, 요즈음은 교회에 나가지 않느냐고 물어보았다. 동욱은 멋쩍게 씽긋 웃고 나서 이따금 한 번씩 나가노라고 하고, 그런 때는 견딜 수 없는 절망감에 숨이 막힐 것 같은 날이라는 것이었다. 동욱은 소매와 깃이 너슬너슬한(다 해져 너덜너덜한) 양복저고리에 교회에서 구제품으로 탄 것이라는, 바둑판처럼 사방으로 검은 줄이 죽죽 간 회색 즈봉(양복 바지)을 입고 있었다. 무엇보다도 그의 구두가 아주 명물이었다. 개미허리처럼 중간이 잘록한 데다가 코숭이(물체의 뾰족하게 내민 앞의 끝 부분)만 주먹만큼 뭉툭 솟아오른 검정 단화를 신고 있었다. 그건 꼭 채플린이나 신음 직한 괴이한 구두였기 때문에 잔을 주고받으면서도 원구는 몇 번이나 동욱의 발을 내려다보는 것이었다. 그동안 무얼 하며 지냈느냐는 원구의 물음에 동욱은 끼고 온 보자기를 끄르고 스크랩북을 펴 보이는 것이었다. 몇 장 벌컥벌컥 뒤지는 데 보니, 서양 여자랑 아이들의 초상화가 드문드문 붙어 있었다.

그 견본을 가지고 미군 부대를 찾아다니며 초상화의 주문을 맡는다는 것이었다. 대학에서 영문과를 전공한 것이 아주 헛일은 아니었다고 하며 동욱은 닝글닝글 웃었다. 동욱의 그 닝글닝글한 웃음을 원구는 이전부터 몹시 꺼렸다. 상대방을 조롱하는 것 같은, 그러면서도 자조적(自嘲的)이요, 어쩐지 친애감조차 느껴지는 그 닝글닝글한 웃음은 원구에게 어떤 운명적인 중압을 암시하여 감당할 수 없이 마음이 무거워지는 것이었다. 대체 그림은 누가 그리느냐니까, 지금 여동생 동옥이와 둘이 지내는데, 동욱은 어려서부터 그림을 좋아하더니 초상화를 곧잘 그린다는 것이다. 동옥이란 원구의 귀에도 익은 이름이었다. 소학교 시절에 동욱이네 집에 놀러 가면 그때 대여섯 살밖에 안 되는 동옥이가 귀찮게 졸졸 따라다니던 기억이 새로웠다. 동옥은 그 당시 아이들 사이에 한창 유행되었던, '중중 때때중 바랑(승려가 등에 지고 다니는 자루 모양의 큰 주머니) 메고 어디 가나'를 부르고 다녔다. 그사이 이십 년이라는 세월이 흐르고 보니 동옥의 모습은 전연 기억도 남지 않았다. 동욱의 말에 의하면 지난번 1·4 후퇴 당시 데리고 왔는데, 요새 와서는 짐스러워 후회할 때가 있다는 것이었다. 그의 남편은 못 넘어 왔느냐니까, 뭘 입때(여태껏) 처년데, 했다. 지금 몇 살인데 미혼이냐고 묻고 싶었지만, 원구는 혼기가 지난 동욱이나 자기 자신도 아직 독신인 걸 생각하고, 여자도 그럴 수가 있을 거라고 속으로 주억거리며 그는 입을 다물었다. 동옥의 나이가 지금 이십오륙 세가 아닐까 하고 원구는 지나간 세월과 자기 나이에 비추어 속어림으로 따져 보는 것이었다. 술에 취한 동욱은 다자꾸(다시금 되풀이해서) 원구의 어깨를 한 손으로 투덕거리며 동옥이 년이 정말 가엾어, 암만 생각해도 그 총기며 인물이 아까워, 그런 말을 되풀이하는 것이었다. 그러고는 다시 잔을 비우고 나서, 할 수 있나 모두가 운명인걸 하고 고개를 흔드는 것이었다. 동욱은 머리를 떨어뜨린 채 내가 자네람 주저 없이 동옥이와 결혼할 테야 암 장담하고말고, 혼잣말처럼 그렇게도 중얼거리는 것이었다. 종잡을 수 없는 동욱의 그런 말에 원구는 무슨 영문인지도 모르면서도, 암 그럴 테지 하며 동욱의 손을 쥐어흔드는 것이었다. 동욱은 음식집을 나와 헤어질 무렵에 두 손을 원구의 양어깨에 얹고 자기는 꼭 목사가 되겠노라고 했다.

그것이 자기의 갈 길인 것 같다고 하며 이제 새 학기에는 신학교에 들어가겠다는 것이었다. 어깨가 축 늘어져서 걸어가는 동욱의 초라한 뒷모양을 바라보고 서서 원구는 또다시 동욱의 과거와 그 집안을 그려 보며, 목사가 되겠노라고 하면서도 술을 사랑하는 동욱을 아껴 줘야겠다고 생각하는 것이었다.

그 뒤 원구가 처음으로 동욱을 찾아간 것은 사십 일이나 계속된 긴 장마가 시작된 어느 날이었다. 동래(東萊) 종점에서 전차를 내리자, 동욱이가 쪽지에 그려 준 약도를 몇 번이나 펴 보며 진득진득 걷기 힘든 비탈길을 원구는 조심히 걸어 올라갔다. 비는 여전히 줄기차게 내리고 있었다. 우산을 받기는 했으나 비가 후려치고 흙탕물이 뛰고 해서 정강이 밑으로는 말이 아니었다. 동욱이가 들어 있는 집은 인가에서 뚝 떨어져 외따로이 서 있었다. 낡은 목조 건물이었다. 한 귀퉁이에 버티고 있는 두 개의 통나무 기둥이 모로 기울어지려는 집을 간신히 지탱하고 있었다. 기와를 얹은 지붕에는 두세 군데 잡초가 반길(사람 키의 절반만 한 길이)이나 무성해 있었다. 나중에 들어 알았지만 왜정 때는 무슨 요양원(療養院)으로 사용되어 온 건물이라는 것이었다. 전면(前面)은 본시 전부가 유리 창문이었는데 유리는 한 장도 남아 있지 않았다. 들이치는 비를 막기 위해서 오른편 창문 안에는 가마니때기가 드리워 있었다. 이 폐가(廢家)와 같은 집 앞에 우두커니 우산을 받고 선 채, 원구는 한동안 움직이지 않았다. 이런 집에 도대체 사람이 살고 있을까? 아이들 만화책에 나오는 도깨비 집이 연상됐다.

금시 대가리에 뿔이 돋은 도깨비들이 방망이를 들고 쏟아져 나올 것만 같았다. 이런 집에 동욱과 동옥이가 살고 있다니 원구는 다시 한번 쪽지에 그린 약도를 펴 보았다. 이 집임에 틀림없었다. 개천을 끼고 올라오다가 그 개천을 건너선 왼쪽 산비탈에는 도대체 집이라고는 이 집 한 채뿐이었다. 원구는 몇 걸음 다가서며 말씀 좀 묻겠습니다 하고 인기척을 냈다. 안에서는 아무런 응답이 없었다. 원구는 같은 말을 또 한 번 되풀이했다. 그래도 잠잠하다. 차차 거세지는 빗소리와 도랑물 소리뿐, 황폐한 건물 자체가 그대로 주검처럼 고요했다. 원구는 좀 더 큰 소리로 안녕하십니까? 하고 불러 보았다. 원구는 제 소리에 깜짝 놀랐다. 목에 엉켰던 가래가 풀리며 탁 터져 나오는 음성이 예상 외로 컸던 탓인지, 그것은 마치 무슨 비명처럼 들리었기 때문이다. 그러자 문 안에 친 거적(짚을 두툼하게 엮거나, 새끼로 날을 해 짚으로 쳐서 자리처럼 만든 물건) 귀퉁이가 들썩하며, 백지에 먹으로 그린 초상화 같은 여인의 얼굴이 나타난 것이다. 살결이 유달리 희고 눈썹이 남보다 검은 그 여인은 원구를 내다보며 좀처럼 입을 열지 않았다. 저게 동옥인가 보다고 속으로 생각하며 여기가 김동욱 군의 집이냐는 원구의 물음에 여인은 말없이 약간 고개를 끄덕여 보였을 뿐이다. 눈썹 하나 까닥하지 않는 그 태도는 거만해 보이는 것이었다. 동욱 군 어디 나갔습니까? 하고 재차 묻는 말에도 여인은 먼저처럼 고개만 끄덕했다. 그러고 나서 원구를 노려보는 듯하는 그 눈에는 까닭 모를 모멸(侮蔑)과 일종의 반항적 태도까지 서리어 있는 것이었다. 여인은 혹시 자기를 오해하고 있지 않나 싶어 정원구라는 이름을 밝히고 나서 동욱과는 소학교에서 대학까지 동창이었다는 것과, 특히 소학 시절에는 거의 날마다 자기가 동욱이네 집에 놀러 가거나, 동욱이가 자기네 집에 놀러 왔다는 것을 설명해 주었다.

그래도 여인의 표정에는 별다른 변화가 없었다. 원구는 한층 더 부드러운 음성으로 혹시 동욱 군의 여동생 아니십니까? 동옥이라구…… 하고 물었다. 여인은 세 번째 고개를 끄덕여 보인 것이다. 그리고 비로소 그 얼굴에 조소를 품은 우울한 미소가 약간 어리는 것이었다. 동옥이 어디 갔느냐니까, 그제야 모르겠는데요 하고 입을 열었다. 꽤 맑은 음성이었다. 그러면 언제 들어올지 모르겠군요 하니까, 이번에도 동옥은 머리를 끄덕이는 것이었다. 무례한 동옥의 태도에 불쾌와 후회를 느끼면서 원구는 발길을 돌이키는 수밖에 없었다. 동욱이가 돌아오거든 자기가 다녀갔다는 말을 전해 달라고 이르고 돌아서는 원구에게 동옥은 아무러한 인사도 하지 않았다.

물탕에 젖어 꿀쩍거리는 신발 속처럼 자기의 머리는 어쩔 수 없는 우울함에 잠뿍(담뿍하게 잔뜩) 젖어 있는 것이라고 공상하며 원구는 호박 덩굴 우거진 최뚝길(밭두둑 길)을 걸어 나갔다. 그 무거운 머리를 지탱하기에는 자기의 목이 지나치게 가는 것같이 여겨졌다. 그것은 불안한 생각이었다. 얼마쯤 가다가 원구는 별생각 없이 걸음을 멈추고 뒤를 돌아보았다. 안개비 속으로 바라보이는 창연한 건물은 금방 무서운 비명과 함께 모로 쓰러질 것만 같았다.

자기가 발길을 돌리자 아마 쓰러질지도 모른다는 생각에, 이제나저제나 하고 집을 지켜보고 섰던 원구는 흠칫 놀라듯이 몸을 떨었다. 창문 안에 드리운 거적을 캔버스 삼아 그림처럼 선명히 떠올라 있는 흰 얼굴이 눈에 띄었기 때문이었다. 그것은 동옥의 얼굴임에 틀림없었다. 어쩌고 동옥은 비뿌리는 창문에 붙어 서서 저렇게 짓궂게 나를 바라보고 있는 것일까? 어려서 들은, 여우가 사람을 홀린다는 얘기가 연상되어 전신에 오한을 느끼며 발길을 돌이키는 원구의 눈앞에 찢어진 지우산을 받고 다가오는 사나이가 있었다. 다행히도 그것은 동욱이었다. 찬거리를 사러 잠깐 나갔다가 오노라는 동욱은, 푸성귀며 생선 토막이 들어 있는 저잣구럭(시장에 물건을 사러 다닐 때에 주로 부녀자들이 들고 다니는 구럭)을 한 손에 들고 있었다. 이 먼 델 비 맞고 왔다가 그냥 돌아가는 법이 있느냐고 하며 동욱은 원구의 손을 잡아끄는 것이었다. 말할 기력조차 잃은 사람처럼 원구는 묵묵히 뒤를 따라갔다. 좀 전의 동옥의 수수께끼 같은 태도는 더욱 이해할 수 없는 무거운 그림자가 되어 원구의 머리를 뒤집어씌우는 것이었다. 동욱에게 재촉을 받고 방 안에 들어서는 원구를 동옥은 반항적인 태도로 힐끔 쳐다보는 것이었다. 물론 일어서거나 옮겨 앉으려고도 하지 않았다.

비 오는 닐인 테나가 창문까지 거적때기로 가리어서 방 안은 굴속같이 침침했다. 다다미 여덟 장 깔리는 방 안은 다다미 위에다 시멘트 종이로 장판 바른 듯한 것이었다. 한편 천장에서는 쉴 사이 없이 빗물이 떨어졌다. 빗물 떨어지는 자리에 바께쓰가 놓여 있었다. 촐랑촐랑 쪼르륵 촐랑, 빗물은 이와 같은 연속적인 음향을 남기며 바께쓰 안에 가 떨어지는 것이었다. 무덤 속 같은 이 방 안의 어둠을 조금이라도 구해 주는 것은 그래도 빗물 소리뿐이었다. 그러나 그 빗물 소리마저 바께쓰에 차츰 물이 늘어 갈수록 우울한 음향으로 변해 가는 것이었다.

동욱은 별로 원구와 동옥을 인사시키거나 소개하려 하지 않았다. 동욱은 젖은 옷을 벗어서 걸고 러닝셔츠와 팬츠 바람으로 식사 준비를 할 테니 잠깐만 앉아 있으라고 하고 부엌으로 나가는 것이었다. 부엌이라야 따로 있는 것이 아니라 비어 있는 옆방이었다. 다다미는 걷어서 벽 한구석에 기대어 놓아, 판장뿐인 실내에는 여기저기 빗물이 오줌발처럼 쏟아졌다. 거기에는 취사도구가 너저분하니 널려 있는 것이었다. 연기가 들어간다고 사잇문을 닫아 버리고 나서, 동욱은 풍로에 불을 피우느라고 부채질을 하며 야단이었다. 열 시가 조금 지난 회중시계를 사잇문 틈으로 꺼내 보이며 도대체 조반이냐 점심이냐는 원구의 질문에, 동욱은 닝글닝글하며 자기들에게는 삼시의 구별이 없다고 했다. 언제든 배고프면 밥을 끓여 먹고 밥 생각이 없는 날은 종일이라도 굶고 지낸다는 것이었다.

동욱이가 부엌에서 혼자 바삐 돌아가는 동안 동옥은 역시 한자리에 앉아 꼼짝도 하지 않았다. 동옥은 가끔 하품을 하며 외국에서 온 낡은 화보를 뒤적이고 있었다. 그러한 동옥이와 마주 앉아 자기는 도대체 무엇을 생각해야 하며 또한 어떠한 포즈를 지속해야 하는가? 원구는, 이런 무의미한 대좌(對坐)를 감당할 수 없어 차라리 부엌에 나가 풍로에 부채질이나마 거들어 줄까도 생각해 보는 것이었다. 그러나 고만한 행동도 이 상태로는 일종의 비약(飛躍)이라 적지 아니한 용기가 필요했다.

그러는 동안 원구는 별안간 엉덩이가 척척해 들어옴을 의식하였다. 바께쓰의 빗물이 넘어서 옆에 앉아 있는 원구의 자리로 흘러내린 것이었다. 원구는 젖은 양복바지 엉덩이를 만지며 일어섰다. 그제야 동옥도 바께쓰의 물이 넘는 줄을 안 모양이다. 그러나 동옥은 직접 일어나서 제 손으로 치우려고 하지도 않았다. 앉은 채 부엌 쪽을 향하여, "오빠 물 넘어" 했을 뿐이었다. 동욱은 사잇문을 반쯤 열고 들여다보며 "이년아, 네가 좀 치우지 못해?" 하고 목에 핏대를 세웠다. 그러자 자기가 나서기에 절호한 기회라고 생각한 원구는, "내가 내다 버리지" 하고 한 손으로 바께쓰를 들어올렸다. 그러나 한 걸음도 미처 발을 옮겨 놓을 사이도 없이 바께쓰는 철그렁하는 소리와 함께 한 옆이 떨어지며 물이 좌르르 쏟아졌다. 손잡이의 한쪽 끝 갈고리가 구멍에서 벗겨진 것이었다.

순식간에 방바닥은 물바다가 되고 말았다. 여태껏 꼼짝도 않고 앉아 있던 동옥도 그제만은 냉큼 일어나 한 걸음 비켜서는 것이었다. 그 순간 동옥의 동작이 예사롭지가 않았다. 원구에게 또 하나 우울의 씨를 뿌려 주는 것이었다. 원피스 밑으로 드러난 동옥의 왼쪽 다리가 어린애의 손목같이 가늘고 짧았기 때문이다. 그러한 다리를 옮겨 디디는 순간, 동옥의 전신은 한쪽으로 쓰러질 듯이 기울어지는 것이었다. 동옥은 다시 한번 그 가늘고 짧은 다리를 옮겨 놓는 일 없이, 젖지 않은 구석 자리에 재빨리 주저앉아 버리고 말았다. 그러고는 희다 못해 파랗게 질린 얼굴에 독이 오른 눈초리로 원구를 잡아먹을 듯이 노려보는 것이었다. 동옥의 시선을 피하여 탁류의 대하(大河) 가운데 떠 있는 것 같은 공포에 몸을 떨며, 원구는 마지막 기력을 다하여 허우적거리듯 두 발로 물 고인 방바닥을 절벅거려 보는 것이었다.

그 뒤로는 비가 와서 가게를 벌일 수 없는 날이면 원구는 자주 동옥이네 집을 찾아가는 것이었다. 불구인 신체와 같이 불구적인 성격으로 대해 주는 동옥의 태도가 결코 대견할 리 없으면서도, 어느 얄궂은 힘에 조종당하듯이 원구는 또다시 찾아가지 아니할 수 없는 것이었다. 침침한 방 안에 빗물 떨어지는 소리가 듣고 싶어서일까? 동옥의 가늘고 짧은 한쪽 다리가 지니고 있는 슬픔에 중독된 탓일까? 이도 저도 아니면 찾아갈 적마다 차츰 정상적인 데로 돌아오는 동옥의 태도에 색다른 매력을 발견한 탓일까?

정말 동옥의 태도는 원구가 찾아가는 횟수에 따라 현저히 부드러워지는 것이었다. 두 번째 찾아갔을 때 동옥은 원구를 보자 얼굴을 붉히었다. 그러고는 고개를 숙였다. 세 번째 찾아갔을 때는 원구를 보자 동옥은 해죽이 웃어 보인 것이었다. 그러나 그것은 우울한 미소였다. 찾아갈 때마다 달라지는 동옥의 태도가 원구에게는 꽤 반가운 것이었다. 인사불성에 빠졌던 환자가 제정신으로 돌아올 때처럼 고마웠다. 첫 번째 불렀을 때는 눈을 감은 채 아무런 반응도 없던 환자가, 두 번째 부르자 눈을 간신히 떴고, 세 번째 불렀을 때는 제법 완전히 눈을 떠서 좌우를 둘러보다가 물 좀 하고 입을 열었을 경우와 같은 반가움을, 원구는 동옥에게서 경험하는 것이었다.

두 번째 갔을 때에는 지난번 빗물 쏟아지던 자리에 바께쓰가 놓여 있지 않았다. 그 자리에는 제창(저절로 알맞게) 떼꾼히(눈이 쑥 들어가고 생기가 없이) 구멍이 뚫려 있었다. 주먹이 두어 개나 드나들 만한 그 구멍은 다다미에서부터 그 밑의 널판까지 뚫려 있었다. 천장에서 흘러내리는 빗물은 그 구멍을 통과해 널판 밑 흙바닥에 둔탁한 음향을 남기며 떨어졌다. 기실 비는 여러 군데서 새는 모양이었다. 널빤지로 된 천장에는 사방에서 빗물 듣는 소리가 났다. 천장에서 떨어진 빗물은 약간 경사진 한쪽으로 흘러오다가 소눈깔만 한 옹이구멍으로 새어 흐르는 것이었다.

그날만 해도 원구와 동욱이가 주고받는 말에 비교적 냉담한 동옥이었다. 그러나 세 번째 갔을 때부터는 원구와 동욱이가 웃을 때는 함께 따라 웃어 주는 것이었다. 간혹 한두 마디씩은 말추렴(다른 사람이 말하는 데 한몫 끼어들어 말을 거드는 일)에도 들었다. 그날은 일찌감치 저녁을 얻어먹고 돌아오려고 하는데 비가 하도 세차게 퍼부어서 자고 오는 수밖에는 없었다. 한 손에 우산을 들고 선 채 회색 장막을 드리운 듯, 비에 뿌예진 창밖을 내다보며 망설이고 있는 원구의 귀에 고집 피우지 말고 자고 가라는 동욱의 말에 뒤이어, "이런 비에는 앞도랑에 물이 불어서 못 건너십니다." 하는 동옥의 음성이 들린 것이었다.

그날 밤 비로소 원구는 가벼운 기분으로 동옥에게 말을 걸 수가 있었던 것이다. 언제부터 그림 공부를 했느냐니까, 초상화 따위가 뭐 그림인가요,

하고 그 우울한 미소를 지어 보이는 것이었다. 원구는 동옥의 상처를 건드릴 만한 말은 일절 꺼내지 않았다. 어렸을 때 얘기가 나와서 어딜 가나 강아지 새끼처럼 쫓아다니는 동옥이가 귀찮았다는 말을 하고 '중중 때때중'을 자랑스레 부르고 다녔다니까 동옥의 눈이 처음으로 티 없이 빛나는 것이었다. 갑자기 동욱이가 '중중 때때중' 하고 부르기 시작하자 동옥도 가느다란 소리로 따라 부르는 것이었다. 노랫소리가 그치고 나니 방 안에는 빗물 떨어지는 소리가 유달리 크게 들렸다. 비가 들이치는 바람에 바깥벽 판장 틈으로 스며드는 물은 실내의 벽 한구석까지 적시기 시작하는 것이었다.

그런데 이상한 것은 동옥을 대하는 동욱의 태도였다. 대수롭지 않은 일에도 이년 저년 하고 욕을 퍼붓는 것이다. 부엌에서 들여보내는 음식 그릇을 한 손으로 받는다고 해서, 이년아 한 손으로 그러다가 또 떨어뜨리고 싶으냐, 하고 눈을 흘겼고 남포에 불을 켜는 데 불이 얼른 댕기지 않아 성냥개비를 두 개비째 꺼내려니까 저년은 밥 처먹구 불두 하나 못 켜, 하고 노려보는 것이었다. 그럴 때마다 동옥은 말없이 마주 눈을 흘겼다. 빨래와 바느질만은 동옥의 책임이지만 부엌일은 언제나 동욱이가 맡아 한다는 것이었다. 동욱이가 변소에 간 틈에, 될 수 있는 대로 위로해 주지 않고 왜 그리 사납게 구느냐니까, 병신 고운 데 없다고 그년 맘 쓰는 게 모두가 틀렸다는 것이다. 우선 그림값만 하더라도 얼마 전까지는 받아 오면 반씩 꼭 같이 나눠 가졌는데 근자에 와서는 동욱을 신용할 수가 없다고 대소에 따라 한 장에 얼마씩 또박또박 선금을 받고야 그려 준다는 것이었다. 생활비도 둘이 꼭 같이 절반씩 부담한다는 것이다. 동옥은 자기가 병신이기 때문에 부모 말고는 자기를 거두어 오래 돌봐 줄 사람이 없으리라는 것이다. 오빠도 언제든 자기를 버릴 것이 아니겠느냐, 그렇기 때문에 자기는 자기대로 약간이라도 밑천을 장만해 두어야 비참한 꼴을 면하지 않겠느냐고 한다는 것이었다. 그러한 동옥의 심중을 생각할 때 헤어져 있으면 몹시 측은하기도 하지만, 이상하게 낯만 대하면 왜 그런지 안 그러리라 안 그러리라 하면서도 동욱은 자꾸 화가 치민다는 것이다.

동옥은 불을 끄고는 외로워서 잠을 이루지 못한다고 했다. 반대로 동욱은 불을 꺼야만 안심하고 잠을 들 수가 있다는 것이었다. 동욱은 어둠만이 유일한 휴식이노라 했다. 낮에는 아무리 가만하고 앉았거나 누워 뒹굴어도 걸레처럼 전신에 배어 있는 피로가 가시지 않는다는 것이었다. 그러한 동욱은 심지를 낮추어서 아랑신하니(희미하게) 켜 놓은 불빛에도 화를 내어 이년아, 아주 꺼 버리지 못해 하고 소리를 질렀다. 동옥은 손을 내밀어 심지를 조금 더 낮추었다. 그러고 나서 누가 데려오랬나, 차라리 어머니하고 거기 있을 걸 괜히 왔지 하고 종알대는 것이었다. 그러자 동욱은 벌떡 일어나며 이년 다시 한번 그 주둥일 놀려 봐라 나두 너 같은 년 끌구 오구 싶지 않었다. 어머니가 하두 애원하시듯, 다 버리구 가더라두 네년만은 데리구 가라구 하 조르기에 끌구 와 이 꼴이다 하고 골을 내는 것이었다.

동옥은 말없이 저편으로 돌아누웠다. 어렴풋이 불빛이 있음에도 불구하고 어둠이 가슴을 내리누르는 것 같아서 원구는 오래도록 잠을 이룰 수가 없었다. 동욱도 잠이 안 오는 모양이었다. 동옥 역시 필경 잠이 들지 않았으련만 죽은 듯이 가만하고 있었다. 후드득후드득 유리 없는 창문으로 들이치는 빗소리를 들으며, 사십 주야를 비가 퍼부어서 산꼭대기에다 배를 묶어 둔 노아네 가족만이 남고 이 세상이 전멸을 해 버렸다는, 구약 성경에 나오는 대홍수를 원구는 생각해 보는 것이었다.

그러다가 어렴풋이 잠이 들려고 하는 때였다. 커다란 적선으로 생각하고 동옥과 결혼할 용기는 없는가? 하는 동욱의 음성이 잠꼬대같이 원구의 귀를 스쳤다. 원구는 눈을 떴다. 노려보듯이 천장을 바라보며 그는 반듯이 누워 있었다. 동욱의 입에서 다시 무슨 말이 흘러나올지도 모른다는 긴장을 느끼면서, 그러나 동욱은 아무 말이 없었다. 빗물 떨어지는 소리만이 여전히 계속되고 있을 뿐이었다.

원구가 또다시 간신히 잠이 들락 할 때였다. 발치 쪽에서 빠드득빠드득 하는 이상한 소리가 났다. 원구는 정신을 바짝 차리고 귀를 재웠다. 뱀에게 먹히는 개구리 소리 비슷한 그 소리는 뒷벽 쪽에서 들리는 것이었다. 원구는 이번에는 상반신을 일으키고 앉아 귀를 기울이는 것이었다. 그 바람에 동욱이도 눈을 떴다.

저게 무슨 소리냐고 한즉, 뒷방의 계집애가 자면서 이 가는 소리라는 것이었다. 이 뒷방에도 사람이 사느냐니까 육순이 넘은 노파가 열두 살 먹은 손녀를 데리고 산다고 했다. 그 노파가 바로 이 집 주인인데 전차 종점 나가는 길목에 하코방(상자처럼 좁은 방을 일컫는 일본어) 가게를 내고 담배·성냥·과일·사탕 같은 것들을 팔아서 근근이 생활해 가고 있다는 것이었다. 뒷집 소녀는 잠만 들면 반드시 이를 간다는 것이었다. 동욱도 처음 며칠 밤은 그 소리에 골치를 앓았지만 요즘은 습관이 되어 괜찮다고 했다. 이러한 방에서 빗물 떨어지는 소리와 이 가는 소리를 듣고 지내면 아무라도 신경과민이 될 것이라고 생각하며, 원구는 좀 전에 동욱이가 잠꼬대처럼 한 말의 의미를 되새겨 보는 것이었다.

사오 일 지나서였다. 오래간만에 비가 그치고 제법 날이 훤해져서 잡화를 가득 벌여 놓은 리어카를 지키고 섰노라니까, 다 저녁때 원구의 어깨를 툭 치는 사람이 있었다. 동욱이었다. 그는 역시 소매와 깃이 다 처진 저고리와 검은 줄이 간 회색 즈봉을 입고 있었다. 옷이라고는 그것밖에 없는 모양이라 비에 젖은 것을 그냥 짜서 말리곤 해서 여기 저기 구김살이 져 있었다. 그보다도 괴이한 채플린식의 검정 단화의 주먹 같은 코숭이가 말이 아니었다. 장화 대용으로 진창을 막 밟고 다녀서 온통 흙투성이였다. 그러한 동욱의 꼴에 원구는 이상하게 정이 갔다.

리어카를 주인집에 가져다 맡기고 와서 저녁을 같이하자고 원구는 동욱의 손을 끌었다. 동욱은 밥보다도 술 생각이 더 간절하다고 했다. 두 가지다 먹을 수 있는 집으로 원구는 동욱을 안내했다. 술이 몇 잔 들어가 얼근해지자 동욱은 초상화 '주문 도리'<sup></sup>(주문받는 일)를 폐업했노라고 했다. 요즘은 양키<sup></sup>('미국 사람'을 낮추어 부르는 말)들도 아주 약아져서 까딱하면 돈을 잘리거나 농락당하기가 일쑤라는 것이다. 거기에다 패스 없는 사람의 출입을 각 부대가 엄중히 단속하기 때문에 전처럼 드나들 수가 없다는 것이었다. 며칠 전에는 돈받으러 몰래 들어갔다가 순찰 장교에게 걸려서 하룻밤 멍키 하우스(유치장)의 신세를 지고 나왔다는 것이다.

더구나 요즘은 국민병 수첩까지 분실했으므로 마음 놓고 거리에 나와 다닐 수도 없다는 것이었다. 분실계를 내고 재교부 신청을 하라니까, 그 때문에 동회(지금의 '동사무소')로 파출소로 사오 차나 쫓아다녀 봤지만, 까다롭게만 굴고 잘 들어주지 않는다는 것이다. 까짓것 나중에는 삼수갑산(三水甲山 우리나라에서 가장 험한 산골이라 이르던 삼수와 갑산. '몹시 어려운 지경'을 비유해 이르는 말)엘 갈망정 내버려 둘테라고 했다. 그래 차라리 군에라도 들어가 버릴까 싶어, 마침 통역 장교를 모집하기에 그 원서를 타러 나왔던 길이노라고 했다. 어디 원서를 좀 구경하자니까 동욱은 닝글닝글 웃으며 수속이 하도 복잡하고 번거로워 아예 단념하고 말았다는 것이다.

동욱은 한동안 말이 없이 술잔을 빨고 앉았다가, 가끔 찾아와서 동옥을 좀 위로해 주라는 것이었다. 세상 사람들이 모두 자기를 조소하고 멸시한다고만 생각하고 있는 동옥은, 맑은 날일지라도 일절 바깥출입을 않고 두더지처럼 방에만 처박혀 산다는 것이다. 그리고 모든 사람에게 반감을 품고 있다는 것이다. 그러한 동옥도 원구만은 자기를 업신여기지 않고 자연스레 대하여 준다고 해서 자주 찾아와 주기를 여간 기다리지 않는다고 했다.

초상화가 팔리지 않게 된 다음부터는 동옥은 초조와 불안 속에서 한층 더 자신의 고독을 주체하지 못해 쩔쩔맨다는 것이었다. 동욱은 그러한 동옥이 측은해 못 견디겠노라고 했다. 언젠가처럼, 내가 자네람 동옥이와 결혼할 테야, 암 하고말고 하고 동욱은 고개를 주억거리는(끄덕거리는) 것이었다. 술집을 나와 동욱은 이번에도 원구의 손을 꼭 쥐고 자기는 기어코 목사가 되겠노라고 했다. 동옥을 위해서나 자기 자신을 위해서나 그것만이 이 무거운 짐을 조금이라도 덜 수 있는 유일한 길인 것 같다는 것이었다.

그 뒤에 한번은 딴 볼일로 동래까지 갔던 길에 동욱이네 집에 잠깐 들른 일이 있었다. 역시 그날도 장마는 구질구질 계속되고 있었다. 우산을 접으며 마루에 올라서도 동욱만이 머리를 내밀고 맞아 줄 뿐 동옥의 기척이 없었다. 방에 들어가 보니 동옥은 담요로 머리까지 푹 뒤집어쓰고 죽은 사람처럼 누워 있었다. 이틀째나 저러고 자빠져 있다고 하며 동욱은 그 까닭을 설명했다. 동옥은 뒷방에 살고 있는 주인 노파에게 동욱이도 모르게 이만 환이나 빚을 주고 있었는데, 노파는 이 집까지도 팔아먹고 귀신같이 도주해 버렸다는 것이다. 어제 아침에 집을 산 사람이 갑자기 이사를 왔기 때문에 그 사실을 알았는데, 이게 또한 어지간히 감때사나운(사람이 몹시 억세고 사나운) 자여서 당장 방을 비워 내라고 위협하듯 한다는 것이다. 말을 마치고 난 동욱은 요 맹꽁이 같은 년아, 글쎄 이게 집이라구 믿고 돈을 줘 하고 발길로 동옥의 옆구리를 걷어찼다. 이년아, 이만 환이면 구화로 얼만 줄 아니, 이백만 환이야, 내 돈을 내가 떼였는데 오빠가 무슨 상관이냐구? 그래, 내가 없으면 네년이 굶어 죽지 않구 살 테냐? 너 같은 병신이 단 한 달을 독력으로 살아? 동욱은 다시 생각해도 악이 받치는 모양이었다.

원구를 위해 동욱은 초밥을 만든다고 분주히 부엌으로 들락날락했으나 원구는 초밥을 얻어먹자고 그러고 앉아 견딜 수는 없었다. 그보다도 동옥이 이틀 동안이나 아무것도 먹지 않고 저러고 누워 있다고 하니, 혹시 동옥이가 잠든 틈에라도 몰래 일어나 수면제 같은 것을 먹고 죽어 있지나 않는가 싶어 불안한 생각이 솟았다. 원구는 조금이라도 더 앉아 견디기가 답답해서 자리를 일어서며 아무래도 방을 비워 주어야 하겠거든 자기도 어디 구해 보겠노라고 하니까, 동욱이가 인가(人家) 많은 데를 싫어하기 때문에 이 근처에다 외딴집을 구하는 수밖에 없다는 동욱의 대답이었다.

그 뒤로는 원구도 생활에 위협을 느끼기 시작했다. 한 달 가까이나 장마로 놀고 보니 자연 시원치 않은 장사 밑천을 그럭저럭 축내게 된 것이다. 원구가 얻어 있는 방도 지루한 비에 습기로 눅눅해졌다. 벗어놓은 옷가지며 이부자리에까지도 곰팡이가 끼었다. 그의 마음속까지 곰팡이가 스는 것 같았다. 이런 날, 이런 음산한 방에 처박혀 있자니, 동욱과 동옥의 일이 자연 무겁고 우울하게 떠오르는 것이었다. 점심때가 되어서 원구는 퍼붓는 비를 무릅쓰고 집을 나섰다. 오늘은 동욱이와 마주 앉아 곰팡이 슨 속을 씻어 내리며, 동옥이도 위로해 줘야겠다고 생각하고 원구는 술과 통조림을 사 들고 찾아갔다.

낡은 목조 건물은 전과 마찬가지로 금방 쓰러질 듯 빗속에 서 있었다. 유리 없는 창문에는 거적도 그대로 드리워 있었다. 그러나, 동욱이, 하고 원구가 불렀을 때 곰처럼 마루로 기어 나오는 사나이는 동욱이가 아니었다. 이 집에 살던 젊은 남녀는 어디 갔느냐는 원구의 물음에, 우락부락하게는 생겼으되 맺힌 데가 없이 어딘가 허술해 보이는 사십 전후의 그 사나이는, 아하 당신이 정(丁) 뭐라는 사람이냐고 하고 대답 대신 혼자 머리를 끄덕끄덕하는 것이었다. 원구가 재차 묻는 말에 사나이는 자기가 이 집 주인이노라 하고 나서, 동욱은 외출한 채 소식 없이 돌아오지 않게 되었고, 그 뒤 동옥 역시 어디로 가 버렸는지 모르겠다는 것이었다. 동욱이가 안 돌아오는 지는 열흘이나 되었고 동옥은 바로 이삼 일 전에 나갔다는 것이다.

원구는 더 무슨 말이 없이 서 있었다. 한 손에 보자기 꾸러미를 들고 한 손으로는 우산을 받고 선 채, 원구는 사나이의 얼굴만 멍하니 바라보는 것이었다. 원구는 그대로 발길을 돌려 몇 걸음 걸어가다가 되돌아 보자기에 싼 물건을 끌러 주인 사나이에게 주었다. 이거 원, 이거 원, 하며 주인 사나이는 대뜸 입이 헤벌어졌다. 그러고는 자기 여편네와 아이들이 장사 나갔기 때문에 점심 한 그릇 대접할 수는 없으나 좀 올라와 담배라도 피우고 가라고 권하는 것이었다.

무슨 재미로 쉬어 가겠느냐고 하며, 원구가 돌아서려니까, 주인은 삼깐만 하고 불러 세우고 나서, 대단히 죄송하게 되었노라고 하며 사실은 동욱이 가 정(丁) 누구라고 하는 분이 찾아오면 전해 달라고 편지를 맡기고 갔는데, 그만 간수를 잘못해서 아이들이 찢어 없앴다는 것이다. 그래도 아무 말 않 고 멍청히 서 있는 원구를 주인 사나이는 무안한 눈길로 바라보며, 동욱은 아마 십중팔구 군대에 끌려갔을 거라고 하고, 동옥은 아이들처럼 어머니를 부르며 가끔 밤중에 울기에, 뭐라고 좀 나무랐더니, 그다음 날 저녁에 어디 론가 나가 버렸다는 것이다.

죽지나 않았을까, 자살을 하든 굶어 죽든…… 하고 혼잣말처럼 중얼거리 며 돌아서는 원구의 등에다 대고, 중요한 옷가지랑은 꾸려 갖고 간 모양이 니 자살을 할 의사는 없었음이 분명하고, 한편 병신이긴 하지만 얼굴이 고 만큼 반반하고서야 어니 가 몸을 판들 굶어 죽기야 하겠느냐고 주인 사나 이는 지껄이는 것이었다. 얼굴이 고만큼 반반하고서야 어디 가 몸을 판들 굶어 죽기야 하겠느냐는 말에, 이상하게 원구는 정신이 펄쩍 들어 이놈 네 가 동옥을 팔아먹었구나 하고 대들 듯한 격분을 마음속 한구석에 의식하면 서도, 천근의 무게로 내리누르는 듯한 육체의 중량을 감당할 수 없어 그는 말없이 발길을 돌이켰다.

이놈, 네가 동옥을 팔아먹었구나 하는 흥분한 소리가 까마득히 먼 곳에 서 자기를 향하고 날아오는 것 같은 착각에 오한을 느끼며, 원구는 호박 덩 굴 우거진 밭두둑 길(밭과 밭 사이의 경계를 이루는 길)을, 앓고 난 사람 모양 허적거리 는(다리에 기운이 없어 자꾸 쓰러지려고 하는) 다리로 걸어 나가는 것이었다.

# 소나기

## ✐ 작가와 작품 세계

**황순원**(1915~2000)

평안남도 대동군에서 출생. 평양 숭실중학교를 거쳐 일본 와세다대학교 영문과를 졸업했다. 이 무렵 도쿄에서 이해랑·김동원 등과 함께 극예술 연구 단체인 '학생예술좌'를 창립하고 초기의 소박한 서정시들을 모아 첫 시집 『방가』를 출간했다. 첫 단편집 『늪』(1940)의 발간을 계기로 소설 창작에 열중하기 시작했다. 이후 「별」, 「그늘」 등의 환상적이고 심리적인 경향이 짙은 단편을 발표했다. 단편 「기러기」, 「황노인」, 「독 짓는 늙은이」 등과 시 「그날」 등 많은 작품을 쓴 상태에서 8·15 광복을 맞았다.

1946년 서울중학교 교사로 취임한 이후 「목넘이 마을의 개」, 『별과 같이 살다』를 발표했다. 주요 장편 소설로 『카인의 후예』, 『인간접목』, 『나무들 비탈에 서다』, 『일월』 등이 있다.

황순원의 소설은 서정적 아름다움과 예술성을 추구한다. 그가 시인으로 문학의 길에 들어섰기 때문일 것이다. 그의 작품은 간결하고 세련된 문체, 다양한 기법, 휴머니즘의 정신, 전통에 대한 애정 등을 갖추고 있어 한국 현대 소설의 전범으로 평가받는다.

## ✐ 작품 정리

> **갈래** : 성장 소설
> **배경** : 시간 - 가을 / 공간 - 어느 시골
> **시점** : 3인칭 작가 관찰자 시점(부분적으로 3인칭 전지적 작가 시점)
> **주제** : 소년과 소녀의 순수한 사랑
> **출전** : 〈신문학〉(1953)

✏️ **구성과 줄거리** - - - - - - - - - - - - - - - - - - - - - - - - - - - - - - - - - - - - -

**발단** **소년과 소녀가 개울가에서 만남**

소년은 징검다리에 앉아 물장난을 하는 소녀를 만난다. 하지만 며칠이 지나도록 소년이 말을 걸지 않자 소녀는 물속에서 조약돌 하나를 집어 "이 바보!" 하며 소년에게 던진다. 그리고 가을 햇빛이 부서지는 갈밭 속으로 사라진다. 다음 날 소년은 개울가로 나와 보았으나 소녀는 보이지 않는다. 그날부터 소년은 소녀에 대한 애틋한 그리움에 사로잡힌다.

**전개** **소년과 소녀가 산에 놀러 갔다가 친해짐**

소년과 소녀가 개울가에서 다시 만났을 때 소녀는 비단조개를 소년에게 보이면서 먼저 말을 건넨다. 좀 더 가까워진 둘은 황금빛으로 물든 가을 들판을 달려 산 밑까지 가게 되고 송아지를 타고 놀다가 소나기를 만난다.

**위기** **소년과 소녀가 소나기를 만나 더욱 가까워짐**

둘은 수숫단 속에 들어가 비를 피한다. 비가 그친 후 돌아오는 길에 소년은 소녀를 업고 물이 불은 도랑을 건넌다. 소년의 잠방이까지 물이 차오르자 소녀는 "어머나!" 하고 소리를 지르며 소년의 목을 그러안는다. 그 후 소년은 소녀를 오랫동안 보지 못한다.

**절정** **소녀가 이사 간다는 소식을 들은 소년은 서운함을 느낌**

그러던 어느 날 소년과 소녀는 다시 만난다. 그때 소년은 소녀가 그날 소나기를 맞아 많이 앓았고 아직도 앓고 있다는 것을 알게 된다. 소녀는 소년에게 분홍 스웨터 앞자락을 보이며 흙물이 들었다고 말한다. 그것은 소년이 소녀를 업고 개울물을 건널 때 소년의 등에서 옮은 물이다. 그리고 소녀는 곧 이사를 건다고 말한다. 그날 밤 소년은 소녀에게 주기 위해 덕쇠 할아버지네 호두밭에서 몰래 호두를 딴다.

**결말** **아버지로부터 소녀의 죽음을 전해 들음**

소녀가 이사 가기로 한 전날 저녁, 소년은 마을에 갔다 온 아버지가 어머니에게 소녀가 죽었다고 말하는 것을 잠결에 듣는다.

### 🖋 생각해 볼 문제 ------------------------------------------------

**1. 이 작품의 제목에는 어떤 의미가 담겨 있는가?**

소년과 소녀는 산에서 갑자기 '소나기'를 만나 더욱 가까워진다. 이런 점에서 '소나기'는 두 사람의 관계를 맺어 준 매개체라고 할 수 있다. '소나기'의 사전적 의미는 "갑자기 세차게 쏟아지다가 곧 그치는 비"다. 따라서 이 작품의 제목에는 소년과 소녀의 짧은 사랑이라는 의미도 담겨 있다. 즉, 소녀의 죽음 때문에 소년과 소녀의 만남이 짧게 끝날 수밖에 없었다는 의미를 내포한다.

**2. 이 작품을 통해 작가가 전하려고 한 메시지는 무엇인가?**

누구나 어린 시절이 있고, 세월이 흐를수록 그 시절을 그리워하며 살아간다. 하지만 어른이 되는 과정에는 아름답고 행복한 기억만 있는 것이 아니다. 일종의 통과 의례처럼 많은 시련이 있다. 이 작품에서는 소년과 소녀의 가슴 떨리는 만남과 사랑이 아름답게 그려지고 있지만 동시에 소녀의 죽음도 다루고 있다. 작가는 소년이 이런 여러 사건을 겪으면서 성장해 간다는 메시지를 담았다.

소녀 ──── 소년

시골에 사는 저(소년)는 도시에서 온 한 소녀를 만나 조금씩 친해졌어요. 우리가 함께 산에 놀러 갔던 날 갑자기 소나기가 내렸지요. 저는 급하게 수숫단을 세웠지요. 그 안이 좁아서 소녀만 들어가게 했는데 소녀가 들어와 앉으라고 하더라고요. 도랑물이 많이 불어서 제가 소녀를 업어 주기도 했지요. 그런데 소녀가 죽다니요? 잘못 들은 거겠지요?

# 소나기

소년은 개울가에서 소녀를 보자 곧 윤 초시네 증손녀(曾孫女) 딸이라는 걸 알 수 있었다. 소녀는 개울에다 손을 잠그고 물장난을 하고 있는 것이다. 서울서는 이런 개울물을 보지 못하기나 한 듯이.

벌써 며칠째 소녀는, 학교에서 돌아오는 길에 물장난이었다. 그런데 어제까지 개울 기슭에서 하더니, 오늘은 징검다리 한가운데 앉아서 하고 있다.

소년은 개울둑에 앉아 버렸다. 소녀가 비키기를 기다리자는 것이다.

요행 지나가는 사람이 있어, 소녀가 길을 비켜 주었다.

다음 날은 좀 늦게 개울가로 나왔다.

이날은 소녀가 징검다리 한가운데 앉아 세수를 하고 있었다. 분홍 스웨터 소매를 걷어 올린 팔과 목덜미가 마냥 희었다.

한참 세수를 하고 나더니, 이번에는 물속을 빤히 들여다본다. 얼굴이라도 비추어 보는 것이리라. 갑자기 물을 움켜 낸다. 고기 새끼라도 지나가는 듯.

소녀는 소년이 개울둑에 앉아 있는 걸 아는지 모르는지 그냥 날쌔게 물만 움켜 낸다. 그러나 번번이 허탕이다. 그대로 재미있는 양, 자꾸 물만 움킨다. 어제처럼 개울을 건너는 사람이 있어야 길을 비킬 모양이다.

그러다가 소녀가 물속에서 무엇을 하나 집어낸다. 하얀 조약돌이었다. 그러고는 벌떡 일어나 팔짝팔짝 징검다리를 뛰어 건너간다.

다 건너가더니만 홱 이리로 돌아서며,

"이 바보."

조약돌이 날아왔다.

소년은 저도 모르게 벌떡 일어섰다.

단발머리를 나풀거리며 소녀가 막 달린다. 갈밭 사잇길로 들어섰다. 뒤에는 청량한 가을 햇살 아래 빛나는 갈꽃뿐.

이제 저쯤 갈밭머리로 소녀가 나타나리라. 꽤 오랜 시간이 지났다고 생각했다. 그런데도 소녀는 나타나지 않는다. 발돋움을 했다. 그러고도 상당한 시간이 지났다고 생각됐다.

저쪽 갈밭머리에 갈꽃이 한 옴큼 움직였다. 소녀가 갈꽃을 안고 있었다. 그리고 이제는 천천한 걸음이었다. 유난히 맑은 가을 햇살이 소녀의 갈꽃 머리에서 반짝거렸다. 소녀 아닌 갈꽃이 들길을 걸어가는 것만 같았다.

소년은 이 갈꽃이 아주 뵈지 않게 되기까지 그대로 서 있었다. 문득 소녀가 던진 조약돌을 내려다보았다. 물기가 걷혀 있었다. 소년은 조약돌을 집어 주머니에 넣었다.

다음 날부터 좀 더 늦게 개울가로 나왔다. 소녀의 그림자가 뵈지 않았다. 다행이었다. 그러나 이상한 일이었다. 소녀의 그림자가 뵈지 않는 날이 계속될수록 소년의 가슴 한구석에는 어딘가 허전함이 자리 잡는 것이었다. 주머니 속 조약돌을 주무르는 버릇이 생겼다.

그러한 어떤 날, 소년은 전에 소녀가 앉아 물장난을 하던 징검다리 한가운데에 앉아 보았다. 물속에 손을 잠갔다. 세수를 하였다. 물속을 들여다보았다. 검게 탄 얼굴이 그대로 비치었다. 싫었다.

소년은 두 손으로 물속의 얼굴을 움키었다. 몇 번이고 움키었다. 그러다가 깜짝 놀라 일어나고 말았다. 소녀가 이리로 건너오고 있지 않느냐.

숨어서 내가 하는 일을 엿보고 있었구나. 소년은 달리기를 시작했다. 디딤돌을 헛디뎠다. 한 발이 물속에 빠졌다. 더 달렸다.

몸을 가릴 데가 있어 줬으면 좋겠다. 이쪽 길에는 갈밭도 없다. 메밀밭이다. 전에 없이 메밀꽃 냄새가 짜릿하니 코를 찌른다고 생각됐다. 미간이 아찔했다. 찝찔한 액체가 입술에 흘러들었다. 코피였다. 소년은 한 손으로 코피를 훔쳐 내면서 그냥 달렸다. 어디선가 '바보, 바보' 하는 소리가 자꾸만 뒤따라오는 것 같았다.

토요일이었다.

개울가에 이르니 며칠째 보이지 않던 소녀가 건너편 가에 앉아 물장난을 하고 있었다.

모르는 체 징검다리를 건너기 시작했다. 얼마 전에 소녀 앞에서 한 번 실수를 했을 뿐, 여태 큰길 가듯이 건너던 징검다리를 오늘은 조심스럽게 건넌다.

"얘."

못 들은 체했다. 둑 위로 올라섰다.

"얘, 이게 무슨 조개지?"

자기도 모르게 돌아섰다. 소녀의 맑고 검은 눈과 마주쳤다. 얼른 소녀의 손바닥으로 눈을 떨구었다.

"비단조개."

"이름도 참 곱다."

갈림길에 왔다. 여기서 소녀는 아래편으로 한 삼 마장(거리의 단위. 오 리 나 십 리가 못 되는 거리)쯤, 소년은 우대로(위쪽으로) 한 십 리 가까운 길을 가야 한다.

소녀가 걸음을 멈추며,

"너, 저 산 너머에 가 본 일 있니?"

벌 끝을 가리켰다.

"없다."

"우리 가 보지 않으련? 시골 오니까 혼자서 심심해 못 견디겠다."

"저래 봬도 멀다."

"멀면 얼마나 멀기에? 서울 있을 땐 사뭇 먼 데까지 소풍 갔었다."

소녀의 눈이 금세 바보, 바보, 할 것만 같았다.

논 사잇길로 들어섰다. 벼 가을걷이하는 곁을 지났다.

허수아비가 서 있었다. 소년이 새끼줄을 흔들었다. 참새가 몇 마리 날아간다. 참, 오늘은 일찍 집으로 돌아가 텃논(집터에 딸리거나 마을 가까이 있는 논)의 참새를 봐야 할걸, 하는 생각이 든다.

"야, 재밌다!"

소녀가 허수아비 줄을 잡더니 흔들어 댄다. 허수아비가 대고(계속해 자꾸) 우쭐거리며 춤을 춘다. 소녀의 왼쪽 볼에 살포시 보조개가 패었다.

저만치 허수아비가 또 서 있다. 소녀가 그리로 달려간다. 그 뒤를 소년도 달렸다. 오늘 같은 날은 일찌감치 집으로 돌아가 집안일을 도와야 한다는 생각을 잊어버리기라도 하려는 듯이.

소녀의 곁을 스쳐 그냥 달린다. 메뚜기가 따끔따끔 얼굴에 와 부딪친다. 쪽빛으로 한껏 개인 가을 하늘이 소년의 눈앞에서 맴을 돈다. 어지럽다. 저놈의 독수리, 저놈의 독수리, 저놈의 독수리가 맴을 돌고 있기 때문이다.

돌아다보니 소녀는 지금 자기가 지나쳐 온 허수아비를 흔들고 있다. 좀 전 허수아비보다 더 우쭐거린다.

논이 끝난 곳에 도랑이 하나 있었다. 소녀가 먼저 뛰어 긴넜다.

거기서부터 산 밑까지는 밭이었다.

수숫단을 세워 놓은 밭머리를 지났다.

"저게 뭐니?"

"원두막."

"여기 참외, 맛있니?"

"그럼, 참외 맛도 좋지만 수박 맛은 더 좋다."

"하나 먹어 봤으면."

소년이 참외 그루에 심은 무밭으로 들어가, 무 두 밑을 뽑아 왔다. 아직 밑이 덜 들어 있었다. 잎을 비틀어 팽개친 후 소녀에게 한 개 건넨다. 그러고는 이렇게 먹어야 한다는 듯이 먼저 대강이를 한 입 베물어 낸 다음, 손톱으로 흰 돌이 껍질을 벗겨 우썩 깨문다.

소녀도 따라 했다. 그러나 세 입도 못 먹고,

"아, 맵고 지려."

하며 집어던지고 만다.

"참, 맛없어 못 먹겠다."

소년이 더 멀리 팽개쳐 버렸다.

산이 가까워졌다.

단풍이 눈에 따가웠다.

"야아!"

소녀가 산을 향해 달려갔다. 이번은 소년이 뒤따라 달리지 않았다. 그러고도 곧 소녀보다 더 많은 꽃을 꺾었다.

"이게 들국화, 이게 싸리꽃, 이게 도라지꽃……."

"도라지꽃이 이렇게 예쁜 줄은 몰랐네. 난 보랏빛이 좋아! ……근데 이 양산같이 생긴 노란 꽃이 뭐지?"

"마타리꽃."

소녀는 마타리꽃을 양산 받듯이 해 보인다. 약간 상기된 얼굴에 살포시 보조개를 떠올리며.

다시 소년은 꽃 한 옴큼을 꺾어 왔다. 싱싱한 꽃가지만 골라 소녀에게 건넨다.

그러나 소녀는,

"하나도 버리지 말어."

산마루께로 올라갔다.

맞은편 골짜기에 오순도순 초가집이 몇 모여 있었다.

누가 말한 것도 아닌데 바위에 나란히 걸터앉았다. 별로 주위가 조용해진 것 같았다. 따가운 가을 햇살만이 말라 가는 풀 냄새를 퍼뜨리고 있었다.

"저건 또 무슨 꽃이지?"

적잖이 비탈진 곳에 칡덩굴이 엉켜 끝물<sup>(그해의 맨 나중에 핀)</sup> 꽃을 달고 있었다.

"꼭 등꽃 같네. 서울 우리 학교에 큰 등나무가 있었단다. 저 꽃을 보니까 등나무 밑에서 놀던 동무들 생각이 난다."

소녀가 조용히 일어나 비탈진 곳으로 간다. 꽃송이가 달린 줄기를 잡고 끊기 시작한다. 좀처럼 끊어지지 않는다. 안간힘을 쓰다가 그만 미끄러지고 만다. 칡덩굴을 그러쥐었다.

소년이 놀라 달려갔다. 소녀가 손을 내밀었다. 손을 잡아 이끌어 올리며, 소년은 제가 꺾어다 줄 것을 잘못했다고 뉘우친다.

소녀의 오른쪽 무릎에 핏방울이 내맺혔다. 소년은 저도 모르게 생채기<sup>(긁혀서 생긴 작은 상처)</sup>에 입술을 가져다 대고 빨기 시작했다. 그러다가 무슨 생각을 했는지 확 일어나 저쪽으로 달려간다.

좀 만에 숨이 차 돌아온 소년은,

"이걸 바르면 낫는다."

송진을 생채기에다 문질러 바르고는 그 달음으로 칡덩굴 있는 데로 내려가 꽃 달린 몇 줄기를 이빨로 끊어 가지고 올라온다. 그러고는,

"저기 송아지가 있다. 그리 가 보자."

누렁 송아지였다. 아직 코뚜레도 꿰지 않았다.

소년이 고삐를 바투<sup>(아주 짧게)</sup> 잡아 쥐고 등을 긁어 주는 척 훌쩍 올라탔다. 송아지가 껑충거리며 돌아간다.

소녀의 흰 얼굴이, 분홍 스웨터가, 남색 스커트가 안고 있는 꽃과 함께 범벅이 된다. 모두가 하나의 큰 꽃묶음 같다. 어지럽다. 그러나 내리지 않으리라. 자랑스러웠다. 이것만은 소녀가 흉내 내지 못할 자기 혼자만이 할 수 있는 일인 것이다.

"너희, 예서 뭣들 하느냐?"

농부 하나가 억새풀 사이로 올라왔다.

송아지 등에서 뛰어내렸다. 어린 송아지를 타서 허리가 상하면 어쩌느냐고 꾸지람을 들을 것만 같다.

그런데 나룻<sup>(수염)</sup>이 긴 농부는 소녀 편을 한번 훑어보고는 그저 송아지 고삐를 풀어내면서,

"어서들 집으로 가거라. 소나기가 올라."

참 먹장구름 한 장이 머리 위에 와 있다. 갑자기 사면이 소란스러워진 것 같다. 바람이 우수수 소리를 내며 지나간다. 삽시간에 주위가 보랏빛으로 변했다.

산을 내려오는데 떡갈나뭇잎에서 빗방울 듣는<sup>(떨어지는)</sup> 소리가 난다. 굵은 빗방울이었다. 목덜미가 선뜻선뜻했다. 그러자 대번에 눈앞을 가로막는 빗줄기.

비안개 속에 원두막이 보였다. 그리로 가 비를 긋을 수밖에.

그러나 원두막은 기둥이 기울고 지붕도 갈래갈래 찢어져 있었다. 그런대로 비가 덜 새는 곳을 가려 소녀를 들어서게 했다. 소녀의 입술이 파랗게 질려 있었다. 어깨를 자꾸 떨었다.

무명 겹저고리를 벗어 소녀의 어깨를 싸 주었다. 소녀는 비에 젖은 눈을 들어 한번 쳐다보았을 뿐, 소년이 하는 대로 잠자코 있었다. 그러면서 안고 온 꽃묶음 속에서 가지가 꺾이고 꽃이 일그러진 송이를 골라 발밑에 버린다. 소녀가 들어선 곳도 비가 새기 시작했다. 더 거기서 비를 그을 수 없었다.

밖을 내다보던 소년이 무엇을 생각했는지 수수밭 쪽으로 달려간다. 세워 놓은 수숫단 속을 비집어 보더니 옆의 수숫단을 날라다 덧세운다. 다시 속을 비집어 본다. 그러고는 소녀 쪽을 향해 손짓을 한다.

수숫단 속은 비는 안 새었다. 그저 어둡고 좁은 게 안됐다. 앞에 나앉은 소년은 그냥 비를 맞아야만 했다. 그런 소년의 어깨에서 김이 올랐다.

소녀가 속삭이듯이, 이리 들어와 앉으라고 했다. 괜찮다고 했다. 소녀가 다시 들어와 앉으라고 했다. 할 수 없이 뒷걸음질을 쳤다. 그 바람에, 소녀가 안고 있는 꽃묶음이 우그러들었다. 그러나 소녀는 상관없다고 생각했다. 비에 젖은 소년의 몸 내음새가 확 코에 끼얹혀졌다. 그러나 고개를 돌리지 않았다. 도리어 소년의 몸기운으로 해서 떨리던 몸이 적이 누그러지는 느낌이었다.

소란하던 수숫잎 소리가 뚝 그쳤다. 밖이 멀개졌다.

수숫단 속을 벗어 나왔다. 멀지 않은 앞쪽에 햇빛이 눈부시게 내리붓고 있었다. 도랑 있는 곳까지 와 보니, 엄청나게 물이 불어 있었다. 빛마저 제법 붉은 흙탕물이었다. 뛰어 건널 수가 없었다.

소년이 등을 돌려댔다. 소녀가 순순히 업히었다. 걷어 올린 소년의 잠방이(가랑이가 무릎까지 내려오도록 짧게 만든 홑바지)까지 물이 올라왔다. 소녀는, 어머나 소리를 지르며 소년의 목을 그러안았다.

개울가에 다다르기 전에 가을 하늘이 언제 그랬는가 싶게 구름 한 점 없이 쪽빛으로 개어 있었다.

그 뒤로 소녀의 모습이 보이지 않았다. 매일같이 개울가로 달려와 봐도 뵈지 않았다. 학교에서 쉬는 시간에 운동장을 살피기도 했다. 남몰래 5학년 여자 반을 엿보기도 했다. 그러나 보이지 않았다.

그날도 소년은 주머니 속 흰 조약돌만 만지작거리며 개울가로 나왔다. 그랬더니 이쪽 개울둑에 소녀가 앉아 있는 게 아닌가.

소년은 가슴부터 두근거렸다.

"그동안 앓았다."

알아보게 소녀의 얼굴이 해쓱해져 있었다.

"그날 소나기 맞은 탓 아냐?"

소녀가 가만히 고개를 끄덕였다.

"인제 다 낫냐?"

"아직도……."

"그럼 누워 있어야지."

"하도 갑갑해서 나왔다. ……그날 참 재밌었어. ……근데 그날 어디서 이런 물이 들었는지 잘 지지 않는다."

소녀가 분홍 스웨터 앞자락을 내려다본다. 거기에 검붉은 진흙물 같은 게 들어 있었다.

소녀가 가만히 보조개를 떠올리며,

"이게 무슨 물 같니?"

소년은 스웨터 앞자락만 바라보고 있었다.

"내, 생각해 냈다. 그날 도랑을 건널 때 내가 업힌 일 있지? 그때 네 등에서 옮은 물이다."

소년은 얼굴이 확 달아오름을 느꼈다.

갈림길에서 소녀는,

"저, 오늘 아침에 우리 집에서 대추를 땄다. 낼 제사 지내려구……."

대추 한 줌을 내어 준다. 소년은 주춤한다.

"맛봐라. 우리 증조할아버지가 심었다는데, 아주 달다."

소년은 두 손을 오그려 내밀며,

"참, 알도 굵다!"

"그리구 저, 우리 이번에 제사 지내고 나서 좀 있다 집을 내주게 됐다."

소년은 소녀네가 이사해 오기 전에 벌써 어른들의 이야기를 들어서, 윤 초시 손자가 서울서 사업에 실패해 가지고 고향에 돌아오지 않을 수 없게 됐다는 걸 알고 있었다. 그것이 이번에는 고향 집마저 남의 손에 넘기게 된 모양이었다.

"왜 그런지 난 이사 가는 게 싫어졌다. 어른들이 하는 일이니 어쩔 수 없지만……."

전에 없이 소녀의 까만 눈에 쓸쓸한 빛이 떠돌았다.

소녀와 헤어져 돌아오는 길에 소년은 혼잣속으로 소녀가 이사를 간다는 말을 수없이 되뇌어 보았다. 무어 그리 안타까울 것도 서러울 것도 없었다. 그렇건만 소년은 지금 자기가 씹고 있는 대추알의 단맛을 모르고 있었다.

이날 밤, 소년은 몰래 덕쇠 할아버지네 호두밭으로 갔다.

낮에 봐 두었던 나무로 올라갔다. 그리고 봐 두었던 가지를 향해 작대기를 내리쳤다. 호두송이 떨어지는 소리가 별나게 크게 들렸다. 가슴이 선뜩했다. 그러나 다음 순간, 굵은 호두야 많이 떨어져라, 많이 떨어져라, 저도 모를 힘에 이끌려 마구 작대기를 내리치는 것이었다.

돌아오는 길에는 열이틀 달이 지우는 그늘만 골라 짚었다. 그늘의 고마움을 처음 느꼈다.

불룩한 주머니를 어루만졌다. 호두송이를 맨손으로 깠다가는 옴이 오르기 쉽다는 말 같은 건 아무렇지도 않았다. 그저 근동(近洞 가까운 이웃 동네)에서 제일가는 이 덕쇠 할아버지네 호두를 어서 소녀에게 맛보여야 한다는 생각만이 앞섰다.

그러다 아차 하는 생각이 들었다. 소녀더러 병이 좀 낫걸랑 이사 가기 전에 한번 개울가로 나와 달라는 말을 못 해 둔 것이었다. 바보 같은 것, 바보 같은 것.

　이튿날, 소년이 학교에서 돌아오니 아버지가 나들이옷으로 갈아입고 닭한 마리를 안고 있었다.

　어디 가시느냐고 물었다.

　그 말에도 대꾸도 없이 아버지는 안고 있는 닭의 무게를 겨냥해 보면서,

　"이만하면 될까?"

　어머니가 망태기를 내주며,

　"벌써 며칠째 '걀걀' 하고 알 낳을 자리를 보든데요. 크진 않아도 살은 쪘을 거예요."

　소년이 이번에는 어머니한테 어디 가시느냐고 물어보았다.

　"저, 서당골 윤 초시 댁에 가신다. 제사상에라도 놓으시라고……."

　"그럼, 큰 놈으로 하나 가져가지. 저 얼룩 수탉으루……."

　이 말에 아버지는 허허 웃고 나서,

　"인마, 그래도 이게 실속이 있다."

　소년은 공연히 열적어(열없어. 좀 겸연쩍고 부끄러워), 책보를 집어던지고는 외양간으로 가, 쇠잔등을 한번 철썩 갈겼다. 쇠파리라도 잡는 척.


　개울물은 날로 여물어 갔다.

　소년은 갈림길에서 아래쪽으로 가 보았다. 갈밭머리에서 바라보는 서당골 마을은 쪽빛 하늘 아래 한결 가까워 보였다.

　어른들의 말이, 내일 소녀네가 양평읍으로 이사 간다는 것이었다. 거기가서는 조그마한 가겟방을 보게 되리라는 것이었다.

　소년은 저도 모르게 주머니 속 호두알을 만지작거리며, 한 손으로는 수없이 갈꽃을 휘어 꺾고 있었다.

　그날 밤, 소년은 자리에 누워서도 같은 생각뿐이었다. 내일 소녀네가 이사하는 걸 가 보나 어쩌나, 가면 소녀를 보게 될까 어떨까.

　그러다가 까무룩 잠이 들었는가 하는데,

　"허, 참 세상일도……."

　마을 갔던 아버지가 언제 돌아왔는지,

　"윤 초시 댁도 말이 아니야, 그 많던 전답을 다 팔아 버리고, 대대로 살아

오던 집마저 남의 손에 넘기더니, 또 악상(惡喪 자식이 부모보다 먼저 죽는 일)까지 당하는 걸 보면……."

남폿불(남포등에 켜 놓은 불. '남포'는 '램프'에서 유래한 말) 밑에서 바느질감을 안고 있던 어머니가,

"증손이라곤 계집애 그 애 하나뿐이었지요?"

"그렇지. 사내애 둘 있던 건 어려서 잃구……."

"어쩌믄 그렇게 자식 복이 없을까."

"글쎄 말이지. 이번 앤 꽤 여러 날 앓는 걸 약두 변변히 못 써 봤다더군. 지금 같아서는 윤 초시네두 대가 끊긴 셈이지. ……그런데 참, 이번 계집애는 어린것이 여간 잔망스럽지(얄밉도록 맹랑한 데가 있지) 않어. 글쎄, 죽기 전에 이런 말을 했다지 않어? 자기가 죽거든 자기 입던 옷을 꼭 그대로 입혀서 묻어 달라구……."

# 🎩 수난이대

## ✏ 작가와 작품 세계 --------------------------------------------

**하근찬**(1931~2007)

경북 영천 출생. 동아대학교 토목과를 중퇴했다. 1957년 〈한국일보〉에 「수난이대」가 당선되면서 문단에 등단했다. 주요 작품으로 단편 「낙뢰」, 「흰 종이 수염」, 「나룻배 이야기」, 「삼각의 집」, 「족제비」 등과 장편 『야호』, 『산에 들에』 등이 있다. 1973년 단편집 『수난이대』, 『산울림』, 『검은 자화상』 등을 출간했다.

「수난이대」는 궁핍한 농촌을 무대로 민족의 비극과 사회 병리의 단면을 포착해 형상화함으로써 작품이 조화된 구도를 유지하고 있다는 평가를 받는다. 실존주의와 전후파적 풍조의 영향으로 관념적 난삽함이 유행하던 1950년대 후반에, 시골 사람들의 이야기를 역사적 현실과 연관시킨 점은 문학사적으로 큰 의미를 지닌다.

그의 작품에서 농촌은 사회적 변화에서 유리된 자연 공간이 아니다. 오히려 역사적 수난과 고통이 축적되어 온 삶의 현장이다. 「수난이대」는 농촌의 삶과 현실이 역사적 상황 의식에 대응되어 문제성을 드러내고 있다.

## ✏ 작품 정리 --------------------------------------------

**갈래** : 가족사 소설, 전후 소설
**배경** : 시간 - 일제 강점기에서 6 · 25전쟁 직후까지
　　　　 공간 - 현실적 공간 : 전쟁의 상흔이 남아 있는 농촌
　　　　　　　 허구적 공간 : 태평양 전쟁 당시 어떤 섬과 6 · 25 전쟁터
**시점** : 전지적 작가 시점(작가 관찰자 시점 혼용)
**주제** : 민족의 수난과 이를 극복하려는 의지
**출전** : 〈한국일보〉(1957)

## 🖊 구성과 줄거리 ------------------------------------

**발단** **만도가 6·25전쟁터에서 돌아오는 아들을 마중 나감**

박만도는 삼대독자인 진수가 살아서 돌아온다는 통지를 받고 이른 아침부터 서둘러 역에 나간다.

**전개** **일제의 징용에 끌려가 한쪽 팔을 잃은 과거를 회상함**

만도는 아들이 병원에서 나온다는 말에 걱정한다. 하지만 자신처럼 되지는 않았으리라 확신하며 한쪽 팔이 없는 자신의 모습을 내려다본다. 진수에게 주려고 장에서 고등어 한 마리를 사들고 온 만도는 역 대합실에서 과거를 회상한다. 그는 일제의 강제 징용에 끌려가 남양의 어떤 섬에 도착한다. 어느 날 그는 공습을 피해 다이너마이트를 장치한 굴에 들어갔다가 팔을 잃는다.

**위기** **아들이 한쪽 다리를 잃은 것을 보고 실망함**

만도는 기차에서 내린 아들이 한쪽 다리가 없이 지팡이를 짚고 있는 것을 보고 크게 실망한다. 아버지와 아들은 앞서거니 뒤서거니 하며 집으로 향한다. 진수는 자신이 뒤처지기 시작하자 눈물을 참느라 애쓴다.

**절정** **만도가 아들의 하소연을 듣고 위로함**

만도는 주막에 들러 술을 마시고 진수에게는 국수를 시켜 준다. 집으로 돌아가면서 술기운이 돈 만도는 자초지종을 묻는다. 수류탄 때문에 그렇게 되었다는 것을 알게 된 만도는 앞으로 어떻게 살아가야 하느냐고 하소연하는 아들을 위로한다.

**결말** **외나무다리에서 아버지가 아들을 업고 건넘**

외나무다리에 이르자 만도는 머뭇거리는 진수에게 등에 업히라고 한다. 진수는 지팡이와 고등어를 각각 한 손에 들고 아버지 등에 업힌다. 서로를 의지하며 다리를 건너는 부자를 우뚝 솟아오른 용머리재가 가만히 내려다본다.

## ✎ 생각해 볼 문제 ------------------------------------------------

**1. 이 작품의 구성상 특징을 살펴보자.**

이 작품은 내용상으로 구분하면 전형적인 5단계 구성을 취하고 있다. 하지만 결말 부분을 심리적인 측면에서 해석해 보면 또 하나의 절정으로 볼 수도 있다. 즉 「수난이대」에서도 현대 소설이 가지고 있는 결말이 없는 구성을 찾아볼 수 있는 것이다.

> 만도가 전장에서 돌아오는 진수를 마중 나감(발단) - 만도의 과거 회상(전개) - 다리 불구가 된 진수가 돌아옴(위기) - 술로 마음을 달램(절정) - 힘을 합해 외나무다리를 건넘(절정 혹은 결말).

전체적으로는 진수를 마중나간 만도가 진수와 만나서 집으로 돌아오기까지의 과정을 묘사하고 있다. 또한, 시간의 흐름에 따른 순차적인 구성을 보여 준다.

**2. 이 작품에서 '주막, 술, 외나무 다리'는 무엇을 상징하는가?**

주막은 만도와 진수의 마음이 합일하는 완충 공간의 역할을 하고, 술은 절망을 희망으로 바꾸는 촉매 역할을 한다. 외나무다리는 만도와 진수가 앞으로 겪게 될 힘겨운 삶을 상징한다.

**3. 아버지는 제2차 세계 대전으로, 아들은 6·25 전쟁으로 불구가 된다. 아버지가 아들을 업고 외나무다리를 건너는 장면을 통해 전하고자 한 이 소설의 주제는 무엇인가?**

팔을 잃은 아버지와 다리를 잃은 아들이 외나무다리를 건너는 모습은 한 가족의 비극인 동시에 우리 민족의 비극이기도 하다. 전후 소설의 비극적 미학이 돋보이는 장면이다. 작가는 서로 의지하며 살아간다면 아무리 어려운 현실이라도 극복할 수 있다는 주제 의식을 드러내고 있다.

팔 없는 아버지

다리 잃은 아들

만도          진수

저(만도)는 일제의 강제 징용에 끌려가 팔 한쪽을 잃었어요. 6·25 전쟁터에 나간 아들(진수)이 돌아온다는 소식을 듣고 서둘러 역으로 나갔지요. 그런데 역에서 만난 진수는 한쪽 다리가 없이 지팡이를 짚고 있더군요. 어찌나 마음이 아프던지요. 집에 가는 길에 외나무다리에 이르자 진수가 머뭇거렸어요. 저는 진수를 등에 업고 외나무다리를 건넜답니다.

# 수난이대

진수가 돌아온다. 진수가 살아서 돌아온다. 아무개는 전사했다는 통지가 왔고, 아무개는 죽었는지 살았는지 통 소식이 없는데, 우리 진수는 살아서 오늘 돌아오는 것이다. 생각할수록 어깻바람이 날 일이다. 그래 그런지 몰라도 박만도는 여느 때 같으면 아무래도 한두 군데 앉아 쉬어야 넘어설 수 있는 용머리재를 단숨에 올라채고 만 것이다. 가슴이 펄럭거리고 허벅지가 뻐근했다. 그러나 그는 고갯마루에서도 쉴 생각을 하지 않았다. 들 건너 멀리 바라보이는 정거장에서 연기가 물씬물씬 피어오르며 삐익 기적 소리가 들려왔기 때문이다. 아들이 타고 내려올 기차는 점심때가 가까워 도착한다는 것을 모르는 바 아니다. 해가 이제 겨우 산등성이 위로 한 뼘가량 떠올랐으니, 오정이 되려면 아직 차례 멀은 것이다. 그러나 그는 공연히 마음이 바빴다. 까짓것, 잠시 앉아 쉬면 뭘 할 끼고.

만도는 손가락으로 한쪽 콧구멍을 누르면서 팽! 마른 코를 풀어 던졌다. 그리고 휘청휘청 고갯길을 내려가는 것이다.

내리막은 오르막에 비하면 아무것도 아니었다. 대구(대고, 계속해 자꾸) 팔을 흔들라치면 절로 굴러 내려가는 것이다. 만도는 오른쪽 팔만을 앞뒤로 흔들고 있었다. 왼쪽 팔은 조끼 주머니에 아무렇게나 쑤셔 넣고 있는 것이다. 삼대독자가 죽다니 말이 되나, 살아서 돌아와야 일이 옳고말고. 그런데 병원에서 나온다 하니 어디를 좀 다치기는 다친 모양이지만, 설마 나같이 이렇게사 되지 않았겠지. 만도는 왼쪽 조끼 주머니에 꽂힌 소맷자락을 내려다보았다. 그 소맷자락 속에는 아무것도 든 것이 없었다. 그저 소맷자락만이 어깨 밑으로 덜렁 처져 있는 것이다. 그래서 노상 그쪽은 조끼 주머니 속에 꽂혀 있는 것이다. 볼기짝이나 장딴지 같은 데를 총알이 약간 스쳐갔을 따름이겠지. 나처럼 팔뚝 하나가 몽땅 달아날 지경이었다면 그 엄살스런 놈이 견뎌 냈을 턱이 없고말고. 슬며시 걱정이 되기도 하는 듯, 그는 속으로 이런 소리를 주워섬겼다.

내리막길은 빨랐다. 벌써 고갯마루가 저만큼 높이 쳐다보이는 것이다. 산모퉁이를 돌아서면 이제 들판이다. 내리막길을 쏘아 내려온 기운 그대로,

만도는 들길을 잰걸음 쳐 나가다가 개천 둑에 이르러서야 걸음을 멈추었다. 외나무다리가 놓여 있는 조그마한 시냇물이었다. 한여름 장마철에 들어설라치면 배꼽이 묻히는 수도 있었지마는, 요즈막엔 무릎이 잠길 듯 말 듯한 물인 것이다. 가을이 깊어지면서부터 물은 밑바닥이 환히 들여다보일 만큼 맑아져 갔다. 소리도 없이 미끄러져 내려가는 물을 가만히 내려다보고 있으면 절로 이촉(치근. 잇몸 속에 들어 있는 이의 뿌리)이 시려온다.

만도는 물 기슭에 내려가서 쭈그리고 앉아 한 손으로 고의춤(고의나 바지의 허리를 접어서 여민 사이)을 풀어 헤쳤다. 오줌을 찌익 갈기는 것이다. 거울 면처럼 맑은 물 위에 오줌이 가서 부글부글 끓어오르며 뿌우연 거품을 이루니 여기저기서 물고기 떼가 모여든다. 제법 엄지손가락만씩 한 피리('피라미'의 방언)도 여러 마리다. 한 바가지 잡아서 회쳐 놓고 한잔 쭈욱 들이켰으면……. 군침이 목구멍에서 꿀꺽했다. 고기 떼를 향해서 마른 코를 팽팽 풀어 던지고, 그는 외나무다리를 조심히 디뎠다.

길이가 얼마 되지 않는 다리였으나 아래로 몸을 내려다보면 제법 아찔했다. 그는 이 외나무다리를 퍽 조심한다.

언젠가 한번, 읍에서 술이 꽤 되어 가지고 흥청거리며 돌아오다가, 물에 굴러 떨어진 일이 있었던 것이다. 지나치는 사람이 없었기에 망정이지, 누가 보았더라면 큰 웃음거리가 될 뻔했었다. 발목 하나를 약간 접쳤을 뿐, 크게 다친 데는 없었다. 이른 가을철이었기 때문에 옷을 벗어 둑에 널어놓고 말릴 수는 있었으나 여간 창피스러운 것이 아니었다. 옷이 말짱 젖었다거나 옷이 마를 때까지 발가벗고 기다려야 한다거나 해서가 아니었다. 팔뚝 하나가 몽땅 잘라져 나간 흉측한 몸뚱이를 하늘 앞에 드러내 놓고 있어야 했기 때문이었다. 지나치는 사람이 있을라치면, 하는 수 없이 물속으로 뛰어 들어가서 얼굴만 내놓고 앉아 있었다. 물이 선뜩해서 아래턱이 덜덜거렸으나, 오그라 붙는 사타구니를 한 손으로 꽉 움켜쥐고 버티는 수밖에 없었다.

"흐흐흐……."

그때 일을 생각하면 지금도 곧 웃음이 터져 나오는 것이다. 하늘로 쳐들린 콧구멍이 연방 벌름거렸다.

개천을 건너서 논두렁길을 한참 부지런히 걸어가노라면 읍으로 들어가는 한길이 나선다. 도로변에 먼지를 부옇게 덮어쓰고 도사리고 앉아 있는 초가집은 주막이다. 만도가 읍네 나올 때마다 한 번씩 들르곤 하는 단골집인 것이다. 이 집 눈썹이 짙은 여편네와는 예사로 농을 주고받는 사이다.

술방 문턱을 들어서며 만도가,

"서방님 들어가신다."

하면, 여편네는,

"아이 문둥아 어서 오느라."

하는 것이 인사처럼 되어 있었다. 만도는 여간 언짢은 일이 있어도 이 여편네의 궁둥이 곁에 가서 앉으면 속이 절로 쑥 내려가는 것이었다.

주막 앞을 지나치면서 만도는 술방 문을 열어 볼까 했으나, 방문 앞에 신이 여러 켤레 널려 있고, 방 안에서 웃음소리가 요란하기 때문에 돌아오는 길에 들르기로 하였다.

신작로에 나서면 금시 읍이었다. 만도는 읍 들머리에서 잠시 망설이다가, 정거장 쪽과는 반대되는 방향으로 걸음을 옮겼다. 장거리를 찾아가는 것이었다. 진수가 돌아오는데 고등어나 한 손 사 가지고 가야 될 거 아닌가, 싶어서였다. 장날은 아니었으나, 고깃전에는 없는 고기가 없었다. 이것을 살까 하면 저것이 좋아 보이고 그것을 사러 가면 또 그 옆의 것이 먹음직해 보였다. 한참 이리저리 서성거리다가 결국은 고등어 한 손이었다. 그것을 달랑달랑 들고 정거장을 향해 가는데, 겨드랑 밑이 간질간질해 왔다. 그러나 한쪽밖에 없는 손에 고등어를 들었으니 참 딱했다. 어깻죽지를 연방 위아래로 움직거리는 수밖에 없었다.

정거장 대합실에 들어선 만도는 먼저 벽에 걸린 시계부터 바라보았다. 두 시 이십 분이었다. 벌써 두 시 이십 분이니 내가 잘못 보았나? 아무리 두 눈을 씻고 보아도 시계는 틀림없는 두 시 이십 분이었다. 한쪽 걸상에 가서 궁둥이를 붙이면서도 곧장 미심쩍어 했다. 두 시 이십 분이라니, 그럼 벌써 점심때가 겨웠단 말인가? 말도 아닌 것이다. 자세히 보니 시계는 유리가 깨어졌고 먼지가 꺼멓게 앉아 있었다. 그러면 그렇지, 엉터리였다. 벌써 그렇게 되었을 리가 없는 것이다.

"여보이소, 지금 몇 싱교?"

맞은편에 앉은 양복쟁이한테 물어보았다.

"열 시 사십 분이오."

"예, 그렁교."

만도는 고개를 굽실하고는 두 눈을 연방 껌벅거렸다. 열 시 사십 분이라, 보자 그럼 아직도 한 시간이나 넘어 남았구나. 그는 안심이 되는 듯 후유, 숨을 내쉬었다. 궐련을 한 개 빼 물고 불을 댕겼다.

정거장 대합실에 와서 이렇게 도사리고 앉아 있노라면, 만도는 곧잘 생각나는 일이 한 가지 있었다. 그 일이 머리에 떠오르면 등골을 찬 기운이 좍 스쳐 내려가는 것이었다. 손가락이 시퍼렇게 굳어진 이끼 낀 나무토막 같은 팔뚝이 지금도 저만큼 눈앞에 보이는 듯했다.

바로 이 정거장 마당에 백 명 남짓한 사람들이 모여 웅성거리고 있었다. 그중에는 만도도 섞여 있었다. 기차를 기다리고 있는 것이었으나, 그들은 모두 자기네들이 어디로 가는 것인지 알지를 못했다. 그저 차를 타라면 탈 사람들이었다. 징용에 끌려 나가는 사람들이었다. 그러니까 지금으로부터 십이삼 년 옛날의 이야기인 것이다.

북해도 탄광으로 갈 것이라는 사람도 있었고 틀림없이 남양 군도로 간다는 사람도 있었다. 더러는 만주로 가면 좋겠다고 하기도 했다. 만도는 북해도가 아니면 남양 군도일 것이고, 거기도 아니면 만주겠지, 설마 저희들이 하늘 밖으로야 끌고 가겠느냐고 아무렇지도 않은 듯이 그 들창코로 담배 연기를 푹푹 내뿜고 있었다. 그러나 마음이 좀 덜 좋은 것은 마누라가 저쪽 변소 모퉁이 벚나무 밑에 우두커니 서서 한눈도 안 팔고 이쪽만을 바라보고 있기 때문이었다. 그래서 그는 주머니 속에 성냥을 두고도 옆사람에게 불을 빌리자고 하며 슬며시 돌아서 버리곤 했다.

플랫폼으로 나가면서 뒤를 돌아보니 마누라는 울 밖에 서서 수건으로 코를 눌러 대고 있는 것이었다. 만도는 코허리가 찡했다. 기차가 꽥꽥 소리를 지르면서 덜커덩! 하고 움직이기 시작했을 때는 정말 덜 좋았다. 눈앞이 뿌우옇게 흐려지는 것을 어쩌지 못했다. 그러나 정거장이 까맣게 멀어져 가고 차창 밖으로 새로운 풍경이 획획 날아들자, 그제야 아무렇지도 않아지는 것이었다. 오히려 기분이 유쾌해지는 것 같기도 했다.

바다를 본 것도 처음이었고, 그처럼 큰 배에 몸을 실어 본 것은 더구나 처음이었다. 배 밑창에 엎드려서 꽥꽥 게워 내는 사람들이 많았으나, 만도는 그저 골이 좀 띵했을 뿐 아무렇지도 않았다. 더러는 하루에 두 개씩 주는 뭉치 밥을 남기기도 했으나, 그는 한꺼번에 하루 것을 뚝딱해도 시원찮았다.

모두들 내릴 준비를 하라는 명령이 떨어진 것은 사흘째 되는 날 황혼 때였다. 제가끔 봇짐을 챙기기에 바빴다. 만도도 호박덩이만 한 보따리를 옆구리에 덜렁 찼다. 갑판 위에 올라가 보니 하늘은 활활 타오르고 있고, 바닷물은 불에 녹은 쇠처럼 벌겋게 출렁거리고 있었다. 지금 막 태양이 물 위로 뚝딱 떨어져 가는 것이었다. 햇덩어리가 어쩌면 그렇게 크고 붉은지 정말 처음이었다. 그리고 바다 위에 주황빛으로 번쩍거리는 커다란 산이 둥둥 떠 있는 것이었다. 무시무시하도록 황홀한 광경에 모두들 딱 벌어진 입을 다물 줄 몰랐다. 만도는 어깨마루를 버쩍 들어 올리면서, 히야 고함을 질러 댔다. 그러나 섬에서 그들을 기다리고 있는 것은 숨 막히는 더위와 강제 노동과 그리고, 잠자리만씩이나 한 모기 떼……. 그런 것뿐이었다.

섬에다가 비행장을 닦는 것이었다. 모기에게 물려 혹이 된 자리를 벅벅 긁으며, 비 오듯 쏟아지는 땀을 무릅쓰고, 아침부터 해가 떨어질 때까지 산을 허물어 내고, 흙을 나르고 하기란, 고향에서 농사일에 뼈가 굳어진 몸에도 이만저만한 고역이 아니었다. 물도 입에 맞지 않았고, 음식도 이내 변하곤 해서 도저히 견디어 낼 것 같지가 않았다. 게다가 병까지 돌았다. 일을 하다가도 벌떡 자빠지기가 예사였다. 그러나 만도는 아침저녁으로 약간씩 설사를 했을 뿐, 넘어지지는 않았다. 물도 차츰 입에 맞아 갔고, 고된 일도 날이 감에 따라 몸에 배어 드는 것이었다. 밤에 날개를 치며 몰려드는 모기 떼만 아니면 그냥저냥 배겨 내겠는데, 정말 그놈의 모기들만은 질색이었다.

사람의 일이란 무서운 것이었다. 그처럼 험난하던 산과 산 틈바구니에 비행장을 닦아 내고야 말았던 것이다. 허나 일은 그것으로 끝나는 것이 아니고, 오히려 더 벅찬 일이 닥치는 것이었다. 연합군의 비행기가 날아들면서부터 일은 밤중까지 계속되었다. 산허리에 굴을 파 들어가는 것이었다. 비행기를 집어넣을 굴이었다. 그리고 모든 시설을 다 굴속으로 옮겨야 하는 것이었다.

여기저기 다이너마이트 튀는 소리가 산을 흔들어 댔다. 앵앵앵 하고 공습경보가 나면 일을 하던 손을 놓고 모두가 굴 바닥에 납작납작 엎드려 있어야 했다. 비행기가 돌아갈 때까지 그러고 있는 것이었다. 어떤 때는 근 한 시간 가까이나 엎드려 있어야 하는 때도 있었는데 차라리 그것이 얼마나 편한지 몰랐다. 그래서 더러는 공습이 있기를 은근히 기다리기도 했다. 때로는 공습 경보의 사이렌을 듣지 못하고 그냥 일을 계속하는 수도 있었다.

그럴 때면 모두 큰 손해를 보았다고 야단들이었다. 어떻게 된 셈인지 사이렌이 미처 불기 전에 비행기가 산등성이를 넘어 달려드는 수도 있었다. 그럴 때는 정말 질겁을 하는 것이었다. 가장 많은 손해를 입는 것도 그런 경우였다. 만도가 한쪽 팔뚝을 잃어버린 것도 바로 그런 때의 일이었다.

여느 날과 다름없이 굴속에서 바위를 허물어 내고 있었다. 바위 틈서리에 구멍을 뚫어서 다이너마이트를 장치하는 하는 것이었다. 장치가 다 되면 모두 바깥으로 나가고, 한 사람만 남아서 불을 댕기는 것이다. 그리고 그것이 터지기 전에 얼른 밖으로 뛰어나와야 되었다.

만도가 불을 댕기는 차례였다. 모두 바깥으로 나가 버린 다음 그는 성냥을 꺼냈다. 그런데 웬 영문인지 기분이 께름칙했다. 모기에게 물린 자리가 자꾸 쑥쑥 쑤시는 것이다. 긁적긁적 긁어 댔으나 도무지 시원한 맛이 없었다. 그는 이맛살을 찌푸리면서 성냥을 득 그었다. 그래 그런지 몰라도, 불은 이내 픽 하고 꺼져 버렸다. 성냥 알맹이 네 개째에서 겨우 심지에 불이 당겨졌다. 심지에 불이 붙는 것을 보자 그는 얼른 몸을 굴 밖으로 날렸다. 바깥으로 막 나서려는 때였다. 산이 무너지는 듯한 소리와 함께 사나운 바람이 귓전을 후려갈기는 것이었다. 만도는 정신이 아찔했다. 공습이었던 것이다. 산등성이를 넘어 달려든 비행기가 머리 위로 아슬아슬하게 지나가는 것이었다. 미처 정신을 차리기도 전에 또 한 대가 뒤따라 날아드는 것이 아닌가. 만도는 그만 넋을 잃고 굴 안으로 도로 달려 들어갔다. 달려 들어가서 굴 바닥에 아무렇게나 팍 엎드러져 버리고 말았다. 그 순간이었다. 쾅! 굴 안이 미어지는 듯하면서 다이너마이트가 터졌다. 만도의 두 눈에서 불이 번쩍했다.

만도가 어렴풋이 눈을 떠 보니, 바로 거기 눈앞에 누구의 것인지 모를 팔뚝이 하나 아무렇게나 던져져 있었다. 손가락이 시퍼렇게 굳어져서, 마치 이끼 낀 나무토막처럼 보이는 것이었다. 만도는 그것이 자기의 어깨에 붙어 있던 것인 줄을 알자, 그만 으악! 하고 정신을 잃어버렸다. 재차 눈을 떴을 때는 그는 폭삭한 담요 속에 누워 있었고, 한쪽 어깻죽지가 못 견디게 쿡쿡 쑤셔 댔다. 절단 수술은 이미 끝난 뒤였다.

쩨애액— 기적 소리였다. 멀리 산모퉁이를 돌아오는가 보다. 만도는 앉았던 자리를 털고 벌떡 일어서며, 옆에 놓아두었던 고등어를 집어 들었다. 기적 소리가 가까워질수록 그의 가슴은 울렁거렸다. 대합실 밖으로 뛰어나가 플랫폼이 잘 보이는 울타리 쪽으로 가서 발돋움을 하였다.

째랑째랑 하고 종이 울자, 잠시 후 차는 소리를 지르면서 달려들었다. 기관차의 옆구리에서는 김이 픽픽 풍겨 나왔다. 만도의 얼굴은 바짝 긴장되었다. 시커먼 열차 속에서 꾸역꾸역 사람들이 밀려 나왔다. 꽤 많은 손님이 쏟아져 내리는 것이었다. 만도의 두 눈은 곧장 이리저리 굴렀다. 그러나 아들의 모습은 쉽사리 눈에 띄지 않았다. 저쪽 출찰구로 밀려가는 사람들의 물결 속에, 두 개의 지팡이를 의지하고 절룩거리며 걸어 나가는 상이군인(傷痍軍人 전투나 군사상 공무 중에 몸을 다친 군인)이 있었으나, 만도는 그 사람에게 주의를 기울이지는 않았다.

기차에서 내릴 사람은 모두 내렸는가 보다. 이제 미처 차에 오르지 못한 사람들이 플랫폼을 이리저리 서성거리고 있을 뿐인 것이다. 그놈이 거짓으로 편지를 띄웠을 리는 없을 건데…… 만도는 자꾸 가슴이 떨렸다. 이상한 일이다, 하고 있을 때였다. 분명히 뒤에서,

"아부지!"

부르는 소리가 들렸다. 만도는 깜짝 놀라며, 얼른 뒤를 돌아보았다. 그 순간, 만도의 두 눈은 무섭도록 크게 떠지고 입은 딱 벌어졌다. 틀림없는 아들이었으나, 옛날과 같은 진수는 아니었다. 양쪽 겨드랑이에 지팡이를 끼고 서 있는데, 스쳐가는 바람결에 한쪽 바짓가랑이가 펄럭거리는 것이 아닌가.

만도는 눈앞이 노오래지는 것을 어쩌지 못했다. 한참 동안 그저 멍멍하기만 하다가, 코허리가 쩡해지면서 두 눈에 뜨거운 것이 핑 도는 것이었다.

"에라이 이놈아!"

만도의 입술에서 모지게 튀어나온 첫마디였다. 떨리는 목소리였다. 고등어를 든 손이 불끈 주먹을 쥐고 있었다.

"이기 무슨 꼴이고, 이기."

"아부지!"

"이놈아, 이놈아……."

만도의 들창코가 크게 벌름거리다가 홀쩍 물코를 들이마셨다.

진수의 두 눈에서는 어느 결에 눈물이 꾀죄죄하게 흘러내리고 있었다. 만도는 모든 게 진수의 잘못이거나 한 듯 험한 얼굴로,

"가자, 어서!"

무뚝뚝한 한마디를 내던지고는 성큼성큼 앞장을 서 가는 것이었다.

진수는 입술에 내려와 묻는 짭짤한 것을 혀끝으로 날름 핥아 버리면서, 절름절름 아버지의 뒤를 따랐다.

앞장서 가는 만도는 뒤따라오는 진수를 한 번도 돌아보지 않았다. 한눈을 파는 법도 없었다. 무겁디무거운 짐을 진 사람처럼 땅바닥만을 내려다보며, 이따금 끙끙거리면서 부지런히 걸어만 가는 것이다. 지팡이에 몸을 의지하고 걷는 진수가 성한 사람의, 게다가 부지런히 걷는 걸음을 당해 낼 수는 도저히 없었다. 한 걸음 두 걸음씩 뒤지기 시작한 것이, 그만 작은 소리로 불러서는 들리지 않을 만큼 떨어져 버리고 말았다. 진수는 목구멍을 왈칵 넘어오려는 뜨거운 기운을 꾹 참느라고 어금니를 야물게 깨물어 보기도 하였다. 그리고 두 개의 지팡이와 한 개의 다리를 열심히 움직여 대는 것이었다.

앞서 간 만도는 주막집 앞에 이르자, 비로소 한 번 뒤를 돌아보았다. 진수는 오다가 나무 밑의 그늘에서 오줌을 누고 있었다. 지팡이는 땅바닥에 던져 놓고, 한쪽 손으로는 볼일을 보고, 한쪽 손으로는 나무 등치를 감싸 안고 있는 모양이 을씨년스럽기 이를 데 없는 꼬락서니였다. 만도는 눈살을 찌푸리며, 으음! 하고 신음 소리 비슷한 무거운 소리를 토했다. 그리고 술방 앞으로 가서 방문을 왈칵 잡아당겼다.

기역 자 판 안에 도사리고 앉아서 속옷을 뒤집어 까고 이를 잡고 있던 여편네가 킥하고 웃으며 후닥닥 옷섶을 여몄다. 그러나 만도는 웃지를 않았다. 방문턱을 넘어서면서도 서방님 들어가신다는 소리를 내뱉지 않았다. 아마 이처럼 뚝뚝한 얼굴을 하고 이 술방에 들어서기란 처음일 것이다. 여편네가 멋도 모르고,

"오늘은 서방님 아닌가 배."

하고 킥킥 웃었으나, 만도는 으음! 또 무거운 신음 소리를 했을 뿐 도시 기분을 내지 않았다. 기역 자 판 앞에 가서 쭈그리고 앉기가 바쁘게,

"빨리 빨리."

재촉을 하였다.

"하따나, 어지간히도 바쁜가 배."

"빨리 꼬빼기(곱빼기)로 한 사발 달라니까구마."

"오늘은 와 이카노?"

여편네가 쳐 주는 술사발을 받아 들며, 만도는 휴유…… 하고 숨을 크게 내쉬었다. 그리고 입을 얼른 사발로 가져갔다. 꿀꿀꿀, 잘도 넘어가는 것이다. 그 큰 사발을 단숨에 비워 버리고는, 도로 여편네 눈앞으로 불쑥 내밀었다. 그렇게 거들빼기로 석 잔을 해치우고사 으으윽! 하고 게트림(거만스럽게 거드름을 피우며 하는 트림)을 하였다. 여편네가 눈을 휘둥그레 가지고 혀를 내둘렀다. 빈속에 술을 그처럼 때려 마시고 보니, 금세 눈두덩이 확확 달아오르고, 귀 뿌리가 발갛게 익어 갔다.

술기가 얼큰하게 돌자, 이제 좀 속이 풀리는 성싶어 방문을 열고 바깥을 내다보았다. 진수는 이마에 땀을 척척 흘리면서 저만큼 오고 있었다.

"진수야!"

버럭 소리를 질렀다.

"이리 들어와 보래."

진수는 아무런 대꾸도 없이 어기적어기적 다가왔다. 다가와서 방 문턱에 걸터앉으니까, 여편네가 보고,

"방으로 좀 들어오이소."

하였다.

"여기 좋심더."

그는 수세미 같은 손수건으로 이마와 코언저리를 아무렇게나 훔친다.

"마 아무 데서나 묵어라. 저, 국수 한 그릇 말아 주소."

"야."

"꼬빼기로 잘 좀……. 참지름도 치소, 알았능교?"

"야아."

여편네는 코로 히죽 웃으면서 만도의 옆구리를 살짝 꼬집고는, 소쿠리에서 삶은 국수 두 뭉텅이를 집어 들었다.

진수가 국수를 훌훌 끌어 넣고 있을 때, 여편네는 만도의 귓전으로 얼굴을 살짝 갖다 댄다.

"아들이가?"

만도는 고개를 약간 앞뒤로 끄덕거렸을 뿐, 좋은 기색을 하지 않았다. 진수가 국물을 훌쩍 들이마시고 나자, 만도는,

"한 그릇 더 묵을래?"

하였다.

"아니예."

"한 그릇 더 묵지 와."

"고만 묵을랍니더."

진수는 입술을 싹 닦으며 푸시시 자리에서 일어났다.

주막을 나선 그들 부자는 논두렁길로 접어들었다. 아까와 같이 만도가 앞장을 서는 것이 아니라, 이번에는 진수를 앞세웠다. 지팡이를 짚고 찌긋둥찌긋둥 앞서 가는 아들의 뒷모습을 바라보며, 팔뚝이 하나밖에 없는 아버지가 느릿느릿 따라가는 것이다. 손에 매달린 고등어가 대구 달랑달랑 춤을 추었다. 너무 급하게 들이마셔서 그런지, 만도의 뱃속에서는 우글우글 술이 끓고, 다리가 휘청거렸다. 콧구멍으로 더운 숨을 훅훅 내불어 보니 정신이 아른해서 역시 좋았다.

"진수야!"

"예."

"니 우째다가 그래 됐노?"

"전쟁하다가 이래 안 됐심니꼬. 수류탄 쪼가리에 맞았심더."

"수류탄 쪼가리에?"

"예."

"음……."

"얼른 낫지 않고 막 썩어 들어가기 땜에 군의관이 짤라 버립디더, 병원에서예."

"……."

"아부지!"

"와?"

"이래 가지고 우째 살까 싶습니더."

"우째 살긴 뭘 우째 살아? 목숨만 붙어 있으면 다 사는 기다. 그런 소리 하지 마라."

"……."

"나 봐라, 팔뚝이 하나 없어도 잘만 안 사나. 남 봄에 좀 덜 좋아서 그렇지, 살기사 와 못 살아."

"차라리 아부지같이 팔이 하나 없는 편이 낫겠어예. 다리가 없어 노니, 첫째 걸어 댕기기에 불편해서 똑 죽겠심더."

"야야. 안 그렇다. 걸어 댕기기만 하면 뭐하노, 손을 지대로 놀려야 일이 뜻대로 되지."

"그러까예?"

"그렇다니까. 그러니까 집에 앉아서 할 일은 니가 하고, 나댕기메 할 일은 내가 하고, 그라면 안 되겠나, 그제?"

"예."

진수는 가벼운 한숨을 내쉬며 아버지를 돌아보았다. 만도는 돌아보는 아들의 얼굴을 향해 지그시 웃어 주었다.

술을 마시고 나면 이내 오줌이 마려워지는 것이다. 만도는 길가에 아무렇게나 쭈그리고 앉아서 고기 묶음을 입에 물려고 하였다. 그것을 본 진수는,

"아부지, 그 고등어 이리 주이소."

하였다.

팔이 하나밖에 없는 몸으로 물건을 손에 든 채 소변을 볼 수는 없는 것이다. 아버지가 볼일을 마칠 때까지, 진수는 저만큼 떨어져 서서 지팡이를 한쪽 손에 모아 쥐고, 다른 손으로 고등어를 들고 있었다. 볼일을 다 본 만도는 얼른 가서 아들의 손에서 고등어를 다시 받아 든다.

개천 둑에 이르렀다. 외나무다리가 놓여 있는 그 시냇물이다. 진수는 슬그머니 걱정이 되었다. 물은 그렇게 깊은 것 같지 않지만, 밑바닥이 모래흙이어서 지팡이를 짚고 건너가기가 만만할 것 같지 않기 때문이다. 외나무다리는 도저히 건너갈 재주가 없고…… 진수는 하는 수 없이 둑에 퍼지고 앉아서 바짓가랑이를 걷어 올리기 시작했다.

만도는 잠시 멀뚱히 서서 아들의 하는 양을 내려다보고 있다가,

"진수야, 그만두고, 자아 업자."

하는 것이었다.

"업고 건너면 일이 다 되는 거 아니가. 자아, 이거 받아라."

고등어 묶음을 진수 앞으로 민다.

진수는 픽 난처해하면서, 못 이기는 듯이 그것을 받아 들었다. 만도는 등허리를 아들 앞에 갖다 대고, 하나밖에 없는 팔을 뒤로 버쩍 내밀며,

"자아, 어서!"

했다.

진수는 지팡이와 고등어를 각각 한 손에 쥐고, 아버지의 등허리로 가서

슬그머니 업혔다. 만도는 팔뚝을 뒤로 돌리면서, 아들의 하나뿐인 다리를 꼭 안았다. 그리고,

"팔로 내 목을 감아야 될 끼다."

했다.

진수는 무척 황송한 듯 한쪽 눈을 찍 감으면서, 고등어와 지팡이를 든 두 팔로 아버지의 굵은 목덜미를 부둥켜안았다.

만도는 아랫배에 힘을 주며, 끙! 하고 일어났다. 아랫도리가 약간 후들거렸으나 걸어갈 만은 했다. 외나무다리 위로 조심조심 발을 내디디며 만도는 속으로, 이제 새파랗게 젊은 놈이 벌써 이게 무슨 꼴이고. 세상을 잘못 만나서 진수 니 신세도 참 똥이다, 똥. 이런 소리를 주워섬겼고, 아버지의 등에 업힌 진수는 곧장 미안스러운 얼굴을 하며,

'나꺼정 이렇게 되다니, 아부지도 참 복도 더럽게 없지. 차라리 내가 죽어 버렸더라면 나았을 낀데…….'

하고 중얼거렸다.

만도는 아직 술기가 약간 있었으나, 용케 몸을 가누며 아들을 업고 외나무다리를 조심조심 건너가는 것이었다.

눈앞에 우뚝 솟은 용머리재가 이 광경을 가만히 내려다보고 있었다.

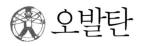
# 오발탄

## 📝 작가와 작품 세계

**이범선**(1920~1981)

평안남도 신안주 출생. 평양에서 은행원으로 근무하다가 광복 후 월남했다. 1952년 동국대학교 국문학과를 졸업했다. 대광 · 숙명 · 휘문 등 중고등학교에서 교사로 근무했고, 1977년 한국외국어대학교 교수가 되었다. 작품으로 「학마을 사람들」, 「오발탄」, 「피해자」, 「분수령」 등이 있다. 1958년 「학마을 사람들」로 제1회 현대문학상을, 1961년 「오발탄」으로 제5회 동인문학상을 수상했다.

작가의 체험이 반영된 초기 작품인 「학마을 사람들」, 「갈매기」 등에는 어두운 사회의 단면과 무기력한 인간상이 주로 등장한다. 뒤이어 발표된 「오발탄」, 「피해자」 등은 사회 고발의 성격이 강한 작품으로 객관적 묘사를 통해 약자의 생존과 침울한 사회상을 부각시켰다.

후기 작품인 「냉혈 동물」, 「돌무늬」, 「삼계일심」에는 인간의 궁극적 모순과 존재론적 허무가 깃들어 있는 가운데 잔잔한 휴머니즘이 빛을 발한다.

## 📝 작품 정리

> **갈래** : 전후 소설
> **배경** : 시간 – 6 · 25 전쟁 직후 / 공간 – 서울 해방촌 일대
> **시점** : 3인칭 작가 관찰자 시점
> **주제** : 전후의 비참한 현실 속에서 정신적 지표를 잃은 인간의 비극
> **출전** : 〈현대문학〉(1959)

### 🖋 구성과 줄거리 - - - - - - - - - - - - - - - - - - - - - - - - - - - - - - - - - - - - - - -

**발단** **철호는 월남 가족의 가장으로 궁핍하게 살아감**

계리사 사무실의 서기인 철호는 월남 가족의 가장이다. 철호네는 원래 지주 집안이었으나 지주라는 이유로 탄압을 받게 되자, 몇 년 전 월남해 서울에서 궁핍하게 살고 있다.

**전개** **철호 일가의 비참한 삶의 모습**

철호가 퇴근해서 판잣집 대문에 들어서면 어머니의 "가자! 가자!"라고 외치는 목소리가 새어 나온다. 철호는 실성한 어머니, 만삭이 된 아내와 어린 딸, 가난 때문에 양공주가 된 동생 명숙, 상이군인으로 제대한 동생 영호 등 가족에 대한 걱정으로 늘 우울하다. 저녁을 먹은 뒤 산책을 나갔다가 집에 오니 동생 영호가 와 있다. 철호는 바람직하지 못한 영호의 태도를 꾸짖는다.

**위기** **영호가 강도 행각을 벌이고 아내가 출산 도중에 죽음**

철호는 영호가 권총 강도로 잡혀 와 있다는 경찰서의 연락을 받는다. 경찰서에 갔다가 집으로 돌아온 철호는 명숙으로부터 아내가 위독하다는 말을 듣는다. 그는 급히 병원으로 달려가지만 아내는 이미 시체로 변해 있다.

**절정** **거리를 헤매던 철호는 치과에서 어금니를 모두 뺌**

거듭된 사고에 충격을 받은 철호는 무작정 거리를 헤매다가 치과에 들어간다. 그는 의사의 만류에도 불구하고 그동안 돈이 없어 빼지 못했던 양쪽 어금니를 모두 빼 버린다.

**결말** **택시를 탄 철호는 방향 감각을 잃음**

피가 많이 나와 어지럼증을 느낀 철호는 집에 가기 위해 택시를 탄다. 그는 해방촌으로 가자고 했다가 경찰서로 가자고 하고, 다시 병원으로 행선지를 바꾼다. 운전수는 "오발탄 같은 손님이 걸렸어."라고 중얼거리며 무작정 달린다. 철호의 입에서 흘러내린 선지피는 그의 와이셔츠를 흥건히 적신다.

## 생각해 볼 문제

**1. 이 작품에서 '오발탄'은 무엇을 상징하는가?**

이 소설에서 오발탄은 방향 감각을 상실한 철호의 모습을 의미한다. 극도의 가난 속에서 양심은 사치에 불과한 것인지도 모른다. 동생 영호가 권총 강도 행각을 벌이고, 명숙이 양공주가 된 것은 이와 무관하지 않다.

**2. '충치'의 상징적 의미는 무엇인가?**

영호는 돈이 아까워 병원에 가지 않는 철호를 한심하게 생각한다. 여기서 충치는 철호가 양심을 지키기 위해 고통을 감내하는 것을 상징한다.

**3. 택시를 탄 철호가 '해방촌, S병원, X경찰서'로 가자고 횡설수설한 이유는 무엇인가?**

철호는 급하게 해결해야 할 일들이 너무 많지만 정작 어느 것도 제대로 책임질 수 없는 처지다. 가긴 가야 하는데 어디부터 가야 할지 모르는 것이다. 사면초가에 처한 철호의 삶이 오발탄으로 비유된다.

**4. 이 작품에서는 어떤 요소들이 대립하고 있는가?**

이 소설에서는 현실과 타협하는 인물과 그렇지 않은 인물이 대립하고 있다. 철호는 양심에 따라 살아가지만 상이군인 영호는 권총 강도 짓을 하고 명숙은 양공주 짓을 한다. 가난이 시대의 산물이라고 볼 때, 이 소설에 나타난 갈등은 인물과 사회 간의 갈등이라고 할 수 있다.

**5. 이 작품에서 언급된 '법률선'과 '인정선'의 의미는 무엇인가?**

"형님, 미안합니다. 인정선에서 걸렸어요. 법률선까지는 무난히 뛰어넘었는데. 쏘아 버렸어야 하는 건데." 영호는 범죄를 저지르기는 했지만 차마 사람을 해치지는 못한다. 영호에게도 일말의 양심이 남아 있는 것이다. 전쟁이라는 시대적 상황이 영호를 타락하게 만들었다고도 볼 수 있다.

가잼 가잼

어머니(월남)

아내
(출산 중 사망)

철호
(가장)

명숙
(양공주)

영호
(강도질)

딸

저(철호)는 계리사 사무실에서 서기로 일하고 있습니다. 어머니는 틈만 나면 고향인 북으로 가자고 외치세요. 서울에서 가난하게 사는 건 매우 힘듭니다. 취업을 못하고 있었던 동생 영호는 강도질로 경찰서에 잡혀 갔고, 그 와중에 제 아내는 아이를 낳다가 죽었어요. 해방촌과 경찰서, 병원 중에서 저는 어디로 가야 하는 걸까요?

# 오발탄

계리사(計理士 '공인 회계사'의 이전 용어) 사무실 서기 송철호는 여섯 시가 넘도록 사무실 한구석 자기 자리에 멍청하니 앉아 있었다. 무슨 미진한 사무가 있는 것도 아니었다. 장부는 벌써 집어치운 지 오래고 그야말로 멍청하니 그저 앉아 있는 것이었다. 딴 친구들은 눈으로 시계 바늘을 밀어 올리다시피 다섯 시를 기다려 후딱 나가 버렸다. 그런데 점심도 못 먹은 철호는 허기가 나서만이 아니라 갈 데도 없었다.

"송 선생님은 안 나가세요."

이제 청소를 해야 할 테니 그만 나가 달라는 투의 사환 애의 말에 철호는 다 낡아 빠진 해군 작업복 저고리 주머니에 깊숙이 찌르고 있던 두 손을 빼내어서 무겁게 책상 위에 올려놓았다.

"나가야지."

하품 같은 대답이었다.

사환 애는 저쪽 구석에서부터 비질을 하기 시작하였다. 먼지가 사정없이 철호의 얼굴로 몰려왔다.

철호는 어슬렁어슬렁 일어섰다. 이쪽 모서리 창가로 갔다. 바께쓰(양동이)의 물을 대야에 따랐다. 두 손을 끝에서부터 가만히 물속에 담갔다. 아직 이른 봄이라 물이 꽤 손끝에 시렸다. 철호는 물속에 잠긴 두 손을 물끄러미 내려다보고 있었다. 펜대에 시달린 오른손 장지 첫 마디에 콩알만 한 못이 박혔다. 그 못에서 파란 명주실 같은 것이 사르르 물속으로 풀려났다. 잉크 그것은 잠시 대야 밑바닥을 기다 말고 사뿐히 위로 떠올라 안개처럼 연하게 피어서 사방으로 번져 나갔다. 손가락 끝을 중심으로 하고 그 색의 농도가 점점 연해져 나갔다. 맑게 개인 가을 하늘색으로 대야 가장자리까지 번져 나간 그것은 다시 중심의 손끝을 향해 접어들며 약간 파랑색으로 달무리 모양 둥그런 원을 그렸다.

피! 이건 분명히 피다!

철호는 엉뚱한 생각을 하고 있었다. 슬그머니 물속에서 손을 빼내었다. 그러자 이번엔 대야 밑바닥에서 한 사나이의 얼굴을 보았다. 철호의 눈을 마주 쳐다보는 그 사나이는 얼굴의 온 근육을 이상스레 히물히물 움직이며 입을 비죽거려 웃고 있었다.

이마에 길게 흐트러진 머리카락. 그 밑에 우묵하니 파인 두 눈. 깎아진 볼. 날카롭게 여윈 턱. 송장처럼 꺼멓고 윤기 없는 얼굴. 그것은 까마득한 원시인의 한 사나이였다.

몽둥이 끝에, 모난 돌을 하나 칡넝쿨로 아무렇게나 잡아매서 들고, 동굴 속에 남겨 두고 나온 식구들을 위하여 온종일 숲 속을 맨발로 헤매고 다니던 사나이.

곰? 그건 용기가 부족하다.

멧돼지? 힘이 모자란다.

노루? 너무 날쌔어서.

꿩? 그놈은 하늘을 난다.

토끼? 토끼. 그래 고놈쯤은 꽤 때려잡음 직하다. 그런데 그것마저 요즈음은 묏에 잘 돌아오지 않는다. 사냥꾼이 너무 많다. 토끼보다도 더 많다.

그래도 무어든 들고 들어가야 하는 것이다.

사나이는 바위 잔등에 무릎을 꿇고 앉아 냇물에 손을 씻는다. 파란 물속에 빨간 노을이 잠겼다. 끈적끈적하게 사나이의 손에 묻었던 피가 노을빛보다 더 진하게 우러난다.

무엇인가 때려잡은 모양이다. 곰? 멧돼지? 노루? 꿩? 토끼?

그런데 사나이가 들고 일어선 것은 그 어느 것도 아니었다. 보기에도 징그러운 내장. 그것이 무슨 짐승의 내장인지는 사나이 자신도 모른다. 사나이는 그 짐승의 머리도 꼬리도 못 보았다. 누군가가 숲 속에 끌어내어 버린 것을 주워 오는 것이었다.

철호는 옆에 놓인 비누를 집어 들었다. 마구 두 손바닥으로 비볐다. 우구구 까닭 모를 울분이 끓어올랐다.

빈 도시락마저 들지 않은 손이 홀가분해 좋긴 하였지만, 해방촌 고개를 추어 오르기에는 뱃속이 너무 허전했다.

산비탈을 도려내고 무질서하게 주워 붙인 판잣집들이었다. 철호는 골목으로 접어들었다. 레이션 곽을 뜯어 덮은 처마가 어깨를 스칠 만치 비좁은 골목이었다. 부엌에서들 아무 데나 마구 버린 뜨물이, 미끄러운 길에는 구공탄 재가 군데군데 헌데 더뎅이(부스럼 딱지나 때 같은 것이 덧붙어서 된 조각) 모양 깔렸다.

저만치 골목 막다른 곳에, 누런 시멘트 부대 종이를 흰 실로 얼기설기 문살에 얽어 맨 철호네 집 방문이 보였다. 철호는 때에 절어서 마치 가죽끈처럼 된 헝겊이 달린 문걸쇠를 잡아당겼다. 손가락이라도 드나들 만치 엉성한 문이면서 찌걱찌걱 집혀서 잘 열리지를 않았다. 아래가 잔뜩 잡힌 채 비틀어진 문틈으로 그의 어머니의 소리가 새어 나왔다.

"가자! 가자!"

미치면 목소리마저 변하는 모양이었다. 그것은 이미 그의 어머니의 조용하고 부드럽던 그 목소리가 아니고, 쨍쨍하고 간사한 게 어떤 딴사람의 목소리였다.

문을 열고 들어서는 철호의 얼굴에 걸레 썩는 냄새 같은 것이 확 풍겨왔다. 철호는 문 안에 들어선 채 우두커니 아랫목을 내려다보고 있었다.

중학교 시절에 박물관에서 미라를 본 일이 있었다. 그건 꼭 솜 누더기에 싸 놓은 미라였다. 흰 머리카락은 한 오리(실, 나무, 대 따위의 가늘고 긴 조각)도 제대로 놓인 것이 없었다. 그대로 수세미였다. 그 어머니는 벽을 향해 돌아누워서 마치 딸꾹질처럼 어떤 일정한 사이를 두고 '가자, 가자' 하는 외마디 소리를 지르고 있었다. 그 해골 같은 몸에서 어떻게 그런 쨍쨍한 소리가 나오는지 이상하였다.

철호는 윗방으로 올라가 털썩 벽에 기대어 앉아 버렸다. 가슴에 커다란 납덩어리를 올려놓은 것 같았다. 정말 엉엉 소리를 내어 울고 싶었다. 눈을 꼭 지리 감으며 애써 침을 삼켰다.

두 달 전까지만 해도 철호는 저녁때 일터에서 돌아오면 어머니야 알아듣건 말건 그래도 '어머니 지금 돌아왔습니다' 하고 인사를 하곤 하였었다.

그러나 요즈음은 그것마저 안 하게 되었다. 그저 한참 물끄러미 굽어보고 섰다가 그대로 윗방으로 올라와 버리는 것이었다.

컴컴한 구석에 앉아 있던 철호의 아내가 슬그머니 일어섰다. 담요 바지 무릎을 한쪽은 꺼멍, 또 한쪽은 회색으로 기웠다. 만삭이 되어서 꼭 바가지를 엎어 놓은 것 같은 배를 안은 아내는 몽유병자처럼 철호의 앞을 지나 나갔다. 부엌으로 나가는 것이었다. 분명 벙어리는 아닌데 아내는 말이 없었다.

"아버지."

철호는 누가 꼭대기를 쿡 쥐어박기나 한 것처럼 흠칠했다.

바로 옆에 다섯 살 난 딸애가 눈을 동그랗게 뜨고 철호를 쳐다보고 있었다. 철호는 어린것에게 얼굴을 돌렸다. 웃어 보이려는 철호의 얼굴이 도리어 흉하게 이지러졌다.

"나아, 삼촌이 나이롱 치마 사 준댔다."

"응."

"그리구 구두두 사 준댔다."

"응."

"그러면 나 엄마하고 화신 구경 간다."

"……."

철호는 그저 어린것의 노랗게 뜬 얼굴을 바라보고 있을 뿐이었다. 철호의 헌 샤쓰 허리통을 잘라서 위에 끈을 꿰어 스커트로 입은 딸애는 짝짝이 양말 목달이에나 어디서 주운 것인지 가는 고무줄을 끼었다.

"가자! 가자!"

아랫방에서 또 어머니의 그 저주 같은 소리가 들려왔다. 벌써 칠 년을 두고 들어 와도 전연 모를 그 어떤 딴사람의 목소리.

철호는 또 눈을 꼭 감았다. 머릿속의 녓줄이 팽팽히 헤어졌다. 두 주먹으로 무엇이건 꽉 때려 부수고 싶은 충동에 철호는 어금니를 바서져라 맞씹었다.

좀 춥기는 해도 철호는 집 안보다 이 바위 잔등이 더 좋았다. 그래 철호는 저녁만 먹으면 언제나 이렇게 집 뒤 산등성이에 있는 바위 위에 두 무릎을 세워 안고 앉아서 하염없이 거리의 등불들을 바라보며 밤 깊기를 기다리는 것이었다. 어느 거리쯤인지 잘 분간할 수 없는 저 밑에서, 술 광고 네온사인이 핑그르르 돌고 깜박 꺼졌다가 또 번뜩 켜지고, 핑그르르 돌고 깜박 꺼지고 하였다.

철호는 그저 언제까지나 그렇게 그 네온사인을 지켜보고 있었다. 바위 잔등이 차츰차츰 식어 왔다. 마침내 다 식고 겨우 철호가 깔고 앉은 고 부분에만 약간 온기가 남았다. 이제 조금만 더 있으면 밑이 시려 올 것이다. 그러면 철호는 하는 수 없이 일어서야 하는 것이다.

드디어 철호는 일어섰다. 오래 까부려 붙이고 있던 두 다리가 저렸다. 두 손을 작업복 호주머니에 깊숙이 찔렀다. 철호는 밤 하늘을 한 번 쳐다보았다. 지금까지 바라보던 밤 거리보다 더 화려하게 별들이 뿌려져 있었다. 철호는 그 많은 별들 가운데서 북두칠성을 쳐다보았다. 머리를 뒤로 젖혀 하늘을 쳐다보는 채 빙그르르 그 자리에서 돌았다. 거꾸로 달린 주걱 같은 북두칠성은 쉽사리 찾아낼 수 있었다. 그 북두칠성 앞에 딴 별들보다 좀 크고 빛나는 별, 그건 북극성이었다.

철호는 지금 자기가 서 있는 지점과 북극성을 연결하는 직선을 밤 하늘에 길게 그어 보았다. 그리고 그 선을 눈이 닿는 데까지 연장시켰다. 철호는 그렇게 정북을 향하여 한참이나 서 있었다. 고향 마을이 눈앞에 떠올랐다. 마을의 좁은 길까지, 아니 그 길에 박혀 있던 돌 하나까지도 선히 볼 수 있었다.

으스스 몸이 떨렸다. 한기가 전기처럼 발끝에서 튀어 콧구멍으로 빠져나갔다. 철호는 크게 재채기를 하였다. 그리고 또 한 번 몸을 부르르 떨며 바위 밑으로 내려왔다.

철호는 천천히 골목 안으로 들어섰다.

"가자!"

철호는 멈칫 섰다. 낮에는 이렇게까지 멀리 들리는 줄은 미처 몰랐던 어머니의 그 소리가 골목 어귀에까지 들려왔다.

"가자!"

그러나 언제까지 그렇게 골목에 서 있을 수도 없는 노릇이었다. 철호는 다시 발을 옮겨 놓았다. 정말 무거운 발걸음이었다. 그건 다리가 저려서만이 아니었다.

"가자!"

철호가 그의 집 쪽으로 걸음을 옮겨 놓을 때마다 그만치 그 소리는 더 크게 들려왔다.

가자는 것이었다. 돌아가자는 것이었다. 고향으로 돌아가자는 것이었다. 옛날로 되돌아가자는 것이었다. 그것은 이렇게 정신 이상이 생기기 전부터 철호의 어머니가 입버릇처럼 되풀이하던 말이었다.

38선. 그것은 아무리 자세히 설명을 해 주어도 철호의 늙은 어머니에게만은 아무 소용없는 일이었다.

"난 모르겠다. 암만해도 난 모르겠다. 삼팔선, 그래 거기에다 하늘에 꾹 닿도록 담을 쌓았단 말이냐 어쨌단 말이냐. 제 고장으로 제가 간다는데 그래 막는 놈이 도대체 누구란 말이냐."

죽어도 고향에 돌아가서 죽고 싶다는 철호의 어머니였다. 그러고는,

"이게 어디 사람 사는 게냐. 하루 이틀도 아니고."

하며 한숨과 함께 무릎을 치며 꺼지듯이 풀썩 주저앉곤 하는 것이었다.

그럴 때마다 철호는,

"어머니, 그래도 남한은 이렇게 자유스럽지 않아요?"

하고, 남한이니까 이렇게 생명을 부지하고 살 수 있지, 만일 북한 고향으로 간다면 당장에 죽는 것이라고 자유라는 것이 얼마나 소중한 것인가를, 갖은 이야기를 다 예로 들어 가며 어머니에게 타일러 보는 것이었다. 그러나 자유라는 것을 늙은 어머니에게 이해시키기란 38선을 인식시키기보다도 몇백 갑절 더 힘드는 일이었다. 아니, 그것은 거의 불가능한 일이라 했다. 그래 끝내 철호는 어머니에게 자유라는 것을 설명하는 일을 단념하고 말았다.

그렇게 되고 보니 철호의 어머니에게는 아들, 지지리 고생을 하면서도 고향으로 돌아갈 생각만은 죽어도 하지 않는 철호가, 무슨 까닭인지는 몰라도 늙은 어미를 잡으려고 공연한 고집을 피우고 있는 천하에 고약한 놈으로만 여겨지는 것이었다.

그야 철호에게도 어머니의 심정이 이해되지 않는 것은 아니었다.

무슨 하늘이 알 만치 큰 부자는 아니었지만 그래도 꽤 큰 지주로서 한 마을의 주인 격으로 제법 풍족하게 평생을 살아오던 철호의 어머니 눈에는 아무리 그네가 세상을 모른다고는 해도 산등성이를 악착스레 깎아 내고 거기에다 게딱지 같은 판잣집들을 다닥다닥 붙여 놓은 이 해방촌이 이름 그대로 해방촌일 수는 없는 노릇이다.

"나두 내 나라를 찾았다는 게 기뻐서 울었다. 엉엉 울었다. 시집올 때 입었던 홍치마를 꺼내 입고 춤을 추었다. 그런데 이 꼴 좋다. 난 싫다. 아무래도 난 모르겠다. 뭐가 잘못됐건 잘못된 너머 세상이디그래."

철호의 어머니 생각에는 아무리 해도 모를 일이었던 것이었다. 나라를 찾았다면서 집을 잃어버려야 한다는 것은 그것은 정말 알 수 없는 일이었던 것이었다.

철호의 어머니는 남한으로 넘어온 후로 단 하루도 이 '가자'는 말을 하지 않는 날이 없었다.

그렇게 지내 오던 그날, 6·25 동란으로 바로 발밑에 빤히 내려다보이는 용산 일대가 폭격으로 지옥처럼 무너져 나가던 날 끝내 철호는 어머니를 잃어버리고 말았던 것이었다.

"큰애야 이젠 정말 가자. 데것 봐라. 담이 흠싹 무너뎄는데 삼팔선의 담이 데렇게 무너뎄는데, 야."

그때부터 철호의 어머니는 완전히 정신 이상이었다. 지금의 어머니, 그것은 이미 철호의 어머니는 아니었다. 아무리 따져 보아도 그것이 철호 자기의 어머니일 수는 없었다. 세상에 아들딸마저 알아보지 못하는 어머니가 있을 수 있는 것일까?

그날부터 철호의 어머니는,

"가자! 가자!"

하고 저렇게 쨍쨍한 목소리로 외마디 소리를 지를 뿐 그 밖의 모든 것을 완전히 잃어버리고 있었다. 철호에게 있어서 지금의 어머니는 말하자면 어머니의 시체에 지나지 않았다.

뚫어진 창호지 구멍으로 그래도 희미한 불빛이 새어 나오고 있었다. 철호는 윗방 문을 열었다. 아랫방과 윗방 사이 문턱에 위태롭게 올려놓은 등잔이 개똥벌레처럼 가물거리고 있었다. 윗방 아랫목에는 딸애가 반듯이 누워서 송장 같았다. 그 옆에 철호의 아내가 두 무릎을 꿇고 앉아 있었다. 꺼먼 헝겊과 회색 헝겊으로 기운 담요 바지, 무릎 위에는 빨간색 우단으로 만든 조그마한 운동화가 한 켤레 놓여 있었다. 철호가 방 안에 들어서자 아내는 그 어린애의 빨간 신발을 모아 자기 손바닥에 올려놓아 철호에게 들어 보였다.

"삼촌이 사 왔어요."

유난히 살눈썹(속눈썹)이 긴 아내의 눈이 가늘게 웃었다. 참으로 오래간만에 보는 아내의 웃음이었다. 자기가 미인이었다는 것을 잊어버리고 만 지 오랜 아내처럼, 또 오래 보지 못하여 거의 잊어버려 가던 아내의 웃는 얼굴이었다.

철호는 등잔이 놓인 문턱 가까이 앉으며 아내의 손에서 빨간 어린애의 신발을 받아 눈앞에서 아래위를 살펴보았다.

"산보 갔었소?"

거기 등잔불을 사이에 두고 윗방을 향해 앉은 철호의 동생 영호가 웃으며 철호를 쳐다보았다.

"언제 들어왔니."

"지금 막 들어와 앉는 길입니다."

그러고 보니 영호는 아직 넥타이도 끄르지 않고 있었다.

"형님!"

새삼스레 부르는 동생의 소리에 철호는 손에 들었던 어린애의 신발을 아내에게 돌리며 영호의 얼굴을 빤히 바라보았다.

"이제 우리도 한번 살아 봅시다. 제길, 남 다 사는데 우리라구 밤낮 이렇게만 살겠수, 근사한 양옥도 한 채 사구, 장기판만 한 문패에다 형님의 이름 석 자를, 제길 장님도 보게 써서 대못으로 땅땅 때려 박구 한번 살아 봅시다."

군대에서 나온 지 이 년이 넘도록 아직 직업도 못 잡은 영호가 언제나 술만 취하면 하는 수작이었다.

"그리구 이천만 환짜리 세단 차도 한 대 삽시다. 거기다 똥통이나 싣고 다니게. 모든 새끼들이 아니꼬워서 일이야 있건 없건 종일 빵빵 울리면서 동리를 들락날락해야지. 제길, 하하하."

비스듬히 벽에 기대어 앉은 영호는 벌겋게 열에 뜬 얼굴을 하고 담배 연기를 푸 내뿜었다.

"또 술 마셨구나."

고학으로 고생고생 다니던 대학 삼 학년에서 군대에 들어갔다가 나온 영호로서는 특별한 기술이 없이 직업을 잡지 못하는 것은 별 도리도 없는 노릇이라 칠 수도 있었지만, 이건 어디서 어떻게 마시는 것인지 거의 저녁마다 이렇게 취해 들어오는 동생 영호가 몹시 못마땅한 철호의 말이었다.

"네, 조금 했습니다. 친구들이……."

그것도 들으나 마나 늘 같은 대답이었다. 또 그것이 거짓말이 아니라는 것도 철호는 알고 있었다.

"이제 술 좀 그만 마셔라."

"친구들과 어울리면 자연히 마시게 되는걸요."

"글쎄 그러니까 그 어울리는 걸 좀 삼가란 말이다."

"그럴 수도 없구요. 하하하."

"그렇다구 언제까지 그저 그렇게 어울려서 술이나 마시면서 뭐가 되나."

"되긴 뭐가 돼요. 그저 답답하니까 만나는 거구, 만나면 어찌하다 한잔씩 하며 이야기나 하는 거죠, 뭐."

"글쎄 그게 맹랑한 일이란 말이다."

"그렇지만 형님. 그런 친구들이라도 있다는 게 좋지 않수. 그게 시시한 친구들이라 해도, 정말이지 그놈들마저 없었더라면 어떻게 살 뻔했나 하고 생각할 때가 많아요. 외팔이, 절름발이, 그런 놈들, 무식한 놈들, 참 시시한 놈들이지요. 죽다 남은 놈들. 그렇지만 형님, 그놈들 다 착한 놈들이야요. 최소한 남을 속이지는 않거든요, 공갈을 때릴망정. 하하하하. 전우, 전우."

영호는 고개를 뒤로 젖히고 천장을 향해 후 담배 연기를 내뿜었다. 철호는 그저 물끄러미 영호의 모습을 쳐다볼 뿐 아무 말도 없었다. 영호는 여전히 천장을 향한 채 피어오르는 연기를 바라보며 한 손으로 목의 넥타이를 앞으로 잡아당겨 반쯤 끌러 늦추어 놓았다.

"가자!"

아랫목에서 어머니가 소리를 질렀다.

영호는 슬그머니 아랫목으로 고개를 돌렸다. 한참이나 그렇게 어머니 쪽으로 고개를 돌리고 있는 영호는 아무 말도 없이 그저 눈만 껌뻑껌뻑하고 있었다.

철호는 길게 한숨을 쉬었다. 앞에 놓인 등잔불이 거물거물 춤을 추었다. 철호는 저고리 호주머니에서 담배를 꺼내었다. 꼬깃꼬깃 구겨진 파랑새 갑 속에서 담배를 한 개비 뽑아내었다. 바삭바삭 마른 담배는 양 끝이 반쯤 빠져나갔다.

철호는 그 양 끝을 비벼 말았다. 흡사 비가 모양으로 되었다. 철호는 그 비가 모양의 담배 한 끝을 입에다 물었다.

"이걸 피슈, 형님."

영호가 자기 앞에 놓였던 담뱃갑을 집어서 철호의 앞으로 내어 밀었다. 빨간색 양담배 갑이었다. 철호는 그 여느 것보다 좀 긴 양담배 갑을 한번 힐끔 쳐다보았을 뿐, 아무 소리도 없이 등잔불로 입에 문 파랑새 끝을 가져갔다. 영호는 등잔불 위에 꾸부린 형 철호의 어깨를 넌지시 바라보고 있었다. 지지지 소리가 났다. 앞이마에 흩트려져 내렸던 철호의 머리카락이 등잔불에 타며 또르르 말려 올랐다. 철호는 얼굴을 들었다. 한 모금 빨자 벌써 손끝이 따갑게 꽁초가 되어 버린 담배를 입에서 떼었다. 천천히 연기를 내뿜는 철호의 미간에는 세로 석 줄의 깊은 주름이 패어졌다. 영호는 들었던 담뱃갑을 도로 방바닥에 내려놓았다. 그리고 조용히 등잔불로 시선을 떨구었다. 그의 입가에서 야릇한 웃음이, 애달픈 아니 그 누군가를 비웃는 듯한, 그런 미소가 천천히 흘러 지나갔다.

한참 동안 아무도 말이 없었다.

"가자!"

아랫방 아랫목에서 몸을 뒤채는 어머니가 잠꼬대를 했다. 어머니는 이제 꿈속에서마저 생활을 잃어버린 모양이었다. 아주 낮은 그 소리는 한숨처럼 느리게 아래 윗방에 가득 차 흘러 사라졌다.

여전히 아무도 말이 없었다.

철호는 꽁초를 손끝에 꼬집어 쥔 채 넋 빠진 사람 모양 가물거리는 등잔불을 지켜보고 있었고, 동생 영호는 비스듬히 벽에 기대어 앉은 채 철호의 손끝에서 타고 있는 담배꽁초를 바라보고 있었고, 철호의 아내는 잠든 딸애의 머리맡에 가지런히 놓인 빨간 신발을 요리조리 매만지고 있었다.

"가자!"

또 한 번 어머니의 소리가 저 땅 밑에서 새어 나오듯이 들려왔다.

"형님은 제가 이렇게 양담배를 피우는 게 못마땅하지요?"

영호는 반쯤 탄 담배를 자기의 눈앞에 가져다 그 빨간 불티를 들여다보며 말했다.

"분에 맞지 않지."

철호는 여전히 등잔불을 바라보며 대답했다.

"그렇지만 형님, 형님은 파랑새와 양담배 두 가지 중에서 어느 것이 더 좋으슈?"

"……? 그야 양담배가 좋지. 그래서?"

그래서 너는 보리밥도 못 버는 녀석이 그래 좋은 것은 알아서 양담배를 피우는 거냐 하는 철호의 눈초리가 번뜩 영호의 면상을 때렸다.

"그래서 전 양담배를 택했어요."

"뭔가?"

"형님은 절 오해하시고 계셔요."

"……?"

"제가 무슨 돈이 있어서 양담배를 사서 피우겠어요. 어쩌다 친구들이 사

주는 것이니 피우는 거지요. 형님은 또 제가 거의 저녁마다 술을 마시고 또 제법 합승을 타고 들어오는 것도 못마땅하시죠. 저도 알고 있어요. 형님은 때때로 이십오 환 전차 값도 없어서 종로서 근 십 리를 집에까지 터덜터덜 걸어서 돌아오시는 것을. 그렇지만 형님이 걸으신다고 해서, 한사코 같이 타고 가자는 친구들의 호의, 아니 그건 호의도 채 못 되는 싱거운 수작인지 도 모르죠. 어쨌든 그것을 굳이 뿌리치고 저마저 걸어야 할 아무 까닭도 없지 않습니까? 이상한 놈들이죠. 술 담배는 사 주고 합승은 태워 줘도 돈은 안 주거든요."

영호는 손끝으로 뱅글뱅글 비벼 돌리는 담뱃불을 들여다보며 말했다.

"어쨌든 너도 이젠 좀 정신 차려 줘야지. 벌써 군대에서 나온 지도 이태나 되지 않니."

"정신 차려야죠. 그렇지 않아도 이달 안으로는 어찌 되든 간에 결판을 내 구 말 생각입니다."

"어디 취직을 해야지."

"취직이요? 형님처럼요? 전차 값도 안 되는 월급을 받고 남의 살림이나 계산해 주란 말이지요?"

"그럼 뭐 별 뾰족한 수가 있는 줄 아니."

"있지요. 남처럼 용기만 조금 있으면."

"……?"

어처구니없는 영호의 수작에 철호는 그저 멍청하니 영호의 얼굴을 쳐다 보았다. 손끝이 따가웠다. 철호는 비루 깡통으로 만든 재떨이에 담배를 비 벼 껐다.

"용기?"

"네, 용기."

"용기라니?"

"적어도 까마귀만 한 용기만이라도 말입니다. 영리할 필요는 없더군요. 우둔해도 상관없어요. 까마귀는 도무지 허수아비를 무서워하지 않습니다. 참새처럼 영리하지 못한 탓으로 그놈의 까마귀는 애당초에 허수아비를 무 서워할 줄조차 모르거든요."

영호의 입가에는 좀 전에 파랑새 꽁초에다 불을 댕기는 철호를 바라보던 때와 같은 야릇한 웃음이 또 소리 없이 감돌고 있었다.

"너, 설마 무슨 엉뚱한 계획을 세우고 있는 것은 아니겠지."

철호는 약간 긴장한 얼굴을 하고 영호를 바라보며 꿀꺽 하고 침을 삼켰다.

"아니요. 엉뚱하긴 뭐가 엉뚱해요. 그저 우리들도 남처럼 다 벗어던지고 홀가분한 몸차림으로 달려 보자는 것이죠, 뭐."

"벗어던지고?"

"네, 벗어던지고. 양심이고, 윤리고, 관습이고, 법률이고 다 벗어던지고 말입니다."

영호의 큰 눈이 유난히 빛나는가 하자 철호의 눈을 정면으로 밀고 들었다.

"양심이고, 윤리고, 관습이고, 법률이고?"

"……."

"너는, 너는."

"……."

영호는 아무 대답도 하지 않았다. 그러나 눈만은 똑바로 형 철호를 쳐다보고 있었다.

"그렇게나 살자면 이 형도 벌써 잘살 수 있었다."

철호의 목소리는 떨리고 있었다.

"그렇게나라니요?"

"양심을 버리고, 윤리와 관습을 무시하고, 법률까지도 범하고!"

흥분한 철호의 큰 목소리에 영호는 지금까지 철호의 얼굴에 주었던 시선을 앞으로 죽 뻗치고 앉은 자기의 발끝으로 떨구었다.

"저도 형님을 존경하고 있어요. 고생하시는 형님을. 용케 이 고생을 참고 견디는 형님을. 그렇지만 형님은 약한 사람이야요. 용기가 없는 거지요. 너무 양심이 강해요. 아니 어쩌면 사람이 약하면 약한 만치, 그만치 반대로 양심이란 가시는 여물고 굳어지는 것인지도 모르죠."

"양심이란 가시?"

"네. 가시지요. 양심이란 손끝의 가십니다. 빼어 버리면 아무렇지도 않은데 공연히 그냥 두고 건드릴 때마다 깜짝깜짝 놀라는 거야요. 윤리요? 윤리. 그건 나이롱 빤쯔 같은 것이죠. 입으나 마나 불알이 덜렁 비쳐 보이기는 매한가지죠. 관습이요? 그건 소녀의 머리 위에 달린 리봉이라고나 할까요? 있으면 예쁠 수도 있어요. 그러나 없대서 뭐 별일도 없어요. 법률? 그건 마치 허수아비 같은 것입니다, 허수아비. 덜 굳은 바가지에다 되는대로 눈과 코를 그리고 서 있는 허수아비. 누더기를 걸치고 팔을 쩍 벌리고 서 있는 허수아비. 참새들을 향해서는 그것이 제법 공갈이 되지요. 그러나 까마귀쯤만 돼도 벌써 무서워하지 않아요. 아니 무서워하기는커녕 그놈의 상투 끝에 턱 올라앉아서 썩은 흙을 쑤시던 더러운 주둥이를 쓱쓱 문질러도 별일 없거든요. 흥."

영호는 코웃음을 쳤다. 그리고 거기 문턱 밑에 담뱃갑에서 새로 담배 한 개를 빼어 물고 지금까지 들고 있던 다 탄 꽁다리에서 불을 옮겨 빨았다.

"가자!"

어머니의 그 소리가 또 들렸다. 어머니는 분명히 잠이 들어 있는 것이었다. 그러면서도 간간이 저렇게 가자 가자 소리를 지르는 것이었다. 그것은 어쩌면 어머니에게는 호흡처럼 생리화해 버린 것인지도 몰랐다.

철호는 비스듬히 모로 앉은 동생 영호의 옆얼굴을 한참이나 노려보고 있었다. 영호는 영호대로 퀭한 두 눈으로 깜박이기를 잊어버린 채 아까부터 앞으로 뻗힌 자기의 발끝을 바라보고 있었다. 이윽고 철호는 영호에게서 눈을 돌려 버렸다. 그리고 아랫방과 윗방 사이 칸막이를 한 널쪽에 등을 기대며 모로 돌아앉았다. 희미한 등잔 불빛에 잠든 딸애의 조그마한 얼굴이 애처로웠다. 그 어린것 옆에 앉은 철호의 아내는 왼쪽 무릎을 세우고 그 위에 손을 펴 깔고 턱을 괴었다. 아까부터 철호와 영호, 형제가 하는 말을 조용히 듣고만 있는 그네는 무엇을 생각하고 있는지 한쪽 손끝으로, 거기 방바닥에 가지런히 놓은 빨간 어린애의 신발만 몇 번이고 쓸어 보고 있었다.

철호는 고개를 푹 떨구어 턱을 가슴에 묻었다. 영호는 새로 피어 문 담배를 연거푸 서너 번 들이빨았다. 그리고 또 말을 계속하였다.

"저도 형님의 그 생활 태도를 잘 알아요. 가난하더라도 깨끗이 살자는. 그렇지요, 깨끗이 사는 게 좋지요. 그런데 형님 하나 깨끗하기 위하여 치르는 식구들의 희생이 너무 어처구니없이 크고 많단 말입니다. 헐벗고 굶주리고. 형님 자신만 해도 그렇죠. 밤낮 쑤시는 충치 하나 처치 못 하시고 이가 쑤시면 치과에 가서 치료를 하거나 빼어 버리거나 해야 할 거 아니야요. 그런데 형님은 그것을 참고 있어요. 낯을 잔뜩 찌푸리고 참는단 말입니다. 물론 치료비가 없으니까 그러는 수밖에 없겠지요. 그겁니다. 바로 그겁니다. 그 돈을 어떻게든가 구해야죠. 이가 쑤시는데 그럼 어떻게 해요. 그길 형님처럼, 마치 이 쑤시는 것을 참고 견디는 그것이 돈을, 치료비를 버는 것이기나 한 것처럼 생각하는 것, 안 쓰는 것은 혹 버는 셈이 된다고 할 수도 있을 거야요. 그렇지만 꼭 써야 할 데 못 쓰는 것이 버는 셈이라고 할 수 없지 않아요. 세상에는 이런 세 층의 사람들이 있다고 봅니다. 즉, 돈을 모으기 위해서만으로 필요 이상의 돈을 버는 사람과 필요하니까 그 필요하니 만치의 돈을 버는 사람과, 돈 하나는 이건 꼭 필요한 돈도 채 못 벌고서 그 대신 생활을 조리는 사람들. 신발에다 발을 맞추는 격으로 형님은 아마 그 맨끝의 층에 속하겠지요. 필요한 돈도 미처 벌지 못하는 사람. 깨끗이 살자니까 그럴 수밖에 없다고 하시겠지요. 그래요. 그것은 깨끗하기는 할지 모르죠. 그렇지만 그저 그것뿐이지요. 언제까지나 충치가 쏘아 부은 볼을 싸쥐고 울상일 수밖에 없지요. 그렇지 않습니까? 그야 형님! 인생이 저 골목 안에서 십 환짜리를 받고 코 흘리는 어린애들에게 보여 주는 요지경이라면야 자기가 가지고 있는 돈값만치 구멍으로 들여다보고 말을 수도 있겠지요. 그렇지만 어디 인생이 자기 주머니 속의 돈 액수만치만 살고 그만두고 싶으면 그만 둘 수 있는 요지경인가요 어디. 싫어도 살아야 하니까 문제지요. 사실이지 자살을 할 만치 소중한 인생도 아니고요. 살자니까 돈이 필요하구요. 필요한 돈이니까 구해야죠. 왜 우리라고 좀 더 넓은 테두리, 법률선(法律線)까지 못 나가란 법이 어디 있어요. 아니 남들은 다 벗어던지구 법률선까지도 넘나들면서 사는데, 왜 우리만이 옹색한 양심의 울타리 안에서 숨이 막혀야 해요. 법률이란 뭐야요. 우리들이 피차에 약속한 선이 아니야요?"

영호는 얼굴을 번쩍 들며 반쯤 끌러 놓았던 넥타이를 마저 끌러서 방구석에 픽 던졌다.

철호는 여전히 턱을 가슴에 푹 묻은 채 묵묵히 앉아 두 짝 다 엄지발가락이 몽땅 밖으로 나온 뚫어진 양말을 내려다보고 있었다. 나일론 양말 한 켤레 사면 반년은 무난히 뚫어지지 않고 견딘다는 말을 들었다. 그러나 뻔히 알면서도 번번이 백 환짜리 무명 양말을 사 들고 들어오는 철호였다. 칠백 환이란 돈을 단번에 잘라 낼 여유가 도저히 없는 월급이었던 것이다.

"가자!"

어머니는 또 몸을 뒤채었다.

"그건 억설이야."

철호는 천천히 고개를 들었다. 신문지를 바른 맞은편 벽에, 쭈그리고 앉은 아내의 그림자가 커다랗게 비쳐 있었다. 꼽추처럼 꼬부리고 앉은 아내의 그림자는 헝클어진 머리카락이 괴물스러웠다. 철호는 눈을 감았다. 머리마저 등 뒤 칸막이 판자에 기대었다.

철호의 감은 눈앞에 십여 년 전 아내가 흰 저고리 까만 치마를 입고 선히 나타났다. 무대에 나선 그네는 더욱 예뻤다. E여자대학 졸업 음악회였다. 노래가 끝나자 박수 소리가 그칠 줄을 몰랐다. 그날 저녁 같이 거리를 거닐던 그네는 정말 싱싱하고 예뻤었다. 그러나 지금 철호 앞에 쭈그리고 앉은 아내는 그때의 그네가 아니었다. 무슨 둔한 동물처럼 되어 버린 그네. 이제 아무런 희망도 가져 보려고 하지 않는 아내. 철호는 가만히 눈을 떴다. 그래도 아내의 속눈썹만은 전처럼 까맣고 길었다.

"가자!"

철호는 흠칫 놀라 환상에서 깨어났다.

"억설이요? 그런지도 모르죠."

한참이나 잠잠하니 앉아 까물거리는 등잔불을 바라보던 영호의 맥빠진 대답이었다.

"네 말대로 한다면 돈 있는 사람들은 다 나쁜 사람이란 말밖에 더 되나 어디."

"아니죠. 제가 어디 나쁘고 좋고를 가렸어요. 나쁘긴 누가 나빠요? 왜 나빠요? 아, 잘사는 게 나빠요? 도시 나쁘고 좋고부터 따질 아무런 금도 없지요, 뭐."

"그렇지만 지금 네 말대로 잘살자면 꼭 양심이고 윤리고 뭐고 다 버려야 한다는 것이 아니고 뭐야."

"천만에요. 잘못 이해하신 겁니다. 간단히 말씀드리면 이렇다는 것입니다. 즉, 양심껏 살아가면서 잘살 수도 있기는 있다. 그러나 그것은 극히 적다. 거기에 비겨서 그 시시한 것들을 벗어던지기만 하면 누구나 틀림없이 잘살 수 있다."

"그것이 바로 억설이란 말이다. 마음 한구석이 어딘가 비틀려서 하는 억지란 말이다."

"글쎄요. 마음이 비틀렸다고요? 그건 아마 사실일는지도 모르겠어요. 분명히 비틀렸어요. 그런데 그 비틀리기가 너무 늦었어요. 어머니가 저렇게 미치기 전에 비틀렸어야 했지요. 한강 철교를 폭파하기 전에 말입니다. 하나밖에 없는 누이동생 명숙이가 양공주가 되기 전에 비틀렸어야 했지요. 환도령(還都令 국난으로 인해 피난 갔던 정부가 다시 서울로 돌아오도록 하는 법령)이 내리기 전에 하다 못해 동대문 시장에 자리라도 한 자리 비었을 때 말입니다. 그러구 이놈의 배때기에 지금도 무슨 내장이기나 한 것처럼 박혀 있는 파편이 터지기 전에 말입니다. 아니 그보다도 더 전에, 제가 뭐 무슨 애국자나처럼 남들은 다 기피하는 군대에 어머니의 원수를 갚겠노라고 자원하던 그전에 말입니다."

"……."

"……그보다도 더 전에 썩 전에 비틀렸어야 했을지 모르죠. 나면서부터 비틀렸더라면 더 좋았을지도 모르죠."

영호는 푹 고개를 떨구었다. 길게 한숨을 내쉬었다. 그 한숨이 후르르 떨고 있었나. 철호는 한참 동안 아무 말노 하지 않았다. 윗복에 앉아 있던 절호의 아내가 방바닥에 떨어진 눈물을 손끝으로 장난처럼 문지르고 있었다. 영호도 훌쩍훌쩍 코를 들이키고 있었다.

"그렇지만 인생이란 그런 게 아니야. 너는 아직 사람이란 어떻게 살아야만 하는 것인지조차 모르고 있어."

"그래요. 사람이란 과연 어떻게 살아야 하는 것인지는 정말 모르겠어요. 그렇지만 이제 이 물고 뜯고 하는 마당에서 살자면, 생명만이라도 유지하지만 어떻게 해야 할는지는 알 것 같애요. 허허."

영호는 눈물이 글썽하니 고인 눈을 천장을 향해 쳐들며 자기 자신을 비웃듯이 허허 하고 웃었다.

"가자!"

또 어머니는 가자고 했다. 영호는 아랫목으로 눈을 돌렸다. 철호는 길게 한숨을 쉬었다. 앞의 등잔불이 크게 흔들거렸다. 방 안의 모든 그림자들이 움직였다. 집 전체가 그대로 기울거리는 것 같았다. 그것뿐 조용했다. 밤이 꽤 깊은 모양이었다. 세상이 온통 잠들고 있었다.

저만치 골목 밖에서부터 딱 딱 딱 딱 구둣발 소리가 뾰족하게 들려왔다. 점점 가까워 왔다. 바로 아랫방 문 앞에서 멎었다. 영호는 문께로 얼굴을 돌렸다. 삐걱삐걱 두어 번 비틀리던 방문이 열렸다. 여동생 명숙이가 들어섰다. 싱싱한 몸매에 까만 투피스가 제법 어느 회사의 여사무원 같았다.

"늦었구나."

영호가 여전히 두 다리를 쭉 뻗고 앉은 채 고개만 뒤로 젖혀서 명숙을 쳐다보았다.

명숙은 영호의 말에 아무런 대꾸도 없이 돌아서서 문밖에서 까만 하이힐을 집어 올려 아랫방 모서리에 들여놓았다. 그리고 백을 휙 방구석에 던졌다. 겨우 겉저고리와 스커트를 벗어 걸은 명숙은 아랫방 뒤구석에 가서 털썩하고 쓰러지듯 가로누워 버렸다. 그리고 거기 접어 놓은 담요를 끌어다 머리 위에서부터 푹 뒤집어썼다.

철호는 명숙을 거들떠보지도 않고 덤덤히 등잔불만 지켜보고 있었다.

철호는 언젠가 퇴근하던 길에 전차 창문 밖으로 본 명숙의 꼴을 생각하고 있는 것이었다.

철호가 탄 전차가 을지로 입구 십자 거리에 머물러 신호를 기다리고 있었다. 손잡이를 붙들고 창을 향해 서 있던 철호는 무심코 밖을 내다보았다. 전차 바로 옆에 미군 지프차가 한 대 와 섰다. 순간 철호는 확 낯이 달아올랐다.

핸들을 쥔 미군 바로 옆자리에 색안경을 쓴 한국 여자가 앉아 있었다. 그것이 바로 명숙이었던 것이다. 바로 철호의 턱밑에서였다. 역시 신호를 기다리는 그 지프차 속에서 미군이 한 손은 핸들에 걸치고 또 한 팔로는 명숙의 허리를 넌지시 끌어안는 것이었다. 미군이 명숙의 얼굴을 들여다보며 뭐라고 수작을 걸었다. 명숙은 다리를 겹치고 앉은 채 앞을 바라보는 자세 그대로 고개를 까딱거렸다. 그 미군 지프차 저편에 선 택시 조수가 명숙이와 미군을 쳐다보며 비시시 웃었다. 전차 간에서도 마찬가지였다. 철호 바로 옆에 나란히 서 있던 청년 둘이 쑥덕거렸다.

"그래도 멋은 부렸네."

"멋? 그래 색안경을 썼으니 말이지?"

"장사치곤 고급이지 밑천 없이."

"저것도 시집을 갈까?"

"흥."

철호는 손잡이를 놓았다. 그리고 반대편 가운데 문께로 가서 돌아서고 말았다. 그것은 분명히 슬픈 감정만은 아니었다. 뭐라고 말할 수조차 없는 숯 덩어리 같은 것이 꽉 목구멍을 치밀었다. 정신이 아뜩해지는 것 같았다. 하품을 하고 난 뒤처럼 코 속이 싸하니 쓰리면서 눈물이 징 솟아올랐다. 철호는 앞에 있는 키다린 유리를 꽉 머리로 받아 부수고 싶은 충동을 느끼며 어금니를 꽉 맞씹었다. 찌르르 벨이 울렸다. 덜커덩 전차가 움직였다. 철호는 문짝에 어깨를 가져다 기대고 눈을 감아 버렸다.

그날부터 철호는 정말 한마디도 누이동생 명숙이와 말을 하지 않았다. 또 명숙이도 철호를 본체만체했다.

"자, 우리도 이제 잡시다."

영호가 가슴을 펴서 내어 밀고 바로 앉았다.

등잔불을 끄고 두 방 사이의 문을 닫았다.

푹 가라앉는 것같이 피곤했다. 그러면서도 철호는 정작 잠을 이룰 수는 없었다. 밤은 고요했다. 시간이 그대로 흐르기를 멈추어 버린 것같이 조용했다. 철호의 아내도 이제 잠이 들었나 보다. 앓는 소리를 내었다. 철호는 눈을 감았다. 어딘가 아득히 먼 것을 느끼고 있었다. 철호는 잠이 들어 가고 있었다.

"가자!"

다들 잠든 밤의 그 어머니의 소리는 엉뚱하게 컸다. 철호는 흠칫 눈을 떴다. 차츰 눈이 어둠에 익어 갔다. 며칠인가, 문틈으로 새어 들은 달빛이 철호의 옆에서 잠든 딸애의 머리에서부터 발끝까지 죽 파란 줄을 그었다. 철호는 다시 눈을 감았다. 길게 한숨을 쉬며 벽을 향해 돌아누웠다.

"가자!"

또 어머니가 소리를 질렀다. 그러나 철호는 눈을 뜨지 않았다. 그도 마저 잠이 들어 버린 것이었다.

그런데 이번에는 아랫방에서 명숙이가 눈을 떴다. 아랫목에 어머니와 윗목에 오빠 영호 사이에 누운 명숙은 어둠 속에 가만히 손을 내어 밀었다. 어머니의 손을 더듬어 잡았다. 뼈 위에 겨우 가죽만이 씌워진 손이었다. 그 어머니의 손에서는 체온이 느껴지는 것이 아니라 축축히 습기가 미끈거렸다. 명숙은 어머니 쪽을 향하여 돌아누웠다. 한쪽 손을 마저 내밀어서 두 손으로 어머니의 송장 같은 손을 감싸 쥐었다.

"가자!"

딸의 손을 느끼는지 못 느끼는지 어머니는 또 한 번 허공을 향해 가자고 소리 질렀다.

"엄마!"

명숙의 낮은 소리였다. 명숙은 두 손으로 감싸 쥔 어머니의 여윈 손을 가만히 흔들었다.

"가자!"

"엄마!"

기어이 명숙은 흐느끼기 시작하였다. 명숙은 어머니의 손을 끌어다 자기의 입에 틀어막았다.

"엄마!"

숨을 죽여 가며 참는 명숙의 울음은 한숨으로 바뀌며 어머니의 손가락을 입안에서 잘근잘근 씹어 보는 것이었다.

"겁내지 말라."

옆에서 영호가 잠꼬대를 했다.

"가자!"

어머니는 명숙의 손에서 자기의 손을 빼어 가지고 저쪽으로 돌아누워 버렸다.

명숙은 다시 담요를 끌어다 머리 위까지 푹 썼다. 그리고 담요 속에서 흐득흐득 울고 있었다.

"엄마."

이번엔 윗방에서 어린것이 엄마를 불렀다.

철호는 잠 속에서 멀리 그 소리를 들었다. 그러면서도 채 잠이 깨어지지는 않았다.

"엄마."

어린것은 또 한 번 엄마를 불렀다.

"오 오, 왜 엄마 여기 있어."

아내의 반쯤 깬 소리였다. 어린것을 끌어다 안는 모양이었다. 철호는 그 소리를 멀리 들으며 다시 곤히 잠들어 버렸다.

"오줌."

"오, 오줌 누겠니? 자, 일어나. 착하지."

철호의 아내는 일어나 앉으며 어린것을 안아 일으켰다. 구석에서 깡통을 끌어다 대어 주었다.

"참, 삼촌이 네 신발 사 왔지. 아주 예쁜 거. 볼래?"

깡통을 타고 앉은 어린것을 뒤에서 안아 주고 있던 철호의 아내는 한 손으로 어린것의 머리맡에 놓아두었던 신발을 집어다 보여 주었다. 희미하세 달빛이 들이비쳤을 뿐인 어두운 방안에서는 그것은 그저 겨우 모양뿐 색채를 잃고 있었다.

"내 거야? 엄마."

"그래. 네 거야."

"예뻐?"

"참 예뻐. 빨강이야."

"응…….."

어린것은 잠에 취한 소리로 물으며 신발을 두 손에 받아 가슴에 안았다.

"자, 이제 거기 놔두고 자야지."

"응, 낼 신어도 돼?"

"그럼."

어린것은 오물오물 담요 속으로 파고 들어갔다.

"엄마, 낼 신어도 돼?"

"그럼."

뭐든가 좀 좋은 것은 아껴야 한다고만 들어오던 어린것은 또 한 번 이렇게 다짐하는 것이었다.

아내는 어린것의 담요 가장자리를 꼭꼭 눌러 주고 나서 그 옆에 누웠다.

다들 다시 잠이 들었다. 어느 사이에 달빛이 비껴서 칼날 같은 빛을 철호의 가슴으로 옮겼다. 어린것이 부스스 머리를 들었다. 배를 깔고 엎드렸다. 어린것은 조그마한 손을 베개 너머로 내밀었다. 거기 가지런히 놓아둔 신발을 만져 보았다. 어린것이 안심한 듯이 다시 베개를 베고 누웠다. 또다시 조용해졌다. 한참 만에 또 어린것이 움직거렸다. 잠이 든 줄만 알았던 어린것은 또 엎드렸다. 머리맡에 신발을 또 끌어당겼다. 조그마한 손가락으로 신발 코를 꼭 눌러 보았다. 그러고는 이번에는 아주 자리 위에 일어나 앉았다. 신발을 무릎 위에 들어 올려놓았다. 달빛에다 신발을 들이대어 보았다. 바닥을 뒤집어 보았다. 두 짝을 하나씩 두 손에 갈라 들고 고무 바닥을 맞대어 보았다. 이번엔 발을 앞으로 내놓았다. 가만히 신발을 가져다 신었다. 앉은 채로 꼭 방바닥을 디디어 보았다.

"가자!"

어린것은 깜짝 놀랐다. 얼른 신발을 벗었다. 있던 자리에 도로 모아 놓았다. 그리고 한 번 더 신발을 바라보고 난 어린것은 살그머니 누웠다. 오물오물 담요 속으로 기어 들어갔다.

점심을 못 먹은 배는 오후 두 시에서 세 시 사이가 제일 견디기 힘들었다. 철호는 펜을 장부 위에 놓았다. 저쪽 구석에 돌아앉은 사환 애를 바라보았다. 보리차라도 한 잔 더 마시고 싶었다. 그러나 두 잔까지는 사환 애를 시켜서 가져오랄 수 있었으나 세 번까지는 부르기가 좀 미안했다. 철호는 걸상을 뒤로 밀고 일어섰다. 책상 모서리에 놓인 찻잔을 집어 들었다. 그리고 출입문으로 나갔다. 복도의 풍로 위에서 커다란 주전자가 끓고 있었다. 보리차를 찻잔 하나 가득히 부었다. 구수한 냄새가 피어올랐다. 철호는 뜨거운 찻잔을 손가락으로 꼬집어 들고 조심조심 자기 자리로 돌아와 앉았다. 그리고 찻잔을 입으로 가져갔다. 후 불었다. 마악 한 모금 들여마시는 때였다.

"송 선생님 전화입니다."

사환 애가 책상 앞에 와 알렸다. 철호는 얼른 찻잔을 책상 위에 내려놓았다. 그리고 과장 책상 앞으로 갔다. 수화기를 들었다.

"네, 송철호올시다. 네? 경찰서요? ……전 송철호라는 사람인데요. 네? 송영호요? 네, 바로 제 동생입니다. 무슨? ……네? 네? 송영호가요? 제 동생이 말입니까? 곧 가겠습니다. 네, 네."

철호는 수화기를 걸었다. 그리고 걸어 놓은 수화기를 멍하니 내려다보고 서 있었다. 사무실 안 사람들의 시선이 모두 철호에게로 쏠렸다.

"무슨 일인가? 동생이 교통사고라도?"

서류를 뒤적이던 과장이 앞에 서 있는 철호를 쳐다보며 물었다.

"네? 네, 저 과장님, 잠깐 다녀오겠습니다."

철호는 마시던 보리차를 그대로 남겨 둔 채 사무실을 나섰다.

영문을 모르는 동료들이 서로 옆의 사람의 얼굴을 힐끗 쳐다보는 것이었다.

철호는 전에도 몇 번 경찰서의 호출을 받은 일이 있었다. 양공주 노릇을 하는 누이동생 명숙이가 걸려들면 그 신원 보증을 해야 하는 철호였다. 그때마다 철호는 치안관 앞에서 낯을 못 들고 앉았다가 순경이 앞세우고 나온 명숙을 데리고 아무 말도 없이 경찰서 뒷문을 나서곤 하였다. 그럴 때면 철호는 울었다. 하나밖에 없는 누이동생이 정말 밉고 원망스러웠다. 철호는 명숙을 한 번 돌아다보는 일도 없이 전차 길을 따라 사무실로 걸었고, 또 명숙은 명숙이대로 적당한 곳에서 마치 낯도 모르는 사람처럼 딴 길로 떨어져 가 버리곤 하는 것이었다.

그런데 이번에는 누이동생이 아니라 남동생 영호의 건이라고 했다. 며칠 전 밤에 취해서 지껄이던 영호의 말들이 머리를 스치고 지나갔다. 불안했다. 그런들 설마 하고 마음을 다시 먹으며 철호는 경찰서 문을 들어섰다.

권총 강도.

형사에게서 동생 영호의 사건 내용을 들은 철호는 앞에 앉은 형사의 얼굴을 바보 모양 멍청히 바라보고 있을 뿐이었다. 점점 핏기가 가셔 가는 철호의 얼굴은 표정을 잃은 채 굳어 가고 있었다.

어느 회사에서 월급을 줄 돈 천오백만 환을 찾아서 은행 앞에 대기시켰던 지프차에 싣고 마악 떠나려고 하는데 중절모를 깊숙이 눌러쓰고 색안경을 낀 괴한 두 명이 차 속으로 올라오며 권총을 내어 들더라는 것이었다.

"겁내지 말라! 차를 우이동으로 돌려라."

운전수와 또 한 명 회사원은 차가운 권총 구멍을 등에 느끼며 우이동까지 갔다고 한다. 어느 으슥한 숲 속에서 차를 세웠다고 한다. 그러고는 둘 다 차 밖으로 나가라고 한 다음 괴한들이 대신 운전대로 옮아앉더라고 한다. 운전수와 회사원은 거기 버려둔 채 차는 전속력으로 다시 시내로 향해 달렸단다. 그러나 지프차는 미아리도 채 못 와서 경찰에 붙들리고 말았던 것이었다. 그런데 차 안에는 괴한이 한 사람밖에 없었다고 한다.

형사가 동생을 면회하겠느냐고 물었을 때 철호는 그저 얼이 빠져서 두 무릎 위에 맥없이 손을 올려놓고 앉은 채 아무 대답도 못 했다.

이윽고 형사실 뒷문이 열리더니 거기 영호가 나타났다.

"이리로 와."

수갑이 채워진 두 손을 배 앞에다 모으고 천천히 형사의 책상 앞으로 걸어 나오는 영호는 거기 걸상에 앉았다. 일어서는 철호를 향하여 약간 머리를 끄덕여 보였다. 동생의 얼굴을 뚫어져라고 바라보고 서 있는 철호의 여윈 볼이 히물히물 움직였다. 괴로울 때의 버릇으로 어금니를 꽉꽉 씹고 있는 것이었다.

형사는 앞에 와서 선 영호에게 눈으로 철호를 가리켰다.

"형님 미안합니다. 인정선(人情線 사람이 본래 가지고 있는 감정의 경계선)에서 걸렸어요. 법률선까지는 무난히 뛰어넘었는데. 쏘아 버렸어야 하는 건데."

영호는 철호의 얼굴을 들여다보며 빙그레 웃었다. 그러고는 옆으로 비스 듬히 얼굴을 떨구며 수갑을 채운 오른손 엄지를 권총 방아쇠를 당기는 때 처럼 꼬부려서 지그시 당겨 보는 것이었다.

철호는 눈도 깜빡하지 않고 그저 영호의 머리카락이 흐트러져 내린 이마 를 바라보고 있었다.

"돌아가세요, 형님."

영호는, 등신처럼 서 있는 형이 도리어 민망한 듯이 조용히 말했다.

"수감해."

형사가 문간에서 지키고 서 있는 순경을 돌려 보았다.

영호는 그에게로 오는 순경을 향해 마주 걸어갔다. 영호는 뒷문으로 끌 려 나가다 말고 멈춰 섰다. 그리고 뒤를 돌려 보았다.

"형님. 어린것 화신 구경이나 한번 시키세요. 제가 약속했었는데."

뒷문이 꽝 닫혔다. 철호는 여전히 영호가 사라진 뒷문을 바라보고 서 있 었다. 눈이 뿌옇게 흐려졌다. 아무것도 보이지 않았다.

"쏠 의사는 처음부터 없었던 것 같은데."

조서를 한 옆으로 밀어 놓으며 형사가 중얼거렸다. 철호는 걸상에 가만 히 걸터앉았다.

"혹시 그 같이한 청년을 모르시나요."

철호의 귀에는 형사의 말소리가 아주 멀었다.

"끝내 혼자서 했다고 우기는데, 그러나 증인이 있으니까 이제 차츰 사실 대로 자백하겠지만."

여전히 철호는 말이 없었다.


경찰서를 나온 철호는 어디를 어떻게 걸었는지 알 수가 없었다. 철호는 술 취한 사람 모양 허청거리는 다리로 자기 집이 있는 언덕길을 올라가고 있었다. 철호는 골목길 어귀에 들어섰다.

"가자!"

철호는 거기 멈춰 섰다. 고개를 뒤로 젖혔다. 그러나 그는 하늘을 쳐다보 는 것이 아니었다. 하 하고 숨을 크게 내쉬는 철호는 울고 있었다. 눈물이

코 속으로 흘러서 찝찝하니 목구멍으로 넘어갔다.

"가자. 가자. 어딜 가잔 거야. 도대체 어딜 가잔 거야."

철호는 꽥 소리를 지르고 있었다. 거기 처마 밑에 모여 앉아서 소꿉질을 하던 어린애들이 부스스 일어서며 그를 쳐다보았다. 철호는 그 앞을 모른 채 지나쳐 버렸다.

"오빠 어딜 그렇게 돌아다뉴?"

철호가 아랫방에 들어서자 윗방 구석에서 고리짝을 열어 놓고 뒤지고 있던 명숙이가 역한 소리를 했다. 윗방에는 넝마 같은 옷가지들이 한 무더기 쌓여 있었다. 딸애는 고리짝 옆에 쪼그리고 앉아서 명숙이가 뒤져 내놓는 헌 옷들을 무슨 진귀한 것이나처럼 지켜보고 있었다. 철호는 아내가 어딜 갔느냐고 물어보려다 말고 그대로 윗방 아랫목에 털썩 주저앉아 버렸다.

"어서 병원에 가 보세요."

명숙은 여전히 고리짝을 들추며 돌아앉은 채 말했다.

"병원엘?"

"그래요."

"병원에라니?"

"언니가 위독해요. 어린애가 걸렸어요."

"뭐가?"

철호는 눈앞이 아찔했다.

점심때부터 진통이 시작되었는데 영 해산을 못하고 애를 썼단다. 그런데 죽을 악을 쓰다 보니까 어린애의 머리가 아니라 팔부터 나왔다고 한다. 그래 병원으로 실어 갔는데, 철호네 회사에 전화를 걸었더니 나가고 없더라는 것이었다.

"지금쯤은 아마 애기를 낳았거나, 그렇지 않으면······."

명숙은 흰 헝겊들을 골라 개켜서 한옆으로 젖혀 놓으며 말했다. 아마 어린애의 기저귀를 고르고 있는 모양이었다. 그런데 이상했다. 좀 전에 아찔했던 정신이 사르르 풀리며 온몸의 맥이 쑥 빠져나갔다. 철호는 오래간만에 머리 속이 깨끗이 개는 것을 느꼈다.

말라리아를 앓고 난 다음 날처럼 맥은 하나로 없으면서 머리는 비상히 깨끗했다. 뭐 놀랄 일이 있느냐 하는 심정이 되었다. 마치 회사에서 무슨 사무를 한 뭉텅이 맡았을 때와 같은 심사였다. 철호는 호주머니에서 담배를 꺼내어 물었다. 언제나 새로 사무를 맡아 시작하기 전에 하는 버릇이었다.

"어딜 가슈?"

명숙이가 돌아보았다.

"병원에."

"무슨 병원인지도 모르면서."

철호는 참 그렇다고 생각했다.

"S병원이야요."

"……"

철호는 슬그머니 문밖으로 한 발을 내디디었다.

"돈을 가지고 가야지, 뭐."

"……돈."

철호는 다시 문 안으로 들어섰다. 우두커니 발부리를 내려다보고 서 있었다. 명숙이가 일어섰다. 그리고 아랫방으로 내려갔다. 벽에 걸어 놓았던 핸드백을 열었다.

"옛수."

백 환짜리 한 다발이 철호 앞 방바닥에 던져졌다. 명숙은 다시 돌아서서 백을 챙기고 있었다. 철호는 명숙의 뒷모습을 물끄러미 바라보고 있었다. 철호의 눈이 명숙의 발뒤축에 머물렀다. 나일론 양말이 계란만치 구멍이 뚫렸다. 철호는 명숙의 그 구멍 뚫린 양말 뒤축에서 어떤 깨끗함을 느끼고 있었다. 오래간만에 참으로 오래간만에 철호는 명숙에 대한 오빠로서의 애정을 느꼈다.

"가자."

어머니가 또 외마디 소리를 질렀다.

철호는 눈을 발밑에 돈다발로 떨구었다. 허리를 구부렸다. 연기가 든 때처럼 두 눈이 싸하니 쓰렸다.

"아버지 병원에 가? 엄마 애기 났어?"

"그래."

철호는 돈을 저고리 호주머니에 구겨 넣으며 문을 나섰다.

"가자."

골목을 빠져나가는 철호의 등 뒤에서 또 한 번 어머니의 소리가 들려왔다.

아내는 이미 죽어 있었다.

"네, 그래요."

철호는 간호원보다도 더 심상한(대수롭지 않은) 표정이었다. 병원의 긴 복도를 휘청휘청 걸어서 널따란 현관으로 나왔다. 시체가 어디 있느냐고 묻지도 않았다. 무엇인가 큰일이 한 가지 끝났다는 그런 기분이었다. 아니 또 어찌 생각하면 무언가 해야 할 일이 많이 생긴 것 같은 무거운 기분이기도 했다. 그러면서도 그 해야 할 일이 무엇인지는 좀처럼 생각이 나질 않았다. 그저 이제는 그리 서두를 필요도 없어졌다는 생각만으로 철호는 거기 병원 현관에 한참이나 우두커니 서 있었다.

이윽고 병원의 큰 문을 나선 철호는 전차 길을 따라서 천천히 걸었다. 자전거가 휙 그의 팔꿈치를 스치고 지나갔다. 그는 멈춰 섰다. 여섯 시도 더 지났을 무렵이었다. 이제 사무실로 가아 할 아무 일도 없었다. 그는 전차 길을 건넜다. 또 한참 걸었다. 그는 또 멈춰 섰다. 이번엔 어느 사이에 낮에 왔던 경찰서 앞에 와 있었다. 그는 또 돌아섰다. 또 걸었다. 그저 걸었다. 집으로 돌아가자는 생각도 아니면서 그의 발길은 자동기계처럼 남대문 쪽을 향해 걷고 있었다. 문방구점, 라디오방, 사진관, 제과점, 그는 길가에 늘어선 이런 가게의 진열장을 하나하나 기웃거리며 걷고 있었다. 그러면서도 무엇이 있는지 하나도 보이지 않았다. 그러던 철호는 우뚝 섰다. 그는 거기 눈앞에 걸린 간판을 쳐다보고 있었다. 장기판만 한 판에 빨간 페인트로 치과라고 써 있었다. 철호는 갑자기 이가 쑤시는 것을 느꼈다. 아침부터 아니 벌써 전부터 홀떡홀떡 쑤시는 충치가 갑자기 아파 왔다. 양쪽 어금니가 아래위다 쑤셨다. 사실은 어느 것이 정말 쑤시는 것인지조차 분간할 수가 없었다. 철호는 호주머니에 손을 넣어 보았다. 만 환 다발이 만져졌다.

철호는 치과 간판이 걸린 층계 이 층으로 올라갔다.

치과 걸상에 머리를 젖히고 입을 아 버리고 앉았다. 의사는 달가닥달가닥 소리를 내며 이것저것 여러 가지 쇠꼬치를 그의 입에 넣었다 꺼냈다 하였다. 철호는 매시근하니(나른하고 기운이 없이) 잠이 왔다. 아무런 생각도 하지 않고 입을 크게 벌린 채 눈을 감고 있었다.

"좀 아팠지요? 뿌리가 구부려져서."

의사가 집게에 뽑아 든 이를 철호의 눈앞에 가져다 보여 주었다. 속이 시꺼멓게 썩은 징그러운 이뿌리에 뻘건 살점이 묻어 나왔다. 철호는 솜을 입에 문 채 머리를 좌우로 흔들어 보았다. 사실 아프지도 아무렇지도 않았다.

"됐습니다. 한 삼십 분 후에 솜을 빼 버리슈. 피가 좀 나올 겁니다."

"이쪽을 마저 빼 주십시오."

철호는 옆의 타구에 침을 뱉고 나서 또 한쪽 볼을 눌러 보였다.

"어금니를 한 번에 두 개씩 빼면 출혈이 심해서 안 됩니다."

"괜찮습니다."

"아니. 내일 또 빼지요."

"다 빼 주십시오. 한 몫에 몽땅 다 빼 주십시오."

"안 됩니다. 치료를 해 가면서 한 대씩 빼야지요."

"치료요? 그럴 새가 없습니다. 마악 쑤시는걸요."

"그래도 안 됩니다. 빈혈증이 일어나면 큰일 납니다."

하는 수 없었다. 철호는 치과를 나왔다. 또 걸었다. 잇몸이 멍하니 아픈 것 같기도 하고 또 어찌하면 시원한 것 같기도 했다. 그는 한 손으로 볼을 쓸어 보았다.

그렇게 얼마를 걷던 철호는 거기에 또 치과 간판을 발견하였다. 역시 이층이었다.

"안 될 텐데요."

거기 의사도 꺼렸다. 철호는 괜찮다고 우겼다. 한쪽 어금니를 마저 빼었다. 이번에는 두 볼에다 다 밤알만큼씩 한 솜 덩어리를 물고 나왔다. 입안이 찝찔했다. 간간이 길가에 나서서 피를 뱉었다. 그때마다 시뻘건 선지피가 간 덩어리처럼 엉겨서 나왔다. 남대문을 오른쪽에 끼고 돌아서 서울역이 보이는 데까지 왔을 때 으스스 몸이 한 번 떨렸다. 머리가 횡하니 비어 버린 것 같다고 생각했다. 바로 그때에 번쩍 거리에 전등이 들어왔다. 눈앞이 한 번 환해졌다. 다음 순간에는 어찌된 셈인지 좀 전에 전등이 켜지기 전보다 더 거리가 어두워졌다. 철호는 눈을 한 번 꾹 감았다 다시 떴다. 그래도 매한가지였다. 이건 배 속이 비어서 이렇다고 철호는 생각했다. 그는 새삼스레, 점심도 저녁도 안 먹은 자기를 깨달았다. 뭐든가 좀 먹어야겠다고 생각했다. 구수한 설렁탕 생각이 났다. 입안에 군침이 하나 가득히 고였다. 그는 어느 전주 밑에 가서 쭈그리고 앉아서 침을 뱉었다. 그런데 그것은 침이 아니라 진한 피였다. 그는 다시 일어섰다. 또 한 번 오한이 전신을 간질이고 지나갔다. 다리가 약간 떨리는 것 같았다. 그는 속히 음식점을 찾아내어야겠다고 생각하며 서울역 쪽으로 허청허청 걸었다.

"설렁탕."

무슨 약 이름이기나 한 것처럼 한마디 일러 놓고는 그는 식탁 위에 엎드려 버렸다. 또 입안으로 하나 찝찔한 물이 고였다. 철호는 머리를 들었다. 음식점 안을 한 바퀴 휘 둘러보았다. 머리가 아찔했다. 그는 일어섰다. 그리고 문밖으로 급히 걸어 나갔다. 음식점 옆 골목에 있는 시궁창에 가서 쭈그리고 앉았다. 울컥하고 입안의 것을 내뱉었다. 그러나 이번에는 주위가 어두워서 그것이 뭔지 또는 침인지 알 수 없었다. 철호는 저고리 소매로 입술을 닦으며 일어섰다. 이를 뺀 자리가 쿡 한 번 쑤셨다. 그러자 뒤이어 거기에 호응이나 하듯이 관자놀이가 또 쿡 쑤셨다. 철호는 아무래도 좀 이상하다고 생각하였다. 이제 빨리 집으로 돌아가 누워야겠다고 생각했다. 그는 다시 큰길로 나왔다. 마침 택시가 한 대 왔다. 그는 손을 힌 번 혼들었다.

철호는 던져지듯이 털썩 택시 안에 쓰러졌다.

"어디로 가시죠?"

택시는 벌써 구르고 있었다.

"해방촌."

자동차는 스르르 속력을 늦추었다. 해방촌으로 가자면 차를 돌려야 하는 까닭이었다. 운전수는 줄지어 달려오는 자동차의 사이가 생기기를 노리고 있었다. 저만치 자동차의 행렬이 좀 끊겼다. 운전수는 핸들을 잔뜩 비틀어 쥐었다. 운전수가 몸을 한편으로 기울이며 마악 핸들을 틀려는 때였다. 뒷자리에서 철호가 소리를 질렀다.

"아니야. S병원으로 가."

철호는 갑자기 아내의 죽음을 생각했던 것이다. 운전수는 다시 홱 핸들을 이쪽으로 틀었다. 운전수 옆에 앉았던 조수 애가 한번 철호를 돌아보았다. 철호는 뒷자리 한구석에 가서 몸을 틀어박은 채 고개를 뒤로 젖히고 눈을 감고 있었다. 그때에 또 뒤에서 소리를 질렀다.

"아니야. ×경찰서로 가."

눈을 감고 있는 철호는 생각하는 것이었다. 아내는 이미 죽었는데 하고. 이번에는 다행히 차의 방향을 바꿀 필요가 없었다. 그냥 달렸다.

"×경찰서입니다, 손님."

조수 애가 뒤로 몸을 틀어 돌리며 말했다.

"가자."

철호는 여전히 눈을 감고 있었다.

"어디로 갑니까?"

"글쎄, 가."

"하, 참 딱한 아저씨네."

"……."

"취했나?"

운전수가 힐끔 조수 애를 쳐다보았다.

"그런가 봐요."

"어쩌다 오발탄 같은 손님이 걸렸어. 자기 갈 곳도 모르게."

운전수는 기어를 넣으며 중얼거렸다. 철호는 까무룩히 잠이 들어가는 것 같은 속에서 운전수가 중얼거리는 소리를 멀리 듣고 있었다. 그리고 마음속으로 혼자 생각하는 것이었다. '아들 구실, 남편 구실, 애비 구실, 형 구실, 오빠 구실, 또 계리사 사무실 서기 구실, 해야 할 구실이 너무 많구나. 너무 많구나. 그래, 난 네 말대로 아마도 조물주의 오발탄인지도 모른다. 정말 갈 곳도 알 수가 없다. 그런데 지금 나는 어디건 가긴 가야 한다……'

철호는 점점 더 졸려 왔다. 다리가 저린 것처럼 머리의 감각이 차츰 없어져 갔다.

"가자."

철호는 또 한 번 귓가에 어머니의 소리를 들었다고 생각하며 푹 모로 쓰러지고 말았다.

차가 네거리에 다다랐다. 앞에 교통 신호에 발간 불이 켜졌다. 차가 섰다. 또 한 번 조수 애가 뒤를 돌아보며 물었다.

"어디로 가시죠?"

그러나 머리를 푹 앞으로 수그린 철호는 아무 대답도 없었다.

따르릉, 벨이 울렸다. 긴 자동차의 행렬이 움직이기 시작했다. 철호가 탄 차도 목적지를 모르는 대로 행렬에 끼어서 움직이는 수밖에 없었다. 철호의 입에서 흘러내린 선지피가 흥건히 그의 와이셔츠 가슴을 적시고 있는 것은 아무도 모르는 채 교통 신호대의 파란불 밑으로 차는 네거리를 지나 갔다.

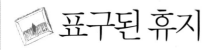

# 표구된 휴지

## 🖊 작품 정리

**작가** : 이범선(701쪽 '작가와 작품 세계' 참조)
**갈래** : 액자 소설
**배경** : 시간 – 1960년대 / 공간 – 화실
**시점** : 1인칭 주인공 시점
**주제** : 사소한 것에서 느끼는 삶의 의미
**출전** : 〈문학사상〉(1972)

## 🖊 구성과 줄거리

**발단** '나'는 표구한 편지를 읽는 버릇이 있음

언제부터인가 '나'는 피곤할 때마다 창호지에 먹으로 쓴 편지를 읽는 버릇이 있다.

**전개** 편지를 표구사에 맡김

어느 날 은행에 다니는 친구가 구겨진 편지를 갖고 찾아온다. 친구는 편지를 얻게 된 사연을 말하고 편지를 표구해 줄 것을 부탁한다. '나'는 편지 내용과 친구의 장난이 재밌다고 여겨져 웃음을 지으며 표구사에 편지를 맡긴다.

**절정** 기억 속에서 편지가 잊혀져 감

그 후 '나'의 기억 속에서 편지가 사라진다. 편지 표구를 부탁한 친구가 외국으로 전근을 가는 바람에 '나'는 문득 그 편지를 떠올린다.

**결말** 편지를 표구하려고 한 친구를 이해함

'나'는 점점 편지가 화실의 중심점이 되어 간다고 생각한다. 자신의 화실에 걸어 둔 편지를 보면서 그때 친구의 심정을 이해하게 된다.

## ✐ 생각해 볼 문제

**1. '표구된 휴지'에는 어떤 의미가 담겨 있는가?**

편지의 정체성은 편지지가 아닌 내용에 달려 있다. 설령 구겨진 휴지에 쓴 글이라도 상대방의 안부를 진심으로 묻는 내용이라면 편지라고 할 수 있다. 편지지에 건성으로 끼적인 낙서는 편지지가 아니라 그 어떤 매체를 이용한다고 해도 편지가 될 수 없다. 마찬가지로 표구된 휴지는 더 이상 휴지가 아니다. 그것은 마음을 담았기에 편지이자 위대한 사상을 담고 있는 예술 작품이 되었다. "밤에는 솟적다 솟적다 하며 새는 운다마는"이라는 표현은 자식을 그리워하는 아버지의 마음을 담았으며, 이를 통해 '나'는 당시 친구의 심정을 이해하게 된다.

**2. 정감 있고 구수한 내용의 편지를 국보급이라고 평가한 친구의 의도는 무엇인가?**

누구나 이 편지를 읽는 순간 부모님의 얼굴이 떠오를 것이다. 그것은 시골 출신뿐만 아니라 서울 출신이라도 마찬가지다. 맞춤법을 모른다거나 콩나물을 참기름에 무쳐 먹으라는 말을 했다는 점이 같은 것은 아니다. 아버지의 사랑을 표현하는 방식이 비슷하다는 뜻이다. 고향도 다르고, 아버지도 다르지만, 아버지들의 마음만은 다르지 않다. 특히 고향을 떠나 도시에서 살고 있는 자식들이라면 이런 편지를 보는 순간, 가슴이 먹먹해지면서 묘한 감동을 느끼게 될 것이다. 이런 감동은 그 어떤 명화에서 느낄 수 있는 감동보다도 크고 깊다는 의미에서 국보급이라고 표현했다.

**3. 구겨진 휴지 조각을 예술 작품이라고 부를 수 있는가?**

이탈리아의 기호학자인 움베르토 에코는 "하나의 텍스트는 다른 어떤 메시지보다도 더 분명하게 독자 쪽의 능동적이고 의식적인 공조적 운동을 요구한다."라고 말했다. 그의 말 속에서 구겨진 휴지 조각이 어떻게 예술 작품이 될 수 있는지 답을 찾을 수 있다. 즉, 예술 작품의 가치는 본래부터 그 안에 담겨 있는 것이 아니라, 발견하고 동의함으로써 결정된다.

나 ←────친구──── 은행 지점장
(동전을 싼 종이의
표구를 부탁)

어느 날 은행에 다니는 친구가 구겨진 편지를 표구해 달라고 화가인 저(나)를 찾아왔어요. 이 편지는 은행 고객이었던 지게꾼 청년이 동전을 싸 온 종이였지요. 서툰 글씨로 채워진 편지에는 아들을 걱정하는 늙은 아버지의 사랑이 고스란히 담겨 있었어요. 친구가 외국으로 전근을 가서 이 편지는 제 화실 벽에 걸려 있답니다.

# 표구된 휴지

니무슨주변에고기묵건나. 콩나물무거라. 참기름이나마니처서무그라.

누렇게 뜬 창호지에다 먹으로 쓴 편지의 일절이다. 언제부터인가 나는 피곤할 때면 화실 안쪽 벽에 걸린 그 조그만 액자의 편지를 읽는 버릇이 생겼다. 그건 매우 서투른 글씨의 편지다. 앞부분과 끝 부분은 없고 중간의 일부분만인 그 편지는 누가 누구에게 보낸 것인지도 알 수 없다. 다만 그 내용으로 미루어 시골에 있는 늙은 아버지—어쩌면 할아버지일지도 모른다—가 서울에 돈 벌러 올라온 아들에게 쓴 편지라는 것이 대충 짐작될 따름이다. 사실은 그 편지가 노인이 쓴 것으로 생각되는 까닭은 그 내용도 내용이려니와 그보다 더 그 편지의 종이나 글씨에 있는지 모른다. 아마 어느 가을에 문을 바르고 반 장쯤 남았던 창호지를 용케 생각해 내어 벽장 속을 뒤져 먼지를 떨고 손바닥으로 몇 번이나 쓸어 펴서 적당히 두루마리 모양이 나게 오린 것이리라. 누렇게 뜬 종이 가장자리가 삐뚤삐뚤하다. 거기에 사연을 먹으로 썼다. 순 한글—아니 이 편지에서만은 언문이라는 말이 좀 더 어울릴까—로 쓴 그 글씨가 재미있다. 붓으로 썼다기보다 무슨 꼬챙이에다 먹을 찍어서 그린 것 같은 글자는 단 한 자도 그 획의 먹 농도가 고른 것이 없다. 그뿐만 아니라 글자의 획들이 모두 사개(모퉁이가 서로 맞물리는 끝 부분)가 물러나서 이상스레 헐렁한데 그런 글자들이 또 제각기 제멋대로 방향을 잡고 아무렇게나 눕고 서고 했다. 그러니 글줄이 바를 리는 만무(萬無 절대로 없음)이고.

니떠나고메칠안이서**송아지**낫다. 그녀석눈도큰게잘자란다. 애비보다제에미를더달맛다고덜한다.

이 대문에서는 송아지 석 자가 딴 글자보다 좀 크고 먹 색깔도 진하다. 나는 언제나 이 액자를 보면 그 사연보다 그 글씨로 하여 먼저 미소 짓게 된다.

베적삼 고름은 헐렁하니 풀어 헤쳤고 잠방이 허리는 흘러내려 배꼽이 다 드러난 촌로들이 마을 어귀 느티나무 그늘에 모여, 더러는 마주하고 장기를 두고, 옆의 한 노인은 부채질을 하다 졸고, 또 어떤 노인은 장죽을 쑤시는가 하면, 때가 새까만 목침을 베고 누운 흰머리는 서툰 가락의 시조를 읊고.

그 크고 작고, 진하고 연하고, 삐뚤삐뚤한 글자들. 나는 거기서 노인들의 구수한 농지거리를 들을 수 있다.

압논벼는전에만하다. 뒷밧콩은전해만못하다. 병정갓던덕이돌아왔다. 니서울돈벌레갓다니까, 소우숨하더라.

이 편지 액자는 사실은 내 것이 아니나.

3년 전 가을이었다. 저녁 무렵 친구가 찾아왔다. 어느 은행 지점장인가 지점장 대리인가 하는 그 친구는 퇴근길에 잠깐 들렀다는 것이었다.

"부탁이 있는데."

"부탁? 설마 은행가가 가난한 화가더러 돈을 꾸잔 건 아닐 게고."

나는 농담으로 그를 맞아들였다.

"그런 건 아니고…… 이거 좀 보게."

그는 신문지로 돌돌 만 것을 불쑥 내밀었다.

"뭔데. 그림인가?"

"글쎄 펴 보게. 그림이라면 그림이고 글이라면 글인데 그게…… 국보급이야."

친구는 장난기 어린 눈으로 안경 속에서 웃고 있었다. 나는 조심조심 신문지를 폈다. 그건 아무렇게나 구겨져 던졌던 휴지를 다시 편 것이었다.

"뭔가, 이건?"

"한번 읽어 보게나."

친구는 눈으로 내가 들고 있는 휴지를 가리켰다. 나는 그 구겨졌던 종이 위에 먹으로 쓴 글자를 한 자 한 자 읽으면서 속으로 철자법을 교정해야 했다.

"무슨 편지 같군."

"그래."

"무슨 편진가?"

"나도 모르지."

"그런데!"

"어쨌든 재미있지 않나. 뭔가 뭉클하는 게 있단 말야."

"좀 그런 것 같긴 하지만……."

"바가지에 담아 내놓은 옥수수 냄새 같은, 뭐 그런 게 있잖아."

"흠, 자넨 역시 길을 잘못 들었어."

나는 웃었다. 그는 나와 중학교 동창이다. 그 시절 그는 문학 서적에 취해 있는 문학 소년이었다. 선생님들도 그의 소질을 인정하고 있었다. 그런데 그는 결국 상과 대학엘 갔다. 고등학교에서의 배치에 의해서였다.

"그거 표구할 수 있겠지?"

"표구?"

"그래."

"그야 할 수 있겠지. 창호지니까."

"난 그런 걸 잘 모르지 않나. 그래, 화가인 자네 생각을 했지 뭔가. 자네가 어디 적당한 표구사에 맡겨서 좀 해 주지 않겠나?"

"그야 어렵지 않지만…… 자네도 어지간히 호사가군. 이걸 표구해서 뭘 하나. 도대체 어디서 주워 온 건가. 이 휴지는?"

"아닌 게 아니라 정말 휴지통에서 주운 거지."

그 친구 은행 창구에 저녁때면 날마다 빠지지 않고 들르는 지게꾼이 있단 다. 은행 문 앞에 지게를 벗어 세워 놓고 매우 죄송스러운 태도로 조용히 은행 안으로 들어서는 스물댓 나 보이는 그 꺼면 얼굴의 청년을 처음엔 안 내원이 막았다.

"뭐지요?"

"예, 예, 저어……."

"여긴 은행이오, 은행!"

"예, 그러니까 저 돈을……."

청년은 어리둥절해서 말도 제대로 하지 못했다.

"글쎄, 은행이라니까!"

"예, 그런데 그 조금도 할 수 있습니까?"

"조금이라니 뭘 말이오?"

"저금을 조금두 할 수 있습니까?"

"저금요?"

은행 안의 모든 시선들이 그 지게꾼에게로 쏠렸다.

청년은 점점 더 당황하였다. 얼굴이 붉어져서 돌아서 나가려는 그를 불러 세운 것이 예금 창구의 여직원이었다. 청년은 손에 말아 쥐고 있던 라면 봉다리에서 꼬깃꼬깃한 백 원짜리 지폐 다섯 장과 새로 새긴 목도장을 꺼내어 떨리는 손으로 여직원에게 바쳤다. 청년은 저만큼 한구석으로 가 서서 불안스러운 눈으로 멀리 여직원을 지켜보고 있었다.

한참 만에 그는 흠칫 놀랐다. 생전 처음 그는 씨 자가 붙은 자기 이름을 들었던 것이다. 그는 여직원 앞으로 달려와 빳빳한 통장을 받았다. 청년은 여직원과 안내원에게 굽실굽실 절을 하고는 한 손에 통장을 받쳐 든 채 들어올 때처럼 조심스럽게 문을 열고 나갔다. 봉상을 확인할 경황도 없이.

다음 날부터 그 청년은 매일 저녁 무렵이면 꼭꼭 들렀다. 하루에 이백 원 혹은 삼백 원 또 어떤 날은 오백 원, 그의 통장에는 입금만 있고 출금란은 비어 있었다. 이제는 제법 안내원과는 익숙해졌으나 여직원 앞에서는 여전히 얼굴을 붉히며 수고를 끼쳐서 대단히 죄송하다는 표정 그대로였다.

그러던 어떤 날이었다. 그날은 여느 날보다 조금 일찍 청년이 은행엘 들렀다.

"오늘은 일찍 오셨네요. 얼마 넣으시겠어요?"

여직원이 미소로 물었다.

"예, 기게 오늘은 좀⋯⋯."

청년은 무언가 종이 뭉텅이를 들고 머뭇거렸다.

"왜요?"

"이거 정말 죄송합니다. 이거 얼마 되지도 않는 걸 동전으로⋯⋯ 그동안 저금통에 넣었던 걸 오늘 깨었죠. 기래 여기 이렇게⋯⋯."

청년은 종이에 싼 것을 내밀었다.

"아이, 많이 모으셨네요."

"죄송합니다. 정말 이거⋯⋯."

청년은 뒤통수를 긁적거리며 언제나 그가 서서 기다리던 구석으로 갔다.

"이게 바로 그 지게꾼 청년이 동전을 싸 가지고 온 종이지."

친구는 내 손의 편지를 가리켰다.

"그래, 그럼 그의 집에서 그 친구에게 보낸 편지란 말인가?"

"글쎄, 반드시 그렇다고는 할 수 없겠지. 동전을 세는 여직원을 거들어 주다가 우연히 발견하고 재미있다고 생각돼서 가지고 온 것뿐이니까."

우물집할머니하루알고갔다. 모두잘갔다한다. 장손이장가갔다. 색씨는너머마을곰보영감딸이다. 구장네탄실이시집간다. 신랑은읍의서기라더라. 압집순이가어제저녁감자살마치마에가려들고왔더라. 순이는시집안갈끼라하더라. 니는빨리장가안들어야건나.

나는 비시시 웃음이 새어 나왔다. 편지 내용도 그렇고 친구의 장난기도 그랬다.

어쨌든 나는 그 창호지를 아는 표구사에 맡겼다. 그게 어떤 편지냐고 묻는 표구사 주인한테는,

"굉장한 겁니다. 이건 정말 국보급입니다."

하고 얼버무렸다. 표구사 주인은 머리를 기웃거렸다.

그 후 나는 그 창호지 편지를 감감히 잊어버리고 있었다. 그런데 은행 친구가 어느 외국 지점으로 전근이 되었다. 비행기가 떠날 때 나는 문득 그 편지 생각이 났다.

니떠나고메칠안이서송아지낫다.

그길로 나는 표구사로 갔다. 구겨진 휴지였던 그 편지는 깨끗이 펴져서 액자 속에 들어 있었다. 그렇게 치장하고 보니 그게 정말 무슨 국보나 되는 것 같았다.

돈조타. 그러나너거엄마는돈보다도너가더조타한다. 밥묵고배아프면소금한줌무그라하더라.

그날부터 그 액자는 내 화실에 그냥 걸어 두었다. 그저 걸어둔 거다. 그런데 그게 이상하게도 차츰 내 화실의 중심점이 되어 갔다. 그건 그림 같기도 하고 글 같기도 하다. 아니 그건 분명 그 둘이 합쳐진 것이었다.

나는 친구가 외국으로 떠나고 이태 동안 그 액자를 간간 바라보고 있는 사이에 차츰 그 친구의 심정을 느껴 알 것 같아졌다.

    니무슨주변에고기묵건나. 콩나물무거라. 참기름이나마니처서무그라.
    순이는시집안갈끼라하더라. 니는빨리장가안들어야건나.
    돈조타. 그러나너거엄마는돈보다도너가더조타한다.

그리고 채 이어지지 못하고 끊어진 맨 끝줄.

    밤에는솟적다솟적다하며새는운다마는

#  난장이가 쏘아 올린 작은 공

## 작가와 작품 세계

조세희(1942~ )

경기도 가평군 출생. 1963년 서라벌예술대학교 문예창작과를 졸업하고 1965년 경희대학교 국문과를 졸업했다. 1965년 〈경향신문〉에 「돛대 없는 장선(葬船)」이 당선되어 등단했으며, 1979년 '난장이' 연작으로 동인문학상을 수상했다. 1975년 '난장이' 연작의 첫 작품인 「칼날」을 발표하면서 문단의 각광을 받기 시작한다. 1976년 '난장이' 연작 「뫼비우스의띠」, 「우주공간」, 「난장이가 쏘아 올린 작은 공」 등을 발표했으며, 1977년 역시 '난장이' 연작 「육교 위에서」, 「궤도 회전」, 「은강 노동 가족의 생계비」, 「잘못은 신에게도 있다」 등을 발표했다. 1978년 「클라인씨의 병」, 「내 그물로 오는 가시고기」, 「에필로그」를 이전의 '난장이' 연작과 함께 묶어 『난장이가 쏘아 올린 작은 공』으로 출간했다. '난장이' 연작 외에 대표작으로는 「오늘 쓰러진 네모」, 「긴팽이 모자」 등이 있다.

조세희는 1970년대 한국 사회의 최대 과제였던 빈부와 노사의 대립을 극적으로 제시했다. 그는 '난장이' 연작에 환상적 기법을 도입함으로써 계급적인 대립과 갈등이 마치 동화의 세계에 존재하는 것처럼 묘사했다. 이는 현실의 냉혹함을 더욱 강조하는 역할을 한다. '난장이' 연작 형식은 소설 양식을 확대해 종래의 단편과 장편이 보여 줄 수 없는 현실 대응 방식을 보여 주었다.

## 작품 정리

> **갈래** : 연작 소설
> **배경** : 시간 - 1970년대 / 공간 - 서울의 한 재개발 지역(낙원구 행복동)
> **시점** : 1인칭 주인공 시점
> **주제** : 도시 빈민이 겪는 삶의 고통과 좌절
> **출전** : 〈문학과지성〉(1976)

## ✎ 구성과 줄거리

**발단** **'나'의 집에 철거 계고장이 도착함**

'난장이'라고 불리는 아버지, 어머니와 '나(영수)', 영호, 막내딸인 영희로 구성된 다섯 식구는 날마다 천국을 생각하며 지겨운 생활을 견뎌 나간다. 그러던 어느 날 통장으로부터 집을 자진 철거하라는 철거 계고장을 받는다.

**전개** **명희네 돈을 갚기 위해 입주권의 값이 오르기를 바람**

몇몇 거간꾼들이 우리에게도 입주권을 팔라고 하지만 우리는 그냥 돌아온다. 이웃에 사는 명희 어머니가 15만 원을 빌려 준 덕택으로 어머니는 건넌방 전셋돈을 해결한다. 밤에 다시 온 명희 어머니는 입주권이 18만 5천 원으로 올랐다며 좀 더 기다려 보라고 한다.

**위기** **투기업자에게 입주권을 팔지만 영희는 가족 몰래 투기업자를 따라감**

투기업자와 아버지는 입주권 매매 계약을 하고, 다음 날 어머니는 명희 어머니에게 빌린 돈 15만 원을 갚는다. 한편, 영희는 입주권을 판 그날 입주권을 되찾기 위해 투기업자를 따라간다. 하지만 영희는 입주권을 되찾지 못하고 투기업자의 집에서 지내게 된다.

**절정** **집이 철거되고 아버지가 사라짐**

철거일 아침, 아버지와 알고 지내던 지섭이 쇠고기를 사 들고 집에 온다. 아침 식사를 마치고 짐을 밖으로 끌어내자 철거반원들은 집을 부순다. 이에 지섭이 철거를 지휘하는 사나이에게 항의하며 그의 안면에 주먹을 내지르자 철거반원들이 한꺼번에 달려들어 지섭을 끌고 간다.

**결말** **영희는 입주권을 되찾지만 아버지의 죽음을 전해 들음**

투기업자의 금고에서 입주권과 돈, 칼을 가지고 뛰쳐나온 영희는 행복동 동사무소로 향한다. 동사무소에서 아버지에 관한 소식을 듣고 윤신애 아주머니 집을 찾아갔다가 아버지의 죽음을 전해 듣는다. 영희는 큰오빠에게 아버지를 난장이라고 부르는 악당은 죽여 버리라고 말한다.

1. '난장이'와 난장이가 쏘아 올린 작은 '공'의 상징적 의미는 무엇인가?

1970년대는 산업화가 급속하게 진행되면서 경제 발전이 빠르게 이루어진 시기였다. 하지만 산업화로 말미암아 농촌이 해체되자 농민들은 도시의 노동자로 내몰렸고, 도시 빈민층을 이루며 열악한 환경 속에서 살 수밖에 없었다. 이 작품 속의 '난장이'는 「뫼비우스의 띠」에 등장하는 '앉은뱅이'나 '꼽추'와 마찬가지로 가난하고 소외된 약자를 대표한다. 그리고 '난장이'가 쏘아 올린 작은 '공'은 날아오르고자 하는 꿈을 의미한다. 사회의 구조적 모순인 빈부 격차와 불평등에서 벗어나고자 하는 약자의 꿈을 상징하는 것이다.

2 '난장이' 가족이 사는 '낙원구 행복동'이라는 지명의 의미는 무엇인가?

이곳은 재개발이 되기 전에는 비록 판잣집 같기는 했지만 그래도 집 걱정 없이 살 수 있는 행복한 공간이었다. 그러나 재개발이 되면서 '난장이' 가족과 주민들이 더 이상 살 수 없는 공간이 되고 만다. 이런 의미에서 '낙원구'나 '행복동'은 반어적이고 냉소적인 의미를 지닌 곳이다. 이 지명은 주민들의 암울한 현실을 더욱 효과적으로 드러낸다.

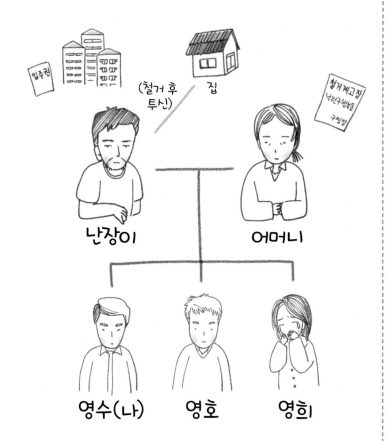

## 🖊 인물 관계도

**입주권**

**(철거 후 투신)**

**집**

**철거 계고장 / 낙원구 행복동 / 구청장**

**난장이**  **어머니**

**영수(나)**  **영호**  **영희**

📎

사람들은 아버지를 난장이라고 불러요. 아버지, 어머니, 저(영수), 영호와 영희, 우리 다섯 식구가 사는 낙원구 행복동은 재개발 지역이에요. 우리 가족도 철거 계고장을 받았고, 결국 입주권을 팔아서 빚을 갚았지요. 우리 집이 강제로 철거되자 아버지는 공장에서 투신하고 말았어요.

# 난장이가 쏘아 올린 작은 공

1

사람들은 아버지를 난장이라고 불렀다. 사람들은 옳게 보았다. 아버지는 난장이였다. 불행하게도 사람들은 아버지를 보는 것 하나만 옳았다. 그밖의 것들은 하나도 옳지 않았다. 나는 아버지·어머니·영호·영희, 그리고 나를 포함한 다섯 식구의 모든 것을 걸고 그들이 옳지 않다는 것을 언제나 말할 수 있다. 나의 '모든 것'이라는 표현에는 '다섯 식구의 목숨'이 포함되어 있다. 천국에 사는 사람들은 지옥을 생각할 필요가 없다. 그러나 우리 다섯 식구는 지옥에 살면서 천국을 생각했다. 단 하루도 천국을 생각해 보지 않은 날이 없다. 하루하루의 생활이 지겨웠기 때문이다. 우리의 생활은 전쟁과 같았다. 우리는 그 전쟁에서 날마다 지기만 했다. 그런데도 어머니는 모든 것을 잘 참았다. 그러나 그날 아침 일만은 참기 어려웠던 것 같다.

"통장이 이걸 가져왔어요."

내가 말했다. 어머니는 조각 마루 끝에 앉아 아침 식사를 하고 있었다.

"그게 뭐냐?"

"철거 계고장(戒告狀 행정상의 의무 이행을 재촉하는 내용을 담은 문서)예요."

"기어코 왔구나."

어머니가 말했다.

"그러니까 집을 헐라는 거지? 우리가 꼭 받아야 할 것 중의 하나가 이제 나온 셈이구나!"

어머니는 식사를 중단했다. 나는 어머니의 밥상을 내려다보았다. 보리밥에 까만 된장, 그리고 시든 고추 두어 개와 졸인 감자.

나는 어머니를 위해 철거 계고장을 천천히 읽었다.

  어머니는 조각 마루 끝에 앉아 말이 없었다. 벽돌 공장의 높은 굴뚝 그림
자가 시멘트 담에서 꺾어지며 좁은 마당을 덮었다. 동네 사람들이 골목으
로 나와 뭐라고 소리치고 있었다. 통장은 그들 사이를 비집고 나와 방죽 쪽
으로 걸음을 옮겼다. 어머니는 식사를 끝내지 않은 밥상을 들고 부엌으로
들어갔다. 어머니는 두 무릎을 곤추세우고 앉았다. 그리고 손을 들어 부엌
바닥을 한 번 치고 가슴을 한 번 쳤다.
  나는 동사무소로 갔다. 행복동 주민들이 잔뜩 몰려들어 자기의 의견들을
큰 소리로 말하고 있었다. 들을 사람은 두셋밖에 안 되는데 수십 명이 거의
동시에 떠들어 대고 있었다. 쓸데없는 짓이었다. 떠든다고 해결될 문제는
아니었다.
  나는 바깥 게시판에 적혀 있는 공고문을 읽었다. 거기에는 아파트 입주

절차와 아파트 입주를 포기할 경우 탈 수 있는 이주 보조금 액수 등이 적혀 있었다. 동사무소 주위는 시장 바닥과 같았다. 주민들과 아파트 거간꾼(흥정을 붙이는 일을 직업으로 하는 사람)들이 한데 뒤엉켜 이리 몰리고 저리 몰리고 했다.

나는 거기서 아버지와 두 동생을 만났다. 아버지는 도장포(圖章舖 도장을 새겨 주는 가게) 앞에 앉아 있었다. 영호는 내가 방금 물러선 게시판 앞으로 갔다. 영희는 골목 입구에 세워 놓은 검정색 승용차 옆에 서 있었다. 아침 일찍 일들을 찾아 나섰다가 철거 계고장이 나왔다는 소리를 듣고 돌아온 것이었다. 누군들 이런 날 일을 할 수 있을까. 나는 아버지 옆으로 가 아버지의 공구들이 들어 있는 부대를 둘러메었다. 영호가 다가오더니 나의 어깨에서 그 부대를 내려 옮겨 메었다. 나는 아주 자연스럽게 그것을 넘겨주면서 이쪽으로 걸어오는 영희를 보았다. 영희의 얼굴은 발갛게 상기되어 있었다. 몇 사람의 거간꾼들이 우리를 둘러싸고 아파트 입주권을 팔라고 했다. 아버지가 책을 읽고 있었다. 우리는 아버지가 책을 읽는 것을 처음 보았다. 표지를 쌌기 때문에 무슨 책을 읽는지도 알 수 없었다. 영희가 허리를 굽혀 아버지의 손을 잡아끌었다. 아버지는 우리들의 얼굴을 물끄러미 쳐다보더니 자리를 털고 일어났다. "난장이가 간다."고 처음 보는 사람들이 말했다.

어머니는 대문 기둥에 붙어 있는 알루미늄 표찰을 떼기 위해 식칼로 못을 뽑고 있었다. 내가 식칼을 받아 반대쪽 못을 뽑았다. 영호는 어머니와 내가 하는 일이 못마땅한 모양이었다. 그러나 마음에 드는 일이 우리에게 일어나 주기를 바랄 수는 없는 일이었다. 어머니는 무허가 건물 번호가 새겨진 알루미늄 표찰을 빨리 떼어 간직하지 않으면 나중에 괴로운 일이 생길 것이라는 것을 알고 있었다.

어머니는 손바닥에 놓인 표찰을 말없이 들여다보았다. 영희가 이번에는 어머니의 손을 잡아끌었다.

"너희들이 놀게 되지만 않았어도 난 별걱정을 안 했을 거다."

어머니가 말했다.

"스무 날 안에 무슨 뾰족한 수가 생기겠니. 이제 하나하나 정리를 해야지."

"입주권을 팔려고 그래요?"

영희가 물었다.

"팔긴 왜 팔아!"

영호가 큰 소리로 말했다.

"그럼 아파트 입주할 돈이 있어야지."

"아파트로도 안 가."

"그럼 어떻게 할 거야?"

"여기서 그냥 사는 거야. 이건 우리 집이다."

영호는 성큼성큼 돌계단을 올라가 아버지의 부대를 마루 밑에 놓았다.

"한 달 전만 해도 그런 이야길 하는 사람이 있었다."

아버지가 말했다. 어머니가 내준 철거 계고장을 막 읽고 난 참이었다.

"시에서 아파트를 지어 놨다니까 얘긴 그걸로 끝난 거다."

"그건 우릴 위해서 지은 게 아녜요."

영호가 말했다.

"돈도 많이 있어야 되잖아요?"

영희는 마당가 팬지(삼색제비꽃) 앞에 서 있었다.

"우린 못 떠나. 갈 곳이 없어. 그렇지 큰오빠?"

"어떤 놈이든 집을 헐러 오는 놈은 그냥 놔두지 않을 테야."

영호가 말했다.

"그만둬."

내가 말했다.

"그들 옆엔 법이 있다."

아버지 말대로 모든 이야기는 끝나 버린 것이나 마찬가지였다. 마당가 팬지 앞에 서 있던 영희가 고개를 돌렸다. 영희는 울고 있었다. 어렸을 때부터 영희는 잘 울었다. 그때 나는 말했다.

"울지 마, 영희야."

"자꾸 울음이 나와."

"그럼, 소리를 내지 말고 울어."

"응."

그러나 풀밭에서 영희는 소리를 내어 울었다. 나는 손으로 영희의 입을 막았다. 영희의 몸에서는 풀 냄새가 났다. 개천 건너 주택가 골목에서는 고기 굽는 냄새가 났다. 나는 그것이 고기 굽는 냄새인 줄 알면서도 어머니에게 묻고는 했다.

"엄마, 이게 무슨 냄새야?"

어머니는 말없이 걸었다. 나는 다시 물었다.

"엄마, 이게 무슨 냄새지?"

어머니는 나의 손을 잡았다. 어머니는 걸음을 빨리하면서 말했다.

"고기 굽는 냄새란다. 우리도 나중에 해 먹자."

"나중에 언제?"

"자, 빨리 가자."

어머니는 말했다.

"너도 공부를 열심히 하면 좋은 집에 살 수 있고, 고기도 날마다 먹을 수 있단다."

"거짓말!"

어머니의 손을 뿌리치면서 내가 말했다.

"아버지는 나쁜 사람야."

어머니가 우뚝 섰다.

"너 방금 뭐라고 했니?"

"우리 아버지는 나쁜 사람야."

"너 매 좀 맞아야겠구나. 아버지는 좋은 분이다."

"나도 주머니가 달린 옷을 입고 싶어."

"빨리 가자."

"엄마는 왜 우리들 옷에 주머니를 안 달아 주지? 돈도 넣어 주지 못하고, 먹을 것도 넣어 줄 게 없어서 그렇지?"

"아버지에 대해 말을 막 하면 너 매 맞을 줄 알아라."

"아버지는 악당도 못 돼. 악당은 돈이나 많지."

"아버지는 좋은 분이다."

"알아."

나는 말했다.

"수백 번도 더 들었어. 그렇지만 이젠 속지 않아."

"엄마, 큰오빠는 말을 안 들어."

영희는 부엌문 앞에 서서 말했다.

"엄마 몰래 또 고기 냄새 맡으러 갔었대. 나는 안 갔어."

어머니는 아무 말이 없었다. 나는 영희를 흘겨보았다. 영희는 또 말했다.

"엄마, 큰오빠가 고기 냄새 맡으러 갔었다고 말했더니 때리려고 그래."

영희는 좀처럼 울음을 그치지 못했다. 나는 영희의 입에서 손을 떼었다.

영희를 풀밭으로 끌고 들어간 것이 잘못이었다. 영희를 때려 주고 나는 후회했다. 귀여운 영희의 얼굴은 눈물로 젖었다. 우리는 그때 주머니 없는 옷을 입고 있었다.

아버지는 철거 계고장을 마루 끝에 놓고 책을 읽었다. 우리는 아버지에게서 무엇을 바라지는 않았다. 아버지는 그동안 충분히 일했다. 고생도 충분히 했다. 아버지만 고생을 한 것이 아니다. 아버지의 아버지, 아버지의 할아버지, 할아버지의 아버지, 그 아버지의 할아버지—또—대대로 거슬러 올라간다. 그들은 아버지보다 더 심한 고생을 했을 수도 있다. 나는 공장에서 이상한 매매 문서가 든 원고를 조판한 적이 있다. 그 내용의 일부를 짜기 위해 나는 열심히 손을 놀렸다.

婢(비) 金伊德(김이덕)의 한 소생 奴(노) 今同(금동) 庚寅生(경인생), 奴今同의 양처 소생 奴 金今伊(김금이) 丁卯生(정묘생), 奴 今同의 양처 소생 奴 德水(덕수) 己巳生(기사생), 奴 今同의 양처 소생 奴 存世(존세) 辛未生(신미생), 奴 今同의 양처 소생 奴 永石(영석) 癸酉生(계유생), 奴 金今伊의 양처 소생 奴 鐵壽(철수) 丙戌生(병술생), 奴 金今伊의 양처 소생 奴 今山(금산) 戊子生(무자생).

나는 그때 이것이 무엇인지 몰랐다. 그 판을 짜고 다음 판을 짜 나가다 겨우 알았다. 노비 매매 문서의 한 부분이었다. 나는 열흘 동안 같은 책을 조판했다. 그 열흘 동안 나는 아버지와 아무 말도 하지 않았다. 어머니하고도 이야기를 하지 않았다. 나는 어머니의 어머니, 어머니의 할머니, 할머니의 어머니, 그 어머니의 할머니들이 최하층의 천인으로서 무슨 일을 해 왔는지 알고 있었다. 어머니라고 달라진 것은 없었다. 마음 편할 날이 없고, 몸으로 치러야 하는 노역은 같았다. 우리의 조상은 세습하여 신역(身役 관아에 속한 종과 개인이 부리던 종이 치르던 노역)을 바쳤다. 우리의 조상은 상속·매매·기증·공출(농업 생산물이나 기물 따위를 정부에 내어놓음)의 대상이었다.

어느 날 어머니는 나에게 말했다.

"너희들은 엄마를 잘못 두어 이 고생이다. 아버지하고는 상관이 없단다."

어머니는 장남인 나에게만 말했다. 외할머니에게 들은 말을 나에게 전한 것이다. 천년을 두고 우리의 조상은 자손들에게 이 말을 남겼다. 그러나 나는 알고 있었다. 아버지도 씨종(대대로 내려가며 종노릇을 하는 사람의 자식)이었다.

할아버지의 아버지 대에 노비제는 사라졌다. 증조부 내외분은 아무것도 몰랐다. 나중에서야 해방을 맞았다는 것을 알았으나 두 분이 한 말은 오히려 "저희들을 내쫓지 마십시오."였다. 할아버지는 달랐다. 할아버지는 유습(遺習 예로부터 전해 오는 풍속)에서 벗어나려고 했다. 늙은 주인은 할아버지에게 집과 땅을 주었다. 그러나 쓸데없는 일이었다. 모르는 면에서는 할아버지나 증조부나 같았다. 증조부 대까지는 선조들이 살아온 경험이 도움이 되었으나 할아버지 대에는 그것이 도움을 주지 못했다. 할아버지에게는 어떤 교육도 없었고 경험도 없었다. 할아버지는 집과 땅을 잃었다.

### • 뒷부분 줄거리

뒷집 명희 어머니는 입주권을 팔고 와서는 어머니에게 어차피 아파트로 입주하지 못할 바에는 빨리 팔고 떠날 생각을 하라고 한다. 다시 온 명희 어머니는 입주권 가격이 올랐다며 좀 더 기다려 보라고 한다. 동사무소에 간 영호는 한 투기업자에게 25만 원에 입주권을 사겠다는 제안을 받는다. 아버지는 투기업자와 매매 계약을 하고 어머니는 명희 어머니에게 빌린 돈 십오만 원을 갚는다. 명희 어머니는 집을 헐고 동네를 떠난다.

어머니가 아침 밥상을 차리는 동안 철거반원들이 집으로 들이닥친다. 식구들이 아침 식사를 하는 도중에도 철거반원들은 담을 쇠망치로 부수는 일에 열중한다. 담을 부수고 집 안으로 들어온 철거반원들은 가족들이 식사를 마치고 짐을 빼자마자 집을 무너뜨린다. 아버지와 각별한 사이인 지섭이 화가 나 철거를 지휘하던 사내에게 주먹을 날리자 철거반원들이 한꺼번에 달려들어 지섭을 두들겨 팬다.

입주권을 판 날 영희는 투기업자를 따라가 입주권을 되찾아 오려고 하지만 실패하고 강간당한다. 투기업자와 함께 지내던 영희는 투기업자가 자신에게 한 것처럼 그를 마취시킨 뒤 금고에서 입주권과 돈, 칼을 꺼내 도망쳐 나온다. 행복동 동사무소에서 아파트 입주를 위한 철거 확인 절차를 마친 영희는 가족을 찾기 위해 윤신애 아주머니를 찾아간다. 영희는 아버지가 벽돌 공장 굴뚝에서 자살했음을 알게 된다.

# 소음 공해

## 작가와 작품 세계

**오정희**(1947~)

서울 출생. 이화여자고등학교를 거쳐 서라벌예술대학 문예창작과를 졸업했다. 1968년 〈중앙일보〉 신춘문예에 단편 소설 「완구점 여인」이 당선되면서 등단했다. 1979년 「저녁의 게임」으로 이상문학상을, 1982년 「동경」으로 동인문학상을 수상했다. 2003년에는 독일에서 번역 출간된 장편 『새』로 리베라투르상을 수상했는데, 해외에서 한국인이 문학상을 받은 최초의 사례이다. 오정희는 『새』에서 어린 아이를 화자로 내세워 임울하고 황폐한 현실을 섬세한 문체로 담아냈다.

그녀는 인간의 존재론적 불안과 내면의 고뇌를 자의식적인 측면에서 예리하게 묘사하는 데 능숙한 작가이다. 창작 초기에는 타인과 단절되고 고립된 인물들의 굴절된 파괴 충동을 주로 그렸다. 이후 중년 여성들을 주인공으로 삼아본질적이고 근원적인 여성성을 탐구했다. 주요 작품으로는 「불의 강」, 「중국인거리」, 「유년의 뜰」, 「불망비」, 「파로호」, 「옛 우물」 등이 있다.

## 작품 정리

> **갈래** : 단편 소설, 현대소설
> **배경** : 시간 - 현대 / 공간 - 도시의 아파트
> **시점** : 1인칭 주인공 시점
> **주제** : 이웃에 무관심한 현대 도시인의 삶에 대한 비판
> **출전** : 〈술꾼의 아내〉(1993)

**발단  휴식 중에 소음 문제가 발생함**

심신장애인 시설에 자원봉사 활동을 다녀온 '나'는 피곤하지만 뿌듯함을 느낀다. '나'는 음악을 들으며 휴식을 취하던 중 위층에서 들리는 소음에 신경이 날카로워진다.

**전개  소음으로 인해 '나'와 가족들은 고통을 느낌**

'나'는 한 달 전부터 정체를 알 수 없는 위층 소음에 시달려 왔다. 처음에는 대수롭지 않게 생각하고 농담하던 아들도 나중에는 짜증을 낸다. 좀처럼 남의 험담을 하지 않는 남편도 공동생활의 기본 수칙을 모르는 이웃을 나무란다. 가족 전체가 고통받는 상황에서 참다못한 '나'는 인터폰을 들어 경비원에게 연락한다. '나'는 경비원을 통해 윗집에 주의시킬 것을 당부한다.

**위기  위층 소음을 해결하려고 직접 항의함**

경비원에게 연락했지만 소음은 멈추지 않는다. '나'는 인터폰을 들어 위층 여자에게 직접 항의한다. 이웃과의 갈등이 고조되고, '나'는 신경질적으로 응답하는 위층 여자가 뻔뻔하다고 생각한다. '나'는 위층에서 들리는 소음에 불쾌하기만 하고 왜 소음이 발생했는지에 대해서는 알려 하지 않는다.

**절정  위층 여자가 장애인임을 알게 됨**

'나'는 위층 여자에게 소음을 줄여 달라고 부탁하기 위해 슬리퍼를 선물로 준비한다. 발소리를 죽이는 슬리퍼를 전달함으로써 '나'의 의사를 간접적으로 전달하기 위해서다. 공동생활의 규범에 대해 타이를 생각으로 위층에 직접 찾아간 '나'는 위층 여자가 휠체어를 타는 장애인임을 알고 놀란다.

**결말  이웃에 무심했던 자신에게 부끄러움을 느낌**

'나'는 소음의 원인이 휠체어 때문임을 알게 되고, 주변 사람들에게 경솔하고 무심했던 자신에 대해 부끄러움을 느낀다. 할 말을 잃은 '나'는 슬리퍼를 등 뒤로 감춘다.

✑ **생각해 볼 문제** --------------------------------------------------

1. **이 작품의 주제와 그 주제를 강조하기 위해 작가가 사용하고 있는 기법은 무엇인가?**

   이 소설은 도시의 아파트를 배경으로 소음 공해에 대한 갈등을 다루고 있다. 아래층에 사는 주인공은 위층에서 들리는 소음과 자신의 항의에 달갑지 않게 반응하는 위층 여자에 대해서 불쾌한 감정을 가지게 된다. 결국 주인공은 소음 문제를 원만히 해결하기 위해 슬리퍼를 들고 위층 여자를 찾아가게 되고, 위층 여자가 휠체어에 앉아 있는 장애인이라는 사실을 알게 된다. 주인공은 자신의 경솔한 행동을 부끄러워하며 들고 있던 선물을 등 뒤로 숨긴다. 주인공이 겪은 이러한 사건은 이웃의 처지와 입장에 무관심한 현대인들의 세태를 드러내고 있으며, 이에 대한 비판과 반성의 계기를 독자에게 제공한다. 특히 결말에서 보이는 극적인 반전이 이러한 주제 의식을 강하게 드러내기 위한 효과적인 장치로 사용되었다.

2. **'인터폰'과 '실내용 슬리퍼'의 의미와 작품 전개상의 역할은 무엇인가?**

   '인터폰'은 현대인들의 의사소통 단절을 상징하는 소재이다. 현대에는 '직접적인 대면'이라는 전통적인 소통 방식이 사라지고 '인터폰'을 통한 편의적이고 간접적인 의사소통만 이루어지고 있다. '인터폰'은 결국 인간적인 소통을 불가능하게 하는 것이다. '실내용 슬리퍼'는 현대인들의 상호 무관심을 상징하는 소재이다. 주인공인 나는 새로 이사 온 이웃에게 슬리퍼를 선물해서 소음을 줄일 계획을 가지고 있지만, 막상 위층 이웃은 하반신을 쓸 수 없는 장애인이다. 이웃에 대한 정보가 부족하다는 것은 곧 관심이 부족하다는 의미로 해석될 수 있다.

위층 여자

(신경전)

나

저(나)는 심신장애인 시설에 자원 봉사를 다녀온 후 온전한 휴식을 취하고 싶었어요. 하지만 위층 소음 때문에 그럴 수 없었지요. 여러 번 주의해 달라고 항의했지만 소음은 멈추지 않았어요. 참다못한 저는 슬리퍼를 선물로 들고 직접 위층을 방문했어요. 문이 열리는 순간 위층 여자가 휠체어를 탄 장애인이라는 사실을 알게 되었어요. 어찌나 부끄럽던지요.

# 소음 공해

집에 돌아오자마자 뜨거운 물로 샤워를 하고 실내복으로 갈아입었다. 목요일, 심신장애자 시설에서 자원봉사자로 일하는 날은 몸이 젖은 솜처럼 피곤하고 무거웠다. 그래도 뇌성마비나 선천적 기능 장애로 사지가 뒤틀리고 정신마저 온전치 못한 아이들을 씻기고 함께 놀이를 하고 휠체어를 밀어 산책을 시키는 등 시중을 들다 보면 나를 요구하는 곳에서 시간과 힘을 내어 일한다는 뿌듯함이 느껴졌다. 고등학생인 두 아들은 아침에 도시락을 두 개씩 싸들고 가서 밤 11시나 되어야 올 것이고 남편은 3박 4일의 출장 중이니 날이 저물어도 서둘 일이 없었다. 더욱이 나는 한나절 심신이 지치게 일을 한 뒤라 당당히 휴식을 즐길 권리가 있다. 아이들은 머리가 커져 치마폭에 감기거나 귀찮게 치대는 일이 없이 "다녀왔습니다." 한마디로 문 닫고 제 방에 들어앉기 마련이지만 가족들이 집에 있을 때는 아무리 거실이나 방에 혼자 있어도 혼자 있다는 기분을 갖기 어려웠다. 사방 문 열린 방에서 두 손 모두어 쥐고 전전긍긍 24시간 대기하고 있는 형국이었다. 거실 탁자의 갓등을 켜고 커피를 진하게 끓여 마시며 슈베르트의 아르페지오네 소나타를 틀었다. 첼로의 감미로운 선율이 흐르고 나는 어슴푸레하고 아득한 공간, 먼 옛날로 돌아가는 듯한 기분에 잠겨 들었다. 몽상과 시와 꿈과 불투명한 미래가 약간은 불안하게, 그러나 기대와 신비한 예감으로 존재하던 시절, 내가 이러한 모습으로 살아가리라는 것은 상상할 수도 없었던 시절로.

사람이 단돈 몇 푼 잃는 것은 금세 알아도 본질적인 것을 잃어가는 것에는 무감각하다던가? 눈을 감고 하염없이 소나타의 음률에 따라 흐르던 나는 그 감미롭고 슬픔에 찬 흐름을 압도하며 끼어든 불청객에 사납게 눈을 치떴다. 드륵드륵드르륵, 무거운 수레를 끄는 듯 둔탁한 그 소리는 중년 여자의 부질없는 회한과 감상을 비웃듯 천장 위에서 쉼 없이 들려왔다. 십 분, 이십 분. 초침까지 헤아리며 천장을 노려보다가 나는 신경질적으로 전축을 껐다. 그 사실적이고 무지한 소리에 피아노와 첼로의 멜로디는 이미 소음에 지나지 않았다. 하루 이틀의 일이 아니었다. 위층 주인이 바뀐 이래 한달 전부터 나는 그 정체 모를 소리에 밤낮없이 시달려왔다. 진공청소기 소리인가, 운동 기구를 들여놓았나, 가내 공장을 차렸나. 식구들마다 온갖 추측을 해 보았으나 도시 알 수 없는 일이었다. 도깨비가 사나 봐요, 롤러스케이트를 타는 도깨비. 아들 녀석이 처음에는 머리에 뿔을 만들어 보이며 히히덕거렸으나 자정 넘도록 들려오는 그 소리에 드디어 짜증을 내기 시작했다. 좀체 남의 험구를 하지 않는 남편도 한 지붕 아래 함께 못 살 사람들이군, 하는 말로 공동생활의 기본적인 수칙을 모르는 이웃을 나무랐다. 일주일을 참다가 나는 인터폰을 들었다. 인터폰으로 직접 위층을 부르거나 면대하지 않고 경비원을 통해 이쪽 의사를 전달하는 간접적인 방법을 택한 것은 상대방과 자신에 대한 품위와 예절을 지키기 위해서였던 것이다. 나는 자주 경비실에 전화를 걸어, 한밤중 조심성 없이 화장실 물을 내리는 옆집이나 때 없이 두들겨 대는 피아노 소리, 자정 넘어서까지 조명등 쳐들고 비디오 찍어 가며 고래고래 악을 써 삼동네 잠을 깨우는 함진아비의 행태 따위가 얼마나 무교양하고 몰상식한 짓인가 등등을 일깨워 주었다. 그러고는 소음 공해와 공동생활의 수칙에 대해 주의를 줄 것을, 선의의 피해자들을 대변해서 강력하게 요구하곤 했었다. 직접 대놓고 말한 것은 아래층 여자의 경우뿐이었다. 부부 싸움을 그만두게 하라고 경비실에 부탁할 수는 없는 것이 아닌가. 남편이 오퍼상을 한다는 것, 돈과 여자 문제로 부부 싸움이 잦다는 것은 부엌 옆 다용도실의 홈통을 통해 들려온 소리 때문에 알게된 일이었다. 홈통은 마이크처럼 성능이 좋았다. 부엌에서 일을 할라치면 남자를 향해 퍼붓는 여자의 앙칼진 소리들을 싫어도 들을 수밖에 없었다. 엘리베이터에 단둘이 타게 되었을 때 나는 여자에게, 부엌이나 다용도실에선 남이 알면 거북할 얘기는 안 하는 게 좋다고 조용히 말했다. 여자가 자꾸 남편의 자존심을 건드리고 약점을 잡아 몰아대면 남자는 더욱 밖으로 돌기 마련이라고, 알고도 모르는 채 속아 주기도 하는 게 좋을 때도 있는 법이라는 충고를 덧붙인 것은 나이 많은 인생 선배로서의 친절이었다. 여자는 차갑게 굳은 얼굴로 명심하겠노라고 말했지만 다음부터는 인사는커녕 마주치면 괴물을 보듯 아예 고개를 돌려 버리곤 했다.

위층의 소리는 멈추지 않았다. 드르륵거리는 소리에 머리카락 올이 진저리를 치며 곤두서는 것 같았다. 철없고 상식 없는 요즘 젊은 엄마들이 아이들에게 집 안에서 자전거나 스케이트보드 따위를 타게도 한다는데 아무래도 그런 것 같았다. 인터폰의 수화기를 들자 경비원의 응답이 들렸다. 내 목소리를 알아채사마자 길게 밑꼬리를 늘이며 지레 짚었다. 귀찮고 성가셔 하는 표정이 눈앞에 역력히 떠올랐다.

"위층이 또 시끄럽습니까? 조용히 해 달라고 말씀드릴까요?"

잠시 후 인터폰이 울렸다.

"충분히 주의하고 있으니 염려 마시랍니다."

경비원의 전갈이었다. 염려 마시라고? 다분히 도전적인 저의가 느껴지는 전언이었다. 게다가 드륵드륵 소리는 여전하지 않은가. 이젠 한판 싸워 보자는 얘긴가. 나는 인터폰을 들어 다짜고짜 909호를 바꿔 달라고 말했다. 신호음이 서너 차례 울린 후에야 신경질적인 젊은 여자의 응답이 들렸다.

"아래층인데요. 댁이 그런 식으로 말할 건 없잖아요? 나도 참을 만큼 참았다구요. 공동 주택에는 지켜야 할 규칙들이 있잖아요. 난 그 소리 때문에 병이 날 지경이에요."

"여보세요. 난 날아다니는 나비나 파리가 아니에요. 내 집에서 맘대로 움직이지도 못하나요? 해도 너무하시네요. 이틀거리로 전화를 해 대시니 저도 피가 마르는 것 같아요. 저더러 어쩌라는 거예요?"

"하여튼 아래층 사람 고통도 생각하시고 주의해 주세요."

나는 거칠게 수화기를 내려놓았다. 뻔뻔스럽긴. 이젠 순 배짱이잖아. 소리 내어 욕설을 퍼부어도 화가 가라앉지 않았다. 그렇다고 언제까지 경비원을 사이에 두고 '하랍신다', '하신다더라' 하며 신경전을 펼 수도 없는 일이었다. 화가 날수록 침착하고 부드럽게 처신해야 한다는 것은 나이가 가르친 지혜였다. 지난겨울 선물로 받은, 아직 쓰지 않은 실내용 슬리퍼에 생각이 미친 것은 스스로도 신통했다. 선물도 무기가 되는 법, 발소리를 죽이는 푹신한 슬리퍼를 선물함으로써 소리를 죽이라는 메시지와 함께 소리로 인해 고통 받는 내 심정을 간접적으로 나타낼 수 있으리라. 사려 깊고 양식 있는 이웃으로서 공동생활의 규범에 대해 조곤조곤 타이르리라.

위층으로 올라가 벨을 눌렀다. 안쪽에서 누구세요, 묻는 소리가 들리고 십 분 가까이 지나 문이 열렸다. '이웃사촌이라는데 아직 인사도 없이⋯⋯.' 등등 준비했던 인사말과 함께 포장한 슬리퍼를 내밀려던 나는 첫마디를 뗄 겨를도 없이 우두망찰했다. 좁은 현관을 꽉 채우며 휠체어에 앉은 젊은 여자가 달갑잖은 표정으로 나를 올려다보았다.

"안 그래도 바퀴를 갈아 볼 작정이었어요. 소리가 좀 덜 나는 것으로요.

어쨌든 죄송해요. 도와주는 아줌마가 지금 안 계셔서 차 대접할 형편도 안 되네요."

여자의 텅 빈, 허전한 하반신을 덮은 화사한 빛깔의 담요와 휠체어에서 황급히 시선을 떼며 나는 할 말을 잃은 채 슬리퍼 든 손을 등 뒤로 감추었다.

# 그 여자네 집

## 작가와 작품 세계

**박완서**(1931~2011)

경기도(현 황해북도) 개풍군 출생. 어린 시절을 조부모와 숙부모 밑에서 보내고, 1944년 숙명여고에 입학했다. 1950년 서울대학교 국문과에 입학했으나 전쟁으로 중퇴했다. 1970년 마흔이 되던 해에 〈여성동아〉 장편 소설 공모전에 『나목』이 당선되어 등단했다. 『그 가을의 사흘 동안』으로 한국문학작가상, 『엄마의 말뚝』으로 이상문학상 등을 수상했다. 1998년 문화 관광부에서 수여하는 보관 문화 훈장에 이어 2011년 사후에 금관 문화 훈장이 추서되었다.

데뷔작 『나목』을 비롯해 「세모」, 「부처님 근처」, 「카메라와 워커」, 『엄마의 말뚝』을 통해 6 · 25 전쟁으로 인한 작가 자신의 혹독한 시련을 냉철한 리얼리즘에 입각해 형상화했다. 1980년대에 들어서는 『살아 있는 날의 시작』, 『서 있는 여자』, 『그대 아직도 꿈꾸고 있는가』 등의 장편 소설을 통해 여성의 억압 문제를 다루었다. 박완서는 유려한 문체와 여성 특유의 섬세한 감각으로 현실을 그려 냈을 뿐 아니라, 물질 중심주의와 가부장제에 대한 비판적 의식을 보여 주면서 여성 문학의 대표적 작가로 주목받았다.

## 작품 정리

**갈래** : 액자 소설
**배경** : 시간 – 일제 강점기부터 현재(1990년대)까지
　　　　공간 – 38선 부근의 행촌리, 서울
**시점** : 1인칭 관찰자 시점(부분적으로 1인칭 주인공 시점)
**주제** : 개인의 아픔과 상처를 통해 본 민족사적 비극과 불행
**출전** : 『너무도 쓸쓸한 당신』(1998)

**발단** 「그 여자네 집」이란 시를 접한 '나'는 곱단이와 만득이의 사연을 떠올림
(외화)

'나'는 북한 돕기 시 낭송회에서 시를 낭송해 달라는 요청을 받고 수락한다. 김용택의 시 「그 여자네 집」을 낭송하고 싶었기 때문이다. '나'는 「그 여자네 집」을 처음 읽었을 때, 그 시가 바로 고향 마을과 곱단이와 만득이 이야기를 묘사한 것 같다고 생각한다.

**전개** 곱단이와 만득이는 주변의 인정을 받으며 서로 좋아함
(내화)

일제 강점기 때 '나'의 고향인 행촌리에서 살던 곱단이와 만득이는 마을의 마스코트다. '연애 건다'는 것을 상스럽게 생각해 온 마을 어른들도 서로 넘치지도 모자라지도 않는 두 젊은이가 짝을 이룬다면 얼마나 예쁠까 기대한다. 주변의 기대에 어긋나지 않게 두 사람은 서로 애틋한 사랑을 키우고, 양가는 물론 주변 사람 모두 두 사람이 언젠가는 결혼할 것이라고 생각한다.

**위기** 만득이는 징집 영장을 받아 전쟁에 나가고 곱단이는 정신대를 피하기 위해
내화) 결혼함

어느 날 만득이에게 징집 영장이 떨어진다. 징집된 다른 젊은이들은 결혼을 서둘렀지만, 만득이는 오히려 곱단이를 과부로 만들지 않기 위해 결혼을 미룬다. 만득이가 떠난 뒤, 곱단이네 식구들은 정신대 징발을 피하기 위해 숨었던 처녀들이 끔찍한 화를 당했다는 소문을 듣고 곱단이를 시집보낸다. 이후 곱단이가 시집간 신의주는 38선이 그어져 갈 수 없는 땅이 되고, 곱단이는 친정과 생이별을 한다. 광복 이후 돌아온 만득이는 같은 마을 처녀인 순애와 결혼한다. 만득이는 일자리를 찾아 순애와 함께 서울로 가고, 6·25 전쟁 이후 행촌리는 북한에 속하게 된다.

**절정** '나'는 만득이 부부와 재회하고 순애의 하소연을 떨떠름하게 생각함
(내화)

세월이 흘러 친척 어른과 함께 고향 군민회 모임에 가게 된 '나'는 그곳에서 우연히 만득이 부부를 만난다. '나'는 순애와 자주 만나고, 순애는 '나'에게 만득이가 여전히 곱단이를 가슴속에 품고 산다고 하소연한다. '나'는 처음에는 그럴 수 있다고 생각하지만 순애가 하는 이야기에 의문을 품기도 한다. 그러던 어느 날, 순애의 부음을 듣고 그녀의 장례식장을 찾은 '나'는 순애의 젊은 영정 사진을 보고 순애를 이해한다.

**결말** **만득이는 '나'의 오해를 풀어 준 뒤 일제의 만행에 분노함**
(외화)

순애가 죽은 지 이삼 년 후, '나'는 정신대 할머니를 돕는 모임에 나갔다가 만득이를 만난다. '나'는 그가 여전히 곱단이를 못 잊고 있다고 생각해 화를 낸다. 만득이는 순애의 오해일 뿐이라며 자신이 모임에 온 연유를 설명한다. 만득이는 직접적으로 피해를 받은 사람들뿐만 아니라 간접적으로 피해를 받은 사람들도 일제의 피해자라고 이야기하며 눈물을 흘린다.

### ✏️ 생각해 볼 문제

**1. 김용택의 시 「그 여자네 집」은 이 작품에서 어떤 역할을 하는가?**

시 「그 여자네 집」은 '나'로 하여금 어린 시절 한마을에 살았던 곱단이와 만득이의 사랑 이야기를 사연스럽게 떠올리게 한다. 또한, 소설의 서두에 배치되어 독자로 하여금 만득이와 곱단이의 사랑에 대한 이미지를 상상할 수 있도록 도와주는 역할을 하기도 한다. 이 시에는 아름다운 고향 마을과 그곳에서 살았던 어떤 여인에 대한 남성의 시선이 나타난다. '나'는 이 시를 만득이가 곱단이에 대한 그리움과 사랑을 표현한 것처럼 애틋하게 느낀다.

**2. 이 소설의 결말에 나오는 만득이 이야기는 무엇을 의미하는가?**

만득이는 곱단이와의 이별이 단지 개인적인 슬픔이나 운명에 국한된 것이 아니라 일제 강점기와 분단을 겪은 민족 전체의 아픔이라고 생각한다. 그는 과거의 잃어버린 사랑에 집착하지 않고 그런 아픔이 왜 생겼는지 이성적으로 판단한다. 만득이가 눈물을 흘린 이유는 일제의 강압에 의해 희생된 자와 면한 자의 분노와 한이 겹쳐졌기 때문이다. 만득이의 이야기는 곧 작가가 하고자 하는 이야기다. 이렇게 볼 때 이 작품의 주제는 '개인의 아픔과 상처를 통해 본 민족사적 비극과 불행'이라고 할 수 있다.

**3. 장만득 씨 부부와 만난 뒤 '나'의 심리는 어떻게 변화하는가?**

'나'는 고향 군민회에서 장만득 씨 부부를 만난 뒤 만득의 처 순애와 친분을 이어 간다. 순애의 하소연을 듣던 '나'는 오히려 장만득 씨가 불쌍하다고 생각한다. 그러나 순애의 장례식장에서 젊은 영정 사진을 본 '나'는 순애의 한을 이해하고 연민을 느낀다. 몇 년 후 '나'는 장만득 씨를 우연히 만난다. '나'는 곱단이를 잊지 못하는 장만득 씨를 못마땅해하다가 그의 아픔이 민족적인 아픔임을 알게 되자 미안함과 안타까움을 느낀다.

### 4. 이 작품에서 사실성을 높이는 장치들은 무엇인가?

이 소설은 작가의 고향 근처에서 실제로 있었던 이야기를 바탕으로 하고 있다. 정신대를 피하려던 처녀가 죽음에 이르는 사건도 실화로 알려져 있다. 소설의 배경인 일제 강점기의 강제 징용, 정신대 징발, 6 · 25 전쟁 이후의 국토 분단 등은 실제로 우리 민족이 처한 현실이었다. 작가는 개인의 비극을 통해 민족의 비극을 자연스럽게 일깨운다. 또한, 이 소설에서 인용된 김용택의 「그 여자네 집」과 임화의 「하늘」 또한 실제 작품이다. 글의 도입부에서 작가가 사실적이고 체험적인 형식을 빌린 것도 독자에게 친근감을 주고 작품의 사실성을 높이기 위해서다. 이런 점에서 이 소설은 허구이면서도 실제로 있었던 이야기라는 느낌을 준다.

모두가 일제의
피해자입니다.

남편이 곱단이를
못 잊었어.

(첫사랑)

(결혼)

**곱단**
(정신대 징발을
피하려 일찍 결혼)

**만득**
(전쟁에 징집됨)

**순애**

친구

(고향 군민회에서 만남)

**나**

일제 강점기 때 고향에서 곱단이와 만득이는 유명한 연인이었어요.
하지만 두 사람은 일제의 만행 때문에 각자 다른 사람과 결혼을 해야
했지요. 오랜 기간이 지나 저(나)는 우연히 만득이 부부를 만났어요.
순애는 죽을 때까지 만득이가 곱단이를 그리워한다고 믿었지만, 만득
이 말로는 그건 오해였대요. 만득이는 일제의 만행에 분노하며 눈물
을 흘렸답니다.

# 그 여자네 집

　지난여름 작가 회의에서 북한 동포 돕기 시 낭송회를 한 적이 있다. 시인들만 참여하는 줄 알았더니 각계 원로들도 자기가 평소 애송하던 시를 낭송하는 순서가 있다고, 나한테도 한 편 낭송해 달라고 했다. 내가 원로 소리를 듣게 된 것이 당혹스러웠지만, 북한 돕기라는 데 핑계를 둘러대고 빠질 만큼 빤질빤질하지는 못했나 보다. 하겠다고 했다. 그러나 거역할 수 없는 명분보다 더 중요한 것은 낭송하고 싶은 시가 있었다는 게 아니었을까. 그 무렵 나는 김용택의 「그 여자네 집」이라는 시에 사로잡혀 있었다. 김용택은 내가 좋아하는 시인 중의 한 사람일 뿐 가장 좋아하는 시인이라고는 말 못하겠다. 마찬가지로 「그 여자네 집」이 그의 많은 시 중 빼어난 시인지 아닌지도 잘 모르겠다.

　「그 여자네 집」은 다음과 같다.

　　가을이면 은행나무 은행잎이 노랗게 물드는 집
　　해가 저무는 날 먼 데서도 내 눈에 가장 먼저 뜨이는 집
　　생각하면 그리웁고
　　바라보면 정다운 집
　　어디 갔다가 늦게 집에 가는 밤이면
　　불빛이, 따뜻한 불빛이 검은 산속에 살아 있는 집
　　그 불빛 아래 앉아 수를 놓으며 앉아 있을
　　그 여자의 까만 머릿결과 어깨를 생각만 해도
　　손길이 따뜻해져 오는 집

　　봄이면 살구꽃이 하얗게 피었다가
　　꽃잎이 하얗게 담 너머까지 날리는 집
　　살구꽃 떨어지는 살구나무 아래로
　　물을 길어 오는 그 여자 물동이 속에
　　꽃잎이 떨어지면 꽃잎이 일으킨 물결처럼 가 닿고

싶은 집


샛노란 은행잎이 지고 나면
그 여자
아버지와 그 여자 큰 오빠가
지붕에 올라가
하루 종일 노랗게 지붕을 이는(기와나 볏짚, 이엉 따위로 지붕 위를 덮는) 집
노란 집


어쩌다가 열린 대문 사이로 그 여자네 집 마당이 보이고
그 여자가 마당을 왔다 갔다 하며
무슨 일이 있는지 무슨 말인가 잘 알아들을 수 없는 말소리와
옷자락이 언듯언듯 보이면
그 마당에 들어가서 나도 그 일에 참여하고 싶은 집


마당에 햇살이 노란 집
저녁 연기가 곧게 올라가는 집
뒤안에 감이 붉게 익는 집
참새 떼가 지저귀는 집
눈 오는 집
아침 눈이 하얗게 처마 끝을 지나
마당에 내리고
그 여자가 몸을 웅숭크리고
아직 쓸지 않은 마당을 지나
뒤안으로 김치를 내러 가다가 "하따, 눈이 참말로 이쁘게도 온다이이." 하며
눈이 가득 내리는 하늘을 바라보다가
속눈썹에 걸린 눈을 털며
김칫독을 열 때
하얀 눈송이들이 김칫독 안으로
하얗게 내리는 집
김칫독에 엎드린 그 여자의 등허리에

하얀 눈송이들이 하얗게 하얗게 내리는 집

내가 목화송이 같은 눈이 되어 내리고 싶은 집

밤을 새워, 몇 밤을 새워 눈이 내리고

아무도 오가는 이 없는 늦은 밤

그 여자의 방에서만 따뜻한 불빛이 새어 나오면

발자국을 숨기며 그 여자네 집 마당을 지나 그 여자의 방 앞

뜰방에 서서 그 여자의 눈 맞은 신을 보며

머리에, 어깨에 쌓인 눈을 털고

가만히, 내리는 눈송이들도 들리지 않는 목소리로

가만 가만히 그 여자를 부르고 싶은 집

그

여

자

네 집


어느 날인가

그 어느 날인가 못밥(모내기를 하다가 들에서 먹는 밥)을 머리에 이고 가다가 나와 딱

마주쳤을 때

"어머나" 깜짝 놀라며 뚝 멈추어 서서 두 눈을 똥그랗게 뜨고

나를 쳐다보며 반가움을 하나도 감추지 않고

환하게, 들판에 고봉으로 담아 놓은 쌀밥같이

화아안하게 하얀 이를 다 드러내며 웃던 그

여자 함박꽃 같던 그

여자


그 여자가 꽃 같은 열아홉 살까지 살던 집

우리 동네 바로 윗동네 가운데 고샅(시골 마을의 좁은 골목길. 고샅길) 첫 집

내가 밖에서 집으로 갈 때

차에서 내리면 제일 먼저 눈길이 가는 집

그 집 앞을 다 지나도록 그 여자 모습이 보이지 않으면

저절로 발걸음이 느려지는 그 여자네 집

지금은 아, 지금은 이 세상에 없는 그 집

내 마음속에 지어진 집

눈 감으면 살구꽃이 바람에 하얗게 날리는 집

눈 내리고, 아, 눈이, 살구나무 실가지 사이로

목화송이 같은 눈이 사흘이나

내리던 집

그 여자네 집

언제나 그 어느 때나 내 마음이 먼저

가

있던 집

그

여자네

집

생각하면, 생각하면, 생. 각. 을. 하. 면……

내가 〈녹색평론〉에서 그 시를 처음 읽고 깜짝 놀란 것은, 이건 바로 우리 고향 마을과 곱단이와 만득이 이야기다 싶었기 때문이다. 지금은 칠순이 훨씬 넘은 장만득 씨는 아직도 문학청년 기질을 가지고 있다. 불과 몇 년 전까지만 해도 신춘문예 철만 되면 가슴이 울렁거린다고 했다. 가슴이 울렁거린 게 아니라 응모도 해 봤으리라고 나는 넘겨짚고 있다. 그 울렁거림이 얼마나 참을 수 없는 울렁거림이라는 걸 알고 있기 때문이다. 만일 그 시가 김용택이라는 유명한 시인의 시가 아니라 처음 들어 보는 시인의 시였다면, 나는 장만득 씨가 가명으로 등단을 했으리란 걸 의심치 않았을 것이다. 나는 그 시를 읽고 또 읽었다. 처음에 희미했던 영상이 마치 약물에 담근 인화지처럼 점점 선명해졌다. 숨어 있던 수줍은 아름다움까지 낱낱이 드러내자, 나는 마침내 그리움과 슬픔으로 저린 마음을 주체할 수가 없어서 혼자서 느릿느릿 포도주 한 병을 비웠다.

곱단이는 범강장달이(키가 크고 우락부락하게 생긴 사람을 이르는 말) 같은 아들을 내리 넷이나 둔 집의 막내딸이자 고명딸(아들 많은 집의 외딸)이었다. 부지런한 농사꾼 아버지와 착실한 아들들은 가을이면 우리 마을에서 제일 먼저 이엉(지붕이나 담을

<sup></sup>이기 위해 짚이나 새 따위로 엮은 물건)을 이었다. 다섯 장정이 휘딱 해치울 일이건만 제일 먼저 곱단이네 지붕에 올라앉아 부산을 떠는 건 만득이였다. 만득이는 우리 동네의 유일한 읍내 중학생이라 품앗이 일에서는 저절로 제외되곤 했건만 곱단이네가 일손이 모자라는 집도 아닌데 제일 먼저 달려들곤 했다. 곱단이 작은오빠하고 만득이는 친구 사이였다. 그래도 마을 사람들은 만득이가 곱단이네 집 일이라면 발 벗고 나서고 싶어 하는 게 친구네 집이라서가 아니라 그 여자, 곱단이네 집이기 때문이라는 걸 알고 있었다. 부엌에서 더운 점심을 짓느라 연기가 곧게 올라가는 따뜻한 가을날, 곱단이네 지붕에 제일 먼저 뛰어올라 깃발처럼 으스대는 만득이를 보고 동네 노인들은 제 색시가 고우면 처갓집 말말뚝에도 절을 한다더니만, 하고 혀를 찼지만 그건 곧 만득이가 곱단이 신랑이 되리라는 걸 온 동네가 다 공공연하게 인정하고 있다는 증거였다.

둘 사이는 그들보다 어린 우리 또래들 사이에도 선망의 대상이었다. 우리들은 그들 사이를 연애를 건다고 말하면서 야릇하게 마음 설레곤 했다. 40년대의 보수적인 시골 마을에서도 젊은 남녀가 부모 몰래 사랑을 나누는 일이 아주 없었던 건 아니었나 보다. 누가 누구하고 바람이 났다던가, 눈이 맞았다던가, 심지어는 배가 맞았다는 소문까지 날 적이 있었다. 그건 부모가 얼굴을 못 들고 다닐 만한 스캔들이었고, 그 뒤끝도 거의 다 너절하거나 께적지근한 것이었다.

곱단이하고 만득이가 좋아하는 것을 바람났다고 말하지 않고, 연애 건다고 말한 것은 그런 스캔들과 차별 짓고 싶은 마음에서였을 것이다. 마을 사람들로서는 일종의 애정이요 동경이었다. 남자들은 서당에서 한문 공부를 하고, 여자들은 어깨 너머로 언문을 해독할 수 있을 정도로 까막눈은 면했다 하나, 읍에서 이십여 리나 떨어진 이 마을에서 신식 학교 교육은 아직 먼 풍문이었다. 그러나 기회만 닿으면 자식에게만은 시켜 보고 싶은 거였다. 연애에 대해서도 비슷한 생각을 가졌던 것 같다. 도시에서 배운 사람들이 하는 개화된 풍속에 대한 거역할 수 없는 호기심을 가지고 있었다. 젊은 사람들 사이에서뿐만 아니라 사사건건 트집 잡기 좋아하는 노인네들한테까지 그들의 연애는 일찌거니 인정받은 거나 다름없었다. 왜냐하면, 그들이 미처 연정을 느끼기 전부터 둘이 짝이 된다면 얼마나 보기 좋은 한 쌍이 될까 눈을 가느스름히 뜨고 상상하는 것만으로 즐거워한 게 노인들이었기 때문이다. 만득이나 곱단이네나 일 년 계량(繼糧 한 해에 추수한 곡식으로 다음 해 추수할 때까지 양식을 이어 감)하기에 모자라지도 넘치지도 않을 만한 토지를 가진 자작농이었고, 인품이 후하여 어려운 사람 살필 줄 아는 집안이었다. 만득이는 위로 누나들만 있고, 곱단이는 오빠들만 있어서, 기다리던 귀한 아들딸이었다. 제 집에서 귀히 여기는 자식은 남들도 한 번 볼 거 두 번 보면서 덕담을 아끼지 않는 법이다. 그들 또한 그러하였다.

곱단이는 시골 아이답지 않게 살갗이 희고, 맑은 눈에 속눈썹이 길었다. 나는 그녀의 속눈썹이 얼마나 길었는지 표현할 말을 몰랐었는데 김용택의 시 중에서 마침내 가장 알맞은 말을 찾아냈다. 함박눈이 내려앉아서 쉴 만큼 길었다. 함박눈은 녹아 이슬방울이 되고 촉촉이 젖은 눈썹이 그녀의 검은 눈동자에 그늘을 드리우면, 목석의 애간장이라도 녹일 듯 애틋한 표정이 되곤 했다. 만득이는 총명하여 하나를 가르치면 열을 알았고, 생긴 것 또한 관옥(冠玉 관의 앞을 꾸미는 옥. 남자의 아름다운 얼굴을 비유한 말) 같았다. 촌구석에서는 드문 인물들이었다. 만득이가 개천에서 난 용이라면 곱단이는 진흙탕에 핀 연꽃이었다. 누가 먼저랄 것도 없이 둘이 장차 신랑 각시가 되면 얼마나 어여쁜 한 쌍이 될까 하는 소리가 저절로 나왔다. 이구동성으로 두 사람의 천생연분을 점친 것이다. 양가의 처지 또한 서로 기울지도 넘치지도 않았고, 어른들은 소박하고 정직하여 남들이 사윗감 며느릿감으로 점찍어 둔 아이들을 어려서부터 눈여겨보며 아름답고 늠름하게 자라는 걸 서로 기특해하며 귀여워하였다. 곱단이와 만득이는 우리 마을의 화초요 꿈이었다. 그러나 한두 번이라도 중매를 서 본 사람은 알 것이다. 남 보기에는 하늘이 정해 준 배필처럼 어울리는 한 쌍이 있어 그들을 맺어 주는 것에 거의 소명 의식 같은 걸 느끼고 중매에 나서지만 본인은 의외로 냉담한 경우가 많다는 것을. 남자와 여자가 서로 연정을 느끼는 건 신의 장난질처럼 인간의 계획 밖의 일이다. 남이 나서서 잘되기를 꾀하거나 도와주려고 하면 되레 어깃장(짐짓 순종하지 않고 뻗대는 행동)을 놓는 속성까지 있는 것 같다.

그러나 만득이와 곱단이는 마을 사람들의 꿈을 배반하지 않았다. 곱단이가 만득이를 보면 유난히 부끄럼을 타기 시작한 게 그 증거였다. 곱단이가 만득이 때문에 방구리(주로 물을 긷거나 술을 담는 데 쓰는 질그릇)를 깨트린 일은 두고두고 동네 사람들의 입초시(이러쿵저러쿵 남의 흉을 보는 입놀림의 방언)에 오르내렸다. 윗말 아랫말 합쳐야 이십여 호밖에 안 되는 작은 마을이라 우물이 하나밖에 없었다. 물 긷는 일은 전적으로 아낙네들 몫이었고, 물동이를 이고도 동이를 손으로 잡는 법 없이 두 손을 자유롭게 놀리며, 고개도 이리저리 돌려 볼 것 다 보고 다닐 수 있어야 비로소 살림에 관록이 붙은 주부였다. 계집애들은 엄마들의 그런 솜씨에 찬탄의 눈길을 보내는 한편, 언젠가는 자기들도 그런 최고의 경지에 도달하지 않으면 안 된다는 압박감을 가졌음 직하다. 계집애들은 어려서부터 물동이를 이고 싶어 했다. 아이들도 능히 일 수 있는 작은 물동이를 방구리라고 했다. 방구리는 실용보다는 딸애들의 놀이 기구에 가까워서 깨트리기도 잘했다. 계집애를 얕볼 때, 쬐그만 계집애란 말 대신 방구리만한 계집애로 통하는 게 우리 마을이었다.

곱단이는 귀한 딸이고 올케(오빠나 남동생의 아내)가 둘씩이나 있어서 물동이 같은 거 안 이어도 됐건만 자기 몫의 방구리는 가지고 있었고, 동무들이 하는 건 다 해 보고 싶은 나이였다. 그러나 머리에 인 방구리 손잡이를 양손으로 움켜잡지 않고는 한 발자국도 못 떼는 초보였다. 그렇게 방구리로 물을 길어 가는데 저만치서 만득이가 오는 게 보였다. 만득이는 방구리를 들어 주려고 급히 달려오고 그걸 본 곱단이는 에구머니나, 흘러내린 치마말기를 추어올리려고 급히 방구리 손잡이를 놓아 버린 것이다. 방구리가 깨진 건 말할 것도 없다. 곱단이가 열너덧 살 가슴이 살구씨만큼 부풀어 올랐을 무렵이었다. 저고리를 짧게 입고 치마말기로 가슴을 동일 때라 임질(물건 따위를 머리 위에 이는 일)을 할 때면 겨드랑과 가슴이 드러나게 돼 있었다. 그 무렵의 우리 고장의 풍습으로는 젊은 여자들도 거기에 대한 수치감이 별로 없었다. 임(머리 위에 인 물건. 또는 머리에 일 만한 정도의 짐)을 이고 가는 엄마 뒤에 업힌 아이가 겨드랑 밑으로 엄마의 앞가슴을 더듬거나 끌어당겨 빨기까지 하는 모습도 흔히 볼 수 있었다. 가슴에 대한 수치심도 일종의 문화 현상이 아닐까? 그 시절엔 엄마의 가슴은 아이들의 밥그릇 정도로 여겼던 반면 배꼽을 드러내는 건 수치스럽게 여겼다. 처녀는 좀 달랐겠지만, 그런 풍토에서 방구리를 깨트리면서까지 가슴을 가리고 싶어 했던 것은 예사로운 일이 아니었다.

우리 마을에서 만득이가 제일 먼저 읍내 중학교로 진학하자 곱단이는 아버지를 졸라 십 리 밖에 새로 생긴 소학교 분교에 입학했다. 방구리 사건이 있고 나서였다. 분교를 간이 학교라고 불렀고, 입학하는 데는 연령 제한 같은 것도 없었다. 남학생 중에는 아이 아범도 있을 정도였다. 중학교도 마찬가지였나 보다. 만득이도 소학교만 나오고 몇 년 집에서 농사를 거들다가

서울로 시집간 큰누나가 신식 교육의 필요성을 역설해서 상급 학교에 가게
됐으니 늦공부인 셈이었다.

간이 학교는 우리 마을에서 읍으로 가는 도중에 있는 긴냇골이라는 오십
여 호가 넘는, 인근에서는 가장 큰 마을에 있었다. 고개를 두 번 넘고 시냇
물을 한 번 건너야 했다. 만득이와 곱단이가 등·하굣길을 자연스럽게 같
이했을 것은 말할 것도 없다. 겉으로 보기에 두 사람이 유별나 보이지는 않
았다. 늘 곱단이가 한참 뒤져서 걷고 만득이는 휘적휘적 앞서 가다가 기다
려 주곤 했다. 부부가 같이 외출을 해도 나란히 걷지를 못하고 아내가 한참
뒤에서 걷는 걸 예절처럼 알던 시대였다. 곱단이보다 갈 길이 곱절이 되는
만득이가 갑갑한 곱단이의 걸음걸이를 참지 못하고 횡하니 먼저 가 버릴
적도 있었다.

들을 적시는 개울물이 도처에 그물망처럼 퍼져 있는, 물이 흔한 고장이
었지만 다리를 통해 건너야 하는 긴냇골의 시냇물은 유난히 아름다운 강이
었다. 물은 깊지 않았지만 골이 깊어서 길에서 수면까지 비스듬히 가파른
둔덕에는 잔다란 들꽃들이 봄여름, 가을 내 쉼 없이 피었다 지곤 했고, 흰
자갈과 잔모래와 꽃 그림자 사이를 무리 지어 유영하는 물고기들과 장난
치듯 부서지는 잔물결은 수정처럼 투명했다. 그 시냇물에는 흙다리가 놓여
있었다. 양쪽 둔덕을 두 개의 기둥목으로 가로질러 놓고, 그 사이를 새끼줄
이나 칡넝쿨 같은 것으로 엮고는 진흙으로 빤빤하게 싸 바른 흙다리는 마
치 오솔길의 연속처럼 편안했다. 그러나 비가 많이 오거나 봄의 해토 무렵
엔 흙다리 곳곳에 구멍이 뚫리기도 하고 미끌거리기도 했다. 그런 불편은
잠깐, 곧 누군가의 손길로 감쪽같이 보수가 되곤 했지만 문제는 장마 중이
거나 미처 보수를 하기 전이었다. 특히 계집애들은 구멍 난 흙다리를 건너
기를 무서워했다. 차라리 둔덕을 내려가 신발 벗고 점벙점벙 강물로 들어
가는 게 안심스러웠다. 물이 불어 봤댔자 허리 정도밖에 안 찼지만, 그럴 때
는 앞서서 작대기로 물의 깊이를 알려 주고 계집애들을 인도하는 게 남학
생들의 중요한 사내구실이었다. 그러나 만득이는 곱단이가 사내 녀석들하
고 치마를 배꼽 위까지 걷어 올리고 속바지를 적셔 가며 물을 건너는 걸 참
을 수 없어 했다. 등굣길은 물론 하굣길까지 어떻게든 시간을 맞춰 지키고
있다가 구멍 뚫린 흙다리 위로 건너게 해 주었다. 흙다리를 건너면서 곱단
이가 얼마나 무섬을 타고, 앙탈을 하고, 그러면 만득이는 그걸 다 받아 주며

다독거리느라 길지도 않은 흙다리 위에서 둘이 몇 번씩이나 서로 얼싸안는 다는 소문이 자자하게 퍼지곤 했다. 그러나 구닥다리 노인들도 그런 소문을 망신스러워하지 않고 귀엽게 여겼다. 둘은 어차피 혼인할 테고 둘이 서로 좋아하는 것은 아름다운 한 쌍의 새가 부리를 비비는 것처럼 예쁘게만 보였다. 흙다리가 아니라 연애 다리라는 소리도 악의라곤 없었다.

중학교 상급반으로 오르면서 만득이는 문학에 눈을 뜨게 된 것 같다. 한동안 그는 『오뇌의 무도』(김억의 번역 시집(1921))라는 시집을 책가방에 넣지 않고 옆구리에 끼고 다닌 적이 있는데 그게 그렇게 멋있어 보일 수가 없었다. 학교 문턱에도 못 가 본 이도 남자들은 한문을 다 읽을 줄 알았다. 서당이 마을 사내애들의 의무 교육 기관처럼 돼 있었다. 『오뇌의 무도』라고 붙여서 읽을 수는 있어도 그게 무슨 뜻인지 확 오는 게 아니었다. 글자는 한자건만 그 낱말이 불러일으키는 이미지는 이국적이고 하이칼라(서양식 유행을 따르던 멋쟁이를 이르던 말)한 것이었다. 어디서 흘러들어온 말인지 하이칼라란 말이 우리 마을 젊은이들 사이에서 한창 유행할 때였다. 어딘지 이국적이고 약간 겉멋 들어 보이는 건 뭐든지 하이칼라라고 했다.

마을 젊은이들 사이에 춘원 바람을 일으킨 것도 만득이였다. 『흙』, 『단종애사』, 『무정』 같은 춘원의 책이 젊은이들 사이를 돌며 나달나달해질 때까지 읽혔다. 책은 나달나달해졌지만 거기 한번 맛들인 청년들의 눈빛은 별처럼 빛났다. 그러나 곧 춘원이 창씨개명(創氏改名 일본식 성명 강요의 전 용어. 일제가 강제로 우리나라 사람의 성과 이름을 일본식으로 고치게 한 일)에 앞장서고 청년들을 전쟁터로 내모는 연설을 했다는 말을 퍼트려, 청년들을 실의에 빠트리고 헷갈리게 만든 것도 만득이였다. 그가 마을 청년들의 정신의 맥을 쥐었다 폈다 한다고 해도 과언이 아니었다. 2차 세계 대전이 말기에 접어들면서 마을의 형편도 날로 어려워지고 있었지만, 젊은이들의 정신의 기갈은 그보다 더 심각하였기 때문에 먹혀들기도 그만큼 쉬웠다. 만득이가 퍼뜨린 책 때문에 마음이 통하게 된 젊은이들이 모여서 문학 얘기도 하고 세상 돌아가는 일에, 울분을 토로하기도 하는 모임이 자연히 형성되었는데, 거기서도 중심인물은 물론 만득이였다. 그러나 고작 만학의 중학생이었다. 식민지 청년의 의식 있는 모임이라기보다는 만득이의 지적 허영심을 충족시키는 장이었다. 그는 가끔 자기가 쓴 시를 비장한 어조로 읽어 주곤 했는데 그중 곱단이가 눈물이 글썽할 정도로 좋아하는 시가 나중에 알고 보니 임화의 시 뒷부분이었다.

오늘도 연기는

구름보다 높고

누구이고 청년이 몇

너무나 좁은 하늘을

넓은 희망의 눈동자 속 깊이

호수처럼 담으리라

벌리는 팔이 아무리 좁아도

오오! 하늘보다 너른 나의 바다

　이런 시였는데 팔을 벌리고 "오오! 하늘보다 너른 나의 바다" 할 때에는 어찌나 격정적으로 목메어 부르는지 곱단이는 그때마다 만득이를 더 넓은 세상으로 내놓아야 할 것 같아 가슴이 떨린다고 했다.

　곱단이는 나에게 가끔 만득이가 보낸 편지를 보여 줄 적이 있었다. 누가 보여 달랜 것도 아닌데 보여 주는 게 계면쩍었던지 혼자 보기 아까워서…… 라는 말을 덧붙이곤 하였다. 연애편지를 혼자 보기 아까워한다는 건 실상 말이 안 되는 소리다. 그건 보여 줘도 무관한 담백한 편지라는 뜻도 되지만, 곱단이 보기에 그럴듯한 문학적 표현을 자랑하고 싶어서이기도 했을 것이다. 그중 아직도 생각나는 것은 곱단이네 울타리 밑의 꽈리나무를 '꼬마 파수꾼들이 초롱불을 빨갛게 켜 들고 서 있는 것 같다'라고 표현한 거였다. 당시 우리 동네 집들은 거의 다 개나리로 뒤란(집채 뒤의 울안) 울타리를 치고 살았다. 그리고 뉘 집이나 울타리 밑에서 꽈리가 자생했다. 봄에서 여름에 걸쳐서는 거기에 꽈리나무가 있다는 것도 모를 정도로 전혀 눈에 안 띄는 잡초나 다름없었다. 꽈리가 거기 있다는 걸 알게 되는 건 풀숲이 누렇게 생기를 잃고 난 후였다. 익은 꽈리는 단풍보다 고왔고, 아닌 게 아니라 초롱처럼 앙증맞았다. 그러나 그맘때면 붉게 물든 감잎도 더 고운 감한테 자리를 내주고, 들에서는 고추가 다홍빛으로 물들 때였다. 꽈리란 심심한 계집애들이 더러 입 안에서 뽀드득대는 것 외엔 아무짝에도 쓸모없는 하찮은 잡초에 불과했다. 우리 집 울타리 밑에도 꽈리가 지천으로 자라고 있었다.

　그렇게 흔해 빠진 꽈리 중 곱단이네 꽈리만이 초롱에 불 켜 든 꼬마 파수꾼이 된 것이다. 만득이는 어쩌면 그리움에 겨워 곱단이네 울타리 밑으로 개구멍을 내려다 말고 발갛게 초롱불을 켜 든 꼬마 파수꾼 때문에 이성을 찾은 거나 아닐까. 그렇지 않고서야 그 흔해 빠진 꽈리 중에서 곱단이네 꽈리만을 그렇게 특별한 꽈리로 만들 수는 없는 일이었다.

우리 마을엔 꽈리뿐 아니라 살구나무도 흔했다. 살구나무가 없는 집이 없었다. 여북해야<sup>(오죽했으면)</sup> 마을 이름도 행촌리<sup>(杏村里)</sup>였겠는가. 봄에 살구나무는 개나리와 함께 온 동네를 꽃 대궐처럼 화려하게 꾸며 주었지만, 열매는 시금털털한 개살구였다. 약에 쓰려고 약간의 씨를 갈무리하는 집이 있긴 해도 열매는 아이들도 잘 안 먹어서 떨어진 자리에서 썩어 갔다. 아름다운 마을이었다. 살구꽃이 흐드러지게 필 무렵엔 자운영과 오랑캐꽃이 들판과 둔덕을 뒤덮었다. 자운영은 고루 질펀하게 피고, 오랑캐꽃은 소복소복 무리를 지어 가며 다문다문<sup>(사이가 조금씩 떨어져서)</sup> 피었다. 살구가 흙에 스며 거름이 될 무렵엔 분분히 지는 찔레꽃이 외진 길을 달밤처럼 숨 가쁘게 그윽하게 만들었다.

「그 여자네 집」을 읽으면서 돌이켜 보니 행촌리의 그 흔한 살구나무 중에서도 곱단이네 살구나무는 특별났던 것 같다. 다 같은 초가집 중에서도 만득이에겐 곱단이네 지붕이 유난히 샛노랬던 것처럼, 그 흔해 빠진 꽈리나무 중에서 곱단이네 꽈리나무만이 특별났던 것처럼.

곱단이네는 행촌리 윗말 첫 집이었다. 뒷동산에서 흘러내린 개울물이 곱단이네를 휘돌아 아랫말로 흐르면서 만득이네 문전옥답<sup>(門前沃畓 집 앞 가까이에 있는 기름진 논)</sup> 논배미<sup>(논두렁으로 둘러싸인 논의 하나하나의 구역)</sup>를 지나게 돼 있었다. 곱단이네 살구나무는 곱단이 아버지가 딸과 딸의 동무들을 위해 튼튼한 그네를 맬 정도로 큰 나무였다. 만득이는 아마 개울물이 하얗게 하얗게 실어 나르는 살구꽃을 연서처럼 울렁거리며 바라보았을 것이다.

1945년 봄에도 행촌리에 살구꽃 피고, 꽈리꽃, 오랑캐꽃, 자운영이 피었을까. 그럴 리 없건만 괜히 안 피고 말았을 거 같다. 그 꽃들이 피어나기 전에 만득이와 곱단이의 연애도 끝나고 말았을까. 만학이던 만득이는 읍내의 사 년제 중학교를 졸업하자마자 징병으로 끌려 나갔다. 며칠간의 여유는 있었고, 양가에서는 그 사이에 혼사를 치르려고 했다. 연애 못 걸어 본 총각도 씨라도 남기려고 서둘러 혼처를 구해 혼사를 치르는 일이 흔할 때였다. 더군다나 만득이는 외아들이었고, 사주단자는 건네지 않았어도 서로 연애 건다는 걸 온 동네가 다 아는 각싯감이 있었다. 그러나 그는 한사코 혼사 치르기를 거부했다. 그건 그의 사랑법이었을 것이다. 남들이 다 안 알아줘도 곱단이한테만은 그의 사랑법을 이해시키려고, 잔설(殘雪 녹다 남은 눈)이 아직 남아 있는 이른 봄의 으스름달밤을 새벽닭이 울 때까지 곱단이를 끌고 다녔다고 한다. 곱단이가 그의 제안에 마음으로부터 승복했는지 안 했는지 알 길이 없다. 그러나 끌려 다니지를 않고 어디 방앗간 같은 데서 밤을 지냈다고 해도 만득이의 손길이 곱단이의 젖가슴도 범하질 못하였으리라는 걸 곱단이의 부모도, 마을 사람들도 믿었다. 그런 시대였다. 순결한 시대였는지, 바보 같은 시대였는지는 모르지만, 그때 우리가 존중한 법도라는 건 그런 거였다.

만득이네 대문에 일본 깃대와 출정 군인의 집이라는 깃발이 만장처럼 처량히 휘날리고, 그 집 사랑에서 며칠씩 술판이 벌어져도 밀주 단속에도 안 걸리고…… 그렇게 그까짓 열흘 눈 깜박할 새 지나가 만득이는 마침내 입영을 하게 됐다. 만득이가 꼭 살아 돌아올테니 기다리라고 곱단이를 설득하기는 어렵지 않았을 것이다. 곱단이가 딴 데 시집갈 아이도 아니거니와 식구들 역시 딴 데 시집 보낼 엄두라도 낼 사람들이 아니었으므로. 설득에 그렇게 오랜 시간이 걸린 것은, 그럴 것이면 왜 혼사를 치르고 나서 떠나면 안 되냐는 곱단이의 지당한 생각 때문이었을 것이다. 곱단이는 이름처럼 마음씨도 비단결 같은 처녀였지만, 옳다고 생각하는 걸 굽힐 만큼 호락호락하진 않았으니까. 사위스러워서(마음에 불길한 느낌이 들고 꺼림칙해서) 아무도 입에 올리진 않았지만, 마을 사람들은 만득이가 사지(死地)로 가고 있다는 걸 알기 때문에 과부 안 만들려는 그의 깊은 마음을 내심 여간 대견히 여기는 게 아니었다. 만득이와 곱단이는 요샛말로 하면 마을의 마스코트라고나 할까. 둘 다 행복해지지 않으면 재앙이라도 내릴 것처럼 지켜 주고 싶어 했고, 만득이의 처사는 그런 소박한 인심에도 거슬리지 않는 최선의 것이었다.

만득이가 떠난 후에도 마을 청년들은 앞서거니 뒤서거니 징병이나 징용으로 끌려가 마을에 남자라고는 중늙은이 이상만 남게 되었다. 곱단이의 오빠들도 도시로 나가 공장에 취직한 셋째 오빠와 부모님을 모시는 큰오빠 빼고 두 오빠가 징용으로 나가 아들 부잣집이 허룩해졌다. 장정만 데려가는 게 아니라 양식 공출(供出 일제 때 식량·물자 등을 민간에게 강제적으로 바치게 한 일)도 극악해져 그 풍요하던 마을도 앞으로 넘길 보릿고개 걱정이 태산 같았다. 궂은 날 부침질만 해도 서로 나누느라 한 채반(껍질을 벗긴 싸릿개비 따위로 울이 거의 없이 걸어 만든 채그릇)은 부쳐야 했던 인심도 스스로 금가기 시작할 무렵이었다. 아주 나쁜 소식이 염병보다 더 흉흉하고 걷잡을 수 없이 온 동네를 휩쓸었다. 전에도 여자 정신대에 대해서 아주 모르고 있었던 것은 아니다. 일본 본토나 남양 군도에 가서 일하고 싶은 처녀들은 지원하면 보내 주고 나중에 집에 송금도 할 수 있다는 면사무소의 공문이 한바탕 돈 후였지만, 그럴 생각이 있는 집은 한 집도 없었고, 설마 돈벌이를 강제로 보내리라고는 아무도 짐작을 못했다. 그러나 들려오는 소문은 그게 아니어서 몇 사람씩 배당을 받은 면사무소 노무과 서기들과 순사들이 과년한 딸 가진 집을 위협도 하고 다짜고짜 끌어가는 일까지 있다고 했다. 설마설마하는 사이에 더 나쁜 일이 생겼다. 그건 같은 면 내에서 생긴 일이기 때문에 소문이 아니라 실제 상황이었다. 동구 밖에서 감춰 놓은 곡식을 뒤지려고 나타난 면서기와 순사를 보고 정신대를 뽑으러 오는 줄 지레짐작을 한 부모가 딸애를 헛간 짚더미 속에 숨겼다고 했다. 공출 독려반들은 날카로운 창이 달린 장대로 곡식을 숨겨 두었음 직한 곳이면 닥치는 대로 찔러 보는 게 상례였다. 헛간의 짚가리로 창을 들이대는 것과 그 부모네들이 안 된다고 비명을 지른 것은 거의 동시였다. 창끝에 처녀의 살점이 묻어 나왔다고도 하고, 꿰진 창자가 묻어 나왔다고도 하고, 처녀는 그 자리에서 죽었다고도 하고, 피를 많이 흘리면서 달구지로 읍내 병원으로 실려 갔는데 죽었는지 살았는지 모른다고도 했다. 아무튼 그 소문의 파문은 온 면 내의 딸 가진 집을 주야로 가위눌리게(자다가 무서운 꿈에 질려 몸을 마음대로 움직이지 못하고 답답함을 느끼게) 했다. 끔찍한 일이었다.

도시에서 군수 공장에 다니는 곱단이의 오빠가 종아리에 각반을 차고 징 달린 구두를 신은 중년 남자를 데리고 내려왔다. 신의주에 있는 중요한 공사판에서 측량 기사로 있는, 한 번 장가갔던 남자라고 했다. 곱단이 부모로부터 그 흉흉한 소문을 듣고 급하게 구해 온 곱단이의 신랑감이었다. 첫 장가든 부인이 십 년이 가깝도록 아이를 못 낳아 내치고, 새장가를 든다는 그는 곱단이의 그 고운 얼굴보다는 별로 크지 않은 엉덩이만 유심히 보면서, 글쎄, 아이를 잘 낳을 수 있을까? 연방 고개를 갸우뚱, 그닥 탐탁지 않아 했다고 한다. 그러나 워낙 총각이 씨가 마른 시대였다. 게다가 지금 그 늙은 신랑감이 하고 있는 일은 군사적인 중요한 일이라 징용은 절로 면제된다고 한다. 곱단이네는 그 고운 딸을 번갯불에 콩 구워 먹듯이 그 재취(再娶 아내를 여의었거나 아내와 이혼한 사람이 다시 장가가서 아내를 맞이함) 자리로 보내 버렸다.

곱단이가 어떤 심정으로 그 혼사에 응했는지는 알 길이 없다. 피를 보면 멀쩡한 사람도 정신이 회까닥해진다고 하지 않는가? 피 묻은 소문도 마찬가지였다. 곱단이네 식구뿐 아니라 마을 사람들도 이성을 잃고 말았다. 만득이와 곱단이의 연애를 어여삐 여기고, 스스로 증인이 된 마을 어른들도 이제 곱단이를 위해 할 수 있는 일은 일본군한테 내주지 않는 일뿐이었다. 더군다나 곱단이 어머니는 피가 무서워 닭 모가지 하나 못 비트는 착하디 착한 위인이었다. 그 피 묻은 소문에 살이 떠려 우두망찰했을(갑자기 당한 일에 정신이 얼떨떨해 어찌할 바를 몰랐음) 것이다. 곱단이는 만득이와의 언약을 저버리고 딴 데로 시집을 가느니 차라리 죽고 싶었을 것이다. 그러나 그녀도 스스로 제 목숨을 끊을 만큼 모질지는 못했다. 죽은 것과 마찬가지로 넋을 놓아 버리는 게 고작이었을 것이다. 곱단이네서 혼사를 치르고 사흘 만에 신랑을 따라 집을 떠나는 곱단이는 사자(死者)를 분단장해 놓은 것처럼 섬뜩하니 표정이라곤 없었다.

멀고 먼 신의주로 시집가 첫 근친(覲親 시집간 딸이 친정 부모를 뵘)도 오기 전에 해방이 되었다. 그녀는 열아홉에 떠난 지붕 노란 집에 다시 돌아오지 못했다. 우리 고장은 아슬아슬하게 38 이남이 되어 북조선의 신의주와는 길이 막히고 말았다. 만득이는 살아서 돌아왔다. 그 이듬해 봄 만득이는 같은 행촌리 처녀인 순애와 혼사를 치렀다. 순애는 투덕투덕 복 있게 생긴 처녀였지만 곱단이에겐 댈 것도 아니었다. 혼삿날 마을 풍속대로 신랑을 달았는데, 군대나 징용 갔다가 심성이 거칠 대로 거칠어져 돌아온 청년들이 어찌나 호되게 신랑 발바닥을 때렸던지 만득이가 엉엉 울었다고 한다. 만득이 또한 군대 가서 고초를 겪을 만큼 겪었는데 그까짓 장난삼아 치는 매를 못 견디어 울었을까? 울고 싶어, 실컷 울고 싶었을 것 같다. 이렇게 만득이의 일거수일투족을 곱단이와 연관 지어 생각하고 싶은 게 아직도 두 사람의 어여쁜 사랑을 못 잊어 하는 마을 사람들의 심정이었으니, 그리로 시집간 순애의 마음도 편치는 않았을 것이다. 그러나 두 사람은 마을 사람들이 금실을 확인해 볼 겨를도 없이 곧 서울로 세간(집안 살림에 쓰는 모든 기구. 살림살이)을 냈다. 외아들이었지만 서울 누나가 동생의 일자리를 구해 놓고 데려갔다.

6·25 전쟁 후 38선 대신 그어진 휴전선은 행촌리를 휴전선 이북 땅으로 만들어 놓았다. 그동안 서로 만나지는 못했어도 귀향길에 만득이가 순애하고 곧잘 산다는 소식 정도는 들을 수 있었는데 그나마 못 듣게 되었다. 6·25 전쟁 때 죽지 않았으면 같은 서울 하늘 밑 어디메 살아 있겠거니, 문득문득 생각이 나던 것도 잠시 만득이는 내 기억 속에서 아주 사라져 버렸다. 서울

살이라는 게 촌수 닿는 친척도 결혼 청첩장이나 부고나 받아야 마지못해 챙길 정도로, 이해관계가 닿지 않는 인간관계는 지딱지딱 잊게 돼 있었다.

만득이를 서울에서 다시 만난 지는 채 십 년도 안 된다. 지금은 돌아가셨지만 그때까지는 생존해 계시던 삼촌이 우리 고향 군민회에 가 보고 싶다고 하셔서 모시고 간 자리에서였다. 실향민들이 마음을 달래려는 자리가 흔히 그렇듯이 노인네들 천지였다. 매년 열리는 군민 회의라지만 삼촌처럼 처음 간 분은 서로 알아보는 데도 한참 시간이 걸렸다. 알아보는 걸 도와주려는 주최 측의 배려로 면 단위로 나눠서 자리를 잡았고, 우리끼리 다시 리 단위로 무리를 만들었다. 행촌리는 나하고 삼촌하고 낯모르는 노부부 네 사람밖에 없었다. 그 이듬해 돌아가신 삼촌은 그때도 이미 여든 가까운 연세셔서 고향의 흙냄새 대신 고향 사람 체취라도 맡고 싶은 마음에 느닷없이 군민회 나들이를 하고 싶어 한 것 같다. 죽을 날이 가까우면 안 하던 짓을 하게 되는 걸 자손들은 가벼운 망령 정도로 취급했다. 오죽해야 조카가 모시고 가게 됐을까. 행촌리 노신사도 삼촌을 알아보는 것 같지 않았다. 그냥 어른 대접으로 행촌리 살던 아무개라고 공손하게 인사를 했지만 나는 별로 귀담아듣지 않아 못 알아들었다. 나중에 그가 나에게 명함을 주며 인사를 청하지 않았으면 아마 끝까지 못 알아보았을 것이다. 무슨 전업사 대표 장만득으로 돼 있는 명함을 보고 나서야 뭔가 이상해서 다시 한 번 쳐다보니, 젊은 날의 그가 어디 숨어 있다가 고개를 내밀듯이 분명하게 떠올랐다. 몸집도 별로 불지 않고 얼굴도 잘 늙지 않는 동안이었다. 나하고 그는 그닥 친한 사이가 아니었다. 그는 곱단이 것이었으므로 당시의 우리 또래들은 다들 그를 소 닭 보듯 하는 걸 예절로 알았다. 그건 장만득 씨도 마찬가지였을 것이다. 그는 워낙 마을에서 유명했지만, 유명 인사가 팬을 알아보란 법은 없다. 나는 그에게 하나도 안 변했다고 말하고 나서 쑥스럽게 웃었다. 한참 동안 못 알아본 주제에 그건 말도 안 되는 소리였기 때문이다.

순애를 떠올리는 건 더욱 불가능했다. 이 유복하고(살림이 넉넉하고) 금실 좋아 보이는 노부부 중 한쪽이 순애인지도 자신이 없었다. 오히려 순애 쪽에서 나에게 아는 척을 하며 하나도 안 변했다고 해 줘서 순애려니 했다. 나는 학교 다닌답시고 학교도 안 다니는 집에서 바느질이나 배우는 나보다 나이 많은 애들하고 동무한 적이 없었다. 만득이하고 순애는 보기 좋은 부부였다. 그냥 헤어지기는 섭섭하여 서로 전화번호를 교환했는데 뜻밖에도 순애가 자주 전화를 해서 점심도 같이하고 쇼핑도 같이하는 교분이 이어졌다. 그 여자는 장만득 씨가 아직도 곱단이를 못 잊고 있다는 얘기를 하소연했다.

아우님, 다들 나더러 팔자 좋다고 하지만 나 같은 빛 좋은 개살구도 없다우. 아우님이니까 얘기야, 딴 사람들한테 아무리 얘기해 봤댔자 나만 이상한 사람 되지 누가 내 속을 알겠수. 돈 잘 벌고 생전 외도라곤 모르고, 애들한테 잘하고, 나한테도 죄지은 것 없이 죽는시늉도 하라면 하는 남편이 어디 있냐고들 하지만, 아마 나처럼 지독한 시앗<sup>(남편의 첩)</sup>을 보고 사는 년도 없을 거유. 곱단이 년이 내 남편한테 찰싹 붙어 있다는 걸 번연히 알면서도 머리채를 잡을 수가 있나, 망신을 줄 수가 있나, 미칠 노릇이라우. 그래도 내가 아우님을 만났게 망정이지. 그렇지 않았으면 이 억울한 사정을 누구한테 말이라도 할 수가 있겠수. 그 영감 지금도 글쎄 그년한테 연애편지를 쓴다니까요. 설마라고? 나도 처음엔 설마 했지. 지도 쑥스러운지 시를 쓴다고 합디다. 내가 몰래 훔쳐봤더니 뭐 '그대 어깨에 살구꽃 내리네' 아니면 '살구꽃은 해마다 피는데, 우리 임은 왜 한 번 가고 다시 아니 오시나' 이 따위가 연애편지지 그래 시란 말이유. 그뿐인 줄 알아요? 우리가 작년 중국 여행을 갔을 적에도 얼마나 내 오장을 뒤집었다구요. 속 모르고 따라간 나도 배알('창자'를 속되게 이르는 말) 빠진 년이지만, 백두산 구경하고 나서, 단동(중국 요동반도에 있는 도시)인가 어디서 배를 타고 북한 땅 가까이까지 가 보는 압록강 유람선 관광이라는 걸 했는데, 정말 저쪽 북한 땅 강가에 놀이 나온 아이들까지 보이게 배가 가까이 가니까 나도 마음이 좀 이상해집디다. 그냥 뱃놀이를 편하게 즐기는 건 다 중국 사람들이고, 표정이 심각하게 굳어지는 건 다들 남한 사람들이더라구요. 그 정도는 당연한 거지. 근데 우리 영감은 별안간 뱃전에다 고개를 떨구고 소리 내어 엉엉 울지를 않겠수. 머리가 허연 늙은이가 온몸을 들먹이면서. 분단의 슬픔이라구? 어이고, 그게 아니라 거기서 보이는 땅이 신의주였어요. 곱단이 년 사는 데가 닿을 듯 닿을 듯, 닿지는 않으니까 미치겠는 거지 뭐. 당장 강으로 밀어 처넣고 싶더라구요. 헤엄쳐서 어서 그년한테 가라구요. 그뿐일 줄 알아요. 여기서 돈 잘 벌고 사업 잘 하다가 느닷없이 아이들은 여기서 키우고 싶지 않다면서 미국으로 이민을 가잔 적이 다 있었다니까요. 지나 내나 영어 한 마디 못 하는 주제에 이민을 가자는 속셈이 뭐였겠수? 뻔하지. 미국 시민권을 얻으면 북한을 마음대로 드나든다면서요. 내가 그 꼬임에 넘어갈 성싶어요? 가려면 혼자 가라구, 가서 그

년 데려다 잘 살아 보라고 했더니 나를 정신병자 취급하면서 주저앉습디다. 아이들한테는 끔찍한 양반이니까요. 실상 그거 하나 믿고 여태껏 서러운 세상 견딘 거죠.

간추리면 대강 그런 얘기였다. 아닌 게 아니라 그런 얘기는 곱단이와 만득이가 연애 걸던 시절을 아는 사람 아니면 도저히 먹혀들 것 같지 않은 이야기였다. 그러나 그 여자 레퍼토리는 그 몇 가지의 에피소드에 국한돼 있다. 아직도 만득이가 곱단이 생각만 한다는 증거를 더는 대지 못했고, 나도 비슷한 얘기를 하도 여러 번 들으니까 넌더리가 나면서 그 여자보다는 장만득 씨가 불쌍해질 무렵 그 여자의 부음을 듣게 됐다. 장만득 씨가 상처를 한 것이다. 고혈압으로 몇 년째 약을 복용하고 있었는데, 돌연 쓰러진 후 의식을 회복하지 못한 채 사흘 만에 숨을 거두었다고 했다. 문상을 가서 그 여자의 영정 사진을 보고 섬뜩했다. 이십대 후반으로밖에 안 보이는 사진이었다. 요샌 영정 사진도 너무 늙은 건 보기 싫다고, 아주 늙기 전에 찍어 놓는다고는 하지만 칠순의 남편이 눈물을 떨구고 있는 앞에 이십대의 사진은 너무했다 싶었다. 자식들이 문상객들의 그런 눈치를 채고, 어머니는 평소에도 나 죽거든 늙어 빠진 영정 쓰지 말라고 부탁하시더니, 돌아가신 후 보니까 손수 마련해 놓으신 영정 사진이 있더라고 했다. 나는 나도 모르게 그 여자의 젊었을 적과 곱단이의 젊었을 적을 머릿속으로 비교하고 있었다. 댈 것도 아니었다. 내 상상 속에서 곱단이는 더욱 요요해지고(아주 어여쁘고 아리땁고), 그 여자는 젊다는 것 외엔 흔한 얼굴 그대로였다. 그리고 그제야 그 여자가 불쌍해졌다. 아아, 저 여자는 일생 얼마나 지독한 연적(戀敵)과 더불어 산 것일까. 생전 늙지도, 금도 가지 않는 연적이란 얼마나 견디기 어려운 적이었을까.

그 여자가 죽고 나서 만득이를 따로 만날 일이 있을 리 없었다.

그를 우연히 만난 것은 그가 상처하고 나서도 이삼 년 후 엉뚱하게 정신대 할머니를 돕기 위한 모임에서였다. 뜻밖이었지만, 생전의 그의 아내로부터 귀에 못이 박이게 주입된 선입관이 있는지라 그가 그 모임에 나타난 것도 곱단이하고 연결지어서 생각되는 걸 어쩔 수가 없었다. 모임이 끝난 후 그가 보이지 않자 나는 마치 범인을 뒤쫓듯이 허겁지겁 행사장을 빠져 나와 저만치 어깨를 축 늘어뜨리고 걸어가는 그를 불러 세웠다. 그리고 다짜고짜 따지듯이 재취 장가를 들었느냐고 물었다. 그는 아니라고 말하고 나서 앞으로도 할 생각이 없다고, 묻지도 않은 말까지 덧붙이는 것이었다.

왜요? 곱단이를 못 잊어서요? 여긴 왜 왔어요? 정신대에 그렇게 한이 맺혔어요? 고작 한 여자 때문에. 정신대만 아니었으면 둘이서 혼인했을 텐데 하구요? 참 대단하십니다.

내 퍼붓는 말에 그는 대답 대신 앞장서서 근처 찻집으로 갔다. 그 나이에 아직도 싱그러움이 남아 있는 노인을 마치 순애의 넋이 씐 것처럼 꼬부장한 마음으로 바라다보았다. 그가 나직나직 말했다.

내가 곱단이를 아직도 잊지 못한다는 건 순전히 우리 집사람이 지어낸 생각이에요. 난 지금 곱단이 얼굴도 생각이 안 나요. 우리 집사람이 줄기차게 이르집어(오래전의 일을 들추어내어) 주지 않았으면 아마 이름도 잊어버렸을 거예요. 내가 곱단이를 그리워했다면 그건 아마 누구에게나 있을 수 있는 젊은 날에 대한 아련한 향수였겠지요. 아름다운 내 고향에서 보낸 젊은 날을 문득문득 그리워하는 것도 죄가 되나요. 내가 유람선 위에서 운 것도 저게 정말 북한 땅일까? 남의 나라에서 바라보니 이렇게 지척인데 내 나라에선 왜 그렇게 멀었을까? 그게 서럽고 부끄러워 나도 모르게 눈물이 받친 거지. 거기가 신의주라는 건 별로 중요하지 않았어요.

오늘 여기 오게 된 것도, 글쎄요. 내가 한 짓도 내가 설명할 수 있을 것 같지 않지만……. 아마 얼마 전 우연히 일본 잡지에서 정신대 문제를 애써 대수롭게 여기지 않으려는 일본 사람들의 생각을 읽고 분통이 터진 것과 관계가 있겠죠. 강제였다는 증거가 있느냐, 수적으로 한국에서 너무 부풀려 말한다, 뭐 이런 투였어요. 범죄 의식이 전혀 없더군요. 그걸 참을 수가 없었어요. 비록 곱단이의 얼굴은 생각나지 않지만 나는 지금도 생생하게 느낄 수가 있어요. 곱단이가 딴 데로 시집가면서 느꼈을, 분하고 억울하고 절망적인 심정을요. 나는 정신대 할머니처럼 직접 당한 사람들의 원한에다 그걸 면한 사람들의 한까지 보태고 싶었어요. 당한 사람이나 면한 사람이나 똑같이 그 제국주의적 폭력의 희생자였다고 생각해요. 면하긴 했지만 면하기 위해 어떻게들 했나요? 강도의 폭력을 피하기 위해 얼떨결에 십 층에서 뛰어내려 죽었다고 강도는 죄가 없고 자살이 되나요? 삼천리강산 방방곡곡에서 사랑의 기쁨, 그 향기로운 숨결을 모조리 질식시켜 버리니 그 천인공노할 범죄를 잊어버린다면 우리는 사람도 아니죠. 당한 자의 한에다가 면한 자의 분노까지 보태고 싶은 내 마음 알겠어요?

장만득 씨의 눈에 눈물이 그렁해졌다.

종탑 아래에서

✏ **작가와 작품 세계**

**윤흥길**(1942~)

전라북도 정읍에서 태어났다. 1968년 〈한국일보〉 신춘문예에 「회색 면류관의 계절」로 등단했다. 1977년 「아홉 켤레의 구두로 남은 사내」로 제4회 한국문학 작가상, 1983년 「꿈꾸는 자의 나성」으로 제15회 한국창작문학상, 1983년 「완장」으로 제28회 현대문학상 등을 수상했다. 윤흥길의 작품은 우리 민족 고유의 정한을 6·25와 같은 역사적 격동기에서 다루거나 지식인의 입장에서 민중의 고난에 찬 삶을 다룬 내용이 주를 이룬다. 문단의 주목을 받기 시작한 것은 1973년에 발표한 「장마」를 통해서이다. 주요 작품으로는 「황혼의 집」(1970), 「아홉 켤레의 구두로 남은 사내」(1977), 「완장」(1983)등이 있다.

✏ **작품 정리**

> **갈래** : 전후 소설, 세태 소설, 액자 소설
> **배경** : 시간 – 6·25 전쟁 당시 / 공간 – 전북 익산
> **시점** : 1인칭 주인공 시점
> **주제** : 6·25 전쟁으로 인한 비극과 극복 가능성 탐색
> **출전** : 〈숨소리〉(2003)

## ✎ 구성과 줄거리

**발단 시각 장애인 소녀를 만남**

하굣길에 지에밥을 훔칠 요량으로 돌아서 가던 '나'는 익산 군수 관사의 철책 안에서 고양이와 공놀이를 하는 시각 장애인 소녀를 발견한다. 이튿날 '나'는 학교가 파하자마자 관사로 달려가지만 소녀의 외할머니를 보고는 놀라 줄행랑을 놓는다.

**전개 소녀가 시각 장애인이 된 사연을 들음**

사흘 만에 군수 관사를 찾은 '나'는 소녀의 외할머니로부터 소녀가 고아가 된 처지, 시각 장애인이 된 내력을 듣는다. 또 소녀에게 하지 말아야 할 세 가지 이야기를 전해 듣는다.

**위기 명은은 전쟁 이야기를 들으며 괴로워함**

'나'는 병원에 입원한 명은에게 좋은 선물이 될 서라는 생각에 시청 앞 벽보에 적힌 전쟁 이야기를 들려준다. 명은은 소리를 지르며 고통스러워한다. '나'는 그제야 소녀의 외할머니가 전한 세 가지 당부를 떠올린다.

**절정 명은이 교회 종소리에 귀를 기울임**

다시 관사를 찾은 '나'는 교회 종소리에 귀를 기울이는 명은의 모습에 감동을 받는다. 주일 저녁, '나'는 교회에서 명은에게 종소리를 들려준다.

**결말 명은이 소원을 빎**

다음 날 명은의 부탁에 '나'는 명은을 데리고 밤에 종지기 몰래 종을 친다. '나'는 종지기에게 맞으면서도 명은에게 소원을 빌라고 말하며 종탑의 밧줄을 놓지 않는다.

1. **윤흥길의 작품에서 서술자나 관찰자로 어린이가 자주 등장하는 이유는 무엇인가?**

   6·25를 직접 경험한 윤흥길은 어른으로서 6·25를 경험한 것이 아니라 어린이로서 그 주변에 머물러 있었다. 다시 말해 초등학교 1학년 학생의 눈으로 6·25를 바라본 것이다. 이로 인해 전쟁의 공포를 느낄 수는 있어도 동족상잔의 아픔을 뼈아프게 느끼지는 못했을 것이다. 따라서 그의 작품에서는 전쟁으로 인한 비극이 깊이 있게 다루어지지는 않는다. 하지만 어린이를 서술자나 관찰자로 내세움으로써 6·25의 비극적인 상황을 효과적으로 드러낸다.

2. **명은에게 '종소리'의 상징적 의미는 무엇인가?**

   교회의 종은 절의 북과 그 기능이 다르다. 교회의 종은 단지 사람들을 교회로 불러오는 기능을 할 뿐이지만, 절에서 승려가 두드리는 북은 구도의 수단으로 여겨지기 때문이다. 따라서 명은이 종소리에 관심을 보이는 것은 그것이 교회의 종소리이기 때문이 아니라 종소리 그 자체가 지닌 매력 때문이라고 할 수 있다. 하지만 궁극적으로 교회의 종소리는 절의 북소리와 마찬가지로 사람들의 잠든 육체와 정신을 깨운다는 점에서 소원을 비는 도구로 확대되기도 한다.

3. **이 작품에서 '종'의 모티프가 된 것은 무엇인가?**

   조선 시대에는 민의상달(民意上達)의 가장 대표적인 상소 고발 제도로 신문고(申聞鼓) 제도가 있었다. 신문고는 임금의 직속 기관인 의금부 당직청에서 주관했는데, 북을 치는 사람의 소리를 임금이 직접 듣고 그 개인적인 억울함을 해결했다. 이 작품에서 종을 치는 행위는 문제의 해결을 신적인 존재에게 의뢰하는 것으로 볼 수 있다. 종소리가 하늘 끝에라도 닿을 기세로 올라갔다는 표현에서도 이를 유추할 수 있다.

건호 ─────────── 명은
　　　(친구가 됨)

저(최건호)는 어릴 적 하굣길에 군수 관사 근처에서 시각 장애인 소녀 명은을 만났습니다. 저는 입원한 명은이에게 전쟁 이야기를 해 주었는데 정말 싫어했지요. 명은이 종소리를 좋아하는 것 같아 교회에 가서 종소리를 들려주고, 다음 날 명은과 함께 종탑에 종을 치러 갔어요. 저는 이 이야기를 세월이 지난 지금도 순애보로 기억하고 있어요.

# 종탑 아래에서

1

"대미(大尾: 어떤 일의 맨 마지막)를 장식헐 만헌 순애보라고 내 입으로 말허기는 약간 거시기헌 구석이 있지마는……."

인테리어 전문점을 운영하는 최건호였다. 묵비권이라도 행사하는 듯 내내 잠자코 앉아 남의 이야기를 듣고만 있던 그가 뜻밖에도 자진해서 마지막 이야기 순번을 떠맡고 나서자 그에게도 입이 달려 있었음을 뒤늦게 깨닫고 좌중은 깜짝 반가워했다.

"반세기가 지나가드락 영 잊혀지지 않는 소녀가 있다면 혹시 순애보 계열에 턱걸이로라도 낄 수 있지 않을까 싶어서……."

묵적보살(입이 무거운 보살)처럼 입이 천 근이기로 소문난 최건호가 절대로 허튼소리를 할 리 없다고, 최건호가 순애보라 주장하면 그건 백발백중 순애보임이 틀림없다고 모두들 이구동성으로 떠들어 댔다. 순애보 여부를 판별하는 첫 번째 기준은 아무래도 발화자(發話者: 이야기를 하는 사람)의 과묵성인 듯했다.

"열 살짜리 머시매, 지지배가 사랑을 알면은 뭣을 얼매나 알 것이냐. 아름다운 러브 스토리허고는 애당초 거리가 먼 얘기라서 혹시라도 낭중에 실망허지 않을까 겁난다."

고백 성사라도 하려는 사람처럼 최건호의 표정은 그지없이 진지해 보였다. 그 진지한 태도로 미루어, 본론을 들어 보나 마나 벌써 순애보가 틀림없는 줄 알겠다고 한바탕 또 떠들어 댔다. 순애보 여부를 판별하는 두 번째 기준은 아무래도 발화자의 진지성인 듯했다. 모처럼 어렵게 입을 연 최건호가 일껏(모처럼 애써서) 꺼낸 이야기를 도로 주워 담는 불상사가 일어나지 않게끔 좌중은 온갖 발림으로 충동질했다.

"낭중에라도 순애보가 기네, 아니네, 허고 우리 건호한티 시비 거는 놈이 나타났다 허면 당장 내가 가만 안 놔둔다!"

동창생들의 전폭적인 성원에 힘입어 최건호가 마침내 이야기를 풀어내기 시작했다.

"만세 주장(酒場: 술을 파는 곳) 근방에서 살 적에 있었던 일인디……."

만세 주장 뒷골목에 살고 있었다. 유명한 술도가를 옆구리에 끼고 산다 해서 특별히 득 볼 것도, 해될 것도 없었다. 날만 궂을라치면 주장 건물 전체가 모주망태로 흠씬 취해서 문뱃내(술 취한 사람의 입에서 나는 냄새)를 펑펑 풍기듯 찌든 막걸리 냄새를 사방에 퍼뜨리는 바람에 비위가 많이 상하긴 했지만, 그렇다고 그 집에 따로 유감이 있는 건 아니었다. 다만 문제가 있다면 그것은 지에밥(찹쌀이나 멥쌀을 물에 불려 찐 밥)이었다. 볕이 좋은 날 만세 주장에서는 도롯가에 멍석을 여러 개 나란히 펴 놓고 술밑으로 쓸 엄청난 양의 지에밥을 말리곤 했다. 입에 넣고 씹기 딱 알맞을 만큼 꼬들꼬들 마른 상태에서 단내를 확확 풍기는 그 고두밥(아주 되게 지어져 고들고들한 밥)이 배곯는 아이들을 환장하게끔 만드는 것이었다. 멍석 근처에 가까이 다가갈 적마다 배 속에서 회가 동하는(구미가 당기는) 바람에 참말이지 미칠 지경이었다.

목구멍 안쪽에서 마구 고무래질하는(고무래 따위로 무엇을 펴거나 그러모으거나 하는) 것 같은 유혹을 견디다 못한 아이들이 학교를 오가는 길에 한 줌씩 지에밥을 슬쩍하다가 주장 일꾼인 짝눈이 아저씨한테 들켜 경을 치기 일쑤였다. 나 역시 짝눈이 아저씨한테 붙잡혀 두 차례나 혼띔(단단히 혼냄)을 당했다. 서로 빤히 얼굴을 아는 이웃지간이라서 나는 다른 아이들보다 훨씬 더 불리한 처지였다. 지에밥을 멍석 위에 고루 펼 때 사용하는 고무래 자루를 휘두르며 세상 이쪽 끝에서 저쪽 끝까지라도 그악스레(끈질기고 억척스럽게) 뒤쫓아 올 성싶은 그 성미 고약한 일꾼의 눈을 피하기 위해서는 다른 아이들보다 더 영악스러워질 필요가 있었다. 짝눈이 아저씨가 짝눈을 한껏 지릅뜨고(눈을 크게 부릅뜨고) 주로 감시하는 쪽은 학교가 파해서 집으로 돌아가는 아이들이었다. 주장을 사이에 두고 학교와는 반대 방향에서 하굣길의 아이들 행렬을 거슬러 움직이며 기회를 엿보는 것이 고무래의 위협에서 벗어날 수 있는 가장 효과적인 방법이었다. 그러려면 학교에서 집으로 향할 때 부러(일부러) 가까운 길을 두고 시내 쪽으로 먼 길을 에돌아가는(곧바로 가지 않고 피해서 멀리 돌아가는) 수고를 감수해야만 했다.

내가 그 계집애를 맨 처음 본 것은 봄볕이 당양(當陽 햇볕이 잘 들어 밝고 따뜻함)하게 내리쬐는 한낮이었다. 아침에 등교하면서 길가에 멍석을 펴는 짝눈이 아저씨를 봤기 때문에 나는 그날도 하굣길에 일부러 네거리 하나를 더 지나 먼 길을 에돌아 집으로 향하고 있었다.

경찰서 앞을 지난 다음 시청 앞에서 잠시 발걸음을 멈추었다. 시청 담벼락을 따라 길게 잇대어 세워 놓은 게시판이 큼지막한 벽보들로 더덕더덕 도배되어 있었다. 벽보에는 최근의 전황(戰況 전쟁 상황)들이 주먹 덩이만 한 붓글씨로 짤막짤막하게 적혀 있어 지나가던 행인들을 게시판 앞에 한참씩 붙들어 세우곤 했다. '국군 1사단 평양 입성', '국군과 유엔군 청천강 도하, 압록강 향해 진격 중', '중공군 참전 사실 밝혀져' 따위 새로운 소식들을 내가 차례로 접하게 된 것도 그 게시판을 통해서였다. 만세 주장 고두밥을 훔쳐 먹기로 작정한 날은 덤으로 최근의 전황에 접하는 날이기도 했다.

최전방에서는 중공군의 춘계 대공세가 한창이었다. 국군 또는 유엔군 몇 사단이 무슨 고지 전투에서 북괴군 몇 개 연대를 섬멸했고, 무슨 고지 전투에서 중공군 몇 개 사단을 궤멸시켰다는 등등의 내용을 담은 벽보들이 게시판에 어지럽게 나붙어 있었다. 1·4 후퇴를 거쳐 전쟁은 처음 시작되던 그 자리로 얼추 되돌아와 삼팔선을 사이에 두고 오랫동안 교착 상태에 빠져 있었다. 빼앗아 새로 차지한 땅은 거의 없는 셈인데 국군과 유엔군은 날마다 승승장구하는 반면 북괴군과 중공군은 날마다 무더기로 죽어 나자빠진다는 내용만 벽보에 적히는 그 속내를 나는 당최 이해할 수 없었다.

낡은 양복 차림에 중절모를 눌러쓴, 꽤 유식해 뵈는 아저씨가 곁에서 소리 내어 벽보를 읽고 있는 중이었다. 나는 그 아저씨에게, 섬멸이 무슨 뜻이냐고 물어보았다. 몽땅 씨를 말린다는 뜻이라고 아저씨가 시원스레 대답했다. 그럼 궤멸은 또 무슨 뜻이냐고 다시 물었다. 아저씨는 잠시 뜸을 들이더니만, 겨우 씨만 남기고 나머지는 모조리 다 때려잡는 거라고 일러 주었다. 언젠가 벽보에 자주 등장하는 그 말들의 뜻을 아버지한테 물어본 적이 있었다. 아버지는 다짜고짜 화부터 버럭 내면서, 쥐방울만 한 녀석이 그런 건 알아서 얻다 쓰려고 묻느냐고, 욕설이나 다름없는 상스러운 말이니까 굳이 알 필요도 없다고 사정없이 윽박지르는 것이었다. 아버지는 매번 그런 식이었다.

시청 앞을 떠나 시 공관 네거리에서 오른쪽으로 꺾어 돌면 곧바로 익산 군청이었다. 나는 군청 입구에서 길바닥에 떨어진 나뭇개비를 찾느라 사방을 두리번거렸다. 그다음 차례가 익산 군수 관사이기 때문이었다. 관사 정원과 도로 사이에 담장 대신 내부가 훤히 들여다보이는 철책이 쳐져 있었다. 철책에 나뭇개비를 대고 이쪽 끝에서 저쪽 끝까지 힘껏 달리면 따발총

같이 타타타타 소리가 요란하게 울리곤 했다.

　관사 철책에 나뭇개비를 막 갖다 대려다 말고 나는 갑자기 손놀림을 멈 칫했다. 며칠 전까지만 해도 나무 몇 그루와 잔디밭만 휑하니 드러내 보이 던 정원에서 인기척이 났다. 나하고 동갑 또래로 보이는 계집애였다. 화사 한 꽃무늬 원피스 차림에 정갈하게 단발머리를 한 계집애가 한 손에 하얀 고무공을 쥔 채 양팔을 앞으로 나란히 뻗은 괴상야릇한 자세로 도로 쪽을 향해 소리 없이 다가오는 중이었다. 계집애가 황금빛 잔디밭 위로 하얀 공 을 도르르 굴리면서 말했다.

　"나비야! 나비야!"

　공은 잔디밭과 철책이 만나는 지점에서 정확히 구르기를 멈추었다. 내 가 철책 틈새로 손을 집어넣으면 충분히 공에 닿을 만한 자리였다. 뜬금없 이 웬 나비 타령인가 의아해서 나는 계집애의 행동거지를 주의 깊게 살폈 다. 그때였다. 얼룩 고양이 한 마리가 정원수 가지에서 잔디밭 위로 햇솜(그 해에 새로 난 솜) 뭉치처럼 사뿐히 내려앉더니만 공을 향해 달려왔다. 고양이는 철책 너머에 버티고 서 있는 웬 낯선 사람을 뒤늦게 발견하고는 갑자기 달 음질을 멈추었다. 녀석은 노란 눈동자에 잔뜩 경계의 빛을 담아 나를 노려 보았다. 나는 뾰족한 근거도 없으면서 옷차림과 용모만으로 계집애를 대뜸 서울 아이라고 단정해 버렸다. 그리고 서울내기들은 제아무리 똑똑한 척해 봤자 모르는 게 너무 많아 탈이라고 속으로 비웃었다. 멀쩡한 고양이를 나 비라 부르다니, 그렇다면 팔랑팔랑 공중을 날아다니는 진짜배기 나비는 대 관절 무슨 이름으로 불러야 옳단 말인가.

　"거기 누구……."

　뭔가 수상쩍은 낌새를 챘는지 계집애가 내 쪽을 멀뚱멀뚱 건너다보며 위 아래 입술을 연방 달막거렸다. 계집애의 행동을 훔쳐보다 들킨 것이 창피 해서 나는 슬금슬금 뒷걸음질을 치기 시작했다. 계집애의 눈길이 내 움직 임을 제때제때 따라잡지 못했다.

　"거기 누구?"

　내가 처음 서 있던 그 자리에 아직도 눈길을 고정한 채 계집애는 날카로 운 목소리로 다시 물었다. 나는 손에 든 나뭇개비를 아무렇게나 땅바닥에 팽개치면서 담박질을 놓기 시작했다. 당달봉사(청맹과니. 겉으로 보기에는 눈이 멀쩡하나 앞 을 보지 못하는 눈)다! 집 쪽을 향해 정신없이 뛰면서 나는 속으로 부르짖었다. 계집애가 눈뜬장님이란 사실을 최초로 알아차리던 순간의 놀라움이 나로 하여금 만세 주장 지에밥을 훔쳐 먹으려던 애초의 계획을 깜빡 잊도록 만들었다. 그날 밤이 깊도록 서울 계집애의 그 희고도 곱상한 얼굴이, 그 화사한 옷맵시가, 어딘지 모르게 굼뜨고 어설퍼 보이던 그 행동거지 하나하나가 내 머릿속에서 줄곧 떠나지 않았다.

이튿날 나는 학교가 파하기 무섭게 곧장 익산 군수 관사로 달려갔다. 관사 정원에서는 전날과 똑같은 상황이 되풀이되고 있었다. 계집애는 양팔을 앞으로 나란히 뻗은 부자연스러운 자세로 거리를 재기 위함인 듯 몇 발짝 조심스레 걷다가는 공을 잔디밭 위로 도르르 굴렸다.

"나비야! 나비야!"

아마도 철책 너머 낯선 사람에 대한 경계심 때문인 듯 나비란 놈은 정원수 가지들 사이에 몸을 숨긴 채 꼼짝도 않고 냐옹냐옹 울어 대기만 했다. 공은 전날과 마찬가지로 잔디밭과 철책이 만나는 지점에 거의 정확히 멎어 있었다. 나는 통탕거리는 가슴을 애써 누르면서 철책 틈새로 손을 넣어 공을 집어 들었다. 그리고 계집애를 향해 던져 주었다. 공이 발치 가까이에 떨어지는 순간 계집애의 얼굴에는 놀라움인지 반가움인지 모를 괴상야릇한 표정이 떠올랐다.

"거기 누구?"

"사람이여."

"아, 어제 바로 그 애!"

계집애는 말 한마디로 상대방을 단박에 알아맞혔다. 뿐만이 아니었다.

"난 널 알아. 나이는 나랑 비슷해. 키는 나보다 조금 더 커. 그리고 얼굴이 아주 못생긴 애야."

마치 두 눈으로 똑똑히 본 것처럼 자신 있게 말하는 것이었다. 심지어 얼굴 못생긴 것까지 정확히 알아맞히는 바람에 나는 가슴 복판이 뜨끔 쑤셨다. 계집애가 내 앞으로 천천히 다가오기 시작했다. 양팔을 앞으로 나란히 뻗지 않은 정상적인 자세로 걷느라고 철책까지 다다르는 데 반나절은 족히 걸리는 듯했다.

"못생겼다고 해서 미안해. 그냥 괜히 해 본 소리야."

못생긴 게 사실이라고 나는 하마터면 실토정(實吐情 사정이나 심정을 솔직하게 말함)할 뻔했다. 생기다 만 얼굴 같다고 모두들 나를 놀려 대곤 했으니까.

"느그 아버지가 군수냐?"

얼굴 문제에서 빨리 벗어나고 싶어 나는 엉뚱한 데로 말머리를 돌렸다.

"군수가 뭔데?"

"니가 익산 군수 딸이냔 말여."

"익산 군수가 뭔데?"

군수 관사에 살면서 군수가 뭔지도 모르다니. 역시 서울내기들은 아는 것보다 모르는 것이 훨씬 더 많은 무지렁이(아무것도 모르는 어리석은 사람)들이라고 생각했다. 서울내기들한테는 잠자리면 무조건 다 그냥 잠자리에 지나지 않을 뿐이었다. 실잠자리, 기생잠자리, 비단잠자리, 고추잠자리, 된장잠자리, 쌀잠자리, 보리잠자리, 밀잠자리, 말잠자리, 호랑잠자리 등등 가지각색의 수많은 잠자리가 세상에 있는 줄 꿈에도 모르는 버꾸('바보'의 방언)들이었다.

"난 그런 거 잘 몰라. 외갓집 식구들이 가자는 대로 그냥 여기까지 따라왔을 뿐이야."

계집애가 심드렁한 어조로 중얼거렸다.

"으쩌다가 그러코롬 당달봉사는 되야 뿌렀다냐?"

나는 마침내 용기를 내어 간밤부터 줄곧 품어 나온 의문을 입 밖으로 불쑥 털어 냈다.

"당달봉사가 뭔데?"

역시 서울내기라서 별수가 없었다. 나는 당달봉사가 어떤 건지 설명해 주려고 철책에 바싹 달라붙었다. 그 순간 뭔가 이상한 낌새가 퍼뜩 느껴졌다. 나는 반사적으로 고개를 홱 돌려 관사 쪽을 살펴보았다. 머리가 희끗희끗한 노파가 유리창 안쪽에서 무시무시한 눈초리로 나를 쏘아보는 중이었다. 어마 뜨거라 하고 나는 전날처럼 또 담박질을 놓기 시작했다. 얘, 얘, 하고 다급히 부르는 소리가 등 뒤에서 들려왔지만 나는 뒤도 안 돌아다보고 진둥한둥(매우 급하거나 바빠서 몹시 서두르는 모양) 줄행랑을 놓았다.

이튿날은 군수 관사 근처에 얼씬도 하지 않았다. 그 이튿날도 마찬가지였다. 관사 쪽을 외면한 채 지낸 그 이틀 동안에는 만세 주장 앞길 멍석 위에 널린 지에밥을 봐도 배 속의 회가 전혀 동하지 않았다. 서울 계집애의 그 새하얀 낯꽃(감정의 변화에 따라 얼굴에 드러나는 표시)이 끊임없이 눈에 밟히는 바람에 그러잖아도 재미를 못 붙여 애를 먹던 학교 공부가 한결 더 부실해졌다.

이틀 동안이 내 인내심의 한계였다. 좀이 쑤셔서 더 버티지 못하고 나는 사흘 만에 또다시 군수 관사를 찾아갔다. 정원에는 아무도 안 보였다. 나비란 놈도 안 보였다. 하얀 고무공 하나만이 잔디밭 한가운데 동그마니 놓여 있을 따름이었다. 한참 더 기다려 보다가 관사 안에 아무런 기척도 없음을 거듭 확인하고 나서 무척이나 아쉬운 마음으로 발길을 돌렸다. 바로 그 순간, 누군가 내 퇴로를 우뚝 가로막고 있다는 사실을 비로소 알아차렸다. 머리가 희끗희끗한 노파였다. 내가 또 달아나려 하자 노파가 갑자기 내 팔을 덥석 붙들었다.

"널 혼내 주려는 게 아니다. 아가, 겁낼 것 없다."

할머니는 몬존한(성질이 차분한) 말씨로 나를 안심시키려 했다.

"우리 명은이, 지금 병원에 있다. 그저께 밤부터 갑자기 신열(身熱 병으로 인해 오르는 몸의 열)이 끓고 헛소리가 우심(尤甚 더욱 심함)해서 병원에 입원시켰다."

노파한테 단단히 붙들려 있던 내 팔이 갑자기 자유로워졌다.

"나는 명은이 외할미다. 우리 명은이 말동무가 돼 줘서 고맙구나. 명은이는 아마 내일쯤 퇴원할 게다."

일단 되찾은 팔을 또다시 뺏길까 봐 나는 뒷짐을 진 채 명은이 외할머니의 말에 무턱대고 고개를 주억거렸다.

"너는 어디 사는 누구냐? 집이 어디냐?"

나는 대충 만세 주장께를 어림하고는 턱짓으로 그쪽을 가리켰다. 그러자 명은이 외할머니가 대뜸 앞장을 섰다.

"나랑 같이 가 보자."

집까지 가는 동안 명은이 외할머니는 별의별 시시콜콜한 것들을 다 물었다. 이름은? 나이는? 부모님은? 형제자매는? 전쟁 때문에 혹시 불행을 당한 가족이나 일가친척은?

"건호야, 학교 끝나면 우리 관사에 자주 놀러 와도 괜찮다. 그 대신 너한테 신신당부할 게 있다. 우리 명은이 듣는 데서는 절대로 입 밖에 꺼내지 말아야 될 말들이 있단다."

첫째, 부모 이야기. 둘째, 사람이 죽고 사람을 죽이는 이야기. 셋째, 장님 이야기.

"더군다나 당달봉사 같은 말은 아주 좋지 않은 말이니까 우리 명은이 앞에서 다시는 꺼내지 않도록 단단히 입조심해야 된다. 알겠냐?"

나는 홧홧 달아오른 낯꽃을 들키지 않으려고 부러 두어 발짝 뒤로 처져서 걸었다. 명은이 외할머니는 만세 주장 뒷골목까지 나랑 동행해서 기어이 우리 집을 확인한 다음에야 발길을 돌렸다.

"건호야!"

대문간에 막 발을 들여놓으려는 나를 명은이 외할머니가 등 뒤에서 큰소리로 다시 불러 세웠다.

"우리 명은이, 참 불쌍한 아이다. 제 엄마, 아빠가 한꺼번에 죽창에 찔려서 죽는 처참한 꼴을 두 눈 번히 뜨고 지켜본 아이다. 그날부터 제 눈엔 아무것도 안 보인다면서, 저는 아무것도 못 봤다면서 하루아침에 장님이 되는, 아주 몹쓸 병에 걸려 버렸단다. 의사도 못 고치고 약으로도 못 낫는, 아주 고약한 병이란다."

눈물 구덩이에 풍당 빠져 허우적대는 눈동자로 명은이 외할머니는 내 얼굴을 간신히 건너다보았다. 때깔이 고운 한복 차림에 기품이 넘쳐 나던 명은이 외할머니의 모습이 한순간에 와르르 허물어져 내리는 순간이었다. 마땅히 그래야만 될 성싶어 나는 덮어놓고 고개를 끄덕이는 동작만 되풀이했다. 명은이 외할머니가 내 손을 덥석 움켜쥐었다.

"우리 명은이한테 말동무라고는 세상천지 달랑 고양이 새끼 한 마리밖에 없었단다. 앞 못 보게 된 뒤로 우리 명은이가 고양이 말고 사람을 말동무로 삼은 건 건호, 니가 맨 처음이란다."

명은이의 퇴원이 예정된 날은 때마침 주일이었다. 우리 식구들은 서울에서 피란 내려온 막내 이모의 전도 덕분에 수복 직후부터 신광 교회에 다니기 시작했다. 교회 사찰인 딸고만이(딸을 그만 낳고 아들을 낳고 싶다는 희망의 표시) 아버지가 힘차게 울려 대는 종소리에 이끌려 나는 주일 아침에 신광 교회로 향했다.

주일 학교 반사(班師 교회 학교 선생)의 지시에 따라 나는 예배 도중 죄를 고백하는 기도를 드렸다. 이북 피란민 출신으로 중앙 시장에서 철물점을 경영하는 홀아비 반사는 매주 공과 공부가 끝날 때마다 한 주일 동안 저지른 죄를 모조리 고백할 것을 어린 제자들에게 강요하곤 했다. 전에는 만세 주장 지에밥을 훔쳐 먹은 죄와 어쩌다 길에서 주운 돈을 주전부리에 사용한 죄 따위가 내 고백 기도의 주된 내용이었는데, 명은이를 만난 후 당달봉사라는 나쁜 말을 사용한 죄 하나가 내 기도 속에 덧붙여졌다.

나는 주일 학교를 마치기 무섭게 신광 교회에서 곧장 시청을 향해 달려

갔다. 명은이에게 건넬 선물을 장만하기 위해서였다. 전황에 대한 새로운 소식은 앞 못 보는 명은이에게 의미 있는 선물이 될 뿐만 아니라 내가 결코 시골뜨기라고 만만히 볼 상대가 아님을 서울내기 계집애한테 일깨워 주는 확실한 증거물이 될 것이었다.

아무도 없는 정원 내부를 기웃거리며 철책 앞에서 서성거리는 참인데 관사 현관문이 빠끔히 열렸다. 명은이 외할머니가 손짓으로 나를 불렀다. 나는 난생처음 익산 군수 관사 안으로 주뼛주뼛 발을 들여놓았다. 잔뜩 겁을 집어먹은 채 낯선 구조의 양옥집 거실을 통과하는 나를 액자 속의 이승만 대통령이 근엄한 표정으로 내려다보고 있었다. 나는 명은이가 들어 있는 작은 방으로 안내되었다. 명은이 머리맡을 지키고 있던 나비란 놈이 나를 보더니만 냐옹 소리와 함께 냉큼 책상 위로 튀어 오르면서 경계의 눈초리를 보냈다. 명은이는 얇고 보드라운 차렵이불(솜을 얇게 두어 지은 이불)로 턱밑까지 가린 채 반듯한 자세로 드러누워 있었다. 며칠 사이에 눈에 띄게 야윈 모습이었다. 그래서 전보다 더욱 새하얗고 전보다 더욱 예뻐 보였다. 멋쩍고 쑥스러운 나머지 나는 괜스레 히죽히죽 웃기부터 했다. 명은이는 보이지 않는 눈을 내 얼굴에 맞추려고 내 웃음소리를 좇아 머리를 움직거렸다.

"재미있는 얘기 나누면서 천천히 놀다 가거라."

명은이 외할머니가 잣알이 동동 뜬 수정과 그릇과 과자가 수북이 담긴 쟁반을 방바닥에 내려놓았다. 명은이 외할머니가 방에서 나가기를 기다려 나는 준비해 온 선물 보따리를 다짜고짜 풀어놓기 시작했다. 트루먼 대통령이 맥아더 원수를 유엔군 총사령관직에서 해임한 소식부터 먼저 전했다. 연이어 의정부 전투에서 국군 1사단과 미군 3사단이 연합 작전으로 북괴군 1군단을 포위해서 1개 연대를 섬멸한 소식을 숨차게 전했다.

"명은이 너, 섬멸이 무신 말인지 알어? 몰르지? 몽땅 씨를 말린다는 뜻이여."

초점을 잃은 채 내 얼굴 근처를 헤매던 명은이의 눈이 갑자기 회동그라졌다. 명은이의 그 같은 반응을 이를테면 저보다 훨씬 아는 게 많은 상대에 대한 우러름의 표시로 받아들이면서 나는 더욱더 신떨음(신이 나는 대로 실컷 함)에 고부라졌다(열중하다). 내친김에 나는 미군 9군단이 '철의 삼각지' 전투에서 중공군 대부대를 궤멸시킨 이야기를 들려주었다.

"명은이 너, 궤멸이 무신 뜻인지 알어? 몰르지? 씨만 빼놓고 몽땅 다 때려

잡는다는 뜻이여."

"과자 안 먹니?"

"뭣이라고?"

"과자나 먹으라고!"

명은이는 핼쑥하게 핏기가 가신 입술을 바르르 떨면서 눈꺼풀을 아래로 착 내리깔았다. 명은이가 눈을 꼭 감자 그때껏 숨어 있던 속눈썹이 기다랗게 드러났다. 명은이의 권유를 받아들여 나는 아무 눈치코치도 없이 쟁반 위의 과자들을 마구 입안으로 걸터들이기(이것저것 가리지 않고 휘몰아 들이기) 시작했다. 명은이는 끝내 과자에 손도 대지 않았다.

명은이는 단 하루 사이에 놀라우리만큼 기력을 되찾아 이튿날 또다시 정원에서 나비와 함께 공놀이를 시작했다. 나를 피해 정원수 위로 숨어 버린 나비를 대신해서 얼른 공을 집어 명은이에게 돌려준 다음 나는 득의에 찬 목소리로 그날 치의 선물을 전했다.

"영국군 29여단 글로스터 대대가 육십여 시간 사투 끝에 중공군을 무찌르고 적성 고지를 사수했디야."

시청 앞 게시판에서 공들여 외워 온 벽보 내용을 뜻도 모르는 채 앵무새처럼 고스란히 옮기면서 나는 명은이의 반응을 살폈다. 아니나 다를까, 명은이의 손아귀에서 스르르 힘이 풀리면서 공이 잔디밭으로 굴러떨어졌다. 명은이의 그런 반응을 나는 일종의 감동의 표시로 받아들였다. 서울내기 계집애를 감동시킨 내 솜씨에 자부심을 느끼면서 나는 곧장 다음 소식으로 넘어갔다.

"중부 전선 임진강 전투에서 우리 국군이 중공군 63군 3개 사단을 격퇴허고 대승을 거두었디야."

"듣기 싫단 말야! 제발 그만두란 말야!"

명은이가 쇠꼬챙이 같은 소리를 내지르며 갑자기 잔디밭에 퍼더버리고 앉았다. 전혀 예상치 못한 돌발 사태에 별안간 어안이 벙벙해져서 나는 어찌할 바를 몰랐다.

"꼴도 보기 싫어! 가 버려! 가란 말야!"

제 손으로 제 머리칼을 마구 쥐어뜯으며 명은이는 거푸 쇠꼬챙이 소리를 질러 댔다. 명은이 외할머니가 해끔하게(조금 하얗고 깨끗하게) 놀란 표정으로 관사 안에서 허둥지둥 달려 나왔다. 가라니까 가는 수밖에 달리 도리가 없었다.

아직 영문을 모르는 채로 나는 부리나케 관사를 빠져나왔다. 무엇이 서울 계집애의 성깔머리를 그토록 버르집어(크게 벌려) 놓았는지 당최 알다가도 모를 일이었다. 내 호의가 무시당한 관사 근처엔 앞으로 두 번 다시 얼씬도 하지 않겠다고 다짐하면서 나는 길바닥의 돌멩이를 발부리로 힘껏 걷어차 버렸다.

명은이 외할머니의 신신당부를 기억에서 언뜻 되살려 낸 것은 집에 거반 다다랐을 무렵이었다. 사람이 죽고 사람을 죽이는 이야기는 절대로 입 밖에 꺼내지 말 것. 세 가지 당부 가운데서 나도 모르게 두 번째 당부를 어긴 셈이었다. 시청 앞 게시판을 기웃거리는 버릇이 내게서 영영 떠나게 되리라는 것을 나는 그때 퍼뜩 예감할 수 있었다.

혼자서 다짐했던 대로 나는 하루 동안 관사 근처에 얼씬하지 않았다. 그러나 집 안에 머물러 지내는 동안에도 내 마음은 관사 언저리를 줄곧 배회하고 있었다. 꼴도 보기 싫다고 명은이가 지르던 쇳소리가 내 귓바퀴를 끊임없이 맴돌았다. 더는 참을 수가 없어 나는 결국 다음 날 해 질 녘에 관사를 또다시 찾아가고 말았다.

저녁놀에 물든 발그레한 낯꽃으로 명은이는 정원 한복판에 오도카니(넋이 나간 듯이 가만히) 서 있었다. 손에 공이 쥐여 있고 곁에 나비란 놈도 알짱거리고 있었지만 공놀이는 아예 시작할 생각조차 하지 않았다. 하릴없이 먼산바라기가 되어 언제까지고 꼼짝도 하지 않는 명은이 모습을 나는 철책 밖에서 한참이나 몰래 지켜보았다.

바로 그때였다. 종소리가 데엥, 하고 묵중하게 울렸다. 한번 울리기 시작한 종소리는 짧은 쉴 참을 거친 후 뎅그렁 뎅, 뎅그렁 뎅, 연달아 기세 좋게 울렸다. 명은이는 느닷없는 종소리에 움찔 놀라는 기색이었다. 종소리가 들려오는 신광 교회 쪽을 향해 명은이의 고개가 천천히 돌아갔다. 저녁놀에 함빡 젖은 채 종소리에 다소곳이 귀를 기울이는 명은이 모습에서 나는 가슴이 철렁 내려앉으리만큼 묘한 감동을 받았다.

"삼일 종이여."

나는 철책 밖에 내가 와 있다는 사실을 그예 큰 소리로 기별하고 말았다. 명은이가 화들짝 놀라는 몸짓을 취했다.

"나비야! 나비야!"

하마터면 잊을 뻔했다는 듯이, 마치 내가 나타나기 전까지 줄곧 나비와 함께 공놀이를 하고 있었던 것처럼 명은이는 공을 잔디밭 위로 도르르 굴리면서 부산을 떠는 시늉을 했다. 겨냥이 지나쳐 공은 철책 밑을 통과해서 내 발치까지 데굴데굴 굴러 왔다. 나는 공을 주워 철책 안으로 던졌다.

"왔으면 얼른 들어와야지 왜 거기 서 있니?"

거기 누구, 하고 묻는 대신 명은이는 나를 책망하는 척했다. 때맞춰 관사 현관문이 활짝 열렸다. 명은이 외할머니가 꾸짖음 반 반가움 반의 어정쩡한 기색으로 나를 맞아들였다. 잔뜩 낯꽃을 붉힌 채 나는 관사 내부를 빠른 걸음으로 통과해서 정원으로 나갔다.

"삼일 종이 뭔데?"

"수요일에 치는 종이여. 교회 사람들은 수요일 저녁 예배를 삼일 예배라고 불러. 저것은 초종이여. 한참 있다가 재종을 칠 거여."

명은이한테 미안해하던 참에 나는 도롱태(사람이 밀거나 끌게 된 나무 수레) 굴리듯 빠른 말씨로 한바탕 정신없이 지껄였다.

"어머나, 건호 너 교회 다니니?"

"엉. 딸고만이 아부지가 시방 초종을 치고 있는 중이여. 명은이 너, 딸고만이 아부지가 누군지 몰르지? 딸고만이 아부지는……."

야트막한 언덕 위 신광 교회 종탑 밑에서 종 줄 끝에 대롱대롱 매달려 허공 속을 연방 오르락내리락하면서 신나게 종을 치고 있을 사찰 아저씨의 앙바틈한(짧막하고 딱 바라진) 모습을 머리에 떠올리니까 절로 웃음이 비어졌다. 다섯 번째로 또 딸을 낳고 나서 지어 준 이름이 딸고만이였다.

"딸내미 이름을 그러코롬 엉터리없이 지어 놓으면 요담 번엔 틀림없이 아들을 낳게 된디야."

명은이는 한바탕 기분 좋게 깔깔거렸다. 아, 명은이가 웃는다! 내가 서울내기 지지배를 웃게코롬 맨들었다! 나는 득의양양해서 넋이야 신이야 하며 마구잡이로 떠벌렸다.

"딸고만이 아부지가 종 치는 걸 보면 너도 아매 배꼽을 잡고 웃을 거여. 얼매나 괴상허게 생겼는지 알어? 키는 나보담 쬐꼼 더 크고, 머리는 훌러덩 벳겨지고……."

말을 하다 말고 나는 갑자기 입을 다물었다. 명은이가 앞을 못 본다는 점에 뒤늦게 생각이 미친 까닭이었다. 종소리의 꼬리 부분이 긴 여운을 끌면서 저녁 하늘 속으로 천천히 사라지고 있었다.

"딸고만이 아버지 얘길 계속해 봐."

명은이가 잔디밭 위에 아무렇게나 퍼벌하고 <sub>(겉모양을 꾸미지 아니하고)</sub> 앉으면서 재촉했다. 나도 덩달아 명은이 앞에 퍽석 주저앉았다.

딸고만이 아버지는 정말 괴짜였다. 교회 종을 치기 위해 이 세상에 태어난 사람 같았다. 종을 치지 않을 때는 우리에게 놀림감이 되지만 종을 치는 동안만큼은 언제나 존경의 대상이 되곤 했다. 마치 종 줄의 일부분인 양 앙바틈한 몸집이 굵은 밧줄 끝에 매달려 발바닥이 땅에 닿을 새가 없으리만큼 위로 솟구쳤다 아래로 곤두박질치기를 되풀이하면서 힘차게 종소리를 울려 대는 동안 그는 얼굴이 온통 시뻘겋게 상기한 채 꿈을 꾸는 듯한 표정을 짓곤 했다. 종 치는 일이 거반 끝나 갈 무렵쯤 되면 그는 자기 주위로 새까맣게 몰려들어 찬탄 어린 눈빛으로 구경하는 조무래기들 가운데서 딱 한 명만 골라 딱 한 차례만 종 줄을 잡아당기는 영광을 안겨 주곤 했다. 그악스레 뒤쫓아 다니며 딸고만이 아버지라고 놀려 먹은 적이 없는 착한 아이한테 대개 특혜를 베푸는 것이었다.

"딸고만이 아버지를 한번 봤으면 좋겠다."

"나랑 같이 교회 가면 얼마든지 볼 수 있어."

말을 주고받다 보니 뭔가 좀 이상하다는 생각이 퍼뜩 들었다. 앞을 못 보는 명은이가 무슨 재주로 딸고만이 아버지를 본단 말인가.

"눈엔 안 보여도 마음으로는 얼마든지 볼 수 있어."

내 속마음을 읽었는지 명은이가 얼른 어른스럽게 말했다. 기왕 말이 나온 김에 우리는 주일 저녁에 함께 신광 교회에 가기로 약속을 정했다.

주일 저녁이 오기까지 시간은 굼벵이 걸음처럼 더디 흘러갔다. 외할머니의 허락을 받고 명은이와 나는 딸고만이 아버지가 초종을 울릴 시간에 맞추어 관사를 출발했다. 명은이 손을 잡고 조심조심 길을 인도하는 탓에 관사에서 신광 교회까지 평상시보다 곱절 이상 거리가 멀게 느껴졌다. 먼 길을 걷는 동안 나는 전에 주일 학교 반사한테서 들은 이야기를 재탕해서 명은이에게 들려주는 일로 시간을 때웠다.

옛날 어느 성에 용감한 기사와 바람처럼 빨리 달리는 백마가 살고 있었다. 기사는 사랑하는 백마를 타고 전쟁터마다 다니며 번번이 큰 공을 세워 성주로부터 푸짐한 상을 받곤 했다. 전쟁이 끝났다. 세월이 흘러 백마는 늙고 병들게 되었다. 그러자 기사는 자기와 오랫동안 생사고락을 함께한 백마를 외면한 채 전혀 돌보시 않았다. 늙고 병든 백마는 성내를 이리저리 떠돌다가 어떤 종탑 앞에 이르렀다. 누구든지 종을 쳐서 억울한 사연을 호소할 수 있게끔 성주가 세워 놓은 종탑이었다. 백마의 눈에 종탑을 휘휘 감고 올라간 칡넝쿨이 보였다. 배고픔에 못 이겨 백마는 칡넝쿨을 뜯어 먹기 시작했다. 그러다 종 줄을 잘못 건드리는 바람에 그만 종소리를 울리고 말았다. 종소리를 들은 성주가 무슨 사연인지 자세히 알아보도록 부하에게 지시했다. 그리하여 백마의 억울한 사연을 알게 된 성주는 은혜를 저버린 기사를 벌주고 백마를 죽을 때까지 따뜻이 보살펴 주었다.

"억울한 사람은 누구든지 종을 칠 수 있다고?"

느슨히 잡고 있던 내 손을 갑자기 꽉 움켜쥐면서 명은이가 물었다. 나는 괜스레 우쭐해진 나머지 얼김에(정신이 얼떨떨한 상태에) 말갈망(자기가 한 말의 뒷수습)도 못할 허세를 부리고 말았다.

"그렇다니께. 아무나 다 종을 침시나 맘속으로 소원을 빌으면은 그 소원이 죄다 이뤄진디야."

마침내 신광 교회 입구로 들어섰다. 아직 이른 시간이라서 그런지 우리 말고 다른 교인들 모습은 교회 근처에서 전혀 찾아볼 수 없었다. 하늘로 오르는 사닥다리인 양 높고 가파른 돌계단이 우리 앞을 떡하니 막아섰다. 발을 헛디디지 않게끔 명은이를 단단히 부축한 채 천천히 돌계단을 오르기 시작했다. 돌계단이 거의 끝나가는 지점에서 나는 명은이가 들을 수 있게끔 돌 위에 새겨진 글씨를 큰 소리로 읽어 주었다.

"내가 곧 길이요 진리요 생명이니 나로 말미암지 않고는 아버지께로 올 자가 없느니라."(요 14:6)

그게 무슨 말이냐고 명은이가 물었다. 명은이는 툭하면 내가 설명하기 곤란한 것들만 골라 밑두리콧두리(확실히 알기 위해 자세히 자꾸) 캐묻는, 아주 좋지 않은 버릇을 지니고 있었다. 예수님은 동정녀 마리아에게서 나신 여호와 하나님의 아들이란 뜻이라고 나는 엉이야벙이야(일을 얼렁뚱땅해 교묘히 넘기는 모양) 제멋대로 둘러댔다. 명은이는 더욱 무슨 말인지 모르겠다는 표정이었다.

돌계단을 다 오르자 비낀 저녁 햇살을 듬뿍 받아 아름답게 빛나는 웅장한 석조 교회당이 시야를 그득 메웠다. 우리는 종탑 앞에서 손을 맞잡은 채 때가 되기를 기다렸다. 잠시 후에 교회당 뒤편 사택 쪽에서 딸고만이 아버지가 모습을 드러냈다.

"딸고만이 아부지다."

나는 명은이에게 귀엣말로 가만히 속삭였다. 길게 뻗은 교회당 건물 옆
구리를 따라 통로에 깔린 자갈을 밟으며 딸고만이 아버지가 걸어왔다. 명
은이는 몹시 긴장한 자세로 저벅저벅 다가오는 발소리에 조용히 귀를 기울
였다. 저녁 햇살을 함빡 뒤집어쓴 딸고만이 아버지의 민머리가 알전구처럼
반짝거렸다. 나는 최대한 허리를 굽혀 예바르게 꾸뻑 인사를 올렸다. 딸고
만이 아버지는 나를 금세 알아보았다. 그러나 낯선 얼굴인 명은이 쪽에 짤
막한 눈길을 던졌을 뿐, 여느 때와 딴판으로 모범생처럼 구는 나를 거들떠
도 안 보면서 그는 되우 뻐겨 대는 걸음걸이로 종탑에 다가섰다. 그는 몸에
익은 솜씨로 종탑 쇠기둥을 타고 뽀르르 위로 기어오른 다음 아이들 손이
닿지 않을 높직한 자리에 매어 놓은 종 줄을 밑으로 풀어 내렸다. 그가 굵은
밧줄을 힘차게 아래로 잡아당기자 종탑 꼭대기 그 까마득한 높이에 매달려
있던 거대한 놋 종이 한쪽으로 휘우뚱 기울어졌다. 또 한 차례 줄을 잡아당
기자 이번에는 반대편으로 놋 종이 휘우뚱 넘어갔다. 오른쪽, 왼쪽, 번차례
로 기울어지기를 두 번, 세 번……

"인제 종소리가 울릴 차례여."

내 말이 끝남과 동시에 데엥, 하고 첫 번째 종소리가 묵직하게 울려 퍼졌
다. 갑자기 귀를 먹먹하게 만드는 둔중한 종소리에 놀라 명은이는 눈살을
찌푸리며 잽싸게 손바닥으로 귀를 막았다. 종소리가 차츰 빨라지기 시작했
다. 딸고만이 아버지의 앙바틈한 몸집은 어느새 종 줄과 한 몸을 이루어 쉴
새 없이 허공을 오르락내리락하느라 발바닥이 땅에 닿을 겨를도 없을 지경
이었다. 뎅그렁 뎅, 뎅그렁 뎅, 기세 좋게 울리는 종소리가 귀싸대기를 사정
없이 갈겨 댔다. 나는 명은이 손바닥을 붙잡아 귀에 붙였다 뗐다 하는 동작
을 되풀이했다. 기다란 종소리의 중동을 뚝 잘라 동강을 내었다가 다시 이
어 붙이기를 되풀이하는 그 장난이 명은이 얼굴에 발갛게 꽃물(붉그스름한 혈색을
비유적으로 이르는 말)이 배게끔 핏기를 돋우었다.

건공중(乾空中 땅으로부터 그리 높지 아니한 허공)에 둥둥 떠 있던 딸고만이 아버지의 발
바닥이 어느새 슬그머니 땅으로 되돌아와 있었다. 종 치는 작업을 마무리
하기 위해 종 줄 잡아당기는 힘을 적당히 조절하는 중이었다. 나는 실오라
기 같은 희망을 품은 채 딸고만이 아버지가 아닌 사찰 아저씨를 향해 최대

한 존경의 눈빛을 띄워 보냈다. 하지만 아무 소용이 없는 아첨이었다. 사찰 아저씨 아닌 딸고만이 아버지는 결국 나로 하여금 마지막 순간에 딱 한 차례 종 줄을 잡아당기게 하는 그 특혜를 베풀지 않은 채 매정하게 종 치기를 끝내 버렸다. 주일마다 뒤꽁무니를 밟고 다니며 딸고만이 아버지라고 그악스레 놀려 댄 지난날들이 여간만 후회되는 게 아니었다.

아쉬움을 달랠 요량으로 나는 얼른 고무신을 벗어 들었다. 여태껏 늘 해 왔던 방식에 따라 나는 바야흐로 저녁 하늘 저 멀리 사라지려는 마지막 종소리를 고무신짝 안에 양껏 퍼 담았다. 그런 다음 잽싸게 고무신짝을 명은이 귓바퀴에 찰싹 붙여 주었다. 그러자 명은이 얼굴에 해맑은 미소가 가득 번져 나기 시작했다. 어미 종은 이미 움직임을 멈추었지만 고무신짝 안에는 새끼 종이 담겨 아직도 작은 움직임을 계속하고 있었다. 그 종이 꿀벌처럼 잉잉거리면서 대고<sup>(계속해 자꾸)</sup> 명은이 귀를 간질이고 있을 것이었다.

왔던 길과는 달리 돌아가는 길은 호사스러운 감동의 보자기에 감싸여 있어서 관사까지 걷는 시간이 조금 전보다 절반 이하로 짧게 느껴졌다. 명은이는 흥분한 기색을 여간해서 감추지 못했다. 관사 앞에서 헤어지기 직전에 명은이는 나에게 고맙다고 말했다. 깍쟁이 서울 계집애 입에서 고맙다는 인사가 나오기는 그때가 처음이었다.

"건호야."

일껏 내 이름을 불러 놓고도 명은이는 한참이나 더 뜸을 들인 다음에야 가까스로 뒷말을 이었다.

"네 얼굴이 어떻게 생겼는지 궁금해. 내 손으로 한번 만져 보고 싶어."

참으로 난처한 순간이었다. 틀림없이 집 안 어느 구석에서 우리를 지켜 보고 있을 명은이 외할머니를 의식하면서 나는 잠시 망설였다. 에라, 모르겠다는 심정으로 나는 결국 명은이 손을 끌어다 내 얼굴에 대 주었다. 그리고 두 눈을 질끈 감아 버렸다. 촉촉이 땀에 젖은 손이 내 얼굴 윤곽을 천천히 더듬어 나가기 시작했다. 명은이는 내 이목구비 하나하나를 차례차례 신중히 어루만졌다.

"얼굴이 아주 잘생겼구나. 나한테 얼굴을 보여 줘서 고마워."

난생처음 잘생겼다는 소리를 들었다. 나는 홧홧 달아오르는 낯꽃을 주체할 수가 없어 도망치다시피 관사 앞을 떠나 버렸다. 관사로부터 멀어지자 나는 겅중겅중 뜀걸음을 놓기 시작했다. 비록 서투른 솜씨나마 휘파람을 후익후익 날리면서 나는 신나게 집으로 향했다.

　명은이가 내게 무리한 부탁을 해 온 것은 신광 교회 종탑에서 색다른 경험을 한 바로 그다음 날이었다. 다시 만나자마자 명은이는 나를 붙잡고 엉뚱깽뚱한 소리를 했다.

　"건호야, 날 다시 교회로 데려가 줘. 내 손으로 종을 쳐 보고 싶어."

　"그랬다간 큰일 나! 딸고만이 아부지 손에 맞어 죽을 거여!"

　나는 팔짝 뛰면서 그 청을 모지락스레<sup>(보기에 억세고 모질게)</sup> 거절했다. 하지만 명은이는 나한테 검질기게<sup>(성질이나 행동이 몹시 끈덕지고 질기게)</sup> 달라붙으면서 계속 비라리<sup>(구구한 말을 해 가며 남에게 무엇을 청하는 일)</sup> 치고 있었다.

　"제발 부탁이야. 딱 한 번만 내 손으로 직접 종을 쳐 보고 싶어."

　"종은 쳐서 뭣 헐라고?"

　"그냥 그래! 내 손으로 울리는 종소리를 듣고 싶을 뿐이야."

　말은 그렇게 했지만 나는 명은이의 진짜 속셈이 무엇인가를 금세 알아차릴 수 있었다. 동화 속의 늙고 병든 백마를 흉내 내고 싶은 것이었다. 버림받은 백마처럼 자신의 억울한 사정을 성주에게 호소하고 싶은 것이었다. 다름 아닌 눈을 뜨고 싶다는 소원을 하나님에게 전할 속셈임이 틀림없었다. 누구든지 종을 치면서 소원을 빌면 다 이루어진다고 명은이 앞에서 공연히 허튼소리를 지껄인 일이 새삼스레 후회되었다. 대관절 무슨 재주로 딸고만이 아버지 허락도 없이 교회 종을 무단히 울린단 말인가.

　"알았다고. 알았다니께."

　연방 도리머리<sup>(도리질)</sup>를 하는 내 마음과는 딴판으로 내 입에서는 승낙의 말이 잘도 흘러나왔다. 끝끝내 명은이의 간청을 뿌리칠 재간이 내게 없다는 사실을 나는 처음부터 잘 알고 있었다.

　"일요일은 절대로 안 되야. 수요일도 절대로 안 되야."

　"그럼 언제?"

　보이지도 않는 눈을 반짝 빛내면서 명은이가 대답을 재촉했다. 예배 모임이 없는 평일이라면 어찌어찌 가능할 것 같기도 했다.

　"목요일 밤중이라면 혹간 몰라도……."

　목요일 아침이 밝았다. 목요일 낮이 지나갔다. 마침내 목요일 밤이 찾아왔다. 명은이는 시내 산보를 구실 삼아 외할머니한테 밤마을<sup>(밤에 이웃이나 집 가까운 곳에 놀러가는 일)</sup>을 허락받았다. 어둠길을 나서는 우리를 명은이 외할머니가 관사 밖 길가까지 따라 나와 걱정스러운 얼굴로 배웅했다. 앞 못 보는 외손녀를 걱정하는 백발 노파의 마음이 신광 교회까지 줄곧 우리와 동행하는 듯한 기분이었다.

명은이 손을 잡고 신광 교회 돌계단을 오르는 동안 내 온몸은 사뭇 떨렸다. 지레 흥분이 되는지, 아니면 두려움 때문인지 땀에 흠씬 젖은 명은이 손 또한 달달 떨리고 있었다. 명은이가 소원을 이룰 수만 있다면 딸고만이 아버지한테 맞아 죽어도 상관없다고 각오를 다지면서 나는 젖은 빨래를 쥐어짜듯 모자라는 용기를 빨끈 쥐어짰다. 돌 위에 새겨진 낯익은 성경 구절이 어둠 속에서 조용히 우리를 맞았다.

내가 곧 길이요 진리요 생명이니……

신광 교회는 어둠 속에 고자누룩이 (한참 떠들썩하다가 조용히) 가라앉아 있었다. 이제부터 우리가 저지르려는 엄청난 짓거리에 어울리게끔 주변에 아무런 인기척이 없음을 거듭 확인하고 나서 나는 종탑 가까이 명은이를 잡아끌었다. 괴물처럼 네 개의 긴 다리로 일어선 철제의 종탑이 캄캄한 밤하늘을 향해 우뚝 발돋움을 하고 있었다. 깊은 물속으로 자맥질하기 직전의 순간처럼 나는 까마득한 종탑 꼭대기를 올려다보며 연거푸 심호흡을 해 댔다. 그런 다음 딸고만이 아버지가 항상 하던 방식대로 종탑 쇠기둥을 타고 뽀르르 위로 기어올라 철골에 매인 밧줄을 밑으로 풀어 내렸다.

"꽉 붙잡고 있어."

명은이 손에 밧줄 밑동을 쥐여 주고 나서 나는 양팔을 높이 뻗어 밧줄에다 내 몸무게를 몽땅 실었다. 그동안 늘 보아 나온 딸고만이 아버지의 종 치는 솜씨를 흉내 내어 나는 죽을힘을 다해 밧줄을 잡아당기기 시작했다. 종탑 꼭대기에 되똑 (중심을 잃고 한쪽으로 기울어지게) 얹힌 거대한 놋 종이 천천히 한쪽으로 기울어지는 첫 느낌이 밧줄을 타고 내 손에 얼얼하게 전해져 왔다. 마치 한 풀 줄기에 나란히 매달려 함께 바람에 흔들리는 두 마리 딱따깨비 (메뚜깃과의 곤충) 처럼 명은이 역시 밧줄에 제 몸무게를 실은 채 나랑 한통으로 건공중을 오르내리는 동작에 어느새 눈치껏 장단을 맞추고 있었다. 어둠 때문에 잘 보이지 않았지만 내 코끝에 훅훅 끼얹히는 명은이의 거친 숨결에 섞인 단내로 미루어 명은이가 시방 어떤 표정을 짓고 있는지 너끈히 짐작할 수 있었다.

"소원 빌을 준비를 혀!"

내 말이 채 끝나기도 전에 데엥, 하고 첫 번째 종소리가 울렸다. 그 첫 소리를 울리기까지가 힘들었다. 일단 첫 소리를 울리고 나니 그다음부터는 모든 절차가 한결 수월해졌다. 뎅그렁 뎅, 뎅그렁 뎅. 기세 좋게 울려 대는 종소리에 귀가 갑자기 먹먹해졌다.

"소원을 빌어! 소원을 빌어!"

종소리와 경쟁하듯 목청을 높여 명은이를 채근하는 한편 나도 맘속으로 소원을 빌기 시작했다. 명은이가 소원을 다 빌 때까지 딸고만이 아버지를 잠시 귀먹쟁이('귀머거리'의 방언)로 만들어 달라고 빌고 또 빌었다. 명은이와 내가 한 몸이 되어 밧줄에 매달린 채 땅바닥과 허공 사이를 절굿공이처럼 오르락내리락하면서 온몸으로 방아를 찧을 적마다 놋 종은 우리 머리 위에서 부르르부르르 진저리를 치며 엄청난 목청으로 울어 댔다. 사람이 밧줄을 다루는 게 아니라 이젠 탄력이 붙을 대로 붙어 버린 밧줄이 오히려 사람을 제멋대로 갖고 노는 듯한 느낌이었다.

한창 종 치는 일에 고부라져(열중해) 있었던 탓에 딸고만이 아버지가 달려오는 줄도 까맣게 몰랐다. 되알지게(몹시 세게) 엉덩이를 한 방 걷어채고 나서야 앙바틈한 그의 모습을 어둠 속에서 겨우 가늠할 수 있었다. 기차 화통 삶아 먹은 듯한 고함과 동시에 그가 와락 덤벼들어 내 손을 밧줄에서 잡아떼려 했다. 그럴수록 나는 더욱더 기를 쓰고 밧줄에 매달려 더욱더 힘차게 종소리를 울렸다. 주먹질과 발길질이 무수히 날아들었다. 마구잡이 매타작에서 명은이를 지켜 주기 위해 나는 양다리를 가새질러(엇갈리게 X자로 매어) 명은이 허리를 감싸 안았다. 한데 엉클어져 악착스레 종을 쳐 대는 두 아이를 혼잣손으로 좀처럼 떼어 내기 어렵게 되자 나중에는 딸고만이 아버지도 밧줄에 함께 매달리고 말았다. 결국 종 치는 사람이 셋으로 불어난 꼴이었다. 그 어느 때보다 기운차게 느껴지는 종소리가 어둠에 잠긴 세상 속으로 멀리멀리 퍼져 나가고 있었다. 명은이 입에서 별안간 울음이 터져 나오기 시작했다. 때때옷(알록달록하게 곱게 만든 아이의 옷)을 입은 어린애를 닮은 듯한 그 울음소리를 무동 태운 채 종소리는 마치 하늘 끝에라도 닿으려는 기세로 독수리처럼 높이높이 솟구쳐 오르고 있었다.

뎅그렁 뎅 뎅그렁 뎅 뎅그렁 뎅…….

"아니, 벌써 다 끝난 거여?"

나서기 좋아하는 나 서방이었다. 최건호가 고개를 끄덕거렸다. 나중에 순애보가 기네, 아니네, 시비 거는 놈은 가만 안 놔두겠다고 엄포를 놓던 바로 그 나기형이 되레 노골적으로 시비를 걸고 나섰다.

"그것도 순애보 축에 든다고 여태까장 읊어 댔단 말여, 시방?"

"미안혀, 실망시켜서……."

"내 복에 무신 얼어 죽을 순애보!"

희붐히(날이 새려고 빛이 희미하게 돌아 약간 밝은 듯하게) 터 오는 갓밝이(날이 막 밝을 무렵) 속에서 홍성만이 끄응 소리와 함께 앵돌아앉는(토라져서 홱 돌아앉는) 시늉으로 자기가 느끼는 실망의 크기를 드러냈다. 이를테면 그것은 자신이 바로 앞 순번으로 이야기를 끝마친, 역사는 밤에 이루어진다는, 그 문화 영화 제목 같은, 소매치기와 창녀의 사랑이 보다 더 순애보에 가깝다고 주장하는 시위인 셈이었다.

"어쩌피 순애보는 벌써 물 건너간 꼴이니께 어쩔 수 없다 치고, 한 가지만 물어보자. 그 명은이란 지지배는 종소리 울려서 소원을 빈 덕택으로 결국 눈을 떴냐, 못 떴냐?"

나기형은 계속 검질기게 최건호를 물고 늘어졌다.

"잠깐만!"

최건호가 막 입을 열려는 순간, 미술 교사 이진원이 손을 번쩍 들어 대답을 중간에서 가로채 버렸다.

"진짜 순애보란 게 가물에 콩 나덧기 귀헌 세상에서 우리가 그 이상 뭘 더 바래? 내 기준으로는 오늘 밤 요 자리를 통틀어서 건호가 기중 아름다운 사랑 얘기를 들려준 게 틀림없어. 순애보라 불러도 전연 손색이 없다고 믿어. 다만 그 순진무구헌 애들끼리 주고받은 동화적인 사랑을 우리가 왈칵 순애보로 받아들이지 못허는 이유는 반백 년 세월이 흘러가는 사이에 우리가 늙고 감정이 메마르고 세상 때가 많이 묻어 버린 탓에 우리네 심미안에 녹이 슬고 그만침 가치관이 멍들었기 때문이 아닐까?"

"오냐, 진원이 너 참말로 잘났다! 오냐, 니 똥 굵은지 다 안다! 칠십 미리 총천연색 시네마스코프다!"

작년에도 멍청했고 금년에도 여전히 멍청하다고 편잔을 듣는 황만근이 또다시 빠드득 이를 가는 시늉으로 좌중을 웃기려 했다.

"좌우지간 건호는 입을 열면 못써."

이진원이 다시 한 번 손을 들어 최건호가 답변할 기회를 가로막았다.

"건호 입에서 사실 여부가 밝혀지는 순간 아름다운 동화는 밋밋헌 다큐멘터리로 변질되고 말어. 명은이가 눈을 떴는지 못 떴는지 그 문제는 각자가 자기 마음속에 여백으로 냉겨 두고 그 위에다 자기 상상력으로 그림을 그릴 수 있게코롬 내비 두는 것이 좋아."

이진원의 주장에 아무도 이의를 달지 않았다. 그것으로 순애보 여부를 둘러싼 시비는 일단락된 셈이었다. 죽사산 기슭 어디쯤에서 목청 좋은 수탉들이 잇달아 새날이 밝았음을 기운차게 고했다. 모기들이 슬금슬금 자취를 감추기 시작할 무렵에 맞추어 모깃불의 생명을 연장해 줄 생초목도 얼추 동이 나 버린 상태였다.

"제발 잠 좀 자자. 늙다리 첨지들이라고 인자는 잠도 다 없어졌냐?"

못 자게끔 누가 곁에서 밤새도록 발바닥에 불침이라도 놓은 듯이 이덕주가 불퉁거렸다(성을 내며 함부로 말하다).

"맞다. 고만 자러 들어가자. 나는 아직도 젊어서 그런지 하루 밤샘 고스톱을 치고 나면 사흘을 내리뻗는 체질이다."

삼군 소년단에 들어갈 자격을 얻으려는 일념으로 억지 전쟁고아가 되고자 했다던 조만형이 연방 하품을 꺼 가며 땅바닥에 뻗어 버리는 시늉을 했다. 야전 지휘관 격인 김 교장이 제일 먼저 자리에서 일어나더니만 엉덩이에 붙은 모래알들을 툭툭 털었다.

"이 시각 이후부텀 재향 동기 놈들이 떼로 몰려와서 기상나팔 불 때까장 전원 무제한 취침을 실시헌다!"

# 아무도 모르라고

## ✎ 작가와 작품 세계

**성석제**(成碩濟, 1960~)

소설가이자 시인이다. 1986년《문학사상》에서 시 부문 신인상을 수상하며 등단
했으며, 1995년《문학동네》여름호에 단편「내 인생의 마지막 4.5초」를 발표하
며 본격적인 소설가의 길로 들어섰다. 해학과 풍자, 과장 등을 통해 현대 사회의
다양한 인간상을 그려 내는 작품을 주로 썼다. 저서에는 소설집『그곳에는 어처
구니들이 산다』,『황만근은 이렇게 말했다』등과 수필집『쏘가리』,『칼과 황홀』
등이 있다.

## ✎ 작품 정리

**갈래** : 장편 소설(掌篇 '손바닥 소설'이라고도 하며, '손바닥처럼 짧은 소설'이라는 뜻), 성장 소설,
콩트(conte)

**배경** : 시간 – 현대 / 공간 – 고등학교

**시점** : 1인칭 관찰자 시점

**주제** : 열렬히 바라고 간절히 노력하면 밝은 미래가 찾아옴

**출전** :『인간적이다』(2010)

**처음** **처음 고등학교 때의 음악 선생님을 떠올림**

'나'에게는 어른이 된 지금까지도 인상 깊게 남아 있는 음악 선생님이 있다. 고등학생 때의 음악 선생님인 그는 노래를 잘하고 재미있는 이야기를 많이 들려주어 학생들에게 인기가 많았다.

**중간** **한 친구가 아무도 몰랐던 노래 실력을 뽐냄**

어느 날 봄 소풍에서 한 친구가 노래를 불렀는데, 실력이 무척 뛰어나 모든 학생들이 놀랐다. 그 친구는 평소에 노래보다는 폭력계의 실력자로 알려져 있던 친구였다. '나'는 이 친구가 대학에 가고 싶은 마음에 음악 선생님께 노래 실력을 키워 달라고 부탁하여 열심히 노력했음을 알게 된다.

**끝** **음악 선생님의 말씀을 마음에 새김**

어른이 된 '나'는 '열렬히 바라고 간절히 노력하면 밝은 미래가 찾아온다'고 말했던 음악 선생님의 말씀을 마음에 새기고 살아가고 있다.

✏️ 생각해 볼 문제 - - - - - - - - - - - - - - - - - - - - - - - - - - - - - - - - - - - - - - - - -

**1. 아주 짧은 분량인 이 소설을 왜 '장편 소설'이라고 하는가?**

이 작품은 길다는 뜻의 장편 소설(長篇小說)이 아닌, 손바닥처럼 짧은 소설이라는 뜻의 장편소설(掌篇小說)이다. '손바닥 소설'이라고 부르기도 한다. 단편소설(短篇小說)보다도 분량이 짧은 소설로, 삶의 인상적인 한 장면을 유머 있게 표현하여 주제를 전달하는 점이 특징이다.

**2 이 작품을 통해 작가가 전하려고 한 메시지는 무엇인가?**

작가는 고등학교 시절의 음악 선생님과 얽힌 이야기를 통해 간절히 바라고 꿈을 이루기 위해 노력하면 밝은 미래가 찾아온다는 주제 의식을 드러낸다.

(존경하고 따름)

(대가 없이 노래를 가르쳐 줌)

음악 선생님

(같은 반)

나

친구

♪

좋은 목소리를 가지고 싶다면 매일 연습해야 한다는 음악 선생님의 말씀을 실천하려 했지만 보름도 계속하지 못했어요. 2학년이 되어 봄 소풍을 갔을 때 한 친구가 노래를 아주 잘 불렀어요. 알고 보니 그 친구는 노래를 잘 부르고 싶어서 선생님의 가르침을 열심히 실천했다고 해요. 열렬히 바라는 것이 자신의 미래를 만드는 것이지요.

# 아무도 모르라고

　고등학교에 입학하고 나서 첫 번째 음악 시간에 들어온 선생님은 목소리가 정말 좋았다. 음역은 테너(남성의 가장 높은 음역의 가수)였고 오페라 가수로도 활동하고 있다고 했다. 음악 시간은 재미있는 이야기를 많이 들려주는 선생님 덕분으로 돌아오기를 기다리는 시간이 되었다.

　"베르디의 〈아이다〉를 공연할 때였던가. 기사가 말을 타고 지나가는 장면이 있어서 경마장에 가서 훈련이 잘된 말을 한 마리 빌려왔어. 그런데 이 말을 타고 무대로 나오니까 말이 픽 쓰러져버리는 거야. 말에 타고 있던 기사도 떨어져서 나자빠지고. 알고 보니까 말은 전기에 굉장히 예민하대. 무대에는 조명 때문에 전선이 아래위로 지나가고 있거든. 그러니까 감전이 된 것처럼 일으켜 세워봐도 픽 쓰러지고, 픽 쓰러지고 해서 청중들은 웃고 박수 치고 난리가 났지. 『돈키호테』의 로시난테도 아니고."

　무엇보다 매력적인 것은 선생님의 노래였다. 이따금 방과후에 운동장에서 축구를 하는 중에 음악실에서 연습하는 선생님의 노랫소리를 들을 수 있었다. 청아하고 가늘면서도 단단하게, 끝없이 올라갈 듯 아슬아슬하게 이어지는 그 목소리에 발밑에 굴러온 공을 차는 것도 잊을 정도였다.

　선생님은 어려운 이야기를 하는 법이 없었다. 또한 언제나 구체적이었다. 이를테면 이런 식이었다.

　"좋은 목소리를 가지고 싶어? 누구든지 그렇게 될 수 있어. 방법을 이야기해주겠다. 매일 아침, 잠에서 깨어 목이 풀리기 전에 도레미파솔라시도를 두 옥타브씩 세 번만 불러라. 빨리 좋아지기를 바라는 사람은 세 번이 아니라 열 번쯤 부르면 된다. 매일 세 옥타브 이상을 열 번을 부르면 유명한 가수도 될 수 있다. 중요한 건 하루도 빼먹지 말고 매일 하라는 거야. 그렇게 변성기 지나고 목소리가 정해지는 고등학교 3년 동안만 해도 누구한테나 좋은 인상을 주는 매력적인 목소리를 가지게 된다."

　선생님의 말씀을 실천하는 일은 어렵지 않을 것 같았지만 나는 단 보름도 계속하지 못했다. 하지만 그것만으로도 목소리에 전에 없는 윤기가 생긴 것 같았다.

같은 반에 학교 주변 폭력계의 실력자로 알려진, 학교에서는 거의 말을 하지 않는 친구가 있었다. 그 친구와 단 한 번 마음속에 있는 이야기를 나눈 적이 있다. 그는 대학에 꼭 가고 싶다고 했다. 학교 성적으로는 불가능하고 싸움은 자신 있지만 싸움 실력으로는 체대에도 못 가니 예능 쪽으로 알아봐야겠다는 것이었다. 나는 그가 노래 부르는 것을 한 번도 들어본 적이 없었다. 음악 시간에도 평소처럼 입을 열지 않았기 때문이다.

그로부터 일 년쯤 뒤인 2학년 봄 소풍을 갔을 때였다. 장기자랑 시간에 음악 선생님이 갑자기 그 친구에게 나와서 노래를 불러보라고 하는 것이었다. 그러자 그 친구가 망설임 없이 나오더니 독일어로 된 가곡을 유창하게 불렀다. 아이들은 깜짝 놀랐다.

"앙코르 안 해? 니들 다 죽고 싶어?"

그가 미소를 머금고 어안이 벙벙한 우리를 향해 말했다. 그제야 박수가 나왔다. 의아함과 두려움, 수런거림이 섞인 약한 박수였다. 그는 두 번째 노래로 우리가 음악 시간에 배운 가곡 〈아무도 모르라고〉를 선택했다.

떡갈나무숲 속에 졸졸졸 흐르는
아무도 모르는 샘물이길래
아무도 모르라고 도로 덮고 내려오지요.
나 혼자 마시곤
아무도 모르라고
도로 덮고 내려오는 이 기쁨이여.

나는 그 노래가 그토록 우아하고 기품이 있으며 위트가 들어 있는 노래인 줄 몰랐다. 노래가 끝난 뒤 한 곡 더 하라는 아우성과 박수, 휘파람 소리가 요란했다. 그는 무대 위의 가수처럼 멋진 포즈로 사양을 하고 제자리로 돌아갔다.

나중에 알고 보니 그는 음악 선생님을 찾아가 대학에 가고 싶고 노래를 잘 부르고 싶다는 자신의 바람을 말했다고 한다. 선생님은 한번 마음먹은 것을 바꾸지 않는다, 시키는 대로 꾸준히 실천한다는 조건하에 아무런 대가 없이 음대에 진학할 수 있는 노래 실력을 갖출 수 있게 도와주었다.

고등학교 2학년, 생애 마지막 음악 시간이 되어버린 그 시간에 음악 선생님은 지금까지도 가끔 곱씹고 있는, 오래도록 여운이 남는 말씀을 해주었다.

"너희의 미래는 지금 너희가 되기를 열렬히, 간절하게 바라는 바로 그것이다."